JULES CÉSAR

Roger Caratini est l'auteur d'une œuvre considérable dans le domaine des ouvrages de référence grand public : l'*Encyclopédie* Bordas en 23 volumes, *L'Année de la science* (1987-1990), *Dictionnaire des découvertes, Panorama encyclopédique des sciences*. On lui doit aussi des biographies de Mahomet, Alexandre le Grand, Jésus, Jeanne d'Arc, Napoléon.

ROGER CARATINI

Jules César

MICHEL LAFON

L'édition intégrale de ce roman a paru aux éditions Michel Lafon en trois volumes sous les titres suivants : 1. *Rome, ville à vendre !* 2. *La Symphonie gauloise.* 3. *Le Crépuscule du dieu.*

À la mémoire de mon grand-père, Numa-Pompilius Anziani, qui m'a récité mes premiers vers latins lorsque j'avais cinq ans ;

À tous mes professeurs de latin des lycées Montaigne et Louis-le-Grand, qui m'ont donné le goût de la civilisation latine ;

À ma femme Françoise, qui m'a soutenu tout au long de l'écriture de ce roman ;

À tous mes enfants.

Notre roman se déroule au Ier siècle avant Jésus-Christ, entre 101 et 44. En conséquence, toutes les dates mentionnées dans ce livre sont, sauf indication contraire, « av. J.-C. ».

LIVRE PREMIER
ROME, VILLE À VENDRE !

CHAPITRE PREMIER

Le descendant des princes légendaires

(13 juillet 101)

Rome s'éveillait. On pouvait entendre, à travers la Ville aux sept collines, les premiers cocoricos des basses-cours, les premiers grincements des chariots dans les rues étroites de Subure, les premiers cris des portefaix. Déjà quelque plaideur en mal de procès se dirigeait, d'un pas sonore et pressé, vers la demeure d'un de ces jurisconsultes qui avaient coutume de se lever avant l'aube pour jeter un dernier regard dans leurs dossiers. Le soleil n'avait pas encore fait son apparition. Les astrologues le guettaient, au-dessus de la colline de l'Esquilin, le quartier chic de la Ville, aux flancs couverts de jardins et de vergers, parsemés des taches blanches des belles demeures patriciennes.

Au pied de l'Esquilin, coincé entre cette colline et celle du Viminal, s'étend le quartier populeux et surpeuplé de Subure, aux rues tortueuses et entrelacées. Avec ses petits commerçants miséreux, ses cordonniers, ses forgerons, ses tisseurs et ses mille artisans, ses diseurs de bonne aventure, ses malfaiteurs en tout genre et ses innombrables prostituées, au travail dès avant le lever du soleil, enduites d'huile de jonc, enfarinées et malodorantes, avec ses tavernes qui servent, à bas prix, des morceaux de viandes avariées, bouillis et fétides, avec ses ivrognes qui cuvent le mauvais vin qu'ils ont bu dans la nuit, Subure n'est vraiment pas un quartier fréquentable.

Au reste, les maisons particulières y sont rares. Le petit peuple des pauvres s'entasse comme il le peut dans des immeubles de plusieurs étages, édifiés à peu de prix par des propriétaires fortunés, et dont les murs sont si minces qu'ils s'effondrent à la moindre tempête. Parfois, entre deux ou trois immeubles, au milieu d'un jardin, on entrevoit une belle demeure aux murs blancs ou badigeonnés de couleurs, dont on se demande à qui elle peut bien appartenir : à un artisan enrichi ? à un artiste amateur de pittoresque ? à un trafiquant ? ou bien à une famille patricienne, installée en ces lieux depuis des lustres et qui n'a pas les moyens de se faire bâtir une villa sur l'Esquilin ou sur les autres collines verdoyantes de Rome ?

C'était le cas de la famille Julius, dont le chef se prénommait alors Caïus. Cette nuit-là, il ne s'était pas couché et sa maison était restée éclairée toute la nuit. Dans l'atrium, la vaste salle où se réunissait d'ordinaire la famille et qui servait aussi de salle de réception, Caïus Julius s'agitait, inquiet et fébrile : son épouse, Aurélie, était sur le point d'accoucher, et les sages-femmes allaient et venaient dans la villa, modeste mais bien entretenue, qui résonnait des cris poussés par la future mère.

– Pourquoi t'inquiéter, Caïus ? lui disait son jardinier, Babasus, un grand bonhomme au crâne chauve et brillant. Ce n'est pas la première fois qu'Aurélie met un enfant au monde.

– Ce n'est pas l'enfantement qui m'inquiète, Babasus, Aurélie est vaillante ; mais elle a déjà accouché deux fois et, à chaque fois, je me suis trouvé avec une fille sur les bras.

– Je le sais bien... les deux petites Julie sont de véritables pestes.

– Et si j'avais une troisième fille ? C'est cela que je crains. Je suis le dernier descendant de la branche aînée des Julius : il me faut un garçon.

– Est-ce que tu as consulté les augures ?

– Oh ! les augures ! Ce sont des charlatans. Tu sais ce qu'on dit d'eux dans Rome ? Qu'ils ne peuvent pas se croiser sur le Forum sans rire... Et de quoi rient-ils, Babasus ? Tu n'en as pas une idée ?

– Non.

– De la bêtise des Romains qui croient en leurs oracles et en leurs présages.

Pendant ce temps, dans la chambre d'Aurélie, les sages-femmes s'affairaient tout en bavardant entre elles.

– Voilà bien quatre heures qu'elle a eu ses premières douleurs, et on ne voit rien venir.

– Pourtant, il y a trois ans, pour la petite Julie, elle est sortie en moins de temps qu'il n'en faut pour le dire.

– Oui, mais pour l'autre Julie, l'aînée, je me souviens avoir passé toute la nuit à lui dire de pousser.

– À mon avis, ce sera un garçon, dit une vieille accoucheuse. Hier matin, j'ai vu un pigeon blanc se poser trois fois de suite sur le toit du temple de Junon Lucina... La déesse ne se trompe jamais.

Le soleil venait de poindre au-dessus de l'Esquilin lorsque le fils, tant attendu, de Caïus Julius et d'Aurélie poussa ses premiers vagissements. On était le premier jour des ides du mois de Quirinalis, en l'an 652 de Rome, c'est-à-dire le 13 juillet de l'année 101 avant l'ère chrétienne.

Au milieu de l'atrium, droit comme un I, Caïus attendait qu'on lui présentât son fils. La sage-femme en chef, après avoir coupé le cordon ombilical du nouveau-né et lui avoir donné son premier bain, vint le poser sur le sol, aux pieds de son père. Ainsi que le prescrivaient les rites ancestraux, Caïus se baissa, prit l'enfant dans ses bras, se redressa et le souleva à bout de bras : ce geste sacré du *pater familias* romain signifiait qu'il reconnaissait l'enfant digne d'entrer dans la famille, dans la *gens*, comme on disait en latin, dont il était le chef.

Puis, hiératique, le père se dirigea vers le centre de l'atrium, où se trouvait l'*impluvium*, un bassin rectangulaire destiné à recevoir la pluie qui tombait du toit, par une ouverture pratiquée à cet effet, les jours d'orage. Auprès de l'*impluvium* était dressé un autel de marbre sur lequel était posé un petit creuset d'argile séché, suspendu au-dessus de deux chenets supportant des bûches d'olivier, qui flambaient doucement. Caïus déposa dans le creuset quelques fragments d'encens et, aussitôt, une fumée à l'odeur entêtante s'en dégagea. Alors, d'un geste auguste et solennel, le *pater familias* plaça dans le foyer rouge et flamboyant le cœur et le foie d'un jeune poulet, en guise d'offrandes aux dieux Lares, les génies protecteurs de la maison et de la famille. Dorénavant, le nouveau-né était, lui aussi, sous leur protection.

On donna au petit Julius qui venait de naître le même prénom que celui de son père et de son grand-père : Caïus, troisième du nom, venait de faire son entrée sacrée dans sa famille. Il fut décidé qu'il porterait le même surnom que tous les aînés mâles de celle-ci : Caesar (César). Ce surnom remontait à la nuit des temps. On disait, dans Subure, qu'il avait été attribué pour la première fois à un petit Julius qu'on avait retiré par incision (*caesus* en latin) du ventre de sa mère qui venait de mourir au moment d'accoucher. Mais on disait tant de choses ! Chez les Julius, on en tenait pour une autre théorie : un lointain ancêtre, prétendait-on, avait tué un éléphant carthaginois, lors des guerres contre Hannibal, un siècle et demi auparavant, ce qui lui avait valu le surnom de « Julius l'éléphant » : or *caesar* était le mot carthaginois pour « éléphant » !

La nouvelle de la naissance d'un héritier mâle chez les Julius fit rapidement le tour de la Ville, et le jour même, au pied de l'Esquilin, les langues des matrones allaient bon train.

Arbre généalogique de la famille Julius

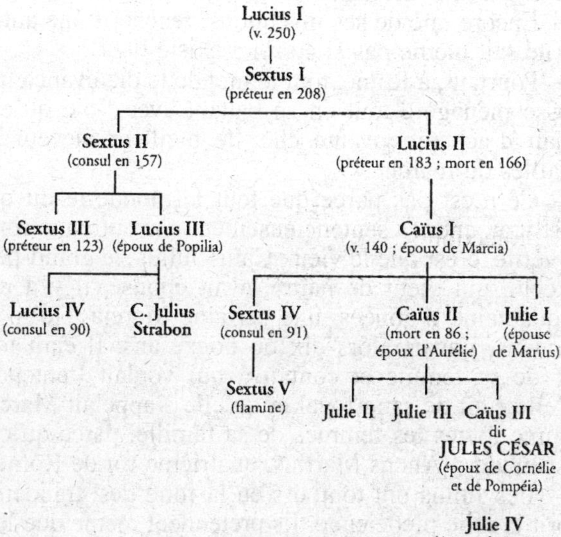

Arbre généalogique réduit de la famille Julius (la *gens Julia* en latin). On n'a indiqué que les prénoms (Lucius, Sextus, Caïus, Julie), qu'on a numérotés I, II, III... pour éviter toute confusion ; le nom de famille est le même pour tous (Julius). Le surnom de Caesar est attesté à partir de Sextus I, mais il a dû apparaître antérieurement. Toutes les dates sont avant J.-C.

– Cette Aurélie, disait l'une d'elles, je pensais qu'elle ne pouvait plus avoir d'enfants... Quand elle se relèvera, nous allons en entendre, des histoires !

– C'est une pimbêche, intervint une jolie plébéienne qui ne pouvait supporter les grands airs d'Aurélie. Elle va encore nous raconter que son nourrisson est de source royale et qu'il descend, comme elle, du roi Ancus Martius du temps jadis.

– Encore une de ses inventions, renchérit une autre. On ne sait même pas si ce roi a existé !

– Pourtant, à Rome, tout le monde le dit, avança une grosse ménagère tout en se battant avec l'oie qu'elle venait d'acheter vivante chez le meilleur éleveur de volailles du marché.

– Ce n'est pas parce que tout le monde le dit que c'est vrai, énonça sentencieusement une autre matrone. La vérité, c'est que le vieux Caïus Julius, le grand-père de celui qui vient de naître, avait épousé, il y a une cinquantaine d'années, une certaine Marcia : je m'en souviens, j'avais alors dix ou douze ans. Il était tout fier de sa femme et contait à qui voulait l'entendre qu'elle était de sang royal et qu'elle s'appelait Marcia, comme toutes les femmes de sa famille, parce qu'elle descendait d'Ancus Martius, quatrième roi de Rome.

– Les Julius ont toujours eu la folie des grandeurs, reprit la jolie plébéienne. Ils prétendent même que leur nom de « Julius » leur vient d'Iule, le fils d'Énée, ce prince troyen qui vint se réfugier dans le Latium, avec son père Anchise sur ses épaules, après la prise de Troie par les Grecs ! Et comme, selon les vieilles légendes, Énée aurait été le fils d'Anchise et de la déesse Vénus, les Julius en concluent qu'ils sont les descendants de Vénus ! Allez donc le prouver ! La guerre de Troie a eu lieu il y a mille ans... si elle a eu lieu ; c'est peut-être une légende, et rien ne nous assure qu'Anchise et Énée ont existé. Il ne faut pas confondre les racontars des poètes avec l'état civil. Ce n'est pas parce qu'ils s'appellent « Julius » ou « Iulius », comme on prononce leur nom, qu'ils descendent d'Iule. Il y a plus d'un âne qui s'appelle Martin, et plus d'un Iule qui s'appelle Iule.

– Les enfants du vieux Caïus, premier du nom, ont quand même bien réussi, répliqua la matrone. Caïus II, le père de celui qui vient de naître, a été préteur et Julie, sa tante, la sœur aînée de son père, a épousé le grand Marius, l'homme qui a vaincu Jugurtha et qui a sauvé Rome des Teutons, l'année dernière.

La jolie plébéienne fit la moue :

– La tante Julie a surtout épousé un plébéien enrichi, qui sent l'ail et qui se lave quand il en a le temps.

– Peut-être. Mais, sans lui et sans tous ses soldats, ma belle, tu aurais été violée cent fois par ces barbares, et peut-être coupée en morceaux.

– Ça n'aurait pas risqué de t'arriver à toi...

– Quoi donc, d'être coupée en morceaux ?

– Non. D'être violée... même par des Teutons ! Regarde-toi donc dans une glace.

La grosse ménagère était parvenue à loger son oie dans un panier d'osier. Elle intervint dans la dispute et coupa court à la polémique :

– Peu importent les origines de Marius. Ce qui compte, ce sont ses exploits. Et il faut espérer qu'ils vont continuer. Tu connais la nouvelle ?

– Quelle nouvelle ?

– Le fils de ma voisine est centurion dans l'armée de Marius, et il arrive du Nord. Il paraît qu'une troupe de vingt mille barbares, des Cimbres, qui viennent d'Helvétie, ne sont qu'à trois semaines de marche de Rome et que Marius les attend de pied ferme, dans le Nord. Je suis certaine qu'il les taillera en pièces et qu'il méritera bien d'être élu consul une cinquième fois.

La jolie plébéienne qui n'aimait pas Marius se rebiffa :

– Pouah ! J'ai beau être une fille du peuple, je n'aime pas le peuple. Si j'étais un homme, je ne voterais certainement pas pour Marius, ni pour aucun autre candidat du parti populaire.

– Et pour qui voterais-tu donc ?

– Pour le candidat du parti sénatorial, pour Métellus, par exemple.

– Le parti sénatorial, dit la grosse ménagère, est un parti de voleurs. Les sénateurs se moquent bien du sort de Rome, c'est le fric et la spéculation qui les intéressent. Lorsque l'un d'entre eux brigue la préture ou le consulat, c'est dans le but d'obtenir, après un an de magistrature, le gouvernement d'une province lointaine, qu'il pillera à sa guise. L'empire de Rome est devenu trop étendu de nos jours, il va de l'Afrique au Danube et à l'Asie. Il contient trop de peuples divers pour être gouverné par quelques sénateurs véreux, soucieux uniquement de leur fortune et de leurs privilèges.

Et, emportée par sa passion, elle se mit à chanter :

Ah ! Tralala ! Tralala ! Tralala !
Tous les sénateurs à la lanterne !
Ah ! Tralala ! Tralala ! Tralala !
Tous les sénateurs on les pendra !

– Et tu crois que le peuple fera mieux ?

La grosse ménagère n'en démordait pas :

– Peut-être. Il renversera la puissance du Sénat.

– Et qu'en résultera-t-il ? Je te le dis, moi : la fin de Rome.

– Non. Une nouvelle naissance. Rome deviendra un grand État, dont tous les citoyens, riches ou pauvres, Romains, Italiens, Hispaniques ou Africains, seront égaux devant une seule loi.

– Tu rêves, dit la jolie plébéienne.

– Tous les rêves finissent par devenir réalité, répliqua la matrone qui avait connu le vieux Caïus lorsqu'elle était petite. Une autre Rome naîtra, qui fera régner sur le monde une paix éternelle et juste. Mais cela ne se fera pas aussi facilement qu'un accouchement. Il en faudra, du sang, des cris et des larmes !

Elle ne croyait pas si bien dire.

CHAPITRE II

Une promenade dans Rome

(7-13 juillet 101)

Pompéianus avait quitté son village natal d'Asculum le 7 juillet au matin, à dos de mulet. C'était un robuste jeune homme d'une vingtaine d'années, aux cheveux bruns, aux yeux bleus et à l'allure décidée. Ses parents possédaient quelques hectares de terre où ils faisaient pousser de l'orge et du blé, et ils menaient paître leurs troupeaux de chèvres et de moutons sur les pentes de l'Apennin, face à la mer Adriatique.

Au fur et à mesure qu'il se rapprochait de Rome, la campagne autour de lui s'animait. Une multitude de petits champs de blé, de petites oliveraies, de vignobles formaient comme un damier multicolore à droite et à gauche de la via Salaria, que bordaient des buissons d'églantines au corsage soyeux et rougissant par-dessus lesquelles on pouvait apercevoir les silhouettes des esclaves penchés sur la terre qu'ils cultivaient ou sur les vignes qu'ils taillaient. Cette année-là, la moisson avait été précoce et déjà les paysans battaient le grain, en se servant d'une sorte de traîneau tiré par deux bœufs et muni de lourds rouleaux de pierre qui, en tournant, faisaient sortir le blé de l'épi, tout en pressant la paille.

La route aussi prenait vie. Piétons, cavaliers, chariots et voitures avaient envahi la via Salaria, sous les yeux ébahis de Pompéianus, qui, en matière de véhicules, ne connaissait que le *sarracum*, une charrette grossière, à deux roues pleines, que son père employait pour transporter ses denrées au marché, et le *plaustrum*, un char à bœufs servant aux travaux des champs. C'est ainsi qu'il découvrit l'élégant char romain à deux roues (le *currus*), garni de plaques de bronze brillant au soleil, dans lequel on se tenait debout et qui était tiré par des chevaux, et la luxueuse *lectica*, la litière des riches et jolies patriciennes, portée par quatre esclaves, deux devant et deux derrière.

On approchait de midi. Pompéianus vit bientôt se dresser, à quelques centaines de mètres devant lui, les impressionnantes murailles de l'Urbs, dc la « Ville », comme l'appelaient orgueilleusement les Romains, ces murailles qu'aucun ennemi, pas même le terrible Hannibal, n'avait pu violer. Le jeune homme descendit de son mulet et se dirigea vers un bosquet voisin : avant de franchir l'enceinte de la Ville, il désirait donner à boire à sa monture, faire un brin de toilette, manger quelques figues avec son pain sec, se désaltérer lui-même et goûter au plaisir de la sieste à l'ombre des oliviers, afin d'entrer dans Rome le visage frais, le ventre plein et le corps reposé.

Il dormait profondément, avec délice, lorsqu'une voix grave et rocailleuse le tira de son sommeil :

– Oh ! Qui je vois là ? Mais c'est le petit Pompéianus d'Asculum ! Ô Pompéianus, tu dors ?

La voix, reconnaissable entre mille, était celle de Coriolan, l'intendant d'un riche colon romain ami de son père, que ses parents avaient ainsi nommé en souvenir d'un héros romain légendaire qui avait jadis pris le parti des Volsques, un peuple voisin des Picentins, contre sa propre patrie. Pompéianus ouvrit péniblement les yeux, les frotta et se redressa :

– Salut, Coriolan. Qu'est-ce que tu fais ici ?

– J'ai accompagné mon maître à Rome pour l'aider à transporter quelques encombrants volumes dans sa maison d'Asculum, où il doit passer l'été. Et toi, Pompéianus, quel bon vent t'amène ?

– Je viens m'installer à Rome comme marchand.

– Bravo. Mais... marchand de quoi ?

– De poteries, de tissus de laine, de charcuterie : mon père a beaucoup de cochons, à Asculum.

– C'est une bonne idée. Tu ne peux pas imaginer l'argent que dépensent les riches Romains pour décorer leurs maisons ou pour manger. Il leur faut des tentures, des statues, des tableaux, des bijoux, des miroirs, des candélabres et, pour leurs tables, les mets les plus fins : ils font venir des huîtres de l'île de Corse, ils raffolent des hachis, des boudins, des saucisses, des cochons de lait, des pâtés.

– Ils sont si riches que ça, les Romains ?

– Ça dépend desquels.

– Ce sont les patriciens, les plus riches ?

– Pas nécessairement. Les patriciens, ce sont les descendants des très vieilles familles romaines, qui jadis possédaient tout, les terres et les troupeaux. Chaque famille s'appelait une *gens* et elle avait pour chef le fils aîné de la branche aînée, le *pater familias* – le père – qui avait droit de vie ou de mort sur tous les membres de la famille. Autrefois, il n'y avait qu'eux qui étaient riches et nobles, et le Sénat était l'assemblée des Pères, des *patres* comme on dit en latin. Les autres constituaient la plèbe et ils n'avaient ni richesses, ni droits, sauf celui d'être des hommes libres.

– Et maintenant ?

– Il y a longtemps que tout a changé. Les rois ont été chassés par les patriciens, qui se sont partagé les pouvoirs et les magistratures. Mais, peu à peu, les plébéiens sont devenus beaucoup plus nombreux que les patriciens : il y a trois cents ans, par exemple, il y en avait cent fois plus, et certains d'entre eux étaient devenus très riches. Les patriciens ont dû faire des concessions.

– Lesquelles ?

– À cette époque, seuls les patriciens pouvaient être élus consuls, c'est-à-dire chefs du gouvernement ; ils ont été obligés de créer des magistrats spéciaux, les tribuns de la plèbe, qui défendaient les droits des plébéiens et pouvaient s'opposer aux lois qu'ils trouvaient injustes, et ainsi de suite.

– Ils étaient puissants, ces tribuns ?

– Je te crois ! La plèbe leur doit tout. Ils lui ont fait accorder le droit de vote, le droit d'accéder aux honneurs du consulat ou de la préture, comme les patriciens, le droit d'épouser des patriciennes, de devenir pontifes et, chose importante, de partager les terres conquises sur les ennemis avec les patriciens.

– Alors maintenant, il n'y a plus de différences entre un plébéien et un patricien ?

– En principe, non. C'est l'égalité parfaite, tous les citoyens romains sont égaux en droits ; mais ils sont inégaux par la fortune : il y a des riches et des pauvres, comme avant, mais les riches, ce ne sont pas uniquement des patriciens ; il y a des plébéiens riches et des patriciens pauvres, et inversement. Ce qui compte, à Rome, c'est la classe à laquelle on appartient, qui dépend de la fortune que l'on possède. C'est parmi les plus riches que le censeur choisit les sénateurs.

– Il y en a beaucoup, des sénateurs ?

– Il y en a trois cents. Ils peuvent être patriciens ou plébéiens. Ce sont des magistrats spécialisés qui les nomment, tous les cinq ans.

– Et ceux qui sont riches et qui ne sont pas sénateurs, qu'est-ce qu'ils sont ?

– Les uns sont des militaires qui peuvent servir dans la cavalerie ; on les appelle les chevaliers et ils ont le droit de porter un anneau qui les distingue des autres Romains : ils forment l'ordre des chevaliers, ou ordre équestre. Les autres peuvent devenir un jour sénateur, ils forment l'ordre sénatorial.

– Alors moi, Pompéianus, qui ne possède qu'un millier de sesterces et un mulet, je ne pourrai jamais appartenir à l'ordre sénatorial et je ne serai jamais nommé sénateur ?

– Jamais. D'ailleurs, même si tu devenais richissime, tu ne pourrais pas le devenir car tu ne rempliras jamais les trois conditions qu'il faut pour être sur la liste des candidats sénateurs.

– Que sont-elles, ces conditions ?

– Premièrement, il faut être citoyen romain ; deuxièmement il faut avoir déjà été élu une fois consul, préteur ou questeur ; troisièmement, il faut avoir une fortune d'au moins 400 000 sesterces.

– C'est compliqué, en effet. Je ne suis même pas citoyen romain et pourtant je parle latin, je vénère les mêmes dieux que les Romains, je paye mes impôts comme eux et je fais mon service militaire en cas de guerre comme eux.

– Je suis d'accord avec toi, c'est scandaleux : toi et moi, nous avons les mêmes devoirs qu'un citoyen romain, mais nous n'en avons pas les droits, ni le droit de vote, ni le droit de posséder une maison dans la Ville, ni tous les autres. Nous ne sommes pas des citoyens romains, nous ne sommes que des *socii*, comme ils disent, des « alliés » de Rome.

– Dis-moi encore, Coriolan, ce fameux Marius, dont on parle tant, c'est un patricien ou un plébéien ?

– C'était encore moins qu'un plébéien.

– Comment cela ?

– Ses parents étaient des paysans sans terres, qui travaillaient les terres des autres ; ils étaient, comme on dit à Rome, les « clients », les protégés d'un plébéien qui s'appelait Herennius. Comme il n'avait ni biens, ni éducation, Marius s'est engagé dans l'armée au moment de la guerre d'Espagne, il y a environ trente-cinq ans, et il s'est fait lui-même. Aujourd'hui, il a cinquante-six ans, il est consul pour la quatrième fois, il a épousé une patricienne peu fortunée mais dont la famille – celle des Julius – est une des plus anciennes de Rome, il est immensément riche et tout le monde le respecte... ou le craint. En politique, il défend les intérêts du peuple, dont il est sorti et qu'il n'a pas renié malgré sa gloire et sa fortune ; il est la bête noire du parti sénatorial traditionnel, qui est bien obligé de le supporter.

Cette conversation instructive avait lieu en ce matin de juillet, le jour même où la famille Julius fêtait la naissance du petit garçon qui devait changer la face du monde et qui se trouvait être le neveu de ce Marius, l'idole du peuple des obscurs, des malheureux et des sans-grade. Tribun de la plèbe en 113, victorieux du Numide Jugurtha en 106, il avait écrasé les Teutons à

Aix, en 102, et les Cimbres à Verceil, près du lac de Côme, au début de l'année 101 ; il était devenu le leader incontesté du parti populaire – le parti des *populares* – et, même dans son bourg d'Asculum, Pompéianus en avait entendu parler. Mais il lui tardait d'entrer dans Rome, et il le dit à Coriolan.

– C'est le moment idéal, lui répondit celui-ci. À cette heure-ci, les Romains font la sieste, et nous pourrons circuler sans encombre.

Et les voici partis tous les trois, Pompéianus, Coriolan et le mulet, vers la muraille altière et massive qui entourait la Ville.

– Elle est longue, cette muraille ? demanda Pompéianus.

– Elle mesure 40 000 pieds de tour (11,5 kilomètres). Nous allons monter sur le chemin de ronde, et tu découvriras toute la ville. Tu verras, la vue y est superbe.

Ils franchirent l'épaisse muraille par la porte Capena, d'où partait un escalier de pierre conduisant au chemin de ronde, et Pompéianus, plus ému qu'il n'en avait l'air, contempla la ville légendaire.

– Le fleuve qui coule de l'autre côté des murs, c'est le Tibre, expliqua Coriolan. De là où nous sommes, on voit bien les sept collines, les sept monts de Rome : l'Aventin, le Palatin, le Capitole, le Quirinal, le Viminal, l'Esquilin et le Caelius. Les villas que tu aperçois sur les collines appartiennent à des patriciens, ou à des plébéiens enrichis.

– Et les pauvres, où habitent-ils ?

– Au pied des collines, ou dans les vallées qui les séparent et qui sont autant de quartiers populaires : la vallée Murcia, entre l'Aventin et le Palatin, Subure, entre le Viminal et l'Esquilin, le Vélabre, entre le Capitole et le Palatin.

– Et au milieu de tout ça... cette grande place, avec tous ces bâtiments ?

– Au milieu, c'est le Forum, le cœur de Rome.

– C'est la place du marché ?

– Oui, aux premières heures de la matinée, une fois par semaine, c'est un marché bruyant, avec des éventaires de fortune, tenus par des paysans et des paysannes qui hurlent à qui mieux mieux pour attirer les clients. Les acheteurs les plus avisés fréquentent plutôt les boutiques, qui sont fermées à l'heure qu'il est.

– Ah ! je les vois. Elles sont alignées devant la grande bâtisse, là-bas à droite... et il y en a d'autres à gauche.

– La grande bâtisse, comme tu dis, c'est une basilique.

– Une basilique ?

– D'après mon maître, qui est un fin lettré, c'est un mot grec qui veut dire « royal ». On l'emploie pour désigner tous les grands édifices publics rectangulaires. Parce que le Forum, ce n'est pas seulement la place du marché, comme à Asculum ; c'est aussi et surtout le centre de la vie publique et religieuse de Rome. Regarde tous les temples : celui de Vesta, celui de Saturne, celui de Castor et Pollux, celui de Janus, le dieu aux deux visages : il n'est ouvert qu'en temps de paix, mais, comme Rome n'a pas cessé de faire la guerre depuis des siècles, il a presque toujours été fermé...

– Et tout au fond, la grande terrasse avec une balustrade ?

– C'est l'endroit où se réunissaient autrefois les patriciens et où l'on juge aujourd'hui les procès ; on l'appelle le *comitium*.

– Et la tribune, derrière la balustrade ?

– C'est la tribune des harangues, où montent les orateurs et les magistrats pour parler au peuple ; les piliers qui la supportent sont ornés des éperons de navires ennemis jadis vaincus par Rome : c'est pourquoi on la nomme aussi la « tribune des Rostres », ou les « Rostres », tout simplement.

– Dis-moi où est le Sénat.

– C'est le grand bâtiment, au fond du *comitium*. On l'appelle la « Curie » ; seuls les sénateurs ont le droit d'y pénétrer, mais les portes doivent toujours rester ouvertes.

– Et il y a beaucoup de monde sur le Forum, en temps normal ?

– Je te crois ! Maintenant, il fait chaud, les Romains digèrent ou font la sieste et le Forum est vide. Mais tu verras, dans une ou deux heures. On ne peut pas faire un pas sans se cogner contre un avocat pressé, un sénateur arrogant, ou, tout simplement, contre un ivrogne. Le Forum ? C'est l'endroit de la terre où l'on rencontre tous les types d'hommes, les plus honnêtes comme les plus vicieux, les fripons et les braves gens, les personnes les plus généreuses de Rome et les pique-assiettes les plus éhontés, les timides et les hâbleurs. Chaque coin du Forum a sa spécialité.

– Comment cela ?

– Qui se ressemble s'assemble. Tu vois ce grand canal qui traverse le Forum dans toute sa largeur...

– Oui, il pue !

– C'est le grand égout de Rome, la Cloaca maxima. Tout à l'heure, le long de ce canal nauséabond, on verra parader les bluffeurs, ceux qui se mouchent plus haut que leur nez, les faiseurs d'embarras. À gauche, près des vieilles boutiques, ce sera le rendez-vous des fauchés, des endettés et des usuriers qui les exploitent, en véritables charognards qu'ils sont. Là-bas, près de la basilique Æmilia, les hommes riches et cossus, amateurs de fêtes et de plaisirs, ont l'habitude de se retrouver, en fin d'après-midi, pour préparer leurs parties fines. Ils racolent des jolies femmes désœuvrées ou des jeunes hommes débraillés et parfumés qui font commerce de leur corps et qui se promènent, aguicheurs et fardés, autour de la basilique en se déhanchant et en jouant de la prunelle. Mon maître m'a lu un jour une page d'un auteur ancien qui racontait tout cela, d'une manière très amusante.

– Comment s'appelait cet auteur ?

– Je ne m'en souviens plus très bien, Accius ou Attius Plautus, je crois.

– Ils en ont, de drôles de mœurs, les Romains. On ne voit pas ça dans notre bon village d'Asculum.

Petit à petit, groupe par groupe, les Romains faisaient leur apparition sur le Forum qui, en moins d'une heure, fut envahi par une foule grouillante de politiciens, d'hommes d'affaires, d'oisifs, de quémandeurs, de boutiquiers, de coupeurs de bourses, d'acrobates, de proxénètes, de richards mollement étendus sur un matelas de plumes, avec un traversin pour leur soutenir le dos, transportés par quatre robustes esclaves dans une luxueuse litière, de militaires en goguette, de courtisanes au regard indifférent et de bavards impénitents qui parlaient dans le vide.

– Filons, dit Coriolan. Je vais te montrer Subure.

– Qu'est-ce que c'est ?

– Je te l'ai déjà dit, c'est le nom d'un quartier entre le Viminal et l'Esquilin : l'endroit le plus pittoresque de Rome. Les malfaiteurs en tout genre, les esclaves en fuite, les prisonniers en rupture de ban, les clochards vivent en bonne entente avec des petits commerçants, des artisans, des perruquiers, des brocanteurs qui vendent à vil prix les objets qui ont été volés hier à Rome. Tu y rencontreras les prostituées les plus misérables et les moins chères de Rome. Si tu veux boire un mauvais vin, perdre tes sesterces en jouant aux dés avec un tricheur professionnel, recevoir un mauvais coup dans une bagarre, tu n'as qu'à entrer dans une des cent tavernes de Subure, et tu seras servi.

À peine eut-il fait quelques pas, dans ce quartier fétide et enfumé, que Pompéianus, l'homme des champs et des montagnes, se demanda s'il ne rêvait pas : il n'y avait pas d'arbres, pas de terre, pas de fontaines, pas même de maisons.

– Où donc vivent-ils, les gens de Subure ? demanda-t-il à Coriolan.

– Lève la tête. Tu vois ces grands murs, avec de petites fenêtres, qui bordent les rues ?

– Oui.

– Ce sont les murs des maisons de Subure. Elles sont construites les unes au-dessus des autres, on les nomme des appartements. Il y en a un, ou deux ou davantage par étage et l'ensemble s'appelle un immeuble. Plusieurs immeubles côte à côte, comme collés, forment une *insula* (un « bloc »), une sorte d'île de briques et de pierres qui semble surgir du sol.

– Comment y entre-t-on ?

– À l'aide d'échelles. On passe d'étage en étage.

– Mais ces maisons, elles ne tombent pas ?

– Tout dépend de la manière dont elles sont construites. Regarde celle-ci. Le soubassement est fait de grosses pierres, qui soutiennent toute la construction. Les murs sont en briques ou en moellons et ils n'ont pas plus d'un ou deux pieds d'épaisseur ; chaque étage repose sur des poutres en bois, bien plus lourdes que les murs, et c'est pourquoi ces édifices s'écroulent souvent... ou bien ils prennent feu, car les poutres sont en bois très sec.

– Et les gens qui y habitent ?

– Ils sont blessés, ou brûlés ; certains en meurent.

– Mais c'est horrible !

– On n'y peut rien. Les propriétaires font ce qu'ils veulent, après tout. Il y en a même qui s'enrichissent avec ces effondrements et ces incendies.

– Comment cela ?

– Imagine que cet immeuble de cinq étages, avec une taverne et un barbier au rez-de-chaussée, s'écroule, avec toute l'*insula* qui l'entoure. On prévient le propriétaire, il accourt... et il n'a plus que ses yeux pour pleurer.

– Mais comment va-t-il s'enrichir ?

– Ce n'est pas lui qui va profiter du désastre, mais un spéculateur, qui va se précipiter, lui aussi, sur les lieux du sinistre. Il va s'apitoyer hypocritement sur le malheur qui vient de frapper le propriétaire, lui prodiguer sa sympathie et lui proposer de lui acheter ses ruines encore branlantes au comptant, immédiatement...

– ... et, bien entendu, à très bas prix.

– Tu as compris. Puis il fait venir sur le chantier ses équipes de maçons, il le fait déblayer et entreprend la construction d'une *insula* neuve, dont il va louer les appartements un bon prix. Il a fait une bonne affaire, car le terrain constructible est rare, à Rome, qui fut bâtie jadis sur un grand marécage, et il l'a obtenu pour une poignée de figues.

– Ces Romains ne me plaisent pas du tout. Et que fait-on des habitants de l'immeuble ?

– On leur loue les nouveaux appartements plus cher que les anciens, puisqu'ils sont neufs. Les affaires sont tellement bonnes qu'on se demande si ce ne sont pas les spéculateurs eux-mêmes qui provoquent les effondrements ou qui allument les incendies.

– Que fait la police ?

– La police n'y peut rien, ou ne veut rien faire, d'autant que certains spéculateurs achètent les édiles et autres magistrats municipaux, quand ils ne sont pas édiles eux-mêmes. Tu sais, Pompéianus, il y a bien des choses horribles de ce genre qui se passent à Rome tous les jours. La vieille morale romaine, celle des paysans d'antan qui avaient les mêmes mœurs que nous, a été oubliée. À part quelques hommes purs et intègres, que l'on compte sur les doigts d'une main, et quelques philosophes, les Romains de Rome sont pourris. Ils ont perdu tout sentiment de dignité et ne pensent qu'à s'enrichir, quels qu'en soient les moyens. Tu sais ce qu'a dit le Numide Jugurtha quand il a quitté Rome, où il était venu se faire juger ?

– Non.

– « Ville à vendre », voilà comment ce barbare méprisant d'Afrique du Nord a jugé Rome après avoir acheté les généraux qui devaient le combattre et les juges qui devaient le juger. Et il avait raison.

Tout en parlant, les deux jeunes gens étaient arrivés au pied de l'Esquilin. Dans cette partie de Subure, il y avait moins de tavernes, moins de monde, et les immeubles insalubres et dangereux avaient disparu, pour laisser la place à des maisons privées, modestes, certes, mais avec des jardins bien entretenus, une cour intérieure, des fontaines et suffisamment d'esclaves pour accomplir les besognes de tous les jours. Coriolan attira l'attention de son compagnon sur l'une d'entre elles.

– Tiens, tu vois cette villa : elle appartient à une vieille famille patricienne, la famille des Julius.

– C'est curieux, remarqua Pompéianus, des patriciens qui vivent presque au cœur d'un quartier plébéien.

– Ils ne sont pas les seuls. Beaucoup de familles aristocratiques ont été ruinées ; alors elles ont conservé leurs esclaves, et les enfants de leurs esclaves, mais elles n'ont pas eu les moyens de s'acheter un terrain sur les flancs de l'Esquilin ou de l'Aventin.

– Qui sont-ils, ces Julius ?

– Mon maître les connaît bien. Ils descendent d'un certain Lucius Julius, qui est mort il y a plus de cent cinquante ans, à l'époque de la première guerre contre les Carthaginois. On rapporte qu'il aurait vaincu, tout seul, un éléphant de l'armée punique. Le propriétaire de cette villa est son arrière-arrière-petit-fils, Caïus Julius. J'ai entendu dire qu'il venait d'avoir un fils, qui est né ce matin.

– Comment l'a-t-il appelé ?

– Comme lui-même : Caïus Julius.

– Alors longue vie à ce petit Caïus Julius !

– Longue vie ! Mais tous les Julius ont porté le surnom du vieil ancêtre tueur d'éléphant. Le bébé qui vient de naître s'appellera sûrement Caïus Julius l'Éléphant.

CHAPITRE III

Le bon élève

(101-91)

Caïus Julius César vécut son enfance entouré de femmes qui l'admiraient comme la huitième merveille du monde et le cajolaient comme un enfant divin. Aurélie ne laissait à personne le soin de le langer ; elle enveloppait méticuleusement le corps du nouveau-né dans une longue et étroite bande d'étoffe – la *fascia* – repliée autour de la tête qui le faisait ressembler à une momie dont on n'aurait vu que le visage.

Pendant un mois, il dormit dans un grand panier d'osier, peu profond, d'où Aurélie ne le sortait que pour l'allaiter à son sein, toutes les fois qu'il se réveillait ou qu'il piaillait. La *cunaria* (la nourrice) chargée de le bercer pour qu'il s'assoupisse, une fois repu, s'en était étonnée :

– Pourquoi ne pas le mettre dans un vrai berceau de bois, une *cunabula*, avec une bonne paillasse ? avait-elle demandé à sa maîtresse.

– C'est dans un panier d'osier que Jupiter, Mercure et Bacchus furent déposés, à leur naissance, c'est dans un *vannus* que sera déposé mon petit Caïus, répondit Aurélie avec orgueil. Dans un mois, nous l'installerons dans une *cunabula.*

– Maman, intervinrent les deux sœurs du nouveau-né, est-ce que nous pourrons le bercer en lui chantant des chansons ?

– Plus tard, dans quelques semaines.

Les semaines passèrent très vite. Puis les mois. Puis les saisons. L'enfant était comblé de cadeaux par ses sœurs, par sa tante Julie, la sœur de son père, et, bien entendu, par sa mère, qui lui avait mis autour du cou une petite chaîne d'or à laquelle étaient suspendues quelques breloques, supposées être des porte-bonheur : une lunule, une hache à deux tranchants en miniature, une petite main bien ouverte, un dauphin. Jamais il ne s'endormait qu'il n'eût d'abord été bercé, et il fermait les yeux en tenant serrée contre sa poitrine une petite poupée de cire.

Aurélie lui enseigna, patiemment, à parler, à marcher, puis, quand il eut atteint l'âge de cinq ans, elle lui inculqua la crainte des dieux, la modestie et le respect des traditions. Elle entreprit aussi de lui conter la guerre de Troie et les origines légendaires de sa famille.

– Il était une fois, il y a bien longtemps, dans le lointain pays de Troade, en Orient, une belle et puissante ville, que l'on nommait Troie et sur laquelle régnait le vieux roi Priam. L'un des fils de ce roi, qui était très beau, Pâris, tomba amoureux de la plus belle femme du monde, qui se nommait Hélène. Celle-ci était la femme du roi grec Ménélas, frère du roi des rois de tous les Grecs, Agamemnon.

César répétait, attentif : Pâris, Hélène ; mais il bredouillait quand il s'agissait de prononcer le nom du roi des rois :

– A-MA-GE-MON.

– Non, disait sa mère ; répète après moi : A-GA-MEM-NON.

– A-GA-MEM-MMMON...

– Recommence.

– A-GA-MEM... (puis, prenant son élan :) ... NON. Qu'est-ce qu'il a fait, Pâris ?

– Il est allé à Sparte, où Hélène habitait, pendant que son mari était en voyage...

– Comme papa, interrompit l'enfant, il voyage beaucoup, papa.

– Oui, un peu comme papa. Il est donc allé voir Hélène, l'a enlevée sur un beau cheval blanc et il l'a emmenée à Troie, dans la ville de son père.

– Quand il est revenu, il a été en colère, Ménélas ?

– Il est devenu tout rouge et il est allé voir son frère Agamemnon dans son palais de Mycènes.

– Et alors ?

– Agamemnon a demandé à tous les rois de la Grèce de l'accompagner à Troie, pour reprendre Hélène, et tous les Grecs ont pris des bateaux et ils ont fait le siège de Troie. Mais la ville avait de bonnes murailles, aussi solides que celles qui entourent Rome, et elle résista pendant dix ans. Ce fut une guerre terrible, à laquelle participèrent les dieux de l'Olympe.

– Qui est-ce qui a gagné ? Les Grecs ou les Troyens ?

– Les Grecs. Ils sont entrés dans la ville par la ruse et ils ont massacré tous ses habitants.

– Même Priam ?

– Priam était très vieux et il s'était caché dans son palais. Mais un jeune guerrier grec le dénicha, le saisit par les cheveux et l'égorgea sans pitié.

– Oh ! Ce n'est pas bien. Quand je serai grand, je ferai la guerre, mais, si je fais prisonnier un ennemi, je ne le tuerai pas.

– Que les dieux t'entendent, mon fils.

– Et les autres chefs troyens ? Ils ont tous été tués ?

– Oui. Tous, sauf un, le vieil Anchise, qui était vieux et boiteux. Lorsqu'il était jeune et qu'il gardait ses moutons, la divine Aphrodite tomba amoureuse de lui.

– Qui est-ce, Aphrodite ?

– La déesse de l'amour et de la beauté chez les Grecs ; à Rome, nous l'appelons Vénus. De ses amours avec cette déesse, Anchise eut un fils, qu'il appela Énée. Lorsque la guerre de Troie fut terminée, Énée, qui avait pu s'échapper, quitta sa ville avec son fils Ascagne et en portant son père sur ses épaules.

– Il était grand, Ascagne ?

– Il avait à peu près ton âge.

– Et il a marché longtemps, Énée ?

– Des mois et des mois.

– Et où sont-ils allés, tous les trois ?

– D'abord dans les montagnes, pour se cacher. Puis ils sont partis dans la direction du soleil couchant, et ils sont arrivés sur les bords de la rivière qui coule de l'autre côté des murailles de Rome, là où je t'emmène promener de temps en temps. Tu te rappelles le nom de la rivière ?

– Le TI... le TITI... le TIPI... Je ne sais plus.

– Le Tibre. À cette époque, Rome n'existait pas, mais il y avait dans la région une puissante ville qui s'appelait Albe, et ses habitants les Albains. Plus tard Ascagne est devenu roi d'Albe et il a changé de nom : il s'est appelé Julius, mais on prononçait Iulius.

– Comme papa et comme moi ?

– Oui, mon amour, comme papa et comme toi. Tu t'appelles Julius, parce que c'est le nom de ton père, ton père s'appelle Julius comme son père à lui, qui était ton grand-père, et ainsi de suite, de père en père jusqu'à Ascagne-Iulius, qui est ton premier ancêtre.

– Dis, maman, le papa d'Ascagne, Énée, c'était le fils de Vénus ?

– Oui, je te l'ai déjà dit.

– Donc Vénus est un peu ma grand-mère ?

– Mais oui.

– Alors, si je suis le descendant de Vénus, je deviendrai roi des Romains quand je serai plus grand... Maman, je peux aller jouer dans la rue avec mes petits camarades ?

– Non. Je t'ai déjà dit que les rues de Subure sont dangereuses. Va plutôt sur le Forum avec eux, je vais vous accompagner.

Ainsi se déroulaient les jours. Le petit César aimait à jouer à la balle, aux billes, au cerceau : le jardinier Babasus lui avait fabriqué un cercle de fer qu'il faisait rouler à l'aide d'un bâton recourbé et sa mère avait attaché au cerceau des grelots qui tintinnabulaient gaiement en se heurtant les uns contre les autres. Quand il en avait assez de courir, César jouait à la *tabula* avec les petits garçons de son âge. La *tabula* était une planchette de bois sur laquelle on faisait rouler des noix en l'inclinant : celui qui avait envoyé sa noix le plus loin avait gagné. Il adorait aussi grimper sur l'*oscillatio*, le petit fauteuil de bois suspendu par quatre cordes à la solide branche d'un olivier, dans le jardin familial, et s'y balancer, poussé prudemment par sa mère, ou bien jouer à la guerre avec une bande de petits galopins, bruyants et échevelés, ou encore à colin-maillard avec ses sœurs et leurs amies.

Le jour de ses six ans, Aurélie lui mit pour la première fois entre les mains une mince tablette recouverte de cire, avec des bords en bois, qu'on appelait une *cera*, et un petit stylet de fer, pointu à l'un de ses bouts et muni à l'autre d'une large lame plate. Elle apprit à son fils à le tenir bien serré dans sa menotte, à tracer des petits traits sur la cire avec la pointe du stylet et à les effacer avec la lame plate, en lissant à nouveau la cire qu'il avait rayée. Dès lors, à plat ventre sur les dalles de pierre qui entouraient la villa familiale, César passait des heures entières à aligner maladroitement des bâtons sur sa tablette ; il les traçait de haut en bas, en tirant la langue. Puis il allait montrer son chef-d'œuvre à sa mère :

– Maman, regarde les beaux bâtons que j'ai dessinés.

– Ils sont beaux, répondait Aurélie, mais ils ne sont pas droits. Et puis, regarde : ils n'ont pas tous la même hauteur, recommence. Strabon, dit-elle au jeune esclave qui ne quittait pas l'enfant d'une semelle, montre-lui comment on fait, tiens-lui la main. Et toi, César, arrange un peu ta tunique, tu as perdu ta broche et elle a glissé de ton épaule. Tiens-toi bien, tu es un Julius, et non pas un petit voyou de Subure.

Après avoir couvert de bâtons sa tablette pendant des semaines et des semaines, César apprit à tracer des lettres, à les nommer, puis à lire des syllabes simples. Un beau matin, il se précipita, triomphant, vers sa mère, en lui tendant sa tablette :

– Regarde, j'ai écrit MAMA : c'est toi.

Aurélie en avait les larmes aux yeux, mais elle ne se départit point de son rôle d'éducatrice :

– C'est bien, mais il manque une lettre. Il faut écrire MAMMA, avec deux « M ».

Petit à petit, César faisait des progrès. Dès l'âge de sept ans, grâce à la patience de sa mère, il savait lire et écrire et même compter avec un boulier.

À l'aube de sa neuvième année, il se tint chez les Julius une sorte de conseil de famille auquel participèrent son père, Caïus, sa mère, sa tante Julie et l'époux de celle-ci, le général Marius, qui avait pris une retraite bien méritée dans sa luxueuse propriété de Misène, sur la baie de Naples.

– Cet enfant sait lire, écrire et compter, commença Aurélie, il faut maintenant parfaire son instruction.

– Mettons-le dans un *ludus litterarius* (école primaire publique), suggéra Marius. Il y en a deux qui sont excellentes dans Subure.

– Tu n'y penses pas, Marius, protesta Aurélie. Je les connais, ces écoles où les garçons sont mélangés avec les filles, où les instituteurs sont d'une sévérité et même d'une brutalité inouïes. Je ne veux pas que mon fils soit traité ainsi. C'est un fils de patricien.

Marius, en bon homme du peuple qu'il avait été, se heurtait souvent à sa belle-sœur, dont il raillait les partis pris et les idées de grandeur. Il convint cependant que César n'avait plus rien à apprendre à l'école publique :

– Il est vrai que mon neveu est en avance pour son âge ; ce n'est pas un instituteur qu'il lui faut, mais un professeur de lettres, un *grammaticus*, qui lui enseignera la grammaire et l'art de bien écrire, tant en latin qu'en grec... quoique je me méfie de ces Romains prétentieux qui ne jurent que par le grec.

Caïus, qui n'avait encore rien dit, sortit de son silence :

– On m'a parlé d'un Gaulois qui a fait ses études à Alexandrie, auprès des plus fameux rhéteurs grecs ; il a, dit-on, l'esprit vaste, une mémoire étonnante et une connaissance parfaite des auteurs anciens : il est capable de réciter, pendant des heures, des passages entiers de l'*Iliade* ou de l'*Odyssée*. En outre, ajouta-t-il, il est d'un tempérament facile et doux, et il méprise les salaires : c'est un modèle de désintéressement.

– Comment s'appelle-t-il ? demanda Aurélie.

– Marcus Antonius, mais on l'a surnommé Gniphon.

– Qu'est-ce que ça veut dire, ce surnom ? demanda la tante Julie.

– Le « ténébreux », expliqua Caïus ; c'est un homme réservé, qui ne sourit jamais.

– Va pour Gniphon, dit Aurélie : où enseigne-t-il ?

– Il n'a pas d'école à lui pour l'instant.

– Nous l'installerons chez nous ; il y a un petit pavillon au fond du jardin, qui ne sert à rien ; il y sera très bien et il pourra même y recevoir des élèves.

– La grammaire et la rhétorique, c'est bien, dit Marius en bougonnant, mais je ne veux pas que mon neveu devienne une poule mouillée. Regardez-le : il n'est pas très grand pour son âge, il est frêle, et je le vois mal sur un champ de bataille. Il faut lui faire donner des leçons de gymnastique, lui enseigner à manier les armes, à combattre, à monter à cheval, à nager. Aurélie, tu devrais l'envoyer faire l'exercice, une fois par semaine, sur le Champ de Mars.

– Marius a raison, dit Caïus. Nous l'enverrons au Champ de Mars dans un ou deux ans, pour apprendre le métier des armes ; en attendant il pratiquera la gymnastique et l'athlétisme avec un de nos esclaves qui lui apprendra à courir, à lancer le javelot et le disque.

Ce qui fut dit fut fait. On fit venir Gniphon, qui vécut comme un coq en pâte chez les Julius, et le jeune César apprit par cœur les déclinaisons et les conjugaisons latines et grecques, les règles de grammaire des deux langues, les tournure et l'art de bien parler et de bien écrire. Puis son maître lui fit lire et expliquer l'*Odyssée*, dans la traduction latine qu'en avait faite, cent trente ans plus tôt, un esclave grec de Tarente, et le fils d'Aurélie récitait en latin les vers fameux du grand Homère :

C'est l'homme aux mille ruses, Muse, qu'il me faut conter,
Celui qui tant erra quand, de Troade,
il eut pillé la ville sainte,
Celui qui visita les cités de tant d'hommes.

– Qui est-ce, l'« homme aux mille ruses », César ?
– C'est un bonhomme qui joue des tours à tout le monde.
– Tu t'exprimes très mal. On ne dit pas un « bonhomme », ce n'est pas noble ; on dit tout simplement un « homme » ou un « personnage » ; quant aux « mille ruses », ce ne sont pas des farces que l'on fait pour rire, ce sont des moyens subtils qu'on emploie pour se tirer d'un mauvais pas. Et qui est-ce, cet homme subtil ?
– Je ne sais pas. Ah ! oui : c'est Ulysse.
– Et pourquoi a-t-il beaucoup voyagé ?
– Euh !... Parce qu'il est retourné chez lui après la guerre de Troie, et que c'était loin.
– En effet, c'était loin, mais, de plus, Ulysse avait l'esprit audacieux et curieux, il a voulu visiter un grand nombre de contrées, d'îles, de cités, et il lui est arrivé bien des aventures, il a rencontré bien des gens : de jolies jeunes filles qui étaient amoureuses de lui, comme la nymphe Calypso, la princesse Nausicaa ou la magicienne Circé, des monstres, comme le cyclope Polyphème, des démons marins à demi femmes, à demi oiseaux, comme les Sirènes.

L'élève César était doué. Dès qu'il eut atteint l'âge de dix ans, il sut réciter des passages entiers de l'*Odyssée* en grec, et non plus en latin. Gniphon l'écoutait, les yeux fermés. Il corrigeait sa prononciation, ses intonations, il lui posait des questions sur le sens d'un mot, sur une construction grammaticale, sur le style du prince des poètes. Puis César étudia d'autres auteurs grecs. Son maître lui faisait réciter des morceaux d'éloquence, choisis parmi les œuvres des orateurs d'autrefois. Enfin il lui enseigna à composer des vers, des petits discours, et il le félicitait de son application.

Les progrès de son fils ravissaient Aurélie, qui avait pour les lettres un penchant tout féminin, mais attristait Caïus qui aurait préféré, sans doute, voir César réussir dans les affaires plutôt que dans la poésie ou dans la carrière des honneurs que lui-même avait abandonnée après avoir été préteur.

Quant à l'oncle Marius, qui se vantait d'avoir été sept fois consul sans connaître un mot de grec, il goûtait plus l'éclat des armes et la gloire des victoires que les charmes des Muses helléniques, et, le soir, il prenait son neveu sur ses genoux, lui expliquait l'art d'assiéger une place, de livrer une bataille en pleine campagne et il lui enseignait l'amour du peuple.

César, le bon élève au visage pâle et aux grands yeux noirs, grandissait ainsi, entre sa mère, ses deux sœurs et son professeur. Jamais on ne le voyait courir à travers le Forum, pourtant si proche, ni flâner avec les garçons de son âge dans les rues de Subure. Lorsqu'il ne travaillait pas avec Gniphon, il lisait, attentif, quelques pages de Démosthène, ou bien se faisait raconter par sa mère comment Alexandre le Grand avait conquis l'empire des Perses. Ce qui le réjouissait le plus, c'étaient les visites de sa tante Julie, l'épouse de Marius. Elle n'en finissait pas de parler politique avec véhémence ; sa formule préférée était « ces bandits qui nous gouvernent » et César se demandait, perplexe, comment on pouvait être à la fois un bandit et un consul. La bête noire de la tante Julie était le consul Licinius Crassus.

Les discours politiques de la tante Julie trottaient dans la tête du jeune César, et il aurait bien aimé comprendre de quoi il s'agissait. Gniphon lui parlait souvent d'Athènes, de Solon, de Périclès, de la démocratie, il savait vaguement que Rome était gouvernée par des consuls, des préteurs, des censeurs et par d'autres magistrats, mais il ignorait tout des rouages de la vie politique. Ce fut son père qui les lui expliqua, dans le courant de l'automne 91, quatre ans après la visite tumultueuse de la tante Julie et sa sortie contre la loi de Licinius Crassus.

– Papa, avait-il demandé un jour à son père, qu'est-ce que ça veut dire, « voter » ?

– Cela signifie « exprimer son opinion » sur quelque chose ou sur quelqu'un lorsqu'il y a un choix à faire.

– Quel genre de choix ?

– Par exemple, lorsque tu joues à la guerre avec tes petits camarades, vous faites deux camps...

– Oui, l'interrompit César, on joue aux Romains et aux barbares.

– Bien. Dans chaque camp, il faut choisir un chef.

– Avec mes copains, on ne choisit pas le chef, on le tire à la courte paille.

– C'est une méthode comme une autre pour désigner un chef, mais le sort peut tomber sur un mauvais chef.

– C'est embêtant. Mais comment faire ?

– Vous pouvez aussi donner chacun votre avis. Par exemple, en écrivant sur une tablette le nom du camarade que vous aimeriez avoir comme chef. C'est cela qu'on appelle « voter ».

– Et ensuite ?

– Ensuite, c'est très simple : le camarade dont le nom a été le plus souvent écrit est nommé chef.

– Et si c'est un mauvais chef ? S'il nous fait perdre ?

– Eh bien ! vous ne voterez plus pour lui la prochaine fois.

– Les grandes personnes votent, elles aussi ?

– Oui. Lorsqu'il faut désigner les chefs de Rome : les consuls, par exemple. Ou bien lorsqu'il faut faire une loi.

– Tous les Romains votent ? Même maman ?

– Non. Il n'y a que les hommes qui votent. On les réunit tous sur le Champ de Mars et ils votent. Quand il s'agit de choisir des consuls, ou d'autres magistrats, ce sont les centuries qui votent...

– Les centuries ?

– Oui, des groupes de citoyens classés selon leur fortune. Il y en a 193 à Rome. Mais, quand il s'agit d'adopter une loi, les Romains votent par circonscription, selon le quartier ou le bourg où ils habitent : il y en a 35, on les appelle des « tribus ». L'assemblée des tribus est appelée comices tributes.

– Alors la loi de Licinius Crassus que n'aime pas la tante Julie, elle a été votée par les comices tributes ?

– Évidemment.

Depuis cette fameuse loi, on ne parlait plus, à Rome, que de ces peuples italiens, que les Romains avaient dominés deux ou trois siècles auparavant et avec lesquels ils vivaient maintenant en bonne intelligence, les *socii* (les « alliés »). Il y avait parmi eux de grands propriétaires fonciers, qui contribuaient largement au ravitaillement de Rome et de ses légions, et, dans les villes dites « libres » des provinces italiennes, des banquiers et de gros négociants en rapport avec l'Orient. Ces « alliés » s'agitaient et ils étaient devenus une source de conflits politiques sans fin. Pour les sénateurs, il n'était absolument pas question de leur accorder l'égalité de droits avec les citoyens romains : ils étaient contre l'entrée en masse des « étrangers » dans la vie politique romaine. Le parti populaire, dont le chef était alors Marius, soutenait la thèse généreuse de l'égalité des droits pour tous. La tante Julie résumait la situation à sa façon :

– Le slogan du parti sénatorial, c'est « par ici la bonne soupe », et leur soupe, ces messieurs ne veulent la partager avec personne, ni avec la plèbe romaine, ni avec les « alliés » italiques ; mais, à la longue, ce sera la révolution, croyez-moi. Et, pour ces messieurs, ce sera la soupe à la grimace. Vous verrez, les élections approchent.

On était en effet à quelques semaines de l'élection annuelle des consuls par les comices centuriates, qui avait lieu, traditionnellement, dans le dernier trimestre de l'année. Le temps était donc venu de convoquer les citoyens romains au Champ de Mars.

Après avoir consulté les présages, Marcius Philippus, le consul sortant, fit hisser un drapeau rouge au faîte du temple du Capitole et sonner du clairon dans les rues et sur les collines de Rome, ainsi que dans les bourgs environnants, pour annoncer que les comices centuriates auraient lieu le 10 novembre suivant, sous sa présidence.

César lisait l'*Odyssée* dans le jardin de ses parents lorsqu'il entendit le son du clairon.

– Papa, papa, courut-il dire à son père, on joue du clairon dans la rue.

– C'est le clairon de la République. Dans trois semaines, les citoyens choisiront deux nouveaux consuls : je t'emmènerai au Champ de Mars.

– De l'autre côté de la muraille, sur les bords du Tibre ? Oh ! chic, alors !

César dansait de joie sur place : à dix ans et demi, il s'apprêtait à recevoir le baptême du feu de la politique.

CHAPITRE IV

Une élection à Rome

(10 novembre 91)

Ce 10 novembre de l'année 662 de Rome (91 av. J.-C.), il faisait bien froid lorsque le petit César s'éveilla. Déjà, les serviteurs de la maison, les yeux bouffis de sommeil, s'activaient dans l'atrium et dans les couloirs, armés de torchons, de plumeaux, de balais. Ils nettoyaient, époussetaient, lavaient les sols avec ardeur : Aurélie exigeait que la villa des Julius fût propre comme un sesterce neuf dès avant l'aube.

L'enfant s'étira, bâilla, se frotta énergiquement les yeux et descendit de son lit, haut sur pieds, en se servant d'un *scamnum* (tabouret), pour se précipiter vers le *lasanum* (vase de nuit), bien rangé sous le sommier du lit. Il versa ensuite un peu d'eau dans la *malluvia* (cuvette) qui reposait sur une console, dans un coin de sa chambre, fit une toilette hâtive et appela sa mère afin qu'elle l'aidât à s'habiller.

Il enfila d'abord un *licium*, une sorte de pagne, qu'Aurélia lui attacha autour de la taille, sur lequel il passa une tunique de lin, faite de deux pans cousus ensemble, serrée autour du corps par une ceinture. Aurélie s'assura que sa *bulla* d'or, signe de son appartenance à la noblesse, était bien attachée à la chaîne qu'il portait autour du cou et elle noua avec soin les lacets de ses *crepidae* (espadrilles) de cuir. César ne tenait plus en place ; il trouvait que cette séance d'habillage n'en finissait pas, et il avait hâte de courir vers son père, qui l'attendait sur le perron, dans l'obscurité matinale de novembre, et de partir vers le Champ de Mars.

– Tiens-toi tranquille, Caïus, je vais te mettre ta prétexte, lui dit Aurélie.

La prétexte était un grand morceau de tissu en laine blanche, bordé d'une large bande de pourpre, qui servait de cape aux enfants – garçons ou filles – jusqu'à ce qu'ils atteignent l'âge de seize ans. Elle ressemblait à la toge des magistrats, et il fallait une grande habileté non seulement pour s'en draper, mais aussi pour la maintenir en place. Caïus n'aimait pas la prétexte :

– Non, maman. Pas la prétexte. Je veux y aller en tunique.

– Tu feras ce que je te dis. D'abord, il fait très froid, ensuite que penserait-on d'un petit Julius qui ne porterait pas la prétexte ?

Aurélie en tenait pour les traditions, et il n'était pas question de discuter ses décisions. Elle donna à son fils un gâteau moelleux, fait de lait, de farine et de miel, qu'elle avait acheté, la veille, chez un *lactuarius* (pâtissier) de Subure, et lui tendit un *potorium* (gobelet) d'argent plein d'eau.

– Bois, Caïus, et dépêche-toi : ton père t'attend. Il doit passer chez le barbier.

En dépit de l'heure matinale, la *tonstrina* – l'échoppe du barbier – que fréquentait habituellement le père de César était déjà en pleine activité. Les clients se levaient, s'asseyaient, s'interpellaient, les *circitores* (garçons coiffeurs, assistants du barbier) circulaient entre eux avec une incroyable rapidité, tendant une serviette à l'un, un flacon de parfum ou une pommade à l'autre. Caïus prend place sur un *scabellum* (tabouret), au milieu de la boutique où officie le *tonsor*, qui l'aide à enfiler un *involucre* (peignoir) de fine batiste, afin de protéger sa toge.

Le barbier donne à son client le choix entre la *novacula* (le rasoir), que l'on passe à sec sur la peau après l'avoir affilée sur une pierre à aiguiser, et l'épilation de la barbe poil après poil à l'aide d'une *volsella* (pince à épiler) ou d'une pâte épilatoire faite de résine et de poix. Caïus opte pour le rasoir, mais le barbier opère avec une incroyable lenteur :

– Dépêche-toi, lui dit Caïus, impatient, tu vas si lentement que ma barbe a le temps de repousser entre deux coups de rasoir.

Un *circitor* lui présente un bassin plein d'eau. Il y trempe la main droite et se la passe sur la joue pour attendrir sa barbe, à la demande du barbier, qui râpe la peau de son client plus qu'il ne la rase. Finalement, Caïus s'en tire avec quelques balafres sur les pommettes, mais il est rasé. Il fait signe au figaro de lui couper quelques mèches de cheveux. Le barbier taille et retaille, en jonglant avec son *forfex* (ciseaux), tandis que son client suit les différentes opérations dans un petit miroir qu'il tient lui-même dans la main droite. Après la coupe, le barbier devient coiffeur. Il peigne les mèches folles, les sourcils et, à l'aide d'une tige de fer creuse comme un roseau, chauffée sous une cendre brûlante, il frise les mèches d'une main experte.

Le *tonsor* savait que le père de César était coquet, et qu'il cherchait à dissimuler sa calvitie naissante par de tels artifices. Moi, se disait le petit César, quand je serai grand, si je deviens chauve, je me ferai arracher tous les cheveux et raser le crâne, comme Babasus, notre jardinier.

La séance se termine. Il ne reste plus qu'à couper les ongles du patient, à le parfumer, à le débarrasser de son peignoir, à rajuster sa toge. Caïus était prêt : rasé, coiffé, frisé, il allait pouvoir voter.

Une tribune avait été dressée sur la vaste esplanade du Champ de Mars, qui était noire de monde.

– C'est pour quoi faire, ce truc ? demanda César à son père, en montrant la plate-forme de planches qui avait été bâtie à la hâte pour la circonstance.

– Le consul va faire un discours. Quand il sera là-haut, tout le monde pourra le voir. Même toi.

– Même moi ?... Papa, regarde : il arrive.

Marcius Philippus, revêtu d'une ample toge blanche ornée de la bande de pourpre que seuls les sénateurs avaient le droit de porter, s'avançait gravement vers la tribune, précédé de douze licteurs, portant sur l'épaule droite un faisceau de baguettes de bouleau liées ensemble, et, à la main droite, une baguette avec laquelle ils écartaient la foule.

Il gravit lentement les six marches de bois qui mènent à la tribune. Le silence se fait sur le Champ de Mars : on n'entend plus que le bruissement feutré des pigeons dans les arbres. Le consul s'adresse aux citoyens romains rassemblés :

– En ce cinquième jour après les nones de novembre, je déclare ouverts les comices centuriates pour l'élection des consuls de la prochaine année.

– Qu'est-ce que ça veut dire, les comices centuriates, papa ? demanda le petit Caïus Julius César, impressionné par la solennité du moment.

– Les comices, c'est l'assemblée du peuple romain.

– Pourquoi les appelle-t-on « centuriates » ?

– Parce que, depuis des siècles et des siècles, tous les citoyens romains, ceux qui vivent à la ville et ceux qui résident à la campagne, ont été regroupés en 193 centuries. Les comices sont appelés centuriates, parce que toutes les centuries sont convoquées pour voter.

– Qu'est-ce que c'est, une centurie ?

– Autrefois, c'était un groupe de cent soldats, commandés par un centurion. Maintenant c'est beaucoup plus compliqué.

– Explique-moi.

– Tous les cinq ans, des magistrats qu'on appelle des censeurs comptent combien il y a de Romains de plus de seize ans. Ils en font la liste, avec leurs noms, leurs prénoms. Ce sont eux les citoyens romains, ils ont le droit de voter, ils doivent faire leur service militaire et payer leurs impôts.

– Alors, moi, je ne suis pas citoyen romain, puisque je n'ai pas encore seize ans...

– Non. Pour l'instant, tu es un Romain, un point c'est tout. C'est pourquoi tu portes une toge avec une bande pourpre, une prétexte.

– Elle ressemble à celle du consul...

– Oui. Tu deviendras un citoyen romain le jour de tes seize ans. Ce jour-là, j'irai te faire inscrire sur le livre des censeurs.

– Et Babasus, le jardinier, c'est un citoyen romain ?

– Non, c'est un esclave ; il n'a aucun droit.

– Et si tu disais qu'il n'est plus esclave ?

– Alors il deviendrait ce qu'on appelle un affranchi. Mais il ne serait toujours pas citoyen romain. Il n'aurait pas le droit de voter, par exemple.

– Et Pompéianus, le marchand de cruches, c'est un citoyen romain ?

– Non plus. Il a plus de seize ans, il n'est ni esclave, ni affranchi, mais il n'est pas romain : il est picentin. C'est un *socius*, un allié.

César observait le consul, en haut de sa tribune. Un personnage nouveau était apparu à son côté. Comme le consul, il portait une toge ornée de pourpre, mais il tenait un bâton terminé par une crosse à la main droite. C'était un augure, un prêtre dont la spécialité était d'observer trois genres de signes, considérés comme des présages, qu'on appelait des auspices : le vol et le chant des oiseaux, les éclairs dans le ciel et l'appétit des poulets sacrés. L'augure se recueillit pendant dix bonnes minutes, leva la tête vers les cieux pour adresser une prière aux dieux, et pointa lentement son regard vers la gauche, direction considérée comme néfaste par les Romains. Il scruta attentivement le ciel et déclara, d'une voix forte et assurée :

– Je ne vois aucun auspice défavorable.

Puis il se tourna vers la droite. Il aperçut deux corneilles qui s'envolaient de concert tandis qu'un bref éclair rayait le ciel noir de novembre ; c'étaient là de bons auspices, et il déclara :

– Les auspices sont fastes, le vote des comices centuriates sera béni par les dieux.

Marcius Philippus reprit la direction de la procédure en s'adressant à la foule :

– Citoyens romains, vous allez vous regrouper par tribus et prendre place dans l'*ovile* (l'enclos) entouré de palissades, là-bas, au bord du Tibre.

Il y eut comme une grande vague humaine qui déferla sur le Champ de Mars. Tous les Romains assemblés, jeunes ou vieux, se dirigeaient vers cet enclos qu'ils connaissaient bien, car on votait souvent à Rome. Caïus était sur le point de suivre le mouvement, lorsque son fils le rattrapa par le bas de sa toge :

– Papa, qu'est-ce que c'est que toutes ces barrières, dans l'*ovile*, avec une porte à chaque bout ? Je les ai comptées, il y en a trente-quatre.

– Ces barrières délimitent trente-cinq couloirs dans lesquels nous autres, les électeurs, nous allons nous ranger pour aller voter. Il y a un couloir par tribu.

– Qu'est-ce que c'est, une tribu ?

– C'est un endroit bien précis, comme un quartier de Rome, ou un village de la banlieue, et tous les citoyens romains qui y habitent. Par exemple nous, les Julius, nous habitons le quartier de Subure : notre tribu est appelée « tribu de Subure ».

– Alors le pâtissier qui a fait le gâteau au miel que maman m'a donné ce matin est de la même tribu que nous.

– Oui, évidemment ; et aussi le barbier qui m'a rasé : il est citoyen romain et il habite Subure, donc il fait partie de la tribu de Subure.

Le spectacle des toges blanches qui virevoltaient dans le Champ de Mars était grandiose. César écarquillait ses yeux du mieux qu'il pouvait. Il avait perdu de vue son père, mais il était comme fasciné par cette foule romaine silencieuse et disciplinée qui, en quelques instants, s'était parquée en trente-cinq longues files, blanches et immobiles, dans les trente-cinq longues travées de bois aménagées dans l'*ovile.*

Selon une tradition qui remontait aux origines de la République, on commença par tirer au sort la centurie prérogative, c'est-à-dire celle qui devait voter la première. Depuis la guerre contre les Carthaginois, c'était toujours une centurie de première classe appartenant à l'une des trente et une tribus rustiques. Le sort tomba sur la centurie n° 30 de la tribu Æmilia, une circonscription de la proche banlieue de Rome. Ses représentants se frayèrent un chemin, dans la travée de cette tribu, et la barrière qui la clôturait fut levée. Les électeurs prérogatifs s'engagèrent sur une petite passerelle en planches, le « pont des suffrages », sur laquelle il n'y avait place que pour une seule personne à la fois, comme dans nos modernes isoloirs. Dès qu'il arrivait sur la passerelle, le votant recevait un bulletin de vote *(libellus)* sur lequel il inscrivait les noms des deux consuls qu'il avait choisis parmi les quatre candidats en présence. Puis il le déposait dans une urne au col étroit, placée à l'extrémité de la passerelle.

Lorsque toute la centurie eut fini de voter, ce qui fut assez rapide, car il n'y avait que quarante-huit votants, tous les autres électeurs de cette centurie étant absents, on procéda immédiatement au dépouillement du scrutin. Les scrutateurs firent porter le résultat de ce premier vote au consul, qui l'annonça sur-le-champ du haut de sa tribune :

– La centurie n° 30 de la tribu Æmilia a élu comme consuls pour l'année 663 de Rome le général Lucius Julius César et l'honorable Rutilius Lupus.

À la nuit tombante, lorsque toutes les centuries eurent voté, le consul Philippus put prononcer à la lueur des torches et des lampes à huile :

– Lucius Julius César et Rutilius Lupus ont obtenu la majorité des voix des comices. Le scrutin est donc clos. Saluons nos deux nouveaux consuls et souhaitons que, sous leur consulat, la grandeur de Rome soit plus éclatante que jamais.

Caïus, qui avait voté avec les centuries de la circonscription de Subure, avait pris son fils par la main et, suivant le mouvement de la foule qui s'écoulait lentement, il s'apprêtait à regagner Rome ; il murmura à voix basse :

– Plaise au ciel que cette victoire ne se termine pas dans le sang des Romains.

CHAPITRE V

Rome, ville à prendre

(91-88)

Le petit César n'était pas peu fier. Le général qui venait d'être élu consul était un cousin de son père, donc un petit peu le sien. Certes, il s'agissait d'un cousin éloigné (les deux hommes avaient le même arrière-grand-père), mais il n'en était pas moins de la famille Julius. L'enfant sautillait d'un pied sur l'autre en chantonnant :

– Je suis le cousin du consu... ul, je suis le cousin du consu... ul ! Papa, à quoi tu penses ?

– À mes affaires ; je dois partir pour Pise la semaine prochaine, et cela m'ennuie de vous laisser seuls, toi, ta mère et tes sœurs.

– Qu'est-ce que tu veux qu'il nous arrive ? Ce n'est pas la première fois que tu pars.

– Certes non, mais, cette fois-ci, ce n'est pas la même chose.

– Pourquoi ?

– Tu es trop petit pour comprendre.

– Mon prof de grammaire dit que je suis très intelligent.

– On ne dit pas mon « prof », on dit mon « professeur ».

– Mon professeur de grammaire dit que je suis très intelligent et que je comprends très bien Homère.

– Eh bien ! si tu comprends Homère, je peux essayer de t'expliquer. Qu'est-ce qui s'est passé, à Troie ?

– Il y a eu une guerre très longue... Tout le monde est mort.

– Pas tout le monde, mais beaucoup de monde. C'est hélas toujours comme ça dans toutes les guerres. Ton oncle Marius ne t'a jamais raconté les invasions des barbares ?

– Si. Il m'a dit que, lorsque je suis né, il y avait plein de méchants barbares, avec des grandes barbes et des haches, qui voulaient tuer tous les Romains et prendre toutes leurs maisons, alors il leur a fait la guerre et c'est lui qui les a tous tués avec ses soldats. Il est fort, l'oncle Marius.

– Tu te souviens du nom de ces barbares ?

César l'avait oublié.

– C'étaient les Cimbres, lui dit son père. Sans Marius et ses soldats, ils seraient arrivés jusqu'à Rome. Et ils étaient nombreux, tu sais, ces barbares du Nord...

– Combien il y en avait, des Cimbres ?

– Des milliers et des milliers.

– Autant que les hirondelles, quand elles s'envolent à la fin de l'été ?

– Beaucoup plus.

– Autant que les étoiles dans le ciel ?

– Beaucoup plus encore... ils étaient deux cent mille.

– S'ils étaient tous venus à Rome, ils auraient tout cassé. Heureusement qu'il n'y a plus de Cimbres.

Caïus tenta d'expliquer à son fils que, ce qu'il craignait, c'était un soulèvement général des peuples de l'Italie.

– Partout autour de Rome, et même très loin de Rome, il y a des peuples qui ne nous aiment pas.

– Pourquoi ?

– Parce que, jadis, nous avons pris leurs terres, leurs troupeaux, leur argent...

– Et on ne leur a pas rendu tout ce qu'on leur a pris ?

– Non, mais ils sont devenus des amis, des « Alliés », et maintenant ils sont libres, ils cultivent leurs terres, ils sont devenus riches et, bien souvent, ils font la guerre avec nous et pour nous. Seulement, nous les traitons mal. Beaucoup de Romains, qui ont des propriétés dans leurs pays, se moquent d'eux, leur empruntent de l'argent et ne les remboursent pas... Tiens, pas plus tard que l'été dernier, j'étais à Asculum...

– Asculum ? La ville qui est presque au bord de la mer et d'où vient Pompéianus, le marchand de cruches en terre ?

– Oui. Il faisait très chaud, ce jour-là, et la femme d'un consul qui passait ses vacances là-bas voulut se rendre aux thermes, pour s'y baigner. Elle demanda au maire d'Asculum de faire sortir tous les gens qui s'y trouvaient, afin d'aller se baigner toute seule.

– Elle en faisait, des chichis, cette femme de consul. Et alors ?

– Le maire lui a obéi, et il a fait évacuer l'établissement de bains, mais la femme trouva qu'elle avait trop attendu, et elle s'en plaignit à son mari. Sais-tu alors ce que le mari a fait ? Il a envoyé deux gardes chercher le maire d'Asculum, qui fut condamné à recevoir cent coups de verges sur le derrière devant tous les habitants de la ville.

– Il n'était pas gentil, ce mari.

– Il était même idiot. Lorsqu'on lui demanda, le lendemain, pourquoi il avait fait subir un tel affront au maire de nos Alliés, il répondit bêtement : « Nous autres, Romains, nous sommes d'une race supérieure à ces Picentins. »

– Qui c'est, les Picentins ?

– Ce sont les habitants du Picénum, le pays où se trouve Asculum. Beaucoup de Romains se comportent comme ce consul avec nos Alliés, à Asculum et ailleurs ; pourtant, si l'armée romaine est grande et forte, c'est grâce à eux : ils ont combattu les Cimbres avec nous, il y a dix ans, et ils se battent vaillamment partout où Rome est menacée. Ils méritent cent fois plus d'être citoyens romains que les bandits qui nous gouvernent, comme dirait ta tante Julie.

– J'ai compris, s'écria César. Tu as peur que nos Alliés fassent la révolution, et viennent tout casser à Rome pendant que tu seras en voyage. Mais, papa, je suis là, moi, et je défendrai maman et mes sœurs. Je n'ai peur de rien.

Avec la sagacité de ces hommes qui, ne participant pas aux luttes politiques, savent en juger sans passion les conséquences, Caïus ne doutait pas que Rome ne triomphât des Italiens en armes, mais il redoutait le prix qu'il faudrait payer cette victoire : ce serait la fin de la République et la montée, tôt ou tard, de la tyrannie. Mais cela, il ne savait pas comment le faire comprendre au gamin qui marchait à son côté, avec sa petite toge prétexte mal serrée qui volait au vent :

– Caïus, attache mieux ta toge, et cesse de te dandiner en marchant, tu as l'air d'un petit voyou, lui dit-il, en guise de conclusion.

Quelques jours plus tard, la nouvelle parvenait à Rome que le magistrat romain des affaires judiciaires à Asculum – le propréteur – venait d'être assassiné et, avec lui, tous les Romains de la ville.

L'assassin était ce même Pompéianus, dont nous avons déjà décrit l'arrivée à Rome dix ans plus tôt. Il avait été l'un des premiers à être la victime de la loi Licinius qui irritait tellement la tante Julie. Son commerce de poterie commençait à prospérer, il avait terminé de payer les usuriers qui lui avaient avancé l'argent nécessaire pour acheter une boutique sur le Forum, et il était fiancé à une jeune Romaine, une plébéienne typique, sans famille, sans biens, sans instruction, mais dont les yeux noirs et les seins roses valaient tous les bijoux et toutes les rhétoriques du monde. Un beau matin, quatre vigiles se présentèrent à son domicile, un petit appartement de deux pièces au quatrième étage d'un immeuble branlant de Subure, s'emparèrent de lui et le conduisirent sans ménagement sur le Champ de Mars, de l'autre côté des murailles de Rome :

– Fiche le camp de la Ville, sale métèque, pourriture.

– Mais qu'est-ce que j'ai fait de mal ? demanda-t-il à ces représentants de la force publique. J'ai payé mon loyer, j'ai remboursé mes emprunts et je vais bientôt me marier.

– Fiche le camp. La loi est la même pour tous.

– Quelle loi ?

– La loi qui interdit aux alliés d'être domiciliés à Rome. Allez, fiche le camp.

– Quoi ? Maintenant ? Sans prendre mes outils, mon mulet, mes poteries ? Sans emmener ma fiancée ?

– Le mulet, nous l'avons confisqué, tes poteries, elles sont en miettes, et ta fiancée c'est une Romaine : elle n'a rien à faire avec des *merdacei Picentes* (des « Picentins merdeux ») comme toi.

Pompéianus ne pouvait plus se contenir. Il se rua sur les vigiles, mais que pouvait-il faire contre quatre hommes armés ? Il fut roué de coups, assommé, à moitié étranglé et laissé pour mort sur les rives du Tibre. Des marchands qui passaient par là se chargèrent de le ramener dans son pays, après qu'ils eurent appris qu'il était d'Asculum. Là, il n'eut de cesse qu'on ne lui rende justice. Tous les matins, il se rendait chez le propréteur Servilius :

– Accorde-moi un simple laissez-passer, que je puisse avertir ma fiancée, à Rome.

La réponse était toujours la même :

– Je n'ai rien à accorder à un pouilleux de Picentin.

Et il en fut ainsi jusqu'au jour où, à bout de patience, Pompéianus tordit le cou au propréteur romain. Il traîna son cadavre sur le petit forum d'Asculum, et, à la manière des orateurs qu'il avait souvent entendus à Rome, perchés sur la plate-forme des Rostres, la tribune aux harangues, il interpella avec fougue les Asculanes qui affluaient de toute part en silence, muets à la fois de colère et d'horreur :

– Jusques à quand, Picentins, supporterons-nous l'injustice et l'arrogance de ces Romains qui nous appellent leurs amis, mais qui nous traitent comme de vils esclaves et ne nous accordent aucun droit ? Jadis, ils nous avaient promis à tous, aussi bien aux Latins du Latium, qu'ils considéraient comme leurs frères, qu'aux autres peuples de l'Italie qu'ils appellent leurs « Alliés », la paix, la prospérité, et les mêmes droits que les leurs. Mais ils n'ont jamais tenu leurs promesses. Un seul magistrat romain a pris notre défense à Rome, le tribun Livius Drusus. Il y a quelques semaines, il a proposé au Sénat d'accorder aux Latins et à tous les Alliés le droit de cité, mais les sénateurs ne l'ont pas écouté. Eh bien ! ce droit qu'on nous refuse, nous le prendrons par la force. Aux armes, citoyens picentins ! Marchons ! Marchons ! Et que le sang impur des Romains abreuve nos sillons !

La foule des Picentins qui se pressait autour de Pompéianus grossissait de minute en minute. Chacune de ses invectives était ponctuée par des clameurs enthousiastes appelant à l'insurrection. Le jeune orateur entraîna les Asculanes vers le quartier où vivaient les colons romains, qui furent tous étranglés, hommes, femmes et enfants, et leurs cadavres furent jetés dans le Tronto. Dans la ville d'Asculum, l'année 662 de Rome se terminait par un bain de sang.

En quelques jours, le bruit de l'insurrection picentine se répandit à travers toute l'Italie, aussi bien à Rome que dans le Piémont, à Naples et en Sicile. Partout, Italiques et Alliés se préparèrent à la lutte armée, tandis qu'à Rome le tribun Varus faisait voter une loi de terreur, punissant de mort toute personne suspecte de connivence avec les insurgés : la guerre d'indépendance des *socii* – la « guerre sociale », comme la nommèrent les Romains – commençait.

Les insurgés italiques se divisèrent en deux groupes, celui du Nord, autour d'Asculum, et celui du Sud, autour de Pompéi et de Nola, en Campanie, et ils se dotèrent d'un Sénat de cinq cents membres, copié sur celui de Rome, destiné à servir d'organe de gouvernement et de commandement militaire. Les armées des rebelles, tous anciens soldats ou anciens officiers des légions romaines, comptaient, au total, environ cent mille hommes. Dans le camp romain, les deux consuls à l'élection desquels le petit César avait assisté prirent la direction des opérations : Rutilius Lupus se chargea de l'armée du Nord, avec cinq légats pour le seconder, dont le glorieux Marius et le vieux tribun Pompée Strabon ; Lucius Julius César assuma le commandement de l'armée du Sud, en Campanie.

La « guerre sociale » dura plus de deux ans et se termina, bien entendu, à l'avantage de Rome à la fin de l'année 89 : elle coûta à l'Italie 300 000 morts, tous combattants confondus, et elle prépara la déchéance de la République.

Elle transforma aussi la vie de la famille Julius. Caïus dut interrompre ses voyages d'affaires vers Pise et vers Naples, et il pouvait s'occuper davantage de l'éducation civique de son fils, comme il convenait à tout *pater familias* de bonne souche. De plus, comme Marius avait repris du service (à regret, car il était favorable à l'élargissement du droit de cité à tous les Italiques, mais la patrie était en danger et le vieux lion ne badinait pas avec le patriotisme), la tante Julie avait abandonné sa luxueuse résidence sur la baie de Naples, qui n'était pas très éloignée des champs de bataille du Sud, pour venir se réfugier dans la villa des Julius ; de sorte que toute la famille était tenue au courant des opérations militaires par les émissaires que Marius envoyait régulièrement à Rome.

De fait, César comprit tout, ou presque tout, quelques jours plus tard, lorsqu'il assista, en témoin muet et attentif, à une conversation animée entre son père et quelques amis, dans l'atrium de la villa familiale. Il y avait là Flaminius, un légiste réputé qui aimait à parler politique, deux centurions qui avaient servi dans l'armée de Marius, et Canuléius, un chevalier d'origine plébéienne qui s'était enrichi dans le commerce des grains.

– Il était temps que les combats se terminent ; quelle joie que de vivre en paix ! dit Flaminius en se tournant vers Canuléius. La guerre est une bien triste chose.

– Surtout une guerre comme celle-là, dit le plus âgé des deux officiers. Elle n'a servi à rien.

– Comment, à rien ?

– Nous avons gagné la guerre, nous avons écrasé la rébellion... et maintenant nous donnons aux rebelles, morceau par morceau, ce qu'ils nous réclamaient, à savoir le droit de cité. On aurait pu faire l'économie de trois cent mille morts !

– Es-tu certain que c'est le droit de cité que réclament les Alliés ? dit Canuléius. Je me suis laissé dire qu'ils voulaient autre chose.

– Quoi donc ? dit le centurion, interloqué.

– L'indépendance. Ils ne voulaient pas être citoyens romains, ils voulaient s'unir pour créer un État qu'ils auraient appelé « Italie », avec une capitale, un Sénat, des magistrats, tout comme à Rome.

– Donc, d'après toi, conclut le père de César, nous avons bien fait de leur faire la guerre, pour leur montrer notre force, puis de les reconnaître comme citoyens romains, pour tuer dans l'œuf les velléités d'indépendance.

– C'est évident, reprit Canuléius. Tu es dans les affaires, comme moi, et tu sais bien qu'il faut savoir lâcher du lest pour durer.

– Jusqu'à présent, déclara alors avec gravité Caïus Julius Caesar, tant que nous étions entre Romains, il y avait des riches et des pauvres, et nous étions gouvernés par les consuls et par le Sénat. Les trois cents sénateurs sont choisis parmi les citoyens riches, ceux dont le patrimoine est supérieur à 400 000 sesterces, et il y a parmi eux des plébéiens enrichis, des chevaliers et des nobles qui sont parvenus à sauvegarder leur fortune. Les hauts magistrats sont élus par l'assemblée des centuries, les autres (questeurs, édiles, tribuns) par l'assemblée des tribus. Conclusion : pour être et rester sénateurs, les riches cherchent à être de plus en plus riches, et ce ne sont pas les plus honnêtes qui gagnent. D'autre part, il est plus facile de s'enrichir quand on est magistrat que si l'on est simplement cultivateur ou commerçant. Deuxième conclusion : les sénateurs cherchent à devenir, ne serait-ce que pour un an, des magistrats. Finalement, ce sont les électeurs qui font la fortune des uns et des autres. Troisième conclusion : il y a en fait deux partis à Rome, celui des sénateurs, riches et conservateurs, et le parti populaire, celui des pauvres ou des moins pauvres que les hommes politiques cherchent à séduire pour être élus par eux, quitte à ne jamais tenir leurs promesses électorales. De temps en temps, un homme pur et intègre apparaît, il parvient à se faire élire, mais, dès qu'il touche aux privilèges, sa carrière se termine. Bref, dans cette République romaine, il n'y a plus de vertu. La brigue, les manœuvres électorales, l'assassinat politique, l'intimidation sont monnaie courante. Mais nous nous en sortons quand même. Quand vont arriver ces centaines de milliers d'électeurs nouveaux, étrangers à nos mœurs, à nos combines et à nos traditions électorales, le désordre sera encore plus grand. Ce sera la guerre civile permanente, bien plus désastreuse que la guerre sociale que nous venons de connaître.

– Voilà un beau discours, Caïus, approuva le chevalier Canuléius. Mais où va-t-on ?

– Vers un État non plus romain, mais italique, qui regroupera des citoyens d'origines, de mœurs, de langues diverses, destinés à vivre ensemble pour le meilleur et pour le pire.

Flaminius intervint à son tour :

– En changeant chaque année de gouvernement, comme nous le faisons depuis quatre cents ans, il ne durera pas longtemps, cet État. Il lui faudra un vrai chef, qui reste suffisamment de temps au pouvoir et qui se fasse respecter par tous... mais, alors, adieu notre belle République.

Le petit César, qui avait écouté poliment les discours des adultes, demanda à son père la permission de parler :

– Écoutons la voix de l'innocence, dit celui-ci. Parle, mon petit.

– Pourquoi ne pas choisir mon oncle Marius comme chef unique ? Il est très riche, alors il ne cherchera pas à s'enrichir davantage ; il est brave, c'est le meilleur général romain et tout le monde l'aime dans le peuple.

La société romaine avait été profondément bouleversée par la guerre sociale. Les profiteurs de guerre de toute sorte – trafiquants, usuriers, entrepreneurs véreux – tenaient le haut du pavé à Rome. De plus, les colonies romaines d'Orient, aux alentours de la mer Noire, étaient menacées par les ambitions d'un souverain local, Mithridate, roi du puissant royaume du Pont (*Pontus* en latin, mot qui signifie « haute mer », par lequel les Romains désignaient la mer Noire), contre lequel Rome avait entrepris une expédition difficile en 89, alors que la guerre sociale n'était pas encore terminée ; une expédition mal commencée, d'ailleurs, car Mithridate avait détruit la flotte romaine dans la mer Noire, au large de la Crimée, et soutenait de loin, par des subsides divers, les Italiques révoltés.

Il résulta de tout cela une crise économique et politique d'envergure qui occupa toute l'année 88. Tout le monde s'insurgea contre le pouvoir sénatorial : la classe populaire, les chevaliers (qui constituèrent une sorte de contre-Sénat de six cents membres), les Italiques devenus citoyens, les affranchis jaloux des citoyens à part entière. À la tête de cette révolte, il y avait le tribun de la plèbe Sulpicius Drusus, et les chefs populaires traditionnels, dont Marius, qui s'opposaient aux consuls soutenus par le Sénat, à savoir Sylla et Pompéius Rufus.

Marius s'était retiré de la guerre sociale, qu'il n'approuvait pas, en prétextant son état de santé. Il réclamait pour lui le commandement de l'armée d'Orient : peut-être voulait-il redorer son blason, ou bien considérait-il que ce serait là sa dernière grande campagne et le couronnement de sa carrière militaire. Mais le Sénat l'avait confié à Sylla, pour deux raisons évidentes : d'une part, il était, avec Pompée Strabon, l'homme qui avait mis fin à la guerre sociale, et, d'autre part, c'était un patricien conservateur, comme la plupart des sénateurs, adversaire des désordres populaires.

Un conflit éclata donc entre Marius, le vieux lion, et Sylla, l'homme fort. Marius s'allia aux tribuns de la plèbe et aux tribuns militaires : à la suite d'une émeute plus ou moins provoquée, les comices tributes (l'assemblée du peuple dont une des fonctions était de voter les lois) furent convoqués et le décret du Sénat nommant Sylla commandant de l'armée d'Orient fut cassé. Aussitôt, Marius envoya deux tribuns militaires (il y en avait vingt à Rome) remplacer Sylla à la tête de l'armée de Campanie.

Sylla, qui assiégeait Nola (la dernière place tenue par les Alliés), ne pouvait admettre cet affront, et il donna l'ordre à ses légions de marcher sur Rome. C'était un véritable coup de force militaire, car l'entrée dans Rome était interdite aux troupes en armes, et jamais, dans l'histoire, aucun général romain n'avait osé une pareille tentative. Les officiers refusèrent de suivre leur chef, mais les soldats, attirés par l'espoir du pillage, attaquèrent les troupes de Marius, les mirent en déroute, et Sylla entra à leur tête dans Rome. Dès lors, les jeux étaient faits. Sylla convoqua le Sénat, comme il en avait le droit en tant que consul, et fit déclarer « ennemis de l'État » les chefs populaires. Le tribun Sulpicius fut arrêté et exécuté, mais Marius, dont la tête avait été mise à prix, parvint à s'échapper : il s'enfuit à Ischia, et, de là, partit pour l'Afrique du Nord, le théâtre de ses premiers succès, et il se retira dans l'île de Djerba, auprès des vétérans de son ancienne armée.

Sylla, vainqueur, fit voter des lois constitutionnelles ôtant le pouvoir législatif à l'assemblée du peuple (aux comices tributes) et le restituant au Sénat, qui retrouvait ainsi sa puissance ancienne ; puis il convoqua les comices centuriates, en novembre, afin de procéder à l'élection des deux consuls pour l'année 87. Le résultat de ce vote fut mitigé. Des deux magistrats qui furent élus, l'un, Octave, appartenait à une famille d'origine plébéienne mais très riche, la famille Octavius (il était fils et petit-fils de consul, et son arrière-grand-père avait été préteur), qui soutenait traditionnellement l'aristocratie sénatoriale, mais l'autre, Lucius Cornélius Cinna, malgré ses origines patriciennes (il était de la même famille que Sylla), avait opté avec générosité pour le parti populaire.

Cependant, Sylla n'avait plus le temps d'agir : il se devait de partir de toute urgence vers l'Orient, pour combattre Mithridate et récupérer les provinces perdues par la République en Grèce et en Asie. En son absence, il savait pouvoir compter sur Octave, mais il se méfiait de Cinna. Il lui fit donc jurer solennellement de ne rien changer aux lois qu'il venait de faire voter. Comme il avait le sens de la mise en scène, il convoqua le ban et l'arrière-ban des sénateurs, des anciens magistrats, des tribuns de la plèbe et de tous les personnages influents à Rome à la prestation de serment, qui eut lieu sur le mont Capitole, devant le temple dédié aux trois divinités protectrices de Rome, Jupiter, Junon et Minerve. Le père de César y fut convié, en tant qu'ancien préteur et sénateur, et il s'y rendit avec son fils, qu'il initiait progressivement à la vie publique :

– Un serment prononcé devant les dieux est un acte grave, lui avait-il expliqué, et celui qui se parjure mérite d'être dépouillé de tous ses droits et d'errer dans les Enfers pour toute l'éternité.

César n'était plus le petit garçon curieux qui, trois ans plus tôt, avait assisté à une élection consulaire comme on va dans une fête ; il avait conscience d'être le témoin d'un événement d'une exceptionnelle solennité et, pour une fois, il serra la ceinture de sa toge prétexte, afin de ne point paraître dans une mise débraillée devant les dieux tutélaires de l'Urbs.

Il vit arriver Cinna, accompagné de Sylla, précédés des licteurs consulaires, devant le temple. Le nouveau consul se baissa, prit une pierre dans sa main et se redressa pour prononcer son serment :

– Moi, Lucius Cornélius Cinna, consul de Rome, je promets et jure par serment devant Jupiter de garder loyalement foi et amitié à mon cousin Sylla, ancien consul de Rome, et de maintenir intactes les lois qu'il a données à la République. Si je manque à ce serment, plaise aux dieux que je sois chassé hors de Rome, ni plus ni moins que je jette cette pierre que je tiens dans ma main.

Et, joignant le geste à la parole, Cinna jeta au loin la pierre qu'il avait ramassée. La cérémonie de prestation de serment était terminée, et Sylla, sans mot dire, quitta rapidement ces lieux sacrés. Quelques jours plus tard, il s'embarquait pour la mer Noire, à la tête de ses légionnaires.

Ainsi s'acheva, de manière contradictoire, l'année 88. Elle avait vu le triomphe du parti sénatorial, dont l'homme fort, Sylla, venait de partir sur le front de l'Est, mais le pouvoir passait entre les mains de ses adversaires politiques. Il ne fallait pas être grand clerc pour prédire qu'à la guerre sociale allait faire suite une guerre civile sans pitié.

Décidément, le père de César avait raison, une fois de plus : elle était bien mal en point, la République.

CHAPITRE VI

L'année terrible
(87)

César allait sur ses quatorze ans. C'était un adolescent de petite taille, frêle et gracieux. Son visage, pâle et légèrement allongé, avait la finesse d'un visage de jeune fille, si ce n'étaient ses lèvres, qui trahissaient une sensualité précoce. Mais ce que l'on remarquait d'abord, quand on le regardait, c'étaient ses yeux noirs, illuminés par instants de lueurs fugitives qui leur donnaient un éclat attirant et inquiétant à la fois. Il était toujours vêtu d'une tunique blanche, à manches courtes, qui s'arrêtait au-dessus des genoux, et ne quittait jamais la chaînette d'or à laquelle était suspendue la *bulla,* la bulle témoignant de son appartenance à une famille noble. Sa démarche était molle plus que souple, presque lascive, et lorsqu'il portait la toge prétexte des adolescents, bordée de pourpre, il la laissait largement ouverte, flottant au vent, car il avait l'habitude de ne jamais serrer sa ceinture, imitant ainsi, sans le savoir, les jeunes gens efféminés qui cherchaient fortune sur le Forum.

Les troubles qui agitèrent la Ville en ces années 88 et 87 le firent vibrer. Sa jeune intelligence politique avait été formée par l'enseignement de Gniphon, qui lui avait chanté les vertus de la démocratie, et par les leçons de morale de son oncle Marius qui lui avait souvent fait comprendre que, dans un État digne de ce nom, il était inadmissible qu'une poignée d'individus (il faisait allusion à la clique sénatoriale) opprime tout un peuple en bafouant ses droits et en méprisant les magistrats qui en étaient issus. Marius allait même plus loin ; il avait toujours pensé que tous les hommes qui vivent sur un même sol doivent avoir les mêmes droits, et il était de ceux qui réclamaient le droit de cité pour tous les Italiques : si Rome le leur avait accordé plus tôt, disait-il, jamais ils ne se seraient soulevés et jamais les stupides massacres de la guerre sociale n'auraient eu lieu.

Au début de janvier 87, César avait demandé à son père la permission d'aller sur le Forum, pour assister à la cérémonie d'entrée en fonction des nouveaux consuls, Octave et Cinna ; Caïus était sur le point de la lui accorder, lorsque Aurélie intervint :

– Je ne crois pas que ce soit très prudent ; depuis le départ de Sylla pour l'Orient, le désordre est partout. Pour un oui ou pour un non, les gens se battent dans la rue, et il y a des morts tous les jours.

– Les Romains ne vont tout de même pas se battre devant les nouveaux consuls et tous les sénateurs, dit Caïus ; et puis je serai là : je suis sénateur, après tout.

– Si tous les sénateurs étaient comme toi, Caïus, Rome serait toujours en paix. Mais tu sais bien que la majeure partie d'entre eux ne supportent pas que le peuple ait élu Cinna consul, Cinna l'homme du parti populaire, l'ami de Marius et de tous ceux que Sylla a bannis ou dont il a mis la tête à prix. Je suis certaine que, si Octave, qui est une pâte molle aux ordres de Sylla, sera accueilli par des applaudissements, Cinna sera hué par les hommes de main du parti sénatorial... Ne dit-on pas qu'il a l'intention de faire abroger les lois que Sylla a fait voter ?

– Mais Cinna a fait le serment de ne pas y toucher, répliqua le père de César.

– Ce que tu peux être naïf, mon pauvre Caïus ! Tu connais Cinna : entre les serments qu'il a faits aux populaires qui l'ont élu et celui que Sylla a exigé de lui, il n'hésitera pas longtemps.

César, malgré tout le respect qu'il avait pour ses parents, ne put s'empêcher de donner son avis :

– Un serment injuste n'est pas un serment.

Il avait parlé d'un ton calme et décidé qui impressionna ses parents. César continua :

– Cinna ne trahira pas Sylla pour le plaisir de trahir ou dans son intérêt personnel, il se parjurera pour ne pas trahir les magistrats élus par la plèbe et chassés de Rome par ce même Sylla, et pour rendre la liberté au peuple romain qu'opprime une poignée d'individus.

– Notre fils a le corps d'un enfant, dit Caïus à son épouse, tandis que César partait pour le Forum, mais il a déjà l'intelligence et la clairvoyance d'un homme mûr. Laissons-le aller au Forum.

César était déjà parti en courant. Il arriva sur le Forum au moment même où le cortège d'intronisation des deux consuls s'engageait sur le chemin de la Curie, le palais des sénateurs. Les deux nouveaux consuls, précédés de douze licteurs, avançaient d'un pas lent, au milieu d'une foule indécise, dont les ovations, les insultes et les menaces fusaient : « Cinna, parjure !... Vive Sylla ! vive Octave !... Vive le peuple, Vive les tribuns de la plèbe » ; on entendit même quelques « Vive Marius ! », puis ce fut une mêlée confuse entre les partisans des uns et des autres, qui ne s'apaisa qu'une fois les deux consuls installés dans la Curie.

Ce qui se passa au Sénat, ce jour-là, nul ne le sut vraiment. Les deux tiers des trois cents sénateurs qui siégeaient habituellement n'étaient pas venus. Les uns, parce qu'ils ne voulaient pas rendre hommage à Cinna, qu'ils jugeaient traître à sa classe et à Sylla, les autres, tel le père de César, qui craignaient un coup de force, voire un massacre. Les jours qui suivirent, la vie à Rome devint impossible et César, tout curieux qu'il fût de la tournure qu'allaient prendre les événements, ne s'aventura plus en ville, où les affrontements entre bandes rivales étaient quotidiens. Cinna appelait à lui le petit peuple de Subure, les Italiques dont il avait toujours défendu les droits, même au plus fort de la guerre sociale, les vieux partisans de Marius. Le second consul, Octave, dut prendre officiellement position ; Cinna fut déchu de sa magistrature, et le parti sénatorial nomma un consul « subrogé » pour le remplacer : un personnage falot qui lui était tout dévoué, Lucius Cornélius Mérula, flamine (prêtre sacrificateur) de Jupiter, un autre parent de Sylla.

Cinna dut s'enfuir. Il quitta Rome avec ses partisans, tandis que les tueurs du parti sénatorial faisaient régner la terreur sur la ville et pourchassaient tous les citoyens suspects de sympathie pour le parti populaire. Chez les Julius, on décida de se barricader. Certes, Caïus était un sénateur modéré, mais il était le beau-frère de Marius, le plus dangereux adversaire de Sylla, l'ami de Cinna, l'homme que les partisans considéraient comme un parjure à abattre, et il valait mieux prendre quelques précautions ; Aurélie, bien entendu, interdit formellement à César de quitter la villa.

– Ah ! si j'avais quelques années de plus, avait-il dit à sa mère, j'irais rejoindre Cinna hors des murs de Rome, et je l'aiderais à rétablir l'ordre républicain.

– Devant Sylla, il n'a aucune chance, dit sa mère : il n'a pas d'armée.

– Une armée, ce n'est pas un problème, lui répondit César. Depuis toujours, Cinna réclame le droit de cité pour les Italiques, il n'aura pas de mal à les mobiliser pour marcher sur Rome comme Sylla l'a fait l'année dernière... et puis, ajouta-t-il après un instant d'hésitation, l'oncle Marius viendra peut-être lui porter secours : Djerba, c'est moins loin que la mer Noire, et il pourra être à Rome avant Sylla.

– Mais il n'a pas d'armée et ses anciens soldats, chez lesquels il s'est réfugié, sont bien trop vieux pour combattre, fit remarquer Caïus, qui venait d'arriver du Sénat. Toutefois, il y a des bruits qui courent : des émissaires de Marius auraient été déposés par des pirates sur les côtes de l'Étrurie.

– Pour quoi faire ? demanda César.

– Ils parcourent le pays et font sonner de la trompe dans tous les villages où ils passent pour réunir les gens ; ils font savoir que Marius donnera la liberté à tous les esclaves qui viendraient se joindre à lui.

– L'oncle Marius est intelligent. Sylla a acheté ses partisans avec de l'or, ce n'est pas adroit ; les guerriers qu'on achète vous trahissent toujours, ils se vendent au plus offrant, tandis que ceux auxquels on a donné la liberté vous restent fidèles, à la vie et à la mort.

– Où as-tu appris cela, César ?

– Dans les livres que m'a fait lire Gniphon.

La venue d'émissaires marianistes n'était pas une fausse nouvelle. Marius était en route pour l'Italie. Il avait quitté Djerba et parcouru le territoire africain, qu'il connaissait bien, où il avait rassemblé un millier de cavaliers numides et quelques Italiques, qui, au moment de la guerre sociale, avaient fui les persécutions romaines. Puis il avait affrété deux grands navires de pirates à vingt-deux rameurs, munis d'une grande voile, et, à l'heure qu'il était, il voguait vers les côtes italiennes ; ses émissaires l'attendaient en Étrurie, où il devait aborder d'un jour à l'autre. Il jeta l'ancre au cap Télamon, où affluaient non seulement les esclaves auxquels on avait promis la liberté, mais une nuée de laboureurs, de bergers, de bouviers et d'autres paysans, attirés par la réputation du nom de Marius. Celui-ci choisissait les plus vigoureux, les plus ardents et, en peu de jours, il avait réuni une troupe de dix mille hommes. Il en chargea quarante navires et se rendit jusqu'au camp de Cinna.

Le consul déchu n'était pas aussi seul qu'on le croyait à Rome. L'armée qui assiégeait Nola, en Campanie, l'avait rejoint, et il entreprenait de mettre le siège devant Rome. Lorsque Marius parut devant lui, Cinna resta stupéfait quelques instants : il attendait un robuste baroudeur, et il avait en face de lui un vieillard de soixante-dix ans, aux cheveux longs et pendants, vêtu d'une robe de deuil noire, à la démarche lente et pesante, tel un mendiant misérable qui cherche à faire pitié. Mais il comprit bien vite que cette apparence pitoyable n'était qu'une apparence quand il croisa son regard : il y lut une résolution, une flamme vengeresse qui lui fit d'autant plus peur que Marius était plus silencieux. L'humiliation du bannissement avait transformé ce grand homme courageux en une bête féroce et impitoyable.

– Sois le bienvenu, Marius. À nous deux, nous allons sauver la République.

– Je te salue, Cinna, consul de Rome, et je me mets à tes ordres. Commande, et j'obéirai.

Cinna fut intimidé. Il était encore dans la force de l'âge, et ce prestigieux vieillard qui se mettait à ses ordres l'impressionnait.

– Je te nomme vice-consul, Marius, et tu auras douze licteurs pour te précéder, comme moi.

– Au diable tes licteurs et leurs vains ornements, ils ne conviennent pas à la misère de ma fortune ! Ordonne simplement à tous tes hommes de m'obéir sans broncher.

Il se mit à l'œuvre, en grand stratège qu'il avait été.

– Premièrement, il nous faut des vivres pour soutenir une guerre qui risque de durer : qu'on arrête tous les marchands qui transportent du blé et des vivres à Rome, et qu'on en charge tous mes vaisseaux. Deuxièmement, nous allons nous rendre maîtres de tous les ports jusqu'à Ostie, et peu importent les moyens, par les armes ou par la trahison : il faut que d'ici deux semaines Cosa, Tarquinii, Caere, Alsium et Ostie soient à nous. Troisièmement, nous allons construire un pont sur le Tibre, pour ôter à nos ennemis tout espoir d'être ravitaillés par cette rivière. Alors nous marcherons sur Rome, et nous ne ferons qu'une bouchée de ce freluquet d'Octave.

Quelques jours plus tard, au début du mois de décembre 87, les armées de Marius et de Cinna bloquaient Rome. Marius, qui connaissait l'importance stratégique des points en hauteur, décida de se saisir du Janicule, une petite colline sur la rive droite du Tibre où avait été édifié un temple en l'honneur du dieu Janus. À Rome, Octave, qui commandait en chef, n'avait, pour défendre la Ville, que ses murailles imprenables et un contingent de légionnaires bien entraînés ; mais il était tatillon et superstitieux, et c'est ce qui le perdit. Avant de combattre, il voulait avoir l'avis des anciens magistrats qui siégeaient au Sénat et, dans ce but, il rendit visite à Caïus Julius, dont il appréciait le jugement et la modération.

Il le rencontra dans sa villa de Subure, en train de jouer au *latro* (sorte de jeu de dames) avec son fils, qui avait l'air de gagner, car il avait déjà entassé deux piles de jetons noirs devant lui, qu'il avait pris à son père.

– Je te salue, Caïus Julius. Je viens te demander ton opinion. Marius est sous les murs de Rome, avec une immense armée.

– L'oncle Marius est arrivé ! s'écria César, qui ne pouvait cacher sa joie.

Octave calma sévèrement son enthousiasme :

– César, n'oublie pas que Marius a été déchu de tous ses droits de citoyen romain, puni de bannissement et condamné à mort : nous allons nous emparer de lui et le faire exécuter selon les lois de la République.

– L'oncle Marius n'est pas un traître.

– Tais-toi, César, intervint son père, tu ne sais pas de quoi tu parles.

Puis, se tournant vers Octave :

– Mon opinion sur quel sujet ?

– Marius a envoyé un détachement sur le Janicule, et mes officiers veulent faire une sortie pour l'en déloger, mais j'hésite...

– Tu as peur de Marius ? Je te comprends, dit Caïus en souriant intérieurement.

– Non, je ne le crains pas, j'ai la loi pour moi : il n'a pas le droit d'entrer dans Rome.

– Ce n'est pas ta loi qui l'en empêchera, Octave, sois réaliste.

– Je sais, je sais. Mais je n'ai pas assez de soldats. Mes officiers me suggèrent de promulguer une loi affranchissant les esclaves de la Ville pour les employer comme soldats.

– Et tu as peur qu'ils soient de mauvais soldats ?

– Non, non, les esclaves sont jeunes et ils sont forts... mais je considère que c'est un sacrilège que d'accorder aux esclaves les mêmes droits et les mêmes privilèges qu'aux citoyens romains : Rome doit rester Rome.

Quel imbécile ! pensait César. Il peut, en quelques minutes, modifier le rapport des forces et il invoque des traditions vieilles de cinq ou six siècles. Si j'étais à sa place, je préférerais un bourgeois romain vivant et sans esclaves à un bourgeois romain mort avec des esclaves autour de lui.

Caïus, de son côté, qui souhaitait secrètement la victoire de Marius et des populaires, trouva un moyen habile de dégager sa responsabilité. Il savait Octave très sincèrement religieux et superstitieux jusqu'à la moelle et qu'il ne prenait aucune décision, aussi banale fût-elle, sans en référer à quelque devin venu de Chaldée ou d'ailleurs :

– Consulte donc les oracles de Cumes et tes devins chaldéens, lui suggéra-t-il en se mordant les lèvres pour ne pas éclater de rire, malgré la gravité du moment.

– J'ai déjà interrogé les oracles, ils me promettent que tout ira bien pour moi si je reste dans Rome.

– Alors reste dans Rome.

Octave n'était pas un imbécile, comme le pensait César, mais il ignorait tout des jeux de la guerre, et surtout qu'ils n'obéissaient à aucune règle, sinon celle du plus fort. Il s'entêtait à écouter les charlatans et les diseurs de bonne aventure ; il était comme paralysé, dans l'incapacité d'agir, tandis que les armées de la démocratie empêchaient le ravitaillement de la Ville, où venait d'éclater une épidémie de peste. Les propres alliés de Sylla se détournaient de lui, et non des moindres. Pompée Strabon, le héros de la guerre sociale, négociait en secret avec Cinna : il fut tué par la foudre et la populace s'acharna sur son cadavre. Finalement, lorsqu'il n'y eut plus un seul grain dans les greniers de Rome, lorsque les sénateurs disparurent subitement du Forum, pour se cacher dans leur villa de l'Esquilin ou de l'Aventin en craignant le pire, des envoyés du Sénat sortirent de la ville et se rendirent auprès de Cinna, qui les reçut majestueusement assis sur son siège de consul :

– Nous allons t'ouvrir les portes de Rome, Cinna, dirent les envoyés, mais promets-nous qu'il n'y aura pas de massacre, que tu ne souilleras pas tes mains du sang des citoyens romains.

– Je ne promets rien du tout, répondit Cinna avec hauteur, j'exige une reddition sans condition.

Pendant ce temps, perché sur la tribune des harangues, Octave tentait de calmer les quelques rares passants qui traînaient encore sur le Forum, il invoquait Jupiter, les oracles, les lois. Nul ne l'écoutait plus. Il fut arraché de sa tribune par quelques sbires de Marius qui s'étaient introduits secrètement dans la Ville et étranglé comme un poulet ; ensuite on lui coupa la tête et on l'attacha aux Rostres, sans autre forme de procès. On trouva sous sa toge le talisman chaldéen en lequel il croyait tant.

Cinna entra dans Rome à la tête de ses armées, fièrement, en consul légitime qu'il était ; mais Marius s'arrêta tout net devant la porte qui s'était ouverte devant lui, et, s'adressant aux sénateurs tremblants qui lui faisaient signe d'avancer, il leur dit d'un ton où l'ironie se mêlait à la colère :

– Pères conscrits, vous qui respectez tant les lois et les formes, comment voulez-vous que je pénètre dans l'Urbs ? Vous avez donc oublié que vous avez fait voter contre moi, par le peuple, un décret de bannissement ? Quant à moi, je respecte trop les lois de ma patrie pour les enfreindre, je ne pénétrerai dans Rome qu'après l'annulation de ce décret. Qu'on appelle immédiatement le peuple de Rome sur le Forum.

Les sénateurs étaient rassurés. Tout semblait devoir se passer légalement : il n'y aurait pas de massacre. On convoqua sur-le-champ les comices, l'on fit ranger les citoyens des quatre circonscriptions de Rome en lignes, par centuries, et l'on disposa les urnes. Mais, avant même que les deux ou trois premières centuries eussent exprimé leurs suffrages, le visage de Marius se métamorphosa ; il perdit toute sa sévère gravité, qui n'était que feinte, et devint grimaçant, effrayant :

– Tuez-les tous, cria-t-il à la troupe d'esclaves étrusques en armes qui l'entouraient et qu'il appelait les « Bardiens », tuez-les tous.

Les Bardiens tuèrent d'abord au hasard, et les cadavres jonchèrent le sol du Forum. Marius leva alors le bras, et la tuerie cessa, pour quelques instants. Puis, un par un, les citoyens romains furent appelés à défiler devant lui, pour le saluer. On crut que la tuerie était terminée. Il n'en était rien : Marius avait donné à ses Bardiens la consigne de tuer tous ceux à qui il ne rendrait pas son salut. Personne ne fut épargné parmi ceux qui l'avaient trahi jadis ou contre lesquels il avait le moindre soupçon. Toutes les maisons de Rome furent fouillées. Les Bardiens forçaient les portes, tuaient les hommes, violaient leurs femmes et leurs enfants.

La terreur était dans Rome. Chez les Julius, c'était la consternation. César, surtout, en pleurait. Il avait couru sur le Forum, pour acclamer son oncle : il ne le reconnut même pas et, lorsque les têtes des sénateurs décapités volèrent, il se voila le visage de sa petite toge. « Marius, Marius, sanglotait-il, tu étais mon idole, mon modèle, qu'es-tu devenu ? » Cinna lui-même ne savait pas comment apaiser, chez Marius, cette soif de vengeance qui ternissait, en quelques jours malheureux, toute une vie de gloire au service de la patrie romaine, du peuple et des opprimés.

Cependant, à la fin de cette semaine sanglante, un semblant d'ordre républicain s'institua. Cinna fit exterminer les Bardiens, une nuit qu'ils dormaient dans leur camp, repus de vin et de luxure, et l'on procéda au jugement des collaborateurs de Sylla, qui avaient contribué à la déchéance de la République : le vénérable Cornélius Mérula, le prêtre de Jupiter qui avait pris la place de Cinna au consulat, s'ouvrit les veines au pied de la statue de son dieu, sur le Capitole, et Sylla lui-même fut déclaré ennemi public. On remit en vigueur l'ancienne Constitution romaine, celle qui donnait le pouvoir de légiférer au peuple, et non plus au Sénat, qui fut dépouillé des prérogatives que lui avait attribuées Sylla, et des élections traditionnelles furent organisées sur le Champ de Mars en décembre. Leur résultat était prévisible : Cinna et Marius furent élus consuls et intronisés en grande pompe le 1er janvier 86. Dans le même temps la nouvelle parvenait à Rome des premières victoires de Sylla sur Mithridate, qui avait soulevé contre Rome les provinces d'Asie : il avait repris la Béotie et mis le siège devant Athènes. Mais les démocrates, vainqueurs sur les bords du Tibre, avaient d'autres chats à fouetter que les Athéniens.

Après les journées sanglantes qu'il venait de vivre, le héros était fatigué. Marius s'était enfermé dans sa belle demeure romaine, où il revivait avec nostalgie son passé : la pauvre maison paysanne, près d'Arpinum, dans laquelle il était né, ses modestes débuts dans la vie militaire, au siège de Numance, le patricien Métellus Numidicus, qui l'avait pris sous sa protection, son élection comme tribun de la plèbe une trentaine d'années plus tôt, en 119, alors qu'il était parfaitement inconnu à Rome, son entrée dans la noble famille des

Julius par la voie de son mariage avec Julie, ses jours de gloire : ses campagnes d'Afrique, Jugurtha, comment il avait sauvé Rome des Cimbres et des Teutons, ses six consulats, la guerre sociale, et finalement le bannissement par Sylla et sa fuite à Djerba. Son vieux corps était rompu par les guerres et les souffrances. Il ne se sentait plus le courage de lutter.

Il ne dormait plus la nuit, tourmenté par les fantômes de son passé et par l'angoisse de ne plus pouvoir être le lion redoutable qu'il avait été. Alors il se mit à boire, pour dormir du sommeil de l'ivresse à défaut de celui de la nature. Puis il tomba malade. C'est une grippe, dirent les médecins. C'était une pleurésie. Il resta sept jours à frissonner dans son lit. Il ne mangeait plus, il ne dormait plus, il délirait. Il se voyait faire la guerre à Mithridate, cette guerre que Sylla lui avait volée. Et il mourut, le 17 janvier 86. Il n'avait jamais eu que deux amours : sa patrie et le peuple. Il n'avait jamais eu qu'une haine : celle des aristocrates romains qui l'opprimaient. Il laissait l'une et l'autre entre les mains de son allié Cinna et de son neveu et fils adoptif Caïus Marius II, dit Marius le Jeune.

CHAPITRE VII

Le flamine de Jupiter

(86-84)

César pleura son oncle comme il aurait pleuré son père et il conduisit ses funérailles au côté de Marius le Jeune, qui avait huit ans de plus que lui. Des femmes vinrent faire la toilette du mort et les employés des *exsequiae* (pompes funèbres) plantèrent un cyprès devant la maison du défunt, dont la dépouille fut étendue sur un lit d'apparat.

Puis le cortège funèbre se forma. Le corps du grand Marius fut installé sur une litière funèbre, portée par six vétérans du grand guerrier. Devant elle marchaient des musiciens, qui soufflaient dans les longues trompettes funéraires, et des pleureuses qui entonnaient des complaintes de deuil, s'arrachaient les cheveux et chantaient les louanges de l'homme qui était mort. Derrière la litière marchaient Marius le Jeune, son fils adoptif, puis son neveu César et enfin son beau-frère, Caïus, accompagné de Cinna ; conformément à la coutume romaine, son épouse Julie n'assistait pas à la cérémonie.

Le cortège, parti de la maison mortuaire, se dirigea vers la colline de l'Aventin, où, quelques années auparavant, Marius avait acheté un terrain et fait construire un *sepulcrum* (tombeau) de marbre avec deux chambres funéraires, destinées à recevoir ses cendres et celles de sa femme. Il avait choisi ce lieu pour affirmer son attachement au peuple, parce que c'était sur cette colline que s'était retirée la plèbe, lors de sa révolte contre les patriciens, aux alentours de l'an 500 av. J.-C., révolte qui avait eu pour effet l'institution des tribuns de la plèbe. Devant la sépulture vide, un emplacement avait été réservé, où l'on avait dressé le bûcher funéraire. Cinna prononça une brève oraison funèbre, puis Caïus Marius II et César allumèrent ensemble le bûcher, en tournant le dos au glorieux cadavre qui allait se consumer sous les yeux de tous, comme le voulaient les traditions.

Les cendres de Marius furent recueillies dans une urne d'albâtre qui fut déposée dans le tombeau du glorieux soldat.

Et, de 86 à 84, tandis que Sylla guerroyait en Orient, Rome vécut en paix, sous l'égide du parti populaire ou, comme on disait aussi, démocratique, mais dans l'attente inquiète du retour de Sylla. Un consul modéré, Valérius Flaccus, fut élu ; il fit voter une loi financière dégageant les débiteurs, qui étaient nombreux, des deux tiers de leurs dettes, même vis-à-vis du Trésor public. À la fin de l'année 86, Cinna fut réélu consul pour deux ans, et, avec lui, le démocrate Papirius Carbon.

Parmi les représentants du parti sénatorial, les uns avaient péri lors de la semaine sanglante, les autres avaient été punis de bannissement et un petit nombre, des modérés, étaient passés à travers les mailles du filet de la répression. C'était le cas du père de César, dont les sympathies pour la démocratie étaient bien connues et qui avait toujours conduit ses affaires avec une scrupuleuse honnêteté. Il reprit donc ses voyages à travers l'Italie du Nord. Il était au mieux avec Cinna, patricien comme lui, et sans doute négociait-il des achats de blé et d'huile pour le gouvernement en place.

La destinée de son fils commençait à le tracasser. Il en avait discuté avec Aurélie.

– César aura quinze ans dans quelques mois et, l'an prochain, il troquera la toge des adolescents, la prétexte, contre la toge virile. Il va falloir penser à son avenir.

– J'avoue que son avenir m'inquiète, répondit Aurélie. Il a des dispositions pour les lettres, c'est certain, il fait même quelques petits vers qui ne sont pas mal tournés, mais, poète, ce n'est pas un métier.

– Ni une vie, renchérit Caïus. On pourrait peut-être en faire un avocat. Il y a en ce moment à Rome un juriste extraordinaire dont les cours ont un sacré succès ; c'est le père Cicéron qui me l'a dit : il y envoie son fils, Marcus Tullius.

– Son fils est plus âgé que César, il a bien cinq ou six ans de plus que lui. Comment s'appelle ce juriste ?

– Mucius Scaevola.

– J'en parlerai à César. Mais je doute que ces cours l'intéressent : il a horreur du droit et de tout ce qui est juridique. Il préfère l'action. Tu sais ce qu'il m'a dit, l'autre jour ?

– Non.

– Il me parlait de Socrate et de sa conception du bien et il m'a donné son avis, qui m'a étonnée : « Socrate dit que ce qui est bien, c'est ce qui est vrai, moi je dis que ce qui est bien, c'est ce qui réussit. »

– Je ne savais pas mon fils philosophe.

– Je crains fort qu'il ait un penchant pour la politique plus que pour la philosophie. Nous devrions peut-être le pousser dans cette voie-là. Après tout, c'est le neveu de Marius, et le parti de Marius est au pouvoir.

– Y restera-t-il longtemps ? Quand Sylla reviendra d'Asie, il ne fera de cadeaux à personne.

– Mais il n'a plus de partisans dans Rome.

– Ceux qui sont morts sont morts, mais il exigera le retour des bannis.

– Comment pourra-t-il exiger quoi que ce soit après tout ce qu'il a fait subir au peuple ?

– N'oublie pas qu'il reviendra en triomphateur, avec une armée victorieuse et de l'or plein ses navires. Ce ne lui sera pas très difficile de reprendre le pouvoir. Non, dans l'intérêt de notre César, je le pousserai plutôt vers les affaires. Je peux l'aider dans ce domaine, j'ai plus de relations avec les banquiers et les grands producteurs de blé qu'avec les sénateurs. Il faudrait le marier avec la fille d'un gros capitaliste de province.

– Je parie que tu penses à la petite Cossutia.

– Précisément. Elle est jolie, et j'ai noté que César se retourne sur les jolies filles, dans Subure et sur le Forum. Cossutius, son père, est le plus riche propriétaire de Tusculum : il a fait fortune dans les grains.

– Oui, je sais. Il achète des grains quand les cours baissent, il les stocke et il les vend quand les cours montent. Franchement, je ne vois pas mon petit César surveillant des hangars.

– Présentons-lui Cossutia, dit Caïus, et nous verrons plus tard. Je vais à Tusculum demain, j'en parlerai à ses parents.

Quinze jours plus tard, Cossutius venait à Rome avec sa fille, et, pendant que leurs pères parlaient affaires, les deux jeunes gens disparurent dans le jardin de la villa des Julius. Cossutia avait dix-neuf ans, un nez retroussé, l'air moqueur et déluré des filles de la campagne, et César portait encore la prétexte. D'après Babasus, les deux jeunes gens étaient partis faire une partie de balançoire, mais Aurélie ne les vit point auprès de l'olivier auquel elle était suspendue. En revanche elle entendit des rires dans les buissons voisins et la voix de Cossutia qui disait :

– Viens, viens, je vais te montrer. Ouvre ta bouche et donne-moi ta main... C'est doux, tu ne trouves pas ?

Est-ce qu'ils cueillent des mûres, ou est-ce qu'ils s'embrassent ? se demanda Aurélie. Réaliste, elle opta pour la deuxième hypothèse, s'éloigna des buissons et toussa à plusieurs reprises, pour signaler sa présence. Elle vit César courir vers elle, tout rouge, avec, comme à son habitude, sa prétexte mal ceinturée. Mais, cette fois-ci, il n'y avait pas de ceinture du tout.

Au printemps 86, les parents de Cossutia invitèrent César dans leur propriété de Tusculum, pour lui faire connaître la vie des champs. Ils avaient, eux aussi, une idée en tête.

C'était le temps des semailles. La campagne romaine était belle sous le soleil et César, le petit intellectuel citadin, avait tombé sa prétexte. Il courait en tunique à travers champs, en tenant Cossutia par la main et, de course en course, ils finirent par rouler dans l'herbe tendre, comme disent les fabulistes. Alors commencèrent entre eux les jeux hypocrites de la sensualité adolescente. Ils comparèrent leurs tuniques et Cossutia fit mine de découvrir qu'elles étaient presque de la même taille, ce qui lui donna une excellente raison pour proposer de les échanger, et César partit maladroitement à la découverte des rondeurs de Cossutia.

C'est généralement à cette phase du jeu que les jeunes filles gloussent, ce que tous les garçons interprètent comme une invitation à poursuivre leur exploration, ou s'écrient, avec une fausse innocence : « Tu me chatouilles. » Cossutia était du genre gloussant et César se trouva bientôt embarrassé. Il avait entrepris une approche méthodique du corps de la jeune fille. Il explora les épaules, le cou, les seins, descendit ses mains vers les cuisses, s'attarda autour du genou, mais, confus, il n'osait plus progresser. Si je lui touche les fesses, je vais avoir l'air idiot, se dit-il, et, tout en caressant, sans avoir l'air de rien, une jolie cuisse rose, il tentait de résoudre le dilemme : vaut-il mieux avoir l'air idiot et en rester là, ou vérifier que ses fesses sont aussi fermes que ses cuisses ?

Cossutia n'était pas plus à son aise. Sa stratégie érotique consistait à pincer son partenaire en tel ou tel point de son corps et à lui demander : « Ça te fait mal ou ça te chatouille ? » Si le garçon lui répondait : « Ça me fait mal », elle le chatouillait franchement, et, dans le cas contraire, elle le pinçait plus fortement. Mais elle aussi, elle avait ses tabous et elle feignait de ne pas remarquer l'érection césarienne.

L'arrivée inopinée d'un berger avec son troupeau mit fin à ce pugilat maladroit.

Le jour baissait. César et Cossutia regagnèrent la grande maison des Cossutius pour le repas du soir. On montra sa chambre au jeune Romain et Cossutia lui glissa à l'oreille : « Je viendrai te voir cette nuit. »

Elle ne vint pas. César resta éveillé toute la nuit, guettant le moindre frottement, le moindre bruit. Il avait décidé de jouer à l'amoureux indifférent qui s'est laissé surprendre ; pour cela il s'était tourné et retourné cent fois dans son lit, à la recherche de la position idéale. Il finit par choisir l'attitude languissante que les peintres italiens donneront, plus tard, à leurs modèles : sur le dos, la tête légèrement inclinée vers la droite, le bras droit recourbé en arc au-dessus de la tête, le bras gauche allongé, la jambe droite repliée sous la jambe gauche tendue. Ainsi, pensait-il, quand elle entrera dans ma chambre, elle me découvrira offert et prêt à l'amour.

Malheureusement, on l'a dit, elle ne vint pas. Et comme le jeune homme n'osait pas abandonner cette pose de peur qu'elle ne surgît au moment où il se détendrait, il resta ainsi toute la nuit. Au petit matin, il avait les bras et les jambes raidis par des crampes douloureuses. Et il jura, mais un peu tard, qu'on ne l'y prendrait plus à jouer les charmeurs alanguis.

Il rentra à Rome puceau comme devant et perdit sa première virginité le lendemain, avec une jeune putain de Subure, douce et experte.

Voici l'été et ses chaleurs. César a dit adieu à son enfance. Dans un an, il quittera la prétexte pour revêtir la toge virile. Il se sent libre et désœuvré, il entreprend une tragédie, il écrit un *Éloge à Hercule*, il relit Homère et quelques vers libertins qui, un demi-siècle plus tard, choqueront tellement l'empereur Auguste qu'il en interdira la publication. Ils choquèrent aussi sa mère, qui les découvrit par hasard, en rangeant ses vêtements. Elle s'en ouvre à la tante Julie, toujours aussi énergique, aussi tonitruante malgré son veuvage.

– Il faut que jeunesse se passe, ma petite Aurélie, lui dit-elle. Ton fils, quand il aura l'âge, nous le pousserons dans la carrière des honneurs, que mon frère Caïus a refusée. Le pauvre Marius me disait souvent : « Ce petit, je sens en lui l'âme d'un grand politique et, bien que ce ne soit pas compatible en général, l'âme d'un grand guerrier. Quand j'étais jeune légionnaire, au siège de Numance, quelqu'un demanda à notre chef, Scipion Émilien, qui pourrait lui succéder comme grand capitaine, il répondit, en me frappant sur l'épaule : "Celui-ci peut-être" ; j'en dirai autant de notre petit César. »

– Je le pense aussi. Il y a chez cet enfant une perspicacité, un sens de ce qu'il faut faire et de ce qu'il ne faut pas faire qui manque à bien des adultes. Son père voulait en faire un homme d'argent et lui faire épouser Cossutia, moi je rêve pour lui de la fille ou de la nièce d'un consul, tiens, Cornélie, la fille de Cinna : elle est en âge de se marier.

– Je m'en charge. Cinna ne peut rien me refuser : il doit sa réussite à Marius. Nous marierons César dès qu'il aura quitté la prétexte.

Ce grand jour ne devait pas tarder. Le 13 juillet 85, César terminait sa seizième année et il allait revêtir solennellement, pour la première fois, la toge virile. La cérémonie eut lieu dans la villa des Julius.

Caïus a convoqué tous les membres de la famille, les vivants comme les morts. Les premiers ne sont guère nombreux. César est le seul Julius mâle vivant ; les autres sont des femmes : sa mère, sa tante Julie, ses deux sœurs Julie. Les morts sont représentés par leurs *imagines*, leurs portraits en cire, conservés avec soin dans des cases placées autour de l'atrium ; il y en a onze, dont le plus ancien Julius connu, Lucius Ier, celui qu'on avait surnommé pour la première fois « Caesar », deux anciens consuls, quatre anciens préteurs, un ancien prêtre.

Il a aussi invité tous les amis de la famille, les affranchis, les clients. Tout ce petit monde attend, dans l'atrium, l'arrivée de la vedette du jour, Caïus III Julius César.

La porte au fond de l'atrium s'ouvre et le jeune homme paraît, vêtu de sa toge prétexte. Le père, Caïus II, quelque peu ému, récite la prière appelant sur César la bienveillance de ses ancêtres. L'adolescent s'approche lentement de l'autel des dieux Lares, y dépose la bulle d'or qu'il portait au cou depuis sa naissance, ôte sa toge bordée de pourpre et se drape dans sa toge virile. L'assistance applaudit.

– César, ta ceinture est mal serrée, fait remarquer sa mère.

Puis, en cortège, tout le monde se rend au *tabularium*, l'édifice où sont conservées les archives de l'État romain. Un fonctionnaire inscrit sur un *volumen* son nom, son prénom, son surnom, son âge, ainsi que la tribu et la centurie auxquelles il appartient. Il n'y a plus qu'à grimper tout en haut du Capitole, à rendre grâce aux dieux tutélaires de Rome et à la déesse de la jeunesse, et à redescendre. La cérémonie est terminée, et c'est le retour joyeux à la villa des Julius, où un grand festin a été préparé. César est dorénavant un citoyen romain à part entière.

Un citoyen qu'il va falloir marier sans attendre. La tante Julie avait de la suite dans les idées : il lui fallait arranger le mariage de César avec Cornélie, la fille de Cinna, d'autant qu'on annonçait le prochain retour de Sylla, qui avait restauré la puissance de Rome en Grèce et sur les rives de la mer Noire, et que la guerre civile risquait de se déclencher à nouveau.

– Pressons-nous, expliquait-elle à Aurélie. Marions ces deux enfants et installons-les dans ma propriété de Misène ; si le sang doit encore couler sur le Forum, que ce ne soit pas celui de mon neveu.

Elle se rend chez Cinna, qui la reçoit avec les honneurs dus à la veuve de son ancien compagnon de lutte. Il accueille sa proposition avec plaisir, mais aussi avec intérêt. Avoir comme gendre le jeune chef d'une des plus anciennes familles de Rome, une des rares familles patriciennes qui n'avaient trempé dans aucun scandale, financier ou politique, cela pouvait être un atout pour son avenir politique. Le mariage est donc décidé. Ce n'était pas un mariage d'argent, comme celui dont avait rêvé le père de César avec Cossutia, c'était un mariage de raison : en épousant Cornélie, la fille du tout-puissant premier personnage de la République, César entrait dans la carrière. La suite de l'histoire nous montrera que ce fut aussi un mariage d'amour.

La cérémonie des fiançailles eut lieu en 85, au moment des vendanges. Elle fut rapide et discrète, car Cinna et son collègue Papirius Carbon, le consul qui avait remplacé Marius à la mort de celui-ci, avaient de lourdes préoccupations : ils tentaient de négocier avec Sylla qui, toutes voiles dehors, voguait vers l'Italie, après avoir rétabli la situation en Asie.

Au mois de décembre 85, premier coup de théâtre : on apprend que le père de César, en voyage d'affaires, est mort brusquement à Pise, en faisant sa toilette matinale. Aurélie accueillit la nouvelle avec la dignité héroïque des matrones romaines et César, le cœur serré, s'installa tout aussi dignement dans son rôle de *pater familias* ; il décida – car c'est lui qui décidait, maintenant, dans la famille Julius – que son mariage aurait lieu au mois de janvier 84.

Le *princeps* – le président – du Sénat était alors Valérius Flaccus. C'était un homme de paix, et, avec l'assistance du juriste Mucius Scaevola, il avait préparé un compromis. De son côté, Cinna avait concentré une flotte dans l'Adriatique, au large d'Ancône, de Rimini et de Ravenne, afin de parer à toute éventualité. Au début de l'année 84, une sédition éclata parmi les troupes, sans doute pour une banale histoire de prime ou de butin, et l'épée d'un centurion mit fin à la vie du futur beau-père de César. Il n'est pas impossible que le bras du criminel ait été armé par des émissaires de Sylla, car l'assassin se serait écrié, au moment de l'attentat :

– Je délivre la République du plus injuste et du plus cruel des tyrans.

Les régicides et autres auteurs de meurtres politiques disent toujours cela.

C'est donc une orpheline que César épousa, dans la plus stricte intimité, aux premiers jours de l'année 84. Cornélie se maria en robe blanche, mais sans le traditionnel voile rouge de mariée ; il n'y eut ni chanteuses, ni joueuses de flûte, ni cortège, ni festin.

César marié, sa vie publique allait commencer. Il n'avait pas l'âge requis pour prétendre entrer dans la carrière des honneurs (il fallait avoir trente ans au moins pour se présenter à la questure, le grade le plus bas des magistratures), il n'avait aucun goût pour la carrière militaire, dans laquelle on pouvait entrer dès l'âge de seize ans, il ignorait tout du négoce et des finances, le droit ne l'intéressait pas et, c'est bien connu, la poésie ne nourrit pas son homme. Alors, que faire de César ? Sa mère et sa tante eurent une idée : pourquoi pas un prêtre ?

La République romaine n'était pas laïque. La vie domestique et la vie publique reposaient sur la religion, considérée comme une sorte de contrat entre une multitude de dieux et de génies – les grands dieux mythologiques, mais aussi les dieux domestiques ou familiers – et les hommes. Entre un dieu et un homme, il y avait un rapport de clientèle : le premier devait aide et protection au second si celui-ci lui rendait les hommages rituels. De sorte que tous les actes de la vie publique et privée commençaient par une offrande ou par un sacrifice destiné à plaire aux dieux, qui manifestaient leur volonté par des présages.

D'où la place importante tenue par les prêtres à Rome. Eux seuls savaient prendre les auspices – c'est-à-dire interpréter les présages – et observer les rituels. Et, comme « être prêtre », ce n'était pas une fonction, mais une dignité, on pouvait la recevoir concurremment à une autre. Elle était accordée par les prêtres eux-mêmes, groupés en collèges.

– César est trop jeune pour entrer dans le collège des pontifes, dit Julie ; d'ailleurs il n'y a pas de poste vacant, et nos quinze pontifes ont tous bon pied, bon œil.

– Et chez les flamines ? demanda Aurélie.

Les flamines étaient les trois prêtres chargés d'allumer le feu des sacrifices offerts aux trois grands dieux tutélaires de Rome, Jupiter, Minerve et Junon, dont le temple, construit par Tarquin le Superbe, le dernier roi de Rome, couronnait la colline du Capitole. Il comprenait trois sanctuaires parallèles, avec, au centre, le sanctuaire consacré à Jupiter et, sur les côtés, ceux de Junon et de Minerve, qui se terminaient par un fronton commun.

– Les flamines de Junon et de Minerve ne sont pas prêts à laisser leur poste, répondit Julie, mais le flamine de Jupiter s'est ouvert les veines il y a trois ans, et on ne l'a jamais remplacé. Rappelle-toi. C'était Cornélius Mérula qui avait été choisi comme consul pour remplacer Cinna, quand le parti sénatorial avait déposé celui-ci. Il s'est suicidé lorsque Marius est entré dans Rome.

– Je vois très bien mon fils en flamine de Jupiter, dit Aurélie en souriant. Mais l'acceptera-t-il ?

– Demandons-le-lui.

Aurélie fait appeler César, qui, en jeune marié qu'il était, ne quittait guère la chambre conjugale. Il se présente à sa mère quelques minutes plus tard, dans une tenue quelque peu débraillée.

– César, attache ta ceinture...

– Oui, mère.

Il ne me dit plus « maman », depuis qu'il est marié, nota Aurélie, c'est la vie !

– César, ta tante et moi nous avons quelque chose d'important à te dire.

– J'écoute.

– Tu es maintenant le chef de la famille Julius, tu ne peux rester à Subure, à regarder les mouches voler.

– Je ne regarde pas les mouches voler, j'écris...

– C'est la même chose. Tu es chef de famille, tu es marié, tu dois occuper une fonction digne de ton rang. La tante Julie propose de te faire nommer flamine de Jupiter.

– Mais il y en a déjà un.

– Non, il n'y en a plus depuis trois ans. Elle va intervenir auprès de ton beau-père.

– Mais je n'ai pas envie d'être flamine de Jupiter. Je veux vivre ma vie, moi. C'est bon pour un vieux bonhomme. Tu penses : les flamines ne doivent rien toucher avec leurs mains, ils ne peuvent porter aucun insigne, aucune agrafe, aucun bijou, ils ne peuvent ni divorcer, ni prendre des maîtresses...

– Tu as déjà l'envie de tromper la petite Cornélie ?

– Non, mère, je disais cela sans réfléchir. Tout leur est interdit, aux flamines, même de monter à cheval ou de sortir de Rome. Et puis tu as vu leur costume ? Tu m'imagines avec un chapeau pointu terminé par une mèche de laine ? Tu crois que j'ai envie de me promener, hiver comme été, avec une lourde toge de laine tissée par ma femme ? Elle ne sait même pas tisser. Non, non, je ne serai pas flamine de Jupiter.

La tante Julie intervient :

– Tu dis des bêtises, César, il y a belle lurette que toutes ces interdictions ne sont plus observées. Le flamine de Jupiter ne porte son bonnet pointu que lorsqu'il allume la flamme du bûcher, sur le Capitole. Et j'ai connu quelques flamines, du temps de ton oncle, qui, lorsqu'ils venaient dîner chez nous, ne s'ennuyaient pas. Il y en avait un qui nous présentait une nouvelle femme chaque semaine. Il avait le chic pour ramasser toutes les pimbêches de Misène.

– Ta tante a raison. Et puis, rassure-toi : tu ne resteras pas longtemps flamine de Jupiter. La vie est longue.

Le collège des flamines accueillit favorablement la candidature de César, d'autant qu'elle était appuyée par le consul Papirius Carbon. Le jeune prêtre avait alors dix-sept ans. Mais il n'exerça jamais ses fonctions, car la guerre civile allait reprendre dans Rome et la cérémonie d'investiture fut remise *sine die*.

En revanche, il voyait poindre à l'horizon de l'année 83 une nouvelle fonction : sa femme Cornélie était enceinte. Si c'est une fille, lui dit-il amoureusement, elle s'appellera Julia, comme toutes les femmes de la famille Julius.

Ce fut une fille.

CHAPITRE VIII

Un proscrit mal ceinturé

(83-81)

Rome tremblait. Le terrible Sylla, victorieux du roi Mithridate, revenait d'Asie, plus riche et plus puissant que jamais. Il avait fait savoir qu'il se vengerait de tous ses ennemis. Tous les chefs du parti populaire, tous les sénateurs modérés, tous ceux que la tourmente révolutionnaire marianiste de l'année 87 avait épargnés, tous ceux qui avaient pactisé avec Marius ou avec Cinna savaient que leurs jours étaient comptés.

– Un tyran chasse l'autre, expliquait Gniphon à César, qui était venu le visiter, mais la tyrannie subsiste. Elle risque même de s'aggraver en changeant de visage.

– Que faire ?

– L'union sacrée contre la dictature venimeuse de Sylla.

– C'est facile à dire, Gniphon, mais ce n'est pas aisé à faire.

Elle se fit quand même : le patricien Cornélius Scipion et un homme nouveau, issu de la plèbe, Norbanus, furent élus consuls pour l'année 83. À eux deux, ils disposaient d'une armée de cent mille hommes, auxquels s'étaient ajoutés quarante mille Samnites, un peuple allié qui avait bien souffert au temps de la guerre sociale.

Au printemps 83, on apprenait que Sylla venait de débarquer à Brindes, avec une armée de quarante mille hommes, aguerris et fanatiques, enivrée de ses victoires. Deux puissants Romains étaient venus le rejoindre : le praticien Métellus, et le jeune chevalier Pompée, qui n'avait alors que vingt-trois ans et qu'on devait appeler plus tard Pompée le Grand.

Sylla, Métellus et Pompée firent mouvement aussitôt. Ils taillèrent en pièces toutes les armées républicaines et celles de leurs alliés italiques, ne laissant sur leur chemin que des ruines fumantes et des cadavres. Il ne leur fallut que trois mois pour atteindre Rome, sous les murs de laquelle Sylla parvint avec son armée au mois de juillet 83, quelques jours avant le dix-huitième anniversaire de César, qui était depuis peu papa d'une jolie petite Julie. Mais il ne put forcer les terribles murailles et, vers la fin de l'automne, il rebroussa chemin et prit ses quartiers d'hiver en Campanie.

En janvier 82, les consuls sont deux hommes du parti populaire : Papirius Carbon et Marius le Jeune, fils adoptif du grand Marius. Pendant toute l'année, des batailles terribles mettent aux prises les armées romaines officielles et celles de Sylla et Métellus. Le carnage continue. Les généraux parcourent toute l'Italie à la recherche d'hommes valides. Le dernier sursaut des forces démocrates a lieu à Préneste, à une trentaine de kilomètres au sud de Rome.

Marius le Jeune s'y était enfermé avec ses alliés samnites, en octobre 82. Il se savait vaincu. Sylla avait fait égorger, un à un, tous les Samnites prisonniers, sous les murs de la ville. Dans un dernier sursaut d'orgueil, Marius envoya un émissaire à Rome, porteur d'un ordre épouvantable, au préteur Damasippe : celui de réunir tous les sénateurs dans le palais du Sénat et de faire massacrer par des tueurs professionnels tous ceux d'entre eux qu'ils considéraient comme suspects. Ainsi, pensait-il sans doute, lorsque Sylla entrera dans Rome, il ne se trouvera pas un magistrat, pas un sénateur pour le féliciter. Puis, blessé, il se fit achever par un esclave et mourut.

Sylla et Métellus pénètrent dans Rome en novembre 82, tandis que Pompée occupe la Sicile, fidèle aux démocrates, et fait exécuter Papirius Carbon, le second consul, après un simulacre de procès. À Rome, Sylla et Métellus s'autoproclament proconsuls, et Sylla pérore devant les sénateurs. Pendant qu'au Forum et au champ de courses on égorge des Romains par milliers – six mille soldats faits prisonniers – le « lion-renard » prononce un discours que n'auraient pas désavoué les dictateurs qui ont empuanti l'histoire de l'Europe pendant vingt siècles. Comme les quelques sénateurs qui avaient osé venir siéger s'étonnaient des hurlements qu'on entendait au-dehors, il leur dit simplement, sans presque s'interrompre, et d'un ton indifférent :

– Écoutez ce que je vous dis, Pères conscrits, écoutez tranquillement, soyez attentifs, et ne vous préoccupez pas des cris poussés par une poignée de criminels que l'on punit sur mon ordre.

Ce qu'il leur disait tenait en peu de mots :

– Pères conscrits, le dernier consul de Rome vient d'être jugé et exécuté en Sicile, sur mon ordre et celui du général Pompée. Je vous propose de voter la vacance du consulat, que nous appellerons « interrègne », et de m'élire dictateur, après consultation du peuple.

La comédie était finie et la République aussi. Sylla plongea Rome dans un bain de sang. On tuait en permanence, partout et n'importe qui. Un jeune sénateur eut le courage d'interpeller le dictateur :

– Nous ne te demandons pas, Sylla, d'épargner ceux que tu as délibérément décidé de faire mourir, nous te prions d'ôter du doute ceux que tu as résolu de laisser en vie.

– Je ne sais pas encore qui je laisserai en vie, répondit calmement Sylla.

– Dis-nous au moins ceux que tu veux faire mourir.

– Vous le saurez dès demain... Mais je risque d'en oublier.

Et à partir du lendemain, en effet, il fit publier, jour après jour, la liste des proscrits. Puis il fit savoir que toute personne qui découvrirait, dénoncerait ou tuerait un proscrit recevrait en récompense 12 000 deniers ; que toute personne qui cacherait un proscrit, quels que soient ses liens de parenté avec lui, deviendrait elle-même un proscrit ; que les enfants et les petits-enfants d'un proscrit seraient marqués du sceau de l'infamie et verraient leurs biens confisqués. Avec Sylla, la dénonciation faisait son entrée dans l'histoire des institutions.

César avait tout pour déplaire à Sylla : il était le neveu de Marius et le gendre de Cinna, les deux plus grands ennemis du dictateur dont il ne restait plus que les cendres. Cependant, il ne figurait pas sur les listes des proscriptions qui, chaque jour, étaient affichées dans Rome.

– C'est quand même curieux, lui avait dit Gniphon : il a dû t'oublier.

– Je ne crois pas que Sylla oublie les amis de ses ennemis. C'est un monstre, mais il ne fait rien par passion : il a un but, c'est évident.

– Quel but ? se venger ? terroriser ses ennemis politiques ? s'enrichir des biens de ceux qu'il fait tuer ? le pouvoir à l'état pur ?

– Non, un autre but, beaucoup plus lointain, et je ne suis pas loin d'être d'accord avec lui, mais ce sont les moyens que je désapprouve.

– Je t'écoute.

– Quand il est parti en Orient, c'était un général-politicien comme un autre, comme Marius par exemple, en quête de victoires, de butin et de gloire. Lorsque Marius fit casser le décret du Sénat qui l'avait chargé, lui, Sylla, de la guerre contre Mithridate, il a été furieux, il a mis ce coup bas au passif du parti populaire, et il a fait ce que tu sais en relevant le parti sénatorial. Puis il est parti en Asie.

– Jusque-là, je te suis.

– Et j'ajoute que ce genre de manipulation de la plèbe et des sénateurs était chose courante à Rome. Donc, Sylla a un but traditionnel et il emploie des méthodes politiques traditionnelles.

– Tu raisonnes froidement, mais j'aime cela. Je retrouve mon ancien élève qui commentait si bien Platon.

– En Asie, Sylla a changé. Pourquoi, je n'en sais rien, mais il a changé. Il a peut-être eu une sorte de révélation politique. Il a obtenu tout ce qu'il désirait, le pouvoir, les victoires, etc., et il a découvert qu'il lui fallait autre chose.

– Mais quoi ?

– L'éternité.

– Je ne comprends pas.

– Il a découvert qu'il n'existait que deux modes de régimes politiques : ceux dans lesquels le pouvoir est attribué aux gouvernants par des procédés variés, comme le vote, le tirage au sort, la loi du plus fort ou du plus riche, et ceux dans lesquels il se transmet de père en fils, comme chez les souverains orientaux.

– Ce n'est pas la peine d'aller au fin fond de l'Asie pour découvrir cela. Vous aussi, les Romains, vous avez eu des rois avant d'avoir la République.

– C'est précisément ce qu'il a découvert : que les régimes d'Orient, si différents du nôtre, étaient tout aussi mauvais et tout aussi instables. Ce qui l'a conduit à se poser la question : comment faire autrement... et à trouver ce qu'il croit être une réponse.

– Laquelle ?

– Le régime idéal, ce pourrait être un pouvoir fort, entre les mains d'un homme fort, qui n'aurait de comptes à rendre à personne, et qui ferait le bonheur de son peuple en gouvernant sans contrainte, sans avoir besoin de se reposer sur tel ou tel, sur le peuple ou sur les riches. Et il s'est dit que s'il réussissait à installer un tel mode de gouvernement, sa gloire serait vraiment éternelle.

– Pour l'instant, il ne fait le bonheur de personne, sinon de quelques assassins et de quelques bandits de grand chemin.

– Je le sais. Mais il pense que c'est une sorte de mal nécessaire, un mauvais moment à passer pour parvenir au gouvernement idéal. Il rêve d'être un dictateur éclairé.

– Et je te rappelle le syllogisme d'Aristote : tous les hommes sont mortels, or un dictateur éclairé est un homme, donc un dictateur éclairé est mortel. Qui lui succédera, à supposer qu'il réussisse ?

– Il n'a pas trouvé la réponse à cette question. Moi non plus, d'ailleurs.

– Tu voudrais être un dictateur comme Sylla ?

– Non. Un dictateur, peut-être, mais qui aimerait les hommes et le peuple. C'est précisément le point faible de sa position : il n'aime pas les êtres humains. Il n'aime que lui. Alors il échouera.

– Que les dieux t'entendent ! Mais cela n'explique pas que tu ne sois pas sur la liste des proscrits.

– Détrompe-toi, ça l'explique. À partir du moment où tu admets que le but de Sylla, tout utopique qu'il soit, dépasse ses propres désirs actuels, tu dois admettre qu'il cherche à s'entourer de tous les hommes qui risquent d'être utiles à son projet. Il a bien engagé Pompée, et pourtant, c'est un imbécile, mais c'est un bon organisateur militaire. Je fais sans doute partie de ceux-là. Et, comme je n'ai aucune fortune, faire de moi un proscrit n'enrichirait personne, sinon mon dénonciateur.

– Mais si tu refusais de le suivre ?

– Alors, là, je deviendrais son ennemi en puissance, et tu ne me trouveras pas sur une liste de proscrits : tu trouveras simplement mon cadavre dans un caniveau, ou flottant sur la Cloaca maxima ; j'aurai été officiellement victime d'un « accident » ou d'un coupeur de bourses, et il honorera mes funérailles.

– Je vais te donner mon avis, César. Les hommes se sont donné, un peu partout dans le monde, les gouvernements qu'ils pouvaient. Quand ils sont trop malheureux, il leur arrive de se révolter et ils changent de gouvernement. Et ainsi de suite. Ceux qui veulent faire le bonheur des peuples malgré eux sont des fous. Laisse ton Sylla où il est : il finira bien par mourir. Et prends bien garde à toi. Adieu, César. Et n'oublie pas le proverbe : pour vivre heureux, vivons cachés... et muets, par les temps qui courent.

César l'oublia. La vie reprenait peu à peu son cours, à Rome, sur un fond de dénonciations et de proscriptions, mais il se sentait curieusement à l'abri. Il n'avait jamais été l'adversaire de personne et, encouragé par l'indifférence que Sylla lui marquait, il se tourna vers le collège des flamines, dans lequel il avait été admis l'année précédente. Il voulait savoir quand il serait officiellement investi.

La demande parvint jusqu'à Sylla, qui contrôlait tout, régentait tout. Les qualités de ce jeune patricien, qui n'avait jamais participé à quelque lutte politique que ce soit, l'intéressaient. Il profita de l'occasion pour demander au jeune homme un gage de fidélité :

– Je veux bien que tu te rapproches de nous, mais tu dois faire un geste. Tu as épousé Cornélie, la fille de Cinna, et je ne peux supporter l'idée que le flamine de Jupiter soit le gendre de mon pire ennemi.

– Mais il est mort, ton pire ennemi, Sylla.

– Je le sais. Mais c'est ainsi. C'est pourquoi je te demande, comme je l'ai demandé à Pompée, de répudier Cornélie et d'épouser une autre femme, qui soit davantage des nôtres ; je te signale que Pompée a accepté : il a répudié son épouse, Antistia, pour épouser ma belle-fille, Émilie.

Courageusement, César répondit :

– Cornélie est ma femme, la mère de ma fille Julie, et elle le restera.

– Et pourquoi donc ?

– Parce que je l'aime. Un point c'est tout.

– Souhaitons que tu n'aies pas à t'en repentir. Adieu, César.

Le lendemain, César était en bonne place sur la liste des proscrits. Par la même occasion, il était rayé de la liste du collège des flamines et sa fortune fut confisquée. Mais il n'avait pas attendu que la liste fût publiée pour s'enfuir : il quitta Rome la nuit même, déguisé en colporteur, et gagna le pays des Sabins, à une quarantaine de kilomètres au nord de Rome, en passant par de petits chemins de campagne, car les deux grandes routes qui y menaient, la via Flaminia et la via Salaria, étaient truffées de policiers et de chasseurs de primes : dénicher un proscrit était une bonne affaire pour celui qui le découvrait.

Pour éviter d'être dénoncé, il changeait chaque soir de gîte et dormait dans des granges, dans des cabanes de bergers, dans des étables. Un soir, il aperçut une bâtisse abandonnée qui avait encore bonne apparence et courut s'y cacher ; mais, à peine s'était-il allongé par terre pour dormir qu'il entendit des voix qui s'approchaient. C'étaient des voix d'hommes.

– Tu l'as vu ?

– Non, il a filé vers le bosquet.

– Nom d'un chien ! Si je le trouve, je lui casse les reins et je le mène à la police.

– Tu crois qu'il est caché dans la grange ?

– Ça m'étonnerait. Jetons-y un coup d'œil.

– Bon sang ! jura César, ils vont me découvrir. Et il fait noir comme dans un four !

Il tâtonna, heurta une bêche qui tomba par terre avec un bruit d'enfer, et, en poussant une porte basse, il parvint à se glisser dans un réduit étroit et malodorant. S'ils viennent, ils ne me trouveront pas là, pensa-t-il. Tout à coup, il eut l'impression de n'être pas seul ; il lui avait semblé entendre respirer un petit animal. Il tâtonna encore, se retourna dans le noir, tenta de se déplacer dans la direction de la « chose » qui respirait.

Un prodigieux coup de gourdin l'étourdit pendant quelques secondes. Il se mordit les lèvres pour ne pas crier, mais déjà une petite main fraîche se posait sur sa bouche.

– Ne dis rien, ne parle pas, ils sont là, murmura à son oreille une voix qu'il entendait à peine.

– Qui es-tu ?

– Cécilia. Ils ont arrêté mes parents hier.

– Qui, « ils » ?

– Les proscripteurs. Mon père était un ancien soldat de Marius. Et toi ?

– Je suis dans la même situation que toi.

– Ils ont arrêté ton père ?

– Non, ils veulent m'arrêter.

– Comment t'appelles-tu ?

Il hésita. Il valait mieux qu'elle ne sache pas qui il était :

– Marcus. Qu'est-ce qu'on fait, maintenant ?

– On peut dormir, ils sont partis.

La nuit fut plus que douce pour les deux jeunes proscrits. Cécilia devait avoir son âge, mais elle était experte dans l'art des caresses et César se laissa faire. La vie de proscrit n'avait pas que des inconvénients.

Ce jeu de cache-cache avec les policiers, les proscripteurs et les mouchards de toute sorte dura plusieurs semaines. César disparaissait maintenant dans des grottes sur les flancs de l'Apennin mais on était en novembre, et les nuits devenaient de plus en plus froides. Il se nourrissait de fruits sauvages et de racines et, quand il croisait un être humain, il simulait le simple d'esprit.

À ce régime, il finit par tomber malade. Abruti par les fièvres, frissonnant, il ne parvenait plus à se déplacer, et des âmes charitables l'avaient étendu sur un brancard. Il pouvait ainsi se faire transporter d'un asile à un autre. C'est au cours d'un de ces transports qu'il fut arrêté par les sbires de Sylla. L'escouade était commandée par un larron qui lui dit s'appeler Cornélius. L'imminence du danger eut raison de sa fièvre. César eut, d'instinct, une de ces réactions foudroyantes comme il en aura tant plus tard ; sa voix devint dure, cassante :

– Cornélius, combien toucheras-tu pour m'avoir pris ?

– Douze mille deniers.

– Et que devras-tu faire, pour cela ?

– Te transporter jusqu'à Rome.

– Sur mon brancard ? Sur ton dos ?

– Ah ! je n'y ai pas pensé.

– Qu'est-ce qui t'intéresse le plus ? Me transporter ou les 12 000 deniers ?

– C'te blague ! Les deniers.

– Alors je vais t'en donner 15 000, et tu me laisseras ici. Tu auras ton argent, et tu n'auras aucun effort à faire. Qui sait, tu trouveras peut-être un autre proscrit et tu doubleras la mise.

Cornélius n'était pas futé, mais il avait assez de jugeote pour comprendre que l'affaire était bonne et sans risques. Il empocha les deniers de César en répétant, ébahi :

– Ah ! ben ça, alors ! Ben ça, alors !

L'intention de César était d'atteindre la côte adriatique en passant par les montagnes de l'Apennin, et, de là, filer en Grèce ou même en Asie. Mais la route montagneuse était longue et malaisée, et ses crises fiévreuses l'obligeaient souvent à s'arrêter un ou deux jours. Au fur et à mesure qu'il s'enfonçait dans la montagne, les proscripteurs se faisaient plus rares et il put arriver, méconnaissable et épuisé, à Asculum, sur le Tronto, la ville d'où était partie la révolte des Alliés dix ans plus tôt.

Ce bourg modeste lui sembla le comble de la civilisation, après ce qu'il avait subi depuis un mois. En outre, le pays des Picentins avait conservé un bon souvenir de Marius, de ses efforts pour obtenir le droit de cité qu'ils réclamaient, et César put s'abriter chez un ancien centurion à qui son oncle avait fait octroyer quelques terres, en récompense de ses bons et loyaux services. À sa grande surprise, César constata que le courrier de Rome arrivait régulièrement à Asculum et il adressa une lettre à sa mère, qui, depuis l'arrivée de Sylla, s'était réfugiée dans la belle villa de ses parents, sur la colline de l'Esquilin, avec sa femme et sa fille.

Aurélie, en bonne mère romaine, n'avait pas perdu son temps. Elle avait remué tout Rome pour obtenir de Sylla l'amnistie de César. Elle fit intervenir son frère, qui, lorsqu'il était consul, avait défendu les intérêts du parti aristocratique, et jouissait d'un grand prestige auprès de Sylla, le collège des prêtresses de Vesta, les vestales, ainsi que de nombreux personnages considérables. Sylla repoussa longtemps les arguments et les prières des amis d'Aurélie qui faisaient valoir la jeunesse et l'innocence de son fils : « Qu'as-tu donc à craindre de ce jeune homme qui ne s'est jamais occupé de politique ? » lui disait-on. Il leur répliquait à tous que ce « jeune homme » était peut-être plus dangereux pour leur parti qu'ils le croyaient. Il finit cependant par accorder la fameuse grâce qu'ils lui réclamaient, non sans leur dire :

– Triomphez et gardez-le, mais sachez que ce jeune homme dont le salut vous tient tant à cœur causera un jour la perte du parti aristocratique que vous avez défendu avec moi : il y a dans César plusieurs Marius... Méfiez-vous de ce jeune homme mal ceinturé.

« Mal ceinturé », dans la bouche de Sylla, sonnait comme une injure : c'est ce qu'on disait, sur le Forum, des jeunes homosexuels débraillés qui vendaient leurs charmes en dandinant des fesses. Et il aurait pu ajouter, comme on le disait en souriant dans la bonne société romaine : « César ? C'est un minet parfumé, toujours fourré chez le coiffeur, à se faire épiler. »

Minet peut-être, mais de la gent féline César avait la prudence, et le « pardon » méprisant de Sylla, accordé du bout des lèvres, ne lui disait rien qui vaille. Il en avait aussi la souplesse et la vivacité : il saisit la première occasion qui se présenta pour bondir loin de Rome. Cette occasion, ce fut le général Minucius Thermus qui la lui offrit. Il rencontra ce personnage, qu'il ne connaissait pas auparavant, chez son barbier, au cours d'une séance d'épilation.

– C'est toi, le fils d'Aurélie et de Caïus Julius ? lui demanda-t-il d'une voix chaude et douce.

– Oui.

– Sylla m'a parlé de toi ; je t'ai reconnu à tes yeux noirs... C'est vrai qu'ils sont beaux, ces yeux !

César avait horreur des compliments que l'on faisait sur sa personne, il se contenta d'esquisser un sourire.

– Je suis le général Minucius Thermus. Cela te dirait de partir avec moi en Bithynie ? Sylla m'y envoie.

– Il t'y envoie dans quel but ?

– Il a laissé une flotte là-bas, et il m'a chargé de la ramener. J'ai besoin d'un second.

– Mais je ne connais rien à la navigation.

– Il y a des marins, pour ça. Mais la société des marins m'ennuie, et la traversée est longue. J'ai besoin d'un compagnon de voyage bien élevé, cultivé et séduisant. Viens, je te présenterai au roi Nicomède.

Tu crois que Sylla me laissera quitter Rome ? demanda César. Tu sais qu'il ne me porte pas dans son cœur.

– Oui, je sais, tout le monde en parle autour de lui. Mais ça lui passera : tu es encore trop jeune pour lui nuire, et il a d'autres fers sur le feu. Allez, décide-toi vite. Je lui dirai que Nicomède préfère les jeunes gens mal ceinturés aux centurions poilus. Je pars après-demain.

Il ne fallut pas plus de deux minutes à César pour accepter l'offre de Minucius Thermus.

Sa carrière militaire allait commencer d'une drôle de façon.

CHAPITRE IX

Le mignon de Nicomède

(81-78)

César ne connaissait de l'Orient que celui des anciens Grecs. Il savait confusément qu'il y avait là-bas une immense mer, sombre et profonde, qu'on nommait à Rome le Pont-Euxin, et qu'on y pénétrait, en venant de la Méditerranée, par un chenal étroit, le détroit de l'Hellespont, que nous appelons aujourd'hui les Dardanelles.

Il avait aussi appris que les terres baignées par cette mer Noire avaient jadis fait partie de l'empire du grand Alexandre, qui les avait conquises sur les Perses, et que, maintenant, elles étaient partagées en une multitude de petits royaumes, plus ou moins indépendants du grand empire gréco-persique voisin, qui était tombé entre les mains des Parthes, ces cavaliers qui nomadisaient autrefois autour de la mer Caspienne. Le Pont était l'un de ces petits États. Depuis un demi-siècle, Rome avait conquis la Macédoine et la Grèce, ce qui l'avait tout naturellement conduite à s'intéresser aux rives de la mer Noire et, par voie de conséquence, au royaume du Pont.

Mais là s'arrêtaient ses connaissances. Il n'avait pas très bien compris ce que Sylla était allé faire si loin, alors que la guerre civile faisait rage dans l'Urbs, ni en quoi le roi du Pont, Mithridate, méritait qu'on s'occupât tant que cela de lui. Rome, pensait César, a d'autres chats à fouetter en ce moment. Il s'en ouvrit au général Minucius Thermus en sortant de l'échoppe du *tonsor* qui les avait tous deux rasés de près et parfumés, comme c'était la règle dans la *high society* romaine, par une belle matinée de ce mois de septembre de l'année 81 avant notre ère :

– Depuis que je suis né, Rome et l'Italie ne cessent de vivre en état de guerre civile permanent. Quand j'étais tout petit, je n'avais pas le droit d'aller jouer ni au Forum, parce qu'on s'y battait, ni dans les rues de Subure, parce que les paysans de la banlieue venaient, de temps à autre, démolir des boutiques ou incendier les logis de quelques plébéiens. Lorsque j'ai eu dix ans, ma tante invectivait – en paroles – les « bandits qui nous gouvernent ». Ensuite, ce fut l'assassinat du propréteur d'Asculum, suivi de trois années de guerres à travers toute l'Italie ; à l'époque, je voyais ça comme un jeu, et je prenais des notes sur un *volumen*, mais j'ai changé d'avis lorsque j'ai compris que cette guerre avait tué tant de gens, pour rien.

– Pas pour rien, César : beaucoup se sont enrichis dans cette affaire, sur la ruine des autres.

– Mais pourquoi Sylla est-il parti en Asie, au lieu de rester ici, et de participer à la reconstruction de l'Italie et à la réconciliation des Romains ?

– On le comprendra un jour, peut-être. Sylla est un patriote sincère, mais il voit plus loin que tout le monde quand il s'agit de la grandeur de sa patrie. Il me l'a dit souvent : un jour viendra où Rome, qui n'était qu'un petit village il y a six ou sept cents ans, s'étendra sur toutes les contrées qui entourent la Méditerranée, de l'océan Atlantique jusqu'aux déserts de l'Afrique et de l'Arabie. Et tous les peuples y vivront libres et en paix sous une seule loi.

– Je comprends. C'est un beau rêve, et moi-même je le fais souvent. Mais je trouve que partir conquérir l'Asie au moment où les Romains et les Italiens se massacraient les uns les autres du mieux qu'ils le pouvaient, c'était mettre la charrue devant les bœufs. C'est il y a dix ans qu'il fallait un dictateur à Rome, pas maintenant. On aurait fait l'économie de deux guerres civiles.

– Tu as peut-être raison, mais on ne peut pas écrire à nouveau l'histoire. Une fois allumés les feux de la guerre civile, par qui que ce soit, on ne pouvait les éteindre qu'avec du sang. C'est ce qu'on appelle le réalisme politique.

– Laissons cela, général. Parlons du futur. De quoi s'agit-il ?

– J'aime bien cette manière de parler, jeune homme : tu as beau être mal ceinturé, tu me sembles avoir de l'énergie. Tu as entendu parler de Mithridate ? C'est le roi d'un royaume proche de la mer Noire. Il rêve de l'étendre tout autour de cette mer comme nous cherchons à le faire pour Rome autour de la Méditerranée... et les deux mers communiquent entre elles.

– Aïe. Je vois. Il faut empêcher ce roitelet de grandir.

– Tu comprends vite. Mais Mithridate n'est pas un roitelet et il a un avantage sur nous : son peuple est bien uni derrière lui, comme il l'était derrière les rois qui l'ont précédé.

– C'est l'avantage de la monarchie, général. Tous les pouvoirs entre les mains d'un seul... à condition que ce chef solitaire soit avisé et aime son peuple ; s'il ne songe qu'à se remplir les poches, ou à satisfaire ses instincts les plus bas, le peuple en question a intérêt à lui couper la tête.

– Entre le royaume du Pont et la mer Noire, il y a un petit pays charmant où jadis, si l'on en croit Homère, vivaient les Amazones. C'est la Bithynie...

– Joli nom !

– Joli pays, aussi, où la vie est bien agréable. C'est un pays ami, et, depuis des lustres, les rois Nicomède de Bithynie sont les alliés de Rome.

– Pourquoi Nicomède ?

– C'est leur nom, de père en fils. Ils sont d'origine grecque, et leur civilisation est très raffinée. Le souverain actuel est Nicomède IV. Il a été chassé de son trône par Mithridate ; Rome, fidèle à son traité d'alliance, a envoyé une flotte pour le lui restituer, mais Mithridate a coulé la flotte romaine.

– Quand cela ?

– Il y a huit ans, en plein milieu de la guerre sociale. Il a fait pire : pour affaiblir Rome, il a soulevé contre elle les cités grecques, en particulier Athènes, et envoyé des armes aux Italiques révoltés, il a envahi d'autres royaumes d'Asie amis de Rome, bref, il nous a bien fait peur.

– Là, je suis au courant. C'est à ce moment que Sylla est parti pour l'Asie, laissant la République à Cinna. Entre nous, il a fait du bon travail en Asie. Il a tout repris en main et remis Nicomède sur son trône. Mais il n'y a pas été de main morte.

– Tu connais son mot, lorsqu'il a pris Athènes après un siège de plusieurs mois ?

– Non.

– Selon sa méthode, qui est, je l'avoue, un peu radicale, il avait décidé de passer tous les Athéniens par les armes. Mais, au nom du glorieux passé de cette cité, il a dit : « J'accorde aux morts la grâce des vivants. »

– La suite, je la connais, Sylla a rétabli l'ordre romain en Grèce et en Orient. Nicomède a retrouvé son royaume et les villes qui étaient restées fidèles furent récompensées.

– Mais il en a profité pour rafler tous les trésors de Delphes, d'Olympie et d'ailleurs. C'est de bonne guerre.

– Et qu'est-ce que nous allons faire là-bas, maintenant ?

– Il y a une cité qui n'a pas été punie, c'est Mytilène, la capitale de l'île de Lesbos.

– Le berceau de la poésie lyrique... Ah ! Saphô... tu connais sa chanson :

« Je dis que l'avenir se souviendra de nous,
Je désire et je brûle... »

Oui, Saphô, l'avenir s'est souvenu de toi.

– Bravo ! Nicomède appréciera. Donc, nous allons punir Lesbos et prendre Mytilène.

– Comment ?

– Avec la flotte que Nicomède nous a promise et que nous allons chercher de ce pas. Allez, en route pour Pouzzoles... Tu connais ?

– Oui, à l'entrée de la baie de Naples. Mon oncle avait une belle villa dans le coin.

Il s'aperçut, mais un peu tard, de ce mot malheureux, mais le général Thermus, tout au plaisir de retourner en Asie, ne releva même pas que César venait de faire allusion à feu Marius, le pire ennemi de Sylla.

– C'est le meilleur port d'Italie, enchaîna Thermus, intarissable, une véritable petite Délos. Les bateaux y sont à l'abri toute l'année : on y a construit une formidable jetée. Nous irons à Pouzzoles par la via Appia ; avec un bon *cisium* (voiture légère attelée) à deux chevaux, nous y serons en quatre ou cinq jours, sans nous presser. Un navire à voiles et à dix-huit rameurs nous conduira à Nicomédie en une douzaine de jours. Tu as le mal de mer ?

– Je ne sais pas. Ce sera mon premier voyage en bateau. Quel sera mon grade ?

– Tu sera mon *contubernalis*, c'est-à-dire mon officier d'état-major, en quelque sorte. Je t'aurai toujours à ma disposition.

Le voyage se passa sans encombre, et ils arrivèrent à Nicomédie (l'actuelle Izmit, en Turquie, sur la mer de Marmara) dans les délais prévus.

– Prépare-toi, lui dit Thermus, tu vas porter un message au roi le plus rapidement possible.

Le général avait tout prévu. Il avait embarqué à bord le meilleur barbier de Pouzzoles, de sorte que son jeune *contubernalis* fut rasé, épilé, coiffé, parfumé et poudré comme jamais il ne l'avait été à Subure, et il se présenta devant Nicomède vêtu d'une toge d'un blanc immaculé qui faisait ressortir le noir de ses yeux. Comme à son habitude, il avait laissé sa ceinture desserrée.

Nicomède IV, roi de Bithynie, était assis sur un siège de bois d'orme, orné de pierreries, à la manière orientale. C'était un homme grand, assez fort, d'une cinquantaine d'années, qui avait dû avoir les traits fins dans sa jeunesse, mais ses paupières étaient lourdes, comme celles des libertins romains. César lui tendit le message de son général : il enjoignait à sa Très Excellente Grandeur le roi Nicomède IV de Bithynie de tenir la promesse qu'il avait faite à Sylla qu'il mettrait toute sa flotte, bien armée, avec ses équipages, à la disposition de Rome à la première réquisition de celle-ci et sans délai. En d'autres temps, Nicomède se serait offusqué du ton énergique du message, mais il ne l'avait pas remarqué : l'arrivée de ce jeune Romain aux yeux noirs et à la toge flottante l'avait plongé dans un profond émoi.

Il se leva, se dirigea vers César et le prit dans ses bras pour lui donner l'accolade. Mais, au lieu de la donner joue contre joue, il fit en sorte que ses lèvres effleurassent celles du jeune homme d'un baiser rapide, auquel le jeune *contubernalis* répondit.

– Comment te nommes-tu, beau Romain ?

– Caïus Julius César, ô roi de Bithynie.

– Mon nom est Nicomède... Tu es fatigué, cher Caïus, le voyage est long depuis Rome... Veux-tu te reposer ? dormir ?

– ...

– Gardes, cria Nicomède, accompagnez cet ambassadeur jusqu'à ma chambre, qu'il puisse s'y délasser.

Les gardes du roi l'y conduisirent et, si l'on en croit Cicéron, il s'endormit dans un lit d'or aux draps de pourpre. À bord de son navire, le général, ne voyant pas revenir son jeune assistant, se prit à sourire d'un air entendu : il connaissait l'appétit de Nicomède pour les chairs fraîches de tous sexes. Cependant, il se trompait : César dormit comme on dort à vingt ans, tout d'une traite, et ne se réveilla que le lendemain à midi. Le roi avait soulevé la lourde tenture de velours qui fermait sa chambre et l'avait simplement regardé dormir en silence.

Le jeune homme fut tiré de son sommeil par les gazouillements de quatre jeunes filles orientales qui lui ôtèrent ses vêtements, y compris le pagne de lin qu'il portait à même son corps, l'entraînèrent dans une sorte de piscine où elles pénétrèrent, nues, avec lui, et entreprirent de le laver et de le masser sur toutes les parties de son corps. Elles éclatèrent d'un rire joyeux lorsqu'elles obtinrent la preuve tangible de son plaisir.

Vers trois heures de l'après-midi, deux éphèbes qui n'avaient pas quinze ans vinrent quérir César qui se prélassait dans son lit de pourpre :

– Habille-toi, Romain, le roi te convie à un festin qu'il a fait préparer en ton honneur.

Il faisait chaud, César se laissait peu à peu aller à cette ambiance de fête orientale qui lui faisait oublier Rome, Sylla et même Cornélie, devenue une jeune mère de famille respectable. Il décida de ne pas revêtir sa lourde toge et de se rendre à la fête qu'on lui offrait les pieds nus, en tunique et sans pagne, en laissant pendre les deux bouts de sa ceinture, sans même la nouer mollement.

La salle où avait lieu le festin était immense. Nicomède et ses invités n'étaient pas étendus sur des lits, à la manière romaine, mais assis en tailleur sur d'épais tapis aux couleurs vives. César fut accueilli par des murmures d'admiration. Alors, jouant de la prunelle, il s'empara d'un *crater* (vase à vin) et le présenta au roi, en souriant. Nicomède lui tendit la coupe d'or dans laquelle il buvait et César se pencha pour le servir, tandis que le monarque, nonchalamment, lui caressait la croupe en lui passant la main sous la tunique.

Le repas se déroula dans une atmosphère qui devint très vite orgiaque. Là, deux jeunes filles à peine pubères montraient fièrement leurs jeunes appas à des négociants romains venus en Orient dans le but d'acheter quelques prostituées pour un lupanar luxueux qu'ils avaient installé à Pompéi, près de Naples. Ailleurs, un géant barbu et rieur présentait son énorme sexe en érection à qui voulait l'empoigner ou le goûter, en poussant des grognements de plaisir. Un peu plus loin, avachis sur des coussins moelleux, des personnages d'apparence noble et imposante contemplaient un défilé de courtisanes qui se déshabillaient langoureusement devant eux tandis que des gitons s'affairaient entre leurs cuisses. D'autres s'étaient assis en cercle autour de six danseuses syriennes, entièrement nues, munies de petits tambourins à grelots, dont la danse lascive était plus qu'une invitation à l'amour.

Nicomède prit César par la main.

– Viens, lui dit-il, nous serons plus à l'aise dans mes appartements.

Et c'est ainsi que le fils de la sage Aurélie devint, pendant plusieurs nuits, la femme du roi de Bithynie, qui émaillait leurs ébats de trivialités latines : *Te paedico* (« Je t'enc... »), lui disait-il en le besognant, et, quand il prenait entre ses mains la tête de César, il pénétrait dans sa bouche en lui criant : *Irruo* (« Je m'enfonce »). Les négociants romains qui avaient assisté à ces débauches – auxquelles, d'ailleurs, les riches citoyens de Rome étaient accoutumés – se hâtèrent d'envoyer dans la capitale quelques lettres piquantes sur ce jeune patricien en service commandé devenu le mignon d'un souverain oriental. Et il se trouva de bonnes âmes pour faire courir le bruit qu'il s'était prostitué à Nicomède.

Cependant, était-ce un scandale ? La loi romaine interdisait l'homosexualité masculine entre citoyens romains, mais non pas entre un Romain et un esclave, un affranchi ou un étranger (ce qui était le cas, en la matière, pour Nicomède, fût-il un roi). César n'avait donc pas violé la loi. Le vrai scandale, c'était plutôt le caractère public de l'affaire, le fait qu'il eût pris la place d'un esclave en jouant à l'échanson et surtout qu'il n'avait pas été envoyé en Bithynie pour faire la fête, mais pour faire la guerre. Et l'on n'aimait pas toujours, à Rome, le mélange des genres.

Cela dit, César fit la guerre, et il la fit bien. Après quelques jours – ou quelques semaines – de plaisir entre les bras de Nicomède, il obtint de celui-ci la flotte promise, qui, sous le commandement de Minucius Thermus, quitta Nicomédie, traversa la mer de Marmara, gagna la mer Égée par les détroits des Dardanelles et du Bosphore, et jeta enfin l'ancre devant Mytilène, capitale de l'île de Lesbos.

Disposer une flotte nombreuse autour d'une île pour l'assiéger, investir sa ville principale, mettre au point la tactique du futur assaut, cela prenait du temps. César, qui était hanté par le souvenir de son aventure avec Nicomède, et qui ne participait pas à ces travaux préparatoires, interrogea son général :

– Thermus, pourrais-tu m'accorder quelques jours de permission ?

– Pourquoi ?

– J'ai besoin de retourner en Bithynie. Un client à moi (on appelait « client » à Rome un homme libre – généralement un affranchi – qui faisait partie de la maisonnée d'un *pater familias* et qui était, en quelque sorte, son protégé) m'a chargé de recouvrer une créance sur un débiteur qui habite Nicomédie.

Le prétexte était cousu de fil blanc, mais Thermus lui accorda la permission demandée et César put retrouver, pour quelques jours, l'homme qui avait su retenir ses sens. Puis il revint à Lesbos et il participa à la prise de Mytilène, avec vaillance sans doute, car son chef lui décerna la *corona civica* (la couronne civique), décoration attribuée, en principe, à tout combattant qui sauvait la vie d'un soldat romain et tuait son adversaire : c'était une couronne de feuilles de chêne avec des glands.

La campagne de Mytilène était achevée. Il était traditionnel, dans ce cas, de renvoyer les troupes à Rome, ou sur un autre front, et le général vainqueur, nommé propréteur du territoire conquis, se chargeait d'en organiser l'administration. Thermus renvoya donc la majeure partie de ses troupes et donna le choix à César entre rentrer à Rome ou rester à son côté.

– Je préfère rester en Bithynie ou à Lesbos, répondit César. Tu m'initieras à l'administration d'une province.

– Et tu pourras obtenir une permission de temps à autre pour faire un tour à Nicomédie... afin de vérifier si les comptes de ton client sont bien en règle, ajouta-t-il avec un sourire ironique.

César le remercia. En fait, il voulait, tout à la fois, profiter des circonstances pour s'instruire dans un domaine où il était totalement ignorant, et sans doute goûter à nouveau aux plaisirs et aux fêtes de Nicomède. Mais la raison profonde pour laquelle il préférait rester en Orient était d'une autre nature : c'était la crainte qu'il avait des réactions du dictateur qui régentait Rome. Sylla ne lâche jamais sa proie, pensait-il, il n'aura de cesse qu'il n'y ait plus, dans l'Urbs, un seul homme qui puisse se dresser contre lui. Pour vivre longtemps, concluait-il, vivons caché.

Il passa ainsi plus d'un an à apprendre le métier d'administrateur, à savourer le luxe et les plaisirs de l'Orient, mais aussi à apprécier les bienfaits du régime politique stable de ces petites monarchies orientales, dont la vie quotidienne n'était pas troublée par d'incessantes campagnes électorales et par la course aux honneurs. Il s'en ouvrit à Thermus :

– Qu'elle soit populaire, comme du temps de Marius, ou aristocratique et rude, comme avec Sylla, nous autres, Romains, nous tenons tous à notre République. Mais crois-tu, Thermus, que ce régime qui convenait parfaitement à Rome il y a cent ou deux cents ans lui convienne encore de nos jours ? Vois l'étendue de son empire : comment faire vivre tout le monde sous une même loi alors que plus personne ne parle la même langue, que les proconsuls et les propréteurs honnêtes comme toi sont rarissimes, que la course au profit l'emporte sur le civisme ?

– Il est vrai que les gouverneurs de province n'en font qu'à leur tête, dit Thermus. Il faut avoir l'honnêteté chevillée au corps pour résister aux tentations. Regarde le nouveau proconsul de Macédoine, Dolabella. Le roi Nicomède m'en a parlé récemment : il se remplit les poches au nom de la République, tout le monde le sait et personne ne bronche.

– Personne ne le dénonce ?

– Pour dénoncer, il faut des preuves, et ce n'est pas facile. En outre, c'est un ami de Sylla : tu te vois attaquer un ami de Sylla ?

Thermus avait raison, et César, qui se morfondait dans le train-train de la vie administrative, cherchait des occasions d'agir, de payer de sa personne comme il l'avait fait à Mytilène. Il apprit que le gouverneur de Cilicie, une province côtière sur la Méditerranée, limitrophe de la Syrie, préparait une expédition pour nettoyer les côtes de sa province des pirates qui les infestaient. Il fit des offres de service, qui furent acceptées. Mais elles furent sans lendemain : à la fin du mois de mai de l'année 78, la nouvelle parvint à Mytilène que Sylla venait de mourir, dans la villa de Pouzzoles où il s'était retiré en 80, après avoir abdiqué la dictature.

César abandonna les pirates de Cilicie à leur sort, monta sur le premier navire qu'il put trouver et rentra à Rome toutes affaires cessantes. Il lui tardait de revoir sa mère, sa femme, sa fille, ses amis, et de respirer les odeurs de Subure, qui valaient bien celles de l'Orient.

CHAPITRE X

César et les pirates

(75-74)

Ses deux échecs judiciaires n'avaient pas affecté César.

Sylla est mort, et bien mort, pensait-il, mais non pas le syllanisme. Il a restauré la puissance du Sénat, en lui attribuant pratiquement tous les pouvoirs, mais, comme le Sénat était à sa botte, Sylla était, en fait, le seul maître de Rome. Maintenant qu'il a disparu, c'est le Sénat qui tient Rome dans sa main, c'est-à-dire une poignée de patriciens, pour la plupart fortunés, et de chevaliers enrichis par les conquêtes ou les affaires. J'ai plaidé contre deux créatures de Sylla, devant un tribunal de sénateurs qui devaient tout à Sylla : je ne pouvais que perdre. Pour tous ces syllanistes, je suis marqué du sceau de l'infamie, celui d'avoir collaboré avec le parti populaire. Tout le reste n'est que littérature.

De ces réflexions pessimistes, César conclut que le meilleur parti à prendre, pour l'instant, c'était de quitter Rome, tout autant pour fuir les éventuelles tracasseries de Dolabella, qui chercherait certainement à se venger et qui en avait le pouvoir (ne serait-ce qu'en faisant pression sur ses créanciers), que pour se changer les idées.

Sans doute avait-il aussi dans l'esprit de mettre son nez dans les affaires de Bithynie. À l'automne de l'année 75, la nouvelle était arrivée à Rome de la mort du roi Nicomède ; c'est Thermus qui la lui avait annoncée :

– Tu vas être bien triste, César, était-il venu lui dire à Subure : Nicomède a vécu.

Le visage de César était devenu plus pâle encore qu'il ne l'était d'ordinaire :

– Il est mort ? Mais comment cela ? On l'a assassiné ? À la guerre ? Ou bien de maladie ? C'est impossible !

Ses yeux noirs étaient devenus troubles. Jamais, dans sa vie, il n'avait pleuré, sinon à la mort de son oncle Marius, mais, en cet instant, il n'en était pas loin.

– Je pense qu'il est mort de mort tout ce qu'il y a de plus naturelle, dit Thermus ; je connaissais bien son entourage : il n'avait pas d'ennemis en Bithynie et son peuple l'adorait.

– Mort... je ne peux pas le croire, murmurait César... Tu sais, je peux le dire maintenant, que nous nous sommes vraiment aimés ?... J'étais jeune, et il m'avait tellement impressionné. Mort !

Puis, une fois ce moment d'émotion passé, son intelligence politique des événements l'emporta :

– Tu sais, Thermus, que cette mort va déclencher une troisième guerre en Asie.

– Comment cela ?

– Une troisième guerre contre Mithridate, le roi du Pont.

– Tu veux dire une deuxième...

– Non, une troisième. La première a eu lieu quand j'avais dix ans, au moment de la guerre sociale. Le roi du Pont s'était emparé des royaumes de Bithynie, où régnait Nicomède, et de Cappadoce, où régnait Ariobarzane.

– Oui, je m'en souviens. C'est un ami de ton oncle Marius, le général Aquilius, qui a été envoyé pour rétablir ces deux rois, qui étaient nos alliés, sur leurs trônes. Ce fut le plus grand désastre que Rome ait jamais connu. Toute notre flotte a été coulée, Aquilius a été livré à Mithridate par la ville de Mytilène, où il avait établi son état-major, et il est mort écartelé. Après cela, toutes nos colonies grecques se sont révoltées, et, en trois ans, Rome a perdu une partie de son empire. Plus rien n'interdisait à Mithridate de débarquer en Italie, à Brindes par exemple, et nous ne serions pas là pour en parler aujourd'hui.

– Mon oncle Marius me disait que Mithridate était alors un plus grand danger pour notre patrie que les Cimbres et les Teutons, qu'il avait exterminés jadis.

– Je n'ai jamais été du parti de ton oncle, mais je dois dire qu'il avait raison. Les Germains étaient des nomades, sans organisation politique ; ils auraient pillé la Ville, violé nos femmes, massacré les Romains, puis ils seraient partis vers d'autres rapines, et Rome aurait pu survivre à leur passage. Mais Mithridate, c'était autre chose. Après avoir conquis la Grèce, Rome et l'Italie, il y aurait installé des gouverneurs, et, aujourd'hui, nous serions ses sujets, ou ses esclaves.

– Aquilius était nul, tout le monde le savait ; c'est Marius qu'il aurait fallu envoyer contre Mithridate. Mais le parti sénatorial, dont tu faisais partie, ne le voulait pas.

– Sylla la voulait pour lui, cette guerre, il me l'a dit souvent : je veux que Rome se souvienne de moi comme du sauveur de la patrie, Mithridate m'appartient.

– Mon oncle disait la même chose.

– Je pense encore que c'était Sylla qu'il nous fallait : Marius était déjà trop vieux.

– Bon. Ne recommençons pas une vieille querelle. Sylla a gagné la première guerre contre Mithridate, et c'est ce qui compte aujourd'hui. Ensuite, il y en a eu une deuxième...

– Laquelle ? demanda Thermus.

– Tu devrais t'en souvenir, puisque tu étais en Asie avec Sylla quand il a nommé Licinius Muréna gouverneur de l'Asie romaine, avant de rentrer à Rome.

– Ah ! oui, en effet ; c'est un poste qu'il m'avait promis. Je n'aimais pas Muréna. C'était un ambitieux et un prétentieux.

– Il a repris la guerre, en 83, sans l'autorisation du Sénat. Ce fut la deuxième guerre contre Mithridate, et elle dura encore deux ans. Et voilà pourquoi je te dis que la mort de Nicomède risque d'en faire naître une troisième.

– Explique-moi comment.

– Nicomède m'avait souvent confié, quand j'étais en Bithynie, qu'il léguerait son royaume à Rome...

– Il a fait un testament ?

– Je n'en sais rien. Mais je pense que Rome a intérêt à revendiquer cette donation, car il en parlait à tout le monde.

– Il n'a pas de fils ?

– Non. Il avait bien une femme, mais il ne l'a jamais touchée, dit César en souriant, tu sais bien qu'il n'aimait pas les femmes.

– Et le fils qu'elle a eu ?

– Il n'est pas de lui ; c'est un bâtard.

– Je comprends, dit Thermus, Mithridate va profiter de l'aubaine : il va prétendre que c'est lui le véritable héritier, et que Rome veut le déposséder de son héritage légitime. C'est un beau prétexte pour s'emparer de la Bithynie ; j'imagine bien Mithridate en régent. Tu as raison de parler d'une probable troisième guerre contre le roi du Pont. Mais pourquoi veux-tu aller là-bas maintenant ?

– Nicomède m'a couché sur son testament, j'en suis certain.

– Sur son testament seulement ? ne put s'empêcher de plaisanter Thermus.

– Oh ! c'est une vieille histoire. Mais qui dit testament dit richesses, et Dieu sait s'il en avait, des richesses, mon Nicomède. J'ai intérêt à gagner de vitesse le questeur romain qui va défendre à Nicomédie la position de Rome : ces questeurs ont la main leste.

– Très juste. Et puis cela te donnera une occasion de t'éloigner de Rome, de Dolabella et de tes créanciers.

– Tu auras toujours le mot pour rire, Thermus. Mais garde pour toi ce que je viens de te dire. Je n'ai pas envie qu'on me mette des bâtons dans les roues. À tout le monde, je dirai que je vais à Rhodes, pour suivre les cours d'Apollonios Molon ; c'est le professeur de rhétorique le plus célèbre du moment, et aussi le plus grand philosophe de notre époque : il enseigne le stoïcisme. Tous les intellectuels romains ont fait le voyage de Rhodes pour l'entendre : Cicéron a été son élève il y a trois ans. Pourquoi pas moi ?

– En effet, pourquoi pas toi ! Porte-toi bien, César, et reviens-nous vite. Tu me raconteras.

Officiellement, donc, le fils d'Aurélie partait pour Rhodes. On le vit traverser le Forum, dans la brume de l'automne finissant, suivi d'une imposante escorte d'esclaves, de porteurs, de secrétaires sautillants et bavards ; il emmenait aussi avec lui son cuisinier préféré, son barbier et son médecin.

– D'où tire-t-il son argent, pour se payer tant de gens ? disaient les uns.

– Pourvu qu'il revienne sain et sauf et qu'il nous rembourse ce que nous lui avons avancé, disaient les prêteurs professionnels.

– Bon débarras, murmuraient les maris trompés.

– J'adore la manière qu'il a de se gratter la tête avec l'index, disait une jolie Romaine à une amie, il est d'un drôle !

César et son cortège quittèrent Rome par la via Appia et gagnèrent le port de Tarente par Capoue, Bénévent et Vénouse. Là, César se mit à la recherche d'un navire en partance pour la mer Noire. Le hasard voulut qu'il tombât sur le joyeux capitaine Eudoxe, qui, trois ans plus tôt, l'avait ramené de Bithynie et qui se vantait de se jouer des pirates ; le marin faisait les cent pas au loin, sur le môle.

– Capitaine Eudoxe, lui cria César, dont la vue était perçante, tu me reconnais ?

– Viens plus près, de loin je n'y vois pas grand-chose avec ces vagues et ces embruns.

César se dirigea vers l'extrémité du môle :

– C'est moi, César.

– Le jeune homme que j'ai embarqué à Nicomédie, il y a trois ans ?

– Oui, tu me reconnais, maintenant ?

– Je n'en crois pas mes yeux. Tu étais fluet comme un adolescent et te voilà toujours aussi mince, mais on sent que tu es devenu costaud, musclé.

– On change, Eudoxe, on change. Tu as de la place sur ton navire ? Je retourne à Nicomédie.

– Avec cette troupe ? Qu'est-ce que tu es devenu ? Un ambassadeur ?

– Je fais mon chemin à Rome, en évitant les récifs, comme toi sur la mer.

– Tu te souviens de ma comparaison ? Tu as une de ces mémoires ! Tu tombes bien. En principe, à cette époque de l'année, la mer est fermée, et les navires romains restent au port ; mais, moi, je ne suis pas un marin romain, je suis inscrit sur les rôles du port de Nicomédie et je peux naviguer quand il me plaît. J'appareille demain, au petit jour.

– Tu navigues toujours le long des côtes ?

– Toujours, quand je le peux.

Le lendemain, ils partirent de Tarente et, une fois sorti de ce golfe si bien abrité, Eudoxe mit le cap sur l'île de Corfou ; puis il longea le littoral grec, contourna les côtes dentelées du Péloponnèse et parvint à Délos, où il fit son escale traditionnelle.

– Ça marche toujours, le commerce des esclaves ? demanda César au capitaine.

– Plus que jamais. Il en arrive beaucoup de la côte syrienne, en ce moment. Je dois embarquer une cargaison de cent esclaves noirs qu'un marchand phénicien de Tyr a vendus à un marchand grec de Délos, qui les envoie à Milet, où je dois la livrer à un richissime armateur. Après cela, nous ne nous arrêterons plus avant Nicomédie.

Deux jours plus tard, la marchandise humaine était livrée et le capitaine Eudoxe, fidèle à sa stratégie anti-pirates, longeait la côte ionienne, dans la direction du nord, se faufilant entre les innombrables îlots de la mer Égée avec une maestria digne des plus grands marins. Le navire avait quitté Milet depuis à peine deux ou trois heures et venait de contourner l'îlot de Pharmacuse, lorsque le *proreta*, l'homme qui se tenait à l'avant du navire pour surveiller la mer, se mit à hurler :

– Des pirates à main gauche ! Des pirates à main gauche !

– Il ne manquait plus que ça, grogna Eudoxe, nous allons perdre du temps. Jetez l'ancre, cria-t-il à son équipage, et baissez les voiles.

– Quoi, dit César, on ne combat pas ?

– Je suis un marin, moi, pas un légionnaire. Il n'y a pas une arme sur ce bateau.

Déjà les pirates escaladaient le bastingage et se précipitaient sur César, qui les écarta d'un geste tellement autoritaire que tous s'immobilisèrent.

César s'adressa à eux en grec :

– Vous êtes sans doute les bandits de Cilicie qui rançonnez les navigateurs... Lequel d'entre vous est le chef ?

Les assaillants restèrent perplexes. Ce jeune homme aux yeux noirs les intriguait. Son comportement n'était pas celui de leurs victimes habituelles, qui se jetaient à leurs pieds, les suppliaient de les épargner, et se livraient à des pleurnicheries diverses.

César avait pris la situation en main :

– Toi, là-bas, oui, le gros rougeaud, ne perdons pas de temps. Combien veux-tu pour ma rançon ?

Il connaissait bien les usages de la piraterie, qui sévissait aussi dans l'Adriatique. Les écumeurs des mers raflaient tous les objets précieux qui se trouvaient à bord des navires qu'ils arraisonnaient, et gardaient en otages, à bord du bâtiment attaqué ou sur leurs propres navires, les personnalités susceptibles d'être rançonnées. Celles-ci envoyaient à terre des émissaires, et la rançon était payée par la ville au large de laquelle avait eu lieu l'abordage, en vertu d'une loi romaine qui rendait les cités alliées du littoral responsables de la sécurité des citoyens romains.

César répéta, avec énergie :

– Combien ?

– 20 talents d'or (le talent valait environ 25 kilogrammes).

– Pauvres minables ! 20 talents ! Vous me faites pitié. Vous ne savez pas qui je suis. Demandez donc 50 talents, et vous les aurez.

Puis se tournant vers les gens de sa suite :

– Partez illico pour Milet, et rapportez ma rançon au plus vite, je vais donner des ordres.

Les pirates étaient muets d'étonnement ; il leur ordonna de fréter une barque et de conduire à terre tous les gens de sa suite, y compris les esclaves, et de ne laisser à bord que son médecin, son barbier, son cuisinier et deux serviteurs :

– Allons, dépêchez-vous. Et conduisez-moi à terre avec mes employés et mon médecin : j'ai faim.

Les pirates s'exécutèrent et César s'installa avec eux, sur l'île de Pharmacuse. Il déjeuna de bon appétit puis alla faire la sieste, sous un arbre voisin, tandis que les pirates entamaient une bruyante partie de dés.

– Taisez-vous, je dors, leur cria César, en colère.

Intimidés par tant d'autorité, les bandits sanguinaires qu'ils étaient se turent, comme des enfants qu'on gronderait. Quand César se réveilla, il réclama de l'eau fraîche, et les pirates se précipitèrent pour le satisfaire. Il resta ainsi trente-huit jours entiers, non pas comme un prisonnier, mais comme un chef entouré de ses subordonnés. Il se comportait comme un voyageur en vacances, jouait aux dés avec le gros chef rougeaud, s'entraînait à la course, à la nage – car il nageait très bien – et, quand l'envie lui en prenait, il leur récitait des vers, des discours :

– Venez, écoutez-moi, bande d'ignorants, leur disait-il. Et faites silence, sinon, quand je serai libre, je vous ferai crucifier, comme on le fait, à Rome, pour les voleurs.

Les pirates s'amusaient de cette conduite inhabituelle, et jouaient le jeu. Toutefois, ils veillaient au grain, et, de cela, César se doutait. Aussi, pour n'éveiller aucun soupçon, il se gardait de changer ses habitudes, ne retirait ni ses sandales, ni ses chaussures, pour ne pas être soupçonné de vouloir s'enfuir à la nage, par exemple.

Au bout de trente-huit jours, la rançon arriva enfin. Les pirates libérèrent leur prisonnier, qui regagna Milet en barque, et ils fêtèrent leur succès par un festin copieux et une grande beuverie. Mal leur en prit, car César leur destinait une surprise à sa façon.

En effet, pendant que ses ex-geôliers ripaillaient, César préparait sans tarder sa vengeance. En un après-midi, il avait recruté une bande de malandrins prêts à tout, sans doute des pirates d'une bande rivale, qui traînaient sur le port de Milet à la recherche d'un bon coup, et loué à des pêcheurs cinq ou six navires rapides. En principe, ce genre de service s'achetait comptant, mais César, après un mois et demi de captivité, n'avait plus un sou. Il parvint néanmoins à convaincre ses « collaborateurs » de travailler à crédit :

– Réfléchissez, leur dit-il, à ce que vous avez à gagner dans cette affaire. Les galères de pirates sont pleines de tout ce qu'ils ont volé un peu partout au large de Milet depuis plusieurs mois. Nous les surprendrons en pleine nuit, endormis et ivres, et nous n'aurons aucun mal à les faire prisonniers, à nous emparer de leurs richesses et à couler leurs bateaux. Dans cette entreprise, les risques sont presque nuls, et les gains seront énormes. Vous n'allez pas me dire que vous avez peur ! Nous partirons ce soir même, à la nuit tombante, et nous les surprendrons sur les lieux mêmes de leur méfait, en train de cuver leur vin.

L'éloquence de César, l'appât d'une bonne prise, mais aussi l'espoir de se débarrasser d'une bande concurrente balayèrent toutes les hésitations de ces alliés d'un soir, et l'expédition punitive eut lieu. La petite flotte hétéroclite de César surprit celle de ses voleurs encore à l'ancre, dans la rade de Pharmacuse, et il n'y eut presque pas de combat : les pirates qui dormaient, ivres, furent égorgés en un instant, ceux qui tentèrent de se défendre furent faits prisonniers. César récupéra les 50 talents d'or versés par la ville de Milet pour sa libération, vida les galères des bandits des butins qu'elles contenaient, et les coula sur place.

La petite escadre rentra donc victorieuse à Milet. César paya sur-le-champ les pêcheurs qui lui avaient loué leurs barques et les mauvais garçons qui l'avaient aidé dans cette affaire. Quant au butin immense qu'il avait saisi, et qui représentait plusieurs mois de piraterie dans la mer Égée, il se l'attribua, conformément aux lois de la guerre de l'époque. Je n'aurai pas perdu mon temps, se dit-il : je pourrai rembourser mes créanciers quand je retournerai à Rome.

César n'en resta pas là. Il se considérait comme vengé, mais – et c'est là un trait intéressant de sa personnalité – il voulait aussi que les pirates fussent légalement punis par les autorités romaines, pour avoir fait violence à un citoyen romain. Cela, c'était le rôle du gouverneur de la province d'Asie, le proconsul Juncus Silanus, dont le siège était à Pergame, à 200 kilomètres de Milet, dans l'intérieur des terres.

Voilà donc César parti sur la route de Pergame, avec son escorte personnelle, augmentée de quelques soldats romains pour veiller sur ses prisonniers. Mais, à Pergame, pas de Juncus : le proconsul était à Nicomédie, occupé à faire l'inventaire de la succession de Nicomède, qui avait légué son royaume et ses richesses à Rome.

Qu'à cela ne tienne, pensa César, j'irai à Nicomédie, j'en profiterai pour récupérer ma part de l'héritage. Et il partit pour la Bithynie, laissant des prisonniers sous bonne garde à Milet. Son entrevue avec Juncus fut brève et décevante. César venait lui demander la peine de mort par crucifixion de ses agresseurs, mais le proconsul préférait prendre son temps et récupérer, par une quelconque acrobatie juridique, le butin que César s'était attribué :

– Je te félicite de ton exploit, dit-il à César, mais je n'ai pas le temps, actuellement, d'examiner ta demande, ni de prendre une décision juste. Ces problèmes de piraterie sont bien compliqués. Tes pirates sont en prison, qu'ils y restent : j'aviserai en temps utile et je te ferai savoir les suites de cette affaire quand tu seras rentré à Rome.

Cause toujours, mon bonhomme, je te vois venir, se disait César, qui n'avait que deux idées en tête : punir les pirates comme il le leur avait promis, par jeu, quand il était leur captif, et garder le butin. Il rentra à Pergame, où il fit publiquement pendre et mettre en croix les larrons qui avaient eu l'audace de s'attaquer à un citoyen romain. Bien entendu, il conservait le butin, en bon chef de guerre qu'il devait être plus tard.

Vengé et riche, César pouvait maintenant se rendre à Rhodes, comme il l'avait annoncé en partant de Rome, auprès d'Apollonios Molon. Toutefois, il ne resta que quelques jours, voire quelques semaines, dans l'« île aux roses », où l'on pouvait rencontrer la fine fleur des érudits et des artistes de l'Orient hellénique. En effet, une fois de plus, les provinces d'Asie étaient menacées par le roi du Pont : la troisième guerre contre Mithridate était sur le point de commencer, ainsi qu'il l'avait prédit à Thermus, avant de quitter Rome.

Mithridate, en effet, ne pouvait laisser la République romaine annexer la Bithynie, bien qu'elle lui revînt de droit en vertu du testament de Nicomède : par leur situation, en bordure de la mer Noire, dont elles contrôlaient l'accès, les villes de ce royaume barraient la route aux flottes et aux armées pontiques. Aussi, sans aucun avertissement, il entra en campagne : à la tête d'une armée considérable, il pénétra en Bithynie, tandis qu'un de ses généraux envahissait la Cappadoce, pour couper le passage aux armées romaines cantonnées en Cilicie. En quelques semaines d'une guerre éclair, Mithridate récupéra ainsi tout le royaume de Nicomède, à l'exception de la presqu'île de Chalcédoine où, fuyant devant cette progression foudroyante, les Romains résidant en Bithynie s'étaient réfugiés.

À Rhodes, la petite colonie d'intellectuels et d'artistes grecs et romains commentait ce coup de force avec une certaine indifférence. César, en revanche, qui venait de goûter aux plaisirs des actions guerrières en punissant les pirates qui l'avaient attaqué et volé, sentit confusément monter en lui le désir du combat : son orgueil de Romain lui interdisait de rester inactif quand les alliés de Rome – Bithyniens, Cappadociens et même Ciliciens – étaient en danger.

C'est pourquoi, avant même l'arrivée des troupes régulières romaines, il avait pris sa décision et passait de Rhodes sur le continent, où il rassembla, à la hâte, quelques troupes de francs-tireurs et d'auxiliaires. En comparaison du dispositif militaire impressionnant qu'avait déployé le roi du Pont, son action ne risquait pas de peser d'un grand poids dans le déroulement de la troisième guerre contre Mithridate (qui, dirigée par les consuls Lucullus et Marcus Cotta, devait durer plus de sept ans), mais elle lui conféra une certaine réputation dans la capitale.

C'est au milieu de cette activité guerrière, au début de l'année 73, qu'une nouvelle importante parvint à César : il venait d'être choisi pour remplacer son oncle Caïus Aurélius Cotta, ancien consul et frère de sa mère Aurélie, dans une assemblée prestigieuse, le collège des pontifes.

Encore un coup de ma mère, qui veut me faire rentrer au bercail, pensa-t-il. Mais il était soudain empli d'orgueil, et, pour une fois, il ajusta sa ceinture. Il était devenu *pontifex* : c'était autre chose que d'avoir été nommé flamine à dix-sept ans.

CHAPITRE XI

Premiers pas dans la vie publique

(73-72)

La province romaine d'Asie était constituée par les territoires de ce continent que baigne la mer Égée et par la multitude d'îles que contient cette mer, qui forment comme un pont entre l'Europe et l'Asie. Sa population, cosmopolite mais à forte dominante grecque, était concentrée dans un chapelet de cités qui s'étendait du détroit des Dardanelles jusqu'à l'île de Rhodes : Lampsaque, Pergame, Phocée, Éphèse, Milet, Halicarnasse. Rome entretenait, dans toutes ces villes, des fonctionnaires et des légions ; le gouverneur de la province – qui avait rang de proconsul ou de propréteur – siégeait à Pergame, et il avait des représentants à Milet et à Éphèse.

Lorsque Mithridate se lança à la conquête de la Bithynie, nombre de ces cités, qui supportaient mal la domination romaine, chancelèrent et manifestèrent quelques velléités d'indépendance. C'est sans doute pour tuer dans l'œuf toute tentative de soulèvement que César leva, à ses frais, des troupes auxiliaires, destinées à les contrôler en attendant l'arrivée des légions dont le transport à partir de Rome demandait environ un mois. Ce faisant, il obéissait à deux mobiles, son patriotisme et le soin de sa renommée naissante : à son retour, il pourrait entrer dans Rome la tête haute, en digne représentant de la famille des Julius qu'il était.

Toutefois, dans l'instant, il n'était plus question pour lui d'intimider les indépendantistes de la province d'Asie : un siège au collège des pontifes l'attendait à Rome, où il lui fallait arriver le plus vite possible.

– Tu te rends compte, Decurtius, disait-il au médecin qui l'avait accompagné en Asie, je suis pontife, moi, César, et je n'ai que vingt-sept ans !

– Voilà ce que c'est que de descendre de Numa Pompilius, dit en souriant Decurtius, faisant allusion à la généalogie plus légendaire que réelle de la grand-mère de César.

La religion romaine n'était pas faite de dogmes ou de règles morales ; elle se réduisait au culte rituel qu'il fallait rendre aux puissances invisibles logées partout dans l'univers, susceptibles d'aider les hommes ou de leur nuire. Ces divinités étaient extrêmement nombreuses. Il y avait les grands dieux, objets du culte public : Jupiter, roi des dieux, qui était aussi le dieu des orages et de la foudre ; son épouse Junon, déesse de la lumière et du mariage ; Janus, dieu du labourage et des agriculteurs ; Vesta, le feu sacré, entretenu par ses prêtresses, les vestales ; Saturne, dieu des semailles, et Cérès, déesse des moissons ; Minerve, l'intelligence ; Neptune, la mer ; Mars, la guerre ; Vénus, la beauté et l'amour ; Liber, la vigne ; Mercure, dieu du commerce et des voleurs ; Diane, la chasseresse ; Orcus, la mort. À cette liste s'ajoutaient les innombrables divinités susceptibles d'intervenir, en bien ou en mal, dans la vie des hommes : les génies rustiques des champs, des bois et des sources, faunes, sylvains, nymphes ; les génies « familiers », qui veillaient sur les actions particulières des hommes ; les génies domestiques, protecteurs des maisons ; les âmes des ancêtres morts, qu'on appelait Mânes quand elles étaient bienfaisantes, et Larves dans le cas contraire. Les sceptiques comme le docteur Decurtius avaient coutume de dire qu'il était plus facile, à Rome, de rencontrer un dieu qu'un homme.

Dans cette religion, le rôle des prêtres était capital. Eux seuls savaient comment s'adresser aux divinités, eux seuls connaissaient les traditions, les rites des prières et ceux des sacrifices, dont les moindres détails étaient réglés minutieusement. Ils étaient groupés en collèges : il y avait le collège des flamines, qui étaient les prêtres des grands dieux ; celui des vestales, qui entretenaient le feu sacré de la cité ; celui des luperques, les prêtres de Faunus, protecteur des troupeaux et des bergers, et bien d'autres encore.

Le collège qui était, de loin, le plus important, c'était le collège des pontifes. Présidé par un Grand Pontife *(pontifex maximus)*, il comptait quinze membres, élus à vie et par cooptation. Être pontife n'était pas une charge, c'était une dignité prestigieuse qui n'empêchait en rien son titulaire d'exercer, par ailleurs, d'autres fonctions publiques, d'être magistrat ou général par exemple ; et cela expliquait l'exultation de César.

– Je ne te comprends pas, dit Decurtius. Tu as été nommé flamine à dix-sept ans, et tu n'as jamais réclamé qu'on officialise ta nomination, et maintenant tu trépignes de joie à l'idée d'être pontife.

– Un flamine a des tas d'obligations : il doit s'habiller d'une certaine façon, ne pas sortir de Rome, ne pas briguer les magistratures, et que sais-je encore. Mais un pontife n'a rien à faire, sinon se réunir de temps en temps avec quatorze vieux gâteux. Et il est à l'abri des caprices de la politique et de l'opinion publique. J'ai hâte de me voir attribuer officiellement les insignes de mon pontificat : le *simpulum* (cuiller avec laquelle on puisait le vin, dans certains sacrifices), la *securis* (hache pour immoler le bétail), l'*aspergillum* (le goupillon).

– Quand envisages-tu de partir ?

– Le plus vite possible.

– Tu as pensé aux pirates ? D'autant qu'ils sont à la solde de Mithridate.

– Je te crois, que j'y ai pensé. Après la manière dont j'ai traité ceux qui nous avaient capturés, devant Milet, je n'ai pas intérêt à me montrer dans la mer Égée en ce moment.

– Tu as un plan ?

– Évidemment. Tu t'imagines que César s'engage à l'aventure ?

– Non. J'ai remarqué que tu savais réfléchir avant d'agir.

– Voici ce que je vais faire. Je vais vendre tous les esclaves que j'ai emmenés, et ne conserver avec moi que toi, mon barbier, et deux serviteurs pour porter nos bagages.

– Que fais-tu de tes secrétaires, du cuisinier et des autres ?

– Ils rentreront en bateau, comme tout le monde : les pirates se moquent bien d'eux. Quant à nous, nous éviterons de traverser la mer Égée et nous irons, à dos de mulet, à travers la Thrace et la Macédoine, jusqu'à Dyrrachium (Durazzo), sur la mer Adriatique.

– Et de là, pour rejoindre l'Italie ?

– Je trouverai bien à louer une petite *scapha* (petite barque de pêche pointue), avec deux paires d'avirons ; nous ramerons à deux, toi et moi, par exemple, ou moi et le barbier : il nous faudra deux ou trois jours pour aller de Durazzo à Brindes ; les pirates ne pourront pas nous voir, ou, s'ils nous voient, ils nous prendront pour des pêcheurs.

Ils firent comme il avait dit. César envoya son barbier, qui n'était pas connu, acheter cinq mulets à

Éphèse et, après un voyage épuisant de quarante jours à travers la Macédoine et la Grèce, il parvint à Durazzo, où il échangea ses mulets contre un solide pointu, bien caréné. La traversée de l'Adriatique lui demanda une petite semaine et se fit sans encombre, sauf au matin du sixième jour : il crut apercevoir à l'horizon les mâts de plusieurs navires, qui se dirigeaient vers son esquif.

– Ce sont des pirates, j'en suis certain, dit-il en se déshabillant.

– Que fais-tu ? lui demanda Decurtius.

– Je vais plonger et nager sous l'eau.

– Tu vas te noyer.

– Oh ! que non. Marius m'a appris à nager quand j'étais petit, aussi bien sur l'eau que sous l'eau ; j'allais pêcher des oursins avec lui, dans la baie de Naples, quand j'étais très jeune. J'adore les oursins.

Il s'empara d'un poignard, qu'il glissa dans la ceinture de son pagne, et se laissa glisser dans l'eau froide de l'Adriatique, en sortant de temps à autre la tête de l'eau :

– Que font-ils, demanda-t-il à Decurtius, ils s'approchent ?

Un éclat de rire lui répondit :

– Ce ne sont pas les mâts d'une flotte de pirates que tu as vus, César, c'est une rangée d'arbres : nous sommes en Italie !

Rome, enfin ! Et sa bonne vieille villa de Subure, où l'attendent sa mère, sa femme et sa fille. Et le jardinier Babasus, toujours aussi chauve. Le bruit de ses mésaventures avec les pirates avait traversé la Méditerranée : il lui fallut les conter par le menu. Les yeux d'Aurélie brillaient de fierté : c'était un homme, son fils !

Mais César avait des questions à poser, et la première, qui lui brûlait les lèvres, concernait son entrée au collège des pontifes :

– Mère, dit-il en se tournant vers Aurélie, c'est toi qui as monté l'affaire de bout en bout ?

Elle avoua :

– J'avais toujours rêvé de te voir prêtre.

– Je sais. Je me souviens que tu avais trouvé le moyen de me faire désigner comme flamine de Jupiter, il y a dix ans, avec la complicité de la tante Julie.

– Mais tu n'as jamais été investi officiellement, Sylla s'y était opposé.

– Sylla aura fait au moins une chose de bien dans sa vie.

– Allons, oublie tout ça. Maintenant, tu es pontife, ça doit te plaire.

– Oui, mère, ça me plaît. Et tu sais pourquoi ?

– Non.

– Parce que je n'aurai rien à faire, sinon introniser quelques jeunes vestales ; il y en a de jolies.

– César, intervint Cornélie, qui couvait des yeux son mari, sois un peu sérieux.

– Mais je suis sérieux. Je voudrais savoir comment mère a pu se débrouiller pour me faire élire pontife. Le collège n'aime pas les jeunes, et encore moins lorsque ce sont des patriciens ruinés qui prennent la défense du peuple : il prétend qu'ils trahissent leur classe. Les vieux pontifes se moquent bien de la misère du monde. Mais quand donc verrons-nous des hommes de religion nous prêcher qu'il faut s'aimer les uns les autres, et non pas gagner, toujours gagner ! Alors, comment as-tu fait, mère ?

– Mon frère – c'est-à-dire ton oncle – Caïus Aurélius Cotta, qui était consul, est mort subitement peu après ton départ pour Rhodes, il y a deux ans, et il faisait partie du collège des pontifes ; alors j'ai fait ta campagne. Je suis allée voir le grand pontife, Métellus Pius, je lui ai parlé de toi, je lui ai fait valoir qu'un cousin germain de ton père avait été lui-même pontife...

– Tu penses au cousin Strabon ?

– Oui, à Caïus Julius Strabon ; j'ai relancé le président du Sénat, et ton cousin Sextus, qui est flamine du dieu Romulus. Bref, je me suis donné beaucoup de mal, et te voilà pontife. Embrasse ta mère, mon fils, elle l'a bien mérité.

César faisait ses comptes. Depuis son premier voyage en Orient auprès de Nicomède, en 81, c'est-à-dire depuis plus de sept ans, il n'avait passé que trois années à Rome, de 78 à 76. Il avait tâté de la vie militaire, en participant au siège de Mytilène, lors de son premier séjour en Orient, avec Thermus, et, plus récemment, à titre privé, lorsqu'il était à Rhodes. Entre ces deux épisodes orientaux et enrichissants, il avait fait une entrée plus ou moins ratée dans les milieux judiciaires, en perdant, coup sur coup, deux procès contre des prévaricateurs. Maintenant, à vingt-huit ans, il était temps pour lui de se caser, comme aurait dit sa tante Julie.

Mais que faire ? Du commerce, comme son père ? Il n'avait aucun goût pour cela et il partageait le point de vue de Cicéron, de près de six ans son aîné, qui lui avait dit un jour que le commerce était méprisable. Vivre de ses rentes ? Il n'avait aucune fortune.

Restait la politique, qui l'intéressait hautement, non point par ambition, mais d'un point de vue qu'on pourrait qualifier de théorique. César, dont l'adolescence avait été perturbée par la guerre civile qui avait opposé Marius et Cinna, chefs du parti populaire, à Sylla et au parti sénatorial, raffolait de ces conversations interminables et passionnées avec des jeunes gens de son âge ou légèrement plus âgés, comme Cicéron ou quelques autres, au cours desquelles ils reconstruisaient le monde. L'aristocrate pauvre qu'il était abominait l'injustice, la prévarication, les combines, et il aimait le peuple, le petit peuple, cette plèbe de Subure que sa mère lui interdisait de fréquenter, quand il était petit garçon, et il admirait les théories généreuses de son oncle Marius.

Maintenant, il avait vingt-huit ans. Dans deux ans, il serait en âge d'entrer dans la carrière des honneurs, et d'en franchir progressivement tous les échelons, dont le plus bas était celui de questeur et le plus élevé celui de consul. En attendant, il avait toujours la possibilité de se faire élire tribun militaire, une magistrature mineure à laquelle il pouvait légalement prétendre. Les candidats devaient en effet être âgés d'au moins vingt-sept ans et avoir servi au moins pendant un an sous les armes, ce qui était son cas, puisqu'il avait accompagné le général Thermus en Orient au siège de Mytilène et qu'il y avait obtenu une sorte de médaille militaire, la couronne civique. Les élections pour le tribunat avaient lieu à la fin de l'année 73, il eut donc juste le temps de s'inscrire sur la liste des candiats.

César commençait à être connu des Romains ; il avait pour lui les voix des plébéiens, qui se souvenaient – en bien – de Marius, et des patriciens modérés qui se souvenaient – en mal – de Sylla et des syllanistes, et, de plus, il y avait vingt-quatre postes à pourvoir : il fut donc élu tribun militaire pour l'année 72, et vraisemblablement versé dans les services administratifs de l'armée. Une armée romaine qui avait d'ailleurs fort à faire, car la République combattait alors sur trois fronts : en Espagne, où la révolution contre Rome avait commencé sept ans auparavant, conduite par un ancien lieutenant de Marius nommé Sertorius ; en Italie, où les gladiateurs et les esclaves venaient de se soulever ; en Orient, enfin, contre Mithridate.

Dans Rome, il y avait aussi bataille, mais bataille politique, et, sans hésiter, César s'y lança avec fougue.

Il commença par prendre contact avec les tribuns de la plèbe. Ces magistrats élus annuellement, au nombre de dix, jouaient, avant Sylla, un rôle considérable dans la vie politique romaine. Le tribunat avait été créé quatre siècles plus tôt, au commencement de la République, pour défendre les intérêts de la plèbe ; les tribuns étaient sacro-saints et inviolables (les toucher pouvait constituer une souillure) et leurs pouvoirs étaient énormes, car ils étaient en mesure de bloquer légalement le fonctionnement du Sénat et le pouvoir législatif des consuls. Sous la dictature de Sylla, à peu près tous les pouvoirs du tribunat avaient été abolis : l'opposition populaire avait été muselée, et le Sénat légiférait et gouvernait sous le seul contrôle du dictateur. Et, depuis cinq ans que le dictateur avait disparu, la coterie sénatoriale n'avait plus de comptes à rendre à qui que ce soit, et s'était bien gardée de rétablir le pouvoir des tribuns, ces empêcheurs de tourner en rond. Elle les entendait, mais elle ne les suivait jamais.

Le premier tribun que César rencontra fut un nommé Plautius. Celui-ci avait organisé une grande réunion populaire au Forum, devant la tribune des harangues – les Rostres –, dans le but d'exposer au peuple le projet de loi qu'il avait l'intention de proposer au Sénat. Il en parla à César :

– Je vais demander au Sénat de promulguer une loi d'amnistie, autorisant les anciens proscrits et les émigrés politiques du temps de Sylla à rentrer à Rome ; qu'en penses-tu ?

– Est-ce que ce n'est pas le projet dont Lépide parlait, il y a quatre ans ?

– À peu près, mais je propose d'étendre l'amnistie aux partisans de Lépide eux-mêmes.

– Il y avait mon beau-frère Cinna le Jeune parmi eux, remarqua César. Je lui avais déconseillé de suivre Lépide, car son affaire était perdue d'avance ; mais il ne m'a pas écouté.

– Ne crois-tu pas, César, qu'un peu de paix civile ferait du bien à Rome, avec ce qui se passe dans le Sud ?

– Quoi donc ?

– La révolte des gladiateurs. Ils mettent tout à feu et à sang.

– Quand ta réunion aura-t-elle lieu ?

– Dans deux jours, au Forum, nous parlerons du haut de la tribune aux harangues.

– Compte sur moi, j'y serai. Nous nous retrouverons sur les Rostres.

Le surlendemain, pour la première fois de sa vie, César montait les marches de pierre menant à la plateforme surélevée, munie d'un parapet et que protégeait un dais de pierre, d'où les orateurs politiques les plus célèbres s'étaient adressés et s'adressaient encore au peuple romain. Elle était supportée par des arcades, dont les piliers étaient ornés des *rostra*, les éperons d'airain qui armaient la proue des navires de guerre, destinés à éventrer les bâtiments ennemis. Ces rostres étaient historiques. Ils provenaient des navires capturés sur les Volsques, en 338 av. J.-C., après la bataille d'Antium (Antium était une cité maritime, à 50 kilomètres environ au sud de Rome ; c'était la capitale du peuple des Volsques, un peuple latin que Rome avait soumis après cette bataille héroïque).

Il y avait foule au pied de la tribune des harangues. Toute la plèbe de Subure était là pour écouter l'enfant du quartier, celui qu'on appelait le « petit César » et qui prenait son envol sur le chemin des honneurs. Et César parla. Mais avec prudence : il n'avait pas l'intention de gâcher la carrière qui s'ouvrait devant lui par un discours démagogique :

– Ce n'est pas pour défendre la cause de ceux qui, tel ce malheureux Lépide, ont violé les lois de la République, citoyens, que je prends la parole aujourd'hui. Ce n'est pas non plus pour faire renaître de ses cendres le parti populaire qu'avait créé mon oncle Marius : les temps ont changé. J'élève la voix, aujourd'hui, au nom des lois sacrées de la parenté, en faveur du frère de mon épouse Cornélie, mon beau-frère Lucius Cornélius Cinna le Jeune. Le dictateur Sylla avait proscrit son père, Cinna l'Ancien, le Sénat a exilé le fils et tant d'autres citoyens, qui pourraient aujourd'hui servir Rome, s'ils étaient pardonnés. C'est pourquoi j'appuie aujourd'hui de tout mon cœur le projet de loi du tribun

Plautius, qui a déjà été ratifié par le Sénat et qui sera, sous peu, proposé aux comices des tribus, c'est-à-dire à vous, citoyens, comme l'exige la Constitution de la République enfin rétablie.

Est-ce l'éloquence de César ou le désir qu'avait la plèbe de soutenir son tribun, on ne sait, mais la loi Plautia fut votée quelques jours plus tard par les comices, et César put savourer son premier succès... partagé.

La conséquence de la loi Plautia fut le retour en masse des marianistes qui avaient été exilés. Ces anciens membres du parti populaire étaient des militants de longue date qui n'avaient rien perdu de leur combativité politique. Ils n'avaient pas leur pareil pour provoquer des réunions spontanées, pour réveiller les indolents, pour faire la chasse aux abstentionnistes en cas de consultation électorale. Aussi un autre tribun de la plèbe, Licinius Macer, comprit que le moment était venu d'agir afin que fussent rétablies les prérogatives du tribunat. Il s'en ouvrit à César, dont il avait apprécié la subtile intervention au sujet de la loi Plautia.

– Je crains le pire, César, je crains le pire. La République est devenue un vain mot. Son empire, qui s'étend de l'Espagne à la mer Noire, est gouverné non pas dans l'intérêt des millions d'êtres humains qui y vivent, mais dans celui de six cents sénateurs qui s'en partagent les richesses. Et il n'existe plus aucun contre-pouvoir qui puisse s'opposer légalement à cette coterie de nobles, de chevaliers et de richards. Un de ces jours, le système craquera.

– Je suis de ton avis ; d'ailleurs il est déjà en train de craquer. La guerre d'Espagne et la guerre contre Mithridate ont ruiné non seulement le Trésor public, mais aussi les particuliers. Il y a des émeutes de la faim partout, et la révolte des gladiateurs et des esclaves est contagieuse : bientôt, ce sera la plèbe qui prendra les armes, et qu'en sortira-t-il ? Un nouveau Sylla ? De nouvelles proscriptions ?

– J'ai un programme, et je voudrais l'exposer au peuple. Mais je suis seul, et, lorsqu'un tribun de la plèbe parle, il est bien rare qu'on l'écoute.

– Pourtant moi, qui suis un noble, je t'écoute et je te comprends, et je ne suis pas le seul dans ce cas.

– Je sais, il y a de bons et de mauvais nobles. Mais ce sont les mauvais qui tiennent le Sénat. Je voudrais déposséder cette assemblée de ses pouvoirs exorbitants, mais je suis isolé, et ma magistrature de tribun est une caricature de magistrature.

– Tu connais la définition du tribunat selon les sénateurs : une magistrature née de la sédition, pour la sédition.

– Ils ont raison. Mais moi, Licinius, je leur réponds : c'est de la sédition que naissent les libertés, et des libertés que naît la puissance d'un État. Depuis quelques jours, je fais circuler dans Rome l'annonce d'un grand discours, que je prononcerai du haut de la tribune aux harangues ; les marianistes seront tous là, les anciens aussi, et, parmi eux, je l'espère, les nobles intelligents, comme toi, qui ont compris que l'intérêt public doit l'emporter sur tous les intérêts individuels.

– Je serai présent, et sois assuré que j'aiderai de tout mon pouvoir les hommes comme toi qui s'efforcent de restaurer la puissance tribunicienne ; mais, ajouta César, j'espère que tu mesures les difficultés du combat que tu engages.

– Pour un homme de cœur, lui répondit Licinius, il vaut mieux essuyer une défaite en se battant pour la cause de la liberté que de ne point avoir entrepris le combat.

C'est devant un auditoire immense et attentif que Licinius fit son fameux discours, debout, s'appuyant des deux mains sur le parapet de la tribune aux harangues, entouré des neuf autres tribuns de la plèbe et de nombreuses personnalités, parmi lesquelles tout le monde pouvait remarquer César, grave et silencieux, portant les insignes de sa dignité de pontife et se grattant de temps à autre la tête avec son index.

Licinius commence son discours par un réquisitoire :

– Citoyens, tous ceux qui ont été élus pour défendre vos droits se sont joués de vous, ils ont dirigé contre vous leur influence, l'autorité que leur confèrent leurs charges.

Bruits divers dans l'assistance.

– Un petit nombre d'hommes, à la faveur de leur renom militaire, se sont emparés du trésor de l'État, de l'armée, des royaumes, des provinces, tandis que vous, tels des veaux ou des moutons, vous les suivez, vous vous livrez à eux, vous devenez leur chose... Autrefois, votre bulletin de vote vous donnait des chefs, aujourd'hui, il ne vous donne que des maîtres...

Un murmure houleux se propage autour de la tribune. Licinius se tourne vers son public, il devient pathétique :

– À vous, qui croyez être libres parce que la verge du licteur a épargné vos fesses, je dis : n'appelez pas tranquillité ce qui est servitude, car, lorsque le crime l'emportera sur le droit et sur l'honneur, la tranquillité ne sera point votre lot.

Un silence de mort s'installe. Puis une voix fuse, d'on ne sait où, portant un brin de contradiction :

– Ce sont quand même nos consuls, soutenus par nos sénateurs, qui ont décidé de distribuer gratuitement du blé aux indigents...

– Ils tentent d'éteindre le feu qu'ils ont allumé : ce sont eux qui vous ont rendus indigents. Ces quelques aumônes sont des insolences : ils vous donnent ce qui vous appartient et qu'ils vous ont volé, vous ne leur devez nulle reconnaissance pour cela. Écoutez mon programme. Je ne prêche pas la guerre civile, c'est le pire des maux. Exigez la restauration de la puissance des tribuns, qui pourront alors refuser les lois injustes, réclamer la justice pour tous et envoyer devant des tribunaux impartiaux les prévaricateurs, les traîtres et les combinards.

– Bravo, Licinius, crie une voix dans le public, mais comment exiger ?

– Oui ! Comment ?

– Comment ?

– Comment ?

Puis soudain, tous en chœur, les assistants scandent :

– Com-ment ! Com-ment ! Com-ment !

Licinius s'excite, César reste impassible, mais il savoure en connaisseur la dialectique du tribun ; il sait que, dans quelques secondes, il va faire une proposition inattendue et révolutionnaire.

– Je vais vous dire comment forcer les gouvernants et les nobles à nous satisfaire. (Et il crie :) FAITES LA GRÈVE DU SANG !

Il s'explique :

– Nos consuls font la guerre sur trois fronts à la fois, ils sont sur le point d'envoyer à tous les citoyens encore mobilisables les convocations pour qu'ils rejoignent les légions : quand vous les recevrez, n'obéissez pas. À ces messieurs qui vous demandent votre sang, répondez par cet ultimatum : « Pas de restauration de la puissance tribunicienne, pas de sang. »

Et Licinius Macer, aphone et apoplectique, quitte la tribune sous les vivats frénétiques de l'assistance.

César se grattait toujours la tête : il parle bien, il a raison, pensait-il, mais ce n'est ni le Sénat, ni les consuls actuels qui auront l'intelligence et le courage de rétablir les pouvoirs des tribuns de la plèbe. Ce sera un général vainqueur, et je n'en vois que deux possibles : Pompée, qui ne tardera pas à rentrer vainqueur d'Espagne, et Crassus le Riche qui, tel que je le connais, n'aura aucun scrupule à mettre un terme à la révolte des gladiateurs et des esclaves par un bain de sang.

En cette fin de l'année 72, en effet, l'homme qui bouleversait l'Italie était un berger thrace doté d'une force herculéenne, à l'intelligence vive et à l'âme généreuse : il se nommait Spartacus, il était mirmillon de son état. Au début de l'été 73, il s'était enfui avec soixante-dix-huit compagnons de l'école des gladiateurs sise à Capoue, et ce petit groupe s'était peu à peu transformé en une bande de plusieurs milliers de pillards qui mettaient toutes les villes d'Italie en coupe réglée. Tant et si bien que le Sénat destitua les consuls de leurs pouvoirs militaires et transféra ces pouvoirs à Crassus, à qui il donna le titre de proconsul. À l'automne 72, Crassus était fin prêt pour le combat ; comme il n'avait de comptes à rendre à personne, il ne faisait pas dans le sentiment, et, ville après ville, bataille après bataille, il traqua les gladiateurs de Spartacus à travers toute l'Italie. Le dernier engagement eut lieu au tout début du printemps, un peu au sud de Salerne. Terrible. Spartacus se fit amener son cheval et le tua de son épée devant les siens, en disant fièrement : « Si je perds cette bataille, je n'en aurai plus que faire ; si je la gagne, je n'aurai que l'embarras du choix parmi les plus beaux chevaux de mes ennemis. »

Au soir de la bataille, le champ était couvert de dizaines de milliers de morts, sur lesquels tombait une fine pluie de printemps.

On ne retrouva pas le corps de Spartacus : pour lui, « la lutte finale » était terminée. Mais non pas pour Crassus. Celui-ci poursuivit tous les survivants, et les fit exécuter sur place, ne conservant que six mille prisonniers qu'il fit crucifier vivants sur la route de Rome, tout au long de la via Latina, en faisant dresser une croix tous les cinquante mètres.

Ainsi s'acheva cette horrible guerre. Pompée, qui se dirigeait avec son armée vers le sud de l'Italie, rencontra en cours de route une bande de cinq mille fuyards désarmés, qu'il extermina jusqu'au dernier, sans risque aucun. Puis il retourna à Rome et annonça cette tuerie en ces termes : « Crassus a vaincu le mal, moi j'en ai coupé les racines. »

En fait, il n'avait eu qu'à voler au secours de la victoire, mais il s'en attribuait la gloire.

CHAPITRE XII

César entre en lice
(69-68)

Janvier 69. L'Espagne, reconquise et pacifiée par Pompée, qu'on appelle maintenant le Grand, panse ses blessures. En Italie, de la révolte de Spartacus, il ne subsiste plus que les six mille croix de la via Latina, entre Salerne et Rome : les buses et autres rapaces ont dévoré les cadavres des esclaves et des gladiateurs crucifiés. En Orient, depuis 74, Rome est engagée dans une troisième guerre contre le roi du Pont, Mithridate, qui a évacué la Cappadoce et s'est tourné vers le Caucase, avec l'appui de son gendre Tigrane, le roi d'Arménie ; c'est une guerre qui n'en finit pas, malgré les succès qu'entasse le général Lucullus. En Méditerranée, enfin, les pirates sont toujours rois, et ils perturbent les communications militaires et économiques entre Rome et ses provinces grecques et orientales.

À Rome, depuis 74, ce sont toujours des membres du parti sénatorial qui gouvernent, et, après l'entracte du double consulat Pompée-Crassus en 70, les consuls pour l'année 69, Q. Hortensius Hortalus et Q. Cécilius Métellus, appartiennent à la coterie du Sénat. Mais les tribuns de la plèbe reconstituent le parti populaire et battent le rappel de ses meilleurs militants.

Au nombre de ces derniers figure César qui, à part deux brèves apparitions à la tribune des harangues, en 73-72, a disparu de la vie publique et se tient en réserve de la République. En revanche, si, au cours de ces trois années, on ne l'a plus vu ni sur le Forum, ni au Champ de Mars, les amateurs de grande bouffe, de parties fines et de chroniques conjugales scandaleuses ne connaissent que lui.

– Comment un homme comme toi, si doué, peut-il rester à l'écart de tous les changements que nous vivons en ce moment ? lui dit un jour Licinius, le tribun qui, quatre ans auparavant, avait violemment agressé les sénateurs, du haut de la tribune aux harangues.

– Ces changements doivent te plaire, Licinius, lui répondit César, la loi Pompée-Crassus t'a donné satisfaction : les tribuns de la plèbe ne sont plus des magistrats fantoches, mais de vrais magistrats, avec les pouvoirs d'antan.

– La loi est bonne, encore faut-il que l'on s'en serve. Théoriquement, le Sénat n'est plus rien, pratiquement, il tire encore toutes les ficelles : Hortensius et Cécilius Métellus, qui viennent d'être intronisés consuls, font partie de cette coterie d'aristocrates qui accaparent la République.

– C'est normal. Quand ils ont été élus, ils n'avaient pas d'adversaires valables.

– C'est ce qui m'inquiète. Si nous voulons un jour voir Rome gouvernée par des consuls du parti populaire, il nous faut des candidats valables. Toi, César, par exemple, tu l'emporterais aisément : tu aurais la faveur des nôtres et, de par tes origines patriciennes, tu n'effraierais pas les conservateurs du Sénat. Quel âge as-tu, maintenant ?

– Trente-deux ans... et il faut quarante-deux ans au moins pour prétendre au consulat.

– Je sais. Et puis il faudrait que tu passes d'abord par la questure, l'édilité et la préture. Je sais bien qu'il y a eu l'exception de Pompée et de Crassus, mais si ce genre d'exception se généralisait, alors, adieu la République : le pouvoir serait à qui voudrait le prendre.

– C'est pour cette raison que je n'ai pas tellement envie d'entrer dans la carrière des honneurs. Soit, je peux être élu questeur cette année, mais après ? Je devrais attendre d'avoir trente-neuf ans pour me présenter à la préture et qui peut bien savoir où en sera la République dans sept ans ? Cet imbécile de Pompée nous aura peut-être refait le coup de Sylla. Je vais te confier un secret : les honneurs, je m'en moque, mais le destin de Rome m'est sacré, et, quand je dis Rome, je pense à tout son empire, et non à ces quelques hectares de boue séchée que représente l'Urbs, je pense à la plus grande Rome. Et cet État dont je rêve ne pourra pas être gouverné par des consuls ou des tribuns qui changent tous les ans, qui ne sont connus que sur le Forum, l'Esquilin ou à Subure, qui ignorent tout des besoins de ces autres futurs citoyens romains que seront les habitants d'Athènes, de Milet ou de Bithynie.

– Tu me fais peur, César. Tu veux qu'il n'y ait plus de consuls, plus de tribuns de la plèbe, plus de préteurs ?

– C'est exactement ma pensée. La révolte de Spartacus m'a montré que j'avais raison. Pourquoi Spartacus a-t-il réuni tant de monde autour de lui ?

– C'étaient des malheureux, des criminels.

– Non. C'étaient des hommes comme toi et moi, mais ni toi, ni moi, ni tous les tribuns de la plèbe de la terre ne se préoccupaient d'eux. Ceux que nous défendons, c'est une poignée de citoyens romains.

– Allons, allons, César, les censeurs ont publié leur *album* : à l'heure actuelle, il y a neuf cent mille citoyens romains.

– Mais il y a des millions et des millions d'êtres humains qui vivent sous la loi de Rome. Qu'est-ce que tu en fais, de ceux-là ?

– Ils ont été soumis, ils n'ont qu'à s'incliner.

– C'est en raisonnant ainsi qu'on fait surgir des Spartacus. Et il y a un Spartacus qui sommeille dans chaque homme, libre ou esclave, qui ne fait pas partie de tes neuf cent mille citoyens romains.

– Quel régime proposes-tu donc ?

– La monarchie.

Le tribun Licinius s'étrangla de stupeur :

– Quoi, que dis-tu ? Des rois, comme ceux que nous avons chassés il y a cinq cents ans ?

– Ces « rois » de Rome relèvent de l'histoire ancienne, Licinius. Vois Mithridate, le roi du Pont. Il n'a pas de Sénat, pas de consuls, pas de préteurs, pas de tribuns de la plèbe, il n'a pas neuf cent mille « citoyens » pontiques : il n'a que des millions de sujets et il tient tête à Rome depuis vingt ans.

– Tu es fou.

– Non, je ne suis pas fou. Je raisonne sainement. Et je souhaite devenir un jour le premier monarque de la grande Rome. Non pas pour la piller, comme le font tous les Sylla, les Crassus et autres Pompée, mais pour la chérir et faire durer son nom. Ce jour n'est pas encore venu : je suis trop jeune ; mais il viendra et, crois-moi, lorsque je serai parvenu au premier rang dans l'État, il sera plus difficile de me faire descendre au second, qu'ensuite du second au dernier.

– Et en attendant ?

– En attendant, je vais m'inscrire sur la liste des candidats à la questure, puisque les élections pour l'année 68 ont lieu en juillet, histoire de mettre mon nez dans les affaires touchant à l'administration, puis j'irai comparer les figues de mes maîtresses et les membres de mes amants.

Licinius, scandalisé, le quitta en se voilant le visage de sa toge et s'enfuit en courant, comme s'il avait rencontré le squelette d'une Larve, ces spectres maléfiques qui erraient de par le monde, effrayant et maltraitant les humains.

Aux élections de juillet 69, César fut élu « questeur provincial » par les comices tributes. C'était pour lui un demi-échec, car il avait postulé pour l'un des deux postes de questeurs en charge à Rome même, qu'on appelait les « questeurs urbains », et il dut se contenter d'une nomination dans la province espagnole de Bétique (l'Andalousie). Il n'en fêta pas moins son élection avec une petite bande d'amis dont il partageait la vie plus ou moins débauchée, et il eut droit aux quolibets d'usage.

– Alors, César, tu vas taquiner les belles de Cadix ? Il paraît qu'elles ont du chien.

– Penses-tu, c'est lui qui va se faire taquiner par les beaux de Cadix, ce sont des hommes magnifiques, petits mais magnifiques.

– Tu y connais quelque chose, en matière de comptabilité ?

– Ah ! J'imagine mon César, les pieds dans la boue, allant de ferme en ferme récolter les contributions des paysans.

– Tu parles leur langue, au moins ?

– Il trouvera bien un centurion pour lui servir d'interprète...

– Et d'autre chose aussi, gloussa une jolie fille aux cuisses dénudées.

– Quand entres-tu en fonction ?

– Le 5 décembre prochain. Je partirai en octobre ou novembre.

– Buvons à notre questeur, qu'il nous revienne vite, et en bon état !

César partit pour l'Espagne vers la fin de l'été, car le voyage s'annonçait comme devant être très long : l'Andalousie était presque aussi éloignée de Rome que la mer Noire, et il n'était pas question de l'atteindre par la voie maritime, car la Méditerranée était infestée de pirates. Il prit donc la route vers la Gaule Narbonnaise à dos de mulet, avec, comme à l'accoutumée, son médecin Decurtius, son barbier, son cuisinier et ses gens.

En traversant les Alpes, il passe par un petit village de barbares, habité par de pauvres gens, en pleine effervescence. Ceux qui l'accompagnaient s'arrêtent et se renseignent sur les causes de cette excitation, disant en plaisantant aux villageois :

– Que se passe-t-il ? Vous allez élire votre maire ? Vous vous disputez pour savoir qui sera le premier d'entre vous ?

Et de s'esclaffer.

César intervient, et dit à ses compagnons :

– Ne riez pas. Quant à moi, sachez-le, j'aimerais mieux être le premier dans ce village que le second à Rome.

Être questeur en Bétique n'était pas une sinécure. César avait à gérer les finances des 179 cités que comptait la province, à fixer les taxes et les impôts que devaient payer leurs habitants, à les encaisser, à tenir les comptes des municipalités, et à rendre la justice en lieu et place du gouverneur Antistius Vérus, quand celui-ci était absent ou empêché. Or les cités de la Bétique ne possédaient pas moins de sept statuts fiscaux et judiciaires différents : 4 villes principales, Cadix (la Gadès des Phéniciens), Séville, Ecija et Cordoue, possédaient leurs propres juridictions ; 120 cités dites « tributaires » versaient un tribut annuel au fisc romain, tribut qui dépendait notamment du nombre de leurs habitants ; 29 villes jouissaient des mêmes droits et des mêmes obligations que les cités du Latium (le pays latin, dans la région de Rome) ; neuf « colonies » vivaient selon les lois romaines ; huit « municipes » possédaient leurs propres droits ; six « cités libres » étaient dotées d'un statut voisin de celui des municipes ; enfin trois cités « alliées » étaient régies par les traités – différents – qu'elles avaient signés avec Rome.

César passait donc son temps à circuler entre les villes de l'Andalousie, à vérifier la tenue des comptes, à assurer l'encaissement des impôts et des amendes, à distribuer des subventions et à rendre la justice, selon le droit des cités concernées. Certes, il avait à sa disposition une équipe importante de fonctionnaires romains, bien au courant des statuts des uns et des autres, qui lui préparaient le travail, mais il devait en outre se substituer au gouverneur toutes les fois que celui-ci le lui demandait, recevoir les émissaires de Rome, surveiller les légions.

Il ne lui restait donc que peu de temps pour goûter aux fruits, mâles ou femelles, du pays, et il avait l'impression pénible de perdre son temps.

– Je ne suis pas fait pour être fonctionnaire, disait-il un jour à un préfet militaire qui était venu de Rome pour une inspection. Je suis fait pour l'action et pour le plaisir : ici, je n'ai jamais à agir, et les plaisirs sont rares.

– Je te comprends, questeur César ; moi aussi, lorsque je ne suis pas sur un champ de bataille, je m'ennuie à en mourir.

– Gadès, Cordoue, ce ne sont pas de vraies villes, ce sont des bourgades sans vie, sans discussions possibles. On en a bien vite fait le tour. Quant à la campagne... N'en parlons pas. Je suis à mille lieues de la civilisation. Et lorsque je la retrouverai, cette civilisation, qu'est-ce que je ferai ? J'entrerai au Sénat, pour écouter les sornettes des sénateurs ? Et puis l'on m'élira préteur, et le train-train administratif sera remplacé par le train-train judiciaire. Il y a des moments où j'envie Pompée.

L'idée qu'il pourrait rater sa vie obsédait César à un tel point qu'il se mit à dévorer l'histoire des campagnes d'Alexandre dans les récits de l'écrivain grec Polybe. Il en rêvait la nuit. Il se voyait en songe soumettant les villes de Syrie, l'Égypte, écrasant les Perses de Darius près d'Arbèles, pénétrant dans Babylone, traversant au galop de son cheval le fabuleux palais de Persépolis et fondant des centaines de villes sur son passage.

Un soir, au crépuscule, son médecin personnel Decurtius le trouva seul, près du temple d'Hercule, pleurant au pied d'une statue d'Alexandre le Grand.

– Quelle est la cause de ta douleur, César ? lui demanda Decurtius. Tu es malade ? Tu t'es blessé ?

– Je pleure en pensant qu'à mon âge Alexandre avait déjà soumis la terre, alors que moi, César, je n'ai encore rien fait de mémorable.

Il faisait aussi les songes les plus bizarres, qu'il n'osait raconter à personne, même pas à Decurtius. Une nuit il se réveilla, brûlant de fièvre et de confusion : il avait rêvé qu'il violait sa mère, la douce Aurélie à laquelle il devait tant de choses. C'est un songe trop horrible, pensa-t-il, qui dénote quelque présage. Et il se mit en quête d'un devin, mais il n'en trouva pas. Un fonctionnaire du Trésor, qui se morfondait à Gadès depuis trois ans, lui donna l'adresse d'une devineresse carthaginoise, Marysa, chez laquelle il se rendit, tout en se disant : « Décidément, l'Espagne ne me vaut rien... En être réduit à consulter une devineresse, moi qui ne crois à rien ! »

Après quelques tours de passe-passe et quelques incantations, Marysa, à qui César avait raconté son rêve, croisa ses bras sur sa poitrine et lui donna l'interprétation rassurante de son rêve :

– Cette mère que tu as vue en songe, ce n'était pas Aurélie, c'était la Terre, qui avait pris les traits d'Aurélie, la Terre qui passe pour avoir enfanté tous les hommes ; les visions que tu as eues en dormant présagent pour toi l'empire du monde. Longue vie à toi, César.

Il la quitta, perplexe. L'empire du monde ! Pourtant il ne se sentait pas l'âme d'un grand conquérant : il serait peut-être grand, mais il ne serait point Alexandre, de cela il était certain.

Après la visite à Marysa, il se rendit auprès de Decurtius.

– Toi, mon fidèle médecin, éclaire-moi sur ce songe que j'ai fait : j'ai rêvé que je violais ma mère.

Decurtius avait une théorie sur le rêve :

– Toutes les fois qu'on rêve, on voit défiler devant ses yeux une multitude d'images qui forment le contenu du rêve, elles sont incohérentes parce que nous sommes assoupis.

– Cela, je le comprends.

– Ces images, en fait, sont des souvenirs de la veille. Par exemple, si je vois un bossu sur le Forum, et si je m'en souviens en dormant, je rêverai de ce bossu. Si je lis un conte d'Homère dans lequel il y a un monstre, je pourrai très bien rêver qu'il m'arrive une aventure avec ce monstre.

– Mais je n'ai jamais assisté à un viol, et encore moins à un viol de ma mère.

– Qu'as-tu fait, dans la journée ?

– J'ai lu quelques passages du Livre IX de la *République* de Platon.

– Tu te souviens desquels ?

– Pas très bien. C'était sur la tyrannie.

– Tu n'as rien fait d'autre ?

– Non. Ce fut une journée de *farniente.*

– Et tu n'as lu que Platon ?

– Oui, je crois bien... Son analyse débute par un long exposé sur la nature des désirs chez l'homme, mais je ne m'en souviens plus du tout ; je l'ai même peut-être sauté, car ce qui m'intéressait, c'était l'opinion de Platon sur la tyrannie.

– Oublie ce rêve, César. Et oublie les propos de Marysa la devineresse, tous ces interprètes de présages, de signes et de songes ne sont que des charlatans. Je crois surtout que tu n'es pas à ta place à Gadès, et que Rome, sa vie et ses plaisirs te manquent. Quand nous étions en Orient, à voir la manière dont tu avais manœuvré avec les pirates qui nous avaient capturés, puis comment, lorsque Mithridate a recommencé sa guerre contre Rome, tu avais, en quelques jours seulement, créé ces milices qui ont permis d'attendre l'arrivée des armées romaines, je voyais en toi un futur grand capitaine, dans le genre de ton oncle Marius ou de Pompée le Grand. Mais je m'étais trompé : je pense que tu as attrapé la maladie romaine de la politique.

– Tu es perspicace, Decurtius. C'est vrai, depuis que nous avons quitté Rome, je ne pense qu'à cela. Ce n'est pas la carrière des honneurs qui m'intéresse, c'est l'organisation de l'État romain.

– Bon sang ne saurait mentir : tu es le neveu de Marius.

– Je suis différent de mon oncle. Je n'ai de commun avec lui que mon amour pour le peuple, que ma haine des injustices. Mais le peuple n'est pas tout ; pour qu'il vive heureux et libre, il faut non seulement qu'il participe au gouvernement de l'État, mais que l'État romain cesse d'être la propriété d'un petit nombre de personnes, d'une oligarchie comme le dit Platon, sous le prétexte qu'elles sont les plus riches ou les plus nobles.

– C'est ce que disait Sylla.

– C'est ce qu'il disait, mais il n'a rien fait pour que le système change. Il a simplement remplacé une oligarchie, celle des sénateurs, par une autre, celle de ses partisans les plus proches. Entre la coterie sénatoriale et la clique des syllanistes, il n'y avait pas de place pour le peuple. En outre, il a fait couler trop de sang.

– Tu vois, César, dès que tu parles politique, tu oublies Gadès, les mesquineries de ton travail administratif, les devineresses et tout le reste. Tu devrais demander au gouverneur de te laisser repartir pour Rome avant la fin du temps légal de ta questure.

– C'est bien mon intention. J'ai besoin de me faire entendre à Rome, et pas seulement sur le Forum ou dans les dîners mondains : il me faudrait un siège au Sénat.

César était redevenu César. Son désarroi au pied de la statue d'Alexandre s'était envolé. Decurtius le quitta et se précipita dans sa bibliothèque, à la recherche des rouleaux de papyrus sur lesquels un copiste avait transcrit pour son usage personnel le texte de la *République*. Le chapitre dans lequel Platon analysait la tyrannie était le Livre IX. Decurtius passa toute la nuit à le lire, et, au petit matin, il poussa un cri de joie : il venait de découvrir le passage qui avait vraisemblablement frappé César, dans la journée qui précédait le rêve incestueux qui l'avait tant impressionné. Voici ce qu'il contenait :

> *« Parmi les désirs qui ne sont pas nécessaires, il y en a qui, à mon sens, sont déréglés : chacun est exposé à les trouver en soi* [...]. *Ce sont ceux qui s'éveillent à l'occasion du sommeil, toutes les fois que dort la partie de l'âme dont le rôle est de raisonner et de commander par la douceur à l'autre, tandis que la partie bestiale et sauvage, s'étant emplie de nourriture ou de boisson, se trémousse et, en repoussant le sommeil, cherche à aller de l'avant et à assouvir son penchant propre. En une telle occurrence il n'est point d'audace devant laquelle elle recule, comme déliée, débarrassée de*

toute honte et de toute réflexion : ni en effet de vouloir s'unir à sa mère ou à n'importe qui, de se souiller de n'importe quel meurtre. »

– J'ai compris, marmonna Decurtius en bâillant car il sentait le sommeil le gagner, j'ai compris pourquoi César a rêvé qu'il violait sa mère : il l'avait lu dans Platon, sans s'en apercevoir. Comme c'est mystérieux, l'esprit humain !

César demanda donc un congé à Antistius, qui le lui accorda sans difficulté : il y avait assez de fonctionnaires expérimentés, à Gadès et à Cordoue, pour effectuer le travail d'un questeur. Il repartit pour Rome. À peine arrivé en vue des murailles de la Ville, il apprit que sa tante Julie, la veuve de Marius, s'éteignait doucement dans sa demeure romaine et, quelques jours plus tard, elle mourait dans ses bras, non sans lui avoir confié la charge de ses obsèques : César n'était-il pas membre du collège des pontifes ?

Son chagrin était profond, et il entendait bien lui organiser ses funérailles comme le méritait la veuve d'un sauveur de la patrie. Il demanda au Grand Pontife que sa tante fût admise aux honneurs d'une *laudatio* (oraison funèbre publique), conformément à une coutume ancienne. La demande était risquée, car cette cérémonie impliquait un cortège officiel, avec exhibition des images de la défunte et de son mari ; or ce mari avait été Marius, et il avait laissé deux souvenirs dans la mémoires des Romains : celui du sauveur de la patrie, contre les Cimbres et les Teutons, trente-cinq ans auparavant, et celui de l'adversaire de Sylla, qui avait ensanglanté Rome au moment de la guerre civile, et dont le nom était encore haï par la classe sénatoriale au pouvoir. La *laudatio* fut cependant accordée et, le jour des obsèques, la foule romaine, massée sur le passage du cortège, put voir, pour la première fois depuis sa mort, le masque du grand Marius, qu'on avait tiré de sa niche familiale. Il était porté devant le cercueil de la tante Julie, avec sa toge prétexte, soigneusement drapée, et les insignes de toutes les fonctions qu'il avait occupées pendant sa vie, précédé de l'escorte de douze licteurs en grande tenue à laquelle avaient droit les consuls, sous les acclamations et les vivats du peuple, et sous les murmures désapprobateurs de quelques sénateurs et de leurs partisans. Derrière la litière funèbre, César, coiffé de la calotte surmontée d'une tige pointue en bois d'olivier que les pontifes arboraient dans les cérémonies, conduisait le deuil.

Le cortège fait halte au Forum, en face de la tribune aux harangues, devant laquelle on dépose le lit funéraire. Des sièges d'ivoire ont été disposés en demi-cercle, au pied des Rostres : les personnages officiels, à savoir le consul Lucius Cécilius Métellus et le préteur Licius, les porteurs des masques des ancêtres descendus de leurs chars, Aurélie – la mère de César – et sa fille Julie vont s'y asseoir ; autour d'eux s'installent les autres membres du cortège funéraire.

César monte lentement à la tribune : il va prononcer l'oraison funèbre de la défunte. Il commence par rappeler publiquement l'ancienneté et la grandeur des origines de sa tante Julie, qu'il pleure aujourd'hui, et de la famille des Julius :

– Du côté de sa mère, Marcia, ma tante Julie descend des anciens rois ; par son père, Caïus Julius, qui était mon grand-père, elle se rattache aux dieux immortels. En effet, c'est d'Ancus Martius, quatrième roi de Rome, qu'est issue la famille des Martius Rex, et sa mère était une Marcia ; c'est de Vénus que sont issus les Julius, dont notre propre famille est une branche. Celle-ci réunit donc, par ses origines, le caractère sacré des rois, qui sont les maîtres des hommes, et la sainteté vénérable des dieux, au pouvoir desquels les rois eux-mêmes sont soumis.

Un vieux plébéien mal rasé, assis sur les marches de l'escalier qui conduisait à la tribune, qui n'avait jamais manqué une *devotio* depuis cinquante ans qu'il traînait ses sandales dans le Forum, appréciait, en connaisseur :

– Il est malin, le bougre. On ne l'a pas vu depuis longtemps sur le Forum, alors il fait sa propre publicité à travers celle de sa famille.

César continue son oraison. Il rappelle le mariage de sa tante, descendante des dieux par son père et des rois par sa mère, avec un petit paysan d'Arpinum, dont le père gagnait sa vie à la sueur de son front, qui n'avait lui-même ni éloquence, ni richesse, et qui s'était illustré à la guerre, le fameux Marius, tribun de la plèbe.

– Il est de plus en plus malin, le bougre, marmonne le vieux plébéien amateur d'oraisons funèbres. Voilà qu'il cite Marius : c'est la première fois qu'on prononce son nom dans une cérémonie officielle depuis sa mort ; ça va faire enrager les gens de la haute, les sénateurs et tout le toutim. J'ai bien envie de crier « Vive Marius », mais je vais me faire lyncher.

Il y avait bien eu quelques murmures pincés, parmi les sénateurs dignement assis sur leurs petites chaises d'ivoire, d'autant que César se mettait à faire, discrètement il est vrai, l'apologie de Marius et de sa politique démocratique.

– Il exagère, notre questeur espagnol, dit un Père conscrit à son voisin. Je croyais qu'il y avait une loi interdisant de promener des images de Marius dans le Forum et de propager ses idées politiques.

– Sylla n'existe plus depuis douze ans, confrère, et la démocratie est redevenue à la mode. Et puis, nous ne sommes pas dans une réunion publique, nous assistons aux funérailles d'une vieille patricienne...

– Une patricienne qui a trahi sa classe en épousant un plébéien, comme ce César, qui, ici même, il y a quatre ans réclamait le rétablissement des pouvoirs des tribuns...

– Des pouvoirs qui ont été rétablis par les lois Pompée-Crassus il y a dix-huit mois, je te le signale, et que nous avons votées...

– Contraints et forcés. Tiens, il a fini de parler. Levons-nous. En route pour l'Aventin.

Le corps de la tante Julie se consuma sur le bûcher que César lui-même alluma en face du tombeau de marbre aux deux chambres funéraires que Marius avait fait construire de son vivant sur le mont Aventin : les cendres du vieux lion reposaient dans l'une d'elles, celles de sa fidèle compagne furent placées dans l'autre. Les deux époux étaient réunis pour l'éternité.

Le général Thermus eut le mot de la fin :

– Ces funérailles annoncent l'entrée en scène de César, dit-il à mi-voix, comme pour lui-même. Messieurs les sénateurs, Messieurs les prévaricateurs, Messieurs les démagogues, Messieurs les riches pantins du Forum et de la Curie, Messieurs les seigneurs de la guerre, rappelez-vous la parole de Sylla : « Il y a dans César plusieurs Marius. »

Quelques semaines plus tard, Cornélie, la femme de César, s'éteignait à son tour. Elle n'avait pas trente ans. Pendant seize ans, elle avait été l'épouse modeste et effacée d'un jeune mari qui n'était jamais là et qui l'avait trompée avec toutes les jolies femmes mariées de Rome, sans compter les Nicomède et autres aventures douteuses. Elle lui avait donné une fille qui avait reçu le prénom de Julie, comme toutes les filles qui naissaient dans la famille des Julius. Aujourd'hui, Julie avait quinze ans, et elle pleurait sa mère.

Alors César fit quelque chose d'inattendu, de contraire à toutes les traditions romaines, à toutes les règles du collège des pontifes : il demanda d'honorer la mémoire de sa femme d'une oraison funèbre publique, honneur qui n'était accordé qu'aux matrones romaines d'un âge avancé. Il devait sans doute avoir quelque autorité, car Métellus, le Grand Pontife, lui en donna l'autorisation : pour la première fois, à Rome, on entendit, à la tribune aux harangues, un homme louer publiquement, et avec émotion, sa jeune femme qui venait de mourir.

Cette innovation concilia à César la faveur du peuple et des midinettes, qui virent dans ce geste une marque de sa bonté et de sa douceur. Seul le plébéien mal rasé, amateur d'oraisons funèbres, eut quelques doutes :

– Il n'en rate pas une pour se faire valoir, sacré César !

CHAPITRE XIII

L'amant de la femme du consul

(66)

La vie de César était de plus en plus remplie. Il menait de front son rôle de sénateur, ses fonctions de conseiller politique auprès de Crassus, celui qu'on avait surnommé *Dives* et dont on disait qu'il était « le plus riche des Romains », sa propre carrière et ses amours.

Dès le mois de janvier, après l'intronisation des consuls de 66, il fut sur la brèche. Le 1er janvier, le tribun Manilius, qui avait la réputation d'être un homme vénal à la solde de Pompée, dépose une motion qui allait beaucoup plus loin que la loi Gabinia. Le président du Sénat en donne lecture aux Pères conscrits en chevrotant de rage :

– Le tribun Manilius propose de confier au grand Pompée, en sus de son commandement suprême sur les mers, le gouvernement de nos deux provinces d'Asie et la conduite de la guerre à la fois contre Mithridate et contre Tigrane, le roi d'Arménie, chez lequel il s'est réfugié, avec des pleins pouvoirs illimités.

La foudre tombant au milieu du Sénat n'aurait pas produit un plus grand effet. Ce projet de loi revenait, purement et simplement, à offrir l'Asie Mineure à Pompée, et il allait falloir, pour le défendre, d'autres voix que les vociférations d'un tribun, car les sénateurs, qui avaient ruminé pendant un an l'échec de leur opposition politique à loi Gabinia, allaient, de toute évidence, changer de tactique. Le *princeps Senatus* informa les sénateurs présents que la motion Manilius serait mise à l'ordre du jour de la séance du 30 janvier, pour délibération : les deux partis avaient un mois pour fourbir leurs armes.

Les sénateurs choisirent l'arme juridique. Le président du Sénat donna d'abord la parole aux consulaires, par ordre d'ancienneté ; le premier à parler fut Catulus, consul en 79, et le second, Hortensius, consul en 69. Leurs argumentations furent à peu près identiques.

– Cette motion, déclara avec véhémence Catulus, est une violation scandaleuse des institutions républicaines que nous ont léguées nos ancêtres. Et vous pouvez le répéter au peuple : si jamais l'assemblée des tribus la votait, alors je vous le dis, Pères conscrits, et je le dis à tous les citoyens romains, dépêchez-vous de découvrir quelque montagne où vous pourrez vous enfuir pour défendre votre liberté, car la proposition de Manilius fera de vous des esclaves.

Hortensius fut moins virulent et plus technique :

– J'accorde au tribun Manilius que, si la République devait être remise entre les mains d'un seul homme, ce ne pourrait être qu'entre celles de Pompée. Mais la République est, ne l'oubliez pas, la « chose publique », et vous ne pouvez, Pères conscrits, autoriser que l'on vote pour ou contre son découpage pour en donner une partie à un seul homme. Cette motion ne peut être proposée aux comices tributes, car elle est anticonstitutionnelle.

– Quel est le Père conscrit qui veut répondre à ces deux orateurs ? demande le président du Sénat.

– Moi, Marcus Tullius Cicéron, préteur pour l'année en cours.

Cicéron était un orateur et un juriste, dont la réputation commençait à se répandre à Rome. Cet intellectuel fortuné, épris de culture grecque, n'avait pas de liens avec le parti populaire : c'était un conservateur modéré et prudent. Il va démontrer que la proposition de loi n'est pas anticonstitutionnelle, car il y a des précédents :

– Pères conscrits, dit Cicéron d'un ton grave, les pouvoirs que cette motion propose d'offrir à Pompée, le vainqueur des pirates, sont ceux d'un monarque, je vous l'accorde, et ils m'effrayent un peu moi-même, mais pas au point de me faire fuir dans les grottes des Alpes *(sourires dans l'assemblée)*. Ce recours est conforme à toutes les traditions de la République qui a déjà conféré l'*imperium majus*, par deux fois dans le passé : à Marius, contre Jugurtha et contre les Cimbres, ainsi qu'à Sciption Émilien contre Carthage et Numance. La *rogatio* du tribun Manilius est donc compatible avec les lois de la République. Il reste à savoir si elle est indispensable : ici aussi, je pense que oui.

On entend dans la Curie un petit nombre de sénateurs qui approuvent, et même quelques anciens consuls conservateurs qui apprécient l'argumentation. Cicéron continue :

– Pères conscrits, savez-vous que chaque jour le Trésor public s'appauvrit ? Que nous recevons de Grèce, d'Asie, d'Afrique des lettres de chevaliers chargés de faire rentrer les taxes et les impôts et dont les caisses sont vides ? Avez-vous pensé à la ruine qui guette un grand nombre de citoyens ? Aux désordres qui résulteraient de leur faillite ? Et à ceux qui seraient la tragique conséquence de la faillite de la République ? Le grand Pompée a supprimé la piraterie, il faut en finir avec Mithridate et Tigrane par les mêmes méthodes et avec les mêmes moyens. Et pour cela, nous devons mettre fin, au moins certains d'entre nous, à nos dissensions : que sénateurs et chevaliers s'unissent, pour la plus grande gloire de Rome.

C'est maintenant à César d'intervenir. Il a apprécié la souplesse des arguments de Cicéron, qui, sans en avoir l'air, vient de diviser le Sénat, en gagnant à la thèse des tribuns ceux des sénateurs qui sont des hommes d'argent et non des nostalgiques de leur puissance passée. Ceux-là ont compris où était leur intérêt.

César va donc enfoncer le clou :

– Pères conscrits, je ne suis pas suspect d'être un admirateur inconditionnel de Pompée : pourrais-je être, dans ce cas, le conseiller de Crassus qui n'est pas son ami ? Mais je dis que seul ce grand guerrier peut réparer les sottises et même les crimes de certains d'entre vous. De ceux-là qui, il n'y a guère longtemps, se sont couchés devant Sylla, comme de ceux qui se moquent de la misère du peuple et de la détresse de la plèbe.

Les sénateurs s'inclinèrent et la *rogatio* de Manilius fut ratifiée. Les trente-cinq tribus romaines furent convoquées au Champ de Mars ; chacune d'entre elles vota « oui » à une grande majorité : la loi Manilia fut adoptée par trente-cinq tribus sur trente-cinq.

Quinze jours plus tard, une galère rapide entrait dans le port de Milet, où Pompée passait l'hiver, avec à son bord un messager du Sénat : il venait notifier au général-gouverneur son investiture en tant que commandant suprême, avec les pleins pouvoirs, de l'Asie romaine dont il devenait, au titre près, le monarque absolu. Pompée, qui avait été l'instigateur secret de cette loi, reçut le messager au milieu de ses familiers. Il lut le document officiel qu'il lui apportait, fronça ses sourcils, se donna une grande claque sur la cuisse, comme si cette nouvelle l'ennuyait, en disant, non sans hypocrisie :

– Ô dieux ! Ne serai-je donc jamais au bout de tant de travaux ? N'aurait-il pas mieux valu, pour moi, être un petit cultivateur inconnu, plutôt qu'un éternel guerrier ? Quand viendra le temps où je pourrai vivre tranquillement avec ma femme et mes enfants, dans ma maison, au milieu de mes champs ?

Tout le monde savait, autour de lui, que cette surprise et ces envies étaient feintes : il avait lui-même rédigé la *rogatio* du tribun Manilius.

À Rome, César se frottait les mains. Son intervention en faveur de la loi Manilia faisait partie de son plan de campagne politique, car, ce faisant, il avait cherché non pas tellement à convaincre les Pères conscrits qu'à flatter le peuple qui, à son avis, était plus puissant que le Sénat. Quant à Pompée, il lui faisait un cadeau empoisonné :

– Plus Pompée sera couvert d'honneurs, expliquait-il à son ami Thermus, plus il se rendra impopulaire et plus vite le peuple se dégoûtera de lui. En politique, il ne voit pas plus loin que le bout de son nez. Mais j'ai plaidé sa cause devant le Sénat pour une autre raison.

– Laquelle ?

– Un jour, c'est pour moi que je demanderai les pleins pouvoirs, et je pourrai invoquer la loi qui vient d'être votée comme un précédent.

– Mais tu donnes l'impression de t'être incliné devant Pompée.

– La belle affaire ! Pour l'instant, il a le vent en poupe, laissons-le naviguer. Et je dirai même : qu'il navigue encore longtemps en Orient. Pendant ce temps, je reste seul sur le terrain, à Rome, avec le peuple.

– Près des yeux, près du cœur. Tu es un grand stratège, César, dans l'art de mobiliser les masses.

– Fais donc une prière aux dieux de ton choix pour moi : je dois te quitter car j'ai une autre masse à mobiliser.

– Peut-on savoir ?

– Elle se nomme Crassus.

– Je croyais que tu étais en froid avec lui.

– On ne reste pas longtemps en froid avec un homme si riche. Il me faut des munitions pour partir à la conquête du pouvoir.

– Attention à la loi sur la brigue.

– Je n'ai pas besoin de ça. Je vais me présenter comme candidat à l'édilité, au mois de juillet prochain, et je devrai faire des promesses au peuple. Or, les promesses, il faut les tenir ; et, pour les tenir, il faut de l'argent. Donc j'ai besoin de Crassus, mais je sais comment l'atteindre. Depuis qu'il a quitté sa charge de consul, en 70, il ne rêve que de se retremper dans le bain du pouvoir, et sa femme le gêne.

– Tertulla ? Elle a couché avec tout Rome.

– Elle a le feu aux fesses. Elle ne passe pas deux nuits de suite dans le même lit. Tu as déjà couché avec elle, Thermus ?

– Jamais. Je n'aime pas les femmes mûres, et elle a cinquante ans bien sonnés.

– Ça ne me dérange pas. Elle a encore de beaux restes.

– Mais c'est une véritable nymphomane.

– J'en ai vu d'autres. En faisant jouir sa femme, je m'attacherai Crassus, c'est la seule chose qui m'intéresse.

– On peut dire que tu n'y vas pas par quatre chemins.

– Celui que j'ai l'intention de prendre est large.

– Quel est-il ?

– Il passe entre les cuisses de Tertulla. On dit qu'elles sont fermes.

– César, tu n'es qu'un goujat, lui dit en souriant Thermus. Bonne chance.

César n'eut aucun mal à goûter aux charmes de Tertulla, en un temps où les mœurs austères des anciens Romains étaient bien oubliées. Même le très sérieux Cicéron organisait des soupers fins, mais discrets, avec ses maîtresses. Quant à Crassus, il ne faisait pas de sentiment, et il sut gré à César de ses prouesses sexuelles, partant du principe qu'une femme comblée n'importune jamais son mari. Surtout lorsque ce mari lui préfère des jeunesses... et qu'il a des projets.

Des projets, Crassus en avait à revendre. Après avoir exterminé de main de maître Spartacus, ses gladiateurs et ses esclaves, en 71, il avait mal digéré la manière dont Pompée avait tiré les marrons du feu, son triomphe manqué, et sa mise à l'écart de la République, à la fin de son consulat, en 70. Mais, pour les réaliser, il lui fallait autre chose que des millions ; il avait besoin d'un stratège, et César venait de faire ses preuves avec les lois Gabinia et Manilia. Il lui ouvrit donc tout à la fois, en sus du lit de sa femme, sa maison et son coffre-fort.

Crassus poursuivait deux buts : en finir avec la coterie sénatoriale, qui barrait la route à ses ambitions, et se faire élire à la magistrature respectable de censeur, qui ne permet pas de gouverner – il s'en moquait – mais dont la durée est de cinq ans, alors que tous les autres magistrats ne restent qu'un an en place, et qui confère la haute main sur le Sénat, puisque c'étaient les censeurs qui en établissaient et en révisaient l'*album*, ainsi que la liste *(lectio)* des chevaliers.

Dès lors, Crassus ne jure plus que par César, exécute à la lettre toutes ses directives en matière de politique et finance sa campagne de juillet 66, où le peuple devait élire les magistrats pour l'année 65. Bien entendu, des bruits couraient. On disait à voix basse, dans certains milieux, que Crassus préparait un coup d'État ; qu'il envisageait d'attaquer la Curie, une fois en poste à la censure, de faire égorger les sénateurs par ses mercenaires et de s'emparer de la dictature. Mais il courait tant de bruits sur Crassus...

Avec beaucoup d'argent, tout était possible, et les élections de juillet 66 sont un triomphe. Crassus est élu censeur. Deux hommes à lui, de réputation douteuse, sont élus consuls : Publius Cornélius, neveu de Sylla, et Pétrus Autronius Paétus, un libertin affirmé. César, enfin, franchit un rang de plus dans la carrière des honneurs, il est élu édile curule : il contrôlera toutes les manifestations qui pourraient avoir lieu dans la Ville, ainsi que la police.

L'année 65 qui pointait à l'horizon s'annonçait bien pour le parti populaire.

CHAPITRE XIV

Et si l'on tuait tous les affreux... ?

(5 décembre 66)

Lorsque furent connus les résultats des élections de l'été 66 et le succès de ceux qu'on appelait, sur le Forum, « la bande à Crassus », ce fut la stupeur parmi les sénateurs.

Les deux futurs consuls, Cornélius et Autronius, étaient en effet plus connus des services de police que des milieux politiques. Le premier avait surtout la réputation d'être un homme de main, et le second était un libertin éhonté, grand organisateur d'orgies en tout genre, fameuses par la qualité et le savoir-faire des prostituées et par la beauté des éphèbes qui y participaient. Il y avait de quoi faire avaler leur parapluie à tous les sénateurs. Si ces deux aventuriers et leurs acolytes s'installent aux commandes de la République romaine, pensaient-ils, nous pouvons dire adieu à la légalité et à nos privilèges. Même les sénateurs modérés, qui attendaient patiemment l'heure de la retraite, s'en étaient émus.

Mais que faire ? Comment se débarrasser au plus vite de ces malotrus ? Deux sénateurs honorables, Manlius Torquatus et Aurélius Cotta, trouvèrent la parade : ils demandèrent l'application de la loi Calpurnia contre la brigue électorale et contre les pots-de-vin, que le parti populaire avait lui-même imposée l'année précédente afin de moraliser la vie politique, et qui se retournait aujourd'hui contre ce même parti. Selon cette loi, tout candidat convaincu de brigue et de manœuvres illicites était déchu de ses droits politiques et son élection était annulée. Nos deux sénateurs portèrent donc l'accusation contre les deux futurs consuls devant le tribunal du Sénat et, bien entendu, les sénateurs-juges condamnèrent sans hésiter Cornélius et Autronius, dont l'élection fut annulée, et ils nommèrent à leur place leurs deux accusateurs, au mois de novembre 66.

C'était la première fois, dans l'histoire de la République, que le Sénat révoquait deux consuls en même temps, quatre mois après leur élection. La bande à Crassus et les tribuns de la plèbe crièrent au coup d'État. Quant à Crassus, partisan de la manière forte, il n'avait pas l'intention d'en rester là :

– Il ne suffit pas de protester, dit-il à César, son conseiller politique, il faut trouver un moyen d'obliger le Sénat à refaire des élections. Tu en connais un ?

– La loi est la loi, Crassus, lui répondit César. Elle dit formellement que les consuls dont l'élection est annulée doivent être remplacés par des consuls désignés par le Sénat, dé-si-gnés, tu entends Crassus, et non pas élus. Il n'y a aucun moyen juridique d'exiger une nouvelle élection.

– Moi, j'en ai un, dit Crassus. Et il est imparable.

– Dis-le-moi.

– Que se passerait-il si les deux consuls qui ont pris la place des nôtres disparaissaient ?

– Qui ? Aurélius Cotta et Manlius Torquatus ?

– Oui.

– Il faudrait convoquer le peuple et procéder à une nouvelle élection de consuls.

– C'est cela, mon moyen : je vais faire disparaître ces deux connards. Rendez-vous chez moi le 5 décembre au soir. J'inviterai quelques amis. Viens discrètement, et seul, ce n'est pas pour une partouze.

César les connaissait, les amis de Crassus. Tout débauché qui avait dissipé son patrimoine par le jeu, le libertinage ou les mondanités, tout homme qui s'était endetté pour accomplir une action criminelle, tout ce que Rome comptait de parricides, de repris de justice et de vagabonds, tous devenaient, un jour ou l'autre, des amis de Crassus. On ne comptait plus les billets innombrables qu'il leur avait fait signer en temps utile et tous lui étaient dévoués, non par amitié, mais par crainte d'un quelconque chantage.

Au soir du 5 décembre, tout ce joli monde était donc réuni dans sa maison, en compagnie de quelques jeunes dévoyés, prêts à tout, par besoin, par insouciance ou par vice, que Crassus, en bon révolutionnaire qu'il était, entretenait dans l'attente d'une occasion de coup de force : il payait les dettes de l'un, procurait une courtisane ou un giton à un autre, soustrayait éventuellement un jeune homme de bonne famille aux poursuites de la justice.

Crassus était dans une rage folle, et ne perdit pas son temps en longs discours.

– Nous sommes dans la merde jusqu'au cou, leur dit-il avec hargne, et ce n'est pas le moment de se dégonfler. Il faut nous débarrasser de ces deux consuls que nous a imposés le Sénat, et faire la peau à ces culs-bénis de sénateurs... Ils ne nous auront pas si facilement que cela. Si c'est nécessaire, on les tuera tous, ces affreux.

César ne bronche pas. La vulgarité du propos le choque, et il n'est pas d'accord avec son contenu, mais il est là pour observer, non point pour agir. Les autres protestent, invoquent leur conscience, leur horreur du sang, etc.

– Ne me faites pas rigoler, leur dit Crassus, avec votre morale d'instituteur en retraite. Toi, Antonius Hybrida, tu dois près d'un million de sesterces à une douzaine de cercles de jeu...

– J'ai tout remboursé, Crassus.

– Menteur. Tiens, regarde : j'ai racheté toutes tes reconnaissances de dette.

Et de tirer un paquet de billets griffonnés des plis de sa toge. Hybrida, l'aristocrate décavé, ne bronche pas ; il tousse d'un air discret. Crassus se tourne ensuite vers deux jeunes gens pâles et silencieux, tels des félins guettant leur proie :

– ... Toi, Publius Sittius, ce ne sont pas les préjugés qui t'embarrassent : tu es le faux témoin le moins cher de Rome, et, quand tu étais gouverneur de la Maurétanie, tu es devenu le roi des détournements de fonds publics. J'ai à ta disposition la liste de tes rapines. Si je l'envoie au Sénat, les Pères conscrits auront cent motifs pour te faire pendre ou crucifier, comme un vulgaire voleur.

Sittius ne proteste pas. Il connaît la froide détermination de Crassus.

– ... et toi, Cnéius Pison, poursuit celui-ci, tu es l'homme de main le plus redouté de la Ville. Je sais que le sang des consuls ne te fait pas peur. Tu es devenu un professionnel du crime.

Crassus se tourne ensuite vers un homme de grande taille, vigoureux, au regard sombre et hautain :

– Et toi encore, Catilina, depuis quand fais-tu la fine bouche devant un meurtre ? Il y a quelques années, du temps de la dictature de Sylla, tu en as tué, des proscrits, aidé de ta sinistre escorte de Gaulois ; tu as égorgé de ta propre main Quintus Cécilius, le mari de ta sœur, sous les yeux de celle-ci et je t'ai vu promener dans Rome, au bout d'une pique, la tête de Marius Gratidianus, que tu avais coupée toi-même, après avoir violé une vestale. On dit même que tu as tué ta première femme et le fils qu'elle t'avait donné pour épouser la riche Aurélie Aurestilla. Enfin, ce ne sont pas les scrupules qui t'ont étouffé, l'an dernier, quand tu gouvernais notre province d'Afrique : tu t'en es mis plein les poches. Résultat : les Pères conscrits t'ont rayé des listes de candidature au consulat au mois de juillet dernier. N'as-tu pas envie de te venger de ces crétins de sénateurs ?

Catilina avait l'âme noire, mais l'intelligence acérée. À la différence des autres complices de Crassus et de César, mobilisés par l'appât du gain, par quelque prébende ou par la crainte d'un chantage, ce qui l'intéresse, dans le coup de force qui s'annonce, c'est la conquête du pouvoir : ce qu'il demande, pour prix de son intervention, c'est le consulat pour l'année 64. Et, comme il a de la suite dans les idées, il fomentera lui-même sa propre conjuration en septembre 63, après l'échec du « complot Crassus ». C'est pourquoi il acquiesce d'un signe de la tête, sans protester.

– Voici comment nous procéderons, expose Crassus. Les nouveaux consuls, Manlius Torquatus et Aurélius Cotta, doivent être intronisés le 1er janvier prochain, date de leur entrée en charge. La cérémonie commencera par le défilé traditionnel sur la colline du Capitole : les deux magistrats, précédés de quelques mètres par les douze licteurs réglementaires, porteurs des faisceaux consulaires, descendront lentement de la colline jusqu'à la Curie, où les attendront les sénateurs. Vous vous mêlerez tous à la foule, en vous débrouillant pour être au premier rang et en vous tenant par la main. Une fois les licteurs passés, Hybrida et Sittius feront semblant d'être bousculés et débouleront entre eux et les consuls tandis que, presque au même moment, Pison, qui est vif et musclé, tranchera la gorge à Torquatus et à Cotta, comme il a appris à le faire chez les Maures.

– Et nous, dirent presque simultanément Autronius et Cornélius, les deux consuls qui avaient été évincés par le Sénat en novembre, que faisons-nous ?

– Vous prenez la place de Torquatus et de Cotta dans le défilé, comme si de rien n'était.

– Mais si les licteurs s'y opposent ?

– J'ai prévu qu'ils s'y opposeront. Des hommes à nous, vêtus comme eux, les égorgeront, s'empareront des faisceaux consulaires et prendront leur place.

– Et la foule ? Tu y as pensé ?

– Les Romains sont des veaux et des couards, répondit Crassus, méprisant, si vous agissez vite et bien, elle ne bougera pas.

– Et quand nous arriverons à la Curie ?

– Les Pères conscrits ne seront au courant de rien, puisqu'ils attendront, à l'intérieur, l'arrivée des consuls. Nos licteurs pénétreront dans le bâtiment, et les sénateurs ne découvriront les consuls que quelques minutes plus tard.

– Mais ils vont les siffler, les huer, leur tomber dessus.

– Certes. Mais nos bandes armées, qui se seront engouffrées dans la Curie derrière les consuls, les mettront bien vite à la raison. Les Pères qui résisteront seront égorgés, et, quand on en aura tué cinq ou six, les autres se tiendront tranquilles. Les sénateurs ne sont ni des foudres de guerre ni des héros ; ce ne sont que de grands bavards. Cornélius, qui parle mieux qu'Autronius, les informera de la mort accidentelle, sur le Capitole, des consuls qu'ils ont nommés en novembre, et exigera d'être rétabli dans sa magistrature avec Autronius.

– Tu crois qu'ils obéiront ? demande alors Autronius, qui était resté muet jusqu'alors.

– Il n'y a aucun doute sur ce point. Après tout, vous avez été élus par le peuple, en juillet dernier, et ce sont les sénateurs qui ont annulé votre élection : ils sont théoriquement les premiers responsables. Cela dit, il ne faudra pas perdre de temps. Vous demanderez aux Pères de voter à main levée votre réhabilitation, et, ne vous en faites pas, ils lèveront tous la main. Aucune assemblée ne résiste à l'argument des poignards et des épées.

– Une fois reconnus, que faisons-nous ?

– Vous me nommez immédiatement dictateur pour six mois, conformément à notre Constitution. Le reste, je m'en charge. Quand nous aurons tué tous ces affreux (il voulait dire par là les sénateurs rétifs, tenants du républicanisme traditionnel), je ferai intégralement ce que je voudrai.

César ne disait toujours rien. Les coups d'État, pensait-il, sont sans lendemain si l'on n'a pas derrière soi une armée puissante ou tout un peuple impatient. Or Crassus n'avait ni l'une ni l'autre : il ne pouvait qu'échouer. Son siège était donc fait : il ne participerait pas au complot de Crassus. Catilina, en revanche, avait son mot à dire.

– Je suis prêt à t'aider, Crassus, en te fournissant des hommes et de l'argent, mais je demande, en retour, que tu patronnes ma candidature au consulat aux élections de juillet 64.

– J'allais te le proposer, répond Crassus ; quant à toi, César, dit-il en se tournant vers ce dernier, je te nommerai général en chef de la cavalerie romaine et je te chargerai, en cette qualité, de partir annexer l'Égypte et d'en faire une province romaine.

– Non merci, Crassus, je n'aime pas la cavalerie. Laisse-moi en dehors de tout cela. Tu n'as rien à craindre, je ne risque pas de parler.

– J'ai confiance en toi. Mais je ne comprends pas ton refus : c'est une bonne occasion à saisir.

– J'ai quelques soucis de santé, en ce moment, des vertiges, des absences. J'attendrai le printemps pour vous rejoindre.

– Et nous, s'écrièrent en chœur Pison et Sittius, qu'est-ce que nous aurons ?

– À toi, Pison, je donnerai un commandement extraordinaire sur les deux Espagnes, la Tarraconaise et la Bétique ; quant à toi, Publius Sittius, tu auras carte blanche pour franchir le détroit des Colonnes d'Hercule (Gibraltar), lever des troupes sur place et rallier le proconsul de notre province africaine (la Cyrénaïque) à mon gouvernement.

Décidément, pensait César, Crassus prend ses désirs pour des réalités. Même s'il parvenait à se maintenir à Rome et à mettre le Sénat à ses bottes, il se cassera les dents sur Pompée, pour qui tout ce qui concerne les Espagnes et la Méditerranée est une chasse gardée, même quand il est en Orient. Et Pompée, ce n'est pas un sénateur apeuré ! Quelle fatuité ! Quel aveuglement ! Je n'ai rien à faire dans cette galère.

CHAPITRE XV

Les caves se rebiffent

(février-juillet 65)

31 décembre 66. Les deux édiles curules, qui tiennent lieu, tout à la fois, de préfets de police et de maires, ont organisé une réunion d'information avec leurs successeurs, élus en juillet dernier, à savoir César et un certain Bibulus, dont la fortune était énorme, mais la vue bien courte et à qui César battait froid. Tous les quatre, ils mettent au point la cérémonie d'intronisation des nouveaux consuls, Cotta et Torquatus, qui doit avoir lieu le lendemain matin.

Premier édile – Il faudra convoquer le collège des pontifes, le Grand Pontife, les consuls et les licteurs pour quatre heures du matin, quand il fera encore nuit, avant l'arrivée de la foule. On attend énormément de public ; qu'ils viennent en litière, discrètement.

César – Je vous conseille de fermer dès ce soir tous les accès au Capitole, et de vérifier que la colline est déserte.

Deuxième édile – Tu crains une manifestation, un attentat ?

César – Par les temps qui courent, tout est possible. Il y a quand même beaucoup d'agitation à Rome, en ce moment. Et puis, les élections de juillet n'ont pas été tout à fait normales : c'est la première fois que des élections consulaires sont cassées. Depuis la décision du tribunal, en novembre, les populaires sont furieux, une émeute est toujours possible.

Deuxième édile – Sur les quatre magistrats élus, il y en a quand même deux dont l'élection n'a pas été annulée : toi, César, et Crassus, qui va être préteur. Tu as entendu parler de quelque chose, chez les tiens ?

César – Tu sais, moi, je fais de la politique par tradition familiale, comme tous les patriciens. D'accord, je soutiens le parti des populaires, parce que je pense que le temps des aristocrates est révolu, mais je ne suis pas Catilina : je souhaite que le changement se fasse dans les règles, et non pas à coups de couteau. Nous ne sommes plus au temps de la guerre civile.

Premier édile – Catilina, tout patricien qu'il soit, est un véritable voyou. Nous avons des dossiers sur lui, et je peux te dire qu'ils puent. Il entretient des bandes de casseurs et d'assassins : dans la police, nous les appelons les « catiliniens ».

César – Confidence pour confidence, savez-vous comment Catilina appelle les sénateurs, dans son argot de Subure ? Les « caves ».

Deuxième édile – Qu'est-ce que ça veut dire ?

César – C'est un mot employé par les poètes : un *cavus*, c'est un homme sans consistance, un benêt, facile à berner. Croyez-moi, il vaut mieux prévenir que guérir. Bouclez le Capitole dès ce soir ; et, si j'étais vous, je conseillerais à Cotta et à Torquatus de porter une cuirasse sous leur toge prétexte, demain matin.

Deuxième édile – À ce point ?

César – J'ai un pressentiment.

Deuxième édile – C'est entendu. Je vais immédiatement donner l'ordre au préfet militaire de fermer tous les chemins et tous les escaliers qui montent au Capitole d'un double cordon de vigiles armés. Merci du renseignement, César.

César – Ce n'est pas un renseignement, c'est un conseil. Je n'ai dénoncé personne ; d'ailleurs, je ne suis au courant de rien. Il faudrait aussi prévenir le Sénat.

Deuxième édile – J'y vais de ce pas ; je vais demander l'autorisation de faire escorter les consuls par une garde militaire, en plus des licteurs.

Le lendemain, 1er janvier 65, la cérémonie d'investiture se déroula comme elle devait se dérouler. Torquatus et Cotta, précédés de leurs licteurs et séparés de la foule par une solide garde armée, descendent le *clivus capitolinus* (le chemin du Capitole), qui mène au Forum, du pas lent et grave des sénateurs.

Les hommes de main de Pison ont les yeux fixés sur César, qui, en tant que membre du collège des pontifes, fait partie du cortège. Ils attendent le signal convenu pour exécuter le plan de Crassus : au moment où César laissera glisser sa toge le long de son épaule, ils devront se précipiter sur les consuls, poignard à la main. Ils sont là, les jarrets tendus, prêts à bondir sur leurs deux victimes. Pison, qui avait été choisi pour les immoler, serre de toutes ses forces le poignard qu'il tient caché sous sa toge : son cœur ne bat pas plus vite qu'à l'accoutumée, c'est un tueur professionnel. Mais le signal ne vient pas. César reste impassible et le cortège consulaire arrive sans encombre à la Curie.

Catilina se tient devant l'entrée du Sénat, sous le Portique, prêt à donner à ses bandes l'ordre de se précipiter dans la salle pour y égorger les sénateurs qu'il leur désignera.

De loin, il voit venir les deux consuls, précédés des licteurs ; mais il est face au soleil et, ébloui, il ne peut distinguer leur visage. Il a cependant un doute : il voit briller, au cou de l'un d'eux, le *torquis* (« collier ») auquel Manlius devait son surnom de Torquatus. Il attendait Autronius et Cornélius, et ce n'est qu'au dernier moment qu'il s'aperçoit que la substitution prévue ne s'est pas faite.

– Qu'est-ce qui s'est passé ? demande-t-il à un de ses hommes, qui arrive en courant auprès de lui.

– César n'a pas fait glisser sa toge, lui dit-il, essoufflé, et les consuls étaient protégés par des hommes en armes. On n'a rien pu faire.

– Quelqu'un a parlé, ce n'est pas possible, murmure Catilina, rouge de rage. Tout est foutu. Il faut tout recommencer. Je suis sûr que c'est un coup de César : Cotta est le frère de sa mère.

Il est rejoint par Autronius, qui le prend par la toge, le secoue et lui dit, avec sa vulgarité habituelle :

– Qu'est-ce que c'est que cette merde ? Où est Crassus ? Qui nous a balancés ? Il y a une taupe parmi nous. Quant aux caves, ils ne perdent rien pour attendre.

– Fais quand même attention aux caves, lui dit Catilina. Quand ils se rebiffent, ils deviennent vicieux.

– Ils ont l'air pourtant bien calmes : ils sont déjà en train de s'installer pour écouter l'allocution du *princeps Senatus*.

– Ne te fie pas à l'eau qui dort. De toute façon, les sénateurs ne dorment que d'un œil, c'est bien connu. Fais passer le mot à tout le monde : pour l'instant, on arrête tout.

Il était en effet prudent de remettre l'exécution du complot de Crassus à plus tard. César avait-il averti son oncle, Cotta ? Ou bien quelque comparse avait-il imprudemment bavardé ? On ne sait. Mais les sénateurs, qui n'étaient pas aussi « caves » que le disait Catilina, réagirent.

Leur première victime fut Pison, l'homme qui devait égorger les consuls. Les sénateurs l'expédièrent illico en Espagne Citérieure (province romaine correspondant à l'Aragon, la Murcie et la région de Valence), comme chargé de mission. Cette nomination n'était pas innocente, car l'Espagne regorgeait de partisans de Pompée, qui s'était brouillé avec Crassus à la fin de leur consulat commun, en 70 : quelques jours à peine après son arrivée, il tombait dans une embuscade et y passait de vie à trépas.

L'échec de la conjuration ne semblait pas avoir ému Crassus, qui, lorsqu'il reçut la nouvelle de la mort de Pison, dit à César :

– Ils n'ont pas perdu de temps, les sénateurs. Tu as bien fait de ne pas donner le signal du massacre.

– Je ne l'ai pas donné, parce que je ne l'ai pas voulu, Crassus.

– Il fallait le dire à la réunion du 5 décembre : pourquoi ne m'as-tu pas détourné de cette idée ?

– Parce que lorsque tu as une idée en tête, plus elle est stupide, plus tu t'y accroches. Et puis il y avait ce Catilina. C'est un danger public, et il fallait le laisser s'engager dans l'aventure, pour qu'il constate qu'elle était irréalisable.

– C'est toi qui as prévenu les sénateurs ?

– Non, pas officiellement. J'ai simplement conseillé à mon oncle de mettre une cuirasse le jour de l'inauguration de sa charge, mais je n'ai cité aucun nom.

– Mais pourquoi se sont-ils débarrassés si vite de Pison ?

– Pour t'intimider.

– Moi ?

– Enfin, Crassus, ne fais pas l'idiot. Tout Rome sait que tu n'attendais que le départ de Pompée pour fomenter un coup d'État, ou, du moins, pour t'imposer.

– J'ai été élu régulièrement, en juillet 66.

– Tout à fait régulièrement. Mais la candidature de Cornélius et d'Autronus a fait jaser : ils ont dépensé trop d'argent pour leur campagne, et il n'était pas sorcier de deviner d'où il venait, ce fric : de ta poche.

– On aurait pu penser qu'il venait de Catilina.

– Catilina n'a pas de fortune. Il a des bandes, qu'il entretient je ne sais pas comment. Et puis... on ne voit pas Pison travailler pour Catilina.

Tout à coup, César devient grave :

– Crassus, j'ai quelque chose à te dire. Si tu assistais plus souvent aux séances du Sénat, au lieu de ripailler, tu l'aurais appris comme moi : le bruit court, parmi les sénateurs, que tu espères profiter de l'absence de Pompée pour t'emparer du pouvoir, comme l'avait fait Marius quand il avait obligé les sénateurs à adopter les lois en faveur du peuple, il y a quarante ans, notamment celles qui concernaient la distribution de terres aux pauvres, dans le nord de l'Italie ; puis, avec le soutien des tribuns, il avait fait décréter la peine de mort contre quiconque porterait atteinte à la majesté du peuple romain. On en a exécuté, des gens, au nom de cette loi !

– Et alors ? Ce n'est pas mon programme.

– Tu n'as pas de vrai programme, Crassus. Mais les sénateurs sont bien décidés à ne plus laisser personne leur reprendre le pouvoir que Sylla leur a laissé en mourant. Ils tirent sur tout ce qui bouge.

– Même sur les tribuns ?

– Les tribuns, ils en ont peur. Ils ne tirent sur eux que juridiquement, en faisant de la procédure. Tu as vu comment ils se sont battus contre les lois proposées par Gabinius et par Manilius, il y a deux ans.

– Alors César, toi, qui n'es pas un tribun de la plèbe, ils ne se gêneront pas pour t'éliminer physiquement si c'est nécessaire.

– Le jour où je deviendrai dangereux, j'aurai intérêt à disposer de bons gardes du corps.

– Pourquoi ne m'ont-ils pas fait le coup de Pison ?

– N'oublie pas, Crassus, que tu es tout à la fois l'homme le plus riche de Rome, le leader du parti populaire et le plus haut magistrat de la Ville avec Catulus, l'autre censeur : certains sénateurs extrémistes n'y verraient aucun inconvénient, mais l'ensemble des sénateurs conservateurs y répugnent. Ils attendent que tu te manifestes, en violant les lois sacrées de la République, par exemple. Alors, ils te feront arrêter, juger, et tu seras précipité du haut de la roche Tarpéienne, comme un vulgaire assassin. C'est pourquoi, après la réunion du 5 décembre, l'année dernière, je suis allé tout dire à mon oncle Cotta.

– Tu as fait ça, toi, mon conseiller intime, l'homme en qui j'ai le plus confiance à Rome ?

– Oui, pour te sauver. Ta conjuration ne pouvait pas réussir, parce que les tribuns ne t'auraient jamais suivi, et ce sont les tribuns qui mobilisent les masses populaires, pas les capitalistes. Il n'y aurait même pas eu de procès : ta tête et celle de Catilina auraient été promenées dans Rome au bout d'une perche.

Crassus devenait de plus en plus pâle. Une devineresse lui avait prédit, un jour, que sa tête serait promenée sur un plateau. Il ne croyait guère aux prophéties, mais ce que lui disait César le troublait.

– Mon oncle Cotta m'a remercié de l'avoir averti, et il m'a promis de n'en point parler : Nous prendrons nos précautions, me dit-il ; puisque tu seras édile, le jour de mon intronisation, prends les mesures nécessaires, sans en dire les raisons : tu as assez d'autorité pour ça. Et j'oublierai l'affaire. Voilà pourquoi je n'ai pas fait glisser ma toge de mon épaule.

– Tu m'as sauvé, César. Dommage pour Pison.

– Ce n'est pas une perte. Dorénavant, Crassus, tiens-toi tranquille. Contente-toi de ta fortune et renonce au pouvoir. Pour y parvenir, il faut de la patience, de la persévérance, et une stratégie à longue échéance, méthodique et rigoureuse. Et il n'y a que deux hommes qui en soient capables, à Rome.

– Lesquels ?

– Pompée et moi.

– Toi ?

– Depuis que je suis revenu d'Espagne, je place mes pions.

– Je serais curieux de les connaître.

– Un, je suis le neveu du fondateur historique du parti populaire, et j'ai le peuple de mon côté. Deux, à mon retour d'Espagne, je suis passé par les cités de la Cisalpine (la partie de l'Italie comprise entre le Rubicon et les Alpes), et j'ai pris quelques contacts qui me serviront un jour. Trois, en janvier 67, j'ai appuyé ouvertement, au Sénat, les tribuns Gabinius et Manilius, et j'ai pris le parti de Pompée contre le Sénat. Quatre, je t'ai soutenu contre le Sénat et contre Pompée à la fois, ce qui nous a permis de remporter les élections.

– Et maintenant ?

– Maintenant, c'est moi, le chef du parti populaire, et dorénavant, tu m'obéis. Encore trois ou quatre coups, et César joue et gagne, comme on dit au jeu du *latro* (sorte de jeu intermédiaire entre les dames et les échecs), et le Sénat sera *ad incitus reductus* (échec et mat). Mais il va falloir d'abord subir les dernières attaques des sénateurs. À la prochaine séance du Sénat, propose-leur d'accorder le droit de cité à tous les gens de race latine qui habitent les terres comprises au-delà du *Padanus* (du Pô), jusqu'aux Alpes.

– En Gaule Transpadane ?

– Oui, en Transpadane.

– Pourquoi ne fais-tu pas toi-même la proposition ?

– Parce que c'est toi le censeur, et c'est toi qui es responsable de la liste officielle des citoyens romains : demande à y inscrire les Transpadans.

– Il faut aussi convaincre l'autre censeur, ce diable de Catulus.

– Débrouille-toi.

Dès la fin février, Crassus proposa sa motion aux sénateurs.

– Pères conscrits, leur dit-il, je voudrais vous entretenir des habitants de la Transpadane. Ils ne sont pas entrés, jadis, dans la grande guerre sociale qui a ensanglanté l'Italie entre 91 et 88, et ils n'ont pas bénéficié de la citoyenneté romaine qui fut accordée, alors, aux Picentins, aux Ombriens, aux Samnites et aux autres, Latins ou Alliés. Maintenant encore, ils n'ont pas le droit de venir vendre eux-mêmes leurs grains à Rome, ils doivent demander des autorisations spéciales pour y séjourner plus de deux jours, et, bien entendu, ils subissent ces lois sans les voter. Et pourtant, ils sont de la même race que nous, ils parlent la même langue que nous, les dieux qu'ils adorent sont aussi les nôtres et leurs cités – Mantoue, Vérone, Crémone, Milan, Turin, Côme, Padoue – sont aussi animées et vivantes que les autres villes de l'Italie. Il y a là une injustice qu'il nous faut réparer, Pères conscrits : faites que ces Latins de l'autre côté du Pô, que ces Transpadans soient des citoyens romains.

Dès que Crassus eut fini de parler, César se leva de sa chaise curule pour parler à son tour, car il fallait gagner du temps sur les éventuels adversaires ; il avait d'ailleurs enjoint aux tribuns de la plèbe de prendre la parole les uns après les autres, dès qu'il aurait terminé de parler. Son discours est tout en finesse, en notations pittoresques, et, subtilement, il en appelle à l'orgueil de Rome :

– Pères conscrits, au retour de ma questure en Espagne, je me suis arrêté en Transpadane, sur les bords du Mincio, près de Mantoue. Je me suis reposé chez un laboureur du nom de Maro, dont le fils avait épousé la fille d'un citoyen romain. De leur union était né un garçon, qui a aujourd'hui cinq ans. À cet âge-là, je lisais à peine et je fus émerveillé de voir que ce petit garçon savait déjà écrire. Mieux encore, il m'apporta un bol de lait frais et me dit un court poème, chantant les suaves senteurs des étables et des champs. Je lui demandai s'il connaissait l'auteur de ces vers : « Virgile, me dit-il. – Qui est ce Virgile ? », lui dis-je. Il me répondit naïvement : « Mais c'est moi, Virgile, je m'appelle Publius Virgilius Maro. » Il avait la grâce d'un cygne, et tant de candeur m'émut. Alors je vous le demande, Pères conscrits, au nom de ce jeune cygne de Mantoue, faites que Virgile soit un citoyen romain, et faites que tous les siens soient des citoyens romains. Pères conscrits, donnez aux censeurs le droit de les inscrire sur la liste des citoyens romains, avec tous les Latins de Transpadane.

Catulus, le second censeur, demande la parole :

– J'exerce, en tant que censeur, mon droit d'*intercessio* (opposition formelle) à cette demande.

Le président du Sénat entérine l'*intercessio* de Catulus qui, à son tour, fait une proposition relative à la nomination de deux fonctionnaires dans les services de la censure. Crassus exerce alors son droit d'*intercessio*, à titre de représailles, et, d'opposition en opposition, les deux censeurs bloquent le fonctionnement du Sénat. Conformément aux règlements de l'assemblée, les deux censeurs sont sommés par le président de se démettre de leurs fonctions.

– Ne t'en fais pas, Crassus, dit César ; tu ne t'imaginais quand même pas que le Sénat se laisserait faire sans protester. Laisse-le marquer ses points. L'essentiel, c'est de remporter le point gagnant. Voyons ce que vont faire les tribuns.

Comme prévu, Papius, un des tribuns de la plèbe, demande la parole. Mais, dès ses premiers mots, César fronce les sourcils :

– Pères conscrits, dit Papius, j'en appelle à la plèbe de Rome, qui attend nos décisions, à l'extérieur de cette noble enceinte. Rome n'en peut plus. Rome est surpeuplée. Rome étouffe. Rome se meurt. Les immigrés nous ont envahis ; ils ont progressivement éliminé les artisans et les marchands romains. C'est parmi eux que se recrutent les voleurs, les assassins, les pillards. Rome n'est plus dans Rome ! Après la guerre sociale, nous avons accordé la citoyenneté romaine à tous les Latins et autres Italiques vivant au sud du fleuve Rubicon, qui est notre frontière. Je demande solennellement qu'on expulse de Rome et qu'on renvoie dans leur pays tous les étrangers, tous ceux qui viennent d'au-delà du Rubicon.

César se tourne vers un tribun, qui se tient debout derrière lui, et dit à voix basse :

– Qu'est-ce qui lui prend ? Ce n'est pas un langage digne d'un représentant de la plèbe.

– Il a peut-être été soudoyé par le Sénat, lui répond le tribun.

– Pourquoi « peut-être » ?

– Parce que nous avons nos informateurs. Nous sommes très proches du petit peuple, qui ne voit pas plus loin que le bout de son nez. Les immigrés, pensent les petits artisans, les portefaix, les maçons, et quelques autres, leur retirent le pain de la bouche : ils acceptent de travailler pour un quignon de pain sec, ou d'incendier de temps à autre un immeuble plein à craquer pour permettre au propriétaire de faire une affaire rentable sur le dos des cadavres de ses pauvres locataires.

César a compris. Il se penche vers Crassus :

– N'insistons pas. Laissons passer la loi de Papius : mon idée d'un État romain multinational n'est pas mûre ; il faut qu'elle fasse son chemin dans les consciences, inutile de la compromettre.

Crassus, rageur, réplique :

– Il a raison, Catilina, les caves se rebiffent, et ils se rebiffent salement.

– Il a peut-être raison, mais il faut se débarrasser de Catilina ; c'est un mauvais cheval.

« Réfléchissons, se disait César, qui, pour une fois, s'était retiré, seul, dans sa maison de Subure. Où en suis-je ?

« D'après la Constitution, je ne peux me présenter à une magistrature supérieure que l'année prochaine, en juillet 64. Il est évident qu'en juillet prochain Catilina va se présenter à ma place, et sans doute comme consul ; les populaires voteront pour lui, et seuls les dieux savent quelles sottises il fera qui déconsidéreront notre parti. Il faut donc l'empêcher d'être élu. Mieux encore, il faut l'empêcher d'être candidat, en lui imposant une impossibilité juridique. Mais laquelle ?

« Autant que je sache, Catilina n'a jamais été condamné pour brigue électorale, donc je ne peux pas invoquer la loi Calpurnia sur la brigue. En revanche, du temps de Sylla, il a tué des proscrits pour le dictateur, crime alors légalement impuni... Mais elle est là, ma solution, à portée de la main : je vais remuer toute cette gadoue. J'en profiterai pour éclabousser un peu le parti sénatorial. Mais en respectant rigoureusement les lois, la jurisprudence et les usages. »

En principe, dans la République romaine, l'initiative des accusations et des poursuites était de la compétence du préteur urbain ; pratiquement, lorsqu'il était défaillant, l'usage voulait que le préteur fût remplacé à la tête du tribunal, par un des deux édiles en charge. César traîne donc devant le tribunal deux hommes qui avaient tué des proscrits, sur ordre de Sylla, et qui n'avaient jamais été poursuivis, un ex-centurion du nom de Luscius et un certain Bellénius, qui avait poignardé, sur un signe de Sylla, un ancien démocrate passé dans le camp du dictateur, et qui avait voulu se présenter au consulat malgré l'interdiction de celui-ci. Il obtient la présidence du tribunal, dirige lui-même les débats et les deux assassins sont condamnés à mort.

– Vois-tu, Crassus, commentera-t-il peu après ce succès, le peuple romain n'aime pas les assassins, et ce procès les fera réfléchir. Rien n'a été plus horrible que les proscriptions de Sylla, qui ont avili la société romaine. Il n'y a plus qu'à rappeler que Catilina n'a pas toujours été un bon démocrate et qu'il a du sang sur les mains, du sang qu'il a versé pour Sylla, en coupant la tête d'un de ses ennemis et en la promenant au bout d'une pique à travers toute la Ville.

– Tu vas le faire comparaître, lui aussi ?

– Non.

– Je ne comprends plus.

– C'est d'une simplicité enfantine. Je me représente aux élections en juillet 63 et je risque d'avoir besoin de lui, donc je ne l'accuse pas moi-même : il a assez d'ennemis pour ce faire. Tiens, je vais te prédire les résultats des élections de cet été et de l'été suivant... Je suis plus fort que ta devineresse : en juillet prochain, l'affaire Catilina ne sera pas encore jugée, donc il ne pourra être candidat ; le rappel des crimes de l'époque de Sylla va refroidir les intentions de vote au bénéfice de la coterie sénatoriale, et les centuries éliront comme consuls des sénateurs centristes, à mi-chemin des populaires et de la coterie, des types dans le genre de Cicéron, par exemple.

– Et en juillet 64 ?

– Entre-temps, j'aurai fait acquitter Catilina, qui se présentera avec un autre candidat populaire, contre le candidat du Sénat. Et je te parie 100 sesterces que Catilina ne sera pas élu.

– Ta combinaison est bien compliquée, César.

– Mais non, Crassus, elle est simple. J'écarte Catilina de ma route, en lui laissant croire qu'il pourra quand même être élu, ce qui m'évite d'avoir à le combattre, et, d'autre part, je diminue considérablement le prestige de l'oligarchie. Quand je reviendrai sur la scène électorale, en juillet 63, je remporterai la préture. D'ici là, je vais faire mon boulot d'édile.

Après son départ, Crassus n'avait toujours pas compris le raisonnement de César. Qu'il veuille réveiller le souvenir des horribles proscriptions, dans lesquelles avait trempé une bonne partie de la coterie sénatoriale en place, il trouvait la démarche astucieuse : tout ce qui pouvait faire perdre la face au parti adverse était bon. Mais comment César pouvait-il être certain que Catilina ne parviendrait pas à se faire élire ?

Je n'ai jamais vu un homme aussi sûr de lui, pensait-il. Si vraiment les choses se passent comme il l'a dit, je veux bien manger toute ma toge, morceau par morceau.

Les choses se passèrent, nous le verrons, comme César l'avait prédit.

Aux yeux du parti adverse, celui des aristocrates du Sénat, César apparaissait comme un adversaire dangereux par sa clairvoyance et par sa ténacité, mais respectable, et qu'on attendait même avec un certain intérêt pour l'année 64. Mais, en juillet 65, le clan sénatorial avait la partie belle : le seul candidat populaire qui aurait pu tenter sa chance contre le clan était le sinistre Catilina, dont la participation aux crimes des proscripteurs avait été évoquée lors du procès intenté contre Luscius et Bellénius par César au début de l'été, et Catilina était lui-même sur le point de passer devant un tribunal pour proscription, ce qui le rendait inéligible, du moins jusqu'à la conclusion de ce procès.

Ce furent donc deux candidats sénatoriaux modérés, qui ne portaient ombrage à personne, qui furent élus consuls pour l'année 64 : Figulus, un aristocrate inoffensif, et un lointain parent de César lui-même, Lucius Julius César. Peu après leur élection, Cicéron écrivait à son cher ami Atticus :

« *Je vous apprends que dans le temps même où L. Julius César et Figulus ont été désignés consuls, ma femme est accouchée heureusement d'un fils* [...]. *Je me prépare maintenant à plaider pour Catilina...* [dans un procès civil, qui n'aura d'ailleurs pas lieu]. »

CHAPITRE XVI

La tentation des pyramides

(mars 65)

César était infatigable et méthodique. Il partageait ses journées entre les séances au Sénat, ses obligations d'édile, les conférences d'information en petits comités, au cours desquelles ses secrétaires et les fonctionnaires de police qui étaient sous ses ordres lui apportaient, méthodiquement classés, des notes et des rapports sur tout ce qui se passait dans Rome, aussi bien à ciel ouvert que dans le secret des cabinets de travail ou des alcôves. Les soirées étaient consacrées à la réception du courrier en provenance des provinces lointaines, qui l'informait, plus ou moins secrètement, sur les activités de ses concurrents politiques, et en particulier de Pompée, aux rendez-vous discrets avec les leaders du parti populaire tels que Crassus ou les tribuns de la plèbe. Et puis il y avait les bains de foule obligatoires et quotidiens sur le Forum, ainsi qu'un petit tour aux Rostres lorsque ses adversaires politiques y tenaient réunion.

À cela s'ajoutaient les séances du collège des pontifes, les astreintes du protocole, les moments consacrés à la méditation ou à la lecture ou, tout banalement, aux nécessités matérielles de tous les jours, comme sa toilette matinale dans laquelle son barbier jouait un rôle très important. Toutes ces occupations lui laissaient très peu de temps pour sa vie privée : il s'écoulait parfois une semaine sans qu'il puisse voir sa fille Julie, et il avait renoncé à tenir la liste des amants de sa femme Pompéia, qui le trompait à tour de bras et de cuisses.

Toutefois, il avait encore l'énergie, le soir, de se livrer à quelques plaisirs, raffinés ou crapuleux, selon son humeur : un fastueux souper chez un riche chevalier, une partie fine dans laquelle il jouait, selon les caprices de ses désirs, le rôle d'un homme ou celui d'une femme, ou un débat philosophique animé dans l'une des luxueuses demeures de Cicéron, qui était son adversaire politique mais avec lequel il entretenait des rapports de qualité.

Cicéron admirait cet homme qu'on ne pouvait rencontrer sans subir l'ascendant de sa volonté tranquille. En comparaison des leaders de son temps, aux projets inconstants, sans doctrine cohérente, César ne pouvait être que respecté par un personnage aussi clairvoyant que l'illustre orateur. Il a, disait-il, la conscience de ses forces et la certitude de la victoire ; il sait où il va, et il y parviendra : tout ce qu'il entreprend n'est jamais dû au hasard ou à la fantaisie, et il a la sagesse de ne jamais s'entêter et de savoir obéir aux événements. De fait, César n'était pas un homme de complot, on l'a bien vu dans l'aventure manquée de Crassus, ni un homme de coup de tête. Il n'entreprenait rien sans réfléchir méthodiquement aux conditions et aux conséquences de la réalisation de ses desseins.

Ces qualités, si rares à Rome, il les a manifestées dans l'affaire d'Égypte, en mars 65, qui précéda de peu le grand conflit avec le Sénat à propos des habitants de la Transpadane que l'on vient de conter.

Ce royaume grec, résultat du partage, en 321 av. J.-C., de l'empire d'Alexandre le Grand entre ses successeurs, les diadoques, n'avait plus aucun rapport avec l'Égypte pharaonique qui était morte et bien morte depuis fort longtemps. Son territoire s'étendait de la Libye actuelle à la côte syrienne, c'est-à-dire de

Cyrène à Gaza. Alexandrie, sa capitale, fondée en 331 av. J.-C., à l'extrémité du delta du Nil, par Alexandre lui-même, était devenue le plus grand centre de civilisation de l'Antiquité, et elle le restera jusqu'au triomphe du christianisme. Les rois et les reines qui régnaient sur ce royaume étaient les descendants d'un lieutenant d'Alexandre qui se nommait Ptolémée ; ils constituaient la dynastie grecque des Lagides.

L'État égyptien entretenait de nombreux rapports, politiques et économiques, avec Rome. Le pays abondait en richesses naturelles, et le blé égyptien participait, dans une proportion importante, au ravitaillement de la République. L'Égypte était le pendant africain des provinces romaines d'Asie, que gouvernait Pompée, avec les pouvoirs d'un monarque oriental. Il était donc dans l'ordre des choses que Rome s'intéressât à ce royaume, dont la dynastie était chancelante, et lorsque la nouvelle arriva jusqu'à César que le souverain égyptien, Ptolémée XIII Aulète – son surnom signifiait le « joueur de flûte » –, venait d'être chassé d'Alexandrie par ses propres sujets, il s'empressa de convoquer Crassus.

– Tu es au courant des affaires d'Égypte ? lui demande-t-il.

– Vaguement. Il y a encore quelques années, j'avais des intérêts à Alexandrie, mais j'ai fermé mes bureaux depuis longtemps.

– Le trône est vacant : Ptolémée XIII vient d'être déboulonné.

– Qui l'a viré, ce joueur de flûte ? Pompée ? questionne Crassus, soudainement intéressé.

– Non. Les Alexandrins eux-mêmes. Mais tu as raison : Pompée va loucher sur l'Égypte ; il a déjà des légions en Syrie, entre Byblos et Sidon.

– Il faut faire quelque chose pour le contrer, dit Crassus. Quel prétexte peut-on trouver pour intervenir officiellement ? Tu as une idée, César ?

– J'ai un dossier bien à jour sur l'Égypte : elle fait partie de mes projets.

– Je t'écoute.

– Voici. Ptolémée XIII n'était pas un souverain légitime.

– C'était un usurpateur ?

– Plus ou moins. Il s'était emparé de la couronne à la mort du dernier monarque de la dynastie lagide, Ptolémée XII, que Sylla avait fait couronner en 80 et qui n'a régné que dix-neuf jours ; le flûtiste était un de ses bâtards : il était sur le trône d'Égypte depuis quinze ans.

– Qu'est-ce qu'il a été faire en Égypte, Sylla ?

– Il faisait la guerre à Mithridate, et il pensait s'emparer de l'Égypte par la même occasion.

– Pour lui ou pour Rome ?

– Je pense que c'était pour Rome, répond César ; Sylla était un assassin, mais non pas un prévaricateur.

– Bon. Alors, ce Ptolémée XII ?

– Cicéron prétend qu'il aurait fait un testament et qu'il aurait légué son royaume à la République romaine, comme Nicomède l'avait fait pour la Bithynie.

– C'est bien ce que je te disais. Sylla a fait couronner Ptolémée XII, lui a fait faire un testament en faveur de Rome, et l'a tué ensuite.

– Sylla a commis suffisamment de meurtres pour qu'on ne l'accuse pas aussi de celui-là. Rien, absolument rien ne le prouve.

– Quelle est donc ton idée ?

– Demander au Sénat d'exiger l'exécution du testament en faveur de la République et de transformer l'Égypte en province romaine... avec moi comme gouverneur.

– Et par ici la bonne soupe !

– Non, Crassus, pas de bonne soupe. Les richesses de l'Égypte iront à l'État romain.

– Tu ne crois pas que tu fais un curieux amalgame entre la grandeur de Rome et ton ambition ?

– Et même si cela était ? Ce qui compte, c'est Rome.

– D'accord. Je te suis : je t'ouvre un crédit illimité. Mais n'en profite pas.

– Je ne m'appelle pas Crassus, répond César en souriant.

César se met en campagne. Il commence par mobiliser l'opinion publique. Un peu partout, dans Rome, des amis à lui argumentent, expliquent, cherchent à convaincre. Un testament, c'est sacré, disent les uns, Rome se doit d'en faire respecter les clauses, même si personne ne le lui demande. D'autres rappellent les précédents célèbres : Jugurtha, qui avait usurpé l'héritage de son oncle Hiempsal, roi de Numidie ; Mithridate, qui avait confisqué à son profit la Bithynie que son roi Nicomède avait léguée à Rome. Dans les milieux financiers et commerciaux de l'Urbs, on fait valoir l'importance du marché égyptien. Les intellectuels, toujours très écoutés à Rome, soulignent le rôle culturel primordial du *Musée*, l'université d'Alexandrie, où sont passés les plus grands savants de l'histoire : le mathématicien Euclide, le géographe Ératosthène, l'astronome Hipparque, et tant d'autres.

Lorsque César sentit que l'opinion publique était prête à accepter l'idée d'une expédition en Égypte, il déposa une motion en ce sens au Sénat. Mais les Pères conscrits, hostiles à toute guerre de conquête, la repoussèrent, soutenus par les chevaliers, qui défendaient la position du plus grand des leurs, Pompée. Cicéron fit même un discours fameux en ce sens.

Il ne lui restait plus que de faire agir les tribuns, comme il l'avait fait pour la loi Manilia. Ceux-ci imposèrent la motion, qui fut soumise aux comices tributes. Elle fut repoussée : le peuple romain était plus préoccupé de ses besoins immédiats que de conquêtes lointaines. Il tenta une ultime astuce de procédure, qui consistait à faire englober les revenus de l'Égypte dans l'état général des revenus du peuple romain, établi chaque année par les censeurs. C'est ce que fit Crassus ;

mais son collègue, le censeur Catulus, mit son *veto*, et l'affaire d'Égypte en resta là.

Pour se venger de son désappointement, César fit un coup d'éclat. Le mois suivant, on devait célébrer les jeux de la Bonne Déesse, Cybèle ; il avait pris en main, d'autorité, leur organisation, et, en particulier, la décoration de la Ville. Dans ce but, il avait commandé à des artistes de réaliser secrètement des images d'or de Marius et des répliques tout aussi éclatantes des trophées commémorant ses victoires sur les Cimbres et les Teutons : c'étaient de splendides statues de marbre et de bronze représentant le grand guerrier porteur d'armes et de boucliers symbolisant ses prises sur les vaincus. Il fit déposer ces monuments dans le Forum, sur le Capitole, à l'entrée de Subure, le quartier populaire par excellence, et sur les chemins de l'Aventin, qui menaient au tombeau du grand homme.

Dès l'aube, le bruit courut que des Marius d'or, de bronze et de marbre blanc veillaient sur Rome, dans une immobilité éternelle. La Ville fut progressivement inondée d'une foule populaire et joyeuse, qui remplissait le Forum et le Capitole du bruit de ses applaudissements et de ses vivats. Tous ces petits, ces obscurs retrouvaient leur idole, les jeunes qui ne l'avaient pas connu contemplaient les statues de ce revenant dont leurs parents leur avaient narré en secret les exploits et la bonté. Et des larmes de joie coulaient des yeux de ces braves gens, qui louaient à grands cris César pour la fabuleuse surprise qu'il leur avait offerte et pour la hardiesse qu'il avait montrée en la leur faisant.

Il y en eut aussi – les sénateurs, les chevaliers, les grands bourgeois romains – qui protestèrent sévèrement. Les uns proclamant que César venait de planter les fondements d'une tyrannie en faisant surgir du sol ces images et ces trophées que des ordonnances publiques et des édits avaient commandé d'enfouir à tout jamais. Parmi eux, certains – plus malins – disaient à qui voulait les entendre que c'était un test que faisait César, pour sonder la volonté du peuple, qu'il appâtait par la magnificence de cette initiative, préludant à celle des Jeux en l'honneur de Cybèle.

Catulus, l'ex-censeur qui avait entraîné dans sa démission celle de Crassus, fit une longue intervention au Sénat :

– Pères conscrits, César qui, depuis bientôt trois ans qu'il fait partie de notre assemblée, multiplie les chausse-trappes contre notre divin Sénat, vient de se démasquer. Il n'a d'autre but que de ruiner notre *Res Publica*, notre Chose Publique, la République sénatoriale et consulaire, mais aussi la République plébéienne, celle de la loi des Douze Tables et de nos grands anciens, patriciens ou plébéiens : Appius Claudius, Calpurnius Pison l'Honnête, les illustres familles des Cornélius, des Scipion, des Æmilius, des Marcellus, des Manilius et aussi celle des Gracques, qui sont à l'origine de nos institutions actuelles. Un jour viendra où, par l'action de cet homme, si nous le laissons faire, il n'y aura plus à Rome ni Sénat, ni consuls, ni assemblées du peuple, mais la toute-puissance à vie d'un chef unique, d'un potentat oriental et de sa descendance.

César prit la parole pour lui répondre, sans éloquence excessive, avec la rigueur et la logique qui caractérisaient toujours ses interventions, parlant de lui à la troisième personne, comme il en avait l'habitude.

– Comment pouvez-vous croire, Pères conscrits, que César veuille détruire la République parce qu'il a orné Rome des trophées de Marius ? En quoi est-ce une innovation ? De tout temps, les édiles curules ont procédé de la sorte, avec nos anciens héros. Alors que César n'était encore qu'un inconnu, qu'un simple questeur en Espagne, attaché à d'obscurs travaux de comptabilité publique, il avait fait promener dans Rome les effigies de Marius, dans les rues de Rome et en plein Capitole, pour les funérailles de sa tante Julie, la veuve du grand général : ni Catulus, ni aucun sénateur ne s'était levé pour dénoncer cet acte de piété. Ce que vous avez toléré d'un simple questeur débutant, vous ne l'admettez pas d'un édile curule ? Et j'entends dans cette assemblée auguste, que je respecte et que j'ai toujours respectée, les accusations les plus infâmes proférées contre le plus estimé des Romains !

Le Sénat se contenta de cette réplique et ses amis encouragèrent César à prendre à cœur de ne céder à personne. Soutenu qu'il était par la faveur du peuple, l'assurèrent-ils, il l'emporterait sur tous et il aurait un jour le premier rang dans Rome.

César tint bon, et les statues de Marius ne furent pas démontées.

CHAPITRE XVII

Catilina, l'homme à abattre

(printemps 65)

Que la France était grande sous Henri IV, écrivait Voltaire. Que la République était belle au temps de nos grands Anciens, pensaient les quelques témoins éclairés qui, à Rome, assistaient, impuissants et désolés, à l'effritement de toutes les valeurs et toutes les traditions.

« *En ces temps-là*, écrit un historien romain nostalgique du passé (il s'agit de Salluste, qui avait à peine trente ans en 65), les *mœurs étaient honnêtes et la concorde régnait partout. On ignorait la cupidité. On pratiquait la justice et l'honneur, non par la contrainte des lois, mais par penchant naturel. Les querelles, les haines, on les réservait pour l'étranger, pour l'ennemi : les citoyens ne rivalisaient entre eux que de vertu.* »

Il était noble, pour un citoyen romain, qu'il fût patricien, chevalier ou plébéien, d'aspirer aux fonctions publiques. C'était une vertu. Le vice, ce qui rendait l'ambition criminelle, c'était de chercher à la satisfaire en dehors des voies permises par les lois qui étaient faites pour la contenir. On ne pouvait parvenir à la magistrature suprême, celle de consul, qu'après être passé par une série de fonctions qui lui étaient inférieures – la questure, l'édilité, la préture –, séparées les unes des autres par un intervalle de deux ans, pendant lequel on ne pouvait aspirer à aucune. Et l'on n'atteignait le sommet des honneurs qu'à l'âge de quarante-deux ans révolus, exigé des candidats consuls. Seuls les défenseurs du peuple, les tribuns, sortaient directement du rang, sans carrière préalable, à partir de l'âge de trente ans environ.

Une fois parvenu au pouvoir suprême de consul, le bon citoyen ne pouvait le garder qu'un an : il n'était autorisé à postuler à nouveau cette magistrature qu'au bout de dix années. Le seul qui conserva le pouvoir pendant six années de suite fut Marius, entre 105 et 100 : mais ce fut à la demande unanime du peuple et du Sénat pour sauver Rome des Cimbres et des Teutons.

Le désir du pouvoir fut associé très tôt à celui de l'argent. Et cet argent coula à flots, dans les poches de certains, lorsque Rome partit à la conquête de l'Orient et de ses richesses : « Prenez-y garde, avait averti le vieux Caton, aux environ de l'an 553 de Rome (200 av. J.-C.), nous mettons le pied dans un pays où abondent toutes les concupiscences, toutes les sollicitations au plaisir, qui pervertissent l'ambition en l'associant à la cupidité. » À l'époque, les Romains avaient mis cet avertissement sur le compte du puritanisme du vieux Caton ; mais, avec la venue de Sylla, il s'était révélé prophétique.

Par une belle soirée du mois de mai 65, sous les frais ombrages du parc entourant une somptueuse villa de Tusculum, à une quinzaine de kilomètres d'Athènes, sur la via Latina, deux hommes, la quarantaine débutante, l'œil vif, les gestes lents, la voix bien timbrée, devisaient tranquillement. L'un était le fameux orateur Cicéron, le richissime propriétaire des lieux. L'autre était un personnage unique en son espèce, du moins chez les Romains de cette époque.

C'était un chevalier qui se nommait Titus Pomponius, mais qu'on avait surnommé Atticus – l'« Attique » – car, au moment où la guerre civile entre Marius et Sylla avait éclaté, alors qu'il n'avait que vingt ans, il avait pris la sage précaution de s'en désintéresser. Il était parti vivre à Athènes, loin du bruit et de la fureur, et il s'y partagea entre l'étude des lettres et de la philosophie d'une part, la connaissance des arts et sa passion de collectionneur d'autre part ; il disposait par ailleurs d'une très grosse fortune, qu'il tenait de son oncle, dont il ne se servit que pour se faire des amis. À Athènes, il avait adhéré au groupe des Épicuriens, dont la maxime favorite était « pas de politique », car, tout à la recherche d'une vie sans tracas, ils considéraient qu'il était sage de fuir ceux qu'attiraient les fonctions publiques ; Atticus avait ainsi trouvé un motif honorable pour se tenir loin de l'arène où ses compatriotes s'entre-tuaient, entre partisans et adversaires de Sylla, l'ambitieux et sanglant dictateur.

Une fois la paix civile revenue, Atticus avait fait restaurer sa maison familiale, sur la colline du Quirinal, et quelques villégiatures de campagne, et il partageait ses loisirs de riche amateur d'arts et d'idées entre la Grèce et ses propriétés romaines. Ce soir-là, il avait dîné chez son ami de toujours, son cher Cicéron.

– Cette déchéance des mœurs et ce déclin de la République, disait Atticus, ont commencé lorsque Sylla est revenu d'Asie avec son armée, il y a dix-huit ans, en 83. Ses généraux, ses officiers, ses soldats y ont découvert le plaisir de faire l'amour avec qui leur plaisait, de boire, de piller les temples et les palais, de faire main basse sur les statues, les tableaux, les œuvres des orfèvres. Ce mal a perdu l'aristocratie. Chez elle, la richesse a enflammé le goût de la dépense, le besoin irrésistible de consommer, de faire étalage de son luxe ; et la prodigalité des aristocrates a bien vite dévoré leur fortune.

– Pas de tous, Atticus, pas de tous, répliquait Cicéron. Prends l'exemple de Crassus : il est chaque jour plus riche que la veille, grâce à la spéculation immobilière, à de fructueux placements..., comme toi, Atticus, ou comme Pompée, qui possède des actions dans de grosses affaires bancaires.

– Ce sont des exceptions. Tu connais beaucoup de véritables fortunes, à Rome ?

– Il est vrai que, si l'on y regarde bien, sur les quelque deux cent mille Romains qui vivent à l'intérieur de nos murailles, il n'y en a pas deux mille qui possèdent un véritable patrimoine, sans aucune hypothèque ; mais il y en a dix ou vingt fois plus qui jouent aux grands seigneurs et qui sont criblés de dettes.

– Exemple, César, dit en souriant Atticus.

– Lui, c'est particulier, il a un compte ouvert chez Crassus et c'est un prêté pour un rendu, c'est à lui que Crassus doit sa fortune politique. Ils se complètent.

– Et tous ceux qui ne possèdent plus rien, qui n'ont plus de crédit, qui vivent d'expédients, ils sont prêts à tous les crimes, à toutes les révolutions. Sans compter que, dans une révolution, on peut toujours avoir l'occasion de tuer ses créanciers.

– Atticus, tu es bien cynique.

– Mais non, je ne suis pas cynique. Passe donc en revue toutes les villas du Capitole, autour de la tienne. C'est le quartier le plus riche de Rome, du moins en apparence, et les plus anciennes familles y ont leur résidence. Tu en connais beaucoup qui n'aient pas trempé dans des affaires plus ou moins douteuses ? Tiens, un exemple entre mille : la famille des Sergius.

– Oh ! Ceux-là, dit Cicéron en se levant pour se dégourdir les jambes, ils m'agacent. Ils font partie de ces patriciens qui prétendent descendre des compagnons d'Énée lorsqu'il arriva en Italie.

– J'espère que tu ne crois pas à ces sornettes.

– Pas du tout. Mais ils m'agacent parce qu'ils méprisent tous ceux qui ne sont pas de grande lignée ; alors moi, qui suis né dans l'atelier d'un foulon, ils me considèrent comme une crotte de bique ! Ce qui m'amuse, c'est que le père Sergius a besoin de moi.

– Qui donc ? Catilina ?

– Oui. « Môssieu » Lucius Sergius Catilina, « Cati » pour les dames, a besoin d'un avocat.

– Qu'est-ce qu'il a donc fait ?

– Rien de blâmable dans l'immédiat ; on lui ressort une vieille affaire pour lui barrer la route aux élections consulaires de juillet prochain.

– Je ne suis pas au courant.

– Ce n'est pas étonnant ; tu es plus souvent à Athènes ou dans tes campagnes qu'à Rome. Laisse-moi t'expliquer. Catilina est le candidat du parti populaire...

– Lui, l'aristocrate que tu me dépeins ?

– Il mange au râtelier de Crassus, le trésorier du parti, comme César et tous les autres ; il a l'intention de se présenter contre les candidats du parti du Sénat.

– Mais tu es du côté du Sénat.

– Oui ; j'ai beau être fils d'un foulon, je suis un bon bourgeois, et j'aime l'ordre et la tranquillité. Les populaires, ce sont des révolutionnaires.

– Tu n'aimes pas qu'on change tes petites habitudes.

– Ce n'est pas ce qui me gêne ; je trouve même que certains ont des idées généreuses qui ne me déplaisent pas : après tout, moi aussi, je suis un fils du peuple. Celui qui m'embarrasse, c'est César.

– Pourquoi ?

– Il a une intelligence politique diabolique. C'est un mélange de Marius et de Sylla : il possède la générosité de l'un et la volonté tenace de l'autre, avec, en plus, un grand dessein, ce qui n'était pas le cas ni de son oncle, ni de cet ambitieux mégalomane et sanglant de Sylla.

– Alors, où est le problème ?

– En principe, il n'y en a pas. Je suis avocat, donc je plaide aussi bien pour Catilina, qui est mon adversaire politique, que pour mes amis. Le problème, c'est que j'ai l'impression qu'il s'agit d'un procès truqué, dans lequel je risque de perdre la face en servant de marionnette à César.

– Explique-toi, tu commences à m'intéresser, Cicéron.

Et Cicéron explique à son ami Atticus la manipulation politique qu'il a percée à jour. César, lui dit-il, veut éliminer Catilina de la course aux honneurs, non pas en tant que rival possible, mais parce qu'il constitue, par son passé et par son caractère, un allié dangereux. Or tout Rome sait que Catilina a commis, du temps de Sylla, des crimes qui sont de véritables crimes contre l'humanité, imprescriptibles, et César veut le traîner devant un tribunal sénatorial, mais il ne veut pas le faire lui-même.

– Pourquoi cela ?

– Pour ne pas donner l'impression à l'opinion publique que le parti populaire est divisé ; il souhaite que l'accusation parte de nos rangs à nous, les conservateurs, les aristocrates, comme on nous appelle.

– Et alors ?

– Et alors, je plaiderais volontiers pour Catilina contre un accusateur populaire, ne serait-ce que pour gagner contre lui ; mais je n'ai pas tellement envie de plaider contre un accusateur qui serait de mon propre parti.

– Tu sais ce qu'on dit, sur les quais du Pirée, le port d'Athènes, en face d'un type comme César ?

– Non.

– On dit que c'est un fouteur de merde ; les pêcheurs athéniens sont les plus vulgaires de toute la Méditerranée.

– Catilina aussi, est un fouteur de ce que tu dis. Si tu connaissais sa vie !

– Elle est si noire que ça ?

– Plus que tu ne peux l'imaginer. Lorsque tu vois Catilina, tu es d'abord séduit. Il est charmant, beau garçon, bon causeur, toujours prêt à rendre service, intelligent et vif ; moi-même, il me fait bon effet. Il a la grâce d'un cygne, mais c'est un cygne noir. Lorsqu'il était plus jeune, il avait le poignard facile : sa sœur avait un mari qu'elle ne pouvait pas souffrir, Catilina a tué son beau-frère ; il souhaitait divorcer pour prendre une autre épouse, il a jugé plus simple de tuer sa femme ; sa nouvelle femme ne pouvait supporter l'idée que, si elle avait un enfant, il serait le cohéritier du fils de Catilina, celui-ci a étranglé son propre fils...

– Ne m'en dis pas plus, si ce que tu dis est vrai, c'est horrible.

– On ne sait pas si c'est vrai. Mais c'est plausible, car, après l'arrivée de Sylla, il a montré plus de cruauté encore. Sa naissance aristocratique le poussait à entrer dans le parti de Sylla, mais aussi l'argent, car son père lui avait légué un grand nom, mais pas un radis. Alors il a dénoncé, dénoncé, dénoncé sans relâche : un jour, il a porté dans ses propres mains la tête coupée, encore sanglante, d'un lointain parent à moi, Marius Gradianus, qui était aussi un cousin de Marius, de la colline du Janicule jusqu'au Capitole. Voilà Catilina.

– Je comprends que ce soit un compagnon de route politique difficile à côtoyer.

– Et je ne te raconte pas tout. Catilina est l'amant des femmes les plus en vue à Rome. Il a même séduit une vestale...

– Une vestale !

– Oui, on l'a surpris en flagrant délit avec elle ; je connais bien l'histoire, car cette vestale n'est autre que la sœur de ma femme, Térentia.

– Et il n'a jamais été poursuivi, pour aucun de ces crimes ?

– Jamais.

– C'est incroyable.

– C'est Rome, mon cher, c'est Rome. Et maintenant, après avoir fermé les yeux sur tous ses crimes depuis vingt ans, on le poursuit pour le meurtre de Marius Gradianus.

– Qui le poursuit ?

– Un sénateur, un certain Luccéius. C'est un imbécile, qui ne voit pas plus loin que le bout de son nez ;

il m'a dit : « Vous comprenez, mon cher Cicéron, cela va ternir le blason des populaires. »

– Il n'a pas raison ?

– L'histoire rejaillira surtout sur le Sénat : c'est Sylla qui nous a rendu nos prérogatives pour affaiblir les populaires, et nombre d'entre nous lui en savent gré.

– Décidément, Cicéron, les Romains se meuvent dans un univers de contradictions. Je préfère les Athéniens : chez eux, la raison a toujours raison.

Le procès de Catilina eut lieu, ce qui lui interdit de se présenter aux élections de juillet 65 et de briguer le consulat. Cicéron écrivit à son ami, qui était rentré en Grèce, que le parti sénatorial avait gagné les élections consulaires le jour même où sa femme, Térentia, accouchait d'un fils, et qu'il se préparait à plaider pour Catilina, contre son accusateur.

Mais il semble qu'il prenait ses désirs pour des réalités. Le tribunal qui devait juger Catilina, au mois de juillet, fut présidé par César, intervenant en tant que questeur, comme dans le cas des deux proscripteurs Luscius et Bellénius. Catilina fit appel à ses relations démocrates et Crassus fit pression sur César : Catilina fut acquitté (une fois de plus !) vers la fin de l'année 65. Cicéron, au nom du Sénat, poussa des hauts cris et parla de la justice bafouée ; l'opinion publique resta muette de stupéfaction. Tout cela laissa César indifférent.

César avait en effet obtenu ce qu'il voulait et le temps travaillait pour lui : Catilina, dont l'affaire était encore pendante en juillet, n'avait pas été autorisé à se présenter aux élections consulaires de 65.

CHAPITRE XVIII

La toge blanche de Cicéron

(janvier-juillet 64)

À la fin du mois de décembre 65, César restitua à l'État la chaise curule qui lui avait fort peu servi, car il n'avait guère eu l'occasion de s'asseoir au cours de cette année riche en événements et en combats politiques. Puis, en janvier 64, il avait assisté à l'installation des nouveaux consuls, Figulus et Lucius Julius César, un cousin éloigné, tous deux de noblesse bien établie et qui ne gênaient aucun des deux partis en présence. Dès la fin de l'hiver, il se mit à préparer les élections de juillet 64, pour le compte des populaires, en compagnie du grand argentier du parti, l'inévitable Crassus.

– Le parti sénatorial est bien embarrassé, Crassus, ils n'ont pas un seul candidat valable.

– Qui veulent-ils présenter ?

– Un patricien, Galba, et un riche plébéien, Cornificius, tu les connais ?

– Je n'ai jamais traité d'affaire avec eux, mais je connais leur réputation. Leur devise est « Tradition et austérité » ; l'un comme l'autre comptent un bon nombre de préteurs et de consuls parmi leurs ancêtres, mais ils n'ont aucune expérience politique sérieuse.

– On m'a parlé aussi de Longinus...

– C'est un voyou, dans le genre de notre Catilina, mais avec la bêtise en plus.

– Pourquoi l'ont-ils mis sur leur liste ?

– Je n'en sais rien. La vérité, mon cher César, c'est que nos adversaires sont usés. Au Sénat, tous les candidats de leur groupe qui avaient quelque chose à dire, ou à faire, ont déjà été consuls et ne sont plus éligibles avant longtemps. Il ne leur reste que les bons à rien. Pour nous, cette élection, c'est du gâteau.

– Qui penses-tu présenter ?

– C'est à toi de décider : tu as un plan.

– Évidemment, j'ai un plan. Je voudrais faire battre Catilina.

– Tu me l'as dit cent fois, mais pourquoi ?

– Pour qu'on n'en entende plus parler.

– Fais-le tuer par mes sbires.

– Non ; je n'aime pas le meurtre : on s'en est trop servi à Rome, depuis Sylla.

– Alors présentons Catilina et un autre candidat populaire ; j'en ai un sous la main, qui m'obéira au doigt et à l'œil ; il me doit des centaines de milliers de sesterces.

– Lequel ?

– Antoine Hybrida. Avec Catilina, cela fera un beau couple. Ce sont deux anciens partisans de Sylla, et ils ont tous deux autant de dettes.

– Ah ! Elles vont être belles, les élections de juillet prochain ! s'exclame César. Deux aristos ringards contre un assassin et un homme couvert de dettes ! La République de papa, c'est terminé ! Eh bien ! tant mieux, foutons la pagaille partout, pour faire naître chez les Romains le désir de l'ordre. Et cet ordre nouveau, c'est moi qui, dans quelques années, le représenterai. Adieu Crassus. Je vais m'amuser.

Pour s'amuser, César s'amusa. Au Sénat d'abord, que ce soit par ses discours ou par ses confidences, il semait le doute dans l'esprit des Pères conscrits. « La République va de plus en plus mal, disait-il aux uns ; lorsque Pompée en aura terminé avec sa réorganisation de l'Asie, et qu'il rentrera en Italie avec son armée, il n'en fera qu'une bouchée. Et adieu, votre beau Sénat. » À un autre, il démontrait le contraire : « Pompée est trop respectueux des lois pour envisager de supprimer le Sénat ; il demandera le triomphe pour lui, des terres pour ses soldats et ses centurions et peut-être le consulat, ou une province à administrer à sa guise. »

Sur le Forum, il payait, avec l'argent de Crassus, des agents provocateurs qui manifestaient, ameutaient les passants et leur faisaient valoir que les riches prenaient tout et ne laissaient rien aux pauvres, qui deviendraient de plus en plus pauvres si la République était ainsi exploitée. Aux nobles, il expliquait que la plèbe était sur le point de se soulever, d'incendier leurs belles villas et de violer leurs femmes et leurs maîtresses ; à la plèbe, qu'il haranguait du haut des Rostres, il faisait valoir l'égoïsme de la classe possédante et dirigeante, la hausse du prix de la vie, l'insécurité croissante dans les rues de Rome, une fois la nuit tombée.

Au collège des pontifes, dont il était le membre le plus influent, il se désolait de l'affaiblissement du pouvoir religieux, dont il mettait la responsabilité tantôt sur le dos des sénateurs, tantôt sur le dos du peuple ; et il dressait les pontifes contre les magistrats, qui se croyaient tout permis, qui déplaçaient à leur gré les dates des élections, sans consulter les augures, et qui riaient sous cape des haruspices et des poulets sacrés...

Bref, à l'entendre, Rome était au bord du gouffre. César s'amusait à semer le désordre, le trouble, non par inconséquence, mais pour démontrer combien la République était devenue fragile, et qu'il lui faudrait un jour un homme providentiel pour la transformer en un État fort et unifié.

Or il se trouva un homme pour tenter de montrer que la République n'était peut-être pas moribonde, que si chacun mettait de côté ses ambitions personnelles, tous les Romains pourraient s'entendre sur un projet commun : Marcus Tullius Cicéron, avocat de son métier, un bourgeois intelligent, cultivé, que sa grande fortune avait fait classer dans l'ordre équestre.

L'origine de cette fortune nous est inconnue, comme elle l'était de ses contemporains. La loi romaine interdisant aux orateurs d'accepter aucun salaire, aucun présent de ceux qu'ils défendaient, elle ne provenait donc pas directement de l'exercice de sa profession ; mais ses clients avaient toujours la possibilité de marquer leur reconnaissance en inscrivant le nom de leur conseiller sur leur testament : Cicéron profita largement de cet usage, puisqu'il nous dit avoir reçu ainsi, au total, plus de 20 millions de sesterces. À ces libéralités posthumes, il convient d'ajouter les participations que prenait Cicéron dans les affaires financières de ses clients, notamment des publicains, ces fermiers généraux de la République romaine, et les ouvertures de crédit qu'ils lui consentaient, mais aussi la manière adroite dont lui-même gérait ses biens. Tout cela avait fait de Cicéron l'un des hommes les plus riches de Rome.

Il était né à Arpinum, une bourgade rurale du pays des Marses, dans une famille d'artisans agricoles qui, vraisemblablement, parlaient le latin en l'écorchant et avec un accent pittoresque : comme on disait, dans les milieux aristocratiques romains, il n'avait pas de naissance. Il n'eut pas le bonheur de voir se pencher sur lui, attentive et sévère, une mère pour lui enseigner non seulement la lecture, mais aussi les bonnes manières, comme l'avait fait Aurélie pour César ; ni d'avoir à ses côtés, dans sa jeune adolescence, un père ou un oncle illustre, tel Marius, pour lui expliquer la République, fût-ce à sa manière.

Cicéron n'aimait pas les nobles, qui le lui rendaient bien, ni les populaires, dont il craignait les excès et les violences. Sa fortune lui permettait d'entretenir un train de vie fastueux et de financer sa carrière politique. Car ce magicien de la rhétorique se prenait pour un homme d'État, et il avait franchi sans aucune difficulté les étapes imposées par la Constitution romaine : il avait été élu successivement questeur, édile curule, préteur, mais il n'avait pas laissé un grand souvenir de l'exercice de ces magistratures.

Lorsqu'il s'aperçut que le parti des aristocrates et des chevaliers ne parvenait pas à se décider sur le nom d'un candidat pour les élections consulaires, Cicéron se dit, non sans vanité : « Pourquoi pas moi ? » Et il se lança dans l'aventure.

Lorsque sa candidature fut connue, les bouches des nobles se pincèrent, leurs nez se froncèrent, mais, tout compte fait, ils se dirent à leur tour : « Pourquoi pas lui ? » Toutefois, les sénateurs spécialistes des campagnes électorales étaient dubitatifs :

« Il va se faire ratatiner, pensaient-ils. Mauvaise image pour le Sénat. »

Quant à Crassus, il tempêta :

– De quoi se mêle-t-il, ce bouffon ? Avec Catilina et Hybrida, j'ai deux candidats en or, et je peux rafler les deux sièges de consuls, et ce faiseur de beaux discours vient me faire des embarras. Un homme qui n'a même pas un sou de dette !

Crassus jugeait inadmissible qu'un homme destiné à gouverner l'État romain ne fût pas susceptible de tomber, tôt ou tard, sous son contrôle financier.

– Calme-toi, Crassus, je vais t'aider, lui dit César. Convoque-moi tes deux lascars, et ouvre ta caisse.

Cicéron tenait meeting sur meeting sur le Forum. Il lui fallait se faire connaître du peuple, lui, l'« homme nouveau », l'*homo novus* ignoré des populaires. Il suivait les conseils que lui avait donnés son frère Quintus : il sortait tous les jours, accompagné d'un cortège de gens de toutes catégories, jeunes et vieux, afin d'impressionner ses adversaires en leur faisant comprendre que, le jour des élections, sur le Champ de Mars, ses partisans seraient dix fois, cent fois plus nombreux.

– Mais c'est une imposture, avait dit Cicéron à son frère ; je ne sais pas combien j'aurai de partisans, le jour des élections.

– Aucune importance, lui avait répondu Quintus. L'essentiel est que les populaires soient impressionnés. Tout est bon pour démoraliser l'adversaire. Et n'hésite pas à faire croire à ceux qui te suivent que tu t'intéresses à eux, même si tu t'en moques. Ce qui compte c'est de promettre, encore de promettre, toujours de promettre.

– Mais si, une fois élu, je ne peux tenir mes promesses ?

– Tu t'en fiches. Tu seras élu, un point c'est tout. Et quand ils verront que, chaque fois qu'ils te suivent, qu'ils viennent te voir, tu les reçois, tu t'occupes d'eux, tu les reconnais – c'est important de les reconnaître et de les appeler par leur nom – alors ils finiront d'être à tout le monde pour ne plus être qu'à toi.

– C'est de l'hypocrisie.

– Qui veut la fin veut les moyens. Quand tu plaides pour un criminel, mon cher frère, tu prétends qu'il est innocent, et tu le démontres même si c'est faux. Fais la même chose avec tes électeurs.

– Tout de même, si on me demande quelque chose d'odieux, par exemple de plaider contre un ami, je ne peux tout de même pas accepter.

– Tu dois en tirer profit. Refuse avec élégance, dis à ton solliciteur combien cela te coûte de lui refuser, mais que les exigences de l'honneur sont des liens impérieux : il admirera ta sincérité, surtout si tu ajoutes que tu sauras te rattraper en d'autres circonstances, et le dédommager de ce refus. Ce n'est pas le service rendu qui importe, c'est la manière dont tu accueilles celui qui te le demande.

– Si je comprends bien, résume Cicéron, il vaut mieux promettre et ne pas tenir, ce qui irritera les quémandeurs, mais après mon élection, que refuser parce que c'est impossible, ce qui les irritera avant.

– Tu as tout compris, grand frère. Et n'oublie pas les populaires. Tu as un discours facile à leur faire : rappelle-leur que tu as insisté pour que Pompée soit honoré d'un triomphe, que tu as plaidé pour la loi Manilia, que tu es de leur côté. Toutes les voix populaires que tu récolteras seront autant de voix en moins pour les candidats adverses.

– Et mes adversaires ? Qu'est-ce que j'en fais ?

– Tu les invectives. Laisse peser sur tes concurrents un soupçon d'infamie, qui soit plausible.

– Mais, mon programme, il faut bien que j'en parle.

– Surtout pas ! Ne dis pas que tu veux changer ceci ou cela : il faut que le Sénat voie en toi le conservateur de ce qui est, le défenseur de son autorité. Reste évasif. Dis : « Citoyens, c'est de Rome qu'il s'agit. »

Cicéron se mit donc naïvement en campagne, assisté par une nuée d'agents électoraux, bénévoles ou salariés, qu'il appelait ses « amis ». Il y avait ceux qui l'accompagnaient jusqu'au Forum, ou dans les quartiers de la Ville, ceux qui le raccompagnaient chez lui ; ses secrétaires, qui lui faisaient penser à tout, et même des spécialistes du double jeu, ceux qu'il appelait les *fardi*, les faux frères. Il souhaitait rallier tout le monde à sa cause : les sénateurs, les pompéiens, la plèbe, la jeunesse, les chevaliers, et pourquoi pas ce « cher César ».

Vaniteux jusqu'à l'innocence, Cicéron était persuadé de convaincre tout le monde. Mais il était politiquement myope : ni Crassus, ni César n'étaient dupes de ses mouvements de toge. À l'orateur pompeux qui leur déclarait, avec une sincérité certaine : « Embrassons-nous, pour le plus grand salut de la patrie romaine », ils répliquèrent ; César, par une attaque en règle, en plein Sénat, et Crassus, en distribuant ses sesterces sans compter, afin d'acheter les voix des uns et des autres, en faveur de Catilina et d'Hybrida. À un tel point que les sénateurs s'en émurent et parlèrent d'appliquer la loi sur la brigue électorale avec plus de sévérité contre les deux candidats des populaires.

Il se trouva, bien entendu, un tribun de la plèbe, Mucius Orestinus, pour faire le geste fatidique du *veto* et pour introduire une intercession auprès du président du Sénat contre ce projet de loi. Alors Cicéron le juriste, l'ancien préteur qui avait eu à juger Catilina et Hybrida à plusieurs reprises, quand il était en fonction, demanda la parole et, drapé dans sa blanche toge de candidat consul, il se lança dans une improvisation oratoire d'une violence inouïe, traitant ses deux adversaires de tous les noms d'oiseaux possibles :

– Ce Catilina n'est qu'un vulgaire escroc, un adultère, un assassin, un prévaricateur, un sacrilège, Pères conscrits, un gladiateur de la pire espèce ; il ne vaut pas mieux qu'un cocher, qu'un aurige de bas étage.

Antoine Hybrida est un bandit, un valet de cet homme qui a tué de ses mains sa femme et son propre fils. Et toi, Mucius Orestinus, avec tout le respect que je dois à un tribun de la plèbe, je te dis en face que tu ne mérites pas ce titre : tu n'es qu'un voleur de grands chemins.

Et le miracle eut lieu. Les sénateurs, qui ne croyaient pas en Cicéron, découvrirent que cet « homme nouveau » incarnait la défense de leurs privilèges, les populaires partagèrent leurs voix entre Catilina et Hybrida, de sorte que, dans chaque tribu, les centuries de la première classe votèrent toutes à une quasi-unanimité pour Cicéron, lequel remporta aussi la majorité des voix dans les autres centuries, où les populaires étaient divisés. Finalement Cicéron fut choisi comme consul dans les 193 centuries, et remporta donc l'élection à l'unanimité des voix, puisque le vote de chaque centurie comptait pour une voix. Le second consul élu fut Hybrida, qui distançait Catilina de quelques voix.

Les conséquences de ce vote étaient on ne peut plus bénéfiques pour César. L'élection triomphale de Cicéron arrachait à celui-ci son masque de candidat populaire, qu'il aurait pu avoir par la suite : elle démontrait, s'il en était besoin, que Cicéron, bien qu'il n'appartînt pas à la coterie aristocratique, était l'homme du Sénat. Catilina était déçu pour la deuxième fois : inéligible en 65, battu en 64, distancé de peu par Hybrida, il était prêt à tout pour assouvir sa vengeance contre César, qui avait tiré les ficelles, et contre Cicéron, qui avait brouillé les cartes. Quant à la magistrature du consulat, elle était bloquée pour un an, avec deux consuls aussi dissemblables et aussi opposés que Cicéron et Antoine Hybrida.

La bataille électorale de juillet 64 avait été chaude. Elle avait fait toucher du doigt les deux principales contradictions internes de la République romaine : d'une part, le changement annuel des deux présidents de la République romaine – les deux consuls – interdisait tout projet politique à long terme et mettait l'État romain à la merci d'un général vainqueur, comme Pompée ; d'autre part, le fait de la double présidence risquait de bloquer le système, lorsque les deux consuls élus étaient des adversaires politiques. C'était exactement ce que César voulait démontrer aux Romains, ou, du moins, à la classe politique romaine. Et il y avait parfaitement réussi.

Après les élections tumultueuses de juillet 64, il ne fut plus question à Rome que des victoires de Pompée en Asie. Celui-ci, après avoir conquis la Petite Arménie, poursuivait Mithridate dans ses derniers retranchements. Il prit l'initiative de conquérir la Syrie, dont les côtes servaient de refuge aux derniers pirates de la Méditerranée ; il le fit sans combattre, envoya deux de ses lieutenants à Damas et lui-même s'installa à Antioche : de là, en décembre 64, il proclama la Syrie province romaine, sans avoir eu besoin de tirer l'épée. Désormais, hormis la côte égyptienne, toutes les rives de la Méditerranée étaient romaines.

En décembre 64, les dix tribuns de la plèbe qui avaient été élus par les comices tributes, après les consuls désignés pour 63, entrèrent solennellement en fonction le 10 décembre 64. Cicéron, le futur consul, qui devait être installé officiellement dans sa charge trois semaines plus tard, allait avoir du pain sur la planche : ce jour même, César venait de faire exploser une bombe en plein Sénat par l'un des tribuns élus, Publius Servilius, surnommé *Rullus* (le « mendiant »).

Une bombe politique, bien entendu. Et César attendait la réaction du consul désigné en se grattant la tête de son index, de ce geste qui lui était familier.

CHAPITRE XIX

Le bout du nez d'un dictateur

(décembre 64-janvier 63)

Les règles de la République romaine exigeaient, on le sait, que les tribuns de la plèbe entrassent en fonction vingt et un jours avant les magistrats curules, c'est-à-dire avant les consuls et les préteurs. Pendant trois semaines, ils n'avaient, comme éventuels adversaires, que les magistrats sortants, plus enclins à préparer leur départ qu'à se livrer à d'ultimes joutes politiques, qu'ils ne pourraient même pas conclure eux-mêmes. Les tribuns avaient donc intérêt à déposer leurs projets de lois dans cette période. Chacun de ces projets, qu'on appelait une *rogatio*, était défendu par le tribun qui en était l'auteur et les sénateurs en débattaient entre eux avant de la faire voter ou repousser par l'assemblée des tribus, qui se tenait sur le Forum, devant la Curie.

César avait profité des quelque six mois qui s'étaient écoulés depuis les élections de juillet 64 pour mettre au point un projet constitutionnel révolutionnaire, dont il s'était entretenu avec l'ancien tribun Gabinius – l'homme qui avait fait voter les pleins pouvoirs à Pompée en 67 – et Servilius Rullus (Servilius le Mendiant), l'un des dix tribuns élus pour l'année 64.

Au début du mois de décembre, les trois hommes s'étaient réunis discrètement dans cette auberge en bordure de la via Appia où l'on buvait un bon petit vin de pays et dans laquelle César se rendait parfois avec Gabinius.

– Je vous ai réunis, dit César, parce que j'ai concocté un projet de loi agraire dont vous me direz des nouvelles, et je compte sur toi, Rullus, pour le proposer aux sénateurs le jour même de l'intronisation des tribuns, le 10 décembre prochain.

On appelait « loi agraire », à Rome, tout dispositif réglementant l'attribution aux plébéiens de terres appartenant à l'État, à l'*ager publicus* (domaine public). Ces immenses territoires, conquis sur les peuples vaincus par Rome, étaient jusqu'alors loués par la République aux nobles et aux chevaliers, ou encore à quelques plébéiens enrichis, mais, à la longue, ce petit nombre de bénéficiaires avaient fini par se considérer comme les propriétaires de ces biens, qui étaient entre les mains de leurs familles depuis des générations, et nombreux étaient ceux qui n'en payaient même plus les loyers. Pendant des siècles, l'immense majorité du peuple romain – la plèbe – dont les fils avaient combattu dans les rangs des légions romaines pour conquérir ces territoires, n'avait eu droit à rien.

Ce n'est qu'après les guerres contre Carthage, vers l'an 135 av. J.-C., que deux aristocrates de très haute naissance, les frères Gracchus – les Gracques – s'émurent de cet état de choses, qu'ils trouvaient scandaleux :

– Les bêtes sauvages ont une tanière, disait Tibérius Gracchus, l'aîné des deux frères, et ces gens du peuple n'ont même pas un tombeau de famille ; on dit des Romains qu'ils sont les maîtres du monde, mais la plupart d'entre eux ne possèdent même pas une motte de terre !

En 134, Tibérius fit la première *rogatio* agraire de l'histoire de Rome : il proposa une distribution de terres au peuple. Les sénateurs s'insurgèrent, et achetèrent les services d'un tribun de la plèbe pour opposer son *veto* ; Tibérius fit déposer le tribun, et la loi fut votée. C'est alors qu'un clan de nobles prétendit que Tibérius se comportait comme un roi, et non comme un républicain, et, sous le fallacieux prétexte de sauver la République, ils fomentèrent une sédition et massacrèrent le premier Gracque à coups de pieds de tabouret.

Dix ans plus tard, le second Gracque – Caïus Gracchus – tenta de faire passer une loi analogue, doublée d'une loi d'assistance publique, dite loi *frumentaire* – proposant des distributions gratuites de froment au peuple. Il envisageait en outre de donner le droit de cité aux peuples latins de l'Italie, pour renouveler la population romaine. Il subit le même sort que son frère et, pour fuir les archers des nobles qui voulaient le tuer, il alla se cacher dans un bois sacré où il demanda à l'un de ses esclaves de le tuer.

Dix ans plus tard encore, ce fut le tour de Marius d'entrer dans la danse. Après ses victoires sur Jugurtha, puis sur les Cimbres et les Teutons, nul n'osait rien lui refuser... d'autant qu'il était soutenu par une armée puissante, qu'il avait entièrement organisée. Il fit distribuer des terres à ses vétérans, aux pauvres de Rome, et le Sénat dut jurer obéissance à ces lois : les violer aurait alors été porter atteinte à la majesté du peuple romain. On sait ce qu'il advint de Marius et comment Sylla fit table rase de cinquante années de difficiles réformes en faveur de la plèbe romaine.

Cela explique que les seuls mots de « loi agraire » déclenchaient régulièrement, au Sénat et dans les assemblées sur le Forum, d'interminables discussions.

– Oh ! César, dit Gabinius, une loi agraire ! Ça va faire du grabuge.

– Je l'espère bien. Et elle dépassera tout ce qui a été déjà fait par le passé dans ce domaine. Je veux lotir l'intégralité de l'*ager publicus*, la totalité des territoires de la République.

– Comment cela, tout ? demande Rullus.

– Toutes nos provinces : l'Italie, la Sicile, l'Espagne, la Macédoine, la Grèce, la Numidie et la Cyrénaïque, les terres carthaginoises, et les provinces d'Asie : la Bithynie, le Pont – l'ancien royaume de Mithridate – et la Cilicie. Tout, absolument tout.

Les deux tribuns, qui, par souci de réalisme, avaient toujours réclamé des lois agraires limitées, n'en revenaient pas.

– C'est une entreprise gigantesque, César.

– Je sais.

– Est-ce que tu as l'intention de reprendre des terres à ceux qui les possèdent déjà, aux chevaliers, par exemple, pour les répartir ensuite ?

– Tout d'abord, Rullus, les territoires auxquels tu fais allusion ne sont pas leur propriété : ils appartiennent à l'État romain, qui les leur loue.

– Je sais bien. Mais tu n'ignores pas qu'il y a belle lurette que ceux qui en jouissent ne payent plus leurs loyers.

– Non, je ne l'ignore pas, mais, de toute façon, je n'ai pas l'intention de tout chambouler. On leur laissera leurs terres à la condition qu'ils régularisent leur situation et, de toute manière, l'ensemble de toutes leurs propriétés représente à peine le millième, ou moins encore, du domaine public. La loi agraire que je voudrais voir proposer concerne surtout les terres qui n'ont encore été ni louées, ni vendues, ni distribuées par l'État.

– Ce que tu proposes est très beau quand on en parle, mais irréalisable : il faudrait une armée de fonctionnaires et cela demandera des années. Or les questeurs, qui sont les magistrats dont dépendent les agents du Trésor public, changent tous les ans : comment veux-tu mener à bien, sainement, ton projet ? C'est la porte ouverte à la politique des pots-de-vin, aux malversations de toute sorte.

– Pas du tout, car, à ma loi agraire, j'ai l'intention d'adjoindre un dispositif prévoyant la création d'un collège de dix magistrats, élus par l'assemblée du peuple, qui resteraient en place cinq ans de suite, comme les censeurs, et qui disposeraient des pleins pouvoirs pour l'accomplissement de leur mission.

– Des décemvirs en quelque sorte (en latin, *decem* = « dix » et *vir* = « homme ») ?

– Oui, des décemvirs.

– Élus par qui ? Par les centuries ?

– Certainement pas. Les assemblées centuriates favorisent les riches, puisque sur les 193 centuries, il y en a 98 qui correspondent aux citoyens les plus riches, patriciens et chevaliers confondus. Mes décemvirs seront élus par les citoyens groupés par circonscriptions, par tribus, de la même façon qu'on élit les tribuns de la plèbe.

– Par les 35 tribus ?

– Non, par 17 tribus seulement, tirées au sort.

– Pourquoi 17 ?

– Parce que les circonscriptions sont très inégales : il y a beaucoup plus de citoyens dans les quatre tribus urbaines que dans les circonscriptions rurales. Je voudrais aussi donner un caractère religieux à cette élection : c'est de cette façon qu'on élit le Grand Pontife.

– Quelles seraient les attributions de ces décemvirs ? demande Rullus.

– Ils disposeront de pouvoirs financiers et judiciaires illimités, de moyens importants en matière de personnel et de crédit, et ils n'auront pas de comptes à rendre ni au Sénat, ni aux consuls.

– Eh bien ! César, il est plutôt culotté, ton projet ! Et quelle sera leur mission, à ces décemvirs ?

– Installer des colonies de plébéiens, leur distribuer des terres.

– Quelles terres ?

– Celles du domaine public d'abord, puis les terres qu'ils achèteront ou qu'ils rachèteront, à la seule condition que ce soient des terres cultivables. On commencera par les terres du sud et du nord de l'Italie.

– Pourront-ils procéder à des expropriations ?

– Non. Il faut préserver la paix sociale, et il y a assez de terres qui n'appartiennent à personne pour satisfaire tout le monde.

– Où les décemvirs trouveront-ils les fonds pour faire ces achats ?

– À l'aide de fonds spéciaux, provenant de la vente des actifs de l'État et de la vente des domaines royaux d'Orient.

– À qui iront ces terres ?

– Ils ne les donneront pas toutes. Certaines pourront être louées à ceux qui en ont les moyens.

– Et les autres ?

– Ils établiront la liste des citoyens pauvres auxquels seront distribuées les terres du domaine public, en commençant par la plèbe urbaine. On étouffe, dans Rome, et tous ces malheureux qui viennent grossir le rang des chômeurs, des délinquants et des trafiquants retrouveront des conditions de vie dignes et traditionnelles lorsqu'ils auront des champs à cultiver ou des troupeaux à élever.

– Mais ils perdront leurs amis, leurs habitudes.

– Cela aussi, je l'ai prévu. Nous constituerons des colonies, proches ou lointaines, où ils pourront se retrouver. J'ai déjà préparé un exemple.

– Lequel ? demande Gabinius.

– À Capoue, en Campanie, près de Naples. Il y a là quelque 15 000 hectares de bonnes terres ; on peut y installer cinq mille familles de colons, ce qui représente une population de vingt ou trente mille personnes, femmes et enfants compris. Chaque colon recevra un lot de trois hectares cultivables et la colonie sera administrée comme une municipalité autonome, par cent conseillers municipaux, qui formeront une sorte de petit sénat local et qui porteront le titre de décurion.

– Et du point de vue religieux ?

– On nommera cinq pontifes et dix augures, ce sera amplement suffisant.

– Et tu penses en créer combien, de ces colonies ?

– Autant qu'il en faudra pour décongestionner Rome et transformer tous ses pauvres en agriculteurs heureux. Ensuite, on élargira le système. Ce sont les décemvirs qui choisiront les bénéficiaires des terres ainsi redistribuées, et ils auront tous pouvoirs pour acheter et vendre d'autres terres.

– Le Sénat et les magistrats n'auront pas leur mot à dire ?

– Certainement pas. Ils ont fait assez de mal comme cela aux Romains depuis cinq siècles ! Les pouvoirs des décemvirs seront discrétionnaires.

– César, dit gravement Gabinius, est-ce que tu te rends compte que, lorsque tous les plébéiens, qui représentent quatre-vingts ou quatre-vingt-dix pour cent de la population romaine, auront été casés, lorsque toutes les bonnes terres auront été réparties, de l'Espagne à l'Asie, entre les Romains de souche et – pourquoi pas ? – entre les habitants des pays que nous avons conquis, notre République romaine aura vécu ? C'est un État multinational dirigé par une dictature à dix têtes que tu veux instituer.

– Ce sera un État juste, dans lequel il y aura encore des riches et des pauvres, mais dans lequel chacun aura la possibilité de décider de son sort lui-même. Les riches y seront riches, parce qu'ils auront mérité de l'être, et l'on aura donné toutes leurs chances aux pauvres.

– Tu ne crois pas que cet énorme État idéal est une utopie ?

– C'est une utopie, répond César, et je ne parle que théoriquement. Il n'en reste pas moins qu'avec ma loi agraire, si elle est votée, il y aura moins d'injustices aussi bien dans Rome qu'en dehors de Rome. Les richesses de notre empire ne seront pas la part exclusive d'une coterie de sénateurs, de chevaliers et de capitaines d'industrie plus ou moins douteux.

– Comment penses-tu procéder ?

– Je ne veux pas apparaître dans cette histoire. Je ne suis qu'un simple sénateur, ne l'oublie pas, Rullus. Toi, tu es tribun de la plèbe, et tu entres en fonction le 10 décembre prochain : tu peux faire une *rogatio* au Sénat.

– Je vais soulever une tempête de protestations, dit Rullus.

– Je n'en doute pas. Toutes les fois qu'on défend la cause du peuple, les esprits s'échauffent. Mais réfléchis : qui va attaquer ta proposition de loi ? Les consuls en place, Figulus et mon cousin Lucius Julius César ? Ils n'en ont plus que pour une semaine à être en fonction, et ils ne sont pas très pugnaces.

– Et les consuls désignés, ceux qui seront investis le 1er janvier ? s'inquiète Rullus.

– L'un nous est acquis corps et âme au parti populaire, c'est Antoine Hybrida.

– Je ne compte pas beaucoup sur lui. Il n'a pas de cran. Mais l'autre, Cicéron, c'est un sacré morceau.

– Pourquoi donc ? demande César.

Rullus hausse le ton :

– Je ne fais pas le poids, en face de cet orateur professionnel. Il va démolir pièce à pièce ma *rogatio*, entasser les arguments juridiques, me ridiculiser. Elle ne passera pas, ta loi agraire, César.

– Je le sais bien, qu'elle ne peut pas passer maintenant, et ce n'est pas à cause des riches, qui ne seront pas touchés, puisqu'on ne leur reprendra pas leurs terres. Elle ne passera pas car elle met en cause nos institutions, et en particulier le pouvoir du Sénat.

– Alors, pourquoi veux-tu que je la propose ? interroge Rullus.

Gabinius souriait. Il connaissait bien César, et il savait que celui-ci n'entreprenait rien à la légère. S'il voulait que Rullus exposât officiellement sa *rogatio* perdue d'avance, c'est qu'il avait une bonne raison de le faire.

– Je veux frapper l'opinion. Je veux que la coterie sénatoriale et les conservateurs se dévoilent, étalent publiquement leur égoïsme. Je veux que les attentistes et les partisans du *statu quo* se réveillent et prennent conscience de ce que le peuple tout entier ne peut plus se contenter de petites satisfactions distribuées à la sauvette : je fais retentir la cloche de la révolution. Et, plus Cicéron s'attachera à critiquer la loi agraire, plus il perdra de son crédit.

Trois ou quatre jours avant la fin de l'année 64, le bruit courut que le tribun Rullus était sur le point de proposer un projet de nouvelle loi agraire. Comme son nom de famille était Servilius, on l'appela bien vite la *rogatio* Servilia. Dès que Cicéron, consul désigné, en eut vent, il chercha à se renseigner sur le projet. Il prit contact personnellement avec Antoine Hybrida, mais celui-ci ne savait rien de ce qui se tramait entre César et les tribuns. Il chercha à joindre César, car il se doutait bien que celui-ci tirait les ficelles des élus populaires, mais César lui fit savoir qu'il profitait de ce qu'il n'avait aucune magistrature à assumer pour courir deux aventures amoureuses à la fois, l'une avec un boxeur dont il avait fait la connaissance quand il était édile curule, et l'autre avec la femme d'un sénateur qui n'avait pas encore eu les honneurs de sa couche.

Agacé par ces cachotteries évidentes, Cicéron tenta de se renseigner par lui-même. Il se mit à arpenter le Forum, interrogeant tantôt l'un, tantôt l'autre.

– Croyez-moi, disait-il un jour à l'un des tribuns désignés, je ne suis pas aveugle. J'ai été averti que votre parti prépare une loi agraire. À vous parler franc, je ne suis pas hostile, par principe, à ce type de lois. Je vous dirai même plus : je ne suis pas de ces consuls ou de ces sénateurs qui pensent que c'est un crime que de faire l'éloge des Gracques et je considère que leurs lois ont heureusement contribué, en bien des domaines, au bonheur de notre République. Sachez, mon cher ami, que si votre loi me paraît utile au peuple romain, elle aura mon patronage et mon appui.

Mais le « cher ami » restait de marbre, comme tous les autres représentants du parti populaire que Cicéron, soucieux de ne pas être pris au dépourvu, interrogeait plus ou moins ouvertement.

Enfin, le 10 décembre 64, les tribuns de la plèbe entrent solennellement en charge. À l'intérieur de la Curie, les sénateurs attendent, silencieux, que le président du Sénat ouvre la séance ; César, qui n'a plus sa chaise curule, mais qui a droit à une place assise en tant qu'ancien magistrat curulaire, ferme les yeux, ostensiblement, comme s'il dormait. On annonce que le tribun Publius Servilius Rullus va déposer une *rogatio*.

Rullus se lève. D'ordinaire, sa mise était négligée ; en ce jour solennel, elle est plus négligée encore : sa toge est mal drapée, rapiécée, ses cheveux sont longs et en broussaille, il porte une barbe fournie et plus mal taillée qu'à l'habitude. Cicéron se penche vers son voisin :

– Tu as vu le personnage ? Ce barbu arbore sa tignasse pour faire peuple ; regarde ses yeux : il veut impressionner l'assistance.

Rullus parle, d'une voix sans timbre et méprisante, comme s'il se moquait bien qu'on le comprenne :

– Pères conscrits, je convoque une assemblée pour la veille des ides (pour le 12 décembre).

Et il s'assied. On s'attendait à une proposition de loi, à un discours. Rien. Il reste muet.

Le surlendemain, il y a foule devant la tribune aux harangues. Rullus lit son discours. Il est très long, le style est alambiqué. Cicéron fait remarquer à son voisin :

– Dans la foule qui l'écoute, au pied des Rostres, je parie qu'il n'y a pas une seule personne qui comprenne un traître mot de ce qu'il raconte. J'ai l'impression qu'il s'agit d'une loi agraire.

Dans les jours qui suivent, Cicéron et quelques autres cherchent à se renseigner sur la loi en question. Ils sont régulièrement éconduits, sous des prétextes quelconques. Cependant les tribuns admettent parfois un ou deux auditeurs à leurs conciliabules, en particulier César, et pour cause.

Vers la fin du mois de décembre, le projet de loi, convenablement rédigé, est affiché sur le Forum. Cicéron y dépêche plusieurs de ses secrétaires, qui prennent copie du long texte et qui le lui rapportent. Il s'enferme dans son cabinet et l'étudie sans cesse, jour et nuit, jusqu'aux calendes de janvier (1er janvier), date de l'inauguration des magistratures consulaires.

Au jour venu, Cicéron demande la parole et prononce devant le Sénat un discours à propos de la *rogatio* de Rullus, ferme, bref et modéré, mais ambigu : il veut à la fois rassurer les sénateurs et plaire au peuple.

– À de telles entreprises, déclare-t-il aux Pères conscrits, j'oppose, quant à moi, une résistance énergique et acharnée, et je ne souffrirai pas qu'on fasse éclater, moi étant consul, un complot tramé depuis longtemps contre la patrie. Tu te dis représentant du peuple, Rullus, mais tu te trompes : tu fais semblant d'être un représentant du peuple ; le véritable magistrat populaire, c'est moi. Tu confonds démagogie et démocratie, Rullus, et le peuple romain saura repousser, demain, tes feintes largesses.

Sur ce, il résume le projet de loi, et, dans une péroraison comme il en avait le secret, avec de grands mouvements de toge, il conclut par une exhortation aux tribuns de la plèbe :

– Reprenez-vous, tribuns de la plèbe, abandonnez ces politiciens aux projets pernicieux, et leurs instigateurs, si vous n'y prenez pas garde, ils ne tarderont pas à vous laisser tomber. Nul péril ne menace plus Rome. Nous n'avons à craindre ni roi, ni peuple, ni aucune nation étrangère. Le mal est dans nos murs. Chacun de nous, autant qu'il le peut, doit s'efforcer d'y porter remède et de le guérir. C'est au Sénat de prendre en charge le peuple romain, et non à une poignée de dictateurs.

César feignait toujours de dormir. Le ronron de Cicéron le ravissait :

– Le bonhomme s'enfonce tout seul, dit-il à Gabinius, qui était venu près de lui. Il n'a pas relevé un seul point important du projet de loi, qu'il s'est contenté de décrire. Il n'a même pas eu le courage de nommer les « instigateurs » dont il parle : il sait très bien que la loi est de moi, et il a peur de ma réaction. Quel poltron ! Demain, devant l'assemblée du peuple, on va bien rire.

Le lendemain donc, le peuple était rassemblé devant les Rostres, pour voter pour ou contre la loi Servilia. Cicéron s'adresse à lui, et répète ce qu'il a dit la veille au Sénat. Son discours est un lamentable exemple de démagogie :

– Je suis, comme vous, un homme du peuple. Je n'ai pas, derrière moi, une longue lignée de consuls et de préteurs, ni d'ancêtres embellis par l'éclat des dignités et des honneurs. C'est à vous, peuple de Rome, que je dois tout, et en particulier cet honneur suprême d'avoir été élu consul. Car je suis le premier « homme nouveau » que vous ayez élevé à cette fonction depuis bien des années, et cela dès ma première candidature. C'est une faveur insigne...

– ... Gna-gna-gna, murmure César à l'oreille de Gabinius ; quel phraseur ! Nous allons avoir droit à tous les lieux communs de l'éloquence.

Et Cicéron de reprendre, par le menu, la loi Servilia :

– La loi de Servilius Rullus prévoit que les décemvirs seront élus par une assemblée de 17 tribus seulement, au lieu de 35, si bien qu'il suffira du suffrage de 9 tribus pour être élu décemvir. C'est cela que les populaires appellent le suffrage universel ? De quel droit Rullus prive-t-il le peuple romain de son droit de vote ?

– Le crétin, dit César à Gabinius : c'est ainsi qu'on élit le Grand Pontife depuis la nuit des temps.

– La constitution d'une caisse spéciale pour les achats de terres est la porte ouverte à toutes les escroqueries, puisque les décemvirs agiront sans contrôle...

– Comme son cher Pompée, souffle César à Gabinius.

– Les décemvirs achèteront des terres où ils voudront, au prix qu'ils voudront, et ils pourront fonder des colonies partout où il leur plaira. C'est l'étendard sanglant de la tyrannie qui est levé contre le peuple romain. Entendez-vous, dans nos campagnes, rugir leurs garnisons et leurs colons, triés sur le volet : c'est la fin de vos libertés qui approche, car, lorsque ces décemvirs auront acheté l'Italie entière, y auront installé leurs garnisons et leurs colonies, elles auront disparu...

– Quelles libertés ? Celle de mourir de faim ? De porter les malles de Cicéron ? ironise César. De toute façon, son discours n'a aucune utilité, puisque les sénateurs vont tirer un joker de leur toge.

– Comment cela ?

– Sur les dix tribuns élus, il y en a bien au moins un qui soit achetable ? Ce n'est qu'une question de prix. Les sénateurs vont en acheter un, qui s'opposera au vote de la loi en disant : « J'intercède » , ou, si elle est votée, en disant « *veto* » et le tour sera joué. Les cabrioles de Cicéron n'auront amusé que lui.

C'est effectivement ce qui se produisit. Le tribun Cécilius prononça la formule de l'intercession, et la *rogatio* Servilia fut enterrée.

César, par Rullus interposé, avait réussi à mettre en évidence la poltronnerie de Cicéron, qui n'avait même pas osé dévoiler les noms des instigateurs de la loi, son double jeu, qui lui faisait tenir devant le peuple et devant le Sénat deux discours différents, sa mauvaise foi et sa démagogie. Cicéron n'avait plaidé que pour lui-même, en se contemplant devant son miroir et en se disant, après chaque période : « Que je suis bon ! Que je suis intelligent ! »

César avait aussi, insidieusement, suggéré à l'opinion publique l'idée – périlleuse – de substituer aux autorités républicaines, changeantes et contradictoires, celles des consuls et du Sénat, un gouvernement à dix têtes, stable pour au moins cinq ans, et n'ayant de compte à rendre à personne.

Et, de là à transformer ces dix têtes en une seule, la sienne, il n'y avait plus qu'un pas. Le futur dictateur montrait le bout de son nez, mais nul ne l'aperçut.

CHAPITRE XX

« Ma mère, ce soir, ton fils sera ou Grand Pontife ou fugitif »

(6 mars 63)

Bien installé dans ses fonctions de consul, Cicéron gonflait son jabot. Il se considérait comme le rempart ultime de la République alors qu'en fait il avait donné, tête baissée, dans le panneau que César avait subtilement tendu à sa vanité. Il donna une autre preuve de son inconsistance en oubliant, pour un jour, ses hautes fonctions de consul pour devenir simple avocat, mais avocat d'une mauvaise cause : il défendit devant les juges le gouverneur de la Gaule Narbonnaise, Calpurnius Pison, accusé de malversations et de concussion par César, qui ne ratait aucune occasion de tirer sur le parti aristocratique, et Pison fut acquitté. Cicéron-consul n'avait pas lieu d'être fier du succès de Cicéron-avocat : le véritable triomphateur fut César, qui, une fois de plus, avait été du côté de l'honnêteté, contre les voleurs et les tripatouilleurs.

Sur ces entrefaites, Métellus Pius, le Grand Pontife, vint à mourir. Sa succession à la tête du collège sacerdotal était ouverte et César avait depuis longtemps compris l'importance stratégique de cette fonction. On sait qu'il était membre du collège des pontifes depuis 73 (il y était entré par cooptation en remplacement de son oncle, Aurélius Cotta, décédé) ; il pouvait donc se porter candidat au poste de Métellus Pius, mais, avec le système de cooptation en vigueur, il était certain de ne pas être choisi. Les membres de ce sacré collège étaient âgés, conservateurs, unanimement du parti de la noblesse, ils ne risquaient donc pas de désigner comme Grand Pontife un homme encore jeune – César avait alors trente-huit ans – réputé à la fois pour ses idées politiques progressistes et pour sa vie dissolue, et qui n'avait à son actif que d'avoir été questeur six mois en Espagne, et fastueux édile curule l'année passée...

Mais César n'était pas un improvisateur, comme le furent par la suite, dans l'histoire, bien des dictateurs malheureux, et il avait prévu le coup du temps même qu'il était édile. Il avait confié son ambition au tribun de la plèbe Labiénus, avant même qu'il ne fût en fonction :

– L'élection du Grand Pontife par cooptation est un usage introduit par Sylla, pour qui c'était un moyen de s'assurer la haute main sur le collège sacerdotal. Avant lui, la loi exigeait – ce qui est plus démocratique – qu'il le fût par les tribus. Tu devrais déposer une proposition de loi visant à rétablir l'ancien usage.

– Cela ne posera aucun problème, lui avait répondu Labiénus. Et, puisque Rullus a remis à la mode le scrutin réduit à 17 tribus, tirées au sort parmi les 35 circonscriptions, je demanderai qu'on y revienne aussi pour l'élection d'un Grand Pontife.

Labiénus fit sa rogation à la fin décembre 64, elle fut adoptée sans discussion par le Sénat et votée par les comices tributes presque instantanément. Le dispositif était donc prêt, et César n'eut qu'à s'en saisir lorsqu'on apprit la mort du Grand Pontife Métellus.

Il entra immédiatement en campagne, sans s'émouvoir du prestige de ses deux concurrents, qui l'emportaient largement sur lui en âge et en dignité : Catulus, cinquante-sept ans, fils de consul, ancien consul lui-même en 78, prince du Sénat, et Servilius Isauricus, ancien consul en 79, gouverneur de Cilicie en 78, et chargé, à ce titre, d'exterminer les pirates des mers d'Asie, ce qui lui valut un triomphe lorsqu'il rentra à Rome. En face de ces deux monstres sacrés, César, comme disait le *pugil* (boxeur) dont il était l'amant, ne faisait pas le poids. Mais, dans l'art de manier les foules, il n'avait pas son pareil.

Manier les foules pour une élection, à Rome, cela signifiait acheter des voix, ce qui se faisait couramment dans les comices tributes ordinaires : comme il y avait 35 tribus, et que chaque tribu comptait pour une voix, il suffisait d'acheter les voix de 18 tribus pour l'emporter. Bien entendu, il n'était pas nécessaire d'acheter toutes les voix de la circonscription correspondante pour obtenir le vote de la tribu, mais, au maximum, la moitié plus une, soit environ 5 000 voix à l'époque, ce qui faisait, en tout, 90 000 bulletins de vote. Même s'il n'était pas nécessaire de les acheter tous, parce qu'on était sûr de certains électeurs, cela représentait une somme d'argent considérable.

Pour l'élection du Grand Pontife, c'était plus compliqué. Seules 17 circonscriptions devaient voter, mais on les tirait au sort le jour même du scrutin : on ne savait donc pas quelles tribus voteraient et il fallait les acheter toutes, ce qui portait à 180 000 le nombre maximal d'électeurs à corrompre. César avait la caisse de Crassus à sa disposition, mais elle était loin d'être suffisante. Il dut en conséquence emprunter à tous les usuriers de Rome, quelles que fussent leurs conditions. S'il l'emportait, le jeu en valait la chandelle, car il pourrait payer ses prêteurs en services divers ; s'il perdait, c'était la prison pour dettes ou l'exil.

Ses concurrents, et notamment Catulus, dont on disait qu'il était un « grand honnête homme », s'en émurent, à plusieurs titres. Tout d'abord, sur le plan moral : la dignité de *pontifex maximus* était la plus haute de la République, elle était accordée à vie à de glorieux Romains, qui avaient blanchi sous le harnais comme préteurs, censeurs, consuls et gouverneurs de province ; qu'un simple édile curule la postulât choquait tout le monde, mais que, par son habileté et ses manœuvres, il puisse y parvenir, cela les sénateurs ne pouvaient le supporter. Sur le plan politique ensuite : la conquête du haut sacerdoce, dans une société où, tous les ans, les dirigeants changeaient, donnerait à César une sorte d'autorité sacrée et inébranlable, le mettrait à l'abri de toutes les attaques, de tous les complots.

Aussi, Catulus et Isauricus firent-ils tout ce qui était en leur pouvoir pour faire obstacle au projet de César. Le « grand honnête homme » s'abaissa même jusqu'à lui rendre visite, à Subure, afin de lui proposer de renoncer à sa candidature moyennant une très grosse somme d'argent :

– J'en emprunterai une plus grande encore pour la soutenir, lui répondit César, qui, du même coup, put apprécier quelles étaient les limites financières de ses concurrents.

Les comices tributes pour l'élection du Grand Pontife se tinrent sur le Champ de Mars, le 6 mars de l'année 63. Lorsqu'il partit de chez lui, il embrassa tendrement sa mère, Aurélie, en lui disant :

– Ma mère, ce soir ton fils sera ou Grand Pontife, ou fugitif.

Aurélie lui rendit son baiser en retenant ses larmes : une mère romaine ne pleure jamais. Et elle le regarda s'éloigner, debout sur son char, tiré par deux chevaux que fouettait vigoureusement son cocher, un ancien boxeur.

Sur le Champ de Mars, une fois le cérémonial religieux achevé, on tira au sort les 17 tribus qui devaient voter. Dans toutes, César obtint une majorité écrasante de voix, même dans les deux circonscriptions de Catulus et d'Isauricus.

Le fils d'Aurélie rentra à Subure au milieu d'une véritable marée humaine. Jamais, de mémoire de Romain, on n'avait vu un tel enthousiasme après une élection. César tint à pénétrer dans Rome par la via Aurélia, qui débouchait entre les collines du Palatin et de l'Aventin ; son char se fraya difficilement un chemin à travers la foule populaire, traversa le Forum, pénétra dans Subure et s'arrêta au pied de l'Esquilin. Aurélie l'attendait dans le *prothyrum* (le vestibule), entre la *janua* (la porte donnant sur la rue) et l'*ostium* (la porte intérieure). Cette fois-ci, elle avait le droit de pleurer, mais elle le faisait en cachette.

Le 7 mars, César se réveilla Grand Pontife. Le peuple, à l'unanimité des tribus, l'avait élevé au plus haut sommet de l'État. Il pouvait maintenant tenir la dragée haute aux sénateurs et aux consuls. Il était presque aussi sacré qu'un roi. Il pensa à sa grand-mère, Marcia, dont la famille prétendait descendre d'Ancus Martius, le quatrième roi de Rome, petit-fils du roi-prêtre Numa Pompilius, que l'on disait inspiré par la nymphe Égérie, celui qui avait réglé la plupart des cérémonies de la religion romaine et établi le calendrier fondé sur la position du Soleil dans le ciel.

Un Grand Pontife ne peut vivre à Subure, pensait-il, il doit demeurer sur le Forum, dans la Régia, l'ancienne demeure de Numa Pompilius, en bordure de la Voie sacrée, près de la Maison des vestales. Et, le jour même, il fit transférer ses Pénates, les dieux protecteurs de sa famille, de la villa de l'Esquilin à la Régia.

Dans Subure, on s'en enorgueillit :

– Ce César que nous avons connu enfant, jouant au cerceau avec nous, le voici maintenant dans la maison des rois.

Sur le Forum, on ricana :

– Ce César se mouche plus haut que son nez. Il finira par se prendre pour Jupiter lui-même.

Et le vieux clochard pouilleux qui ne manquait pas une seule harangue résuma, comme à l'habitude, la situation :

– Il est vraiment de plus en plus malin, ce César. Ils peuvent toujours s'aligner, les Cicéron, les Catilina, les Crassus et les autres. Il les mettra tous dans sa poche.

CHAPITRE XXI

Le drapeau rouge qui sauva Rabirius
(printemps 63)

Le grand dessein de César, faire de l'empire de Rome un État à la dimension de la Méditerranée, avec un pouvoir centralisé fort entre les mains d'une monarchie héréditaire, et non plus un immense gâteau que se partageait, pour le plus grand malheur du peuple romain et des nations soumises par Rome, l'oligarchie sénatoriale, c'est-à-dire une coterie de quelque six cents sénateurs, commençait à se réaliser.

Pour contrebalancer la puissance de cette oligarchie, il avait fallu d'abord permettre aux tribuns de la plèbe d'accéder aux magistratures supérieures comme la préture ou le consulat : cela, les consuls Aurélius Cotta (oncle maternel de César) et Octavius l'avaient obtenu en 75 ; puis leur restituer les pouvoirs qui leur avaient été ôtés par Sylla, ceux de s'opposer à tout acte de magistrats ou à toute décision du Sénat (sénatus-consulte) et de déposer des propositions de lois, destinées à être soumises au corps électoral, ce qui fut fait en 70 seulement, à l'initiative de Pompée et de Crassus.

Dès son entrée en lice, César avait compris que la puissance des tribuns, utilisée en dehors de toute démagogie, était l'arme constitutionnelle qui lui permettrait d'abattre la puissance paralysatrice du Sénat et, pièce par pièce, par leur intermédiaire, il avait entrepris de lui retirer ses prérogatives : en 67-66 il s'était appuyé sur les tribuns Gabinius et Manilius pour soustraire le contrôle des provinces d'Asie au Sénat et le confier à Pompée, en 65-64 il avait encore utilisé des tribuns pour lancer des accusations contre les anciens proscripteurs, au début de l'année 64, il avait fait introduire par le tribun Labiénus la loi conférant au peuple le soin d'élire le Grand Pontife et c'était le tribun Rullus qui avait fait exploser la bombe de la loi agraire.

Les sénateurs n'avaient pas terminé de panser leurs blessures qu'en mars-avril 63, il leur lançait une autre attaque, toujours par l'intermédiaire de Labiénus. Il ne s'agissait pas moins que de créer un précédent juridique tendant à saper une des prérogatives auxquelles les sénateurs tenaient le plus : celle du sénatus-consulte ultime, qui, dans certains cas graves, leur permettait d'accorder aux hauts magistrats des pouvoirs dictatoriaux, comme de lever des troupes, d'entreprendre une guerre, de condamner à mort sans jugement n'importe quel citoyen, bref d'instaurer une sorte de Terreur momentanée.

Or, en l'an 100 av. J.-C., alors que Marius était consul, le préteur Glaucia et le tribun de la plèbe Saturninus avaient été à l'origine d'une sédition, au moment des élections consulaires, qui avaient lieu en décembre à cette époque. Marius, soucieux de maintenir l'équilibre républicain, avait fait voter par le Sénat un sénatus-consulte ultime et mis les rebelles hors la loi. Il y avait eu des émeutes, des bagarres entre les populaires et les nobles, et le tribun Saturninus s'était barricadé dans une salle du Sénat avec d'autres émeutiers, parmi lesquels un oncle de Labiénus. Les nobles forcèrent les portes de la salle et le tribun et l'oncle de Labiénus furent massacrés, dans des circonstances confuses.

Le meurtre de Saturninus était un crime particulièrement grave ; en raison du caractère sacro-saint des tribuns de la plèbe, il était assimilé à un crime de haute trahison *(perduellio)* ; mais le meurtrier présumé, un noble sénateur du nom de Rabirius, avait été absous : il avait agi sous le couvert du sénatus-consulte ultime.

César expliqua ses intentions à Labiénus en ces termes :

– J'ai l'impression que les affaires tournent bien pour nous, Labiénus : le Sénat en a un bon coup dans l'aile. Nous l'avons fait trembler avec la loi agraire, j'ai été élu Grand Pontife, Cicéron a commis l'erreur de plaider pour Pison et de le faire acquitter. Continuons donc de le harceler : sortons-lui l'affaire Rabirius.

– Qu'est-ce que tu lui veux, à ce vieillard ? Il a plus de quatre-vingts ans. Le faire pendre ?

– Non, il n'en est pas question. Mais j'ai pensé que l'on pourrait peut-être poser la question du sénatus-consulte ultime.

– Comment cela ?

– Dans le temps, Rabirius a été accusé d'avoir été l'auteur du meurtre de ton oncle et du tribun Saturninus, mais il n'a pas été poursuivi parce qu'il avait agi sous le couvert du sénatus-consulte ultime. Remarque qu'on n'est pas certain de la culpabilité de Rabirius, mais ce n'est pas ce qui m'intéresse. Je voudrais mettre en cause la toute-puissance du Sénat dans cette affaire.

– Je vois où tu veux en venir : tu veux interpeller le Sénat.

– Non. Je veux intenter un procès pour haute trahison et meurtre contre Rabirius, et en profiter pour fustiger le principe du sénatus-consulte ultime.

– Tu n'as aucune raison de le faire.

– Moi, non : j'avais un an au moment de ces événements. Mais toi, oui : ton oncle a été assassiné.

– J'ai compris. J'accuse Rabirius d'avoir assassiné mon oncle et Saturninus ; mais son avocat le défendra en disant que le crime est couvert par le sénatus-consulte ultime et par la prescription, et le mien en attaquera le principe. Mais je ne vois pas ce que tu pourras tirer de cela.

– J'ai mon idée. Comme tu es l'accusateur, tu as le droit de réclamer la procédure de *perduellio*.

– Qu'est-ce que c'est ? Je connais le nom, mais non pas la chose. C'est une procédure qui n'a plus cours.

– C'est une vieille procédure, exceptionnelle, qu'on utilisait jadis dans les procès de haute trahison, qui sont imprescriptibles. Elle consiste à demander au préteur urbain de faire juger le cas par deux juges seulement, tirés au sort, et il n'y a pas de plaidoiries.

– Et tu crois qu'il acceptera ?

– Le préteur en charge est Valérius Flaccus, c'est un ami : il fera comme je lui dirai. Et nous truquerons les urnes. Je m'arrangerai pour que ce soit mon nom et celui de mon cousin, Lucius Julius César, le consul de l'année dernière, qui soient tirés et le tour sera joué : personne ne pourra récuser un tribunal dont les deux juges sont l'un un ancien consul conservateur et l'autre le Grand Pontife.

– C'est machiavélique, ton histoire.

– Elle l'est encore plus que tu ne peux l'imaginer.

– Pourquoi ?

– C'est une surprise. Tu la découvriras en temps utile.

L'affaire Rabirius commence donc. Labiénus assigne le vieillard devant un tribunal, l'accusant du meurtre de son oncle et du tribun Saturninus, il réclame du préteur Valérius Flaccus la procédure de la *perduellio* et Rabirius choisit comme avocat Cicéron, bien entendu.

Le scandale est dans la Ville. Rabirius, qui a encore bon pied bon œil, clame son innocence et il ajoute que, même si c'était lui qui avait égorgé Saturninus, il l'aurait fait au nom du sénatus-consulte ultime. M'attaquer, clamait-il à qui voulait l'entendre, c'est attaquer l'autorité sacrée du Sénat. Il s'élève aussi contre la procédure entamée, qui n'est plus employée depuis deux cents ans. Au Sénat, Cicéron tonne.

Comme prévu, Flaccus accepte la procédure prévue en cas de *perduellio*, et les deux juges tirés au sort sont... César et son cousin, l'ancien consul. Le procès a lieu, mené de bout en bout par César lui-même, avec un acharnement apparent, et les deux juges condamnent Rabirius à être flagellé par les licteurs, puis pendu haut et court. Toutefois, César avait accumulé les vices de forme, sans doute pour éviter ce sort au vieillard : pour lui, l'affaire était close, et le jugement, officialisé par le préteur, blâmait, en définitive, beaucoup plus le principe du sénatus-consulte ultime que les actes criminels supposés de Rabirius.

On aurait pu en rester là. Mais Cicéron voulait jouer son rôle d'avocat jusqu'au bout ; il fait appel du jugement devant le peuple, et, jouant en même temps son rôle de consul, réclame la convocation des comices pour juger Rabirius. Labiénus, l'accusateur, en accepte le principe, mais exige les comices tributes, beaucoup plus représentatifs du peuple romain, on le sait, que les comices centuriates, qui sont censitaires. Finalement l'accord se fait : Labiénus accepte les comices centuriates, et Cicéron accepte que les temps de plaidoierie soient limités à une demi-heure pour chacun des deux avocats de Rabirius, lui-même et Hortensius. Cette exigence venait de César, qui avait son idée.

Le procès recommence donc devant les 193 centuries, convoquées sur le Champ de Mars. Cicéron s'adresse au peuple et engage le fer :

– Citoyens, je défends aujourd'hui la vie, l'honneur et la fortune d'un ami de longue date, mais je n'oublie pas que je suis aussi votre consul élu, et que je dois défendre aussi le salut public et notre Constitution. Car ce que Labiénus accuse, par-delà Rabirius, ce n'est autre que le Sénat, la première institution de l'État. Le but véritable de notre accusateur, ce n'est pas de faire condamner un vieillard pour un meurtre commis par on ne sait qui il y a trente-sept ans, c'est de saper l'autorité du Sénat, le pouvoir des consuls, et l'union des honnêtes gens, alors que la peste – la guerre civile – menace la République.

– Il est malin, il a compris où nous voulions en venir, chuchote César à l'oreille de Labiénus, mais, quand il parle de la guerre civile qui est à nos portes, il déraille. Le temps de Marius et de Sylla est révolu.

Puis Cicéron démontre, rapidement, l'innocence de Rabirius et il conclut :

– Si vous voulez que notre cité soit immortelle et que notre gloire demeure à jamais, il nous faut prendre garde à nos passions, aux séditieux de tous bords et avides de révolutions. Si la République était en danger, je ferais comme jadis Marius, j'en appellerais au Sénat, je le supplierais de prononcer un sénatus-consulte ultime et moi-même je prendrais les armes contre un ennemi en armes. Je vous en conjure, citoyens, n'affaiblissez pas votre Sénat.

Cicéron s'était surpassé. On allait passer au vote, et sans doute allait-il être favorable à Rabirius et au Sénat, lorsque le président des comices fit un signe impératif. Tous les regards se tournèrent vers le Janicule, sur la rive droite du Tibre, où s'élevait le temple du dieu Janus : le drapeau rouge qui y flottait en permanence, symbole de l'invulnérabilité des assemblées, venait d'être abaissé, comme si un danger imminent les menaçait. Immédiatement, le président des comices déclara la séance close, et s'en alla, avec les magistrats et les prêtres. Le scrutin populaire qui devait juger l'accusé ne put donc avoir lieu. Rabirius ne put être ni condamné, ni innocenté, et pas davantage le Sénat.

– Tu comprends, expliquait César à Labiénus sur le chemin du retour, j'avais demandé à Métellus Céler, le second préteur, d'abaisser le drapeau à la fin des plaidoiries, qui devaient durer en tout une heure...

– Ah ! C'est pourquoi tu as voulu limiter les temps de parole.

– Évidemment. Et, dans tous les cas, je voulais empêcher que le jugement final soit rendu. Si Rabirius avait été reconnu coupable, cela lui évitait un châtiment que je ne lui destinais pas, car je ne suis pas sanguinaire, et s'il avait dû être innocenté, c'est le Sénat qui en serait sorti glorieux. Maintenant les sénateurs savent qu'il y a une épée de Damoclès suspendue au-dessus de leur tête et, en cas de troubles ou de révolution, ils y regarderont à deux fois avant de prononcer un sénatus-consulte ultime.

– Tu es vraiment plus fort que nous tous, César ; comment fais-tu pour avoir toutes ces idées en même temps ?

César lui répondit, comme il le faisait toujours en pareilles circonstances :

– Je réfléchis avant d'agir.

CHAPITRE XXII

César est élu préteur

(juillet-septembre 63)

L'approche de l'été ramenait dans Rome l'agitation qui précédait, tous les ans, les élections des tribuns de la plèbe et des hauts magistrats de la République. En cette année 63, la campagne s'annonçait rude et, dans les deux camps, chez les nobles comme chez les populaires, on fourbissait ses armes.

Aux élections tribunitiennes, les nobles étaient parvenus à faire élire un des leurs parmi les dix tribuns de la plèbe qui étaient désignés chaque année. Il s'agissait de Caton le Jeune (Marcus Porcius Cato), arrière-petit-fils de Caton l'Ancien, adversaire de la démagogie, mais qui faisait cause commune avec certaines des revendications des populaires. Bientôt on allait procéder à l'élection des huit préteurs et des consuls pour l'année 62, et les candidats étaient partis en campagne. Ils faisaient circuler leurs programmes, partaient à la recherche de subsides, s'assuraient de la fidélité de leurs électeurs traditionnels, et promettaient, les uns, monts et merveilles, les autres la révolution.

Le temps était chaud et Cicéron s'épongeait souvent le front. Depuis près de six mois qu'il avait revêtu la toge prétexte des consuls, il avait été constamment sur la sellette, assailli par le flot des « affaires » soulevées par les tribuns. Il était temps pour lui de passer le relais aux candidats de son parti : Servius Sulpicius Rufus, un sévère jurisconsulte, dont les compétences ne seraient pas de trop pour répondre aux attaques juridiques des populaires ; Décimus Junius Silanus, un aristocrate fortuné et respecté, époux de la belle Servilia, l'une des demi-sœurs de Caton ; Licinius Muréna, un brillant général, qui avait servi sous les ordres de Lucullus en Orient avant que celui-ci ne fût remplacé par Pompée ; et Bibulus, l'ancien édile qui avait payé de sa poche les fastes des Jeux romains, en 65, candidat à la préture.

Les populaires étaient divisés, et partaient au combat en ordre dispersé.

César, qui dispose d'un crédit presque illimité chez Crassus, poursuit le plan qu'il s'est fixé depuis quatre ans déjà : s'attacher l'affection du peuple sans tomber dans la démagogie, affaiblir le parti sénatorial par des assauts incessants, en utilisant la bonne volonté des tribuns de la plèbe, éliminer le dangereux et nuisible Catilina de la course au pouvoir, et tenir Pompée à distance tout en l'honorant. En juillet 63, la Constitution ne lui permet de postuler que la charge de préteur, c'est-à-dire de responsable de la justice ; ce sera sa dernière magistrature avant le consulat, auquel il ne pourra prétendre, pour des raisons d'âge, qu'en 59 seulement. Il mène sa campagne seul, sans se compromettre avec Catilina, le candidat du parti populaire au consulat.

Catilina est un ancien partisan de Sylla, qui est passé curieusement à travers tous les procès d'épuration. Après la mort du dictateur, on le retrouve édile en 70, préteur en 67, puis, en 66, gouverneur de la province d'Afrique, qu'il pille de fond en comble, à tel point qu'il fera l'objet d'un procès pour concussion. Il rentre alors précipitamment à Rome et complote avec Crassus contre la République : en janvier 65, il devait être le fer de lance de la conspiration que nous avons déjà contée, et dont le fol objet était de porter Crassus à la dictature. Grâce à César, la conjuration était morte dans l'œuf. En juillet de la même année, il s'était présenté au consulat, mais César, encore lui, tout en feignant de soutenir sa candidature, avait réveillé les réflexes antisyllanistes du corps électoral, et Catilina avait été largement battu. En juillet 64, il était encore candidat, contre Cicéron, mais il fut distancé par un autre candidat populaire, Hybrida, et à nouveau battu.

En juillet 63, c'est donc la troisième candidature de Catilina. Ce noble déclassé lève bien haut le drapeau de la plèbe contre le Sénat, contre les riches, contre les grands propriétaires terriens, contre le système politique, enfin, qui réserve à un petit nombre de familles les hautes magistratures, les gouvernements de province et les commandements militaires, sources d'immenses profits. Il réclame la confiscation des terres du domaine public exploitées par les riches et leur distribution aux pauvres, l'abolition des dettes, et des poursuites contre les créanciers et les usuriers.

Ce discours généreux ne pouvait être ouvertement critiqué par les populaires, mais il couvrait des ambitions sordides. Catilina était prêt à tout pour conquérir le pouvoir, y compris au crime. De sorte que, si Crassus finançait sa campagne comme celle de César, et si ce dernier ne s'opposait pas ouvertement aux menées du démagogue, l'un comme l'autre restaient en retrait de ses excès, et, comme il y avait deux sièges de consuls à pourvoir, Crassus s'était prononcé sans ambages pour Muréna.

Cicéron, l'un des deux consuls sortants, avait encore un rôle à jouer avant de quitter la scène politique : assainir les mœurs électorales et protéger la République contre deux périls qui se nommaient, l'un, très proche, Catilina, et l'autre, à venir, Pompée. Compte tenu des bruits alarmants qui circulaient dans la Ville, sur l'imminence d'un coup de force populaire, il fallait calmer le jeu, et Cicéron fit ajourner au mois de septembre les élections consulaires qui devaient avoir lieu à la fin du mois de juillet. Avec sagesse, César et Crassus se gardèrent de s'y opposer.

Cicéron put ainsi aggraver les dispositions de la loi Calpurnia de 67, contre la brigue électorale, qui n'atteignait que les candidats corrupteurs (elle les frappait de dix ans d'inéligibilité), mais non pas leurs agents, dont l'activité perdurait dangereusement à Rome. Cicéron fit voter *in extremis* une loi très sévère, la loi Tullia (le nom de famille de Cicéron était Tullius), étendant les peines prévues par la loi de 67 aux intermédiaires (qu'on appelait les diviseurs) et même aux juges qui montreraient à l'avenir trop de clémence en la matière.

Cicéron parvint aussi à faire concéder au général Lucullus, le héros de la guerre contre Mithridate, les honneurs d'un triomphe bien mérité. Le Sénat les vota à l'unanimité : Lucullus était, avait dit l'un des sénateurs, l'épée de l'aristocratie ; Crassus et César ne s'y opposèrent pas, et les tribuns de la plèbe non plus, car c'était une sorte d'avertissement déguisé aux partisans de Pompée, l'homme qui avait mis Lucullus à l'écart et qui revenait, tranquillement, vers l'Italie, à la tête d'une puissante armée.

Le triomphe de Lucullus eut lieu au cirque Flaminien, sur le Champ de Mars, et il fut somptueux. Le général était richissime, et il avait fait orner le Cirque des armes des ennemis asiatiques qu'il avait prises, de leurs machines de guerre, de leurs chariots à faux et des catapultes du roi Mithridate ; il fit défiler des centaines de chefs et de rois prisonniers, cent dix galères capturées sur les pirates, munies de forts éperons d'airain, ainsi qu'une statue de Mithridate en or massif, de six pieds de hauteur, recouverte d'un pavois couvert de pierres précieuses. Le défilé était clos par cent onze mulets, chargés de tous les trésors que Lucullus avait rapportés d'Asie, et – innovation remarquée – des registres de comptabilité récapitulant les énormes sommes d'argent qu'il avait versées à Pompée, afin de financer la guerre de celui-ci contre les pirates, ainsi qu'aux questeurs et autres percepteurs de Rome, pour mettre dans les coffres du Trésor public.

César, qui assistait au défilé dans la loge réservée aux anciens magistrats curules, était assis auprès de Crassus, qu'il abreuvait de commentaires :

– C'est astucieux, cette idée de faire défiler des registres : voilà qui lavera Lucullus de toutes les accusations de rapines dont on l'a accablé. Pour une fois, on saura d'où vient l'argent d'un homme riche.

– C'est pour moi que tu dis cela, César ? interrogea ironiquement Crassus.

– Non. Toi, tu as gagné ta fortune en spéculant sur le malheur des autres, sur les cours du blé et sur l'effondrement des immeubles que tu faisais reconstruire : ce n'est pas glorieux, mais ce n'est pas non plus criminel.

– Plains-toi ! Qui est-ce qui paye ta campagne électorale ?

– À propos de campagne, tu ne trouves pas que, pour le parti cicéronien, ce triomphe vient à point ?

– Quel rapport ?

– Tu as compté le nombre de vétérans de Lucullus qui ont défilé ?

– Non.

– Moi, César, je les ai comptés : ils sont mille six cents. Et chacun d'entre eux a reçu un confortable pécule, pour services rendus à la patrie.

– Et alors ?

– Où vont-ils aller, ces mille six cents vétérans, après le triomphe ?

– Ils vont s'en retourner dans leurs provinces, couler une retraite bien méritée.

– Comment peut-on être aussi naïf ! Ils vont rester dans Rome, Crassus, jusqu'aux élections. Et, en septembre, ils voteront pour les candidats du Sénat : ni vu, ni connu, je t'embrouille.

– Je n'avais pas pensé à ça, dit Crassus ; c'est embêtant pour nous.

– Au contraire. Nous n'avons aucun intérêt à ce que notre unique candidat, Catilina, soit élu : ce serait la porte ouverte à la guerre civile. Tu sais bien que Catilina ne rêve que de couper des têtes. Mais, quel que soit le nombre de ses sbires, ils ne tiendront pas une semaine lorsque Pompée débarquera à Brindes.

– Pompée n'est pas dangereux pour la République.

– Détrompe-toi. Il est dangereux, comme tous les militaires quand ils deviennent chefs d'État : ils croient que l'on peut gouverner un peuple comme on commande à des armées.

– Et toi ? Tu sais comment il faut gouverner un peuple ?

– Le problème, pour Rome, ce n'est pas de gouverner quelques centaines de milliers de citoyens, mon cher Crassus, c'est d'organiser un empire méditerranéen de plusieurs dizaines de millions d'hommes et de femmes, et d'y faire régner la prospérité et la paix. Je rêve d'une paix universelle et non pas de petites victoires électorales remportées à la sauvette. Voilà mon grand dessein, Crassus : instaurer dans le monde la paix romaine.

– En attendant, gagnons-les, ces petites élections, César. La paix romaine universelle, ce n'est pas pour demain.

Les élections consulaires se déroulèrent dans la première quinzaine de septembre, sur le Champ de Mars. Les comices centuriates furent présidés par Cicéron, qui avait pris la précaution de porter une cuirasse sous sa toge. Catilina et les catiliniens furent battus, et, avec eux, le parti populaire. Le parti sénatorial obtenait les deux sièges de consuls : ceux pour lesquels Silanus et Muréna étaient candidats, et l'un des huit sièges de préteurs revint à César.

Tandis que le vacarme des ovations et des huées emplissait le Champ de Mars, celui-ci échangeait des œillades assassines avec Servilia, la sœur de Caton et la femme en secondes noces du consul désigné Décimus Junius Silanus, qui avait donné son nom au fils de celle-ci, Marcus Junius, surnommé Brutus, qui fera parler de lui par la suite.

CHAPITRE XXIII

La conjuration de Catilina

(septembre-décembre 63)

Il semble que ce qu'on a appelé la « conjuration de Catilina », et qui ne fut globalement qu'un coup d'État avorté, dont les péripéties se situent dans les derniers mois du consulat de Cicéron, entre septembre et décembre 63, ait été le prolongement de la tentative tortueuse de janvier 65, dont Crassus était la tête et dont Catilina devait être le bras.

Ce complot, qui avait pour but d'égorger les consuls élus et de « tuer tous les affreux », c'est-à-dire, dans le langage un peu cru de Crassus, les sénateurs récalcitrants, avait tourné court, en raison de l'intervention, au dernier moment, de César. Depuis, Crassus avait mis de l'eau dans son vin, et se contentait de pousser César au pouvoir, sans précipitation et par des moyens non violents, tandis que Catilina avait accumulé les défaites politiques : il n'avait pu se présenter aux élections de 65, il avait été battu en 64, et il comprenait bien que sa victoire en 63 était plus que problématique. Aussi, dès le mois de juin, avait-il pris ses dispositions pour triompher coûte que coûte.

Prenant à part les uns, pour sonder leurs intentions, exhortant les autres, leur représentant combien il serait facile d'abattre une République sans défense dès avant les élections, il finit par réunir chez lui les plus audacieux : une douzaine de sénateurs, proches du parti populaire, trois ou quatre chevaliers, et surtout nombre de Romains qui vivaient hors de Rome, dans des colonies ou des municipes. Son principal complice était Lentulus, membre d'une des branches de la famille Cornélius, la famille de Sylla et de Cinna. Ce Lentulus, dont le nom complet était Publius Cornélius Lentulus, surnommé Sura (le « Syrien »), avait été questeur de Sylla en 81, préteur en 75 et consul en 71 ; il avait été exclu du Sénat en 70, avec une soixantaine d'autres sénateurs, pour l'infamie de ses mœurs. Cette exclusion l'avait profondément marqué et il avait tout naturellement rejoint le parti de ceux qui rêvaient de se venger et de renverser la République. En 63, il avait été élu préteur pour la deuxième fois, douze ans après sa première préture.

Théoriquement, c'était une réunion électorale banale, en vue des élections prochaines ; elle se tint dans une partie retirée de sa villa, à quelques pas du Forum, et débuta par un discours de Catilina :

– Les projets que j'ai formés, je vous en ai déjà parlé à tous, séparément. Depuis que l'État romain est tombé entre les mains d'une puissante clique, d'une oligarchie, c'est à eux, et à eux seuls, que les rois et les princes vaincus payent leurs tributs, que peuples et nations, et nous-mêmes versons l'impôt. Quant aux autres citoyens, nous tous, les braves, les bons, les nobles et les non-nobles, nous n'avons qu'à payer et qu'à nous taire, nous n'avons ni influence, ni autorité et nous tremblons devant cette poignée de maîtres alors que, si la République méritait son nom, ce sont eux qui devraient trembler devant nous. À eux les honneurs, les richesses, le pouvoir, à eux ou à leurs créatures, et à nous les procès, les échecs, la misère. Jusques à quand enfin, mes amis, souffrirez-vous cet état de choses ? Alors je vous le dis : nous avons la jeunesse, nous avons le courage, chez eux, les années et les richesses ont usé leurs corps et leurs âmes. N'hésitons plus. Sautons le pas, et le reste suivra. Aux armes, citoyens romains !

Un silence étonné, hésitant suivit cet exorde. Catilina reprit aussitôt son auditoire en main :

– Quel homme digne de ce nom pourrait souffrir qu'un petit nombre écrase de sa fortune et de son mépris tout un peuple ? Que ces gens regorgent de richesses, alors que tant d'autres n'ont même pas de quoi vivre ? Eh bien ! réveillez-vous, citoyens ! La voici, oui, la voici, cette liberté dont vous avez tant rêvé ; et, avec elle, la richesse, l'honneur et la gloire. Mon cœur et mon bras sont avec vous : servez-vous de moi comme général ou comme simple soldat, mais réveillez-vous !

Il dit encore quelques mots à chacun d'entre eux, mais il ne fournit aucun détail sur les opérations prévues et il conclut en leur recommandant de bien soutenir sa candidature aux élections de juillet : « Si je suis élu, les choses n'en seront que plus simples. » Puis il congédia l'assemblée, ne gardant autour de lui que ses complices les plus proches, en qui il avait pleinement confiance.

– Camarades, jurons de ne pas nous séparer avant d'avoir fait triompher la révolution, jurons à la mort de nos ennemis.

Et, au moment où les conjurés prêtaient le serment rituel d'exécration, comme il était d'usage dans les sacrifices solennels, Catilina fit circuler des coupes pleines de sang humain mélangé à du vin :

– Buvons et jurons.

Ils jurèrent tous, et se dispersèrent tardivement, dans la nuit chaude de l'été commençant. Il s'agissait pour eux, maintenant, de mettre à profit, pour agir, le temps qui restait avant les élections. Toutefois, l'ajournement de celles-ci à septembre devait, en principe, leur permettre d'affiner le complot.

On a déjà dit qu'aux élections consulaires de septembre, Catilina fut battu, ce qui le rendit ivre de rage, et, le lendemain même des comices, il mit le plan de son coup de force à exécution. Il consistait à provoquer deux soulèvements simultanés contre le pouvoir en place, l'un à Rome, et l'autre dans le nord de l'Italie, en Étrurie.

Le premier devait commencer par l'élimination des consuls en place et par l'incendie de certains quartiers de Rome ; profitant du désordre ainsi créé, Catilina et ses complices auraient pu s'emparer du Sénat par la force. Les exécutants seraient quelques grands seigneurs romains, des patriciens de haute lignée, plus ou moins débauchés, ou décavés, ou bien qui avaient une revanche quelconque à prendre sur leur classe, tels les deux consuls Autronius et Cornélius, qui avaient été cassés pour brigue en 66, ou cet autre, Cornélius Cothégus, une brute épaisse qui se croyait tout permis. À ces aristocrates dévoyés s'étaient joints quelques chevaliers dont les finances périclitaient, et quelques femmes qui avaient d'abord vécu de leur corps, puis d'expédients, quand elles eurent perdu leur sveltesse et leur beauté : par elles, il croyait pouvoir soulever les esclaves urbains et les utiliser pour incendier les maisons de Rome.

– Tu vois, cette Sempronia, disait Catilina à Cornélius, elle est de la famille des Gracques. Il y a vingt ou trente ans, c'était, paraît-il, la meilleure affaire de Rome, l'impudicité à l'état pur ; elle en a affolé, des hommes, elle a même eu un mari consul. C'était un véritable gouffre, au sens propre et au figuré : il lui fallait chaque jour un peu plus d'hommes et un peu plus d'or. Elle jouait de la cithare, elle savait tourner des vers, elle dansait comme aucune catin ne l'a jamais fait, et insatiable, avec ça ! Maintenant, ce n'est plus qu'un gros tas. Mais elle a toujours autant de besoins d'argent. Elle connaît toute la pègre de Subure.

Le complot provincial était beaucoup plus stratégique. Il y avait dans le Nord, autour de Fiesole, en Étrurie, d'anciens soldats de Sylla, auxquels le dictateur avait distribué plus de cent mille lots de terre à son retour d'Asie. Ces braves soldats s'étaient révélés de piètres laboureurs, et ils étaient couverts de dettes. Catilina leur avait dépêché des sortes de sergents recruteurs, qui n'avaient eu aucun mal à les persuader de reprendre leur ancien métier, pour le compte non plus de la patrie, mais de la révolution... et de leur ressentiment.

Catilina pouvait aussi compter sur les bergers, qui servaient d'agents de renseignement ou d'agents provocateurs, et sur les gladiateurs, toujours prêts à s'enfuir des écoles où ils s'entraînaient et qui étaient utiles pour assurer le service d'ordre dans les manifestations, ou pour terroriser les électeurs.

Pour encadrer ces recrues disparates, dont le moteur était la rancœur pour les uns et la voracité pour les autres, Catilina avait envoyé en Étrurie l'un de ses lieutenants, un nommé Manlius. Le 20 septembre, Catilina a pris sa décision. Il convoque à nouveau chez lui les conjurés et les chefs de réseaux et il les exhorte à agir, tant à Rome qu'en province.

Puis, s'adressant à l'un de ses complices, un nommé Quintus Curius :

– Pas un mot à la reine mère.

Tout le monde éclate de rire. La « reine mère » n'était autre que la maîtresse de Curius, une certaine Fulvie, qu'il abreuvait de cadeaux. Or, depuis quelque temps, Curius était moins généreux ; il était donc moins bien reçu par son exigeante maîtresse. Mais, depuis qu'il était dans les secrets de Catilina, il ne doutait pas de la réussite de la conjuration, et son attitude vis-à-vis d'elle avait changé. Finalement, Fulvie avait percé son secret. Le 21 septembre au soir, elle se précipite chez Cicéron, l'informe de la conjuration et du danger qu'il court – non sans avoir quémandé une récompense sonnante et trébuchante – et lui présente Curius, qui raconte tout au consul : dorénavant, Fulvie et son amant seront ses indicateurs attitrés, ses mouchards.

Cicéron juge opportun de prévenir le Sénat, et il convoque les sénateurs pour le 23 septembre. Mais les Pères conscrits sont en vacances, et la plupart d'entre eux se trouvent plus à l'aise sous les ombrages de leur campagne que dans la fournaise estivale de Rome. La séance a lieu quand même, dans une Curie presque vide, et aucune décision n'est prise. L'initiative du consul avait été maladroite : c'était un coup d'épée dans l'eau, qui n'eut d'autre effet que d'alerter Catilina sans le désarmer pour autant.

Toutefois le procès-verbal de cette séance pour rien mentionne que le sénateur Caïus Octavius, banquier de son état, dont la famille, très ancienne, était d'origine plébéienne, est arrivé en retard, chose qui ne se produisait jamais, car Octavius, originaire de Vellétri – une bourgade située à une quarantaine de kilomètres au sud de Rome –, était réputé pour sa ponctualité :

– Je demande respectueusement aux Pères conscrits d'excuser mon retard, aurait-il dit à l'honorable assemblée ; ma femme Atia a mis au monde, ce matin même, un garçon qui porte mon nom : Octavius.

Les sénateurs présents applaudissent : leur collègue n'avait eu jusqu'alors que deux filles. L'un d'entre eux demande à son voisin :

– Cette Atia, n'est-ce pas la nièce de César ?

– Oui, c'est la fille de sa plus jeune sœur, Julie, et d'un certain Atius Balbus... du moins, en principe.

– Pourquoi dis-tu « en principe » ?

– Parce qu'un jour, en rentrant d'un très long voyage, Atius trouva son épouse enceinte ; il eut quelques doutes, évidemment, mais Julie lui dit qu'Apollon était venu la visiter une nuit, sous la forme d'un dragon, alors qu'elle dormait dans le temple du dieu.

– Encore une histoire à dormir debout. Admettons : ce petit Octave qui vient de naître est donc le petit-neveu de notre collègue César. Il faudra que nous le félicitions. Si cet Octave tient de son grand-oncle, on peut lui prédire une belle carrière.

La carrière de ce nouveau-né sera brillante, car il deviendra le premier empereur romain, sous le nom d'Auguste.

Trois semaines se passent. Cicéron a beau tenter d'ameuter les sénateurs, ceux-ci ne croient pas à ses avertissements.

– Nous n'en sommes plus au temps de Sylla, déclare l'un d'eux. Si la guerre civile se préparait de tous côtés en Italie et que des armées de rebelles devaient converger vers Rome, cela se saurait. Tout est calme, Rome et Cicéron peuvent dormir tranquilles.

Ce n'était pas l'avis de César, et il s'en ouvrit à Crassus.

– Je n'ai pas une grande opinion de la clairvoyance de Cicéron, dit-il à Crassus, mais il est bien évident qu'il a raison et que les sénateurs, toujours prêts à bondir quand on touche à leurs prérogatives, restent scandaleusement inertes.

– Je suis de ton avis, répond Crassus, il faut faire quelque chose, éviter que ne se déclenche une guerre civile qui serait catastrophique pour tout le monde... car c'est Pompée qui tirerait les marrons du feu, et bonjour la dictature militaire...

– J'ai reçu un rapport de Fiesole, renchérit César : le 17 octobre, Manlius se déclarera en état de rébellion contre la République, l'assassinat de Cicéron est programmé pour le 18 et la cité de Préneste sera occupée par les troupes de Manlius le 1er novembre.

– Tu en sais, des choses, lui dit en souriant Crassus.

– J'ai mes espions et mes amis.

– Et moi, j'ai mes lettres anonymes, réplique Crassus.

– Des lettres anonymes ?

– Oui. Elles ont été déposées ce matin par un inconnu chez mon portier. Elles sont destinées à plusieurs sénateurs de notre parti. J'ai ouvert la mienne : elle m'annonce que des événements sanglants vont avoir lieu à Rome et que j'ai intérêt à quitter la Ville et à me réfugier à la campagne.

– C'est curieux. De qui vient cette lettre ?

– Certainement de Catilina. Comme il ne peut se montrer, alors il nous écrit, pour nous mettre en garde...

– ... et pour lui laisser le terrain libre, enchaîne César, tu n'as pas compris ?

– J'ai compris, mais je suis certain que Catilina a besoin de nous deux : de toi, en raison de ta popularité, de moi à cause de mon argent. Alors, comme il craint une bavure, il nous prévient gentiment.

– Je commence à en avoir assez, de ce Catilina, dit César. Il est ambitieux et tortueux, et il ne peut rien en résulter de bon. Allons prévenir nous-mêmes Cicéron.

Le 20 octobre, César et Crassus sont reçus par le consul, lui montrent les lettres et lui confient ce qu'ils savent de la conjuration.

Le consul convoque le Sénat pour le lendemain matin. Il distribue le courrier anonyme que lui a transmis Crassus et invite les sénateurs à lire chacun sa lettre. Cette fois-ci, les Pères conscrits ont compris. Ils proclament immédiatement un sénatus-consulte, déclarant Rome en état de sédition, mais ils demandent encore vingt-quatre heures pour réfléchir plus avant.

Le 22 octobre, à la Curie, César est absent : il a le sentiment que ses révélations vont entraîner des mesures autoritaires et graves, qu'il approuve secrètement, mais auxquelles il préfère ne pas s'associer publiquement ; toutefois il a confié un message à un sénateur qui lui sert de collaborateur particulier au collège des pontifes, un certain Arrius. Cicéron prend la parole : il rend compte des troubles qui se propagent en province. Arrius demande la parole et précise, d'un ton quelque peu solennel :

– Le Grand Pontife n'est pas parmi nous aujourd'hui, mais il m'a chargé de vous apprendre que les villes d'Étrurie sont entrées en rébellion. Les habitants de Fiesole manifestent, il y a des émeutes, les bâtiments officiels brûlent et les fonctionnaires romains sont en danger. Le consul Cicéron a raison de vous avertir, Pères conscrits, et nous, les populaires, nous lui apportons notre soutien.

Cette déclaration produit un grand effet. Dehors, la nouvelle se répand, jusqu'au Forum, que César et le parti populaire appuient l'action de Cicéron et réclament pour lui les pleins pouvoirs. Pour mettre fin à la panique qui envahit la Ville, les sénateurs votent, comme un seul homme, un sénatus-consulte ultime à l'intention des consuls Cicéron et Hybrida.

– C'est le monde renversé, dit un vieux sénateur. Hier, César voulait faire abolir la procédure du sénatus-consulte ultime, comme antidémocratique, et demandait la condamnation de Rabirius qui en avait usé, aujourd'hui il la réclame pour Cicéron !

Cicéron lui-même est bien embarrassé. L'autorité dictatoriale dont on vient de l'investir est une arme à deux tranchants et il n'ose pas assumer la responsabilité d'une répression qu'on pourrait lui reprocher par la suite. Hybrida ne dit rien : il est aux ordres de Crassus, et Crassus lui a ordonné de se taire.

Cependant le temps presse et les nouvelles les plus alarmantes parviennent à Rome : on annonce de partout des rassemblements de troupes, des ventes d'armes, des soulèvements d'esclaves. Les superstitieux colportent la nouvelle de présages et de prodiges de toute sorte : un tremblement de terre ici, un orage dévastateur et des chutes de la foudre là, des apparitions de fantômes.

Enfin Cicéron se décide. Il y avait, dans les environs de Rome, deux généraux, revenus d'Asie avec leurs troupes, dans l'attente d'un triomphe, qui devait leur être accordé, après celui qui avait honoré Lucullus : un décret du Sénat leur donne l'ordre de partir l'un pour Capoue, l'autre pour Fiesole, où des troubles graves ont été signalés ; des préteurs sont désignés pour les accompagner et pour lever, localement, les troupes que les circonstances exigeraient. Cicéron, soutenu par le Sénat unanime, met sur pied un dispositif antiterroriste dans Rome : des postes de surveillance sont établis un peu partout dans la Ville et à ses portes, les suspects sont interrogés, voire arrêtés. On encourage même à la délation : toute révélation concernant le complot contre la République sera récompensée d'une prime de 100 000 sesterces si elle provient d'un homme libre, de l'affranchissement si elle provient d'un esclave.

Ces mesures transforment l'ambiance de la Ville. À la gaieté, au laisser-aller des mœurs, aux banquets nocturnes et au « bon temps » que Rome connaissait depuis la mort de Sylla, en 78, succèdent, partout, l'agitation, la défiance, l'inquiétude. Chacun s'enferme chez soi, les barbiers de Subure ne voient plus leurs clients, le commerce périclite, les transactions cessent et le Sénat doit édicter un moratoire pour les dettes : les Romains ne payent plus ni leurs loyers, ni leurs créanciers. Les années folles de l'Urbs semblent terminées.

Cependant, Catilina continue de braver le pouvoir. Il ne se cache pas, vaque à ses occupations et répond même, non sans une insolence goguenarde, à une convocation du préteur Métellus Céler. Sa maison est surveillée, mais il a lui-même son propre garde du corps, un certain Marcellus. Dans la nuit du 6 au 7 novembre, il s'en échappe furtivement, et tient un conseil de guerre chez un de ses complices, Porcius Laeca :

– Il faut en finir, déclare-t-il. Je vais partir pour Fiesole, prendre la tête des armées de la révolution et j'entrerai avec elles dans Rome d'ici quelques jours.

Puis, se tournant vers deux des conjurés, un sénateur du nom de Varguntéius et un chevalier, Cornélius :

– Auparavant, il faut assassiner Cicéron : demain matin, à l'aube, présentez-vous chez lui, sous le prétexte d'éclaircir un point de droit, et tuez-le.

Mais les « indics » de Cicéron – Curius et Flavie – font leur travail et, lorsque les deux conjurés qui devaient le tuer frappent à sa porte, au petit matin du 8 novembre, ils sont éconduits fermement ; toutefois le consul, héroïquement respectueux des principes du droit pénal romain, ne les fait pas arrêter :

– Il n'y a pas eu commencement d'exécution, dit-il à ses gardes, laissez-les partir.

– Mais, Cicéron, ils venaient pour t'assassiner : vois les armes qu'ils portent.

– Il n'y a pas de loi interdisant de porter des armes, et ils ne s'en sont point servis contre moi : à Rome, nous punissons les délits et les crimes, et non pas les intentions.

– Le sénatus-consulte ultime te permet de prendre toutes les décisions que tu juges utiles.

– Rabirius aussi avait agi au nom d'un sénatus-consulte ultime : trente-neuf ans plus tard, on l'a jugé pour crime imprescriptible de haute trahison.

Quelques heures plus tard, au milieu du Sénat convoqué pour une assemblée extraordinaire non pas à la Curie, mais dans le temple de Jupiter Stator, Cicéron prononcera le plus célèbre discours de sa vie, la *Première Catilinaire*.

Le temple de Jupiter est plein à craquer. Cicéron, sans doute sur les conseils de César, avait choisi ce monument, en haut du mont Capitole, parce qu'il constituait une véritable forteresse, facile à défendre dans le cas d'une attaque par surprise. Tout au long de la Voie sacrée et de la rampe qui montait au Capitole, on avait placé tout ce que Rome possédait de troupes de vigiles ; un cordon de chevaliers romains, fidèles alliés du chevalier Cicéron, entourait le temple. Pendant la nuit, les patrouilles de police avaient été plus nombreuses que jamais.

On croyait que Catilina n'aurait pas eu l'audace de se présenter. Quand les sénateurs le voient entrer dans le temple, nul ne s'approche de lui. Il s'assied sur un banc vide, qui restera vide pendant toute la séance. Le silence se fait. Cicéron se lève, majestueux. D'un geste, il commande à Catilina de se lever, puis sa voix éclate et tonne :

– Jusques à quand enfin, Catilina, abuseras-tu de notre patience ? Combien de temps encore ta fureur esquivera-t-elle nos coups ? Jusqu'à quel point s'emportera ton audace sans frein ?

Catilina ne bronche pas, devant cette attaque de front ; l'assemblée non plus : on entendrait voler une mouche. Cicéron poursuit :

– Tes projets sont percés à jour, ne le sens-tu pas ? Ta conjuration, connue de tous, est déjà maîtrisée : ne le vois-tu pas ?

Puis il évoque la réunion nocturne chez Laeca et la tentative d'assassinat dont il a fait l'objet le matin même :

– Ce que tu as fait la nuit dernière, et la nuit précédente, où tu as été, qui tu as convoqué, quelles décisions tu as prises, crois-tu qu'un seul d'entre nous l'ignore ?

Et il prend l'assemblée à témoin :

– Ô temps ! Ô mœurs ! Le Sénat le sait, le consul le voit ; et cependant cet homme vit encore. Il vit ? Bien mieux ! Il vient au Sénat, il prend part aux délibérations publiques, il marque et il désigne de l'œil, le condamnant à mort, chacun d'entre nous !

La conclusion tombe, comme le couperet de la guillotine :

– C'est à la mort, Catilina, que, sur l'ordre du consul, il aurait fallu te conduire.

Après cette attaque brutale, violente, Cicéron entreprend d'argumenter. Il montre que le crime de complot contre la République est établi par les ordres transmis à Manlius, par les séditions de Fiesole et de Préneste. Il dit ce qui s'est passé chez Porcius Laeca. Il détaille tous les projets de massacres et d'incendies mis au point par les conjurés et laisse tomber son verdict :

– Je vais te dire, Catilina, ce qu'ici l'on pense de toi : sors de Rome et, si tu n'attends que ce mot, pars pour l'exil, Catilina. Ne comprends-tu pas le silence des sénateurs ? Ils me laissent dire ; ils se taisent. Ils confirment cet ordre formel par leur silence. Et ces chevaliers, que tu as vus autour du temple de Jupiter, tu as pu à l'instant entendre leurs clameurs. Je retiens à peine leurs mains. Leurs armes sont prêtes à te frapper. Pars, Catilina, pars, et ne reviens jamais.

Le soir même, épouvanté sans doute par le poids de ces haines muettes autour de lui, Catilina quittait Rome, pour rejoindre les troupes de Manlius.

Pendant tout le discours de Cicéron, César était resté de marbre. Son plan personnel se réalisait comme il l'avait prévu et calculé : son rival, au sein des populaires, était provisoirement éliminé sans qu'il ait eu à jouer le rôle de l'ange exterminateur qu'on aurait pu lui reprocher plus tard.

Le lendemain 9 novembre, Cicéron adressait aux sénateurs un second discours contre Catilina, dans lequel il justifiait sa position. Catilina en exil, Rome, selon lui, n'avait plus rien à craindre car l'armée de rebelles réunie à Fiesole était faite de vieux soldats peu dangereux et de débauchés ; quant aux conjurés qui étaient encore à Rome, ils n'étaient pas nombreux et faciles à capturer : un châtiment terrible les attendait.

– Décidément, dit César à Crassus après cette *Deuxième Catilinaire*, Cicéron ne comprendra jamais rien à rien. Si j'étais à la place de Catilina, j'aurais fait mine de partir pour la Narbonnaise, et j'aurais ensuite rejoint Fiesole. Quant à l'armée de vieillards et de débauchés dont il nous parle, il se met le doigt dans l'œil : je connais Manlius, et il sait monter une armée, comme je l'avais fait quand j'étais jeune, en Cilicie, contre Mithridate.

– Pourquoi n'interviens-tu pas ? lui demanda Crassus.

– Laisse donc ce gros bonhomme de Cicéron s'enfoncer. De toute façon, il est obsédé par le formalisme juridique. Il ne fera condamner la conjuration que lorsqu'elle éclatera : il me fait songer à un pompier qui verrait couver le feu sous la cendre et qui attendrait que la maison brûle pour se décider à l'éteindre.

– Que ferais-tu, à sa place ?

– Il y a longtemps que j'aurais arrêté tout le monde et flanqué en prison pour la vie tous les conjurés, Catilina en tête.

– Mais la plèbe ? Qu'est-ce que tu en fais de la plèbe ? interroge Crassus. Le programme de Catilina est irréalisable, mais il est sacrément démagogique : ils sont nombreux, les pauvres et les sans-le-sou de Rome, à croire qu'ils ne seront plus pauvres lorsque les riches, sénateurs ou non sénateurs, auront été massacrés et qu'ils se seront partagé leurs richesses.

– C'est le seul point noir de l'affaire. Tout dépendra de la personnalité des conjurés qu'on arrêtera et de ce que feront les tribuns. Mais les nouveaux tribuns de la plèbe entrent en fonction le 10 décembre. À mon avis, le mois de décembre sera le mois décisif.

Catilina avait quitté Rome sur-le-champ. Avant de partir, il avait écrit au président du Sénat, Catulus, pour mettre sa femme, Orestilla, sous sa protection et pour protester de son innocence, disant n'avoir agi que pour défendre les malheureux et avoir été outré par le résultat des élections consulaires qui avaient mis au pouvoir des hommes qui n'y avaient pas droit, tels Silanus et Muréna. Puis il s'éloigna de Rome par la via Aurélia, qui suit la côte et qui était la route de la Gaule Narbonnaise ; durant son voyage, il écrivit de nombreuses lettres à des nobles qui avaient été consuls, leur disant non pas qu'il s'exilait, mais que, victime de tant de calomnies et incapable de résister à la cabale de ses ennemis, il s'enfuyait dans la ville libre de Marseille, en Gaule Narbonnaise.

Tout cela était faux, bien entendu. Dès qu'il se fut suffisamment éloigné de Rome, Catilina obliqua vers la via Flaminia, qui menait à Fiesole, en Étrurie, rejoindre Manlius, qui l'attendait sous les murs de cette cité. Il y parvint vers la mi-novembre, et pénétra dans la ville précédé de licteurs, avec tout l'apparat d'un général en chef. Lorsque à Rome on fut assuré de ce fait, on considéra qu'il avait abattu son jeu et Catilina, Manlius et tous leurs soldats furent déclarés ennemis publics.

Vers la fin du mois de novembre, les craintes de César se confirmèrent. Les conjurés qui étaient restés dans Rome mettaient en œuvre le plan destructeur décidé dans la maison de Laeca, dans la nuit du 6 ou 7 novembre, au cours de cette réunion qui avait provoqué le sursaut sénatorial. Ils attendaient l'intronisation des tribuns de la plèbe, et en particulier de Calpurnius Bestia, qui était des leurs. Il avait été prévu que celui-ci interpellerait Cicéron, l'accuserait d'avoir forcé un innocent défenseur de la plèbe à l'exil, et que des meneurs, répartis dans douze quartiers bien définis de Rome, mettraient simultanément le feu à tous les bâtiments, facilement inflammables, comme on le sait. La maison de Cicéron n'échapperait pas aux incendies, bien entendu, son propriétaire serait égorgé, et son meurtre serait le signal du massacre des sénateurs. Catilina pourrait alors entrer en maître dans la Ville.

Cicéron était tenu au courant de ces manœuvres par Curius et Fulvie, ses indicateurs préférés, mais il se refusait d'exercer les droits que lui avait conférés le sénatus-consulte ultime avant le premier flagrant délit : on ne punit pas des intentions de crimes, répétait-il, on punit des crimes, ou des commencements de crimes. Or les conjurés étaient habiles et prudents. Il fallait attendre qu'ils commettent quelque erreur fatale.

– Ne t'en fais pas, Cicéron, ils la commettront, cette erreur, lui dit un soir César, en le raccompagnant chez lui, avec une escorte de cinquante hommes d'armes : il y a trop de conjurés qui veulent jouer le rôle de chef parmi eux. Dans une bonne conjuration, il doit n'y avoir qu'un chef, et un seul.

Cette erreur, les conjurés devaient la commettre dans la journée du 3 décembre 63, et ils la payèrent de leur vie au soir des nones de ce même mois, autrement dit au soir du 5 décembre 63.

CHAPITRE XXIV

Les nones de décembre

(5 décembre 63)

À cette époque, un peuple de la Gaule Transalpine, implanté au sud du Rhône et du lac Léman, celui des Allobroges, avait envoyé des députés en ambassade à Rome. Ils venaient présenter leurs doléances aux magistrats romains contre les gouverneurs qui les avaient accablés d'exigences et d'exactions. Ils ne pouvaient tomber à un plus mauvais moment : le gouverneur qu'ils accusaient de concussion se trouvait être le consul désigné pour l'année 62, Muréna, l'ami et le client de Cicéron, et les députés allobroges furent éconduits par le consul et par le Sénat.

En l'absence de Catilina, interdit de séjour à Rome, le chef des conjurés dans la Ville était Lentulus. Il comprend rapidement le profit qu'il peut tirer de la présence des Allobroges et leur délègue un de ses hommes, Umbrénus, afin de les déterminer, si possible, à s'allier avec eux :

– Tu comprends, Umbrénus, lui avait-il dit, les Allobroges ont été grevés d'impôts en tout genre par Muréna, ils croulent sous le poids de leurs dettes fiscales, comme la plupart de nos plébéiens. Tu dois parvenir à les faire marcher avec nous.

– Je connais bien la plupart des chefs allobroges, avait répondu Umbrénus, qui faisait des affaires commerciales avec les peuples gaulois ; je leur achète, tous les ans, des centaines de livres de fromage et je leur vends du blé.

– Ah ? Parce qu'ils font du fromage ?

– Et du fameux, un fromage à pâte molle, avec une croûte solide ; fondu avec un peu de vin blanc de leur pays, c'est un délice.

– Tu m'en rapporteras, la prochaine fois où tu partiras les visiter.

Umbrénus en ville, à la recherche des Allobroges. Il les rencontre sur le Forum, les aborde et leur parle de leur pays :

– Que de fois je suis venu chez vous ! Je me suis souvent baigné dans votre grand lac, près de Genève ; et Vienne, on y mange toujours aussi bien ?

– La vie est devenue difficile. Nous avons tous été ruinés par Muréna. Nous sommes couverts de dettes.

– Si seulement vous aviez le courage de vous comporter comme des hommes, leur dit Umbrénus, je vous montrerais le moyen d'échapper à cette misère. Suivez-moi.

Umbrénus conduit les Allobroges dans la maison de Sempronia, qui était toute proche du Forum. Il leur expose les buts de la conspiration, les noms des conjurés.

– Aidez-nous à faire la révolution ; nous avons besoin de cavaliers : vous pouvez nous en fournir. Une fois vainqueurs, nos chefs, Catilina et le préteur Lentulus, effaceront toutes vos dettes.

Les Allobroges sont des montagnards qui ne se décident pas très vite. Ils parlent avec lenteur, réfléchissent longtemps. Finalement l'un d'eux donne une réponse prudente :

– Nous allons y penser.

Ils discutent longuement entre eux. Ces Gaulois sont partagés entre leur amour de la guerre et l'annulation de leurs dettes d'une part, les risques d'insuccès de la conjuration d'autre part. Finalement, c'est la sagesse qui l'emporte : ils vont trouver le magistrat romain responsable de leurs cités, un certain Fabius Sanga, et, comme on dit chez eux, ils mangent le morceau. Fabius prévient discrètement Cicéron, qui saisit la balle au bond :

– Recommande à ces Allobroges de feindre d'accepter et de réclamer des engagements écrits et signés par le plus grand nombre de conjurés possible, lui dit le consul.

Sanga transmet le conseil aux Allobroges, qui obtiennent de Lentulus des tablettes écrites, contenant les promesses qui leur sont faites, et scellées du sceau des principaux conjurés présents à Rome : Lentulus, Céthégus, Statilius, Cassius notamment. Les Gaulois repartent ensuite vers la Narbonnaise, accompagnés par un conjuré, Volturcius de Crotone, porteur d'une lettre adressée par Lentulus à Catilina.

De leur côté, les Allobroges préviennent Cicéron : ils quitteront Rome le 3 décembre, vers quatre heures du matin, par la route qui débouche sur le pont Mulvius. Cicéron ordonne à deux des préteurs fidèles à la République de tendre une embuscade nocturne aux environs de ce pont, et l'affaire est dans le sac : comme convenu, les députés allobroges sont arrêtés, ainsi que Volturcius de Crotone, les documents scellés sont saisis et Cicéron convoque immédiatement le Sénat au temple de la Concorde, sur le Forum. Il exulte : il tient enfin la preuve matérielle de la conjuration et des intentions des conjurés.

Il fait encore nuit lorsque la séance commence. Cicéron fait circuler les tablettes scellées entre les mains des sénateurs, et ordonne l'arrestation immédiate de ceux d'entre eux qui ont apposé leur sceau sur les tablettes, ainsi que des perquisitions à leurs domiciles. On y trouve des documents et des armes qui aggravent leur cas. Un procès-verbal est établi, et les Pères conscrits, à l'unanimité des présents, votent la destitution du préteur Lentulus, son arrestation et celle des autres conjurés.

La journée du 3 décembre s'achève. Le soir tombe. Sans plus tarder, Cicéron convoque les tribus au Champ de Mars. Il veut que son réquisitoire soit public. À la lueur des flambeaux, devant tous les sénateurs et devant le peuple romain, il prononce sa *Troisième Catilinaire* :

– C'est la République, citoyens, clame la voix de bronze du consul, c'est votre vie à tous, ce sont vos biens et vos fortunes, vos femmes et vos enfants, c'est le siège du plus illustre empire, c'est la plus puissante et la plus belle des villes, qu'en ce jour la protection insigne des dieux immortels, mais aussi mes efforts, ma vigilance, mes périls viennent d'arracher au fer et au feu, et, si j'ose dire, aux dents cruelles du Destin, pour vous les conserver et pour vous les rendre.

Et le consul raconte au peuple la séance qui vient de se tenir au Sénat. Il dit combien les faits reprochés aux conjurés sont graves, comment les complices de Catilina ont été convaincus de leurs crimes, comment ils ont avoué et que neuf d'entre eux ont été mis en état d'arrestation :

– Telle a été, citoyens, l'indulgence du Sénat que, dans une conjuration si étendue, parmi tant d'ennemis de l'intérieur, il a estimé que le châtiment de neuf hommes des plus criminels suffirait, la République étant sauve, pour guérir la folie de tous les autres.

Cicéron termine son discours sur une invocation à Jupiter et quitte la tribune sous les applaudissements et les vivats. César n'a toujours pas bronché.

Une fois les comices dispersés, le consul fait occuper militairement le Capitole, et il y passe la nuit du 3 au 4 décembre. En effet, cette nuit-là, comme chaque année, on célébrait la fête de Cybèle, la « Bonne Déesse », dans la maison d'un des plus hauts magistrats de la cité, qui s'était trouvée être celle de Cicéron. Le rituel de la fête interdisait la présence de quelque homme que ce fût sous le toit de la demeure où elle se déroulait et Cicéron était donc dans l'obligation de découcher. Compte tenu du rôle qu'il avait joué en dénonçant la conjuration, et du fait que des centaines de comparses des conjurés avaient été laissés en liberté et parcouraient les rues de Rome à la recherche d'esclaves ou d'affranchis avec lesquels ils tenteraient de délivrer les prisonniers, le consul avait trouvé plus prudent de passer cette nuit sous la garde d'une garnison bien armée.

Car l'affaire n'était pas terminée. Il fallait encore décider, sans délai, du sort des coupables. Théoriquement, en vertu du sénatus-consulte ultime, Cicéron pouvait prendre, seul, et sans avoir à s'en expliquer, la décision qui lui paraissait la meilleure. Mais c'était là une terrible responsabilité, et il tenait à la partager avec le Sénat tout entier. Le 4 décembre, dès qu'il s'éveille sur le mont Capitole, il convoque les Pères conscrits pour le jour même. Il faut en finir avec l'enquête, prévoir des récompenses pour ceux qui ont aidé à l'arrestation des conjurés, en particulier pour les Allobroges, et prononcer les sentences. La journée se passe en discussions et en tergiversations. La délibération est renvoyée au jour suivant, aux nones de décembre.

La séance se tient encore dans le temple de Jupiter, sur le Capitole. Cicéron ouvre les débats :

– Pères conscrits, je n'ai pas voulu répondre seul à la question du sort des conjurés. La situation est trop grave pour que je puisse me permettre de décider sans avoir votre avis.

Silanus, l'un des deux consuls désignés pour l'année 62, parle le premier : il opte pour la mort des conjurés arrêtés.

César parle ensuite. Un silence impressionnant se fait dans le temple. Pour la première fois depuis le commencement de l'affaire, il va donner son avis. Il se lève, et, dès ses premiers mots, l'assemblée comprend qu'il ne se place pas sur le terrain de la rhétorique :

– Tout homme, Pères conscrits, qui délibère sur un cas douteux, doit être exempt de haine, d'amitié, de colère et de pitié.

(Mouvements dans l'auditoire) : – Il a dit « cas douteux », y aurait-il anguille sous roche ?

Cicéron est cramoisi. César continue :

– L'esprit distingue malaisément la vérité à travers de pareils sentiments, et jamais personne n'a servi à la fois sa passion et son intérêt.

(Mouvements dans l'auditoire) : – Il parle de passion, à qui fait-il allusion ?

– Lorsqu'on est rigoureux avec sa raison, on lui garde toute sa force ; la passion prend-elle sa place, c'est elle qui domine, et l'esprit perd ses droits. Je pourrais vous rappeler, Pères conscrits, toutes les mauvaises décisions prises par les rois et les peuples sous l'impulsion de la colère ou de la pitié : mais je préfère citer les cas où nos ancêtres ont dominé leur passion pour agir suivant la sagesse et la bonne règle.

(Mouvements dans l'auditoire) : – Voilà bien du César ; il se raccroche à la Constitution romaine de tous les temps, celle qui veut qu'on applique à un criminel une peine que la loi ou la tradition a prévue, car rien n'est plus pernicieux que de créer des précédents.

– Dans toutes les guerres puniques, malgré tous les crimes abominables commis par les Carthaginois pendant les périodes de trêve, jamais nos ancêtres ne profitèrent des occasions pour leur rendre la pareille ; le souci de leur propre dignité leur importait plus que la possibilité de justes représailles.

(Mouvements dans l'auditoire) : – À quoi fait-il donc allusion ?

– Faites comme eux, Pères conscrits, prenez garde que le crime de Lentulus et de ses complices ne l'emporte plus, à vos yeux, que le souci de votre dignité : n'allez pas sacrifier votre réputation à votre ressentiment.

(Mouvements dans l'auditoire) : – César va enfin dévoiler sa pensée, c'est bien amené.

– Si l'on peut trouver, dans nos lois et dans nos traditions, un châtiment que méritent leurs actes, serait-ce la mort, j'y souscris.

(Mouvements dans l'auditoire) : – La loi, rien que la loi et pas davantage, c'est audacieux ; il va se faire écharper.

– Mais si le crime est tel qu'il dépasse toute imagination, qu'il soit puni, oui, mais je vous en supplie, Pères conscrits : n'inventez pas de peine nouvelle.

(Mouvements dans l'auditoire) : – Subtile manière de refuser la peine de mort, qui n'est pas prévue dans les lois romaines.

César se tourne maintenant vers Silanus, qui a réclamé la peine de mort pour les coupables :

– Seule la peur et l'énormité du crime ont pu te décider, Silanus, toi qui es consul désigné, donc garant des lois, à proposer un châtiment inconnu de nos lois. Mais la peur, elle, a disparu, maintenant que, grâce à notre éminent Cicéron, les troupes sont partout...

(Mouvements dans l'auditoire) : – C'est le coup de pied de l'âne.

– ... et, quant à la peine, que Silanus songe que la mort n'en est point une, puisque la mort, c'est le repos de nos tourments.

(Mouvements dans l'auditoire) : – Nous y voilà ; la peine de mort ne fait pas partie de notre code pénal, donc n'inventons pas un crime spécial pour peine de mort. Comment l'opinion publique, si bien remontée par Cicéron depuis deux mois, va-t-elle prendre ça ?

– Pères conscrits, en prononçant la peine de mort pour les accusés, vous créez un précédent. Or, méfiez-vous : si le pouvoir passe un jour en des mains ignorantes, ou malhonnêtes, cette peine extraordinaire, que vous destinez à des coupables extraordinaires et qui la méritent, risque d'être invoquée pour des innocents qui ne la méritent point. Les bons précédents font les mauvais abus.

(Mouvements dans l'auditoire) : – César, on a compris, tu ne veux pas de la peine de mort ; que proposes-tu ?

– Faut-il donc relâcher les accusés ? Que non. Voici ma proposition : que l'on confisque leurs biens, qu'on les mette en prison, bien enchaînés, et que cette affaire soit close à tout jamais.

César, en invoquant le droit et les traditions des Romains, avait frappé très fort l'imagination de l'auditoire. Quintus, le propre frère de Cicéron, l'approuve. Mais Cicéron tient à sa peine de mort, et il prononce la *Quatrième Catilinaire*, son dernier discours contre Catilina. Ce qui compte, dit-il, c'est le salut public et non pas de subtils distinguos ; quant à la peine de mort, elle est finalement moins barbare, plus douce que la détention à vie. Et, comme il ne veut pas perdre totalement la face, il déclare :

– Mon intérêt personnel, c'est de me ranger à l'avis de César ; puisqu'il prône une politique démocratique, si un jour cette politique s'instaure, il ne pourra alors rien me reprocher, et je n'irai au-devant d'aucun danger. Mais je dis que l'intérêt de l'État passe avant celui de ma propre personne. Et je vois, ajoute le consul, que, parmi ceux qui font profession d'être démocrates, plus d'un sénateur s'est abstenu de venir, pour ne pas avoir à condamner à mort un citoyen romain.

(Mouvements dans l'auditoire) : – Cicéron s'embrouille. César, en évoquant le caractère sacré de la personne d'un citoyen romain, a ébranlé les sénateurs et le consul ne sait plus comment s'en sortir.

De fait, Cicéron ne trouve qu'un moyen de sauver la face : il en appelle au Sénat. C'est à lui de décider, et le consul suivra :

– Pères conscrits, vous avez devant vous un consul qui n'hésitera pas à obéir à vos décrets et qui sera capable de défendre vos arrêts, jusqu'à son dernier souffle, et de prendre personnellement toutes ses responsabilités.

C'est Caton le Jeune qui emporte finalement la décision. Il invoque le péril immédiat, le salut public ; il affirme que le crime des catiliniens est l'équivalent d'un flagrant délit et qu'il mérite la peine de mort, suivant l'usage des ancêtres en matière de flagrant délit.

Les Pères conscrits l'acclament. La partie est jouée : les conjurés seront exécutés.

C'est maintenant au consul d'appliquer le décret. Il est d'avis que le plus tôt sera le mieux, ne serait-ce que pour éviter d'autres incidents. Au crépuscule, les cinq chefs de la conjuration, Lentulus, Céthégus, Statilius, Gabinius et Céparius, sont étranglés à l'aide d'un lacet, dans un cachot sombre et humide où, plusieurs années plus tard, Vercingétorix subira le même sort.

Il fait presque nuit lorsque Cicéron, accompagné d'un imposant cortège, arrive sur le Forum. Il monte à la tribune aux harangues. Une foule immense et silencieuse attend de connaître l'issue du procès. Cicéron ne dit qu'un mot, terrible :

– *Vixerunt* (« Ils ont vécu »).

Cicéron fut acclamé comme le sauveur de la République.

De son côté, César, accompagné de Crassus, regagna la maison royale qu'il habitait sur le Forum, en tant que Grand Pontife, et qui était gardée par un service d'ordre discret, mais efficace. À la sortie du temple de Jupiter, on l'avait hué, et plusieurs chevaliers avaient tiré leur épée et tenté de le frapper. Mais il savait que c'était lui qui avait vaincu, car il avait atteint tous ses objectifs. Il s'en expliquait encore avec son compagnon, tard dans la nuit, dans la pièce qui lui servait de cabinet de travail.

– Le véritable sauveur de la République, disait-il à Crassus, ce n'est pas Cicéron, c'est moi.

– Tu ne crois pas que tu vas un peu loin ? C'est quand même Cicéron qui a déclenché officiellement l'affaire avec son désormais fameux « Jusques à quand... », le 8 novembre dernier.

– Cicéron était au courant de la conjuration depuis le 20 septembre, par Fulvie, la maîtresse de Curius, il n'en a rien fait.

– Il a cependant averti le Sénat trois jours plus tard, souviens-toi, c'est le jour où Octavius est arrivé en retard de Vellétri parce que sa femme venait d'accoucher d'un petit Octave.

– Je m'en souviens parfaitement, d'autant que ce petit Octave, qui a aujourd'hui trois mois, est mon seul descendant mâle.

– Vraiment ?

– Oui, c'est le fils de ma nièce Atia, qui était elle-même la fille de ma sœur Julie : c'est mon petit-neveu. Comme je n'ai pas de petit-fils, je le considère comme tel. J'en suis très fier. Mais revenons sur la séance du

23 septembre : il n'a rien fait, Cicéron, et il ne pouvait rien faire, puisqu'il n'avait pas de preuves. La seule attitude intelligente aurait été de se taire, mais, cela, le consul en est totalement incapable. Résultat : les catiliniens ont été alertés par sa harangue, et ils ont pris leurs précautions. Son fameux « Jusques à quand... », pour parler comme toi, il n'a pu le lancer que grâce à nous deux, après que nous lui eûmes apporté les lettres anonymes des conjurés, le 20 octobre. Si nous les avions gardées, ou brûlées, Cicéron n'aurait rien pu faire. C'est nous, mon cher Crassus, les sauveurs de la République.

– L'histoire jugera.

– Oh ! l'histoire, je m'en méfie. Elle est écrite par les vainqueurs. Personne ne saura jamais qui était vraiment Catilina, et ce qu'il voulait. On ne gardera de lui que le souvenir d'un immonde assassin, parce que Cicéron et les siens l'ont ainsi défini et condamné. On ne connaîtra jamais la vérité. Après l'élimination du réseau des catiliniens de Rome, il va tenter un baroud d'honneur dans le Nord, avec Manlius, et ils seront taillés en pièces, soit par les armées consulaires, soit par celle de Pompée, qui arrive d'Orient.

– Tu es d'accord, cependant, sur le fait qu'il fallait condamner les catiliniens ?

– Oui, mais je n'étais pas partisan de les condamner à mort. On ne m'a pas suivi, les chevaliers ont même tenté de m'écharper, mais mon discours a mis la plèbe de mon côté.

– J'ai l'impression que tu te contredis.

– Je ne me contredis absolument pas. Un, je ne crois plus à la République romaine étriquée du Sénat et des consuls qui changent tous les ans, tu le sais bien, et j'ai des aspirations bien plus vastes. Deux, je ne veux pas la détruire, je veux la transformer en un État de droit, le même pour tout le monde, sans distinction de peuples ou de fortunes, réunissant l'Occident et l'Orient, sous une autorité unique et continue. Je suis donc tout autant l'adversaire des cicéroniens que des catiliniens. Cela m'arrange que Catilina se soit écarté lui-même du pouvoir par son entreprise absurde et sans lendemain, et cela m'arrange que Cicéron se soit ridiculisé dans cette affaire, qu'il a démesurément grossie.

– En résumé, César, en remettant les preuves de la conjuration à Cicéron, tu as fait coup double : tu as conservé une République que tu veux pouvoir modifier dans l'avenir, et tu as éliminé Catilina de ton chemin.

– Tu n'as pas compris, Crassus. Je n'ai pas l'intention de réaliser mon grand dessein par la force ou par les coups d'État, je veux le réaliser avec l'aide du peuple romain tout entier. Pour cela, il me faut non pas assassiner – comme voulait le faire Catilina – mais discréditer les hommes qui tiennent le pouvoir sénatorial et consulaire actuel ; il me faut aussi discréditer le populisme artificiel et les méthodes sanguinaires des catiliniens, tout en gardant la confiance du peuple. Je crois que ces buts ont été atteints : personne n'a été assassiné, la République sénatoriale chancelle, et, en dénonçant Catilina tout en me refusant à voter la peine de mort pour ses complices, je reste du côté du peuple.

– C'est filandreux, conclut Crassus, mais ça se tient. Et maintenant ?

– Maintenant, c'est aux tribuns de la plèbe de jouer. Dans une semaine, le 10 décembre, comme tous les ans, les tribuns désignés entrent en fonctions. Je vais les utiliser pour qu'ils prennent à nouveau position contre la procédure du sénatus-consulte ultime, qui est la porte ouverte à tous les excès, à un tel point que Cicéron lui-même n'a pas osé l'utiliser, et pour rabattre son caquet à ce brave Cicéron quand il fera son discours de consul sortant.

– Tu as un plan ?

– Tout est prêt. J'en ai parlé au tribun Métellus Népos. C'est un pompéien, et il déposera une proposition de loi tendant à rappeler Pompée pour rétablir l'ordre en Étrurie, où l'armée de Catilina et de Manlius tient le pays. Je lui ai demandé aussi de brandir son pouvoir de *veto* pour empêcher Cicéron de prononcer une harangue d'adieu qui serait un hymne à lui-même : on la remplacera par une simple déclaration du Sénat attribuant à son consulat le fait d'avoir sauvé la République.

– Et pour l'année 62, quand les nouveaux consuls seront en place ?

– Il ne me reste plus qu'à créer un conflit entre le Sénat et Pompée, ce qui ne sera pas très difficile, car Pompée, depuis près de quatre ans, est seul maître à bord en Asie : il a pris des habitudes, et il ne supportera pas les agaceries des sénateurs.

– Et de ce conflit, conclut Crassus, tu seras l'arbitre, naturellement.

– Naturellement.

La fin de Catilina, le triste héros de cette conjuration, fut pitoyable ; elle eut lieu quelques semaines plus tard, dans la seconde quinzaine du mois de janvier 62.

Les hommes qui avaient été désignés pour mettre de l'ordre en Étrurie étaient le collègue de Cicéron au consulat, Antoine Hybrida, qui s'était contenté de jouer les seconds rôles dans les affaires de la République, et Métellus Céler, ce préteur qui avait abaissé, au bon moment, le drapeau rouge, sur le Janicule, lors du procès de Rabirius ; autrement dit, deux hommes favorables à César.

Les troupes de Catilina et de Manlius avaient été formées à Fiesole. Au début, l'armée catilinienne comptait à peine deux mille hommes, mais, entretemps, elle avait grossi et elle représentait, en décembre 63, une force de vingt mille hommes, organisée en deux ou trois légions, comme les armées régulières de Rome.

C'était cependant une armée de miséreux : des paysans spoliés par les colons installés en Étrurie par Sylla, et qui n'avaient jamais récupéré leurs terres, des vétérans de Sylla, abandonnés par la République, des esclaves fugitifs auxquels Catilina avait promis l'affranchissement et la liberté. De tous ces soldats, plus gueux que soldats, il n'y en avait guère plus d'un quart qui fût armé régulièrement ; les autres ne possédaient qu'un équipement d'infortune : des petits javelots, parfois des lances, le plus souvent des épieux de bois aiguisés.

Jusqu'aux nones de décembre, le plan de Catilina était de marcher sur Rome, et d'y rejoindre les conjurés qui l'attendaient dans l'*Urbs*. La nouvelle de l'arrestation des chefs du réseau romain l'obligea à modifier son plan de bataille : il décida de partir vers la plaine du Pô, et, de là, passer en Gaule Transpadane, pour en soulever les populations, qui supportaient mal les gouverneurs romains et leurs percepteurs, et pour faire jonction avec les Allobroges, de l'autre côté des Alpes.

Pour réussir ce mouvement, sa route était toute tracée, car il n'y en avait qu'une : il lui fallait traverser les montagnes de l'Apennin en suivant la vallée du Reno, de Bononia (Bologne) à Florence. Métellus Céler vint lui barrer le chemin avec ses légions, trop nombreuses et trop puissantes pour que Catilina acceptât la bataille. Il changea donc de route, renonça à passer par Florence et se dirigea vers Pistoia, où l'attendait Hybrida, qui avait été jadis son ami.

La bataille eut lieu. Hybrida, qui avait mauvaise conscience, prétexta une attaque de goutte, et en confia le commandement à l'un de ses lieutenants, Pétréius. L'engagement ne dura que quelques heures et la bravoure désespérée des catiliniens ne put rien contre le nombre et la supériorité des armements romains. Manlius tomba l'un des premiers. Tous les soldats de la rébellion moururent sur place, frappés de face : aucun n'avait tourné le dos. Catilina, resté seul avec une poignée d'hommes, se rappelant, comme le dit l'historien Salluste, et la noblesse de sa race et son honneur passé, se jette dans la mêlée et tombe, percé de coups, en combattant : son corps fut retrouvé loin devant les siens, au milieu des cadavres ennemis. Il avait gardé sur son visage cet air de violence et d'orgueil qu'il avait eu toute sa vie durant.

CHAPITRE XXV

Cherchez la femme

(décembre 63)

Et si la tête des conjurés n'avait tenu qu'aux œillades assassines d'une jolie femme ?

« Que devons-nous faire des conjurés ? » avait demandé Cicéron aux Pères conscrits, sur la colline capitoline. Cette question, il n'avait pas besoin de la poser, puisqu'il avait été investi des pleins pouvoirs et qu'il avait donc le droit de décider de lui-même. Mais, une fois qu'il l'eut posée, il fallait bien que les sénateurs y répondissent : nous avons dit comment, et avec quelles hésitations.

Le plus habilité à trancher, c'était le consul désigné, Décimus Junius Silanus. Personne n'ayant parlé avant lui, il n'avait donc personne à contredire, et il s'était prononcé pour la mort des accusés. Mais, après avoir entendu le long discours de César, il se ravisa et se rallia à la proposition d'un sénateur, lieutenant de Pompée, qui se nommait Tibère Claudius Néron, qui vint déclarer :

– Nous devons nous prononcer en toute sérénité, et non sous la pression de la foule ou des bandes armées : que le consul Cicéron fasse renforcer la garnison qui nous protège, à l'extérieur, et nous délibérerons ensuite.

Silanus demande alors la parole et, à l'étonnement de toute l'assistance, il revient sur sa proposition :

– Pères conscrits, je me suis mal exprimé ou vous ne m'avez pas compris. J'ai déclaré que j'étais partisan d'appliquer aux conjurés la peine capitale, c'est vrai, mais par « peine capitale », je voulais dire « peine extrême » : or la peine extrême, pour un citoyen romain, ce n'est pas la mort, c'est la prison perpétuelle, comme vient de le dire ce cher César.

– Tiens, Silanus se déjuge, dit Crassus, c'est curieux ; ce n'est pourtant pas ton discours philosophique, César, qui l'a convaincu.

– Non, lui répond César en souriant, ce n'est pas mon discours, je peux te l'assurer.

– Tu m'agaces, César, à sourire toutes les fois que je te pose une question ; j'ai l'air d'un imbécile. Pourquoi Silanus a-t-il fait marche arrière ?

– Cherchez la femme, lui souffla un sénateur goguenard, un certain Popilius, au courant de tous les potins de la Ville.

– La femme, quelle femme ?

– La femme du consul, lui chuchote le même Popilius.

– La femme de Cicéron ?

– Décidément, Crassus, tu vieillis, intervient César, toujours souriant. Qu'est-ce que tu veux que je fasse de la vieille Térentia ?

– La femme du consul désigné, lui précise Popilius.

– Cette Marie-couche-toi-là de Servilia ?

César, énervé, cesse de sourire :

– C'est avec moi qu'elle couche, Crassus, et elle n'est pas ce que tu dis.

– Excuse-moi, je ne savais pas que toi et Servilia... Mais quel rapport avec le revirement de Silanus ?

Popilius trouve que Crassus comprend bien lentement aujourd'hui ; il met cette faiblesse intellectuelle passagère sur le compte de la tension ambiante et lui explique, patiemment, les données de l'intrigue, profitant de ce que César est allé dire quelques mots à Cicéron :

– Servilia est la maîtresse de César depuis environ trois ans ; quand Silanus l'a épousée, il l'ignorait, bien entendu, mais maintenant il le sait.

– Depuis quand ?

– Depuis les dernières élections consulaires : il a surpris les œillades que s'adressaient les deux tourtereaux, elle a rougi, et le soir, sur l'oreiller, elle lui a tout dit.

– Et Silanus ?

– Il est amoureux fou, il accepte tout plutôt que de perdre Servilia, même le ménage à trois.

– Le cocu qui vient au secours de l'amant ! Cocu et content ! Ah ! il est parfait, notre futur consul, ricane Crassus.

– Il est intelligent, c'est différent. Il connaît l'influence extraordinaire de César sur sa femme, et il a peur de le contredire à cause d'elle.

– Alors, parce que César a parlé différemment de lui, il se déjuge, pour ne pas être privé des gâteries que Servilia lui dispense ?

– Tu ne changeras jamais, Crassus, tu es d'un terre à terre ! Je t'ai dit qu'il était intelligent : il sait que la thèse de la peine de mort l'emportera, avec ou sans lui, alors autant qu'il n'en perde pas pour cela les « gâteries » comme tu dis, avec ta vulgarité naturelle.

Tous deux éclatent discrètement de rire, et se tapent sur l'épaule. César est de retour, s'assied, et jette un regard sur les rangées de sénateurs. Il aperçoit Caton le Jeune, cramoisi et agité.

– Regarde un peu Caton, dit-il à Crassus, il va piquer une crise.

Caton, qui avait six ans de moins que César, avait été élu tribun de la plèbe et devait entrer en fonctions le 10 décembre suivant. C'était un homme austère, réputé pour la rigueur de ses mœurs et pour son éloquence. Il avait la voix forte et ferme, mais ne s'emportait jamais, tant par tempérament naturel qu'en vertu de ses convictions philosophiques : il était un adepte du stoïcisme, qui se répandait alors à Rome par l'entremise de divers philosophes grecs et que lui avait enseignés Antipater de Tyr. Sa réputation d'homme intègre et loyal était devenue proverbiale et, lorsque quelqu'un parlait d'un événement étrange ou incroyable, on avait coutume de dire, à Rome : « C'est une chose impossible à croire, quand même ce serait Caton qui l'affirmerait » ; et, lorsqu'un personnage grave et sévère se répandait en considérations moralisatrices, on disait, pour le faire taire : « Ne fais pas ton Caton. »

Par une ironie du sort, ce moraliste sévère était affublé de deux demi-sœurs, nommées toutes deux Servilia, qui avaient la cuisse légère. L'une avait épousé le richissime Lucullus et ne se cachait pas pour le tromper ouvertement ; elle était devenue la reine de toutes les parties fines de Rome, au point d'avoir eu à comparaître devant un tribunal pour impudicité et outrage aux mœurs. L'autre était une discrète collectionneuse d'amants en tout genre : lorsque, dans un dîner ou dans une réunion publique, elle rencontrait un homme qui lui plaisait, elle avait coutume de lui adresser une œillade appuyée, avec ses grands yeux noirs, en passant délicatement le bout de sa langue sur ses lèvres rouges, et, le soir même, elle était dans son lit.

César avait eu droit à l'œillade de Servilia et il était devenu son amant. Leur liaison, pour discrète qu'elle fût, était connue de tous, même de l'infortuné mari de la jeune femme, qui n'était autre que Silanus, le consul désigné, qui avait opté pour la mort des conjurés catiliniens et qui venait de se déjuger, ce qui avait fait sourire César d'un air entendu et ce que Crassus n'avait pas compris immédiatement.

Maintenant, c'était à Caton de prendre la parole. Il avait un compte à régler avec César : il ne souffrait pas que celui-ci non seulement fût l'amant de sa sœur, ce qu'il considérait comme scandaleux du point de vue de la morale, mais qu'il s'affichât avec elle, l'épouse du consul désigné, ce qui était une insulte à la République. Et il méprisait la petitesse de Silanus qui, pour conserver les faveurs de sa gourgandine de sœur, venait de réviser sa position quant aux conjurés.

Caton respire un grand coup, et commence sa harangue, d'une voix tonnante :

– Pères conscrits, quand je vois la situation et les dangers dont elle nous menace, quand je repasse en moi-même quelques-uns des avis qui viennent d'être exprimés...

César se penche vers Crassus : « Il connaît ses classiques : il est en train de nous réciter l'exorde d'un discours de Démosthène. »

– ... Eh bien ! je vous le dis, la situation nous impose de nous défendre contre ces criminels, plutôt que de délibérer sur leur sort, comme le proposent Claudius Néron et Silanus, qui vient de revenir sur son premier avis. Sénateurs, vous qui avez toujours estimé vos palais, vos villas, vos statues, vos tableaux plus que la patrie elle-même : si vous voulez conserver ces biens auxquels vous tenez tant, si vous voulez vous livrer tranquillement à vos plaisirs, réveillez-vous enfin, et défendez la République. C'est notre liberté, notre vie même qui est en jeu.

César commente à voix basse l'emportement inhabituel de l'orateur :

– Caton ne peut pas me sentir : il prétend que j'ai entraîné sa sœur dans l'infamie, dans l'adultère ; tiens, écoute-le, Crassus, il parle de moi.

Caton, en effet, avait haussé le ton :

– César vous propose de confisquer les biens des coupables, de les mettre eux-mêmes aux fers loin de Rome, dans l'une de ces cités italiques qui nous sont soumises, afin que leurs amis ne puissent les délivrer. Mais que croit-il donc, César ? Qu'il n'y a de bandits qu'à Rome ? Comment se fait-il, d'ailleurs, qu'au milieu de la terreur générale, il semble être le seul à ne rien craindre ? Pour moi, c'est une raison supplémentaire d'avoir peur...

– Tu entends, Crassus, dit César, il me met dans le même sac que les conjurés.

– J'entends, lui répond Crassus, j'entends ; avec ses grands airs de moraliste outragé, c'est un vicelard, ton Caton, un faux cul. Attendons la suite.

– Au lieu de semer l'effroi dans le Sénat, continue le tribun, César devrait plutôt trembler pour son propre sort. Oui, je sais, il a donné au consul les preuves du complot, mais dans quel but ? Qu'il s'estime heureux s'il parvient à se mettre à l'abri de tout soupçon, lui qui a l'effronterie de réserver sa sensibilité et ses larmes à des monstres qui n'auraient jamais dû voir le jour.

À cet instant, un messager venu du dehors fait passer furtivement à César un billet et se retire comme il est venu. La manœuvre n'échappe pas à Caton, qui interrompt brusquement le flot de ses imprécations :

– Voyez, Pères conscrits, voyez : au vu et au su de tous, on vient de délivrer à César un papier secret. Qui peut savoir ce qu'il contient ? Sans doute une dernière machination. Ordonnez que ce papier soit lu à la tribune de notre assemblée ; tirons au clair ces agissements.

Les sénateurs, à l'unanimité, scandent :

– Le billet, le billet, le billet !

César, impassible et hautain, tend le billet – qu'il n'a pas encore lu – à un questeur, qui se hâte de le porter à Caton. Celui-ci se pourlèche les babines, il tient dans ses mains la preuve que César est un traître à la République, il va pouvoir l'envoyer rejoindre Lentulus et les autres dans le cachot où ils seront mis à mort. Il déplie le billet, s'éclaircit la voix, et en commence la lecture à voix haute :

« Mon chéri, je t'aime, je brûle de caresser ta poitrine, tes cuisses, et tout ce que tu imagines, de te recevoir en moi, viens vite. Ta Servilia. »

L'assemblée tout entière éclate de rire. Caton s'étrangle de rage, tousse, crache, éructe et lance le billet vers César, hilare, en lui criant :

– Tiens, ivrogne !

Et Caton, tout à son irritation, abrège sa harangue et en vient rapidement à sa péroraison ; il désigne les coupables et il termine :

– Puisque le complot sacrilège de ces citoyens criminels a jeté la République dans les plus grands dangers, puisqu'ils ont avoué et que l'aveu, dans notre droit, est l'équivalent du flagrant délit passible de la peine capitale, je donne avis qu'ils soient mis à mort suivant la coutume de nos ancêtres.

Cette dernière motion emporta l'adhésion du Sénat et le décret de condamnation à mort des catiliniens.

Ce fut Popilius qui eut le dernier mot :

– Les œillades de Servilia sont des œillades qui tuent.

CHAPITRE XXVI

Du rififi chez les Pères conscrits

(janvier 62)

Le 1er janvier 62, les nouveaux consuls, Silanus et Muréna, sont investis officiellement de leurs pouvoirs consulaires. César, revêtu de la toge prétexte des préteurs, et précédé de deux licteurs, au lieu de participer au cortège qui avait lieu sur le mont Capitole en leur honneur, descend sur le Forum et se dirige vers la tribune réservée aux magistrats judiciaires : en tant que préteur urbain, il est maintenant le « patron » de la justice romaine. Et il le prouve en ouvrant le premier procès de l'année. Le peuple accourt, intrigué : d'ordinaire, le premier jour de janvier, les préteurs défilent avec les consuls et les autres personnages officiels. On s'interroge :

– Ce César, il ne fait jamais rien comme les autres.

– Il est venu avec ses licteurs, ce doit être sérieux.

– Qui va-t-il accuser ?

– Va savoir. Il doit avoir eu vent d'un scandale quelconque.

Petit à petit le silence se fait, César a commencé à parler :

– Citoyens, je suis votre nouveau préteur. En tant que tel, j'ai le devoir d'accuser et vous avez celui de juger. D'ordinaire, on traîne devant le tribunal de la République des pauvres gens couverts de dettes, des brigands ou des empoisonneuses. Moi, César, j'ai choisi comme premier accusé celui que Cicéron désigne comme un « modèle de sagesse et d'intégrité », le premier citoyen de Rome, le prince du Sénat, Quintus Lutatius Catulus.

Un murmure parcourt l'assistance. Quoi ? César accuse Catulus ? Mais de quoi ? Un homme si sage, qu'on avait surnommé « le plus honnête des Romains ».

– Citoyens, souvenez-vous. Il y a vingt ans, au mois de juillet 83, lors des désordres qui se sont produits après l'entrée de Sylla dans Rome, le temple de Jupiter, sur le Capitole, a brûlé. En 78, Catulus a été chargé de le restaurer, ce temple, et, quinze ans après, malgré les sommes énormes dépensées, le nouveau temple n'est toujours pas achevé. Il est de mon double devoir de Grand Pontife et de préteur de lui demander des explications sur ses agissements : comment se fait-il que les travaux, qui auraient dû occuper quatre années pleines, ne soient pas encore terminés ? Où est passé l'argent ? Pourquoi le soi-disant « plus honnête des Romains » a-t-il fait graver en lettres d'or sur la façade du temple : « Catulus, restaurateur du Capitole » ? Qu'est-ce que cela signifie ? Je vais entreprendre une sévère enquête, car je pense que ce « restaurateur » s'est d'abord restauré lui-même, je demande qu'on lui inflige un blâme pour négligence grave et que l'on confie l'achèvement de ces pieux travaux à l'illustre Pompée, qui sera bientôt parmi nous, et c'est le nom du sauveur de notre Asie romaine qui sera inscrit au fronton de la demeure de Jupiter.

La foule applaudit à tout rompre. César a réussi un coup de maître : il a resserré ses liens avec les populaires, dont certains avaient mal compris son rapprochement avec Cicéron dans l'affaire Catilina, et il semble tendre les bras à Pompée qui est en passe de prendre la place de Marius dans l'imagerie populaire.

Attirés par les cris de la foule, les Pères conscrits sortent de la Curie. Ils apprennent que Catulus est violemment attaqué par César : immédiatement, la séance d'intronisation des consuls est suspendue, et les sénateurs accompagnent le vénérable homme d'État sur le Forum. Catulus se présente devant la tribune du préteur : il demande à avoir accès à la tribune des harangues pour faire une déclaration.

– Catulus, lui répond César, ici, tu n'es ni le prince du Sénat, ni un illustre patricien, dont la noblesse est aussi ancienne que la mienne, tu es un simple citoyen romain : tu parleras au pied des Rostres, comme tout le monde, et quand je t'aurai donné la permission de parler.

C'était l'humiliation suprême. Les sénateurs affluent, les plus jeunes parlent de prendre la tribune d'assaut, il flotte dans l'air froid de janvier comme une odeur de bagarre. César, satisfait de l'effet produit, ne tient pas à conserver son avantage, car le jeu n'en vaut pas la chandelle : il déclare tenir compte de la comparution volontaire de Catulus, en conséquence de quoi il renonce provisoirement aux poursuites qu'il avait intentées contre lui.

– Pourquoi t'es-tu arrêté en si bon chemin ? lui demanda le tribun Métellus Népos dans la soirée. Tu tenais la carrière de Catulus entre tes mains.

– Népos, il ne faut jamais chercher à vaincre sans raison. Catulus m'a houspillé devant le Sénat, dans l'affaire Catilina, je lui ai rendu la monnaie de sa pièce, ça me suffit. Désormais, il y regardera à deux fois avant de m'attaquer. Et, du même coup, avec cette histoire de temple, je tends la main à Pompée.

– Tu crois que Pompée se contentera d'être accueilli comme un simple restaurateur de temple ? Tu aurais dû le rappeler sous un prétexte plus officiel.

– Pompée n'est pas très malin quand il s'agit de politique, ça lui suffira pour l'instant de savoir que je l'honore. Mais je n'ai pas à m'abaisser davantage : c'est toi qui vas rappeler Pompée.

– Moi ?

– Oui. Tu es tribun de la plèbe, alors joue ton rôle. Dépose un projet de loi tendant à confier à Pompée le rétablissement de l'ordre en Étrurie, où sévit encore l'armée boiteuse de Catilina.

– Je vais me faire huer par la plèbe : les gens du peuple aiment Catilina.

– Tu ne te feras pas huer. L'aventure de Catilina est finie, et bien finie ; le malheureux n'en a plus pour longtemps. En appelant Pompée, nous créons un début de conflit entre lui et le Sénat, et cela, c'est du sérieux. Dépose ta demande après-demain.

– Pourquoi pas demain ?

– Parce que demain tu vas faire occuper le Forum par des gladiateurs et des esclaves, histoire d'intimider les sénateurs, qui vont être pris entre deux feux : ou bien ils auront l'air de céder à la force en acceptant ton projet de loi, ou bien ils se mettront Pompée à dos en le repoussant. Dans les deux cas, ils seront perdants.

– Très fort ! Tout sera fait comme tu le dis. Salut, César.

– Salut, Népos.

César regagna sa maison de Grand Pontife, somptueusement décorée avec l'argent de Crassus, en se frottant les mains. Sa première journée de préture était réussie et il espérait qu'il en serait de même de sa première nuit : Servilia l'attendait dans son lit, et, lorsqu'elle serait repartie, vers minuit, chez son mari le consul, elle devait être remplacée par un vigoureux portefaix dont on lui avait dit le plus grand bien.

Deux jours plus tard, Népos a déposé devant le Sénat son projet de loi tendant à faire revenir Pompée en Italie, avec son armée, et Caton s'y est violemment opposé. Mais, conformément à la Constitution, c'est aux citoyens de trancher, puisque le projet émane d'un tribun de la plèbe. Le moment est venu de proposer la loi au peuple, rassemblé devant les Rostres. César et le tribun sont arrivés dès l'aube sur le Forum, empli de gladiateurs et d'esclaves, prêts à faire le coup de poing. Ils se sont assis côte à côte, sur le terre-plein du temple des Dioscures, où le peuple est rassemblé. Caton est arrivé peu après, en compagnie du vieux général Thermus, qui avait emmené César en Bithynie quand il avait dix-huit ans ; il s'assied entre les deux hommes, en les bousculant quelque peu :

– Je ne voulais pas qu'ils puissent se concerter à voix basse, dira-t-il plus tard.

Arrive le greffier, qui s'apprête à lire le projet de loi. Caton bondit :

– Moi, tribun de la plèbe, j'oppose mon *veto* à la lecture de cet édit.

Népos bondit à son tour :

– Moi, tribun de la plèbe, je vais vous lire mon projet de loi.

Il arrache le papyrus que tenait le greffier, et se met à le lire à haute voix. Caton s'excite, distribue quelques horions, arrache le papyrus des mains de Népos et le déchire. César reste assis, impassible, tandis que Népos, qui connaît le texte de la loi par cœur, se met à le réciter.

Alors commence une inénarrable bagarre. Le vieux Thermus met sa main sur la bouche de Népos, pour l'empêcher de parler, Caton bourre son collègue le tribun de coups de pied, le tire par la toge. Népos donne un coup de sifflet et les gladiateurs envahissent le terre-plein ; l'un d'eux, un géant, saisit Caton sous les aisselles, le soulève comme un fétu de paille et le fait tournoyer à bout de bras :

– Non, pas ça, pas ça... J'ai mal au cœur... Aïe, pourquoi est-ce que tu me pinces, au secours...

Une vingtaine de vieux sénateurs, chenus et sans dents, les entourent et hurlent en chœur des imprécations, mais ne se risquent pas dans la bataille. Finalement, les vigiles arrivent, les gladiateurs se replient, la foule est dispersée et Caton s'est réfugié dans le temple des Dioscures.

Népos reprend la récitation de sa loi, devant les quelques Romains qui ne se sont pas enfuis. Mais les forces de l'ordre appelées en renfort arrivent, au pas de course, et c'est au tour de Népos de prendre ses jambes à son cou, en retroussant sa toge. César n'a pas bronché, pas dit un mot, pas fait un geste : il se retire en silence dans sa maison de Grand Pontife. La plupart des sénateurs sont restés prudemment à l'intérieur de la Curie.

À coups de matraque et de vociférations, les vigiles finissent par rester maîtres du terrain. Métellus Népos s'enfuit, en vouant Caton et les sénateurs aux gémonies et en injuriant les policiers, les menaçant du châtiment que leur fera subir Pompée quand il sera de retour.

Des sénateurs romains se colletant en public, on n'avait jamais vu pareil scandale à Rome. Vers la fin de la journée, le Sénat tient une séance exceptionnelle et convoque les fauteurs de troubles, César et Népos, afin de leur demander des explications. Confortablement installés dans la maison de César, qui, en tant que demeure du Grand Pontife, ne risque pas d'être envahie par les vigiles, les deux hommes s'interrogent sur l'opportunité de se rendre à cette convocation :

– Je n'y vais pas, déclare Népos ; ils vont nous faire le coup qu'ils ont fait aux amis de Catilina, d'autant qu'ils ont maintenant un précédent. Ils vont nous accuser d'être partie prenante dans le complot.

– Ce n'est pas mon avis, lui répond César. Ils sont au courant de ce qui se passe dans le Nord.

– Que se passe-t-il ?

– Le plan de Catilina est de soulever les cités italiennes qui se trouvent au-delà du Pô.

– Comment le sais-tu ?

– J'ai mon propre service de renseignements.

– Comment cela ?

– Je fréquente pas mal de gladiateurs et de pugilistes.

– Ça, tout Rome le sait, dit Népos en souriant malgré la gravité de la situation.

César feint de ne pas avoir entendu l'allusion à ses mœurs et poursuit :

– Il y a beaucoup de gladiateurs dans l'armée de Catilina, mais aussi beaucoup de déserteurs, et les nouvelles circulent vite. Antoine Hybrida, qui a mission d'exterminer les catiliniens du Nord, va leur couper la route du côté de Pistoia, et l'affaire Catilina ne sera plus que de l'histoire ancienne.

– Tu as le mot pour rire.

– La conjuration de Catilina ne m'a pas fait rire. Il y avait chez ce garçon un mélange de bonté et de cruauté qui m'a toujours intrigué. C'était un vrai révolutionnaire, il voulait vraiment le bonheur de la plèbe, des esclaves et des malheureux, mais il avait aussi une ambition dévorante qui lui faisait perdre le sens des réalités. C'était un passionné, et jamais un passionné ne peut devenir un grand politique.

– C'était surtout un sanguinaire...

– Pas plus qu'un autre. Le défaut de tous les grands chefs que Rome a connus, depuis un siècle, est qu'ils ont cru que répandre le sang était une solution politique. Je ne suis pas de cet avis. Ce n'est pas le culte du sang qu'il faut prêcher, c'est celui de la loi. C'est pourquoi je n'ai pas bougé, quand tu t'es battu avec Caton. Il s'était mis dans son tort en déchirant ton papyrus, tu aurais dû en rester là. Et demain, au Sénat, tu faisais un triomphe et tu le faisais condamner par ses pairs.

– Alors, tu es d'avis de te rendre à la convocation des sénateurs.

– Oui, parce que je pourrai ainsi, officiellement, exprimer mon point de vue.

– Vas-y tout seul.

César haussa les épaules et se rendit, seul, au Sénat. Il régnait, autour de la Curie, une atmosphère d'émeute ; les gens de Népos avaient ameuté les populaires, qui étaient venus en masse ; ils cernaient le bâtiment, hurlaient, conspuaient les sénateurs et acclamèrent

César lorsqu'il parut. Celui-ci se fraya difficilement un chemin à travers la foule, puis entra dignement dans le palais sénatorial, où il prit place parmi les magistrats élus, à côté des consuls. Le président du Sénat l'invita alors à s'expliquer sur sa conduite, ce qu'il fit, dans un très long discours.

La séance se prolongea fort tard dans la soirée et le prince du Sénat fit connaître le verdict des Pères conscrits :

– Après les graves incidents qui ont eu lieu ce jour, au cours desquels le tribun Métellus Népos et le préteur Caïus Julius César ont tenté de faire violence au Sénat en organisant contre lui une odieuse sédition, les Pères conscrits, considérant que la République est dangereusement menacée, investissent les consuls Silanus et Muréna d'un sénatus-consulte ultime, qui leur donne droit de vie ou de mort sur quiconque attentera à la sûreté de la République, et suspendent de leur magistrature le tribun Népos et le préteur César, considérés comme responsables des troubles qui ont failli ensanglanter à nouveau le Forum.

César sortit du Sénat sans mot dire. Malgré l'heure tardive, Népos l'attendait et l'interrogea du regard :

– Nous sommes démis de nos fonctions, lui dit-il brièvement.

Le tribun entra dans un état de fureur indescriptible, et, montrant son poing fermé aux sénateurs, qui sortaient les uns après les autres de la Curie, il leur cria :

– Pères conscrits, ce n'est pas moi que vous offensez en me condamnant de la sorte, c'est ma fonction sacrée de tribun de la plèbe : je m'en retourne auprès de Pompée, qui saura venger cette offense.

Puis il descendit les gradins qui le séparaient du centre du Forum, bondit sur un cheval et partit au galop, toujours en montrant le poing. Quant à César, il repartit à pied vers sa maison, calme et pensif.

« Demain, se disait-il en lui-même, je reprendrai ma place au tribunal, et je rendrai la justice : on verra bien ce que le Sénat osera faire. »

Le lendemain, revêtu de la toge bordée de pourpre que portaient les hauts magistrats romains et précédé des deux licteurs auxquels avait droit le préteur urbain, César se rendit à la tribune des Rostres, afin de présider le tribunal. Il venait à peine de s'asseoir sur la chaise curule qui lui était attribuée à cet effet, lorsqu'un jeune esclave vint lui chuchoter à l'oreille que les sénateurs s'apprêtaient à le faire expulser par des vigiles.

« Tiens, tiens, se dit-il, messieurs les sénateurs cherchent l'affrontement ; il faut que j'en parle à Thermus. »

Par chance, ce jour-là, le 4 janvier, le tribunal n'avait eu à juger qu'un litige opposant deux voisins qui se disputaient la propriété des pommes qui tombaient d'un pommier. L'arbre était planté dans la propriété de l'un, à proximité du mur qui séparait les deux quidams, et une partie des pommes tombaient dans la propriété de l'autre. César jugea à la hâte ce grave litige en ordonnant au propriétaire du pommier de couper les branches qui dépassaient par-dessus le mur mitoyen, de sorte qu'une pomme ne puisse jamais tomber de l'autre côté. Et il condamna les deux plaideurs à 10 sesterces d'amende, l'un pour avoir permis à son pommier de pousser au-dessus du jardin du voisin et l'autre pour avoir mangé les pommes qui s'en détachaient. Puis il partit en quête de Thermus.

Depuis qu'il s'était allié politiquement à Crassus, vers la fin de l'année 66, César avait cessé de fréquenter ce général sous les ordres duquel il avait fait ses premiers pas à Mytilène. Ils n'étaient pas adversaires, à proprement parler, mais ils avaient compris qu'ils appartenaient à deux clans différents : Thermus, ancien syllaniste, était un fervent défenseur des prérogatives du Sénat, César avait ouvertement basculé dans le clan des populaires, qui avait toujours eu ses faveurs. Le général avait blâmé César d'avoir décoré toute la ville des trophées et des statues de Marius, en 65, et lui avait même fait remarquer, au moment des fameux Jeux romains de septembre 66, qu'il se comportait en démagogue plus qu'en démocrate, en flattant les bas instincts du peuple. Mais il n'y avait jamais eu de conflit réel entre eux.

Il trouva Thermus chez le barbier qu'il fréquentait naguère, et chez lequel César, depuis qu'il se faisait raser à domicile, ne se rendait plus.

– Salut, Thermus, lui dit-il en s'asseyant sur le tabouret du barbier et en contrefaisant les gladiateurs sur le point de combattre, celui qui va mourir te salue.

– Quel danger te menace donc ? répondit en souriant Thermus.

– Je ne peux plus supporter d'être rasé par d'autre barbier que par celui que j'ai ramené de Cordoue, quand j'étais questeur en Espagne, alors notre bon vieux barbier me terrorise un peu.

– Celui qui te terrorisera n'est pas encore né.

– Tu fais allusion à la bagarre entre toi et Népos, hier matin, devant le temple des Dioscures...

– Parlons-en, de cette bagarre, César ; tu ne crois pas que tu as exagéré ? Tu es resté sans rien dire, sans intervenir. Comment peux-tu t'associer à un tel voyou ?

– Thermus, je fais de la politique, tu le sais ; et j'ai un grand dessein, tu le sais aussi...

– Je ne le sais que trop. Si on te laissait faire, il n'y aurait plus de Sénat.

– Je ne suis pas hostile au Sénat, mais je trouve qu'on ne peut pas gouverner le monde, de Cordoue à la mer Noire, avec simplement six cents Romains préoccupés de leurs avantages.

– Je pense aussi que cela changera un jour, c'est pourquoi j'avais jadis suivi Sylla, mais ce ne sont pas les coups de poing de Népos sur le nez de Caton qui feront avancer les choses. Que vas-tu faire, maintenant ? On dit que tu es retourné présider le tribunal, malgré la décision du Sénat.

– J'ai voulu tâter le terrain, voir jusqu'où les sénateurs iraient... Tu me connais.

– Et ta conclusion ?

– Ma conclusion, c'est qu'il vaut mieux que je m'incline.

– Deviendrais-tu raisonnable ?

– Je n'ai jamais cessé de l'être. Je vais m'incliner non pas que je craigne le Sénat, mais pour montrer au peuple que César obéit aux décrets des sénateurs. Le peuple a une sainte horreur des guerres civiles et des troubles de ce genre : par mon attitude, je vais grimper d'un cran dans son estime, et le Sénat me rétablira bien vite dans mes fonctions. Suis-moi, et tu vas voir ; viens donc visiter mon palais.

Rasés, frictionnés et parfumés, les deux hommes se dirigent vers la demeure de César. Devant sa porte, une multitude de Romains et de Romaines de tous âges et de toutes conditions, qui l'attendaient pour le soutenir, l'acclament lorsqu'il paraît et manifestent leur enthousiasme :

– Bravo, César, nous sommes là, nous te porterons en triomphe jusqu'au Sénat.

L'agitation est à son comble. César harangue la foule, calme sa fureur, lui dit qu'il faut savoir obéir aux décisions du Sénat. La foule se disperse et César, superbe, s'enferme dans sa maison avec Thermus.

– Tu as vu ? J'en fais ce que je veux, du peuple romain. Mais je ne suis ni Sylla ni Catilina : je ne force personne. Et, veux-tu parier : dans moins d'une heure le Sénat vient me rechercher.

Une heure plus tard, une douzaine de sénateurs frappent à la porte de César :

– Le prince du Sénat te demande, César, acceptes-tu de revenir avec nous ?

César accepte, tout en faisant un clin d'œil à Thermus : il a gagné son pari. Quand il pénètre dans le Sénat, tous les sénateurs, debout, l'applaudissent.

– Qu'est-ce que je t'avais dit, Thermus ? J'ai fait coup double, j'ai gagné la confiance du peuple par ma résistance et celle du Sénat par mon obéissance.

De fait, les sénateurs avaient craint un soulèvement populaire qui aurait été d'autant plus dangereux que les catiliniens étaient plus nombreux dans la Ville. Grâce à la sagesse calculée de César, il ne s'était produit aucun désordre : le Sénat pouvait donc respirer. Il fit présenter ses remerciements à César par les sénateurs les plus notables, le prince du Sénat le combla d'éloges magnifiques et le rétablit dans toutes ses prérogatives et César fut raccompagné jusqu'à sa maison de Grand Pontife par un cortège de sénateurs respectueux.

– Ce César, finalement, c'est un faible, dit à Thermus un vieux sénateur, ami de Caton. Nous avons froncé le sourcil, il a pris peur et il s'est incliné devant notre autorité.

Thermus ne lui répondit pas.

« Quel vieux crétin, pensait-il. Ce qu'il prend pour de la faiblesse est en fait une attitude froide et méditée : César nous a tout simplement montré qu'il était le maître de la rue, et qu'il peut nous manipuler à sa guise. Décidément, il a bien grandi, le petit mignon de Nicomède. »

CHAPITRE XXVII

En attendant Pompée

(mars-décembre 62)

Tandis que les sénateurs les plus extrémistes tentaient ce baroud d'honneur contre la montée en puissance de César, la traque contre Catilina battait son plein dans l'Apennin. Des rumeurs circulaient dans Rome : pour les uns, Catilina aurait été fait prisonnier, du côté de Florence ; pour d'autres, il se serait enfui en Gaule Transpadane, au-delà du Pô ; certains le disaient mort, d'autres parlaient de la résurgence prochaine d'un nouveau complot contre la République au cœur même de la Ville. Bref, les esprits étaient remontés et le questeur Novius Niger avait été chargé par le Sénat de promettre des récompenses alléchantes aux dénonciateurs d'éventuels catiliniens.

Les délateurs crurent un instant revenue l'ère bénie de la chasse aux suspects. Curius, qui avait servi d'espion à Cicéron en jouant les agents doubles auprès de Catilina, tenta de glaner quelques sesterces en se vantant d'avoir entendu celui-ci déclarer que son plus fidèle partisan était César, et Novius Niger versa même une prime substantielle à un agitateur de bas étage, Vettius, à la solde du parti sénatorial, pour faire circuler une lettre que César aurait, disait-il, adressée à Catilina.

Pauvres chasseurs de primes ! Le poing de César s'abattit impitoyablement sur eux. En plein Sénat, il invita Cicéron à témoigner du fait que, le 20 octobre de l'année 63, il avait reçu de ses propres mains les lettres anonymes qui lui avaient permis d'ouvrir le procès de Catilina ; Cicéron confirma publiquement ses dires et César demanda aux Pères conscrits de punir le calomniateur.

Les sénateurs lui obéirent comme un seul homme. César quitta alors la Curie, et se dirigea vers les Rostres. Là, Vettius paradait : il avait déjà touché sa prime et bombait le torse. César ne perdit pas de temps ; il ne monta même pas à la tribune, et appela le peuple à la rescousse. Le délateur, qui tenait à la main la lettre compromettante qu'aurait adressée le nouveau préteur à Catilina, ne comprit pas ce qui lui arrivait. En un instant, il fut entouré par une multitude hargneuse et menaçante, frappé, projeté à terre, piétiné, insulté :

– Pendons-le, criaient les plus acharnés, mort au délateur.

– Mort au délateur, reprend la foule, en chœur.

Un portefaix lance à la meute hurlante une grande corde qui pendait à son épaule. Vettius commence à trembler : « Cette fois, je suis fait, se dit-il, ils vont me pendre. »

César intervient, calme la foule qui se met à l'acclamer, empoigne Vettius par sa toge et le traîne, tremblant de peur, au pied des Rostres :

– Vermine, donne-moi cette lettre, ou je te livre au peuple, qui se fera un plaisir de te pendre.

– Pitié !

– Donne-moi cette lettre.

Vettius la lui tend. César la parcourt rapidement, et la brandit du haut de la tribune aux harangues :

– Un faux, un abominable faux !

La foule hurle.

– César, sauve-moi, ils vont me lyncher ! crie Vettius.

– Ce ne serait que justice.

– Non, non, j'ai droit à un procès !

– Pauvre type, eh bien ! tu vas l'avoir séance tenante, ton procès, c'est moi, le préteur, qui préside le tribunal.

Puis, se tournant vers la foule :

– Peuple romain, moi César, préteur urbain, juge Lucius Vettius, ici présent, coupable du crime de dénonciation calomnieuse. Je le condamne à restituer la prime qu'il a touchée pour sa délation et qu'il soit jeté en prison séance tenante. Gardes, dit-il en se tournant vers les vigiles qui avaient mission de surveiller les Rostres, conduisez le condamné à la prison et qu'il soit jeté dans le cachot inférieur.

– Non, César, je t'en supplie, pas au cachot inférieur.

– Au cachot. Après l'enquête, nous verrons si tu dois y rester.

La prison – le *carcer* comme on disait en latin – de la République romaine avait une très mauvaise réputation. Elle avait été aménagée, depuis les temps les plus anciens, dans une ancienne carrière, à proximité des Rostres et du tribunal, entre le bâtiment du Sénat et le temple de la Concorde. Elle était située en contrebas de celui-ci, au pied d'un vaste escalier montant du

Forum au Capitole, l'escalier des Gémonies, sur lequel on exposait les cadavres des suppliciés.

Le *carcer* était composé d'un cachot supérieur, d'une vingtaine de mètres carrés, où l'on plaçait les accusés en détention préventive, dans l'attente de leur jugement ou de leur libération, et un cachot inférieur, le *tullianum*, qui communiquait avec le précédent par un simple trou, par lequel on y jetait les condamnés.

Le *tullianum* était une petite salle circulaire voûtée, d'environ cinq mètres de diamètre, creusée dans le roc, aux parois recouvertes de pierre, dont l'aspect était rendu repoussant et horrible par la saleté, les ténèbres et l'odeur infecte qui provenait des égouts voisins. On y jetait les condamnés à mort, qu'on y laissait mourir de faim ou que l'on faisait, selon les cas, étrangler au lacet ou égorger. C'est dans le *tullianum* qu'avaient été exécutés les catiliniens, au soir du 5 décembre de l'année précédente. En 104 av. J.-C., Marius y avait fait jeter et exécuter par strangulation le Numide Jugurtha, qui aurait dit à ses geôliers, avant de mourir : « Grands dieux ! Romains, que vos étuves sont froides ! » Nous y retrouverons bientôt Vercingétorix.

– Non, César, je me roule à tes pieds, ne me jette pas au cachot, sanglotait Vettius. J'avoue, j'avoue tout. J'ai été payé par les sénateurs pour propager cette fausse lettre. Grâce ! Grâce !

César n'avait pas la vengeance sanglante. Il ne voulait pas ternir sa réputation d'homme de paix, puissant mais tranquille. Il fit conduire Vettius au cachot supérieur, plus pour le dérober au lynchage que pour le punir, et il l'en délivrera quelque temps après.

Quant au questeur Novius Niger, le promoteur de cette campagne de dénonciations, il fut traduit en justice, car César le considérait comme coupable d'avoir, sans mandat du Sénat, entrepris une enquête judiciaire sur un magistrat qui était son supérieur hiérarchique, à savoir sur lui-même, troisième magistrat de la République, après les deux consuls. Pour lui éviter, à lui aussi, le lynchage que lui promettaient les populaires, il l'envoya rejoindre Vettius dans son cachot.

Cette attitude de César, ferme et assurée, mais respectueuse des lois, découragea les extrémistes du parti sénatorial, à l'exclusion de quelques jusqu'au-boutistes, comme Caton, qui se résignèrent à ronger leur poing. La nouvelle de l'extermination de Catilina et de ses partisans par l'armée des consuls, à Pistoia, qui parvint à Rome dans le courant de la deuxième quinzaine de janvier 62, calma les esprits, et bien des sénateurs commençaient à voir dans César un rempart contre Pompée, qui rentrait tranquillement en Italie, à la tête de ses armées victorieuses, et qui constituait alors pour la République un danger bien plus grand.

– Mon cher Cicéron, expliquait avec réalisme le général Thermus au pompeux orateur, il faut vivre avec son temps et j'ai l'impression que nous autres, sénateurs, nous sommes en permanence à côté de la plaque.

– Comment cela ?

– Nous nous enfermons dans nos prérogatives, dans nos traditions, et nous ne nous apercevons pas que le monde change autour de nous et que nous n'y pouvons rien. Et il y a longtemps que ça dure... depuis près de deux siècles. Les conquêtes de nos aïeux ont transformé Rome : une bonne partie des patriciens et des chevaliers se sont enrichis des dépouilles des territoires et des peuples que nous avons conquis, en Italie, en Afrique, en Espagne, en Grèce et en Macédoine, et les petits propriétaires, les petits paysans qui ont jadis illustré les vertus romaines ont disparu, année après année.

– Cela, je te l'accorde, Thermus. Les guerres ont tué, chaque année, un paysan sur huit, et ont tenu les autres loin de leurs terres ; j'ajouterai même que vos conquêtes, à vous autres généraux, ont ruiné notre agriculture, qui était notre seule richesse : les blés produits à bas prix par les provinces conquises, dont le sol était travaillé gratuitement par des esclaves, ont réduit nos agriculteurs locaux à la faillite. Les malheureux paysans, accablés de dettes, ont dû vendre leurs propriétés et ils ont émigré à Rome, grossissant ainsi une plèbe miséreuse...

– ... et, peu à peu, enchaîne Thermus, cette plèbe d'émigrés, augmentée des affranchis qui, à la troisième génération, avaient acquis rang de citoyens romains, a perdu les traditions de l'ancienne Rome. La plèbe est devenue une foule sans âme, qui n'a plus le souci de la grandeur de la patrie ou de sa dignité, qui n'a plus que des appétits. Elle est maintenant à la merci de n'importe quel démagogue ambitieux prêt à lui promettre n'importe quoi.

Cicéron approuvait :

– Ce que tu dis, Thermus, me rappelle cette apostrophe de Scipion à la plèbe affamée et grondante, en plein Forum, quand il revenait d'Afrique : « Taisez-vous, faux fils de l'Italie, anciens esclaves que j'ai amenés à Rome ; vous ne m'effraierez point sous le prétexte que vos bras ne sont plus chargés de chaînes. »

– Si César était là, Cicéron, il te dirait que Scipion faisait fausse route : ce n'est pas en menaçant la plèbe qu'on établit la paix sociale, c'est en rendant la société plus juste. Malheureusement, sénateurs et chevaliers n'ont jamais accepté qu'on touche ni à leurs richesses, ce qu'à la rigueur on peut comprendre, ni surtout à leurs prérogatives. Il en est résulté d'abord des révolutions sanglantes, comme celle des provinces italiennes en 91-88.

– Oui, la guerre sociale, comme on disait ; je m'en souviens, interrompt Cicéron, je l'ai faite, quand j'avais dix-sept ans : j'ai servi sous Pompée Strabon, le père de notre glorieux Pompée.

– Elle a été suivie d'une véritable guerre civile à Rome, en 87-82, entre la plèbe, alliée aux Italiques et aux affranchis, et les sénateurs qui se cramponnaient à leurs privilèges. De sorte que des hommes comme Sylla ou son lieutenant Cinna ont pu, pour un temps, s'emparer du pouvoir et ne le partager avec personne, et ils ont fait le mal que tu sais.

– Je dois dire que la République a chancelé...

– Chancelé ? Tu veux rire, Cicéron ; elle s'est écroulée entre les mains de Sylla. Même Marius n'a pu la sauver.

– Et maintenant ? interroge Cicéron.

– Maintenant, nous sommes revenus au problème précédent : la plèbe romaine est de plus en plus nombreuse, de plus en plus pauvre, de plus en plus encline à se laisser dorer la pilule par un quelconque Catilina...

– ... dont j'ai dévoilé à temps les desseins...

– ... grâce à César, Cicéron, grâce à César, rectifia Thermus ; lui seul a été capable de maîtriser la plèbe : il en fait ce qu'il veut. Et maintenant un autre péril se profile à l'horizon, plus dangereux que ne le furent Sylla, Cinna ou Catilina, il se nomme Pompée.

– J'avoue qu'il nous inquiète. Ce n'est pas un sanguinaire, mais il arrive précédé de la renommée d'un général vainqueur...

– ... entre nous, cher ami, il a simplement recueilli les lauriers de Lucullus, mon ancien général en chef, qui a conduit l'essentiel de la guerre contre Mithridate.

– Tu as raison, mais il n'a pas su la conclure. Il fallait un général jeune, nouveau. Et puis Lucullus a été incapable de gérer ses victoires : il fallait organiser politiquement cet Orient qu'il avait conquis, et ce fut là la grandeur de Pompée, à mon avis.

– Je suis d'accord avec toi, Cicéron. Mais souviens-toi d'une chose : un général vainqueur de retour à Rome à la tête de son armée est un danger mortel pour la République. Marius est revenu à Rome vainqueur des Cimbres et des Teutons, et il s'est emparé du pouvoir absolu, puisqu'il a été élu consul six années de suite, ce qui est contraire à toutes nos lois républicaines ; Sylla a conclu victorieusement la guerre sociale et il est revenu d'Orient couvert de gloire : il s'est fait nommer dictateur à vie. Voici maintenant Pompée, à qui le Sénat a conféré les pleins pouvoirs sur une partie de l'empire de Rome, et que nos petits conflits politiques vont agacer : lui aussi va tenter de s'emparer du pouvoir suprême, et il risque d'avoir l'adhésion du peuple !

– Je ne suis pas idiot, dit Cicéron, je l'ai bien compris. En un sens, il est peut-être plus dangereux pour la République que ne l'était Catilina et nul ne peut le dénoncer, car il va être accueilli à bras ouverts.

– Un seul homme, à Rome, a le pouvoir de s'opposer aux ambitions de Pompée : César. Il a le peuple pour lui, il est doué d'une volonté farouche et d'une intelligence politique extrême, ce qui, entre parenthèses, n'est pas le cas de Pompée, qu'il saura neutraliser, je n'en doute pas.

– Ce n'est pas impossible, dit Cicéron. Mais il y a un problème.

– Lequel ?

– Crassus. Depuis qu'on ne lui a pas accordé le triomphe qu'on a généreusement accordé à Pompée, lors de la révolte des gladiateurs, il est devenu son adversaire le plus féroce. Et, si Pompée est fort, Crassus est riche : or Crassus est du même parti que César.

– Je vois, dit Thermus, tu crains un règlement de comptes entre Crassus et Pompée. Alors, rassure-toi, je le tiens de César lui-même : Crassus vient de quitter Rome avec sa femme, sa famille et toutes ses richesses, il s'expatrie en Macédoine.

– Première nouvelle. C'est récent ?

– César l'a appris hier au soir, de Tertulla, la femme de Crassus. Il couche avec elle.

– Je croyais que c'était fini entre eux et que César ne jurait plus que par Servilia.

– Mon brave Cicéron, tu n'es pas à la page. César est tout aussi à l'aise dans un lit, avec une femme, que sur le Forum, avec la foule. Je me demande même si ce n'est pas lui qui a convaincu Tertulla de pousser son mari à quitter Rome.

– Comment cela ?

– En lui montant le bourrichon, comme nous disons dans l'armée. Il a dû lui raconter que le tribun Métellus Népos en voulait à mort à son époux pour avoir trahi les catiliniens, ou qu'il aurait à subir des représailles de Pompée, son ennemi personnel, que sais-je encore. Tant et si bien que Crassus se débine, corps et biens...

– ... laissant le champ libre à César, désormais leader unique des populaires.

– Tu as compris, Cicéron.

– Alors, attendons Pompée...

– Et voyons ce qu'en fera César.

Pompée n'en finissait pas d'arriver. Il se prélassait à Amisos, l'une des capitales de Mithridate, sur les bords de la mer Noire, et il attendait le printemps pour rejoindre l'Occident. Il savait, par les messagers que lui avait envoyés Métellus Népos, qu'on lui réservait à Rome un accueil triomphal, mais hypocrite. Le peuple l'acclamerait, la chose était certaine : il aimait les généralissimes vainqueurs, surtout lorsque leur générosité était légendaire. Mais les sénateurs se méfieraient évidemment de lui, comme de tout homme qui n'a qu'un geste à faire pour s'emparer du pouvoir personnel.

Toutefois, tout imbu de sa gloire, Pompée avait mis les doutes de Métellus Népos au compte de ses rancœurs antisénatoriales. Tout imbu de sa gloire, il était persuadé qu'il serait accueilli à Rome comme un sauveur, comme un héros, que le peuple acclamerait le généralissime vainqueur et généreux qu'il était, et que le Sénat, unanime, lui offrirait le pouvoir suprême, l'*imperium* sur tout le monde romain d'Occident comme il le lui avait conféré sur l'Orient.

Aveuglé par son orgueil naïf, il n'avait pas aperçu les réticences des sénateurs. Certes, ils avaient promis le consulat à son lieutenant, Pupius Pison, mais ils réservaient le deuxième poste de consul à un bon conservateur ennemi de tout pouvoir personnel, Valérius Messala. Certes, Pompée aurait droit à un splendide triomphe qui éclipserait à jamais celui de Lucullus, mais, au mois de mai, alors qu'il était encore en Orient, le Sénat avait honoré d'un triomphe pour ses victoires sur les pirates – ces pirates que lui, Pompée, avait exterminés – l'un de ses ennemis personnels, Métellus Créticus, qui avait anéanti les pirates crétois. Il s'extasiait surtout sur une initiative de César : celui-ci avait fait proposer par deux tribuns, sur lesquels il avait une grande influence, d'autoriser Pompée à porter en public, sa vie durant, sa toge prétexte et une couronne d'or imitant le feuillage du laurier.

Bref, Pompée ne doutait pas un instant de devenir, d'une façon ou d'une autre, le monarque de l'immense empire de Rome, aux applaudissements du peuple et du Sénat. Aussi rentrait-il à Rome par petites étapes, goûtant, en puissant vainqueur, les plaisirs du voyage.

Il assista d'abord au concours annuel de poésie qui avait lieu à Mytilène, dans l'île de Lesbos, et ne vit aucune malice dans le fait que le thème choisi, sur lequel les poètes devaient composer, était... les faits et gestes de Pompée. Ce concours avait lieu dans un théâtre qui lui plut tellement qu'il en fit relever le plan et dessiner la forme afin d'en construire un semblable, mais beaucoup plus grand, à Rome.

Il passa aussi par l'île de Rhodes, où il tint à écouter tous les maîtres de rhétorique, et il fit à chacun d'eux présent de 25 kilos d'or, et il s'inclina devant le philosophe Posidonios. De Rhodes il navigua jusqu'à Éphèse et de là jusqu'à Athènes, qu'il gratifia de dons généreux, tant pour ses écoles de rhéteurs que pour la restauration de ses monuments.

En cours de route, il apprit que le Sénat avait, à l'unanimité, ajourné les élections consulaires de juillet au mois de décembre, pour permettre à son candidat, Pupius Pison, d'y participer, et s'en félicita.

Il approchait de Brindes lorsqu'on l'informa qu'il était cocu. Mucia, la troisième épouse du brave général, occupé à faire la guerre depuis quinze ans, n'avait pas perdu son temps et avait couché avec tous les beaux hommes de Rome, y compris, naturellement, l'incontournable César.

Impassible, Pompée, à bord de sa galère amirale, expédia à l'infidèle une lettre de répudiation méprisante, sèche comme un communiqué militaire, sans même en indiquer les motifs, aux termes de laquelle le généralissime Cnéius Pompéius le Grand informait dédaigneusement son épouse, par une froide dépêche, qu'il la répudiait, ce qui eut pour effet de le brouiller avec les deux frères de Mucia, Métellus Céler et Métellus Népos.

CHAPITRE XXVIII

La femme de César ne saurait être soupçonnée

(décembre 62-janvier 61)

Le débarquement des troupes de Pompée à Brindes fut un événement de première importance : la logique des choses voulait que le généralissime prît la tête de ses armées et remontât la via Appia jusqu'à Rome, où il aurait pu s'emparer du pouvoir sans coup férir, car personne n'aurait pu s'opposer à une telle puissance militaire et, de plus, il avait la faveur du peuple.

Or Pompée déçut ceux qui espéraient son arrivée en force, et soulagea ceux qui la craignaient. À peine eut-il débarqué, dans les premiers jours de janvier 62, qu'il rassembla toutes ses troupes, avec leurs centurions, leurs officiers, leurs tribuns militaires et ses légats :

– Soldats, leur dit-il, pendant des années vous avez guerroyé avec moi, et partout nous avons été vainqueurs. C'est à votre courage et à votre fidélité que je dois toutes mes victoires et de cela je vous ai récompensé en son temps ; aujourd'hui, je veux vous en remercier publiquement, car vous avez tous bien mérité de la patrie. Maintenant, les guerres sont finies et l'heure est à la paix : il est temps de rompre les rangs. Voici donc mes derniers ordres : rentrez chez vous, partez à l'assaut de vos foyers, de vos femmes, de vos enfants, comblez-les de cadeaux et d'amour. Je vous donne rendez-vous à Rome, au jour de mon triomphe qui sera le dernier jour où nous nous retrouverons tous ensemble. Après quoi, je vous souhaite à tous une longue et heureuse vie.

Les vivats fusèrent de tous côtés, et la nouvelle se répandit partout que Pompée le Grand s'en retournait à Rome sans compagnie de gens de guerre, avec seulement une suite de familiers et de domestiques, tel un voyageur revenant d'un quelconque périple à travers le monde. Et sur sa route, à Tarente, à Venouse, à Bénévent, à Capoue, à Minturne, à Formies et tout au long de la via Appia, les villes et les villages se vidèrent de tous leurs habitants : ils allaient au-devant de lui afin de l'accompagner jusqu'à Rome. De sorte que Pompée parvint devant les murailles de la Ville suivi d'une foule populaire autrement plus nombreuse et plus puissante que l'étaient les troupes avec lesquelles il avait débarqué à Brindes.

Dans Rome, où les consuls Pupius Pison et Valérius Messala venaient d'être installés officiellement, ce fut la stupéfaction : cet homme, maître tout-puissant de l'Orient et de la mer Méditerranée, qui possédait d'incalculables richesses provenant de ses prises de guerre et des rançons de ses captifs, aimé de tous les peuples qu'il avait soumis et séduits par ses bienfaits, n'avait qu'un geste à faire pour tenir dans sa main tous les pouvoirs de la République, et ce geste, il ne l'avait pas fait. Les discussions allaient bon train parmi les sénateurs.

– Il n'a pas eu le courage de Sylla, argumentait Thermus, et pourtant il avait bien plus de moyens que lui : il n'a pas osé attenter à la République.

– C'est un dégonflé, disait à qui voulait l'entendre Métellus Népos ; quand je pense que je comptais sur lui pour me venger du Sénat !

Pupius Pison, le consul pompéien, tentait de défendre son général :

– Vous n'avez rien compris. C'est par abnégation et par respect des lois que Pompée se tient en réserve de la République. Qu'en penses-tu, César ?

– Je pense que Pompée ne manque ni de courage, ni d'abnégation, ni de sens du devoir, il en a même plutôt à revendre ; ce qui lui fait défaut, c'est l'intelligence. Il n'a jamais eu la moindre idée politique, il ignore tout des besoins du peuple, des aspirations de la classe dirigeante, de la pagaille économique qui règne à Rome et en Italie. C'est un brave type, mais c'est un esprit borné, qui est à mille lieues de comprendre les problèmes de la République et la nécessité d'en réformer les structures : il n'a aucune imagination, pas plus en amour – sa femme me l'a dit souvent – qu'en politique. Il n'a plus qu'une obsession : organiser son triomphe, afin qu'il surpasse tous les autres triomphes de l'histoire.

– César a raison, dit le tribun Labiénus, son fidèle second. Je suis allé au-devant de Pompée, et savez-vous ce qu'il m'a dit ?

– Non, dit Pupius Pison.

– Il m'a dit que les Romains l'avaient déçu, car tous ceux qui étaient venus le saluer ne lui avaient posé aucune question sur ses guerres, sur ses voyages, ni même sur ses affaires ou sur ses intentions, mais ne lui avaient parlé que du scandale qui a eu lieu dans la maison de César, lors de la fête de la Bonne Déesse.

La Bonne Déesse, Cybèle, était une divinité adorée en Phrygie, contrée d'Asie Mineure, au sud de la Bithynie. Considérée comme la Mère des dieux, elle était aussi vénérée comme déesse de la fécondité et de la nature. Son culte s'était répandu d'Asie Mineure en

Grèce et, de là, dans tout le monde romain où elle était devenue la déesse des femmes, sous le nom de Damia.

La fête de la Bonne Déesse avait lieu tous les ans au mois de décembre. C'était une fête nocturne, réservée aux femmes et interdite aux hommes, qui se déroulait dans la maison d'un des deux consuls en fonction ou d'un préteur. Cette nuit-là, tous les hommes de la maison devaient aller dormir ailleurs, les femmes décoraient leurs robes de feuilles et de branches de vigne et offraient un sacrifice à l'image de la déesse, à côté de laquelle était placé un dragon en pierre, en marbre ou en toute autre matière. Pendant toute la nuit, ces mêmes femmes dansaient, chantaient, jouaient de la flûte, de la harpe ou du tambourin, priaient la Bonne Déesse qu'elle les protège et qu'elle les rende fécondes.

En décembre 62, la maison choisie pour célébrer le culte de Damia était celle du préteur urbain en fonction, à savoir la Régia, demeure de César. La fête devait avoir un caractère particulièrement solennel, car la Régia était aussi le palais du Grand Pontife ; aussi Pompéia, son épouse, qui devait présider les cérémonies, et Aurélie, sa mère, en avaient-elles surveillé avec soin tous les préparatifs. Quant à César, comme tous les autres mâles de la maisonnée, il avait dû passer la nuit ailleurs, et il n'avait eu, pour ce faire, que l'embarras du choix.

Or Pompéia était volage, et, compte tenu des frasques de César, on ne peut lui en tenir rigueur. Elle avait alors comme amant un homme d'une bonne douzaine d'années de moins que son mari, nommé Clodius, dont l'illustre lignée comptait nombre de censeurs et de consuls. C'était un patricien turbulent qui avait servi, dix ans plus tôt, sous les ordres de Lucullus en Orient et dont la vie sentimentale était particulièrement bien remplie. Le sage Cicéron le considérait comme un voyou, et le bouillant Caton comme un débauché de la pire espèce, mais, sans doute pour ces mêmes raisons, Pompéia le trouvait à son goût.

Toutefois les deux amants avaient bien du mal à se rencontrer : Aurélie, femme de bien et d'honneur, avait l'œil sur sa bru et la surveillait de près. Clodius eut alors l'idée de profiter de la fête de la Bonne Déesse pour s'introduire auprès de l'épouse de César. Il se fit raser de très près, se maquilla le visage, qu'il avait très fin, et se déguisa en musicienne ; puis il se rendit à la Régia, et fut reçu par une des esclaves de Pompéia, qui lui servait de chambrière et était dans la confidence. Pendant que cette dernière était partie avertir sa maîtresse, et comme elle tardait à revenir, Clodius se mit à errer à travers la maison, allant de pièce en pièce, évitant de paraître à la lumière.

Il rencontra ainsi une des servantes d'Aurélie qui, le prenant pour ce qu'il n'était pas, le pria de jouer de la harpe et de chanter avec elle. Clodius refusa, en faisant non de la tête, et partit dans une autre direction ; mais la servante le poursuivit, étonnée de son comportement, le traîna en pleine lumière et lui demanda qui elle était et pourquoi elle ne participait pas aux réjouissances.

– J'attends Abra, lui dit-il, l'esclave de Pompéia.

Malheureusement pour Clodius, sa voix le trahit. La chambrière courut chercher sa maîtresse et toutes les femmes qui chantaient et dansaient dans une grande salle tout illuminée :

– Il y a un homme parmi nous, il y a un homme, allez chercher Aurélie, criait-elle, rouge de frayeur.

La fête fut immédiatement interrompue, et Aurélie, prévenue, fit immédiatement cesser les cérémonies du sacrifice, jeter un voile sur l'image de la Bonne Déesse et cacher les accessoires secrets du culte ; elle ordonna de fermer les portes de la demeure du Grand Pontife, dont elle parcourut toutes les pièces, précédée de femmes portant des flambeaux et des torches pour retrouver cet homme, auteur de ce qui était un véritable sacrilège. Elle finit par dénicher Clodius caché dans la chambre de l'esclave qui l'avait laissé entrer et toutes les femmes le jetèrent dehors, en le malmenant.

Bien entendu, la fête sacrée était terminée. Toutes les femmes rentrèrent chez elles, émues, réveillèrent leurs maris et leur contèrent ce qui s'était passé. Le scandale fut immense, et peu de Romains dormirent cette nuit-là ; partout on commentait ce sacrilège qui, en d'autres temps, aurait été puni de mort. Le lendemain, on ne parlait plus que de cette affaire dans Rome, et l'on s'interrogeait :

– Tu es certain qu'il s'agissait d'un homme ?

– Toutes les femmes l'ont vu, et certaines l'ont même reconnu.

– Qui était-ce ?

– Publius Clodius.

– Clodius, ce patricien qui a demandé au censeur d'être rayé de la liste des patriciens et d'être porté sur celle des plébéiens ? C'est un voyou...

– Un voyou et un fou : tu te rends compte, commettre un sacrilège dans la maison même du Grand Pontife !

– La colère de César va être terrible.

– Pas nécessairement, il préférera étouffer l'affaire.

Chacun y allait de sa théorie :

– Tu crois que Pompéia était au courant ?

– À mon avis, elle est complice.

– Tu penses qu'elle aurait eu l'audace de courir un tel risque ?

– Est-ce que ce ne serait pas une manœuvre politique pour nuire à César ?

– Une manœuvre de qui ?

– De Cicéron, par exemple, ou de Catulus, pour le mettre dans l'embarras et le déconsidérer au moment où Pompée est de retour.

– Attendons ce qu'en dira le Sénat...

– ... et ce que fera César.

César ne bronchait pas :

– J'ai de l'affection pour Pompéia, confiait-il le lendemain même du scandale à Thermus, et je la crois incapable d'avoir laissé Clodius s'introduire dans la Régia... si c'est de Clodius qu'il s'agit vraiment. Mais je ne te cache pas que cette affaire me trouble, car les sénateurs vont en profiter et s'en donner à cœur joie.

– Tu penses que ce n'était pas Clodius qui était chez toi cette nuit ? Il aurait pourtant été reconnu.

– Par qui ? Par des esclaves ? Par des femmes épouvantées ? Qu'on me fournisse des preuves, avant d'accuser. Clodius est un agité, c'est certain, mais c'est un bon militant, qui m'a souvent aidé : il sait ce qu'il fait, et il n'aurait pas compromis les chances du parti populaire pour une histoire de femmes.

– Que vas-tu décider ?

– Pour l'instant, je ne décide rien. Tu me connais, je ne prends aucune décision à chaud : la passion est mauvaise conseillère et il ne sert à rien de s'emporter. Il est certain qu'il y a eu faute, mais de qui ? de ma femme ? J'en doute. De Clodius ? il faut le prouver. D'un provocateur ? il faut découvrir qui tire les ficelles. Oui, je punirai, mais lorsque je saurai qui punir, et quand punir.

– Comment cela ?

– Je punirai au moment où il sera de mon intérêt de punir.

– Mais la morale, notre religion...

– La morale et la religion passent après la politique, mon cher Thermus, elles sont des moyens et non des fins : je ne suis ni un moraliste hystérique comme Caton, ni un obsédé de la tradition comme ce gâteux de Catulus.

– Pour Caton, je suis d'accord avec toi ; mais pour le vieux Catulus, je te trouve bien irrespectueux.

Au Sénat, la séance fut houleuse. Les Pères conscrits n'étaient pas fâchés d'avoir l'occasion de brocarder César :

– C'est l'arroseur arrosé, commentait un sénateur ; ce monsieur qui se prétend l'amant de toutes les femmes de Rome est cocu à son tour, et dans sa propre maison : il y a une justice !

– La maison du Grand Pontife a été souillée par un sacrilège, argumentait Cornificius, un dévot conservateur, il faut juger le criminel.

Pupius Pison, le consul désigné, qui allait prendre ses fonctions dans quelques jours, était partisan de calmer le jeu : Clodius était, comme lui, un pompéien. Mais son collègue Messala poussait la chansonnette rigoriste, soutenu par un Caton véhément et goguenard, ravi de ridiculiser César devant toute la Curie.

Le clan des bigots offusqués – ou qui faisaient mine de l'être – reçut le renfort inattendu de Cicéron. Celui-ci avait été l'ami de Clodius, qui lui avait servi de garde du corps lorsqu'il avait entrepris de combattre Catilina ; mais leurs relations s'étaient ternies pour une banale histoire de jalousies féminines. Térentia, la femme de Cicéron, haïssait Clodius parce que la sœur de celui-ci, Clodia, tout aussi dévergondée que son frère, faisait tout ce qu'elle pouvait pour attirer Cicéron dans ses filets, pour le pousser à répudier Térentia et à l'épouser ; aussi passait-elle ses journées à faire le siège de son illustre époux :

– Il faut traîner ce Clodius devant les tribunaux, c'est un pervers, un moins que rien.

– Mais, Térentia, on ne peut accuser sans preuves...

– Ah ! Bravo. Voilà que tu le défends, maintenant ; c'est encore un coup de cette Clodia : si tu crois que je n'ai pas vu son manège.

– Mais non, Térentia, je t'assure, la petite Clodia n'est pour rien dans cette affaire.

– La « petite » Clodia ! Tu ne t'es pas regardé ! Tu pourrais être son père.

– Cesse de m'importuner avec tes crises de jalousie, Térentia, j'ai d'autres soucis en tête.

– Je vais lui dire ce que je pense d'elle, de ce pas ; ce n'est qu'une petite gourgandine de bas étage, qui va très bien avec son voyou de frère. D'ailleurs, ils couchent ensemble...

– Qu'est-ce que tu racontes ?

– C'est le général Lucullus qui me l'a dit, il le tient de ses servantes.

– Tu divagues ; ce sont des ragots.

Mais Térentia tenait bon et, pour mettre un terme aux scènes de sa femme, Cicéron accepta de se porter en accusateur contre son ami Clodius, ce qu'il fit d'ailleurs assez mollement.

Finalement, les partisans d'un procès contre Clodius l'emportèrent : le Sénat déclara qu'il y avait eu sacrilège et ordonna que la fête de la Bonne Déesse fût recommencée ; par ailleurs, le collège des pontifes fut chargé de l'enquête et, s'il se révélait que Clodius fût coupable, il serait traduit devant un tribunal pour inceste et sacrilège.

Dès que cette motion fut votée, César écrivit – sans doute à regret – à Pompéia une lettre de répudiation, le 15 janvier de l'an 62 : son honneur était sauf.

Le procès eut lieu au mois de mai suivant. Pour sa défense, Clodius produisit un alibi : le soir de la fête de la Bonne Déesse, il se trouvait chez un de ses amis, à la campagne, dans le petit bourg d'Interamna, à 80 kilomètres de Rome. L'ami en question, un certain Cassinius, confirma ses dires. Par ailleurs, ni Aurélie, la mère de César, ni sa sœur Julie, ni aucune des femmes qui assistaient à la fête sacrée ne purent affirmer qu'elles reconnaissaient en Clodius l'homme qui avait perturbé les cérémonies. L'acquittement du prévenu semblait donc certain.

C'est alors que Cicéron, cité lui aussi comme témoin, vint faire sa déposition :

– Le jour de la fête de la Bonne Déesse, dit-il, j'étais dans ma villa sur le mont Palatin, et j'y ai reçu Clodius, qui était venu me saluer.

Avec cette révélation, si elle était véridique, l'alibi de Clodius s'écroulait : les juges avaient à trancher entre la parole de Cicéron et celle de Cassinius. Il restait à entendre César. Celui-ci fut convoqué à son tour et prié de donner sa version des faits :

– Le rituel de la Bonne Déesse m'interdisait, en tant qu'homme, d'être dans ma demeure ; je n'ai donc pu voir personne et j'ignore qui a pu s'y introduire et commettre le sacrilège. Je ne l'ai appris qu'au petit matin.

– Alors, César, pourquoi as-tu répudié ta femme après le scandale ?

César répondit avec hauteur et noblesse aux juges qui l'interrogeaient :

– Parce que les miens doivent être au-dessus de tout soupçon autant que de crime : la femme de César ne saurait être soupçonnée.

Clodius fut acquitté par trente et une voix contre vingt-cinq.

CHAPITRE XXIX

Le triomphe de Pompée

(année 61)

Le retour de Pompée, qui en avait encore pour quelques mois à attendre, aux portes de Rome, les cérémonies et les défilés de son triomphe, le scandale provoqué par Clodius, la répudiation, presque simultanée, de Mucia et de Pompéia par leurs époux respectifs, qui étaient alors les personnages les plus en vue de la République, tout cela avait eu pour conséquence de faire passer au second plan deux événements qui, en d'autres temps, auraient fait l'objet de toutes les conversations sur le Forum : l'installation des deux consuls de l'année 61, qui avaient été élus, exceptionnellement, en décembre et le retour à Rome de Crassus, en provenance de Macédoine, avec armes et bagages.

L'entrée en fonctions des consuls fut vécue comme une simple formalité. L'un, Pupius Pison, était un ancien légat de Pompée, à la santé chancelante, qui avait enseigné, jadis, l'art oratoire à Cicéron ; il s'emportait facilement, et n'avait aucun projet politique : il était simplement le représentant de Pompée à la tête de la République. Le second, Valérius Messala, était le type même du sénateur romain conservateur et inefficace.

Le retour de Crassus, après neuf mois d'absence, faisait à peine jaser. Il s'était enfui au début de l'année 62, craignant les légions de Pompée ; dès qu'il apprit que le généralissime les avait congédiées, il s'empressa de revenir à Rome, bien décidé à reprendre sa place et à refaire sa fortune.

Depuis le 1er janvier, César n'était plus préteur et il attendait, avec une certaine impatience, le tirage au sort – la *sortitio* – des provinces entre les magistrats sortants : les consuls devenaient alors proconsuls et les préteurs, propréteurs. D'ordinaire, le Sénat procédait à cette répartition après les élections consulaires de juillet ; mais, celles-ci, on le sait, avaient été ajournées de six mois et le Sénat était en retard. Peut-être aussi les sénateurs attendaient-ils les décisions de Pompée.

Quoi qu'il en soit, la *sortitio* n'eut lieu qu'au mois d'avril, un peu avant le procès de Clodius. César se vit attribuer par le sort ce qu'on appelait alors l'Espagne Ultérieure, c'est-à-dire l'Andalousie et une partie du Portugal actuel.

– Je ne suis pas mécontent de ce tirage au sort, dit-il à Thermus lorsqu'il en fut informé. Je connais bien ce pays.

– Je sais, répondit Thermus, tu y as été questeur, il y a sept ou huit ans.

– Je n'y suis pas resté longtemps, et je n'avais pas grand-chose à y faire. Mais, être le propréteur d'une pareille province, c'est excitant. Je vais pouvoir enfin gouverner un pays à ma guise, sans demander la permission de faire des réformes à des sénateurs englués dans leurs privilèges.

– Tu parles pour moi ?

– Tu sais bien que non.

– Quand pars-tu ?

– Quand j'aurai payé mes dettes. Mes créanciers me poursuivent et menacent de m'envoyer en prison si je ne les rembourse pas : ils ont fait opposition à ma sortie de Rome.

– Elle est bien bonne ! Pourquoi dépenses-tu tant d'argent, César ?

– Parce que je ne suis pas Caton.

– C'est un vieux rapiat ; mais entre Caton et Crassus, il y a peut-être un juste milieu, non ?

– Il n'y a pas de juste milieu pour César : c'est tout ou rien.

– Tu vas pouvoir payer tes dettes, Crassus est revenu.

– Il était temps. Elles s'élèvent à plus de 800 talents (12 millions de nos francs).

La générosité de Crassus était inépuisable. César obtint 830 talents, paya ses créanciers et put organiser son départ. Il était pressé de prendre la route de Cordoue, et, dès que le jugement acquittant Clodius fut rendu, il sauta dans sa litière et partit pour l'Espagne, accompagné de quelques esclaves, de ses secrétaires, de son cuisinier, de Decurtius, son médecin personnel, et, bien entendu, de son barbier espagnol, tout heureux de retrouver sa patrie.

Il ne prit même pas la peine d'attendre l'accomplissement des formalités administratives traditionnelles et, aux questeurs du Trésor public qui tardaient à lui remettre les documents, l'argent, les armes et l'escorte que l'on donnait d'ordinaire aux gouverneurs en partance pour leur province, il recommanda d'envoyer le tout à Cordoue, où il allait s'installer. Il quitta Rome si rapidement que Crassus ne put s'empêcher d'en faire la remarque à Cicéron, avec lequel, oubliant les querelles politiques passées, il avait renoué amitié :

– César est parti comme s'il avait le feu aux fesses, comme s'il avait encore quelques créanciers à ses trousses...

– ... ou quelques maris trompés, désireux de lui faire une conduite à leur façon, ajouta Cicéron, dont l'œil, avec le printemps, devenait égrillard. Souhaitons-lui bon voyage quand même, mais il va nous manquer, sur le Forum. Mais dis-moi, Crassus, quel est cet étranger aux cheveux frisés, au teint mat et aux yeux noirs qui est monté avec lui dans sa litière ?

– C'est Masintha, un jeune chef berbère, originaire de Numidie.

– Que fait-il à Rome ?

– Il se cache.

– Il se cache de qui ?

– C'est une histoire compliquée, comme tout ce qui se passe en Afrique du Nord. Le dernier roi des Numides, Hiempsal, obligeait certains chefs de tribus à lui payer des redevances annuelles...

– Avec notre autorisation, j'espère...

– Bien entendu, avec notre autorisation ; je soupçonne même notre gouverneur militaire de Numidie d'en avoir sa part. Masintha, qui est le chef d'une importante tribu, est venu plaider sa cause à Rome, devant le Sénat, l'année dernière : il refusait alors de payer quoi que ce soit à son roi. Pendant ce temps, Hiempsal est mort, et, avant de mourir, il a désigné son fils Juba comme son héritier. Alors Juba est venu à son tour à Rome, pour faire condamner Masintha à régler ses redevances, et l'affaire est venue devant le tribunal du préteur, c'est-à-dire devant César...

– J'imagine la suite, dit Cicéron : César a été séduit par les beaux yeux du prince numide...

– ... et il a gardé Masintha chez lui.

– Maintenant, je m'en souviens, dit Cicéron ; Juba a demandé l'extradition de Masintha, et il est même venu à Rome lui-même, pour s'en emparer, avec l'autorisation des sénateurs, évidemment.

– Évidemment. C'était une occasion de plus, pour eux, de contrer César, le protecteur de Masintha. L'affaire s'est très mal terminée : Juba s'est rendu à la *Régia*, et César l'a envoyé promener ; il a tenté de se saisir lui-même de Masintha, mais César s'est interposé, l'a pris par la barbe et l'a conduit hors de chez lui de cette façon. Juba est reparti vers l'Afrique du Nord en jurant qu'il se vengerait. Depuis ces incidents, il envoie des messagers et des légations tous les mois au Sénat, pour qu'on lui remette le jeune prince.

– Et aujourd'hui, conclut Cicéron, notre ami César nous tire sa révérence, en emmenant Masintha dans sa litière.

– Oui, c'est un dernier pied de nez au Sénat et à Juba.

– Ce qui me plaît dans César, malgré tout ce qui nous oppose, c'est sa manière de prendre toujours le parti du plus faible. Il a pour cela une sorte de génie.

César parti, le petit jeu politique romain reprit son cours. Les élections consulaires de juillet approchaient. Le Sénat avait déjà désigné son candidat en la personne de Métellus Céler, l'un des deux frères de Mucia, l'ex-épouse de Pompée. Quant à ce dernier, il avait deux bonnes raisons de ne pas présenter sa candidature : tout d'abord, il n'en avait pas le droit, car il ne s'était pas écoulé dix années pleines depuis son premier consulat, qui s'était terminé le 31 décembre 71 ; ensuite, même si l'on avait pu lui accorder une dispense exceptionnelle, il n'en aurait pas voulu, car il tenait à célébrer son triomphe, et les généraux auxquels cet honneur était accordé devaient rester en dehors des murailles de la Ville jusqu'à ce que cette cérémonie ait eu lieu.

Pompée choisit donc un homme à lui, son ancien lieutenant Lucius Afranius, pour le premier poste de consul, et il chargea Pupius Pison d'en assurer l'élection, en distribuant aux électeurs populaires les fameuses *sportules*, ces corbeilles emplies de présents et de libéralités diverses que les usages électoraux toléraient. Afranius et Métellus Céler furent ainsi élus consuls pour l'année 60 et l'été se passa à préparer les festivités du triomphe de Pompée, qui fut célébré le 28 et le 29 septembre 61, malgré l'opposition de Caton, qui prétendait que les guerres de Pompée contre les pirates et contre Mithridate n'étaient que des jeux de femmelettes.

Le 28 septembre 61, un soleil radieux illumine les murailles de Rome. Une foule innombrable de Romains et de Romaines, d'affranchis, d'esclaves, d'étrangers de toutes origines se presse de part et d'autre de la grande voie pavée qui conduit à la porte Capéna ; à l'intérieur des murs, elle s'étale sur la place qui prolonge cette voie, sur les versants de la vallée Murcia, entre le mont Palatin et la colline de l'Aventin, et tout au long de la rampe d'accès au Capitole, le *clivus capitolinus*, qui mène au temple de Jupiter.

C'est une foule ondoyante, dont les milliers de pieds trépignent, et qui attend patiemment, depuis le point du jour, que commence le défilé triomphal en l'honneur de Pompée. Quelques-uns ont passé la nuit sur place, et, comme la nuit a été froide, ils grelottent encore. La foule devient de plus en plus dense d'heure en heure : bientôt, nul ne pourra plus bouger. Sur le chemin de garde, en haut de la muraille, aux fenêtres, aux lucarnes, sur les terrasses, sur les toits même, des milliers de têtes endormies, aux yeux bouffis, aux cheveux mal peignés, font le guet. Haut perché, sur une solive, au-dessus de la porte Capéna, un homme trapu, borgne et bossu se tient immobile dans sa laideur qui a quelque chose de grandiose.

Ils sont là, tous, pour assister au premier cortège du triomphe, celui qui présente les victoires et le butin de l'homme qui a reçu du Sénat le titre d'*imperator*, de généralissime, le grand, l'illustre Pompée.

Soudain, la foule se fige et devient silencieuse : le début du cortège fait son apparition sous la voûte de la porte Capéna.

Les deux consuls, Métellus Céler et Afranius, ouvrent la marche, chacun précédé de ses douze licteurs en grande tenue ; ils sont suivis des deux censeurs, qui s'avancent devant les huit préteurs, avec en tête le préteur urbain, eux aussi précédés de leurs licteurs. Derrière viennent les six édiles, puis les vingt questeurs. Les dix tribuns militaires ferment la marche. C'est ensuite les toges blanches et flottantes des six cents sénateurs qui semblent surgir de la muraille, avec, à leur tête, le plus ancien prince du Sénat, le vieux Catulus, soutenu par deux esclaves, et, après lui, tous les Pères conscrits. Le cortège se dirige, d'un pas lent et lourd, vers le cirque Maxime et le mont Capitole ; il est si grand, si long que les licteurs consulaires sont déjà sur les pentes de la colline capitoline lorsque les derniers sénateurs passent la porte Capéna.

Voici venir maintenant le cortège des victoires. Des soldats portent à bout de bras, dessinées sur de grands panneaux, les cartes des pays conquis par l'*imperator* : le royaume du Pont, l'Arménie, la Cappadoce, la Paphlagonie, la Médie, la Colchide, l'Ibérie, l'Albanie du Caucase, la Syrie, la Cilicie, la Mésopotamie, la Phénicie, la Palestine, la Judée, l'Arabie. Ceux qui les suivent brandissent les plans des plus grandes villes conquises, parmi les neuf cents cités qui se sont inclinées devant Pompée, et des images de quelques-uns des mille châteaux qu'il a pris. Et la foule s'émeut, hurle de joie et d'admiration lorsque paraissent vingt-deux soldats aux cuirasses brillantes, soulevant au-dessus de leur tête les portraits des vingt-deux rois qui ont fait leur soumission à Rome.

Après les cartes et les portraits, c'est le butin de quatre années de campagnes en Asie Mineure qui est présenté au peuple romain, sur des chars, sur des brancards ou sur des pavois : des armes de toute sorte, aux formes parfois étranges ; les rostres des navires capturés aux pirates et aux forces navales des ennemis ; une multitude de riches meubles orientaux, des tables d'ébène incrustées de nacre de Syrie, des sièges incrustés de gemmes, de la vaisselle d'or, des couronnes de perles, un échiquier géant, un temple des Muses en miniature, tout orné de perles, des statues, en marbre, en bronze ou en métal précieux, représentant Apollon, Mars et Minerve, un buste monumental de Mithridate, en or et, pour clore ce défilé qui avait duré plusieurs heures, un splendide buste du vainqueur, de Pompée, fait d'une multitude de perles fines.

Le lendemain 29 septembre, on fêta à la fois le quarante-cinquième anniversaire de Pompée et sa gloire. La foule était aussi dense que la veille, plus peut-être, car le spectacle allait en valoir la peine.

Le cortège triomphal était ouvert par 324 captifs que Pompée avait ramenés de ses campagnes. Il avait interdit qu'ils fussent enchaînés, et ils défilèrent avec dignité. Le peuple se montrait du doigt les figures connues et les commentaires allaient bon train :

– Voilà les cinq fils de Mithridate : on peut dire que son père nous en a fait voir.

– Quand ont-elles commencé, les guerres contre Mithridate ?

– Il y a vingt-deux ans.

– Tant que ça ?

– Eh oui ! et elles ont usé trois généralissimes : Sylla, Lucullus et Pompée.

– Et ces jeunes femmes, qui sont-elles ?

– Ce sont les deux filles de Mithridate.

– Tiens, voici Tigrane, le roi d'Arménie... Ce n'était pas le gendre de Mithridate ?

– Oui, je crois ; mais celui que tu vois, c'est Tigrane le Jeune, son fils.

– Et celui-là, qui est-ce ?

– Aristobule, le roi de Judée.

– Où est-ce, la Judée ?

– C'est le plus puissant royaume de la Syrie ; il est habité par les Juifs. C'est un peuple ancien, et très curieux : ils n'ont qu'un dieu, mais ils ont deux partis politiques qui se disputent sans cesse, comme chez nous.

– Quels partis ?

– Celui des pharisiens, qui tient à respecter strictement les traditions de ce peuple, et celui des sadducéens, partisans des mœurs grecques.

– Et les femmes, avec leurs voiles ?

– Ce sont des reines scythes.

– Et les deux hommes, avec une sale tête ?

– Ce sont des chefs pirates.

Tout à coup, vers la porte Capéna, des applaudissements et des cris divers montent de la foule. Ce n'est d'abord qu'un bourdonnement confus, comme une lourde vague qui approche du grand large, puis l'éclatement des acclamations fait trembler la Ville, et deux cent mille voix scandent en chœur :

– Pom-pée, Pom-pée, Pom-pée...

Le char blanc du triomphateur s'avance, tiré par quatre chevaux blancs, que guide l'*imperator* lui-même. Ses panneaux sont décorés de sculptures en ivoire et il brille de tous les feux des pierres précieuses dont il est orné. Pompée est vêtu de la chlamyde blanche qui avait été tissée jadis pour Alexandre le Grand et que les habitants de l'île de Cos avaient offerte à Mithridate. Il porte sur sa tête une couronne d'or imitant le feuillage du laurier. Derrière son char, qu'entourent de part et d'autre ses meilleurs combattants, s'avancent des représentants de tous ses régiments, aux armes rutilantes, les cavaliers, caracolant sur leurs chevaux nerveux, ses centurions, ses officiers et tous ses légats. Les porteurs d'enseignes et d'étendards ferment le cortège : le peuple romain acclame les aigles de bronze des légions, les manipules des compagnies, les dragons aux gueules d'argent des cohortes, les étendards et les bannières des régiments de cavalerie, brandis par de fiers vexillaires.

Cet immense cortège parvient enfin devant le temple de Jupiter, sur le mont capitolin. Les pontifes y accueillent le grand Pompée, qui gravit les degrés du sanctuaire. L'*imperator* offre au roi des dieux les sacrifices traditionnels : un bœuf, une génisse et deux chèvres blanches ; mais il a interdit les sacrifices humains que lui avaient suggérés certains.

Après la cérémonie religieuse, Pompée fit savoir que les prisonniers seraient libérés et rapatriés dans leurs pays respectifs, aux frais de l'État romain, et qu'il y aurait, dans les jours suivants, une distribution d'argent au peuple. Il fit en outre prélever sur son butin les sommes nécessaires pour enrichir la Ville de bâtiments nouveaux : un temple de Minerve, un temple de Vénus, un temple d'Hercule, près du cirque Maxime, et un grand théâtre en pierre. Enfin il fit don au Trésor public romain de 50 millions de deniers d'argent (200 tonnes d'argent pur).

Le triomphe de Pompée dépassa, en splendeur, ceux de Scipion et de Sylla. C'était son troisième triomphe, après ceux dont il avait été honoré pour ses campagnes en Afrique, puis contre Spartacus et en Espagne, ce qui lui permettait de dire qu'ayant triomphé en Afrique, en Europe et en Asie, il avait triomphé de toute la terre, et de se comparer à Alexandre le Grand. Il s'enivrait de sa gloire.

CHAPITRE XXX

César, gouverneur de l'Espagne

(mai 61-juillet 60)

La litière dans laquelle voyageait César était un coffre de bois entièrement clos, recouvert de cuir, muni de deux paires de brancards, l'une à l'avant, l'autre à l'arrière. Ses parois étaient percées de fenêtres que l'on pouvait ouvrir ou fermer à volonté, et, au repos, elle reposait sur quatre pieds ouvragés, analogues à ceux d'une chaise. Elle contenait un lit à deux places, avec un confortable matelas de plumes et des coussins, de sorte qu'on pouvait y dormir allongé, ou bien s'asseoir pour lire ou pour bavarder avec un compagnon de voyage.

Cette litière était transportée par huit esclaves – les « lecticaires » – aux épaules larges et d'une stature élevée, qui se tenaient deux par deux, côte à côte, à l'avant et à l'arrière, entre les brancards, qui étaient soulevés à l'aide d'une ceinture de cuir accrochée à une perche mobile, l'*asser*, placée sur leurs épaules, tel un joug.

Avec ce moyen de locomotion, César parvenait à faire des étapes de cinquante kilomètres par jour ; son escorte suivait à dos de mulet. De temps à autre, Decurtius, ou le Numide Masintha, venait lui tenir compagnie. Il appréciait particulièrement la conversation de son médecin, qui était un homme avisé et sans préjugés.

– Cela te fait plaisir, de retrouver l'Espagne, César ?

– Plus que tu ne peux le croire, mon cher Decurtius. Je vais y faire mes classes.

– Comment cela ?

– Je t'ai déjà dit que j'avais un grand dessein : eh bien ! dans un ou deux ans, je vais être en mesure de commencer à le réaliser.

Les deux hommes s'installent aussi commodément que possible, leur dos bien calé par des coussins, et César dévoile ses projets à son ami :

– Si l'on excepte quelques troubles locaux, comme nous en rencontrerons certainement en Espagne, la paix règne partout sur les terres romaines, de la mer Noire à l'Espagne, et il n'existe pas, à ma connaissance, un seul peuple au monde qui puisse nous menacer. Ce vaste empire, il va falloir l'organiser. Non pas au profit de quelques gouverneurs ou de quelques généraux, qu'ils se nomment Pompée ou Sylla, non pas au profit d'une clique de sénateurs ou de profiteurs, comme Catulus, Crassus ou même Cicéron, mais pour qu'il persiste et prospère pendant des siècles et des siècles, comme jadis l'empire des Perses. Je sais que je serai le créateur de cet empire.

– Je t'ai déjà entendu parler ainsi, mais je ne vois pas le rapport avec l'Espagne.

– J'y pense depuis longtemps, à ce royaume universel. Mais, jusqu'à présent, il y avait trop de guerres, trop d'aventuriers, trop de menaces, et ce ne pouvait être qu'un rêve, auquel je me préparais méthodiquement. Maintenant, le rêve peut devenir réalité...

– Grâce aux victoires de Pompée.

– Grâce à un siècle de victoires. Paul Émile, Scipion, Marius, Sylla, Pompée ont tous apporté leur pierre à l'édifice romain, mais ils n'en pouvaient deviner l'avenir et, de toute façon, ils n'y avaient jamais rêvé : ils ne pensaient qu'à leur petite gloire, au jour le jour, qu'à leur fortune, éventuellement au bonheur de la plèbe qu'ils aimaient. César veut la paix et le bonheur du monde entier.

– Comme tu y vas ! Mais l'Espagne dans tout cela ?

– Elle va me servir de laboratoire. Je n'ai jamais gouverné aucun peuple, aucune cité. J'ai quarante ans, et, l'année prochaine, je serai consul.

– Qu'en sais-tu ? L'année prochaine, Pompée sera sur les rangs.

– Qu'importe : je serai consul, je gouvernerai Rome pendant un an et je saisirai cette occasion pour devenir le souverain du monde romain.

– Tu veux faire ton petit Sylla ?

– Absolument pas. Je me moque bien d'être puissant ou misérable. Je veux créer un empire indestructible.

– Quelle ambition !

– Qu'est-ce que j'ai fait, sur le Forum et au Sénat depuis une dizaine d'années ? Je ne me suis mêlé à aucune coterie, je n'ai commis aucune injustice et je ne me suis même pas fait d'ennemis irréductibles. J'ai manœuvré, j'ai limé les chaises curules des sénateurs, pour que ce maudit Sénat s'écroule, j'ai contrecarré les projets fous et sans lendemain d'un Catilina, et même ceux de Crassus, qui ne savait pas où il allait quand il parlait de tuer tous les « affreux ». Jusqu'à présent, je n'ai été qu'un manœuvrier. Ici, en Espagne, je vais pouvoir gouverner.

– Qu'est-ce que tu entends par « gouverner » ?

– Gouverner, ce n'est pas « se faire obéir », c'est comprendre les grands problèmes qui se posent à un peuple pour qu'il soit heureux, et en chercher les solutions.

– Tu connais des Romains qui ont « gouverné », comme tu le dis ?

– Il n'y en a pas eu beaucoup. À mon avis, le premier fut le roi Servius Tullius, l'avant-dernier roi de Rome. Il a compris le premier grand problème de notre peuple, et il l'a résolu.

– Quel était-il ?

– Il a constaté que le petit royaume sur lequel il régnait, et qui tenait à l'intérieur de la muraille qui existe encore de nos jours, était très peuplé, et que, pour l'administrer, il fallait répartir ses habitants en tribus d'après leur origine et en classes d'après leur fortune. Voilà un acte de gouvernement.

– Mais après les rois, dans l'histoire de notre République ? La création des consuls, du Sénat, ce ne furent pas des actes de gouvernement ?

– Non. Gouverner, c'est s'occuper d'un peuple tout entier. Les réformes auxquelles tu fais allusion ont été une sorte de partage des pouvoirs entre quelques centaines de Romains qui avaient la chance d'être des patriciens ; elles concernaient à peine cinq citoyens sur cent, et elles ignoraient tous les autres : elles ignoraient la plèbe. En revanche, les lois que rédigèrent, il y a quatre cents ans, ces dix magistrats qu'on a nommés les décemvirs relèvent de l'art de gouverner : elles constituent un véritable code pour tout le peuple romain.

– Alors, que vas-tu faire, en Espagne ?

– Je vais m'occuper de tous les Espagnols. Ils en ont bien besoin.

César avait compris, lors de son premier séjour en Espagne, huit ans auparavant, que le problème fondamental de cette province était celui de son unité. Il y avait trop de peuples, trop de cités, trop de régimes administratifs. Trop d'insécurité aussi : régulièrement les montagnards descendaient dans la plaine, dévastaient les champs et pillaient les villes, puis repartaient vers leurs montagnes, certains de leur impunité.

Ses premières mesures concernèrent donc la mise au point d'une force militaire indigène. La République entretenait en Espagne une force de 20 cohortes, de 500 hommes chacune : il décida de porter ce nombre à 30, en créant 10 cohortes ibériques. Il édicta une ordonnance de recrutement sur place, comme ses attributions lui en donnaient le droit, et enrôla quelque 5 000 soldats espagnols.

– Ces mesures ont un double intérêt, expliquait-il à Decurtius : d'une part, j'augmente mes effectifs, qui passeront de 10 000 à 15 000 hommes, d'autre part je fais prendre conscience au peuple espagnol qu'il doit se préoccuper de ses propres affaires. Il doit faire sa police lui-même. Et maintenant, j'ai une bonne petite armée, avec tout le matériel nécessaire.

– Et qu'est-ce que tu vas entreprendre, avec cette armée ?

– La guerre... je n'ai jamais eu l'occasion de la faire, sinon jadis, quand j'avais dix-huit ans, avec Thermus. Et il faut que j'apprenne à faire la guerre, car je ne me fais pas d'illusion : après mon futur consulat, j'aurai besoin d'une belle guerre pour tout chambouler.

Pendant que se déroulaient les opérations de recrutement, César se préoccupa aussi du sort de ses administrés, c'est-à-dire des laboureurs des plaines et des habitants des petites villes provinciales, qui constituaient l'équivalent de la plèbe romaine. Il interrogea d'abord les questeurs, ces fonctionnaires itinérants qui connaissaient bien la situation financière et fiscale des habitants de la province. L'un d'eux lui donna un excellent conseil :

– Avant d'agir, César, renseigne-toi sur le peuple espagnol. C'est un peuple composite difficile à comprendre. Je connais un vieil indigène, qui a servi sous Sertorius, et qui t'expliquera tout. Il est originaire des montagnes du Nord, là où vivent les Vascons. C'est un indépendantiste farouche, mais il a adopté un nom romain : il se nomme Pétrus Vasconicus, et Sertorius l'avait surnommé « Fumigator ».

– Pourquoi donc ?

– Tu le comprendras dès que tu le verras. Il a l'habitude de faire brûler des herbes odoriférantes dans un entonnoir et d'en respirer la fumée. Il prétend que ça le fait dormir.

– Où puis-je le trouver, ce Pétrus Fumigator ?

– L'été, on le rencontre souvent à Gadès. Il fait un trafic de dattes avec des Mauritaniens qui viennent d'Afrique et qui lui apportent son herbe.

C'est en effet à Gadès, à l'ombre du temple d'Hercule, que Fumigator conta à César l'histoire et la géographie de la grande province romaine d'Espagne.

– Vous autres, Romains, vous êtes installés en Espagne depuis un peu plus de cent quarante années, commença doctement Fumigator.

– Cela, je le sais, dit César ; ce fut l'œuvre du grand Scipion, que nous avons appelé plus tard Scipion l'Africain, le vainqueur d'Hannibal.

– Scipion a divisé l'Espagne en deux provinces, qui sont toutes deux traversées par un grand fleuve, celle du Nord par l'Ebre, c'est l'Espagne Citérieure, et celle du Sud par le Guadalquivir, c'est l'Espagne Ultérieure, dont tu es le gouverneur.

– Et toi, Fumigator, d'où es-tu ?

– Mon peuple vit dans les montagnes qui sont au nord de l'Ebre, les Pyrénées, et sur les rivages de la mer qu'elles dominent, la mer Cantabrique.

– Je ne connais pas cette mer.

– Elle est bien différente de la mer des Romains. Deux fois par jour elle se retire au loin, et deux fois par jour elle revient. On appelle cela des « marées ».

– Ah ! oui, maintenant je me souviens. Un de mes amis, Cicéron, m'en a parlé. C'est la même mer qui baigne les côtes de l'Afrique, au pied des monts Atlas.

– Quel drôle de nom ! D'où vient-il ?

– C'est une vieille légende grecque.

– J'aime les légendes : quand je fume mon herbe, j'ai l'impression qu'elles sont vraies. Raconte-moi celle-là.

– Au commencement du monde, il n'y avait que deux divinités : le Ciel et la Terre. De leur union naquirent des monstres, comme les Titans, les Cyclopes ou les géants aux cent mains. L'un de ces Titans, Japet, avait un frère qui était l'Océan. Japet épousa une des filles de son frère : il eut comme fils un géant qui fut appelé Atlas, et qui se révolta contre Zeus, le roi des dieux, celui que nous autres, Romains, nous appelons Jupiter. Pour le punir, Zeus le condamna à soutenir sur ses épaules la voûte du ciel et l'exila en Occident, tout au bout de l'Afrique. Il fut ensuite transformé en montagne par le héros Persée, qui lui présenta la tête hideuse de la Méduse. Voilà pourquoi cette montagne porte le nom d'Atlas, et la mer qui la borde celui de mer Atlantique.

– C'est une belle histoire : ils en avaient de l'imagination, ces Grecs. Alors la mer qui borde les montagnes où je suis né est le prolongement de la mer Atlantique ?

– Tout juste.

– Je suis bien content de le savoir ; je le dirai à mes compatriotes quand je retournerai au pays Basque...

– Basque ?

– Oui, basque ou vascon, c'est la même chose.

– Est-ce qu'il y a d'autres peuples que les Basques, entre l'Ebre et les Pyrénées ?

– J'en connais deux, en allant vers l'est : les Ilergètes et les Jacetins. Ils sont paisibles.

– Et vous, les Vascons ?

– Nous aimons notre indépendance ; nous sommes tranquilles dans nos montagnes, où personne n'ose venir nous déranger.

– À part l'Ebre et le Guadalquivir, est-ce qu'il y a d'autres fleuves en Espagne ?

– J'en connais trois : le Douro, le Tage et l'Ana ; ils se jettent tous les trois dans la mer Atlantique, comme le Guadalquivir.

– Et qu'y a-t-il comme peuples, dans ces régions ?

– Au nord, entre l'Ebre et le Douro, il y a les Asturiens, qui sont des montagnards, comme nous, et les Vaccéens, qui sont des agriculteurs. Au sud du Douro et jusqu'à l'Ana, c'est le pays des Lusitaniens. Ceux-là, ils sont coriaces : ils passent leur temps à razzier l'Espagne Ultérieure, qui est habitée par des Celtibères.

– À ton avis, Fumigator, comment tous ces peuples supportent-ils notre présence ?

– C'est une bonne question, César. Nous autres, Basques, nous ne voulons obéir qu'à nous-mêmes ; mais, comme les Romains nous fichent la paix, nous vivons selon nos traditions.

– Mais vous ne payez pas vos impôts.

– C'est normal : nous n'avons rien à nous.

– Vous fraudez ?

– Nous adorons frauder. C'est même un sport national.

– Ce qui m'intéresse, c'est l'attitude de ceux qui sont nombreux : les Celtibères et les Lusitaniens. Ils se sont révoltés plusieurs fois contre Rome.

– Les Lusitaniens sont la cause de tout. Ils attaquaient perpétuellement les petits peuples des plaines, et même les garnisons romaines les craignaient. Finalement, vous avez dû sévir.

– Oui, il y a de ça un siècle environ. Mais, à Rome, on a oublié tous ces événements.

– En Espagne on en parle encore. Il y a bien des cabanes, bien des chaumières où l'on chante les hauts faits de Viriathe.

– Viriathe ?

– À moi de te raconter une histoire, César, mais une histoire vraie. Viriathe était un Lusitanien, un peu berger et un peu bandit. Il y a exactement quatre-vingt-cinq ans, avec une troupe de brigands, il a remonté le cours du Douro, traversé le pays des Vaccéens et il s'est rendu maître de toute la région. Il obligeait les paysans à lui payer tribut et il a tenu tête à tous les généraux que Rome a envoyés pour le combattre. Finalement, Rome l'a reconnu comme roi...

– De quel pays ?

– De celui qui s'étend entre le Douro et le Tage.

– Ce n'est pas possible ! Le Sénat romain s'est incliné devant un berger ?

– Il a laissé un grand souvenir dans la mémoire des Hispaniques ; il est mort, assassiné par un Romain, mais, encore maintenant, on le considère comme un héros de légende, comme un chef courageux et épris de justice. Pense qu'à Numance, en 136, il a fait prisonnière une armée romaine de dix mille hommes et qu'il a laissé la vie sauve aux vaincus.

– C'est incroyable ! Décidément, ce Viriathe me plaît. Mais j'ai honte pour Rome.

– Il n'est pas honteux d'avoir été vaincu.

– Ce n'est pas de Rome vaincue que j'ai honte, c'est de Rome victorieuse, quand, deux ans plus tard, Scipion Émilien reprit Numance et vendit ensuite les Numantins comme esclaves. Mon oncle Marius m'a raconté ce siège : il paraît que ce fut une véritable boucherie. Pauvre Espagne ! Heureusement que Sertorius a racheté la cruauté de Scipion Émilien.

– C'est à toi de l'expliquer, l'affaire Sertorius, César, car, ici, nous n'avons rien compris.

– Sertorius a été envoyé comme gouverneur des deux Espagnes, l'Ultérieure et la Citérieure, et il les administra parfaitement et avec justice pendant deux ans, de 83 à 81. Puis, à Rome, nous avons dû subir la dictature d'un tyran, Sylla, et celui-ci remplaça Sertorius par un homme à lui. Sertorius était un adversaire de Sylla, et il prit la tête des Celtibères pour mener une guerre d'indépendance contre Rome et son dictateur.

– Oh ! Je m'en souviens. Il était adoré comme un dieu. Il possédait une garde de Celtibères qui avaient juré de périr avec lui. Il avait organisé l'Espagne comme la République romaine, avec un Sénat, des magistrats, des écoles. Malheureusement, Rome a été la plus forte : les armées de Pompée et de Métellus ont eu raison de Sertorius.

– Les armes et la trahison. C'est un de ses anciens partisans, Péperna, qui l'assassina en 73.

– Et qu'est-ce qu'il est devenu, ce traître ?

– Il a été capturé par Pompée, qui l'a fait tuer à son tour.

– Pourquoi ?

– Parce qu'il connaissait, paraît-il, des secrets susceptibles de compromettre un grand nombre de Romains importants.

– Lesquels ?

– On l'ignore. Merci, Fumigator, pour tout ce que tu m'as expliqué. Je sais maintenant ce qu'il me reste à faire en Espagne.

– Quoi donc ?

– Apaiser les esprits, faire cesser les conflits de toute sorte entre les peuples de l'Espagne et leur faire comprendre qu'ils vont à leur perte en se déchirant mutuellement.

– Je te souhaite bien du plaisir.

– J'y parviendrai, car j'ai l'intention de rendre ce pays prospère.

– Tu veux un conseil ?

– Donne toujours.

– Les impôts sont trop lourds, les agriculteurs sont trop endettés et il y a trop de pauvres et de sans-abri.

– De cela, je me suis déjà aperçu. J'ai décidé de diminuer ou d'abolir la plupart des charges publiques, et de prendre l'argent là où il est.

– Où donc ?

– Dans les poches de quelques trafiquants romains, qui sont riches à en crever, et qui pillent à leur manière le pays. J'ai horreur des exploiteurs et des combinards. Quant aux paysans endettés, j'ai déjà prévu une loi interdisant aux créanciers de saisir la totalité des biens de leurs débiteurs : dorénavant, ils ne pourront saisir au maximum que les deux tiers de leurs revenus.

– Tu vas t'attirer l'adoration de quatre-vingt-dix-neuf pour cent des Espagnols : ils sont dévalisés par les usuriers.

– Je veux aussi faire régner la paix, car, sans la paix, il n'est aucune prospérité possible.

– Comme t'y prendras-tu ?

– Ces Lusitaniens et autres brigands doivent cesser leurs razzias et leurs attaques contre les gens des villes et des campagnes. Je vais leur enjoindre de quitter leurs montagnes, de transporter leurs villages dans les plaines, et de vivre en bonne intelligence avec les cultivateurs, qui sont la richesse du pays.

– Et s'ils refusent ?

– S'ils refusent, ce sera la guerre. Et elle sera sans pitié : c'est pour le bien du pays.

– Méfie-toi des Lusitaniens, César, ils ont plus d'un tour dans leur sac.

Ce fut la première campagne militaire de César et il y fit preuve du même génie stratégique qui avait fait de lui le maître politique du Forum.

Dès le mois de juillet 61, son armée d'Espagne, grossie des cohortes indigènes, était sur le pied de guerre, et il s'était adjoint, comme lieutenant, un riche bourgeois de Gadès, d'origine phénicienne, du nom de Balbus, dont les sentiments romanophiles étaient bien connus.

– Mon cher Balbus, lui avait-il dit, j'ai décidé de faire de la province que je gouverne un paradis de paix et de prospérité. J'ai pris, dans ce but, un certain nombre de mesures financières...

– ... que je connais et qu'en bon Phénicien j'approuve, interrompit Balbus : quand les affaires vont, tout va.

– Oui. Mais, pour que les affaires « aillent », comme tu dis, il faut que la paix règne, et avec ces

Lusitaniens de malheur, elle est constamment en danger. J'ai donc décidé de leur faire la guerre.

– La guerre n'a jamais facilité les affaires, ni le commerce, César. Et la population des villes, qui marche la main dans la main avec Rome, tournera casaque et t'accusera d'être la cause de tous ses maux, de jouer au conquérant.

– On voit que tu ne connais pas César, Balbus : va donc faire un tour à Rome, et tout le monde te dira que je n'ai pas mon pareil pour manipuler l'opinion publique.

– Je suis allé à Rome, et j'en ai entendu parler.

– Voici mon plan. Je vais faire en sorte que les Lusitaniens et autres brigands des montagnes se mettent officiellement hors la loi, et fassent ainsi peser une lourde menace sur les villageois et les citadins dont, en tant que gouverneur, je suis le protecteur attitré. Dès lors, je serai en droit de déclarer officiellement la guerre aux montagnards.

– Ta réputation n'est pas surfaite, César, tu es plus fort en matière de politique qu'un Phénicien en matière de commerce, et ce n'est pas peu dire. Mais cette guerre, une fois que tu l'auras déclarée, comment la feras-tu ? Ils sont partout et nulle part, ces montagnards. Pompée en sait quelque chose : elle a duré longtemps, sa campagne de pacification.

– J'ai mes idées là-dessus. Je vais adjoindre à mon armée des compagnies d'artisans et d'ouvriers qui ouvriront des sentiers dans les montagnes, pour y faire passer mes cohortes, qui me bâtiront des ponts pour franchir les torrents, des fortifications, des machines de guerre.

– C'est nouveau, cela. Mais qui dirigera tous ces travailleurs ?

– Toi.

– Moi ?

– Tu es malin, Balbus, tu sais où trouver du bois, des carrières de pierre, du cuivre, et aussi des hommes capables de creuser, de construire, de porter des fardeaux, tu parles bien cinq ou six langues hispaniques et, grâce à tes qualités d'entrepreneur, tu as fait fortune : je te demande de les mettre à la disposition de Rome et je te nomme... voyons, quel grade te conférer... je te nomme... préfet du génie militaire.

– Qu'est-ce que je gagnerai, dans cette affaire ? Les Lusitaniens n'ont pas de richesses, et il n'y aura pas de butin à partager.

– Sacré Phénicien ! Je te propose, pour prix des services rendus, de te faire exonérer d'impôts pour dix ans.

– Ce n'est pas un gros cadeau : je ne paye pas beaucoup d'impôts.

– Toi, l'homme le plus riche de Gadès ?

– J'ai beaucoup de frais, tu sais, et je ne suis pas aussi riche qu'on le dit.

– Hypocrite ! Tu me fais penser à Crassus. Que veux-tu donc ?

– La concession exclusive des mines d'argent et de cuivre, au pied des montagnes qui bordent la vallée du Guadalquivir.

– Accordé.

– À mon tour de te poser la question : qu'attends-tu de cette guerre ? Tu veux devenir roi d'Espagne un jour ?

– Je veux rentrer à Rome en général victorieux, comme jadis Sylla et hier Pompée.

– Tu veux un triomphe, comme lui ?

– Non. Je veux simplement être élu consul pour l'année 59. Après...

– Après ?

– C'est mon secret. Rejoins-moi à Cordoue dans trois jours. Je fête mon quarantième anniversaire avec quelques amis le 13 juillet.

Cet anniversaire marqua, pour César, le commencement d'une période nouvelle dans la vie de celui qui avait été, tour à tour, le mignon de Nicomède, le libertin le plus en vue et le plus endetté de Rome, le chasseur de pirates orientaux, le funambule politique qui jouait – avec l'argent de Crassus – la carte des tribuns de la plèbe contre le Sénat, l'enfant chéri du Forum, l'amant recherché de toutes les jolies femmes de Rome, l'édile mégalomane qui avait organisé – avec l'argent de son collègue Bibulus – les plus somptueux Jeux romains de l'histoire de la Ville, l'homme qui avait, par ses révélations discrètes, permis à Cicéron de se prendre pour le sauveur de la République.

Lui, César, le patricien mal ceinturé, le dandy raffiné qui ne se déplaçait jamais sans son barbier personnel, qui ne supportait pas d'être simplement décoiffé par un coup de vent, qui ne faisait pas deux cents mètres dans Rome sans se faire conduire en litière, apparut devant ses amis ébahis juché sur un cheval blanc fougueux et piaffant, ses cheveux flottant au vent cachant mal sa calvitie naissante, et arborant une superbe cuirasse de cuivre. Ce 13 juillet de l'an 61, un autre César semblait être né, qui prenait congé de son passé et qui s'élançait vers la gloire, dans la fraîcheur de cette soirée andalouse.

Le lendemain, un envoyé de César, protégé par une solide escorte, partait vers les monts Herminium (aujourd'hui : la Sierra da Estrela, au Portugal), cette haute chaîne de montagnes située entre le Tage et l'océan Atlantique. Il était porteur d'un ordre du propréteur romain adressé aux habitants de ces montagnes, les sommant d'abandonner leurs demeures et de descendre s'établir dans la plaine. Les Lusitaniens refusèrent, et César fit savoir, dans toutes les villes de l'Espagne Ultérieure, qu'à la suite de ce refus d'obéir, il leur déclarait la guerre.

Les opérations commencèrent à la fin du mois d'août. Les cohortes romaines et indigènes investirent, un à un, tous les villages des monts Herminium, qui firent tous leur soumission. César poussa plus loin son avantage, il passa au nord de ces montagnes, et imposa la loi romaine aux pasteurs et aux cultivateurs paisibles de toute la région, jusqu'aux rives du Douro. À la fin du mois de septembre, il pouvait considérer la Lusitanie comme pacifiée et il rentra à Cordoue, en laissant simplement derrière lui quelques unités d'encadrement des populations.

Ce faisant, César commit sa première erreur. Une fois le gros de l'armée romaine partie, les Lusitaniens se regroupèrent, et se mirent à attaquer les garnisons d'encadrement.

– Fumigator avait bien raison de me mettre en garde contre ce peuple, dit-il à Balbus. J'ai voulu être généreux, et déjà ils rompent leurs promesses : il ne me reste plus qu'une solution, les exterminer. Mais c'est plus facile à dire qu'à faire.

Les montagnards lusitaniens, qui se doutaient bien que les cohortes romaines reviendraient leur donner la chasse, avaient mis leurs femmes, leurs enfants et leur bétail à l'abri, au nord du Douro, dans le pays des Vaccéens. Puis ils opérèrent une subtile retraite vers les côtes de l'Atlantique, où des pêcheurs les conduisirent dans la petite île de Berlenga, à quelques milles du rivage.

César, qui n'avait aucun vaisseau à sa disposition, décida de poursuivre les fugitifs sur des radeaux de fortune, assemblés par les artisans que commandait Balbus. Ce fut un véritable désastre militaire. La mer était houleuse, et les soldats romains furent massacrés au fur et à mesure qu'ils débarquaient sur la côte rocheuse de Berlenga : sur les mille combattants engagés, il n'y eut qu'un seul survivant, qui avait la chance de savoir bien nager. L'importance des pertes, jointe à l'arrivée de la mauvaise saison, mit provisoirement fin aux hostilités. De retour à Cordoue, César mit ses troupes au repos et décida qu'il prendrait sa revanche au printemps. Il mit l'hiver à profit pour se renseigner sur cette mer Atlantique dont il ignorait tout. Les pêcheurs de Gadès, qui traversaient souvent le détroit de Gibraltar, lui en expliquèrent les marées et les caprices et, dans de longues conversations hivernales avec Balbus et Decurtius, il se prenait à rêver d'expéditions lointaines.

– Balbus, toi qui appartiens à un peuple de marins, que penses-tu de cette mer Atlantique qui va et qui vient, au gré des marées ? demanda-t-il un soir à son collaborateur.

– Les marins phéniciens ont été les premiers à naviguer sur l'Atlantique. On racontait, à Carthage, qu'ils franchirent les Colonnes d'Hercule sur des vaisseaux égyptiens, il y a six cents ans, au temps où Rome était gouvernée par des rois.

– Qui était le roi d'Égypte qui avait ordonné cette expédition ?

– Un certain Nékao, adorateur du Soleil. On prétend qu'ils étaient partis de la mer Rouge pour faire le tour de l'Afrique, et qu'ils seraient revenus en Égypte en passant par ces fameuses Colonnes. Mais beaucoup pensent que ce n'est qu'une légende.

– Et ensuite ?

– Un autre navigateur phénicien, qui se nommait Hannon, est parti de Carthage, a franchi les Colonnes d'Hercule et a contourné les Mauritanies et toute la côte occidentale de l'Afrique jusqu'à un grand golfe (le golfe de Guinée), puis il est revenu à Carthage.

– Il y a longtemps ?

– Il y a un peu plus de quatre cents ans.

– Et ensuite ?

– Un autre navigateur carthaginois, Himilcon, a fait un grand périple qui devrait t'intéresser, César : après avoir franchi le détroit il est remonté le long des côtes de la Lusitanie, et il est allé très loin vers le nord, jusqu'au pays des Celtes et des Gaulois.

– Pourquoi dis-tu que ce périple devrait m'intéresser ?

– Parce qu'il te connaît, César, intervint Decurtius : la Gaule est le seul pays d'Occident qui ne soit pas sous le contrôle de Rome, il est dans la logique des choses qu'il le soit un jour... et tu seras consul l'année prochaine...

– Je n'ai aucune vue sur la partie de la Gaule qui est séparée de l'Italie par les Alpes. Si je suis un jour consul, j'aurai bien assez à faire avec l'Espagne, l'Italie, la Grèce et la Macédoine, l'Orient et l'Afrique.

– Il ne faut jamais dire « Fontaine je ne boirai pas de ton eau », renchérit Balbus.

– La Gaule ne m'intéresse pas, reprit César ; en revanche, je me demande ce qu'il peut y avoir, de l'autre côté de la mer Atlantique. Après tout, la Terre est une sphère, que je sache.

– De cela au moins, nous sommes certains, dit Decurtius. Tous les grands astronomes l'ont démontré, depuis deux ou trois siècles et en particulier, il y a une centaine d'années, Ératosthène d'Alexandrie : il a même trouvé un moyen pour mesurer la circonférence de la Terre sans avoir besoin d'en faire le tour.

– Alors à ton avis, Decurtius, puisque la Terre est ronde, si je pars de l'île de Berlenga et que je me dirige vers l'ouest, où vais-je arriver ?

– En Asie... s'il n'y a aucune terre entre l'Europe et l'Asie.

– Comment peut-on le savoir ?

– Il faut y aller. Mais quel navigateur osera partir ainsi à l'aventure, loin de toutes les côtes ?

– Il se trouvera peut-être un jour un fou pour la tenter, Decurtius.

– Peut-être, César, peut-être.

Durant tout l'hiver, César étudia avec soin quelle était la meilleure manière de châtier les Lusitaniens, et il en arriva rapidement à cette conclusion qu'il lui fallait une véritable flotte, et non pas quelques radeaux, pour attaquer l'île de Berlenga.

– Nous partirons de Gadès, dit-il à Balbus, et nous longerons les côtes en nous dirigeant vers le nord. Débrouille-toi pour réquisitionner quelques gros navires susceptibles de transporter trois mille hommes de troupe.

À la fin du mois de mars, la flotte militaire de César appareilla. Au milieu du mois d'avril, les cohortes romaines débarquèrent sans encombre dans l'île de Berlenga. Tous les Lusitaniens rebelles furent exterminés.

Le temps était beau, les navires solides, ses hommes avaient l'enthousiasme des vainqueurs : César décida de continuer sa route et, pour la première fois dans l'histoire, des vaisseaux chargés de légionnaires s'élancèrent sur l'océan. Ils parvinrent jusqu'en Galice, où César s'empara de Brigantium (La Corogne). Puis il donna l'ordre à sa flotte de regagner Gadès.

La campagne d'Espagne était terminée. César avait, en quelques mois, unifié la province qui lui avait été confiée, instauré l'union et la concorde entre toutes ses cités, rétabli la paix sociale en adoucissant les rapports entre créanciers et débiteurs, et il avait enrichi ses soldats en partageant avec eux les butins de ses victoires sur les Lusitaniens et les Galiciens, ce qui lui valut de se voir conférer par ses troupes le titre d'*imperator.*

Il ne lui restait plus qu'à rentrer à Rome, où ses exploits étaient maintenant connus, à faire ratifier par le Sénat le titre d'*imperator* que lui avaient décerné ses hommes, et soit à attendre, à l'extérieur des murailles, l'honneur d'un triomphe, soit à y renoncer et à se porter candidat aux élections consulaires de juillet.

CHAPITRE XXXI

Le consul des temps nouveaux
(juillet 60)

Tandis que César récoltait lauriers sur lauriers en Espagne, le monde politique romain pataugeait dans les conflits et les contradictions. La belle unanimité qui avait salué en Pompée un général vainqueur respectueux des lois de la République avait fondu comme neige au soleil.

Après les éclatantes journée de son triomphe, en septembre 61, il n'avait réclamé aucun pouvoir extraordinaire, d'autant que la Constitution romaine lui permettait d'être à nouveau candidat aux élections consulaires en juillet 60, et que, d'ici là, l'un des deux consuls, Afranius, était un de ses plus fidèles partisans. Il espérait, de bonne foi, que le Sénat donnerait satisfaction aux deux exigences qui lui tenaient à cœur pour l'instant : ratifier le statut politique qu'il avait instauré en Asie et accorder à ses vétérans, par le biais d'une loi agraire, les bonnes terres italiennes qu'il leur avait promises.

Or, dès le mois de janvier 60, Pompée dut déchanter. Afranius faisait preuve d'une incapacité notoire qui provoquait la risée de toute la classe politique ; Cicéron n'avait-il pas écrit à son ami Atticus : « N'importe quel âne peut être élu consul, s'il est chargé d'or, et l'or de Pompée n'a pas manqué à Afranius » ?

Quant à l'autre consul, Métellus Céler, il lui en voulait d'avoir répudié sa propre sœur, et il lui mettait systématiquement des bâtons dans les roues.

Par ailleurs, le Sénat, après avoir applaudi le grand général par politesse, s'était refermé sur lui-même et le groupe hargneux que dirigeait Caton tirait à boulets rouges sur toutes les propositions émanant de Pompée, en qui il pressentait un dictateur en puissance. Enfin, sur les dix tribuns de la plèbe, il ne s'en trouvait qu'un pour le soutenir, un certain Flavius, mais sans aucun succès.

De sorte que, lorsque ce même Flavius promulgua son projet de loi agraire en faveur des vétérans de l'armée pompéienne, l'affaire tourna court : le consul Métellus Céler insulta violemment le tribun, celui-ci fit emprisonner le consul pour atteinte à son inviolabilité et la situation devint explosive. Elle aurait même dégénéré si les troubles qui venaient d'éclater en Gaule Narbonnaise n'avaient amené le Sénat à décréter l'envoi de Métellus Céler de l'autre côté des Alpes, pour rétablir la situation : Pompée, échaudé, conseilla à Flavius de retirer sa *rogatio*.

Il ne fut pas plus heureux en ce qui concernait ses actes relatifs à l'Asie : la majorité des sénateurs refusa de les ratifier, ainsi que les nombreuses donations qu'il avait accordées aux rois, aux princes et aux cités de cette vaste province.

Deux sénateurs avaient pris la tête de l'opposition contre Pompée : Caton, qui l'accusait de vouloir instaurer une dictature militaire à la manière de Sylla, et son prédécesseur en Asie, le général Lucullus ; celui-ci estimait être le véritable vainqueur de Mithridate et considérait que Pompée n'avait fait que tirer les marrons du feu. Pour corser la situation, qui aurait pu être réglée par une transaction dont Cicéron s'était fait le promoteur, Crassus, le leader financier du parti populaire, se rangea, contre toute attente, du côté de Lucullus, tête de file du parti des aristocrates : lui aussi craignait, comme Caton, mais pour des raisons plus personnelles, la dictature de Pompée.

Contre le trio hétéroclite formé par Caton, Lucullus et Crassus, Pompée ne pouvait plus rien, sinon compter sur César qui revenait d'Espagne, chargé de gloire et de richesses : lui seul avait assez d'ascendant sur Crassus pour rompre cette coalition contre nature.

Lui seul aussi avait les moyens, tant par son aura populaire que par l'armée victorieuse qui campait autour de lui, aux portes de Rome, de s'opposer à toute velléité d'instauration d'un quelconque pouvoir personnel de la part de Pompée : pour la République, César était devenu, presque naturellement, l'homme providentiel.

De Cordoue, César, avec sa clairvoyance habituelle, avait prévu que la situation politique à Rome allait être bloquée par l'alliance paradoxale de Crassus, épouvanté par Pompée, avec la clique sénatoriale des Caton et des Lucullus. Il s'en était confié à Balbus :

– Si je n'arrive pas à temps à Rome, Pompée ne sera même pas élu consul en juillet, Crassus sera le prisonnier des sénateurs sur lesquels il croit pouvoir s'appuyer, et Rome sera à la veille d'une guerre civile.

– Comment penses-tu agir ?

– La solution idéale est une réconciliation sincère entre Pompée et Crassus, qui pourront alors être élus tous les deux consuls, comme il y a dix ans.

– Est-elle possible ?

– Je ne crois pas. Trop de choses les séparent encore. Et, même s'ils parvenaient à se réconcilier sincèrement, dès qu'ils seraient consuls, tout serait à refaire : chacun voudra surpasser l'autre.

– Alors ?

– Alors il faut qu'ils se réconcilient, mais avec moi comme arbitre permanent, et c'est moi qui, en définitive, agirai au grand jour. Nous mettrons en commun nos moyens respectifs : Crassus, son argent et son sens de la démagogie ; Pompée, sa gloire, sa popularité et ses vétérans, prêts à le rejoindre au premier signal ; et moi...

– ... ton intelligence.

– Pas seulement mon intelligence, mais aussi le fait que je vois plus loin qu'eux.

– Ah ! ton fameux grand dessein.

– Une fois consul, avec Pompée et Crassus comme alliés, je me sens capable de le réaliser.

– Alors, dépêche-toi de partir pour Rome.

– J'ai le temps. Il faut que j'arrive à Rome après le 13 juillet.

– Pourquoi donc ?

– Parce que le 13 juillet j'aurai quarante et un ans : il faut avoir quarante et un ans révolus pour se présenter au consulat.

À Rome, on ne se posait pas autant de questions que Balbus. Les sénateurs avaient cependant discuté de l'opportunité d'avancer la date des élections au 10 juillet, au lieu du 20 ou du 30 juillet, comme les autres années :

– César aura quarante et un ans le 13 juillet, avait suggéré Caton ; déplaçons la date des élections consulaires au 10, et il n'aura pas le droit de s'y présenter.

– César n'a pas l'intention de se présenter aux élections cette année, dit Cicéron ; quand il va arriver, il va demander les honneurs d'un triomphe, c'est évident, et il sait qu'il devra rester en dehors de Rome, dans la *villa publica* que l'État met à la disposition des généraux en attente d'un triomphe jusqu'au jour de cette cérémonie. Donc, nous ne le verrons pas cette année vêtu de la toge blanche des candidats ; ce sera pour l'année prochaine. Il est tout à fait inutile d'avancer les comices électoraux.

Les Pères conscrits donnèrent raison à Cicéron : les élections auraient lieu à la fin du mois, et le Sénat patronnerait les candidatures de Luccéius, un ami de Cicéron et de Pompée, et de Calpurnius Bibulus, un ami de Caton.

Sur ce, César arriva devant Rome plus tôt que prévu, à peine repéré par la foule qui circulait, en permanence, autour des murailles de la Ville : qui donc aurait pu reconnaître, en ce cavalier qui faisait caracoler son cheval à la longue crinière, l'homme du monde précieux et raffiné qu'était César ?

C'était lui, cependant. Il descendit de son cheval et se dirigea, d'un pas assuré, vers la *villa publica*. Deux anciens centurions, qui avaient servi sous Pompée, guettaient son arrivée, impassibles, ainsi que deux jeunes gens que César avait déjà rencontrés dans l'entourage de Crassus. Ils lui firent savoir que leurs maîtres respectifs l'attendaient à l'intérieur, mais qu'ils étaient venus secrètement.

César pousse la porte de la maison qui lui est destinée, et tombe d'abord dans les bras de Pompée :

– Viens que je t'embrasse, César. Alors, qu'est-ce que tu en penses, de mon Espagne ?

– Tu ne la reconnaîtrais pas, mais c'est quand même ton Espagne.

– Il y a toujours des brigands dans les montagnes ?

– Toujours. Ils m'ont donné du fil à retordre.

– Entrons, Crassus t'attend.

Crassus semblait tout aussi heureux de le revoir que Pompée, mais, selon son habitude, il alla directement au fait, avec son franc-parler coutumier :

– César, il faut que tu nous tires de ce pétrin. Pompée et moi, nous nous sommes réconciliés, mais il subsiste encore des divergences entre nous.

– De grosses divergences, renchérit Pompée.

– Nous avons besoin du pouvoir : on ne peut pas le laisser au parti sénatorial. Mais, si nous nous présentons tous les deux au consulat, nous serons élus tous les deux et nous recommencerons à nous engueuler. C'est un cercle vicieux.

– Il y a une solution simple, dit César, calmement.

– Laquelle ?

– Que ce soit moi qui me présente, avec votre appui. Nous mettrons au point un programme de gouvernement, en excluant les points sur lesquels vous n'êtes pas en accord, et nous ferons le serment de nous y tenir. Nous serons trois à gouverner, moi dans la lumière et vous dans l'ombre, chacun soutenant les deux autres toutes les fois que ce sera nécessaire.

– Ça me va, dit Pompée.

– À moi aussi, dit Crassus.

– Bon, alors établissons chacun de notre côté notre programme, dans le plus grand secret, et comparons : nous conserverons ce que nos projets auront de commun, et nous écarterons le reste.

– Moi, dit Pompée, je tiens avant tout à la ratification du statut de l'Asie et aux récompenses de mes vétérans.

– Là-dessus, je suis d'accord, dit Crassus.

– Et moi aussi, dit César. Eh bien ! voilà déjà un point d'acquis.

– Quelle est la date fixée pour les élections ? demande César.

– Le 30 juillet.

– Et la date limite pour le dépôt des candidatures ?

– Le 20 juillet.

– D'ici là, nous aurons rédigé notre programme commun, et nous aurons juré tous les trois de le respecter. Mais il y a un petit problème : je ne peux pas entrer dans Rome avant mon triomphe. Comment m'inscrire sur la liste des candidats ? La loi exige que je me présente en personne.

– Fais une demande officielle pour avoir le droit de déposer ta candidature en étant « absent ». Le Sénat te l'accordera certainement, après tout ce que tu as fait en Espagne : tu es devenu un héros national.

– Ils la recevront dans les quarante-huit heures. Maintenant séparons-nous ; rien ne doit transpirer de notre accord, et, jusqu'aux élections, soyons discrets. Pompée, tu sortiras d'ici le premier et toi, Crassus, dans une heure seulement. Moi, je ne bougerai pas de la *villa publica* : je vais écrire au Sénat pour avertir les sénateurs de mon arrivée, avec mon armée, devant les murailles de la Ville, et pour leur demander d'accepter ma candidature en tant que « candidat absent ».

Et César conclut en riant :

– Nous nous comportons comme de véritables comploteurs. Tu ne te sens pas rajeunir, Crassus ?

– Nous ne sommes pas des comploteurs, lui répond celui-ci, nous venons de conclure une alliance électorale et politique.

Pompée se lève et quitte les lieux le premier, comme convenu ; une heure plus tard, Crassus en fait autant et, après son départ, César se précipite vers une table, pour écrire au président du Sénat, mais aussi à sa tendre maîtresse, Sévéria, qui lui a bien manqué en Espagne.

Cette nuit-là, il eut bien du mal à dormir. Non pas tellement à cause de la chaleur lourde de juillet, mais parce que, pour la première fois, il voyait son grand dessein prendre corps.

Le 19 juillet, au matin, le prince du Sénat lisait aux sénateurs la lettre qu'il avait reçue la veille de César, dans laquelle celui-ci, après les salutations d'usage, demandait à la vénérable assemblée l'autorisation de se porter candidat au consulat pour l'année 59 sans pénétrer dans Rome, et de laisser à l'un de ses proches amis le soin d'accomplir les formalités administratives en ses lieu et place, car il était dans l'attente d'un triomphe et l'accès de la Ville avant cette cérémonie lui était interdit.

Lecture faite, le *princeps* interroge les sénateurs du regard d'abord, puis il leur précise :

– Pères conscrits, nous sommes le 19 juillet. Demain, à midi, le drapeau rouge hissé sur le Capitole sera baissé, pour faire savoir aux citoyens romains que la liste des inscriptions aux élections consulaires est close. Je vous rappelle que deux sénateurs sont déjà inscrits : Calpurnius Bibulus, qui fut édile curule en même temps que César, en l'an 688 de Rome (65 av. J.-C.), et Lucius Lucceius, l'orateur que nous admirons tous. Je vous demande maintenant de répondre par oui ou par non à la question suivante, dont nous allons débattre : « Acceptez-vous que la candidature de César soit déposée par une personne autre que lui, qui serait son mandataire ? » Si, au terme de cette session, aucune réponse n'est donnée à cette question, cela équivaudra à un refus.

Un bref silence suivit cette allocution ; puis les sénateurs donnèrent leur opinion : presque tous étaient d'avis d'accorder à César la faveur qu'il souhaitait, et le président du Sénat était sur le point de l'annoncer officiellement, lorsque Caton demanda la parole.

– Je m'oppose formellement, commença-t-il, à ce que l'on déroge aux lois de la République. César veut briguer le consulat ? Soit, mais alors qu'il vienne s'inscrire en personne aujourd'hui ou demain matin avant midi.

– Dès qu'on prononce le nom de César, observa à mi-voix le tribun Flavius, Caton ressemble à un taureau devant lequel on agite un chiffon rouge ; il va vitupérer pendant au moins une heure.

Caton vitupéra bien plus longtemps encore. Il s'était aperçu que les sénateurs étaient désireux de faire plaisir à César, et que celui-ci aurait gain de cause, quels que fussent les arguments qu'on lui opposerait. Il eut alors une idée diabolique et inventa, pour la circonstance, une procédure d'opposition qui fut, depuis, mille fois reprise dans les démocraties modernes : comme aucun vote ne pouvait avoir lieu avant qu'il n'eût terminé son discours, il parla sans s'interrompre, jusqu'au moment où les premières chauves-souris commencèrent leur ballet dans les ombres de cette soirée d'été. Le règlement du Sénat imposait qu'alors on levât la séance, et comme il n'était plus temps de procéder au vote, le greffier inscrivit, sur le registre de séance, que la demande de César était repoussée car elle n'avait pu être votée dans les temps réglementaires.

Caton, à bout de souffle, le visage couvert de sueur, épuisé et sans voix après dix heures d'obstruction verbale ininterrompue, s'écroula sur son siège, béat : il pensait avoir vaincu.

Comme il connaissait mal César ! Vers dix heures du soir, Flavius tambourinait aux volets de la *villa publica*. On tardait à lui ouvrir, et il commençait à s'impatienter, lorsque enfin apparut, dans l'entrebâillement de la porte, le visage de César, dont on pouvait deviner qu'il était nu :

– Tu n'es pas fou, de venir me réveiller en pleine nuit ? De quoi s'agit-il ?

– Laisse-moi entrer un instant !

– Impossible. Parle, dépêche-toi.

– Caton a vaticiné pendant plus de dix heures à la tribune du Sénat, contre ta proposition, et, comme le vote n'a pu avoir lieu, en raison de l'heure tardive, elle a été refusée.

– Ce Caton ! Quelle crapule, mais quel esprit retors ! S'il croit m'avoir, avec son obstruction, il va déchanter. Merci, Flavius, va te coucher.

Une fois la porte refermée, César, nu comme un ver, se tourna vers Sévéria, qui se trouvait dans la même tenue que lui :

– Retournons dans ma chambre, je n'ai pas terminé mon propos, lui dit-il, l'œil brillant de désir.

– Moi non plus, répliqua Sévéria... Cette nuit, je vais t'étonner...

Elle fit plus que l'étonner et ils entendirent successivement, éveillés et enlacés dans des positions surprenantes, les premiers braiments des ânes de Rome, avant le lever du jour, puis, à l'aube, le premier chant des coqs romains, et, finalement, le bruit des charrettes sur les pavés.

– Il est temps, dit César, se préparant à sortir de la couche où s'étirait Sévéria, qui, elle non plus, on s'en doute, n'avait pas fermé l'œil de la nuit.

– Il est temps de quoi ? demanda Sévéria.

– De prendre une décision. J'ai le choix entre le triomphe ou le consulat. Si j'opte pour le triomphe, je ne peux pas être élu consul cette année ; si je vais m'inscrire ce matin comme candidat, je ne peux plus prétendre au triomphe.

– Choisis le triomphe, mon chéri, ce pourra être splendide ; tu te feras élire consul l'année prochaine.

– En un an, il peut s'en passer, des choses, à commencer par une guerre civile. J'ai décidé, dans tes bras, de choisir le consulat.

– Dans mes bras ? Cette nuit ?

– Oui.

– À quel moment ?

– Devine.

– Je crois deviner, dit-elle en rougissant... C'est lorsque tu m'as tout à coup abandonnée...

– L'espace d'un instant, Sévéria. Mais cet instant m'a suffi pour me décider.

César se leva d'un bond, et courut vers la *baptisterium* attenant à sa chambre ; c'était un bassin de marbre d'un peu plus de trois mètres de diamètre, avec un gradin intérieur sur lequel on pouvait s'asseoir. Il y savoura le plaisir d'un bain froid délicieux, dans lequel Sévéria vint bientôt le rejoindre, pour un dernier baiser ; puis son barbier personnel vint le raser, le coiffer, le parfumer, comme à l'ordinaire, et César partit vers la porte Capéna, au grand galop de son cheval.

Il était à peine dix heures du matin lorsqu'il parvint à la Curie. Il se dirigea vers le *secretarium*, le bâtiment administratif du Sénat, revêtu de la toge blanche traditionnelle, et se fit inscrire, dans les règles, comme candidat aux élections consulaires qui devaient avoir lieu dix jours après.

À la sortie du *secretarium*, César aperçut Thermus, qui venait vers lui :

– Tu viens de t'inscrire ? lui demanda-t-il.

– Que serais-je venu faire d'autre, à cette heure ?

– Lorsque Caton l'apprendra, il va nous faire une attaque d'apoplexie. Tu ne regrettes pas d'avoir renoncé à ton triomphe ?

– Une fois consul, je pourrai me distinguer par des exploits plus nombreux et plus éclatants que ceux que j'ai réalisés en Espagne, et j'obtiendrai un triomphe plus brillant encore. Porte-toi bien, Thermus.

– Porte-toi bien, César.

Les élections eurent lieu le 30 juillet. César fut élu consul pour l'année 59 à l'unanimité des voix des centuries : l'argent de Crassus et la campagne orchestrée par les vétérans de Pompée lui apportèrent les suffrages des riches, son génie et sa gloire ceux des sages Romains qui voyaient en lui le garant de la paix civile et de la permanence de la République, la grande ombre de Marius, son auréole divine et l'idolâtrie populaire les voix enthousiastes des pauvres.

Tous les Romains qui avaient craint que ne s'installât pour longtemps, à Rome, soit la dictature militaire de Pompée, soit la démagogie ploutocratique de Crassus, respiraient : la République était sauvée.

Aucun ne comprit que cette République était morte de la pourriture qu'elle avait engendrée et qu'une ère nouvelle venait de naître, qui allait voir se réaliser le grand dessein de César.

Au mois de septembre, des orages diluviens s'abattirent sur Rome. Le Tibre sortit de son lit, ainsi qu'il l'avait fait jadis, disait-on, le jour de la naissance clandestine de Romulus et de Rémus, et une terrible inondation dévasta le Champ de Mars ; le pont Sublicius que le roi Ancus Martius avait jeté sur le fleuve fut emporté et le cirque Maxime, où avaient lieu les courses de chars, disparut sous les flots impétueux du fleuve. César, qui attendait sans impatience son investiture de consul, contemplait les désastres du haut des murailles de Rome :

« L'heure a sonné pour moi, pensait-il, d'être comme ces eaux furieuses. Numa Pompilius, Ancus Martius, rois divins de jadis, vous, mes ancêtres, que vos Mânes se réjouissent et me soient bienveillants : César reprend votre flambeau. »

LIVRE 2
LA SYMPHONIE GAULOISE

CHAPITRE PREMIER

Le souper des triumvirs

(octobre 60)

Les rayons du soleil automnal romain caressaient les flancs de la colline du Capitole, derrière laquelle, à la fin de la journée, l'astre de Phébus disparaîtrait, abandonnant dans son sillage quelques nuages rouge sang, comme le ferait une danseuse laissant glisser, un à un, ses voiles vaporeux. Dans le jardin qui enveloppait la *Regia*, sa somptueuse demeure de Grand Pontife, César, mollement étendu sur un *scimpodium* (« chaise-longue »), admirait, en clignant des yeux, le disque rougeoyant qui évoquait irrésistiblement, dans sa rêverie vespérale, le visage rond et bouffi du Grand Pompée.

Il songeait. Trois mois plus tôt, à son retour d'Espagne, il avait réussi ce qu'il appelait « un coup magnifique » : unir, sous la foi du serment, la fortune de Crassus, la puissance militaire de Pompée et sa propre popularité qui avait fait de lui l'idole de la plèbe, dans le but de réformer la République, de la soustraire définitivement à l'emprise des six cents sénateurs et du millier de chevaliers qui avaient fait de la « Chose publique » leur « chose privée » et de la gouverner sans partage. Le pacte à trois avait été conclu à la mi-juillet, dans la villa de fonction réservée aux généraux vainqueurs en attente d'un triomphe, à quelques centaines de pas en dehors des murs de la Ville. Le secret en avait été scrupuleusement gardé : Cicéron lui-même, qui était au courant de tout ce qui se passait dans Rome, n'en soupçonnait même pas l'existence.

La formation, dans l'ombre, de ce triumvirat avait eu pour premier effet, en plein cœur de l'été 60, l'élection de César à la magistrature suprême – le consulat – pour l'année 59 à venir. Encore trois mois de patience, et le fils de Caïus Julius et d'Aurélie, le neveu de l'illustre Marius, le proscrit de Sylla, le jeune amant de Nicomède, le libertin qui se proclamait lui-même l'amant de toutes les femmes et la femme de tous les hommes, le défenseur acharné du peuple contre l'égoïsme et la morgue du parti sénatorial, le politicien habile et intraitable qui avait tant de fois ridiculisé le Sénat, celui qui avait fourni, au moment opportun, les preuves dont Cicéron avait besoin pour abattre la conjuration crapuleuse de Catilina, l'unificateur admiré de l'Espagne, l'enfant chéri du petit peuple de l'*Urbs*, Jules César enfin, serait officiellement investi du pouvoir consulaire. Le sort de Rome allait changer.

Le tempérament de César ne le poussait pas à l'improvisation. Il aimait à répéter à ses amis, à ses confidents, à ses collaborateurs la formule que lui ressassait la tante Julie toutes les fois que l'enfant qu'il avait été commettait une bêtise désastreuse : « Réfléchis avant d'agir, mon petit Caïus, réfléchis avant d'agir. » C'était le moment ou jamais de la mettre en application. Lorsque le soleil eut définitivement disparu, comme avalé par les puissances de la nuit, derrière le mont Capitolin, César prit la décision d'organiser une conférence à trois et manda sur-le-champ l'un de ses secrétaires en informer Crassus, qui tenait alors table ouverte dans une luxueuse villa qu'il avait fait bâtir sur les flancs de l'Esquilin, et Pompée qui, fidèle à ses habitudes, vivait, entouré de ses vétérans, dans sa somptueuse propriété des monts Albains, en dehors de Rome, au milieu de ses vignobles.

La réunion des triumvirs se tint chez Crassus, le dernier jour d'octobre. Le financier avait bien fait les choses. Pour ne pas éveiller les soupçons de la classe politique, il avait organisé un de ces soupers fins – une *cena* – comme il en avait le secret, auquel avaient été conviés, outre Pompée et César, des convives triés sur le volet et choisis avec discernement par César lui-même.

En apparence, il s'agissait de fêter, avec une dignité toute républicaine, l'élection des deux consuls qui allaient entrer en fonction le 1er janvier suivant, à savoir César, l'homme du parti populaire, et Bibulus, qui avait les faveurs du parti sénatorial. La réunion, autour d'une même table, de ces deux adversaires politiques n'avait rien d'invraisemblable : César avait été édile curule en même temps que Bibulus cinq ans plus tôt, en 65, l'année de ces fameux Jeux romains où trois cent vingt paires de gladiateurs étaient venus combattre à Rome, et il n'y avait entre eux aucune animosité déclarée.

Pour honorer les deux futurs magistrats et à la demande de son ami, Crassus avait donc invité Cicéron, alors au sommet de sa gloire et grand ami de Pompée, un riche banquier de Pouzzoles, du nom de Cluvius, qui ne risquait pas d'être qualifié de conspirateur, et un plébéien enrichi, intelligent et curieux de tout, ami de Pompée et de Cicéron, qui se nommait Varron.

– Comprends-tu, Crassus, lui avait dit César avec une nuance d'ironie dans la voix, nous allons conspirer contre la République avec la bénédiction de ses plus fidèles défenseurs : Cicéron, Bibulus, Cluvius.

– Oui, mais pourquoi me fais-tu inviter Varron ?

– Parce que j'ai mon idée. Nous aurons besoin des compétences de Varron.

– Quelles compétences ? Il a écrit un traité sur la navigation, lorsque Pompée était en Orient, et un autre sur la manière dont doit se dérouler une assemblée au Sénat : en quoi cela peut-il nous être utile ?

– Il est l'homme qui connaît le mieux les problèmes de l'agriculture ; il peut réciter par cœur le traité d'agronomie du vieux Caton.

– Caton le Censeur ?

– Oui.

– Mais il a cent ans d'âge, ce traité.

– La belle affaire ! Et l'agriculture, quel âge a-t-elle ? Mille ans peut-être en Italie, et l'on ne sait combien de milliers d'années en Égypte. Tôt ou tard, Crassus, nous aurons besoin de ses conseils, tu verras.

– Qu'est-ce qu'on va se barber, dans ce dîner. Cicéron va encore se vanter d'avoir sauvé la patrie avec ses discours contre Catilina, Cluvius va parler fric avec Pompée, toi, tu vas discuter d'engrais et de blé avec Varron et moi, qu'est-ce que je vais faire ?

– Payer, comme d'habitude. Et puis... il te reste Bibulus, tu lui demanderas de te raconter sa vie.

– Ah ! Pitié, César.

– Tu me remercieras plus tard. Lorsque le dîner sera terminé et une fois tes convives partis, nous resterons seuls, tous les trois, Pompée, toi et moi, et nous mettrons sur pied notre machine de guerre contre le Sénat.

– Quoi ? À une ou deux heures du matin ? Tu ne dors jamais ?

– Je dors quand il le faut. Cette nuit, je vous expliquerai à tous les deux comment je liquiderai, une fois pour toutes, la puissance du Sénat.

– Ça me rappelle une certaine nuit de décembre 66...

– Celle où tu voulais tuer tous les « affreux », comme tu disais en parlant des sénateurs ?

– Oui. Et nous avons fait chou blanc.

– Parce que tu as agi sans réfléchir, Crassus ; tu as voulu faire un coup de force contre une institution qui a six siècles d'existence, c'était de la folie : heureusement que j'étais là...

– Comment ? Tu veux dire que c'est toi qui as prévenu le Sénat ?

– Tu as intérêt à m'en remercier ; sinon, il y a belle lurette que tes ossements pourriraient quelque part dans le Latium. On ne renverse pas l'ordre établi d'une simple pichenette, même sanglante. De deux choses l'une : ou bien cet ordre établi est bien vécu au sein du groupe dans lequel il règne, à quelques sursauts près, et rien ne peut le défaire véritablement, ou bien ses contradictions internes y engendrent des inégalités graves, voire de la misère, et cela signifie que cet ordre est pourri. Il n'y a plus alors qu'à le pousser pour le faire basculer. Et les « affreux », comme tu dis, disparaîtront d'eux-mêmes, sans qu'il soit besoin pour nous de jouer les égorgeurs de vieillards.

– Tu as donc un plan ?

– Bien évidemment. Et je vous le dévoilerai à tous deux cette nuit, lorsque Bibulus, Cicéron, le banquier Cluvius seront partis dormir.

– Et Varron ?

– Nous le retiendrons un peu. J'ai des conseils à lui demander.

– Lesquels ?

– Tu le sauras en temps utile.

– Sacré César !... Tiens, voilà Pompée, tout rutilant...

– Pom, Pom, Pom, Pom,... Une, deux,... Une, deux,... En avant, marche !

Crassus aimait le luxe et la bonne chère. Comme il faisait trop frais pour dîner en plein air, sous la treille, le repas devait être servi dans la petite salle à manger d'hiver, prévue pour recevoir neuf convives. Autour d'une table de forme carrée étaient disposés trois lits de bronze, recouverts de lourds tissus et de coussins, où trois dîneurs, même corpulents comme Cicéron ou Pompée, tenaient à l'aise. La vaisselle était d'or, les cuillères et les couteaux d'argent, les coupes à boire d'or incrusté de pierreries. Quant aux plats, chacun était un véritable chef-d'œuvre d'orfèvrerie.

César avait insisté auprès de Crassus pour que les rites propres aux festins traditionnels fussent respectés. À son arrivée, chaque convive fut donc conduit vers un vestiaire où de jeunes et jolies esclaves les aidèrent à quitter leurs chaussures, à enlever les bagues qu'ils portaient aux doigts, à ôter leur lourde toge et à revêtir une robe légère, ample, dépourvue de ceinture, car, selon les anciennes traditions, le dîneur ne devait porter aucun nœud sur lui. Ainsi vêtu, le convive, après s'être rincé les mains dans une cuvette d'albâtre de Toscane, pouvait pénétrer dans la salle à manger, dont le sol avait été préalablement lavé avec une infusion de verveine, herbe purificatrice par excellence, qui était censée écarter les mauvais génies.

Crassus, le maître de maison, les pieds nus comme ses convives et revêtu d'une blouse de batiste longue et flottante, les accueille, et chaque invité prend la pose adaptée au festin : allongé, appuyé sur son bras gauche, il mangera et il boira de la main droite, car se servir de sa main gauche porte malheur. Lorsque tous sont en place, Crassus se lève et adresse à ses hôtes un bref discours de bienvenue :

– Mes amis, quel plaisir de recevoir à ma table les hommes illustres que vous êtes et que j'admire. Pour honorer le Grand Pontife, qui est des nôtres ce soir, j'ai respecté scrupuleusement les us et les rites : nous sommes un nombre impair de convives, intermédiaire entre trois, le nombre des Grâces, et neuf, celui des Muses ; chacun d'entre nous est entré du pied droit dans cette salle à manger, et nul ne porte sur lui aucun nœud maléfique ; enfin, selon la tradition, le repas comportera trois parties – les hors-d'œuvre, les viandes et les desserts – que mon cuisinier en chef va vous décrire.

César s'agitait sur son lit ; il avait horreur de manger allongé, car son bras gauche s'engourdissait très vite, et il trouvait que Crassus « en faisait » un peu trop. Pompée avait faim, et il commençait à bâiller. En revanche, Cicéron était aux anges : il adorait l'étiquette et les cérémonials, et il guettait du coin de l'œil l'effet que produisait sur le banquier Cluvius le petit discours de Crassus. Bibulus était impressionné : « Je croyais Crassus très vulgaire, pensait-il, je ne le savais pas homme du monde. » Quant à Varron, il attendait avec impatience l'énoncé du menu.

Enfin paraît le chef cuisinier, le *coquus*, vêtu d'une tunique blanche impeccable. Il est gros et gras, et il parle en agitant ses mains, potelées et expressives :

– Je vous proposerai, pour commencer, des huîtres de l'île de Corse, toutes fraîches, qui proviennent de l'étang de Diane, des oursins bien roses que j'ai cueillis moi-même, au petit matin, dans le port d'Ostie, et des palourdes bien pleines, de même provenance...

– Que boirons-nous avec ces coquillages ? demande Pompée, grand amateur de bons vins.

– Un vin de Samos plus onctueux que le miel, Grand Pompée, et gardé au frais dans nos caves. Ensuite, j'ai préparé pour vous une fricassée de petits poissons, pêchés à la fraîcheur du matin, et de cochon de lait...

– Selon quelle recette ? demande doucement Cicéron, mis en appétit, et dont l'épouse, Terentia, était une fine cuisinière.

– Hacher menu des petits poissons bien frais, y ajouter de la farine bien blanche et en faire de petites quenelles parfumées à la menthe ; préparer quelques testicules de jeune coq et des ris de cochon de lait...

– Bravo, crie Cicéron, ils sont bien plus fins que les ris de veau !

Le maître queux s'incline devant un tel savoir et continue :

– ... mouiller ces abats d'un bon vin rouge de Toscane mêlé à un peu d'huile d'olive, ajouter deux ou trois cuillerées de *garum* (sauce faite des entrailles de poissons de mer conservés dans du sel, proche de notre moderne caviar), ne pas trop saler...

– Ne pas saler du tout, intervient Cicéron, il y a déjà du sel dans le *garum*...

– Son Excellence Monsieur le Consulaire est un connaisseur, fait observer le cuisinier, en s'inclinant à nouveau... Donc ne pas saler du tout, mais poivrer avec du poivre pilé, ajouter quelques bulbes bien blancs de poireaux, de la coriandre fraîche et faire cuire doucement jusqu'à l'ébullition. Retirer du feu, travailler le ragoût avec du miel, et faire encore chauffer pendant une demi-heure, à petit feu. Lier le tout avec une pâte à la farine et à l'œuf et servir accompagné d'une salade de laitues blanches à souhait.

– Et comme desserts ? demande César, amusé par les mines gourmandes de Cicéron.

– Des fruits de saison : des raisins, des prunes, des grenades de Carthage, de la confiture d'abricots...

– Ah ! Les abricots ; c'est moi qui ai rapporté ces fruits d'Orient, s'écrie Pompée, tout joyeux.

Et le festin commence. Cluvius n'avait jamais mangé d'huîtres, ni d'oursins ; Crassus lui fait la leçon :

– Maintiens bien ton huître dans ton assiette, et sers-toi du *cochlear...*

– Le *cochlear* ?

– Oui, la petite cuillère d'argent qui est devant toi ; avec l'extrémité pointue de son manche, tu détaches l'huître de sa coquille, puis tu la ramasses avec le cuilleron et tu l'avales.

Aussitôt dit, aussitôt fait, et le banquier provincial se pourlèche les babines.

– C'est fameux... mais un peu fade.

– Mets un peu de sel, suggère Varron.

– Non, dit César, l'eau de l'huître est déjà salée ; mais tu as raison, il faudrait corser le goût des huîtres, je n'y ai jamais songé.

– Verse une petite goutte de vin dans la coquille, propose Crassus.

– Non, objecte encore César ; le goût du vin va tuer le goût de l'huître... il faudrait quelque chose de légèrement acide... tiens, un peu de vinaigre par exemple...

Et voici nos sept éminents citoyens romains, dont l'intelligence perspicace cherchait, depuis vingt ou trente ans, à percer les secrets de l'art militaire, de la propagande et des luttes politiques, qui l'emploient maintenant, durant quelques minutes, à faire progresser la gastronomie plutôt que leurs théories sur le bonheur des peuples. Puis ils s'interrogèrent sur l'origine des oursins et Pompée jugea que la nature était bien faite, puisqu'elle avait muni ces animaux apparemment sans défense de dangereux piquants. Ensuite ils savourèrent avec enthousiasme la fricassée de cochon de lait et de petits poissons, et se délectèrent des fruits délicieux qui leur furent servis. Enfin, ils se félicitèrent de leur sage frugalité :

– Je te prends à témoin, César, s'exclama Cicéron, as-tu encore faim ?

– Je suis on ne peut plus comblé.

– Et toi, Pompée ?

– Oh ! Moi, je me sens capable de manger un cochon de lait à moi tout seul si l'on m'y pousse, et de boire du vin de Toscane ou de Falerne jusqu'à ce que je roule sous la table... Mais il y a bien longtemps que j'ai renoncé à ces fantaisies. Je préfère la qualité à la quantité.

Les trois autres dîneurs opinaient du bonnet. Bibulus vieillissait, et il n'aimait pas se coucher tard ; Cluvius était modéré de nature et Varron avait la frugalité hypocrite des sages.

– Il fut un temps, dit Crassus, où je raffolais de ces festins qui se terminaient à l'aube par des séances de vomissements collectifs ; mais l'envie m'en est passée depuis bien longtemps.

– Je pense qu'il faut distinguer la gloutonnerie, qui n'est répandue que chez quelques débauchés, de la consommation ostentatoire chère à notre brave général Lucullus, dit César. J'ai assisté à quelques-uns de ses fameux banquets, eh bien ! croyez-moi, à part quelques jeunes insensés qui se goinfraient à en crever, nous admirions la mise en scène, mais plus en spectateurs qu'en acteurs. Quant à moi, je ne suis jamais sorti ivre, ni même éméché, d'un banquet chez Lucullus. À Rome, on aime à ne rappeler que les scandales : en la matière, ils ont toujours été l'exception, et c'est pour cette raison, d'ailleurs, qu'on en parlait tant.

– Voyons, voyons, bougonnait Cicéron, il y avait quand même des ivrognes invétérés, chez Lucullus.

– Des ivrognes, oui, mais des goinfres, non.

– Et les débauchés ? demanda Cluvius, qui rêvait de croustillants potins qu'il pourrait ramener à Pouzzoles.

– Ils sont plus discrets que les m'as-tu-vu comme Lucullus, dit César.

– Tu en sais quelque chose, répliqua Pompée, égrillard.

La conclusion fut tirée par Varron :

– Crassus, le repas que tu nous as offert n'a été ni celui d'un glouton, ni même celui d'un gourmand. Ce fut un dîner raffiné pour gourmets avertis, et de cela nous tous te remercions : ta gastronomie n'est pas celle d'un grossier parvenu.

– Tu ne pouvais pas me faire plus de plaisir, Varron, lui répondit Crassus.

– Trêve de compliments, dit alors Cicéron, je tombe de sommeil ; Crassus, peux-tu dire à l'un de tes esclaves de faire avancer ma litière...

– ... et la mienne, ajouta Bibulus, qui avait été le témoin muet de ce repas donné, en principe, en l'honneur de son élection au consulat et de celle de César, mais au cours duquel on n'avait parlé que de sauces, d'huîtres et d'oursins.

– Je rentre à cheval, annonça Pompée.

– Et moi à pied, dit César, j'adore marcher la nuit.

Quelques minutes plus tard, les litières étaient parties, Pompée s'était évanoui dans la nuit romaine au trot de son cheval blanc et César avait regagné sa *Regia.* Crassus fit conduire ses invités, Cluvius et Varron, dans les chambres qu'il avait fait préparer à leur intention, puis regagna ses propres appartements. Conformément aux traditions religieuses romaines, les esclaves ne débarrassèrent pas la table des reliefs du repas et ne balayèrent point le sol de la salle à manger : les restes et les miettes éparses sur le carrelage étaient la nourriture des âmes des morts, des Mânes des ancêtres du propriétaire de la maison. Bientôt, les lumières s'éteignirent : la petite fête de Crassus était terminée.

Cicéron, dans la litière qui le ramenait vers sa belle demeure, sur les flancs du Capitole, réfléchissait. Pourquoi, se demandait-il, ce dîner intime inhabituel ? Quel intérêt pouvait avoir Crassus à « fêter » l'élection de

César et de Bibulus en compagnie de lui, Cicéron, tête de file du parti adverse, de Pompée qui s'était curieusement retiré de la compétition électorale en juillet dernier, et de comparses comme Cluvius et Varron ? Certes, le 1er janvier 59 approchait, et le programme social et politique du parti de César était connu : le nouveau consul allait encore réclamer une loi agraire pour le peuple et un peu moins de pouvoir pour les sénateurs ; mais en quoi cela le concernait-il, lui, Cicéron ? César savait parfaitement qu'il combattrait tous ses projets, et qu'il n'était pas question de lui proposer quelque transaction que ce soit. Et Pompée ? Qu'est-ce qu'il venait faire là, lui qui était, il y a encore quelques mois, l'ennemi juré de Crassus. Le balancement de la litière l'endormit peu à peu, et, lorsqu'il arriva chez lui, Cicéron demanda à son portier de l'éveiller tôt, le lendemain matin : il aurait les idées plus claires.

Il était environ trois heures du matin. Conformément à ce dont ils étaient convenus, Crassus et Pompée, qui avaient feint d'aller dormir, étaient maintenant assis dans le cabinet de travail de César, à l'abri des oreilles indiscrètes.

– Excellente, ton idée, César, disait Pompée. Ce dîner chez Crassus a rassuré nos adversaires : Cicéron et Bibulus sont à mille lieues de penser que nous agissons de concert.

– Il fallait donner le change. Toutefois, jusqu'à la fin de l'année, gardons secrètes nos rencontres : Cicéron a l'esprit vif, et il possède des espions partout. C'est pourquoi je vous propose de mettre sur pied, dès cette nuit, un plan d'action bien précis, dont nous suivrons pas à pas les étapes.

– Au travail, dit Crassus. Qui parle le premier ?

– Moi, dit Pompée. Je ne suis pas très habile en politique, mais je sais ce que je veux : que Rome tienne les promesses que j'ai faites en son nom.

– À savoir ? demande César.

– J'ai promis de bonnes terres à mes anciens soldats, il faut les leur donner ; d'autre part, mes actes administratifs en Asie n'ont toujours pas été ratifiés par le Sénat et je tiens à ce qu'ils le soient dans les plus brefs délais.

– Bon, j'ai compris. Et toi, Crassus, que proposes-tu ?

– De remettre à l'ordre du jour la reconnaissance de Ptolémée Aulète comme roi d'Égypte, qui nous a été refusée il y a six ans.

– Je m'en souviens comme si c'était hier. Je me suis vengé de leur refus en relevant les trophées de Marius. Maintenant, écoutez-moi.

Le ton de César était devenu grave. Pompée et Crassus se regardèrent, intrigués.

– Je n'ai aucune objection à élever contre vos propositions ; nous en étions convenus, d'ailleurs, en scellant notre pacte, au mois de juillet dernier. Mais je tiens à les inscrire dans le cadre d'un projet plus vaste. Voici comment je compte agir. Dans un premier temps, il nous faut endormir la vigilance de Bibulus. Ce n'est d'ailleurs pas lui que je crains : quand on sait le prendre, il dit oui à tout, je m'en suis aperçu quand nous étions édiles, en 65 ; mais derrière Bibulus, il y a Caton, qui ne cesse d'affirmer que je veux me débarrasser du contrôle du Sénat, que je suis un autocrate, un second Sylla, et autres accusations du même genre. J'ai donc l'intention de promouvoir, pour commencer, une réforme tendant à renforcer l'idée que je suis un bon républicain et qui sera applaudie de tout le Sénat.

– Laquelle ? dit Crassus, intéressé ; il savait que César était un maître dans l'art de la manœuvre politique.

– Tu sais que le pouvoir consulaire s'exerce par roulement : en janvier, c'est moi qui gouvernerai et qui présiderai le Sénat, en février ce sera Bibulus, en mars ce sera moi à nouveau, et ainsi de suite jusqu'en décembre 59. Autrefois, pendant les mois où il n'exerçait pas le pouvoir, un consul n'en gardait pas moins les attributs de sa fonction ; en particulier, quand il se déplaçait, il était toujours précédé d'un appariteur et il conservait son escorte de douze licteurs ; cet usage a été aboli, je ne sais pas trop à quel moment : je vais proposer de le rétablir.

– Je ne comprends pas, dit Pompée. Quel intérêt as-tu à laisser une escorte à Bibulus les mois où il ne gouverne pas ?

– Premièrement, je le flatte et je l'endors : il sera tout heureux de se promener dans Rome avec appariteur et licteurs au mois de janvier, tandis que je malmènerai le Sénat. Deuxièmement, quand ce sera son tour de diriger les affaires de l'État, au mois de février, c'est moi qui bénéficierai de mon escorte de licteurs... et j'en aurai peut-être besoin. Ne serait-ce que pour pénétrer dans la Curie si l'on m'en interdit l'accès... et je n'aurai pas l'air d'un Catilina protégé par des voyous.

Crassus souriait d'aise :

– Je retrouve bien là mon César d'antan, qui posait ses pions avant de jouer.

– Ce n'est pas tout, Crassus. Puisque Caton m'accuse de vouloir confisquer le pouvoir à mon profit, je vais couper court à toutes ses injures en les portant sur la place publique.

– Là, César, tu m'intéresses, dit Crassus : par quel moyen ?

– Je vais créer le *Journal officiel de la République*. Après chaque séance du Sénat, après chaque assemblée du peuple, que ce soit celle des tribus ou celle des centuries, qu'elle ait pour but le vote d'une loi ou l'élection d'un magistrat, il sera établi le soir même, ou le lendemain au plus tard, un compte rendu écrit des débats, du vote et de la décision, et ce compte rendu sera affiché sur le Forum, au pied de la tribune des harangues, ainsi qu'au *Secretarium* du Sénat, où il sera archivé. C'est le peuple romain tout entier qui contrôlera les actes des sénateurs et des magistrats, et l'on ne pourra plus m'accuser de briguer la dictature...

– Et nos bons amis les sénateurs se ridiculiseront publiquement. Elle est géniale, ton idée, César.

– Je n'en suis pas mécontent. Une fois ces décisions mises en place, nous pourrons commencer le combat, c'est-à-dire légiférer. Et, lorsque je dis « nous », c'est aussi bien moi-même que nos alliés politiques, et en particulier les tribuns de la plèbe.

– Il faut dire que ce sont des alliés précieux, intervient Crassus ; toutes les fois qu'ils présentent une *rogatio* (un projet de loi), le Sénat est pratiquement obligé de convoquer les citoyens aux urnes, et comme les lois sont votées par tribus (par circonscriptions géographiques) et non par classes sociales, ce sont presque toujours les populaires qui l'emportent.

– Ce n'est pas automatique ; toi qui es riche à millions, Crassus, tu sais bien qu'on peut acheter les voix du peuple : il suffit d'y mettre le prix et de faire preuve d'habileté dans l'art de persuader. Quoi qu'il en soit, nous devons envoyer les tribuns de la plèbe en première ligne : ils ouvriront les hostilités dès le mois de janvier.

– Sur quel point ?

– J'ai l'intention de modifier la composition du tribunal permanent chargé de juger les magistrats et les gouverneurs de provinces accusés de concussion ou de manipulations financières. J'en ai parlé avec Vatinius, c'est un tribun qui n'a pas froid aux yeux ; il sera appuyé par son collègue Fufius Calénus, qui est un homme à moi et qui vient d'être élu préteur : c'est lui le spécialiste des affaires judiciaires. Avec eux, nous allons enlever le pouvoir judiciaire aux sénateurs et aux aristocrates qui les soutiennent. Après cela, tout se passera en douceur : je porterai devant le peuple une loi tendant à réprimer la concussion et je ferai voter la loi agraire dont tes vétérans profiteront, mon cher Pompée.

– Enfin !

– Ne te réjouis pas si vite, Pompée. Cette loi va être la clef de voûte de la révolution, et les sénateurs se battront jusqu'à leur dernier souffle pour en empêcher la promulgation et l'application.

– Quelle révolution ?

– Celle qui mettra fin à la république des sénateurs, des aristocrates et des profiteurs.

– Mais ta révolution se terminera avec ton consulat, César, et l'an prochain l'oligarchie prendra sa revanche.

– Que non !

– Comment cela ?

– Tu verras bien, j'ai mon plan. Sur ce, mes amis, allons dormir, nous en avons bien besoin.

– Moi surtout, dit Pompée, je n'ai pas la résistance de César. Je file.

– Moi aussi... ah ! Crassus : demain matin, dis à Varron de passer me voir dans la journée, à la *Regia*.

– Qu'est-ce que tu lui veux ?

– J'ai besoin d'un rapport précis sur l'état agricole de l'Italie, de la Sicile et de la Sardaigne : la superficie cultivable, les surfaces réellement cultivées, ce qu'on peut y entreprendre, le nombre de propriétaires terriens, et quelques autres informations.

– Je le lui dirai. Bonne nuit.

CHAPITRE II

Qu'elle sera verte, leur vallée !

(février 59)

En janvier 59, César fit voter une loi sur la concussion, pour assainir les mœurs politiques. Cette loi eut une conséquence inattendue : partout, à Rome et dans les provinces proches de Rome, les préteurs virent s'amonceler sur leurs bureaux un nombre incalculable de plaintes contre d'anciens magistrats pour concussion. Bibulus, qui était le consul en fonction au mois de février, ne savait plus où donner de la tête. Affolé par les responsabilités qui pesaient sur lui, il s'enferma volontairement chez lui et fit savoir à César qu'il entérinerait toutes ses décisions.

– Tu comprends, lui dit-il, je suis un consul à l'ancienne mode. Tes réformes sont sans doute justes, mais je ne suis pas armé pour les mettre en œuvre. Les journées sont trop courtes.

– Fais comme moi, lui répond César, travaille la nuit.

– J'en suis incapable.

– Bon. Je travaillerai pour deux.

Et, à partir de ce pacte tacite de non-agression, lorsque les Romains parlaient de leurs deux consuls, ils disaient non pas « Bibulus et César », mais, ironiquement, « Jules et César ».

Profitant du répit que lui réservait la Constitution, puisqu'il n'avait aucune responsabilité officielle à assumer durant le mois de février, César mit en chantier un projet sur lequel tous les chefs du parti populaire s'étaient cassé les dents depuis trois quarts de siècle : un projet de loi agraire.

Il avait donc convoqué discrètement Crassus et Pompée à la *Regia*, dès le début du mois de février : conformément à leur pacte secret, qu'il entendait respecter à la lettre, César tenait à agir en plein accord avec eux. La réunion se tint par une nuit sans lune ; depuis deux jours, il tombait sur Rome une pluie fine et froide qui décourageait tout autant les rôdeurs que les noctambules et ses deux comparses n'avaient rencontré âme qui vive sur leur chemin.

Les trois hommes étaient confortablement assis dans de larges fauteuils en bois d'olivier, dont le siège était muni d'un coussin confortable et le dossier, haut et de forme rectangulaire, était revêtu d'une tapisserie de couleur vive, à longs poils, du plus heureux effet.

– Ils sont bien, tes fauteuils, César, d'où viennent-ils ? lui demande Pompée.

– C'est Cicéron qui me les a offerts.

– En quel honneur ?

– Un jour, je me plaignais devant lui d'avoir mal au dos après avoir travaillé toute une nuit ; il me demanda sur quel genre de siège j'étais assis et je lui dis que j'avais l'habitude d'écrire assis sur un tabouret. « Il te faut un dossier pour reposer ton dos, me dit-il. Nous autres, avocats consultants, qui sommes assis toute la journée à écouter nos clients en prenant des notes, nous avons tous un *solium.* » Et il m'expliqua que c'était une cathèdre à siège carré, avec un haut dossier et des bras massifs, comme les trônes des anciens rois. Huit jours plus tard, sans même me prévenir, il m'en faisait livrer quatre ; j'ai simplement ajouté des coussins sur les sièges et des toiles de laine, épaisses, tissées en Bithynie, pour les dossiers.

– Quand vous en aurez fini, avec vos considérations sur le mobilier, dit Crassus qui, en matière de confort, n'avait rien à envier à personne, on pourra peut-être travailler ? Pourquoi nous as-tu convoqués, César ?

– Parce qu'il est temps d'agir, et que je ne peux rien faire sans me mettre d'accord avec vous au préalable. Voici donc de quoi il s'agit. Au mois de janvier, quand j'étais le consul en fonction, je me suis contenté d'amuser la galerie, comme disent les acteurs comiques. J'ai cajolé Bibulus, afin qu'il ne me mette pas de bâtons dans les roues, et j'ai pris au piège les sénateurs, sans en avoir l'air.

– Comment cela ? demande Pompée.

– Souviens-toi : lorsque j'ai institué la publicité des débats au Sénat.

– Je m'en souviens, dit Crassus, et j'ai reconnu là le César d'autrefois : tu les as littéralement roulés dans la farine. Maintenant, toutes les âneries qu'ils proféreront à la Curie ne seront plus confidentielles, et les électeurs apprendront à connaître la mentalité des sénateurs romains.

– Tu ne crois pas si bien dire. Lorsque j'ai proposé mon projet de loi sur la concussion, il a été voté pratiquement sans discussion grâce à cette institution : plus d'un sénateur était hostile à cette loi, car, à Rome, il n'y a jamais eu d'élections sans tripatouillages, brigues et pots-de-vin divers... tu en sais quelque chose, Crassus, car tu en as acheté, des voix, depuis dix ans.

– Ne m'en parle pas ! Je le disais toujours : ce n'est pas le meilleur candidat qui est élu, c'est celui qui a les meilleurs commanditaires.

– Avec mon « journal officiel », pas un seul Père conscrit ne pouvait se permettre de s'opposer à la loi sur la concussion. Tu imagines les citoyens romains lisant, sur les affiches du Sénat : « Caton le Jeune s'oppose violemment à ce que l'on punisse les magistrats élus avec des voix achetées » ? Ils en concluraient immédiatement que, ce faisant, il prêche pour son saint ; et adieu, sa belle réputation d'homme le plus vertueux de Rome !

– Avec le *Journal officiel* et ma loi sur la concussion, nous avons rendu le Sénat inoffensif... du moins tant que nous proposerons des lois honnêtes et justes. C'est pourquoi nous allons pouvoir nous mettre au travail. Vous êtes bien assis, mon lustre à six lampes à huile éclaire bien cette table, j'ai fait placer devant chacun de nous un encrier, un roseau finement taillé pour écrire et du papier de la plus fine espèce : c'est une *carta dentata* dont on a adouci et poli la surface en la frottant avec des dents de sanglier, sur laquelle le roseau glisse aisément.

– Passons à l'ordre du jour, dit Pompée. Maintenant que tu as garrotté moralement les sénateurs, qu'est-ce que tu vas leur proposer ?

– Ce que je t'ai promis au mois de juillet dernier, Pompée, une loi agraire pour tes vétérans.

De joie, Pompée bondit de son fauteuil, prend César par les épaules et le secoue comme un vieux prunier :

– Je savais bien que je pouvais compter sur toi !

– Ne te réjouis pas si vite, je vais avoir besoin de ton aide dans cette affaire. En effet, jusqu'à présent, dans notre histoire, jamais un consul n'a déposé une *rogatio* en vue d'une loi agraire ; ce fut toujours une initiative des tribuns de la plèbe.

– C'est bien normal, remarque Crassus : les lois agraires sont destinées à améliorer le sort de la plèbe et des petites gens, il est juste que ce soient les tribuns qui les réclament.

– Certes, dit César, mais tous les tribuns qui ont eu le courage d'en proposer une ont échoué et payé de leur vie leur audace politique : Tibérius Gracchus en 134, son frère Caïus en 124, Servilius Glaucia et Saturninus en 100. Mon oncle Marius lui-même, au faîte de sa gloire et qui avait pour lui la puissance des armes, y a renoncé, alors qu'il avait en main l'armée de la révolution et qu'il aurait pu faire régner, une fois pour toutes, la justice sociale dans une République romaine qui était l'affaire – dans tous les sens du terme – d'une poignée de nobles, farouchement accrochés à leurs privilèges et à leurs magistratures.

– Au fait, demande Pompée, pourquoi a-t-il reculé ? Son armée était encore sur le pied de guerre et, crois-moi, je sais ce qu'on peut faire avec une armée.

– À mon avis, mon oncle craignait de déclencher une guerre civile dont la plèbe aurait fait les frais. Et, de plus, c'était un vrai républicain, idéaliste : pour lui, un coup de force était le plus grand des crimes. D'ailleurs toi-même, Pompée, quand tu es arrivé à Brindes, pourquoi as-tu désarmé tes troupes ? À Rome, les sénateurs tremblaient : tu aurais pu t'emparer du pouvoir sans rencontrer de résistance.

– Peut-être parce que je ne voulais pas ternir mon nom et ma gloire : je n'ai pas voulu être un second dictateur comme Sylla ; au fond, je l'aime bien, ma République.

César avait grande envie de lui expliquer que « sa » République était une monstruosité politique, fondée sur la domination et l'exploitation d'une centaine de peuples, regroupant quelques dizaines de millions d'hommes, par six cents sénateurs et un ou deux milliers de chevaliers romains, mais il n'en fit rien : Pompée était incapable de comprendre son grand dessein qui était de créer un État universel, doté d'un pouvoir centralisé fort, avec les mêmes droits pour tous, Romains ou non-Romains. Il se contente de lui répliquer :

– Je voulais te le faire dire. Marius était animé des mêmes sentiments que toi : c'était un soldat de la République comme toi, et non un conquérant ambitieux.

– Cessez de parler politique, intervient Crassus ; le passé est le passé, et nous sommes là pour gérer le présent. Pourquoi vas-tu avoir besoin de Pompée ?

– Pour intimider les sénateurs. Dans l'ensemble, ils ignorent notre accord. Lorsque je vais exposer mon projet de loi, ils vont me contrer, m'attaquer, voire même me bousculer physiquement ; mon idée est d'en appeler au peuple, et de suggérer à la foule de solliciter l'appui de Pompée...

– Si le peuple me demande de soutenir une loi agraire favorable à mes vétérans, je lui apporte mon concours les yeux fermés, et les sénateurs n'auront qu'à bien se tenir.

– C'est ce que je souhaite. Si nous procédons ainsi, mon projet de loi sera accepté et proposé à l'assemblée du peuple pour que celui-ci vote « pour » ou « contre », et nous pourrons dire que l'affaire sera dans le sac...

– ... dans les urnes serait une expression plus appropriée, dit Crassus.

– Il faut manœuvrer avec finesse, et ne rien laisser paraître de notre manière de procéder, souligne César. Sinon, ils nous feront le coup qu'ils ont fait à Rullus.

– Le coup de Rullus ? interroge Pompée.

– Tu n'étais pas à Rome. C'était il y a quatre ans, environ, en décembre 64, plus précisément, pendant les derniers jours de mon édilité. J'avais poussé le tribun Servilius Rullus à déposer un projet de loi agraire que j'avais rédigé comme s'il venait de lui-même ; il a été combattu par Cicéron, et les sénateurs ont trouvé un tribun de la plèbe pour y opposer son *veto*...

– Oui, je me souviens, dit Crassus ; c'était Cécilius : il a reçu 10 000 sesterces de la part des sénateurs pour trahir sa classe.

– Je voudrais éviter que la chose ne se reproduise, continue César. Pour cela, il faut que ma loi semble anodine, qu'elle prévoie des garanties et qu'il se trouve des sénateurs riches pour la défendre, comme toi Pompée...

– Ou comme moi, dit Crassus.

– Non, pas comme toi : tout le monde sait que tu es le financier du parti populaire, ton aval serait suspect ; en revanche, nul ne soupçonne que Pompée soit mon allié et, de plus, il est bien naturel qu'il soutienne ma loi agraire, puisqu'elle doit bénéficier, en particulier, à ses vétérans.

– Pourquoi « en particulier » ? demande Crassus.

– Parce que j'ai l'intention d'en faire bénéficier aussi tous les citoyens pauvres, pères d'au moins trois enfants.

– Peste, tu vas loin !

– Plus loin encore que tu ne crois, Crassus. Prenez vos roseaux, je vais vous dicter les principaux articles de mon projet de loi : nous les discuterons un à un, entre nous, cette nuit.

– César, tu fais montre d'autant d'intelligence stratégique qu'un grand général. Si tu fais la guerre, un jour, tu réussiras aussi bien que moi.

– Mais César a déjà fait la guerre en Espagne, dit Crassus, et il était même question de lui accorder le triomphe.

César précise alors :

– Je ne le méritais pas. Ce que j'ai fait en Espagne n'est rien, en comparaison de ce que Pompée y avait fait jadis ; je pense que le Sénat était prêt à m'accorder le triomphe pour que je reste tranquille dans mon coin et que je ne me présente pas aux élections consulaires. Il n'a pas compris qu'on n'achète pas César avec des médailles en chocolat.

On aurait entendu une mouche voler. Pompée et Crassus, leur *arundo* (roseau pour écrire) à la main, étaient suspendus aux paroles de César.

– Voici les lignes générales de ma *rogatio*. Elle repose sur une étude très serrée, faite à mon intention par Varron, de l'état de l'agriculture en Italie, des propriétés cultivées, des jachères et de la structure des patrimoines terriens, c'est-à-dire, pour chaque région, du nombre de petits, moyens et grands propriétaires. Ce projet de loi consiste en une distribution gratuite de terres à ceux qui ne possèdent rien, aussi bien aux vétérans des armées romaines qui retournent à la vie civile qu'aux citoyens pauvres, pères de famille.

Pompée est le premier à interrompre le consul :

– La situation de « père de famille » sera-t-elle exigée des vétérans ?

– Non, leur titre militaire suffit.

Crassus intervient à son tour :

– Pourquoi n'as-tu pas limité ta loi aux seuls vétérans ? Elle serait passée plus facilement.

– Parce que, soit dit sans vexer Pompée, je ne veux pas d'une loi de circonstance. Voilà près d'un siècle que les tribuns tentent d'instaurer un minimum de justice sociale dans la société romaine sans y parvenir, il faut profiter de l'occasion. En outre, ma loi agraire décongestionnera notre Ville : les trois quarts des citoyens qui vivent à Rome sont des prolétaires qui n'y trouvent pas de travail et qui vont grossir les rangs des malfaiteurs, des délinquants et des hommes de main ; en leur octroyant quelques lotissements en Étrurie, sur les rives de l'Adriatique, en Sardaigne ou en Sicile on en fera des agriculteurs heureux, dont les enfants mangeront à leur faim et pourront aller s'instruire dans les écoles de la République, au lieu de devenir des voyous, des prostitués, des traîne-savates.

– C'est ambitieux. Mais où trouveras-tu des terres cultivables à lotir ? Tu ne vas tout de même pas les confisquer aux grands propriétaires terriens, qui sont les piliers du régime sénatorial.

– Certainement pas : ce serait la guerre civile. Je ne suis pas un révolutionnaire, Crassus, je ne cherche pas à bouleverser l'ordre des choses : je tiens seulement à l'améliorer. J'ai examiné les registres des questeurs provinciaux d'Italie, de Sicile et de Sardaigne : une grande partie de l'*ager publicus* (le « domaine public », appartenant à l'État) est composée de terres en friche. Il suffit de les recenser, d'examiner celles qui sont cultivables et celles qui ne le sont pas, de les diviser en lots égaux et de les distribuer ensuite à qui de droit.

– Ces terres en friche suffiront-elles ? demande Pompée. Les meilleures ont déjà été attribuées, depuis des lustres, aux aristocrates et aux chevaliers. Tu penses procéder à des expropriations ?

– Il n'en est pas question. Les terres distribuées seront des terres inoccupées ; s'il n'y en a pas assez, l'État en achètera à ceux qui accepteront d'en vendre.

– À quel prix seront-elles estimées ? Comment éviter les abus ? demande Crassus.

– Oh ! C'est très simple : elles seront évaluées d'après la dernière déclaration portée sur le registre des censeurs ; nul ne pourra y trouver à redire, ni le vendeur, ni l'État acheteur. Les possédants ne seront donc pas lésés.

– Où trouveras-tu l'argent ? En créant des impôts nouveaux ? s'inquiète Crassus.

– Pas le moins du monde. Les caisses de l'État sont pleines... grâce aux butins que Lucullus et Pompée ont rapportés d'Asie et qui ont été conquis par les soldats romains au péril de leur vie : il est juste qu'une partie de ces richesses soit dépensée pour eux. C'est un devoir de reconnaissance.

– Pour les vétérans, oui, je te l'accorde, dit Crassus, mais pour les plébéiens prolétaires qui ne sont allés combattre sur aucun champ de bataille ?

– Pour ceux-là, c'est un devoir de solidarité. Il n'y a pas de société politique sans solidarité. Dans tous les cas, les nantis – donc les sénateurs, qui sont leur fer de lance – n'auront rien à répliquer : on ne leur prend rien, on ne leur impose aucune taxe nouvelle. Je ne vois pas ce qu'ils pourraient invoquer contre mon projet de loi.

– Il n'en reste pas moins qu'ils ont refusé la loi Rullus, il y a quatre ans, fait remarquer Crassus.

– La *rogatio* de Rullus, je t'ai déjà dit que je la connais mieux que personne, puisque, en fait, elle était de moi. Je savais par avance qu'elle serait repoussée.

– Alors, pourquoi l'avoir fait soutenir par Rullus ? lui demande Crassus, je n'ai jamais compris.

– Pompée, qui est un stratège, va le comprendre en deux minutes. La loi Rullus était une loi extrémiste : elle visait froidement à lotir l'intégralité de l'*ager publicus* d'Italie (y compris toute la Campanie, où se trouvent les terres les plus riches de la péninsule), de Sicile, d'Espagne, de Macédoine, de Grèce, de Cyrénaïque, d'Afrique, de Bithynie et d'une partie de l'Asie, et elle impliquait donc des expropriations en série. Je savais que les sénateurs, y compris les plus modérés, prendraient peur, et que la *rogatio* serait refusée en bloc ; mais je préparais ainsi mon terrain : moi, César, je me présente devant eux comme un consul responsable, qui a conscience de la nécessité d'une loi agraire juste, récompensant en particulier les vétérans de Pompée qui ont prodigieusement accru la puissance de la République, qui limite les lotissements à la péninsule et à ses îles environnantes, qui exclut toute expropriation et qui propose même des dédommagements financiers à certains. Rullus appelait les prolétaires à la lutte finale et au partage des biens de tous les nantis, moi je propose la paix civile et la justice sociale sans qu'il en coûte un sesterce à quiconque : pour les sénateurs, Rullus était un démon, moi je fais figure d'un dieu. Je suis d'ailleurs certain d'une chose : s'il n'y avait pas eu le choc Rullus, il y a quatre ans, et si ne planaient pas sur le Sénat les fantômes des Gracques, ma *rogatio* agraire ferait peur ; grâce à eux, elle rassure.

– J'ai combattu bien des stratèges, dit Pompée, impressionné par ce discours, mais pas un d'entre eux ne t'arrive à la cheville.

César savoure ce compliment. Crassus, toujours réaliste, revient aux réalités de l'heure :

– Tu as prévu des modalités d'application ?

– J'ai tout prévu. Je ne touche pas aux terres publiques espagnoles, africaines ou d'Asie. En revanche, les publicains, les questeurs et les censeurs se chargeront d'établir la liste des terres publiques inoccupées en Italie, en Sicile et en Sardaigne.

– Pourquoi pas aussi en Corse ? demande Pompée.

– Parce que, en Corse, il y a des Corses, répond César.

– Qu'est-ce que cela signifie ? Il y a bien des Campaniens en Campanie, des Calabrais en Calabre, des Siciliens en Sicile,...

– Tous ces peuples ont assimilé notre culture, notre langue, nos habitudes religieuses, notre manière de vivre ; ce sont des Italiques et nous-mêmes, Romains, sommes des Italiques. Les Corses ne font pas partie de cet ensemble. Leur langue n'a rien de commun avec la nôtre, elle s'apparente davantage à celle des Cantabres d'Espagne ; ils n'ont aucun sens de la propriété, ni de la hiérarchie : chez eux les terres appartiennent à tout le monde, il n'y a pas de riches et de pauvres, pas de villes, pas de dieux. Ils ne révèrent que leurs ancêtres, et ne croient ni aux augures, ni aux présages.

– Bref, ce sont des sauvages.

– Pas du tout. Ce sont des îliens, qui vivent, très peu nombreux, depuis des siècles et des siècles, du lait de leurs brebis, de la viande de leurs moutons et de leurs cochons sauvages, du miel de leurs abeilles, du mauvais vin de quelques misérables vignes, de l'huile de leurs olives – bien trop forte pour nos palais romains – de chasse et de pêche. Ils sont farouches, indépendants et nous méprisent.

– Mais c'est quand même un territoire romain.

– Malheureusement. Rome a été obligée d'y prendre pied au moment des guerres contre Carthage, car les Puniques avaient installé quelques bases navales dans les anses et les petits golfes de l'île, notamment à Aléria : la Corse était devenue une catapulte braquée sur le cœur de Rome. Les vaisseaux de guerre carthaginois étaient à douze heures du port d'Ostie. C'est Lucius Scipio, le grand-père de Scipion l'Africain, qui prit possession d'Aléria. Après lui, divers généraux ont tenté des expéditions dans l'intérieur de l'île, mais ils n'y ont pas trouvé grand-chose, à part des eaux sulfureuses. Quant au peuple corse, nous avons tout essayé pour le soumettre, nous n'y sommes jamais parvenus.

– Et maintenant ?

– Maintenant, les Corses vivent dans leurs montagnes, avec leurs troupeaux. Nous y avons deux cités bien gardées, Aléria, sur la côte orientale, l'ancienne place forte carthaginoise, et Mariana, un peu plus au nord, fondée par Marius pour ses vétérans. Les seuls territoires exploitables sont ceux de la côte orientale, qui appartiennent à quelques riches Romains. Ailleurs, il n'y a rien à faire. Les Corses sont chez eux, et se chargent de décourager les colons. Ils ont le poignard facile.

– Bon. Admettons. Qui répartira les terres ?

– Une commission de vingt membres, dont je ne ferai pas partie.

– Analogue au « Comité des Dix », aux *décemvirs*, prévus par la loi Rullus ? demande Crassus.

– Non, pas du tout. Les *décemvirs* de Rullus devaient constituer tout à la fois une commission de distribution et de contrôle, et une commission de gouvernement. Dans la loi de Rullus, les terres distribuées formaient des îlots territoriaux qui échappaient au gouvernement de l'État et des assemblées, et tombaient sous l'autorité d'un dictateur à dix têtes. De mon point de vue, soustraire une partie du territoire romain à l'autorité de Rome est une infamie.

– C'est cependant ce que tu avais demandé pour l'Asie, en réclamant les pleins pouvoirs, de la Macédoine à l'Arménie et à la Syrie... et ce que tu avais obtenu.

– Ne compare pas ce qui n'est pas comparable, Crassus. L'Asie était un champ de bataille dont deux terribles puissances risquaient d'être les maîtresses : Mithridate sur terre, et les pirates sur la mer Méditerranée. Dans de telles circonstances, il n'y a pas de loi démocratique qui puisse jouer ; il faut imposer une loi martiale, et c'est le pouvoir d'une telle loi que j'ai fait accorder à Pompée.

– C'était risqué. Pompée pouvait revenir à Rome en dictateur, comme Sylla.

– Je savais que Pompée ne serait pas un nouveau Sylla, quelle que soit la puissance de son armée.

– César, viens que je t'embrasse, dit Pompée, que ce compliment ravissait. Mais, dis-moi, sur quoi fondais-tu ton jugement ?

César n'eut pas le courage de lui répondre qu'il n'était pas assez intelligent pour être aussi tortueux et aussi dangereux que Sylla, il s'en tira par une pirouette patriotique qui fit sourire Crassus :

– Je savais que tu étais un grand patriote, Pompée, et que seule la gloire de ta patrie comptait pour toi.

– Revenons à l'ordre du jour, dit Crassus, qui ne tenait pas à s'éterniser sur la gloire de Pompée. J'ai une objection à formuler : les bénéficiaires de ces lots ne risquent-ils pas d'être tentés de les vendre à quelque spéculateur qui parviendrait à les enjôler et, par ce biais, de se trouver ramenés à leur problème précédent ?

– J'ai prévu le cas, répond César. Les lotissements seront inaliénables pendant vingt ans. Il faut savoir ce qu'on veut, que diable !

– Et les commissaires, les *vigintivirs*, qui les nommera ?

– Moi. J'envisage de désigner des personnalités au-dessus de tout soupçon, comme toi, Pompée, ou comme Cicéron, ou d'anciens consuls comme Valérius Messala par exemple.

– Mais c'est un de tes adversaires les plus opiniâtres, dit Crassus.

– C'est pourquoi je le choisis : je joue cartes sur table. J'ai pensé aussi à des techniciens de l'agriculture, comme Varron, avec qui j'ai dîné chez toi l'autre soir, et à quelques autres.

– Une dernière question, dit Pompée : est-ce que tu feras examiner ta *rogatio* article par article ou en bloc ?

– Je serai très déférent envers le Sénat : je n'ai pas envie d'être accusé d'agir en dictateur. Je solliciterai l'appui des Pères conscrits, je leur demanderai d'examiner attentivement chacun des articles, de les compléter ou de les modifier éventuellement, bref d'être les coauteurs de ma loi.

Puis, se tournant vers Pompée, qui commençait à s'assoupir :

– Ne t'endors pas, Pompée, j'ai fini. Tes vétérans pourront être contents : bientôt, elles seront vertes et belles à regarder, leurs vallées, leurs vignes, leurs cultures et leurs oliveraies.

CHAPITRE III

Le baroud d'honneur des sénateurs

(mars 59)

Il fallut plusieurs jours à César pour rédiger, seul, le projet de loi le plus important de son consulat, celui qui aboutit à la première véritable loi agraire de l'histoire de Rome. La manière dont il parvint à l'imposer aux sénateurs, sans coup de force, par sa seule volonté et par son seul ascendant, a marqué, pour le Sénat, le commencement de son déclin, et, pour César, le début de sa conquête d'un pouvoir personnel qui deviendra, après sa mort tragique, le pouvoir absolu des empereurs romains.

Dans les premiers jours de mars, il convoque donc les Pères conscrits à la Curie, à deux pas du Forum, et non plus au temple de Jupiter Capitolin, comme au mois de janvier précédent. Il veut sentir le peuple de Rome grouiller autour des murs de la basilique sénatoriale. Les sénateurs arrivent, un à un, à pied ou en litière ; la plupart sont venus en avance, histoire de prendre la « température » de la séance qui va bientôt s'ouvrir. Comme il pleut abondamment, ils arpentent les dalles du Chalcidium, le portique qui sert de salle des pas perdus au Sénat. Cicéron pérore, au milieu d'un groupe de sénateurs :

– Quand le parti des populaires est au pouvoir, on peut s'attendre à une *rogatio* de loi agraire. Il y a eu celle de Rullus, il y a près de cinq ans, et, l'année dernière, celle du tribun Flavius ; nous les avons renvoyées aux calendes grecques. Mais cette année, il va y avoir du grabuge : je crois savoir que c'est le consul lui-même qui va nous la soumettre et qu'il y travaille depuis plusieurs mois.

– On raconte, dans Rome, que tu as dîné avec César chez Crassus, cet hiver.

– C'était en automne, au mois d'octobre dernier. Ce qui m'a intrigué, ce fut la présence, autour de notre table, de Pompée et de Varron. Or voilà deux ans que Pompée réclame une donation de terres cultivables à ses vétérans, et Varron est un spécialiste des questions agricoles. De plus, Crassus et Pompée, qui étaient, il y a encore dix mois, des ennemis irréductibles, avaient l'air de s'entendre comme larrons en foire.

– De quoi avez-vous parlé ?

– De recettes de cuisine.

– Tu te moques de nous, Cicéron.

– Non. Mais César m'a bien possédé, comme dirait Crassus. Je n'y ai vu que du feu. Depuis janvier, je crois y voir plus clair ; je l'ai même écrit à mon frère.

Les questions fusent. La demi-douzaine de Pères conscrits qui s'agitent autour de Cicéron veulent savoir. Cicéron s'explique :

– J'ai compris que César, quand il est arrivé à Rome, de retour d'Espagne, en juillet dernier, a saisi l'occasion du conflit latent qui existait entre Crassus et Pompée pour tirer les marrons du feu. Il y a un pacte secret entre eux, j'en suis certain ; à eux trois ils réunissent tout ce qu'il faut pour faire un dictateur, et – qui sait ? – un monarque : l'argent de Crassus, les soldats de Pompée, la popularité et la volonté implacable de César. Ce qu'il va nous sortir des plis de sa toge prétexte, c'est une loi agraire bien ficelée que nous ne pourrons même pas amender ou combattre sans nous déconsidérer, et l'entérinement des actes de Pompée en Asie, dont les conséquences, j'en ai le pressentiment, seront considérables pour notre régime républicain. La République romaine ne sera plus gouvernée par des magistrats et des sénateurs, elle va être gouvernée d'abord par un État dans l'État, par un monarque à trois têtes, le triumvirat César-Crassus-Pompée, qui se terminera par le règne sans partage de César. Ce qui me désespère, c'est que j'ignore si ce sera un bien ou un mal pour Rome.

On annonçait à la cantonade l'arrivée imminente de César. Un nuage de toges blanches s'envola vers la Curie, les sénateurs se précipitèrent vers leurs bancs et leurs sièges curules, et tous accueillirent, sans un murmure, l'entrée solennelle du consul et de ses licteurs. Les choses sérieuses allaient commencer.

César prend place, seul, à la tribune, face aux Pères conscrits. Il ne s'est pas assis. Il annonce, d'une voix posée, qu'il va lire une *rogatio*.

– Pères conscrits, je vais aborder un problème grave, et j'ai besoin de toute votre sagesse et de tous vos conseils pour le bien résoudre. Vous connaissez la dramatique situation des vétérans de l'armée d'Asie qui ont consacré la meilleure partie de leur vie à combattre pour conserver à Rome les territoires qu'elle avait conquis, à défendre ces conquêtes contre les entreprises de Mithridate et à faire régner enfin, sur la Méditerranée, la paix romaine. Ces hommes, à qui nous devons notre prospérité et notre quiétude, dont les butins qu'ils ont ravis à nos ennemis ont rendu notre Trésor public plus riche qu'il n'avait jamais été, connaissent, depuis leur retour à Brindes, il y a deux ans, la misère la plus noire. Le Grand Pompée leur a promis, au nom de Rome, quelques arpents de terre, pour que la fin de leur vie soit décente ; il y va de l'honneur de la République que cette promesse soit tenue. Voilà pourquoi, Pères conscrits, je vous demande d'examiner avec attention le projet de loi suivant.

César lit son projet de loi, en soulignant les caractères de chaque article. Son texte est si habile, qu'il n'est interrompu par personne. Lorsqu'il a fini, en s'inclinant devant les sénateurs avec déférence, il ajoute ces paroles :

– Je vous adjure, Pères conscrits, de lire attentivement tous les termes de ma *rogatio*, dont je vais vous faire distribuer une copie ; corrigez tout ce qui ne vous plaît pas, complétez ses manques, rectifiez les points qui vous semblent contraires à nos lois et à nos traditions. Notez bien que les terres de Campanie ne seront pas distribuées, qu'il ne sera prononcé aucune expropriation et que vous m'aiderez à composer la commission des *vigintivirs*. Je ne suis que le promoteur de cette loi, vous en serez les auteurs et les coauteurs.

Cette attitude déconcerta tous les sénateurs. Ils étaient dans l'impossibilité de repousser le projet de loi d'un bloc, mais les articles étaient tellement emmêlés les uns dans les autres, que leur discussion isolée se révélait, sinon impossible, du moins difficile. Les sénateurs prirent le parti de faire traîner les séances, afin de gagner du temps. Caton avait défini la stratégie à suivre, lors d'une suspension de séance :

– Inventons n'importe quel prétexte pour demander des éclaircissements, pour connaître les noms des futurs bénéficiaires de cette loi, bref ne combattons pas César : remettons, remettons toujours ; il finira bien par se lasser. Le 1er avril, César doit déposer les attributs de la puissance consulaire : faisons en sorte que le 31 mars l'examen du projet ne soit pas clos.

César faisait preuve d'une patience qui étonnait Crassus :

– Qu'est-ce qu'il attend pour les envoyer balader et porter directement la loi devant l'assemblée des tribus ?

La fin du mois de mars approchait. Les sénateurs continuaient leurs manœuvres d'obstruction ; chaque jour, Caton tenait la vedette et pérorait à la tribune, bien décidé à garder la parole jusqu'au moment où le coucher du soleil obligerait le consul à lever la séance avant de pouvoir conclure. Il débitait toujours les mêmes sornettes, sans rapports directs avec la *rogatio* :

– Contentons-nous, Pères conscrits, des lois de la République, telles qu'elles sont, et ne cherchons donc pas à aller au-delà, vociférait-il en s'épongeant le front...

César, impassible, restait d'ordinaire maître de lui ; mais, ce jour-là, il éclate, bondit de son siège, appelle ses licteurs, et leur ordonne de se saisir de Caton et de le conduire en prison, pour outrage à la dignité du Sénat. À sa grande surprise, Caton, d'ordinaire véhément et batailleur, se laisse faire en souriant, sans opposer la moindre résistance. Alors, un grand nombre d'autres sénateurs se lèvent, gravement, et l'accompagnent dans sa sortie ; César les exhorte à rester, en leur criant qu'il n'a pas levé la séance ; l'un des Pères conscrits s'arrête, se retourne et dit au consul :

– Nous préférons être en prison avec Caton, que dans cette enceinte en ta compagnie.

César blêmit, mais il n'insiste pas. Il annule son ordre d'emprisonnement. Tout le monde revient à sa place pour entendre la voix froide et tranchante de César :

– Pères, je vous avais constitués juges de ce projet afin qu'il ne fût pas proposé au peuple sans avoir reçu auparavant votre approbation. C'était de ma part un acte de pure déférence à votre égard. Or vous n'avez même pas daigné me donner votre avis préalable. Eh bien ! soit : la Constitution de la République m'autorise à passer outre et à porter ce projet devant les comices tributes, ce que je ferai dès demain matin. Et le peuple seul en décidera. La séance est levée.

César se frottait les mains. Tout s'était passé comme il l'avait prévu. Les sénateurs, en refusant de donner leur avis préalable, positif ou négatif, étaient tombés dans le piège qui leur avait été tendu : ils avaient commis la faute de procédure, étalée au grand jour dans le *Journal officiel de la République*, qui avait permis à César de passer outre la délibération sur sa *rogatio* et de convoquer le peuple romain aux urnes. Depuis deux mois, Crassus entretenait, dans tous les quartiers populaires de Rome, mais aussi dans les circonscriptions *extra muros*, des équipes infatigables qui battaient le rappel de tous les électeurs plébéiens, mettaient à leur disposition des moyens de transport pour les conduire dans Rome, et, bien entendu, leur faisaient valoir l'intérêt que la loi agraire représentait pour eux. De son côté, Pompée avait envoyé des hommes en Étrurie, en Gaule cisalpine, en Calabre et sur les bords de l'Adriatique, chargés de ramener à Rome quelques dizaines de milliers de vétérans qui avaient le statut de citoyens romains.

De sorte que, dans la dernière semaine de mars, il y avait, à l'intérieur des murailles de Rome, trois ou quatre cent mille électeurs prêts à voter, comme un seul homme, la loi agraire de César. Dans la Ville, la tension est à son comble. Le consul méprise ostensiblement le Sénat, et ne prend même plus la peine de le convoquer pour les affaires courantes : il devient de plus en plus évident qu'il va mettre sa menace à exécution et qu'il va faire voter sa loi directement par les comices populaires. Les sénateurs organisent la résistance : puisqu'ils ne sont pas convoqués à la Curie, ils se réunissent chez Bibulus qui se prend pour le sauveur de la République et lui confient le périlleux honneur de les représenter devant l'assemblée des tribus, que César vient de convoquer.

Celui-ci avait décidé que les débats préliminaires au vote et le vote lui-même auraient lieu devant le temple dédié à Castor et Pollux – les *Dioscures* – qui se trouvait à mi-chemin entre sa demeure de Grand Pontife et le Forum. Il n'avait rien laissé au hasard. Au jour désigné, craignant un coup de force de la part de ses adversaires, il avait garni le Forum où, dès neuf heures du matin, tout le monde était rassemblé, de comparses armés de poignards. Lui-même se tenait en haut des marches du temple des Dioscures, aux premières heures du jour, tandis que le peuple se massait, peu à peu, aux abords de l'édifice, autour duquel des vétérans de Pompée, sans armes apparentes, mais en cuirasses, constituaient un cordon de sécurité imposant.

L'assemblée fut houleuse, c'est bien le moins qu'on puisse dire. César monta à la tribune et lut rapidement son projet, aux applaudissements de l'assistance. Puis il invita les contradicteurs éventuels à faire valoir leurs arguments.

On voit alors arriver, en provenance de la Curie, un cortège officiel, précédé par les douze licteurs de Bibulus et conduit par Bibulus lui-même, qui devait reprendre sa charge de consul quelques jours plus tard. À ses côtés marchent trois anciens consuls : Lucullus, Métellus Céler, Lucius Gellius, et même trois tribuns de la plèbe, qui ont pris le parti des nobles ; derrière eux, la plus grande partie des sénateurs – du moins ceux qui avaient eu le courage de venir – ainsi que leurs clients et leurs partisans. La foule populaire les accueille par des huées et des vociférations, mais un service d'ordre musclé, mis en place par César lui-même et dirigé par un jeune patricien de ses amis, Scribonius Curion, protège le cortège sénatorial.

Celui-ci est maintenant au pied des larges marches qui entourent le temple des Dioscures et les choses vont se précipiter. À peine Bibulus a-t-il gravi les deux ou trois premières marches qu'il se trouve coiffé d'un panier d'ordures. Stoïque, il se retourne vers le peuple, écarte sa toge, dénude sa poitrine et crie aux comparses de Curion, non sans un certain courage :

– Si je ne puis convaincre César d'agir selon ce qui est juste, je parviendrai du moins à jeter sur lui l'abomination et la souillure, en mettant un crime, mon assassinat, à sa charge. J'attends les poignards du consul.

Le calme revient peu à peu. Bibulus s'entête et reprend la parole :

– Peuple romain, votre loi, vous ne l'aurez que si Bibulus y consent... Et je peux vous dire que ce n'est pas cette année que j'y consentirai.

Puis il se baisse rapidement, pour se mettre à l'abri des jets de boue et d'excréments qui pleuvent sur lui. Il appelle ses licteurs à l'aide, mais ceux-ci sont interceptés par la foule, qui brise leurs faisceaux. Généreux et méprisant, César vient au secours de son collègue et le fait conduire par deux de ses hommes dans le temple de Vesta, qui était à proximité.

Surgit Caton, hirsute, rouge de colère. Il fonce à travers la foule, distribue force coups de poing et parvient à gagner le Forum. Il se précipite à la tribune des harangues, et hurle qu'il veut parler au peuple. Quatre gladiateurs, chargés de garder la tribune, se saisissent de lui et le basculent par-dessus la balustrade des Rostres. Il se relève, fait le tour de la tribune et parvient à s'y hisser ; il lève les bras pour obtenir un peu de silence et reçoit un énorme coup de poing en plein visage. Son nez saigne, on le tire par les cheveux et il se retrouve à nouveau à plat ventre, à moitié inanimé. Et il s'enfuit, à quatre pattes, maudissant ses concitoyens, vers les pentes du mont Palatin.

Le calme revient. César annonce que la parole est au Grand Pompée. Celui-ci était un piètre orateur, mais sa seule présence déclenche l'enthousiasme des vétérans qui sont venus voir de près leur idole. L'idole se contente de lire les articles de la loi un à un, en les approuvant tous. Chaque fois qu'il s'arrête pour reprendre son souffle, des salves d'applaudissements éclatent de toutes parts. À la fin d'une de ces salves, César profite de l'interruption pour lui demander s'il le soutiendrait jusqu'au bout :

– Jusqu'au bout, César, parole de soldat.

La foule hurle de joie, et Pompée, qui n'a jamais connu ce genre de succès public, se rengorge.

César continue, car il lui faut montrer sa force aux sénateurs muets qui assistent à ces débordements ; il invite la plèbe à se joindre aux vétérans et à solliciter l'aide du grand homme. Le peuple de Rome scande : « Pom-pée ! Pom-pée ! » et Pompée, aux anges, se pose en sauveur et cherche à faire un mot historique ; finalement, il en trouve un :

– Je ne détiens aucune magistrature, je ne suis qu'un simple citoyen, mais si quiconque ose tirer le glaive contre le peuple romain, moi, Pompée, je serai son bouclier.

César se penche vers Crassus :

– Il va falloir le faire taire, car il commence à dérailler.

César se tourne vers Pompée :

– Passons au vote, il n'y a plus de contradicteurs.

Crassus ne peut s'empêcher d'être vulgaire une fois de plus, et salace en même temps :

– On ne les verra pas de si tôt... Ils vont prendre leur pied avec les vestales : tu imagines Bibulus entre deux vierges ?

– Cesse de dire des sottises. Demande aux appariteurs d'appeler les tribus une à une, qu'on en finisse.

À cinq heures du soir, la loi avait été adoptée dans toutes les tribus, ce qui n'avait rien d'étonnant puisque, dans chaque circonscription, la plèbe était majoritaire.

Le lendemain, César harangue les Pères conscrits dans la Curie. Il ne fait aucun commentaire sur les incidents de la veille, mais les informe simplement que la *lex Julia agraria* a été votée à l'unanimité des tribus :

– Toutefois je vous signale, ajoute-t-il, que la loi est passée avec un additif imposé par les circonstances : chacun d'entre vous doit s'engager individuellement, par serment solennel, à ne pas tenter de s'opposer à son application, et à ne soutenir aucune tentative de ce genre.

Cet additif était le point fort de la loi, puisqu'il rendait impossible toute annulation future. Nombreux furent les sénateurs qui rechignèrent à prêter serment, et en particulier Métellus Céler et l'inévitable Caton. Devant cette résistance de dernière heure, César employa les grands moyens. Constatant que la plupart des votants étaient encore à Rome, il organise, en vingt-quatre heures, une nouvelle consultation électorale et fait voter par les comices une loi prévoyant que tout sénateur ou tout fonctionnaire public qui ne prêterait pas le serment de respecter sa loi agraire serait puni de mort.

Le coup était imparable. La totalité des sénateurs prêtèrent serment. Le plus difficile à convaincre fut Caton :

– Je préfère mourir que de jurer respect et fidélité à cette loi scélérate.

Sa femme, sa sœur, ses amis supplièrent Caton de jurer, mais il ne voulait rien savoir : je n'ai pas peur de la mort, c'est une délivrance, disait-il. Au diable Rome et ses consuls.

Cicéron trouva le mot pour le décider à faire comme tout le monde :

– Si Caton n'a pas besoin de Rome, lui dit-il, Rome a besoin de Caton.

Et Caton vota la loi agraire, comme tout le monde. Quant à Bibulus, qui avait été profondément outragé dans cette affaire, il tenta une ultime manœuvre : il s'enferma chez lui et décida de ne plus sortir de sa demeure jusqu'à la fin de son année consulaire. Ainsi, pensait-il, tous les actes qui seraient dorénavant accomplis par son collègue seraient légalement frappés de nullité.

César s'en moquait bien. Il avait conscience qu'il venait de réaliser, en deux jours, la révolution dont il rêvait depuis plus de dix ans. Dès le mois d'avril, les diverses dispositions de sa loi agraire commençaient à s'appliquer. Les vingt commissaires chargés d'en contrôler l'application furent désignés et, aussitôt après leur nomination, César fit voter par les comices, en avril 59, une deuxième loi agraire qui étendait les dispositions de la première aux riches terres de Campanie, auxquelles les sénateurs se cramponnaient désespérément. C'en était définitivement terminé de leur puissance économique et de leur domination.

En deux mois, les triumvirs, grâce à l'énergie de César, avaient liquidé, économiquement et socialement, la puissance et les privilèges de la classe sénatoriale, sans guillotine ni terreur.

CHAPITRE IV

Le « règne » de César

(avril-décembre 59)

Désormais, les triumvirs agissaient au grand jour. Leur alliance était devenue ostensible et elle s'était même resserrée par une de ces « unions dynastiques » comme les pratiqueront, plus tard, les souverains autrichiens.

Pompée avait décidé de partir pour la Campanie, afin de surveiller de près les opérations de partage des terres entre ses vétérans. Avant de quitter Rome, il jugea nécessaire de se marier, et s'en ouvrit à César.

– Tu comprends, j'approche de la cinquantaine et je n'aime ni les aventures d'une nuit, ni les amours adultères...

– Tu ne sais pas ce que tu perds, lui répond César. Lorsque tu couches avec la femme d'un autre, tu n'en cueilles que les agréments et les plaisirs, et tu laisses tous les tracas au mari.

– Oui, je connais tes méthodes, tu les as mises en pratique avec ma femme quand j'étais en Asie.

– Je n'étais pas le seul, plaide César.

– Ça, je le sais. Mucia a couché avec au moins trois cents sénateurs. Quand je l'ai appris, je l'ai répudiée par correspondance : après cela je me suis fâché avec sa famille, et comme c'était celle des Métellus, je ne te dis pas les soucis qui en ont résulté. Si mes vétérans ont dû attendre plus de deux ans pour être enfin payés de tout ce qu'ils ont enduré pour la grandeur de Rome, c'est à cause des Métellus et de leur influence. Enfin, tout cela, c'est de l'histoire ancienne.

– Mais pourquoi veux-tu te marier ? Tu as tout ce qu'il te faut, des maîtresses, des enfants...

– Je vais te faire une confidence, César. Je ne sais rien faire, sinon la guerre ; et, même à la guerre, je ne sais pas me faire obéir de mes lieutenants. La seule chose que j'aime vraiment, c'est le pouvoir, mais je ne sais pas le conquérir. Je t'envie, César, j'admire ta volonté froide, ta rigueur.

– Quels rapports avec le mariage ?

– Le mariage, c'est une bonne méthode pour conquérir le pouvoir ou s'y maintenir. Si j'étais resté marié avec Mucia, j'aurais eu l'appui de ses frères, les Métellus, mes vétérans auraient été récompensés et je coulerais des jours heureux en buvant du vin de Falerne.

– Mais tu l'as, le pouvoir, maintenant.

– Oui, mais grâce à toi. Après avoir répudié Mucia, et connaissant l'influence de Caton sur les sénateurs, je me suis dit que je devrais épouser l'une de ses filles, la plus âgée, et que mon fils pourrait bien épouser l'autre.

– Tiens donc !

– Alors j'ai envoyé un de mes familiers, Munatius, chez Caton.

– Et alors ?

– Il l'a envoyé promener. Et tu sais ce qu'il lui a dit ?

– Non.

– Il lui a dit : « On ne prend pas Caton par les femmes ; malgré toute l'admiration que j'ai pour Pompée, jamais je ne lui donnerai mes filles en otages de ses appétits contre la chose publique. »

– Eh bien ! Pompée, dit César ironiquement, nous l'avons échappé belle.

– Comment cela ?

– Si Caton t'avait dit oui, il n'y aurait pas eu de triumvirat : tes vétérans auraient eu leurs terres et tu serais devenu la force de frappe du parti sénatorial ; mais tout cela ne me dit pas pourquoi tu veux te marier.

– Toujours pour la même raison, dit candidement le grand général. Maintenant que j'ai le pouvoir, je voudrais m'y maintenir, et la meilleure façon de m'y maintenir... c'est d'épouser ta fille et de devenir ton gendre.

– Tu veux épouser Julie ?

– Tu y vois un inconvénient ?

– Non, *a priori* non. Il faut cependant que je lui en parle.

– Ce n'est pas à elle, de dire oui, c'est à toi.

– Selon nos traditions, tu as raison, mais tu sais, moi, les traditions, ce n'est pas mon fort. De toute façon, tu peux être un bon mari, que je sache. D'ailleurs, tu me donnes une idée.

– Laquelle.

– Moi aussi, je vais me marier.

– Tu as déjà toutes les femmes de Rome.

– La seule femme que j'ai sincèrement aimée et respectée, ce fut Cornélie, la fille de Cinna et la mère de Julie. Je me demande si ce n'est pas à elle que je dois toute ma carrière. J'avais un peu plus de seize ans quand je l'ai épousée et Sylla, de retour d'Orient, m'ordonna de divorcer...

– Comme à moi, dit Pompée. J'ai obéi et j'ai épousé Émilie, la fille que sa femme avait eue d'un précédent mariage.

– Moi, je n'ai pas obéi.

– Et tu t'es retrouvé proscrit.

– Je m'en suis sorti, n'est-ce pas ? Je suis parti en Bithynie, je suis rentré d'Orient après la mort de Sylla, en 78, et tu connais la suite. Je crois que c'est mon séjour en Bithynie qui m'a ouvert les yeux sur la politique : c'est auprès de Nicomède que j'ai compris qu'un grand empire se devait d'avoir un monarque pour le gouverner, et non pas un Sénat affairiste.

– Depuis la mort de Cornélie, tu t'es marié deux fois, je crois ?

– Non, une seule fois, avec Pompéia, que j'ai été obligé de répudier après le scandale de la Bonne Déesse, en décembre 62.

– Il a eu lieu au moment où j'arrivais à Brindes. Je n'ai jamais très bien compris ce qui s'était passé exactement.

– Cette année, la fête nocturne de la Bonne Déesse devait être célébrée chez moi, à la *Regia*. Tu sais que, cette nuit-là, il ne doit pas y avoir un seul homme dans la maison, et j'étais parti dormir ailleurs. Or Pompéia avait alors un amant, dont elle était folle ; tu le connais, il s'agit de Publius Clodius. Il s'est déguisé en femme et s'est introduit dans ma maison, mais on l'a surpris et il en est résulté une histoire de tous les diables, un procès ; j'ai dû répudier Pompéia. Depuis je ne me suis pas remarié.

– Profite de la circonstance. Marie-toi après moi et fais un mariage politique.

– Je vais y réfléchir.

Peu de temps après, Pompée épousait Julie, et l'événement, lié à la réquisition des terres de Campanie, n'était pas anodin. Cicéron qui, après les incidents du mois de mars, s'était réfugié dans sa propriété d'Antium, à une cinquantaine de kilomètres au sud de Rome, en bord de mer, s'en inquiéta :

– Je crains le pire, écrivit-il à son ami Atticus, Pompée est un dangereux révolutionnaire qui vise, de toute évidence, à s'emparer du pouvoir personnel. Que signifie en effet ce soudain mariage avec la fille de César ? Et cet argent qu'il distribue à pleines mains en Campanie ?

César ne nourrissait pas les mêmes craintes, car Pompée, sans armée, n'était pas dangereux. Toutefois, il jugea utile de veiller au grain, et s'en entretint avec Crassus :

– Depuis que Pompée est devenu mon gendre, j'ai des soucis. Il est capable de nous jouer un tour.

– Je vois ce que tu veux dire, César : tu te demandes ce qui se passera en juillet, aux élections consulaires.

– Oui. Je sais qu'il veut présenter au consulat un homme de confiance à lui, Aulus Gabinius. Il faut que nous lui opposions, sans avoir l'air de rien, un sénateur modéré, honorable et facile à manier. Tu penses à quelqu'un ?

– Je n'ai aucun nom en tête.

– Moi, j'en ai un, dit César : Calpurnius Pison.

– L'idée n'est pas mauvaise ; c'est un brave homme, docile, obéissant, qui sera tout fier d'être consul. Pourquoi as-tu pensé à lui ?

– Parce qu'il a une fille, Calpurnia, assez mignonne : je vais l'épouser, et je serai consul par beau-père interposé.

– Eh bien ! vive la mariée.

– J'en connais un qui va faire une tête, c'est Pompée.

En fait, Pompée n'y vit que du feu. La fille de César et la fille de Calpurnius étaient déjà fiancées : on congédia sans motif les deux prétendants, et, quelques jours plus tard, Pompée et César convolaient. Servilia, la sœur de Caton et la maîtresse préférée de César, essuya quelques larmes : elle avait trente-neuf ans et sa rivale avait vingt ans de moins qu'elle. Toutefois, lorsqu'on s'appelle César, les larmes d'une femme aimée se transforment parfois en perles : il en offrit une à Servilia, estimée à six millions de sesterces.

Dans cet imbroglio matrimonial, César avait l'avantage : il devenait en même temps le beau-père de Pompée et le gendre du futur consul, et il pourrait tirer les ficelles à sa guise lorsqu'il ne serait plus en poste, en 58. Caton s'en émut, au nom de la morale bien entendu, vitupérant ces mœurs de mères maquerelles, qui consistent à prostituer des filles pour se distribuer entre complices provinces, armées et pouvoirs.

Bibulus cloîtré, Cicéron aux bains de mer, Caton inoffensif, les sénateurs – que nul consul ne convoquait plus – dans leurs palais, leurs champs et leurs vignes, il était temps pour César de songer à son proche avenir. Avec sa loi agraire, il s'était acquis la sympathie et même la ferveur des couches populaires, mais le chemin était encore long qui le séparait de son but : faire de l'univers romain un vaste royaume unifié, gouverné par un monarque.

Pour y parvenir, il lui fallait pouvoir se présenter légalement devant Rome avec une armée victorieuse et puissante. Cette occasion, d'autres l'avaient eue avant lui : Marius, après ses victoires sur les Cimbres et les Teutons ; Sylla, à son retour d'Asie ; Pompée après avoir pacifié l'Espagne, puis après avoir vaincu Mithridate et conquis l'Asie Mineure ; mais ils n'en avaient rien fait. C'était maintenant son tour.

En juillet 60, peu avant les élections consulaires auxquelles César était candidat avec Bibulus, le Sénat, conformément aux lois de la République, avait désigné les deux provinces que les consuls auraient à se partager, en 58, pour les gouverner, une fois leurs mandats terminés. Cependant, les sénateurs, se méfiant de l'ambition de César, avaient institué « consulaires » pour l'année 58 deux régions quasi désertes et misérables du sud de l'Italie, la province dites des *Forêts*, à l'extrémité de la Calabre, et celle des *Sentiers*, dans les Pouilles, près de Brindes.

À l'époque, César n'avait pas protesté, mais il était temps de faire revenir les sénateurs sur leur décision. Il confia le soin de cette procédure au tribun de la plèbe Vatinius, qui se fit d'ailleurs grassement payer son intervention. Celui-ci, en sa qualité de tribun, pouvait se passer du Sénat et s'adresser directement aux comices tributes. Il les convoqua sur le Forum, leur proposa d'annuler la décision prise par le Sénat en juillet 60 et d'attribuer à César, par voie de plébiscite, à partir du 1er janvier 58 et pour une période de cinq ans, le gouvernement de la Gaule cisalpine (en gros : la plaine du Pô, jusqu'aux Alpes) et l'Illyrique (région montagneuse bordant le nord de la mer Adriatique).

Cette « loi *Vatinia* » fut adoptée séance tenante. Elle prévoyait, en outre, pour le futur gouverneur de ces deux provinces, une dotation de trois légions, eu égard à l'état d'anarchie qui régnait en Illyrie. Le Sénat, convoqué, l'entérina. Sur ces entrefaites, le gouverneur de la Gaule narbonnaise vint à mourir, et les Pères conscrits complétèrent d'eux-mêmes la loi de Vatinius en y ajoutant la Gaule transalpine et en accordant à César une légion de plus. Certes, Caton s'était dressé pour crier aux sénateurs que, ce faisant, « ils installaient le tyran dans une citadelle », mais il ne fut pas écouté : le Sénat avait capitulé sans condition.

À l'issue de la séance qui avait comblé ses vœux au-delà de ses espérances, César, qui se trouvait au milieu de nombreux sénateurs, sur le Forum, ne se gêna pas pour les narguer :

– Vous voyez, Pères conscrits, malgré vos résistances, malgré les lamentations de Caton, malgré les simagrées de Bibulus, j'ai obtenu tout ce que je voulais : ma loi agraire, le futur gouvernement des Gaules, une armée. Dorénavant, je vous marcherai sur la tête à tous quand je voudrai, et où je voudrai.

Ceux des Pères conscrits qui se sentaient concernés blêmirent de rage, mais nul n'eut le courage de relever cette insolence, sauf un sénateur qui voulut avoir le dernier mot et lança, faisant allusion aux mœurs efféminées de César et à son homosexualité :

– Ce ne serait pas très facile, pour une femme.

César, maître de lui, répondit, sur le même ton de plaisanterie :

– Marcher sur la tête de quelques sénateurs, c'est beaucoup moins difficile que de régner sur la Mésopotamie, comme Sémiramis, ou de faire la loi sur les rives de la mer Noire, comme jadis les Amazones. Je préfère être une femme comme elles qu'un homme comme vous.

L'éternel clochard qui vivait sur le Forum, au pied de la tribune aux harangues, cligna de l'œil dans la direction de César, comme pour applaudir, et il grommela :

– Il est de plus en plus fort, ce César, c'est lui qu'on traite de pédé, et ce sont les vieux bonzes qui ont l'air ridicule !

Victorieux sur tous les tableaux, César s'affiche maintenant comme le délégué officiel du triumvirat. Assuré d'avoir bientôt à sa disposition une armée et les pleins pouvoirs dans les deux Gaules, la Cisalpine et la Transalpine, il prépare ce que Cicéron appelle, en privé, son « règne ». Avec l'argent de Crassus, il recrute une armée d'agents secrets, qui s'infiltrent dans toutes les provinces, dans toutes les cités de l'univers romain et qu'il s'attache par serment ou par promesse écrite. Il met au point un code cryptographique pour correspondre avec eux, fait surveiller tout le monde, ses amis comme ses ennemis, qu'il n'hésite pas, le cas échéant, à envoyer en prison, et il laisse à dessein le pauvre Bibulus se ridiculiser en couvrant les murs du Forum d'édits consulaires qui ne sont suivis d'aucun effet, et qui mettent Pompée en rage. Le César calme, ironique, habile manipulateur des foules populaires se mue, au fil des jours, en un dictateur de fait devant lequel tout le monde, patricien, chevalier ou plébéien, tremble.

Dans sa résidence d'Antium, Cicéron tient table ouverte. Au mois d'avril, les bords de mer attirent les Romains aisés, et, César gouvernant par le biais de décisions administratives, il n'y a plus de séance au Sénat ni de débats au Forum ; d'ailleurs, s'il devait y en avoir, mieux vaudrait s'abstenir d'y paraître plutôt que d'être fiché sur la liste des opposants. Autant se prélasser dans le jardin de Cicéron, dont l'épouse Térentia est une excellente cuisinière. Après le déjeuner, on s'assoupit quelques minutes dans un fauteuil muni de coussins moelleux et conçu pour maintenir les jambes horizontales, et l'on peut bavarder loin des oreilles indiscrètes.

Ce jour-là, Cicéron recevait son ami Caelius Rufus, un riche avocat originaire de Pouzzoles, qui avait délibérément placé la conversation sur le terrain politique.

– Alors, Cicéron, que penses-tu de la situation ? Comment les choses vont-elles tourner ?

– Je suis à la fois inquiet et rassuré.

– Pourquoi rassuré ?

– Parce qu'il n'y a pas de guerre civile à l'horizon ; et, quand on a vécu, comme moi, les horreurs du temps de Marius et de Sylla, crois-moi, il y a là de quoi se réjouir.

– Mais qui te dit qu'il n'y aura pas de guerre civile ?

– Une guerre civile, cela suppose deux armées romaines qui s'affrontent, et les deux seules personnes qui soient en mesure, à Rome, de se constituer une armée en un tour de main sont Crassus et Pompée : or ils sont dans le même camp ; c'est cela, qui me tranquillise. En revanche, je suis inquiet, car je vois s'envoler notre chère liberté : dorénavant, toutes les décisions concernant la République appartiennent à un seul homme, et ne peuvent plus être discutées par personne. Et gare à celui qui se met sur son chemin.

– Tu ne crois pas que tu exagères ? Regarde Bibulus, il prend les auspices tous les jours, tous les jours il les déclare néfastes et tous les jours il placarde des édits annulant les actes de César. Il n'est pas en prison pour autant.

– César s'en moque, des édits de Bibulus : il agit comme s'ils n'existaient pas, et fait exécuter les siens. D'ailleurs le peuple ne s'y trompe pas. Tiens, sur cette table, il y a une dizaine de factures, qui proviennent de mes entrepreneurs. Celles de l'année dernière portent la mention : « L'an 694 de Rome, Afranius et Valérius Messala étant consuls » ; sur les factures de cette année, on peut lire : « L'an 695 de Rome, Jules et César étant consuls ». Et ce n'est pas une plaisanterie.

– Admettons. Cependant, dans quelques mois, César ne sera plus consul ; il sera gouverneur de la Gaule cisalpine, et la liberté reviendra.

– C'est toi qui le dis. Les futurs consuls sont déjà choisis : l'un est un homme de Pompée et l'autre le beau-père de César ; ce seront des pantins, dont il tirera les ficelles. Mais il y a pire.

– Quoi donc ?

– Je ne sais pas si je dois te le dire.

– C'est un secret d'État ?

– Non. Mais cela va te rappeler des souvenirs cuisants : César va laisser derrière lui un homme jeune, efficace, prêt à tout, y compris au crime.

– Ça ne m'étonne pas. Ce type qui se prétend fils de Vénus est capable de tout. Malheureusement je n'ai pas encore pu comprendre si c'était par ambition personnelle ou en vue d'un grand dessein. Qui va être l'exécuteur de ses basses œuvres ?

– Tu le connais, c'est Clodius.

– Le frère de cette salope de Clodia ?

Cicéron rougit. Clodia était la femme la plus libertine de Rome avec Servilia, la sœur de Caton et la maîtresse de César ; elle avait même tenté de séduire Cicéron, et l'aurait sans doute inscrit sur la liste de ses victimes si Térentia n'avait veillé au grain. Caelius avait été éperdument amoureux d'elle quand il était jeune, et leurs amours avaient été tumultueuses ; puis il s'était lassé d'elle et l'avait abandonnée. Jamais Clodia n'avait connu un tel outrage et, pour se venger, elle s'entendit avec son frère, Clodius, et les amis de celui-ci pour monter une accusation d'empoisonnement contre Caelius. Il y eut un de ces procès mondains comme Rome en connut tant ; l'avocat de Caelius était Cicéron et il fit acquitter sans difficulté et avec humour son client. Depuis, les années avaient passé, et Caelius était devenu, lui aussi, un orateur redoutable. Mais il ne se faisait aucune illusion sur les mœurs politiques, et le jeu de César avec les sénateurs l'amusait.

– Oui, Publius Clodius lui-même.

– Je reconnais bien là César : il a choisi le plus fieffé coquin qui existe dans tout Rome, bien que ce voyou ait été l'amant de sa femme ; l'efficacité d'abord, l'amour-propre ensuite. Mais comment veux-tu que Clodius nous terrorise ? Il n'a exercé aucune magistrature, il n'est pas inscrit sur l'album du Sénat, il ne possède aucun pouvoir légal. Or César a peut-être tendance à se comporter comme un tyran, mais il a un respect morbide de la légalité. Personne n'a rien à craindre.

– Tu parles ainsi parce que tu ignores la nouvelle que je viens d'apprendre.

– Par quelle source ?

– Par une source personnelle ; moi aussi, j'ai mes informateurs.

– Et César ne les a pas encore fait arrêter pour divulgation des secrets de la République ?

– Ils ne viennent pas jusqu'ici. Il y a quatre jours, le 19 avril, je venais de m'engager sur la via Appia, à la sortie d'Antium, à la hauteur de l'auberge des Trois Tavernes, et ne voilà-t-il pas que je tombe sur ce cher Curion ; c'est lui qui m'a appris la nouvelle.

– Bon. Alors ? De quelle nouvelle s'agit-il ?

– Clodius a été transféré à la plèbe.

– Comment cela ? Ce n'est pas possible, il appartient à une famille patricienne : jamais les censeurs n'admettront ce changement d'état civil.

– La chose s'est faite très régulièrement. César, en qualité de Grand Pontife, a consulté le chef du collège des augures, qui a émis un avis favorable à l'adoption du patricien Publius Clodius par le plébéien Publius Fontéius.

– Qu'est-ce que tu me racontes là ? Le chef des augures c'est Métellus Céler, l'un des adversaires les plus acharnés du parti populaire au Sénat.

– Il vient de mourir, ton Métellus Céler, et César, dès qu'il l'a appris, a nommé séance tenante Pompée à sa place.

– On aura tout vu !

– Un véritable tour de passe-passe. À deux heures, Pompée était nommé augure par César agissant en tant que Grand Pontife, à trois heures Pompée donnait son avis favorable à l'adoption de Clodius par Fontéius, bien que celui-ci ait vingt ans de moins que l'adopté, et à quatre heures, en tant que consul, César proclamait la loi qui entérinait cette adoption. Aujourd'hui, Clodius n'est plus un patricien, c'est un plébéien.

– Là, j'ai tout compris. Clodius étant passé à la plèbe, il est en droit de se présenter au tribunat en juillet prochain ; grâce à César, il sera élu tribun de la plèbe, et, quand César sera parti en Gaule, il aura le droit de convoquer l'assemblée du peuple et de légiférer par plébiscites. Il est génial, ton César.

– Je préférerais qu'il exerce son génie d'une autre façon. C'est la fin de la République.

– C'est la fin de la République des sénateurs, mais c'est peut-être le commencement d'une autre forme de régime.

– Et cela te plaît ?

– Je m'en moque. Je ne vis pas du régime, je vis de mes propriétés familiales et de mon travail : République ou monarchie, pour moi, ça ne changera rien. Pour toi non plus, d'ailleurs, sauf si tu décides de te battre pour que rien ne change ; mais alors, attention : il risque de t'arriver ce qui est arrivé à Caton.

Avant de préparer les élections de juillet 59, qui devaient assurer le consulat aux deux hommes de paille de Pompée et de César, il restait encore au consul tout-puissant à faire ratifier par le Sénat les Actes proconsulaires de Pompée en Asie, définissant le statut de l'Orient romain. César convoque donc, exceptionnellement, le Sénat, lui lit ce statut dans les termes mêmes où Pompée les avait dictés, et le fait entériner séance tenante.

Il lui fallait aussi régler la vieille affaire égyptienne, qui remontait aux manigances de Sylla en Égypte. Depuis la conquête de l'empire des anciens pharaons par Alexandre le Grand, le pays mystérieux des pyramides et des hiéroglyphes était devenu un royaume grec, sur lequel régnait la dynastie des Lagides, dont le fondateur, en 305 av. J.-C., était le fils d'un noble macédonien du nom de Lagos. Il avait régné sous le nom de Ptolémée Ier Sôter (« le Sauveur »), et, depuis, tous les souverains de ce royaume, dont la capitale était Alexandrie, se nommaient Ptolémée. Les Lagides avaient repris la tradition (égyptienne, et non grecque) d'épouser leur sœur aînée, et il en était résulté de très nombreux conflits dynastiques.

Les Lagides entretenaient de nombreux rapports, tant politiques qu'économiques, avec la République romaine, et le blé égyptien participait, dans une proportion notable, au ravitaillement de Rome. En 80, dans le cadre de la guerre contre Mithridate, Sylla avait mis sur le trône un certain Ptolémée XII, qui ne régna que dix-neuf jours (il fut assassiné par les Alexandrins, sans doute parce qu'il appartenait à la branche cadette des Lagides) et qui fut remplacé par Ptolémée XIII Aulète (« le Joueur de flûte ») qui appartenait à la branche aînée (les deux rois étaient cousins germains).

L'imbroglio égyptien fut créé par Sylla, qui avait soutiré à Ptolémée XII un testament par lequel celui-ci léguait aux Romains le royaume lagide. Au début de l'année 65, César, que ses fonctions d'édile curule limitaient à des tâches purement urbaines, démangé par le démon de l'action politique, avait proposé au Sénat de monter une expédition en Égypte afin de mettre Aulète en demeure d'exécuter les dernières volontés de son prédécesseur. Les Pères conscrits, hostiles à toute guerre de conquête dans une région aussi lointaine, alors que la guerre contre Mithridate n'était même pas terminée, s'y étaient alors opposés, et l'affaire en était restée là.

Six années plus tard, le consul tout-puissant qu'était devenu César n'avait plus d'autorisation à demander à personne :

– Il ne sera pas dit que je quitterai le consulat sans avoir réglé toutes les affaires internationales pendantes, dit-il un soir aux triumvirs. Qu'allons-nous faire de l'Égypte ? Crassus, tu as la parole.

– Laissons-la s'emberlificoter dans ses problèmes dynastiques. Personnellement, je ne mettrai pas un sesterce dans une expédition militaire, ni même dans une expédition civile, car tout cela coûte plus qu'il ne rapporte.

– Ton avis ?

– Classons l'affaire.

– Et toi, Pompée ? Tu as des observations à faire ?

– Pour moi, une promesse est une promesse, et il est indigne de ne pas la tenir ; mais, s'il n'y a pas d'argent pour annexer l'Égypte, ne l'annexons pas : demandons une compensation financière. À moi aussi le joueur de flûte doit de l'argent : le delta du Nil n'est plus menacé par les pirates. Et toi, César, quelle est ton idée ?

– Je ne suis pas partisan d'une annexion militaire. C'est moi, en tant que consul, qui serais chargé de la réaliser et, pendant ce temps, le parti sénatorial reprendrait des forces et tout ce que j'ai fait depuis janvier serait à refaire. Moi, ce sont les Gaules qui m'intéressent.

– Donc, on classe ? demande Crassus.

– Il ne faut jamais rien classer. Nous allons faire quelque chose qui ne nous coûtera rien...

– Bravo, dit Crassus...

– ... et qui risque de nous rapporter beaucoup. Ces crétins de sénateurs n'ont jamais voulu reconnaître l'Aulète roi d'Égypte, à cause de ce testament que, d'ailleurs, personne n'a jamais vu. Nous, nous allons le reconnaître, purement et simplement.

– Quel intérêt ? demande Crassus.

– Crassus, je ne te comprendrai jamais. Toi, dont une partie de la fortune provient de ce que tu as fait des placements juteux à longue échéance, dès qu'il s'agit de placer des réalités politiques et non plus des pièces d'or, tu veux tout et tout de suite. Voilà ce que je propose : j'accorde à Ptolémée Aulète la reconnaissance qu'il implore de Rome depuis six ans, et je lui accorde même le titre d'allié et d'ami du peuple romain.

– Pourquoi donc ?

– Parce que le Flûtiste est idiot. Il va se gargariser de ce titre, sans se rendre compte que Rome pourra l'invoquer comme motif d'intervention dans l'avenir. Le jour où nous voudrons vraiment nous installer en Égypte, nous y enverrons quelques agitateurs, qui soulèveront des paysans ou des marchands et qui égorgeront deux ou trois ministres.

– Lesquels ? demande Pompée.

– Deux ou trois ministres au hasard, ils sont interchangeables. Dès que la nouvelle parviendra à Rome, nous informerons notre très cher ami et allié Ptolémée Aulète que nous intervenons pour rétablir l'ordre, conformément à notre traité. Et nous installerons nos légions et nos fonctionnaires en Égypte.

– Et en attendant ?

– Nous ferons valoir au roi d'Égypte que, puisqu'il est notre ami et notre allié, nous le remercions par avance d'accueillir nos hommes d'affaires, nos importateurs, et autres chevaliers : pour tous ces financiers et ces combinards que sont les banquiers romains, ce sera du gâteau. Et pour le Trésor public aussi, car nous prélèverons des taxes et des impôts sur les transactions ; une part de ces revenus pourrait aller aux pauvres et aux sans-logis, par exemple.

– Et ce traité sera gratuit ?

– Que non. Toute peine mérite salaire. C'est d'ailleurs la tradition dans tout le Levant et à Alexandrie, où l'on n'a rien sans rien. Il y a des mines d'or, dans ces pays.

– À combien estimes-tu un traité de ce type ?

– À quelques centaines de milliers de livres d'or.

– Mazette, dit Crassus ; à partager entre trois ?

– Non, entre Pompée et moi. Lui comme garant des accords militaires, et moi comme consul. Mais tu t'y retrouveras, Crassus : je te rembourserai tout ce que tu m'as prêté depuis des années. Alors, vous me donnez carte blanche pour agir.

– Carte blanche, répondent en chœur Pompée et Crassus.

Les deux associés de César quittèrent la *Regia* tard dans la nuit. Le traité égyptien fut signé en septembre.

Après leur départ, César tenta en vain de s'endormir. Il avait beau fermer les yeux, se mettre sur le côté, sur le dos, sur le ventre, une image le tourmentait et revenait sans cesse dans son esprit : celle de Cicéron.

Il constatait que, pour l'instant, celui-ci cherchait surtout à passer inaperçu, et cela ne lui disait rien qui vaille. César ne craignait ni Bibulus, ni Lucullus, ni le clan des Métellus, ni tous les autres ; mais il redoutait Cicéron, son habileté, son intelligence, son influence, ses ruses et son éloquence. Certes, en parlant de lui, il disait fréquemment : « Ce crétin », mais il n'en pensait pas un mot. Avec des moyens et des méthodes différents des siens, Cicéron était aussi habile que lui dans l'art de manœuvrer les hommes ; il fallait l'éliminer politiquement, ou, du moins, le neutraliser avant que de partir pour la Gaule.

Mais de quelle manière ?

Le traité égyptien qu'il venait d'évoquer avec les deux autres triumvirs lui sembla un bon moyen : expédions Cicéron à Alexandrie pendant une année, ce sera toujours ça de gagné, se dit-il. Et, deux minutes après, César s'endormait enfin, rassuré.

Quelques jours plus tard, Cicéron, toujours dans sa propriété d'Antium, reçoit l'offre de César. Sur le moment, il est flatté : une mission en Égypte, tous frais payés, la possibilité d'aller consulter les fabuleux manuscrits grecs de la plus célèbre bibliothèque du monde, de lire les discours de Démosthène, les dialogues de Platon, les *Éléments* d'Euclide écrits des mains divines de ces surhommes, quelle tentation ! Mais il n'y succombe pas : « Que dira de moi l'histoire dans quelques siècles ? » écrit-il à son ami Atticus.

César revient à la charge : il lui propose de l'accompagner en Gaule, avec le titre de légat. Cicéron hésite, et se confie encore à l'ami Atticus :

« Cette légation ne m'empêche pas d'être à Rome quand je voudrai. Je retiens son offre, mais je ne pense pas l'accepter. Je ne veux pas fuir, je souhaite le combat. Mais on ne peut jurer de rien... »

La position de César se durcit. Il feint l'indifférence, et donne même l'ordre à ses espions de cesser de monter la garde autour de la maison de celui qu'il considère comme son plus dangereux adversaire ; mais, en même temps, il charge Clodius de proposer aux comices, en tant que tribun de la plèbe, une loi punissant de bannissement toute personne qui aurait fait mettre à mort un citoyen sans que la condamnation à mort n'ait été validée par le peuple. Ce faisant, il visait la condamnation à mort que Cicéron avait demandée pour les complices de Catilina et dont il avait vérifié l'exécution, prononçant devant le peuple ces mots terribles : « Ils ont vécu. » Cette fois-ci, Cicéron s'affole ; faisant fi de tout amour-propre, il va voir César.

– Je n'y suis pour rien dans cette loi de Clodius, lui dit celui-ci ; mais tu sais aussi bien que moi qu'on ne peut aller contre les décisions du peuple. Je te conseille de t'éloigner un temps de Rome, de te faire oublier... à moins que tu ne te décides à venir avec moi en Gaule.

– Je vais réfléchir, lui répond Cicéron.

Et il va voir Pompée, qui a été prévenu par César, et qui lui donne un conseil opposé :

– Reste à Rome, tiens tête à Clodius, tu en as les moyens, utilise ton éloquence.

Cicéron tomba dans le piège, et son procès eut lieu dans la Curie, en présence de César. Pompée et Crassus, gênés, étaient absents ; en revanche, les deux nouveaux consuls, qui devaient entrer en fonction en janvier 58, Gabinius et Calpurnius Pison, étaient là. On lit l'acte d'accusation : Cicéron y est présenté comme responsable de l'exécution des catiliniens. Ensuite, les consuls donnent leur avis :

– Je n'aime pas la cruauté, dit Calpurnius Pison, le beau-père de César.

Gabinius est plus véhément ; il condamne haut et fort l'exécution des conjurés et les nones de décembre 63. César est plus subtil ; il connaît la popularité de Cicéron, et tient à son image de consul juste, mais clément.

– Je blâme, évidemment, l'illégalité de ces mesures, dit-il, et moi-même, lors de la fameuse séance de décembre où la République faillit vaciller, j'étais partisan d'une punition sévère, mais non pas de la peine de mort.

Le peuple, consulté, condamna Cicéron au bannissement, comme le demandait Clodius : un décret lui imposa de se tenir à au moins 3 750 stades des murailles de l'*Urbs* ; en cas d'infraction, il serait abattu sans jugement sur les lieux mêmes où il serait surpris.

Cicéron sait maintenant ce qu'il lui reste à faire. Il prend le parti de s'enfuir, et quitte Rome dans la nuit, accompagné de quelques amis, dans l'intention de gagner la Sicile. Mais le gouverneur de cette province, qui devait beaucoup à Cicéron, lui écrivit de ne point débarquer dans son île. Indigné, celui qu'on avait appelé, à l'époque des *Catilinaires*, le « père de la patrie » prend la route de Brindes et passe, de là, à *Dyrrachium* (Durazzo). Pendant seize mois, il erre de ville grecque en ville grecque, partout honoré, partout choyé, mais toujours triste et abattu, regrettant son Italie, tel un amant malheureux. Cicéron ne sera gracié que le 4 août 57. Entre-temps, Clodius aura fait raser sa villa du Capitole et brûler toutes ses maisons de campagne ; ses meubles, ses collections furent saisis et vendus à l'encan.

Tout le monde comprit que César venait de montrer ses dents.

CHAPITRE V

Ouverture : *allegro con brio*

(mars-avril 58)

Quelques mois après les élections de 59, qui avaient vu la victoire du parti des triumvirs (Calpurnius Pison, beau-père de César, et Aulus Gabinius, qui était dévoué corps et âme à Pompée, avaient été élus consuls pour l'année 58, et Clodius, l'exécuteur officiel des basses œuvres politiques de César, avait été élu tribun) et la déroute du parti des traditionalistes, dont le chef de file, Cicéron, avait dans la seconde quinzaine du mois de mars 58, une nouvelle alarmante se propageait dans Rome: deux ou trois centaines de milliers de barbares, traînant à leur suite femmes et enfants, venant d'Helvétie, affluaient vers le lac Léman et vers le Rhône, menaçant d'envahir les provinces gauloises qui avaient été confiées à César qui comprit que le destin venait de frapper à sa porte; pour la première fois, un événement qu'il n'avait pas manigancé comme il avait l'art de le faire allait lui donner l'occasion inespérée d'agir.

— Mon heure est enfin venue ; merci, ô Vénus Génétrix, murmura-t-il. En avant, marche, et direction les Gaules!

Les Gaules étaient loin de constituer des terres inconnues pour César.

Déjà son précepteur Gniphon, qui était Gaulois d'origine, l'avait fait rêver lorsqu'il lui parlait du dieu *Lug*, l'inventeur fabuleux des arts et des métiers dans lesquels les Gaulois excellaient, ou de la force colossale du dieu forgeron *Gofannon* ; il se souvenait de ses terreurs d'enfant quand il lui contait les prouesses guerrières du dieu *Teutatès* qui exigeait qu'on lui immolât des victimes humaines en leur plongeant la tête dans un tonneau plein d'eau jusqu'à ce que mort s'ensuive, ou celles de *Taranis*, « le maître des combats ».

Au temps de sa jeune adolescence, lorsque les flambeaux de la villa paternelle étaient éteints et que ses yeux se fermaient, il voyait pénétrer dans ses rêves d'effrayants monstres gaulois : le Taureau sacré à trois cornes s'avançait vers lui, d'un pas saccadé, en soufflant des flammes par ses naseaux ; le dieu Cerf balançait ses bois en bramant, et prenait son élan comme pour le charger ; le dieu Serpent à tête de bélier surgissait d'un marais de boue, fort de sa ruse reptilienne, de ses anneaux avec lesquels il pouvait étouffer un bœuf, de ses cornes capables de faire voler en éclats les murs les plus épais. Puis, soudain, ses terreurs s'apaisaient. Au pas saccadé de son cheval gris pommelé, *Smertrios*, le dieu barbu des Celtes, armé d'une massue, apparaissait à la sortie d'une petite forêt verte qui recouvrait les pentes d'une colline et terrassait l'effroyable Serpent dont il écrasait le crâne de son terrible gourdin.

Plus tard, lors de son séjour en Bithynie, puis en Cilicie, il s'était procuré les *Histoires* du maître grec dont il avait suivi quelques cours à Rhodes, Posidônios d'Apamée. Ce personnage, qui fut sans doute le plus grand esprit de son temps, avait voyagé en Gaule et décrit, par le menu, les mœurs de ces Celtes, que l'intellectuel grec raffiné qu'il était qualifiait de primitives et de barbares : il n'y a pas de cités, dans les Gaules, avait-il coutume de dire ; il n'y a que des villages. Et il ajoutait : il n'y a pas *un* peuple gaulois, il y en a des centaines, qui passent leur temps à se faire la guerre entre eux.

De par son expérience personnelle, au cours de voyages à travers la Gaule narbonnaise qu'il avait faits entre l'Espagne et Rome, par ses lectures, par les innombrables informations que lui avaient rapportées ses conversations avec des marchands italiens ou marseillais qui commerçaient avec les Gaulois, César avait une bonne connaissance générale des différentes Gaules. Toutefois, dès que la loi *Vatinia* fit de lui, en avril 59, le futur gouverneur des provinces gauloises de la République, il organisa, à son compte, un réseau d'informateurs chargés de recueillir et de classer le plus grand nombre de renseignements possible sur le monde celtique. Il fut aidé, en la matière, par un druide du nom de Diviciac, qui appartenait au peuple (gaulois) des Éduens.

– Vois-tu, Crassus, avait expliqué César au triumvir, les peuples gaulois possèdent les plus riches territoires de la terre. Il n'y a pas, chez eux, de ces montagnes plus ou moins inaccessibles et sans ressources comme notre Appenin ou nos Alpes. Ce ne sont partout que des champs de blé, d'orge, d'avoine, de seigle, et, s'ils savaient cultiver la terre comme nous, ils ne manqueraient ni de fruits, ni de vignobles ; ils ont des troupeaux de bœufs et de vaches sans nombre, à la chair succulente, d'immenses forêts de chênes, d'arbres feuillus, et, dans le Sud, d'oliviers. Il n'y a jamais de famine, dans les Gaules : leurs richesses peuvent suffire à nourrir le monde entier. Sans compter tous les métaux qu'on y trouve.

– Tu ne crois pas que tu exagères ?

– Demande à Diviciac.

– Oh ! Diviciac est un beau parleur, mais il parle trop à mon goût. Tu sais ce qu'il m'a raconté, l'autre jour ? Que lorsqu'il vivait à Bibracte, lui et sa famille consommaient un sanglier par semaine. Comment les chassaient-ils donc ?

– Il me l'a expliqué. Ils partaient, m'a-t-il dit, au petit matin, à dix ou douze, avec des chiens.

– Des chiens ? Des molosses, comme ceux qui gardent mes propriétés ?

– Non. Des chiens bien plus petits, qui courent très vite, dressés à découvrir le gibier, à le courser et à le cerner, pour le fixer jusqu'à ce que les chasseurs le tuent. Les Gaulois chassent à l'arc, ou avec une fronde, ou encore avec des javelots, qu'ils lancent très loin et avec une précision merveilleuse. Ils chassent aussi bien les gros sangliers que les merles ou les perdrix.

– C'est étonnant. Alors ce que Diviciac m'a dit est vrai, à ton avis ?

– Certainement. Le sanglier est un gibier noble, chez tous les Gaulois, et ils savent l'accommoder de mille façons.

– Tu en as déjà goûté, César ?

– Une fois, à l'un de mes retours d'Espagne, chez les Tricastins.

– Les Tricastins ?

– Oui, un des cent peuples gaulois. Ils sont établis sur les rives du Rhône.

– Cent peuples ? Mais je croyais qu'il n'y avait que trois ou quatre Gaules.

– Tu as besoin d'un cours de géographie, mon bon Crassus.

– Explique-moi. J'aimerais quand même savoir où va aller mon argent.

– C'est très simple. La République possède deux provinces gauloises. L'une est située en Italie, elle correspond, en gros, à la plaine du Pô et se termine dans la chaîne des Alpes.

– Mais il n'y a pas de Gaulois dans la plaine du Pô, il n'y a que des villes romaines : *Genua* (Gênes), *Mediolanum* (Milan), *Parma* (Parme)...

– Tu es aussi nul en histoire qu'en géographie, Crassus. Une vieille tradition conte qu'un chef celte...

– Celte ou gaulois ?

– C'est la même chose, Crassus. Quand ils parlent de leur race, les Gaulois disent « Celtes » ; c'est nous, les Romains, qui les appelons « Gaulois ». Donc, un chef celte, qui se nommait Ambigat, considérant que son peuple était devenu trop difficile à gouverner parce que trop nombreux, ordonna à ses neveux de prendre avec eux autant de guerriers qu'ils le désiraient et d'émigrer dans la direction que leur indiqueraient leurs dieux.

– C'est idiot !

– Ce n'est qu'une tradition ; mais le fait est que, il y a un peu plus de trois cents ans, une gigantesque armée celte envahit la plaine du Pô et l'Étrurie, qui n'étaient pas encore romaines, et s'y établit. Les guerriers qui la composaient appartenaient à des tribus diverses : il y avait des Sénons, des Boïens, des Cénomans, des Insubres. Certains parvinrent même jusqu'à Rome, où ils massacrèrent tous les sénateurs.

– Je comprends, maintenant, pourquoi, lorsque j'étais petit, ma grand-mère me disait : « Marcus, si tu n'es pas sage, les Gaulois viendront et te mangeront. »

– Les peuples gaulois n'ont jamais été anthropophages, mais c'étaient des guerriers terribles, que nos légions ont eu bien du mal à repousser ; ils s'installèrent finalement entre l'Arno et les Alpes. Un siècle plus tard, nous les soumettions à notre tour et Rome créait la province qu'on appelle maintenant la « Gaule cisalpine », parce qu'elle est du même côté des Alpes que le reste de l'Italie.

– Il n'y a plus de Gaulois, en Gaule cisalpine ?

– Il y a des descendants de Gaulois ; mais c'est une terre totalement romaine à présent.

– C'est pourquoi on l'appelle « Gaule en toge » ?

– Oui : c'est la *Gallia togata.*

– Et de l'autre côté des Alpes ?

– C'est la Gaule transalpine, comme son nom l'indique. Mais il faut faire des distinctions.

– Lesquelles ?

– Il y a un siècle environ, Marseille nous a appelés à son secours : cette vieille cité grecque, où toutes les races se mêlaient, était menacée à la fois par les pirates de la côte ligure et par des Gaulois, les Salyens et les Voconces ; il en était de même pour ses colonies d'*An-*

tipolis (Antibes) et de *Nicaea* (Nice). Rome envoya ses légions, commandées par le consul Sextius.

– Ça s'est bien passé ?

– Sextius a battu les Salyens et les Voconces, et il a construit une forteresse pour surveiller le pays.

– Tu l'as visitée, cette forteresse ?

– Oui, lorsque je suis allé en Espagne pour la première fois. Elle est bien construite et surtout bien orientée : elle domine les eaux de l'Arc, une petite rivière qui se jette dans l'étang de Berre, près de Marseille. Sextius lui a donné son nom, il l'a appelée *Aquae Sextiae* (Aix-en-Provence). Mais le problème, avec ces Gaulois, c'est qu'on ignore toujours s'ils sont en guerre ou en paix entre eux. En l'occurrence, les Salyens étaient, paraît-il, dépendants des Allobroges, et Rome dut faire aussi la guerre à ces derniers.

– Toujours Sextius ?

– Non. Cette fois-ci ce fut le général Domitius, le grand-père du préteur qui m'a fait un procès l'année dernière. Il a battu les Allobroges sur les bords de la rivière de la Sorgue.

– Quel bazar ! Et l'affaire s'est arrêtée là ?

– Penses-tu ! Les Allobroges étaient, paraît-il, les protégés des Arvernes, un autre peuple gaulois qui vit dans les montagnes au centre des Gaules...

– ... Et rebelote, conclut Crassus, avec sa gouaille habituelle, Domitius a ratatiné les Arvernes.

– Comme tu le dis. Cette guerre marseillaise a duré quatre ans. À cette époque, Fabius Maximus était consul et il décida d'organiser une province romaine reliant l'Italie à l'Espagne, entre les Alpes et les Pyrénées : les peuples gaulois qui s'y étaient implantés se soumirent.

– Ils étaient nombreux ?

– Il y en avait huit : les Allobroges, bien entendu, les Helviens, les Tricastins, les Voconces, les Volques, les Tectosages, les Sardons et les Salyens.

– Comment fais-tu, César, pour retenir tous ces noms barbares ?

– Je fais comme toi, Crassus, pour retenir les noms de tes débiteurs ; et ils sont sans doute plus nombreux que les peuples gaulois. On ne retient bien que ce qui vous intéresse : toi c'est le fric, moi c'est les peuples. Revenons à nos Gaulois. La province ainsi constituée a été appelée la Gaule narbonnaise, elle a pour capitale un port sur la Méditerranée, *Narbo Martius* (Narbonne), c'est une partie de la Gaule transalpine, complètement romanisée, comme la Cisalpine : c'est aussi une Gaule en toge. Je peux te dire que c'est une de nos plus belles provinces, et que la Méditerranée y est plus bleue qu'à Rome ; c'est un vrai paradis et les Romains ne s'y trompent pas quand ils l'appellent, tout simplement, « la Province ».

– La Narbonnaise va jusqu'à la mer Atlantique, dont tu m'as si souvent parlé ?

– Non pas. Elle se prolonge, le long des Pyrénées, par l'Aquitaine, le pays des Aquitains.

– Et le reste de la Gaule transalpine ?

– C'est la Gaule celtique, ou gauloise, comme tu veux, elle est indépendante, et il y règne la plus noire des pagailles. Mais c'est là une autre histoire. Si tu veux comprendre quelque chose à ce monde gaulois, retiens tout simplement que l'ensemble de la Gaule indépendante, non soumise aux Romains, est divisée en trois parties : l'une est habitée par les Belges, c'est la « Gaule belgique », l'autre par les Aquitains, c'est « l'Aquitaine », la troisième par les Celtes que, dans notre langue, nous appelons Gaulois, c'est la « Gaule celtique » ou « Gaule chevelue », parce que ces Gaulois portent des cheveux longs.

– Et ton druide, ton informateur en chef, d'où vient-il ce Diviciac ?

– De Gaule celtique. C'est un Éduen.

– Que fait-il à Rome ? On ne parle que de lui, depuis quelque temps.

– Je suis trop pressé pour te l'expliquer maintenant. De plus, tu connais la nouvelle : les Helvètes ont brûlé leurs villages.

– Et alors ?

– Alors réunion secrète de notre triumvirat ce soir, vers dix heures. Préviens Pompée.

L'affaire était grave. Depuis le début de son consulat, César surveillait, grâce à un remarquable réseau d'espions, les soubresauts des provinces dont il allait avoir la charge à partir de janvier 58 : l'Illyrique, sur la côte dalmate, et les Gaules cisalpine et narbonnaise, de part et d'autre des Alpes.

L'Illyrique était menacée par les Daces, un petit peuple balkanique, apparenté aux Thraces, auquel son chef, Burebistas, avait communiqué, depuis une vingtaine d'années, un véritable enthousiasme mystique, en se présentant à lui comme le protégé et le prophète du dieu guerrier de leurs tribus, le dieu *Zalmoxis*.

César était tenu régulièrement au courant des déplacements inquiétants du peuple dace, qui semblait vouloir marcher vers l'ouest, c'est-à-dire vers la mer Adriatique et vers l'Illyrique. Certes, les Daces étaient trop peu nombreux pour inquiéter les légions romaines cantonnées en Gaule cisalpine, à Aquilée, mais ils risquaient de faire main basse sur les précieux gisements de fer, à proximité de la vallée du Danube, ou de dévaster, pour les piller, les villes romaines ou romanisées du littoral dalmate. Puis le péril dace s'était éloigné. Au début de son consulat, César avait appris que Burebistas, sans doute impressionné par l'importance numérique des hordes germaniques qu'il rencontrait dans ses expéditions au nord du Danube, avait mis le cap vers l'est et s'était établi sur la mer Noire, dans les environs de la moderne Odessa, non sans avoir massacré au passage la paisible colonie grecque qui s'y trouvait.

Le danger qui menaçait les Gaules était autrement plus grand : depuis une quinzaine d'années, le Germain Arioviste, roi des Suèves, avait promené son peuple du Brandebourg à la Souabe et jusqu'au Rhin, avec une intelligence diabolique et une maestria sans pareilles ; maintenant, il s'apprêtait à franchir le Rhin, à pénétrer en Gaule celtique et chez les Helvètes. Les hordes suèves allaient-elles devenir les « Cimbres » et les « Teutons » du proconsulat de César ? L'exode annoncé des Helvètes était-il le premier acte d'une tragédie dans laquelle Rome risquerait de périr ? La question qui se posait justifiait la convocation des triumvirs et celle d'informateurs qualifiés, comme Diviciac : le proconsul des Gaules avait donc réuni son premier « conseil de crise ».

À dix heures du soir, les Romains et les Romaines qui goûtaient la fraîcheur des premières soirées printanières sur le Forum avaient pu apercevoir, à quelques centaines de mètres, les flambeaux qui illuminaient le jardin de la *Regia*, et l'animation qui régnait autour de la demeure de César : des litières y déposaient leurs passagers, des esclaves prenaient soin des chevaux des visiteurs, et des cuisiniers, silencieux et furtifs, déchargeaient méticuleusement la charrette d'un traiteur fameux.

– Tiens donc, dit un passant, c'est la fête, ce soir, chez César.

– Une fête sans femmes, renchérit un autre.

– Ce ne semble pas être une fête, remarque un troisième ; je n'ai pas vu arriver les musiciens.

– Ce n'est certainement pas une réunion politique, les arrivées seraient plus discrètes, suggère un sénateur en goguette, encadré d'une courtisane trop fardée et d'un giton malingre.

– Ils se sont peut-être réunis pour parler de l'exode des Helvètes, observe un homme maigre et élancé, avec un accent du Nord.

– Quel exode ? demande le sénateur fêtard.

– Je suis arrivé hier de Milan, et je peux vous dire que, là-bas, c'est déjà la panique. On raconte que, depuis un mois, les Helvètes brûlent méthodiquement leurs villes et leurs villages.

– Ils en ont beaucoup ? demande le giton.

– Le pays helvète est petit, mais très peuplé ; il y a une douzaine de villes et, dit-on, quatre cents villages.

– Mais pourquoi les brûlent-ils ?

– Pour ne pas les laisser aux mains des Germains.

– Quels Germains ?

– Les Suèves.

– Je n'en ai jamais entendu parler, dit le giton.

– Ils sont très nombreux, et, depuis des années, leur chef entasse victoire sur victoire. On dit que leur troupe compte plus de cent mille guerriers, et des guerriers terribles, que rien ne peut arrêter. Les Helvètes ont aussi abattu leur bétail et brûlé les provisions de grains dans leurs greniers et leurs étables. Ils auraient emporté avec eux pour trois mois de vivres. Leurs femmes et leurs enfants les suivent.

– Les Helvètes ne sont pas dangereux, ce ne sont pas des combattants.

– C'est vrai, dit le Milanais, mais ils ne sont pas seuls. Il paraît que des tribus germaniques, qui fuient elles aussi les Suèves, se sont jointes à eux, ainsi que des Celtes de la Gaule chevelue.

– Dans tous les cas, une horde d'affamés, c'est comme les nuages de sauterelles ou d'étourneaux qui détruisent tout sur leur passage, dit le sénateur.

– Mais dans quelle direction fuient-ils ? questionne la prostituée, tu le sais mon petit sénateur chéri ?

– Je n'en ai pas la moindre idée.

– On dit qu'ils se sont tous donné rendez-vous à *Genava* (Genève), sur les bords du lac, dit le Milanais.

– Alors, à mon avis, dit sentencieusement le sénateur, ils vont passer soit en Gaule celtique, soit en Narbonnaise. À Milan et en Gaule cisalpine, vous ne craignez rien.

– Et à Rome ?

– Encore moins, dit le Père conscrit.

– Si on ne craint rien, mon petit chéri, allons nous coucher, dit la prostituée ; je vais te faire l'amour à la suève, tu viens avec nous, petit mignon ? ajoute-t-elle à l'intention du giton.

Et tous les trois s'enfoncent dans la nuit romaine, vers l'Esquilin, tandis que le petit groupe se disperse.

Dans le vaste atrium de la *Regia*, César préside son conseil de crise, entouré de Crassus et de Pompée. Autour d'une vaste table, dont le plateau est posé sur des tréteaux, il a réuni le druide Diviciac, les quatre légats, commandant les légions – cantonnées à Aquilée – que lui avait accordées la loi *Vatinia*, le général Hirtius, qui devait être son lieutenant en Gaule, le Vascon qu'il avait connu en Espagne, Petrus Fumigator, qui se trouvait à Rome par hasard ; il y avait aussi le chef de ses services secrets en Gaule chevelue, un marchand calabrais du nom de Voltucius, natif de Crotone, et son correspondant spécial en Germanie, un Sicambre romanisé, qu'on appelait Germanicus en raison de ses origines et que César avait surnommé *Puellarius* (« celui qui aime les très jeunes filles »), en raison de ses mœurs.

– Mes amis, dit gravement César, j'ai d'importantes révélations à vous faire. Elles concernent la Gaule chevelue et j'ai demandé à l'un des druides les plus respectables de ce pays, mon ami Diviciac, ici présent, de vous exposer lui-même les problèmes qui se posent. Mais auparavant je dois vous parler du Germain Arioviste.

Un silence étonné s'abat sur l'assistance : ne devait-on pas examiner le problème helvète ?

– Arioviste est un chef suève extrêmement puissant, dont le peuple est très nombreux ; son territoire s'étend du Rhin au Danube et il n'a qu'un rêve : franchir le Rhin et occuper toute la Gaule chevelue. Tous les prétextes lui sont bons pour intervenir dans les conflits permanents qui surgissent entre les peuples gaulois : il y a un peu plus de deux ans, il a semblé se calmer, et, pour le récompenser de sa modération, je lui ai fait décerner, au début de mon consulat, le titre d'ami du peuple romain ; notre Sénat l'a reconnu comme roi des Germains.

– Pourquoi cette générosité ? lui demande Pompée.

– Parce qu'elle le flattait et ne m'engageait à rien ; mais, s'il avait fait mine de bouger à nouveau, il aurait su de quel bois je me chauffe. En fait, il s'est calmé, jusqu'à ce qu'un Helvète remette le feu aux poudres, comme va vous le conter le plus romain des druides. À toi l'honneur, Diviciac.

Le druide se lève. Il parle d'abondance et avec passion, presque sans accent, en faisant de grands gestes avec les bras, levant souvent les yeux au ciel, comme pour y chercher l'inspiration.

– Tout a commencé, dit-il, lorsque l'Helvète Orgétorix, l'homme le plus riche et le plus noble de son pays, a fomenté un complot stupide. Il y a trois ans, il persuada ses concitoyens de quitter leur territoire, avec femmes et enfants, sous le prétexte qu'ils étaient trop à l'étroit dans ce petit espace montagneux bordé par le Rhin, le Jura, le lac Léman et le Rhône, et qu'il leur fallait s'établir dans les vastes plaines de la Gaule : « Rien ne sera plus facile, leur dit-il, vous êtes les plus valeureux des Gaulois et vous deviendrez les maîtres de la Gaule entière. » Comme beaucoup de Celtes, les Helvètes avaient la passion des courses guerrières, et leur petit pays ne se prêtait guère à son assouvissement : ils adhérèrent à son discours et se donnèrent deux ans pour préparer leur départ. Durant ces deux années, ils achetèrent des bêtes de somme, construisirent de nombreux chariots, ensemencèrent le plus de terres cultivables possible pour ne point manquer de blé pendant leur exode et Orgétorix, qui s'était proclamé roi des Helvètes, se rendit en ambassade chez deux peuples voisins : celui des Séquanes, entre Saône et Rhône, et mon peuple, celui des Éduens, de l'autre côté de la Saône. Il persuada un certain Castic de se faire nommer roi des Séquanes, et mon frère Dumnorix de se faire nommer roi des Éduens : il lui donna même sa fille en mariage...

– ... Et ces trois crétins, interrompt César, que ce long discours commençait à endormir, persuadés qu'ils étaient les plus beaux et les plus forts, se voyaient déjà s'emparant de toute la Gaule.

Diviciac, vexé, reprend cependant la parole :

– Nos dieux n'ont pas permis cette infamie. Les ambitions monarchiques d'Orgétorix furent révélées aux Helvètes qui le firent passer en jugement. Le jour du procès, il fit venir tous ses débiteurs, tous ses clients et il tenta d'influencer les juges. Cette conduite irrita ses concitoyens, qui ameutèrent les paysans des campagnes : pour se soustraire à leur vindicte, Orgétorix se suicida.

– Venons-en au fait, dit Pompée, impatient, de quoi s'agit-il aujourd'hui ? Parle, César.

La voix cassante du proconsul s'élève ; comme à son habitude, il se passe de toute rhétorique :

– Après la mort d'Orgétorix, Arioviste a mobilisé cent mille hommes pour s'emparer de l'Helvétie et les Helvètes ont quitté leur pays, comme ils l'avaient décidé il y a trois ans, presque jour pour jour : les Helvètes sont ponctuels. Pour ralentir l'avance d'Arioviste, entre les mains duquel ils craignaient de tomber, ils ont pratiqué la stratégie de la terre brûlée et livré aux flammes leurs villages, leurs bourgs et leurs greniers.

Germanicus lève la main et demande la parole. Son intervention a le laconisme d'un comuniqué :

– Les Helvètes se sont donné rendez-vous au nord du lac Léman pour le 24 mars, avec trois mois de vivres. Deux tribus germaniques, qui craignent les Suèves, doivent les rejoindre : 14 000 Latoviques et 36 000 Tulinges.

César interroge alors Voltucius, son envoyé en Gaule chevelue :

– As-tu des chiffres précis à nous donner ?

– Aux Helvètes et aux Germains que vient de citer Germanicus il faut ajouter quelques peuples gaulois : 32 000 Boïens qui ont échappé à Burebistas, et 23 000

Rauraques, des montagnards vosgiens qui fuient Arioviste, comme les Helvètes. Au total, j'ai compté 368 000 personnes, dont 92 000 guerriers.

– As-tu une idée de leur itinéraire ?

– Les Helvètes ont l'intention de gagner l'ouest de la Gaule chevelue.

– L'Armorique ?

– Non ; je pense qu'ils désirent s'installer au nord de la Garonne, dans le pays des Santons, en Saintonge.

– Parfait. Connais-tu leur itinéraire ?

– Il y a deux routes qui leur permettent de sortir d'Helvétie, explique Voltucius. L'une traverse le territoire des Séquanes, entre les montagnes du Jura et le Rhône ; elle est étroite, malaisée, et il leur faut franchir un col (le col de l'Écluse), dans le Jura, pour l'atteindre.

– Et l'autre ?

– L'autre passe par *Genava* (Genève).

– Genève est sur le territoire des Allobroges, donc dans notre Province narbonnaise. Ils n'ont pas le droit de la traverser.

– D'après mes informateurs, les Allobroges ont donné leur autorisation.

César intervient, sèchement :

– C'est le proconsul de la Narbonnaise qui donne les autorisations, dit-il, et le proconsul, c'est moi. Mes amis, nous sommes maintenant en possession de tous les éléments de cette affaire : Arioviste a poussé, indirectement, les Helvètes à quitter leur pays, et ces derniers vont dévaster la Narbonnaise en la traversant. Nous allons aviser des mesures à prendre avec les triumvirs et mon ami Hirtius.

Puis se tournant vers les légats :

– Mettez vos légions sur le pied de guerre le plus rapidement possible. Que les trois légions de la Cisalpine quittent leur cantonnement et se transportent en Ligurie, au cas où il serait nécessaire de passer rapidement en Narbonnaise. Quant à toi, Labiénus, dit-il au légat commandant la Xe légion, qui stationnait en permanence sur le Rhône, face au lac Léman, tu déploieras tes hommes sur une longueur de dix-neuf milles (28 km), du lac jusqu'au Jura, et tu feras construire un mur haut de seize pieds de la même longueur, précédé d'un fossé. Ainsi les Helvètes ne pourront-ils pas sortir de leur pays par la route qui traverse le pays des Séquanes. Débrouille-toi aussi pour lever le plus de troupes possible dans la Province, l'équivalent de deux légions : nous aurons besoin de soldats. Envoie des ordres dans ce sens et retrouve-moi demain matin à six heures, ici, et à cheval ; vous aussi, dit-il à Hirtius, à Voltucius et à Germanicus. Nous partons pour Genève.

Quelques minutes plus tard, il ne restait plus que les triumvirs dans la pièce.

– Que vas-tu faire, César, si les Helvètes tentent de forcer le passage ?

– Je les taillerai en pièces.

– Qu'est-ce que ça peut te faire, qu'ils s'installent au pays des Santons ?

– C'est trop près de Toulouse et de la Narbonnaise.

– Qu'est-ce que tu racontes ? proteste Crassus, l'Helvétie n'est séparée de la Narbonnaise que par le Rhône, et il y a plus de cent milles entre Toulouse et les Santons. Toi, tu cherches l'occasion d'une guerre.

– Je sais ce que je fais. Bonne nuit, mes amis, je dois partir à l'aube. Il faut que je sois à Genève dans six jours.

Pompée et Crassus sortent à leur tour. Les esclaves éteignent les flambeaux et César va dormir, empli d'une impatience joyeuse. Cette fois, il la tient, *sa* guerre. Il va en allumer les feux chez les Allobroges, contre les Helvètes ; il sait qu'Arioviste ne résistera pas au plaisir de participer à l'incendie et que, de proche en proche, toute la Gaule chevelue et la Belgique s'enflammeront aussi. Et lui, César, triomphera de tous. Il aura fait plus que de sauver la patrie comme jadis son oncle Marius, ou d'avoir pacifié l'Orient comme Pompée : il offrira toutes les Gaules à Rome, c'est-à-dire au moins dix millions d'habitants, des champs fertiles innombrables, équivalant à cent Campanie, des troupeaux, des mines de fer et de cuivre, bref des richesses naturelles comme jamais l'Italie n'en connaîtrait. Il lui offrait un continent. Un continent dont il serait un jour le roi.

À six heures du matin, le 25 mars, une quinzaine de cavaliers sont rassemblés sur la via Sacra, devant la demeure pontificale de César. Il y a là le général Hirtius, le légat Labiénus, commandant de la légion transalpine, Germanicus, Voltucius, deux des meilleurs secrétaires de César et une dizaine d'hommes d'armes, triés sur le volet. César avait décidé de prendre au plus court, c'est-à-dire de quitter Rome par la via Aurélia, de longer la côte jusqu'à Gênes et d'obliquer ensuite dans la direction de Milan, jusqu'à Verceil ; il mit ainsi un peu plus de quatre jours pour atteindre les montagnes alpines, qu'il franchit par le col du Petit-Saint-Bernard, d'où il dévala sur Genève.

La petite troupe y parvint le 2 ou le 3 avril. Genève n'était alors qu'un petit bourg sur la rive gauche du Rhône, en territoire allobroge ; un pont de bois jeté sur le fleuve permettait de passer chez les Helvètes et d'atteindre le lac Léman.

Lorsqu'il arriva en vue de la petite cité, dont les maisons formaient une tache grise au milieu des prairies verdoyantes, César s'arrêta un instant pour contempler l'extraordinaire rassemblement humain qu'il avait sous les yeux. D'un côté du fleuve campaient les 6 000 soldats de la Xe légion, celle de Labiénus ; les cuirasses des légionnaires brillaient au soleil ; de l'autre côté, sur les bords du lac, une foule immense et mouvante, faite d'hommes, de femmes, d'enfants, de guerriers, semblait attendre le signal d'un départ imminent, tandis que les bœufs et les mulets attelés à des milliers de chariots piaffaient d'impatience.

– Ils sont au moins 300 000, Labiénus, dit César à son légat.

– Et, parmi eux, il y a sans doute 100 000 guerriers : s'ils foncent sur le pont, ils mettront mes légionnaires en pièces ; on ne peut combattre à un contre quinze... d'autant que mes soldats sont peut-être braves, mais ce sont des vétérans, de vieux soldats.

– Nous n'aurons pas à combattre pour l'instant, dit César. Fais ce que je t'ai dit à Rome l'autre soir : ordonne à tes hommes de détruire le pont.

Quelques heures plus tard, les chefs helvètes, qui pensaient pouvoir pénétrer dans une Province sans défense, se trouvaient en présence d'une armée romaine dont ils pouvaient penser qu'il s'agissait d'une avant-garde et qui semblait prête à s'opposer à l'exécution de leurs plans.

Les Helvètes avaient la réputation de réfléchir longtemps avant d'agir ; ils tinrent conseil et aboutirent à cette conclusion qu'il valait mieux négocier que combattre, d'autant qu'ils ignoraient tout des forces dont disposait le général romain qui se trouvait en face d'eux : ils décidèrent de lui envoyer une ambassade, dirigée par les plus nobles des leurs, avec, à leur tête, deux chefs, nommés Verucloétios et Namméios. L'entrevue eut lieu le jour même ; César les reçut assis sur la chaise curule d'or dont il ne se séparait jamais, et les émissaires helvètes restèrent debout devant lui, intimidés par son silence et par la sévérité de son regard.

– Les intentions de notre peuple sont pacifiques, lui disent-ils. Nous voulons émigrer vers l'ouest des Gaules, dans le pays des Santons, et la seule route qui y mène passe par le pays des Allobroges : nous vous demandons respectueusement l'autorisation de l'emprunter et nous promettons de ne commettre aucune rapine, et de traverser la Province narbonnaise sans violence ni dégâts.

Les Helvètes parlaient lentement, en articulant avec soin toutes les syllabes, ce qui avait le don d'exaspérer César, qui aimait les discours directs et rapides. Leur démarche pacifique contredisait ses plans les plus secrets : il avait besoin d'une guerre, la menace d'invasion helvète lui fournissait l'occasion – inattendue, mais providentielle – d'engager une campagne militaire en pays gaulois, il en avait persuadé les triumvirs, et il n'était plus question pour lui de négocier. En revanche, il ne pouvait pas livrer bataille à 92 000 guerriers helvètes avec une seule légion, composée de vieux soldats : la démarche naïve de ces barbares, qui venait lui demander la permission d'entrer en Narbonnaise, tombait à pic, il allait pouvoir gagner du temps avant l'épreuve de force.

Au reste, son siège était fait : un peuple qui émigre, accompagné d'une armée de 92 000 guerriers armés de pied en cap, ne saurait déambuler à travers un territoire sans y commettre des actes de guerre ou de pillage. De plus, il se souvenait des récits de son oncle Marius qui lui avait conté comment, au moment de la guerre des Cimbres, un clan helvète avait pénétré dans la Gaule narbonnaise (en 107 av. J.-C.) et battu à plate couture un consul romain, qu'ils avaient égorgé après avoir fait passer ses légions sous le joug, dans la région d'*Aginnum* (Agen) : « Ils ont l'air doux et bien gentils, pensait-il, mais ce sont de féroces soldats ; si je les laisse entrer en Narbonnaise, ils mettront tout à feu et à sang. »

Il décida donc de ruser, comme il savait le faire au Sénat. Patelin, il répondit aux ambassadeurs helvètes qu'il comprenait leurs désirs, qu'il avait confiance en leurs promesses, mais qu'il lui fallait en débattre avec son état-major :

– Je vais examiner votre demande. Il me faut y réfléchir : revenez dans quelques jours, le 9 avril prochain, et je vous donnerai ma réponse.

Les Helvètes s'inclinèrent devant le proconsul des Gaules et repartirent, confiants, en se frottant les mains : ils croyaient avoir berné César en feignant d'être dociles et compréhensifs. Dès qu'ils eurent le dos tourné, une activité fébrile régna chez les

Romains ; les soldats de la Xe légion s'employèrent à transformer la rive gauche du Rhône – la rive romaine – en un véritable camp retranché. Tout le long du fleuve, sur plus de vingt kilomètres, les légionnaires élevèrent des talus, des palissades, des tours, creusèrent de larges fossés ; des redoutes furent établies pour surveiller les gués et autres lieux où le passage du Rhône était facile. Pendant ce temps, les renforts affluaient, engagés par des officiers recruteurs parmi les Allobroges, à *Vienna* (Vienne), à *Lemincum* (Chambéry), à *Vapincum* (Gap), et chez les Tricastins, dans la vallée du Rhône, à *Valentia* (Valence), à *Arausio* (Orange).

Au jour fixé, le 9 avril, les émissaires helvètes se présentent à nouveau, confiants, devant César. À leur grand étonnement, celui-ci leur déclare sèchement, d'une voix monocorde :

– Les traditions de la République romaine m'interdisent d'accorder à qui que ce soit l'autorisation de traverser en masse, avec des guerriers et des chariots, notre bien-aimée Province. Si vous et les vôtres tentez de passer de force, je me verrai dans l'obligation de m'y opposer par les armes, et ce sera à vos risques et périls. Je vous salue.

Sur ce, le proconsul se lève : l'entretien est terminé.

Abasourdis et déçus, les ambassadeurs s'en retournent au bord du lac Léman, au milieu de leur peuple. Là, un grand nombre d'Helvètes est d'avis de forcer le passage. Ils construisent à la hâte des bateaux, des radeaux, qu'ils lient ensemble, et, la nuit venue, ils tentent de franchir le fleuve à la rame. Mais les légionnaires veillent et, du haut de leurs redoutes et de leurs fortifications, les accablent de traits ; les Helvètes tombent les uns après les autres, sous une pluie de javelots et de flèches. Découragés, ils abandonnent leur tentative et, au petit jour, il n'y a plus, sur le Rhône, que des radeaux disloqués, des barques vides et des cadavres flottants. Les Helvètes sont repartis vers leur pays, un pays où ils n'avaient plus ni villages, ni maisons, ni cultures, et qu'ils devaient abandonner à tout prix maintenant ; il ne leur restait plus qu'une route pour émigrer, celle qui traversait le territoire des Séquanes, et ils se décidèrent à prendre le chemin du Jura.

Dès lors, ce qui allait se passer entre les Helvètes, les Séquanes et leurs voisins, les Éduens, ne concernait plus Rome, et César était privé de la guerre fraîche et joyeuse qu'il avait espérée et dont il pensait secrètement faire l'outil de son ascension vers le pouvoir. Il avait cru se jouer des Helvètes, les attirer dans le piège d'une guerre destinée à la fois à le glorifier et à enrichir l'univers romain de cette magnifique province qu'était la Gaule celtique, et il se trouvait soudain Gros-Jean comme devant, sans adversaire.

– Je ne me laisserai pas frustrer des victoires que j'escomptais, disait-il à son lieutenant, Hirtius. Je vais poursuivre les Helvètes.

– Il te faut un *casus belli*, ne serait-ce que pour le Sénat.

– Mais enfin, Hirtius, tu ne te rends pas compte du danger que représentent les Gaules pour Rome ? Tu as vu combien ils sont nombreux, ces Gaulois ? Qu'il leur prenne l'idée de se fédérer et de foncer à travers la Narbonnaise et la Cisalpine, et je ne donne pas cher de Rome, ni de la peau des sénateurs. Mieux vaut prévenir que guérir : il ne s'agit pas d'asservir les Gaules, mais de faire en sorte que cet immense réservoir de peuples et de richesses ne bascule dans l'anarchie. L'univers gaulois est un diamant, il est du devoir de Rome d'empêcher qu'il se ternisse.

– De son devoir... et aussi de son intérêt.

– Je pense que le devoir l'emporte sur l'intérêt. Les Gaules une fois conquises resteront toujours les Gaules, comme la Grèce est restée la Grèce et comme l'Asie est restée l'Asie.

– Quel est ton plan ?

– Attendre et me préparer à la guerre qui, tôt ou tard, embrasera la Celtique. Je vais former une grande armée en Cisalpine ; tu m'accompagneras et nous laisserons la Xe légion à Genève, sous le commandement de Labiénus : il consolidera et surveillera les fortifications que nous avons élevées sur le Rhône, entre le Jura et le lac Léman.

– Il n'y a plus rien à craindre de ce côté-là, les Helvètes sont partis.

– Mais de l'autre côté de l'Helvétie, vidée de ses habitants, il y a Arioviste et les Suèves. Et, crois-moi, c'est là que réside le danger. Si Rome ne tient pas la Gaule celtique, elle tombera dans la gibecière de ce diable d'Arioviste ; et lui, ce n'est pas 92 000 guerriers amateurs qui lui obéissent : ces Germains sont le plus grand danger qui menace l'Occident romain. Nous allons filer sur Aquilée, où campent mes trois légions de Cisalpine, la VIIe, la VIIIe et la IXe ; je vais en lever deux autres, qui porteront les numéro XI et XII...

– Mais il te faut l'autorisation du Sénat, pour lever des légions : nous ne sommes pas en état de guerre et tu n'as pas les pleins pouvoirs.

– Je prends cela sur moi ; c'est un cas de force majeure : la menace d'Arioviste est réelle.

– Mais tu l'as fait nommer « ami du peuple romain ».

– C'était pour le calmer. Je veux être prêt, militairement, s'il fait mine de bouger. Les Germains sont dangereux, parce qu'ils sont nombreux et parce qu'ils font très bien la guerre ; ils rêvent tous de mourir au combat pour se retrouver au paradis des guerriers. Tous les accords qu'on signe avec eux risquent de se transformer en chiffons de papier, qu'ils déchireront quand cela les arrangera.

– Quand partons-nous ?

– Immédiatement, nous n'avons plus rien à faire ici.

Puis, se tournant vers Labiénus, qui avait assisté à l'entretien :

– Adieu, Labiénus, je te confie la Xe légion et la surveillance du Rhône. En cas de mouvements suspects de la part des Germains, agis comme tu l'entends et envoie-moi le plus rapide de tes cavaliers. Nous sommes le 20 avril, j'arriverai en Cisalpine, à Aquilée, le 26 et je reviendrai avec cinq légions sur le Rhône dès le lendemain : je serai de retour à Genève vers le 5 mai, par la route que nous avons déjà prise. Ainsi, tu sauras toujours où m'envoyer tes messagers.

– Tu ne laisses rien au hasard, lui dit Hirtius.

– Une armée dont les chefs ne peuvent pas communiquer entre eux est vouée à tous les échecs. Allez, en route, et au galop.

César respecta l'emploi du temps qu'il s'était imposé. Le 6 mai 58, les troupes qui avaient pris leurs quartiers d'hiver à Aquilée et les deux légions supplémentaires qui avaient été recrutées sur ses ordres firent mouvement, et c'est à la tête d'une imposante armée, forte de 30 000 hommes, suivie d'un train de cent chariots chargés d'armes et de ravitaillement, que César se dirigea vers le Piémont. Au petit trot, comme il convenait au chef d'une armée de fantassins, et non plus au galop allègre et brillant de la chevauchée du mois de mars précédent. La guerre des Gaules venait de commencer.

CHAPITRE VI

Les Helvètes : *andante con maestria*

(6 mai-6 juin 58)

La route de la Province leur étant interdite, les Helvètes s'étaient résignés à quitter leur pays en longeant la rive droite du Rhône. Le chemin qu'ils devaient emprunter, coincé entre le fleuve et les montagnes du Jura, était caillouteux, malaisé et tellement étroit que deux chariots ne pouvaient y passer de front. En outre, les hauteurs qui le surplombaient n'étaient pas sûres ;

elles abritaient des bandes de pillards qui opéraient de nuit, en silence, et qui se jouaient de toutes les sentinelles : les six mille chariots des Helvètes étaient pour eux une véritable aubaine.

Cette route sinistre débouchait dans le pays des Séquanes, un grand peuple gaulois dont le territoire était limité par le Jura à l'est, le Rhône au sud et la Saône à l'ouest. Les Séquanes avaient comme capitale *Vesontio* (Besançon), et l'un de leurs chefs avait participé au complot d'Orgétorix avec Dumnorix. Ce dernier va jouer les intermédiaires : il obtient des Séquanes qu'ils laissent passer les Helvètes sur leur territoire et ceux-ci s'engagent, en retour, à ne commettre aucune violence, aucune rapine. Les deux peuples se donnent mutuellement des otages, les serments rituels sont échangés, et l'affaire est conclue.

Le long convoi des Helvètes est impressionnant, avec ses 92 000 guerriers qui marchent en tête, les quelque 300 000 personnes de tous âges, vieillards, femmes, enfants, qui les suivent et les 8 000 chariots qui ferment la marche, protégés par une arrière-garde bien armée.

Il s'engage lentement dans le défilé de l'Écluse, une gorge sauvage creusée par le Rhône à travers le Jura, que domine la montagne du Crêt-d'Eau, et pénètre dans le pays des Séquanes ; mais les Helvètes ne s'y attardent guère : ils ne savent pas où sont les légions romaines et ils ne se sentent pas en sécurité. Aussi obliquent-ils dès qu'ils le peuvent vers l'ouest, dans la direction de la Saône : quand ils l'auront franchie, ils seront chez les Éduens, dont le roi, Dumnorix, a épousé jadis la fille de l'Helvète Orgétorix. Ils ne remarquent pas les espions de César qui, déguisés en mendiants ou en paysans, les suivent à la trace et notent, chaque jour, avec la plus grande précision, tous leurs faits et gestes.

César, lui, est en route vers Genève. Il s'est engagé dans les Alpes avec sa grande armée. Son ami basque, Fumigator, qui l'accompagne, l'avertit :

– Prends garde aux tribus des montagnes, César. Leurs hommes sont agiles comme des chamois, et tu ne les rencontreras jamais sur ta route ; ils sautent de rocher en rocher et ils t'observent. C'est ainsi que nous faisons, nous autres Basques, dans les Pyrénées.

– Qu'est-ce que tu veux que cela me fasse, qu'ils m'observent ?

– Ils savent tous qu'une armée qui se déplace emporte avec elle des armes et du ravitaillement. Fais bien surveiller tes chariots.

– Comment ferais-tu, si tu étais à leur place ?

– Je laisserais passer les légions, puis je bloquerais les chemins derrière elles avec des rochers et j'emmènerais mes bandes piller les chariots isolés de l'arrière.

– Ce ne sont pas quelques bandits de grand chemin attardés qui vont faire peur à l'armée romaine. À quoi cela peut-il leur servir ? Ils n'ont à peu près aucune chance !

– C'est un jeu pour eux dans les Alpes, comme pour nous dans les montagnes basques. Nous chassons aussi bien les soldats que les ours.

César haussa les épaules, mais, le lendemain, il s'en voulut, de ne pas avoir écouté Fumigator. Les tribus de la Tarentaise et du Briançonnais avaient posté des hommes sur les hauteurs, aux endroits adéquats, et surveillaient tous les passages ; les soldats romains durent même livrer bataille pour franchir le col de Montgenèvre. En dépit de ces incidents, l'armée du proconsul progressa rapidement et parvint dès les premiers jours de mai dans la région de Valence, en Narbonnaise, où habitait le peuple gaulois des Voconces.

César avait pris la précaution d'envoyer des éclaireurs dans les vallées du Rhône et de la Saône, les deux grandes routes fluviales qui desservaient les territoires des Helvètes, des Séquanes et des Éduens. Ils se transmettaient les informations qu'ils recueillaient de proche en proche, de sorte que, où qu'il fût, le proconsul était renseigné sur la marche des Helvètes et de leurs éventuels alliés.

À Valence, il apprit ainsi que les Helvètes, après avoir contourné le Jura, étaient parvenus chez les Séquanes et se dirigeaient vers l'ouest, par petites étapes :

– Ils vont certainement franchir la Saône et passer chez les Éduens, dit César à Hirtius, son lieutenant ; dépêchons-nous et tentons d'arriver avant eux à ce fleuve. Ordonne aux légats d'augmenter le temps de marche journalier des légions de trois heures et de doubler les rations.

– Nous n'arriverons pas à temps, César ; je pense qu'il faut que nous concentrions nos forces sur la colline qui domine le confluent de la Saône et du Rhône (la colline de Fourvière). C'est un endroit que j'ai repéré quand nous campions près de Genève, le mois dernier. Pour les Gaulois, c'est une colline sacrée : ils croient que c'est la demeure du dieu *Lug*, inventeur des arts et des techniques, et ils l'appellent *Lugdunum*, ce qui signifie « Montagne de Lug » en gaulois.

– L'idée est bonne. Je vais envoyer un messager rapide à Labiénus pour lui donner l'ordre de remonter le long de la Saône avec ses troupes, qui sont cantonnées devant Genève, en Narbonnaise ; peut-être parviendra-t-il à couper la route aux Helvètes.

– Qu'est-ce que tu leur veux, aux Helvètes ? Ils sont libres de se déplacer comme ils le désirent, en Gaule celtique.

– Oui, ils sont libres ; mais pas pour longtemps. Je n'ai pas envie de les voir s'entendre avec les Éduens et descendre vers le sud, comme ils en ont l'intention.

– Tu as une idée derrière la tête, César.

– Oh ! que non ! Je me contente de raisonner. Écoute-moi bien. Il y a deux partis, chez les Éduens : le parti gaulois, que j'appelle le parti nationaliste, et le parti pro-romain. Le premier est celui de Dumnorix, dont l'autorité n'est pas discutée. Or, je connais bien Dumnorix...

– Tu l'as rencontré ?

– Non, jamais ; mais son frère aîné est mon ami et il vit à Rome : c'est le druide Diviciac. Il m'a expliqué mille fois que le rêve de Dumnorix était de réaliser une grande alliance entre les principaux peuples gaulois.

– Une alliance contre qui ? Personne ne les menace.

– Une alliance préventive. Dumnorix a compris, et il n'est pas le seul, que les querelles à répétition entre les Gaulois les affaiblissaient, et que, si la situation s'éternise, ils tomberont sous la coupe d'une puissance étrangère, comme celle de Rome ou du Germain Arioviste.

– Cela, c'est certain. Il n'est pas idiot, ce Dumnorix.

– Pas du tout. Mais il prend ses désirs pour des réalités. Récemment, par exemple, il s'était posé en négociateur entre les Helvètes et les Séquanes, mais ce fut une négociation sans lendemain, puisque les Helvètes n'ont fait que passer chez les Séquanes. Aujourd'hui, il les a autorisés à traverser son propre territoire et c'est là une bien mauvaise initiative de sa part.

– Pourquoi donc ?

– Parce que de nombreux Éduens n'ont pas apprécié son complot avec Orgétorix, ni la manière dont il s'est proclamé de lui-même leur « roi ». Chez eux, c'est le peuple qui choisit son chef ; en outre, je crois que la plupart des sujets de Dumnorix considèrent qu'il a violé les règles du droit d'aînesse et que c'est son frère, Diviciac, qui aurait dû être roi.

– Et pourquoi Diviciac ne l'a-t-il pas été ?

– Parce qu'il préfère vivre à Rome, dans le luxe et avec des gens cultivés, que dans la boue des campagnes gauloises, avec des rustres, qui ne rêvent que plaies et bosses. Mais les Éduens ne l'ont pas oublié. Et c'est ainsi qu'il s'est formé un parti pro-romain à Bibracte.

– À Bibracte ?

– Leur capitale. Oh ! ce doit être un bien grand mot. Diviciac me l'a décrite : c'est une place forte bâtie au sommet d'une butte d'environ 2 700 pieds de haut (900 m ; il s'agit de l'actuel mont Beuvray, près d'Autun), que l'on dit imprenable en raison de sa situation. Et maintenant, je te parie mon cheval contre un sesterce que les Helvètes vont se faire mal voir des

Éduens et que le parti pro-romain va reprendre du poil de la bête. D'autant que Diviciac a quitté Rome sans tambours ni trompettes, et que je ne serais pas étonné de le voir bientôt rôder dans les parages.

– Et cela se traduira par quoi ?

– Par un appel au secours, adressé à moi, César. Et je peux te dire que je n'attends que ce signal pour commencer ma guerre des Gaules.

Comme toujours, César avait vu juste. Les chefs helvètes avaient juré de respecter les biens et les personnes des pays traversés, que ce soit celui des Séquanes ou celui des Éduens, mais, sortis des montagnes du Jura, leurs sujets ne surent résister longtemps à la tentation du pillage. Dès le début du mois de mai, les premières bandes helvètes qui étaient parvenues à franchir la Saône s'en donnèrent à cœur joie. Dans tous les villages éduens du Charolais et du Mâconnais qui se trouvaient sur leur chemin, les poulaillers furent dévalisés, les sacs de grains éventrés, les filles violées et, souvent, les fermes incendiées. Le peuple éduen reprocha à son chef Dumnorix d'avoir attiré sur ses terres une bande de brigands et envoya des émissaires à Fourvière, où campaient les Romains, pour leur demander de les protéger contre ces barbares avant que le gros des émigrants helvètes n'ait envahi leur pays, et de rétablir l'ordre et le calme dans leurs villages.

César, en effet, était arrivé au pied de la colline sacrée de Fourvière. Il avait disposé ses cinq légions dans la plaine entre Saône et Rhône, et installé son poste de commandement sur les flancs de la colline, face au nord. Il pouvait ainsi embrasser du regard le cours puissant du Rhône, qui roulait au loin un flot rapide et jaune, et le « S » allongé de la Saône qui se lovait lentement, pareille à une anguille géante, autour de *Lugdunum*, la « Montagne de *Lug* », comme si elle hésitait à se jeter et à se noyer dans le grand fleuve vers lequel coulaient ses eaux.

Tel un félin guettant sa proie, César, immobile sur son siège d'or, les yeux mi-clos, scrutait la campagne environnante. Le moindre nuage de poussière apparaissant à l'horizon lui procurait une sorte de pincement au cœur, qui s'apaisait lorsque le nuage se dissipait. Il resta ainsi un jour, puis deux, puis trois, n'interrompant son affût que pour s'abreuver d'eau claire ou se nourrir d'un peu de pain et de miel.

Un beau matin enfin, alors que le soleil était bien haut au-dessus de l'horizon, le nuage de poussière qu'il aperçut ne s'évanouit point. Au contraire, il se gonfla démesurément, laissant derrière lui une traînée de petits nuages : dans un galop éperdu, une troupe de barbares, qui ne pouvaient être que des Éduens, se dirigeait vers la colline occupée par les Romains. La joie de César fut telle, qu'il se leva de son siège et c'est debout, les yeux fermés pour ne pas laisser deviner ses sentiments, qu'il accueille les doléances des émissaires éduens. Parmi eux, il a reconnu le druide Diviciac, et il croit comprendre que le parti pro-romain a triomphé à Bibracte.

– César, lui dit le chef de l'ambassade, qui parlait un latin très pur, nous venons implorer ton secours. Notre roi, Dumnorix, a autorisé les Helvètes à traverser nos territoires ; ils avaient juré, prétendait-il, de ne toucher ni à nos biens, ni à nos familles. Mais il n'en a rien été. Presque sous les yeux de notre armée impuissante et de notre roi apeuré, les premiers arrivants ont dévasté nos champs, violé nos femmes, emmené nos enfants en esclavage, brûlé nos villages. Un peuple voisin ami du nôtre, celui des Ambarres, a connu les mêmes désastres. C'est pourquoi, César, nous te demandons solennellement de nous sauver de la fureur des Helvètes et de les punir pour cette agression. Nous mettrons à ta disposition tous nos moyens. Nos greniers sont pleins de sacs de blé, dans nos prairies paissent les plus beaux troupeaux de la terre, ils sont à toi : tes légionnaires ne manqueront de rien, ni de pain, ni de viande, ni de boisson, car notre bière est réputée comme l'une des meilleures bières de la Gaule celtique. Jadis, bien avant ta naissance, nos pères et nos grands-pères ont été reçus par ton Sénat, qui les a appelés « amis et alliés de Rome » et leur a décerné le titre de « frères consanguins du peuple romain ». César, nous te supplions tous, à genoux, de venir sauver les Éduens, tes frères.

César leur répond, moins laconiquement qu'il n'en avait l'habitude :

– Frères Éduens, je surveille les Helvètes depuis longtemps, et je connais les ravages qu'ils commettent ; je suis d'ailleurs revenu de Rome avec une armée puissante et des généraux invincibles afin de les en empêcher. Rentrez tranquillement chez vous : demain, à l'aube, mes légions s'ébranleront pour vous défendre.

Les Gaulois se jettent en pleurant de joie aux pieds du proconsul, qui est toujours debout et qui savoure cet instant avec jubilation. Mais il ne laisse rien paraître de ses sentiments et, une fois les Éduens partis, il convoque son état-major.

– Les jeux sont faits. Préparez-vous à prendre part à la plus grande guerre qu'ait jamais entreprise Rome. À partir de ce jour, nous commençons la guerre des Gaules.

– César, nous t'admirons tous, nous sommes tous prêts à t'obéir jusqu'à la mort, dit un des légats, et ma légion est à tes ordres, mais as-tu l'autorisation du Sénat ? La loi *Vatinia* ne te permet pas de déclarer la guerre à un peuple étranger.

– Je suis le proconsul tout-puissant de la Narbonnaise, répond César, en vertu non pas d'une « loi », comme tu viens de le dire, mais d'un plébiscite. Mon devoir de proconsul est de protéger ma Province, ainsi que les alliés de Rome. Or la Narbonnaise est en danger, puisqu'elle a failli être envahie par les Helvètes, et des alliés de Rome viennent d'être attaqués par ces mêmes Helvètes et sont venus me demander aide et assistance : les Pères conscrits ne seront donc pas fondés à protester contre l'initiative que je viens de prendre de conduire mon armée en Gaule celtique, à la poursuite des agresseurs.

La réponse de César était juridiquement incontestable, tous les légats en convinrent sans discuter, et César les rassura davantage encore en adressant un message officiel au Sénat, scellé de son sceau personnel, dans lequel il rappelait l'alliance conclue jadis avec les Éduens, l'agression territoriale et humaine dont ceux-ci avaient été victimes de la part des Helvètes et leur appel au secours auquel, respectueux des anciens engagements du Sénat, il avait répondu, « pour le plus grand honneur de Rome ».

Ce qu'il n'avait pas dit, ni aux légats, ni au Sénat, c'est qu'il avait l'intention de transformer cette expédition punitive en une guerre de conquête aux conséquences incalculables.

Il était temps de passer du droit international à la stratégie militaire.

César était bien renseigné sur les mouvements des Helvètes qui s'avançaient lentement vers la Saône, encombrés qu'ils étaient par leurs femmes, leurs enfants, leurs vieillards, leurs chariots. Ils avaient dans leur dos la Xe légion, commandée par Labiénus, qui ne se pressait pas davantage, et le gros de leur troupe parvint sur les rives du fleuve à la hauteur de la bourgade de *Matisco* (Mâcon), qui était un petit centre de batellerie gaulois ; il n'y avait pas de pont sur la Saône, que trois ou quatre cent mille émigrants cherchaient à franchir : Mâcon était donc un lieu de passage bien choisi, d'autant que de l'autre côté de la rivière partaient plusieurs chemins vers l'intérieur des pays éduens.

Le proconsul expose son plan à ses généraux :

– Il est maintenant certain que les Helvètes sont arrivés à Mâcon. Nos hommes sont fatigués, et je veux qu'ils soient frais et dispos quand il s'agira de combattre. Donc, ne nous pressons pas : Mâcon est à quatre jours de marche, accordons-nous huit ou dix jours pour nous y rendre.

– Ne vaudrait-il pas mieux, au contraire, presser le pas, arriver avant eux sur la Saône, les attendre et les empêcher de franchir le fleuve par les armes ? demande Hirtius.

– Ce serait une grave erreur, répond César.

– Pourquoi donc ?

– À cause de l'inégalité des forces : je n'ai que 30 000 légionnaires à opposer à leurs 92 000 guerriers, sans compter les 50 000 Germains qui les accompagnent.

– Il y a des femmes et des enfants, parmi les Germains.

– Admettons que ce soit moitié, moitié : cela fait 25 000 guerriers germaniques en sus. Le combat serait trop inégal : je tiens à la vie de mes légionnaires. Nous tomberons sur les Helvètes lorsqu'ils seront moins nombreux. Ensuite, nous les harcèlerons.

– Tu as peur des grandes batailles ? demande Hirtius.

– Je n'en ai jamais livré de ma vie, même quand j'étais gouverneur de l'Espagne. Je pense que, lorsqu'on veut vaincre une grande armée, nombreuse et sans doute vaillante, il faut prendre son temps et l'épuiser d'abord.

– Et les grandes victoires, alors, tu les méprises ?

– Les grandes victoires, c'est pour la gloriole des généraux imbéciles. Imagine un peu une bataille où 400 000 Germains se heurteraient à 400 000 Romains ; quel en serait le résultat ?

– C'est le général le plus fort ou le plus malin qui gagnerait.

– Le résultat, ce serait 800 000 morts. Je n'appelle pas cela une victoire, ce n'est qu'une boucherie.

– Que comptes-tu donc faire ?

– Dans leur pays, les Helvètes étaient répartis en quatre cantons, dont les habitants et les guerriers sont restés groupés quand ils ont émigré. Je vais donc attendre que les trois premiers cantons soient passés de l'autre côté du fleuve, et j'attaquerai le dernier. Au lieu d'avoir 92 000 guerriers à combattre, je n'en aurai que 20 000 ou 25 000.

– Et les autres ?

– Nous verrons plus tard.

– Quand donc ?

– Il ne faut pas faire la guerre pour la guerre, Hirtius, la guerre n'est que le commencement de la politique, et c'est la politique qui m'intéresse.

– Quelle politique ? le Sénat ? le Forum ?

– Ce qui m'intéresse, pour l'instant, c'est la politique gauloise.

– Je ne comprends pas.

– C'est très simple. Mon intention est d'unir toutes les Gaules – la Celtique, l'Armorique et la Belgique – et de les inclure dans l'univers de Rome, mais en respectant les peuples gaulois, dont les membres deviendront un jour des citoyens romains. Si je me mets à parcourir la Celtique avec mes légions, à la poursuite des Helvètes, ceux-ci feront alliance avec les Éduens ou d'autres peuples gaulois, comme ils l'ont déjà fait, et ce sera encore du sang, toujours du sang. Nous serons obligés de nous retirer, et, lorsque viendra le jour où les Germains décideront d'envahir les Gaules, il n'y aura plus personne pour les en empêcher. Et ce n'est pas 100 000 guerriers gaulois que nous aurons à combattre, mais des millions de Suèves, de Saxons, de Lombards, de Sicambres et combien d'autres encore !

– Comment conquérir sans faire la guerre ?

– Tu es aussi lourd qu'un Germain, Hirtius : par la négociation, tout bonnement. Je vais laisser les Helvètes semer le trouble chez les Éduens, et ceux-ci se chargeront d'eux-mêmes de se débarrasser des Dumnorix et autres empêcheurs de tourner en rond. Alors, je leur ouvrirai mes bras, ils m'ouvriront les leurs, et je pourrai m'occuper du sort des Helvètes.

– Tu penses à tout cela à la fois, César, quand tu fais la guerre ?

– J'y pense *avant* de la faire, Hirtius.

– Moi, j'en serais tout à fait incapable.

– C'est pourquoi tu es mon lieutenant. Sinon, ce serait toi, César.

Le proconsul met alors son plan à exécution. Il ordonne à Labiénus, qui est toujours à la poursuite des Helvètes, avec sa X^e^ légion, de ne pas se précipiter et de les attaquer seulement lorsque les trois quarts de leur armée composite seront passés de l'autre côté de la Saône. Le légat respecte scrupuleusement les ordres de César et contemple, de loin, la cohue des radeaux et des bateaux sur la Saône, les chariots qui se renversent, les bousculades qui se produisent au sein de la marée humaine des Helvètes. Un officier juif, qui avait guerroyé avec Pompée à Jérusalem, cinq ans plus tôt, et qui l'avait suivi en Occident, ne peut s'empêcher de dire à Labiénus :

– Nous aussi, les Hébreux, nous avons dû franchir une étendue d'eau jadis, pour sortir d'Égypte, poursuivis par les chars de l'armée du pharaon tout comme les Helvètes, fuyant devant les Germains ; mais nous étions plus nombreux qu'eux, certainement.

– Et le passage s'est fait sans encombre, sans morts ?

– Comme sur des roulettes. Les vieux récits des rabbins content que notre chef a prié notre dieu et que celui-ci a fait se retirer la mer qui sépare l'Afrique de la Palestine, de sorte que nous sommes passés à pied.

– Et les Égyptiens ? Ils ne vous ont pas poursuivis ?

– Ils ne le pouvaient plus : notre dieu avait bloqué les roues de leurs chars.

– Comment s'appelait-il, votre dieu ?

– Je ne m'en souviens plus. Je suis né en Judée et je n'ai pas connu mon père ; ma mère était juive, mais elle est morte quand je suis né et j'ai été élevé par un marchand romain : je suis un bon païen, et je vénère les Immortels de l'Olympe. Mon dieu favori est Mercure.

– Pourquoi donc ?

– C'était aussi le dieu préféré de mon père adoptif.

Au bout d'une quinzaine de jours, il ne reste plus que le quatrième canton, celui des Tigurins, sur la rive gauche du fleuve, impatients, eux aussi, de le franchir. César, informé par ses éclaireurs, et certain de sa supériorité numérique, avait quitté *Lugdunum* à la pleine lune, avec trois légions, et il rejoint Labiénus. Le 6 juin à l'aube, il donne l'ordre de l'assaut et les légionnaires tombent à l'improviste sur les Tigurins qui, harassés, ne leur opposent qu'une faible résistance. Presque tous – environ 37 000 Helvètes – périrent dans la mêlée, à l'exception de quelques-uns d'entre eux qui cherchèrent leur salut dans les forêts voisines.

Tranquillement, sans efforts inutiles, mais avec une *maestria* impressionnante, César venait de remporter la première victoire de sa grande guerre gauloise.

CHAPITRE VII

Lettres gauloises

(juin 58)

Mâcon, le 6 juin au soir, an 696 de Rome (58 av. J.-C.).

CÉSAR À SON BEAU-PÈRE PISON, CONSUL, SALUT !

Les communiqués officiels que j'adresse ce même jour au Sénat, par l'intermédiaire des courriers de la République, contiennent le compte rendu détaillé de la défaite que j'ai infligée, ce jour, aux Tigurins d'Helvétie. Ils ont été taillés en pièces par nos légions.

Les Tigurins sont les enfants de ces Helvètes qui avaient quitté leur pays une première fois, au temps de la guerre des Cimbres, conduits jusqu'en Narbonnaise par leur chef Divico, et qui avaient infligé à nos légions une double honte, celle de la défaite et celle du joug sous lequel ils firent passer nos soldats humiliés. Ton arrière-grand-père avait lui-même trouvé la mort dans cette affaire.

La victoire que j'ai obtenue aujourd'hui a vengé Rome, lavé sa honte, et, dans le même temps, vengé ta famille, qui est un peu la mienne, puisque tu es le père de mon épouse bien-aimée.

Embrasse-la pour moi, et dis-lui d'aller rendre visite à ma mère, qui se fait vieille et dont la santé est chancelante. Porte-toi bien.

Mâcon, le 6 juin de l'an 696 de Rome, à minuit.

CÉSAR À SON CHER CRASSUS, SALUT !

Je suis exténué. Depuis un mois je cours après ces satanés Helvètes, ou, plus exactement, je les laisse courir devant moi. Dans le même temps, je m'initie aux subtilités de la politique gauloise.

Je viens de liquider les Tigurins. Ma victoire a été complète, et je suis certain que demain, dans tous les villages du pays éduen, on va commencer à me craindre. Ce n'est pas une mauvaise chose que d'inculquer aux Gaulois la peur du gendarme romain, cela ne pourra leur faire que du bien. Je n'ai jamais vu un peuple aussi changeant, aussi indiscipliné.

Essaye de me faire savoir, par un messager discret, ce qu'il est advenu de Cicéron. Quand j'ai quitté Rome, je l'ai laissé entre les mains de Clodius qui, entre nous, n'est qu'un voyou. J'espère qu'il se contentera de l'effrayer, et qu'il n'ira pas jusqu'à le faire assassiner : Cicéron a été mon ami, c'est un grand écrivain et, je dois le dire, un bon républicain.

Pour les élections de juillet prochain, je ne me fais pas de souci. Ils peuvent élire qui ils veulent, des conservateurs ou des démocrates ; l'essentiel est que Pompée ne se présente pas au consulat : je n'ai pas envie de le voir se mêler de ma guerre des Gaules. Porte-toi bien.

En vue de Bibracte, le 22 juin de l'an 696 de Rome, à la fin de la journée.

CÉSAR À SON CHER CRASSUS, SALUT !

Un messager vient de m'apporter la lettre que tu m'as écrite il y a huit jours. Je suis heureux de savoir Cicéron sain et sauf à Thessalonique : je me méfiais de Clodius, et de ses coups tordus. Cicéron n'est pas un méchant homme, mais il a beaucoup d'influence et il fallait l'exiler, je le gracierai plus tard ; toutefois il m'est revenu que Clodius se déchaînait, qu'il faisait brûler ses villégiatures, ses livres, ses collections : modère-le.

Depuis la liquidation des Tigurins, il y a quinze jours, il s'est passé pas mal de choses par ici : tu en trouveras la description en lisant mon journal de route, que je joins à cette missive. J'espère que tu apprécieras avec quelle habileté, pas plus tard que ce matin, j'ai fini par mettre hors jeu, politiquement, Dumnorix et un quarteron de généraux félons, sans m'aliéner le peuple éduen. J'ai maintenant les mains libres pour m'occuper des Helvètes, qui campent à 8 000 pas (12 km) de mon quartier général : j'attaquerai ce soir, à minuit.

Journal de route de Caïus Julius Caesar, proconsul des Gaules (du 7 au 22 juin, an 696 de Rome)

7 juin, face au fleuve Arar *(la Saône)*

Cinq heures. Le jour se lève à peine et je viens de m'éveiller ; le temps est splendide : il n'y a pas un nuage dans le ciel.

Hier au soir, après la bataille, j'ai partagé entre mes soldats les sacs de blé et de farine qui se trouvaient dans les chariots des Tigurins. Il était temps : depuis deux ou trois jours, mes légionnaires étaient réduits à la portion congrue, et moi aussi, bien entendu. Aujourd'hui, nous traverserons la Saône – que les Gaulois nomment *Arar* – afin de poursuivre les Helvètes. Pour ce faire, j'achève le pont que les Tigurins avaient commencé de jeter sur le fleuve lorsque nous les avons assaillis, avec des radeaux attachés ensemble ; les légionnaires et les services du génie sont déjà au travail.

Il est midi et il fait chaud. Le pont est terminé ; l'avant-garde de mes troupes est déjà en pays éduen, sur l'autre rive de la Saône et j'aperçois, au loin, la traînée de poussière que laissent derrière eux les chariots helvètes. Des paysans regardent défiler mes soldats, dans un ordre parfait : ils n'ont jamais vu un tel spectacle. J'interroge l'un d'eux sur les Helvètes, et sa réponse me comble d'aise : « Ils sont effrayés, me dit-il, ils te prennent pour un sorcier parce qu'un jour t'a suffi pour franchir l'*Arar*, alors qu'ils ont eu le plus grand mal à le faire en vingt. » C'est une bonne nouvelle : ils ont peur.

Le soleil, qui nous a fait face durant toute l'après-midi, vient de disparaître à l'horizon. J'ai donné l'ordre aux légions de rompre les rangs : nous repartirons demain matin à l'aube.

J'admire, assis sous un platane, le reste du jour qui rougeoie, derrière les collines. À peine ma tente est-elle montée qu'une sentinelle m'annonce l'arrivée d'une ambassade helvète, conduite par le vieux chef Divico, qui a près de quatre-vingts ans : c'est lui qui a battu les Romains à *Aginnum* (Agen), il y a cinquante ans, et qui a fait passer les légionnaires vaincus sous le joug. L'entrevue a été brève ; je retranscris nos paroles de mémoire.

DIVICO – Nous ne voulons pas la guerre. Si Rome accepte de faire la paix avec nous, nous irons où tu nous diras d'aller ; mais si elle persiste à nous traiter en ennemis, alors que les Romains n'oublient pas que cela leur a causé quelques désagréments dans le passé, du côté d'Agen, et qu'ils ne méprisent pas la valeur de nos troupes : il pourrait leur en cuire.

Tu crois, César, avoir remporté sur nous un grand triomphe parce que tu t'es jeté à l'improviste sur les Tigurins, alors que nous avions déjà passé la rivière et que nous ne pouvions porter secours à nos frères. Tu te trompes. Tu confonds une victoire due à la ruse et à la tromperie avec une victoire obtenue après un combat loyal, où c'est le plus courageux qui l'emporte. Prends garde, proconsul, prends garde : après la défaite d'Agen de jadis, Rome pourrait bien connaître la défaite de Mâcon d'aujourd'hui, par la faute de ton ambition.

CÉSAR – Mon ambition personnelle n'est pas en cause. Je représente le peuple romain, que toi et les tiens avez offensé. Dois-je te rappeler que vous avez tenté de violer notre territoire national et de passer en force par notre Province narbonnaise dont Rome, par ma voix, vous interdisait l'accès ? Dois-je te rappeler les violences que vous avez exercées contre les Allobroges, devant Genève, puis contre les Éduens, qui m'ont appelé à leur secours, et contre les Ambarres, leurs voisins ? Quant à ce que tu appelles ta « victoire » de jadis, que tu évoques avec un orgueil insolent, ce n'est qu'un crime de plus à mettre à ton compte, un crime que Rome punit aujourd'hui.

DIVICO – Alors c'est la guerre que tu veux, proconsul ?

CÉSAR – Je veux la paix, pour Rome et pour ses alliés. Si tu me la promets, si tu me donnes, comme c'est la coutume, des otages qui me la garantissent, si nos alliés, les Allobroges et les Éduens, obtiennent réparation des dommages qu'ils ont subis, alors je suis prêt à faire la paix sur-le-champ.

J'étais généreux, Divico fut entêté. Il m'a répondu avec hauteur que les Helvètes tenaient de leurs ancêtres un principe auquel ils ne dérogeaient jamais : ils recevaient des otages, mais ils n'en offraient pas. Sur cette réponse, il s'est retiré avec ses ambassadeurs et s'est éloigné dans la nuit, qui, entre-temps, était tombée, une nuit noire, sans lune, dont le silence n'était troublé que par les coassements des grenouilles.

8 juin, quelque part en pays éduen

Ce sont les doigts roses de l'Aurore qui m'ont réveillé. Je convoque immédiatement mes éclaireurs : ils m'apprennent que les Helvètes ont levé le camp et qu'ils ignorent la direction qu'ils ont prise. J'envoie un escadron de cavalerie aux nouvelles. Elle est forte de quatre mille hommes ; il n'y a pas beaucoup de Romains parmi eux, et c'est Dumnorix qui la commande, car la plupart des cavaliers ont été levés parmi les Éduens. Selon lui, les Helvètes devraient se diriger vers le nord-ouest, à travers les monts du Mâconnais, puis du Charolais.

À la fin de la journée, Dumnorix rentre de son expédition, penaud et en apparence vaincu. Il prétend que la cavalerie helvète l'a entraîné sur un terrain qu'il ne connaissait pas et lui a infligé des pertes sérieuses, ce qui l'a incité à faire demi-tour. Je me méfie de ce Dumnorix, car ses explications ne tiennent pas debout. Il connaît la région mieux que personne, puisque c'est son pays ; d'autre part, d'après mes éclaireurs, la cavalerie helvète n'est qu'un détachement d'arrière-garde, qui compte à peine cinq cents chevaux : comment cinq cents cavaliers peuvent-ils en mettre en fuite quatre mille, beaucoup mieux armés qu'eux ? Enfin, chose curieuse, il n'y a pas de morts parmi les Éduens et les seules victimes sont des Romains. Il faudra que je tire cela au clair ; je me méfie de ce Dumnorix : il ne faut pas oublier qu'il a épousé la fille d'un chef helvète. Je vais le faire surveiller.

9 juin, quelque part en pays éduen

Ma décision est prise : je ne vais pas attaquer les Helvètes pour l'instant. Il faut d'abord que je me renseigne avec précision sur la géographie de la région ; toutes ces collines, tous ces vallons, toutes ces forêts sont autant de pièges pour mon armée. J'ai créé une équipe de douze éclaireurs-cavaliers, chargés de me dresser une carte sommaire du pays. Je veux tout savoir : où sont les points d'eau, les villages, les postes stratégiques, dans quel état sont les chemins, quels sont les sites les plus propices aux embuscades, à une bataille, éventuellement à une retraite. Je ne veux rien laisser au hasard et je ne livrerai bataille qu'au bon endroit et au bon moment.

En attendant, je ne quitte pas l'ennemi des yeux : il n'y a jamais plus de cinq ou six mille pas (7,5 à 9 km) entre leur arrière-garde et mon avant-garde. Je retiens l'ardeur de mes soldats et je leur ai donné pour consigne d'intervenir uniquement pour empêcher les Helvètes de voler des bêtes, ou du fourrage, et de commettre des destructions.

Un Gaulois qui m'est très fidèle m'a ouvert les yeux sur Dumnorix. D'après lui, c'est ce faux-jeton qui aurait donné l'ordre à la cavalerie éduenne de s'enfuir, hier après-midi, et il a laissé le petit détachement de cavaliers romains se faire massacrer, sans leur porter secours. Mon informateur prétend aussi que Dumnorix renseigne secrètement les Helvètes sur l'état de nos troupes, sur leur moral, sur les défections, sur le fait que les vivres et le fourrage commencent à manquer : mais j'ai peine à croire qu'il soit un traître.

11 juin

Décidément, les Éduens ne sont pas très coopératifs. Lorsqu'ils sont venus me demander aide et protection à Lugdunum, au mois de mai, ils m'avaient promis de me livrer du blé pour mes troupes ; or je ne vois rien venir : un jour, ils prétendent que les moissons ne sont pas mûres, à cause du froid ; un autre, ils m'assurent que le blé est en route et qu'il va arriver. Bref, ils se jouent de moi, et mes soldats ont faim.

Nous avançons avec une extrême lenteur, car il y a de nombreuses côtes à monter, des détours à faire. Après les monts (du Mâconnais et du Charolais), voici les forêts et les collines. Manifestement, les Helvètes ne vont pas vers la Saintonge : il se peut qu'ils se dirigent vers Bibracte. Pourquoi ? Je n'en sais rien.

21 juin en vue de Bibracte

Nous sommes arrivés dans la matinée à proximité d'une petite rivière (la Bourbince). Bibracte, la capitale éduenne, me semble proche ; j'ai aperçu ses murailles au loin, au détour d'un chemin : c'est une cité haut perchée, au sommet d'une petite montagne. En dix jours, nous n'avons pas fait plus de 30 000 pas (45 km), à cause des difficultés du terrain, mais aussi du mauvais temps ; il y a eu de gros orages, comme cela est fréquent en été. Mais ce ne sont pas les seules raisons ; nous avançons à la même vitesse que les Helvètes et ceux-ci sont d'une lenteur exaspérante ; de plus, ils font de fréquentes haltes et restent parfois un jour entier au même endroit. J'ai l'impression qu'ils cherchent à nous épuiser, car ils savent que nous n'avons plus de blé. Il faut que je crève l'abcès : j'ai convoqué Dumnorix et les principaux chefs éduens qui nous accompagnent pour demain matin.

22 juin, en fin de journée, en vue de Bibracte (sur le territoire de la commune actuelle de Saint-Romain-

sous-Gourdon, à quelques kilomètres au sud-est de Saint-Vallier et de Montceau-les-Mines)

L'hypocrisie de nos sénateurs n'est rien en comparaison de celle des Éduens. L'espèce de Conseil de guerre-assemblée que j'ai tenu ce matin m'a rappelé les meilleurs moments de l'histoire de notre Sénat ; il n'y manquait que le vertueux Caton et le pompeux Cicéron. Tous les chefs de tribus étaient là, sauf Dumnorix : il y avait aussi son frère aîné, le druide Diviciac, qui semblait embarrassé, et le magistrat suprême des Éduens – l'équivalent de nos consuls – qu'on appelle chez eux le *vergobret*, un nommé Liscos. Voici comment se sont déroulés les débats, d'après les notes des secrétaires de séance.

CÉSAR – Diviciac, Liscos et vous autres, chefs des tribus éduennes, je dois vous dire que je suis non seulement déçu, mais irrité. Vous m'avez supplié de chasser les Helvètes de vos territoires, de punir leurs rapines et leurs dévastations ; vous m'avez promis de m'assister en assurant le ravitaillement en blé de mes hommes et en fourrage de mes bêtes. Or j'ai la douloureuse surprise de constater que vous avez trahi ma confiance : l'ennemi est à portée de la main, tout proche, et mes légionnaires n'ont presque plus rien à manger. Vous m'avez garanti que je trouverai du blé dans les campagnes, je n'en ai pas récolté un seul épi ; vous avez promis de m'en vendre, je n'ai pu en acheter un seul boisseau ; vous m'avez offert 4 000 cavaliers, ils se sont enfuis à la première charge des Helvètes et ils ont laissé massacrer les cavaliers romains. Alors, je vous le demande : quel jeu jouez-vous ?

LISCOS – Il y a du blé chez les Éduens, César, sois-en certain, et les chefs qui t'ont promis de t'en vendre étaient sincères ; mais leur opinion n'a pas fait l'unanimité chez nous : certains, et non des moindres, excitent le peuple contre les Romains.

CÉSAR – Donne-moi des noms, Liscos, je vais leur faire entendre raison.

LISCOS – Je ne peux pas te les donner. Pas maintenant.

(*Note d'un secrétaire de séance* : César congédie l'assemblée et reste seul avec Liscos et deux interprètes gaulois.)

CÉSAR – Maintenant que nous sommes seuls, en tête à tête, Liscos, tu peux parler : tu n'as rien à craindre, parle sans t'émouvoir.

LISCOS – Le coupable, c'est Dumnorix.

CÉSAR – Ah ! l'animal ! Je m'en doutais.

LISCOS – Dumnorix est d'une ambition diabolique. Il rêve d'être le chef de tous les Gaulois. Il a interdit aux agriculteurs de céder leur blé aux Romains.

CÉSAR – Comment cela ? Les agriculteurs sont nos amis, ils savent que nous sommes là pour chasser les envahisseurs helvètes : ils ne demandent pas mieux que de nous vendre leur blé.

LISCOS – Ils ne sont pas libres de le faire, César ; le blé qu'ils cultivent ne leur appartient pas.

CÉSAR – Ce sont des esclaves ?

LISCOS – Non, ce sont des hommes libres, des Éduens comme nous tous, mais les terres ne leur appartiennent pas.

CÉSAR – Je ne comprends pas.

LISCOS – Chez nous, César, il n'y a que deux classes sociales qui comptent : les druides et les seigneurs de la guerre. Le peuple lui-même n'est rien, n'a aucun pouvoir, ne peut rien décider.

CÉSAR – Il en était ainsi à Rome, autrefois : la plèbe n'avait qu'un droit, celui de se taire. Mais nous avons évolué.

LISCOS – Pas nous. Nous sommes peut-être un million d'Éduens, mais les terres appartiennent à une centaine d'entre nous seulement, à des seigneurs, et non à ceux qui les cultivent. Et dans nos villes-forteresses, c'est la même chose. À Bibracte, par exemple, sur le mont Beuvray, il y a plusieurs quartiers : celui des métallurgistes, qui travaillent le fer, ceux des fondeurs de bronze, des bijoutiers, des armuriers, et plusieurs autres encore. Chaque quartier appartient à un seigneur et l'artisan ou le commerçant qui veut s'y installer ne peut le faire qu'avec sa permission, et doit lui payer une redevance.

CÉSAR – Comment ?

LISCOS – Avec des pièces de monnaie en or, qui sont frappées par nos chefs.

CÉSAR – Alors, d'après toi, ce sont les seigneurs qui interdisent aux agriculteurs de me vendre du blé.

LISCOS – Oui. Et le plus riche et le plus puissant de tous est Dumnorix. Au nom de ce qu'il appelle l'indépendance nationale, il a interdit aux paysans de te livrer du blé et du fourrage. De même c'est lui qui a donné l'ordre à la cavalerie éduenne de fuir, le 9 juin dernier.

CÉSAR – Ça, je m'en doutais.

LISCOS – Dumnorix a des vues sur la Gaule celtique. Il a passé des accords avec les Séquanes, avec les Lingons, il a marié toutes ses sœurs avec des chefs de cités gauloises et il a même obligé sa propre mère, qui était veuve, à épouser un grand seigneur biturige d'*Avaricum* (Bourges). L'arrivée des Romains a perturbé tous ses plans : lui qui espérait devenir le roi de l'ensemble des Gaulois a vu toutes ses espérances fondre ainsi que neige au soleil. Comme il est malin, il a feint de collaborer avec Rome, mais, en fait, c'est lui qui dirige, clandestinement, la résistance nationaliste contre Rome chez les Éduens.

CÉSAR – L'immonde crapule. Merci de m'avoir prévenu, Liscos.

LISCOS – Que vas-tu décider ? Tu vas le condamner à mort pour trahison ?

CÉSAR – Je vais d'abord en discuter avec son frère, le druide Diviciac, que j'ai connu à Rome et qui m'est d'une fidélité à toute épreuve. Vois-tu, mon cher Liscos, je ne me laisse jamais guider par mes réactions affectives. Certes, après ce que tu m'as dit, j'ai bien envie de faire pendre ce Dumnorix, ne serait-ce que pour l'exemple ; mais je me demande s'il ne serait pas plus habile pour moi de lui laisser la vie sauve : j'éviterais ainsi des complications avec les nationalistes et j'y gagnerais une réputation de clémence qui pourra toujours servir. Ne parle de rien à personne et va me chercher Diviciac.

(*Note d'un secrétaire de séance* : sortie de Liscos et des interprètes ; au bout d'un certain temps, entrée de Diviciac, accompagné d'un dignitaire romain, ami de César et grand connaisseur des choses gauloises, qui servira de témoin et, éventuellement, d'interprète.)

César – Salut, Diviciac. Je sais que je peux te parler en toute confiance. Liscos, le *vergobret* des Éduens, sort d'ici. Il a fini par m'avouer que ton frère joue double jeu, feignant de collaborer avec Rome, tout en animant la résistance éduenne contre les Romains, de concert avec les Helvètes.

Diviciac (se précipitant en larmes vers César, qu'il entoure de ses bras) – Je m'en doutais, César, j'étais au courant de ce qu'il se tramait quelque chose dans ton dos. Personne n'en a souffert plus que moi, mais je ne pouvais rien dire : qu'aurais-tu pensé de moi, si j'avais dénoncé mon propre frère ? Avant de quitter la Gaule pour m'installer à Rome, j'étais l'homme le plus influent de mon peuple, et l'un des Gaulois les plus respectés des miens avec Celtill, le roi des Arvernes. J'ai usé de mon influence et de ma richesse pour élever Dumnorix, je me suis même effacé devant lui, puisque le pouvoir ne m'intéressait pas. Et maintenant je suis désespéré, car la puissance et le crédit qu'il a acquis, il s'en sert pour préparer sa perte. Pire encore : si tu le condamnes, tous les Éduens, qui connaissent les liens d'amitié que j'entretiens avec toi et avec Rome, ne pourront s'empêcher de penser que j'approuve cette condamnation.

César – Rassure-toi, Diviciac, j'ai déjà pesé le pour et le contre. Je ne tiens pas à provoquer une guerre civile parmi les Éduens, entre nationalistes et proromains : au nom de l'amitié qui nous unit, je t'accorde la grâce de ton frère. Gardes, faites entrer Dumnorix.

(*Note d'un secrétaire de séance* : Diviciac remercie César avec effusion ; les gardes introduisent Dumnorix, entouré des principaux chefs éduens.)

CÉSAR – Dumnorix, devant ton frère et devant tous les chefs éduens ici présents, je t'accuse d'avoir trahi le peuple romain que je représente et d'avoir failli à tes engagements envers lui, après avoir sollicité son assistance. Tout autre que toi, je l'aurais condamné à mort et fait crucifier sur-le-champ, livrant son cadavre aux corbeaux. Tu as causé de graves torts aux Romains, mais aussi à ton peuple, dont une grande partie tient à notre amitié.

Cependant, par égard pour ton frère, qui est mon ami, je te pardonne tes erreurs passées, te fais grâce de la vie et je te laisse en liberté. Mais, pour notre sécurité à tous, je t'enlève ton commandement et tu comprendras que, jusqu'à nouvel ordre, je sois obligé de te placer sous la surveillance de deux gardes, afin de savoir ce que tu fais et avec qui tu t'entretiens. Adieu, chefs éduens. La séance est levée.

CHAPITRE VIII

La bataille pour Bibracte : *allegro furioso*

(22-24 juin 58)

Le Conseil de guerre s'était achevé à midi, ce 22 juin de l'an 58 av. J.-C., sous un soleil de plomb. César, qui avait placé les chefs éduens sous haute surveillance, seul avec lui-même pouvait, maintenant, ne plus songer qu'à la bataille qu'il allait livrer aux Helvètes. Il convoque son lieutenant, Hirtius, le légat Labiénus, l'ancien tribun qui commandait les légions transalpines, ainsi qu'un centurion qui avait servi jadis sous Sylla, puis avec Crassus, dans la guerre de Spartacus, Publius Considius, et il place des sentinelles aux abords de sa tente, avec des ordres sévères : nul ne doit entendre ce qui va se dire.

Sur une table de fortune, le proconsul a déroulé des papyrus sur lesquels ses géographes ont représenté, avec une assez grande précision, la topographie des lieux, qu'il commente à ses lieutenants.

– Nous sommes ici (à Saint-Romain-sous-Gourdon selon notre toponymie moderne) ; à environ 3 000 pas (5 km) de notre camp, vers l'est, coule une rivière (la Bourbince). L'ennemi campe de l'autre côté, à environ 4 000 pas de ses rives, au pied d'une petite montagne (la montagne de Sanvignes), presque en face de notre camp. Ils sont quatre fois plus nombreux que nous : il faut compenser l'inégalité des forces par un effet de surprise ; nous allons prendre les Helvètes dans une souricière. Toi, Labiénus, tu vas occuper la crête de la montagne avec tes deux légions. Débrouille-toi pour y arriver un peu avant le jour. Place tes lanceurs de javelot en première ligne.

– Elle est d'accès facile, cette montagne ?

– Très facile ; tu seras guidé par des éclaireurs qui ont déjà reconnu le terrain, déguisés en bergers.

– Et si l'ennemi nous attaque ?

– Il ne vous attaquera pas. Il sait où nous sommes, et il pense que je vais donner l'assaut de front, au petit matin ; les Helvètes ont placé toutes leurs sentinelles sur les bords de la rivière et ils ne surveillent pas la montagne.

– Tu en es certain ?

– Plus que certain. Je leur ai envoyé de faux espions, des Éduens en qui j'ai toute confiance ; ils leur ont dit que je concentrais mes troupes partout où il y a des gués sur la Bourbince. Les Helvètes sont des rustres sans malice : ils ont foncé tête baissée sur ce faux renseignement.

– Et moi, quel sera mon rôle ? demande Considius.

– Toi, demain matin, à la fin de la nuit, tu franchiras la Bourbince et tu partiras en éclaireur vers le camp des Helvètes, suivi de notre cavalerie ; je marcherai à 200 pas derrière vous, avec le gros des troupes. L'ennemi nous verra venir et se portera inévitablement à notre rencontre, pour engager le combat. À ce moment, Labiénus, tu dévaleras de la montagne avec tes deux légions. L'ennemi sera pris entre tes troupes et les miennes comme un bout de fromage entre deux tranches de pain. Maintenant hâtons-nous, car les nuits sont courtes en été.

Le 23 juin, vers deux heures du matin, Labiénus fait mouvement et, à l'aube, ses légions sont en place sur la crête de la montagne, à 1 500 pas (un peu moins de 2,5 km) du camp helvète. Au point du jour, comme convenu, Considius envoie ses éclaireurs vers ce même camp, et les suit à quelques centaines de mètres, précédant d'autant les légions commandées par César en personne.

Tout semble se dérouler selon les plans prévus par le proconsul lorsque, soudain, celui-ci voit Considius faire volte-face ; il accourt vers lui, à bride abattue :

– César, César, lui crie-t-il, Labiénus a disparu, ce sont les Helvètes qui tiennent la montagne.

– Comment le sais-tu ? demande César, qui a fait signe aux légions de s'arrêter.

– Je les ai reconnus de loin, à leurs boucliers longs et plats, qui recouvrent toute la longueur de leur corps, et surtout à leurs casques à pointe, avec des cimiers et des panaches.

César reste perplexe. Si Considius dit vrai – et il n'y a aucune raison de penser qu'il se trompe : Crassus, qui le lui avait conseillé, le qualifiait de « guerrier très expérimenté » – cela signifie que les légions de Labiénus ont été surprises par les Helvètes, qui les ont taillées en pièces pendant la nuit.

– Hirtius, dit-il à son lieutenant, qui chevauche à son côté, le coup est manqué. Demi-tour, et au plus vite ! Ces barbares vont se jeter sur nous et, à quatre contre un, ils vont nous écraser.

– Où se replier ?

– Nous n'avons que l'embarras du choix, il y a tellement de collines et de buttes dans cette région. Repartons vers le petit bois que tu vois sur ta gauche, il y a un monticule bien dégagé à proximité : nous pourrons nous y regrouper.

Aussitôt dit, aussitôt fait. César et ses légionnaires rebroussent chemin, mais, à leur grande surprise, les Helvètes, pourtant en surnombre, ne les poursuivent pas.

Ces mêmes Helvètes s'interrogent :

– Que font-ils, ces Romains, ils n'attaquent pas ? Encore un tour de César. Profitons-en pour filer vers l'ouest.

Et, guidés par les éclaireurs éduens qui servaient dans leurs rangs comme mercenaires, ils filent entre les collines, jusqu'à un étang bien abrité, au pied d'un monticule (l'étang de Montmort, au pied de la hauteur du même nom).

Ce n'est que dans la soirée du 23 que César connut le fin mot de l'histoire, de la bouche de ses éclaireurs : c'étaient bien les légions de Labiénus qui étaient sur la montagne de Sanvignes et le centurion soi-disant « expérimenté » s'était trompé. Pourquoi ? Nul ne l'a su ; sans doute la peur l'avait-elle égaré. Dès qu'il apprit cette bévue, César, plein d'incertitude, donna l'ordre à ses troupes de reprendre la traque harassante des Helvètes. Quand ceux-ci firent halte pour la nuit, sur les bords de l'étang de Montmort, il fit de même, et établit son camp à 3 000 pas (4,5 km) du leur, sur une petite rivière (l'Arroux, affluent de la Loire ; César campa sur les lieux de la commune actuelle de Toulon-sur-Arroux).

Bien qu'il n'eût pas dormi de toute la nuit précédente, le proconsul eut bien du mal à trouver le sommeil. Une pensée l'obsédait : la dernière distribution de vivres à ses troupes (du blé pour l'essentiel) avait eu lieu le 6 juin, à Mâcon, et il ne restait plus dans les chariots que deux jours de vivres.

– À cause de ce crétin de Considius, marmonnait-il, je n'ai pas pu livrer la bataille que j'aurais certainement gagnée, et, à l'heure qu'il est, on distribuerait à mes légionnaires les vivres de l'ennemi.

Il appelle le soldat qui gardait sa tente et lui donne l'ordre d'aller quérir Labiénus et Hirtius. Ils arrivent quelques minutes plus tard, les yeux gonflés de sommeil :

– On ne peut plus continuer comme cela, leur dit-il ; demain ou après-demain, il n'y aura plus un grain de blé à distribuer à nos soldats. Le problème du ravitaillement des troupes est devenu plus important que la chasse aux Helvètes...

– D'autant qu'un Helvète, ce n'est pas mangeable, dit Hirtius, en manière de plaisanterie.

– Sois sérieux. Cette histoire de vivres est une priorité. Nous sommes à environ 20 000 pas (30 km) de Bibracte ; la route est facile et peut être parcourue en un jour. Or la capitale éduenne regorge de blé et de vivres, alors que nos légionnaires n'ont pas mangé de viande depuis dix jours.

– Tu veux piller Bibracte ? demande Labiénus, horrifié.

– Je ne veux rien piller du tout, je ne suis pas un barbare, répond César, que cette remarque blesse ; je suis le chef d'une armée que les Éduens ont appelée à leur secours et à laquelle ils ont promis aide et assistance, notamment en matière de ravitaillement : je vais leur demander de tenir leur promesse.

– Les Éduens vont protester.

– J'ai mis les chefs de la résistance antiromaine à raison et Dumnorix n'a plus voix au chapitre. Diviciac nous donnera un coup de main pour convaincre les magistrats nationalistes de Bibracte. D'ailleurs, quand je les verrai, je leur ferai un cours de droit international sur le respect des traités et les risques que l'on court quand on les viole.

– Et les Helvètes ? Ils vont prendre le large.

– Nous les rattraperons facilement plus tard : eux aussi vont bientôt avoir des difficultés de ravitaillement.

– Alors, à Bibracte ! Par où passerons-nous ? demande Hirtius.

– Direction le camp des Helvètes, vers le nord ; nous contournerons la montagne au pied de laquelle ils campent et nous marcherons droit sur la capitale éduenne.

– Les légionnaires sont fatigués, dit Labiénus ; il faudra compter cinq ou six heures de marche, et, en ce moment, le soleil tape dur à partir de neuf ou dix heures du matin. Elle est haute, la montagne de Bibracte ?

– D'après Diviciac, l'*oppidum* (la citadelle) est à environ 2 700 pieds (812 m) d'altitude, répond César ; nous partirons demain matin à quatre heures : prévenez les hommes et les centurions. Bonne nuit.

– Bonne nuit, proconsul.

Le 24 juin, dans les brumes de l'aube bourguignonne, l'armée romaine s'ébranle lentement vers le nord, le long des rives de l'Arroux, à travers les bois et les forêts, hors la vue des guetteurs helvètes, qui campent au pied de la montagne de Montmort, un peu plus de deux kilomètres à l'ouest.

César est calme, presque souriant : il a peu dormi, mais bien dormi, et, dans quelques heures, il sera dans Bibracte. Le chant des oiseaux qui s'éveillent lui semble être l'hymne que la nature entonne en son honneur ; son esprit vagabonde et il échange avec Labiénus, qui chevauche à son côté, des propos presque mondains.

– Quelle belle contrée, que ce pays des Éduens. Regarde ces coteaux, bien exposés vers l'occident : quelles belles vignes on pourrait y planter, et quel bon vin on en tirerait.

– Ah ! le vin, dit Labiénus ; depuis que je suis entré en Gaule, je n'en ai pas bu une seule gorgée. Ce sont vraiment des barbares, ces Gaulois.

– On ne peut dire cela, lui fait observer César. Les Romains ont la fâcheuse habitude d'appeler « barbares » tout ce qui n'est pas romain, comme les Grecs le faisaient avec tout ce qui n'était pas grec. Les Gaulois ont tout simplement une civilisation qui est différente de la nôtre. Nous sommes des citadins, comme l'étaient les Grecs, les Gaulois sont des campagnards. Ils ignorent la civilisation urbaine, et ils vivent dans des fermes, et non dans des villas, ils ne possèdent ni temples, ni cirques, ni monuments. En revanche, ce sont des agriculteurs et des éleveurs hors pair : labourage et pâturage sont les deux richesses des Gaules.

– C'est bien ce que je dis, s'entête Labiénus : ils cultivent du blé, des céréales, ils élèvent des bœufs, des vaches, des brebis et des moutons, mais ils n'ont pas un seul vignoble : ce sont des sauvages. Tu as déjà goûté leur breuvage national, la *cerevisia* ? C'est infect.

– Ce n'est pas si mauvais que tu le dis, c'est simplement un peu amer.

– Tes Gaulois sont des buveurs de bière, César, tu n'en feras jamais des civilisés.

– Tu es pessimiste, Labiénus. Les Romains les civiliseront et feront un jour de ces buveurs de bière des buveurs de vin.

Le dialogue à bâtons rompus du proconsul et de son général est interrompu par l'arrivée d'un cavalier-éclaireur, essoufflé :

– César, les Helvètes font demi-tour, ils ne vont plus vers le sud. Ils ont été prévenus par des esclaves gaulois que nous marchions vers Bibracte.

Le proconsul se tourne vers Labiénus :

– Qu'en penses-tu ? lui demande-t-il.

– J'en pense que les Helvètes ont cru que nous cessions de les poursuivre parce qu'ils nous ont fait peur, à Sanvignes. Ils ont dû se faire le raisonnement suivant : « Les Romains ne nous ont pas attaqués parce qu'ils ont compris qu'ils étaient en état d'infériorité ; profitons-en pour leur infliger une défaite dont ils ne se remettront pas. »

– Labiénus, tu prêtes à nos ennemis plus de passion qu'ils n'en ont, dit César. Les Helvètes sont des montagnards qui ignorent les coups de tête ; ils ne savent que compter, calculer : ils ont deviné que nous faisons mouvement vers Bibracte pour nous ravitailler, et ils vont chercher à nous couper la route du blé.

– Et maintenant, César, ce sont eux les poursuivants et nous les poursuivis.

– Ils veulent leur bataille, ils l'auront. Où sont-ils exactement ? demande César à l'éclaireur.

– Ils harcèlent déjà notre arrière-garde.

– Il n'y a pas une minute à perdre ! Hirtius, dit César à son lieutenant, lance notre cavalerie contre les détachements ennemis qui harcèlent nos arrières et rejoins-nous, moi et l'armée romaine, sur la colline au bord du fleuve (la « montagne » de Montmort).

Dès lors, tout se passe rapidement. Sur la colline, à mi-hauteur, César aligne lui-même les quatre légions de vétérans qu'il avait amenées de Cisalpine (les VIIe, VIIIe, IXe et X^{e} légions) en ordre de bataille, c'est-à-dire sur trois rangs, avec, en première ligne, les lanceurs de javelot. Sur la crête, il dispose les deux légions (numéros XI et XII) recrutées en Gaule narbonnaise, et ses régiments auxiliaires : des archers crétois, des frondeurs des Baléares, des cavaliers numides aux costumes bariolés qui s'interpellent dans une langue gutturale et étrange, des détachements de mercenaires germaniques. La butte est couverte de soldats, qui s'emploient à en fortifier les points les plus élevés avec des sacs, des troncs d'arbres, des tranchées : au total, environ 35 000 guerriers, supérieurement armés et prêts à en découdre.

En face d'eux, les Helvètes ont compris que l'heure de la grande bataille a sonné. Ils rassemblent leurs chariots entre l'étang de Montmort et la colline où se tient l'armée romaine, et laissent auprès d'eux 15 000 guerriers pour les garder. Puis, après avoir rejeté les 4 000 cavaliers celtes de l'armée romaine, qui avaient mission de gêner leurs déplacements, ils forment la phalange, en rangs serrés, à la mode gauloise, c'est-à-dire de telle sorte que leurs boucliers, qu'ils tiennent du bras gauche, se touchent, bord à bord.

César allait livrer la première grande bataille de sa vie, en même temps que la première grande bataille de la guerre des Gaules. Il n'était pas encore midi.

Sur la colline, entouré des siens, César reste un instant immobile et muet. Pas un des guerriers romains ne bouge. Tous ont les yeux fixés sur la marée guerrière qui grouille dans le val. Le silence est solennel.

Ni César, ni ses soldats ne s'étaient trouvés en présence d'un si grand nombre d'ennemis. Les cent mille Helvètes, avec leurs casques à pointe étincelants et leurs cent mille boucliers, semblent un monstre énorme et mouvant. Déjà, pesamment, ils escaladent les flancs de la colline et montent à l'attaque.

Le proconsul est descendu de son cheval et il invite du geste ses généraux, ses officiers, ses cavaliers à mettre pied à terre, comme lui. Il donne l'ordre aux palefreniers et à leurs servants de conduire les montures à l'écart :

– Nous devons donner l'exemple du courage à nos légionnaires, dit-il, il faut que le péril soit égal pour tous et que personne ne puisse espérer s'enfuir.

Et comme certains insistaient et lui ramenaient son cheval, il le refuse :

– Quand j'aurai vaincu les Helvètes, dit-il, je le monterai à nouveau, pour les chasser et les poursuivre ; mais, pour l'heure, sus à l'ennemi.

Puis il harangue ses troupes, comme le font toujours les généraux, et le combat s'engage.

Les légionnaires s'élancent au pas de course sur les pentes de la butte de Montmort, brandissant leurs javelots qu'ils lancent de toute leur force sur la phalange helvète. Comme celle-ci est en contrebas, la salve est meurtrière, d'autant que les boucliers gaulois sont tellement rapprochés qu'ils s'emboîtent parfois l'un dans l'autre et que, souvent, un seul javelot en perce deux ou trois à la fois. La violence des traits tord les ferrures et les poignées des écus ennemis, paralysant ainsi le bras gauche des combattants. On en voit qui, incapables de s'en défaire et de se mouvoir, tombent percés de traits qu'ils ne peuvent plus parer. D'autres, après avoir longtemps secoué le bras, finissent par laisser tomber le bouclier encombrant, et combattent à découvert ; ils périssent eux aussi, la poitrine percée de flèches numides ou crétoises.

Lorsque la phalange gauloise est ainsi disloquée, les légionnaires tirent l'épée et chargent à leur tour. Les Helvètes, épuisés par leurs blessures, effrayés par les javelots, les flèches et les pierres qui pleuvent de toutes parts, commencent à reculer et se réfugient sur une butte voisine, à environ mille pas (1 500 m) de là, afin de souffler, de panser leurs blessures et de laisser le champ libre aux troupes qu'ils tenaient en réserve, conformément à la tactique militaire traditionnelle des Celtes, et qui attendaient le moment opportun pour intervenir.

Les voici justement qui foncent sur les légions romaines, dont nombre de combattants ont laissé leur épée dans les flancs de leurs adversaires et se trouvent, de ce fait, désarmés. Ce sont des Gaulois d'Aquitaine et de Belgique, alliés des Helvètes, au nombre de 15 000. Ils sont vaillants, frais et dispos, et ils prennent à revers les soldats romains, dans les rangs desquels les pertes ont été nombreuses. À peine ont-ils lancé un premier assaut que les Helvètes redescendent de la butte sur laquelle ils s'étaient regroupés, après la meurtrière attaque romaine initiale, et engagent à nouveau le combat, forçant ainsi les Romains à se battre sur deux fronts.

Ceux-ci vont-ils faiblir sous le nombre ? César a compris le danger. Il donne l'ordre aux légions de vétérans, celles qui étaient en première ligne et qui avaient ouvert la bataille, de faire face aux Helvètes rescapés qui ont repris la lutte, et il envoie les XIe et XIIe légions

– en réserve sur la crête de la colline de Montmort – au-devant des troupes fraîches que l'ennemi vient de lancer dans la bataille.

Cette fois-ci, l'armée romaine est en grand péril. Les légions XI et XII, fixées par les réserves ennemies, et les légions de vétérans courent le risque d'être cernées. La double bataille, dira plus tard César, fut dure, acharnée et longtemps indécise. Le proconsul, Hirtius et Labiénus étaient partout à la fois, bien protégés par un cercle de boucliers que dressaient au-dessus de leur tête les légionnaires qui les entouraient. César admirait le courage de ses ennemis :

– Voilà bientôt dix heures que l'on se bat, et je n'en ai pas encore vu un seul tourner le dos et s'enfuir.

– Ce n'est pas comme certains blancs-becs de mes légions cisalpines qu'on m'a envoyés de Rome, dit Labiénus.

– Regarde, là-bas, sur ta droite, dit César, encore des Helvètes. Mais d'où sortent-ils ? Plus il en tombe, plus il en surgit.

– Ce sont des civils, fait observer Hirtius, ils ont sans doute été armés au dernier moment. Mais quel courage ! Il y a même des femmes parmi eux ! Ils se battent comme des professionnels.

– Où sont-ils, ces civils ? demande brusquement César. Il faudrait peut-être les empêcher de venir aider leurs guerriers.

– D'après nos éclaireurs, ils sont près de l'étang de Montmort, au bord du fleuve.

– Hirtius, prends deux ou trois cohortes avec toi et va les déloger. Passe derrière la montagne (de Montmort), les Helvètes ne te verront pas.

– Et s'ils sont trop nombreux ?

– Dans ce cas, reviens immédiatement ; j'aviserai.

Il fallut plus d'une demi-heure à Hirtius pour réunir un millier de légionnaires et descendre jusqu'à l'étang, où l'attendait un étrange spectacle. Les Helvètes avaient formé une énorme barricade circulaire avec leurs chariots, derrière laquelle venaient se réfugier, par paquets, leurs soldats blessés ou en fuite. Ils semblaient prêts à soutenir un siège. Hirtius fit mine de s'avancer, avec ses fantassins, mais ils furent accueillis par une volée de javelots et de piques, qui blessèrent plusieurs soldats, les uns à la tête et les autres aux jambes, à mesure qu'ils approchaient, selon que les traits étaient lancés du haut de la barricade ou par-dessous, entre les roues.

Hirtius fait demi-tour avec ses cohortes et retourne sur le champ de bataille, où il fait son rapport à César.

– Il ne manquait plus que ça, dit le proconsul. Je ne peux pas m'empêcher d'admirer l'énergie de ces barbares : ce n'est pas à Rome qu'on verrait cela. Nos sénateurs veulent bien défendre la patrie, mais à la Curie, en toge, de la voix et du geste : il n'y en a pas un seul qui serait capable de combattre pour sa patrie comme le plus obscur de ces Helvètes.

– Et ici, où en sommes-nous ? s'enquiert Hirtius.

– Nous sommes en train de gagner la bataille, mais c'est horrible ; ils ne cessent de combattre que morts : c'est une véritable hécatombe.

– Et chez nous ?

– Hélas, les pertes sont lourdes aussi. Il faudra reconstituer nos légions. J'espère que l'argent de Crassus y pourvoira : je vais lui écrire dans ce sens.

– Que fait-on, maintenant ?

– Les Helvètes sont aussi fatigués que nous ; ils sont en train de se replier.

– Où donc ?

– Les uns sur les collines environnantes, mais je pense que la plupart vont se retirer derrière les barricades de chariots que tu as repérées. Si les civils les ont construites, c'est évidemment sur l'ordre des chefs militaires, qui voulaient se préparer un ultime point de repli.

César avait bien jugé. Et il fallut se battre fort avant dans la nuit, à la lueur des brasiers, autour des chariots et des bagages helvètes. Vers deux ou trois heures du matin, après un long combat, les Romains finirent par se rendre maîtres de ce camp retranché. Il était presque vide de combattants, car la plupart d'entre eux – 140 000 environ – avaient pu s'enfuir dans les ténèbres : les prisonniers de César étaient des vieillards, des femmes et des enfants.

Il y avait quatorze heures que le combat avait commencé.

Le 25 juin, le jour se leva sur la victoire de César.

Amère victoire. Il fallut aux Romains trois jours pour enterrer leurs morts et soigner leurs blessés, trois jours pendant lesquels César fit ses comptes avec ses généraux.

– Nous avons indiscutablement gagné une grande bataille, mais nous n'avons pas gagné la guerre. Un centurion a trouvé, dans les tableaux des Helvètes, des tablettes écrites en caractères grecs. Elles confirment ce que nous savions déjà à Genève : il y a eu 368 000 émigrants. Or, nous avons tué quelque 35 000 Tigurins à Mâcon, et, aujourd'hui, sans doute 80 000 Helvètes et 30 000 Boïens...

– Au fait, César, d'où viennent-ils ces Boïens ? demande Labiénus.

– Ce sont des Celtes qui avaient émigré vers le Danube et qui sont revenus s'allier avec les Helvètes.

– Si l'on additionne les morts, nous sommes loin du compte : il nous manque plus de 200 000 hommes, dit Hirtius.

– Oui, dit César, mais il n'y a pas que des Helvètes parmi eux : il y a aussi des Germains qui ont combattu avec eux. Bref, je pense que le nombre d'Helvètes en fuite est entre 110 000 et 130 000. La question qui se pose est : qu'allons-nous en faire ?

– Il faut reprendre la poursuite et les exterminer, César, dit Hirtius ; nous l'avons promis aux Éduens.

– Je ne suis pas de cet avis, répond le proconsul. En premier lieu parce que nos troupes sont non seulement diminuées de moitié, mais aussi épuisées et incapables, pour l'instant, de continuer le combat...

– Sur ce point, je suis d'accord, dit Labiénus. Il n'est pas question de repartir sur les chemins gaulois avant plusieurs jours.

– En second lieu, poursuit César, les Helvètes sont plus épuisés que nous, et ce sont surtout des vieillards, des femmes et des enfants qui sont en fuite ; il ne leur reste plus beaucoup de guerriers. À quoi bon les poursuivre pour avoir le plaisir de les massacrer ? Je ne suis pas ivre de sang, moi : ne me confondez pas avec Sylla.

– Alors, que proposes-tu ?

– De convoquer les chefs helvètes encore en vie et de leur accorder le pardon de Rome s'ils consentent à rentrer chez eux. D'ailleurs, à mon avis, ils sont déjà en route : un de mes informateurs m'a rapporté qu'ils étaient chez le peuple gaulois des Lingons, à *Dibio* (Dijon) : il les y a vus. Mais je veux m'assurer qu'ils n'y resteront pas ; c'est pourquoi j'ai renvoyé mon informateur avec un message pour les Lingons : s'ils veulent rester amis avec Rome, ils ont intérêt à ne pas porter secours aux Helvètes ; sinon, je les traiterai comme eux.

Les ordres de César parvinrent aux chefs lingons en deux jours, et ils lui obéirent, comme l'avaient fait les Éduens quinze jours plus tôt. Les Helvètes, n'ayant plus le choix qu'entre mourir de faim ou se rendre, envoyèrent des députés à César pour traiter.

Bibracte, le 28 juin de l'an 696 de Rome.

CÉSAR À SON CHER CRASSUS, SALUT !

La campagne contre les Helvètes est terminée. En moins d'un mois, j'ai tué dans l'œuf les ambitions des Éduens qui, sous prétexte de nationalisme gaulois, voulaient s'imposer comme les arbitres de la Gaule, et je leur ai imposé la protection de Rome, j'ai infligé aux Helvètes une défaite cuisante et je viens de leur dicter mes conditions de paix que voici : qu'ils me livrent toutes leurs armes, et celles des tribus qui les ont suivis dans leur folle chevauchée, que tous leurs survivants – ils sont environ 130 000 en comptant les cantons des Verbigènes et des Tigurins – rentrent dans leur pays, qu'ils reconstruisent leurs villages et leurs cités et qu'ils me donnent des otages, garants du traité de paix que je vais établir et que tu feras approuver par le Sénat. D'autre part, comme ils avaient détruit toutes leurs récoltes avant leur exode du mois de mars, j'ai donné ordre aux Allobroges de leur fournir du blé, en attendant la moisson de l'année prochaine, au nom de la « solidarité celtique ».

Comme tu le vois, j'ai fait preuve d'une générosité qui a étonné tous les Gaulois, mais aussi d'une fermeté dans la conduite de la campagne qui en a fait réfléchir plus d'un : dorénavant, à travers toute la Gaule, le nom de César, associé à celui de Rome, est à la fois craint pour sa sévérité et vénéré pour sa clémence. Fais-le savoir à Pompée et aussi au Sénat.

En revanche, garde pour toi ce que je vais te dire maintenant : la raison profonde pour laquelle, au début de mon consulat, j'ai poussé Vatinius à me faire attribuer le gouvernement des Gaules.

Tu connais depuis longtemps mon grand dessein, celui de créer un État unique qui s'étendrait des côtes de l'Atlantique à celles de la mer Noire, avec une même loi pour tous et un monarque héréditaire. Un tel empire, n'ayant pas de rival, vivrait en paix pour les siècles des siècles, et les portes du temple de Janus, que nous autres, Romains, nous tenons ouvertes en temps de guerre, seraient fermées à jamais (au fait : ont-

elles été une seule fois fermées, depuis la fondation de Rome ?).

La réalisation de ce rêve exige que nous contenions les barbares germaniques au-delà du Rhin et du Danube. C'est pourquoi j'ai exigé que les Helvètes retournent dans les montagnes de l'Helvétie : ce beau pays, riche et vide, aurait, tôt ou tard, attiré les Germains, qui ne se seraient pas gênés pour envahir ensuite la Narbonnaise, la Gaule cisalpine et toute l'Italie.

Mais il y a plus. Ces mêmes Germains louchent sur la Gaule celtique, sur son terroir fécond, sur ses mines de fer, ils envient aussi bien le mode de vie, simple et joyeux, des Celtes que le luxe et la riche civilisation des Romains. Qu'ils franchissent le Rhin, comme le firent jadis les Teutons, comme tente de le faire régulièrement le Suève Arioviste avec ses hordes et comme le tenteront, dans l'avenir, d'autres Germains, plus terribles que lui peut-être, alors le pire peut arriver. Et le pire, ce sera l'écroulement de l'univers de paix et de justice que Rome a les moyens de construire et la fin de Rome elle-même.

Les Gaulois, avec leurs divisions, leur nonchalance, leur manque d'organisation, sont une proie facile pour ces sauvages irascibles, incultes et capricieux. Le devoir de Rome, donc mon devoir, est de préserver son empire provisoirement sans empereur, que baigne de toutes parts la Méditerranée, contre les invasions du Nord. C'est aussi la mission naturelle des Gaulois, Helvètes compris, mais, désunis comme ils le sont, ils ne peuvent s'en acquitter : ils la rempliront lorsqu'ils seront, tous, des citoyens romains... et que dis-je, romains : des citoyens européens.

Je n'ai pas besoin de t'en dire plus, tu m'as déjà compris. C'est à moi de faire des Séquanes, des Éduens, des Helvètes, des Belges, des Arvernes, des Celtes d'Armorique et d'Aquitaine, un grand et puissant peuple, qui alliera les qualités des Gaulois à celles des Romains, un peuple gallo-romain. C'est à moi de le créer, d'écrire les premières pages de son histoire, comme je viens de le faire, sans qu'ils s'en doutent, pour les Éduens et les Helvètes. Quand bien même il me faudrait utiliser le terrible accélérateur de l'histoire qu'est la guerre.

Voilà pourquoi j'ai poussé Vatinius, en avril 59, à m'octroyer par plébiscite le gouvernement de la Gaule cisalpine, gouvernement qui fut étendu par les Pères conscrits eux-mêmes à la Gaule transalpine, avec les pouvoirs que tu sais. Il me reste à créer la Gaule romaine et, selon la loi Vatinia, *je n'ai plus que quatre ans pour ce faire. Porte-toi bien.*

Bibracte, début août, an 696 de Rome (58 av. J.-C.).

CÉSAR À SON CHER CRASSUS, SALUT !

Les nouvelles que je reçois de Rome m'enchantent. L'élection de Métellus Népos au consulat pour l'année 57 doit mettre Pompée dans tous ses états. Je suis certain que bien des chevaliers, qui ne m'aiment pas, doivent lui conseiller de quitter le triumvirat et de rompre avec moi, par exemple en répudiant ma fille Julie ; mais je sais qu'il l'adore et qu'il ne le fera pas. Je ne risque donc pas de le voir se mêler des affaires gauloises, qui sont excessivement complexes.

L'accélérateur de l'histoire dont je te parlais dans ma dernière lettre se pointe à l'horizon et, pour une fois, je n'ai pas eu besoin de le fabriquer moi-même, bien que ma victoire sur les Helvètes en soit plus ou moins la cause. Tu vas bondir de joie en l'apprenant : l'assemblée générale de tous les chefs gaulois a voté la guerre contre les Germains... et m'a supplié de la faire. Tout s'est arrangé à merveille, grâce à Diviciac, qui m'a rendu ici le même service que les tribuns de la plèbe me rendaient à Rome en proposant au Sénat des lois dont j'avais écrit le texte en coulisse.

Je me suis fait le raisonnement suivant : 1° Pour que je fasse la guerre aux Germains, il faut que le Sénat m'y autorise. 2° Pour que le Sénat m'y autorise, il faut, d'une part, qu'il y ait un casus belli *qui mette en péril un peuple gaulois et, d'autre part, que ce peuple gaulois appelle Rome à son secours. 3° Pour que Rome réponde à cet appel, il faut que le* casus belli *risque d'avoir des conséquences néfastes pour la Province narbonnaise, comme ce fut le cas avec les Helvètes : par exemple que les Gaulois soient obligés de s'enfuir devant les Germains et de se réfugier dans notre Province.*

Le problème était donc pour moi de faire en sorte que ces trois conditions fussent réalisées en même temps, et de souffler sur le feu pour que tout explose. C'est ce qui s'est produit : 1° Le casus belli *est quotidien, puisque, tous les jours, Arioviste franchit le Rhin, envahit le territoire des Séquanes, les emmène en captivité, etc. 2° Les peuples gaulois voisins des Séquanes ont peur de subir le même sort, et en particulier les Éduens, qui sont devenus, avec les Arvernes, les chefs de file de la politique gauloise,... et le prince des Éduens n'est autre que ce brave Diviciac. 3° Diviciac a expliqué aux autres chefs des nations gauloises qu'Arioviste était un véritable danger pour la Gaule, et, en cela, il a parfaitement raison ; ils en ont conclu qu'il fallait faire une sorte de guerre préventive contre les Suèves, sinon tous les peuples gaulois seraient dans la même situation que les Helvètes au mois de mars dernier et, au bout du compte, ils risquaient de se retrouver tous aux frontières de la Narbonnaise. Conclusion : pas plus tard qu'aujourd'hui les chefs gaulois m'ont demandé officiellement de les secourir.*

Il subsiste cependant une difficulté : Arioviste a été reconnu « ami du peuple romain » par le Sénat, et j'entends d'ici Caton proclamer que c'est un coup monté par moi et que le peuple romain n'a aucune raison de déclarer la guerre à un « ami », même pour protéger les Éduens ; mes centurions et mes légats, qui sont pointilleux en matière de droit de la guerre, penseront sans doute de même. D'où l'ultime manœuvre que va faire ton ami César : je vais demander une entrevue à Arioviste, provoquer sa colère et lui faire commettre une bévue diplomatique de taille, comme de donner un ambassadeur romain à manger à ses cochons ou de le mettre aux fers. Alors Rome sera bien obligée de déclarer la guerre aux Germains.

Moi, je me charge du reste. Porte-toi bien !

CHAPITRE IX

Le chiffon rouge qui déchaîna Arioviste

(août 58)

Il avait plu abondamment ce jour-là. Une semaine déjà s'était écoulée, depuis l'assemblée de Bibracte, une semaine pendant laquelle César n'avait pas perdu son temps. Il avait envoyé Germanicus, son fidèle Sicambre, et quelques autres informateurs de l'autre côté du Rhin, afin de recueillir des informations sur le camp d'Arioviste et sur les mouvements de son armée :

comme à son habitude, il n'entendait pas s'embarquer dans un conflit, politique ou militaire, sans connaître l'état des forces de l'ennemi. Dans l'attente de ces renseignements, il avait confié à son légat, Labiénus, le soin de mettre la Xe légion – la plus expérimentée et la plus valeureuse – sur le pied de guerre, et de préparer ses officiers et ses centurions à une expédition de « reconnaissance et de routine » sur la rive droite du Rhin ; César se méfiait des espions d'Arioviste et des bavardages intempestifs des légionnaires :

– Silence absolu sur mes intentions, avait-il précisé à Labiénus, cette affaire est *secretissima* ; rien n'en doit transpirer. Méfie-toi de tout le monde, car le Germain est loin d'être un rustre, et il a des espions partout.

– Comme toi, César, lui avait répondu son lieutenant en souriant.

– Pas tout à fait comme moi : mon service de renseignement est beaucoup mieux organisé, car il fonctionne en permanence et non pas au coup par coup. Je n'aime pas être pris au dépourvu, c'est pourquoi je n'ai attendu ni les doléances des Éduens, ni les pleurs de Diviciac pour faire surveiller Arioviste ; et maintenant, Germanicus va arriver d'une minute à l'autre, avec des nouvelles fraîches.

Le soir même, en effet, le Sicambre faisait à César un rapport circonstancié sur les mouvements des Suèves :

– L'armée d'Arioviste campe à quinze jours de marche de Bibracte, à l'est du Rhin, lui dit-il. C'est une armée terrible d'au moins 100 000 hommes, avec des chariots, des femmes, des enfants : je n'ai jamais vu tant de personnes assemblées. Pour l'instant, ils semblent ne pas se préparer à quitter leur camp.

– Combien de temps faut-il à un cavalier pour atteindre leur campement, en partant d'ici ?

– Trois ou quatre jours.

– Parfait. J'ai l'intention de lui envoyer une ambassade.

– Dans quel but, César ?

– Je vais te mettre dans la confidence, Germanicus. Après tout, tu es l'un des chefs de mes réseaux d'agents secrets, et il est bon que tu saches de quoi il retourne : j'ai promis mon appui aux Gaulois, qui ont une peur bleue des Germains.

– Une peur justifiée, César. Arioviste est un conquérant ravageur, et, depuis trois ans déjà, il occupe le tiers du territoire des Séquanes : il y a logé près de 25 000 des siens.

– Tu ne m'apprends rien. Ce sont les Arvernes et les Séquanes eux-mêmes qui l'ont appelé à l'aide pour combattre les Éduens. Que veux-tu, les Gaulois n'ont jamais vu plus loin que le bout de leur nez, et leur démarche était suicidaire, car ils ont introduit le ver dans le fruit. Tu comprends bien qu'Arioviste n'a pas hésité un seul instant, et, pour prix de son intervention, il a exigé que les Séquanes lui cèdent une partie de leur territoire et lui fournissent des otages : maintenant, il pèse sur le destin de la Gaule.

– Heureusement que tu es arrivé, César.

– Oui, heureusement, et les Séquanes l'ont enfin compris ; je les ai réconciliés avec les Éduens. Quant aux Arvernes, ils rongent leur frein et rêvent d'hégémonie.

– Quelles sont tes intentions ? Tu veux jouer les arbitres ?

– Officiellement, je veux faire la paix, et négocier avec Arioviste : c'est ce que j'ai dit aux Gaulois ; mais, en réalité, je veux écraser dans l'œuf la puissance germanique, et j'en ai l'occasion. Les Germains sont devenus, par la nature des choses, les ennemis héréditaires de Rome. On l'a bien vu il y a cinquante ans, avec les Cimbres et les Teutons, et, sois-en certain, ce genre d'invasions recommencera bientôt si je n'agis pas. Il est dangereux pour le peuple romain que ces Germains, incultes et violents, prennent l'habitude de passer le Rhin impunément ; si on les laisse faire, ils finiront par occuper toute la Gaule, puis ils passeront en Narbonnaise et, de là, marcheront sur l'Italie, comme jadis les Cimbres et les Teutons.

– Tu veux l'attaquer par surprise ?

– Impossible. Il y a une sorte de traité entre Rome et les Suèves ; leur roi a été déclaré par le Sénat « ami du peuple romain ». Je n'ai pas le droit de le rompre et je ne peux faire la guerre à Arioviste que s'il le dénonce lui-même par une agression caractérisée contre Rome.

– Alors ?

– Alors, cette agression, je vais la provoquer subtilement, comme je sais le faire.

– César, tu en as trop dit ou pas assez ; explique-moi ton plan.

– Je ne l'expliquerai qu'à mon ambassadeur, chacun sa spécialité. Il parle latin, Arioviste ?

– Très mal.

– Et toi, tu comprends son dialecte ?

– Il est assez proche de celui des Sicambres.

– Tu me serviras d'interprète, comme cela, tu sauras tout. Repose-toi : tu partiras demain matin, au lever du soleil.

Le lendemain matin, aux premières lueurs de l'aube, cinq cavaliers quittaient le camp romain : l'ambassadeur de César, Germanicus, et trois légionnaires, bien armés, en prévision des mauvaises rencontres, toujours possibles dans cette partie de la Gaule. Trois jours plus tard, fourbus et crottés, ils parvenaient au camp d'Arioviste. Le roi des Suèves les reçut, sans armes et presque nu, car il faisait déjà fort chaud, entouré de ses deux femmes et de ses deux filles.

– Roi des Germains, Salut ! Je t'apporte un message de César, proconsul des Gaules, dit l'ambassadeur romain.

Germanicus commence à traduire, mais le Germain l'interrompt :

– Laisse. Depuis quatorze ans que je guerroie, j'ai appris à parler latin.

Puis, se tournant vers l'envoyé de César :

– Dis ton message.

– César désire s'entretenir avec toi d'une affaire d'État d'une extrême importance, aussi bien pour lui que pour toi, concernant les pays gaulois. Son camp est actuellement près de Bibracte, et il te propose de venir le rencontrer, seul à seul, à mi-chemin de vos deux armées.

Arioviste toise avec mépris l'ambassadeur romain et lui répond, brutalement :

– Tu diras à ton maître que moi, Arioviste, si j'avais eu quelque chose à demander à César, je serais allé le trouver moi-même, au lieu de lui envoyer un valet : si César tient à s'entretenir avec moi, qu'il se dérange donc lui-même. De toute façon, même si je condescendais à me déplacer, a-t-il au moins songé combien ce serait dangereux pour moi que de me rendre, seul et sans armée, dans le pays des Séquanes ou des Éduens, qui veulent ma mort ? Et combien cela me coûterait de temps et de peine que de rassembler une armée pour m'y rendre ?

L'ambassadeur romain ne savait que répondre, pas plus aux insolences que venait de proférer Arioviste qu'aux objections, d'ailleurs compréhensibles, qu'il soulevait, d'autant que le Germain devenait plus véhément et même grossier :

– Explique-moi donc, ambassadeur de mes fesses, en quoi les pays gaulois concernent-ils César ? En quoi les Romains ont-ils leur mot à dire sur les affaires d'une partie de la Gaule, j'entends les pays des Éduens et des Séquanes, que j'ai déjà partiellement conquise et dont je considère qu'elle m'appartient ? Est-ce que je lui demande des comptes sur la Narbonnaise ou sur la Gaule cisalpine ? Va donc dire à ton maître que sa requête est impertinente, et tiens-toi pour heureux que je ne te fasse pas embrocher, avec ceux qui t'accompagnent. Allez, fichez-moi le camp avant que je ne me fâche !

Les Romains ne se le firent pas dire deux fois et repartirent, à bride abattue, vers le Rhin. Trois jours plus tard, l'ambassadeur rapportait à César, mot pour mot, la réponse du chef germanique.

– Cette fois, le poisson a mordu, dit le proconsul à Labiénus.

– Il a fait plus que mordre, il a insulté le peuple romain.

– Oui, et je m'attendais à cette réponse : Arioviste est rusé, mais il est aussi orgueilleux et violent, et il a réagi comme je voulais qu'il réagisse, par des insultes. Il est tombé dans le panneau.

– Je ne comprends pas, dit le légat.

– Les militaires ne comprennent jamais les politiques. Les insolences de ce Germain ne sont que des paroles ; il m'en faut davantage, pour avoir le droit de rompre le traité d'amitié que le Sénat a conclu avec lui. Je vais donc lui envoyer une autre ambassade, non plus pour l'inviter à me rencontrer, mais avec un message de protestation assorti de menaces de représailles s'il se permet de franchir le Rhin à nouveau. Ce communiqué va produire sur ce taureau germanique l'effet d'un chiffon rouge que l'on agite : j'imagine déjà son mufle fumant de rage.

Quelques minutes plus tard, en présence de Labiénus, César dictait à un secrétaire le texte de son message au roi des Germains

CÉSAR À ARIOVISTE, ROI DES GERMAINS, SALUT !

Lorsque j'étais consul, je t'ai fait décerner par le Sénat les titres de « roi des Germains » et d'« ami de Rome ». Aujourd'hui, je t'invite à me rencontrer pour que nous convenions ensemble des règles qui doivent régir les rapports des Germains et des Gaulois, et ta façon de me témoigner ta reconnaissance, c'est de refuser cette invitation, dans des termes que je déplore. En conséquence, moi, César, proconsul des Gaules, je renonce à toute négociation et je te signifie les exigences de Rome :

1° Abstiens-toi, dorénavant, de faire franchir le Rhin à de nouvelles bandes pour les établir en Gaule ;

2° Restitue aux Éduens les otages que tu as exigés d'eux il y a trois ans, quand tu étais l'allié des Séquanes ;

3° Ordonne aux Séquanes de rendre eux aussi leurs otages au peuple éduen ;

4° Prends l'engagement solennel de ne plus porter la guerre chez les Éduens, ni chez leurs alliés.

Si telle est ta conduite, alors moi, César, et le peuple romain nous continuerons de t'honorer de notre amitié.

Sinon, en vertu de la décision du Sénat de Rome qui a décrété récemment que la protection des peuples gaulois amis de Rome, et en particulier des Éduens, était une des missions du proconsul de la Gaule cisalpine et de la Gaule narbonnaise, moi, César, en tant que proconsul de ces provinces, je ne laisserai pas impunis les torts et les violences qui seront faits à ces peuples.

– Qu'est-ce que tu penses de ce texte ? demande César à Labiénus.

– Ce n'est pas une simple lettre qui effraiera Arioviste.

– Je ne cherche pas à lui faire peur, réplique César, je cherche à l'irriter, comme on excite une bête sauvage, à le pousser à commettre une offense irréparable qui me donnera le droit de le considérer comme déchu de son titre d'« ami du peuple romain » et de lancer mes légions contre lui.

Germanicus approuvait, en silence, les propos de César, qui avait entrepris un petit cours de politique internationale à l'intention de Labiénus :

– Lorsqu'un État désire faire la guerre à un autre État, quel qu'en soit le prétexte, il ne doit jamais la déclarer lui-même ; ses chefs doivent faire en sorte que ce soit leur ennemi qui la déclare, et ils auront la bénédiction de l'histoire.

– Et tu penses qu'Arioviste va se laisser prendre au piège ? lui demande Labiénus.

– Il va s'y précipiter. Qu'en dis-tu, Germanicus, toi qui connais bien le tempérament des Germains ?

– À mon avis, Arioviste est plus malin que tu le crois, César. Il sait que tu veux la guerre, et il a besoin de gagner du temps, pour achever ses préparatifs ; c'est pourquoi il temporisera. Attends-toi à une réponse diplomatique, en bonne et due forme.

Germanicus avait vu juste. Une semaine plus tard, l'ambassadeur de César revenait de Germanie, porteur de la réplique d'Arioviste, écrite sous sa dictée.

Sous la tente « papillon » du proconsul, qui était entouré de tous ses généraux, il faisait une chaleur étouffante et lourde, une chaleur de mois d'août, annonciatrice d'orages bienfaisants. Tous étaient conscients de vivre un moment historique : c'était la destinée de Rome qui était en jeu. Nul, pas même César, ne disait mot et, dans un silence impressionnant, l'ambassadeur lut lentement la réponse d'Arioviste au proconsul :

ARIOVISTE, ROI DES GERMAINS,
À CÉSAR, PROCONSUL DES GAULES, SALUT !

Les lois de la guerre veulent que les vainqueurs imposent leur autorité aux vaincus comme bon leur semble, et non pas selon les ordres d'un tiers, et il en est ainsi dans les traditions de Rome. De même que moi, roi des Germains, je ne prescris pas à Rome de quelle manière elle doit traiter ses ennemis vaincus et user de ses droits de vainqueur, de même il convient que Rome s'abstienne de prescrire sa conduite de vainqueur au roi des Germains.

Les Éduens ont tenté la fortune des armes et ils ont perdu : ils sont donc devenus mes tributaires en vertu des lois de la guerre, et Rome n'a rien à voir dans cette affaire. C'est en vertu d'un traité de paix entre moi, leur vainqueur, et eux, les vaincus, qu'ils doivent me payer tribut et que j'ai pris chez eux des otages en garantie. Un point, c'est tout.

Depuis que tu es arrivé en Gaule, César, tu m'as causé un grave préjudice. Les Éduens ne me payent plus leur tribut, au prétexte qu'ils doivent entretenir ton armée : « Les Romains nous prennent tout », me disent-ils, pour excuser leurs manquements. Cela ne me concerne pas : qu'ils s'arrangent avec vous, les Romains, comme ils l'entendent, mais qu'ils me payent mon dû. Quant aux otages qui sont en ma possession, conformément aux lois de la guerre, je ne vois pas pourquoi je les rendrais !

J'en viens à ta menace de ne pas laisser impunis les torts faits aux Éduens. Tu ne sais pas ce que tu dis, César, et tu me fais sourire : personne ne s'est encore mesuré à moi, sinon pour son malheur. Tu veux m'attaquer ? Viens quand tu veux : tu apprendras alors ce que des Germains, qui n'ont jamais été vaincus, qui, depuis quatorze années, n'ont pas couché sous un toit, sont capables de faire.

À peine l'ambassadeur avait-il terminé sa lecture, que des protestations véhémentes fusent de toutes parts. Les généraux de la plus puissante armée du monde, héritière des armées de Marius qui avaient, jadis, exterminé les Numides, les Cimbres et les Teutons, des armées de Pompée qui avaient conquis l'Espagne, triomphé de Mithridate et soumis les barbares d'Asie, tremblaient de fureur.

– C'est une insulte au peuple romain tout entier !

– César, partons immédiatement donner une leçon à ce barbare !

– La gloire de Rome est tombée en quenouille !

– Cette lettre d'Arioviste lui ôte tout droit au titre d'« ami du peuple romain » !

César, lui, reste impassible. Il attend que le calme revienne et, lorsque tout le monde s'est tu, il prend la parole :

– Mes amis, le moment n'est pas encore venu de faire la guerre à cet Arioviste. Avant que vous n'arriviez, j'ai lu attentivement la réponse du Germain : elle est très habile. Le roi évoque un prétexte de rupture, mais il cherche à m'en laisser la responsabilité. Or, cette responsabilité, je ne veux pas l'assumer, ni devant l'histoire, ni devant le peuple romain. Les Suèves ne sont pas les Helvètes, et la défaite est possible : que dirait-on, à Rome, si nos vaillantes légions étaient taillées en pièces et si les Suèves envahissaient la Narbonnaise, la Cisalpine et atteignaient les murailles de Rome ?

– Nous n'allons cependant pas rester ici, les bras ballants, à attendre Arioviste, dit Labiénus.

– Certainement pas, et je vais même vous annoncer que nous ferons mouvement dès demain dans la direction de *Dibio* (Dijon), un petit village chez les Séquanes, annonce César à son auditoire éberlué.

– Mais, proconsul, remarque un tribun militaire frais émoulu dans son grade, tu viens de nous dire ne pas vouloir marcher contre Arioviste immédiatement.

– Qui vous parle d'Arioviste et de ses Suèves ? dit César, qui s'amuse à jouer au chat et à la souris avec ces officiers inexpérimentés et naïfs ; je vais combattre les Harudes.

Silence de mort. Les généraux ne comprennent plus rien, sauf Labiénus qui, en vieux routier qu'il est, sait de quoi il retourne. Les Harudes étaient un groupe de tribus germaniques, liées aux Suèves, qu'Arioviste avait envoyées s'installer dans le pays des Séquanes : après la moisson, ces barbares avaient coutume de franchir la Saône et de piller les greniers de leurs voisins, les Éduens. La nouvelle était arrivée le matin même, apportée par une délégation d'Éduens, que les Harudes avaient envahi une partie de leur territoire et l'avaient ravagée.

César laisse Labiénus donner ces explications à ses collègues, puis reprend la parole :

– J'ai aussi une autre nouvelle à vous communiquer ; elle me vient des Trévires, un peuple gaulois qui vit sur les rives de la Moselle : une centaine de clans appartenant au peuple des Suèves, mais qui ne dépendent pas d'Arioviste, ont franchi le Rhin en Germanie supérieure (dans la région de Mayence). Vous voyez donc, mes amis, que j'ai deux bonnes raisons de m'avancer vers le Rhin avec mes légions, deux raisons qui n'ont rien à voir avec Arioviste et qui relèvent de la mission que j'ai reçue du Sénat : veiller à la sécurité des Gaules et, en particulier, de la Gaule narbonnaise.

– Le Rhin est bien loin de la Narbonnaise, objecte un jeune officier, que la perspective d'une campagne contre les barbares n'enchante guère.

– Tu as raison, mais le Rhin est la dernière barrière naturelle entre les hordes germaniques et notre Province : il y va de la sécurité de Rome elle-même. Allez, rejoignez vos unités et faites les préparatifs nécessaires à un départ imminent des troupes, conclut César, je vous donnerai d'autres instructions demain matin.

L'état-major, au grand complet, quitte alors la tente du proconsul :

– Tu avais déjà entendu parler des Harudes et des Trévires ? demande un jeune officier à Labiénus. Ce ne serait pas un faux bruit, un bobard que César aurait lancé lui-même, pour se bâtir un alibi aux yeux du Sénat ? À mon avis, cette campagne contre Arioviste, il l'a décidée il y a belle lurette, et cette soi-disant invasion des Harudes est un prétexte fabriqué de toutes pièces.

– Oh ! moi, répond le légat, je ne fais pas de politique, mais je connais les Harudes ; ce n'est pas la première fois qu'ils font leur apparition en Gaule : Arioviste leur a d'ailleurs promis des terres chez les Séquanes, autour de *Vesontio* (Besançon).

– Et ces tribus de Germanie supérieure ?

– Alors, là, première nouvelle ! s'exclame Labiénus.

– C'est peut-être un autre bobard césarien...

– Ce ne serait pas impossible.

Le 16 août au petit matin, alors qu'il faisait encore nuit, l'armée romaine prenait la route de Dijon dans le but – officiel et proclamé – de protéger le pays des Séquanes de l'invasion des Harudes et de marcher ensuite vers Mayence, à la rencontre des envahisseurs suèves annoncés par les Trévires.

Une avant-garde de quelque six cents cavaliers gaulois la précède. Elle est commandée par des officiers romains, tête nue, reconnaissables à la longue épée qu'ils portent à gauche, accrochée à un ceinturon. Les Gaulois, eux aussi, sont tête nue, leurs longs cheveux flottent au vent chaud du mois d'août, et ils trimballent, attaché à l'arrière de la selle, leur équipement de combattant : un casque en cuir, une cuirasse en cotte de mailles, un petit bouclier rond et une longue épée, posée en travers de la croupe de leur monture.

Quelques centaines de mètres derrière cet escadron de cavalerie, une deuxième avant-garde s'avance, d'un pas léger. Elle est formée de fantassins romains, légèrement armés les uns d'une courte épée espagnole (le fameux *gladius* des centurions), les autres de deux ou trois petites lances de bois au fer très aigu, destinées à servir d'armes de jet ; ils sont vêtus d'une simple tunique de lin, et ils portent leur casque de cuir sur le dos, accroché à une cordelette de chanvre. C'est l'infanterie légère de l'armée en marche, le petit manipule (compagnie) des *vélites*, qui, sur les champs de bataille, combattront par petits groupes, partout où se fera sentir le besoin de leurs services.

À quelques pas derrière les vélites, César et les chefs de légion – les six légats qui l'entourent – caracolent à la tête de l'immense armée. Ils sont à cheval, tête nue, légèrement vêtus : leur équipement de combat est transporté par leurs ordonnances, qui marchent à l'arrière de la troupe, avec les chariots chargés de ravitaillement et les ouvriers-soldats, les *fabri*, qui n'ont pour tout armement que leurs pelles, leurs pioches et leurs planches, et qui sont capables de jeter un pont sur une rivière en moins d'une heure.

Enfin voici les légions romaines. Chacune d'elles est précédée d'un soldat dont la tête et le dos sont recouverts d'une peau de bête sauvage et qui porte, au bout d'une hampe de bois, un aigle de bronze, aux ailes étendues : c'est le *porte-aigle*, l'équivalent du porte-drapeau des temps modernes. Derrière lui s'avancent, au pas cadencé et dans un ordre impeccable, les dix cohortes de la légion, avec, en tête de chacune, un *porte-enseigne* brandissant une perche surmontée d'une tête d'animal – un cheval, un taureau, ou tout autre – en bronze, qui est l'enseigne de la cohorte.

Les légionnaires marchent en rangs par quatre. Ils sont vêtus d'une culotte de drap brun, qui descend jusqu'à mi-mollet, sur laquelle tombe une tunique longue, à manches courtes, et chaussés de bottines à grosse semelle cloutée, fixées au bas de la jambe par des bandelettes de cuir, comme des espadrilles. Ils ont la poitrine et les épaules couvertes de bandes d'acier qui forment leur cuirasse, la *lorica*, et sur leur ventre tombent des bandes de cuir garnies de plaques de métal attachées à leur ceinturon. Un casque – la *cassis* – terminé par un anneau central avec couvre-nuque et jugulaire, pend sur leur dos, accroché à une cordelette qui passe à travers l'anneau. Chaque légionnaire est armé d'une courte épée – le *gladius* – fixée à leur côté droit, maintenue par un baudrier, et d'un javelot léger à la pointe acérée, le *pilum*, porté sur l'épaule droite ; au bras gauche il tient un bouclier bombé de forme rectangulaire. Les légionnaires sont encadrés par les centurions. Il y en a six par cohorte. On les reconnaît à leur manteau – le *sagum* – qui pend sur leur poitrine, qu'ils portent relevé sur le bras, couvert de décorations, et au long cep de vigne, marque distinctive de leur grade, dont ils se servent pour corriger les légionnaires qui ne respectent pas la discipline ou qui négligent leurs devoirs de soldats.

Viennent alors les chariots du train des équipages, tirés par des bœufs, bourrés de ravitaillement, de matériel de terrassement, d'armes, de cuirasses de rechange, de bagages et de machines de guerre : catapultes, balistes, béliers. La cavalerie romaine ferme la marche ; elle est précédée par un cavalier porteur d'un étendard de couleur rouge qui flotte au vent : le *vexillum*.

Telle était l'imposante armée, forte d'environ 30 000 guerriers professionnels, qui, dirigée par César, partait combattre le lointain ennemi germanique, dont les bases se trouvaient à Mayence, sur le Rhin, à près de 500 km du bourg gaulois d'Autun.

Sur les conseils du druide Diviciac, qui l'accompagnait, César avait loué les services de trois éclaireurs éduens, lesquels connaissaient la route vers les pays du Rhin comme leur poche :

– Pour aller au-devant des tribus suèves, lui avaient-ils dit, il faut se diriger vers le nord-est, à travers les territoires des Lingons, qui sont nos voisins.

– Peux-tu me faire un dessin grossier de la route à suivre ; je voudrais savoir où sont les Suèves qui vous menacent et où se trouve Arioviste ? demande César à l'un de ses guides.

– C'est très simple. Nous sommes à trois jours de marche du village de *Dibio* (Dijon), à condition de marcher vite ; là tu seras en mesure d'établir un bon campement, bien fortifié, où tu pourras abriter ton armée en cas de retraite précipitée.

– Et ensuite ?

– Ensuite, tu marcheras toujours dans la même direction et, trois jours après, tu atteindras le bourg d'*Andematunum* (Langres), chez les Lingons, où tu pourras établir un autre campement. Et tu continueras ainsi, à travers les territoires des autres peuples gaulois de la région, les Leuques et les Médiomatrices... si tu n'as pas rencontré, dévalant en sens inverse vers la Gaule, les tribus suèves qui t'inquiètent tant.

César remercie l'éclaireur, le congédie, et fait appeler Labiénus : parmi tous ses légats, c'est le seul en lequel il ait une confiance absolue.

– Labiénus, lui dit-il, que pas un mot de notre entretien ne transpire : il y a trop d'espions qui rôdent. Je vais te confier un secret : les fameuses tribus suèves aperçues par les Trévires n'existent pas.

– Je m'en doutais.

– Plus précisément, rectifie le proconsul, elles existent, et je connais même le nom de ses deux principaux chefs, les frères Nasua et Cimbérios ; mais elles n'ont fait aucun mouvement et elles ne menacent personne.

– Pourquoi es-tu parti à leur rencontre ?

– Pour tromper Arioviste. À l'heure qu'il est, il doit savoir, ou bien il le saura très bientôt, que je suis parti avec toute mon armée vers le nord-est et que je ne surveille plus le Rhin vers le sud : il croit avoir le champ libre et il va en profiter pour franchir le fleuve, atteindre la vallée du Doubs et s'emparer de *Vesontio* (Besançon), la ville la plus importante des Séquanes.

– Et tu le laisseras prendre cette cité ?

– Il n'en est pas question. Dès que mes informateurs m'auront signalé qu'il a quitté son campement de Souabe et qu'il file vers le Rhin, je ferai volte-face et, au lieu de continuer vers le nord, j'irai m'installer à *Vesontio*.

– Pourquoi donc ?

– Parce que c'est une base de départ idéale pour faire la guerre à Arioviste. Ses greniers regorgent de grains et de vivres, les Séquanes qui l'habitent nourrissent une haine farouche contre les Germains et sa position naturelle en fait une place inexpugnable. La ville est située à l'intérieur d'une boucle du Doubs, qui l'enserre de très près : il n'y a pas plus de 1 600 pieds entre les murailles de la cité et le fleuve. De plus cette boucle est fermée par une haute montagne (le mont des Buis, selon la toponymie actuelle) d'où l'on peut surveiller tout le pays. Bref, *Vesontio* est imprenable. C'est là que je cantonnerai mes légions.

– Et ensuite ?

– Ensuite, je laisserai venir Arioviste et je l'attaquerai à mon heure.

CHAPITRE X

La bataille pour le Rhin : *alla tedesca*

(septembre 58)

Les choses se passèrent comme César l'avait prédit. Pendant qu'il marchait vers le nord, Arioviste faisait mouvement vers le sud et franchissait le Rhin dans la direction de Besançon. Dès qu'il l'apprit, le proconsul, qui, entre-temps, était arrivé à Dijon, obliqua brusquement vers l'est et, à marches forcées de jour et de nuit, parvint à Besançon avant lui, s'en empara et y rassembla l'armée romaine, augmentée de quelque 4 000 cavaliers mercenaires gaulois.

Le moins que l'on puisse dire, c'est que l'ambiance, à Besançon, n'était pas exubérante. Les soldats romains, inquiets, interrogeaient les marchands, les indigènes sur ces Germains qu'ils allaient avoir à combattre ; si l'on excepte quelques vétérans de la Xe légion, qui avaient fait la guerre contre Spartacus et ses gladiateurs révoltés, douze années plus tôt, aucun des légionnaires n'avait encore combattu cette sorte d'adversaires.

– Est-ce vrai que ce sont des géants ? demandait un jeune militaire à son centurion.

– Ce ne sont pas à proprement parler des géants, mais ils sont très grands : tes cheveux arrivent à peine à la hauteur de leurs épaules et ils sont d'une force extraordinaire.

– Tu t'es déjà mesuré avec eux ?

– Bien des fois, et je te jure que le seul aspect de leur visage, le seul éclat de leur regard est insoutenable.

– Ils ressemblent à des bêtes féroces, renchérissait un vétéran, ils sont d'une cruauté qu'on a peine à imaginer.

– Que de fois nous les avons combattus, disait un Gaulois : ceux d'entre nous qui sont encore en vie n'ont dû leur salut qu'à la rapidité de leur cheval. Je me souviens d'une bataille, sur les bords du Rhin : nous étions plus de mille, ils étaient à peine une centaine et je fus le seul rescapé. Caché au sommet d'un arbre, je les ai vus trancher la tête de tous nos morts, la vider de ses chairs, de sa langue, de ses yeux et dévorer à pleines dents la cervelle qu'elle contenait ; j'ai assisté aux supplices qu'ils infligeaient aux prisonniers avant de les égorger : c'était horrible. J'en tremblais de peur.

Un jeune officier, qui n'avait jamais connu les champs de bataille et qui devait son grade aux relations de sa famille avec Crassus plus qu'à sa valeur militaire, paradait avec assurance :

– Je n'ai peur de rien, mais cette guerre me déplaît, car elle est illégale. Enfin, que diable ! Il existe un traité de paix, entre Rome et Arioviste : on n'a pas le droit de le traiter comme un chiffon de papier. Voulez-vous mon opinion ? César va tous nous sacrifier à son ambition, à son appétit de gloire. Dès ce soir, je demande une permission pour rentrer à Rome : ma femme vient de mettre au monde mon premier garçon.

– Tu as surtout la permission de te retirer sous ta tente et de n'en sortir que lorsque je t'y autoriserai, dit le général Labiénus qui avait entendu ces propos défaitistes. Tu n'es qu'un lâche.

– Mais je viens d'avoir un fils, général.

– Et alors ? La belle affaire ? Tu crois qu'il serait fier d'être le fils d'un lâche ? Regagne ta tente, et fais comme les autres officiers ; eux aussi ils ont peur, mais ils ne parlent pas de déserter : ils pensent, comme toi, à leurs enfants et ils font leur testament.

Même ceux qui avaient une grande expérience de la guerre, les centurions qui portaient sur leur corps les traces des batailles passées, les officiers de cavalerie qui avaient vu plus d'un cheval périr sous eux, les vétérans qui avaient blanchi sous le harnais, pensaient que cette bataille qui se préparait serait sans doute leur dernier combat. Ils n'osaient afficher leur peur, mais trouvaient mille prétextes à leurs angoisses :

– Je n'ai pas peur des Suèves, disait l'un, et j'en ai vu d'autres, mais je crains de m'avancer dans les défilés étroits et les forêts immenses qui nous séparent de l'ennemi.

– Moi non plus, je n'ai pas peur des Germains, mais ce qui me tracasse, c'est le ravitaillement : on ne peut pas se battre sans manger.

Bref, un vent de panique soufflait sur les légions, entretenu par les racontars des gens du pays et par la propagande sournoise de quelques agents provocateurs, à la solde des adversaires politiques de César. Celui-ci ne l'ignorait pas :

– Je suis entouré d'espions et de traîtres, prêts à exploiter la moindre de mes erreurs, la moindre de mes défaillances, avait-il confié à Labiénus.

– Qu'attends-tu pour sévir ?

– Cela ne servirait de rien. Ce qu'il faut, c'est que je redonne confiance à mon armée.

– Fais une proclamation devant les légions rassemblées.

– Ce serait inefficace et imprudent à la fois.

– Pourquoi donc ?

– Je ne suis pas le Stentor d'Homère, dont la voix était aussi forte que celle de cinquante hommes, et il est impossible de convaincre et d'exalter une foule apeurée qui a perdu confiance. De plus, dans des conditions pareilles, un attentat est toujours à craindre.

– Alors, que vas-tu faire ?

– Je vais réunir les centurions de toutes les cohortes de l'armée – ils sont trois cent soixante en tout – en présence des six légats et des tribuns militaires, afin de leur parler comme un soldat doit parler à des soldats, sans fioritures. Et je les convaincrai, j'en suis persuadé : ma victoire sur Arioviste en dépend. Passe la consigne à tes cinq collègues : que tous les centurions soient assemblés sur la grande place de Besançon, sans armes, mais avec leurs casques et leurs cuirasses, à la fin de la journée, juste avant le coucher du soleil.

– Faut-il construire une estrade ?

– C'est inutile. Je me tiendrai assis sur ma chaise d'or. À ce soir, Labiénus, je vais préparer mon discours.

Le proconsul s'éloigna lentement vers sa tente, installée un peu à l'écart des quartiers habités de la ville, sur une sorte de place entourée de platanes dont les accès étaient gardés par une trentaine de légionnaires fidèles qui auraient suivi leur chef jusqu'aux Enfers. Il y resta jusqu'à la fin de la journée, à réfléchir, à prendre des notes et à construire le plan de son discours aux centurions.

Quand il en eut terminé, il s'allongea sur son lit de campagne et s'adonna au plaisir d'une sieste tranquille. Vers cinq heures du soir, il s'éveilla, se fit asperger d'eau fraîche sur tout le corps par un esclave dont c'était la fonction, appela son barbier afin de paraître bien rasé aux yeux de ses troupes, revêtit sa tenue de général en chef puis sortit de sa tente, l'œil vif et le teint frais. Puis, précédé de ses gardes, il se rendit sur le forum de Besançon où l'attendaient ses légats et les tribuns militaires, face à trois cent soixante centurions debout, immobiles et silencieux.

Une légère brise se levait. Elle faisait frissonner les eaux du Doubs qui entouraient la cité comme un lasso. César marcha lentement vers le tabouret d'or qui lui était destiné, inspectant des yeux l'alignement impressionnant des centurions cuirassés de bronze. Avant de s'asseoir, il resta quelques secondes sans faire un geste, les bras croisés comme pour les défier, puis il s'installa lentement sur son siège, la jambe droite repliée sous lui et la jambe gauche dépliée vers l'avant. Et il parla.

– Centurions, commença-t-il sur un ton dur et sévère, votre conduite et vos propos sont inqualifiables. Vous vous conduisez comme des propagateurs de fausses nouvelles, et, si nous étions à Rome, j'aurais traîné ceux d'entre vous qui s'amusent à ce petit jeu devant un tribunal militaire. Vous manquez à tous vos devoirs d'officiers lorsque vous racontez à qui veut vous entendre que vous savez vers quel ennemi je vous conduis et quelles sont mes intentions. De quoi vous mêlez-vous ? Comment osez-vous prétendre que César, qui, lorsqu'il était consul, a scellé un pacte d'amitié avec Arioviste, manquerait maintenant à son devoir en portant la guerre dans le camp des Germains ? Que savez-vous de ce que je vais lui proposer ? Lorsqu'il m'entendra et lorsqu'il verra combien mes demandes sont équitables, il ne pourra que s'en réjouir et continuer de vivre en paix avec les Romains.

Les centurions ne bronchent pas. Certains baissent les yeux : les paroles du chef les touchent. D'autres prennent un air absent et détaché. D'autres encore sont rouges, de honte ou de colère, on ne sait. Le proconsul reprend sa harangue. Cette fois-ci, il n'admoneste plus, il explique :

– Et même si cet Arioviste, obéissant à je ne sais quelle impulsion démente, nous déclarait la guerre, qu'auriez-vous donc à craindre ? Douteriez-vous de votre chef ? Du temps de vos pères, Rome a connu des ennemis de la même espèce, bien plus nombreux que les guerriers qui accompagnent aujourd'hui le roi des Germains : auriez-vous oublié que, l'année même où je venais au monde, mon oncle Marius a triomphé des Cimbres et des Teutons, qui étaient au nombre de 200 000, avec une armée de 50 000 soldats romains ?

Et ces Germains, devant lesquels vous tremblez aujourd'hui, n'ont-ils pas été jadis battus par les Helvètes dont vous avez vous-mêmes triomphé il y a à peine deux mois ?

Estimant qu'il en a assez dit, César change de ton. Il menace et il ordonne :

– Maintenant, c'en est assez. J'avais l'intention d'attendre encore quelque temps avant de marcher vers Arioviste, votre conduite m'incite à la mettre à exécution sur-le-champ. Je lèverai le camp cette nuit, à la quatrième veille : je saurai ainsi, sans tarder, si c'est à la voix de l'honneur et du devoir que vous obéissez, ou à celle de la peur et de la lâcheté. Et si personne ne me suit, je partirai seul. Mais je sais qu'une légion au moins ne m'abandonnera pas, la valeureuse Xe légion de mon ami Labiénus, qui m'a toujours été fidèle.

Il avait fini de parler. Personne n'osa élever la voix. On vit d'abord les tribuns de la Xe légion s'avancer vers César et le remercier de la flatteuse opinion qu'il avait de ce corps d'armée. Puis les autres légions, par l'entremise de leurs tribuns et de certains de leurs centurions, présentèrent leurs excuses au proconsul, qui les accepta et qui rappela à tous, laconiquement :

– Nous partirons à la quatrième veille, comme je l'ai dit.

Et, sans même attendre les ovations traditionnelles, il se retira sous sa tente. La marche de César vers le Rhin allait pouvoir commencer.

L'armée romaine quitta Besançon tôt dans la matinée, le 21 août, dans la direction de la trouée de Belfort. À la demande de César, le druide Diviciac avait préparé un itinéraire lui permettant de progresser en terrain découvert, à l'abri de toute embuscade :

Le chemin le plus court pour marcher vers le Rhin, avait-il expliqué au proconsul, c'était de suivre la vallée du Doubs ; mais les gorges de ce fleuve étaient étroites, très boisées, et peu propices à la marche d'une grande armée. Il était préférable, selon lui, de faire un crochet vers le nord, et de suivre le cours de l'Ognon, qui serpente à travers plaines et plateaux : la route était un peu plus longue, mais plus commode et moins fatigante pour les fantassins romains.

Pour regagner le temps que ce détour lui faisait perdre, César marcha pendant sept jours, sans accorder à son armée une seule journée de repos. Dans la matinée du 28 août, il se trouvait au pied des Vosges, en Haute-Alsace, dans la région de Cernay. Ses éclaireurs lui firent savoir qu'Arioviste et ses troupes campaient à 24 000 pas (environ 36 km) de là.

– Arrêtons-nous ici, dit César à Labiénus, et que les légions établissent rapidement un campement. Qu'on monte ma tente, j'y attendrai les émissaires d'Arioviste.

– Qui te dit qu'il va t'en envoyer, César ? lui demande son légat.

– J'en fais volontiers le pari. Ses espions nous suivent depuis que nous avons atteint la vallée de l'Ognon : il sait que nous sommes arrivés et, comme il est malin comme un singe, il va se manifester spontanément.

César ne s'était pas trompé. Le 30 août, une ambassade suève se présente aux avant-postes de l'armée romaine, à l'entrée du camp de Cernay, et demande à parler au proconsul. Une sentinelle escorte les envoyés d'Arioviste jusqu'à la tente de César, avec les égards dus à leur rang, et celui qui semblait être leur chef récite le message d'Arioviste dans la langue gutturale des Germains ; Germanicus traduit au fur et à mesure :

– César, lorsque tu étais à Bibracte, au début de ce mois, tu m'as proposé de venir te rencontrer en un lieu qui serait à égale distance de ton camp et du mien ; j'ai refusé, car, à cette époque, ton camp était trop éloigné pour moi. Aujourd'hui, tu t'es rapproché, tu es presque aux confins de mon territoire et j'estime que je peux me déranger sans danger. J'accepte donc cette entrevue : que nos éclaireurs en mettent au point les conditions.

– Tu vois, dit César en se tournant vers Labiénus, il est malin, le bougre, et il se donne le beau rôle : je lui ai demandé de venir me voir, alors il vient me voir, gentiment, en bon « ami » du peuple romain.

La date de la rencontre fut fixée au cinquième jour du mois suivant, c'est-à-dire au 5 septembre. Elle devait avoir lieu sur un tertre isolé dominant la plaine alsacienne. Il avait été décidé que les deux chefs, le Romain et le Germain, viendraient à cheval, accompagnés seulement de 4 000 cavaliers : c'était là une exigence d'Arioviste, qui craignait ce qu'il appelait un traquenard. César avait accepté ses conditions, car il ne voulait pas offrir à Arioviste le prétexte d'une rupture ; mais, comme il n'avait que peu de confiance en la fidélité des cavaliers gaulois qui devaient l'accompagner, il leur avait pris leurs chevaux et les avait donnés à des légionnaires de la Xe légion, afin d'avoir sous la main, en cas de besoin, une garde aussi dévouée que possible.

Au jour dit, dans la vaste plaine alsacienne, venant l'une de l'ouest et l'autre de l'est, deux troupes compactes de cavaliers s'avancent vers une petite boursouflure du relief. Arrivées à deux cents pas de ce tertre, elles s'arrêtent. De chaque côté, un cavalier se détache, suivi de dix autres, et, sans mettre pied à terre, ils gravissent les pentes de la petite colline : le proconsul des Gaules et le roi des Germains vont se rencontrer pour la première fois. De leur entrevue dépend le sort de l'Occident.

Les voici maintenant face à face. César sur son coursier blanc, devenu légendaire ; Arioviste, monté sur un petit cheval noir. Le proconsul contemple sereinement ce barbare qui fait trembler la Gaule, et qui se tient immobile devant lui ; le roi des Germains le fixe de ses yeux bleus aux reflets dorés. César rompt le silence et parle :

– Arioviste, salut ! Laisse-moi te rappeler que le Sénat t'a proclamé ami de Rome et t'a conféré le titre de roi des Germains, et j'espère que tu te souviens encore des riches présents dont le peuple romain t'a comblé. Tu as été honoré comme peu de princes l'ont été, dans notre histoire, et cela tu le dois à ma bienveillance et à ma libéralité, ainsi qu'à celles du Sénat. D'autre part, laisse-moi te rappeler aussi qu'une longue amitié unit les Romains aux Éduens, et que c'est une tradition séculaire, chez les Romains, que de veiller à ce que leurs alliés non seulement ne subissent aucun dommage, mais encore voient s'accroître leur crédit et leur dignité.

Et César, répétant textuellement les termes de son message écrit, formule à nouveau ses conditions : si le roi Arioviste souhaite éviter le courroux de Rome, qu'il ne fasse la guerre ni aux Éduens, ni à leurs alliés gaulois, qu'il leur rende les otages qu'il détient et qu'à l'avenir il n'autorise aucune tribu germanique dépendante de lui à franchir le Rhin.

Arioviste n'est pas embarrassé pour lui répondre et, bien qu'il improvise son discours, il ne manque ni d'aisance, ni d'arguments. Ce n'est plus l'Arioviste emporté jusqu'à la grossièreté qui avait rembarré vertement l'ambassadeur de César quelques jours plus tôt : c'est un chef avisé, calme, sûr de sa force qui expose son point de vue.

– Si j'ai passé le Rhin avec mes troupes, ce n'est point de mon plein gré, mais sur la prière instante des Gaulois, et plus précisément des Arvernes et des Séquanes : crois-tu, César, que j'aurais abandonné mes terres et mes proches si les Gaulois ne m'avaient pas fait miroiter de grandes espérances ? Les terres que j'occupe en Gaule, je ne les ai pas conquises, je les tiens des Gaulois eux-mêmes, et ces mêmes Gaulois m'ont, librement, offert des otages. Quant au tribut que je perçois des peuples que j'ai vaincus, je le perçois en vertu des lois de la guerre. Je n'ai jamais été l'agresseur, et, bien au contraire, c'est moi que les Gaulois ont agressé : mais je les ai vaincus en un seul combat, il y a deux ans. Alors je dis à ces Gaulois : si vous voulez la guerre, vous l'aurez, et je suis prêt à vous livrer un deuxième combat ; mais, si vous voulez la paix, respectez vos engagements et continuez de payer votre tribut.

Puis Arioviste en vient à l'intervention romaine :

– Le peuple romain et son Sénat me considèrent comme leur « ami » : soit ; mais l'amitié que l'on porte à quelqu'un doit être honorable et féconde, et non point désavantageuse. Si, grâce à Rome, mes tributaires doivent être dispensés de payer leur tribut et mes sujets gaulois ont le droit de se soustraire à mes lois, je n'ai aucune raison de rester l'« ami » de Rome, et je renonce à son amitié avec autant de joie que je l'avais reçue. Si j'ai fait passer des Germains chez les Séquanes, ce n'est pas pour attaquer leur pays, mais pour garantir la sécurité du mien, tout comme Rome occupe la Narbonnaise.

César admirait l'art de son adversaire :

– Ce barbare est plus fort que Cicéron, dit-il à l'oreille de Germanicus.

Mais Arioviste en venait à sa conclusion :

– Cette partie de la Gaule qui borde le Rhin est ma province comme la Narbonnaise est la Province de Rome : que dirais-tu si, pour aider – par exemple – les Allobroges, je m'y rendais avec une grande armée ? Tout cela me porte à soupçonner, César, que tu as pris prétexte de ton amitié avec les Éduens pour introduire ton armée en Gaule et pour la jeter ensuite contre moi. C'est pourquoi, je te le dis solennellement, si tu ne quittes point ce pays, si tu ne retires pas tes troupes, je te considérerai non point comme un ami, mais comme un ennemi. Et si tu es mon ennemi, je te ferai la guerre et sans doute je te tuerai. Et si je te tue, je connais plus d'un sénateur, à Rome, qui s'en frottera les mains de joie...

– Les salauds, murmure César entre ses dents en pensant à ses adversaires politiques romains, ils sont bien capables d'avoir ourdi une telle machination contre moi.

– ... En revanche, César, si tu t'en vas, si tu me laisses la Gaule, c'est moi qui te témoignerai magnifiquement ma reconnaissance : toutes les guerres que tu voudras entreprendre, je prendrai sur moi de les mener à bien et je t'en épargnerai les fatigues et les dangers. Partageons le monde, César : à moi la Gaule et la Germanie, à toi l'Italie et le reste de l'univers.

Il se tait, superbe sur son cheval noir. César, bien qu'il n'en pense pas moins, admire, en spécialiste, le délire de grandeur d'Arioviste et la foi orgueilleuse qu'il a en lui-même, mais il ne tombe pas dans son piège grossier et le lui fait comprendre avec fermeté :

– Tu ne sembles pas avoir compris mon message, Arioviste. Il n'est ni dans mes habitudes, ni dans celles de Rome d'abandonner ses alliés, et les Éduens, tout comme maintenant les Séquanes, sont nos alliés et le resteront, quand bien même tu m'offrirais la lune. D'autre part, la Gaule celtique ne t'appartient pas plus qu'elle n'appartient à Rome, et le fait d'avoir vaincu un peuple n'implique pas qu'on lui prenne son territoire. Il y a un peu plus de soixante ans, le consul Fabius Maximus a remporté, sur les bords du Rhône, une grande victoire contre les Arvernes, dont le chef était alors Bituit ; mais il ne les a pas asservis pour autant, il n'a pas transformé l'Auvergne en province romaine. Bien au contraire : il leur a pardonné, au nom du peuple romain, et il ne leur a même pas imposé un tribut. Rome, bien avant toi ou tout autre Germain, a été la première à venir en Gaule et à battre les Gaulois, et elle a décidé néanmoins que la Gaule resterait libre et qu'elle conserverait ses lois.

Cependant, au pied du tertre, les guerriers suèves qui avaient escorté Arioviste s'impatientent : ils trouvent que l'entretien entre leur roi et le grand chef étranger dure trop longtemps. Quelques-uns d'entre eux, violant la consigne qui leur a été donnée, poussent leurs chevaux vers les cavaliers romains qui avaient accompagné César, mais, devant l'attitude menaçante de ces derniers, ils font demi-tour et se contentent de leur jeter des pierres. Les esprits s'échauffent et l'on avertit César qui, flairant un guet-apens, n'hésite pas un seul instant : il interrompt son entretien avec Arioviste, rejoint son escorte et interdit aux siens de répondre aux provocations des Germains, fût-ce par un seul trait. Puis il regagne son camp au grand galop, et la journée s'acheva dans le calme.

Le lendemain 6 septembre, Arioviste envoie une nouvelle ambassade à César. Manifestement, il ne tient pas à se battre :

– Le roi des Germains souhaite reprendre l'entretien qu'il avait entamé avec le proconsul des Gaules et qui a été interrompu, déclare le porte-parole d'Arioviste ; il propose que César fixe lui-même le jour d'une nouvelle entrevue et qu'il vienne en personne ou, si cela ne lui plaît point, qu'il envoie un de ses légats.

Germanicus traduit le message et César réfléchit un instant ; il fait dire au messager qu'il va lui répondre, mais qu'il doit d'abord en délibérer avec son état-major. Puis il se rend sous la tente de Labiénus, dont il estime le bon sens et la clairvoyance :

– Tu es au courant de toutes les tractations avec les Germains : crois-tu qu'Arioviste cherche sincèrement à négocier ? lui demande-t-il.

– Je ne sais pas s'il est sincère, mais je suis certain qu'il ne veut pas se battre maintenant.

– Pourquoi cette certitude ?

– Je réfléchis en militaire : à sa place, je chercherais à épargner mon armée. Il le crie partout ; voilà quatorze ans que ses soldats n'ont pas couché sous un toit. Cela signifie que, pour lui, la bataille n'est pas gagnée d'avance et que, s'il la gagne, elle lui coûtera cher en vies humaines. À mon avis, il attend des renforts et cherche à gagner du temps.

– Conclusion ?

– Conclusion : renvoie-lui son ambassadeur, et attaque demain à l'aube.

– Moi, je réfléchis en politique. La meilleure façon pour Arioviste de gagner la bataille sans coup férir, c'est de me tuer dans une embuscade.

– Cela ne lui donnerait pas la victoire ; bien au contraire, ta mort décuplerait nos ardeurs : tes généraux et ton armée tout entière n'auraient plus qu'une idée en tête : te venger.

– Merci, Labiénus, mais tu ne m'as pas compris. Ce qui est dangereux, pour les Germains, ce n'est pas notre victoire militaire, c'est les conséquences politiques que nous en tirerons. Or, ces conséquences dépendent uniquement de moi. Il lui faut donc me tuer.

– Il aurait pu le faire hier : tu étais presque seul.

– Il a tenté d'exécuter son projet, mais j'ai été plus rapide que lui. Lorsque son escorte a commencé d'attaquer la mienne, ce sont des Suèves qui sont venus nous avertir : Arioviste était à mille lieues de penser que je descendrais dans la plaine pour séparer les combattants.

– Pourquoi donc ?

– Parce qu'il me sait méfiant, et qu'il croyait que j'attendrais d'être appelé par un de mes cavaliers et non pas par les siens. Or, je les ai vus, les membres de son escorte : armés jusqu'aux dents, puissants comme des lions, il leur fallait exactement dix minutes pour massacrer mes dix cavaliers, au demeurant malhabiles à cheval, puisque c'étaient des fantassins montés. Le temps que je descende au pied du tertre, et je n'avais plus de protection. C'est pourquoi je me suis précipité et c'est ainsi que j'ai sauvé ma vie.

– Et leur offre d'aujourd'hui ? Encore un guet-apens ?

– Cela crève les yeux. Il me demande d'y aller seul, sans garde.

– Il te laisse aussi la possibilité d'envoyer un de tes légats.

– C'est pour noyer le poisson. Il sait très bien que je suis le seul qui soit habilité à traiter avec lui ; même toi, Labiénus, tu ne peux t'engager au nom de Rome.

– Alors, que vas-tu décider ?

– Je vais lui envoyer un message par Valérius Procillus. C'est un Gaulois, un jeune homme loyal et courageux : Arioviste n'aura aucune raison d'attenter à sa vie et nous verrons s'il répond à mon message.

– Je le connais, ton Valérius ; mais il ne connaît pas la langue des Germains.

– Je lui adjoindrai quelqu'un qui a été élevé chez les Suèves, un nommé Métius ; il parle couramment leur langue. Si Arioviste a vraiment quelque chose à me dire, il lui dictera un message.

– Sinon ?

– Sinon, c'est qu'il n'avait rien à me proposer... à part un bon guet-apens. Et il en sera pour ses frais.

César avait sans doute raison, car, lorsque le roi des Germains vit arriver, en lieu et place de César ou d'un de ses légats, un Gaulois et un Suève en rupture de ban, il entra dans une colère indescriptible, devant toute son armée : « Pourquoi venaient-ils ? Pour espionner sans doute ? » leur cria-t-il. Les deux jeunes gens essayèrent de s'expliquer, mais il les en empêcha, les fit enchaîner et les enferma dans une sorte de cage.

César avait obtenu ce qu'il voulait : en emprisonnant les envoyés de la République romaine, Arioviste lui signifiait qu'il rompait avec Rome. Cette fois-ci, c'était la guerre. La première grande guerre européenne.

Le jour même (6 septembre), Arioviste, à la tête d'une armée de 80 000 hommes, fit mouvement et vint passer la nuit, avec ses guerriers, à six milles (9 km) du camp fortifié de César (devant Cernay, sur la Thur). Le lendemain, il passa devant le camp et vint s'établir à deux milles (3 km) au sud de celui-ci, dans la direction de la route de Besançon.

Bien entendu, César était tenu au courant de tous ces mouvements par les innombrables éclaireurs qu'il avait disséminés dans un rayon de 10 km autour de son camp, et il comprit immédiatement le but de la manœuvre : Arioviste, en bon stratège, venait de lui couper la route du blé. Étant donné l'importance de son armée, il pouvait l'étaler sur plusieurs milles et barrer toutes les routes en provenance de *Vesontio* (Besançon) qu'empruntaient les convois de ravitaillement romains.

– Il n'est pas question de nous laisser piéger ainsi, dit-il à son état-major. Il va nous falloir livrer bataille très rapidement, sinon nous serons bientôt à court de vivres.

Et, pendant cinq jours de suite (du 7 au 11 septembre), César fit sortir ses cohortes du camp de Cernay, rangées en quinconce sur trois lignes, face à l'ennemi et prêtes à la bataille. Mais le Germain tenait le gros de ses troupes enfermé dans son camp et se contentait de harceler les lignes romaines en jetant sur elles ses cavaliers, qui procédaient à des coups de main isolés : il évitait toute action d'envergure.

– Nous ne comprenons pas sa stratégie, disaient les légats à César. Les Germains sont trois fois plus nombreux que nous, pourquoi n'engagent-ils pas le combat ?

– Si j'étais à la place d'Arioviste, je ferais de même, répond le proconsul. Qu'est-ce qu'il risque, à temporiser ? Rien du tout. Nous ne sommes pas assez nombreux, tu viens de le dire, pour donner l'assaut à son camp et nous ne pouvons battre les Germains que dans une bataille rangée, en rase campagne ; tant qu'ils restent dans leur camp, ils ne risquent rien. Alors ils attendent, et ils espèrent nous avoir à l'usure. Voici l'automne qui vient, dans quelques jours il va pleuvoir et ce merveilleux champ de bataille qui s'étend devant notre camp deviendra un marécage boueux : nous serons condamnés soit à mourir de faim, soit à tenter de nous enfuir dans la boue.

– Comment penses-tu nous sortir de cette situation infernale ?

– Ne vous affolez pas, j'ai tout prévu, dit César, sûr de lui comme jamais il ne l'avait été. Mes éclaireurs ont repéré, à environ 700 pas (1 km) au-delà du camp des Germains, un vaste tertre en forme de rectangle d'environ 200 pas sur 300 (300 × 450 m). Je vais y établir un camp secondaire, qui pourra éventuellement être ravitaillé à partir de *Vesontio* : je prendrai ainsi l'ennemi entre deux armées.

– C'est astucieux, fait remarquer Labiénus, mais crois-tu qu'Arioviste nous laissera bâtir un camp à cet endroit ?

– Étant donné la nature du terrain, nous pourrons le fortifier rapidement. D'après les éclaireurs, ce tertre a une hauteur de 10 pas (15 m) environ : donc nous n'aurons pas de fossé à creuser ni de parapet à élever. Il nous suffira d'y monter une palissade en découpant des troncs d'arbres dont nous planterons les morceaux côte à côte. Et les arbres ne manquent pas, par ici. J'ai calculé qu'il nous faudra en abattre et en débiter environ un millier : avec nos 30 000 légionnaires, la palissade pourra être élevée en une seule journée.

– Quand commençons-nous ?

– Demain matin.

Et, le lendemain, passant au large, César conduisit son armée tout entière au-delà du camp ennemi, jusqu'au fameux tertre. Là, il disposa ses légions sur trois lignes ; les deux premières reçurent l'ordre de rester sous les armes et de protéger la troisième ligne, chargée de fortifier le camp. Il y eut quelques escarmouches, car Arioviste envoya 16 000 guerriers, équipés à la légère, et toute sa cavalerie, avec mission d'empêcher les travaux de fortification, mais les deux premières lignes de légionnaires purent les tenir en respect. Le soir du 12 septembre, le second camp romain était terminé. César y laissa deux légions et ramena les quatre autres dans le camp principal.

Le 13, César donne l'ordre aux légions des deux camps de se ranger en ordre de bataille et offre le combat à l'ennemi. Arioviste ne bouge toujours pas et, vers midi, le proconsul ramène ses troupes derrière leurs palissades.

C'est alors que le Germain se décide à attaquer, et il envoie une partie de ses forces à l'assaut du deuxième camp. La bataille commence enfin. Elle fut acharnée et dura jusqu'au coucher du soleil, mais il n'y eut aucun vainqueur. Les pertes avaient été sévères des deux côtés, et la nuit tomba lentement sur un champ couvert de morts. Toutefois, il y eut quelques rescapés chez les Germains : César avait demandé que l'on fît des prisonniers, afin de pouvoir les interroger sur les intentions d'Arioviste.

L'interrogatoire fut conduit par le proconsul lui-même, en présence de ses légats, et avec l'aide d'interprètes. Une question préoccupait César : à quel souci correspondait la stratégie temporisatrice d'Arioviste ? Pourquoi se dérobait-il à une bataille en rase campagne, alors qu'il avait l'avantage indiscutable du nombre ? Un prisonnier un peu moins hébété que les autres lui en fournit l'explication :

– Nous autres, Germains, nous avons coutume d'interroger les femmes avant de livrer une bataille.

– Les femmes ?

– Oui. Ce sont elles qui procèdent à la consultation du sort. Elles éparpillent sur une étoffe blanche des petits morceaux de bois, marqués chacun d'un signe ; puis elles en tirent trois au hasard, et elles interprètent les signes qu'ils portent. Ensuite elles rendent les oracles, en observant les tourbillons des fleuves et les bruits de la nature alentour. Si les signes sont bons et les oracles propices, il convient alors de livrer bataille.

– Et comment sont les sorts et les oracles en ce moment ?

– Les femmes ont dit à Arioviste que le Destin ne promettait la victoire aux Germains qu'à la condition d'attendre la nouvelle lune pour engager le combat.

César se retourne vers ses légats en souriant :

– Et moi qui croyais que notre adversaire repoussait le combat final dans le but de nous épuiser, par stratégie ! Vous voyez à quelles sottises conduisent les superstitions ! Eh bien ! nous allons les bousculer ces Germains, et les forcer à combattre dès demain matin, avec ou sans nouvelle lune.

– Comment cela ? demande Labiénus.

– Nous allons rassembler toutes les légions ici, dans le camp principal, qui est mieux fortifié que l'autre et, dès l'aurore, nous donnerons l'assaut au camp d'Arioviste : il sera bien obligé de se battre, n'en déplaise à ses diseuses de bonne aventure.

La bataille qu'on devait appeler plus tard « la bataille de Cernay » commença le 14 septembre au matin. Les six légions romaines, disposées sur trois rangs, se présentèrent devant le camp ennemi et Arioviste, contraint et forcé, dut se décider à faire sortir ses troupes hors de ses remparts.

Il les avait rangées en lignes, par peuplades. La première ligne était celle des Harudes, derrière venaient, dans cet ordre : les Marcomans, les Triboques, les Vangions, les Némètes, les Sédusiens et enfin les Suèves. Pour couper court à tout espoir de fuite, Arioviste avait disposé, à l'arrière du front, une barrière continue de chariots dans lesquels il avait fait monter toutes les femmes du camp, avec leurs enfants : elles avaient mission d'encourager les combattants ; tendant leurs mains ouvertes, elles suppliaient en pleurant ceux qui partaient au combat de faire en sorte qu'elles ne tombent pas entre les mains des Romains.

Le choc des deux armées fut terrible. Comme il n'y avait que 600 pas (1 km) entre les deux camps, les combattants étaient si proches les uns des autres, que les légionnaires n'eurent pas le loisir d'utiliser les javelots et autres armes de jet ; ils durent engager immédiatement le corps à corps, et charger à l'épée. Devant cette *furia* romaine, les Germains, selon leur tactique habituelle, formèrent la phalange et organisèrent un mur de boucliers destiné à recevoir le choc des épées : il se trouva plus d'un Romain pour se jeter sur ce mur et frapper l'ennemi de haut en bas. Ce fut une mêlée sanglante et sauvage, où les hommes, se débarrassant de leurs armes devenues inutiles, s'empoignaient tels des fauves qui se dévorent entre eux.

La lutte fut longtemps indécise. César enfonça l'aile gauche des Germains, et la mit en déroute, tandis que leur aile droite accablait les Romains sous son nombre. L'action décisive fut conduite par le jeune Publius Crassus, le fils du triumvir, qui commandait la cavalerie romaine : tous les Germains prirent la fuite. Ce fut alors une course désordonnée de plus de trois heures vers le Rhin et l'on vit César et les 4 000 cavaliers gaulois de l'armée romaine poursuivre jusqu'au fleuve 20 000 Germains qui avaient tout abandonné derrière eux : femmes, enfants, chariots. Les fuyards furent rejoints et presque tous furent massacrés ; sur l'ordre de leur roi, ils avaient emmené avec eux les deux émissaires de César qu'ils avaient capturés, Valérius et Métius, promis au supplice du bûcher : ils furent délivrés par César lui-même.

Pendant ce temps, les légionnaires achevaient les blessés, pillaient le camp d'Arioviste et massacraient tous ceux qui s'y trouvaient. Ainsi périrent, outre près de 100 000 guerriers suèves, les deux épouses du chef germain et l'une de ses deux filles. Quant à Arioviste, couvert de blessures, il parvenait à franchir le Rhin sur une barque, avec quatre ou cinq fidèles, et s'en alla mourir quelque part en Germanie.

César avait vaincu. Dorénavant, et pendant cinq siècles encore, les Germains ne franchiront plus le Rhin et le destin des peuples gaulois était maintenant tout tracé : il était lié à celui de César d'abord, à celui de Rome ensuite.

CHAPITRE XI

La paix à l'ombre de l'épée

(septembre 58-avril 57)

L'automne et ses brumes étaient venus. Il tombait une petite pluie fine et froide sur le champ de bataille jonché de morts. Les cavaliers gaulois, des Éduens pour la plupart, étaient repartis, au grand galop, vers Bibracte, et les mercenaires séquanes avaient regagné Besançon. Quant aux légionnaires, les uns pansaient leurs blessures, d'autres nettoyaient leurs armes ensanglantées en prévision des futurs combats, d'autres encore se reposaient ou enterraient leurs morts. Tous se demandaient ce que César allait faire d'eux : les entraîner dans une ultime chevauchée, avant la fin de l'année, ou les mener dès maintenant hiverner en Narbonnaise ou en Cisalpine, un peu avant que la saison ne l'exigeât, en guise de récompense.

Le proconsul avait réuni autour de lui ses légats, son lieutenant Hirtius, mauvais général mais excellent négociateur, et surtout son fidèle ami, le druide Diviciac, son conseiller personnel aux affaires gauloises, ainsi que trois ou quatre chefs séquanes, qui étaient restés auprès de lui, à Cernay.

– Mes amis, leur dit-il, en un seul été nous avons mené à bien deux grandes guerres et vous transmettrez mes félicitations à vos soldats. Il est temps pour eux de songer à leurs quartiers d'hiver : pour leur éviter une longue marche après tant de fatigues, j'ai décidé qu'ils les prendront non pas dans l'une de mes provinces, mais chez les Séquanes qui, de ce fait, devront assurer leur logement et leur subsistance. Quelqu'un d'entre vous y voit-il un inconvénient ? Parlez à cœur ouvert.

Diviciac, le premier, donne son opinion :

– Les Séquanes sont à l'origine de cette guerre. Ils ont eu la faiblesse, naguère, de faire alliance avec Arioviste et d'accepter qu'un tiers de leur territoire fût cédé aux Germains. Il me semble donc juste qu'ils soient occupés maintenant par les Romains, d'autant qu'il ne s'agit que d'une occupation de quelques mois, n'est-ce pas, César ?

César apprécie en souriant la réponse à double tranchant du druide, qui était ravi que les Séquanes, ses anciens ennemis, eussent à supporter le poids d'une occupation militaire, mais qui – Gaulois avant tout – tenait à souligner qu'il ne pouvait s'agir que d'une occupation temporaire, et non pas d'une annexion. Il le rassure donc :

– Mes troupes n'y resteront que le temps d'un hivernage.

Les chefs séquanes émettent quelques protestations de principe ; l'un d'eux, cependant, soulève un point de droit :

– Nous avons eu tort, certes, de faire alliance, jadis, avec Arioviste, mais il nous l'a fait payer très cher et, sans l'armée romaine, les Germains se seraient emparés de tout notre pays. Ce n'est cependant pas une raison pour que nous subissions une occupation illégitime.

– Que veux-tu dire par « illégitime » ? lui demande César.

– Une occupation qui n'a été prévue ni par le plébiscite qui a fait de toi le proconsul des Gaules, ni par les sénatus-consultes qui t'ont donné mission de protéger la Gaule celtique contre l'invasion des Helvètes d'abord, contre celle des Germains ensuite. D'ailleurs tu l'as reconnu toi-même, lors de ton entrevue avec Arioviste, avant la bataille : tu lui as dit que jadis, lorsque les Gaulois avaient été vaincus par Rome, ton Sénat avait décidé qu'ils n'en conserveraient pas moins leurs lois et que toi, César, tu t'en tiendrais, aujourd'hui encore, à cette décision.

– Comment sais-tu cela ?

– J'étais parmi les dix cavaliers qui t'avaient escorté.

– Tu ne m'as pas compris, reprend César. Arioviste me proposait de partager le monde, et j'ai voulu lui faire comprendre qu'on ne se partage pas le monde comme on partage une galette de blé ; mais il est de mon devoir de rester quelques mois encore en Gaule, ne serait-ce que pour continuer à protéger les Éduens qui m'ont appelé.

– Ils t'ont appelé contre les Helvètes, mais non pas contre nous, les Séquanes. Nous sommes en paix avec tout le monde, maintenant. Il n'existe plus, en Gaule, un seul peuple qui soit l'ennemi de Rome ou des Éduens : la présence des armées romaines sur notre sol n'est pas légale.

– Elle est légale parce que je le veux, répond César, irrité. Et je le veux non pas par ambition de conquérant, mais par précaution. Il n'y a pas que les Éduens et les Séquanes, en Gaule. J'ai des amis chez les Sénons, à *Agedincum* (Sens) : ils me font dire que leurs voisins, les Belges, s'arment et concentrent leurs troupes en vue d'une expédition contre la Gaule celtique ; j'ai des amis à *Durocortorum* (Reims), chez les Rèmes, qui sont des Belges, et qui souhaitent se placer sous la protection de Rome comme le firent les Éduens. En bref, il y a des troubles qui se préparent dans la Gaule belgique et il ne serait pas prudent que j'éloigne mes légions.

Le Séquane n'est visiblement pas convaincu ; il revient à la charge :

– Si les Belges nous attaquent, nous saurons leur répondre nous-mêmes. Ce n'est pas la première fois que nous nous combattrons entre Gaulois ; en revanche, ajoute-t-il, c'est la première fois que nous devrons subir la présence d'une armée d'occupation sur notre sol en temps de paix. C'est un premier pas vers l'annexion.

– Si je voulais annexer la Celtique, je ne me contenterais pas de faire hiverner mes légions autour de *Vesontio* ; je resterais en Gaule, je les cantonnerais en divers endroits, aussi bien chez les Séquanes qu'ailleurs. Et surtout, je m'établirais en Gaule, pour légiférer. Or pourquoi suis-je venu en Gaule en avril dernier et pourquoi y suis-je resté jusqu'à présent ?

– Parce que nous t'avons demandé ton aide, César, dit Diviciac.

– Certes, mais ce n'était pas la raison profonde : rien ne m'obligeait à courir défendre les Éduens. En revanche, l'invasion de la Celtique par les Helvètes d'abord, puis par les Germains menaçait l'équilibre de la Narbonnaise, province dont j'avais la responsabilité en tant que proconsul. J'ai anéanti vos envahisseurs, la Narbonnaise ne craint plus rien, je vais maintenant m'occuper des deux autres provinces qui m'ont été attribuées quand j'ai terminé mon consulat, la Cisalpine et l'Illyrie, où, je vous l'annonce, je partirai dans les jours qui viennent. Si je laisse mes légions à *Vesontio*, c'est pour vous protéger, vous et les Rèmes de Belgique, contre une invasion belge éventuelle, un point c'est tout.

Diviciac applaudit, les chefs séquanes approuvent mollement et César congédie les Gaulois, en leur disant :

– En mon absence, je confie le commandement de l'armée romaine au légat Labiénus : c'est avec lui que vous réglerez les problèmes d'intendance et de discipline relatifs au cantonnement des légions. Je reviendrai au début du printemps prochain. Au revoir, amis gaulois.

Diviciac et les Séquanes prennent congé. Ils sont soulagés. Il devenait clair que les Romains ne se proposaient pas, pour le moment du moins, d'annexer la Gaule, ni même d'étendre la zone d'occupation au-delà de la région de Besançon. Après leur départ, César précise ses consignes à Labiénus :

– Tu t'installeras dans Besançon, avec les autres légats et les tribuns militaires ; les troupes seront dispersées dans le pays alentour (en Franche-Comté) : arrange-toi pour que chaque légion soit à proximité d'un village gaulois.

– Faudra-t-il créer un tribunal, pour juger les litiges qui pourraient s'élever à propos de cette occupation ? demande Labiénus.

– Non. Ce n'est pas une « occupation », comme tu le dis, mais un « hivernage ». Les Séquanes sont chez eux et les litiges éventuels entre les Gaulois et nos légionnaires seront jugés par leurs druides.

– Si j'ai bien compris, lui dit Hirtius, tu n'envisages pas de transformer la Celtique en province romaine.

– Il n'en est pas question. Il n'y a que deux peuples, en Gaule, qui nous aiment et qui nous acceptent : les Éduens et, à un moindre degré, les Séquanes. Tous les autres, les Bituriges, les Carnutes, les Arvernes, les Aulerques, les Aquitains et j'en passe, tiennent à leur indépendance, à leurs lois et à leurs coutumes. Pour leur imposer la loi de Rome, il faudrait les combattre, et ce sont de rudes guerriers : tu trouves que nous n'avons pas eu assez de morts dans nos rangs, depuis avril ? Et crois-tu que le Sénat autorisera une guerre de conquête, alors que la Narbonnaise ne risque plus rien ? Non, je le répète : contentons-nous d'hiverner chez les Séquanes... pour le moment.

– Aurais-tu des vues plus lointaines ? lui demande Labiénus, qui connaissait bien « son » César.

– Tout dépend de la manière dont les choses tourneront, répond le proconsul. Il est vrai que la Celtique serait une merveilleuse province : avec elle, Rome ne manquerait plus jamais ni de blé, ni d'orge, ni de fourrages...

– Ni d'esclaves, interrompt Hirtius : la Gaule est un réservoir à esclaves, et nous n'aurions pas à faire la guerre pour en obtenir.

Hirtius parlait en politique et en économiste. À une époque où la seule source d'énergie connue et utilisable était l'énergie musculaire des êtres humains et, à un moindre degré, celle des animaux de trait, la nation romaine avait besoin d'esclaves comme les pays modernes ont besoin de pétrole ou d'uranium. Du temps de César, la population de l'Italie comptait deux fois plus d'esclaves que d'hommes libres : des esclaves « industriels » pour exploiter les mines de métaux, des esclaves ruraux pour l'agriculture et l'élevage, des esclaves urbains employés dans l'artisanat et le commerce, des esclaves domestiques enfin, qui travaillaient – sans salaire – aussi bien chez les riches Romains (Cicéron en avait plus de deux cents) que chez les pauvres.

Pendant longtemps, la source principale d'esclaves, pour les Romains, avait été la guerre : on se souvenait encore des 150 000 Cimbres et Teutons que Marius avait faits prisonniers et offerts comme esclaves à Rome (en 104 av. J.-C.). L'autre source, devenue prépondérante, était le commerce des marchands d'esclaves, et Hirtius le rappelait à ses collègues :

– La Gaule est un pays très peuplé, peut-être le plus peuplé de l'univers romain et partout, chez les Gaulois, il n'y a que deux classes d'hommes qui comptent : les druides, qui s'occupent des choses de la religion et de la justice, et les seigneurs, qui sont un peu comme nos chevaliers. Ces derniers possèdent à peu près tous les champs, tous les troupeaux et même des cités entières.

– Comme Bibracte ? demande un légat.

– Oui. Au début, Bibracte appartenait à cinq chefs éduens : chacun en possédait un quartier et y avait installé des artisans qui travaillaient pour lui.

– Ces ouvriers étaient-ils des hommes libres ou des esclaves ? demande Labiénus.

– Les uns étaient libres et les autres esclaves

– Mais d'où venaient ces esclaves ? C'étaient des prisonniers de guerre ?

– Il y avait quelques prisonniers ; mais la plupart étaient des gens du peuple éduen, un peu comme nos plébéiens à Rome, qui, accablés de dettes et d'impôts, en butte aux vexations des puissants, s'étaient donnés à un seigneur qui avait sur eux les mêmes droits qu'un maître sur un esclave. Par la suite, un chef unique s'est imposé et il est devenu le seul maître de Bibracte : le fameux Dumnorix, le frère de Diviciac, celui qui a pactisé avec les Séquanes.

– Et il en est ainsi chez tous les peuples gaulois ?

– Oui, et c'est pourquoi il y a plus d'esclaves en Gaule qu'il n'y a d'habitants dans toute l'Italie.

César interrompt le discours d'Hirtius, qu'il trouvait judicieux, mais hors de propos :

– Il convient de ne pas mettre la charrue devant les bœufs, dit-il aux légats. Il semble dans la nature des choses que la Gaule devienne un jour romaine, mais cela doit se faire avec le consentement des Gaulois, ou tout au moins des plus influents d'entre eux. Attachez-vous à cultiver, chez les peuples proches des Éduens et des Séquanes, l'amitié que certains ont pour Rome ; il faut qu'il se forme un parti pro-romain chez les Sénons, chez les Carnutes, chez les Bituriges, chez les Aulerques, chez les Parisiens, bref, chez tous les peuples gaulois entre Seine et Loire. Expliquez-leur que César n'est pas là pour les asservir, mais pour les aider et les unir, comme il l'a fait avec les Éduens et les Séquanes, que nous avons défendus contre Arioviste, mais que nous n'avons pas assujettis. Faites-leur comprendre que c'est leur intérêt, car, une fois les Romains partis, ils redeviendront une proie facile pour leurs puissants voisins que sont les Belges et, qui sait, pour les Germains, s'il leur prend envie un jour de repasser le Rhin.

– Mais que dire aux patriotes gaulois, qui invoqueront l'indépendance de leur patrie ?

– Quelle patrie ? Il existe en Gaule autant de patries que de peuples. Il y a une patrie éduenne, une patrie séquane, une patrie carnute, une patrie arverne, et ainsi de suite, mais il n'y a pas *une* patrie gauloise. Et, s'il en naît une un jour, et je suis certain qu'elle naîtra, je peux vous assurer que c'est à moi, César, qu'elle devra sa naissance, parce que j'aurai réalisé l'unité de tous ces peuples qui aujourd'hui se déchirent entre eux. En attendant ce jour, faites la leçon aux centurions et aux légionnaires : qu'ils se comportent avec les Séquanes comme des amis et non comme des occupants ; et confiez à Germanicus le soin d'organiser un réseau d'informateurs en Belgique, entre la *Sequana* (la Seine) et la *Scaldis* (l'Escaut). Je veux que la paix règne par toute la Gaule, à l'ombre imperceptible de l'épée romaine.

Labiénus, bien secondé par les autres légats, mit en application les recommandations de César. Il fit restituer aux Éduens tous les otages qu'ils avaient dû laisser non seulement chez les Suèves, mais aussi chez les Séquanes, et leurs anciens clients se remirent avec joie sous leur dépendance : le bruit courait en Gaule que les amis des Éduens étaient mieux traités et plus respectés que les autres Gaulois.

Les tribus et les peuples que de vieilles rivalités empêchaient de s'unir aux Éduens se mettaient sous la protection des Rèmes, ces Belges qui s'étaient mis eux-mêmes sous la protection des Romains et l'on disait, dans toutes les parties de la Gaule : les Éduens occupent le premier rang parmi les nations gauloises, et les Rèmes le second. Il y eut même une Assemblée générale des Gaules pour leur décerner ces titres.

Pendant ce temps, César parcourait les routes de sa province cisalpine, distribuant les largesses et les promesses à tous ceux qui venaient l'accueillir.

À Mantoue, il avait rencontré, discrètement, le général Minucius Thermus, qui l'avait initié jadis au métier militaire, en Bithynie, et qui avait été son confident préféré, à Rome, dans les premiers temps de sa vie politique.

– Dis-moi, Minucius, lui avait-il demandé, est-ce vrai ce qu'on raconte sur Clodius, que toute la Ville tremble devant lui ?

– Tu n'as pas eu la main heureuse, en lui permettant d'être élu tribun de la plèbe : il est devenu fou.

– Comment cela ? Jusqu'à présent, il a suivi mes consignes. En avril dernier, il a fait condamner Cicéron à l'exil...

– Ce n'est pas ce qu'il a fait de mieux ; la manière dont cet homme qui a rendu tant de services à la République a été traité est scandaleuse. Il pouvait se contenter de l'exiler, mais il a fait plus : il a brûlé ses maisons, ses collections, que sais-je encore ?

– Je suis au courant et je le déplore, mais on ne fait pas d'omelette sans casser d'œufs.

– Tu me permettras de ne pas être de ton avis : Cicéron est mon ami et je suis du même parti que lui... ce qui ne m'empêche pas d'être aussi ton ami, César, ajoute Minucius en souriant.

– Passons. L'affaire Cicéron va bientôt s'arranger. Il est à Salonique, je crois ; laissons-le passer l'hiver là-bas : je le ferai revenir l'été prochain.

– Tu parles comme si tu étais encore consul, César.

– Tu sais bien que c'est nous, les triumvirs, qui gouvernons Rome, et non pas les consuls.

– C'est vrai pour cette année, parce que toi, Crassus et Pompée vous avez fait élire « vos » consuls, qui sont aux ordres. Mais, en juillet dernier...

– ... Ce sont Métellus Népos, qui m'est tout dévoué, bien qu'il soit conservateur, et Lentulus Spinther qui ont été élus grâce au travail souterrain de Clodius, sur mes indications.

– Je ne comprends pas.

– Quand le chat n'est pas là, les souris dansent, dit César, et je ne tiens pas à ce que Pompée et Crassus dansent trop en mon absence. Avec ces deux consuls conservateurs, ils ne pourront rien faire sans moi.

– Tu n'as pas changé, César, tu as l'œil à tout, que ce soit sur un champ de bataille ou sur le Forum. Au fait, quand penses-tu faire une visite à Rome ?

– Je n'irai pas à Rome ; je reste dans ma province cisalpine : j'ai l'intention d'y lever deux légions.

– Deux légions ? Mais tu en as déjà six et tes provinces ne sont pas menacées.

– La Celtique est menacée par la Belgique.

– Qu'est-ce que c'est que cette histoire ?

– Elle est plus que sérieuse : je la tiens des Rèmes.

– Les Rèmes ? Excuse-moi, César, mais j'ai passé toute ma vie de général en Orient et je ne connais rien aux peuples de la Gaule.

– Ce sont des Gaulois de Belgique. Ils sont venus m'avertir que tous les peuples belges conspiraient contre Rome et s'alliaient pour marcher contre mes légions, qui hivernent en ce moment chez les Séquanes.

– En quoi cela te regarde-t-il, César ? Je connais les lois et les règlements militaires : la mission de tes légions en Celtique est terminée, tu devrais déjà les avoir rapatriées. En outre, la Belgique n'a pas de frontière commune avec la Narbonnaise et, après la correction que tu as infligée aux Helvètes, les Belges ne s'y aventureront pas. Ce conflit qui se prépare, c'est un conflit entre Gaulois, il ne regarde pas Rome, qui a d'autres chats à fouetter, ne serait-ce qu'en Orient.

– Oui, je suis au courant. Au mois de janvier, leur consulat achevé, Gabinius et mon beau-père, Calpurnius Pison, doivent partir le premier en Syrie et le second en Macédoine. Mais ce qui se passe en Orient n'a aucune mesure avec le problème gaulois.

– César, je sens qu'il y a anguille sous roche : veux-tu la dévoiler à ton vieil ami, qui sera toujours muet comme une tombe ?

– Je veux offrir toutes les Gaules à la République, la Celtique, la Belgique et l'Armorique, auxquelles je veux faire présent de la paix romaine et que je veux unifier en une grande Gaule qui deviendra le grenier de Rome.

– J'y ai souvent songé, lorsque je commandais en Orient, sous Lucullus : cette grande Gaule, que l'on dit si riche en terres fertiles et en hommes, pourquoi l'abandonner à la convoitise des Germains, ai-je souvent pensé, pourquoi ne pas la faire bénéficier de cette civilisation merveilleuse que nous avons bâtie de toutes pièces, de nos routes, de notre droit, de notre art de vivre ?

– Elle est la pièce manquante au grand ensemble romain qui s'étend des Colonnes d'Hercule (Gibraltar) au Pont Euxin (la mer Noire), et c'est moi, César, qui l'y rattacherai.

– C'est une grande ambition, César : plaise au ciel qu'elle ne soit pas sanglante. Si ma bonne vieille expérience peut t'aider, n'hésite pas à me consulter : je reste à Bologne jusqu'au mois de novembre. Quand retournes-tu en Gaule celtique ?

– Pas immédiatement. Je pense rester en Cisalpine jusqu'au printemps : j'ai l'affaire Cicéron à régler et mes deux légions à lever.

L'affaire Cicéron était en voie de se régler sans César. La fin de l'année politique approchait : le 10 décembre, les nouveaux tribuns de la plèbe allaient entrer en charge et, le 1er janvier 57, il y aurait à la tête de l'État deux consuls conservateurs, amis de l'orateur déchu. Celui-ci, en fait, n'avait plus qu'un ennemi acharné à sa perte : le tribun Clodius, exécuteur des basses œuvres de César en son absence.

Le jeu politique que menait le proconsul des Gaules, dans cette affaire, était complexe. L'ensemble de ses projets, et notamment ses guerres gauloises, reposaient sur la toute-puissance du triumvirat qu'il avait créé avec Crassus et Pompée, l'année précédente, avant de quitter Rome. Le seul homme qui aurait été en mesure de mobiliser le Sénat contre les triumvirs étant Cicéron, César avait confié à Clodius, en mars 58, le soin de le tenir éloigné de la Ville, et on a vu avec quelle brutalité celui-ci s'était acquitté de cette tâche. Or, en ce mois d'octobre 58, du point de vue de César, la situation avait changé : Crassus avait pris « un coup de vieux », comme il le disait lui-même, et Pompée était devenu le « prince de la cité ». Pour affaiblir la position de celui-ci, il devenait urgent de rappeler Cicéron à Rome :

– Tu comprends, Thermus, expliquait César à son ami, on me rapporte de Salonique, où il vit, que Cicéron pleure tous les jours à l'idée qu'il ne retournera plus jamais à Rome ; d'autre part, il sait fort bien que ce retour ne dépend que de moi.

– Et tu es prêt à le laisser revenir ?

– Après mes victoires sur les Helvètes et sur les Germains, je n'ai plus rien à craindre du Sénat, et Cicéron sera tellement heureux de rentrer dans sa Ville qu'il me tressera plus de louanges que je n'en ai jamais reçu...

– ... Et sa présence contrebalancera la prééminence de Pompée, conclut Thermus. Tu es le roi de la politique de bascule, mon cher César. Comment vas-tu donc manœuvrer pour qu'il puisse retrouver sa place à Rome sans que tu sois obligé de te déjuger ?

– Il y a les nouveaux tribuns de la plèbe pour ce faire. Leur collège vient de m'envoyer un émissaire, le tribun désigné Sestius, qui entre en fonction le 10 décembre prochain : il m'a demandé en leur nom de rappeler Cicéron d'exil.

– Et tu as accepté !

– Non, je me suis fait tirer l'oreille : j'ai refusé. Il ne m'en sera que plus reconnaissant plus tard... quand j'aurai accepté.

– Et Clodius, qu'est-ce que tu en fais ?

– Je ne peux pas le désavouer publiquement, c'est un personnage trop dangereux ; mais son règne s'achève : le 10 décembre prochain, il ne sera plus tribun de la plèbe, et il redeviendra ce qu'il a toujours été, un simple agitateur, un chef de bande qui finira mal.

La suite des événements n'allait pas tarder à donner raison, une fois de plus, à César. Un mois après cette conversation, le 26 novembre, un des autres tribuns désignés, un certain Fadius, bravant les interdits de Clodius, annonçait son intention de faire voter par le peuple, dès son entrée en charge, un plébiscite rendant Cicéron à sa patrie, et ses biens à Cicéron.

La réaction de Clodius stupéfia tout le monde. Il se rendit sur le Forum, monta à la tribune aux harangues, ameuta le peuple et tint le bref discours suivant :

– Fadius vient de prendre l'initiative de demander le rappel de Cicéron à Rome ; je ne m'y opposerai pas, mais à une condition : que le Sénat déclare nuls et non avenus tous les actes que César a passés quand il était consul.

Pendant quelques jours, à Rome, on ne parla que de ce revirement, en apparence scandaleux, de Clodius. Mais les sénateurs, malins, se méfièrent de ce coup de tête et Crassus exprima son opinion avec sa vulgarité habituelle :

– Encore une connerie de ce petit merdeux, répétait-il à qui voulait l'entendre.

Quant à César, il avait compris la démarche et il en donna l'explication à Thermus :

– Clodius n'est ni un crétin, ni un renégat. Il a cru bien faire. Ce n'est qu'une provocation. Il pense que sa proposition lui permettra de démasquer mes ennemis et que, si elle est adoptée, elle provoquera de tels troubles dans Rome que j'aurai là un excellent prétexte pour entrer dans la Ville avec mes deux légions de Cisalpine et m'emparer du pouvoir.

– Tu le ferais ?

– Certainement non. Je ne suis pas fou. J'aime l'ordre et la légalité. Et, de toute façon, on ne s'improvise pas dictateur ! La proposition de Clodius va tomber en quenouille, et celle de Fadius aussi.

– Et toi ?

– Moi ? Je vais m'occuper de ces histoires belges.

CHAPITRE XII

« Ce plat pays qui sera le mien... »

(mai 57)

Peu de temps après son arrivée dans sa province cisalpine, César avait été averti par les informateurs qui œuvraient pour lui en Gaule qu'une assemblée générale de tous les peuples habitant le territoire de la Gaule belgique avait été réunie, à l'initiative d'un certain Galba, roi des Suessions (peuple belge vivant sur les rives de l'Aisne et qui avait pour capitale Soissons). Au milieu d'un enthousiasme général, l'assemblée avait décidé de prendre les armes et de délivrer la Celtique occupée par l'armée romaine. Cette information fut confirmée plus officiellement au proconsul par une lettre de Labiénus :

LABIÉNUS À CÉSAR, PROCONSUL DES GAULES, SALUT !

La Gaule belgique s'agite contre Rome. Les motifs du soulèvement des peuples belges sont au nombre de quatre : 1° les Belges craignent qu'après avoir renvoyé les Germains de l'autre côté du Rhin et avoir réconcilié les Éduens et les Séquanes, nous ne cherchions à dominer les autres peuples de la Celtique, puis ceux de la Belgique ; 2° un assez grand nombre de Gaulois, de même qu'ils avaient refusé la présence des troupes d'Arioviste sur leur territoire, supportent mal de voir une armée romaine hiverner en Gaule et s'y implanter ; 3° ceux qui possédaient le pouvoir de fait en Gaule, c'est-à-dire les riches propriétaires gaulois qui monnayaient leur influence en achetant les hommes et les consciences, ont dû s'effacer, depuis notre arrivée, devant le pouvoir légal des magistrats et des assemblées locales, comparables à notre Sénat ; 4° certains peuples de la Gaule celtique, en raison de la légèreté proverbiale de leur esprit, rêvent de changer de maîtres, de se détacher des Éduens et se tourneraient volontiers vers les Suessions ou d'autres peuples belges.

Au reçu de cette lettre, dont il adressa une copie à Crassus et à Pompée, mais aussi aux consuls désignés pour l'année 57, Lentulus et Métellus Népos, et à quelques sénateurs influents, César décide d'agir rapidement. Il commence sans tarder ses préparatifs, décrète une levée de deux légions supplémentaires en Cisalpine et, aux premiers jours du printemps, il les fait conduire en Gaule par son neveu Pédius, auquel il confère, pour la circonstance, le grade de légat.

Lui-même quitte Bologne et il arrive à Besançon au milieu du mois d'avril.

La plus grande agitation règne autour de la capitale des Séquanes. Labiénus a rassemblé les six légions et les unités gauloises auxiliaires composant l'armée romaine dans la plaine où serpente l'Ognon, à deux ou trois kilomètres de la citadelle. Quelque 30 000 légionnaires et cavaliers campent sur place, en ordre de combat sur trois lignes : elles barrent toutes les routes en provenance du nord-est, c'est-à-dire de la Belgique, face à un éventuel agresseur. Les deux légions récemment arrivées de Cisalpine, sous le commandement de Pédius, sont tenues en réserve, de l'autre côté du Doubs.

À l'intérieur de la citadelle, autour du quartier général romain, c'est un ballet incessant d'émissaires, d'éclaireurs, de notables gaulois qui entrent et qui sortent, qui se croisent sans même s'adresser la parole. Parfois, deux ou trois cavaliers partent, au galop, vers l'Ognon, porteurs de quelques ordres destinés aux tribuns militaires ou aux centurions. L'effervescence est partout.

Labiénus a été prévenu de l'arrivée du proconsul. Il l'attend devant sa tente, en compagnie de Diviciac, dont la compétence en matière de démographie gauloise lui est particulièrement précieuse étant donné les circonstances. Après les salutations et les embrassades de rigueur, le légat fait son rapport :

– César, la situation est plus grave que jamais. J'ai obtenu des renseignements très précis sur l'assemblée générale des Belges. Tous les peuples de la Belgique se sont confédérés, et ils ont voté la guerre contre les Romains.

– Sous quel prétexte ?

– Au prétexte de défendre leurs libertés menacées.

– Est-ce que ce ne serait pas plutôt pour s'emparer des territoires des Éduens et des Séquanes, qui sont maintenant nos alliés ?

– C'est bien possible, César. Les seuls à s'opposer formellement à la guerre ont été les Belges de la région rémoise, les Rèmes : leurs territoires sont riches et fertiles, et ils ont tout intérêt à vivre en bonne intelligence tant avec nos alliés les Éduens qu'avec Rome elle-même.

– Qui sont les chefs des confédérés ?

– Les Suessions ; ils ont pour roi un certain Galba.

– Où habitent-ils ?

– Dans le pays que traverse l'*Axona* (l'Aisne) ; leur capitale (Soissons) est une fière place forte.

– Que sais-tu de l'armée des confédérés ?

– D'après mes informateurs, elle est au moins trois fois plus nombreuse que celle d'Arioviste.

César siffle d'admiration :

– Mazette ! Cela fait au moins 300 000 hommes. Comment y sont-ils parvenus ?

– Tous les peuples de la Belgique y participent. Les plus puissants, les Bellovaques (de Beauvais), peuvent mettre sur pied une armée d'au moins 100 000 hommes, dont 60 000 guerriers d'élite. Les Suessions possèdent douze villes fortifiées et se sont engagés à fournir 50 000 hommes. Les Nerviens (peuple du Hainaut, dont la capitale était Bavay, près de Maubeuge) en promettent autant : ils passent pour les plus farouches des Belges, car nombre d'entre eux ont des ancêtres germains. Les Atrébates (d'Arras) fourniraient 15 000 hommes, les Ambiens 10 000, les Morins (qui occupaient le Boulonnais et la côte jusqu'à Bruges) 25 000, les Ménapes (sur les bouches de l'Escaut) 7 000, les Calètes (du pays de Caux) et les Véliocasses (du Vexin normand) 20 000 à eux deux, les Véromanduens (du Vermandois) 10 000, les Aduatiques (de la région de Namur) 19 000. Même les Germains de la rive gauche du Rhin (dans les Ardennes), c'est-à-dire les Condruses, les Éburons, les Céroses, les Pémanes, ont promis un contingent de 40 000 hommes.

– Qu'est-ce que les Germains viennent faire ici ? demande César.

– Ce ne sont pas de vrais Germains, mais on les appelle ainsi parce qu'ils sont très proches d'eux, par la géographie comme par les mœurs.

– C'est tout ?

– Oui, César, c'est tout... et c'est suffisant !

– Qu'est-ce que tu as pris comme mesures ?

– J'ai placé nos légions, soit 30 000 hommes environ, devant le Doubs, répond Labiénus, pour m'opposer à l'avance éventuelle de cette énorme armée.

– C'est une erreur, Labiénus ; nous ne pourrons pas les arrêter.

– Pourquoi ?

– Parce que, dans une bataille en rase campagne, à un contre dix, nous n'avons aucune chance : toute stratégie défensive est donc vouée à l'échec.

– Qu'est-ce que tu proposes ?

– Nous devons prendre l'initiative de l'offensive, avant même qu'ils aient pu s'organiser : nous tomberons sur eux séparément et par surprise. Ordonne que l'on fasse les provisions de blé dans les plus brefs délais, et fais charger les chariots. Nous partirons avec les huit légions dès que les sacs de blé auront été chargés.

Puis, se tournant vers Diviciac :

– Tu connais les peuples belges ?

– Oui : ce sont des Gaulois arriérés.

César sourit : Diviciac était raciste, comme tous les druides.

– Quelle est leur origine ?

– Nous autres, druides, nous disons que les Belges sont un mélange de Celtes – comme nous – et de Germains venus des îles du Nord.

– Quelles îles ? demande César.

– Celles qu'a décrites le navigateur Pythéas, il y a près de trois cents ans.

– Pythéas, le Grec de *Massalia* (Marseille) ?

– Oui. Ce sont de petites îles au nord des côtes de la Germanie (les îles Frisonnes). Ces Germains ont marché jadis vers le sud, puis ils ont franchi le Rhin et sont arrivés chez les Celtes du Nord, avec lesquels ils se sont mélangés : ainsi se formèrent les premiers peuples belges.

– Et maintenant, où sont-ils, tous ces peuples ?

– La plupart se sont fixés sur les rives des fleuves ou sur les côtes. On en dénombre une vingtaine : Labiénus vient de t'énumérer les principaux.

– Comment vivent-ils ?

– Comme les Gaulois de la Celtique, dans des villages et dans des places fortes. Mais leurs terres sont moins riches, leurs mœurs plus rudes et leur esprit plus lent.

– Comment cela se fait-il ?

– Il n'y a pas assez de druides chez les Belges, et tu sais bien que l'éducation, chez les Gaulois, c'est l'affaire des druides.

– Quelle langue parlent les Belges ?

– La même que la nôtre, mais ils ont un accent bizarre. Dans l'ensemble, les Belges sont moins instruits que les Celtes de chez nous, et même leurs druides écrivent moins bien que nous.

– Je n'ai pas compris grand-chose à ce que tu m'as raconté, Diviciac, sinon que ces Belges sont nombreux et batailleurs, dit César. Eh bien ! en avant vers la frontière belge. Diviciac, tu m'accompagneras, avec un escadron d'Éduens. Les Séquanes vont pouvoir se réjouir, ajoute César : l'hivernage est terminé, je retire mes légions, comme je l'ai toujours promis. Encore un mot : le pays des Belges, comment est-il ? Est-ce qu'il y a des montagnes et des vallées, comme chez les Séquanes et les Éduens, ou de très hautes montagnes, comme chez les Helvètes ?

– C'est un pays très plat, sans véritables reliefs, mais les cours d'eau y sont nombreux.

César se tourne vers son légat :

– Labiénus, nous partirons au début du mois de juin, avec les huit légions : ce plat pays sera le mien.

Le temps était beau, les routes étaient sèches, mais les légionnaires, comme engourdis par six mois d'hivernage et d'inactivité, marchaient lentement. César se dirigea d'abord vers le pays des Rèmes, par Langres et Brienne, et il lui fallut quinze jours pour atteindre la frontière belge, c'est-à-dire les rives de la Marne, qu'il franchit au niveau de Châlons-en-Champagne.

Il se trouvait dans le pays des Rèmes, le peuple de la Belgique qui est le plus proche de la Gaule celtique. Ils ne s'attendaient pas à sa venue, car les Belges, trompés sans doute par les manœuvres attentistes de Labiénus, n'avaient pas prévu que les Romains passeraient à l'offensive si rapidement. Dès que les Rèmes apprirent que l'armée romaine était sur la Marne, ils envoyèrent une ambassade à César, avec à sa tête les deux principaux personnages de leur nation, qui se nommaient Iccios et Andocumborios.

Ils sont reçus par César, qui avait à ses côtés Diviciac, dans son bel habit blanc de druide. Les ambassadeurs saluent respectueusement le proconsul, puis Iccios lui fait part de la décision de son peuple, tandis que son compagnon, plutôt taciturne, approuve ses paroles par des hochements de tête :

– Proconsul des Gaules, je suis venu, au nom de toute ma nation, placer notre peuple, toutes nos terres et tous nos biens sous la protection de Rome et sous ton autorité. Nous, les Rèmes, au contraire des autres peuples belges, nous n'avons pas conspiré contre Rome, alors que le reste de la Belgique est en armes : nous sommes prêts à te donner des otages, en garantie de notre bonne foi, à t'ouvrir nos places fortes, à exécuter tous tes ordres et à pourvoir au ravitaillement en blé de tes troupes.

Diviciac traduit les propos d'Iccios. César, étonné mais ravi, n'en demandait pas tant : c'était la première fois dans l'histoire de la République romaine qu'une nation étrangère – gauloise en l'occurrence – demandait à faire partie de son empire ; il lui répond avec bienveillance :

– Iccios, je te remercie de ton accueil et de la confiance que tu fais à la puissance romaine et je t'accorde la protection de Rome. J'accepte tes otages, qui seront traités, dans mon camp, avec les mêmes égards que tous les Romains.

– Nous t'enverrons les membres de notre Sénat et les enfants de nos chefs. Nous regrettons cette guerre, dans laquelle nos frères belges se sont lancés inconsidérément, et nous avons tenté d'apaiser les Suessions, qui l'ont décidée : mais il y a chez eux un tel déchaînement de passions que nous n'avons rien pu faire pour empêcher ce conflit, auquel nous avons délibérément choisi de ne pas participer.

– Quels sont les confédérés les plus dangereux ?

Iccios expose alors le plan de guerre des Belges : les Bellovaques, qui vivent sur la rive droite de l'Oise, autour de Beauvais, doivent rejoindre les Suessions sur l'Aisne, à Soissons, traverser le pays rémois et pénétrer en Gaule celtique par le pont de Châlons, sur la Marne, comme César vient de le faire, mais en sens contraire. Les deux armées fonceront alors sur Langres où elles feront leur jonction avec les Germains des Ardennes, installés sur les rives gauloises du Rhin, ainsi qu'avec leurs autres alliés belges. De là, une armée germanobelge de 300 000 hommes marchera sur Besançon car, explique Iccios, Galba, le roi des Suessions, qui commande les opérations, croit que les légions romaines y sont encore.

– Rentrez chez vous, amis rémois, et envoyez-moi les otages promis. Je vous promets qu'il ne leur sera fait aucun mal : je vais d'ailleurs tenter de les mettre à l'abri en Gaule narbonnaise, chez les Allobroges. Quant à moi, je vais prendre mes dispositions.

– Notre pays sera-t-il épargné ? demande Iccios.

– Je l'espère. Mais prenez quelques précautions élémentaires. Fortifiez vos villes et constituez une armée pour vous défendre dont tu prendras le commandement toi-même, Iccios : je n'ai pas assez de troupes pour vous en prêter. Quant à moi, la seule aide que je vous demande, c'est d'accueillir mes troupes et de fournir du blé pour mes soldats, du fourrage pour mes chevaux. Et je vous promets, ajoute-t-il en souriant, qu'une fois la guerre terminée et gagnée je retirerai mes légions et rentrerai dans ma Province.

Rèmes et Romains se quittèrent bons amis. César confia les problèmes d'intendance relatifs au campement de ses corps d'armées en Champagne à son neveu et légat Pédius, pour se consacrer uniquement à la mise au point de son plan de guerre, avec l'aide de l'indispensable Diviciac.

Celui-ci lui propose l'assistance d'un chef carnute, du nom de Tasget.

– Tu es certain de ce Carnute ? lui demande le proconsul : d'où le connais-tu ?

– C'est une longue histoire. Tu sais qu'en Gaule celtique, ainsi qu'en Armorique, la justice est rendue par les druides ?

– Oui, tu me l'as déjà dit.

– Tous les différends entre particuliers, tous les conflits entre les nations gauloises sont tranchés par nous, qu'il s'agisse d'un meurtre, d'une question d'héritage ou d'un problème de délimitation de frontière. Chaque année, à date fixe, tous les druides de la Gaule tiennent leurs assises dans la forêt des Carnutes, près de *Genabum* (Orléans), leur capitale.

– Tu y es allé souvent ?

– Je m'y rends tous les ans, César. C'est là que j'ai rencontré ce Tasget : un de ses cousins s'était approprié son héritage et les assises druidiques que je présidais le lui ont rendu. Il m'a juré reconnaissance éternelle.

– Et que penses-tu faire de ce Tasget ?

– Ton allié, César. Et, pour l'instant, ton ambassadeur auprès de tous les peuples gaulois amis des Carnutes : à lui seul, il est capable d'armer la moitié de la Gaule contre les Belges.

– Pourquoi seulement la moitié ?

– Parce que son influence est faible au sud de la Loire, qui est entièrement sous la domination des Arvernes des montagnes centrales ; on l'écoute cependant chez les Bituriges, un très grand peuple dont la capitale est *Avaricum* (Bourges).

L'affaire se présentait bien. Son pacte avec les Rèmes fournissait à César une base stratégique de première importance au cœur même de la Belgique, en Champagne : en établissant le camp de ses légions entre Reims et Châlons, il contrôlait les principales routes conduisant de la Belgique à la Gaule, et il n'avait plus de problèmes de ravitaillement à se poser. De plus Diviciac lui avait promis d'envoyer un contingent de guerriers éduens dévaster les champs des Bellovaques, pour retarder le départ de ces derniers et empêcher leur jonction avec les Suessions.

Tasget, dûment chapitré par Diviciac, effectuait un remarquable travail de propagande et de renseignement parmi les Celtes de la Seine et de la Loire. Les Carnutes d'Orléans, les Parisiens de Lutèce, les Sénons de Sens lui ouvrent les bras, et pour cause : ils sont les premiers à être menacés par l'invasion qui s'annonce. César est ainsi tenu au courant, presque au jour le jour, des mouvements des Belges : dans quelle cité on levait des troupes, en quels lieux s'opérait la concentration des armées belges, les difficultés qu'elles rencontraient à passer certains fleuves dont les ponts avaient été abattus par des orages ou par des saboteurs stipendiés par Tasget.

Devant son état-major, César triomphe :

– Ces Belges ont chanté à tue-tête qu'ils allaient délivrer toutes les Gaules de l'occupant romain, mais tel est pris qui croyait prendre. Ce sont eux, qui font figure d'envahisseurs, et non pas nos légions. Mieux encore : nous avons conquis les cœurs de presque tous les peuples gaulois de la Seine et de la Loire, grâce à Tasget.

– Ne chante pas trop vite victoire, César, lui fait remarquer Hirtius : nous n'avons pas encore rencontré les 300 000 hommes de Galba, le commandant suprême des forces belges.

– Je les attends de pied ferme. De plus, j'ai conclu un arrangement avec des Belges de l'Est, les Trévires, qui préfèrent être protégés par Rome que soumis aux Suessions : ils m'enverront un escadron de cavalerie.

– Quel est ton plan de guerre ?

– Il est très simple, d'autant que les Gaulois de Belgique ne sont pas habitués à combattre loin de chez eux : ils ne savent pas préparer une expédition de longue haleine, organiser le ravitaillement d'une armée, se ménager à l'avance des positions où ils puissent se réfugier en cas de retraite, ils n'ont pas de service de renseignement, pas d'éclaireurs. Bref, plus ils sont nombreux, plus ils sont vulnérables. Je vais jouer avec eux au chat et à la souris.

– Un jeu dont les légionnaires romains seront, hélas, les bouchers, fait remarquer Diviciac.

– Diviciac, j'ai eu comme maître de philosophie Posidônios : comme toi, je suis un humaniste, et non pas un massacreur. Mais, au sein de cette barbarie dans laquelle nous vivons, je dois faire taire tous mes scrupules. Car le sang qui sera versé, dans les jours qui viennent, fertilisera une terre dans les sillons de laquelle, pendant des siècles, plus aucun sang ne coulera, ni romain, ni gaulois, ni belge, ni germain.

– Et moi, César, lui répond Diviciac, mon maître est le divin Pythagore qui, rapportent nos légendes, séjourna jadis parmi les druides, et je crois en la transmigration des âmes : si je verse le sang d'autrui, mon âme se réincarnera, après ma mort, en un bœuf blanc destiné à être immolé, dont l'âme s'incarnera à son tour en un même bœuf blanc, et ainsi de suite, pour l'éternité, car la roue des naissances ne cesse de tourner. C'est pourquoi je préfère ne pas verser le sang.

– Mais si le sang que tu verses doit faire, pour l'éternité, le bonheur de l'humanité ?

– Je verserais volontiers mon propre sang pour sauver le genre humain, mais je ne veux pas verser le sang d'autrui.

Hirtius, en bon païen qu'il était, suggère alors que la conversation est en train de dévier.

– Tu as raison, dit César. Revenons à nos moutons belges. Voici mon plan. Premier temps : les Éduens pénètrent chez les Bellovaques et dévastent leurs champs. Deuxième temps : les armées belges se concentrent quelque part en Belgique, selon toute vraisemblance sur l'Aisne, près de Soissons, puisque c'est dans cette citadelle que se tient le roi Galba qui, d'après les druides, est un piètre militaire. Troisième temps : quand toutes les troupes belges seront réunies, je les attaquerai de front avec mes légions et j'enverrai Diviciac avec son escadron d'Éduens leur couper les arrières. Une fois l'armée belge disloquée, j'aviserai.

CHAPITRE XIII

La conquête de la Belgique
(été 57)

À la différence des campagnes de l'année 58 contre les Helvètes puis contre les Germains, la guerre belge ne se réduisit pas à une seule grande bataille, comme celles de Bibracte ou de Cernay. César avait en face de lui, non pas un ennemi unique à poursuivre et à combattre, mais une coalition de peuples dispersés à travers un vaste espace compris entre les côtes de la mer du Nord et de la Manche à l'ouest, la Seine au sud et le Rhin à l'est, jusqu'à son embouchure dans la mer du Nord, c'est-à-dire sur un territoire comparable à celui qui fut le théâtre européen de la guerre franco-allemande de 1914-1918.

Ce fut donc une guerre de mouvement que mena César, avec ses huit légions, émaillée de sièges et de grandes batailles, entre juin et septembre 57 : on se battit sur l'Aisne d'abord, puis en Picardie et en Artois, sur la Sambre, sur la Meuse et sur l'Escaut, dans les Ardennes. Partout le proconsul fut victorieux.

Mais, cette fois-ci, les choses étaient claires. César traversait la Marne pour assujettir les peuples de la Gaule belgique, et non pas pour défendre les libertés de tel ou tel peuple gaulois qui aurait été menacé. Il entrait en Belgique en conquérant, et non pas en protecteur, et il se passait glorieusement de l'autorisation du Sénat et même de la bénédiction des deux autres triumvirs. César était devenu César.

Sur l'échiquier de la Gaule belgique, le proconsul va pousser son premier pion. Il se nomme Diviciac.

– Tu es l'artisan du premier temps de mon plan de guerre, lui dit-il, et j'espère que tu ne te déroberas pas. File au galop, avec ton escadron de cavaliers, dans la direction de l'ouest ; il te faut environ trois jours, d'après les Rèmes, pour atteindre le fleuve *Isara* (l'Oise). Tu le franchiras et tu te trouveras dès lors dans le pays des Bellovaques (dans la région de Beauvais) : ta mission est de dévaster les champs, de brûler les moissons, si elles sont commencées, et d'incendier les villages.

– Est-ce qu'il faudra combattre ?

– Les guerriers bellovaques ont quitté leur pays il y a quelques jours, c'est une information que m'a transmise ton ami Tasget, qui a l'air de tout savoir ; tu ne rencontreras donc pas de résistance. Le but de l'opération est de détourner l'armée bellovaque, qui se dirige vers les Suessions pour nous tomber dessus.

– Mais...

– Exécution.

Diviciac parti, César décide de pénétrer plus avant en Gaule belgique et de porter ses légions dans le pays des Suessions, pour attaquer les confédérés. Guidé par des éclaireurs rémois, que lui a fournis Tasget, il traverse les plaines et les coteaux de la Champagne avec son armée, dans la direction de l'Aisne. Il atteint le fleuve après cinq jours de marche :

– C'est bien ce fleuve qu'on nomme *Axona* ? demande-t-il à l'un de ses éclaireurs.

– Oui, proconsul, et, de l'autre côté du fleuve, c'est le pays des Suessions.

– C'est là que je vais installer mon camp. Tu connais le pays ?

– Un peu. Je sais qu'il y a deux endroits pour passer l'*Axona* : en amont, les eaux du fleuve sont basses et les Suessions y ont construit un pont ; en aval, elles sont plus basses encore, et on y passe à gué.

– Les chariots de ravitaillement, d'armes et de machines de guerre ne pourront pas traverser à gué ; je choisis le pont (en ce lieu, appelé aujourd'hui Berry-au-Bac, il existe toujours un pont ; en avril 1917, Berry-au-Bac fut le théâtre d'un long combat où, pour la première fois dans l'histoire, l'armée française fit usage de chars de combat). Labiénus répercute l'ordre de son chef aux centurions :

– Conduisez les cohortes vers le pont.

– Où allons-nous installer notre camp ? demandent les centurions ; il nous faut de la place.

– Je vais en avant repérer les lieux, avec mes éclaireurs, dit le proconsul.

Pendant que l'immense armée romaine traversait le pont de Berry-au-Bac, César caracole sur la rive droite de l'Aisne. Il y repère un monticule (la « colline » de Morchamp), dominant d'une vingtaine de mètres la plaine et se terminant à chaque extrémité par deux pentes abruptes : ce tertre barrait dans toute sa largeur le futur champ de bataille, face à l'ennemi. Un peu plus loin serpentait, parallèlement à l'Aisne, une rivière (l'Ailette selon la terminologie moderne) bordée par un chemin qui longeait le pied de la colline de Morchamp, et qui devait devenir célèbre dans l'histoire sous le nom de « Chemin des Dames » (un sinistre général français, bien moins inspiré que César, y fit tuer 150 000 hommes en quinze jours, au mois d'avril 1917).

– Nous établirons notre camp ici, dit-il à Labiénus qui l'avait rejoint. Nos soldats seront à pied d'œuvre pour les combats et, d'où nous sommes, nous pouvons surveiller la route qui vient de Belgique et le pont que nous venons de traverser. Nous creuserons des tranchées tout autour de la colline et nous y élèverons des remparts d'une hauteur de deux hommes au moins.

Le lieu était stratégique à souhait. Le camp, adossé à l'Aisne, était bordé, du côté de l'ennemi, face au nord, par des marécages, et des redoutes avaient été construites sur le pont et tout autour du camp où les 40 000 hommes de César pouvaient tenir à l'aise. Enfin, on apercevait dans le lointain, à une douzaine de kilomètres, les murs de la citadelle des Rèmes, dont le nom, *Bibrax*, rappelait curieusement celui de la capitale des Éduens.

Les travaux durèrent plusieurs jours et l'armée de Galba arriva après qu'ils furent terminés. Les Belges avaient mis du temps à se décider : les Suessions étaient impatients de pénétrer en Celtique, et ils étaient furieux de la défection des Rèmes. Avant de marcher à la rencontre de l'armée romaine, ils avaient décidé de les punir et ils envahirent le pays rémois, ravageant tout sur leur passage. En peu de jours, ils arrivèrent devant *Bibrax* et investirent la citadelle, dont la défense était assurée par Iccios, le Rème qui avait fait allégeance à Rome.

Celui-ci, profitant d'une nuit sans lune, parvient à envoyer des émissaires au camp de César, pour lui demander secours. En pleine nuit, les émissaires repartent vers *Bibrax* avec un contingent d'archers crétois, de cavaliers numides et de frondeurs des Baléares, qui faisaient partie des troupes auxiliaires du proconsul. Au petit matin, ils se ruent sur les Suessions et la citadelle rémoise est sauvée ; pour se venger, les Belges dévastèrent les champs alentour, brûlèrent les granges et les villages, puis levèrent le siège et se dirigèrent tout droit vers le camp romain, ainsi que la multitude des troupes confédérées qui ne cessaient d'arriver dans la région : la grande bataille de l'Aisne allait commencer.

Par milliers, les guerriers de toutes les nations belges affluent vers le champ de bataille naturel qui s'étend au pied du grand campement de César, séparé de celui-ci par le marais de la Miette. Les Belges occupent toutes les collines alentour, jusqu'au Chemin des Dames et au plateau de Craonne ; ils attendent, pour franchir le marais et partir à l'assaut du camp des Romains, que ces derniers se découvrent et s'avancent vers eux. De son côté, César a ordonné à ses légionnaires de se tenir prêts à fondre sur l'ennemi dès qu'il tenterait d'avancer.

Les deux adversaires s'observent donc, tandis qu'un combat de cavalerie se déroule entre leurs lignes : aucun des deux ne se hasarde le premier dans le marais et, une fois terminé l'engagement de cavalerie, César rappelle la sienne.

Les Belges cherchent alors à contourner l'obstacle marécageux, et ils marchent vers l'Aisne, avec l'intention de passer le fleuve à gué et d'attaquer le camp romain par-derrière ou, du moins, de couper ses communications. La nuit tombait. César, informé par des transfuges de la manœuvre des Belges, envoie ses régiments d'auxiliaires – Numides, Crétois et cavaliers gaulois – vers le pont bien gardé de Berry-au-Bac, afin de les prendre à revers.

Le combat s'engage. Il est terrible. Les archers et les frondeurs se tiennent sur les rives du fleuve et dans les redoutes qui gardent le pont ; ils criblent de traits les malheureux Belges, qui tombent par centaines, tant et si bien que, tard dans la nuit, l'Aisne est barré par un véritable pont de cadavres, que Suessions et Bellovaques tentent malgré tout de franchir. Une pluie de flèches, de javelots et de pierres les repousse et les quelques-uns d'entre eux qui ont pu prendre pied sur la rive droite de l'Aisne sont cernés par la cavalerie gauloise et massacrés. Dans le même temps la nouvelle parvient aux chefs bellovaques que les Éduens, conduits par Diviciac, brûlent leurs villages et leurs moissons.

La panique s'empare alors de ces guerriers indisciplinés et fantasques, qui ne connaissaient des guerres que les coups de main, et qui ignoraient tout des grands combats et de la stratégie : ils n'avaient ni chariots de ravitaillement, ni positions de repli, ni même de services de renseignement. Ces ennemis, nombreux, courageux et puissants, ne pensaient plus qu'à une chose : partir vers l'Oise pour défendre leurs champs et leurs familles. En pleine nuit, leur départ ressemble à une débandade.

Ce n'est qu'au petit matin que César apprend, par des éclaireurs, qu'il s'agit non pas d'une fuite, mais d'une retraite. Il réagit avec la promptitude des grands capitaines : il envoie sa cavalerie à leur poursuite, sous le commandement de son neveu Pédius, avec pour mission de fixer l'ennemi, et donne l'ordre à Labiénus de suivre, avec trois légions. Les Belges, qui s'étaient enfuis dispersés, furent rattrapés séparément et massacrés avant même d'avoir pu atteindre l'Oise. Au coucher du soleil, les Romains abandonnèrent leur poursuite et revinrent au camp, en rangs par quatre, comme à la parade. L'ennemi avait été décimé, les pertes romaines étaient insignifiantes.

Quant aux chefs belges, réfugiés à Beauvais, ils décidèrent l'arrêt momentané des hostilités.

– Laissons les Romains et les Éduens pénétrer en Belgique, leur dit Galba, le roi des Suessions. Que chaque armée belge rentre chez elle : nous nous réunirons à nouveau pour les attaquer, mais alors nous serons chez les nôtres et nous ne manquerons ni de vivres pour nous ravitailler, ni de citadelles pour nous y réfugier. Attirons César sur nos propres terres, bien loin de ses bases : nous le surprendrons, nous l'affamerons et nous exterminerons ces envahisseurs jusqu'au dernier.

Galba prenait ses désirs pour des réalités : en une seule journée, César avait gagné sa première grande bataille de la guerre de Belgique, la bataille de l'Aisne, et ce n'était pas la dernière.

Le lendemain, premier jour du mois de juillet, César tient conseil avec ses lieutenants.

– J'espère que vous avez compris les avantages de ma stratégie : dans ce pays que nous connaissons mal, où nous ne possédons nul allié, si ce n'est les Rèmes, éloignés que nous sommes de la Celtique, la meilleure méthode est d'attendre, de se fortifier et d'attaquer lorsque l'ennemi est divisé. Nous venons de liquider les Bellovaques, et l'armée belge est disloquée : c'est le moment de nous emparer de *Noviodunum* (localité voisine de la ville actuelle de Soissons, sur le mont des Pommiers), la capitale des Suessions.

– Où se trouve-t-elle ? demande Hirtius.

– Sur les rives de l'*Axona* (l'Aisne), à 30 milles (environ 45 km) de notre camp vers l'ouest.

– Elle est bien défendue ?

– D'après mes informateurs, ses murailles sont très hautes, le fossé qui les entoure est très large ; nous devrons emporter des machines.

– Sais-tu à combien se montent les effectifs de sa garnison ? demande Labiénus.

– À quelques dizaines de vieillards, lui répond César. Tous les hommes valides étaient dans l'armée que nous avons mise en fuite hier. Si nous nous dépêchons, nous arriverons devant *Noviodunum* avant eux, et ce nous sera un jeu d'enfant que de l'enlever.

– Alors, partons immédiatement, César, dit le légat.

– Quelles machines prenons-nous ? demande Pédius, qui était un peu le « technicien » de l'armée des Gaules.

– Cinq ou six mantelets, et huit tours, lui répond César.

– Qu'est-ce qu'un mantelet ? interroge Diviciac, qui, s'il était beau parleur et fin politique, ignorait tout de l'art de s'emparer d'une place forte.

César lui explique, patiemment :

– C'est une sorte de baraque roulante d'environ dix pieds de haut, avec un toit pentu recouvert de cuir, qu'on adosse contre les murs d'une forteresse, afin de protéger les soldats qui tentent de les démolir des flèches, des pierres et des javelots que tirent sur eux les assiégés.

– Et les tours ?

– Ce sont des échafaudages roulants, à plates-formes, dont on se sert dans les sièges. La plate-forme inférieure est munie d'un bélier, avec lequel on enfonce les grosses portes des citadelles ; un système de treuils permet de faire monter ou descendre les attaquants jusqu'à une plate-forme supérieure. À celle-ci sont fixés des ponts volants par lesquels nos soldats peuvent pénétrer sur les chemins de ronde de la citadelle, en déloger les défenseurs et se laisser glisser, par des cordes, à l'intérieur de la place.

Il fallut deux journées à César pour atteindre la capitale des Suessions, qui, de poursuivis, étaient devenus poursuivants et couraient, eux aussi, vers *Noviodunum*. Lorsqu'ils y parvinrent, les troupes romaines encerclaient déjà la ville, les mantelets étaient en place et les légionnaires finissaient de fortifier leur camp.

– César, que faisons-nous, lui demande Labiénus, les Suessions sont de retour ?

– Inutile de les attaquer, cela nous affaiblirait. Laissez-les entrer dans la place : quand elle capitulera, nous les ferons prisonniers.

Les opérations du siège se déroulent comme à la manœuvre. Les mantelets sont alignés le long du fossé entourant la ville ; du haut des murailles, les Suessions font pleuvoir sur les assaillants des pierres, des flèches et des traits ; bien à l'abri sous les mantelets, les archers crétois et les frondeurs des Baléares de l'armée romaine ripostent : leurs tirs sont d'une très haute précision, et les défenseurs, blessés, basculent du haut des murailles. Les tours mobiles peuvent alors être approchées et les ponts volants dépliés. Terrorisés par ces machines mobiles gigantesques qu'ils n'avaient jamais vues et dont ils n'avaient même jamais entendu parler, les Belges cessent le combat et le roi Galba envoie à César ses députés : il capitule sans condition et livre sa ville au vainqueur.

Il ne restait plus à César que de décider du sort des quelque 40 000 Suessions qui venaient de se rendre. Ses lieutenants étaient d'avis de les ramener en Narbonnaise ou en Gaule cisalpine, et de les vendre comme esclaves :

– Jusqu'à présent, proconsul, lui fait remarquer Labiénus, en bon guerrier professionnel, les guerres en Gaule n'ont rapporté aucun butin. Tu as tué 100 000 Helvètes, 100 000 Germains, mais tu n'as pas eu le moindre bracelet d'or, la moindre parcelle de terre à partager avec tes légionnaires et avec tes lieutenants. Une guerre sans butin est absurde : elle coûte au Trésor de l'État, et elle ne rapporte rien.

Pédius intervient à son tour :

– D'après ce que disent les légionnaires, c'est la première fois que tu fais des prisonniers. Les lois de la guerre commandent que tu les ramènes dans tes provinces, en Cisalpine ou en Narbonnaise, que tu les vendes commes esclaves et que tu partages le produit de cette vente entre le Trésor public, tes généraux et tes soldats, dans les proportions prévues par nos coutumes et nos règles.

Le Rème Iccios implore son allié romain :

– Épargne les Suessions, César, laisse-les libres ; ils ont longtemps été nos amis.

César prend la parole et expose ses intentions :

– Je ne suis pas venu en Belgique pour la piller, ni pour lui voler ses habitants et en faire des esclaves. Je suis venu pour défendre la Celtique menacée d'abord, et pour instaurer la paix entre toutes les nations gauloises ensuite : en transformant les vaincus d'aujourd'hui en esclaves, je ferai des autres Belges autant d'ennemis de Rome. Et pour quel bénéfice ? Pour quelques malheureuses livres d'or à partager entre 40 000 légionnaires ? Je préfère doubler, tripler même leur solde, accorder un pécule à ceux qui veulent quitter le métier des armes et s'installer, en colons, dans ces terres gauloises, et laisser leur liberté aux Gaulois, qu'ils soient Belges ou Celtes. Un jour viendra, je l'espère, où tous ces barbares seront des citoyens de l'univers romain que nos grands ancêtres, Paul-Émile, Scipion Émilien, Marius, Lucullus et Pompée, ont construit et que moi, César, j'achève.

Et il conclut :

– César fait grâce aux Suessions et de leur vie, et de leur liberté, à la condition qu'ils nous livrent toutes les armes qu'ils possèdent et qu'ils nous promettent solennellement de ne plus entreprendre de guerre ni contre la Gaule celtique, ni contre les Romains. Comme otages, je demande qu'ils me livrent les premiers personnages de leur cité et les deux fils du roi Galba. Et maintenant, ajoute-t-il en changeant de ton, occupons-nous des Bellovaques.

Après la fuite éperdue qui avait mis fin à la bataille de l'Aisne, les Bellovaques s'étaient réfugiés derrière les murs de leur capitale, *Bratuspantium* (près de Beauvais), à cinq jours de marche de celle des Suessions.

– César, dit brusquement Diviciac, donne-moi un bon cheval et deux cavaliers gaulois ; je vais te préparer le terrain chez les Bellovaques.

– Que veux-tu faire ?

– Éviter encore une bataille. Leurs terres ont été ravagées par l'escadron éduen que tu avais demandé et je sais qu'il y a eu une sorte de petite révolution là-bas. Je vais voir de quoi il retourne. À cheval, j'y arriverai deux ou trois jours avant toi, sans me fatiguer.

César acquiesce à sa demande. Lui aussi préfère la paix à la guerre, qu'il considère comme un moyen ultime qu'on ne doit employer qu'après avoir tout essayé. Diviciac saute sur un magnifique cheval blanc et il s'éloigne au galop : le proconsul contemple la robe blanche du druide qui flotte au vent s'envoler vers les collines du Soissonnais. Lui-même prend la route le lendemain matin, à la tête de son armée.

Quelques jours plus tard, alors qu'il n'était plus qu'à six ou sept kilomètres de *Bratuspantium*, César voit sortir tous les anciens de la ville, les mains tendues, qui lui apportent leur soumission pleine et entière ; il les suit jusqu'aux murs de la ville pour y camper. Cette fois, ce sont les enfants et les femmes de la cité qui, du haut des murs, font les gestes rituels de soumission. Diviciac sort de la ville, et va vers César :

– Comment se fait-il, lui demande celui-ci, que les Bellovaques, que l'on dit si fiers et si belliqueux, se montrent soudain si pacifiques ?

– Ce sont leurs chefs, de grands propriétaires terriens, riches et puissants, qui étaient belliqueux et têtus, et ils imposaient leurs vues aux sénateurs et aux magistrats. Il y a eu une petite révolution, avant que je n'arrive : le peuple les a chassés et le pouvoir été rendu au conseil de la cité.

– Que sont devenus les chefs ?

– Ils se sont enfuis en Armorique, où ils trouveront plus têtus qu'eux. Quant à moi, j'ai raisonné les sénateurs. Je leur ai dit que les Éduens étaient d'anciens alliés des Bellovaques et que tout recommencerait comme par le passé s'ils te faisaient leur soumission complète.

– Alors, que dois-je faire ? dit César qui sentait venir les supplications larmoyantes de Diviciac.

– Je t'implore de les traiter avec la générosité et la bonté qui sont dans ta nature, César ; si tu agis ainsi, tu rendras par la même occasion un grand service aux Éduens, les alliés officiels de Rome : tu augmenteras leur crédit auprès de tous les peuples belges.

– Soit. Pour ton prestige, Diviciac, et pour celui des Éduens, j'accepte la soumission des Bellovaques et je leur épargnerai l'esclavage. Mais il me faut 600 otages...

– 600 !

– ... oui, 600 otages : la nation des Bellovaques est la plus peuplée des nations belges ; il faut aussi qu'ils me rendent toutes leurs armes, comme l'ont fait les Suessions.

César avait parlé et il fut obéi. Les jours qui suivirent, il soumit de la même façon, et avec la même magnanimité, les Ambiens d'Amiens, les Calètes du pays de Caux, qui lui offrirent – avec leurs otages – de succulentes crevettes pêchées au pied des falaises d'Étretat, et les Véliocasses du Vexin.

Après la grande bataille de l'Aisne, menée de main de maître et pratiquement sans pertes humaines du côté romain, en moins d'un mois, sous le soleil de messidor, César avait parcouru et soumis les plus riches nations de la Belgique, de Reims à Soissons, de Soissons à Beauvais, de Beauvais à Amiens, et d'Amiens à Rouen. Peu de sang avait coulé, les vaincus n'avaient pas été déshonorés. César comprenait confusément que ces Gaulois belges qui vivaient entre la Seine, l'Aisne, l'Oise et la Somme étaient des frères de race des Gaulois celtes établis entre la Loire, la Seine et la Saône.

Quel beau peuple cela ferait, s'ils étaient tous unis, rêvait-il en s'endormant, au soir de la soumission des Ambiens, dans sa tente hâtivement montée au pied des murs de leur capitale, *Samarobriva* (Amiens). Et quel beau pays que ce plat pays.

César ne dormit pas longtemps : la fraîcheur et l'humidité de l'aube picarde le tirèrent de son sommeil et de ses rêves. Le proconsul des Gaules ouvrit les yeux, éternua bruyamment deux ou trois fois de suite, s'étira, puis se redressa sur sa couche. Il se leva, et fit quelques pas en dehors de sa tente : ses gardes, allongés à même le sol, ronflaient en chœur, et personne ne bougeait dans le camp romain, sinon les sentinelles qui faisaient les cent pas, au loin, et dont les silhouettes se détachaient, bien nettes, à l'horizon de la plaine amiénoise.

César avait faim. Son cuisinier, ses esclaves domestiques, ses ordonnances, comme ses gardes, dormaient profondément, enveloppés dans des couvertures de laine rugueuses. « À la guerre comme à la guerre », maugrée-t-il et il entreprend de préparer lui-même son petit déjeuner de soldat : une galette de farine de blé, qu'il fait frire dans de l'huile sur quelques brindilles enflammées. Puis il fait, hâtivement, un brin de toilette, mais il trouve l'eau de la cruche bien froide : « Elle commence à me manquer, ma salle de bains de la *Regia* », grommelle-t-il. Il secoue ses gardes et les envoie quérir les membres de son état-major qu'il tient à consulter sur la suite des opérations : les légats Labiénus et Hirtius, son neveu Pédius, le druide Diviciac. Une demi-heure plus tard, la traditionnelle réunion d'information commence.

César expose à ses lieutenants qu'après avoir soumis toute la Belgique jusqu'à la Somme, il souhaite maintenant soumettre les peuples qui vivent au nord de ce fleuve, en particulier les Nerviens, installés au-delà de la Somme, entre la Sambre et l'Escaut, et dont Diviciac, qui a visité leur pays, va maintenant leur parler :

– À toi la parole, druide, mais sois bref.

– Au nord de la *Samara* (la Somme), la Gaule change d'aspect. Il n'y a plus de grands champs fertiles, de pâturages, de bois ombragés. Le pays est recouvert de marécages et de forêts très denses, pleines de bêtes fauves, dans lesquelles vivent des tribus encore sauvages dont les hommes ne sont pas des Gaulois, comme nous ou comme les Belges que nous avons combattus. Ils descendent de Germains bien plus redoutables que le peuple d'Arioviste. Ils ne sont jamais visités par les marchands, car leurs chefs et leurs prêtres disent que le vin et autres produits civilisés amollissent l'âme des guerriers et leur enlèvent tout courage. Farouchement attachés à leurs forêts et à leurs terres, rudes, vigoureux, rusés, ils blâment les Gaulois d'avoir pactisé avec Rome et sont prêts à défendre leur territoire jusqu'à la mort du dernier Nervien.

– Si les choses sont comme tu le dis, Diviciac, je suis d'avis d'en rester là, dit Labiénus. Ces Nerviens se trouvent bien dans leurs forêts, qu'ils y restent, et nous n'irons pas les y chercher.

– Tu ne vois pas plus loin que le bout de ton nez, général Labiénus, lui dit César.

– Je ne pense qu'à la vie de mes hommes, proteste Labiénus. Ces Nerviens ne veulent pas être confrontés à la civilisation, et nous ne les verrons jamais déferler ni chez les Belges, ni chez les Celtes.

– Je suis de ton avis, dit César ; mais je me suis fait décrire la géographie de ce pays par des voyageurs. Au milieu de cette contrée aux forêts impénétrables, de ces marécages où le moindre cheval s'enlise, de ces rochers immenses, il y a une grande route naturelle : la vallée du fleuve *Mosa* (la Meuse), qui naît dans le pays des Rèmes et qui se jette dans le Rhin. C'est la route directe qui conduit de la Germanie à la Gaule du Nord et qu'emprunteront un jour les hordes germaniques pour l'envahir si nous ne la contrôlons pas. Je me moque des Nerviens : ils ne peuvent pas aligner plus de 50 000 à 100 000 guerriers ; mais je vous le dis, en vérité : un jour viendra où des centaines de milliers, des millions de Germains seront attirés par les verts pâturages et les blés dorés des Gaules. Et, ce jour-là, il faudra que la route de la *Mosa* soit fermée et bien fermée par nos légions.

Il n'avait pas besoin d'en dire davantage. Labiénus, en vieux soldat qu'il était, avait l'instinct de la stratégie : savoir par où peut venir l'ennemi, avait-il coutume de dire, c'est le b-a, ba de la science guerrière. Il fut donc décidé qu'on marcherait sur les Nerviens, et, par la même occasion, sur leurs alliés et voisins : les Atrébates d'Arras et de l'Artois, les peuples du Vermandois (autour de Saint-Quentin, entre Picardie et Champagne) et les Aduatiques de la Meuse.

– Voici comment je conduirai les opérations, continue César. D'après les informations recueillies par les agents de Germanicus, tous les Nerviens ont pris position sur le fleuve *Samis* (la Sambre), qui se jette dans la *Mosa* ; les Atrébates et les gens du Vermandois sont avec eux ; l'armée des Aduatiques, qui viennent de plus loin dans le Nord (de Tongres), n'est pas encore arrivée. Nous allons donc marcher vers la *Samis*, guidés par des éclaireurs gaulois qui connaissent bien le pays, nous trouverons leur camp et nous battrons les Nerviens comme nous avons défait l'armée des Belges confédérés sur l'*Axona* (l'Aisne).

César ne doutait ni de ses forces, ni de son génie militaire. Partie d'Amiens, son armée mit six jours, à marches forcées, pour atteindre Bavay (au nord de la Sambre, près de Maubeuge), où elle passa la nuit. À Bavay, le proconsul apprit, par les paysans de la région, que le camp des Nerviens était à 10 milles (15 km) environ de là, de l'autre côté du fleuve, et plus précisément à Hautmont.

C'est alors que César commit sa première erreur. Normalement il aurait dû soit établir un camp fortifié à Bavay, et attendre la bataille, comme il l'avait fait sur l'Aisne, face à l'armée des confédérés, soit marcher vers Hautmont en ordre de combat. Mais il était pressé d'en finir, car les grandes pluies d'automne approchaient, et il tenait à rentrer à Besançon le plus rapidement possible. Il envoie donc un corps d'éclaireurs et de corps francs en avant-garde, afin d'établir un camp sur la Sambre, face au camp ennemi, et il continue avec ses troupes qui progressent difficilement à travers les forêts épaisses, semées d'obstacles divers : les Nerviens avaient coutume, lorsqu'ils faisaient la guerre à quelque peuple voisin, de disposer des buissons épineux sur tous les sentiers, pour entraver la marche de l'ennemi.

Enfin, César arrive sur la Sambre. Pas de Nerviens ! Il envoie un détachement de cavalerie en reconnaissance, sur l'autre rive de la rivière : toujours pas de Nerviens ; le centurion qui commandait le détachement lui dit avoir aperçu, en tout et pour tout, quelques cavaliers gaulois qui se sont enfuis dans les bois. Confiant et optimiste, César ordonne à ses légions d'établir un camp fortifié sur un tertre, face à la rivière, comme il l'avait fait sur l'Aisne devant les confédérés. Il ignore que, tapis dans les bois avoisinants, des dizaines de milliers de Nerviens l'épient.

Tandis que les légionnaires s'affairent, que César court d'un légat à un autre, fait sonner la trompette, rappelle ses soldats, les harangue, surveille les uns et les autres, voici que les Nerviens surgissent des bois dans lesquels ils étaient cachés. En un clin d'œil une nuée humaine fond sur les cavaliers et les archers romains qui gardent le fleuve, dévale vers celui-ci, escalade l'autre rive et se rue à l'assaut des légionnaires, dispersés sur le tertre qu'avait choisi César, et désarmés. Ce fut une terrible mêlée, dans laquelle on vit même le proconsul, bouclier en main, faire le coup de glaive sur le champ de bataille, comme un simple légionnaire.

La situation devenait critique : si le reste de l'armée tardait à venir, les trois légions que César avait détachées pour établir le camp fortifié allaient être taillées en pièces. Au loin, César aperçoit un nuage de poussière : sont-ce des renforts ou de nouveaux ennemis ? Grouchy ou Blücher ? César eut plus de chance que le dictateur génois au petit chapeau : ce fut Grouchy, c'est-à-dire Labiénus, avec sa légendaire Xe légion. La mêlée reprit de plus belle. Les Nerviens faisaient preuve d'un courage extraordinaire et silencieux. Ils combattaient en rangs, sans mot dire, sans crier. Lorsque les premiers étaient tombés, ceux qui les suivaient montaient sur leurs cadavres pour se battre, et, quand ils tombaient à leur tour et que les corps s'entassaient, les survivants, juchés sur une butte hideuse de cadavres, lançaient leurs javelots sur les soldats romains qu'ils dominaient. Le spectacle aurait été grandiose, s'il n'avait été ignoble et sanglant. L'héroïsme des Nerviens arrachait des larmes à César lui-même.

La bataille ne prit fin qu'après l'égorgement de tous les ennemis. Sur les 60 000 Nerviens qui avaient pris part au combat, il n'en resta plus que 500 et, parmi les 600 sénateurs de ce peuple, 597 avaient péri.

Quand ils apprirent cette terrible défaite, les Nerviens qui n'avaient pas combattu, c'est-à-dire les vieillards, les femmes et les enfants, envoyèrent des députés à César. Celui-ci, en témoignage d'admiration pour leurs guerriers morts, et soucieux de montrer que, s'il était impitoyable sur un champ de bataille, il était généreux et miséricordieux dans la paix, accepta la soumission de ce peuple décimé, lui laissa la jouissance de ses terres et de ses villes, et ordonna à leurs voisins de respecter, à l'avenir, leurs personnes et leurs biens.

– Tu crois que notre proconsul est sincère, quand il se montre aussi magnanime ? demanda Labiénus à Diviciac.

– Je crois surtout qu'il soigne son image, répondit le druide... mais on ne sait jamais !

De tous les peuples de la Belgique, il ne restait plus que les Aduatiques à ne pas avoir fait leur soumission au proconsul des Gaules. Ce n'étaient pas des Celtes ;

eux aussi étaient des Germains, descendants des Cimbres et des Teutons qui avaient jadis fait trembler Rome. Leur armée était en route pour rejoindre celle des Nerviens, lorsqu'ils apprirent le désastre de la bataille de la Sambre.

C'était une petite armée, forte à peine de 20 000 guerriers, trop peu nombreuse pour combattre en rase campagne les huit légions de César. À la nouvelle du désastre subi par leurs alliés, ils firent demi-tour, et rentrèrent dans leur pays sauvage. Là, passant de village en village, de cité en cité, ils rassemblèrent tous les vieillards, les femmes et les enfants de leur peuple et les réunirent, avec tous leurs biens, dans leur puissante citadelle de Namur.

Elle surgissait comme une avancée rocheuse et sauvage, à une centaine de mètres au-dessus du confluent de la Sambre et de la Meuse, dont les eaux se mêlaient à ses pieds, perchée sur un promontoire relativement plat porté par des falaises rocailleuses et inaccessibles, plongeant à pic vers les deux fleuves. De ce plateau partait un chemin pentu qui n'avait pas plus de 60 m de large : c'était le seul chemin qui menait aux puissantes murailles de la place forte ; il était fermé par un double mur de pierres et de poutres. Derrière ces falaises, ces rochers et ces murs, les fils des Cimbres et des Teutons semblaient hors d'atteinte et ils avaient suffisamment de vivres pour tenir pendant des mois.

Les Romains, on le sait, étaient passés maîtres dans l'art des sièges. Le proconsul disposa une partie de ses légions au pied des falaises, et le gros de ses forces sur le promontoire qu'elles supportaient ; les Aduatiques harcelaient les Romains de traits, faisaient de fréquentes sorties et engageaient avec eux de petits combats, puis retournaient derrière leurs murs, du haut desquels ils lançaient de lourdes pierres sur leurs assaillants.

César fait alors monter sur le plateau ses machines de guerre. Abrités sous les toits des mantelets, les légionnaires dressent autour des murailles de l'*oppidum* une ligne continue de retranchements et de redoutes, de 15 000 pieds de circonférence (4,5 km). De l'autre côté de ce talus, il fait édifier une haute tour d'attaque, mobile sur une plate-forme munie de roues de bois et de fer. Les Aduatiques, du haut de leurs murs, contemplent ces préparatifs et assaillent les Romains de sarcasmes. Ils se moquent de leur petite taille, qui, comparée à leur haute stature, les fait paraître des nains :

– Une si grande machine est bien trop lourde pour vos petits bras. Quels muscles croyez-vous donc avoir, bande de nabots, pour prétendre la placer sur nos murs !

Mais les ingénieurs romains connaissaient les lois qui gouvernent les poulies, les leviers et les treuils, qu'avait découvertes le génial Archimède, deux siècles plus tôt, et, quand les Aduatiques virent que la tour se mouvait, qu'elle s'approchait de leurs murailles, que, manipulée par des puissances invisibles, elle lançait par-dessus les remparts de longues passerelles sur lesquelles s'avançaient les soldats romains, cela leur sembla une sorte de prodige : « Ce sont des dieux et des démons, et non pas des hommes, qui nous assaillent », criaient-ils. Leurs chefs en conclurent qu'il était inutile de résister à des puissances surnaturelles et ils envoyèrent des ambassadeurs à César.

Le proconsul, assis sur sa chaise d'or, immobile, écoute le message qu'ils lui apportent et que lui traduit un interprète :

– Nous renonçons à résister, César ; nous remettons entre tes mains et entre celles des dieux qui t'assistent nos personnes et nos biens ; nous avons qu'une prière à formuler.

– Laquelle ?

– Nous connaissons ta clémence et ta bonté, César ; si tu nous accordes la vie sauve, nous te supplions de nous laisser nos armes.

– Pourquoi donc le ferais-je ?

– Presque tous les peuples voisins nous détestent, parce que nous sommes les plus riches et les plus forts, et ils sont jaloux de notre valeur ; si tu nous prives de nos armes, nous serons sans défense contre eux, et ils nous massacreront, avec nos femmes et nos enfants.

– Mes habitudes de clémence, répond César, m'engagent à vous laisser la vie et la liberté, mais à la condition que vous vous soumettiez avant que mes béliers de fer n'aient touché vos murs. Toutefois, je ne peux vous laisser vos armes : vous devrez me les livrer et, en échange, j'interdirai à vos voisins de faire le moindre tort à un peuple soumis à Rome.

Les émissaires retournent dans leur cité et, quelques instants plus tard, les Aduatiques jettent leurs épées, leurs lances, leurs javelots, leurs flèches et leurs boucliers par-dessus les murs de la citadelle. Les armes s'amoncellent tout autour de la ville, sur plus de trois pieds de hauteur. Puis les portes de la cité sont ouvertes, et les soldats romains y pénètrent, pour l'accomplissement des formalités de reddition ; César avait interdit les violences et le pillage. Quand vient le soir, le proconsul ordonne que les soldats sortent de la ville et que les portes en soient closes. À la nuit tombée, face à l'orgueilleuse forteresse de Namur, l'armée romaine tout entière dormait.

Les Aduatiques, eux, ne dormaient pas. Passé minuit, dans le plus grand silence, ils sortent de leurs cachettes les armes qu'ils y avaient dissimulées, trompant la vigilance des soldats romains ; ils confectionnent, avec des écorces d'arbre, de l'osier tressé et des peaux de bêtes, des boucliers de fortune et, surprenant les légions endormies, font une sortie en masse et égorgent centurions et légionnaires avec une célérité effrayante.

L'alerte est donnée. Dans le camp romain, des feux s'allument de toutes parts, les légions qui campaient au pied de la falaise sont appelées en renfort et la bataille fait rage dans la nuit. Elle dure jusqu'au petit matin et le jour se lève sur un champ de bataille où gisent les cadavres de 4 000 Aduatiques ; les autres se sont réfugiés dans la place.

Il n'est plus question de clémence. Les béliers romains enfoncent les portes et les murailles de la ville, dans laquelle pénètrent les légionnaires. Des maisons commencent à brûler et les Aduatiques, qui n'ont plus d'armes, se laissent capturer et enchaîner par les légionnaires. Il y eut ainsi 53 000 prisonniers, qui furent conduits sur un marché aux esclaves et vendus à l'encan jusqu'au dernier.

Pour la première fois depuis qu'elles avaient débuté, les guerres gauloises rapportaient quelques sesterces au Trésor public romain.

CHAPITRE XIV

Les galettes bretonnes

(septembre 57-mai 56)

La campagne de Belgique touchait donc à sa fin. Il restait à César d'informer Rome des victoires, d'aller y jouir du repos du guerrier et surtout d'éloigner de la Ville Pompée, qui commençait à comploter contre lui; pour cela, il comptait sur le soutien de Cicéron, qu'il avait fait discrètement rappeler d'exil et, dès le mois de septembre 57, l'orateur, ayant retrouvé sa place au Sénat, faisait voter par ses collègues un décret nommant Pompée *préfet de l'annone* (ministre du Ravitaillement) pour cinq ans, fonction qui l'obligerait à de fréquents déplacements en Italie, comme le souhaitait César qui, en plein accord avec Crassus, convoqua Pompée à Lucques, pour le 15 avril 56, afin de redéfinir la politique du triumvirat.

Au cours de l'entrevue de Lucques, les trois hommes se partagèrent le monde romain : les pouvoirs proconsulaires de César en Gaule seraient prorogés d'un an après le 31 décembre 54, Crassus aurait pour mission partir en Orient, à la conquête du grand empire parthe, et Pompée recevrait les deux Espagnes, la Citérieure (du côté de la Méditerranée) et l'Ultérieure (l'Espagne atlantique).

L'accord ainsi conclu devait être validé par le Sénat quelques jours plus tard. Puis César prit congé des deux triumvirs, salua encore deux ou trois magistrats qui avaient quelque faveur à lui demander, monta son cheval et repartit vers Ravenne : l'entrevue de Lucques s'était terminée comme il l'espérait et il allait pouvoir parfaire sa grande œuvre gauloise.

Pour regagner son quartier général de Ravenne, César prit le chemin des écoliers. Il remonta la vallée de l'Arno jusqu'à Florence, et, après avoir franchi l'Apennin, au lieu de se diriger vers Ravenne, il obliqua dans la direction de Rimini.

– Tu connais *Ariminium* (Rimini) ? demande-t-il à celui de ses deux secrétaires qui chevauchait à sa droite.

– Je n'y suis jamais allé. Et toi ?

– Moi non plus. C'est la dernière ville d'Italie avant le Rubicon, cette fameuse rivière que nul gouverneur de la Cisalpine n'a le droit de franchir avec une armée, sauf si le Sénat lui en donne l'ordre.

– Et que vas-tu faire à Rimini ?

– Je vais rencontrer un constructeur de bateaux qui m'a été recommandé par un gros marchand italien.

– C'est un Grec ?

– Non, ce n'est ni un Grec, ni un Romain. Son père était une sorte de mage persan que Sylla avait ramené d'Orient dans ses bagages, il y a presque trente ans.

– Dans ses bagages ?

– Oui. On dit que Sylla s'était entiché de ce thaumaturge, qu'il avait rencontré à Épidaure.

– Il était médecin ?

– Non. D'après mon marchand italien, il était à moitié prêtre, à moitié sorcier et il adorait un dieu qu'il appelait « le soleil invincible ». Il a suivi Sylla à Rome, et, après la mort de celui-ci, il a quitté Rome pour s'installer à Rimini, avec sa famille, et il y a créé une petite entreprise de pêche, que son fils a reprise après sa mort.

– Et ce fils est devenu constructeur de bateaux ?

– Oui.

– Comment se nomme-t-il ?

– Melchio Parthicus, « Parthicus » à cause de ses origines, bien entendu. On l'a surnommé « *Navigator* ».

– Qu'est-ce que tu lui veux ?

– Publius Crassus, mon légat en Armorique, m'a écrit que les populations indigènes s'agitent et je risque d'avoir besoin de navires. D'après le marchand qui me l'a recommandé, ce Parthicus travaille vite et bien : je vais voir à quoi il ressemble et, s'il me plaît, je l'engage comme chef de mes chantiers de marine. Gouverner, c'est prévoir.

Rimini était alors une petite bourgade de pêcheurs, nantie d'une immense plage de sable, dont les maisonnettes étaient disséminées de part et d'autre de l'embouchure d'une petite rivière. Elle était reliée à Rome par la voie Flaminia qui y aboutissait, et aux Alpes par la voie Æmilia qui en partait et qui traversait de part en part la Gaule cisalpine. Au fond de l'estuaire était aménagé un petit embarcadère, sur lequel dormaient au soleil, avirons croisés, dix ou douze barques de pêcheurs, de petites dimensions.

César finit par dénicher le fameux Parthicus, qui dormait en chien de fusil à l'ombre d'un muret de pierres sur lequel séchaient de longs filets de pêche, face à la mer, bleue et immobile, que nulle brise ne venait caresser. Le piétinement du cheval du proconsul éveilla ce fils de Parthe qui ouvrit doucement un œil, puis l'autre, se retourna avec lenteur sur le dos en s'étirant, se redressa paresseusement et interrogea du regard le cavalier haut perché qui se tenait devant lui.

– Est-ce toi, Melchio Parthicus ? lui demande le cavalier.

– Oui, c'est bien moi. Et toi, qui es-tu ?

– César, proconsul des Gaules.

– Parrdonne-moi, Prroconsul, dit le pêcheur en se levant rapidement et en s'inclinant presque obséquieusement devant César, je dorrmais.

Il parlait la langue latine en roulant légèrement les « r », comme le faisaient les Grecs.

– On dit que tu n'as pas ton pareil pour construire des bateaux rapides et sûrs, est-ce la vérité ?

– Prroconsul, dit Parthicus de sa voix chantante, on t'a dit la vérrité. J'ai fait mes classes de charrpentier de marrine avec les meilleurrs constrructeurrs de navirres du Pirrée, le porrt d'Athènes.

– C'est d'eux que tu tiens ton accent ?

– Je ne suis jamais allé en Grrèce, je suis né ici, en Italie.

– Et tes classes de charpentier, alors ?

– Mon pèrre a été mon maîtrre. C'était un mage qui possédait tous les savoirrs : la géométrrie, l'astrronomie, la navigation et l'arrt de constrruire des bateaux que lui avaient enseigné les Athéniens.

– C'est pourquoi tu te dis leur élève.

– L'élève de l'élève d'un maîtrre est lui-même l'élève de ce maîtrre, Prroconsul, réplique Parthicus en faisant la révérence.

César se retourne, hilare, vers ses deux secrétaires, qui l'avaient accompagné :

– Savez-vous bien ce que c'est qu'un Grec ? Un philosophe ? Un grammairien ? Un géomètre ? Un peintre ? Un masseur ? Un augure ? Un funambule ? Un médecin ? Un mage ? Un stratège ? Eh bien ! non : un Grec, c'est tout cela à la fois, un homme universel... et un beau parleur.

Puis il examine, un à un, en connaisseur, les bateaux qui gisent sur les graviers du port.

– C'est toi qui les as construits ? demande-t-il à Parthicus.

Celui-ci devient soudain plus naturel, moins hâbleur et il ne roule plus les « r » :

– J'en ai fait les plans, j'ai choisi les bois, j'ai dirigé les charpentiers et j'ai essayé moi-même ces barques par tous les temps. Maintenant, j'utilise les plus petites pour la pêche en mer, et les plus grandes pour transporter des sacs de blé d'un bout à l'autre du fleuve.

– Tu serais capable de construire de grands navires, à deux rangs de rames par exemple ?

– À deux, à trois et à quatre, avec ou sans pont, avec ou sans voiles : demande aux marchands de la côte, depuis Rimini jusqu'à Brindes, ce qu'ils en pensent, demande même à Pompée, qui a utilisé mes services, quand il était en Orient.

– Accepterais-tu de m'accompagner en Gaule ?

– Pour quoi faire ?

– Pour me construire des bateaux.

– Oui, mais à une condition.

– Laquelle ?

– Que j'emmène avec moi mes meilleurs ouvriers. Je n'ai pas confiance en tes légionnaires, qui ne connaissent que le plancher des vaches, ni en tes esclaves gaulois.

– Accordé. Combien sont-ils ?

– Douze.

– Va les chercher : nous partirons dans une heure, il fera encore jour lorsque nous arriverons à Ravenne.

Dès son arrivée, César se précipite sur les rapports concernant la situation en Armorique que lui a adressés son jeune légat, Publius Crassus. Ils sont au moins aussi désespérés que ceux qu'il lui avait envoyés au mois de septembre précédent étaient triomphaux. Le proconsul entre dans une de ces colères froides dont il était coutumier lorsque les erreurs de ses subordonnés contrariaient ses projets et il en prend à témoin ses deux secrétaires, Caïus et Rufus :

– Quel petit imbécile. Publius a pris ses désirs pour des réalités et il s'est fait rouler comme dans un bois. « J'ai été reçu par les Vénètes et les peuples riverains de la mer comme jadis les Grecs de Pythéas », m'écrivait-il au début de l'automne. « J'ai envoyé mes meilleurs officiers, presque sans escorte, procéder chez eux à des réquisitions de vivres, et ils les ont reçus à bras ouverts », me confirmait-il en octobre. Et ce malheureux est parti hiverner, béat, à Angers, chez les Andécaves (les Angevins), sans se rendre compte qu'on lui avait fait prendre des vessies pour des lanternes.

– Mais comment a-t-il pu être aussi naïf ? demande Rufus à César.

– Parce qu'il est comme son père : il mésestime ses adversaires. Si je vous racontais ! Il y a dix ans, Crassus a voulu faire un coup d'État. Il avait combiné de profiter de l'entrée en charge des consuls de l'année 66 pour les enlever lors du défilé, les remplacer par deux voyous à sa solde et faire égorger tous les sénateurs qui lui étaient hostiles par les bandes de Catilina. Heureusement pour lui, j'ai pu faire échouer son plan, et il m'en a souvent remercié par la suite.

– Et toi, proconsul, demande Caïus, le second secrétaire, pourquoi as-tu été dupe des vantardises de Publius ? Ce n'est pas ton genre.

– Je dois vieillir, mes enfants. Il ne me manquait plus que la soumission des Armoricains pour être le maître de toute la Celtique entre Seine et Loire, c'était mon rêve le plus cher, et j'avoue que j'y ai cru. Mais ce qui m'embête le plus, ce n'est pas que les Gaulois d'Armorique s'agitent : c'est d'avoir l'air d'un imbécile aux yeux des sénateurs, qui, sur la foi de mes dires, ont décrété quinze jours de prières solennelles en mon honneur. Allons, du courage, examinons les communiqués de Crassus par le menu. Lisez-les-moi à haute voix et dans l'ordre chronologique. Commence, Rufus.

RUFUS – *Communiqué n° 1, daté du mois d'octobre 57. Ici, à l'ouest, rien de nouveau : j'hiverne en Anjou, le pays des Andécaves, avec la VIIe légion, la contrée est calme et tout va bien. Tous les peuples m'ont livré des otages et je ne cours aucun risque.*

CAÏUS – *Communiqué n° 2, daté du mois de novembre. Ici à l'ouest, toujours rien de nouveau, sinon que le blé commence à manquer : la récolte de l'été dernier a été très mauvaise chez les Andécaves parce qu'il n'y a pas eu de pluies au printemps, paraît-il. J'ai donc envoyé des officiers chez les peuples de l'Océan : deux tribuns militaires chez les Vénètes* (dans le Morbihan), *un préfet militaire chez les Aulerques du Mans, et un préfet militaire chez les Curiosolites* (dans les Côtes-du-Nord).

César donne des signes d'agacement :

– À l'ouest rien de nouveau, à l'Ouest rien de nouveau ! Comme si une mauvaise récolte ce n'était pas du nouveau. La règle d'or, pour un général, c'est d'assurer avant tout le ravitaillement et le moral de ses troupes : il est bien plus grave de manquer de blé que de manquer d'armes !

RUFUS – *Communiqué n° 3, daté de la mi-novembre. Les Vénètes ont arrêté les officiers romains que je leur ai envoyés et me font savoir qu'ils ne les libéreront qu'en échange des otages que nous détenons. Je souligne : 1° qu'ils ont enchaîné nos tribuns, alors que, dans mon camp, leurs otages sont libres d'aller et de venir ; 2° qu'ils ne me parlent pas du blé que je leur demande. Je leur envoie deux messagers – des chevaliers romains – pour protester.*

César éclate :

– Si Crassus, son père, était là, il traiterait son fils de sale petit con. Le peuple des Vénètes est le plus puissant des peuples de l'Océan : il possède une grande flotte de commerce qui fait le trafic avec l'île de Bretagne, habitée par d'autres Celtes, les Silures (dans le pays de Galles actuel) et les Brigantes (dans l'Angleterre actuelle). De ce fait, les Vénètes sont passés maîtres dans l'art de la navigation sur cette mer très dangereuse et presque toujours en furie. De sorte que tous les peuples gaulois qui naviguent habituellement dans ces eaux sont leurs tributaires.

– Leur flotte est si puissante que cela ?

– Ils ont d'énormes bâtiments, bien plus puissants que les nôtres, et ils possèdent la maîtrise de l'Océan, qui est leur véritable territoire. Voyons la suite.

CAÏUS – *Communiqué n° 4, daté de la fin novembre. Les Vénètes ont mis aux fers les chevaliers romains que j'ai envoyés chez eux pour protester. Les Aulerques et les Curiosolites ont arrêté les préfets militaires que j'ai envoyés chez eux en ambassadeurs et les ont mis en prison.*

– En prison ! Des ambassadeurs ! Au mépris de toutes les lois des peuples ! Si Publius Crassus n'était pas le fils de mon ami le plus intime, je le ferais passer en conseil de guerre et condamner à mort ! Qu'est-ce qui lui a pris d'envoyer des chevaliers romains pour protester : il fallait simplement envoyer des messagers gaulois, appartenant à sa cavalerie. Rufus, lis-moi le communiqué n° 5 : je parie qu'il annonce des catastrophes encore plus grandes.

RUFUS – *Communiqué n° 5, non daté. Depuis décembre dernier, les peuples de l'Armorique et ceux de la Celtique échangent des ambassades, nouent des alliances. D'après mes informateurs, les Vénètes ont adressé une proclamation collective à tous les peuples riverains de l'Océan, depuis l'estuaire de la Seine jusqu'à celui de la Loire, les invitant à refuser le joug que les Romains leur proposent et à conserver, par tous les moyens, même la guerre, l'indépendance que leurs ancêtres leur ont transmise.*

– C'est tout ? demande César, qui ne peut plus se contenir, à ses deux secrétaires.

– C'est tout, répond Rufus ; Crassus a ajouté au dernier communiqué la liste des peuples qui ont fait alliance avec les Vénètes.

Et Rufus de les énumérer : il y a les Lexoviens de Lisieux, les Unelles du Cotentin, les Curiosolites des Côtes-du-Nord, les Osismes du Finistère, les Namnètes de Nantes, les Aulerqucs du Mans ; les Vénètes sont même parvenus à faire entrer dans leur coalition les Gaulois belges riverains de la mer du Nord : les Morins du Boulonnais et de la région de Bruges, et les Ménapes des bouches de l'Escaut. Enfin ils ont obtenu l'assurance des Bretons de la future Angleterre qu'ils les aideraient, le cas échéant.

En bref, tous les peuples celtiques dont les territoires bordent la mer du Nord, la Manche et l'océan Atlantique, de Rotterdam jusqu'à Nantes, refusent de se soumettre à la loi que Rome leur propose et unissent leurs forces pour en expulser la VIIe légion de Publius Crassus et pour résister à l'invasion éventuelle des sept autres légions qui occupent la Celtique et la Belgique au sud de la Loire et jusqu'au Rhin.

L'une des grandes qualités de César était la rapidité avec laquelle il savait faire face aux situations les plus imprévues. Il ne s'attardait pas à en approfondir les causes, à s'étendre sur les responsabilités des uns et des autres ou à chercher à réaliser, coûte que coûte, les projets qu'il avait en tête : il agissait. Après la lecture des communiqués de son jeune légat, il n'y avait plus qu'une chose à faire et une seule : reprendre la guerre en Gaule. Et pour cela, quelque grande que fût son autorité, il lui fallait l'appui des triumvirs et l'assentiment du Sénat.

Il pare d'abord au plus pressé et envoie ses instructions à Publius Crassus, par messager spécial.

Ravenne, 20 avril au soir, an 698 de Rome (56 av. J.-C.).

CÉSAR, PROCONSUL DES GAULES,
À PUBLIUS CRASSUS,
LÉGAT DE LA VIIe LÉGION, SALUT !

J'ai lu tes communiqués. Je ne pourrai pas être à Angers avant la fin avril. En attendant mon retour, exécute rigoureusement les ordres qui suivent.

1° N'entreprends aucune action militaire : reste strictement sur la défensive.

2° Toutes affaires cessantes, ouvre plusieurs chantiers navals sur les bords de la Loire, à proximité d'Angers. Procure-toi ou fais fabriquer tout le matériel nécessaire aux constructions navales : des outils par milliers, des machines (leviers, treuils, poulies et palans). Réunis le plus grand nombre d'ouvriers et d'artisans gaulois que tu peux trouver, il m'en faut des milliers : des charpentiers, des forgerons, des corroyeurs, des fileurs et des tisseurs. Recrute de même des centaines de bûcherons et qu'ils commencent à abattre des grands arbres, qu'ils les débarrassent de leurs branches et de leurs feuilles et qu'ils les rangent sur les chantiers. Il y a beaucoup d'artisans parmi les indigènes.

3° Rassemble des matériaux de toutes sortes en quantité : de la colle, des clous, du chanvre pour faire des cordes, du cuir.

4° Recrute le plus grand nombre possible de rameurs, de marins, de pilotes.

5° Réquisitionne tous les moyens de transport que tu puisses trouver, notamment de gros chariots et les bœufs pour les traîner.

Je vais avoir besoin d'au moins 500 bateaux, et même davantage. De mon côté, je vais envoyer des recruteurs à Marseille et à Gadès (Cadix), où les rameurs et les pilotes sont nombreux.

Que tout cela soit prêt pour mon arrivée, c'est-à-dire dans dix jours environ. La guerre ne peut pas attendre.

Porte-toi bien.

César veut aussi se mettre en règle avec la République. C'est donc au père de son légat, à Crassus le Riche, qu'il envoie une brève lettre d'explications, à charge pour lui d'en informer le Sénat, qui s'occupera des formalités traditionnelles : demander aux augures de prendre les auspices, prévenir les collèges de prêtres et autres « simagrées », comme le proconsul avait coutume de le dire en privé.

Ravenne, 20 avril au soir, an 698 de Rome (56 av. J.-C.).

CÉSAR, PROCONSUL DES GAULES, À MARCUS LICINIUS CRASSUS, CONSUL, SALUT !

Il se passe des choses graves en Gaule.

J'ai sous-estimé l'importance que représentait, pour Rome, le contrôle du littoral gaulois, de l'embouchure du Rhin, en Belgique, jusqu'à l'estuaire de la Loire, c'est-à-dire du littoral armoricain et belge. Je n'y avais vu que des falaises et des rochers : c'est en fait la bordure d'une extraordinaire route marine sur laquelle circulent et commercent les peuples riverains de l'Océan, Gaulois du Nord ou Gaulois du Sud.

Ton fils croyait avoir obtenu leur soumission, et j'ai cru ton fils. J'ai eu tort. L'Armorique tout entière, à peine soumise, vient de se soulever contre Rome. Il faut reprendre la guerre, et une guerre difficile, parce qu'elle se déroulera aussi bien sur les mers que sur terre.

Plusieurs raisons me poussent à l'entreprendre.

Les unes relèvent du droit international : les Vénètes, le plus puissant des peuples de l'Armorique, se sont saisis des ambassadeurs que leur a envoyés le légat ton fils et les ont enchaînés, ce qui est contraire à toutes les lois des peuples et ils ont retenu de même, au mépris des droits les plus élémentaires, quatre chevaliers romains. Ces seuls faits m'autorisent à leur déclarer la guerre.

Les autres relèvent de la sécurité et de la richesse de notre empire : les Vénètes n'ont pas respecté les traités d'amitié et de soumission qu'ils avaient conclus avec la République ; pire, ils ont organisé contre Rome une coalition d'au moins neuf peuples, armoricains ou belges.

Si nous négligeons de punir les Vénètes et leurs alliés, les autres peuples de la Gaule qui ont passé des traités avec nous risquent de se croire autorisés à en faire autant. Les Gaulois, tu le sais, aiment le changement et partent en guerre pour un oui ou pour un non. Ils ont par nature, comme tous les hommes, l'amour de la liberté et la haine de la servitude : si nous laissons la coalition s'étendre, ils s'y précipiteront, sans songer un seul instant que la liberté qu'ils croient pouvoir instaurer en se soulevant contre leur protecteur les plongera dans une servitude encore plus grande.

Je vais donc faire la guerre aux Vénètes et aux coalisés. Préviens Pompée et les sénateurs.

Porte-toi bien.

Ces courriers expédiés, César donne l'ordre à ses lieutenants de rassembler l'escorte proconsulaire et fait savoir à tous ceux qui avaient hiverné à Ravenne avec lui, ses secrétaires, ses messagers spéciaux, Germanicus, son médecin Decurtius, son cuisinier, son barbier, ainsi qu'à Melchio Parthicus et à ses contremaîtres que l'heure du départ pour la Celtique est fixée à six heures, le lendemain matin. La nuit se passe à remplir des chariots de bagages et de vivres, et, dans la fraîcheur du matin, le cortège s'ébranle vers *Faventia* (Faenza), afin de gagner la route des Alpes, la voie Æmilia.

À l'exception de la VIIe légion du jeune Crassus, cantonnée sur les bords de la Loire, autour d'Angers, le gros des forces romaines était en Belgique, plus précisément en Picardie, près d'Amiens, où César arrive dans les premiers jours de mai. Deux heures après être descendu de cheval, une fois montée sa tente de proconsul, il convoque ses légats. Ils sont tous présents, y compris Crassus, qui avait été averti par un courrier spécial quelques jours plus tôt.

– Vous savez tous pour quelles raisons je vous ai réunis, dit le proconsul : nous allons faire la guerre aux Vénètes et à leurs alliés. Cette guerre va être très difficile, car nous allons combattre sur des champs de bataille d'un type nouveau, dont aucun de vous n'a l'expérience et que j'ai appris à connaître lorsque j'étais gouverneur de l'Espagne.

– Qu'est-ce qu'ils ont de particulier ? demande Labiénus.

– Nous devrons faire la guerre dans un pays où, deux fois par jour, les chemins disparaissent sous les eaux de l'océan, dans des rades et dans des baies que nous ne connaissons pas.

– Nous ne pourrons pas engager des batailles en lignes ?

– Non, Labiénus. Il nous faudra nous déplacer non pas à pied ou à cheval ou dans des chariots, mais sur la mer, dans des bateaux qui ne sont pas encore construits, une mer qui n'a aucun point commun avec notre Méditerranée et sur laquelle nos marins ne savent pas naviguer, alors que nos adversaires sont passés maîtres en la matière.

– Il n'y aura pas de sièges ? Pas de citadelle à prendre ? questionne Hirtius.

– Les troupes ennemies ne sont pas concentrées ; elles se déplacent sans cesse tout au long de la côte, généralement dans des navires. Il va falloir se battre sur plusieurs fronts, et ailleurs qu'en Armorique.

– Où cela donc ? demande Hirtius.

– Les Gaulois sont versatiles. Le bruit du soulèvement de l'Armorique circule déjà en Gaule celtique, et la coalition contre Rome risque de s'étendre.

– Ce serait une catastrophe, dit Labiénus ; tout ce que nous avons fait, tous les traités d'amitié que nous avons conclus, tout cela deviendrait lettre morte ?

– Pas obligatoirement, mais c'est une chose possible, et nous devons être prêts à réagir. C'est pourquoi j'ai décidé de répartir les légions à travers toute la Gaule. Toi, Labiénus, tu vàs quitter ton commandement à la tête de la Xe légion, que tu diriges depuis si longtemps ; tu prendras un corps de cavalerie indigène, recruté parmi les Gaulois qui nous sont fidèles, et tu te dirigeras vers le Rhin par la vallée de la Moselle, à travers la Belgique, jusqu'au pays des Trévires.

– Ce sont des Germains ou des Belges ?

– Sans doute un mélange des deux peuples. D'après Germanicus, ils sont très combatifs et il faut les avoir à l'œil. Par la même occasion, tu prendras contact avec les Gaulois de Belgique qui sont nos alliés, comme les Rèmes, pour les maintenir dans le devoir. Il est indispensable que nous puissions empêcher les Germains de profiter de nos difficultés en Armorique pour nous envahir par l'est. Je compte sur toi, Labiénus.

– Tu peux compter sur moi, proconsul. Je m'établirai entre *Virodunum* (Verdun) et *Divodurum* (Metz) et je peux t'assurer qu'ils ne passeront pas, foi de Labiénus.

– Toi, Publius Crassus, tu partiras pour l'Aquitaine, avec 12 cohortes de 500 hommes chacune et un corps de cavalerie gauloise.

– Quelle sera ma mission ?

– Faire en sorte que les Gaulois d'Aquitaine n'envoient pas de renforts à ceux d'Armorique. Tu occuperas militairement toute l'Aquitaine, de la Garonne jusqu'aux Pyrénées.

– Dois-je conclure des pactes d'amitié avec les peuples aquitains ?

– Tu as vu ce qu'ils en font, des pactes d'amitié, les Gaulois ? Tu prends des otages et tu occupes. Un point, c'est tout.

Puis César se tourne vers un autre de ses légats, Titurius Sabinus :

– Titurius, je te confie trois légions : tu surveilleras les peuples de la côte : les Lexoviens (dans la région de Honfleur), les Unelles (dans le Cotentin) et les

Curiosolites (sur la côte septentrionale de la Bretagne actuelle). Je te charge de tenir leurs troupes en respect.

– Et moi ? demande un jeune légat, qui n'avait encore participé à aucune bataille en Gaule, mais qui avait la réputation d'être très au courant des choses de la mer.

– Toi, Décimus Brutus, je te nomme commandant de toutes les forces navales. Tu auras sous tes ordres non seulement la flotte romaine, qui est en train d'être construite sur les chantiers de la Loire, mais aussi la flotte des Gaulois qui nous sont fidèles : les Pictons (du Poitou) et les Santons (de la Saintonge). Ils sont établis au nord de la Garonne. Pendant que s'achèvera l'équipement de notre flotte, file sur les rives de la Méditerranée, à *Portus Veneris* (Port-Vendres), à *Narbo* (Narbonne), à *Agathè* (Agde) et à *Massillia* (Marseille) ; réquisitionne tous les vaisseaux légers qui s'y trouvent et débrouille-toi pour les acheminer jusqu'à l'estuaire de la Loire.

– Ce sera difficile. Je les transporterai sur de grands chars par voie de terre jusqu'à la Garonne, je descendrai le fleuve et j'arriverai à l'Océan. Si la mer est bonne, il me faudra alors deux ou trois jours de navigation pour arriver dans l'île qui est en face du pays des Vénètes (Belle-Île, au large de Vannes).

– Et qui combattra les Vénètes eux-mêmes ? demande Labiénus.

– Moi, répond César. Je conduirai une armée jusqu'à *Darioritum* (Vannes), dont le noyau sera constitué par la Xe légion... Tu veux bien me la prêter, Labiénus ? ajoute-t-il en souriant à Labiénus.

– Mes soldats sont tes soldats, répond celui-ci.

– ... Et mes soldats sont les soldats de Rome, conclut César. Mais tenez-vous tous sur vos gardes : mes informateurs m'ont fait savoir que les Vénètes ont des alliés chez tous les Gaulois du Nord et de l'Océan et qu'ils envoient des émissaires à travers toute la Celtique et toute la Belgique.

– Si tel est le cas, objecte Labiénus, n'est-il pas dangereux de disperser ainsi nos troupes ? Nous offrons une belle occasion de se révolter aux Celtes et aux Belges. J'imagine très bien les Trévires et leurs voisins profiter de cette dispersion pour m'entourer, m'isoler à l'improviste et massacrer mes légionnaires. Les autres légats courent le même risque. Cette dissémination de nos forces est une imprudence, si je puis me permettre de te donner mon avis, proconsul.

Le fait est qu'entre Labiénus à Trèves, Sabinus à Rouen, Crassus à Agen, Décimus à Nantes et César à Vannes, il y avait près de trois semaines de marche.

– Je table sur le fait qu'ils n'oseront pas le faire. Ils me connaissent et ils me craignent : ils savent que je ne laisserai pas impunie une telle action et que ce coup d'éclat serait, pour eux, un coup de grâce. Je prends le pari qu'ils ne seront pas sensibles à la propagande des Vénètes, qui prétendent que le but de Rome est de réduire toutes les Gaules en esclavage et que le devoir des Celtes est de leur résister et de défendre leur liberté.

Labiénus, qui connaissait César depuis suffisamment longtemps pour se permettre, parfois, des observations, se hasarde à lui dire :

– N'ont-ils pas un peu raison, proconsul, ces Gaulois qui veulent vivre selon leurs lois et non selon celle de Rome ?

– S'ils étaient isolés, s'ils vivaient dans une île, comme leurs frères de la grande Bretagne (la Grande-Bretagne), je ne me préoccuperais pas de savoir si leurs lois sont bonnes ou mauvaises. Mais l'Armorique, la Belgique et la Celtique sont à la merci d'une invasion germanique, et, plus les Gaulois seront divisés, plus ils risqueront d'être ou massacrés, ou transformés en esclaves par les Germains. Leur désunion fait leur faiblesse, et la loi que je veux leur imposer est celle de l'union et de la paix entre les peuples. Que les Gaulois vivent comme ils l'entendent, mais ils ont besoin du gendarme romain.

– Et le Sénat, que dit-il de tout cela ? demande Publius Crassus.

– Le Sénat m'a donné les pleins pouvoirs il y a quatre ans, par la loi *Vatinia*, et les consuls qui entreront en fonction en janvier prochain feront voter la loi qui me les renouvellera pour cinq ans.

– Première nouvelle, dit Labiénus, étonné. Comment le sais-tu ?

– Après notre entrevue de Lucques, Pompée a fait la leçon à Quintus, le frère de Cicéron. S'il ne se montre pas plus souple, lui a-t-il dit, César le renverra à Salonique, séance tenante. Ça n'a pas traîné et, devant tous les sénateurs réunis, Cicéron a accompli ce qu'il appelle, pudiquement, sa palinodie...

– Sa palinodie ?

– C'est un mot grec, qui signifie « rétractation ». Il a rappelé mes mérites, m'a comparé aux plus grands héros de l'histoire romaine et a fait comprendre au Sénat qu'il serait souhaitable, pour le bien de la République, de proroger de cinq ans les effets de la loi *Vatinia*, à l'expiration de mon mandat. Les Pères conscrits ont traité Cicéron de lâche, de traître, que sais-je encore ? Il leur a clos le bec par une de ces sorties grandiloquentes dont il a le secret : « Je pense au bien de la République et non pas à l'intérêt de ma propre vengeance ; qu'on dise ce qu'on voudra, il m'est impossible de ne pas être l'ami d'un homme qui sert si bien son pays. »

– Il a retourné sa toge ! Je n'en reviens pas, dit Labiénus.

– Il a fait mieux que de la retourner. Il a démontré au Sénat que, depuis qu'elle existe, Rome n'a jamais eu d'ennemis plus redoutables que les Gaulois, et que ce que je faisais en Gaule était dans la grande tradition historique de notre patrie ; mais, a-t-il ajouté, alors que ses devanciers se bornaient à défendre les frontières de Rome et de ses provinces contre les Celtes, César, en portant le combat chez eux, sur leurs territoires, est parvenu à les soumettre à la domination romaine.

– Et qu'en a-t-il conclu ?

– Qu'il fallait me laisser le soin d'achever cette guerre que j'avais commencée, car, en me nommant un successeur, il était à craindre que des feux mal éteints ne se réveillent et n'allument un nouvel incendie : « Laissez donc la Gaule sous la garde du protecteur aux vertus duquel elle a été confiée », leur a-t-il dit, à la fin de son discours.

– Mais qui te dit que, l'an prochain, les consuls qui seront élus au mois de juillet porteront cette loi devant le Sénat ?

– Ça, c'est mon secret. Je sers la République, et de ma guerre des Gaules, tout le monde profitera : les financiers et les commerçants feront de bonnes affaires en Gaule, et, protégés par la paix romaine, les Gaulois pourront enfin cultiver en paix leurs champs dont les blés d'or procurent une si belle farine avec laquelle les Armoricains font des crêpes si savoureuses. N'est-ce pas, Diviciac ?

Le druide en frémit de gourmandise :

– Ah ! Les crêpes armoricaines ! soupire-t-il.

CHAPITRE XV

Maëstricht : *allegro, ma troppo*

(printemps 55)

Dans la tristesse des forêts flamandes, les campagnes de l'année 56 contre les Ménapes et les Morins s'étaient achevées par un demi-échec qui n'avait guère affecté César : il se préoccupait déjà d'un autre type de campagnes, celles qui devaient avoir lieu à Rome, sur le Forum, dans le courant de l'hiver.

Il devenait en effet urgent de mettre en application les accords conclus à Lucques par les trois triumvirs, c'est-à-dire, pour l'essentiel, d'assurer l'élection de Crassus et de Pompée au consulat, de leur faire attribuer la Syrie et l'Égypte comme provinces proconsulaires à la fin de leur magistrature et d'obtenir que soit prorogé le mandat de proconsul des Gaules, que César détenait jusqu'au 1er mars 54 seulement.

Cicéron n'était plus à craindre, depuis qu'il avait prononcé sa fameuse palinodie devant les sénateurs réunis, mais César allait devoir compter avec un adversaire de taille : Caton rentrait de Chypre, où Clodius l'avait expédié en janvier 58, comme Haut-Commissaire auprès du roi de cette île, et l'on annonçait son arrivée à Rome pour le mois de novembre, deux mois avant les élections consulaires (qui auraient dû avoir lieu en juillet 56, mais que le Sénat avait reportées à janvier 55 pour lui permettre de participer à la campagne électorale, qui promettait d'être chaude).

En évoquant le retour de Caton, César songeait irrésistiblement à la sœur de celui-ci, Servilia, la tendre maîtresse qu'il n'avait pas revue depuis son départ pour les Gaules, deux ans plus tôt, à sa demeure de la *Regia*, à l'animation du Forum, à ses amis romains, à tout ce qui faisait de lui un homme adulé par le peuple, choyé par les femmes, craint par ses adversaires, admiré de ses amis, à la boutique du barbier de Suburre où il se faisait raser, à la maison qui l'avait vu naître et à sa vieille mère qui terminait, dans le silence, le reste de son âge. Quand retrouverait-il ces êtres et ces lieux ?

– Les souvenirs sont de mauvais conseillers, dit-il brusquement à Labiénus, en lui transférant provisoirement ses pouvoirs de proconsul. Ils alourdissent l'âme. Conserve-moi la Gaule en paix, je reviendrai au printemps.

– Où pars-tu t'installer ? À Ravenne, comme l'an dernier ? lui demande le légat.

– Ravenne est trop loin de Rome. J'ai décidé de prendre mes quartiers d'hiver à Lucques : c'est à

200 milles (300 km) de Rome par la via Aurélia, un bon cavalier fait le chemin en deux jours sans fatigue.

– As-tu quelques consignes particulières à me donner ?

– Oui : dès que je serai parti, tu liras en mon nom une proclamation accordant aux légionnaires de toutes les légions des permissions en nombre illimité.

– Sans condition ?

– À une seule condition : qu'ils soient tous à Rome, sans armes évidemment, lors des élections consulaires de janvier prochain, afin de voter pour mes deux candidats : Pompée et Crassus.

– Ah ! Je comprends pourquoi tu affirmais, en mai dernier, avant la guerre contre les Vénètes, que tu connaissais les futurs consuls pour l'année 55, dit Labiénus. Tu vas les faire élire avec les voix des légionnaires. Est-ce bien légal ?

– Ce sont des citoyens, ils ont le droit de voter. Toutefois, je connais les soldats : en permission, ils préfèrent le bon vin ou les jolies filles aux urnes. C'est pourquoi je souhaite qu'ils partent pour Rome en civil, mais encadrés par Crassus le Jeune. Ce garçon a prouvé qu'il était un remarquable organisateur, et il connaît le poids des enjeux, puisque son père est un de mes deux candidats. Sur ce, adieu et porte-toi bien, Labiénus.

Les consignes de César furent respectées à la lettre. En janvier 55, Caton se battit comme un beau diable pour porter au consulat Domitius Ahenobarbus, le principal adversaire des triumvirs, mais il fit chou blanc. Le jour des comices centuriates, le Champ de Mars fut envahi par des milliers de légionnaires disciplinés qui votèrent comme un seul homme pour Pompée et pour Crassus ; ceux-ci avaient en outre l'appui de huit tribuns sur dix et de tous les préteurs, et ils furent élus consuls, ensemble, pour la deuxième fois, comme en 70. Le programme de Lucques prenait corps.

Dans les deux mois qui suivirent, les autres dispositions prévues par les triumvirs se réalisaient intégralement. Au début du mois de mars 55, la loi sur les provinces consulaires (loi *Trébonia*, proposée par le tribun Trébonius) fut votée à une forte majorité, malgré l'opposition de Caton, que le tribun dut incarcérer pour le réduire au silence : elle attribuait à Pompée le proconsulat des deux Espagnes, réunies en une seule province, et à Crassus – qui dut faire le coup de poing pour la circonstance – celui de la Syrie. À la fin du même mois, les deux consuls faisaient voter la loi *Pompéia Licinia* (« Pompéius » était le nom de famille de Pompée, et « Licinius » celui de Crassus), prolongeant jusqu'au 1er mars 50 le mandat de César en Gaule.

De Lucques, où il prenait ses quartiers d'hiver, César surveillait les consuls, dont l'activité politique était inoffensive, ce qui lui convenait parfaitement. Crassus se préoccupait principalement de gérer ses richesses, en attendant de partir pour la Syrie ; Ptolémée assouvissait sa soif d'hommages populaires. Le seul événement marquant de leur consulat fut la restauration de Ptolémée Aulète sur le trône d'Égypte, dans les premiers jours de l'année 55, et elle se fit sans leur intervention, à l'initiative d'un ancien lieutenant de Pompée, Gabinius, consul en 58 et proconsul de Syrie après son consulat.

Depuis la mort d'Alexandre le Grand, l'Égypte était un royaume gouverné par une dynastie grecque dont le fondateur, Ptolémée Ier Sôter (Ptolémée le Sauveur), était le fils d'un certain Lagos, garde du corps du fameux conquérant. Dans cette dynastie, où les souverains, perpétuant la tradition des anciens pharaons, épousaient leur sœur, les querelles successorales étaient chose fréquente, et elles se mêlaient aux querelles politiques. À l'époque, le souverain légitime, Ptolémée Aulète (Ptolémée le Joueur de flûte), avait été déposé par les habitants d'Alexandrie, qui ne pouvaient plus supporter ses exactions. Il avait été remplacé sur le trône par sa fille Bérénice, qui venait de se marier avec un aventurier du nom d'Archélaos, grand-prêtre en rupture de ban du royaume du Pont, sur la mer Noire. L'Aulète avait promis 10 000 talents (260 000 kg d'or) à celui qui le rétablirait, et Rome tenait à ce rétablissement afin de mieux contrôler le royaume égyptien tant pour ses richesses que pour la situation stratégique d'Alexandrie en Méditerranée orientale.

La prime était grosse et les candidats nombreux, mais nul Romain n'osait tenter l'aventure par la force : un décret du Sénat l'avait formellement prohibé. Gabinius transgressa l'interdit et rétablit l'Aulète. Celui-ci fit périr sa fille, l'usurpatrice, dans d'atroces supplices, et confisqua les biens de tous ceux qui l'avaient portée au pouvoir et lui avaient fait allégeance ; Gabinius lui laissa une garnison de Germains et de Gaulois pour défendre sa couronne, et rentra en Syrie. L'Égypte était devenue, en un tour de main, un protectorat romain – ce qui était un des secrets désirs de César – et la chose s'était faite sans la participation directe de ses deux associés politiques, ce qui le remplissait d'aise.

Ainsi rassuré, le proconsul allait pouvoir se pencher sur sa carrière gauloise, que le Sénat venait de prolonger jusqu'au 1er mars 50 et qui, à en juger par les nouvelles que Germanicus, son informateur, venait de lui apporter de Gaule, risquait de l'appeler à nouveau sur les bords du Rhin, comme au temps de sa terrible guerre contre Arioviste.

– Vois-tu, Germanicus, lui disait-il, je crois avoir maté la Gaule : elle ne bouge plus. J'ai d'ailleurs agi comme il fallait pour cela : ce que j'ai fait subir aux Helvètes, aux Nerviens et aux Vénètes doit donner à réfléchir aux Gaulois et j'ai mis à la tête de leurs peuples des chefs – que j'appelle « rois » ou « amis de César » – qui les tiennent en laisse.

– Lesquels, par exemple ?

– Tasget – que tu as connu – chez les Carnutes, Comm, un Atrébate de la région d'Arras, chez les Morins du Boulonnais, ou Vercingétorix...

– Le fils de Celtill, l'ancien roi des Arvernes ?

– Oui, lui-même ; je l'ai fait officiellement « ami de César ». C'est un tout jeune homme aux cheveux longs, qui a l'air d'avoir été très flatté de cette distinction. En fait, il a l'âme d'un chef, comme son père, et il en a l'apparence : il est grand, musclé, bon cavalier et il ne manque pas d'allure quand il se tient droit sur son cheval, avec son bouclier d'or et sa longue épée dont la poignée et le fourreau sont incrustés de corail, la tête coiffée d'un casque au cimier monstrueux.

– Pourquoi l'as-tu nommé « ami de César » ?

– Parce que j'ai l'impression qu'il vaut mieux l'avoir pour ami que pour ennemi. C'est un orgueilleux, comme son père, persuadé que la race des Arvernes est supérieure à toutes les autres, gauloises ou non gauloises. Depuis les guerres d'Hannibal, les chefs arvernes ont passé leur temps à imposer leur loi aux autres peuples de la Gaule qui étaient leurs voisins et qu'ils considèrent commes des sous-hommes. Toutefois, pour l'instant, les Arvernes ne bougent pas, du moins pas plus que les autres peuples celtiques, et ce ne sont pas eux qui m'inquiètent. En revanche, je crains les manœuvres des Germains, et cette crainte, mes Gaulois la partagent.

– Tu les as renvoyés chez eux lorsque tu as vaincu Arioviste.

– J'ai vaincu Arioviste, qui est allé mourir quelque part en Germanie, mais les Suèves sont toujours dangereux. C'est le peuple de beaucoup le plus nombreux et le plus belliqueux de toute la Germanie. On dit qu'ils forment une centaine de tribus qui fournissent chacune mille guerriers par an. Chaque tribu vit sur un territoire défini, une sorte de canton, où ceux qui ne rejoignent pas l'armée suève pourvoient à sa nourriture et à celle de leur tribu. L'année suivante, les guerriers retournent dans leur canton et redeviennent laboureurs, tandis que mille autres laboureurs deviennent guerriers, et ainsi de suite ; les Suèves sont à tour de rôle soldats et laboureurs, et il n'y a pas chez eux de propriété privée. De même que les soldats combattent pour tout le peuple, de même les laboureurs cultivent leurs terres en commun.

– Je sais tout cela, dit Germanicus ; mais tu te trompes quand tu les appelles « laboureurs ». Le blé compte très peu dans leur alimentation : ce sont essentiellement des chasseurs et des éleveurs, qui se nourrissent du lait et de la chair de leurs troupeaux. Ils vivent libres, toujours en plein air, bien qu'ils habitent des régions très froides, se baignent dans des fleuves glacés et se contentent de peaux de bêtes pour tout vêtement. C'est pourquoi ils sont si grands et si forts.

– Ils ont beau être grands, forts et sauvages, je les ai quand même battus, et même écrasés, avec mes légionnaires petits, grassouillets et disciplinés. La civilisation l'emportera toujours sur la barbarie, et l'intelligence sur la force.

– Les Suèves sont intelligents, César, mais ils ne l'appliquent pas aux mêmes désirs que les Romains. Par exemple, ils reçoivent volontiers les marchands gaulois et italiens, mais ce n'est pas pour leur acheter des marchandises : c'est pour leur vendre des chevaux, qui sont la grande passion des Gaulois, et leurs butins de guerre qui consistent surtout en armes et en or...

– Le fameux et fabuleux « or du Rhin » ?

– Peut-être.

– On dit qu'il y a des mouvements de populations, de l'autre côté du Rhin ; tu en as entendu parler ?

– Oui, et tu en es la cause indirecte, César. Lorsque tu as rejeté les Suèves en Germanie, ils se sont emparés des territoires occupés par d'autres Germains, et ils les en ont chassés.

– Et qui furent leurs victimes ?

– Les plus touchés furent deux peuples germaniques, qui étaient proches du Rhin.

– Quels sont leurs noms ?

– Les Usipètes et les Tenctères.

– Quels noms barbares ! Je n'en ai jamais entendu parler.

– Ils ont d'abord résisté aux attaques des Suèves, puis ils ont longtemps erré à travers la Germanie. Maintenant, ils sont revenus sur le Rhin, et ont tenté de s'installer dans le pays de mes ancêtres...

– Le pays des Sicambres ?

– Oui. Mais les Sicambres ne peuvent pas les accueillir : ils sont trop nombreux.

– Combien sont-ils ?

– Plus de 400 000, femmes et enfants compris. Leur exode a été plus spectaculaire et plus effrayant que celui des Helvètes. Ils sont arrivés en Belgique, sur le Rhin, là où la Meuse est toute proche de ce grand fleuve, ils l'ont franchi en force et sont passés en Gaule belgique, chez les Ménapes.

– À quel endroit, plus précisément ?

– Près d'un pont sur la Meuse que les marchands romains ont appelé *Trajectum Mosae* (« Le chemin jeté sur la Meuse », c'est notre moderne Maëstricht).

– Et alors ?

– Ils ont chassé les Ménapes, qui se sont enfuis vers la mer du Nord...

– Je connais le pays où ils ont émigré : il n'y a que des forêts et des marécages, et j'ai même renoncé à les soumettre, ils se dérobaient toujours.

– Oui, les Ménapes sont, avec les Morins, les plus primitifs des Belges.

– Ils ne sont pas si primitifs que tu le dis, rectifie César ; ils sont peu nombreux et ils vivent dans une contrée particulièrement inhospitalière.

– Si tu veux.

– Ce qui m'intéresse, ce n'est pas le sort des Ménapes et des Morins, c'est la manière dont réagissent les Gaulois de Belgique à l'arrivée de cette horde germanique.

– Sur ce point, j'ai des renseignements intéressants à te fournir, César. Tu sais comment sont les Gaulois : versatiles, séduits par tout ce qui est nouveau, et fréquemment de l'avis du dernier qui parle. Dans les villes, lorsqu'un marchand ambulant arrive, ils le questionnent sur tout ce qu'il a entendu dire, sur ce qui se passe loin de chez eux. Ils accueillent tous les bobards, toutes les fausses nouvelles comme s'il s'agissait de vérités absolues... Ainsi, le bruit qui court actuellement en Belgique et même en Celtique, c'est que ces Germains vont les délivrer du joug des Romains.

César s'emporte :

– Quel joug ? Je ne leur impose aucun joug, aucun impôt, aucun tribut : j'exige simplement qu'ils fassent un effort pour vivre en paix les uns avec les autres, sous la protection de Rome. Le seul effort que je leur demande, c'est de pourvoir au ravitaillement de mes légions.

– Je sais tout cela, César, mais les Gaulois ont surtout retenu de ton passage que tu as exterminé quelques-uns de leurs peuples, comme les Nerviens ou les Vénètes.

– Il fallait faire un exemple.

– Les Germains, qui sont les rois de la mauvaise foi et des maîtres en matière de propagande, se servent de cet exemple : nous ne venons pas en conquérants, comme les Romains, disent-ils aux Belges, mais en victimes des Suèves ; nous sommes, comme vous, un peuple opprimé et nous vous aiderons à vous libérer.

– Et les Gaulois sont assez bêtes pour croire à ces balivernes ? Ils ne connaissent pas les Germains !

– Tant et si bien, poursuit Germanicus, qu'un grand nombre de cités gauloises ont envoyé des ambassadeurs aux Usipètes et aux Tenctères, les ont engagés à ne pas se cantonner sur le Rhin, à pénétrer chez eux et leur ont promis de leur fournir tout ce dont ils auraient besoin.

– Ce sont des crétins, ces Ménapes ! Ils comprendront leur malheur lorsque les Germains les auront réduits en esclavage après avoir violé leurs femmes et leurs filles. Merci de ton rapport, Germanicus. Il n'y a pas une minute à perdre : je rentre immédiatement en Gaule.

Le printemps commençait à peine. Oubliant Rome, les triumvirs et les affaires d'Égypte, César était repris par ses obsessions gauloises. Il le voulait, ce pays, non par esprit mesquin de conquête, mais parce qu'il l'aimait. Il aimait ses campagnes riantes et bocagères, ses blés d'or, ses prairies verdoyantes, ses fleuves tranquilles qui jamais ne sortaient de leur lit, son climat ni trop chaud, ni trop froid, ses viandes et ses fromages, ses eaux fraîches et sa cervoise. Il aimait ces Gaulois, vaillants et versatiles, certes, mais fiers guerriers, ces druides intelligents et subtils, ces artisans à l'habileté proverbiale, ces bardes toujours prêts à célébrer un héros du passé, ces villes et ces villages sans remparts, sans palais, sans temples, cette douceur de vivre qui n'avait pas son pareil, ni à Rome, ni en Italie, ni même en Orient.

L'idée que des hordes germaniques pourraient un jour détruire cet équilibre harmonieux lui était insupportable. Et ces Ménapes, qu'il avait combattus sans les vaincre à l'automne précédent, il souhaitait maintenant les défendre contre les Germains qui les leurraient de beaux discours, en se présentant comme des alliés et des bienfaiteurs des peuples gaulois.

Il partit donc de Lucques au galop, avec une escorte réduite, pour se rendre à Amiens, où il avait décidé d'installer à nouveau son quartier général, provisoirement transporté à Angers pour les besoins de la guerre contre les Vénètes. Il y arrive vers la fin mars. Son état-major, prévenu par des émissaires et par le réseau de crieurs qu'il avait organisé en Gaule celtique, l'attend, au complet.

C'est Hirtius qui l'accueille, heureux de revoir son ami et chef, mais étonné de ce qu'il soit revenu si tôt :

– Salut, César, lui dit-il en plaisantant, ceux qui vont souffrir sous tes colères te saluent !

– Salut à tous et vive la Gaule ! On s'y sent mieux qu'à Rome ou à Lucques. Quoi de nouveau ?

– Rien à signaler sur l'ensemble des fronts, dit Labiénus, excepté l'arrivée de deux peuples germains en Belgique, sur les rives de la Meuse.

– Je suis au courant. Quoi d'autre ?

– Un bien triste événement, César, dit le jeune Crassus : le druide Diviciac a disparu.

Le cœur de César bat un peu plus vite dans sa poitrine :

– Tu veux dire qu'il est mort ?

– On l'ignore. Depuis ton départ, nul ne l'a plus vu nulle part, et ce n'est pas faute de l'avoir cherché. D'après les on-dit, il se serait noyé dans la Loire, à moins qu'il n'ait été assassiné discrètement par des hommes de Dumnorix, son frère cadet, qui était jadis le chef des Éduens.

César est triste. Son affection pour Diviciac était sans bornes : il avait coutume de dire que le druide lui avait présenté la Gaule comme on présente à un homme la femme qu'il aimera passionnément. Il cache son émotion à ses compagnons :

– Il croyait à la métempsycose, dit-il en manière d'oraison funèbre, sans doute son âme passera-t-elle dans le corps d'un papillon aux ailes éclatantes, ou d'un rossignol au chant délicieux.

Puis, chassant sa tristesse, il se tourne vers Crassus :

– Les affaires se gâtent, en Belgique. Convoque immédiatement tous les chefs gaulois pour la semaine prochaine. Utilise les crieurs : leur voix est plus rapide que le galop des chevaux.

– Puis-je faire une observation, proconsul ? dit respectueusement le jeune Crassus.

– Parle.

– Si tu utilise les crieurs, ta convocation ne sera pas secrète.

– Je le fais à dessein. Toute la Gaule va ainsi savoir que je suis rentré, et les Germains de la Meuse l'apprendront aussi : cela leur donnera sans doute à réfléchir. D'autre part, je crains qu'il ne se noue quelque entente entre ces Germains et certains peuples gaulois de Belgique ou de Celtique : on m'a rapporté, à Lucques, qu'ils avaient engagé des pourparlers non seulement avec les Ménapes, mais aussi avec les Éburons de Tongres, sur la Meuse, et les Condruses qui sont leurs voisins.

– Mais pourquoi des crieurs. Il y a urgence ?

– Tu sais bien, Crassus, que je suis prévoyant. Qui dit pourparlers dit entente, et, s'il y a entente entre les Ménapes et les Germains, il faudra conduire nos légions sur la Meuse. Je souhaite donc réunir les chefs gaulois le plus tôt possible, pour arriver éventuellement sur la Meuse avant que toute entente ne soit conclue.

Crassus le Jeune admirait César et sa manière de raisonner en stratège :

– Je retire mon objection, proconsul, et je m'occupe immédiatement des crieurs.

Quelques jours plus tard, l'assemblée des chefs gaulois a lieu. César leur parle en ami, leur cachant ce qu'il savait des menées des uns et des autres :

– Je sais, leur dit-il, que des Germains ont passé le Rhin et que certains d'entre vous sont exposés au péril d'une invasion. Mais ne craignez rien : je suis là pour vous protéger, comme j'ai protégé les Éduens, il y a trois ans, contre les bandes d'Arioviste. Je vous demande seulement de m'aider un peu. J'ai besoin d'un escadron de cavalerie, et vous êtes les meilleurs cavaliers du monde, et, dans toutes nos armées, la cavalerie est gauloise : fournissez-moi donc quelque cinq mille cavaliers, et je ferai le reste. La Gaule sera défendue par mes légions.

Les chefs celtiques se retirent ravis : César et les Romains allaient se battre pour eux. Quant au proconsul, après avoir fait ses provisions de blé et avoir armé sa cavalerie gauloise, il se met en route vers la basse vallée de la Meuse et le pays des Ménapes avec son armée.

Il n'en était plus qu'à quelques jours de marche, lorsqu'il voit arriver au-devant de lui une dizaine de cavaliers, qui se présentent comme des députés germains, envoyés par les Usipètes et les Tenctères :

– Nous ne venons pas avec l'intention de faire la guerre au peuple romain, lui déclarent-ils, mais, si l'on nous attaque, nous saurons nous défendre ; la tradition des Germains, c'est de se battre et de ne jamais implorer la paix, quel que soit l'agresseur. Nous n'avons pas peur de la mort, car nos héros tués au combat vivent pour l'éternité dans le palais de Wotan, le dieu guerrier qui met à leur disposition des millions de vierges, dont ils peuvent abuser dans des orgies interminables. Cependant, nous tenons à te dire que nous sommes venus en Gaule contre notre gré, parce que nous avons été chassés de nos territoires. Si les Romains acceptent notre amitié, nous pourrons être pour eux des amis utiles et fidèles : qu'ils nous assignent des terres ou qu'ils nous laissent celles que nous avons déjà conquises en Belgique. Nous ne nous inclinons que devant les Suèves, auxquels les dieux eux-mêmes ne sauraient être comparés : exceptés les Suèves, il n'est aucun peuple sur la terre que nous ne puissions vaincre.

Il fallait plus qu'un simple discours de matamore pour en imposer à César :

– Je vous ai compris, dit-il aux ambassadeurs germains, je vous plains d'avoir été chassés de chez vous, mais sachez qu'il n'y aura aucune amitié possible entre Rome et vous si vous restez en Gaule. Tout d'abord, parce qu'il n'y a aucun territoire vacant en Gaule qui puisse vous être attribué, et ensuite parce que le fait d'avoir été chassés de votre territoire en Germanie ne justifie pas que vous vous empariez du territoire d'autrui.

À cette belle et brève leçon de morale politique, César ne peut s'empêcher d'adjoindre un conseil perfide, destiné à aiguiller ces Germains prétentieux vers leur Germanie natale :

– Repassez donc le Rhin, et allez vous établir sur le territoire des Ubiens, qui sont des Germains, eux aussi, et qui se plaignent des Suèves, tout comme vous ; ils sont venus implorer mon aide et j'envisage de faire pour eux ce que j'ai fait jadis pour les Éduens et infliger une nouvelle correction aux Suèves, que j'ai déjà battus et même écrasés à Bibracte. Pour vous montrer ma bonne volonté, je donnerai aux Ubiens l'ordre de vous accueillir sur leur territoire.

Les ambassadeurs usipètes et tenctères sont déçus, mais ils ne le montrent pas :

– Nous allons rapporter ta réponse à nos chefs et à notre peuple, disent-ils à César, et nous reviendrons ici dans trois jours, après en avoir délibéré.

– Dans trois jours, je ne serai plus ici, répond César.

– Nous te demandons instamment de ne pas avancer davantage, proconsul.

– Désolé, je ne peux faire la moindre concession.

Les Germains font demi-tour et repartent vers le pays des Ménapes. Labiénus demande à César :

– Qu'est-ce que tu en penses ?

– J'en pense que l'affrontement est inévitable, et qu'il doit avoir lieu le plus vite possible.

– Pourquoi ?

– Parce que les Usipètes et les Tenctères sont actuellement privés de leur cavalerie, qu'ils attendent pour dans trois ou quatre jours.

– Comment le sais-tu ?

– Élémentaire, mon cher Labiénus. D'ordinaire, les ambassades des Germains ne se réduisent pas à une dizaine de députés ; ils viennent accompagnés de la plus grande partie de leur cavalerie, pour en imposer à l'adversaire. De plus, tu as vu leurs chevaux ? Ils sont vieux et fourbus, il y en a même un qui boite. J'en conclus qu'ils manquent de chevaux : sans doute les ont-ils perdus dans quelque bataille.

– Mais pourquoi dis-tu qu'ils en attendent ?

– Parce qu'ils m'ont demandé de ne pas bouger d'où nous sommes avant trois jours : j'en déduis que, dans trois jours, ils se sentiront de force à me recevoir, c'est-à-dire que leur cavalerie sera arrivée. Alors, à mon commandement : En avant vers la Meuse ! C'est là que nous serons dans trois jours.

Trois jours plus tard, en effet, César parvient dans la région du pays des Ménapes où campent les Germains, et, lorsqu'il fut à une vingtaine de kilomètres de l'ennemi, il vit venir vers lui ses députés.

Ils implorent à nouveau César pour qu'il leur accorde une trêve de trois jours, le temps, prétendent-ils, de traiter avec les Ubiens.

César est intraitable :

– Je n'accorde aucune trêve, leur dit-il sèchement. Toutefois, pour aujourd'hui, je vous promets de n'avancer que de quatre milles (6 km), afin de me procurer de l'eau. Rendez-vous demain, ici même. Venez en aussi grand nombre que possible.

Dans le même temps, il fait dire aux officiers qui commandent son avant-garde, constituée par 5 000 cavaliers gaulois, de ne pas attaquer l'ennemi et de se borner à la défensive si celui-ci les agresse, cela jusqu'à ce qu'il les ait rejoints, avec son armée.

Mais les Germains, dès qu'ils aperçoivent la cavalerie de César, l'assaillent à l'improviste, avec seulement 800 cavaliers. Ils ont vite fait de créer le désordre dans ses rangs, puis ils mettent pied à terre, et, selon une tactique qui leur était chère, passent sous les chevaux, les éventrent et égorgent les cavaliers indigènes désarçonnés. La panique s'empare de la cavalerie gauloise, qui fait demi-tour et s'enfuit se réfugier auprès des légions.

Auusitôt qu'il apprend l'incident, César entre dans une colère folle : contre ses officiers qui n'ont pas su réagir, contre ses cavaliers qui ont pris honteusement la fuite et contre l'attitude hypocrite des Germains. Il tance vertement les préfets militaires qui commandaient la cavalerie pour leur insuffisance :

– Vous étiez 5 000, ils étaient 800, et vous n'avez pas su retourner la situation après l'attaque surprise des Germains ? Vous rendrez compte de votre incapacité à vos légats et ne vous étonnez pas si je vous renvoie à Rome, couverts de honte.

– Nous avons été surpris, proconsul. Les Germains avaient demandé une trêve.

– Mais je ne la leur avais pas accordée. Je vous avais seulement ordonné de ne pas prendre l'initiative de l'offensive. Dans tous les cas, vous avez tort, mais les Germains vont voir de quel bois je me chauffe quand on me fait des sourires par-devant et qu'on tue mes cavaliers par-derrière. Je vais la leur faire entendre, ma musique : je leur prépare une pièce de concert à ma façon.

Le lendemain matin, les chefs germains, les ambassadeurs et tous leurs anciens reviennent devant César, comme si de rien n'était. Ils arborent des mines patelines et obséquieuses : ils viennent s'excuser, prétendent-ils, d'avoir engagé ce combat malheureux de la veille, ils lui demandent de leur pardonner et d'avoir la bonté de leur accorder un prolongement de trêve.

– Quelle trêve ? crie César hors de lui, quelle trêve ? Vous vous moquez de moi ! Je vais vous en accorder une, de trêve.

Il appelle trois centurions, qui faisaient les cent pas devant sa tente :

– Centurions, arrêtez-moi ces bandits, ces chefs qui n'ont ni foi, ni loi, et jetez-les aux fers.

Les chefs germains s'insurgent :

– C'est contraire aux lois de la guerre, nous protestons.

– Avec des gens de votre acabit, les lois de la guerre, c'est moi qui les décide, dit César. Aux fers !

Puis il appelle ses légats et ses officiers :

– Disposez immédiatement l'armée en ordre de bataille, nous marchons contre l'ennemi dans l'heure. Nous étions à douze milles de leur camp hier matin ; nous avons avancé de quatre milles dans la journée, comme je l'avais promis à ces menteurs, il nous reste huit milles à parcourir. Nous y serons à midi et nous les surprendrons : ils attendent le retour de leurs chefs, et ils se trouveront en présence de mes légionnaires, sans avoir eu le temps ni de s'organiser, ni de tenir conseil, ni même de prendre les armes.

– Quelle est la consigne ? demande Labiénus.

– Pas de quartier, réplique César, froidement.

– Mais les femmes et les enfants qui les accompagnent ?

– Pas de quartier. Leur Wotan reconnaîtra les siens.

Un peu après midi, l'armée romaine, sur trois rangs, se présente devant le camp des Usipètes et des Tenctères, établi entre la Meuse et le Rhin, à une soixantaine de kilomètres au nord de Düsseldorf. Les Germains ne s'attendaient pas au combat : ils digéraient, dans l'attente de leurs chefs, et certains même faisaient la sieste. Derrière les chariots, les femmes bavardaient, les enfants jouaient. Il n'y eut pas vraiment de bataille : à la vue de l'immense armée romaine, impeccablement alignée, ce fut dans tout le camp une fuite éperdue. Femmes, enfants et même guerriers, une foule hurlante, en proie à la panique, se précipitait vers le Rhin ou vers la Meuse, qui coulent presque parallèlement en cet endroit. La cavalerie gauloise les poursuit, les bouscule, les piétine, et les cavaliers tuent de leurs longues épées, sans même descendre de cheval, hommes, femmes et enfants. L'infanterie fait de même et coupe toute retraite aux Germains. Ceux-ci sont finalement coincés entre leurs poursuivants et les deux fleuves, dans lesquels ils se jettent et, vaincus par la peur, par la fatigue, par la violence du courant, ils périssent noyés.

Le soir, il n'y avait plus un seul Germain vivant sur le champ de bataille qui s'était transformé en un hideux charnier et César put envoyer à Rome un sinistre communiqué de victoire :

L'armée romaine, conduite par César, proconsul des Gaules, a anéanti 430 000 barbares, Usipètes et Tenctères, au cours d'une seule bataille, près du Rhin, sans avoir perdu un seul homme et n'ayant à déplorer qu'un très petit nombre de blessés. Les chefs ennemis, qui avaient été faits prisonniers avant la bataille, pour avoir attaqué notre avant-garde et tué 74 cavaliers, la veille et par traîtrise en dépit d'une trêve, ont été remis en liberté.

Ce communiqué enflamma Rome. Le parti des Césariens porta devant le Sénat une proposition tendant à décréter de nouvelles prières publiques en l'honneur du proconsul victorieux. Mais Caton veillait. Le bruit courait déjà, dans la Ville, que César avait ordonné d'exterminer les femmes et les enfants des Germains, et Caton, indigné, prononça devant les sénateurs un discours virulent :

– Pères conscrits, on vous demande d'honorer César, de lui témoigner la gratitude de la nation, mais avez-vous une claire conscience de ce que vous voulez honorer ? Ce n'est pas un fait d'armes, c'est un gigantesque massacre, comme il n'y en eut jamais dans l'histoire. En un seul jour, César a exterminé plus que deux peuples : il a exterminé deux races. Plus aucun ventre de femme ne portera jamais ni Usipètes ni Tenctères. Quelle honte pour notre République ! Ce n'est pas des prières et des sacrifices qu'il faut offrir à César : je demande qu'on livre ce chef criminel aux mains de ceux qu'il a fait souffrir et dont il a anéanti le peuple. Et, s'il faut remercier les dieux, c'est de ne pas avoir fait payer à nos glorieux soldats romains la démence assassine de leur général, et d'avoir épargné à Rome le châtiment des crimes que César a commis en son nom.

Cette indignation freina l'enthousiasme des sénateurs. Il n'y eut pas de prières nationales en l'honneur d'une victoire aussi douteuse. César répondit aux accusations de Caton par une note circonstanciée, qui resta lettre morte.

Il ne s'en soucia point : il était alors sur le point de se lancer dans une aventure d'une tout autre envergure.

Bien des idées se mêlaient dans le crâne maintenant chauve de César. La facilité avec laquelle les Germains pouvaient franchir le Rhin et envahir la Gaule, sa belle province, le consternait. L'énorme réservoir humain que représentait la Germanie, qui semblait beaucoup plus peuplée que la Gaule, elle-même la plus peuplée des provinces de l'univers romain, l'effrayait. L'éventualité de voir se reproduire une invasion massive, comme celle des Cimbres et des Teutons jadis, l'amenait à penser que l'avenir de Rome était fragile et que l'empire romain risquait de devenir, un jour qui n'était peut-être pas très lointain, un empire germanique. Enfin, un désir plus sourd le tenaillait, mais il n'osait se l'exprimer à lui-même : celui de devenir, si la Parque meurtrière ne coupait pas trop tôt le fil de sa vie, le maître de la Germanie comme il était devenu celui des Gaules.

Le proconsul avait aussi des préoccupations plus immédiates : elles concernaient les Ubiens et les Sicambres et furent examinées au cours d'un conseil d'état-major restreint qui se tint au début du mois de mai 55, sur les lieux mêmes où avaient été anéantis les Usipètes et les Tenctères, près du pont de Maëstricht qui, après avoir vu couler tant de sang, allait voir se dessiner le rêve européen de César.

Le champ de bataille avait été déblayé, les vestiges du campement des Germains avaient disparu et, parmi les tentes et les légions, régnait l'ordre romain ; le conseil se tenait dans la célèbre tente « papillon » de César. Y participaient, bien entendu, Labiénus et Hirtius, mais aussi Crassus le Jeune – qui avait les faveurs du proconsul pour son sens de l'organisation – et Germanicus, pour sa connaissance des Germains et en particulier des Sicambres, peuple auquel il appartenait ; le druide Tasget, devenu roi des Carnutes, y remplaçait Diviciac comme spécialiste des affaires gauloises.

– J'ai reçu récemment, commence César, un message des Ubiens.

Et, pour Crassus, qui ignorait tout des Ubiens, il précise :

– C'est un peuple germanique – un de plus ! – qui habite sur les bords du Rhin, en face des Éburons, mais en Germanie.

– Ce sont des barbares, comme les autres ? demande Crassus.

– Ils sont un peu moins barbares, dit César. Ils ont formé un État important et florissant... autant qu'un État germain peut l'être, bien entendu.

– Plus ou moins florissant que les États gaulois ? demande Tasget.

– Moins, beaucoup moins : ce ne sont pas des cultivateurs tranquilles ; mais ils sont paisibles, pêchent des poissons dans le Rhin et ne cherchent querelle à personne. Si Diviciac était encore parmi nous, il dirait qu'ils ressemblent aux Éduens.

– Ils ont des villes, des citadelles, des druides ?

– Leur degré de civilisation ne va tout de même pas jusque-là ; mais je crois qu'ils vivent dans des petits villages, avec des cabanes ou des huttes.

– Alors, ce message ? interroge Labiénus, que l'anthropologie germanique n'intéresse guère, que disait-il ?

– Qu'ils allaient profiter de ce que j'étais à Maëstricht pour m'envoyer une délégation : ils ont des problèmes avec les Suèves.

– Eux aussi, comme les Éduens il y a trois ans ? dit Tasget.

– L'histoire se répète, réplique César.

Un garde pénètre dans la tente du proconsul : il annonce précisément l'arrivée des délégués ubiens.

– Qu'ils entrent, dit le proconsul. Ils tombent à pic.

Les Ubiens sont introduits devant César et son état-major. Ils ne ressemblent pas aux Germains qu'il avait combattus jusqu'à ce jour : ils portent des braies, comme les Gaulois, à vaste fond et aux larges jambes, adaptées à leur vie de cavaliers, et une tunique de peau de bête sans manches et fendue par-devant ; leurs cheveux sont blonds et leurs yeux sont bleus ; ils ont tous une barbe assez fournie. Le chef de la délégation s'adresse à César, dans sa langue de Germain ; Germanicus traduit son discours :

– César, nous avons fait un traité d'amitié avec toi lorsque tu guerroyais en Belgique, t'en souviens-tu ? Nous t'avons même donné des otages en garantie de notre amitié pour Rome.

César s'en souvient ; ce « traité » d'amitié avait été passé lors de sa guerre contre les Nerviens, après la prise de Namur.

– Aujourd'hui, nous sommes pressés par les Suèves, qui menacent notre existence. Nous avons besoin que tu nous portes secours.

– Tu veux que je fasse la guerre aux Suèves, une fois de plus ?

– Non, César, nous n'en exigeons pas tant de toi : nous savons que les affaires de la République romaine te retiennent ailleurs.

– Alors, que voulez-vous ?

– Nous te demandons simplement de faire passer le Rhin à ton armée et de la conduire sur notre territoire, puis de retourner en Gaule. Depuis ta victoire d'hier sur Arioviste et celle d'aujourd'hui, que tu viens d'obtenir sans mal sur les Usipètes et les Tenctères, le renom de ton armée est tel, aussi bien chez les Suèves que chez les plus lointaines peuplades de la Germanie, comme les Vandales, les Goths et les Lombards, que si tu nous donnes cette preuve publique d'amitié, tous les Germains nous respecteront. Être l'ami de César, pour un peuple, c'est une garantie de sécurité absolue.

– Mais comment voulez-vous que je transporte mon armée dans votre pays ? Il me faut passer le Rhin avec elle, et vous savez combien il est difficile à franchir.

– Nous avons des bateaux sur le Rhin, nous t'en fournirons autant qu'il t'en faudra pour le transport de ton armée.

– Je ne peux pas te répondre immédiatement : il faut que je consulte mes lieutenants ; mais je te promets de venir à ton secours, d'une manière ou d'une autre.

– César, nous te remercions humblement.

Les Ubiens se retirent avec dignité. César se retourne vers ses amis :

– Qu'en dites-vous ?
– Il te demande de faire une démonstration de force, dit Hirtius, ce n'est pas sans danger.
– Pourquoi donc ?
– Ce peut être une étincelle qui allumera un incendie en Germanie.
– Je suis de ton avis, opine César, mais j'ai une autre idée.
– Parle, dit Crassus avec curiosité.
– Quelles sont les trois plus grandes puissances européennes, par la taille et par la population ?
– La première est notre bien-aimée République, évidemment, avec toutes ses provinces, dit sagement Labiénus.
– Bien entendu. Et la seconde ?
– L'ensemble des Gaules : la Celtique seule est plus peuplée que l'Italie, dit Crassus.
– Et la troisième ? Je vous le dis moi-même : c'est la Germanie ; à elle seule, si j'en crois les marchands voyageurs et les chefs germains que je connais, elle contient plus d'hommes que la Gaule et l'Italie réunies. Alors, mes amis, faisons un rêve. Imaginons qu'un jour soient réunis sous une même loi, dans une même paix, avec une même monnaie notre univers romain, les Gaules et la Germanie, et que tous ces peuples bénéficient également de notre merveilleuse civilisation : la paix du monde ne sera-t-elle pas éternelle ? et le bonheur des hommes sans faille ?
– C'est un rêve. Une seule vie d'homme ne suffira pas à le réaliser.
– Évidemment. Mais une seule vie d'homme peut suffire à lancer ce rêve, que les générations futures réaliseront par étapes.
– Et cet homme, ce sera toi, César ? susurre Tasget.
– Pourquoi pas moi ? J'ai déjà réuni la Gaule à Rome, enfin, presque toute la Gaule ; ne puis-je pas tendre la main aux Germains ? Il faut un commencement à tout.
– Conclusion ? demande Hirtius.

– Conclusion, je vais aider les Ubiens, ce sera une manière comme une autre de mettre un pied en Germanie ; mais je n'irai pas chez eux en bateau : je vais construire un pont sur le Rhin. J'ai d'ailleurs une autre raison de pénétrer en Germanie.

– Laquelle ? demande Germanicus.

– Une affaire à régler avec les Sicambres, le peuple auquel tu appartiens, Germanicus.

– Oh ! Si peu. Mais de quoi s'agit-il ?

– Toujours des Usipètes et des Tenctères. Avant que je ne les rencontre sur la Meuse, ils avaient envoyé un escadron de cavalerie en tournée de réquisition : ils avaient besoin de blé et de fourrage.

Lorsque cet escadron est revenu, les Usipètes et les Tenctères avaient disparu, et pour cause : je les avais presque tous exterminés, sur la Meuse, et ceux que je n'avais pas tués s'étaient noyés dans le fleuve. En conséquence, leurs cavaliers sont allés se réfugier chez les Sicambres, auxquels j'ai l'intention de les réclamer à titre de prisonniers.

– Tu veux construire un pont pour capturer une vingtaine de Germains ? remarque Crassus. Ce n'est pas sérieux... ou bien tu as une idée derrière la tête.

– C'est évident, que j'ai une idée derrière la tête, Crassus. Tu ne l'as pas devinée ?

– Non, mais je m'en doute un peu.

– Je t'ai dit que je veux prendre pied en Germanie, ce qui signifie que je veux y conquérir un territoire qui soit sous le contrôle officiel de Rome.

– Tu as celui des Ubiens, ils t'ont appelé eux-mêmes.

– Ils m'appellent pour que je les aide et non pour que j'occupe leur territoire. En revanche, les Sicambres vont refuser de me rendre les Germains qui sont, en toute légalité, mes prisonniers : je serai alors en droit de leur déclarer la guerre et de m'emparer de leurs terres.

– Si tu es vainqueur, César, dit Germanicus, non sans une certaine ironie.

– Je le serai, crois-moi, dit le proconsul. Et dès lors, en m'alliant avec les Ubiens qui ne demandent que ça, je disposerai, de l'autre côté du Rhin, de bases stratégiques sans égales. Il ne restera plus, à moi ou à mes successeurs, que de les agrandir, par des coups de main successifs et, dans quelques années, il y aura une province romaine en Germanie, bordée par le Rhin : ce sera la sécurité assurée pour toutes les Gaules. Ce grand fleuve, qui est, comme le dit Cicéron, le fossé creusé par la Providence pour isoler les barbares du reste du monde, que les traditions considèrent comme un dieu auquel nul autre dieu-fleuve n'est supérieur, si ce n'est notre Tibre, sera romain.

– Comment comptes-tu agir ? demande Labiénus.

– Je vais sommer les Sicambres de me restituer mes prisonniers usipètes et tenctères.

– Je connais bien les Sicambres, puisque je suis né parmi eux, intervient Germanicus, ce sont les plus fiers des Germains et je connais par avance leur réponse : ils vont refuser.

– Je le sais bien, et c'est pour qu'ils me refusent que je vais leur faire sommation : leur refus sera pour moi un prétexte légal de leur déclarer la guerre et d'occuper leur pays.

– Décidément, César, dit Crassus, que ce soit au Sénat ou sur un champ de bataille, tu as du génie dans l'art de manipuler les peuples ; mon père prétend que tu es même un peu « tordu ».

– Je ne suis pas tordu : je contourne les obstacles que j'aperçois.

Les choses se déroulèrent comme prévu. À la sommation impérative du proconsul, les Sicambres répondirent que la souveraineté de Rome, qu'ils respectaient, s'arrêtait au Rhin, et que, si lui, César, trouvait contraire aux lois des peuples que des Germains fussent passés en Gaule, ils considéraient, eux les Sicambres, comme tout aussi injuste que Rome prétende faire la loi en Germanie. Les fiers Sicambres avaient commis l'erreur à ne pas faire : ils venaient d'offrir un *casus belli* à César.

Le pont dont César rêvait fut construit à proximité de la ville actuelle de Cologne, où la largeur du fleuve est d'environ 400 mètres et sa profondeur moyenne de 3 mètres. On réquisitionna d'abord des dizaines de milliers de Gaulois, qui vivaient sur la rive gauche du fleuve, pour abattre un nombre considérable de gros arbres qui furent débités en poutres épaisses, destinées à soutenir le pont qui devait reposer sur elles. Une armée de terrassiers, de techniciens, de porteurs fut employée à mettre en œuvre ces matériaux : le pont fut achevé en dix jours. Il mesurait 1 500 pieds (500 m) de longueur et 40 pieds (13 m) de largeur, et il aboutissait sur le territoire des Ubiens.

César l'inaugura lui-même, monté sur un beau cheval blanc, à la tête de ses légions, en ordre de marche, précédées de leurs enseignes et de leurs aigles. Des ambassades, envoyées par des peuples voisins, vinrent saluer le nouveau maître, et César se dirigea vers le pays des Sicambres.

Ces derniers avaient fui et s'étaient cachés dans les forêts et les marécages qui bordaient leur pays. Le proconsul renonça à les poursuivre : il ne tenait pas à revivre avec les Sicambres ce qu'il avait vécu en poursuivant, sans jamais les atteindre, les Ménapes et les Morins l'année précédente. Mais, pour bien montrer qu'il était le maître, il fit brûler tous leurs villages, toutes leurs fermes et toutes leurs granges. Après quoi, il retourna chez ses amis les Ubiens.

Là, une mauvaise nouvelle l'attendait : les terribles Suèves avaient appris que des légions romaines avaient franchi le Rhin et ils avaient réuni une armée de 500 000 hommes pour rejeter dans le fleuve ces Romains, qui avaient porté atteinte à sa dignité divine. César n'avait avec lui que 30 000 hommes et il connaissait la valeur militaire des Suèves. Il prit subitement conscience de la folie de son entreprise et décida de laisser la Germanie aux Germains et de s'en retourner en Gaule.

Rome apprit la nouvelle par un communiqué officiel que César lui-même rédigea en ces termes :

César, ayant atteint tous les objectifs qu'il s'était proposés, à savoir faire peur aux Germains, punir les Sicambres et délivrer les Ubiens de la pression qu'ils subissaient, après dix-huit jours complets passés au-delà du Rhin, estimant avoir obtenu un résultat suffisamment glorieux et suffisamment utile, est retourné en Gaule, après avoir coupé le pont derrière lui.

Les Ubiens, silencieux et déçus, assistèrent au départ des légions romaines, puis à la destruction du pont sur le Rhin, mis en pièces par les pioches des démolisseurs.

Le proconsul chauve et son coursier blanc sont déjà loin, sur la route gauloise qui conduit à un autre pont, celui de Maëstricht, sur la Meuse : là, le sang avait coulé plus qu'il n'avait jamais coulé, et César avait rêvé.

CHAPITRE XVI

It's a long way to Tipperary...

(9 juillet 55-fin septembre 54)

Au soir du 9 juillet de l'an 699 de Rome (55 av. J.-C.), après avoir contemplé mélancoliquement les débris de son pont que les flots du Rhin emportaient vers la lointaine mer du Nord, César était amer. Il avait décidé de passer une dernière nuit à la belle étoile sur les bords du grand fleuve qu'il n'avait pu dompter. Un cordon de légionnaires montait la garde autour du bivouac de fortune qu'on lui avait préparé, et il confiait ses regrets et sa désillusion à ses lieutenants, qu'il promenait de victoire en victoire depuis trois riches années :

– Je ne l'aurai tenu que dix-huit jours dans mon verre, cet orgueilleux Rhin germanique : ses ondes tranquilles et ses vertes parures ne seront plus jamais romaines.

– Les dieux ne l'ont pas voulu, César, lui dit sentencieusement Labiénus, on ne peut forcer son destin. Le tien n'était sans doute pas sur le Rhin.

– Tu as raison, Labiénus, il est ailleurs, vers l'Occident.

– Tu es allé jusqu'au bout de l'Occident, César, puisque tu as soumis l'Armorique et tous les peuples de l'Océan. N'est-ce pas un beau destin ?

– Pas tous, Labiénus, pas tous : il me reste à soumettre ceux d'en face.

– Ceux d'en face ? Que veux-tu dire ?

– C'est l'expression par laquelle les Armoricains désignent les peuples qui vivent dans la grande île de Bretagne, de l'autre côté de la mer.

– Ah ! tu veux dire les Bretons.

– Oui, les Bretons, ou les Britanniques, c'est la même chose. Ce sont aussi des Celtes, comme vous, les Armoricains : dans les rangs des Vénètes, il y avait un bon nombre de soldats britanniques, qui étaient passés sur le continent pour les aider. Depuis longtemps, je pense aller faire un tour dans leur île.

– Dans quel but ? Ils ne sont pas dangereux pour nous.

– Les insulaires ne sont jamais dangereux : ils restent volontiers chez eux. Mais l'île de Bretagne renferme, croit-on, des richesses fabuleuses : tous les marchands italiens qui commercent avec eux te le diront. Cela fait trois ans que je suis en Gaule, les marchands gaulois ne cessent de me le dire aussi ; il paraît que l'on trouve là-bas les plus belles perles du monde. Et je ne te cache pas, mon cher Labiénus, que, si j'ai fait construire, par Melchio et les autres, la flotte qui m'a permis de venir à bout des Vénètes, c'est aussi pour débarquer un jour chez les Bretons d'en face.

Le jeune Crassus, qui, respectueux de la hiérarchie, écoutait sagement le dialogue du général en chef et de son lieutenant, s'aperçoit que le visage de César a perdu son expression mélancolique. Ses yeux s'allument, sa parole est plus rapide, sa voix plus claire, presque joyeuse : le proconsul semble avoir oublié son expédition manquée en Germanie. Crassus avance, timidement :

– L'été n'est pas fini, César, il est encore temps d'aller explorer cette grande île de Bretagne, qu'en penses-tu ?

– Nous ne sommes pas en Italie, répond le proconsul : les hivers sont précoces dans le nord de la Gaule.

– Il ne s'agit pas d'aller faire campagne, mais on pourrait aborder en Bretagne, voir à quoi ressemblent ses habitants, comment sont ses ports, reconnaître les lieux.

– Certes, dit César, ce n'est pas une mauvaise idée. À part les marchands et les trafiquants, personne ne se risque jamais là-bas ; et les marchands eux-mêmes ne connaissent de la Bretagne que ses côtes. J'en ai interrogé des centaines : ils ignorent tout de l'étendue de l'île, des peuples qui l'habitent, de leurs mœurs, de leur manière de faire la guerre.

Hirtius, qui jusque-là était resté muet, donne son opinion :

– La Gaule est séparée de la Bretagne par un détroit dont la mer est très agitée au moment des grandes marées d'équinoxe, tous les pêcheurs du pays des Morins (la région de Boulogne-sur-Mer) vous le diront. Si tu veux organiser une mission de reconnaissance générale, il faut te hâter, César : nous n'avons plus que deux petits mois devant nous avant les tempêtes.

– Qui a dit que les grands capitaines savaient prendre des décisions rapides ? demande César, que la perspective d'une action grandiose vient de tirer de sa morosité.

– Personne, répond ironiquement Crassus.

– Eh bien ! c'est moi qui l'aurai dit. Dormons et partons demain matin à l'aube chez les Morins.

– Avec les légions ?

– Avec les légions : nous emmènerons la VIIe et la Xe légion. Appelle-moi un Gaulois qui connaisse bien le pays, un Belge de préférence.

Cinq minutes plus tard, un cavalier belge endormi se tient dans un garde-à-vous vacillant devant César :

– Est-ce que tu connais les ports du pays des Morins ? lui demande le proconsul.

– Il y en a plusieurs, mais le meilleur et le plus vaste est *Portus Itius* (Boulogne).

– Il est très éloigné d'ici ?

– À près de 300 milles (plus de 400 km).

– Merci, retourne dormir.

Puis se retournant vers ses amis :

– Il faut deux jours pour préparer le départ des légions et il faudra bien quinze jours pour atteindre Boulogne : en marchant bien, l'armée y sera avant la fin du mois de juillet. Nous partirons au-devant, à cheval, avec une bonne escorte, pour préparer le terrain.

Ce qui fut dit fut fait. César et son état-major partirent le 11 juillet pour Boulogne, où ils parvinrent cinq jours plus tard ; la VIIe et la Xe légion y arrivèrent le 28 juillet. L'aventure britannique de César commençait.

Une fois arrivé à Boulogne, César installe son quartier général, et il se met immédiatement au travail. Il n'avait guère d'informations sur cette île qu'il envisageait de conquérir ; il ignorait tout des peuples qu'il allait y rencontrer, de ses ports et de ses routes. Il charge donc un de ses officiers, le tribun militaire Volusénus, d'une mission de reconnaissance préliminaire :

– Ne t'attarde pas, lui recommande-t-il, ce que je te demande avant toute chose, c'est de m'établir une liste des lieux de débarquement possibles, de leurs avantages et de leurs inconvénients.

– As-tu besoin de renseignements sur le pays lui-même ?

– Non, ce serait trop long. En revanche, repère les sites des ports, s'il y a des falaises ou des collines qui les environnent, si leur entrée n'est pas encombrée de rochers ou d'écueils et autres choses de ce genre.

– Sur quel type de bateaux veux-tu que je parte ? Sur un voilier ?

– Je n'aime pas les voiliers : si le vent tombe, tu es immobilisé, à la merci d'un ennemi éventuel. Utilise un birème : avec deux rangées de rameurs, tu pourras t'enfuir rapidement si les Bretons font mine d'attaquer. Dernière recommandation : ne dis rien de ta mission à qui que ce soit.

Volusénus se retire et, sans perdre une minute, César envoie des messagers dans tous les ports de l'Armorique : il donne l'ordre à tous les capitaines des navires qu'il avait fait construire l'été précédent pour la guerre des Vénètes d'appareiller immédiatement et de regagner Boulogne dans les plus brefs délais.

À Boulogne et dans tous les ports de la côte armoricaine, l'activité est intense et le bruit se répand, de l'autre côté de la Manche, que César et les Romains ont des vues sur l'île. Ses hommes rudes, courageux, ignoraient à peu près tous ce qu'étaient les Romains, mais les Vénètes leur avaient appris que le nom de César faisait peur : n'était-il pas le tueur des Helvètes, des Germains d'Arioviste et des Vénètes eux-mêmes ?

Quelques tribus insulaires qui étaient les plus proches des côtes gauloises et, par conséquent, les plus menacées, envoient des émissaires à Boulogne. César les reçoit, affable :

– Que me voulez-vous ? leur demande-t-il.

Un marchand gaulois sert d'interprète, il traduit la réponse des Britanniques :

– Ils disent être envoyés par le peuple des Cantes (du Kent actuel) pour faire leur soumission à César et lui offrir des otages en gage.

– Dis-leur que j'apprécie leurs intentions et qu'ils persévèrent dans ces sentiments, mais que je ne peux accepter leur soumission maintenant ; toutefois je leur promets de les traiter avec générosité au moment venu. Qu'ils retournent chez eux ; mon ami gaulois Comm, roi des Atrébates d'Arras, les accompagnera et transmettra mes salutations à leur roi.

Les Britanniques s'éloignent. César fait appeler Comm ce Gaulois de Belgique dont il appréciait le courage et l'intelligence et qu'il s'était attaché en le faisant roi de son peuple. Depuis la mort de Diviciac, Comm était, avec le druide Tasget, l'un de ses meilleurs conseillers en matière de politique gauloise.

– Tu vas accompagner ces Britanniques chez eux, dans le Kent, lui dit-il ; tu es un Celte, comme eux, et ils te feront confiance. Explique-leur que je ne viens pas en conquérant, mais que l'intérêt de leur peuple est d'entrer dans l'univers romain : nous leur apportons la sécurité, mais aussi la civilisation. Ce que je leur propose, c'est une sorte de protectorat : ils conserveront leurs mœurs et bénéficieront des nôtres. Fais-toi ensuite guider par eux, et visite le plus grand nombre de peuples bretons que tu pourras : tu les engageras à passer des pactes d'amitié avec Rome et tu leur annonceras mon arrivée prochaine.

Le même jour où Comm quittait le port de Boulogne pour l'île de Bretagne, Volusénus en revenait. On était le 4 août : cela faisait cinq jours que le tribun militaire était parti et il rapportait à César ce qu'il avait pu observer, en particulier que la meilleure place pour débarquer était facile à repérer, car on pouvait voir de très loin ses grandes falaises blanches qui brillaient au soleil (les falaises de Douvres).

Vers la fin du mois d'août 55, les navires affluaient dans le port de Boulogne. Quatre-vingts gros vaisseaux étaient déjà à quai, aptes à transporter les deux légions que César entendait conduire en Bretagne ; on en attendait dix-huit autres, destinés au transport de la cavalerie gauloise : ils étaient immobilisés par des vents contraires.

La mer était déchaînée et César, impatient, attendait la prochaine accalmie pour donner l'ordre à sa flotte d'appareiller. Un vieux pêcheur boulonnais, qui en avait vu d'autres, expliquait au proconsul que c'était tous les ans la même chose à cette époque :

– Ce sont les marées d'équinoxe qui approchent. Le temps changera avec la pleine lune.

César lève les yeux au ciel ; entre deux nuages, il aperçoit la lune qui le nargue : elle ne sera pas pleine avant au moins une semaine. Il devient nerveux et se reproche de ne pas avoir remis l'expédition au printemps prochain.

Le soir du 25 août, brutalement, le vent s'arrête de souffler, les vagues disparaissent et la mer se calme, comme par enchantement.

– Il faut appareiller avant minuit, César, sinon, avec la marée, tu ne pourras plus partir, lui dit le vieux pêcheur.

– Faites sonner les trompes, ordonne César à un centurion. Nous partons dans une heure.

– Mais les vivres et les bagages n'ont pas encore été chargés, dit le centurion, à cause du mauvais temps.

– Nous partirons sans vivres et sans bagages : nous trouverons tout sur place ; d'ailleurs, l'expédition sera brève et, dans une semaine, nous serons de retour. Faites comme moi, crie-t-il à ses officiers : je n'emporte rien, sinon mes armes ; et je n'emmène que trois esclaves pour me servir.

Finalement, le 25 août à minuit, la flotte romaine quitte le port de Boulogne. La lune brille, presque pleine, dans un ciel que le vent a débarrassé de ses nuages. Les marins chantent.

César ne dormit pas de la nuit, guettant la tempête qui pouvait déjouer ses plans. Cependant la traversée fut calme et, vers huit heures du matin, il aperçut les falaises de Douvres qui semblaient l'accueillir, en s'avançant vers lui :

« La Bretagne me tend les bras », pensa-t-il.

En fait, elle lui tendait les armes. Sur les collines qui environnaient le port, une foule grouillante de guerriers en armes se préparait au combat, en poussant des hurlements sauvages. César fait passer l'ordre à tous les pilotes de sa flotte de stopper à deux milles des côtes : il attend que tous les transports de troupes soient arrivés.

– Et la cavalerie, lui demande Crassus, qui se tient à son côté, nous ne l'attendons pas ?

– On s'en passera, dit César. Pour l'instant, nous allons faire mouvement. Selon Volusénus, il y a une grande plage, à six milles au nord des falaises : c'est là que nous débarquerons les légions.

Les vaisseaux transportant les légions arrivèrent à deux heures de l'après-midi, mais le débarquement ne fut pas aisé, car, des côtes, les Britanniques avaient suivi les mouvements des navires et les attendaient sur la plage avec leurs chars de combat.

César n'hésite plus. L'heure de l'affrontement a sonné. Ordre est donné aux légionnaires, alignés en tenue de combat sur les ponts, de sauter à bas des navires et de gagner la plage à la nage. Les Romains bondissent par-dessus bord, mais, ignorant la nature des lieux, les mains embarrassées de leurs armes, ployant sous le poids de leur cuirasse, ils doivent se livrer à une lutte inégale avec les soldats britanniques qui, les pieds dans l'eau, leur lancent leurs traits et leurs javelots comme à l'exercice, tandis que les cavaliers ennemis poussent vers eux leurs chevaux, accoutumés à la mer et à ses vagues.

Le proconsul s'aperçoit très vite que le combat est bien mal engagé. Il ordonne alors que les barques longues, manœuvrées à la rame, mais avec plus de souplesse que les transports de troupes, aillent se mettre en ligne, sur le flanc droit de l'ennemi, perpendiculairement à la côte, et, de là, mettent en action les frondes, les arcs, les balistes. Les Britanniques, qui combattaient comme tous les barbares, c'est-à-dire presque nus, tombent les uns après les autres, percés de flèches et de javelots. Intrigués par les barques longues et par les balistes, ils hésitent et reculent.

Cependant, les Romains n'osent pas s'avancer dans l'eau, qui leur monte jusqu'à la ceinture. Alors le sous-officier qui portait l'aigle de la Xe légion, celle qu'avait longtemps commandée Labiénus, brandit son aigle et s'adresse aux légionnaires :

– Camarades, si vous ne voulez pas que l'ennemi ne nous prenne notre aigle, si souvent victorieuse, sautez à la mer, sautez à la mer... Moi, du moins, j'aurai fait mon devoir envers Rome et envers César.

À ces mots, il saute du navire et court à l'ennemi, l'aigle en main. Les légionnaires, entraînés par cet exemple, sautent à leur tour, et ainsi font les soldats des autres vaisseaux. Et le véritable combat commence.

Il est acharné, mais inégal. Les soldats romains, habitués à combattre en ligne et obligés, de par la nature des lieux, de se battre individuellement, sont désemparés. César a compris qu'ils ne retrouveront tous leurs moyens qu'une fois le rivage atteint : ils pourront alors se reformer en ligne. Il leur envoie des chaloupes à fond plat, qui les mènent jusqu'à la plage. Dès que les légionnaires sont enfin réunis de la sorte, ils chargent l'ennemi selon la méthode classique des armées romaines et le mettent en déroute. Mais César enrage : les vaisseaux transportant sa cavalerie ne sont toujours pas arrivés, et il n'a aucun moyen de poursuivre l'ennemi en fuite pour l'exterminer, selon les règles traditionnelles des batailles.

Cependant les Britanniques ont compris qu'ils n'étaient pas de taille à lutter avec une aussi puissante armée. Après s'être repliés, ils envoient une ambassade à César, pour lui demander la paix. Les ambassadeurs sont accompagnés par Comm lui-même qui explique la situation au proconsul ; ces Bretons sont perfides, lui dit-il, et ne l'ont pas traité selon les lois de la guerre :

une fois en Bretagne, ils l'ont arrêté, enchaîné et maintenu en prison jusqu'à ce jour.

César, irrité, s'adresse sévèrement aux Britanniques :

– Quand vous êtes venus me voir sur le continent, vous m'avez proposé la paix et offert des otages en garantie ; je vous ai bien reçus et je vous ai renvoyés avec mon ambassadeur, le roi Comm, et, dès que vous êtes retournés dans votre pays, vous le jetez aux fers. Aujourd'hui, j'arrive chez vous, comme je l'avais promis à Boulogne, et vous m'accueillez comme un ennemi : si je n'étais pas venu avec mes légions, j'aurais subi le même sort que mon ami Comm. Alors je vous le dis, en vérité, vous avez trahi votre parole, et vous mériteriez que je vous fasse subir le sort que j'ai imposé aux Nerviens, il y a deux ans.

Les Britanniques demandent pardon, prétendent s'être trompés sur ses intentions.

– Je vous pardonne pour cette fois, dit César, mais si vous recommencez, ma vengeance sera terrible. Donnez-moi des otages, et renvoyez vos soldats aux champs.

Il fut fait comme l'avait ordonné le proconsul et la paix semblait assurée.

Quatre jours plus tard, les navires transportant la cavalerie de César arrivent en vue de Douvres ; mais le vent se lève, annonçant la tempête qui se déchaîne à nouveau, chassant ces lourds vaisseaux vers le continent. Le hasard voulut que cette même nuit, la nuit du 30 au 31 août, ce fût la dernière pleine lune avant l'équinoxe, moment où les marées de l'Océan sont les plus hautes. Les longues barques qui avaient servi à transporter l'infanterie romaine et qui avaient été tirées au sec furent emportées par la marée montante et fracassées contre les rochers ; les gros vaisseaux romains qui étaient amarrés dans le port sombrèrent.

C'était la catastrophe. César se trouvait dans l'obligation de réparer tant bien que mal les navires qui lui restaient pour rapatrier son armée en Gaule, mais il n'avait plus de vivres et il craignait quelque perfidie des Britanniques.

Cette situation périlleuse dura une quinzaine de jours, pendant lesquels il ne cessa de pleuvoir. César avait divisé ses troupes en trois contingents : l'un préposé à la réparation de la flotte, l'autre au ravitaillement, c'est-à-dire à la recherche de blé dans les champs environnants, et le troisième au maintien de la sécurité. Le problème du ravitaillement était le plus grave. César était parti sans bagages et sans blé, car il pensait retourner hiverner en Gaule et, lui qui d'ordinaire prévoyait tout, n'avait pas prévu la destruction de sa flotte par les marées et les tempêtes.

À la mi-septembre enfin, la flotte romaine était plus ou moins reconstituée. Les Britanniques avaient lancé deux ou trois attaques contre le camp romain, mais ils avaient été repoussés avec des pertes importantes, et ils vinrent faire des offres de paix à César. Celui-ci se montra plus exigeant que la première fois : il doubla le nombre d'otages qu'il avait primitivement demandés et, comme il souhaitait ne pas s'exposer aux dangers d'une traversée hivernale difficile avec des vaisseaux abîmés et qu'il désirait appareiller le plus tôt possible, il exigea des Britanniques qu'ils les lui amenassent eux-mêmes sur le continent.

Ensuite de quoi, profitant de la première accalmie et d'un vent favorable, il leva l'ancre un soir de septembre, sous la pluie, avant l'équinoxe, peu après minuit. César n'avait pas été vainqueur, mais il ne quittait pas la Bretagne en vaincu. Debout à l'arrière de son navire, dans la nuit noire et humide, il semblait s'adresser à la terre britannique et il lui murmurait une promesse vengeresse :

– Je reviendrai, oui, je reviendrai.

Le lendemain, sa flotte atteignait le continent. Il pleuvait sur Boulogne comme il pleuvait sur Douvres, et le retour du proconsul ne fut guère triomphal. Les Morins du Boulonnais, voyant ses navires mutilés, ses légionnaires épuisés et affamés, ses chariots vides de tout butin en conclurent, et ils n'avaient pas tort, que César ne rentrait pas en vainqueur. Leurs chefs, qui n'avaient jamais fait leur soumission officielle à Rome, avaient une revanche à prendre sur le proconsul : ils ne lui pardonnaient pas d'avoir dévasté leurs champs et incendié leurs fermes l'année précédente, après sa campagne contre les Vénètes dont ils avaient été les imprudents alliés. Ils crurent donc que l'heure de cette revanche avait sonné, et ils se soulevèrent ; mais l'affaire fit long feu et les légionnaires de Labiénus exterminèrent, en quatre heures de combat, sur les plages de Boulogne, les 6 000 Morins qui avaient pris les armes. Ce fut la seule victoire, au demeurant peu glorieuse, que remporta César au cours de sa première campagne de Bretagne.

Le jour suivant, il adressait au Sénat et aux deux consuls, Crassus et Pompée, un rapport circonstancié, présentant son expédition comme une action de reconnaissance réussie, préliminaire à une conquête de la Bretagne, qu'il prévoyait pour l'année prochaine. Au Sénat, à la réception de ce communiqué, Caton se leva, pour dénoncer ce qu'il appelait « les desseins criminels » du proconsul :

– L'ennemi de Rome, clama-t-il, ce n'est ni le Germain, ni le Gaulois, ni le Breton : c'est César, et César seulement. C'est lui, le proconsul des Gaules, qui est l'homme à abattre. Et, Pères conscrits, s'il nous faut rendre grâces aux dieux, ce n'est pas d'avoir permis à César de vaincre ces barbares, avec lesquels Rome était d'ailleurs en paix, c'est de ne pas avoir fait tomber sur nos pauvres soldats et sur la Ville les foudres de leur fureur que méritait leur capitaine et d'avoir pardonné à la République les crimes de César.

Mais les triumvirs veillaient et la parole de Caton ne fut pas écoutée. Le Sénat décréta vingt jours de supplications et d'actions de grâces pour les exploits du proconsul en l'île de Bretagne : cinq jours de plus qu'en 57, après ses exploits en Belgique.

À Boulogne, l'armée romaine était encore sur le pied de guerre. César réunit ses légats et ses officiers et leur donne ses instructions pour l'hivernage :

– Les légions prendront toutes leurs quartiers d'hiver en territoire amiénois, comme par le passé. Ainsi nous ne serons pas loin du détroit qui nous sépare de la Bretagne.

– Tu comptes y retourner au printemps prochain ? lui demande Labiénus.

– Bien évidemment. Nous allons employer l'automne et l'hiver à réparer notre flotte et à l'agrandir.

César fait appeler l'armateur de Rimini, Melchio Parthicus, dont les navires fins et effilés avaient fait merveille en Armorique, contre les Vénètes.

– Parthicus, lui dit-il, j'ai besoin d'une flotte de débarquement. Je veux que tu me la construises d'ici la fin de l'hiver.

– Combien de navires te faut-il, César ?

– Au moins 600.

– De quelles dimensions ? De quelles formes ?

– Il les faut un peu plus bas que ceux qu'on utilise en Méditerranée, afin qu'on puisse les charger et les décharger rapidement et les mettre à sec sans difficulté.

– Et que fais-tu des vagues, César : elles vont inonder tes vaisseaux.

– Non pas. J'ai observé, en traversant le détroit de la mer du Nord (le Pas de Calais), que, près des côtes, les vagues sont moins hautes qu'en Méditerranée, à cause des marées sans doute.

– Tu veux des bateaux bas et fins ?

– Je veux des bateaux bas et larges : ils me serviront à transporter non seulement des hommes, mais aussi des chevaux et des bêtes de somme. Il est même possible que j'embarque un éléphant.

– Un éléphant ? Pourquoi donc ? Pour imiter Hannibal ?

– Non, Parthicus, j'admire beaucoup le génie militaire de cet illustre Carthaginois, mais je n'emmène pas cet éléphant pour faire la guerre. Pour moi, c'est un symbole.

– Comment cela ?

– C'était le surnom que les légionnaires avaient donné à mon plus ancien ancêtre, le premier Julius qui ait laissé des traces dans l'histoire de Rome : Lucius Julius, mon arrière-arrière-arrière-grand-père. Il avait tué un éléphant, à l'époque des guerres contre Carthage, il y a deux cents ans : on l'avait surnommé alors « Julius l'éléphant ». Or, dans la langue des Carthaginois, « éléphant » se dit « *caesar* », d'où notre surnom.

– C'est une belle histoire. Elle est vraie ?

– Je n'en sais rien.

– Bon. Maintenant, César, dis-moi : tu veux des bateaux à voiles ou à rames ? demande Melchio Parthicus.

– À voiles et à rames : si le vent souffle dans le bon sens, la vitesse pourra être plus grande et, s'il n'y a pas de vent, nous pourrons avancer malgré tout.

– J'ai compris. Tu as une idée des effectifs que tu penses emmener en Bretagne ?

– Environ 50 000 hommes, dont 10 000 cavaliers avec leurs chevaux, plus les rameurs, à raison de 48 rameurs par bâtiment.

– Où construirons-nous ces navires ?

– En Belgique du Sud, chez les Rèmes.

– Pourquoi pas ici, près de Boulogne ?

– Je n'aime pas le climat et je n'aime pas les gens : tu as vu comment viennent de se comporter les Morins ? Et puis il y a trop d'espions britanniques qui circulent dans la région. Chez les Rèmes, qui sont, en Gaule, les plus vieux amis de Rome avec les Éduens, je ne crains rien et tu pourras travailler tranquillement. De plus, on ne manque pas de bois sur les bords de la Marne : tu achèteras les futaies sur place. Pour les gréements, nous ferons venir les cordes, le métal et les cuirs d'Espagne. Il faut que tout soit prêt avant l'été.

– C'est comme si c'était fait, proconsul. Tu auras la plus formidable flotte de débarquement de l'histoire :

dans mille ans, dans deux mille ans on en parlera encore.

– Je l'espère. Bon courage, Melchio, et au travail.

L'armateur se retire. César reste seul avec son état-major, médusé par l'ampleur de ses projets :

– Nous déplacerons nos légions dès demain vers Amiens. Veillez à ce que l'hivernage se passe bien... et dites aux légionnaires d'apprendre à nager dans la Somme.

– Elle est glacée, cette rivière, dit Crassus le Jeune, surtout en hiver.

– La grande mer du Nord est tout aussi froide en été, répond César. Je veux des légionnaires qui n'aient pas peur de l'eau froide.

César, contrairement à ses habitudes, tenait à accompagner son armée jusqu'à ses quartiers d'hiver ; Pédius, son neveu, à qui il avait confié le commandement d'une légion, s'en étonne :

– Mon oncle, tu ne sembles pas pressé de rentrer en Italie cette année.

– J'y suis sans y être. J'ai envoyé des hommes à moi qui font de l'action psychologique à Rome.

– Tu peux me dire ce que cela signifie ?

– Ils sont chargés de faire valoir aux hommes d'affaires, aux marchands, aux banquiers et aux sénateurs que le sol de l'île de Bretagne recèle des richesses inestimables : des métaux précieux, des pierres fines, de l'or. Ils leur décrivent les châteaux mystérieux dans lesquels vivent des seigneurs dont la fortune est incomparable, prêts à acheter tous les objets, toutes les statues, tous les bijoux romains. Quand l'opinion publique sera bien échauffée, je rentrerai à Ravenne. Et personne, à Rome, ne protestera contre mon expédition en Bretagne.

– Tu as besoin d'une telle propagande ?

– Certainement. Au mois de janvier, Crassus part en Syrie et Pompée en Espagne ; le consulat va être entre les mains de nos adversaires, puisque ce satané Ahenobarbus a été élu au mois de juillet dernier, et ce n'est pas l'autre consul, notre ami Pulcher, qui pourra lui river son clou. J'ai intérêt à exciter les Romains.

De fait, les convoitises et les ambitions se déchaînent à Rome. Cicéron lui-même, qui clame à qui veut l'entendre que « ce cher César a pour moi une affection toute particulière », lui écrit à Amiens pour lui emprunter de l'argent et pour lui demander de prendre son frère Quintus comme légat :

– Tu vois, Pédius, même Cicéron ; il cherche à me caser son benêt de frère !

Tout ce que la Ville comptait de financiers, de spéculateurs, d'aventuriers, de grands négociants affluent au quartier général de César, à Amiens. Tous veulent participer à l'expédition et les plus riches se font construire des vaisseaux à cet effet, pour ramener sur le continent les trésors qu'ils comptent bien découvrir en Bretagne.

– Regarde-moi ces corbeaux, Pédius, disait César, méprisant. Ce ne sont pas des bateaux, qu'ils font construire, ce sont des navires de proie. Ils seront ma meilleure arme contre Ahenobarbus, qui ne pourra pas se mettre en travers de mes projets.

Finalement, en janvier 54, César part pour la Cisalpine tenir ses assises provinciales, y expédier les affaires courantes et veiller à la bonne exécution des accords qu'il avait pris à Lucques avec Crassus et Pompée. Au passage, il fait un crochet par l'Illyrie, province qui était de son ressort, pour en expulser quelques tribus albanaises qui avaient eu l'imprudence d'en violer les frontières, puis il passe le reste de l'hiver à préparer les élections consulaires qui doivent avoir lieu en juillet, époque où il se trouvera – en principe – sur les bords de la Tamise.

L'hiver s'achève. En Syrie, Crassus, à soixante ans passés, mais toujours aussi avide, a laissé une de ses légions à Antioche et emmené les sept autres à la conquête de la Mésopotamie. Pompée n'est pas encore parti en Espagne : il reste au chevet de sa jeune femme, Julie, la fille unique de César, qui est enceinte. En

Picardie, en Champagne, le long de la Marne et de la Seine, une véritable fourmilière humaine s'active et se presse : les légats de César surveillent les chantiers navals, les légionnaires abattent des milliers d'arbres, et, un à un, les vaisseaux voient le jour, sous la baguette magique de Parthicus ; déjà les premières unités ont été acheminées à Boulogne, où doit avoir lieu la concentration de la flotte commandée par le proconsul.

Celui-ci attend. Il se fait du souci pour sa fille, qui l'an dernier, à la même date, était déjà enceinte, mais avait avorté, à la suite d'une chute. Fin mai, il est encore sur le Pô, à Plaisance et ce n'est qu'au tout début du mois de juin 54 qu'il revient à Amiens.

En cours de route, il procède à une tournée d'inspection le long de la Marne et de la Seine. En son absence, les légionnaires et les techniciens qu'il avait engagés ont fait des prouesses. Ils ont construits 600 vaisseaux à deux rangées de rameurs et à voiles, bas et larges, comme il les avait demandés, et 28 autres plus longs et plus fins : dans quelques jours, ils seront complètement équipés et l'on pourra les lancer sur les ondes. César félicite les soldats et les techniciens, et il ordonne que tous se concentrent à *Portus Itius* (à Boulogne).

Là, ses lieutenants l'accueillent avec soulagement :

– Enfin, te voilà, lui dit Hirtius ; tu nous as manqué : jamais tu n'étais parti si longtemps. En ton absence, nous avons convoqué l'Assemblée des Gaules, comme tu le fais tous les ans ; tous les chefs gaulois sont venus, sauf les Trévires.

Les Trévires occupaient les deux rives de la Moselle, entre les Ardennes et le Rhin ; leur capitale était *Augusta Treverorum* (Trèves). Ils entretenaient de bonnes relations avec les Germains qui vivaient de l'autre côté du Rhin.

– Ce n'est pas la première fois que cela se produit, dit César. Ils refusent mon autorité et je les soupçonne d'attirer des Germains en Gaule. Il faut leur donner une leçon.

– César, lui fait remarquer non sans audace le jeune Crassus, tu ne crois pas qu'on pourrait s'occuper des Trévires un peu plus tard et que nous devrions partir dès maintenant en Bretagne ? Nous sommes bientôt au mois de juillet.

– Nous n'en aurons pas pour longtemps, répond César. Je sais ce qui se passe chez les Trévires, Tasget me l'a expliqué. C'est comme chez les Éduens lorsque je suis venu en Gaule pour la première fois : deux hommes s'y disputent le pouvoir, Indutiomar et son gendre, Cingétorix. Le premier est antiromain, comme l'était Dumnorix chez les Éduens, et le second est romanophile, comme Diviciac : je vais corriger le premier. Donnez-moi quatre légions sans bagages, simplement en tenue de combat, et huit cents cavaliers.

– Mais leur pays est à 200 milles d'ici, César, objecte Crassus ; il va te falloir dix ou quinze jours pour y aller et autant pour en revenir : on ne va tout de même pas partir en Bretagne au mois d'août !

– De toute façon, notre flotte ne sera pas à Boulogne avant huit ou dix jours ; une escapade chez les Trévires ne sera pas une grande perte de temps.

– Celui qui te fera changer d'avis lorsque tu as quelque chose dans la tête n'est pas encore né, dit Labiénus. Je fais rassembler tes légions.

La question des Trévires fut vite réglée. Dès que l'approche de César et de ses légions fut connue de ce peuple, Indutiomar rassembla ses guerriers et partit se cacher dans la forêt des Ardennes ; Cingétorix, au contraire, vint le trouver avec les siens et lui promit de ne pas trahir l'amitié du peuple romain : son exemple est suivi par d'autres chefs, soit par amitié pour Cingétorix, soit en raison de la frayeur que leur cause l'armée de César. Finalement, tous les chefs font leur ralliement, et César peut se rendre à Boulogne avec ses deux légions, sans avoir eu à combattre.

– Prends modèle sur ce que je viens de faire, dit-il à Crassus sur le chemin du retour : j'ai vaincu par la politique, et non pas les armes.

– Comment cela ?

– J'ai pris le parti du plus faible, celui de Cingétorix, et je l'ai rendu plus fort : dorénavant, toute réconciliation entre lui et son beau-père est impossible, et les Trévires ne sont plus un danger pour Rome. Cela s'appelle diviser pour régner.

À Boulogne, la flotte est enfin réunie ; il ne manque que 60 bateaux : ils avaient été construits par les Meldes (de Meaux) et, rejetés par la tempête, ils étaient restés dans les eaux de la Seine. La cavalerie gauloise est là : 4 000 cavaliers, appartenant à tous les peuples de la Gaule, avec leurs chefs respectifs. Parmi eux, l'Éduen Dumnorix, le frère de Diviciac, qui avait rejoint le paradis des druides. L'armada romaine va-t-elle appareiller ?

Pas encore. Le mois de juillet est maintenant bien avancé, mais les vents sont contraires : ils ne cessent de souffler du nord-ouest, c'est-à-dire dans la direction du continent.

– Attendons que le vent tourne, dit César.

– Mais nous avons nos rameurs, lui fait remarquer Crassus.

– Il ne faut pas qu'ils usent leurs forces en luttant contre le vent. Attendons qu'il tourne.

Sur les quais, les légionnaires s'impatientent et, chez les Gaulois désœuvrés, l'imagination travaille. Dumnorix, malgré son goût de l'aventure, commence à se plaindre :

– Je suis un Gaulois, et non pas un marin. Je n'aime pas naviguer... d'ailleurs, je dois diriger une cérémonie religieuse dans quelques jours... Nous ne serons jamais rentrés à temps.

– Moi non plus, je n'aime pas naviguer, lui dit Labiénus, mais j'obéis à mon chef, et mon chef c'est César. Cesse de te lamenter.

Dumnorix se tait. Mais, dans les heures qui suivent, il circule de groupe en groupe, met les chefs gaulois en garde contre les Romains :

– Avez-vous remarqué que nos 4 000 cavaliers représentent toute la noblesse gauloise ? César a l'intention de la massacrer d'un seul coup, mais il n'ose pas le faire sous les yeux du peuple gaulois, alors il les conduit en Bretagne, pour les y faire périr à son aise.

Ces propos défaitistes sont rapportés à César. Prudemment, celui-ci fait comme si de rien n'était, mais il attache Dumnorix à sa personne, pour mieux le surveiller.

Enfin, le 21 juillet, le vent tourne. L'ordre est donné aux fantassins et aux cavaliers d'embarquer dans les vaisseaux qui leur sont destinés. L'opération dure plusieurs heures ; Dumnorix en profite pour s'éloigner de César et pour s'enfuir. Toutes affaires cessantes, le proconsul ordonne qu'on parte à sa poursuite :

– S'il refuse d'obéir, ou s'il résiste, tuez-moi cet insensé, dit-il aux cavaliers gaulois.

La poursuite s'organise. Dumnorix est rattrapé par des Gaulois. Il met pied à terre, brandit son épée et les harangue :

– Gaulois, faites votre devoir de Gaulois. Je suis libre, j'appartiens à un peuple libre, soyez libres comme moi.

Les jeunes nobles gaulois ne l'écoutent pas. Ils ont juré fidélité à César. Alors ils entourent Dumnorix et le tuent sans hésiter : le chef éduen fut le premier grand chef gaulois tué sur l'ordre du proconsul. Il ne sera pas le dernier.

Cette affaire terminée, l'armée romaine s'embarque pour la grande île britannique. César a divisé ses légions : Labiénus reste sur le continent, avec trois légions et 2 000 cavaliers ; lui-même embarque avec cinq légions et les 2 000 cavaliers restants.

Au coucher du soleil, la formidable flotte appareille lentement, dans un ordre parfait. Il souffle un léger vent chaud en provenance des côtes de l'Afrique, un léger sirocco. La nuit tombe ; une splendide pleine lune se mire dans les flots que sa lumière éclaire. Vers minuit, le vent tombe, mais les navires continuent d'avancer sur la mer, emportés par les courants dus à la marée, de sorte qu'au petit jour, lorsqu'il s'éveille, César aperçoit au loin, sur sa gauche, les côtes britanniques qu'il a manquées.

– Baissez les voiles, toutes les voiles, et à la rame vers la côte, crie-t-il au capitaine de son navire.

L'ordre est transmis de bâtiment en bâtiment. Et les rameurs arc-boutés sur leurs avirons gonflent leurs muscles et rament, rament sans relâche : les gros bâtiments, lourdement chargés, avancent presque aussi rapidement que les navires longs qui ne transportent que des hommes en armes.

À midi, la flotte atteint la côte de Bretagne, et ses grandes falaises blanches qui brillent au soleil de juillet. Elle est déserte : les Britanniques s'étaient assemblés à proximité, sur le rivage, mais, effrayés à la vue de tant de vaisseaux, ils s'étaient enfuis et s'étaient cachés dans les forêts des collines environnantes.

C'est ainsi que, pour la première fois dans l'histoire de l'île de Bretagne, une armée étrangère débarqua, avec armes et bagages, sur une longue plage déserte (à Sandown Castle) du pays de Kent, sous les yeux effarés des insulaires, invisibles et cependant présents.

César venait donc de mettre le pied sur une terre inconnue, que nul druide, nul transfuge, nul espion ne lui avait jamais décrite ; les informations qu'il avait pu obtenir des marchands gaulois ou italiens étaient fragmentaires et incomplètes. Il ne savait ni où il était, ni où vivaient les peuples britanniques, ni où se trouvaient leurs villages, leurs fleuves, leurs champs et leurs troupeaux.

Ce fut un pêcheur gaulois appartenant au peuple des Calètes (habitants du pays de Caux), du nom de Ségomar, qui le tira de son ignorance. Il avait vécu plusieurs années chez les Bretons et connaissait bien leurs villages et leurs mœurs ; il accompagnait le fils du chef des Calètes, qui faisait partie de la cavalerie gauloise, et il se fit un plaisir de répondre aux questions du proconsul.

– C'est un grand pays, cette île de Bretagne ?

– Énorme, paraît-il. Je n'en connais qu'une petite partie, celle où nous venons de débarquer.

– Dans cette partie, est-ce qu'il y a de hautes montagnes ?

– Je n'en ai jamais vu. C'est un pays plat, très plat, comme celui des Belges ou le mien, avec, de temps en temps, des collines.

– Il y a des fleuves ?

– Oui, il y en a un très long, vers le nord. Les marchands romains l'appelle *Tamèsis* (Tamise) ; les autres sont de petites rivières, qui se jettent dans le grand Océan.

– Est-ce qu'il y a plusieurs peuples, comme en Gaule ou chez toi, en Belgique ?

– Le plus important est celui des Catuvellaunes, il est installé au nord de la Tamise et son chef se nomme Cassivellaun. Leur pays touche à la mer, vers l'est et il est bordé au nord par des collines où ils peuvent se réfugier en cas d'invasion (les Chiltern Hills). Ce peuple a tendance à dominer tous les autres. Au sud de la Tamise, il y a les Atrébates : ce sont des parents des Atrébates belges, qui vivent près d'Arras.

– Et l'endroit où nous avons débarqué ?

– C'est le pays des Cantes (le Kent), ce sont surtout des pêcheurs. Beaucoup plus au nord, il y a les Brigantes : il paraît qu'ils sont nombreux, mais je ne les connais pas. Au total, il y a au moins une douzaine de nations britanniques.

– Comment vivent-ils ?

– Comme nous, en Belgique. Mais ils n'ont pas beaucoup de citadelles.

– Ils se font souvent la guerre ?

– Oui, parfois. Avec des chars.

– Comment donc ?

– Ce sont des chars à deux roues, très solides, tirés par des chevaux. Quand ils combattent, ils font courir les chevaux au galop, de tous les côtés, en lançant des traits. Puis ils descendent de leurs chars et combattent à pied, mais ils les placent de telle manière qu'ils puissent se replier sur eux. Ils sont très habiles, avec ces chars, ce sont de véritables acrobates.

– Est-ce qu'ils ont des druides ?

– Oui, mais ce ne sont pas des chefs, comme chez nous. Tu comprends, César, les Britanniques sont un peu comme les Germains : ce sont des guerriers avant tout.

– Comment est le climat ?

– Horrible. Il pleut tout le temps, même en été.

César congédie son informateur et appelle ses légats.

– Nous établirons notre camp sur la plage de débarquement. En ce moment, la lune est belle : nous partirons cette nuit à la recherche de nos ennemis, avec quatre légions ; la cinquième restera au camp. Hirtius...

– Oui, César ?

– Qu'est-ce que tu en dis ?

– J'ai l'impression que nous ne resterons pas longtemps en Bretagne, et que nous n'y reviendrons peut-être jamais.

JOURNAL DE ROUTE DE CAÏUS JULIUS CAESAR, PROCONSUL DES GAULES

(du 22 juillet au 21 septembre, an 700 de Rome)

22 juillet, sur une plage, au nord de Douvres

– Midi. J'ai fait débarquer mes troupes en plusieurs endroits sur la plage. Les légionnaires installent un camp provisoire, limité par un simple fossé, car il n'y a pas d'arbres autour de la plage, et il serait trop dangereux d'aller en chercher sur les collines.

– Trois heures de l'après-midi. J'ai fait la sieste. Deux légionnaires ont capturé un Britannique qui se dissimulait parmi les rochers : il nous dit que ses compagnons sont allés se cacher dans une forêt, sur une colline qu'il nous désigne du doigt. Ils ne nous ont même pas vus et ils ont déjà peur !

– Minuit. Je laisse 10 cohortes et 300 cavaliers au camp, pour garder les navires, et je marche à l'ennemi avec le reste de mon armée.

23 juillet, au bord d'une rivière (la Grand Stour, à Canterbury)

– Au petit matin. Nous avons marché 12 milles (18 km) avant de trouver l'ennemi. Il est sur une colline, au-dessus de nous. Dès qu'il nous voit, il s'avance vers la rivière, avec sa cavalerie et ses chars, et engage la bataille.

– Dans l'après-midi. Nous repoussons l'ennemi, qui se réfugie dans un bois aménagé en place forte : tous les accès en sont obstrués par de grands troncs d'arbres et les Bretons nous lancent des traits de l'intérieur de cette forteresse naturelle. Les légionnaires forment la tortue et, se protégeant de leur bouclier, pénètrent dans le bois et en chassent nos ennemis vers les forêts voisines. J'interdis qu'on les poursuive, parce que la journée est déjà très avancée. Nous camperons sur place.

24 juillet, au même endroit

– Cinq heures. Le jour se lève et nous repartons à la poursuite de l'ennemi.

– Neuf heures. Nous l'avons rattrapé : nous apercevons, de loin, la queue de la troupe de fuyards. Mais des cavaliers romains, envoyés en messagers par les légats, m'apprennent que ma flotte a été détruite pendant la nuit par la tempête et la marée. Je suspends la poursuite, nous faisons demi-tour et nous retournons sur la plage. Quarante navires sont définitivement perdus ; les autres doivent être réparés, mais il y aura beaucoup de travail.

25 juillet-3 août, sur la plage au nord de Douvres

J'ai donné l'ordre à Labiénus de faire tirer les navires sur la plage, et de les enfermer dans un camp fortifié de forme rectangulaire, comme nos camps de campagne. Il mesure 4 270 × 470 pieds (environ 1 280 × 140 mètres). La réparation de la flotte prend dix jours.

Pendant ce temps, mes espions gaulois m'avertissent : les peuples bretons qui vivent au sud de l'île ont décidé d'oublier leurs jalousies et leurs querelles ; ils font la paix entre eux et s'unissent pour nous combattre. Ils ont choisi pour chef un certain Cassivellaun, roi des Catuvellaunes, dont m'a parlé le pêcheur Ségomar.

26 juillet, sur la plage

– Au petit matin. Nous allons partir vers la Tamise, pour combattre Cassivellaun. Aidé par Ségomar, j'ai fait une jolie carte de l'île. Elle a la forme d'un triangle dont la base regarde la Gaule et dont le sommet est au nord ; l'angle à l'est de cette base correspond au pays des Cantes (le Kent) où abordent tous les bateaux qui viennnent de la Gaule, l'autre angle regarde vers le sud, c'est-à-dire vers l'Espagne. À côté de l'île britannique, il y a une autre île qu'on appelle *Hibernie* (l'Irlande), et, à mi-chemin entre la Bretagne et l'Hibernie, on trouve l'île de *Mona* (l'île de Man). Il y a aussi plusieurs petites îles entre la Bretagne et la Gaule.

– En soirée. Mes légionnaires sont en pleine forme. Ils ont hâte d'en découdre avec l'ennemi.

27 juillet, quelque part en Bretagne

Nous marchons vers le nord, pour atteindre le grand fleuve (la Tamise) ; l'armée de Cassivellaun nous accroche à l'endroit où nous l'avons combattue pour la première fois, le 23 juillet (Canterbury).

29 juillet, quelque part en Bretagne

Nous marchons toujours vers le nord, à travers les collines. Nouveau combat avec l'ennemi au milieu des pâturages (vers Chatham). J'ai compris la stratégie de Cassivellaun, elle est excellente : au lieu de nous livrer une grande bataille en terrain découvert, qu'il ne pourrait que perdre, car ce genre de bataille est ma spécialité, il utilise une stratégie de harcèlement. C'est ce qu'il faut faire quand on combat chez soi un ennemi dont l'armée est plus puissante : on remplace la puissance des armes par la connaissance du terrain.

31 juillet, en vue de la Tamise

– Au matin. Nous sommes arrivés au grand fleuve. J'ai l'intention de le passer à gué ; d'après des prisonniers, il paraît qu'il n'y a qu'un gué (à Brentford) et que Cassivellaun a fait planter, à sa hauteur, des petits pieux pointus que l'eau recouvre.

– Midi. Les prisonniers ont dit vrai et Cassivellaun est un génie en matière de pièges. L'ennemi nous contemple, sur l'autre rive du fleuve, comme s'il allait nous dévorer tout crus. Mais j'ai trouvé la parade : j'envoie en avant la cavalerie, dont les chevaux se jouent des petits pieux plantés dans le fond du fleuve, et mon éléphant. À sa vue, les Bretons, effrayés, prennent la fuite.

– L'après-midi. Nous avons franchi la Tamise. Mes soldats se reposent et moi je réfléchis. Nous sommes maintenant dans le pays des Catuvellaunes.

1er-2 août, quelque part chez les Catuvellaunes

Cassivellaun a été abandonné par un de ses alliés, le peuple des Trinobantes. Ces Bretons sont curieux : ils n'ont pas de suite dans les idées, comme tous les Gaulois, et ne semblent pas avoir l'intention d'entreprendre une campagne méthodique. Il doit y avoir une raison à cela.

Cassivellaun, en revanche, me fait penser à Arioviste, avec la sauvagerie en moins. Il a un plan, et il paraît l'appliquer jusqu'au bout : harceler mon armée par de petits coups de main, jusqu'à ce que j'abandonne ; il repousse l'idée d'une bataille rangée parce qu'il n'a pas assez de guerriers et qu'il est donc certain de la perdre. Son tempérament me plaît.

3 août

Nous avançons toujours, mais lentement. Le pays est marécageux et il y a des forêts partout ; de plus, il pleut presque tous les jours. Cassivellaun a renvoyé une partie de ses troupes, sans doute parce qu'il a définitivement renoncé à une vraie bataille. Il n'a gardé avec lui que 4 000 chars avec leurs conducteurs, que j'appelle des « essédaires », parce que le char des Britanniques ressemble à s'y méprendre au char que nous appelons en latin *essedum*, fermé par-derrière, ouvert par-devant et tiré par deux chevaux : ce sont des véhicules très rapides et très maniables.

4 août

Au matin. Nous sommes sortis de la forêt. Il y a partout de grands champs, des pâturages, de l'herbe verte. J'ai lancé ma cavalerie à travers toute cette campagne pour piller et dévaster les terres : mon but est de leur montrer ma force et d'amener l'ennemi à traiter avec moi. Je n'aime pas détruire pour détruire.

Au soir. Cassivellaun a lancé ses essédaires contre nous, par toutes les issues de la forêt. Ses chars foncent sur nos cavaliers, qui, fort heureusement, ont serré les rangs. J'ai interdit qu'on s'éloigne de la colonne d'infanterie et demandé de ne plus faire de razzias. Mon armée avance maintenant groupée, tel un troupeau qui fuit l'orage, fantassins et cavaliers réunis. À chaque bosquet, à chaque croisement de routes – si l'on peut appeler routes ces chemins marécageux – il y a des accrochages avec l'ennemi.

5-8 août, au pays des Catuvellaunes

Mes fantassins sont épuisés et nous avançons très lentement. Nous arrivons en face d'un grand bois marécageux, entouré de fossés et de palissades. C'est ce que les Britanniques appellent leur « place forte » ; en réalité, c'est une caricature de place forte ; elle est moins bien défendue qu'un bon camp romain. Décidément, ils ont tout à apprendre, ces barbares bretons.

Le fils du roi des Trinobantes, Mandubrac, est venu faire sa soumission. Son père a été tué jadis par Cassivellaun, et ce jeune homme veut se venger. Je traite avec lui : en échange de ma protection, j'exige de lui 40 otages et du blé pour mes soldats et je le renvoie dans son village ; il a respecté les termes du traité.

Les autres peuples de la région comprennent qu'il est plus avantageux d'être les alliés des Romains que les sujets de Cassivellaun : ils arrivent tous à mon camp, les uns après les autres, faire leur soumission.

9 août

Mes légionnaires ont enlevé la « place forte » de Cassivellaun, mais ce roi a pu s'échapper avec ses guerriers. J'admire sa persévérance et son patriotisme : ce n'est pas une girouette.

15 août

La poursuite dure depuis cinq jours. Il faut en finir au plus vite, car l'automne approche et je suis trop loin, maintenant, de mes vaisseaux et de mes réserves. Je ne veux pas hiverner en Bretagne.

16 août

Je laisse mes légions poursuivre Cassivellaun et je retourne au camp romain, avec une petite escorte de douze cavaliers.

28 août, sur la plage de Douvres

J'ai annoncé à mes troupes que nous partirons bientôt et que nous hivernerons en Gaule. Tout le monde a hurlé de joie. Je l'ai écrit aussi à Cicéron, avec quelques détails sur notre campagne : c'est un brave type, mon Cicéron, mais c'est un balourd ; je ne lui reconnais qu'une qualité : il a du style quand il écrit. Je crois qu'il a l'intention de faire un poème sur la guerre de Bretagne ! Il se prend déjà pour Homère.

29 août, sur la plage de Douvres

Comm, le chef gaulois que j'ai fait roi à Arras, vient me voir. Cassivellaun lui a demandé de servir d'intermédiaire entre lui et moi pour traiter. C'est une grande nouvelle et une preuve de plus en faveur de ma théorie que Cassivellaun est le chef le plus intelligent que j'ai eu à combattre jusqu'à ce jour. Il s'est rendu compte que j'étais le plus fort et, plutôt que de perdre tous ses guerriers dans une guerre impossible, il se soumet. Je lui accorde la paix et la protection de Rome par l'entremise de Comm, et je lui demande, en échange, des otages et le paiement d'un tribut annuel ; mais je lui interdis formellement de chercher à se venger de Mandubrac et des Trinobantes.

2 septembre, sur la plage de Douvres

Cassivellaun a sans doute ordonné une trêve générale, car mes messagers ont pu chevaucher en paix jusqu'à son pays et revenir m'apporter sa réponse : il accepte toutes mes conditions et Comm, qui restera en

Bretagne jusqu'au printemps prochain, veillera à la bonne exécution du traité.

Je vais annoncer la bonne nouvelle aux troupes qui sont restées au camp, et rappeler mes légions, qui sont encore dans le pays des Catuvellaunes. Il faut que nous partions de Bretagne avant l'équinoxe de septembre.

La guerre de Bretagne était terminée. Les Catuvellaunes et six ou sept autres peuples avaient fait leur soumission, envoyé des otages et promis de payer un tribut à César. En apparence, l'île britannique venait d'être conquise et, pour les hommes d'affaires et les marchands qui avaient participé à l'expédition, l'opération avait été fructueuse. Ils avaient acheté ses prisonniers à César et ramenaient dans leurs vaisseaux marchands des centaines d'esclaves ; de plus, pendant que César et ses légionnaires arpentaient les marécages britanniques, ils avaient passé des contrats avantageux avec les cultivateurs et les éleveurs de l'île : les bouchers romains ne manqueraient pas de gigots de mouton au printemps prochain, des gigots bien plus tendres que ceux qu'ils achetaient aux bergers de Sardaigne et de Corse.

César fit un rapport officiel au Sénat sur le bilan économique de cette guerre de deux mois : les vaincus ne lui avaient-ils pas promis tribut ? Crassus, qui l'aidait à faire ses rapports, souriait :

– Avoue, César, que tu n'y crois pas, à ces tributs annuels. Ils ne payeront jamais, et nulle armée romaine ne retournera dans cette île pour les réclamer.

– Tu es plus fin que ton père, Crassus. Je te l'accorde, cette expédition ne rapportera pas à Rome ce que j'escomptais. Mais il me fallait la faire : pour l'histoire, je serai le premier homme a avoir atteint et dominé les confins du monde européen. Après la Bretagne et l'Hibernie, il n'y a plus que l'immense Océan, et rien d'autre. Peu m'importe ce qu'il adviendra des otages et des tributs.

Le 21 septembre, la flotte romaine s'éloignait à jamais des falaises de Douvres. Mais, quand, le lendemain, César mit le pied sur les quais de Boulogne, il apprit une terrible et triste nouvelle : Julie, sa fille unique et chérie, était morte dans les bras de Pompée, le soir du 16 septembre. César n'avait plus de passé.

Et le soir, dans son lit de camp, seul, définitivement seul, il pleura.

CHAPITRE XVII

Les mutinés des Ardennes

(septembre 54-septembre 53)

Le réveil du proconsul fut pénible. Une étrange angoisse l'avait étreint toute la nuit durant, une angoisse qui avait forcé les grilles de son sommeil, envahissant ses rêves nourris des souvenirs de la vieille maison de Subure qui l'avait vu naître, la villa de la famille Julius, qu'animaient, pour une dernière fois, des ombres féminines, souriantes et chères. Il avait revu sa mère, douce et sévère à la fois, se penchant sur son lit d'enfant afin de lui offrir en viatique le baiser qui devait lui permettre de s'endormir, et Cornélie, la compagne de ses jeunes années, qui s'était consumée sans mot dire dans l'attente d'un époux volage, errant d'un lit adultère à un autre et dont sa fille Julie était l'image ; Julie, sa fille adorée, dont il avait appris qu'elle était morte en mettant au monde un fils qui n'avait pas survécu.

César reprit lentement ses esprits. Il assista au débarquement de ses troupes, donna aux capitaines de ses navires l'ordre de mettre sa flotte à l'abri et conduisit son armée au pays des Ambiens, sur les bords de la Somme, où il devait présider l'assemblée annuelle des chefs gaulois, comme il le faisait depuis la guerre des Helvètes. Cette année, elle se tenait à *Samarobriva* (Amiens), la capitale des Ambiens, et il avait demandé à Labiénus, son légat le plus ancien dans le grade, de l'accompagner :

– Tu verras, l'avait-il averti, c'est une véritable foire d'empoigne. On y règle des litiges rustiques, dans le genre d'un vol de troupeau ou du viol d'une Gauloise ; parfois, mais très rarement, le différend est territorial : tel cultivateur se plaint de ce que les vaches d'un éleveur viennent paître dans ses champs, tel autre réclame un droit de passage, que sais-je encore ?

– Quel rôle joues-tu ?

– J'interviens en médiateur ; j'apaise les uns, je calme les autres et je tente de leur faire comprendre qu'il faut respecter certaines lois fondamentales si l'on veut vivre en paix. Une fois ces querelles réglées, je leur demande d'entériner les décisions que je prends, chaque année, pour les Gaules : elles concernent le tribut – en nature ou en or – que j'exige de chaque peuple, et qui est destiné au Trésor romain, les quantités de blé à livrer pour le ravitaillement des légions qui hivernent sur leur territoire, le nombre de cavaliers dont j'ai besoin, et autres décisions du même genre.

Les représentants des différents peuples gaulois que César avait convoqués étaient inquiets : l'année 54 avait été une année de sécheresse, et la moisson partout catastrophique. Chacun se demandait donc avec anxiété quel peuple aurait à supporter le fardeau de l'occupation romaine.

Enfin, voici le proconsul, son légat et ses licteurs. Tout le monde se tait :

– Gaulois, déclare César, je connais vos craintes et je suis venu les apaiser. J'ai décidé que, cette année, au lieu de faire hiverner mes légions dans un pays déterminé, je les disperserai à travers toute la Belgique. Ainsi chaque peuple subira une partie seulement des frais d'occupation. Sept de mes légions hiverneront chez les peuples suivants : les Morins, les Nerviens, les Bellovaques, les Suessions, les Ésuves, les Éburons et les Rèmes ; la huitième restera à *Samarobriva*, sous la direction du légat Trébonius, pour garder le quartier général, où je resterai moi-même quelque temps. Je demande aux chefs de ces peuples d'obéir aux réquisitions de mes légats.

Sur ce, le proconsul quitte l'assemblée et se rend à son quartier général, où l'attend son état-major au grand complet. Il lui fait part de ses décisions concernant la dissémination des quartiers d'hiver :

– Ne vous étonnez pas, dit-il, si je disperse ainsi mes légions à travers la Belgique. Dès mon arrivée à Boulogne, mes informateurs m'ont fait part de nouvelles alarmantes : il y a de l'insurrection dans l'air.

– Où cela ? demande Labiénus. En Celtique, en Belgique ou en Armorique ?

– Je ne sais pas exactement, répond César. On m'a parlé de réunions plus ou moins secrètes dans la forêt des Carnutes, du côté d'Orléans, et de bruits qui circuleraient chez les Éburons, entre la Meuse et les Ardennes.

– Je croyais que Tasget, le roi des Carnutes, était un de tes amis les plus proches.

– C'est toujours mon ami, mais je n'ai aucune nouvelle de lui, et c'est ce qui m'inquiète.

– Et les Éburons ?

– Les Éburons sont des Germains et je me méfie de leur roi, Ambiorix.

– Mais c'est toi-même qui l'a nommé roi.

– C'était pour me l'attacher, mais je l'ai à l'œil : Ambiorix est un fourbe diablement intelligent. Souviens-toi, Labiénus, du siège de Namur et de la manière dont les Aduatiques, après avoir fait mine de rendre leurs armes, ont massacré mes légionnaires, il y a trois ans : les Éburons sont des frères de race des Aduatiques – comme les Trévires de Trèves, d'ailleurs – et ce sont des spécialistes du coup de couteau dans le dos.

– Conclusion ?

– Conclusion, Labiénus, s'il doit y avoir insurrection, c'est chez les Germains de la Meuse qu'elle débutera, et les Celtes de Belgique suivront. C'est pourquoi toutes les légions hiverneront au nord de la Seine, à l'exception de celle que j'ai cantonnée chez les Ésuves, dans la vallée de l'Orne, pour surveiller l'Armorique.

Il fallut une dizaine de jours aux légats pour conduire leurs légions vers les places que leur avait assignées le proconsul et y établir leurs campements ; prévoyant un coup dur, César leur avait conseillé de bien les fortifier et il résolut de rester en Gaule, dans son quartier général d'Amiens, où devait hiverner la légion commandée par le légat Trébonius, afin de veiller lui-même au grain.

Dans la soirée du 15 octobre (de l'année 54), César commentait avec celui-ci les aventures orientales de son ami Crassus, désigné comme proconsul en Syrie à la sortie de son consulat, et qui, malgré ses soixante ans, s'était lancé avec frénésie dans les conquêtes coloniales, attiré irrésistiblement par les richesses de l'Orient.

– La vieillesse n'a pas calmé ses appétits, disait César ; La nouvelle est arrivée à Rome, il y a quelques semaines, que Crassus était parti à la conquête du royaume parthe : il aurait laissé une de ses légions dans sa province et envahi la Babylonie avec les sept autres.

– Qu'est-ce qu'il veut en faire ? demande Trébonius.

– Je n'en sais rien. D'ailleurs je ne connais pas cette partie de l'Orient ; d'après les anciens officiers de Marius, ses routes sont sillonnées par des caravanes qui se rendent en Chine ou qui en reviennent.

– Qu'est-ce qu'elles transportent ?

– Du cuivre de l'île de Chypre, de la verrerie de Cilicie, et surtout des ballots de soie en provenance de la Chine. Le centre où convergent toutes les voies commerciales de l'empire parthe est la ville de Séleucie, sur le Tigre ; elle passe pour recéler des trésors fabuleux.

– L'avidité de ce Crassus m'étonnera toujours, dit Trébonius.

– Son fils, Publius, est son portrait craché. Il a été mon légat lors de la guerre contre les peuples de l'Océan : c'était un garçon intelligent, mais il manquait de maturité. Lorsqu'il m'a demandé l'autorisation de partir avec son père, je la lui ai accordée immédiatement : il est parti pour la Syrie avec mille cavaliers gaulois...

Les explications de César furent interrompues par une sentinelle :

– Proconsul, un cavalier gaulois veut te parler ; il arrive, dit-il, de la forêt des Carnutes.

– Laisse-le entrer, il m'apporte sans doute des nouvelles de Tasget.

Tasget était un jeune noble, dont les ancêtres avaient été jadis les rois des Carnutes, qui les avaient chassés de leur trône bien avant l'arrivée de César ; celui-ci, qui avait besoin d'avoir à la tête de ce peuple un homme à sa dévotion, avait rétabli Tasget dans ses fonctions de monarque et s'en était fait un ami fidèle.

– Proconsul, lui dit le cavalier, le roi Tasget a été assassiné, il y a cinq jours.

– Par qui donc ?

– On l'ignore, César. Mais il y a plus grave.

– Quoi donc ?

– La plupart des citoyens de *Genabum* (Orléans) ont applaudi à ce meurtre.

– Et vos sénateurs, vos anciens, qui passent leur temps à délibérer et à discuter avec les druides, qu'en disent-ils ?

– Que c'est une bonne chose, parce que Tasget était un traître à la solde des Romains.

– C'est bon, tu peux te retirer, Gaulois, dit César, d'un ton calme et froid.

Puis, se tournant vers Trébonius :

– Envoie un messager à Plancus, qui hiverne à Soissons, chez les Suessions ; qu'il abandonne son campement, avec ses troupes, et qu'il se rende chez les Carnutes, pour y prendre ses quartiers d'hiver. Je lui donne mission de découvrir les meurtriers de Tasget, de les arrêter et de me les expédier ici, à Amiens. Il faut tuer la rébellion dans l'œuf.

– Ce n'est peut-être pas une rébellion, César, dit Trébonius ; il s'agit sans doute d'un simple meurtre politique.

– L'assassinat d'un homme que j'ai placé moi-même à la tête d'un peuple n'est pas un simple fait divers politique : c'est un soulèvement contre mon autorité.

– Que vas-tu faire ?

– J'ai quatre légions à Amiens, je vais en envoyer une hiverner chez les Carnutes.

– Laquelle ? La mienne ?

– Non, tes légionnaires sont des combattants aguerris, et j'en aurai peut-être besoin contre les Germains de Belgique s'ils s'agitent trop ; je leur enverrai celle que commande Plancus, avec simplement comme mission d'arrêter les coupables, s'il les trouve, et de maintenir l'ordre. Je l'installerai dans Orléans même. Il faut montrer sa force pour ne pas avoir à s'en servir.

– Et les coupables ?

– J'attendrai les résultats de l'enquête et, si on les trouve, je les ferai exécuter sur la place publique, à Orléans.

Les ordres de César furent exécutés sans autre incident, et le proconsul songeait à partir pour Ravenne, comme tous les ans. Le 31 octobre, ses bagages étaient clos, son escorte réunie et lui-même était déjà sur son cheval lorsqu'il aperçut comme un nuage de poussière à l'horizon. Quelques minutes plus tard, on vit se détacher du nuage un cheval au galop, qui freina des quatre fers lorsqu'il atteignit les soldats qui entouraient César, et un messager exténué, à bout de souffle en descendit.

En voyant paraître devant lui ce cavalier hirsute qui portait, sur son visage égratigné, les traces d'une folle chevauchée, César fronça les sourcils : quelle nouvelle catastrophe venait-il lui annoncer ?

Le cavalier était un esclave gaulois. Il arrivait de Binche, la citadelle des Éburons qui dominait le confluent de la Sambre et de la Meuse. Il était porteur d'une missive de Quintus Cicéron, commandant en chef des troupes romaines dans cette région qui était non seulement le pays des Éburons, mais aussi celui des Nerviens et des Aduatiques, autrement dit le pays des Germains de Belgique. César s'empare brutalement de la lettre que lui tend le messager, la déroule et la lit à haute voix aux légats Trébonius et Licinius Crassus (le frère cadet de Publius, qui avait rejoint son père chez les Parthes) :

Binche, le 25 octobre au soir, an 700 de Rome (54 av. J.-C.).

QUINTUS CICÉRON, À CÉSAR, PROCONSUL DES GAULES, SALUT !

Un complot s'est noué entre Indutiomar, chef des Trévires, les deux rois des Éburons, Catuvolc et Ambiorix. Il a éclaté lorsque est arrivée chez eux la nouvelle du meurtre de Tasget. Depuis le 15 octobre, je suis assiégé par au moins 60 000 rebelles, Gaulois et Germains mélangés : il y a là parmi eux des Nerviens, des Éburons, des Trévires, des Aduatiques ; presque tous mes soldats sont blessés et, si je ne reçois pas de secours dans les plus brefs délais, nous mourrons tous.

Quintus Cicéron

La lecture de cette lettre plonge l'assistance dans la plus grande consternation, et César se rend compte de l'étendue du désastre :

– Je ne sais pas ce qui a bien pu se passer, mais nous sommes en présence d'une insurrection générale des peuples de la Sambre et de la Meuse. Pourtant, je croyais bien avoir neutralisé Indutiomar, au mois de juillet dernier : il s'était enfui dans les Ardennes et j'avais traité avec son gendre, Cingétorix.

Puis, se tournant vers le messager qui lui a apporté cette sinistre nouvelle :

– Comment es-tu venu ? Tu as pu passer facilement à travers les 60 000 rebelles qui assiègent Binche ?

– Cicéron a envoyé d'autres messagers avant moi, dit le Gaulois, mais ils ont tous été interceptés par les Nerviens et par les Éburons, qui les ont crucifiés devant tous les assiégés.

– Et tu as eu le courage de partir, malgré tout ?

– Mon maître faisait partie des rebelles, mais il avait l'intention de déserter ; il m'a envoyé vers toi, en me promettant la liberté et une bonne récompense si je parvenais à te délivrer le message de Cicéron ; je l'ai caché dans mon javelot et je suis arrivé jusqu'à toi.

César se tourne vers ses légats :

– J'ai l'impression que cette révolte de Sambre-et-Meuse est une affaire compliquée. Je vais m'en occuper moi-même : l'Italie attendra. Trébonius, ta légion peut-elle être rapidement en ordre de marche ?

– Il s'en faut d'une ou deux heures, au plus.

– Parfait. J'en prends le commandement et nous partirons après le coucher du soleil ; qu'on ajoute un escadron de cavalerie aux effectifs.

– Mais qui défendra Amiens ? demande Trébonius.

– Licinius Crassus, qui est chez les Bellovaques, près de Beauvais ; en moins de deux jours, sa légion peut être ici, je vais lui faire porter l'ordre de venir à Amiens avec ses troupes sans plus attendre.

Et César de dépêcher sur-le-champ un messager vers Beauvais. Puis il se tourne vers Trébonius :

– Si les rebelles sont aussi nombreux que me l'écrit Quintus Cicéron, une légion ne suffira pas pour le délivrer. Je pars sans plus tarder et toi, préviens mon légat

Fabius, à Boulogne, et Labiénus, qui hiverne chez les Rèmes. Que Fabius me rejoigne avec sa légion entre la Somme et la Sambre, à Bavay, et que Labiénus m'attende avec la sienne, à la frontière du pays des Nerviens, vers Bapaume.

César quitta Amiens profondément bouleversé. Il ne comprenait pas très bien le déroulement des événements. En cours de route, à mi-chemin entre Amiens et Binche, il est rejoint par divers messagers, en provenance de la Sambre, de Tongres et de Tournai, qui l'éclairent sur leur enchaînement.

Tout avait commencé à Tongres, où hivernaient le légat Sabinus et son adjoint Cotta. Les deux rois des Éburons, Ambiorix et Catuvolc, s'étaient effectivement entendus avec Indutiomar, le roi des Trévires, dont ils étaient plus ou moins les clients : celui-ci devait prendre contact avec des tribus germaniques installées outre-Rhin, et s'assurer de leur aide militaire éventuelle contre les Romains. Lorsque ce fut chose faite, Indutiomar avait donné ordre aux Éburons de déclencher l'insurrection en mettant le siège devant le camp de Sabinus et de Cotta, à Tongres, le 21 octobre.

Mais l'affaire avait fait long feu. Une sortie inattendue des cavaliers espagnols qui accompagnaient la légion de Sabinus avait mis les Éburons en fuite. Le rusé Ambiorix ne se tint par pour battu et envoya ses hommes devant les remparts romains, réclamer à grands cris, selon la coutume des barbares, qu'on leur envoyât des ambassadeurs. Sabinus tomba dans le piège, et leur adressa deux émissaires auxquels Ambiorix tint à peu près ce langage :

– Moi, Ambiorix, je n'ai jamais eu l'intention de me révolter contre César. Bien au contraire, je lui dois une reconnaissance infinie : il a délivré mon peuple de la domination des Aduatiques, et il a libéré mon fils et mon neveu que ceux-ci gardaient en otage. Mais, bien que je sois roi, je dois me soumettre aux décisions de mon peuple, et les Éburons m'ont obligé à prendre les armes contre le proconsul. C'est pourquoi, contre mon gré, je suis venu assiéger le camp de Sabinus. J'ai demandé à parler à des ambassadeurs romains pour les prévenir, en toute amitié, que tous les camps d'hiver de César doivent être attaqués ce jour même, à Boulogne, à Montdidier, à Soissons, et ailleurs, de sorte qu'aucune légion ne puisse porter assistance à une autre. De plus, des Germains, alliés des Trévires, doivent passer le Rhin en masse, et ils seront ici, nombreux, dans deux ou trois jours.

– Abrège tes discours, dit l'émissaire romain à Ambiorix, et dis-moi ce que tu désires.

– Je suis Gaulois, continue, patelin, le rusé Ambiorix, comme si de rien n'était : comment aurais-je pu dire non à d'autres Gaulois dont le but est de reconquérir leur liberté et leur indépendance perdues ?

– Belle liberté, qui consiste à se combattre les uns les autres en permanence.

– Il en est ainsi du tempérament gaulois. J'ai payé ma dette à ma patrie en obéissant à l'appel de mon peuple, et, maintenant, je paye ma dette de reconnaissance à César en l'avertissant de l'arrivée imminente d'une multitude de mercenaires germains : à ton légat de prendre les mesures nécessaires pour éviter le massacre de ses troupes en les conduisant, avec mon consentement, soit dans le camp de Quintus Cicéron, à Binche, soit auprès de Labiénus, à Mouzon, chez les Rèmes. Si vous partez, je fais le serment de vous laisser le libre passage sur mon territoire. Ainsi je servirai mon peuple, en obtenant le départ des troupes qui occupent son pays, et je payerai ma dette à César, en sauvant la vie de ses légionnaires.

Les émissaires romains rapportent ces propos à Sabinus et à son adjoint, Cotta. Ce dernier s'insurge contre la proposition d'Ambiorix :

– Le règlement militaire est formel, nul légat n'a le droit de lever un camp sans l'ordre de César.

Sabinus est plus timoré :

– Il y a du vrai dans ce que dit Ambiorix. Que pouvons-nous faire, seuls, isolés dans ce camp, contre la

Gaule tout entière soulevée et face aux hordes germaniques ?

En vain Cotta plaide-t-il en faveur du maintien des troupes dans le camp ; la panique s'empare du plus grand nombre, qui donne raison à Sabinus. Finalement, on décide de lever le camp, malgré l'éloquence héroïque de Cotta. Et le lendemain, au lever du jour, une longue colonne de légionnaires romains, encombrés d'armes et de bagages, quitte le camp de Tongres.

Lorsqu'elle fut à environ deux milles (3 km) du camp, elle tomba dans l'embuscade que lui avait tendue Ambiorix. À peu près tous les soldats romains furent égorgés, et leurs chefs, les légats Sabinus et Cotta, subirent le même sort.

Ambiorix, encouragé par cette victoire, part sur-le-champ chez les Aduatiques, les soulève à leur tour, puis passe chez les Nerviens, qu'il exhorte à se joindre à lui et conduit cette troupe triomphante jusqu'au camp de Quintus Cicéron, devant Binche, à une centaine de kilomètres au sud. Le frère du fameux orateur n'était ni un grand esprit, ni un grand militaire, mais il avait le sens de la discipline et le respect des règlements. Ambiorix lui tendit le même piège qu'à Sabinus : à ses paroles de paix, Quintus se borna à répondre qu'il en référerait à César et il expédia au proconsul le message qui avait déterminé celui-ci à faire mouvement vers la Sambre.

Lorsqu'il apprit tous ces détails, César se félicita d'avoir donné ordre à Fabius et à Labiénus de le retrouver avec leurs légions.

– Cet Ambiorix est un diable d'homme, disait-il en chemin à Trébonius. À sa place, je n'aurais pas fait mieux : profiter de l'isolement de Sabinus, l'attaquer avec des forces très supérieures en nombre, lui faire craindre l'arrivée d'importants renforts germaniques, voilà qui relève d'un grand stratège ; ne pas s'en tenir à ce succès et se précipiter vers le camps de Quintus

Cicéron, cela est en outre la preuve d'une remarquable promptitude d'esprit.

– Il emploie tes méthodes, César, lui fait remarquer Trébonius.

– Oui. C'est assez inattendu, de la part d'un barbare. En un certain sens, par sa ténacité, il me rappelle Cassivellaun en Bretagne. Mais il est plus dangereux encore, car il s'appuie sur des alliés terribles, les Germains du Rhin. Si nous n'arrivons pas à temps, Ambiorix ne fera qu'une bouchée de Quintus Cicéron et de sa légion.

– Tu ne crains pas que tous ces succès n'encouragent les Gaulois de la Celtique à se soulever à leur tour ?

– Je te crois que je le crains ! Si Ambiorix triomphe à Binche, Rome pourra dire adieu aux Gaules et nous aurons un nouvel Hannibal à nos portes.

César et sa légion étaient parvenus à la frontière du pays des Nerviens, à proximité de l'actuelle Bapaume ; il espérait y faire sa jonction avec Labiénus, mais il n'y trouva qu'un cavalier gaulois, porteur d'un message de son légat : celui-ci lui faisait valoir que son camp avait été attaqué par les Trévires, parmi lesquels il hivernait, à peu près en même temps que celui de Sabinus, et que, s'il le quittait avec sa légion pour rejoindre le proconsul, ce départ serait interprété comme une fuite et les Trévires en profiteraient pour tenter d'anéantir ses troupes. Il préférait donc rester à l'abri de ses fortifications.

César approuva ses vues :

– Labiénus a raison, dit-il à Trébonius ; s'il tente de sortir du camp, les Trévires, qui doivent bien être une cinquantaine de milliers à l'assiéger, extermineront ses hommes, et nous n'en serons pas plus avancés. Ce que nous avons de mieux à faire, maintenant, c'est de foncer le plus rapidement possible vers le camp de Quintus.

– Il faudrait peut-être le prévenir que nous arrivons, fait remarquer Trébonius.

– Tu as raison.

César appelle un cavalier gaulois et le décide, en lui promettant une grande récompense, à porter une lettre à Quintus Cicéron. Il l'écrit en grec, pour que, si elle est interceptée, l'ennemi ne puisse la comprendre, et il conseille au Gaulois de l'attacher à la courroie de sa javeline et de lancer celle-ci, de loin, dans le camp romain.

Le cavalier part au grand galop, et, dès qu'il arrive en vue du camp assiégé, il lance son trait avec une grande vigueur. Malheureusement, celui-ci alla se ficher dans une tour en bois et ne fut découvert par les assiégés que deux jours plus tard ; Quintus le lut devant tous ses soldats rassemblés. Il était d'un laconisme césarien : « César à Cicéron. Courage, nous arrivons pour te porter secours. » Et, à l'instant même où Cicéron lisait ce bref message, les soldats, regardant vers la campagne, aperçurent au loin des fumées d'incendies allumés par les légions qui en annonçaient l'approche.

La nuit tombe lourdement sur la vallée de la Sambre, les légionnaires marchent de plus en plus vite, en rang comme à la parade. Vers minuit, un messager gaulois apporte à César une lettre de Quintus : les assaillants ont levé le siège et fait demi-tour pour se porter à sa rencontre, au nombre de 60 000 environ. Le proconsul lit le message à son armée et l'exhorte au combat qu'elle aura à livrer le lendemain, après une courte nuit de sommeil.

Le lendemain, au point du jour, César lève le camp. Après avoir parcouru environ quatre milles (6 km), il aperçoit les troupes ennemies, de l'autre côté d'un vallon où coulait un cours d'eau (l'actuel Val d'Estine, à 4 km à l'ouest de Binche). Il ordonne une halte, et examine la situation avec ses deux légats, Trébonius et Fabius :

– Que proposez-vous de faire ? leur demande-t-il.

Fabius et Trébonius répondent, en chœur :

– Attaquons-les.

– Vous avez une idée de leur nombre ? dit César. Quintus prétend qu'ils sont au moins 60 000 ; à mon avis, il se trompe : à vue de nez, ils ne doivent pas être plus de 40 000. Mais, de toute façon, si nous engageons le combat en rase campagne, ils vont nous découper en petits morceaux. Établissons plutôt un campement fortifié et prenons notre temps.

– Mais ils vont fondre sur nous, dit Fabius.

– Je ne crois pas. Nous allons feindre de vouloir les attaquer de front, en envoyant des éclaireurs étudier les routes qui mènent au vallon.

– Et ensuite ?

– Ensuite, nous les attirerons jusqu'à notre camp.

– Comment cela ? demande Trébonius.

– Demain matin, nous enverrons un détachement de cavalerie vers les Nerviens ; ils enverront leurs cavaliers et nous feindrons de céder du terrain, de fuir vers le camp pour nous y réfugier.

– Et ensuite ? demande une nouvelle fois Fabius.

– Tu verras bien, dit César.

Le lendemain matin, les ordres de César sont exécutés. Les cavaliers sortent du camp, la cavalerie des Nerviens s'en approche et engage le combat, les Romains font demi-tour, comme s'ils avaient peur, s'enferment dans le camp et, pendant ce temps, attiré par ces feintes, le reste de l'armée d'Ambiorix quitte le vallon et prend position devant les remparts romains.

Lorsqu'il constate que l'armée ennemie est enfin en position désavantageuse, César donne l'ordre aux légionnaires de partir à l'attaque. Et, à un contre sept, mais avec l'avantage du terrain, les soldats romains mettent la foule indisciplinée des Éburons et des Nerviens en déroute. Un grand nombre de ceux-ci sont tués, les autres s'enfuient en abandonnant leurs armes. La victoire de César est totale : Ambiorix est vaincu et les Gaules sont sauvées. César peut rendre officiellement grâces aux dieux immortels et à la vaillance de ses soldats. On était le 5 novembre de l'an 700 de Rome (54 av. J.-C.).

Quelques jours après cette victoire, César réunit ses légats à Amiens, afin d'en tirer les conséquences. Sont présents : Quintus Cicéron, qui a failli être la victime d'Ambiorix ; Fabius et Trébonius, dont les légions ont mis en fuite l'armée du rebelle ; Plancus, dont la légion hiverne chez les Carnutes depuis l'assassinat de Tasget ; Labiénus, qui est venu de son camp de Mouzon, d'où il surveillait les Trévires et leur roi Indutiomar ; Roscius, légat en Normandie, chez les Ésuves ; Germanicus, son informateur en Gaule et en Germanie ; Hirtius, son fidèle lieutenant, dont il apprécie les qualités de négociateur. Il a convoqué aussi les officiers supérieurs et les principaux centurions des trois légions qui ont eu raison d'Ambiorix.

– Mes amis, leur dit-il, la situation en Gaule est des plus graves. La révolte des Carnutes à Orléans et l'insurrection conduite par Ambiorix ne sont que les préludes de l'insurrection générale des Gaules qui se prépare.

Plancus, qui avait étouffé la révolution des Carnutes dans son germe, s'étonne :

– Les Gaulois n'ont donc pas compris que nous étions les plus forts ? Je t'assure, proconsul, que mes Carnutes ne bronchent pas.

– Ce n'est pas une question de force, c'est une question de chef, répond César. Avec huit légions, c'est-à-dire une armée d'à peine 50 000 hommes, je tiens toute la Gaule, qui est capable de mettre sur pied une armée de 500 000 hommes, ou même davantage ; mais les Gaulois sont indisciplinés, d'humeur changeante et ils sont incapables de s'allier sous une bannière commune. Le seul véritable chef qu'ils aient eu, jusqu'à présent, c'est Ambiorix, mais son peuple, à moitié gaulois, à moitié germain, perdu au milieu des forêts et des marécages des Ardennes, est un peuple misérable, qui vit sous la dépendance des Nerviens et des Trévires. Il ne peut prétendre à unir tous les Gaulois contre Rome.

– C'est heureux, dit Fabius, car ce bonhomme a du génie. Tu as vu, César, les tours de bois qu'il a fait construire pour assiéger le camp de Quintus : elles sont copiées sur les nôtres.

– Oui, c'est vraiment un barbare hors du commun et, au contraire des Gaulois, il a de la suite dans les idées.

– On ne peut pas en dire autant d'Indutiomar, dit Labiénus ; c'est lui qui a donné l'ordre aux Éburons et aux Nerviens de se soulever : il s'en prétend le patron ! Et il les a abandonnés à leur sort dès que tu es arrivé.

– Indutiomar n'est pas un chef de guerre, remarque César, c'est un agitateur, qui fait beaucoup de bruit et qui a le sens de la mise en scène. Il a convié autour de lui tout ce que la Gaule compte de proscrits et d'exilés, persuadé qu'il est de pouvoir soulever le pays tout entier ; il a fait condamner son gendre, Cingétorix, coupable, selon lui, d'être « l'ami de César » ; et il annonce triomphalement que les cités de la Gaule l'appellent à son secours contre les Romains.

– Tu as raison, César, dit Labiénus, c'est un fantoche. Lorsque tu m'avais demandé de te rejoindre pour dégager le camp de Cicéron, je t'ai répondu que je ne pouvais quitter Mouzon car les Trévires d'Indutiomar tournaient autour de mon campement : il m'a suffi de quelques sorties bien menées pour qu'ils s'en retournent à leurs forêts.

– Méfie-toi de lui, cependant, dit César ; Ambiorix est en fuite, je ne sais où, et, s'il parvient à rejoindre les Trévires et à s'associer avec leur roi, cela peut devenir dangereux.

– Je suis de ton avis, répond Labiénus, c'est pourquoi, dès la fin de ce conseil, je retourne à Mouzon ; j'ai renforcé mes effectifs : les Rèmes, qui sont des alliés sûrs de Rome, m'ont fourni un escadron de cavalerie. Nous l'attendrons de pied ferme, cet Indutiomar.

– Je vais te donner un conseil. Sans chef, ces barbares ne sont plus que des poules mouillées ; quand il reviendra assiéger ton camp et que tu auras, je l'espère, mis l'ennemi en déroute, dis à tes cavaliers de ne pas chercher à poursuivre les guerriers, c'est une perte de temps ; qu'ils ne pensent qu'à rejoindre Indutiomar et qu'ils le tuent : les Trévires abandonneront aussitôt la lutte.

– Je proposerai une récompense pour celui qui me rapportera sa tête.

– Excellente idée, dit César. C'est ainsi qu'il faut agir avec ces Germains : morte la bête, mort le venin. Et c'est ainsi que je vais procéder moi-même avec les Éburons : la chasse à Ambiorix est ouverte. Passons aux autres affaires : Roscius, comment se comportent les Ésuves ?

– Ils ne sont pas très remuants, car ils ne sont ni nombreux, ni combatifs ; mais leur pays est proche de l'Armorique, et, là aussi, les peuples s'agitent. Au début du mois, plusieurs peuples armoricains se sont réunis et ont marché sur mon camp, près de Sées ; à l'annonce de ta victoire sur Ambiorix, qui leur est parvenue par le réseau des crieurs gaulois, ils ont décampé avec tant de hâte que leur retraite ressemblait à une fuite.

– Tout ce que vous me dites, conclut César, renforce mon point de vue, que je vais essayer de vous résumer. Entre Seine et Loire, mis à part quelques remous à Orléans, chez les Carnutes, la Gaule est calme ; à l'est, les Rèmes, les Éduens et les Séquanes sont nos alliés fidèles ; à l'ouest, les Armoricains s'agitent un peu, mais ils ne semblent pas dangereux. Alors, qu'on ne vienne pas me parler d'un soulèvement général des Gaules ! La seule partie des Gaules qui soit en état d'insurrection, c'est la Belgique, et encore ! La Belgique de l'Est, dont les peuples sont à moitié celtes et à moitié germains. Tel est l'état des lieux. Il n'y a aucun péril sérieux dans la demeure gauloise.

L'assistance applaudit cette mise au point du proconsul, bien que les légats la trouvent quelque peu optimiste. Hirtius, qui prenait des notes au fur et à mesure que César parlait, pose alors à haute voix la question que chacun se posait en lui-même :

– Quel est ton programme, César ? Vas-tu prendre tes quartiers d'hiver en Italie, comme tu le fais tous les ans ?

– Non. Je resterai parmi vous. Mais, avant de penser à l'hivernage, je souhaite que Labiénus en finisse avec les Trévires.

– J'aurai la tête d'Indutiomar d'ici la fin du mois de novembre, César, je t'en fais la promesse.

– Que les dieux t'entendent. Voici donc mon programme. En premier lieu, j'entends renforcer notre armée ; nous avons perdu beaucoup d'hommes dans la guerre contre Ambiorix.

– L'équivalent d'au moins quinze cohortes, dit Quintus Cicéron, soit une légion et demie.

– Je le sais bien. Je vais demander à Rome de me fournir deux légions de plus, avec leurs centurions et leurs officiers.

– Comment feras-tu ? demande Hirtius. Dans quinze jours, il n'y a plus de consuls à Rome, puisque les élections de juillet dernier n'ont pas eu lieu, et l'interrègne entre les consuls sortants et les prochains va bien durer six mois.

– Tu sais bien que ce sont les triumvirs, c'est-à-dire moi, Crassus et Pompée, qui gouvernent Rome, et non pas les consuls. Crassus est parti pour la Syrie, je les demanderai à Pompée. Lorsque nous aurons reçu ces renforts, nous ferons défiler partout nos légions, pour montrer aux Gaulois la force de Rome. Il faut frapper l'opinion publique gauloise et lui montrer que les ressources de l'Italie lui permettent non seulement de remplacer les bataillons perdus sur les champs de bataille, mais aussi d'en augmenter en peu de temps le nombre.

– Et que ferons-nous avec ces renforts ?

– Nous attendrons le printemps, dans nos quartiers d'hiver. En mars, nous aborderons le chapitre des représailles : nous dévasterons les territoires des peuples qui se sont soulevés contre nous, en particulier ceux des Nerviens et des Éburons, et nous ferons la chasse à Ambiorix : je veux sa tête, à celui-là, c'est le seul chef gallo-germain qui puisse se mesurer avec moi.

– Quand se tiendra l'assemblée annuelle des peuples gaulois ? demande Quintus Cicéron.

– Je les réunirai en deux fois. D'abord à Amiens, comme cette année, vers l'équinoxe de printemps (en mars 53), puis à Lutèce...

– À Lutèce ? Où est-ce ? interroge Quintus.

– C'est une petite île sur la Seine, où s'est installée la tribu celtique des *Parisii* (les Parisiens) ; ces Gaulois n'ont pas besoin de remparts : ils sont protégés non seulement par le fleuve, qui est très large, mais aussi par les forêts et les marécages qui recouvrent ses rives.

– L'idée est bonne, César. Les Parisiens sont un peuple sans histoire, des pêcheurs de gardons, et ils n'ont eu maille à partir avec aucun autre peuple de la Gaule. En principe, nul chef gaulois ne pourra invoquer quelque prétexte que ce soit pour se dérober à ta convocation : les absents seront des absents volontaires.

– Et je serai donc en droit de les blâmer, voire de les punir, complète César. Maintenant, retournez tous vers vos quartiers d'hiver ; et toi, Labiénus, n'oublie pas ta promesse.

Quinze jours plus tard, à la fin novembre, Labiénus écrivait à César que l'honneur de Rome était vengé : Indutiomar, malgré l'hiver qui approchait, avait marché à nouveau sur le camp de Labiénus, celui-ci avait lancé sur lui sa cavalerie gauloise avec l'ordre formel de s'emparer d'Indutiomar et de le tuer. Cette charge soudaine surprit les Trévires, qui s'égaillèrent vers la Meuse ; au lieu de les poursuivre, tous les Gaulois s'attachèrent à la poursuite de leur seul chef. Indutiomar fut pris au moment même où il tentait de passer la Meuse à gué, et décapité ; sa tête fut rapportée à Labiénus, qui le fit savoir à César le jour même. À la nouvelle de l'événement, les Nerviens et les Éburons firent comme les Trévires : ils regagnèrent leurs territoires respectifs. Pour le proconsul, l'hiver s'annonçait tranquille. Au mois de février de l'année 53, il recevait les deux légions qu'il avait réclamées à Pompée et qui avaient été levées dans sa province de Gaule cisalpine. César pouvait enfin montrer sa force.

En cette année 701 de Rome (53 av. J.-C.), l'hiver picard fut particulièrement rude. César le passa frileusement dans sa tente, à Amiens, auprès de Trébonius dont la légion avait pour mission de protéger le quartier général des Romains. Assisté par son lieutenant Hirtius, il y révisait ce qu'il appelait ses « éphémérides », c'est-à-dire les notes qu'il prenait, méticuleusement, depuis son arrivée en Gaule, cinq années plus tôt, ainsi que les communiqués relatant ses actions et ses victoires qu'il envoyait régulièrement à Rome :

– Vois-tu, Hirtius, lui disait-il, l'unification des Gaules sous l'égide de Rome est l'événement le plus important non seulement de l'histoire de notre République, mais encore de celle de l'Occident : j'écris ces éphémérides, et je les publierai peut-être un jour, pour fournir des documents aux historiens futurs.

Une fois ses renforts arrivés, César n'attendit pas le printemps pour entreprendre sa campagne de représailles : de toutes parts, en effet, on lui rapportait que les Trévires, dirigés maintenant par un cousin d'Indutiomar, intriguaient, qu'ils sollicitaient l'alliance des Germains du voisinage, des Nerviens, des Aduatiques, des Ménapes et qu'ils avaient fait entrer Ambiorix, l'insaisissable roi des Éburons, dans leur coalition.

Il fallait donc agir promptement. Au début du mois de mars, César décide de marcher sur le pays des Nerviens (la région située entre Bavay et Tournai). Il rassemble les quatre légions les plus proches du quartier général – celle de Fabius, cantonnée à Boulogne, celle de Trébonius et les deux légions supplémentaires arrivées de Cisalpine – et établit avec ses légats un rapide plan de campagne :

– Il faut cinq jours à nos légions pour atteindre *Bagacum* (Bavay), en passant par *Camarocum* (Cambrai). Nous ne laisserons pas aux Nerviens le temps de se réunir pour nous combattre, ni même de fuir, et nous fondrons sur leurs villages à l'improviste.

– Avec quelles consignes, proconsul ? demande Trébonius.

– Verser le moins de sang possible, mais faire le plus grand nombre de prisonniers que vous pourrez, enlever le bétail et dévaster les campagnes : la totalité du butin et le produit de la vente des prisonniers sur les marchés aux esclaves seront partagés entre les légionnaires.

– Que fait-on des chefs ?

– Ils devront faire le serment de se soumettre à mes lois et nous emmènerons leurs fils en otages.

L'affaire fut rondement menée et à la veille de l'équinoxe de printemps, César ramena ses légions victorieuses dans leurs quartiers. Deux jours plus tard, il convoquait les chefs gaulois à l'assemblée annuelle des Gaules, selon la règle qu'il avait établie ; tous s'y rendirent, sauf les Sénons de Sens, les Carnutes d'Orléans et les Trévires de Trèves.

L'assemblée se tint au cœur du camp romain. On avait aménagé un tertre artificiel, sur l'avant duquel on avait placé la chaise curule dorée de César dont les chefs gaulois, sans armes et silencieux, écoutèrent, debout, le sévère discours :

– Je suis venu en Gaule à votre demande, leur disait-il, pour vous apporter la paix et la prospérité. Je vous ai protégés les uns des Helvètes, les autres des Suèves d'Arioviste, et des dizaines de milliers de soldats romains ont ainsi péri pour sauver vos champs, vos villages et vos villes. J'ai fait régner la paix parmi vous, et nous nous sommes promis réciproquement aide et amitié. J'ai respecté vos lois et vos coutumes, vos druides et vos chefs, et les traités que Rome a passés avec vous, par mon intermédiaire, ont fait de vous non pas des peuples soumis à Rome, mais des peuples associés à Rome. Je n'ai pas pillé les Gaules, comme le ferait un conquérant ; je ne vous ai demandé ni tributs, ni esclaves. Le jour où toutes les Gaules seront unies, dans la paix et la fraternité des peuples gaulois, à l'abri des invasions germaniques, mes armées retourneront à Rome. Ce jour-là, qui n'est pas loin, il n'y aura plus *des* Gaules, il y aura *une* Gaule, riche et indépendante, vivant au cœur de la paix romaine. Vos villages deviendront des villes, vos enfants apprendront à lire et à écrire, comme les enfants romains, vos chemins caillouteux et boueux deviendront des routes larges et pavées, comme les voies romaines. Voilà ce que César offre aux Gaulois.

César s'arrête un instant de parler et contemple son auditoire, qui ne dit mot. Puis sa parole devient plus cassante, plus sévère :

– Je constate cependant qu'il n'y a parmi vous ni les représentants des Sénons, ni ceux des Carnutes, ni ceux des Trévires. Je dois vous dire, et vous pouvez le leur répéter, que j'interprète cette défection comme une révolte ouverte contre l'autorité de Rome et que je suis décidé à la réprimer comme j'ai écrasé le soulèvement des Éburons d'Ambiorix.

Après avoir marqué un temps d'arrêt, César se tourne vers les délégués du peuple des Parisiens :

– Je sais, leur dit-il, que vous autres, Parisiens de Lutèce, vous étiez jadis unis aux Sénons, dont le pays est limitrophe du vôtre, et qu'avec eux vous ne formiez qu'un seul État. Cependant, votre présence ici indique que vous n'êtes pas solidaires de leur rébellion : aussi, pour vous montrer ma confiance et mon amitié, j'ai décidé de transporter l'Assemblée des Gaules d'Amiens à Lutèce, où vous m'attendrez. Moi-même, je vais marcher sur *Agedincum* (Sens) avec mes légions.

Jamais César n'avait parlé plus clairement en maître, et ses actes confirmèrent ses paroles. Le jour même, il partait avec ses légions d'Amiens vers Sens, à marches forcées.

À la nouvelle de son approche, Accon, le chef des Sénons qui était l'instigateur de la révolte, se prépare à la lutte armée et il ordonne à ses compatriotes de se rassembler dans les places fortes du pays. Mais ils n'en eurent pas le temps : déjà César arrivait avec ses troupes et Accon tombait entre ses mains. Les Sénons n'ont plus qu'à renoncer à leur projet et ils envoient des députés au proconsul. Les Éduens, anciens protecteurs des Sénons et les plus fidèles alliés de César, intercèdent en leur faveur. Le proconsul pardonne, accepte les excuses des rebelles, mais il exige, comme garantie de leur bonne foi, cent otages, qu'il confie à la garde des Éduens. Dans le même temps, les Carnutes font amende honorable, par l'entremise des Rèmes dont ils étaient les clients, et ils obtiennent le même traitement que les Sénons.

César retourne à Lutèce, où l'Assemblée des Gaules touche à sa fin. Il annonce aux délégués gaulois l'issue pacifique du conflit et prononce la clôture officielle de l'Assemblée, non sans avoir demandé à chacun des peuples gaulois présents de lui fournir un escadron de cavalerie, en prévision de la guerre qu'il compte mener contre les Trévires et contre Ambiorix, qui court encore.

Cette guerre fut, en fait, une expédition punitive préparée avec soin par César et conduite par Labiénus, qui avait regagné son camp de Mouzon, sur la Meuse. Le proconsul l'y avait rejoint au début du mois d'avril et Labiénus avait exposé à César les données du problème :

– Ambiorix est quelque part dans les Ardennes.

– Combien a-t-il d'hommes avec lui ? demande César.

– Je l'ignore, tout autant que j'ignore dans quel coin des Ardennes il se cache.

– Peut-il s'en échapper ?

– Oui, et de deux manières. Soit en filant vers l'ouest, chez les Ménapes, à travers les forêts et les marécages qui recouvrent la région entre la Meuse et l'Escaut...

César interrompt son légat :

– Les Ménapes sont le seul peuple de la Gaule qui ne m'ait jamais envoyé d'ambassade pour traiter de la paix ; ils ne sont pas très nombreux, mais ce sont de vrais sauvages.

– C'est juste, répond Labiénus ; en outre, entre la Meuse et l'Escaut, c'est le pays des Aduatiques et des Nerviens, qui ont toujours été des rebelles.

– Et la seconde manière ?

– C'est de partir vers la Moselle et de rejoindre les Trévires, ou même les Germains, en franchissant le Rhin.

– J'ai compris, dit César ; il y a donc trois secteurs d'opérations possibles : le centre, où se tient Ambiorix, l'ouest avec les Ménapes et l'est avec les Trévires. Je vais faire porter notre effort sur les flancs, afin de contraindre Ambiorix à sortir des Ardennes.

– À mon avis, dit Labiénus, il faudrait d'abord attaquer les Trévires ; je peux m'en charger, je les ai déjà vaincus.

– Ce serait une erreur. Je t'accorde qu'il soit facile de battre les Trévires, mais il faut prévoir l'entrée en scène des Germains, qui peuvent très bien franchir le Rhin en masse pour les aider et nous risquerions gros. Nous commencerons donc par attaquer sur le front de l'Ouest, chez les Ménapes ; je vais m'en charger moi-même, avec cinq légions.

– Et moi, qu'est-ce que je fais, pendant ce temps ? demande Labiénus.

– Toi, tu surveilles le front de l'Est et le Rhin, l'arme au pied.

– Avec quels effectifs ?

– Ta légion, évidemment, plus deux autres que je vais te faire envoyer d'Amiens, avec, en abondance, des armes, des munitions et du ravitaillement. Installe-toi sur la rive droite de la Moselle, entre Saverne, Metz et Trèves : ainsi tu pourras avoir l'œil à la fois sur les Trévires et sur les Germains.

– Je n'attaque pas ?

– Non. Tu restes sur la défensive. Quand j'en aurai terminé avec les Ménapes, je te rejoindrai, et nous lancerons les hostilités sur le front de l'Est.

Sur le front de l'Ouest, le plan de César se déroula à peu près comme il l'avait prévu. Ses légions dévastèrent le pays des Ménapes, qui demandèrent la paix et lui jurèrent fidélité et obéissance : César les prévint qu'il les tiendrait pour ennemis et qu'il les exterminerait s'ils recevaient Ambiorix sur leur territoire.

Sur le front de l'Est, Labiénus ne put respecter les consignes défensives du proconsul. Il avait appris en effet que les Trévires avaient amassé des troupes nombreuses entre le Rhin et la Moselle, et qu'ils attendaient d'important renforts d'outre-Rhin. Pour éviter d'être surpris, le légat prit la décision d'attaquer avant l'arrivée des Germains. Il simula une retraite précipitée, les Trévires, croyant l'armée romaine en déroute, quittèrent leurs positions pour la poursuivre... et se trouvèrent en face d'un ennemi prêt à les combattre, et qui n'eut aucun mal à leur infliger une cuisante défaite. Ils se réfugièrent dans les forêts voisines et firent leur soumission à Labiénus : les Germains arrivèrent après la bataille et s'en retournèrent chez eux, accompagnés par le cousin d'Indutiomar qui avait succédé à ce chef, après sa décapitation. Le gendre d'Indutiomar, Cingétorix, qui était resté fidèle à Rome, fut récompensé : César le fit « roi » des Trévires.

Pour la première fois, toute la vallée de la Moselle passait sous le contrôle des Romains, et il était tentant pour César de pousser plus loin son avantage, et de franchir une seconde fois le Rhin, comme il l'avait essayé deux ans auparavant. Il s'en ouvrit à Labiénus :

– Nous avons coupé toute retraite à Ambiorix puisque nous contrôlons maintenant le pays des Ménapes et celui des Trévires : il est prisonnier dans les Ardennes, il ne peut plus nous échapper.

– Alors, dit Labiénus, c'est le moment de réunir nos légions et de partir à sa poursuite.

– Auparavant, j'ai autre chose à faire.

– Quoi donc ?

– Tu vois, ce beau fleuve, ce Rhin germanique que j'ai franchi une première fois, il y a deux ans. Il m'obsède. Je veux le franchir à nouveau.

– Et pour quelle raison ?

– J'ai deux bonnes raisons : d'abord parce que les Ubiens, qui vivent sur la rive droite du Rhin, ont aidé les Trévires contre moi, et, en second lieu, afin qu'Ambiorix ne puisse trouver chez eux un nouveau refuge, une fois chassé des Ardennes.

– Avec tout le respect que je te dois, proconsul, cela me semble de bien faibles raisons. Je te connais, César, depuis le temps que je fais la guerre avec toi : c'est ton rêve germain qui te reprend, comme il y a deux ans, à Cologne. Crois-moi : ce que tu as fait en Gaule est extraordinaire, mais rien de bon ne peut t'arriver de Germanie. Laisse les Germains chez eux et fortifie la Gaule : jamais ils n'oseront passer le Rhin. Qu'en penses-tu ? demande-t-il à Germanicus, qui était toujours aux côtés de César lorsqu'il s'agissait de la Germanie.

– César, est-ce que tu m'autorises à dire le fond de ma pensée ?

– Parle.

– De l'autre côté du Rhin, proches des Éburons, il y a les Ubiens et les Sicambres, un peuple dont je suis fier ; ils sont dix fois plus nombreux que tes légionnaires et ils ne te laisseront pas passer. Au-delà, il y a les Suèves, tous les Suèves : ceux que commandait Arioviste et les autres ; ils sont dix fois plus nombreux que les Ubiens et les Sicambres. Tu as beau avoir le génie des batailles, tu ne peux rien contre eux, absolument rien.

– Tu es bien pessimiste.

– Non, je suis réaliste, et toi aussi d'ailleurs, mais tu ne veux pas te l'avouer. En fait, ce n'est pas pour protéger la Gaule, que tu souhaites passer le Rhin, c'est pour une autre raison.

– Laquelle ?

– Je n'ose le dire.

– Courage, dis-le ; je ne t'en voudrai pas.

– Crassus est en Syrie, avec dix légions ; nous ne savons presque rien de ses premiers triomphes, mais nous les apprendrons bientôt : tu ne veux pas être en reste avec lui. Qu'est-ce que la Gaule, en comparaison de la Mésopotamie et de l'empire des Parthes ?

César ferme les yeux. Ce Germanicus l'agace, tout d'un coup, à lire dans ses pensées. Mais il se retient :

– Quoi d'autre ? lui demande-t-il.

– Tu as reçu des lettres de Rome, il y a deux ou trois jours : Pompée fait la loi au Forum, et, depuis le départ de Crassus, il est seul à régner sur la Ville, où l'on n'a pas entendu parler de toi depuis dix-huit mois. Tu te cherches un retour tonitruant. Et pour cela, tu es prêt à te suicider, avec tes légions, en Germanie. Crois-moi, César, renonce aux Germains, et occupe-toi de la Gaule.

– Je veux construire mon pont, insiste César.

– Construis ton pont, mais ne porte pas la guerre de l'autre côté du Rhin.

César n'écouta personne et fit construire son pont, à la hauteur de l'actuelle ville de Bonn. Pendant qu'il se construisait, les bagages de l'armée romaine furent entassés sur la rive gauche du fleuve, dans le pays des Trévires, maintenant domptés ; un camp fortifié fut bâti sur la rive droite, en Germanie, des convois de blé furent réunis et des espions furent envoyés, pour repérer les routes menant chez les Suèves. Ceux-ci ne restent pas inactifs : ils mobilisent leurs clients, rassemblent une foule énorme de guerriers dans la vallée de la Nidda, qui se jette dans le Main à la hauteur de Francfort. Une terrible grande guerre romano-germanique se prépare.

Le pont fut terminé en juin. Au début juillet arriva la nouvelle que Crassus était mort, le 1er juin précédent, à *Carrhae*, en Mésopotamie (Harran, en Turquie moderne), après avoir passé l'Euphrate sur lequel il avait, lui aussi, jeté un pont : le général parthe qu'il combattait lui avait coupé la tête et les mains, et il ne restait plus rien de ses dix légions et de ses aigles. Cette nouvelle coupa court au délire de puissance qui s'était emparé de César. Il devint soudain le calculateur froid et efficace qui savait réfréner ses élans. Il se confia à Germanicus :

– Crassus est mort. Plus personne ne peut se mettre en travers de la route de Pompée, sinon moi. Tu avais raison, Germanicus, je ne dois pas aller me perdre en Germanie : Rome et le Capitole m'appellent... Mais je ne détruirai pas ce second pont sur le Rhin... On ne sait jamais !

Le proconsul fit construire, sur la rive gauche du Rhin, une tour de garde pour surveiller son pont, y laissa douze cohortes (soit nettement plus d'une légion), et partit traquer Ambiorix dans les Ardennes :

– Je veux en finir avec cette race maudite des Éburons, dit-il à Labiénus.

Ambiorix, au lieu de concentrer ses troupes pour résister aux Romains, les dispersa. Les guerriers les plus vieux se suicidèrent à la manière gauloise, en s'empoisonnant avec le suc de l'if, les autres se cachèrent dans les bois ou dans les marécages. Plus les légions de César avançaient, moins elles rencontraient d'ennemis à combattre. Alors, elles s'acharnèrent sur le sol, sur les forêts, sur les champs. Les peuples voisins des Éburons, même s'ils avaient été récemment encore les ennemis de César, furent invités à piller leurs terres, et ils ne s'en privèrent pas : Trévires, Nerviens, Aduatiques, Rèmes, Ménapes s'élancèrent à la curée. Ce n'était partout que forêts en feu, villages en flammes, moissons saccagées. Et plus nombreux étaient les poursuivants, plus vastes étaient les désastres, plus insaisissable était Ambiorix. Galopant sur son cheval, entouré de quatre fidèles cavaliers, il apparaissait et disparaissait, tel un fantôme, aux quatre coins des forêts ardennaises.

Tant et si bien que César se lassa de ces représailles stériles, de ces villages incendiés et de ces colonnes de la mort et du pillage qu'étaient devenues ses légions. L'équinoxe d'automne approchait, il était temps de convoquer l'Assemblée des Gaules ; César, qui avait transporté son quartier général d'Amiens à *Durocortorum* (Reims), choisit de la réunir dans cette ville amie qui, de plus, était sur son chemin de retour en Italie. À cette occasion, il innova : il porta devant l'Assemblée l'affaire du soulèvement des Sénons, afin de faire juger Accon, leur chef rebelle, par ses pairs gaulois, selon une procédure inspirée de la tradition romaine. Accon fut jugé coupable de conjuration et supplicié selon la vieille coutume romaine : lié à un poteau, battu de verges et finalement décapité ; ses complices, en fuite, se virent interdire « l'eau et le feu ».

Puis César dispersa ses légions pour l'hivernage, en tenant compte des troubles récents : deux à la frontière des Trévires, deux autres chez les Lingons, à Langres, et les six autres à Sens, dans le pays des Sénons, où il craignait quelque agitation en son absence. Et, dans les tout derniers jours de septembre de l'année 53, il partit pour l'Italie, qu'il n'avait pas revue depuis dix-huit mois.

CHAPITRE XVIII

Piano, piano, comme un léger murmure...

(septembre 53-23 janvier 52)

À Reims, pour la première fois, dans la courte histoire de son proconsulat, César avait jugé des Gaulois comme on aurait jugé, à Rome, des assassins et il avait fait périr le roi des Sénons comme un tribunal fait exécuter un criminel, et non pas comme un soldat abat un ennemi. Puis il était parti vers Ravenne, avec son escorte habituelle d'hommes d'armes, de secrétaires et de familiers.

Il était fatigué, mais satisfait. Il avait réprimé toutes les tentatives d'insurrection : les Carnutes, les Ménapes, les Trévires, les Éburons, les Nerviens, les Sénons ne s'agitaient plus et, avant de quitter Reims, il avait pu annoncer aux consuls en place, Domitius Calvinus et Valérius Messala, ainsi qu'au tout-puissant Pompée, qui régentait le Sénat, qu'il avait obtenu « le silence de la Gaule ».

– Et quand je dis « la Gaule », avait-il précisé à Rufus, son secrétaire, qui avait rédigé cette brève éphéméride, je parle large. Je devrais dire « le silence aux frontières de la Germanie » : à part les Carnutes, aucun peuple celte, de Belgique, d'Armorique ou de Celtique, n'a murmuré.

Il chevauche maintenant en direction de Langres, à travers les bois et les forêts de la Champagne humide dont les arbres jaunis perdaient déjà leurs feuilles, tant l'automne avait été précoce cette année-là. Rufus caracole à ses côtés ; il commente le communiqué de César :

– C'est sans doute parce que le calme est revenu en Belgique que tu n'y as laissé que deux légions cette année, lui dit-il.

– Et encore... à la frontière de la Belgique, chez les Rèmes, à Mouzon. Toutes les autres sont sur la route de l'Italie, la route du soleil : vers Langres et vers Sens. Elle est calme et bien tranquille, ma Gaule. Plaise au ciel que Rome soit un jour aussi sage qu'elle !

– Tant qu'il y aura des hommes comme toi ou comme Pompée, Rome sera sage, proconsul.

– Un homme, ce n'est pas suffisant pour qu'un État soit calme et prospère, car tous les hommes sont mortels ; il lui faut des institutions solides et les nôtres ne sont plus adaptées à la République romaine. Il y a trop d'intérêts particuliers en jeu, d'ambitions, de combines : en Gaule, je fais ce que je veux, et, grâce à mes légions, l'ordre peut régner, mais gouverner ce n'est pas seulement faire respecter les lois, c'est aussi les améliorer et en créer de nouvelles, en vue du bien public et en fonction des circonstances.

– N'est-ce pas là le rôle des tribuns et des consuls ?

– Oui... mais à condition qu'il y ait de vrais tribuns et de vrais consuls, désireux de servir la République, et non pas de s'en servir. Or, depuis quelque temps, ce n'est pas le cas à Rome, où les magistratures sont à vendre au plus offrant. Moralité : les élections sont sans cesse reportées, et, dans les rues, c'est la foire d'empoigne. Les consuls qui auraient dû être en place au mois de janvier dernier n'ont été désignés qu'il y a trois mois à peine, et dans des conditions douteuses ; l'élection des magistrats pour l'année à venir aurait dû avoir lieu en juillet dernier, quand je faisais la chasse à Ambiorix, le sanglier des Ardennes : nous sommes bientôt au mois d'octobre, et aucune date n'a encore été décidée.

– Mais que fait donc le Sénat ? Pourquoi n'a-t-il pas encore fixé la date des élections consulaires ? demande Rufus.

– Il tremble devant Pompée. Le triumvir est terriblement populaire, comme je l'étais moi-même lorsque je faisais de la politique sur le Forum, et davantage peut-être : les sénateurs craignent un coup d'État qui ferait de lui un dictateur. Et, depuis Sylla, le mot seul suffit à les mettre en transes. D'autant que Pompée entend pousser au consulat deux de ses amis politiques qui, une fois élus, lui accorderont tout ce qu'il demandera.

– Je ne comprends pas, César : il ne suffit pas de se présenter aux élections pour être élu. Si les sénateurs ont tellement peur de Pompée et de ses hommes de paille, pourquoi ne poussent-ils pas sur le devant de la scène leurs propres candidats ?

– Ils n'en ont pas de sérieux. De plus il n'y a pas que de Pompée qu'ils se méfient : ils craignent que la campagne électorale qui suivrait la convocation des citoyens aux urnes n'engendre dans Rome des désordres graves qui pourraient déboucher d'abord sur leur élimination physique, puis sur la dictature de Pompée.

– Tu crois que Pompée serait capable de faire égorger les sénateurs ?

– Je ne le crois absolument pas : Pompée n'est pas Sylla ; mais il y a des bandes qui s'agitent, dans Rome, et qui sont capables de le faire.

– À qui penses-tu ?

– À Clodius pour commencer. Je le connais bien ; lorsque j'ai quitté Rome pour les Gaules, je lui ai confié la tâche de défendre mes intérêts politiques à Rome. Mais il en fait trop : j'ai dû le désavouer à plusieurs reprises. Songe qu'il voulait « faire la peau » – comme il dit – à Cicéron ! Il est devenu un dangereux criminel en puissance. Et puis il y a ce brigand de Milon, qui, lui aussi, promène ses bandes de voyous, d'esclaves et de gladiateurs dans les rues de Rome. Au début, Pompée le finançait, pour disputer la rue et le Forum à Clodius ; maintenant, il craint ses excès, comme je crains ceux de Clodius. Ce sont des techniciens de la bagarre et du meurtre organisé dont il faudra se défaire un jour.

– À moins qu'ils ne s'entre-tuent.

– C'est toujours possible. Tu sais ce que m'a écrit Cicéron il y a quatre ans, quand il est rentré à Rome après son exil ? Que si Clodius se trouvait aux prises avec Milon, dans une bagarre, il prévoyait que celui-ci le tuerait de ses propres mains ! Mais tout cela n'arrange pas les affaires de la République, pas plus que la mort de Crassus en Orient : il était bien plus malin que Pompée, et il savait comment régler ces problèmes.

– Il est temps que tu t'en mêles, proconsul.

– Je m'en mêlerai lorsque j'aurai terminé ma mission en Gaule et que j'en aurai fait une province unie, calme et prospère.

Installé à Ravenne, César retrouva ses familiers de toujours : le vieux jardinier Babasus, qui entretenait avec soin les jardins de la villa proconsulaire, son médecin Decurtius, et Minucius Thermus, qui coulait une retraite heureuse de général sur les bords de l'Adriatique. Après s'être octroyé deux ou trois jours d'un repos bien mérité, il reprit contact avec la chose politique, et il se confia à Minucius, dont il appréciait le jugement et la modération.

– La mort de Crassus, lui dit-il, vient de rompre le pacte à trois que nous avions conclu à Lucques il y a un peu plus de trois ans, lui, Pompée et moi.

– Le pacte des triumvirs, je m'en souviens bien : c'était un 15 avril. Eh bien ! où est le problème ? Transformez-le en un pacte des duumvirs : toi et Pompée ; vous êtes très liés, tous les deux.

– Il était mon gendre. Lorsque ma pauvre Julie mourut, l'année dernière, j'ai tenté de reconstituer avec lui une sorte d'entente familiale : je lui ai proposé ma petite-nièce Octavia comme épouse...

– La petite-fille de ta sœur Julie ?

– Oui, la plus jeune de mes deux sœurs. Elle avait une fille unique, Atia, qui a épousé un banquier de Vellétri, d'origine plébéienne et dont le grand-père avait fait fortune en fabriquant des cordes pour les bateaux, un certain Caïus Octavius.

– Ce nom me dit quelque chose. Ce n'est pas un sénateur ?

– Oui, rappelle-toi, il y a dix ans presque jour pour jour, cette séance au Sénat, lorsque Cicéron a voulu prévenir les sénateurs contre les manœuvres de Catilina.

– Je m'en souviens comme si c'était hier ; on était en septembre, deux jours après l'équinoxe et la Curie était presque vide : les Pères conscrits étaient en vacances. Cet Octavius est arrivé en retard et il a demandé aux quelques sénateurs présents – dont moi – de l'excuser, car sa femme venait de mettre au monde, le matin même, un petit garçon, un petit Octavius.

– Tout juste. Cet Octave est mon petit-neveu, c'est le frère de l'Octavia que je propose à Pompée comme épouse. Et, pour consolider notre association, je lui ai même demandé de m'accorder sa fille en mariage.

– Et que t'a-t-il répondu ?

– Qu'Octavia était déjà mariée et que sa fille était fiancée. Qu'importe, lui ai-je dit ; on rompra le mariage d'Octavia et les fiançailles de ta fille. Il a refusé, et il s'est dépêché d'épouser, en cinquième noce, la fille de Scipion Métellus.

– Donc, pas de pacte matrimonial en vue.

– Non. Et, depuis ce temps, Pompée m'ignore. Il fait la pluie et le beau temps à Rome, il a obtenu le report *sine die* des élections consulaires de juillet, et la nomination d'un magistrat provisoire, un homme à lui, pour les six premiers mois de l'année prochaine, une sorte d'inter-roi qui expédiera les affaires courantes de la République. Après cela, tel que je le connais, il se fera élire dictateur par le Sénat, ou consul unique, comme il y en avait aux débuts de la République, qu'il va confisquer à son seul profit.

– Et le peuple romain, dans tout cela ? demande Minucius.

– Il crie « Vive Pompée ». Le bougre a appris l'art de se faire aimer du peuple.

– Et toi, César, quels sont tes plans ?

– J'ai deux armes puissantes : de l'argent à n'en savoir que faire, qui provient de mes succès en Gaule, et dix légions puissamment entraînées...

– ... Mais que tu n'as pas le droit de faire passer sur le sol de l'Italie.

– Sur le sol de l'Italie, non, mais sur le sol de la Cisalpine, oui. Lorsque je n'aurai plus besoin de troupes en Gaule, je les ramènerai toutes, ou presque toutes, en Cisalpine, et j'en franchirai la frontière quand je voudrais. Ce n'est qu'une petite rivière, cette frontière, on peut même la passer à gué en bien des endroits...

– Tu veux parler du Rubicon ?

– Évidemment : il coule à quelques milles d'ici. Mais ne crains rien, Minucius, je ne tenterai pas le sort. L'or de mes coffres sera plus efficace que le bronze des cuirasses de mes légionnaires. J'entrerai en vainqueur dans Rome non pas en franchissant ce ruisseau qu'on appelle Rubicon, mais porté sur un fleuve d'or, selon la bonne vieille méthode de cette chère crapule de Crassus.

Dans les semaines qui suivirent, ce fleuve se mit à couler à gros bouillons. Tous les Romains vinrent s'y abreuver : les sénateurs, les hommes politiques, les négociants et les financiers, les tribuns et les magistrats, les endettés, dont César rachetait les dettes, et jusqu'aux amis de Pompée, qui se voyaient proposer par lui des prêts sans intérêt ; même les esclaves de ceux qu'il obligeait étaient comblés de pourboires et de présents. La via Flaminia, qui reliait Rome à Rimini, et la via Æmilia, de Rimini aux environs de Ravenne, n'avaient jamais été tant empruntées par autant de quémandeurs, de courtiers, de trafiquants. « Ah ! vous voulez de la corruption, se disait César, eh bien ! vous en aurez ! »

Dans le même temps qu'elle était gagnée par la corruption, la Ville glissait lentement vers l'anarchie. On sait que César, lorsqu'il était parti pour les Gaules, avait confié à Clodius, ce personnage douteux qui avait été à l'origine de nombreux scandales, le soin de mettre Cicéron hors d'état de nuire politiquement, tâche dont il s'était acquitté férocement ; et il lui avait demandé, par la même occasion, de surveiller les agissements de Pompée. Clodius avait donc créé à cet effet un réseau d'espions doublé d'un réseau d'agitateurs, et la rue lui appartenait.

Par ailleurs, au début de l'année 57, peu de temps avant le rappel de Cicéron, en exil à Salonique, et tandis que César imposait sa loi en Belgique, Pompée avait secrètement engagé Milon, alors tribun de la plèbe, comme chef de sa police personnelle, et l'avait chargé de disputer le pavé de Rome aux bandes de

Clodius. Ainsi les deux triumvirs, par ailleurs associés avec Crassus dans le gouvernement de la République, se surveillaient l'un l'autre par ces voyous interposés, dont les sicaires et autres tueurs à gages semaient le désordre et le crime dans Rome, troublant l'action des pouvoirs publics et le bon déroulement de la justice.

Bien entendu, ni Pompée, ni César n'approuvaient ces excès et ils s'étaient peu à peu éloignés de leurs hommes de main. Le premier avait retiré sa protection à Milon, qui agissait maintenant pour lui-même et qui s'était porté candidat aux élections consulaires contre les candidats fantoches de Pompée. Cicéron, dont la perspicacité politique était limitée, crut voir en lui l'homme qui serait capable de restaurer l'autorité du Sénat et il soutint inconsidérément la candidature de ce truand romain :

– Je m'emploierai de toutes mes forces à ce qu'il obtienne le consulat, autant que je me suis employé jadis pour le mien, avait-il écrit à son frère Quintus qui hivernait alors avec sa légion dans le pays des Trévires, tout pour moi en dépend.

La campagne électorale, qui s'ouvrit exceptionnellement en novembre 53, fut, on s'en doute, d'une rare violence. Elle opposait Milon aux deux protégés de Pompée, Métellus Scipion et Plautius Hypsaeus, qui briguaient tous trois le consulat ; de son côté, Clodius, spécialiste en attentats en tous genres, était candidat à la préture, c'est-à-dire au poste de ministre de la Justice. De Ravenne, où il tenait ses assises, César contemplait cette décomposition à vue d'œil de l'État romain :

– Quand je pense que ce pauvre Crassus, il y a treize ans, voulait faire la révolution en égorgeant les sénateurs récalcitrants, disait-il à Minucius Thermus ; il les appelait les « affreux ». Tout ce beau monde est en train de pourrir sur place, sans effusion de sang.

Il y eut quand même du sang sur le Forum, mais ce fut celui des agitateurs et des voyous. Le 2 janvier 52, Milon, accompagné de sa femme, de ses serviteurs et d'un grand nombre d'hommes en armes, se rend par la via Appia à Lanuvium, une petite cité du Latium, à 20 milles (30 km) au sud de Rome. Il rencontre sur sa route Clodius, qui rentre à Rome, escorté d'une trentaine d'esclaves armés. Les deux cortèges se croisent sans incident lorsque les deux gladiateurs qui fermaient la marche de la colonne de Milon se prennent de querelle avec des esclaves de Clodius : les injures fusent, des injures on en vient aux coups, et les glaives des uns et des autres sortent de leurs fourreaux.

Les gens de Clodius s'élancent, l'épée au clair, à l'assaut de la voiture dans laquelle se trouvent Milon et sa femme, et ils en tuent le cocher. Milon se débarrasse de la pèlerine dans laquelle il était emmitouflé, saute à bas de la voiture et ferraille avec ardeur. Clodius se précipite pour soutenir les siens et se mêle à la bagarre ; blessé par un gladiateur de Milon, il est transporté dans une auberge voisine, pour être soigné.

Les choses auraient pu en rester là, si Milon, jugeant que l'occasion lui était offerte d'en finir une bonne fois pour toutes avec son ennemi, n'avait fait donner l'assaut à l'auberge ; ses esclaves arrachent le corps pantelant de Clodius de son refuge et le massacrent férocement. Le cadavre de Clodius, couvert de boue et de sang, fut laissé sur la voie Appienne ; des passants le relevèrent et le transportèrent à Rome, où la nouvelle du meurtre l'avait précédé. Ameutée par les cris de Fulvia, la femme de Clodius, une foule populaire s'empare du cadavre, le porte au Forum et l'expose sur la tribune aux harangues ; puis des cris s'élèvent de toutes parts :

– À la Curie ! à la Curie !

Le corps de Clodius est alors emmené dans l'enceinte du Sénat. Un bûcher de fortune est monté, au cœur de l'hémicyle, avec des bancs, des livres, des estrades. On y met le feu, qui consume le cadavre et se communique ensuite à l'édifice tout entier. Dans les rues de Rome, le bruit se répand que le Sénat vient d'être incendié et les Romains s'amassent sur le Forum pour voir brûler, impuissants, leur Sénat et la basilique Porcia qui lui est mitoyenne.

Dans la nuit, Milon et sa bande d'assassins reviennent discrètement à Rome. Le lendemain, du haut des Rostres, le tribun s'adresse au peuple :

– Je ne suis pour rien dans ce crime, que je n'ai ni recherché, ni commis. J'ai été attaqué par Clodius et mes esclaves m'ont défendu, comme chacun voudrait que ses esclaves le fissent en pareilles circonstances. L'agresseur a eu le dessous. La violence a été vaincue par la violence, ou, plutôt, l'audace scélérate a été vaincue par le courage des miens. Je ne me déroberai pas aux conséquences judiciaires de cette agression, car j'étais en état de légitime défense, et je maintiendrai ma candidature au consulat.

Cette profession de foi n'apaisa pas les esprits. Rome vécut plusieurs jours et plusieurs nuits d'émeute, et le sang coula encore. Tant et si bien que Caton lui-même, oubliant ses rancunes contre César et ses préventions contre le triumvirat, s'adressa franchement à Pompée, au nom du Sénat, provisoirement réuni dans le temple de Jupiter, sur le mont Capitole :

– Pompée, la République est en danger de mort. Rome n'a plus de consuls, et l'émeute gronde dans les rues. Tu es le seul Romain qui soit assez puissant pour commander aux légions, assez populaire pour en imposer à la populace et mettre fin à la confusion présente, et assez honnête pour ne pas confisquer la République à ton profit. Nous te la confions, Pompée, pour que tu la préserves, et nous savons que tu nous la rendras quand tu l'auras restaurée.

Le 2 janvier au soir, le Sénat, réconcilié avec Pompée, votait un sénatus-consulte lui attribuant les pleins pouvoirs et l'autorisant à lever des légions dans toute l'Italie. Pompée, respectueux par ailleurs de l'entente de Lucques, en informa César dans les jours qui suivirent et un accord secret fut conclu entre les deux hommes par lequel Pompée promettait à son associé de sévir contre Milon et César se chargeait de lui faciliter la levée de légions dans sa province de Gaule cisalpine.

Les choses se déroulèrent comme prévu. Le 8 février, Pompée vint camper aux portes de Rome avec les troupes que César avait levées pour lui en Cisalpine et leur seule présence suffit à rétablir l'ordre dans la Ville. Le 26 février, une assemblée électorale convoquée à la hâte sur le Champ de Mars ratifia une requête conjointe de Caton et de Bibulus, ancien consul, proposant de nommer Pompée consul unique (sans collègue), avec tous les pouvoirs et, le 28 février, Pompée promulguait une loi tendant à juger et à condamner Milon pour le meurtre de Clodius. Le procès s'ouvrit le 4 avril et Milon, défendu par Cicéron, fut condamné à mort pour meurtre sur la voie publique par 18 voix contre 13.

La plaidoirie de Cicéron avait cependant bien commencé, mais l'orateur s'embrouilla quelque peu dans ses conclusions. La peine ne fut pas exécutée, car Milon s'exila à Marseille, où il coula des jours heureux et sans remords jusqu'à la fin de sa vie :

– Ah ! Ce Cicéron, avait-il coutume de dire en savourant les soupes de poisson dont il était friand, heureusement qu'il a mal plaidé mon procès, sinon j'aurais été acquitté et je ne mangerais pas de si bons rougets à Marseille.

Tandis que l'émeute grondait à Rome, la « Gaule silencieuse » dont César était tellement fier commençait à frémir.

Pour l'instant, ce n'était qu'un très léger murmure, parti de la forêt des Carnutes et du pays des Sénons, qui commençait à se répandre lentement chez les peuples voisins, le long de la vallée de la Seine et en Belgique, lorsque était parvenue en Gaule la nouvelle des troubles politiques qui semblaient retenir César à Ravenne. Dès la fin de l'automne 53, dans la région d'Orléans, à Sens, à Auxerre, à Cambrai, à Arras, à

Boulogne, les langues allaient bon train chez les paysans et chez les maquignons gaulois. Sur les champs de foire, dans les marchés et les jours de fête, on se lamentait sur les réquisitions de vivres destinées aux troupes d'occupation, sur la sévérité des fonctionnaires romains, on regrettait le bon vieux temps où l'on pouvait se faire justice soi-même, où l'on pouvait se faire la guerre à sa guise entre tribus, entre villages.

– Tu te rends compte, disait l'un, si les bergers du village voisin du mien envoient paître leurs moutons dans mes cultures, je n'ai même pas le droit de les tuer !

– Ne m'en parle pas, disait un vieux Carnute à un compagnon de rapines, sur le marché d'Orléans. Te souviens-tu de ces chevauchées héroïques que nous allions faire chez les Turons (vers Tours) ou chez les Bituriges d'*Avaricum* (Bourges) ? Nous partions nus, avec un grand bouclier pour tout vêtement, en faisant tournoyer nos longues épées au-dessus de nos longs cheveux attachés en chignon sur le haut de nos têtes, et nous nous battions jusqu'à ce que tous nos ennemis fussent morts.

– Et ensuite, nous emportions tous leurs sacs de blé, leurs femmes, leur bétail et nous rentrions dans *Genabum* (Orléans) sous les acclamations des nôtres. Ah ! c'était le bon temps.

– Maintenant, avec les Romains, on n'a plus le droit de se battre. Il faut aller devant un tribunal. Si nous avons envie de faire la guerre, nous devons nous enrôler dans les armées romaines, obéir à des centurions, à des tribuns militaires. Nous n'avons même pas le droit de tuer qui nous voulons.

Les nobles sénons réunissaient quelques chefs gaulois dans des lieux écartés, au milieu des forêts. Ils leur contaient le supplice infligé par les Romains à leur chef Accon :

– Ce sort pourra être un jour le vôtre, leur disaient-ils. Il faut que nous profitions, vous et nous, de l'absence de César pour nous révolter et récupérer nos libertés perdues.

Parfois, des druides se mêlaient à ces conciliabules. Ils prétendaient avoir appris que Rome était au bord de la guerre civile, et que la Gaule n'était pas près de revoir César de si tôt.

– C'est le moment pour tous les peuples de la Gaule de se soulever, disaient-ils. Bientôt, ce sera l'hiver, la neige va tomber dans les Alpes, les fleuves vont se prendre de glaces, ou déborder et César sera bloqué en Cisalpine jusqu'au dégel de printemps.

Toutefois, la plupart des nations gauloises n'aspiraient pas à l'insurrection. Elles avaient retrouvé la paix grâce à la fermeté de César, elles ne craignaient plus d'être bousculées et envahies ni par les Helvètes, ni par les Germains, ni par les nations gauloises non encore soumises à Rome et les discours des Carnutes et des Sénons les laissaient de marbre. De sorte qu'un très grand nombre d'entre elles, y compris les plus puissantes, soit par prudence, soit par intérêt, soit par indifférence, ne s'engagèrent pas dans la voie de la révolte. Les Gaulois du Poitou, les Arvernes, les Séquanes, les Éduens, les Lingons, les Rèmes et même une notable partie des chefs de tribus chez les Sénons préféraient, de toute évidence, l'honorable et prospère paix romaine à l'aventure insurrectionnelle, qui était perdue d'avance : les tentatives récentes des Trévires et des Nerviens n'avaient-elles pas avorté dans le sang et la destruction de ces nations ?

Aussi, dans un premier temps, les druides carnutes et les chefs sénons qui voulaient en découdre ne parvinrent à rallier à leur cause que deux petits peuples belges : les Atrébates d'Arras et les Morins de la région de Boulogne, tous deux sous la domination de Comm, le chef atrébate que César avait laissé dans l'île britannique et qui était revenu intriguer en Gaule.

Finalement, les quelques chefs de tribus qui adhéraient au mouvement insurrectionnel naissant prôné par les Carnutes et par les Sénons furent convoqués, secrètement, à une assemblée générale dans la forêt des Carnutes. La conjuration allait se nouer. Pour donner à l'assemblée plus de solennité, les nations représentées avaient envoyé les plus prestigieux de leurs chefs, et les bannières militaires de tribus. Les conjurés étaient convenus que le signal de l'insurrection serait donné par les Carnutes, le sixième jour de la première Nouvelle Lune après le solstice d'hiver, qui, en cette année 52, avait lieu dans la nuit du 18 janvier : le signal de la révolte devait donc être donné le 23 janvier. Après des discussions passionnées, les Carnutes avaient déclaré qu'ils ne reculeraient devant aucun danger dès lors qu'il s'agissait du salut commun. Au petit matin de ce 23 janvier, un petit groupe d'entre eux, conduit par le prêtre Gutuatr et par un certain Conconnétodumn, pénètre dans Orléans. Ils égorgent le fonctionnaire romain affecté à la réquisition des vivres, l'intendant Fufius Cita, ainsi que les marchands venus de Rome installés dans cette ville, et ils mettent leurs biens au pillage. La nouvelle est proclamée aussitôt, propagée de champ en champ et de village en village par les crieurs gaulois. Elle parvient, le soir même, à Gergovie, la capitale des Arvernes, située à 180 milles (270 km) d'Orléans, sur les côtes de Clermont, proche de la ville actuelle de Clermont-Ferrand. Les Arvernes n'avaient envoyé aucun ambassadeur à l'assemblée des Carnutes ; bien abrités dans leurs montagnes, ils n'avaient pas subi l'occupation romaine, et leurs chefs n'avaient pas l'intention de suivre le mouvement : l'aristocratie auvergnate tenait à vivre en paix avec Rome.

Un seul d'entre eux, qui n'avait guère plus de trente ans, décida de rejoindre les insurgés. Il se nommait Vercingétorix.

CHAPITRE XIX

Vercingétorix : *allegro con brio*

(23 janvier-fin juin 52)

Vercingétorix ! Son nom signifie, en gaulois, « Grand roi des guerriers ». Son pays, l'Auvergne, est resté en dehors des chemins de César, et les légions romaines n'ont jamais foulé son sol. Son peuple a été indifférent aux actions guerrières ou politiques du proconsul dans le reste de la Celtique, en Belgique et en Armorique, et il n'a jamais exigé de lui ni serments, ni otages. César a contourné le Massif central, il n'a jamais tenté d'y pénétrer et les Arvernes ne sont jamais allés vers lui, que ce soit pour pactiser ou pour le combattre. On disait de son père, Celtill, qu'il avait obtenu « l'empire » de la Gaule, et que les chefs arvernes l'avaient tué parce qu'il aspirait à la royauté et qu'il voulait être leur monarque. Mais on disait tant de choses !

Lorsqu'il est averti, par les crieurs, des massacres du 23 janvier, à Orléans, Vercingétorix convoque ses clients, c'est-à-dire les chefs de tribus de son propre clan, et les enflamme par ses paroles : le temps est venu pour eux de prendre les armes, de courir sus aux Romains comme jadis leurs pères avaient couru sus aux Cimbres et aux Teutons, et de reconstituer l'empire des Gaules, aux cris de « La Gaule aux Arvernes », « Chassons les étrangers ».

Quand ils apprennent ses desseins, les autres chefs arvernes, qui ne veulent rien changer au *statu quo* assurant la paix à leur peuple, se concertent :

– Nous sommes en paix avec les Romains, ils ne nous ont demandé ni otages, ni tributs, ils n'ont jamais occupé nos territoires : à quoi bon partir en guerre pour se faire inévitablement écraser par ces légions qui ont tué tant d'Helvètes et tant de Germains et qui ne se gêneront pas pour tuer aussi des Gaulois ? demande

Gobannitio, le frère de feu Celtill et l'oncle de Vercingétorix.

– Ton neveu est un jeune fou, dit un autre chef ; il me fait penser aux Gaulois de jadis, inconséquents, toujours prêts à partir en guerre contre n'importe qui.

– Chassons-le de Gergovie, dit un autre, et laissons-le se perdre avec les Carnutes et autres Gaulois du Nord.

Vercingétorix est expulsé sans ménagements de sa ville. Il n'en renonce pas pour autant à ses projets : comme tous les jeunes Gaulois, il rêve de combats et de victoires, et il répugne à suivre la politique prudente et timorée de Gobannitio et des autres chefs auvergnats. Fugitif malgré lui, il court les campagnes, de domaine en domaine, de village en village, il soulève l'enthousiasme des vagabonds, des miséreux et des gens sans foi ni loi qu'il rencontre et qui traînent leurs guêtres dans les labours gelés de l'Auvergne. Peu à peu sa bande de sans-logis, de hors-la-loi, de proscrits et de *desperados* devient une petite armée organisée ; un à un, ses compatriotes, de Gergovie ou d'ailleurs, le rejoignent. Il sait enflammer leurs cœurs, il leur parle de batailles, de gloire, de la libération de la Gaule, et, lorsque sa troupe est suffisamment nombreuse, il la conduit dans Gergovie, en chasse son oncle et les autres chefs arvernes. Le 30 janvier, sa bande de gueux, de misérables et de pauvres paysans l'acclame comme un roi, et, prudemment, les bourgeois frileux de Gergovie sortent de leurs demeures pour l'acclamer aussi.

Enfin sûr des siens, Vercingétorix envoie des émissaires à tous les peuples conjurés : il leur rappelle la foi jurée dans la forêt des Carnutes et les convoque pour une assemblée nouvelle, au nom de la grande nation arverne. Les Sénons sont les premiers à lui répondre ; chez eux aussi, ce sont les petits et les sans-grade qui sont les plus enthousiastes : leur chef est un certain Drappès, il accueille dans ses rangs les prolétaires, les fugitifs, les esclaves et même les voleurs. Puis ce sont les Cadurques de Cahors et du Quercy, conduits par un guerrier intrépide du nom de Lucter : Vercingétorix lui donnera comme mission de gagner à la cause gauloise les peuples qui jusqu'à présent se sont tenus loin des combats, les Rutènes du Rouergue, les Turons de Touraine, les Nitiobroges de l'Agenais, les Lémovices du Limousin, les Pictons du Poitou. Tous affluent à Gergovie, ainsi que les Carnutes, les Sénons et leurs clients : à l'unanimité il confèrent à l'Arverne le commandement suprême de l'insurrection. Seuls n'ont pas répondu à l'appel les Belges, et les peuples du Centre et de l'Est, restés fidèles aux Romains et qui sont les plus riches et les plus nombreux, tels les Bituriges, les Éduens, les Séquanes, les Rèmes.

En peu de temps, Vercingétorix parvient ainsi à réunir une armée de 80 000 fantassins et de deux ou trois milliers de cavaliers, et lui trouve des chefs : son cousin Vercassivellaun et son compatriote Crotognat, le vétéran Camulogène, un Aulerque de Lisieux, l'Angevin Dumnac.

Les premiers actes de Vercingétorix sont nets et décisifs. Il exige des peuples alliés qu'ils lui donnent des otages en garantie de leur fidélité ; il fixe les quantités d'armes que chaque cité doit fabriquer et informe ses troupes qu'il ne tolérera aucun manquement à la discipline qui doit être, leur dit-il, la force de l'armée gauloise. Ils ne doivent obéir qu'à un seul chef, lui-même. Toute faute grave sera punie de mort par le feu ou par d'autres supplices ; pour une faute légère, on coupera une oreille au coupable ou on lui crèvera un œil et on le renverra ainsi mutilé chez les siens, pour l'exemple, comme le diront ses successeurs en 1917. Vercingétorix ignore la clémence.

Vers le 15 février, tout est prêt. La guerre de « libération », comme on commence à l'appeler en Gaule, peut débuter. L'Arverne va pouvoir montrer son génie : sa guerre ne se limitera pas à une simple marche dévastatrice et à un seul combat, comme le furent la guerre des Helvètes et celles des Belges ou des Armoricains ;

ce sera une guerre stratégique, à la manière de César, dont il explique les rouages à ses lieutenants, derrière les murs de Gergovie.

– César arrive de Ravenne, leur dit-il, avec une armée dont j'ignore l'importance, mais qui ne doit pas être très nombreuse, car il ne dispose que de dix légions, qui hivernent actuellement en Gaule.

– Dont six dans mon pays, autour de Sens, intervient Drappès ; elles sont commandées par Labiénus.

– Je le connais, dit Vercingétorix. C'est le meilleur légat du proconsul, et le plus expérimenté. Si j'étais César, en arrivant d'Italie, je chercherais à faire ma jonction avec lui ; par conséquent, il faut bloquer Labiénus chez les Sénons. Drappès, je t'en charge, puisque tu connais bien le pays.

– Est-ce que je dois l'attaquer ?

– Surtout pas. Dans un combat en lignes, tu seras vaincu, quel que soit le nombre de tes guerriers : à ce jeu, les Romains sont invincibles et même les Germains n'ont pu en venir à bout. Ce que tu dois faire c'est empêcher Labiénus d'avancer vers le sud par tous les moyens : massacre les fourrageurs, pour qu'il ne puisse plus alimenter ses chevaux et ses bœufs, surprends les convois de ravitaillement et saccage-les ; multiplie les barrages sur les routes, dispose des fossés, des pièges comme ceux que nous utilisons pour les sangliers. Bref, ralentis-le. D'ailleurs le général hiver t'aidera, et toi, en bon Sénon que tu es, c'est un général dont tu t'accommodes très bien.

– Ce genre de stratégie conviendra parfaitement à mes hommes. Ce ne sont pas des combattants, mais des brigands, des proscrits et des esclaves ; ils ignorent tout de l'art de la guerre, mais ils sont les rois de la rapine et de l'embuscade.

– J'anoblis sur-le-champ tes damnés de la terre, Drappès. Nous les appellerons dorénavant les esclaves de la liberté.

– Et moi, demande Lucter, quelle est ma mission ?

– Toi, je vais te donner 30 000 ou 40 000 guerriers et tu vas envahir la Gaule narbonnaise.

– Quoi ? Je vais porter la guerre chez les Romains ?

– Parfaitement. Depuis les Cimbres et les Teutons, aucune armée étrangère n'a pénétré dans un territoire romain : dès que César verra sa chère province envahie par des Gaulois, il va rappliquer, et mon but est précisément de l'attirer en Narbonnaise et qu'il n'en sorte plus. Par conséquent, Lucter, ta mission est simple : tu vas marcher sur Narbonne. La place est bien trop loin des légions de Labiénus, et César ne pourra faire autrement que d'y courir lui-même.

– Et toi, l'Arverne, quel sera ton rôle ?

– Pendant que Drappès retardera Labiénus à Sens et que Lucter attirera César vers Narbonne, je marcherai vers le centre de la Gaule, soit pour libérer les nations soumises par Rome, soit pour les conquérir si elles restent amies de Rome. Ce qui me tracasse le plus, c'est le peuple des Éduens.

– Pourquoi ? lui demande Lucter

– Parce qu'ils sont les alliés de Rome, et non leurs esclaves. Ce sont eux qui ont appelé les Romains en Gaule.

Le plan de Vercingétorix se réalisa d'abord comme il le souhaitait. Les légions de Labiénus furent pratiquement immobilisées dans leurs camps, l'Arverne quitta Gergovie, suivit la vallée de l'Allier et pénétra chez les Bituriges qui appelèrent en vain les Éduens à leur secours et qui, déçus, tournèrent casaque et rejoignirent les rangs des insurgés. Vercingétorix devint ainsi le maître de toute la Gaule centrale.

Pendant ce temps, à Ravenne, conformément aux décisions prises par le Sénat au début du mois de janvier, César se préoccupait de lever une légion en Cisalpine et donnait les ordres nécessaires pour qu'on en fît autant en Narbonnaise. Au début du mois de février, il avait appris la nouvelle des massacres d'Orléans :

– J'ai commis une erreur, en plaçant le gros de mes légions à Sens, j'aurais dû en laisser au moins une chez les Carnutes, disait-il à Minucius Thermus ; toi qui as été général sous Sylla, qu'est-ce que tu aurais fait à ma place ?

– La même chose que toi. D'après ce qui se disait depuis quelque temps, et surtout lorsque tu m'as conté comment tu as fait exécuter Accon, le roi des Sénons, j'étais persuadé que s'il devait se produire une insurrection, c'est à Sens qu'elle aurait lieu. J'y aurais donc disposé mes légions, en cas de coup dur. Mais comment expliques-tu l'affaire d'Orléans ?

– *Genabum* (Orléans) est la capitale du pays des druides. Ils se réunissent régulièrement dans les forêts alentour, ils y cueillent le gui après le solstice d'hiver, et, à cette occasion, certains d'entre eux lancent des mots d'ordre qui sont colportés dans toutes les autres régions de la Gaule par leurs collègues.

– Tu crois donc, dit Minucius, que les druides se seraient transformés en agitateurs politiques ?

– Ce n'est pas impossible, répond César. Autrefois, d'après certains, les druides possédaient à la fois le pouvoir politique et le pouvoir religieux : c'étaient des rois-prêtres. Puis ils ont perdu le pouvoir politique, qui est passé entre les mains d'un tas de petits chefs, et ceux-ci l'ont perdu à leur tour, au profit d'une sorte d'aristocratie, faite de grands propriétaires terriens.

– Un peu comme chez nous, à Rome, lorsque les rois ont été chassés.

– Si tu veux. Mais nos anciens rois romains, qui n'étaient pas des prêtres, ont disparu avec la République, tandis que, chez les Gaulois, les prêtres sont restés, avec la nostalgie sans doute de leur pouvoir passé. Lorsque les rois ont été supprimés en Gaule, ils ont peut-être espéré le recouvrer. Mais, quand ils ont vu que mon principe était de détruire la suprématie des sénats gaulois, pour en faire bénéficier des rois que je nommais moi-même, ils ont compris que tant que

Rome dominera en Gaule, ils ne retrouveraient jamais leur ancienne majesté.

– C'est bien compliqué, César, comme explication.

– Les raisons pour lesquelles les hommes agissent sont compliquées elles aussi. Et c'est pourquoi je me suis trompé : j'ai cru possible que les Gaulois se soulèvent par vengeance, ou par rancune, et j'ai pensé qu'une révolution dirigée par des religieux était impossible.

– Que vas-tu donc faire ?

– Je vais abandonner Rome à Pompée, et partir le plus rapidement possible en Gaule avec la légion que je viens de lever. Il y va du salut de la patrie : si nous perdons la Gaule, c'est une catastrophe, tandis que si moi, César, je perds Rome, je pourrai toujours la reprendre. Mais je ne pense pas qu'il y ait urgence.

Quelques jours plus tard, des messagers romains qui étaient parvenus à franchir les Alpes, dont tous les cols étaient enneigés, apprenaient à César l'étendue du désastre : Labiénus était cloué en Bourgogne par des dizaines de milliers de barbares sans foi ni loi, une puissante armée gauloise marchait sur Narbonne, et un certain Vercingétorix faisait des siennes du côté de Bourges. Cette fois-ci, il y avait urgence, et neige ou pas neige, il fallait passer les Alpes avec la légion levée en Cisalpine et envoyer des ordres à Narbonne pour qu'on activât la levée de la légion narbonnaise.

– Qui est-ce donc, ce Vercingétorix ? demande Decurtius à César.

– C'est le fils d'un chef arverne.

– Qu'est-ce que c'est que les Arvernes ?

– Des Gaulois qui vivent dans les montagnes du centre de la Gaule ; leur capitale est Gergovie.

– Ils étaient soumis à Rome ?

– Non. Protégés qu'ils sont par leurs montagnes, ils n'ont jamais été menacés par personne et ils ne m'ont jamais appelé à leur secours.

– Et tu n'as jamais eu l'envie de faire un tour dans leur pays ?

– Il y a assez de pays en Gaule pour ne pas aller se perdre dans ces montagnes. Rien n'est plus dangereux pour une armée que les terrains montagneux. Mais ce Vercingétorix m'intrigue.

– Pourquoi donc ? demande Decurtius.

– Sa stratégie m'étonne. En premier lieu, il a lancé les opérations militaires en hiver, alors que jamais les Gaulois n'attaquent en cette saison.

– Pourquoi donc ?

– Pour des raisons religieuses, je crois. En second lieu, il ne se bat pas pour son peuple, mais pour les autres, et cela aussi je ne le comprends pas. Mes informateurs me disent qu'il passe son temps à faire de grands discours, au reste bien tournés, à prétendre qu'il n'existe qu'une nation gauloise et une seule, et que tous les Gaulois doivent s'unir pour chasser l'oppresseur romain. Tout cela est faux, bien entendu, et n'est que de la propagande, mais on l'écoute. Enfin, sa manière de conduire la guerre est admirable ; au lieu de foncer bêtement, tête baissée je ne sais pas où, comme tous les Gaulois, il a dressé un plan de bataille que je devine et qui est digne de moi.

– Quel compliment, César !

– Je sais reconnaître les qualités et les défauts de mes adversaires, Décurtius. J'ai combattu des ennemis courageux, rusés, têtus, orgueilleux, mais je n'ai jamais eu devant moi un ennemi aussi intelligent que Vercingétorix. Il a pensé à tout : immobiliser Labiénus, m'attirer en Narbonnaise et en profiter pour s'emparer du pays des Bituriges. Je n'aurais pas fait mieux. Et tout cela bien orchestré, au nez et à la barbe de mes dix légions, sans une fausse note. Il m'a joué une symphonie parfaite. Une symphonie digne d'un héros, allègre et brillante. À moi de la transformer en marche funèbre.

– Tu as un plan ?

– Évidemment. Il est clair comme de l'eau de roche. Premièrement : assurer les défenses de Narbonne et de la frontière de la Narbonnaise ; deuxièmement : ramener le combat sur le territoire des Arvernes, en passant les Cévennes et en y attirant ainsi Vercingétorix, qui sera bien obligé d'abandonner le pays des Bituriges ; troisièmement, aller chercher mes légions à Langres et à Sens ; quatrièmement, reconquérir les régions où Vercingétorix s'est implanté, le pays des Bituriges et la vallée de la Seine ; cinquièmement, m'emparer de Gergovie et châtier cet Arverne comme il le mérite.

– Vaste programme ! Et en combien de temps ?

– Je partirai de Ravenne au plus tard le 15 février ; j'espère régler le problème de la Narbonnaise d'ici le 25 février, être à Sens le 10 mars et commencer, avec le printemps, une guerre de siège pour récupérer les places des Sénons, ainsi qu'Orléans et *Avaricum* (Bourges) ; ensuite j'enverrai Labiénus soumettre Lutèce, sur la Seine, et moi je m'emparerai de Gergovie : ce sera le point d'orgue de ma campagne, qui devrait se terminer au début juin.

– Près de quatre mois de campagne, mazette !

– Ce ne m'est jamais arrivé. J'espère que mes légionnaires tiendront.

César quitta Ravenne à l'improviste, en pleine nuit, à la date prévue ; en route, il fut rejoint par la légion qu'il avait levée en Cisalpine. Une fois les Alpes franchies, il dirige sa cavalerie sur Vienne. À son secrétaire Rufus qui s'étonne de cet ordre, il explique :

– Mon but est de remonter vers Sens et vers Langres quand tout sera en ordre en Narbonnaise ; je ramasserai ma cavalerie au passage.

Puis, pour ne pas perdre de temps, il réunit les trois quarts de ses fantassins et les envoie sur la route de l'Auvergne, à travers le Vercors et le Vivarais. Arrivé à Narbonne, il inspecte les défenses de la ville, fait remettre en état ses fortifications et dispose des garnisons bien armées tout au long de la frontière de la Province, au débouché de routes venant de la Gaule celtique. Ces dispositions suffirent à décourager Lucter, qui renonça à envahir la Province et se replia vers le nord. César avait gagné sa première manche : il avait sauvé Narbonne.

La deuxième manche consistait pour César à pénétrer en territoire arverne, afin d'y attirer Vercingétorix. Elle imposait au proconsul de franchir les Cévennes ou les monts du Vivarais, dont les cols et les passages étaient bouchés, à cette époque de l'année, par une neige dure et très épaisse.

– Tu ne pourras pas passer, proconsul, il y a au moins six pieds de neige, lui avaient dit les bergers.

– Qu'importe, qu'on enlève cette neige ; légionnaires, à vos pelles.

Après un jour et une nuit de déblaiement, la neige avait disparu et les légions de César débouchèrent dans le Velay, en pays ennemi. Le pillage commença, méthodique, et ce fut chez les Arvernes la panique la plus complète ; à la demande de ses guerriers, qui avaient appris cette invasion, Vercingétorix dut interrompre son expédition chez les Bituriges et retourner dans le Massif central, défendre les terres auvergnates menacées. César avait gagné sa deuxième manche ; il pouvait engager la troisième, c'est-à-dire partir chercher ses légions à Langres et à Sens.

Il laisse donc ses troupes dévaster le Velay, égorger les troupeaux, brûler granges et étables, et, après avoir confié le commandement à l'un de ses généraux, il part secrètement, au grand galop, avec une petite escorte, vers une direction qu'il tient d'abord secrète. En cours de route, les cavaliers qui l'accompagnent s'aperçoivent qu'ils chevauchent vers Vienne. Là, César récupère l'escadron de cavalerie qu'il y avait envoyé dix jours plus tôt, après avoir passé les Alpes, et l'entraîne avec lui dans le pays des Lingons, un peuple client des Éduens, resté fidèle à Rome. Il y retrouve les deux légions qui y prenaient leurs quartiers d'hiver, et les emmène avec lui à Sens. Enfin, par l'intermédiaire d'un messager, il donne l'ordre aux deux légions stationnées chez les Rèmes de se rendre aussi à Sens, où hivernent six autres légions, sous le commandement de

Labiénus. Le voici finalement à la tête de la grande armée romaine : il a gagné sa troisième manche. On est le 10 mars.

– Tu vois, dit César à Rufus, je suis en train de vaincre Vercingétorix par une guerre éclair.

Mais le chef arverne agit avec autant de rapidité que le proconsul. Dès qu'il constate que César n'est plus en pays auvergnat et qu'il galope sur les routes de la Gaule, il fait mine de retourner chez les Bituriges, mais s'en va, en réalité, chez les Boïens, un petit peuple gaulois client des Éduens, et il assiège leur capitale, *Gorgobina* (La Guerche, près de Nevers). Cette manœuvre, rapide et inattendue, embarrasse quelques instants César qui tient à réaliser la quatrième partie de son plan, à savoir la reconquête du pays des Bituriges et de la vallée de la Seine. Les Éduens, en effet, sont officiellement les alliés et les amis de Rome : le proconsul se doit de se porter au secours de leurs clients. Il y renonce, cependant, car la reconquête de la Gaule centrale lui semble plus urgente, et il se contente d'envoyer un message d'encouragement aux assiégés. Puis, toujours à marches forcées, il conduit ses légions vers les Bituriges.

Au passage, il met le siège devant les places tenues par les Gaulois. *Vellaunodunum* (Montargis) tombe au bout de trois jours, et il en exige 600 otages ; deux jours plus tard, il met le siège devant *Genabum* (Orléans), la ville objet de toutes ses rancœurs et de tous ses ressentiments ; il tient à venger les massacres du 23 janvier et prépare de terribles représailles. Mais, durant la nuit, une grande partie de la population de la ville parvient à s'échapper par un pont établi sur la Loire ; ceux qui n'avaient pu fuir sont livrés aux soldats, qui les massacrent, la ville est pillée, puis brûlée et César offre généreusement à ses légionnaires le butin et les prisonniers, destinés à être vendus comme esclaves. Puis les légions romaines traversent la Sologne et entrent dans le pays des Bituriges. La première ville qu'elles prennent est *Noviodunum* (Neuvy-sur-Barangeon) et César s'apprête à dicter ses conditions : il veut des otages, des chevaux et des armes.

Mais déjà, au loin, accourt l'armée de Vercingétorix, cavalerie en tête. Va-t-on assister au combat définitif entre les deux hommes ? Non, car César fait donner sa cavalerie ; elle n'est pas composée de Gaulois, comme à l'accoutumée, mais de Germains : ils sont nombreux et terribles, les troupes arvernes rompent le combat. César ne les poursuit pas, car il veut gagner sa quatrième manche : reconquérir *Avaricum* (Bourges) et la vallée de la Seine.

Après cette série ininterrompue de défaites, Vercingétorix convoque un conseil de guerre, pour lui expliquer la nouvelle stratégie qu'il a l'intention d'appliquer. Le chef arverne, qui avait été élevé par des druides, parle bien et son éloquence est convaincante.

– Mes amis, dit-il, nous devons employer d'autres moyens pour vaincre les Romains. Quand ils sont loin de leurs bases, les points faibles de nos ennemis sont le ravitaillement en blé de leurs légionnaires et le manque de fourrage pour leurs chevaux ; leur point fort, c'est leur organisation militaire et l'armement de leurs soldats qui, dans les batailles en lignes, sont invincibles. Si nous voulons les vaincre, il nous faut les empêcher de se ravitailler. Pour se nourrir et pour nourrir leurs chevaux, nos ennemis doivent envoyer presque quotidiennement des fourrageurs dans les campagnes qu'ils traversent s'emparer du foin conservé dans nos granges et du blé que nous entassons dans nos silos. En conséquence, que, chaque jour, nos cavaliers prennent leurs fourrageurs en chasse et les tuent. D'autre part songeons que, lorsqu'on lutte pour son existence, les biens de la fortune sont choses négligeables ; n'hésitons donc pas à brûler nos villages et nos fermes dans toutes les zones de fourrage, et nous anéantirons les Romains par la faim. Brûlons nos villes, nos murailles, afin qu'ils ne puissent s'y réfugier. Ces mesures vous semblent cruelles ? Il serait bien plus cruel encore que vous soyez vaincus, car alors vous serez égorgés, et vos femmes et vos enfants seraient emmenés en esclavage, ou serviraient de jouets aux Romains.

Les guerriers arvernes acclament leur chef et, en une seule journée, plus de vingt villes du pays des Bituriges sont réduites en cendres et des centaines de granges, de fermes et de champs sont en flammes. Cependant, les Bituriges supplient l'impitoyable Arverne qu'on épargne *Avaricum*, la plus belle ville de la Gaule, plaident-ils, l'ornement de leur pays, et, qui plus est, facile à défendre compte tenu de sa position, car de tous côtés elle est entourée de cours d'eau et de marais.

Vercingétorix se laisse fléchir, mais il impose comme condition aux Bituriges de défendre eux-mêmes leur cité lorsque César viendra l'assiéger. Lui-même établit son camp à 18 milles (27 km) de distance, au nord-est d'*Avaricum*, dans une position protégée par des marécages et des bois. Des estafettes circulent en permanence entre son quartier général et la ville.

De son côté, César avance irrésistiblement, avec son armée au complet, ses 40 000 légionnaires que suivent les chariots dans lesquels ils ont entassé, pêle-mêle, les armes, les outils de siège, le butin d'Orléans et les prisonniers dont ils espèrent tirer bon prix en les vendant comme esclaves. Après la morne Sologne, il aborde le Berry et les champs fertiles des Bituriges : ils ont été incendiés par les Gaulois, conformément à la stratégie de la terre brûlée instaurée par Vercingétorix, et partout les granges en ruine fument encore. Le proconsul est inquiet : il redoute pour ses troupes la disette et la famine si la bataille pour *Avaricum* qu'il envisage dure trop longtemps. Le 25 mars, son armée parvient enfin sous les murs de la cité, et il commence à l'investir : le siège d'*Avaricum* allait durer vingt-cinq jours.

Ce fut un siège terrible, car, très rapidement, ainsi que l'avait prévu Vercingétorix, les soldats romains manquèrent de vivres et les chevaux de fourrage. Tous les jours, des détachements de légionnaires partaient à la recherche de quelque grange qui ait échappé aux incendies ordonnés par l'Arverne ; ils revenaient souvent épuisés et bredouilles... quand ils revenaient, car le chef gaulois, qui campait en dehors de la ville, et qui possédait une importante cavalerie, leur tendait des embuscades et les attaquait sans cesse.

Tandis que le problème du ravitaillement de sa grande armée obsédait César, les légionnaires redevenaient bûcherons, terrassiers, charpentiers. Ils construisaient avec ardeur des mantelets pour se protéger des traits et des pierres que, du haut des murs d'*Avaricum*, leur lançaient les Gaulois, et des tours pour escalader les murailles. De leur côté, les Bituriges, prenant modèle sur les Romains, garnissent de tours la face intérieure de leurs remparts, ce qui leur permet de lancer des torches enflammées sur celles que construisent à l'extérieur les Romains et de les incendier. Ils creusent des sapes sous les murs de la ville et font s'écrouler les travaux de terrassement entrepris par l'ennemi.

Et les jours passent, interminables, sans combats. César craint que la disette n'ait raison de l'énergie de ses légionnaires ; il inspecte les travaux en permanence, parle à l'un, en encourage un autre, et leur dit même que, si les privations devenaient trop pénibles pour eux, il renoncerait au siège. C'est alors un cri unanime de protestation :

– Voilà des années que nous servons sous tes ordres, César, et jamais nous n'avons levé un siège ou abandonné un champ de bataille sans avoir achevé ce que nous avons entrepris, clame un centurion.

– Ce serait pour nous un déshonneur, que de rompre un siège sans avoir pris la ville, dit un autre.

– Plutôt endurer les pires souffrances que de ne pas venger les citoyens romains qui ont été massacrés à *Genabum*, clament les officiers.

Chez les assiégés, la dissension règne. Ils accusent Vercingétorix de ne pas être avec eux, d'avoir installé son camp près de celui de César pour pouvoir traiter avec lui et régner sur la Gaule avec son assentiment. Ils le lui font savoir par des messagers qui traversent les lignes romaines au risque de leur vie. L'Arverne se défend avec fougue :

– J'ai déplacé mon camp, parce que le fourrage manquait ; je me suis rapproché des Romains pour pouvoir mieux paralyser leurs mouvements, et ma cavalerie harcèle leurs fourrageurs ; en outre, j'ai pris position sur une colline d'où je peux mieux surveiller leurs déplacements et leurs actions.

Et, montrant avec orgueil aux messagers des Bituriges les légionnaires romains qui campent, mornes et abattus, sous *Avaricum*, il conclut :

– Regardez ce que vous me devez, à moi que vous accusez de trahison : sans qu'il vous en ait coûté une goutte de sang, vous voyez la plus puissante armée du monde, l'armée romaine, mourir de faim sous vos yeux !

En bon chef qu'il était, il ne pouvait proférer que des paroles optimistes. En fait, les travaux entrepris par César en vue d'emporter la ville touchaient à leur fin. Les légionnaires avaient terminé d'édifier une tour énorme, de 80 pieds (environ 24 mètres) de haut dont la terrasse supérieure était un carré de 330 pieds (environ 100 mètres) de côté. Voyant cela, Vercingétorix comprend que le sort d'*Avaricum* est réglé ; il veut épargner à ses guerriers un combat inutile et leur donne l'ordre de quitter subrepticement la ville, la nuit suivante, et de rejoindre son camp sur la colline. Les femmes d'*Avaricum*, par leurs cris et leurs pleurs, empêchent cette retraite et seul un petit groupe de 800 Gaulois parvient à s'échapper.

Le jour de gloire est arrivé. Le 19 avril, sous une pluie battante, César harangue ses hommes :

– Il est temps pour vous, légionnaires, après tant de fatigues et de privations, de recueillir aujourd'hui les fruits de la victoire.

Il promet des primes spéciales à ceux qui, du haut de la plate-forme qui vient d'être élevée, sauteront les premiers sur les remparts, et donne le signal de l'assaut final. Les soldats romains, le glaive au poing, bondissent, balayent les quelques défenseurs qui tentent de s'opposer à leur élan, abattent les tours des Bituriges et y mettent le feu. Bientôt, des milliers de légionnaires romains sont dans la ville, où s'engage une gigantesque bataille de rues, acharnée et sanglante. Les Romains égorgent tout ce qui vit : combattants, femmes, vieillards, enfants, sous l'œil froid de César. Des 40 000 Bituriges d'*Avaricum*, militaires ou civils, aucun ne survécut. Et le pillage put commencer. Puis, épuisées par tant de travaux et tant de luttes, les légions romaines purent se remettre de leurs efforts : César leur octroya quelques jours de repos dans *Avaricum*. Quant à lui, il avait gagné la première partie de sa quatrième manche. On était le 20 avril de l'année 52.

Perché sur sa colline, Vercingétorix contemplait avec tristesse les ruines de la plus belle ville des Gaules, et avec orgueil l'armée gauloise intacte qui l'entourait :

– Si les Romains ont vaincu, disait-il à ses soldats, ce n'est pas par la vaillance de leurs guerriers, c'est par la science de leurs ingénieurs. Oubliez *Avaricum* et ses cadavres, Gaulois, et pensez à la Gaule libre et victorieuse que nous allons bâtir. Nous vaincrons, parce que nous sommes les plus forts.

Son discours fut rapporté à César, qui envia un instant son adversaire vaincu :

– Alors que tous les chefs d'armée, dit-il, voient leur pouvoir s'affaiblir devant la défaite, les échecs de l'Arverne accroissent chaque jour sa dignité. Mais autant ses propos sur leurs causes sont sages, autant ses vues sur l'avenir sont folles et illusoires. Il n'a pas compris que la Gaule n'est pas une nation, mais un ensemble de nations, que sa liberté future repose sur son unification et sur le respect, par tous ses peuples, d'une loi unique ; sinon, elle deviendra la proie et l'esclave des barbares germaniques. Cela, seule Rome peut le réaliser. Tout le reste est littérature. Et si, par malheur, Vercingétorix réussissait dans son entreprise et chassait nos légions, il deviendrait, sans le vouloir, le fossoyeur des Gaules et non pas leur libérateur.

Les événements donnaient progressivement raison à César. Vercingétorix avait transformé des insurrections locales en une guerre de libération générale et celle-ci plongeait les Gaules, lentement mais sûrement, dans un morcellement politique de plus en plus dangereux pour son avenir.

Partout, la division l'emportait sur l'unité. Les peuples du Nord s'agitaient, et les Éduens eux-mêmes, qui constituaient la clef de voûte de la politique romaine en Gaule, se divisaient. Deux chefs s'y opposaient et, en l'absence de l'arbitre romain, la guerre civile menaçait. Quant à César, après la chute d'*Avaricum*, il tenait à poursuivre son programme de reconquête et s'attaquer à Lutèce et aux Parisiens, dont le pays était situé au carrefour des routes du Nord : il confia cette campagne à son légat Labiénus et partit pour Bibracte, mettre de l'ordre chez les Éduens.

Le proconsul avait absolument besoin de compter sur leur bonne volonté qui, jusque-là, n'avait jamais failli. La cavalerie éduenne était l'une des plus fortes, sinon la plus forte, de toute la Gaule, et il n'était pas question de laisser l'anarchie s'installer au cœur de cette nation : ce serait l'offrir à Vercingétorix sur un plateau. Il abandonne Avaricum à ses légions et court à Bibracte. Il convoque l'assemblée des sénateurs éduens sur la Loire, à Decize, et tranche entre les deux prétendants à la charge de *vergobret*, de chef de la nation éduenne, Cot, le frère du *vergobret* sortant, et Convictolav, auquel les druides ont accordé leurs suffrages : conformément à la tradition éduenne, déclare-t-il aux sénateurs, le *vergobret* légitime est Convictolav, qui a été régulièrement élu, alors que l'élection de Cot est entachée de brigue. César profite de la circonstance pour leur prêcher l'union sacrée autour de Rome, et leur demander une aide militaire : toute leur cavalerie et 10 000 fantassins pour protéger les convois de vivres.

La paix civile ainsi rétablie à Bibracte, César retourne vers les champs de bataille : il lui faut achever le plan de campagne qu'il avait exposé à Décurtius, au mois de février, avant de quitter Ravenne, c'est-à-dire s'assurer le contrôle de la vallée de la Seine et porter à Vercingétorix l'estocade finale.

Au début du mois de mai, il lance donc Labiénus contre les Parisiens. Celui-ci part de Sens avec quatre légions et un escadron de cavalerie, et se rend à Lutèce en suivant la vallée de l'Yonne puis la rive gauche de la Seine. Chemin faisant, il constate que tout le pays est tenu par les insurgés, que dirige le chef Camulogène, un vieux Gaulois de Rennes, solide et avisé. Arrivé à la hauteur de *Melodunum* (Melun), le légat se saisit d'une cinquantaine de barques, les charge de guerriers, et s'empare de la bourgade, qu'aucune troupe ne défend. Il passe ensuite sur la rive droite de la Seine, et suit le fleuve jusqu'à la hauteur de Lutèce. Pour interdire l'accès de cette ville insulaire, Camulogène a fait brûler les deux passerelles qui la relient aux deux rives ; lui-même se tient avec son armée sur la rive gauche, à l'emplacement de l'actuel quartier de Saint-Germain-des-Prés. Labiénus installe ses légions en face du camp gaulois, sur la rive droite, à l'emplacement de l'actuelle place du Louvre.

Les deux armées s'observent et les soldats s'invectivent par-dessus le fleuve. Labiénus divise l'une de ses légions en deux parties : l'une de celles-ci remonte bruyamment la Seine, dans la direction de l'actuel pont Saint-Michel, l'autre est chargée de garder le camp, ce qu'elle fait dans un grand vacarme de boucliers et d'épées qui s'entrechoquent. Les trois autres légions partirent discrètement, de nuit, vers l'actuel pont de Garigliano (ou vers le Point-du-Jour ?) et passeront silencieusement sur la rive droite à l'aide des barques qui ont été ramenées de Melun.

La bataille entre les deux armées eut lieu au petit jour, dans la plaine de Grenelle. Labiénus s'était adossé aux hauteurs de Vaugirard, les Gaulois attaquèrent avec fougue, mais ils ne purent rien contre le savoir-faire des légionnaires casqués et cuirassés : ils se firent tuer jusqu'au dernier, y compris le vieux Camulogène, et le légat romain se hâta de ramener ses légions à Sens, avec au cœur la satisfaction du devoir accompli : grâce à lui, César avait gagné la deuxième partie de sa quatrième manche contre Vercingétorix. Il ne lui restait plus qu'à gagner la cinquième. Nous allons voir qu'il la perdit.

Pendant ce temps, César avait regagné son camp devant Bourges, où les six légions qui avaient pris la ville pratiquaient le repos du guerrier, et il tenait conseil avec Hirtius, son fidèle lieutenant.

– En trois mois, j'ai l'impression que nous avons fait du bon travail, lui dit-il. Nous avons mis à raison les Sénons, les Carnutes, les Bituriges et les autres petits peuples qui s'étaient soulevés, repris leurs places fortes. Je pense, Hirtius, que nous avons bien mérité de la patrie.

– Nous n'aurons bien mérité de la patrie, César, que lorsque nous en aurons fini avec Vercingétorix. Quand vas-tu l'affronter ?

– Tant qu'il se tiendra dans les marécages et dans les forêts des Bituriges, il sera hors de question de l'attaquer. Il applique la stratégie du Britannique Cassivellaun : il refuse sans cesse le combat. Je ne vois qu'une manière de l'obliger à se découvrir et à entrer en action, c'est de l'attirer sur ses terres d'Auvergne en nous emparant de sa capitale.

– De Gergovie ?

– Oui, de Gergovie. Il ne pourra pas se permettre de sacrifier sa capitale comme il a sacrifié celle des Bituriges.

– Diable ! C'est un gros morceau.

– Je le sais bien. Mais j'en ai vu d'autres : je suis persuadé qu'il n'existe pas une seule place forte que je ne puisse conquérir, avec mes ingénieurs, mes tours et mes machines.

– Mais tu n'as que six légions, puisque tu as laissé les quatre autres à Labiénus. Tu crois que c'est suffisant ? L'armée de Vercingétorix est quatre fois plus nombreuse que la tienne.

– Dans une bataille en rase campagne, il est certain que Vercingétorix aurait le dessus. Mais un siège, c'est autre chose.

– N'importe. Pour prendre Avaricum, dans un pays que tu connaissais assez bien, et dont les murailles faisait à peine 1 400 pas (2 000 mètres) de tour, il t'a fallu un mois et huit légions ; en Auvergne, tu ne connais pas le pays, tu ne sais même pas la longueur des murailles de Gergovie. À mon avis, c'est de la folie, que de s'engager ainsi, sans rien savoir, ni du terrain, ni de la place forte.

– Nous improviserons.

– En pleine montagne ? C'est impossible.

– Impossible n'est pas romain, Hirtius. Quand on veut, on peut, et je veux prendre Gergovie.

Dans les premiers jours de mai, alors que Labiénus marchait sur Paris, César quitte Avaricum pour Gergovie, en remontant le long de la rive droite de l'Allier à partir de Nevers, dont il avait fait son centre de ravitaillement. Vercingétorix, qui campait toujours près de Bourges et qui ne quittait pas le proconsul de l'œil, suit le même chemin, mais sur la rive gauche. Son premier soin est de couper tous les ponts qu'il rencontre, pour interdire à César de franchir le fleuve : la capitale des Arvernes est en effet à quelques kilomètres de la rive gauche de l'Allier.

– Comment va-t-on passer ? lui demande Hirtius. À gué ?

– Impossible, lui répond César ; l'Allier n'est guéable, généralement, qu'à partir de l'automne. Ce Vercingétorix est vraiment un adversaire digne de moi. Mais je vais le prendre au piège à mon tour.

– Comment cela ?

– Lorsque nous arriverons dans une région bien boisée, où l'on peut se cacher facilement, nous nous arrêterons pour camper en face d'un des ponts qu'il a détruits. Pendant la nuit, j'enverrai deux légions entières se dissimuler dans les forêts, et, au petit matin, nous partirons sans elles. Tu donneras des ordres pour que les cohortes soient disposées de telle sorte que, de l'autre rive, on ne puisse s'apercevoir qu'il en manque, et nous poursuivrons ainsi notre marche. L'Arverne n'y verra que du feu et, quand nous serons assez loin, les légionnaires sortiront des bois et répareront le pont détruit.

– Et ensuite ?

– Ensuite, nos légionnaires-pontonniers rangeront leurs outils, reprendront leurs cuirasses, leurs casques et leurs armes et passeront sur la rive gauche. Un messager préviendra les autres légions, qui feront demi-tour et franchiront l'Allier à la nuit tombée. Et qui fera une drôle de tête, le lendemain matin ?

– Vercingétorix, pardi, quand il apercevra les légions romaines derrière lui, alors qu'il les croit de l'autre côté du fleuve, répond Hirtius en riant.

La manœuvre de César réussit à merveille, mais elle n'eut pas grandes conséquences. Le proconsul espérait pouvoir imposer une bataille en plaine à son adversaire, une bataille qu'il était certain de remporter, bien que l'armée gauloise fût deux ou trois fois plus nombreuse que la sienne. Mais Vercingétorix avait la même certitude, et, au contraire des autres chefs barbares, il réfléchissait avant d'agir. Il ne voulait pas livrer bataille malgré lui et il força les étapes pour prendre de l'avance sur les Romains et arriver le plus rapidement possible à Gergovie.

Quand César parvient à la capitale des Arvernes, il fait grise mine. Après une rapide tournée de reconnaissance, il constate que la place – l'*oppidum* – est bâtie sur une montagne qui lui paraît « fort haute et d'accès difficile » (en fait, l'altitude du plateau est de l'ordre de 600 mètres), sur les flancs de laquelle les soldats gaulois sont déjà installés, ainsi que sur une chaîne de collines, toutes occupées par les troupes de Vercingétorix. L'aspect de ces milliers de guerriers en armes est un spectacle terrifiant.

– Nous ne pourrons pas enlever cette forteresse comme nous l'avons fait à Avaricum, dit-il à Hirtius, le site est trop escarpé pour qu'on y monte des tours ou des échafaudages ; je me demande même comment nos légionnaires parviendront à escalader les parois de cette montagne.

– Où allons-nous camper ? demande Hirtius.

– Pour ce soir, installons un grand camp au pied de la montagne, dans la plaine.

– Tu ne trouves pas que ce soit trop en contrebas de l'*oppidum* ?

– Nous le changerons de place plus tard. Tu vois cette colline, au pied du plateau sur lequel est construite la place forte : elle est bien isolée, et très bien fortifiée par la nature ; c'est l'endroit idéal.

– Je n'y vois pas très bien de loin, mais il semble qu'elle soit déjà occupée par des Gaulois, ta colline.

– J'ai les yeux plus perçants que toi : il y a effectivement une petite garnison. Avec quelques hommes bien entraînés, nous en viendrons aisément à bout, à la nuit tombée, et nous y installerons un petit camp secondaire.

– Mais comment nos légionnaires circuleront-ils du grand camp au petit camp hors la vue de l'ennemi ?

– Nous les relierons par deux tranchées, suffisamment profondes pour qu'on puisse s'y tenir debout sans être vu.

– C'est astucieux, cette idée de tranchée.

– La guerre de tranchées, c'est la guerre de l'avenir, Hirtius, tu peux me croire.

Pendant deux ou trois jours, les légionnaires piochent, creusent, élèvent des palissades sur les deux sites choisis par César qui, en venant inspecter les travaux, remarque qu'une colline, située dans les lignes ennemies, est dégarnie de troupes. Il imagine alors un stratagème. Durant une nuit, il envoie des cavaliers vers l'arrière de la colline, et, comme il n'en a pas assez, il leur adjoint des muletiers déguisés en cavaliers en leur recommandant de faire beaucoup de bruit ; les Gaulois croient qu'il s'agit d'un assaut important et envoient à la rencontre de cette cavalerie plus ou moins fantôme la majeure partie de leurs forces.

– Ils sont tombés dans le piège, exulte César, c'est le moment. Hirtius, préviens les officiers du grand camp : qu'ils fassent passer les légions dans le petit camp, par les tranchées, sans faire de bruit et que, du petit camp, elles passent à l'assaut de l'*oppidum*.

– Qu'est-ce qu'on fait de la cavalerie éduenne ? demande Hirtius.

– Elle attaque par la droite, du côté où sont venus les muletiers, pour faire diversion. Nous allons affoler les Gaulois, tu vas voir.

Le stratagème réussit. Déjà les légionnaires romains franchissent à l'improviste les premiers retranchements et ils sont devant les portes et devant les murs de Gergovie, qu'ils se préparent à escalader. À l'intérieur de la cité, c'est la panique ; la quasi-totalité de la population masculine ayant été appelée aux armes ou aux travaux de fortifications, il ne reste plus que des femmes qui se précipitent, en masse, sur le haut des remparts. Elles hurlent, elles se lamentent, tentent d'apitoyer les assaillants. Des matrones respectables et opulentes jettent par-dessus les murailles de riches étoffes, de l'argent, des bijoux ; de jeunes et jolies Gauloises déchirent leurs vêtements, exhibent leurs seins et leurs fesses aux légionnaires, cherchant à les fasciner par des gestes lubriques et des postures impudiques. Certaines se laissent même glisser, nues et pantelantes, du haut des remparts. Mais les soldats romains, dévorés par la soif du butin, n'ont pas un regard pour leurs appas.

Du haut de la colline où il a installé son quartier général, Vercingétorix, flegmatique, attend que le désordre soit à son comble. César, de son côté, voit que ses officiers ne peuvent plus se faire obéir de leurs légionnaires, qui se dispersent, par petits groupes, à l'intérieur de la ville. Ils veulent la piller avant qu'elle n'ait été prise. Le proconsul fait sonner la retraite, non pas en vue de la fuite, mais pour regrouper ses soldats : ils ne l'entendent pas, à moins qu'ils ne veuillent pas l'entendre, passionnés par le pillage.

Vercingétorix, lui, a entendu les trompettes romaines. Il lance ses 80 000 guerriers vers les murs de Gergovie, avec comme seule consigne : pas de quartier. Et les géants gaulois, cheveux au vent, torse nu, frappent, taillent, coupent et refoulent les Romains, applaudis par les Gauloises, qui, rouges d'excitation et de bonheur cette fois, leur offrent, avec enthousiasme, les charmes qu'elles tentaïent de vendre aux Romains en échange de leur vie sauve.

Soudain, les légionnaires voient apparaître la cavalerie éduenne. Est-ce le renfort salvateur ? Hélas non : les Éduens, voyant la partie perdue pour les Romains, viennent de trahir leurs alliés et, désemparés, les soldats de César dévalent en désordre les flancs de la montagne, poursuivis par les Arvernes, et les cadavres roulent dans les ravins.

Quant à César, il a compris que l'affaire tournait mal et qu'il n'aurait pas le dessus dans ce combat fou ; il envoie les deux légions qu'il gardait en réserve pour couvrir la retraite de ses combattants et les conduire dans la plaine, où son armée se reforme en ordre de bataille. Mais l'Arverne refuse le combat et rappelle ses troupes, et César opère un repli stratégique : il vient de perdre dans ce siège manqué 700 hommes et 46 centurions. Le mois de juin touchait à sa fin.

Après deux jours de marche, l'armée romaine en fuite atteint l'Allier, puis Nevers. Mais là, une sinistre surprise attend le proconsul : tous les chariots de provisions, tous les otages, tous les sacs de blé ont disparu. Ses illusions aussi s'envolent. Un fonctionnaire romain l'informe que ce sont les Éduens qui ont fait main basse sur les chariots ; ils ont conclu, lui dit-il, un traité d'alliance avec Vercingétorix. La population de Nevers en a profité pour massacrer la garnison et les marchands romains établis dans la cité ; lui-même doit la vie sauve au fait qu'il faisait la sieste dans sa cave lors de la tuerie.

– Je me doutais que cela devait arriver, dit César à Hirtius.

– Tu crois que cette désertion des Éduens est en rapport avec ton échec à Gergovie ?

– Non. Elle était en germe depuis longtemps. Mais je n'aime pas que tu parles de mon échec à Gergovie.

– Pourquoi cela ? Tu n'as pas été vainqueur.

– Je n'ai pas été vaincu non plus. Et parce que je n'ai pas été vaincu, Vercingétorix a signé son arrêt de mort.

– Que veux-tu dire ?

– Quand j'ai ordonné la retraite vers Nevers, l'Arverne, qui avait à sa disposition, sur sa colline, 80 000 fantassins et la plus puissante cavalerie de toute la Gaule, m'a laissé m'éloigner dans la plaine, avec seulement 20 000 légionnaires démoralisés. C'était là pour lui une occasion unique de détruire mon armée et de m'immoler sur le champ de bataille, au pied de la sombre citadelle de Gergovie. Il ne l'a pas fait. La prochaine fois, c'est moi qui le tuerai.

CHAPITRE XX

Vercingétorix : *Marcia funebra*

(début juillet-27 septembre 52)

César a repassé l'Allier, puis la Loire. Il marche vers Labiénus, mais il ignore si celui-ci est encore à Lutèce, en train de combattre les Parisiens, ou s'il est déjà revenu à Sens avec ses légions. La désertion des Éduens, jadis honorés par le Sénat du beau titre de « frères consanguins du peuple romain », l'affectait plus que son échec devant Gergovie, dont les crieurs gaulois propageaient la nouvelle dans toutes les campagnes, tous les villages, toutes les cités de la Celtique, de l'Armorique, de la Belgique.

En chemin, il apprend que les Éduens ont convoqué à Bibracte – la Bibracte de Diviciac dont le souvenir est toujours vivant dans son cœur – une assemblée extraordinaire des chefs de tous les peuples de la Gaule qui luttent pour leur libération. Trois nations seulement ont refusé de répondre à cet appel : celle des Trévires, trop éloignés et plus préoccupés par leurs voisins germaniques que par les Romains, et celles des Rèmes et des Lingons, qui ont annoncé solennellement qu'ils restaient fidèles à Rome et à César.

Le proconsul chevauche en silence, entouré de ses légats et de ses officiers. Il réfléchit. Il comprend que la guerre gauloise entre dans une phase nouvelle et inattendue :

– Les Gaulois s'unissent, dit-il à ses compagnons, ce qu'ils n'ont jamais fait par le passé. Ils avaient déjà un général unique en la personne de Vercingétorix, ils ont maintenant un comité de guerre qui rassemble leurs meilleurs chefs, tels Comm l'Atrébate ou les chefs éduens.

– Quel est le plan de Vercingétorix, selon toi ?

– Je pense qu'il va s'attaquer à la Narbonnaise, parce que c'est une province dont j'ai la charge et qu'il veut m'attirer vers le sud, pour m'éloigner des légions de Labiénus ; mais je ne tomberai pas dans son piège : c'est moi qui choisirai le prochain champ de bataille, et ce sera le dernier, croyez-moi.

– Comment vas-tu faire ?

– Pour l'instant, nous allons passer par Langres, chez les Lingons. Je manque de cavalerie et il y a là-bas des gens en rapport avec les Germains : je vais monter un régiment auxiliaire formé de cavaliers germaniques. Ils sont bien plus efficaces que les cavaliers gaulois. Ensuite, je ferai ma jonction avec Labiénus, qui doit être quelque part entre Sens et Lutèce en ce moment. Après cela, je m'occuperai de Vercingétorix et de son armée. Je peux même vous dire que j'ai déjà choisi le terrain de sa dernière bataille.

– Lequel ?

– C'est un secret. Vous le saurez en temps utile.

Pendant que César et ses légionnaires marchent vers le nord, Vercingétorix mobilise. À Bibracte, où il est accueilli comme le vainqueur des Romains, les chefs gaulois lui accordent tous les effectifs qu'il demande. Aux 80 000 fantassins qu'il avait alignés à Gergovie, s'ajoutent maintenant 15 000 cavaliers fournis par les nations gauloises coalisées, qui lui promettent ausssi 300 000 fantassins, qu'elles lui enverront quand elles les auront recrutés, où qu'il soit. Son plan de campagne est simple. Il lui faut attirer César en Narbonnaise, éviter de l'affronter en bataille rangée, exercice dans lequel l'armée romaine est invincible, et reprendre la stratégie de la terre brûlée qui avait failli lui réussir à Bourges ; lorsque les légions romaines auront été affaiblies par la disette, il pourra lancer contre elles ses irrésistibles cavaliers gaulois.

À la mi-juillet, les deux adversaires passent à l'exécution de leurs plans. César a fait sa jonction avec Labiénus, vainqueur des Parisiens, dans la région d'Auxerre. Il a maintenant ses dix légions au complet, à sa disposition. À Langres, il achète des chevaux par milliers, engage autant de mercenaires germaniques et se constitue un puissant régiment de cavalerie. Fin juillet, une fois ses légions reconstituées, il quitte le pays des Lingons, et, tout en manifestant ostensiblement ses craintes de voir la Narbonnaise envahie par Vercingétorix, il se dirige vers la vallée de la Saône, laissant complaisamment courir le bruit qu'il a rendez-vous à Marseille avec un gastronome lyonnais, Médardus Rémillus, ainsi surnommé pour son tempérament épanoui, qui doit lui faire goûter ces fameux rougets grillés dont parle Milon dans ses lettres à Cicéron.

Vercingétorix, auquel des espions soudoyés par César ont dévoilé ces fausses nouvelles, ne tient plus en place. Persuadé d'avoir piégé le proconsul, il quitte le pays des Éduens à la tête de son armée et prend lui aussi la route de la Provence, sur les traces de César, qui fait mine de le fuir.

Les deux armées parviennent ainsi dans la plaine de Dijon, l'une précédant l'autre de quelques kilomètres, et elles y passent la nuit. Pour les Gaulois, c'est une plaine sacrée, où ils vénèrent de nombreuses divinités en rapport avec le culte de la nature : dieux des arbres, des sources et des rochers.

Vercingétorix se dirige vers un pilier de pierre, au milieu d'une clairière, sur lequel est figuré un guerrier gaulois, vêtu d'une cotte de mailles, avec sa lance, sa grande épée et son long bouclier. Derrière lui, sa compagne, la main posée à côté de la sienne, sur le bouclier, vêtue d'une tunique gauloise, a dénudé son sein gauche. À côté de l'homme se dresse un serpent à tête de bélier. C'est le dieu *Teutatès*, auquel on immolait des victimes humaines en leur plongeant la tête dans une cuve d'eau, le dieu protecteur de la tribu en temps de paix, mais surtout le terrible dieu de la guerre et des combats auquel nul ennemi ne peut résister.

L'Arverne a aligné ses hommes, face à la divinité. Il fait nuit, mais la lune brille dans le ciel et sa lumière se reflète dans le bronze des casques et des boucliers :

– Gaulois, leur dit-il, nous allons prononcer, tous ensemble, devant le grand *Teutatès*, le serment irrévocable et solennel des guerriers arvernes. Jurons de ne revoir ni notre toit, ni nos enfants, ni nos parents, ni nos femmes que nous n'ayons, par deux fois, traversé à cheval les rangs de l'ennemi romain.

– Nous le jurons, crient les Gaulois, qui reprennent en chœur le serment de leur chef.

Le vacarme de leurs voix emplit toute la forêt avoisinante. Les Romains, qui campent à quelque dix milles de là, en perçoivent le roulement, sonore comme celui du tonnerre ; mais il en faut plus pour les effrayer. Par-delà les arbres et les fourrés, l'écho de la foi jurée atteint les murs de la citadelle de *Dibio* (Dijon), qui est proche. Il réveille les enfants qui dorment et terrorise les mères qui les bercent ; elles savent que ces paroles signifient la mort ou la gloire de ceux qui les prononcent, et elles pensent à leurs fils et à leurs époux, qui viennent de les crier, là-bas dans la plaine.

Le lendemain matin, les Romains lèvent le camp et se remettent en route, sous un soleil de plomb. Vercingétorix l'apprend par des informateurs qui se faufilent de buisson en buisson et le renseignent régulièrement sur la marche de l'armée ennemie ; sur son cheval blanc à la crinière aussi opulente que sa chevelure blonde, il excite ses 15 000 cavaliers, les partage en trois escadrons et décide de les lancer contre l'armée romaine : un vers l'avant, pour lui couper la route, deux vers les flancs, pour attaquer les légionnaires désarmés. Il a choisi, pour les commander, trois chefs éduens : Cot, Éporédorix et Cavarille, ceux-là mêmes qui ont entraîné leur peuple à rompre le traité d'amitié qu'il avait conclu avec Rome.

– N'attaquez pas les cohortes, leur a-t-il dit ; contentez-vous de détruire leurs bagages et leurs chariots de ravitaillement, et repliez-vous aussitôt. Une légion sans bagages est une légion perdue. Préparez-vous à partir dès que je vous en donnerai l'ordre.

Le chef arverne range ses 80 000 fantassins le long d'une rivière ; ils auront pour simple rôle d'encourager les cavaliers par leurs cris. Quand tous sont en poste, il hurle son commandement :

– Cavaliers, à l'assaut !

César, lorsqu'il voit fondre sur lui la cavalerie gauloise, ne peut s'empêcher de sourire de contentement :

– Vercingétorix vient de faire ce qu'il n'aurait dû jamais faire, dit-il à Hirtius. Il est à nous.

En un instant les ordres fusent et, comme à l'exercice, les légions forment dans la plaine un immense carré, les chariots et les bagages sont placés au centre, à l'abri des cuirasses des légionnaires, tandis que les cavaliers germains de César foncent en hurlant sur les assaillants.

Le choc est terrible. On se bat partout à la fois, fantassins contre cavaliers, hommes contre bêtes ; la mêlée est confuse et César lui-même perd son épée en combattant. Les vétérans ont l'impression de revivre les formidables combats qu'ils ont livrés contre les Helvètes et contre les Suèves. Finalement, les Germains de César ont le dessus ; ils bousculent la cavalerie gauloise, la poursuivent jusqu'aux bords de la rivière où se trouvait l'infanterie de Vercingétorix.

Celui-ci, calme et impassible, est de l'autre côté de la rivière. Il contemple le désastre des siens et s'aperçoit, mais un peu tard, qu'il a commis l'erreur fatale qu'il ne fallait pas commettre : contre César et son génie des batailles, il n'aurait jamais dû se départir de la stratégie d'attente et de défensive qui était la sienne.

La raison et le devoir lui imposaient de rompre, sinon, il perdait toute son armée. Et, puisque le vainqueur semblait vouloir se diriger vers le sud, vers la Narbonnaise, lui, le vaincu, il devait se diriger vers le nord, vers un territoire montagneux, naturellement fortifié, d'où il pourra repousser toute contre-attaque romaine, ainsi qu'il l'avait fait à Gergovie.

L'endroit idéal, il le connaissait, comme tous les Gaulois. C'était, à 40 milles environ (60 km) au nord de la plaine de Dijon, la ville sainte où les prêtres des Séquanes adoraient leurs dieux tutélaires : *Alisanos*, dieu des rochers ; *Ucuetis*, patron des métallurgistes, et sa compagne la déesse *Bergusia* ; *Moritasgus*, l'Apollon des Gaulois. On la nommait la « ville consacrée à *Alisanos* », ou, plus brièvement, Alésia. Le proconsul connaissait l'existence de cette cité-sanctuaire, haut perchée, aux murailles inexpugnables, que les Gaulois croyaient protégée par ses divinités. C'était l'ultime retranchement vers lequel César avait choisi de pousser l'Arverne, après son échec devant Gergovie, et dont il avait caché, par crainte superstitieuse sans doute, le nom à ses compagnons, le lieu de la dernière bataille de Vercingétorix.

Vercingétorix, confiant et sûr de lui, acheminait à marches forcées ses 80 000 fantassins et ce qu'il lui restait de cavaliers vers Alésia, l'asile que tout lui désignait, sa situation stratégique et son caractère religieux. Il se sentait capable d'y soutenir le siège que ne manquerait pas de lui infliger César, dans l'attente des 300 000 guerriers que les nations gauloises avaient levés, après l'assemblée de Bibracte et à l'instigation des Éduens.

Il lui fallut trois jours pour atteindre le pied de la colline (le mont Auxois, 407 mètres d'altitude) au sommet de laquelle se trouvait la cité d'Alésia (à l'emplacement de l'actuelle Alise-Sainte-Reine). Les remparts de la ville étaient bâtis sur un plateau assez vaste, encadré de rivières, avec des abrupts de 150 mètres, plongeant vers les basses terres.

Le mont Auxois lui-même est au centre d'un petit cirque montagneux, constitué de collines de même hauteur, et César comprit, dès son arrivée sur le site, qu'il lui suffisait d'établir des barrages dans tous les vallons séparant ces collines, afin d'empêcher aucun renfort de parvenir au mont Auxois et d'interdire toute sortie ou toute fuite aux assiégés. Comme, d'autre part, les réserves de vivres de l'armée gauloise étaient limitées, le proconsul n'avait pas à envisager de pratiquer un investissement en règle, avec mantelets pour protéger les assiégeants, tours pour franchir les remparts et béliers pour enfoncer les portes de la citadelle. Il suffisait d'organiser le blocus du site et d'attendre patiemment que ses occupants mourussent de faim.

César s'était donc installé, avec ses troupes, sur une colline au sud du mont Auxois (le mont Flavigny, 421 mètres). De là il avait une vue panoramique sur Alésia et il comprit immédiatement comment il fallait la cerner d'ouvrages, de fortins et de redoutes de sorte qu'aucune sortie des assiégés, aucune fuite ne fût possible et pour empêcher l'arrivée d'aucun renfort, aussi nombreux fût-il. Il fit creuser, autour de la ville, en contrebas, deux énormes tranchées circulaires, munies de remblais et de pièges, entre lesquelles l'armée romaine, protégée contre toute agression venant de la cité ou de l'extérieur, pouvait camper et manœuvrer à loisir. Vercingétorix et ses 80 000 guerriers étaient prisonniers dans Alésia.

C'est par cette organisation méticuleuse de fossés, de remparts, de chevaux de frise, de chausse-trappes et de mines, tous édifiés par les 50 000 bras de ses 25 000 légionnaires transformés en terrassiers, que César vint à bout de Vercingétorix, sous le regard sans doute étonné de *Teutatès* et des autres dieux gaulois, sans verser une seule goutte de sang.

Commencé au début du mois d'août (au plus tard, le 15 août), le siège se termina le 27 septembre de l'année 702 de Rome (52 av. J.-C.). Pour lutter contre la famine menaçante, Vercingétorix fit sortir de la cité, sans pitié, les bouches inutiles, c'est-à-dire les femmes et les enfants, les vieillards et les civils incapables de porter des armes. Le proconsul, avec la même absence de pitié, leur interdit le passage vers les forêts et les plaines voisines : 80 000 malheureux Mandubiens moururent de faim et d'inanition, les uns après les autres, entre les orgueilleuses murailles d'Alésia et les impitoyables fortifications romaines. Les pratiques religieuses des Gaulois leur interdisant l'hippophagie,

Vercingétorix expulsa d'Alésia tous les chevaux, que leurs cavaliers, refusant de les abandonner, accompagnèrent : hommes et bêtes périrent dans les mêmes conditions.

Le 20 ou le 21 septembre, les 300 000 guerriers fournis par 43 tribus gauloises, avec à leur tête Comm l'Atrébate d'Arras, arrivent en chantant, pour délivrer la ville dans laquelle, dès qu'on les aperçoit, les cœurs bondissent d'allégresse.

La bataille dura quatre jours, et chacun y jeta son cœur, les Gaulois comme les Romains, conduits par les légats du proconsul. Enfin César lui-même décide de prendre part au combat ; il dévale les pentes de la montagne de Flavigny, où il avait installé son poste de commandement : on le reconnaît à son manteau pourpre de général qu'il avait coutume de porter dans l'action. Aussitôt des clameurs s'élèvent de tous côtés, de haine chez les Gaulois, de triomphe chez les Romains. Et, le quatrième jour, pour la grande armée gauloise, c'est la retraite ; la cavalerie germanique qu'avait engagée César la poursuit, atteint son arrière-garde peu après minuit et la massacre ; les autres guerriers parviennent à s'échapper et se dispersent sous le clair de lune, dans la nuit équinoxiale.

C'était fini et bien fini.

Vercingétorix réunit les chefs gaulois qui sont avec lui et s'adresse à eux :

– Cette guerre, leur dit-il, je ne l'ai pas entreprise au nom d'une folle ambition personnelle. Je l'ai faite par amour de la liberté et pour offrir cette liberté à tous les Gaulois. Il nous faut céder à la fortune. Je fais don de ma personne à la Gaule : elle vous appartient et vous pouvez tenter d'apaiser la colère des Romains à votre choix, soit par ma mort, soit en me livrant vivant à leur châtiment.

On envoie des députés à César. Il accepte la reddition de la place, à la condition qu'on lui livre les chefs et les armes des assiégés et il s'installe, de pourpre vêtu, sur sa chaise curule d'or, devant les retranchements qu'il avait fait construire pour le blocus, souverain et muet.

Les portes de la ville s'ouvrent. Un triste cortège s'avance : ce sont les chefs de l'armée gauloise qu'on lui amène. La lente marche funèbre de l'Arverne commence.

Un à un, les chefs défilent devant le proconsul vainqueur. À leur passage devant lui, ils jettent leurs armes à ses pieds, avec un fracas sinistre.

Puis Vercingétorix, paré de ses plus belles armes, sort à son tour de la ville. Il se tient droit et muet sur son cheval. il tourne lentement autour de César et de son état-major. César fixe sans émoi ses yeux bleus de Gaulois. Puis le chef vaincu descend de sa monture, lui ôte ses ornements, se dépouille lui-même de toutes ses armes, les jette aux pieds de César, sans un mot, et va s'asseoir à ses pieds, dans l'attitude du suppliant.

César, moins théâtral, ordonne de mettre le roi des Arvernes aux fers, fait grâce de la vie aux autres chefs et, conformément aux usages de la guerre de l'époque, distribue les prisonniers comme esclaves à son armée entière, en guise de butin, à raison d'un esclave par soldat. Les prisonniers arvernes et éduens eurent droit à un traitement de faveur : ils conservèrent leur statut d'hommes libres et furent rendus à leurs peuples respectifs ; le proconsul vainqueur redevenait le politique qu'il avait toujours été : il songeait déjà à se servir d'eux pour regagner la soumission et l'amitié de leurs nations.

Le 27 septembre, César envoyait au Sénat la plus brève de ses éphémérides, qui disait : « César a vaincu, la guerre des Gaules est terminée. »

LIVRE 3
LE CRÉPUSCULE DU DIEU

CHAPITRE PREMIER

L'après-guerre

(septembre 52-février 51)

Le matin du 28 septembre 52, César s'éveilla en frissonnant. Il lui fallut deux ou trois minutes pour se rendre compte qu'il avait dormi dans une des belles demeures d'Alésia, qui avait dû appartenir à quelque riche propriétaire gaulois. Il faisait froid, et il pleuvait sur la ville déserte, gardée par des légionnaires usés de fatigue. Hirtius, son lieutenant, se tenait debout devant la porte de la chambre :

– Salut, César, celui qui vient de prendre un robuste petit déjeuner te salue. As-tu bien dormi ? demande-t-il au proconsul.

– Pas trop mal, pour un vainqueur. Durant mon sommeil je n'ai éprouvé ni dépit, ni ressentiment, ni remords. Mais quel gâchis ! J'avais presque réussi, sans trop coup férir, à unir tous ces peuples qui passaient leur temps à se battre comme des enfants, à les engager sur la voie de la civilisation et de la paix, à les mettre définitivement à l'abri des sauvages hordes germaniques, et voilà que cet Arverne a failli tout saboter. C'est un véritable crime contre les peuples gaulois qu'il a commis, en les soulevant, ce Vercingétorix.

– Mais, César, lui fait remarquer Hirtius, il les a soulevés pour une bonne cause, celle de la liberté et de l'indépendance des peuples, que Rome a souvent bafouées dans son histoire.

– Des peuples qui passent leur temps à se massacrer les uns les autres, pour la seule gloire de quelques chefs qui se moquent de leur bien-être et de leur bonheur, ne sont pas des peuples libres ; ils sont asservis aux caprices de ceux des leurs qui se disent « rois », « nobles » ou « sénateurs ». La liberté et l'indépendance, cela exige une même loi pour tous et la paix : cela, aucun des cent peuples gaulois ne l'a connu, sauf peut-être les Éduens et les Rèmes. Mais ils n'étaient pas assez forts, ni assez nombreux, pour résister aux bandes dévastatrices des Helvètes d'abord et d'Arioviste ensuite : c'est pourquoi ils m'ont appelé à leur secours. Après que je les eus débarrassés des uns et des autres, ils ont vécu dans la paix et dans la justice, à l'ombre de mon glaive, qui ne s'est jamais tourné contre eux. Rome ne les a pas outragés.

– Alors, selon toi, l'Arverne a tout gâché.

– C'est bien évident. Il a voulu faire comme son père, et asservir les peuples de la Gaule.

– Tu veux parler de Celtill ?

– Oui. Ceux des druides qui étaient de mes amis, comme ce pauvre Diviciac, me l'ont souvent raconté : Celtill était un ambitieux qui voulait dominer les nations gauloises, leur imposer tribut, et se créer un empire celtique. Il n'y est d'ailleurs jamais parvenu.

– Alors, selon toi, Vercingétorix n'aurait été qu'un aventurier, qui a voulu saisir l'occasion de faire comme papa ?

– Je le pense. Voilà sept ans que je suis en Gaule et j'ai tenté de faire de chacune des nations gauloises avec lesquelles j'ai passé des traités non pas *ma* chose, mais un État qui soit protégé des convoitises des autres. Je n'en ai jamais opprimé aucune, je ne les ai jamais obligées de vivre selon la loi de Rome, bien que celle-ci soit, dans bien des cas, nettement plus évoluée que les traditions gauloises, et je leur ai apporté la paix et la sérénité. En sept mois, Vercingétorix a presque tout détruit, et, maintenant, il me faut tout reconstruire, non pas pour la gloire de Rome ou pour la mienne, mais pour la Gaule, afin qu'elle devienne un pays uni et pacifique, que les légions romaines sauront toujours protéger des Germains. Dans mille ans, dans deux mille ans, on parlera encore de cette Gaule-là.

Puis, se levant de sa couche :

– Viens, Hirtius, allons faire un tour dans Alésia.

La ville était déserte. César s'arrête devant un temple consacré à Teutatès et il y pénètre : il y voit un glaive romain suspendu au plafond.

– Qu'est-ce que ce glaive fait donc là ?

– Ce sont les autorités de la ville qui l'ont ainsi exhibé, pour exalter le courage de ceux qui la défendaient, en prétendant que c'était ton propre glaive, proconsul, et qu'un guerrier gaulois te l'aurait arraché pendant le combat.

César ne dit mot et sort du temple. Puis il réunit ses légats et donne ses consignes :

– La guerre est finie. J'interdis le pillage de la ville : tout légionnaire qui sera pris en flagrant délit de vol ou de destruction sera puni de mort. Il y a beaucoup d'objets en or dans ces temples : que les intendants militaires fassent l'inventaire des richesses de la ville, car elles iront sans doute au Trésor public de Rome. Quant aux prisonniers arvernes et aux civils qui sont encore en vie, qu'on les libère immédiatement.

– Mais, César, fait remarquer un tribun militaire, c'est contraire aux lois de la guerre : les prisonniers font partie du butin et doivent être vendus sur les marchés aux esclaves.

– Je ne traiterai pas les Gaulois comme des choses. Ces Arvernes se sont bien battus, ils resteront des hommes libres, et j'en ferai autant avec les Éduens chez lesquels nous allons partir immédiatement, car j'installerai mon quartier général à Bibracte, comme au bon vieux temps de mon arrivée en Gaule.

César arriva à Bibracte dans les premiers jours d'octobre. Les portes de la citadelle étaient ouvertes, et il se rendit directement sur le forum de la ville éduenne, où l'attendaient tous les chefs de la cité. À son arrivée sur la place, ils se prosternent tous devant lui. L'heure était aux discours, et celui que César prononça fut un modèle de prudence politique.

– Mes amis, leur dit-il, redressez-vous. Je ne reviens pas à Bibracte en vainqueur, mais en ami de votre peuple, qui fit appel à moi, il y a sept ans, pour écarter les Helvètes de votre territoire. Je suis prêt à vous accorder le pardon de Rome et à renouveler nos accords d'antan, qui faisaient de vous les amis et les alliés des Romains, et à traiter vos 35 000 guerriers en hommes libres, et non pas en prisonniers ou en esclaves. Je vous demande simplement, en échange, de renouveler les serments de paix et d'amitié que vous m'aviez prêtés jadis, et de me livrer vos enfants comme otages, afin que je les fasse éduquer à Ravenne ou à Rome et qu'ils deviennent eux-mêmes, plus tard, les chefs qu'ils mériteront d'être.

Des acclamations de joie fusent de toutes parts. Sans armes et sans combat, César a reconquis la nation éduenne. Les chefs arvernes se présentent ensuite ; ils sont conduits par Gobannitio, l'oncle de Vercingétorix :

– César, dit celui-ci, j'implore respectueusement ta clémence pour notre peuple. Moi et les chefs qui m'entourent, nous n'avons pas voulu la guerre, et nous avons été victimes de cet usurpateur de Vercingétorix. Nous vivions dans la paix de nos montagnes d'Auvergne, et nous l'avions chassé de Gergovie ; il y est revenu avec une bande de hors-la-loi, nous en a chassés et a pris la tête de cette insurrection dont nous ne voulions pas. Rends-le-nous, et nous le châtierons comme il le mérite.

– Vercingétorix est mon prisonnier, je le garde. Mais j'accorde bien volontiers au peuple arverne et à ses guerriers le pardon de Rome ; j'ai donné l'ordre, à Alésia, de libérer sur-le-champ tous les prisonniers arvernes. Accomplissons les serments rituels d'alliance et d'amitié, et Rome vivra en paix avec vous comme avec les Éduens.

César quitte le forum de Bibracte sous les vivats. Les autorités de la ville viennent respectueusement lui demander quelles sont ses intentions en ce qui concerne Bibracte :

– J'aime votre belle ville. C'est elle qui m'a accueilli en Gaule, il y a sept ans, et je constate qu'elle m'est toujours fidèle. Ne craignez donc rien : elle ne sera pas livrée au pillage, et, pour vous montrer la confiance que j'ai en vous, j'ai décidé d'y établir mon quartier général. Les deux seules choses que j'exigerai de la municipalité, c'est de mettre à ma disposition les bâtiments nécessaires à l'installation de mon état-major, et de pourvoir à l'entretien des légions qui hiverneront sur votre territoire, au pied de votre colline.

– Combien y en aura-t-il, proconsul ? demandent les échevins de Bibracte.

– Cinq en tout, sur votre territoire, dont deux dans Bibracte même.

– Cela fait beaucoup de monde à nourrir.

– Je sais, mais il faut ce qu'il faut.

Les échevins de Bibracte remercièrent César de son amitié et de sa confiance, et ils lui offrirent l'une des plus vastes maisons de la ville, agencée comme une villa romaine. Le proconsul y fit venir immédiatement ses bagages et y réunit ses légats.

– Je vais vous expliquer mes plans pour les quartiers d'hiver, leur dit-il. La guerre est finie, les Rèmes ne se sont pas départis de leur fidélité à notre égard et nous pouvons compter sur les Éduens ; quant aux chefs arvernes, ils me sont reconnaissants de les avoir débarrassés de Vercingétorix, qu'ils considéraient comme un usurpateur. Mais il y a d'autres aventuriers gaulois qui n'ont pas encore perdu tout espoir d'immoler les Gaules à leur ambition ou à leur cupidité, et, d'après mon service de renseignements généraux, ils complotent en sourdine.

– De qui s'agit-il ? demande Labiénus, son légat en chef, qui était à ses côtés en Gaule depuis le début de son proconsulat.

– Le plus dangereux est Comm d'Arras. Il a organisé un petit réseau d'agitateurs chez les Bellovaques, autour de Beauvais ; il s'est acoquiné avec le chef le plus populaire des Bellovaques, un certain Corréos.

– Je ne comprends pas ce Comm, dit Labiénus. Ce n'est pas une tête brûlée, comme Vercingétorix ; il est intelligent, avisé et se doute bien qu'il n'a aucune chance contre nous.

– Que veux-tu, dit César, l'ambition c'est comme l'amour : elle rend les hommes aveugles. Il faut donc avoir l'œil sur les Bellovaques. D'autant que les Aulerques d'Évreux sont leurs alliés et qu'aucune nation d'Armorique n'a renouvelé les serments de soumission et d'alliance avec Rome.

– Les Aulerques ne sont pas loin des Carnutes, dit Labiénus, et n'oublions pas que ces derniers ont été à l'origine de l'insurrection.

– Je ne l'oublie pas, dit César, pas plus que je n'oublie que leur agitateur en chef, le druide Gutuatr, est toujours sur la brèche, et qu'il faut compter aussi avec Drappès, Lucter et Dumnac, le chef des Andécaves (les Angevins). En outre, on m'a appris récemment qu'Ambiorix était sorti de sa tanière des Ardennes.

– Il ne manquait plus que celui-là ! s'exclame Quintus Cicéron, qui avait failli être sa victime.

– Pour toutes ces raisons, j'ai décidé de faire hiverner cinq légions en pays éduen ; elles seront à proximité des foyers d'insurrection possibles, tant chez les Belges de la Meuse que chez les Bellovaques ou les Carnutes. D'autre part, j'en mets deux chez les Rèmes (en Champagne), qui m'ont toujours été fidèles, pour les protéger d'une agression éventuelle des Trévires et des Éburons, et deux chez les Séquanes (en Franche-Comté) pour la même raison. Enfin j'en placerai une chez les Bituriges et une chez les Rutènes, qui sont loin d'être calmes. J'ai fait inscrire sur un *album* les affectations de chacun d'entre vous.

Les collaborateurs du proconsul se précipitent sur l'affiche blanche qui est apposée sur le mur de la salle de conférence et la commentent en plaisantant. Ils admirent l'extraordinaire intelligence stratégique de César :

PEUPLES	LIEUX DE CANTON-NEMENT	NUMÉROS DES LÉGIONS	NOMS DES LÉGATS
ÉDUENS	Bibracte	X^{e} et XIIe	Commandées par César
	Chalon	XIVe	Quintus Cicéron
	Mâcon	VIe	Publius Sulpicius
	Dompierre-sur-Besbre	XIe	Antistius Réginus
SÉQUANES	Besançon	VIIe et XVe et un escadron de cavalerie	Labiénus (avec Sempronius Rutilius comme lieutenant)
RÈMES	Reims ou Mouzon	VIIIe	Caïus Fabius
		IXe	Minucius Basilus
BITURIGES	entre Bibracte et Bourges	XIIIe	Titus Sextius
RUTÈNES	Rodez	Ire	Caninius Rébilus

– Bravo, César, dit Labiénus ; tu as tout prévu.

– Je n'y ai aucun mérite, dit le proconsul ; j'ai établi ce plan en fonction des informations que m'ont transmises mes espions. D'après eux, les Gaulois ont compris la leçon d'Alésia. Ils savent maintenant que, même avec une armée très nombreuse, ils ne pourront jamais battre les Romains s'ils concentrent leurs troupes pour les attaquer. En revanche, si plusieurs peuples se soulèvent en même temps sur plusieurs fronts, ils pensent pouvoir arriver à leurs fins. C'est pourquoi j'ai dispersé les légions : soyez tous attentifs à ce qui se passe autour de vous, car le feu peut reprendre n'importe où.

L'automne se passa dans le calme le plus absolu. César, bien installé dans sa petite villa de Bibracte savourait sa gloire. À Rome, où l'on avait appris la chute d'Alésia et la reddition de Vercingétorix, exploits que l'on disait dignes d'un dieu plus que d'un simple mortel, un sénatus-consulte décréta en son honneur vingt jours de supplications aux dieux. En haut du mont Beuvray, le proconsul écrivait, de main de maître, le récit de sa guerre des Gaules, au moins autant pour la postérité qu'en prévision de son retour politique à Rome, qui s'annonçait riche en embûches de toutes sortes et qu'il ne pouvait envisager dans l'immédiat, car, il le sentait, la grande victoire d'Alésia n'avait pas arrêté net l'agitation des Gaules.

Chaque jour, des agents venus des quatre coins du pays gaulois lui apportaient des nouvelles alarmantes. Il s'en entretenait un matin, vers la fin du mois de novembre, avec un jeune homme d'une trentaine d'années, arrivé de Rome l'année auparavant, et dont il avait fait son questeur, le chargeant notamment de diverses questions d'intendance.

Ce personnage devait, par la suite, jouer un rôle important dans la vie de César. Il était issu d'une famille plébéienne illustre et fortunée, la famille Antonius. Son grand-père, Marcus Antonius, surnommé *Orator*, parce qu'il avait été un illustre orateur, avait pris jadis le parti de Sylla : en 87, Marius, l'oncle de César, l'avait fait décapiter et avait exposé sa tête sur la tribune aux harangues. Son père, Marcus Antonius, surnommé *Creticus* parce qu'il était mort au cours d'une expédition en Crète contre les pirates en 83, avait épousé une lointaine petite-cousine de César, nommée Julia, comme toutes les femmes de la famille Julius, mais il était mort quelques semaines avant la naissance de son fils, Marcus Antonius – Marc Antoine – qui avait trente et un ans lorsqu'il était arrivé en Gaule.

Il avait reçu une éducation soignée, dans la maison du second mari de sa mère, Cornélius Lentulus, surnommé *Sura* (« le Syrien », consul en 71, exécuté en

63 en tant que complice de Catilina). Après la mort de son beau-père, le jeune Marc Antoine se signala, à Rome, par ses débauches et par l'importance de ses dettes, et il dut fuir en Grèce pour se soustraire à ses créanciers. Là il rencontra, en 57, l'ancien consul Gabinius, l'ami de César, qui venait d'être nommé proconsul en Syrie et qui lui donna le commandement de sa cavalerie. De retour à Rome en 54, il devient tribun de la plèbe et augure, embrasse avec chaleur le parti césarien et s'attire, bien entendu, la haine des sénateurs. Pour échapper à leur hargne, en 52, il s'enfuit en Gaule, déguisé en esclave, et rejoint César, qui se l'attache comme questeur.

Ce matin-là, donc, César confiait ses craintes à Marc Antoine :

– D'après mes informateurs, le bruit court d'une prochaine flambée de violence chez les Bituriges. Il se tient chez eux, paraît-il, des colloques de guerre : certains parlent de venger la tuerie d'*Avaricum* (Bourges).

– Qu'est-ce qui s'est passé dans cette ville ?

– C'était au mois de mai dernier, avant que tu n'arrives en Gaule. Le siège d'*Avaricum* a duré un mois. Quand nous avons pris la ville, mes légionnaires ont eu la main lourde : ils ont égorgé tous ses habitants, hommes, femmes et enfants ; 40000 Bituriges sont morts ce jour-là.

– C'est ridicule.

– Je le sais, mais la guerre, c'est la guerre, et il y a des moments où l'on ne peut pas retenir les hommes. Tu verras, quand tu commanderas des légions. En ce qui concerne les Bituriges, je ne veux pas me laisser surprendre par un soulèvement : lorsque le feu de l'insurrection s'allume quelque part, il risque de s'étendre et d'embraser tout le pays. Je vais organiser une expédition pour l'exemple et frapper le premier.

– Tu veux encore massacrer des Bituriges ?

– Que non ! J'ai simplement l'intention de leur faire peur, de confisquer leurs biens, de faire prisonniers les paysans dans leurs champs, les artisans dans leurs boutiques, bref de lancer un gigantesque coup de filet, sans tuer personne. Cela leur donnera l'occasion de réfléchir aux inconvénients des complots et aux avantages des traités de paix... et ce sera un avertissement gratuit pour ceux de leurs voisins qui seraient tentés de les imiter.

– Tu vas y aller toi-même ?

– Oui. Je pourrai mieux doser les réactions de mes légionnaires.

– Mais qui commandera ici, en ton absence ?

– Toi.

– Moi ? Mais je n'ai jamais commandé de troupes, sinon la cavalerie de Gabinius.

– Tu te débrouilleras très bien. Je partirai le 25 décembre, avec une escorte de cavaliers, rejoindre la XIIIe légion, à la frontière du pays éduen, et je ramasserai la XIe légion au passage.

– Et ensuite ?

– Je pénétrerai discrètement dans le pays des Bituriges, en interdisant qu'on incendie les granges devant lesquelles nous passerons.

– Pourquoi ?

– Parce que nous aurons besoin des fourrages et du blé qu'elles contiennent ; en outre, j'ai l'intention de surprendre les Bituriges dans leurs champs ; il ne faut donc pas que les flammes et la fumée des incendies leur donnent l'alarme et qu'ils courent se réfugier derrière les murs des villes : je n'ai pas l'intention de recommencer le coup d'*Avaricum.*

César fit comme il avait dit et son arrivée soudaine dans le Berry fit l'effet d'un coup de tonnerre. Tandis que les paysans berrichons travaillaient, tranquilles, dans leurs champs, la cavalerie de César tomba sur eux avant même qu'ils pussent se réfugier dans les cités voisines, qui avaient pactisé avec le proconsul. À coup de marches forcées, il se montra partout et fit des milliers de prisonniers sans en tuer aucun. Devant une telle situation, les chefs bituriges, confiants dans la clémence de César, vinrent faire leur soumission : ils furent admis à donner des otages et à recevoir, en échange, le titre d'allié du peuple romain. En récompense de leurs efforts, les légionnaires, qui avaient dû combattre en hiver, par des froids intolérables et sur des terrains difficiles, reçurent une prime de 200 sesterces chacun et les centurions eurent droit à une gratification de 1 000 sesterces.

Les nations voisines, celles des Sénons, des Limousins et des Turons, et d'autres encore, ayant à choisir entre la clémence en cas de soumission et une punition impitoyable dans le cas contraire, furent réduites de la même façon.

Peu de temps après, le 19 septembre, une ambassade de ces mêmes Bituriges se présente devant les portes de Bibracte et demande à parler à César. On leur répond que le proconsul est en train de rendre la justice, mais qu'il les recevra dès que l'audience sera levée.

Une fois ses assises terminées, César reçoit les députés bituriges.

– Quel bon vent vous amène, leur dit-il, ou plutôt quelle bourrasque, ajoute-t-il en plaisantant, car les routes sont gelées et, ici, il neige depuis que je suis rentré de chez vous.

– Ce qui nous amène est pire qu'une bourrasque, César : les Carnutes viennent de nous déclarer la guerre.

– Pour quel motif ?

– Sans doute parce qu'ils nous en veulent d'avoir conclu la paix avec Rome.

– Les Carnutes et leurs druides sont devenus des empêcheurs de tourner en rond. Ce sont eux qui portent la responsabilité des centaines de milliers de morts de la guerre qui s'est achevée devant Alésia, et ils veulent en rallumer une autre ! Amis Bituriges, retournez dans votre pays, et comptez sur moi : je vais leur montrer de quel bois je me chauffe, à ces Carnutes.

Puis, se tournant vers Marc Antoine, qui était toujours à ses côtés :

– Antoine, fais préparer mon escorte, je pars sur-le-champ, et prends le commandement du camp en mon absence.

Le plan de César était de laisser se reposer la XIe et la XIIIe légions, qui venaient de faire une guerre épuisante contre les Bituriges, et de tirer de leur quartiers d'hiver la XIVe et la VIe, cantonnées respectivement à Chalon et à Mâcon. Accompagné du légat Trébonius, il prend alors, avec elles, la route de Nevers et se dirige vers le pays des Carnutes, par la vallée de la Loire.

Lorsque ceux-ci apprennent, par leurs crieurs, l'approche des légions romaines, une terreur panique s'empare de tous. Chacun tremble, on se croit perdu, les paysans se terrent dans des grottes ou s'enfuient dans les forêts ; les citadins, conduits par leurs chefs, abandonnent *Genabum* (Orléans), leurs autres cités, et s'éparpillent dans les campagnes alentour. Voyant cela, comme on était au plus fort de la saison froide, et pour éviter une trop grande fatigue à ses troupes, César décide d'installer ses deux légions dans Orléans, vidée de ses habitants, afin qu'elles y terminent leur hivernage.

Les Carnutes errèrent ainsi, sous la conduite du prêtre Gutuatr, dans les forêts où les druides avaient coutume de se réunir et où les arbres avaient perdu leurs feuilles. Beaucoup d'entre eux périrent alors de faim et de froid, ou égorgés par les cavaliers de l'armée romaine lorsque ceux-ci, profitant d'une belle journée d'hiver, couraient les traquer dans les bois. Lorsque le printemps revint, il n'y avait plus guère de Carnutes autour d'Orléans : ils étaient morts ou s'étaient enfuis, tant bien que mal, dans des territoires appartenant à des peuples voisins.

Quant à César, constatant que sa présence personnelle dans le pays n'était plus nécessaire, il confie le commandement des légions qui hivernent à *Genabum* au légat Trébonius, avec ordre d'y rester jusqu'à la belle saison, et retourne à Bibracte.

– Encore un mois, et c'est le printemps, dit-il à son secrétaire Rufus, sur le chemin du retour. Nous allons en profiter pour relire ensemble les *Commentaires* que j'ai écrit sur mes guerres gauloises l'automne dernier.

CHAPITRE II

Le printemps de Beauvais

(mars-décembre 51)

Il était dit que César ne pourrait pas passer l'hiver en paix, à corriger son manuscrit des *Commentaires*.

À Beauvais, chez les Bellovaques, l'un des peuples belges les plus puissants depuis l'anéantissement des Suessions, soufflait un vent d'indépendance, sinon de liberté. Leur chef, Corréos, soutenu par l'Atrébate Comm – qui devait tenter sa chance plus tard dans la grande île britannique –, avait brandi l'étendard de la révolte, et ces deux hommes avaient rallié à leur cause non seulement leurs compatriotes, mais aussi tous les peuples voisins, des côtes de la Manche jusqu'à la frontière des Rèmes, qui étaient restés fidèles à Rome : les Calètes du Vexin, les Véliocasses de Rouen, les Ambiens d'Amiens, les Véromanduens de Saint-Quentin. La situation devenait d'autant plus délicate qu'Ambiorix avait refait son apparition du côté des Ardennes et qu'il assurait, avec ses Éburons retrouvés, la liaison entre les Trévires et les Bellovaques. Ainsi, du Rhin aux côtes de la mer du Nord et de la Manche jusqu'à la Loire, c'étaient toute la Belgique et le nord de la Celtique qui se soulevaient.

Le printemps approchait. L'insurrection se propageait le long des côtes de l'Océan, vers l'Aquitaine, et, contournant le Massif central, où les Arvernes étaient devenus les meilleurs alliés de Rome, elle s'étalait lentement, comme une tache d'huile, vers les Cadurques de Cahors et du Quercy, dont le chef était Lucter, et vers les Rutènes de Rodez, où le Sénon Drappès était venu prêcher le soulèvement. Il était temps pour César de réunir son état-major et d'établir un plan de campagne.

Le conseil de guerre eut lieu au début du mois de mars 51, à Bibracte. L'exposé de César à ses lieutenants fut bref :

– Vous savez tous que les Gaulois de Belgique, de la Loire et du Sud-Ouest sont en état d'insurrection. Je précise qu'il ne s'agit pas encore d'un soulèvement organisé et armé, comme celui qui fut dirigé par Vercingétorix l'année dernière. Nulle part il n'y a eu d'attaque de citoyens romains, de guet-apens ou d'assassinats. Il s'agit d'une insurrection passive.

– Comment donc se manifeste-t-elle ? demandent les légats.

– Par le refus d'adhérer aux traités de paix que je propose aux peuples gaulois, avec échange de serments et offre d'otages, comme il est de règle et comme l'ont fait, par exemple, les Éduens, les Arvernes, les Rèmes, les Lingons ou les Séquanes. Les insurgés ne veulent pas la paix, mais ils ne nous font pas encore la guerre, et cette situation très instable est dangereuse pour l'avenir des Gaules.

– Existe-t-il un chef, comme l'était Vercingétorix, ou un comité politique, comme l'avaient organisé les coalisés dans la forêt des Carnutes en 52, avec les druides ?

– Non, répond César. Et les peuples qui s'insurgent ainsi n'ont aucune direction centrale, ni même d'armée.

– Comment agissent-ils donc contre Rome ? demande Hirtius, qui prenait force notes, comme à son habitude, lors des conseils de guerre.

– En fermant leurs villes aux légions, en se faisant la guerre les uns aux autres comme l'ont fait les Carnutes avec les Bituriges ; quand nous réquisitionnons des troupeaux ou des sacs de blé, ils nous les refusent. De proche en proche, ils passent de la désobéissance passive au harcèlement et aux embuscades. Le danger le plus grave, bien entendu, c'est la présence, de l'autre côté du Rhin, de bandes germaniques qui ne demandent qu'à franchir le fleuve : le péril suève, en particulier, est loin d'être écarté. Si nous ne pouvons tenir, en confiance, le territoire gaulois, nous perdrons les Gaules et les efforts de sept années de guerre et de négociations seront réduits à néant.

– Que faire ? Employer la force ?

– Il ne faut surtout pas faire la guerre aux Gaulois, répond César ; il faut les obliger à faire la paix.

– Quel est le chef le plus représentatif et le plus dangereux ? demande Quintus Cicéron.

– Comm l'Atrébate, répond César. Je le connais bien, il a œuvré pour moi lors de l'expédition chez les Britanniques, en 55 ; c'est un diplomate très habile et il saura mettre en œuvre toute son énergie et toute sa science de la persuasion pour décider Corréos, le chef des Bellovaques, et l'amener à la guerre.

– Comment cela ? interroge Marc Antoine.

– Je vais vous l'expliquer, dit César. Corréos a de nombreux peuples-clients et sa nation peut devenir la force de frappe d'une nouvelle insurrection, comme l'avait été celle des Arvernes.

– Ils sont si forts que cela, les Bellovaques ? demande Hirtius.

– C'est la plus forte puissance militaire de la Gaule, et nous avons eu de la chance que Corréos ait refusé de participer à l'entreprise de Vercingétorix : non seulement il lui aurait apporté, dès le début, une armée très puissante, mais encore il ne se serait pas laissé enfermer dans le piège d'Alésia.

– Dans ce cas-là, pourquoi Corréos hésite-t-il ?

– Parce qu'il sent que l'affaire est hasardeuse, et qu'il risque de tout perdre : son peuple, ses villes et sa vie.

– Alors, si Corréos n'a pas voulu suivre Vercingétorix, je ne vois pas pourquoi il suivrait aujourd'hui Comm l'Atrébate, dit Marc Antoine.

– Je vais vous dire, moi César, ce que va faire Comm : il va mettre Corréos dans une situation telle qu'il ne pourra éviter d'entrer en guerre contre nous.

– Je serais bien curieux de savoir comment, réplique Marc Antoine.

– Corréos a maintes fois déclaré qu'il ne prendrait les armes contre Rome qu'en cas d'invasion de son propre territoire, car il ne veut se battre pour personne, sinon pour lui-même. Or les Bellovaques ont pour voisins les Rèmes, qui sont nos alliés indéfectibles. Si j'étais à la place de Comm, j'exciterais Corréos contre les Rèmes, sans avoir l'air d'y toucher ; les Rèmes répliqueraient militairement, les Bellovaques seraient bien obligés de répondre à la guerre par la guerre, mais, en prenant les armes contre les Rèmes, ils ne pourraient faire autrement que de les prendre contre les alliés de ceux-ci, à savoir les Romains.

– Bravo, dit Marc Antoine, mais par quel moyen provoquer les Rèmes ?

– Les Rèmes ont pour clients les Suessions de Soissons, qui furent naguère très puissants. Or la frontière des Suessions touche celle des Bellovaques : il n'y a qu'à provoquer un incident de frontière, les Bellovaques entreront en pays suession, les Rèmes viendront au secours de leurs clients... et Rome viendra aider ses alliés les Rèmes. De sorte que les Bellovaques se trouveront, sans l'avoir voulu, en guerre contre Rome.

– Tu crois vraiment que cet Atrébate de Comm va échafauder une telle combinaison ? C'est une histoire à dormir debout, dit Marc Antoine.

– Tu verras, lui répond César.

Ce fut tout vu. Deux jours plus tard, les Bellovaques attaquaient les Suessions, les Rèmes en appelaient à César et celui-ci envoyait les deux légions stationnées près de Reims, la VIIIe et la IXe, contre les Bellovaques, dans le pays des Suessions ; pour ne pas être pris au dépourvu, César appela deux légions supplémentaires : la XVe, cantonnée chez les Séquanes, fut aussi dirigée vers les Suessions, et la XIe fit mouvement de Bibracte à Orléans.

César, en déjouant le jeu de Comm, l'avait pris de vitesse. Il avait l'avantage de l'offensive, et quatre légions à sa disposition ; le mois d'avril était commencé, les pluies de mars avaient humidifié les terres qui n'étaient plus gelées, on pouvait y creuser des tranchées et des fossés, et les Bellovaques, se préparant à une grande bataille, avaient abandonné leurs granges, qui regorgeaient de fourrages et de grains. Toutes les conditions d'une guerre fraîche et joyeuse étaient réunies : elle fut un modèle du genre et mérite d'être contée par le menu.

À en croire les paysans bellovaques que les officiers de César interrogeaient et les rapports de ses espions, Corréos était à la tête d'une grande armée – certains parlaient de 100 000 guerriers – et il avait déclaré que, si César venait avec trois légions seulement, il accepterait le combat, certain d'en sortir vainqueur, mais que si les troupes romaines étaient plus nombreuses, il le refuserait et pratiquerait une guerre de harcèlement, en dressant des embuscades contre les Romains et en désorganisant leurs services de ravitaillement :

– La meilleure façon de neutraliser une légion, c'est d'affamer ses légionnaires, avait coutume de dire Corréos.

Dès qu'il fut en possession de ces renseignements, César réunit ses légats :

– Puisque Corréos est prêt à accepter le combat si je viens à lui avec trois légions, je vais marcher contre lui avec quatre légions, j'en camouflerai une, et je provoquerai le combat par tous les moyens.

– Où est l'ennemi ? demande Labiénus.

– Sur une colline entourée de marais, à l'entrée d'une forêt (il s'agit du mont Saint-Marc, à l'entrée de la forêt de Compiègne ; la frontière du pays des Suessions passait près de l'actuel Ressons-le-Long, dans le département de l'Aisne, près de Soissons) ; il y aurait plus de 100 000 guerriers.

– Qu'attendons-nous pour partir ?

– Mon barbier, répond César. Je ne pars jamais en guerre sans m'être fait raser.

Ce rituel accompli, l'armée romaine s'ébranle. En six jours, les quatre légions de César, dont l'une avance cachée dans les forêts, débouchent à l'entrée de la forêt de Compiègne. La colline dont a parlé César – le mont Saint-Marc – et les buttes environnantes sont noires de guerriers bellovaques. Le proconsul tente de les attirer au pied de la colline et leur offre le combat en alignant ses légions ; prudent, Corréos ne bouge pas et César installe son camp sur une hauteur voisine (le mont Saint-Pierre-en-Chastre). Les légionnaires se mettent à leurs pelles et à leurs pioches et, en quelques journées, on voit surgir un camp romain de 25 hectares, avec ses fossés, ses remblais, ses palissades, ses tours à plusieurs étages, ses passerelles d'accès. Des renforts arrivent : trois légions supplémentaires, commandées par Trébonius et des cavaliers, fournis par les Rèmes et les Lingons.

Que va faire Corréos ? Combattre ? Certainement pas, il a l'avantage du nombre mais non pas celui de la science des batailles. Fortifier son camp et soutenir un siège ? Ce fut l'erreur de Vercingétorix à Alésia, elle lui a servi de leçon. Avec sagesse, il décide de battre en retraite, afin de pouvoir entreprendre, par la suite, une *guérilla* de harcèlement, stratégie souvent souveraine contre les grandes armées. César, devançant les intentions de Corréos, a aligné sa cavalerie et ses légions pour l'empêcher de fuir.

Corréos a recours à un stratagème de camouflage. Les Gaulois avaient coutume de prendre leurs repas assis sur des bottes de paille ou des branchages et ils en avaient des quantités dans leur camp. Ils se les passent de main en main, et les placent devant leurs lignes ; puis, à la tombée du jour, ils enflamment le tout. Un rideau de feu les dérobe alors à la vue des

Romains, masquant leur retraite et leur permettant de s'enfuir, protégés par la barrière des incendies.

César, qui a compris le manège de l'ennemi, se lance avec sa cavalerie à la poursuite des Bellovaques. Mais, craignant d'être attiré par eux jusqu'à une position où il serait en situation d'infériorité, il avance lentement, avec précaution, et les chevaux, effrayés par les flammes et par la fumée, sont rétifs. Finalement, les Bellovaques parviennent à s'enfuir. Ils courent, plus qu'ils ne marchent, jusqu'à une distance de dix milles (15 km) au plus, et gagnent une position très forte, au-delà du confluent de l'Aisne et de l'Oise (sur le mont Ganelon), d'où ils harcèlent, tous les jours, les soldats romains quand ils vont au fourrage ou aux vivres, en leur tendant des embuscades.

L'affaire aurait pu durer des mois, si Corréos n'avait commis une faute énorme. Il n'avait pas la patience inaltérable de César, et, un beau jour, il voulut participer lui-même à une embuscade. Il partit dans la forêt avec 7 000 hommes, et se cacha avec eux sur la route qu'empruntaient les fourrageurs et les soldats qui allaient chercher des vivres. César en fut averti par des espions, mais il envoya quand même fourrageurs et soldats le long de l'Aisne, comme si de rien n'était, et leur donna l'ordre d'accepter le combat s'ils tombaient dans une embuscade. Puis il mit en mouvement quatre légions, qui les suivaient à distance.

Les fourrageurs parviennent au lieu de l'embuscade. Corréos et quelques guerriers leur sautent dessus ; les Romains résistent et sortent de la forêt, ce que voyant, Corréos fait sortir tous les siens des fourrés. César n'attendait que ce moment : il donne l'ordre aux légions d'attaquer, et elles font un véritable carnage. Corréos, que nul malheur n'abat, se bat comme un enragé ; il est cerné de toutes parts, et on lui crie de se rendre : il répond en frappant à grands coups d'épée autour de lui, tuant et blessant beaucoup de monde, et il finit par succomber sous la volée des javelots romains.

Quand César arriva lui-même sur les lieux, il n'eut plus qu'à compter les cadavres.

Le proconsul partit alors à l'assaut du camp gaulois. Les confédérés, privés de leur chef, avaient perdu de leur combativité, et les chefs bellovaques souhaitaient se rendre : ils envoient des députés à César.

– Proconsul, dit le représentant des députés, nous avons été entraînés dans cette folie par l'ambition de Corréos et l'influence néfaste de Comm, l'Atrébate. Aujourd'hui, avant même d'avoir engagé le combat, nous avons perdu toute notre cavalerie et 7 000 fantassins d'élite : ne penses-tu pas que c'est déjà pour nous un grand châtiment ? À quelque chose, cependant, malheur est bon, puisque Corréos, auteur responsable de cette guerre, a été tué. Nous t'implorons donc, proconsul, de ne pas aggraver ce châtiment que la force des armes romaines vient de nous infliger.

À cette prière, César répond en ces termes :

– Je sais fort bien que la responsabilité des fautes se met très volontiers au compte des morts. En vérité, ce n'est pas un homme seul, fût-il Corréos, qui a le pouvoir de faire naître une guerre. Cette guerre qu'il a voulu déclencher, votre Sénat l'a acceptée et votre plèbe ignorante l'a faite. Néanmoins vous connaissez la grandeur de ma clémence. Je me contenterai du châtiment que vous vous êtes en quelque sorte infligé. Retournez chez les vôtres. Dites à vos chefs de revenir demain, avec des otages, afin de prononcer les serments solennels de paix et d'amitié. Et l'affaire sera considérée par moi comme close.

C'est ainsi que César conquit la Belgique pour la seconde fois. On était à la fin du mois de mai de l'année 51 : le soulèvement des Bellovaques n'avait duré que le temps d'un printemps.

Cependant Comm l'Atrébate, l'instigateur et le stratège du soulèvement, lui échappait encore : il était allé se réfugier chez les Trévires et les Éburons, qu'il avait entraînés dans l'insurrection. César confia la punition des premiers à Labiénus, qui connaissait bien ce genre d'ennemi, et se réserva les seconds.

Le proconsul avait un compte à régler avec leur chef, Ambiorix, qu'il avait traqué deux ans auparavant, sans succès, dans les Ardennes, après avoir dévasté ses territoires. Depuis ce temps, il avait renoncé à tout espoir de le capturer, mais il estimait que son honneur exigeait au moins cette réparation : faire du pays des Éburons un désert et tout y détruire, hommes, villages et bétail. Il dirigea donc vers la Sambre et les Ardennes des légions et des troupes auxiliaires avec comme consigne de massacrer, d'incendier, de piller, de porter partout la désolation et la mort ; mais il eut beau tourner et fouiller dans les Ardennes, le sanglier Ambiorix resta introuvable.

Le printemps de Beauvais fut suivi d'un été particulièrement chaud dans l'Ouest et dans le Sud-Ouest, de l'Anjou au Rouergue, le long d'une ligne reliant Angers, Saumur, Poitiers, Périgueux, Cahors et Rodez. Cet été fut un peu comme le chant du cygne de l'indépendance gauloise, dont le point d'orgue fut le siège et la chute d'*Uxellodunum* (Le Puy-d'Issolud, dominant la Dordogne, à l'altitude de 311 m, à environ 30 km de Brive-la-Gaillarde), à la fin de l'été 51.

Au début du mois de juin, César goûtait un repos bien gagné sous les ombrages de Bibracte, où lui parvenaient, presque tous les jours, des nouvelles du monde gaulois. Il les commentait avec son questeur, Marc Antoine, et ses proches lieutenants, comme Hirtius ou Labiénus, qui se plaignait de ses rhumatismes.

– Toutes les nouvelles que je reçois concordent, leur disait-il un jour, les cités de la Gaule se vident les unes après les autres. À *Genabum* (Orléans), par exemple, il n'y a plus que des négociants romains ou orientaux : que ce soit pour acheter des tonneaux ou des chevaux, il faut courir les campagnes pour y rencontrer des artisans ou des maquignons, qui tenaient encore commerce en ville l'année dernière.

– À quelle cause peut-on attribuer cet exode ? demande Antoine.

– Les Gaulois semblent ne pas vouloir rencontrer les Romains ; ils n'ont pas envie d'obéir aux réquisitions, de répondre aux interrogatoires, et autres sornettes. Or, comme ils savent que refuser de répondre à un questeur ou à un centurion, cela peut avoir pour conséquence une amende, voire une peine de prison, ils préfèrent s'évanouir dans les bois et dans les prés.

– Ce type de conduite est propice aux conjurations, fait remarquer Labiénus. J'ai compris, avec les Gaulois : ils sont fantasques et ils oublient aujourd'hui ce qu'ils ont promis hier ; tu les chasses par la porte, ils reviennent par la fenêtre. Ce sont des resquilleurs dans l'âme.

– Nous avons les nôtres à Rome, remarque Marc Antoine, ne serait-ce que les fraudeurs.

– J'ai peut-être l'esprit déformé par huit années de Gaule, insiste Labiénus, mais je trouve cela inquiétant. Si j'étais à ta place, proconsul, je répartirais à nouveau les légions : je dégarnirais les zones qui ont été récemment pacifiées, en Belgique, et j'en enverrais un peu plus dans l'Ouest et dans le Sud-Ouest, où les populations n'ont pas encore eu affaire à la force romaine. On ne sait jamais.

– J'y songe, dit César. D'autant que j'ai reçu, il y a quinze jours, une lettre de Duratius, un homme d'affaires gaulois qui habite *Limonum* (Poitiers), et qui apprécie au plus haut point la paix romaine ; je l'ai d'ailleurs fait citoyen romain : il signe maintenant toutes ses lettres « Duratius Julius ».

– Qu'est-ce qu'elle dit, cette lettre ? demande Antoine.

– Que Poitiers, la capitale des Pictons, se vide de ses habitants, et que la ville est entourée par des milliers d'hommes armés. J'ai immédiatement envoyé un messager à Caninius, à Rodez, car Poitiers relève de son commandement et j'ai reçu sa réponse ce matin seulement. Voici ce qu'il m'écrit.

César déroule la missive de son légat et la lit à ses collaborateurs :

– *Caninius à César, Salut !* etc. etc. Ah ! voici le passage intéressant : *« J'ai reçu moi aussi une lettre de Duratius m'informant que plusieurs milliers d'Andécaves en provenance de la région d'Angers, avec à leur tête le chef Dumnac, entreprenaient d'assiéger Poitiers, sans doute pour la piller. Je pars immédiatement vers cette cité. »*

– De quand date cette lettre ? demande Labiénus.

– Il faut cinq bonnes journées, à un cavalier, pour faire la route de Rodez à Bibracte ; comme j'ai reçu cette missive il y a deux semaines, on peut penser que Caninius l'a écrite au plus tôt il y a trois semaines et que, maintenant, il est à Poitiers avec sa légion.

– Je la connais, c'est la Ire légion, dit Labiénus, elle n'est pas très aguerrie.

– Ne nous affolons pas, dit César. Si je m'en tiens aux courriers de Caninius et de Duratius, il y a deux armées en présence devant Poitiers, celle de Dumnac, l'insoumis, et celle de Caninius. Je vais envoyer des renforts, par exemple Fabius, qui est à Reims, avec ses deux légions et un supplément de cavalerie.

– Il en a pour plus de quinze jours, avant d'arriver à Poitiers.

– Si Caninius s'enferme dans Poitiers, il peut attendre : les Gaulois ne savent absolument pas comment on prend une citadelle, et, même s'ils le savaient, ils n'en ont pas les moyens. Et puis, calmons-nous : Dumnac n'est pas un foudre de guerre, ce n'est pas un Vercingétorix. Je vais envoyer un message à Caninius par des crieurs et il me répondra de la même façon : demain soir nous serons fixés.

Le lendemain soir, en effet, César apprenait que la légion de Caninius avait établi son camp sur une forte position, en face de Poitiers, et que Dumnac n'avait réussi à prendre ni la ville, ni le camp romain.

– C'est bien ce que je pensais, dit César. L'armée de Dumnac est une armée sans consistance et sans tenue, et Dumnac agit sans méthode, à l'ancienne mode gauloise, en bravache. D'ailleurs, lui aussi a des crieurs : lorsqu'il va savoir, par eux, que les renforts romains arrivent, il déguerpira. Je le vois d'ici, s'arrachant les cheveux devant ses soldats : « Nous allons être pris en tenaille entre les légionnaires de Caninius et ceux de Fabius... Courage, Gaulois, fuyons ! »

– Tu ne crois pas que tu exagères, César ? dit Antoine.

– Je n'exagère en rien. Je connais les guerriers gaulois. Ce ne sont pas des lâches, mais ils sont téméraires et n'ont aucune suite dans les idées ; le moindre obstacle les rebute. Avec un bon chef, comme Corréos ou Comm par exemple, ils sont dangereux, à cause de leur intrépidité ; mais avec un fantoche comme Dumnac, ils sont inoffensifs.

César avait raison et Fabius prit son temps. Il partit de Reims, passa par Beauvais puis gagna Poitiers par la route de Beauvais à Tours. Il en profita pour obtenir des serments de paix et des otages dans les cités qu'il traversait : à Rouen, il reçut la soumission des Véliocasses, à Évreux celle des Aulerques, au Mans celle d'autres Aulerques (les Aulerques Cénomans), à Tours il consolida l'alliance avec les Turons, et, quand il arriva près de Poitiers, il croisa les Gaulois de Dumnac qui s'enfuyaient, en débandade, vers la Loire. Calmement, il fit faire demi-tour à ses légions, poursuivit les fuyards et les rejoignit à Saumur, où il les tailla en pièces. Il en tua 12 000 et s'empara d'un gros butin, que ses ennemis trimballaient dans des chariots.

Dumnac put s'enfuir dans son pays (l'Anjou), poursuivi par Fabius et par ses légionnaires. Il franchit la Loire, ne fut jamais rattrapé par les Romains, et, de cachette en cachette, il parvint à l'extrémité de la presqu'île bretonne. C'est là que ce brave, mauvais général mais bon patriote, finit ses jours, contant ses glorieuses aventures aux enfants d'un petit hameau breton, sur les bords de la baie des Trépassés, face à l'île de Sein, tout en dégustant ces fameuses galettes armoricaines dont raffolait tant le druide Diviciac.

Tandis que, de l'autre côté de la Loire, Fabius courait après Dumnac, les deux autres chefs rebelles, Drappès et Lucter, poursuivis par Caninius, prenaient la fuite vers le sud, avec deux ou trois mille des leurs, qui avaient échappé au carnage. Et il leur vint un rêve fou, comme il n'en peut naître que dans l'esprit d'un désespéré.

De Poitiers, ils avaient pris la route de Limoges, qui traversait le territoire des Pictons. Une nuit qu'ils bivouaquaient avec leur petite troupe, et comme ils ne pouvaient trouver le sommeil, les deux hommes s'interrogeaient sur l'avenir de leur équipée.

– Si les Romains nous attrapent, dit Drappès, nous serons bons pour le supplice de la croix ou des verges, comme Accon à Sens, qui fut fouetté à mort pour n'avoir pas obéi à Rome. Il nous faut nous cacher, mais où ? Les nations gauloises les plus proches sont celles des Pétrocores (les Périgourdins) et des Lémovices (les Limousins), mais je n'y connais personne qui oserait nous recueillir.

– Il me vient une idée, dit Lucter.

– Laquelle ?

– Quel est le seul endroit où César n'irait pas nous chercher ?

– Je ne sais pas, moi,... à Rome ?

– Tu as presque trouvé : en Narbonnaise. Pour nous retrouver, tel que je le connais, il va employer les grands moyens, comme avec Ambiorix. Il va barrer toutes les routes, envoyer des policiers partout, mais ses effectifs ne sont pas élastiques et il ne pourra pas quadriller systématiquement toute la Gaule. Il y a une route qui sera certainement moins surveillée que les autres, parce que César doit penser que nous n'irons pas nous jeter dans la gueule du loup, c'est la route de la Narbonnaise. Je la connais bien, car je suis de

Divona, que les Romains appellent Cadurcum (Cahors), la capitale des Cadurques, dont le pays touche la frontière de la Province romaine. Alors voici ce que je te propose : nous allons gagner *Augustoritum* (Limoges) avec notre troupe, en marchant de nuit, et nous franchirons la rivière (la Vienne) qui passe dans cette ville par un gué, puis nous gagnerons *Vesunna* (Périgueux), et enfin *Divona*, la ville où je suis né.

– Et si nous sommes découverts ?

– C'est impossible. Nous ne prendrons pas les routes ordinaires ; nous traverserons le pays en passant par les montagnes : je connais tous les sentiers. Et si, par hasard, nous étions retrouvés, nous irions nous réfugier dans une place aux murailles imprenables, qui est la citadelle des Cadurques : *Uxellodunum* (Le Puy-d'Issolud).

– Si nous parvenons en Narbonnaise, que ferons-nous ?

– Il y a beaucoup de campagnes et de villages en Narbonnaise, et pas une seule légion romaine. Avec notre bande, nous pillerons les villages, nous incendierons les moissons, bref nous rendrons la vie impossible aux habitants de la Province ; peut-être même se révolteront-ils contre Rome.

L'enthousiasme de Lucter gagna Drappès. Le Sénon se voyait déjà maître d'une province romaine, dictant ses conditions à Rome. Et il s'endormit du sommeil profond de ceux qui n'ont plus rien à perdre.

Aux premières lueurs de l'aube, les deux rebelles et leur bande de *desperados* marchèrent vers les montagnes du Limousin. Mais les exactions que commettaient les « esclaves de la liberté », comme ils se nommaient eux-mêmes, en indisposaient plus d'un. Dans les villages qu'ils traversaient, les langues se dénouèrent et Caninius retrouva leur trace et eut vent de leurs projets. Il prévint les autorités de la Narbonnaise, où il n'y avait pas de légion régulière, mais quelques cohortes de soldats pour maintenir l'ordre. Leurs centurions reçurent l'instruction de marcher vers les montagnes limousines et les deux rebelles, craignant d'être pris entre les troupes de Caninius et les cohortes de la Province, allèrent se réfugier derrière les murs d'*Uxellodunum.*

La cité, cliente du peuple cadurque dont Lucter était le chef, accepta de donner asile aux deux fugitifs et à leur bande en guenilles. C'était une forteresse bien plus imposante qu'Alésia, établie sur un promontoire d'accès difficile, dominant un chaos de ravins, de failles, d'énormes rochers à pic dont l'escalade, même en l'absence de tout défenseur, était très difficile pour des hommes embarrassés de leurs armes. Lucter la fit cerner de fossés et de retranchements, selon la méthode romaine.

Lucter et Drappès, en accord avec les chefs de la ville, décident, après avoir voté, de ne pas se laisser prendre au piège d'un siège :

– Souvenez-vous d'Alésia, dit Lucter. C'était un véritable suicide, de la part de Vercingétorix. Il ne faut jamais se retrancher dans une place sans s'assurer, auparavant, des communications avec l'extérieur, sinon on ne peut qu'y mourir de faim. Ici, nous appliquerons la même stratégie qu'à Gergovie : vous installerez à l'intérieur d'*Uxellodunum* une garnison de 2 000 hommes, avec des vivres en quantité, tandis que Drappès et moi irons nous fixer à une dizaine de milles (15 km) de la ville avec un millier d'hommes. Nous ramasserons des vivres et du blé dans la plaine et nous les ferons passer régulièrement dans la citadelle.

– Mais si les Romains interceptent nos convois ? demande un des chefs de la cité.

– Ils ne le feront pas pour deux raisons : ils ne sont pas assez nombreux pour le faire, car Caninius n'a qu'une petite légion avec lui, et ils ne pourront pas se déplacer avec leurs armes et leurs cuirasses sur les flancs de la montagne, qui sont hérissés de rochers.

Pendant quelques jours, tout se passa comme l'avait prévu Lucter. Mais, ensuite, tout se gâta. Lucter n'eut pas assez de sang-froid, ni surtout de jugeote, pour rester dans le camp extérieur, bien fortifié, qui avait été établi à cet effet ; il trouvait indigne d'un guerrier de rester à l'abri de tranchées, de remblais et de palissades et il voulut convoyer lui-même les sacs de blé ramassés chez les agriculteurs de la région. De sorte qu'il fut surpris par les Romains pendant qu'il conduisait un convoi de vivres. Il fut obligé de tout abandonner et de s'enfuir. Quant à Drappès, resté seul au campement, avec une poignée de guerriers, il fut fait prisonnier par Caninius.

Dès lors, les « esclaves de la liberté » n'avaient plus de chefs, et les habitants d'*Uxellodunum* se trouvaient privés de communications avec l'extérieur. Pourtant, ils ne mirent pas bas les armes. Ils avaient abrité des ennemis de Rome, considérés comme des bandits de grand chemin, prêté main-forte, en quelque sorte, à la rébellion, et ils étaient bien conscients du sort qui les attendait s'ils capitulaient : ils seraient traités par les Romains comme des rebelles. Au mieux, ils pouvaient espérer être vendus comme esclaves ; au pire, ils périraient dans d'atroces supplices. Mais ils avaient une autre raison de résister : on était à la fin du mois d'août et, bientôt, les orages de l'automne rendraient toute opération militaire impossible dans les montagnes. Caninius devrait attendre le printemps prochain, soit pour investir la cité, soit pour la prendre d'assaut – ce qui était d'ailleurs presque impossible – et, au printemps prochain, les pouvoirs de proconsul de César touchaient à leur fin. Cela valait donc la peine de tenir jusqu'à l'automne.

– Encore quelques mois, disaient tous les matins leurs chefs aux assiégés, et vous n'aurez plus rien à craindre de César, puisqu'il sera alors au-delà des Alpes.

En fait, pour l'instant, César, après avoir châtié les Éburons de la manière que l'on sait, se trouvait chez les Carnutes. Il n'avait pu s'offrir la satisfaction de faire subir à Ambiorix le supplice des verges et de la hache, punition infligée à tout rebelle qui s'élevait contre l'autorité de Rome, il voulait au moins avoir celle de punir le prêtre Gutuatr, initiateur de l'insurrection générale de l'année précédente, promoteur des massacres du 23 janvier 52 à Orléans et déclencheur de la sanglante symphonie gauloise. À cet effet, il s'était rendu chez les Carnutes, pour exiger la livraison immédiate de cet homme qu'il considérait comme un criminel. La plupart de ses concitoyens ignoraient où Gutuatr se cachait, mais César eut vraisemblablement des arguments convaincants, puisque la population tout entière d'Orléans se mit à la recherche du fugitif, le découvrit enfin et le livra à César. Gutuatr périt comme Accon : flagellé à coups de verges jusqu'à perdre connaissance et achevé à la hache.

C'est donc à Orléans que le proconsul apprit, par les lettres de Caninius, la résistance obstinée des habitants d'Uxellodunum. Bien que leur petit nombre lui semblât méprisable, il estimait qu'il fallait les châtier sévèrement pour leur opiniâtreté, afin de décourager, par un exemple impitoyable, les autres cités gauloises qui seraient tentées de profiter du fait que César n'avait plus que quelques mois à passer dans sa province pour chercher à se rendre libres.

Le proconsul se rend donc sur place. Il constate que la ville était trop bien fortifiée pour qu'on puisse la prendre d'assaut.

– Affamons-les, dit-il, comme à Alésia.

– C'est impossible, objecte Caninius, ils ont à l'intérieur assez de vivres pour tenir un an.

– Alors privons-les d'eau. Où s'alimentent-ils ?

– À une rivière qui encercle le promontoire sur lequel est bâtie la citadelle, au fond d'une vallée profonde ; on n'y a accès que par un sentier très pentu, abrupt, encombré de pierres et de rochers.

César ordonne qu'on place des archers et des frondeurs en face du chemin escarpé qu'empruntent les porteurs d'eau, afin de leur en couper la route. La population d'Uxellodunum se met alors à puiser l'eau à une source qui jaillissait près des murailles de la ville. Voyant cela, César ordonne de construire, en face de la source, une tour de soixante pieds de haut, du sommet de laquelle archers et frondeurs font s'abattre une pluie de flèches et de pierres sur tous ceux qui s'en approchent.

La tour était en bois : les assiégés remplissent des tonneaux de poix, de suif et d'autres matières inflammables, et les roulent en flammes sur l'ouvrage des Romains, qui prend feu et devient inutilisable. Mais César était opiniâtre. Il fait creuser des canaux dans la direction des filets d'eau qui alimentaient la source et parvient ainsi à la tarir : il avait gagné la bataille de l'eau.

Pour les Gaulois, ce fut plus qu'une défaite. Comme tous les Celtes, ils voyaient dans les sources des divinités bienfaisantes et protectrices. Le tarissement de leur source était pour eux le signe du mécontentement de la divinité, une manière de désapprouver leur résistance. Les habitants d'Uxellodunum n'osèrent pas braver sa colère : les Cadurques capitulèrent sans condition et se rendirent à César. Pour les punir, celui-ci fit couper les mains à tous ceux qui avaient porté les armes contre Rome, mais leur laissa la vie sauve, afin que l'on sût, de par toute la Gaule, comment le proconsul punissait les rebelles.

Il fallait aussi châtier les chefs de la rébellion. Drappès avait été fait prisonnier par Caninius avant le siège et jeté par celui-ci dans une geôle : désespéré par son échec, et refusant d'avoir à paraître un jour, enchaîné, dans le cortège triomphal de César, il cessa de s'alimenter et mourut volontairement de faim. Lucter, utilisant sa connaissance du pays, se cachait toujours, ne couchant jamais deux nuits de suite sous le même toit ; il fut trahi par un Arverne qui le livra lui-même à César. Si l'on excepte Ambiorix, qui mourut peut-être de mort naturelle dans les Ardennes, le seul chef rebelle encore en vie était Comm l'Atrébate, qui s'était réfugié chez les Germains. Il n'y demeura pas longtemps, revint au milieu de son peuple et forma, avec une troupe de partisans, une bande qui se spécialisa dans l'attaque des convois destinés aux Romains. Volusénus, un ancien officier de César, fut chargé de sa capture ; le jour où ils se trouvèrent face à face, Comm fut le plus rapide et transperça son poursuivant d'un coup de lance.

Puis ce Gaulois subtil négocia avec Marc Antoine, représentant de César en Belgique, et lui offrit un compromis : qu'on le laisse vivre en paix dans un lieu déterminé et il s'engageait à renoncer à toute manœuvre nuisible à Rome, à la condition qu'il puisse tenir le serment qu'il avait fait jadis : ne plus jamais voir un Romain. Marc Antoine fit droit à sa demande, mais elle n'eut pas de suite : Comm émigra dans l'île de Bretagne avec quelques compagnons et y fonda un royaume qui devait durer près d'un siècle.

L'été se terminait. Les massacres gaulois aussi. L'ordre romain était rétabli dans les Gaules. César, qui avait tant puni ses ennemis, selon les règles sanglantes de la morale et de la justice de cette époque, put entreprendre de remercier ses amis. Il fit pleuvoir sur eux l'or des butins et les récompenses. Avant de remettre ses pouvoirs au Sénat qui les lui avait confiés, il lui restait un acte fondamental à faire : établir le statut de tous ces peuples gaulois.

Il le fit vers la fin du mois de décembre 51. Il proclama solennellement que le territoire qui avait pour limites l'Océan, les Pyrénées, les Alpes et le Rhin constituait une seule et même entité nationale, une *province romaine* qui s'appelait maintenant « la Gaule » et dont tous les peuples avaient fait allégeance à Rome (sauf les Morins, les Ménapes et quelques tribus des Pyrénées).

Ces peuples conservèrent leurs frontières, leurs langues et leurs lois ; mais ils n'avaient plus la libre disposition de leurs armes et de leurs guerriers et ils n'avaient ni le droit de s'allier entre eux, ni celui de se faire la guerre. Le statut de province impliquait en outre le payement d'un tribut annuel et la mise à la disposition de la République d'un contingent militaire. Le tribut imposé par César fut très faible (40 millions de sesterces, soit environ 200 millions de nos francs) ; quant au contingent, il devait dépendre des besoins de

Rome et il fut très bien accueilli par les Gaulois, dont la guerre était un des passe-temps favoris.

César avait terminé son œuvre gauloise, mais il ne quitta pas la Gaule immédiatement. Il expédia ses légions dans leurs quartiers d'hiver (quatre en Belgique et six en Gaule centrale), fit une grande tournée en Gaule, de ville en ville, et revint à Arras, où il avait établi son quartier général : c'est dans cette ville qu'il fêta la nouvelle année, le 1er janvier de l'an 704 de Rome (50 av. J.-C.). Théoriquement, d'après les lois qui avaient défini la durée de son proconsulat, ses pouvoirs en Gaule devaient expirer le 30 mars suivant.

CHAPITRE III

Si tu reviens...

(janvier-juillet 50)

Lorsque s'ouvre l'année 704 de Rome (année 50 avant notre ère), cela fait près de huit ans que César a quitté la Ville, ses coteries, ses scandales et ses sournoises luttes politiques. Frileusement enveloppé dans une lourde toge de laine, à Arras, en son quartier général de proconsul, il en dévoile les arcanes à un jeune Gaulois d'une vingtaine d'années, élevé à la romaine par son père, Iccios, un Rémois de haute naissance, qui, après avoir été le chef de guerre de son peuple, coulait une retraite dorée et tranquille comme bourgmestre de *Durocortorum* (Reims).

Le jeune homme, auquel son père avait donné le prénom latin de Marcus, était sur le point de partir pour Rome, afin d'y étudier la rhétorique, et il était venu rendre visite à César qui devait lui donner une lettre de recommandation pour Cicéron. Marcus avait l'esprit vif, il était curieux de tout, et cette Rome lointaine et mystérieuse qu'il allait bientôt découvrir l'intriguait :

– Puisqu'il n'y a pas de roi, dans ta république, César, qui donc gouverne Rome ? avait-il demandé au proconsul.

– En principe, lui répond César, Rome est gouvernée par deux consuls, qui changent tous les ans ; les lois qu'ils proposent sont discutées au Sénat et votées par des assemblées électorales.

– Le Sénat ne fait pas de lois ?

– Non, mais il a la possibilité d'émettre des décrets, qu'on appelle des sénatus-consultes.

– Pourquoi dis-tu « en principe » ?

– Parce qu'il existe à Rome deux partis : celui des sénateurs, qui se nomment eux-mêmes les *optimates*, c'est-à-dire les « meilleurs », les « aristocrates », qui se partagent les hautes fonctions et l'administration de l'État, avec tous les profits qui en découlent, et le parti populaire, représenté par les tribuns de la plèbe et par quelques patriciens, comme moi, qui veulent que ce système change. De cette opposition résultent des disputes, des procès, voire des dénonciations et des crimes, et le désordre s'installe.

– Mais c'est idiot ! Rome est si puissante !

– Elle est puissante parce qu'elle n'a pas de rivale ; mais elle se désagrège lentement. Si cela continue, un jour viendra où des barbares, comme les Germains, franchiront les fleuves qui leur servent de frontières, et il ne restera plus rien de Rome et des Romains.

– Tu penses que ce jour arrivera ?

– Non.

– Pourquoi ?

– Parce qu'il y a des hommes, à Rome, qui veulent faire en sorte que cela cesse, et qui le peuvent.

– Qui, par exemple ?

– As-tu entendu parler de Pompée ?

– Oui, celui qui a pacifié l'Espagne, anéanti les pirates qui faisaient la loi en Méditerranée et battu le fameux roi oriental ?... Comment s'appelait-il déjà ?

– Mithridate.

– Ah ! oui, Mithridate.

– Dis-moi, Marcus, tu as l'air de bien connaître l'histoire romaine, pour un Gaulois.

– C'est un de tes centurions qui me l'a enseignée. Alors, ce Pompée ?

– Pompée a un peu le même tempérament que moi ; il aime bien que l'ordre et la justice règnent dans un État. Il a une très grosse influence sur les sénateurs, et une grande réputation d'honnêteté. De plus, il n'a qu'un mot à dire, et tous ses anciens soldats, qui l'adorent, sont prêts à mourir pour lui.

– J'espère qu'à Rome le pouvoir ne se dispute pas à coups d'épée, comme chez nous.

– Nous sommes civilisés, comme on dit : nous montrons nos épées pour ne pas avoir à nous en servir.

– Tu t'entends bien avec Pompée ?

– Oui et non. Il y a dix ans, en 60, nous avons conclu une sorte de pacte secret, Pompée, moi et un troisième homme, qui était mon ami et qui est mort récemment, Licinius Crassus. On a appelé notre trio un *triumvirat*, et nous les *triumvirs*. À l'époque, Crassus avait de l'argent, c'était l'homme le plus riche de Rome, Pompée avait ses vétérans et moi... des idées et de la volonté. Nous avons imposé nos vues à tout le monde : j'ai été élu consul et j'ai fait voter les premières vraies lois agraires de l'histoire de Rome.

– Qu'est-ce que c'est, une loi agraire ?

– C'est une loi qui attribue des terres de bonne qualité à des anciens soldats ou à des pauvres ; depuis des siècles, le peuple réclamait de telles lois, mais les sénateurs y étaient toujours opposés. Dès que j'ai été élu consul, la loi est passée en deux temps trois mouvements, et on a commencé à distribuer des terres.

– Et par la suite ?

– Mon consulat s'est déroulé sans histoire. Lorsque je suis arrivé en fin de charge, j'ai été nommé proconsul des Gaules, il y a de cela un peu plus de huit ans.

– C'est toi qui l'avais voulu ?

– Oui, c'est moi ; j'étais attiré par cette immense Gaule : je ne connaissais que la Cisalpine, et très superficiellement. Je savais qu'il y avait quelque chose de grand à faire, dans ce pays, et en particulier l'unifier. J'y suis parvenu, et, maintenant, mon proconsulat va se terminer et je vais être rappelé à Rome.

– Quand donc ?

– Je ne sais pas, ce sont les consuls qui décident, d'après les lois votées par le peuple quand j'étais consul.

– C'est passionnant ce que tu me racontes, César. Et je comprends la différence entre les Gaulois et les Romains. Chez vous, ce sont des lois qui décident des territoires que vous aurez à administrer ou à exploiter ; chez nous, on applique bêtement le principe « ôte-toi de là que je m'y mette », et on finit par se taper dessus.

– Chez les Romains aussi, c'est le même principe qu'on invoque, mais avec beaucoup plus d'hypocrisie. Par exemple, en ce qui me concerne, une loi votée quand Pompée et Licinius Crassus étaient consuls, il y a cinq ans, en 55, prévoyait que mes pouvoirs devaient cesser en Gaule le 1er mars 50. On l'appelle loi *Pompéia-Licinia* par référence aux noms des deux consuls qui l'ont proposée. C'était une manière de me dire : « Dans cinq ans, la Gaule est à nous. »

– Le 1er mars, mais c'est bientôt, César. Tu as envie de partir ?

– J'ai terminé mon œuvre en Gaule, Marcus ; c'est à vous, maintenant, les Gaulois, de la poursuivre, pour que se constitue enfin une grande nation gauloise, noble et forte, avec de belles cités, des écoles, des routes. César vous a apporté la paix et la civilisation, faites-en bon usage et devenez le diamant de l'univers romain.

– Mais quand partiras-tu pour Rome ? Les Romains doivent être impatients de t'accueillir, de t'honorer.

– Si par « les Romains » tu entends le peuple romain, tu as en partie raison. Jadis, avant mon départ pour les Gaules, ce peuple m'aimait, m'adorait ; mais j'ai quitté Rome, au mois de mars de l'an 696 (58 av. J.-C.), il y a presque huit ans, et le peuple m'a sans doute oublié, ou classé comme un monument historique. En revanche, mes ennemis politiques demeurent.

– Qui sont-ils, César ?

– Ce sont les *optimates*, les conservateurs. Leur haine contre moi provient surtout de ce que je prenais à cœur la cause des opprimés et de ce que j'ai toujours combattu les privilèges et les abus de la classe sénatoriale. Lorsque j'ai été consul, leur haine s'est attisée : ces hommes qui ont fait des richesses de la République leur chose n'ont pas supporté mes lois agraires ; ils les ont ressenties comme une spoliation : je leur volais leurs terres, prétendaient-ils, pour les donner au peuple.

– C'était vrai ?

– C'était faux, absolument faux. J'avais simplement fait distribuer de bonnes terres, propriété de la République, aux soldats romains qui les avaient conquises et aux pauvres ; or, depuis des générations, c'étaient les *optimates* qui se réservaient ce genre de terres : ma loi leur a semblé être un crime de lèse-majesté. Selon eux, j'ai violé le droit sacré de propriété.

– Et huit ans plus tard, ils t'en veulent encore ? Malgré toutes tes victoires ?

– Jusqu'à présent, le prestige de mes victoires a contenu leur hostilité, mais il ne l'a jamais muselée. Déjà, lorsque je combattais contre Arioviste, à la demande des Éduens eux-mêmes, en 58, certains sénateurs avaient projeté de me faire assassiner par ce bandit et lui avaient promis leur appui et leur amitié s'il parvenait à me tuer sans qu'on y vît la main du Sénat.

– Mais tu as des partisans, parmi les magistrats.

– Oui, en général la plupart des tribuns de la plèbe opposent leur *veto* aux projets de mes adversaires. Mais mon proconsulat touche à son terme, et les vieilles inimitiés se réveillent. Mes ennemis, et ils sont nombreux à Rome, où ils tiennent le haut du pavé, attendent avec impatience que je ne sois plus protégé par l'immunité attachée à mes fonctions pour m'accabler de critiques et de poursuites judiciaires. Il en est beaucoup qui disent, à Rome, que lorsque je serai redevenu un simple particulier, on devra me traduire en justice comme un vulgaire criminel et me condamner à tous les supplices pour avoir distribué les richesses de la République et en avoir abusé.

– Que se passerait-il, si tu rentrais à Rome ?

– Caton, le sénateur, jure à qui veut l'entendre que, dès que j'aurai licencié mon armée, comme doit le faire tout proconsul ou tout général une fois sa mission accomplie, il me fera arrêter, juger et condamner à mort, ainsi qu'il l'a fait pour Milon, qui a dû s'enfuir à Marseille pour sauver sa tête.

– Qui est ce Milon ?

– Un chef de bande qui semait le trouble et le désordre dans les rues de Rome.

– Et Pompée, dont tu me dis qu'il est tout-puissant et qu'il est ton ami, que pense-t-il de tout cela ?

– Depuis la mort de Crassus, Pompée a changé. Il cajole les sénateurs, et je le soupçonne de vouloir accaparer le pouvoir pour lui seul. Mais c'est un faible, un hésitant en matière politique : entre les *optimates* et moi, son cœur balance. Il m'a écrit une lettre, récemment : « Si tu reviens, me dit-il en substance, sauras-tu demander pardon au Sénat de tes largesses, de tes munificences, de tes erreurs et lui donner la raison de ton attitude à son égard ? »

– Tu vas lui répondre ?

– Je n'en ai pas l'intention. Si je reviens à Rome, ce sera sous la protection de mon armée.

– Tu ne la licencieras pas ?

– Je ne suis pas fou.

– Mais pourquoi Pompée ne soumet-il pas le différend au peuple ?

– Parce qu'il connaît d'avance sa réponse : si le peuple est pris pour juge, c'est moi, César, qui l'emporterai.

– Et où en est-on, maintenant ?

– Jusqu'au 31 décembre dernier, l'un des deux consuls m'était entièrement acquis, c'était Servius Sulpicius Rufus, qui était d'avis de prolonger mon proconsulat et de me maintenir en Gaule. L'autre, Claudius Marcellus, est mon ennemi déclaré ; c'est un homme têtu et borné qui proclame tous les jours qu'il me donnera un successeur avant le 1er mars de cette année (50)... et je suis encore là !

– Il n'a rien tenté contre toi ?

– Très peu de chose, c'est un pauvre type. Par exemple, au mois de mai dernier, il a condamné aux verges un habitant de Côme, en Cisalpine, pour je ne sais quel délit.

– Et alors ? Il n'avait pas le droit ?

– Non. Quand j'étais consul, en 59, j'avais installé 5 000 colons à Côme, que j'avais faits citoyens romains, et la loi interdit de faire subir ce type de châtiment à un citoyen romain. L'homme en invoqua vainement le bénéfice, et il fut fouetté en public. Tu sais ce que Marcellus lui répondit, après qu'il eut reçu cinquante coups de verges sur le dos ?

– Non.

– Il lui a dit : « Va montrer tes épaules à César, qu'il voie comment je traite les citoyens qu'il fait. »

– Et quelle est l'attitude des nouveaux consuls, ceux qui viennent de prendre leur charge il y a quelques jours ?

– Æmilius Paulus est un personnage terne, insignifiant, et je m'occupe de l'acheter : il ne bronchera pas ; l'autre est le cousin de Marcellus, et il porte le même nom que lui, Claudius Marcellus : il est pire que son parent.

– Reste en Gaule, César, nous te protégerons.

– Merci de ton amitié, Marcus, elle me touche ; mais c'est à Rome qu'est maintenant mon destin.

À Rome, le problème du retour de César fut mis sur la sellette dès le début de l'hiver 51-50. Il inquiétait Pompée, qui, depuis la mort de Crassus, se voyait volontiers seul maître des destinées de la République et qui avait fait voter par le Sénat un certain nombre de dispositions tendant à légaliser ses pouvoirs futurs. Il faisait frémir le consul Marcellus, qui tenait mordicus à désigner un nouveau proconsul pour les Gaules au 1er mars 50, mais qui ne souhaitait pas voir César à Rome au moment des élections consulaires de juillet. Il déclenchait des envies de meurtre chez les ennemis invétérés du proconsul. Il tracassait Cicéron qui, prudemment, ne prenait aucune position officielle au Sénat, mais s'épanchait dans les lettres qu'il écrivait régulièrement à son cher ami Atticus. Il faisait naître de grandes espérances dans le cœur des « populaires » et chez les vétérans des armées des Gaules.

« Reviendra, reviendra pas ? » se demandaient les badauds, sur le Forum, où les conversations politiques allaient bon train.

– S'il revient avant juillet, disait un tavernier de Subure dont César avait été un client assidu dans sa jeunesse, il se présentera sûrement aux élections consulaires pour 49.

– Mais il a déjà été consul, fait remarquer une matrone, réputée pour ses talents culinaires, il ne peut pas se représenter.

– Tu connais mieux l'art d'accommoder une poularde que les lois électorales, Antonia, lui répond le tavernier. Nos lois prévoient qu'on peut être réélu consul, mais à la condition qu'il s'écoule au moins dix ans entre les deux consulats ; or César a été consul en 59, donc il a le droit de l'être à nouveau en 49 et, par conséquent, de se représenter en juillet prochain aux élections.

– Je connais les lois autant que toi, réplique Antonia, vexée. Je le sais qu'il faut dix ans entre deux consulats ; mais je sais aussi qu'il faut être présent à Rome, pour faire acte de candidature, et, pour l'instant, ton cher César est quelque part en Gaule, en train d'expérimenter les talents des Gaulois au lit. Tu sais ce que racontent certains légionnaires ?

– Non, quel ragot de bonne femme vas-tu me sortir ?

– Ils disent : « Nous, nous servons sous César, mais César préfère être sous les Gaulois. »

– Tais-toi, commère ! D'ici juillet, il a le temps de revenir à Rome et de déposer sa candidature.

Un vieux centurion qui avait perdu un bras à la bataille de Bibracte intervient :

– Si le proconsul revient, il aura intérêt à se faire accompagner par son armée, car j'en connais plus d'un qui voudra lui faire la peau.

– Nos lois le lui interdisent, dit Antonia, plus suffragette que jamais. Il n'a pas le droit de franchir la frontière de la Cisalpine avec des soldats en armes.

– Il est des cas où il faut savoir désobéir aux lois, dit le centurion. Les consuls s'inclineront devant la force.

Antonia devient de plus en plus virulente, et retrouve son langage de poissarde, du temps qu'elle vendait des poissons à la criée sur le marché d'Ostie :

– Nos consuls ne savent que gueuler, mais, lorsqu'il faut agir, ils n'ont pas de couilles. D'ailleurs moi, si j'étais un homme, je n'aurais pas voté pour Marcellus.

– Heureusement que tu ne l'as pas, le droit de vote, dit le centurion ; si les femmes votaient, ce serait du joli !

– Tu crois que c'est beau ce que vous faites, vous les hommes ? continue Antonia. Dans tous les cas, ce n'est pas Marcellus qui pourra s'opposer à César. Il n'y a que Pompée qui puisse lui faire peur.

– Tu te contredis, Antonia, dit le tavernier ; Pompée, c'est aussi un homme.

– Oui, mais un vrai. Ce n'est pas comme ce pédé de César qui a été le giton de Nicomède à vingt ans, celui des gladiateurs et des boxeurs à trente ans et maintenant celui des Celtes à cinquante ans.

Le centurion devient rouge de colère, il ne peut supporter l'insulte :

– Antonia, si tu parles encore ainsi de César, je t'étrangle de mes deux mains.

– Je me demande bien comment tu pourrais le faire : tu n'as qu'un bras.

– C'est une façon de parler.

Le tavernier intervient :

– Arrêtez donc de vous quereller, dit-il. Je ne sais pas ce qui se passera, ni vous non plus. Une chose est certaine, c'est qu'il n'y a que deux hommes, dans notre République, qui aient une armée : César, qui a la sienne en Gaule, et Pompée, qui a des légions de l'autre côté des Pyrénées, en tant que proconsul des deux Espagnes. Si César sort de la Cisalpine avec des troupes, Pompée fera venir les siennes, avec ou sans l'accord du Sénat, et ce sera la guerre civile, comme au temps de Marius et de Sylla. Et moi, je pourrai fermer ma taverne.

La réalité était très proche de ces propos. Mais les combines et les subtilités de la politique intérieure romaine permettaient à chacun de brouiller les cartes pour son compte, quitte à finir par se trouver pris à ses propres pièges.

Le premier à faire les frais de ce « combinardisme » fut Pompée, qui avait la vue courte en la matière. On a vu qu'en 52, au moment où l'anarchie régnait dans Rome, ce grand homme avait « accepté » d'être désigné comme consul unique, trois ans après son second consulat, ce qui était déjà une entorse à la constitution romaine. César s'était bien gardé de protester : il avait préféré obtenir de Pompée, en échange, qu'il ne s'opposât pas à une loi, proposée par les tribuns de la plèbe, lui permettant, à lui et à lui seul, au moment venu, de briguer le consulat sans être présent à Rome. Cette loi fut, par la suite, appelée « loi des dix tribuns » et, en 50, César décida de s'en servir contre Pompée.

En Artois, où il passait l'hiver, César discutait avec Hirtius et Marc Antoine de la stratégie à adopter.

– J'ai l'intention, leur exposait-il, de rester strictement dans le cadre de la loi et de m'en servir. Lorsqu'il a appris la mort de Crassus, en 53, Pompée a cru son heure arrivée, et, quelques mois plus tard, il a fait voter la loi des dix tribuns en me donnant un os à ronger.

– Lequel ? demande Antoine.

– La possibilité de présenter ma candidature au consulat par correspondance : ce jour-là, il a commis une grave erreur.

– Explique-moi comment, interroge Hirtius.

– Légalement, mes pouvoirs s'achèvent le 1er mars prochain, mais je ne pourrai pas quitter la Gaule immédiatement – même Marcellus en est convaincu – et, en juillet, je serai encore en poste, que ce soit à Arras ou à Ravenne. Or, en juillet, je vais me présenter aux élections consulaires pour l'année 49 ; j'en ai le droit, puisque j'ai été élu consul pour la première fois il y a dix ans.

– Tu étais moins chauve que maintenant, lui dit Hirtius en souriant.

– Tout passe, ami, tout passe, lui répond César, en souriant à son tour. Mais, puisque tu te souviens de ma calvitie, tu te souviens aussi que j'hésitais alors entre le triomphe et le consulat.

– Vaguement.

– Oui, rappelle-toi. Mon triomphe devait avoir lieu après les élections, et un général n'a pas le droit d'entrer dans Rome avant son triomphe ; d'autre part, la loi interdisait de s'inscrire par correspondance sur la liste des candidats : j'ai donc renoncé au triomphe pour pouvoir être consul.

– Maintenant, ça me revient, dit Hirtius.

– Aujourd'hui, j'ai changé, puisque j'ai moins de cheveux qu'il y a dix ans, et la constitution a changé aussi, puisque, grâce à la loi des dix tribuns, je peux postuler au consulat tout en restant en Gaule.

– J'ai compris, dit Antoine. Tant que tu es en Gaule, avec tes légions, tu ne risques rien, ni de Marcellus, ni de Pompée ; et, lorsque tu auras été élu consul, tu bénéficieras de l'immunité consulaire, et tu pourras rentrer à Rome. Décidément, il n'a pas fait une si bonne affaire que cela, en obtenant le vote de cette loi, ton ami Pompée. Vive notre prochain consul !

– Ne te réjouis pas si vite, Antoine. Dis-toi bien que Marcellus et Pompée ont fait le même raisonnement que moi.

– Et alors ? Qu'est-ce qui t'empêche d'être candidat ? Ils t'ont fait un cadeau, avec cette loi.

– C'est un cadeau dont je ne peux pas me servir : je n'ai pas le droit de cumuler deux magistratures et, tant que je ne suis pas officiellement démis de mes fonctions de proconsul des Gaules, je n'ai pas le droit de me présenter au consulat.

– J'avais oublié ce détail, dit Antoine, penaud. Alors tout va bien : tu es proconsul, tu restes proconsul et tu gardes tes armées. Où est le problème ?

– Je sais très bien ce que je ferais si j'étais à la place de Marcellus ou de Pompée.

– Dis-le donc.

– Tu verras bien. Je te quitte, j'ai un rendez-vous urgent.

– C'est un blond ou une blonde, ton rendez-vous ? se permet de demander Antoine.

– J'ai rendez-vous avec un druide barbu qui m'a invité à déjeuner à la gauloise.

– Quel sera le menu ?

– Du jambon de cochon fumé, des saucisses de foie de cochon grillées et du fromage de brebis.

– Arrosé de cervoise, comme d'habitude ?

– Pompée m'a envoyé une caisse de vin d'Étrurie. J'en emporterai une bouteille.

– Bon appétit, César.

Et l'hiver passa. Glacial et neigeux à Arras, où défilaient druides et chefs gaulois venant des quatre coins de la Gaule, doux et tiède à Rome, où l'on s'était entiché d'un brillant orateur, fils d'un ami de Cicéron, nommé Caïus Scribonius Curion. Ce jeune homme, qui était alors âgé d'un peu plus de trente ans, avait tout pour plaire à la haute société libertine romaine : il était de bonne famille, beau garçon, brillant causeur, débauché raffiné, on ne comptait plus ses conquêtes et il avait remplacé César dans le cœur et dans le lit de bien des Romaines. Sa femme, Fulvie, était aussi dissolue que lui, et, dans la villa des Scribonius, ce n'était que parties fines, soupers luxueux et orgies réputées. À mener un tel train de vie, Curion était couvert de dettes, comme tous les Romains à la mode. En 50, après un séjour en Asie où il avait été préteur, il avait été élu tribun de la plèbe. Politiquement, il penchait pour Pompée. Mais ses créanciers se chargèrent, indirectement, de le faire changer d'avis : César paya discrètement les dettes de Curion et celui-ci, tout en feignant de jouer le rôle d'un adversaire du proconsul, mit tout son talent à son service.

Vint le printemps. Il avait été décidé, au mois d'octobre précédent, et avec l'accord de Pompée, qu'on débattrait alors au Sénat des provinces consulaires. Le consul Marcellus inscrivit la discussion de cette question délicate à l'ordre du jour du Sénat dans le courant du mois d'avril :

– Pères conscrits, déclare-t-il aux sénateurs, je propose que l'*imperium* de César en Gaule prenne fin aux prochaines ides de novembre (le 13 novembre 50) et qu'on le somme de licencier son armée au plus tard à cette date. L'un d'entre vous a-t-il quelques remarques à exprimer ?

Pompée demande la parole :

– Ma doctrine est que tous les gouverneurs de province doivent se soumettre aux ordres du Sénat et je suis d'accord avec le consul Marcellus : il faut exiger absolument le retour de César aux ides de novembre. La loi *Pompéia-Licinia* avait fixé comme date limite de ses pouvoirs le mois de mars 50, nous admettons tous qu'elle ne soit pas respectée avec rigueur pour des raisons de commodité, mais, aux ides de novembre, César doit être démis de tous ses pouvoirs de proconsul, malgré ses mérites évidents, que nous avons d'ailleurs honorés par des supplications aux dieux.

Marcellus reprend la parole, et déclame contre César :

– Je sais que César a manifesté son intention de briguer le consulat. Je voudrais, à ce sujet, énoncer ma pensée. Il est inadmissible qu'il soit admis à postuler la charge de consul s'il n'a pas, auparavant, licencié son armée, comme le fit le grand Pompée lorsqu'il revint d'Asie jadis. D'autre part, nous connaissons tous les mœurs politiques de César : il a constamment violé les lois contre la brigue, qui sont dues à notre grand Pompée, et je demande que, dès son retour à Rome, on le traduise devant un tribunal pour répondre de ce crime.

Curion, habilement, donne son opinion :

– Consul Marcellus, je loue ta prudence et ta sagesse ; tu as raison de demander qu'avant toute chose le proconsul des Gaules licencie son armée. Mais, tu le sais, je suis un tribun qui pense que les lois de la République doivent être les mêmes pour tous. Pompée, proconsul des Espagnes et d'Égypte, a lui aussi une armée : il doit aussi la licencier. Il n'y aura pas de paix et de tranquillité pour la République tant que ces deux grands généraux, qui me sont suspects, ne seront pas devenus des hommes privés.

Pompée blêmit sous cette attaque imprévue et hypocrite, venant d'un homme qu'il considérait comme l'un des siens et qui lui jette au nez l'irrégularité de son troisième consulat, obtenu trois ans seulement après le second ; mais il reste sans voix. Cicéron se penche vers son voisin et lui dit :

– Il y va fort, ce Curion ; il faudra le ménager, sinon César aura en lui son meilleur défenseur.

Marcellus est déconcerté, lui aussi, et il propose au Sénat de former une commission qui examinera dans quelles conditions on pourrait s'opposer à la candidature de César au consulat. La proposition est mise aux voix et, à la surprise de tous, elle est repoussée massivement par le Sénat.

Cicéron s'agite. Il se tourne à nouveau vers son voisin :

– Quand je suis arrivé à la Curie, tous les sénateurs me disaient qu'on allait en finir avec le mythe de César et que l'on allait assister à la fin de sa vie politique ;

en deux heures, les opinions ont tourné au point qu'on trouve bon d'accepter la candidature au consulat d'un homme qui ne veut restituer à la République ni sa province, ni son armée.

Quant à Pompée, qui avait coutume de paraître dédaigner ce qu'il convoitait le plus, il quitte le Sénat sans mot dire. Il regagne en litière sa maison et ses jardins, près de Rome. Le lendemain, malade, il partit se soigner et se reposer dans sa résidence de Campanie. Pendant sa convalescence, il adressa une lettre au Sénat dans laquelle il rappelait qu'il n'avait jamais sollicité un troisième consulat, ni un commandement militaire quelconque, mais qu'on les lui avait offerts l'un et l'autre malgré lui, pour sauver la République, et qu'il était prêt à rendre son armée sans attendre le terme fixé par la loi.

Au reçu de cette missive, ce fut Curion qui eut le dernier mot. Il monta à la tribune aux harangues et apostropha les sénateurs :

– Si Pompée est sincère, Pères conscrits, clama-t-il, il devrait vous donner immédiatement sa démission, et non vous la promettre. Tant que Pompée ne sera pas rentré dans la vie privée, son *imperium* ne pourra pas être enlevé à César. Ôter à César son armée et laisser à Pompée la sienne, c'est, en accusant le premier d'aspirer à la tyrannie, donner au second les moyens d'y parvenir. De toute façon, Pères conscrits, si vous persistez dans vos intentions à l'égard de César, je m'y opposerai en exerçant mon droit tribunitien de *veto*, et le peuple jugera... Mais vous savez déjà que le peuple est acquis au proconsul des Gaules.

Un bon vieux clochard, qui vivait sur le Forum depuis des dizaines d'années, ricane :

– Cause, cause, Curion, tu m'intéresses : combien il t'a payé, César, pour tout démolir sans en avoir l'air ?

À Arras, d'où Marc Antoine est parti pour la Cisalpine afin de se faire élire augure, César commente, avec Hirtius, le débat relatif à ses pouvoirs, minutieusement consigné dans le *Journal officiel* de la République, qu'il a créé lorsqu'il était consul et qu'il reçoit régulièrement en Gaule.

– Pourquoi ne pas prendre Marcellus au mot, dit Hirtius, rendre ton armée aux ides de novembre et te présenter aux élections consulaires en juillet 49, pour être consul en 48 ?

– Et qu'est-ce que je fais, entre novembre et juillet, sans armée ?

– Ta campagne électorale. Puisque tu auras licencié ton armée, tu auras les voix de tous tes légionnaires, et ils sont bien quarante ou cinquante mille.

– Tu es naïf, Hirtius. Tu ne vois pas que Marcellus et Pompée me tendent un piège ? Dès que je n'aurai plus mes légions pour me protéger, dès que je ne bénéficierai plus de l'immunité proconsulaire, Marcellus me fera arrêter, avec l'approbation silencieuse de Pompée. Et j'irai manger des rougets avec Milon, en exil à Marseille... mais tu sais que je n'aime pas les rougets.

– Je n'avais pas pensé à cela.

– Et même si Marcellus ne me faisait pas arrêter, que deviendrait la Gaule, vide de troupes ? Au sixième jour de la Lune, après le solstice d'hiver, les druides se rassembleront dans la forêt des Carnutes pour la cueillette rituelle du gui, et ils fomenteront une nouvelle rébellion, qu'ils déclencheront au printemps suivant ou au mois de juillet, qui est le mois des révolutions chez les Gaulois. Et Rome perdra la Gaule que je lui ai construite et offerte.

Hirtius reste silencieux : il admire la profondeur des vues de son chef. Celui-ci continue sa démonstration :

– Ce serait dramatique pour Rome. Il y a peut-être 500 000 citoyens romains, en Gaule : des marchands, des fonctionnaires ; ils seraient tous égorgés, en moins de temps qu'il en faut pour le dire. Et qui donc empêcherait ces Gaulois déchaînés d'envahir la Narbonnaise ? Voire la Cisalpine ? On en serait ramené à la situation de mars 58.

Marcellus ne désarmait pas. Puisqu'il ne pouvait passer outre le *veto* du tribun, il se résigne. Il attendra que Curion soit sorti de sa charge pour réitérer sa tentative, et il attend le retour de Pompée à Rome.

Celui-ci, sa convalescence terminée, revient dans la Ville à la fin du printemps. Partout il est accueilli par des ovations ; la foule accourt devant lui, des citoyens, couronnés de feuillage, l'escortent avec des flambeaux, les femmes et les enfants lui jettent des fleurs. Marcellus vient lui rendre visite, dans la somptueuse villa qu'il possède aux portes de Rome, et lui explique son plan de campagne :

– Les tribuns quittent leur charge le 15 novembre et les consuls le 31 décembre, lui dit-il ; j'attendrai le départ de Curion et j'aurai encore un mois et demi devant moi pour agir légalement contre César. En attendant, je vais le harceler, pour l'amener à commettre quelque faute et pour l'affaiblir.

– J'ai une idée, dit Pompée. Bibulus, qui est proconsul en Syrie, et Quintus Cicéron, proconsul en Cilicie, sont inquiets ; ils craignent que les Parthes n'envahissent leurs provinces et ils se plaignent de ne pas avoir suffisamment de troupes pour leur résister. Il est en ton pouvoir de réquisitionner une partie des légions de César et de les envoyer en Orient.

– C'est une bonne idée, mais il faut opérer subtilement. Il ne faut pas que cette décision ait l'air d'être dirigée uniquement contre César.

– Tu n'as qu'à décréter l'envoi en Orient de deux légions, prélevées l'une sur mon contingent et l'autre sur celui de César.

– Mais cela va t'affaiblir.

– Pas du tout. Lors du soulèvement général des Gaules, en 52, j'ai prêté une légion à César ; elle stationne en Cisalpine. Tu lui demanderas de la restituer et d'en fournir une des siennes en sus. Ainsi nous affaiblirons son potentiel militaire de deux légions, en toute équité. Et, bien entendu, nous n'enverrons pas ces légions en Orient : nous les dirigerons vers Capoue, sous un prétexte quelconque, et elles y resteront, l'arme au pied, jusqu'à ce que nous en ayons besoin.

– Pompée, dit Marcellus, ce que tu me proposes là, ce n'est rien d'autre que de préparer le noyau d'une armée de guerre civile.

– Il vaut mieux se constituer des réserves et ne pas avoir à s'en servir que d'être pris au dépourvu, lui répond Pompée.

– Tu prêches un converti, Pompée. Je vais demander au Sénat de promulguer un sénatus-consulte en ce sens.

Le décret fut voté en juin et mandé à César ; Appius Claudius, un officier proche de Marcellus, partit de Rome avec mission de ramener ces deux légions de Cisalpine.

César, dès qu'il eut reçu le message du Sénat, partit d'un grand éclat de rire :

– Quand je pense, dit-il à Hirtius, que le sort de la République dépend de gens comme Marcellus ; le moindre barbare le roulerait dans la farine.

– Quel sale coup lui prépares-tu ? dit Hirtius, que la gaieté de César rendait optimiste.

– Marcellus veut diminuer mes effectifs de deux légions et augmenter ceux de Pompée d'autant. Je vais donc lui envoyer deux fausses légions.

– Comment cela, des fausses légions ?

– Je vais rendre à Pompée la légion que je lui ai empruntée, mais je vais m'attacher la fidélité des légionnaires qui la composent en leur accordant une prime importante ; quant aux centurions et aux officiers, je les change tous, je les remplace par des hommes à moi, bien endoctrinés : ils auront pour consigne de décrire l'armée des Gaules comme à bout de souffle, épuisée, dégoûtée du métier de soldat, prête à déserter et préoccupée par son seul retour en Italie. Ils seront chargés, en quelque sorte, d'intoxiquer l'imagination de Pompée, afin qu'il s'imagine que ce qui me reste comme troupes ne vaut plus rien. D'autre part, je lui envoie d'ici la XVe légion, qui n'est pas très fortiche, et j'envoie en Cisalpine la XIIIe, qui est la meilleure de toutes mes légions.

– Oui, mais il te manque toujours une légion.

– Je la remplacerai en levant des escadrons de cavalerie et des cohortes partout où je le pourrai en Gaule. Finalement, le décret de Marcellus me permet de former une armée plus forte que celle que j'avais.

Lorsque le jeune Appius arriva à Ravenne, les deux légions préparées par César l'accueillirent en se lamentant, en se disant fatiguées par de trop longues campagnes et prêtes à se rallier aux enseignes de Pompée dès qu'elles auraient passé les Alpes. L'officier les convoya jusqu'au camp du triumvir, à Capoue. Dans le même temps, Rome était inondée de fausses nouvelles, qui flattaient l'orgueil de Pompée. Celui-ci bombait le torse. À l'entendre, César était perdu et n'avait d'autre chance de salut que de se soumettre ; et, lorsqu'un esprit chagrin lui demandait avec quelles forces il s'opposerait au vainqueur des Gaules s'il lui prenait de marcher sur Rome, il répondait bravement :

– Je n'ai qu'à frapper du pied le sol de l'Italie pour en faire sortir des légions.

Pompée se berçait d'illusions. Au lieu de croire béatement aux rapports d'Appius Claudius et de miser sur le mécontentement – simulé – de quelques officiers de César, il aurait mieux fait de méditer sur ce mot d'un centurion qui, placé à la porte du Sénat un jour que cette assemblée rejetait les demandes de l'unificateur des Gaules, s'écria, en mettant la main sur son épée :

– Si tu reviens, César, celle-ci te donnera ce que tu demandes.

CHAPITRE IV

Alea jacta est !

(juillet-17 décembre 50)

Dans la partie de bras de fer qui s'engageait entre Pompée et César, ce dernier venait de marquer un point. Le Sénat croyait l'avoir affaibli militairement en lui soustrayant deux légions afin de s'en servir contre lui, et le proconsul, tout en s'inclinant patriotiquement devant cette requête, ce qui avait accru son crédit dans l'opinion publique, en avait profité pour augmenter sa puissance et leurrer ses adversaires. Marcellus, Pompée et les Pères conscrits avaient donné dans le panneau : à entendre les propos défaitistes tenus par les officiers du proconsul – selon les consignes de ce dernier –, ils étaient persuadés que l'armée des Gaules n'avait plus de ressort, et que César n'était plus à craindre.

Les élections consulaires de juillet augmentèrent l'optimisme des anticésariens. Le candidat de César, qui se nommait Galba, fut battu et ce fut un troisième, Claudius Marcellus, qui fut élu : il était le frère du consul de l'année 51 et le cousin germain du consul sortant ; le second candidat élu, Cornélius Lentulus Crus, était un pompéien. Tous deux devaient entrer en fonction le 1er janvier 49.

Au moment des élections, César était à Ravenne, où Marc Antoine venait d'être élu augure, et tous deux tiraient des plans sur la comète.

– À Rome, après la désignation des consuls pour 49, dit César, on va procéder à celle des tribuns de la plèbe. Leur collège m'est favorable, en général, mais il me faut parmi eux deux alliés fidèles et combatifs : je veux que tu te portes candidat.

– À vos ordres, proconsul, dit Antoine, en plaisantant.

– Bien. Mais qui d'autre vois-tu qui pourrait te seconder ?

– J'ai récemment croisé Cassius Longinus à Rome.

– Lequel, l'aîné ou le plus jeune ? L'aîné, Caïus, appartient au parti sénatorial.

– Le cadet, Quintus ; il a été questeur de Crassus en Mésopotamie et il t'admire autant que Crassus t'aimait.

– Parfait. Débrouille-toi pour qu'il soit élu avec toi ; je t'ouvre un crédit illimité pour arroser les électeurs. Mais hâte-toi, car l'élection des tribuns ne va pas tarder.

– C'est comme si c'était fait, César. Longinus et moi-même nous serons élus. Et ensuite ?

– Les tribuns prennent leur charge le 15 novembre. Attendez-vous à une offensive de Marcellus, qui aimerait terminer son consulat en beauté, c'est-à-dire en m'éliminant de la scène politique, ou même en m'éliminant physiquement. En janvier 49, son cousin sera sans doute plus facile à manipuler.

Antoine repartit pour Rome, où il fut élu tribun pour 49 avec Longinus, et César regagna son quartier général d'Arras. Les feuilles des arbres commencèrent à jaunir, puis elles tombèrent et les frimas de novembre envahirent l'Artois et la Picardie.

À Rome, les ides de novembre approchaient. Pompée, définitivement guéri de la maladie qui l'avait tenu éloigné de la scène politique, était aveuglé de présomption : « Je ne ferai qu'une bouchée des légions de César », disait-il à qui voulait l'entendre. Marcellus, plus hargneux que jamais, sortait de la réserve où il s'était tenu depuis son altercation avec Curion. Il tient conférence à ce sujet avec son collègue, le consul Æmilius Paulus :

– Curion, qui se dit l'ami de Pompée et de notre parti, est l'homme à abattre. Il s'est dévoilé en avril dernier, au Sénat, en intercédant en faveur de César. J'ai fait mon enquête : il était endetté jusqu'à plus soif, et César a désintéressé ses créanciers.

– Parlons-en au censeur Appius. Il est des nôtres, il trouvera bien un moyen de le discréditer.

Le censeur, consulté, propose aux consuls d'employer les grands moyens :

– Je dois rectifier la liste des sénateurs d'ici la fin de l'année, je vais rayer le nom de Curion de la liste, et il ne nous importunera plus par ses diatribes.

– Ce serait une erreur, dit Marcellus. Si on l'exclut du Sénat, il ira s'adresser au peuple du haut de la tribune aux harangues et ne se gênera pas pour provoquer des émeutes : n'oublie pas qu'il est tribun de la plèbe. Le remède serait pire que le mal.

– Et si je lui adressais un blâme officiel, assorti d'une menace de radiation ? dit Appius ; cela le ferait réfléchir.

– Va pour un blâme. Mais dépêchons-nous : il n'y a plus que huit jours, d'ici les ides de novembre.

Le lendemain 7 novembre, à l'ouverture de la séance du Sénat, Appius adresse son blâme à Curion, et ordonne qu'il soit affiché au pied de la tribune aux harangues. À peine a-t-il terminé que l'intéressé bondit de son banc, proteste avec violence, déchire sa toge et accuse le censeur d'être déloyal. Les sénateurs sont scandalisés par la conduite de leur pair et Marcellus en profite pour mettre en discussion la conduite du tribun. Curion, rouge de colère, lui répond :

– Ce procédé est illégal, mais j'accepte sans crainte le débat. J'ai toujours agi dans les intérêts de la République, en mon âme et conscience, et je remets mon honneur et ma vie entre vos mains, Pères conscrits.

Le débat s'engage. Mais, très vite, la conduite de Curion passe au second plan, et la discussion dévie irrésistiblement sur le plan politique. On reparle du retour de César, Marcellus dénonce ses projets de tyrannie et met aux voix la question qui lui tient tant à cœur : *Faut-il donner un successeur à César dans sa province ?* Les orateurs se succèdent à la tribune et, finalement, on passe au vote. Les sénateurs se lèvent de leurs sièges. Ceux qui approuvent la proposition du consul se dirigent vers lui et l'entourent, les autres restent assis. Le président de séance n'a pas même besoin de décompter les « oui » et les « non » : une majorité massive s'est prononcée pour une réponse affirmative à la question posée.

Tout le monde va s'asseoir. Marcellus, épanoui, demande à nouveau la parole :

– Pères conscrits, je vous remercie de votre vote. J'ai une deuxième proposition à vous soumettre, la voici : *Faut-il donner un successeur à Pompée dans sa province ?* (Il s'agit de la péninsule ibérique, dont Pompée était le proconsul officiel.)

La procédure est identique, mais, cette fois-ci, la même majorité répond par « non ».

La cause semble être entendue, lorsque Curion se dresse sur son banc de sénateur. On craint une intercession du tribun, un *veto*, qui annulerait le vote du Sénat. Il n'en est rien :

– N'ayez crainte, Pères conscrits, je n'intercède pas contre vos deux réponses. Mais j'insiste encore sur le danger qu'il y a, pour la République, à favoriser Pompée aux dépens de César. Je persiste à penser que ces deux hommes doivent être également désarmés. C'est pourquoi je mets aux voix une troisième question, à laquelle je vous demande de répondre par « oui » ou par « non » : *Faut-il ôter leur commandement en même temps à Pompée et à César ?*

Et il s'avance au milieu de la Curie, où il reste immobile. Alors, à la stupeur du consul Marcellus, qui considérait l'affaire comme gagnée, les sénateurs se lèvent, un à un, et vont entourer Curion, signifiant par là qu'ils approuvent sa proposition. On compte les voix : la proposition inattendue du tribun est approuvée par 370 voix contre 22.

Marcellus retient à peine les insultes qui lui montent à la gorge. Blême de fureur, il lève la séance, et congédie les sénateurs en leur lançant, avec rage et amertume à la fois :

– Réjouissez-vous, Pères conscrits, vous avez gagné, et votre victoire, ce sera d'avoir César pour maître. Vous l'avez voulu, vous l'aurez.

Le consul quitte le Sénat précipitamment. Dehors, la foule connaît déjà le résultat du vote et, naïvement, elle croit qu'il annonce la paix civile. Antonia, la matrone réputée dans Subure pour ses talents culinaires, mais aussi pour son verbe, qui est haut et cru, triomphe :

– Je vous l'avais dit, je vous l'avais dit. Le Sénat a renvoyé César et Pompée à leurs chères études, dos à dos. Les voilà des gens comme vous et moi : sans armée, ils ne risquent pas de se battre. Il n'y aura pas de guerre civile mais, quand César rentrera à Rome, il y aura beaucoup de cocus.

– On dit qu'il a vieilli, dit une autre. À son âge, on ne peut plus courir la gueuse.

– Oui, dit Antonia, il ne doit plus valoir grand-chose au lit... avec une femme, ajoute-t-elle insidieusement, parce qu'avec les gladiateurs et les gros cochons, il paraît qu'il s'y entend !

Elle se tait brusquement lorsqu'elle voit approcher les gardes chargés du maintien de l'ordre et elle retourne à ses fourneaux.

Le consul sort de la Curie ; il est dans un état de fureur indescriptible :

– Les sénateurs se sont stupidement déjugés, dit-il au censeur Appius qui, en de pareilles circonstances, restait prudemment muet. Ce vote scandaleux va permettre à César de se faire élire consul impunément l'année prochaine, et de remettre en vigueur ses lois agraires, d'autant qu'il y en a, des vétérans, à récompenser maintenant. Ce salaud de peuple va tout nous voler.

– Calme-toi, Marcellus, au pire, il ne sera consul qu'une année ; il aura à peine le temps de faire passer deux ou trois lois qu'il sera déjà remplacé.

– Tu es un optimiste, Appius. César veut beaucoup plus que des lois agraires : il veut la dictature, et tu peux être sûr que, avec Pompée désarmé, il l'aura. Mais ça ne se passera pas comme ça, je te le promets.

Tard dans la nuit, un bruit court dans les riches villas romaines où l'on faisait la fête, comme tous les soirs :

César descendait les Alpes à la tête de ses dix légions, avec l'intention avouée de marcher sur Rome. Avant même le chant du coq, des messagers viennent frapper aux portes des sénateurs repus, qui dorment du sommeil du juste que chacun d'eux croit être, porteurs d'un message les convoquant au Sénat pour midi ce jour même : « La patrie est en danger » est-il précisé sur les convocations.

Le 8 novembre à midi, ils sont donc tous là, dans la Curie, silencieux et graves. Immobiles sur leurs bancs, ils écoutent le discours de Marcellus :

– Pères conscrits, la République a besoin de vous. Des messagers m'ont apporté hier au soir, à la minuit, des nouvelles très alarmantes. César a franchi les Alpes avec toutes ses légions, il est pour l'instant en Cisalpine et il s'apprête à pénétrer en Italie. Dans quelques jours, il marchera sur Rome. Je vous demande de le déclarer « ennemi de la République » et de revenir sur votre vote d'hier : conservez son commandement à Pompée, lui seul peut la sauver, comme il la sauva jadis des gladiateurs de Spartacus. Donnez-moi l'autorisation de lever des troupes et de faire venir de Capoue, où elles sont en garnison, les deux légions de César destinées à la guerre d'Orient.

Curion demande la parole.

– Pères conscrits, les propos du consul Marcellus sont des mensonges éhontés, destinés à tromper votre bonne foi. Moi aussi, j'ai reçu des messages de Gaule ; ils proviennent d'Arras, où César a pris ses quartiers d'hiver. Ne vous laissez pas berner. Le proconsul a disposé quatre légions en Belgique et les six autres en Gaule centrale : comment voulez-vous qu'en si peu de temps il ait pu prévenir ses dix légats, et surtout comment se pourrait-il que les légions fussent déjà dans les Alpes ? Ne vous laissez pas abuser par ces fausses nouvelles. De toute façon, je vous informe que je m'oppose, en tant que tribun inviolable de la plèbe, à toute levée de troupe.

Marcellus se dresse :

– Puisque je ne puis rien faire ici par le consentement de tous, Pères conscrits, puisque ce tribun m'interdit de veiller à la sûreté de la République avec la complicité des sénateurs, je me chargerai seul, personnellement, du salut public, en ma qualité de consul.

Joignant les actes à la parole, il quitte précipitamment le Sénat, enfourche le premier cheval qu'il trouve, sort de la Ville, traverse au galop le *pomoerium*, cet espace sacré sur lequel il était interdit de bâtir ou d'habiter, et parvient dans le faubourg où se trouvait la demeure de Pompée. Il se fait annoncer, l'aborde et lui tend une épée :

– Pompée, lui dit-il, moi, Marcellus, consul de Rome, je t'ordonne de prendre le commandement des troupes qui sont à Capoue ou dans les autres garnisons de l'Italie, d'en lever d'autres s'il le faut, de marcher contre César et de prendre toutes les mesures nécessaires au salut de la République.

Pompée se trouve bien embarrassé. Il répond à Marcellus avec une prudence ambiguë :

– Je suis citoyen romain et général. En tant que citoyen, je dois obéir aux ordres des consuls ; mais, en tant que général, je n'y obéirai que si toutefois il n'y a rien d'autre de mieux à faire.

Le consul se calme. Il comprend tout ce que sa conduite a d'irrégulier et d'illégal, d'autant qu'on est au mois de novembre et que, dans moins de deux mois, il ne sera plus consul. Il retourne dans la Ville, va quérir son collègue, Æmilius Paulus, et les deux consuls désignés pour l'année 49 à venir, son cousin germain Cornélius Marcellus et Lentulus, tous deux ennemis de César. Puis revient chez Pompée avec ses trois collègues, qui se disent solidaires de la mesure décidée par Marcellus et font le serment de la soutenir de tous leurs efforts.

Marcellus rentra dans Rome en se frottant les mains. Il avait eu raison de Curion : les tribuns de la plèbe n'avaient aucun pouvoir en dehors des murailles de la Ville, et il ne lui était pas possible d'opposer son *veto* à l'ordre que le consul venait de donner au général.

Il restait cependant à Curion une ultime parade légale : demander l'annulation de l'acte du consul par l'assemblée du peuple, ce qu'il s'empressa de faire dans les jours qui suivirent, tout en exhortant les uns et les autres à ne pas obéir aux ordres de mobilisation que Pompée leur ferait parvenir.

Le spectre de la guerre civile planait sur la Ville. Déjà les villas patriciennes se vidaient de leurs occupants qui partaient se réfugier dans leurs résidences provinciales. Le souvenir du conflit entre Marius et Sylla qui avait ensanglanté Rome et l'Italie entre 87 et 80 était encore dans toutes les mémoires. Les plus anciens se rappelaient Rome assiégée par les armées du peuple et la peste qui avait éclaté dans la Ville, les tribuns jetant les sénateurs du haut de la roche Tarpéienne, les esclaves de Marius qui avaient pour consigne de tuer tous les Romains auxquels leur maître ne rendait pas leur salut, la tête du consul Octavius attachée aux Rostres, l'incendie du Capitole, la dictature de Sylla et les terribles proscriptions.

Dans certaines circonstances, les peuples sont comme les insectes, les batraciens ou les petits reptiles qui, à l'approche de quelque calamité – un tremblement de terre ou l'éruption d'un volcan –, disparaissent en un soir comme par un coup de baguette magique, à la veille de la catastrophe ; ils s'évanouissent dans les campagnes, amoncellent des vivres, se terrent dans des cabanes ou dans des caves. Ainsi faisaient bien des Romains, au fur et à mesure que les on-dit, les bobards et les indiscrétions franchissaient les murailles de la Ville et se diffusaient de villa en villa, de taverne en taverne.

Les plus curieux glanaient les renseignements qu'ils pouvaient. Les uns, postés dans les bois qui entouraient la demeure de Pompée, surveillaient les va-et-vient des visiteurs, supputant le contenu des messages que sans doute ils apportaient. Les autres faisaient de même le siège discret des villas des consuls et des tribuns. On annonçait le retour prochain de Cicéron, proconsul en Cilicie, dont on pensait qu'il pouvait être le médiateur idéal entre Pompée et César : aux dernières nouvelles, le navire qui le ramenait d'Orient voguait vers Brindes.

Le 12 novembre au soir, un cavalier passe la Porte Capène : c'est Hirtius, le lieutenant et le confident du proconsul. Il a laissé son escorte à l'extérieur de la Ville, comme l'exigeait la loi, et il se rend chez Cornélius Balbus, un vieil ami de César, qui l'avait connu en Espagne quand il y était gouverneur et dont il avait fait un citoyen romain. Peu de temps après son arrivée, Métellus Scipion, le beau-père de Pompée, les rejoint. La lumière resta allumée toute la nuit dans la villa de Balbus, mais rien ne filtra de la conversation entre ces trois hommes. Au petit matin du 13 novembre, Hirtius s'en retourna avec son escorte sur la route de la Cisalpine, sans même faire halte chez Pompée. Celui-ci, dépité, part le jour même pour la Campanie, où stationnent ses légions.

Dans la nuit du 15 au 16 novembre, c'est Curion qui disparaît. Le lendemain matin, il ne sera plus tribun de la plèbe et il perdra son inviolabilité : déguisé en esclave, il est sorti de la Ville et il est allé se réfugier auprès de César, à Ravenne.

Le 16 novembre a lieu la cérémonie d'installation des nouveaux tribuns de la plèbe. Parmi eux deux césariens : Marc Antoine et Cassius Longinus. Tout n'est donc pas encore cassé entre César et le pouvoir républicain, la guerre civile est encore évitable, et le peuple, qui voit le consul Marcellus s'isoler dans un bureau attenant à la Curie avec Antoine et Cassius, pense que la fin de la crise est proche. Le peuple se trompait.

Les tribuns sont porteurs d'un message de César, qui propose aux consuls un compromis destiné, disent-ils, à apaiser les esprits. C'est Marc Antoine qui parle :

– César m'a invité à vous informer qu'il était prêt à abdiquer le commandement de ses légions, à l'exception de deux, qu'il entend cantonner en Cisalpine ; il tient en outre à conserver le gouvernement de cette province jusqu'à son deuxième consulat, qui devrait débuter le 1er janvier 48. En compensation de ce qu'il demande, il est prêt à reconnaître la prorogation du proconsulat de Pompée en Espagne.

– Nous ne pouvons pas répondre à la place de Pompée, dit Marcellus ; il faut que nous lui transmettions la proposition. Il est actuellement au bord de la mer, en Campanie.

– Nous attendrons bien volontiers, dit Antoine. Pourrions-nous avoir une réponse d'ici quatre ou cinq jours ?

– C'est possible. Mais, pour l'instant, convenons de ne pas informer le Sénat de ce message.

– Je suis de ton avis, consul. Secret d'État.

Les consuls et les tribuns se séparent. Antoine envoie un messager informer César qui, à Ravenne, surveille l'armement de ses légions.

En Campanie, la mer est grise comme le ciel. Pompée accueille un ancien questeur, récemment exclu du Sénat pour « mauvaises mœurs » par les censeurs, auteur d'un manuscrit sur la conjuration de Catilina qui n'a pas encore été livré au public. Il se nomme Salluste, il a une quarantaine d'années et s'est rangé du côté de César qui lui témoigne beaucoup d'estime. Homme de paix, il a pris l'initiative de rencontrer Pompée, qui a accepté de le recevoir en Campanie.

– Est-ce que tu penses qu'il y a quelque espoir d'une entente, entre toi et César ?

– Franchement non, lui répond Pompée. Non seulement ce n'est pas possible, mais je n'en ai même pas envie.

– Pourquoi donc ?

– Parce que, à mon avis, César veut plus que le consulat. Il fera comme Sylla, il bouleversera l'État, promulguera une nouvelle constitution, élargira le domaine des lois agraires, que sais-je encore ? Il ne veut plus de notre République, il ne veut plus de Sénat. Il n'a qu'un mot à la bouche : le peuple. Non, croismoi, Cicéron, si César s'empare un jour du consulat, il ne le lâchera plus et la République deviendra une dictature.

– Quelle est donc la solution ?

– La guerre.

– Tu es fou, Pompée. Et puis la guerre contre César, ce n'est pas chose facile.

– J'en ai vu d'autres, et Rome aussi. Crois-moi, la paix avec César serait une fausse paix. Moi, je n'ai pas peur de lui. J'ai à mon actif autant de victoires que lui, sinon davantage : le dieu de la guerre est le même pour tous. Et puis je me trouve bien à Rome et en Campanie, moi, je n'ai pas envie de partir en Espagne.

– Qui te parle de partir en Espagne ?

– C'est la province qui m'a été attribuée. Si César garde la Gaule, il faudra bien que je m'occupe de l'Espagne. Mais qu'est-ce que j'en ferai, de l'Espagne, lorsque César aura empoigné le consulat ?

Ils en étaient là lorsqu'on vint avertir Pompée qu'un messager demandait à le voir : il était porteur d'une lettre de Marcellus lui transmettant la proposition de César. Le triumvir lit rapidement la missive du consul et se tourne vers Salluste :

– Quand on parle du loup, on en voit la queue.

La réponse de Pompée fut « non » sur tous les points. Quand elle parvint à Rome, Antoine se trouvait sur le Forum ; il grimpa quatre à quatre les marches qui conduisaient à la tribune aux harangues, ameuta le peuple de sa voix puissante et partit dans une diatribe vengeresse contre Pompée :

– César offre la paix, dit-il, Pompée répond par la guerre. Cet homme est un criminel. Il a sauvé Rome de Mithridate et des pirates, soit : mais connaît-on le nombre de citoyens romains qu'il a fait arrêter et condamner à mort ? Et de quel droit garde-t-il à Capoue des légions que le Sénat lui a fait donner par César pour défendre les territoires orientaux de la République ? Peuple de Rome, nul n'est au-dessus des lois de la République, et si Pompée refuse de s'incliner devant elles, nous saurons bien les lui imposer par un plébiscite.

Mais l'heure n'est déjà plus aux harangues et aux comices. Le 6 décembre (date qui correspondait au 1er janvier du calendrier romain, qui n'avait pas encore été réformé par César), les nouveaux consuls entrent en charge. Tous les sénateurs assistent à la séance inaugurale de leur magistrature et Claudius Marcellus, du haut de la tribune, s'apprête à prononcer les mots rituels :

– Nous, Claudius Marcellus et Cornélius Lentulus, consuls de Rome, après avoir consulté les augures, nous déclarons ouverte la séance inaugurale...

Des cris recouvrent la voix de l'orateur :

– Place au tribun, place au tribun !

Curion apparaît à l'entrée de la Curie, échevelé, en sueur. Il a parcouru en quatre jours les 320 milles (480 km) qui séparent Ravenne de Rome et il apporte une lettre de César, qu'il brandit au bout de son bras :

– Consul, dit-il d'une voix forte, voici une lettre de César, proconsul des Gaules. Je suis chargé de la lire devant les Pères conscrits assemblés.

– Ce n'est pas la règle de notre Sénat, dit Marcellus. Tu dois nous remettre ce message. Nous le lirons ensuite, si bon nous semble.

– C'est moi qui dois en donner lecture, consul, le message qu'elle contient ne doit pas être étouffé. Les Pères doivent en connaître immédiatement la teneur et il doit être publié au *Journal officiel* de la République, afin que le peuple romain tout entier puisse en être informé.

– Je t'interdis de lire cette lettre à la tribune.

Mais les autres tribuns de la plèbe, emmenés par Marc Antoine et par Cassius, protestent à leur tour :

– Cette interdiction faite à un tribun de la plèbe inviolable est une insulte, crie Marc Antoine.

– C'est indigne d'un consul.

Les sénateurs s'agitent. Les uns protestent, les autres approuvent, et certains en viennent aux mains. Finalement, le calme se rétablit et Curion parvient à lire sa lettre.

César, après avoir rappelé ce qu'il a fait pour la République, se justifiait des accusations répandues contre lui par ses ennemis et, affirmant avec force son respect pour le Sénat, il se déclarait prêt à se démettre de ses fonctions de proconsul des Gaules et à licencier son armée, ou à la remettre à son successeur, à la condition expresse que Pompée en fît autant. On ne peut pas, écrivait-il, exiger qu'il se livrât désarmé à ses ennemis, et lui imposer d'être seul à donner l'exemple de la soumission. La fin de la lettre sonnait comme une menace : « Si l'on ne me rend pas justice, écrivait César, je saurai, en me vengeant moi-même, venger aussi la patrie. »

La lecture du message à peine terminée, la colère du Sénat fut à son comble : C'est la guerre, qu'il nous déclare, disait-on. Et Marcellus décida qu'aucune des propositions contenues dans cette missive ne pouvait donner lieu à délibération. Puis le second consul, Lentulus, prit la parole :

– Nous, consuls, nous soutiendrons et nous défendrons la République que César veut abattre. Si l'assemblée vient à manquer de fermeté, en ces moments critiques, si, comme par le passé, elle entend ménager César et se concilier ses bonnes grâces, c'en sera fait de son autorité.

Des applaudissements nourris approuvent ces farouches paroles, qui ne coûtaient rien qu'un peu de salive à ce consul ventru. Puis chacun y va de son intervention :

– Pompée, mon gendre, dit Métellus Scipion, ne fera pas défaut à la République, s'il peut compter sur le Sénat. Mais si vous hésitez, Pères conscrits, si vous agissez avec faiblesse, alors ce sera en vain que vous l'implorerez désormais.

– Exigeons que Pompée se retire dans sa province, avec son armée qui campe aux portes de Rome, pour ôter tout motif de guerre à César, crie de son banc un tribun.

– Je demande que le Sénat rassemble les troupes de toute l'Italie, pour assurer l'indépendance de ses délibérations, propose un ancien consul.

Lentulus éclate contre les deux derniers orateurs, qu'il traite de défaitistes :

– Honte sur vous, leur dit-il, vous êtes des lâches.

Finalement, les vociférations de Lentulus, les menaces des amis de Pompée, la terreur que causait l'armée de celui-ci, campant à un mille des murailles de Rome, entraînent les sénateurs qui votent, soit sincèrement, soit à leur corps défendant, le sénatus-consulte dont le texte énergique est proposé par Métellus Scipion :

« Dans un délai qui sera fixé après délibération, César devra licencier son armée. S'il s'y refuse, il sera considéré comme un rebelle en révolte contre la République et traité comme tel. »

Marc Antoine et Cassius opposent leur *veto* tribunitien au décret des sénateurs. Aussitôt la question du *veto* des tribuns est mise à l'ordre du jour par les juristes du Sénat ; elle est réglée en peu de temps :

– Le *veto* des tribuns doit être considéré comme nul et non avenu, car le débat porte sur des provinces consulaires (gouvernées par un ancien consul), alors que le *veto* tribunitien n'est valable que sur les provinces prétoriennes (gouvernées par un ancien préteur).

Le débat juridique dure jusqu'à la fin du jour, on lève la séance sans aboutir à aucune solution et les sénateurs sont invités à se réunir le lendemain, 7 décembre (2 janvier de l'ancien calendrier romain). Le soir, les consuls et quelques sénateurs pompéiens sortent de Rome et se rendent chez Pompée, qui les a convoqués :

– C'est bien, leur dit-il mollement, c'est bien. Bravo pour votre ardeur. Mais faites la chasse aux timides et surtout aux abstentionnistes : que tout le monde soit présent à la Curie, demain matin. Nous allons livrer une bataille constitutionnelle et, comme toute bataille a besoin de généraux, je nomme Caton, le consul Lentulus et mon beau-père Métellus Scipion pour la mener et pour la gagner.

Dès son ouverture, la séance du 7 décembre dégénère en bataille rangée. Tous les pompéiens de Rome, ameutés durant la nuit par les sénateurs les plus énergiques, se tiennent devant la porte grande ouverte de la Curie, dans laquelle ils n'ont pas le droit d'entrer : mais leurs cris et leurs hurlements suffisent à faire taire les orateurs césariens.

Quelques-uns d'entre eux parviennent cependant à se faire entendre :

– Je me propose d'aller trouver César lui-même, à Ravenne, pour le mettre au courant de ce qui se passe ici, dit le censeur Lucius Pison.

– Et moi d'accompagner le censeur, ajoute le préteur Lucius Roscius : dans six jours nous serons revenus, et nous pourrons voter en toute connaissance de cause.

– Envoyons plutôt une délégation de sénateurs à César, proposent prudemment les plus anciens.

Les « généraux » de Pompée balayent toutes les motions : aucune d'entre elles ne fait l'objet d'un débat.

Les tribuns protestent, invoquent le caractère sacro-saint de leur fonction. Lentulus vocifère, fait voter à la hâte des motions contre l'immunité tribunitienne. Antoine tente en vain de crier aussi fort que Lentulus ; il monte sur son siège, pour mieux se faire entendre : les consuls lui ordonnent d'en descendre et le menacent de le faire expulser. Écœuré, Antoine quitte le Sénat, suivi de Cassius et de Curion. La belle République romaine que prétendait défendre Pompée n'est plus : le droit le cède à la force et à la violence. Et la séance est levée sans qu'aucune décision n'ait été prise.

Les deux jours suivants, le 8 et le 9 décembre, il n'y a pas de séance au Sénat, pour cause de comices électoraux. Le 10 et le 11 décembre, les sénateurs se réunissent dans les jardins de Pompée, qui se prépare à la guerre. On nomme, dans la hâte, les proconsuls et les propréteurs : la Gaule est attribuée à Domitius Ahénobarbus (consul en 54), l'ancien ennemi de César ; la Syrie à Métellus Scipion. Finalement, le 12 décembre 50 est voté le sénatus-consulte qui décrète le rappel de César à Rome, où il doit se présenter pour faire acte de candidature au consulat, et confirme l'attribution de ses provinces à Domitius Ahénobarbus.

Légalement, César n'est plus rien : il n'a plus de province, plus d'armée, plus d'immunité proconsulaire. Dès qu'ils en auront l'occasion, ses adversaires le feront arrêter, sous un prétexte quelconque, arrêter et juger. Pour sauver son œuvre en Gaule, ses idées et accessoirement sa tête, il n'a plus qu'une solution : la guerre civile contre Pompée, qui ne demande que cela. Et Cicéron, qui, de retour de Cilicie, fait son entrée à Rome le 8 décembre et qui n'a rien compris, écrit à son cher ami Atticus que les Romains vont s'entre-tuer « pour la tyrannie d'un homme ou d'un autre ».

En réalité, ils allaient s'entre-tuer, les uns, au nom de la tyrannie de Pompée, les autres au nom de l'idéologie démocratique universelle de César. Une démocratie que celui-ci croyait pouvoir instituer par une dictature préliminaire et provisoire, un provisoire qui devait durer cinq siècles.

Déjà les nouveaux proconsuls, avant même que le sénatus-consulte les investissant de leurs pouvoirs eût été ratifié par l'assemblée du peuple, dûment convoquée aux comices, Métellus Scipion et Domitius Ahénobarbus ont revêtu le *paludamentum*, le manteau écarlate insigne du commandement que portent les généraux et les proconsuls. Ils font les sacrifices solennels et s'apprêtent à partir pour leurs provinces. Dans toute l'Italie, on s'arme, on procède à des levées de troupes. Dans Rome, les plus riches des sénateurs prennent leurs précautions : ils se font précéder par des licteurs sur le Forum et au Capitole. Partout dans la péninsule on exige de l'argent des municipalités, on en prend dans les temples.

À Ravenne, lorsque la teneur du sénatus-consulte du 12 décembre est connue, César a pris sa décision : puisque Pompée veut la guerre, il l'aura. En apprenant le refus des garanties qu'il avait réclamées pour sa sauvegarde, par la bouche d'Antoine, de Cassius et de Curion, il a eu la même réaction que le centurion qui gardait l'entrée du Sénat et dit, en portant la main à la poignée de son épée : « Voilà qui me protégera. » Entre lui, Pompée et le Sénat, la prétendue question de droit n'est plus qu'une question de force et la force, César n'avait qu'à regarder autour de lui pour constater qu'elle était de son côté, dans l'enthousiasme de ses soldats, que, depuis huit ans, il conduisait à la victoire et qu'il abreuvait de butins, et dans le loyalisme des Gaulois, qu'il avait su ne pas traiter en vaincus.

Ravenne était à quelques kilomètres seulement de la frontière entre la Gaule cisalpine et l'Italie. La limite séparant le territoire proconsulaire des terres romaines était marquée par une petite rivière, le Rubicon, qui se jette dans la mer Adriatique, entre Ravenne et Rimini.

Le 16 décembre au matin, César rassemble ses effectifs : environ 4 000 légionnaires et 300 cavaliers gaulois (le reste de ses forces est dispersé de l'autre côté des Alpes, en Gaule celtique et en Belgique). Il harangue ses troupes :

– Légionnaires, votre général vous parle. Vous connaissez mes véritables ennemis : ils ne sont pas en Gaule, mais à Rome, ce sont les *optimates*, ces riches sénateurs qui n'ont cessé d'empêcher la réalisation de mes projets, qui refusent les lois agraires comme ils refusaient, jadis, le droit de cité aux peuples de l'Italie. Jaloux de ma gloire, acquise grâce à vous, ils ont entraîné Pompée dans la course aux honneurs et aux dignités, ils l'ont détourné de la voie droite qui était la sienne. Méprisant le peuple, dont vous êtes le bras, ils ont écrasé par les armes les droits sacrés des tribuns de la plèbe, et en particulier leur droit d'intercession que même Sylla n'avait osé leur ôter. Ils ont transformé les sénatus-consultes, qui étaient des décrets destinés à protéger la République et le peuple, en moyens de répression du peuple, qu'ils ont muselé. Soldats, nous avons passé ensemble neuf années, gagné mille batailles, pacifié toute la Gaule, que nous avons mise hors d'atteinte des Germains, et maintenant l'honneur et même la vie de votre chef sont menacés. Vous aurez à cœur, je le crois, de venger les injures faites à votre général et aux représentants de la plèbe.

Des cris unanimes s'élèvent des rangs des légionnaires. César peut compter sur eux : ils le suivront jusqu'au bout du monde. Le proconsul donne l'ordre aux tribuns militaires et aux centurions de conduire ces quelques cohortes jusqu'au Rubicon, mais de ne pas le franchir et de l'y attendre. Quant à lui, qui se sait espionné, afin de donner le change, il se promène ostensiblement en ville, assiste, dans l'après-midi, à une représentation théâtrale, examine avec des architectes le plan d'une école de gladiateurs qu'il voulait faire construire dans Ravenne et dîne en nombreuse et galante compagnie, suivant son habitude.

Quand la nuit est venue, il fait atteler à un chariot les mulets d'une boulangerie qui se trouve à proximité de sa villa proconsulaire et part dans la brume nocturne, avec une faible escorte. La nuit est fraîche, le brouillard est épais, et les quelques lampes à huile qui ont été emportées pour éclairer le chemin s'éteignent. Le petit cortège tourne en rond jusqu'à l'aube. Enfin paraît un berger. César lui demande comment rejoindre le Rubicon :

– Tu n'en es pas loin, répond l'homme, qui n'a pas reconnu dans le voyageur emmitouflé le proconsul dont le seul nom faisait trembler les brigands, mais tu ne pourras jamais y arriver avec un chariot. Il faut passer à travers la montagne, par des sentiers étroits.

– Peux-tu nous guider ? demande César.

– Suivez-moi.

On marche plusieurs heures, mais les nuits d'hiver sont longues, et il ne fait pas encore jour lorsque César arrive à la rivière, sur les bords de laquelle sont déjà alignés les légionnaires.

Le Rubicon, qui prend sa naissance d'une modeste source, roule faiblement ses eaux quand brûlent les chaleurs de l'été ; mais l'hiver lui donne des forces et les pluies descendant des Alpes avaient grossi ses flots. Un petit pont de bois, voûté comme le sont tous les ponts romains, le surplombe.

L'instant crucial approche. César hésite encore. Immobile, face au fleuve que l'on dit rougeoyant et qui coule tranquille, le proconsul médite. Les siens respectent son silence. Il tourne et retourne, dans son esprit, les avantages et les inconvénients de la décision qu'il va prendre. Combien de maux et de malheurs le franchissement de cette rivière allait-il engendrer ? Et combien de gloire ? Comment les générations à venir jugeront-elles cet acte ? César se tourne vers sa suite :

– Compagnons, il est encore temps de revenir en arrière ; mais une fois que nous aurons passé ce petit pont, ce sera aux armes de parler.

On dit qu'il eut alors une hallucination. Un homme de haute taille et d'une beauté hors du commun parut, s'assit près de lui, au bord de la rivière, tira un chalumeau de dessous sa tunique et se mit à en tirer des sons mélodieux. Les bergers des environs accourent, pour l'écouter, et aussi les légionnaires des postes voisins, y compris les soldats et les sonneurs de trompette. L'homme emprunte à l'un d'eux son instrument de bronze, s'élance vers le Rubicon et, sonnant la marche d'un souffle puissant, passe sur l'autre rive.

César s'avance alors. Il se retourne vers ses troupes :

– *Alea jacta est !* Le sort en est jeté ! leur crie-t-il. Allons où nous appellent les signes des dieux.

Il touche la rive opposée. Déjà les cavaliers ont poussé leurs montures dans le fleuve. Elles forment barrage contre le courant et l'infanterie, reine des batailles, passe à gué, rompant sans peine les eaux du fleuve brisé.

César ne se retourne pas. Il a les yeux fixés vers les montagnes de la Toscane. Ce n'est plus la raison qui le guide, c'est *Fortuna*, la déesse aveugle qui conduit la vie des hommes. Une fois posé le pied sur la rive du Rubicon qu'il a franchi, il l'invoque et se confie à elle :

– Ici j'abandonne la paix et le droit outragé. C'est à toi, Fortune, que je me donne. Adieu, traités ! Remettons-nous au Destin ! Que la guerre soit notre arbitre !

CHAPITRE V

César, Marseille et le mistral

(9 mars-15 mai 49)

À la nouvelle du franchissement du Rubicon, les adversaires politiques de César qu'étaient consuls et la plupart des autres magistrats en place, ainsi que les sénateurs pompéiens, s'étaient réfugiés à Brindes, d'où Pompée organisait leur transfert, ainsi que celui des forces armées de la République (30 000 légionnaires) à Dyrrachium, sur la rive orientale de l'Adriatique. César, qui ne l'ignorait pas, avait donc choisi de les y poursuivre avant que d'entrer dans Rome, mais, lorsqu'il parvint sur la jetée du port, drapé d'écarlate, il ne put que contempler les voiles gonflées des vaisseaux de Pompée qui s'éloignaient vers le lointain horizon :

il était devenu le maître de Rome et de l'Italie sans combattre... mais Pompée était parti avec une armée nombreuse et il était à même d'en lever une plus nombreuse encore dans toutes les cités de la Méditerranée grecque et orientale, dont il connaissait tous les rois et tous les chefs, avec laquelle il pouvait organiser le blocus naval de Rome et de l'Italie, et il avait encore sept légions de réserve en Espagne avec lesquelles il risquait d'envahir la Narbonnaise et même la Gaule celtique, de soulever les Gaulois et s'en faire des alliés. César n'avait donc pas de temps à perdre : il lui fallait de toute urgence éliminer le danger mortel que représentait que Pompée avait mis sur pied en Espagne, légaliser son action par deux ou trois plébiscites fondamentaux et pourvoir aux principaux postes de l'État laissés vacants par l'exode pompéien en y nommant, bien évidemment, des hommes à lui. Tout cela se fit en trois ou quatre jours, et César put notamment s'emparer du Trésor de l'État (15 000 lingots d'or, autant d'argent et 30 millions de sesterces). Il a maintenant l'argent pour payer ses soldats, assurer le ravitaillement de son armée et les frais d'une guerre, ainsi que les moyens légaux pour agir. Il peut partir en guerre, ce qu'il fait le 9 mars 49.

César quitta Rome par la voie Aurélia, à la tête de sa fidèle XIIIe légion. En route, il fut rejoint par la VIIIe et la XIIe, avec lesquelles il avait pris Corfinium.

Pour atteindre Narbonne, où il devait faire sa jonction avec son légat Fabius, qui arrivait de Gaule celtique avec trois légions, il avait choisi la route du littoral, qui longeait d'abord les côtes de la Toscane, puis la côte ligure et enfin celle de la Narbonnaise, par Vintimille, Monaco, Nice, Antibes et Fréjus, avant d'obliquer vers Aix et Nîmes, à travers les terres de Provence.

– Tu as l'air soucieux, proconsul, lui dit son secrétaire Rufus, qui chevauchait à son côté ainsi qu'il avait coutume de le faire.

– J'ai été déçu par mon séjour à Rome.

– Pourquoi donc ? Tout s'est passé comme tu le désirais.

– Pas tout à fait. Le Sénat est resté silencieux : il n'a pas légalisé mes pouvoirs.

– Qu'importe ! Ce n'était pas le vrai Sénat, il n'y avait de présents que quelques dizaines de Pères conscrits ; et puis, tu as mis en place des hommes à toi : Lépide fait fonction de consul, Licinius est gouverneur de la Cisalpine...

– Tu as raison, mais la guerre que j'entreprends en Espagne n'a pas été votée par le Sénat. Elle est illégale, et cette illégalité m'obsède. La force prime le droit, certes, mais elle ne peut le remplacer ; à un moment donné, il faut que le droit fonde la force. Tu ne peux pas t'imaginer l'importance que l'opinion publique romaine attache à la légalité. Et, dans la balance romaine de la politique, l'opinion publique pèse le même poids que les victoires. Il s'y ajoute le fait que le peuple a vu d'un très mauvais œil la manière dont je me suis emparé du Trésor de la République, en violant le temple de Saturne, même si ce fut pour le bon motif.

– Tu penses que cela peut influer sur l'issue du conflit ?

– Cela donne l'avantage moral à Pompée. Je ne peux plus gagner, maintenant, que sur le terrain militaire : je suis condamné à la guerre civile à outrance. Et je n'aime pas ça.

César fut tiré de sa morosité par une remarque de Marc Antoine, qui avait poussé son coursier jusqu'à lui :

– Les hommes ont faim, César, il serait peut-être judicieux d'ordonner une petite pause.

– Bonne idée ! Nous en profiterons pour tenir un petit conseil d'état-major : préviens Cassius et les autres officiers.

Marc Antoine fait demi-tour, et transmet les consignes. Un quart d'heure plus tard, les légionnaires, dispersés à travers champs, font frire de petites galettes truffées de raisins secs et s'abreuvent aux rivières voisines, puis, profitant du repos qui leur est accordé, ils entament une sieste réconfortante ou jouent à lancer de lourdes pierres aussi près que possible d'une ligne tracée sur le sol.

César, toujours revêtu de son manteau pourpre de général en chef, assis sur une chaise dorée que ses ordonnances ont dépliée sous un chêne, expose son plan de marche à ses officiers. Il a oublié ses soucis politiques, et il est d'excellente humeur :

– Il y a trois semaines, lorsque Pompée s'est enfui de Brindes, j'ai vaincu un général sans armée ; aujourd'hui, je me prépare à combattre en Espagne une armée sans général, puisque Pompée est en Illyrie, et que ses légions espagnoles n'ont pour chefs que ses lieutenants : nous allons profiter de l'absence de ce général fantôme pour annihiler ses troupes.

Cassius, le tribun, demande la parole :

– Pendant que nous combattrons en Espagne, Pompée ne risque-t-il pas de saisir l'occasion et de venir attaquer la Cisalpine ou l'Italie ?

– Pompée n'a pas d'armée, je l'ai déjà dit.

– Mais il peut en lever une, en Orient ou en Grèce.

– C'est exact. Mais Caïus Antonius, le frère de Marc Antoine, que j'ai nommé responsable des réquisitions de blé en Illyrie, disposera d'au moins une légion pour empêcher les pompéiens de la traverser, et, s'il y parvient, il se trouvera en face de Marc Antoine qui commandera en Cisalpine : donc nous sommes à l'abri d'une invasion de l'Italie par le nord. D'autant, ajoute-t-il en souriant, que si Pompée parvenait à entrer en Cisalpine, il devrait franchir le Rubicon pour passer en Italie et ce grand homme, respectueux des lois sacrées de la République, n'osera jamais ce que j'ai osé, à savoir violer cette rivière.

– Mais ne pourrait-il pas attaquer l'Italie par la mer ? demande Rufus, qui prend en notes la délibération du comité d'état-major.

– Impossible, répond César. Nous tenons tous les ports sur l'Adriatique et, dans un mois, je disposerai d'une flotte aussi puissante que celle qui m'a permis de vaincre les Vénètes. C'est d'ailleurs le même armateur qui me la fournit.

– Qui donc ? demande Antoine.

– Melchio le Parthe. Je l'ai fait citoyen romain pour services rendus à la République. Cette flotte sera commandée par Dolabella, qui est déjà sur place. Comme vous le voyez, j'ai garanti mes arrières, et, avec Lépide qui fait fonction de consul à Rome, je ne crains aucun coup de poignard dans le dos.

– Quel est le programme, dans l'immédiat ? demande Marc Antoine.

– Toi, Antoine, tu vas rester en Cisalpine, où nous arriverons dans quelques jours, et moi je vais prendre au passage les légions de Fabius à Narbonne, et marcher immédiatement sur les armées pompéiennes cantonnées en Espagne.

– Qui les commande, en l'absence de Pompée ?

– Ses légats : Pétréius, Afranius et Varron. Les deux premiers sont des mollassons, et Varron est plus connu pour ses travaux d'agronomie et pour son érudition que pour ses exploits militaires.

– Et où sont-elles, exactement ?

– Il y en a cinq qui sont rassemblées le long de l'Èbre, face aux Pyrénées : elles défendent l'accès à l'Espagne Citérieure (l'Espagne méditerranéenne) et deux autres en Espagne Ultérieure.

– Puis-je poser une question ? demande Rufus, le secrétaire de César.

– Tu t'intéresses à la chose militaire, maintenant, Rufus ? lui répond César.

– Non, mais à des questions d'intendance. La *via Aurélia* que nous empruntons pour aller à Narbonne passe dans les terres, derrière le territoire des Marseillais : est-ce que nous pourrons nous arrêter à Marseille ?

– Pourquoi cette question ?

Rufus rougit, se trouble et finit par répondre :

– Cicéron m'a dit un jour que son ancien client, Milon...

– Celui qui a assassiné mon ami Clodius ?

– Oui, César, mais tu me permettras de te dire, avec tout le respect que je te dois, que si ce n'était pas Milon qui avait tué Clodius, c'est Clodius qui aurait tué Milon. Ils se valaient tous les deux, en la matière...

– Bon. Allons au fait : donc Cicéron... ?

– Cicéron m'a dit que Milon lui écrivait souvent de Marseille, où il s'est réfugié, et qu'il y mangeait d'excellents rougets et une soupe de poissons comme on n'en mange pas à Rome. Il m'a demandé – si nous passions par cette ville – de lui en rapporter la recette.

– Mais sa femme, Térentia, fait une excellente soupe de poissons, dit César, je l'ai savourée plus d'une fois, quand j'étais plus jeune.

– Il paraît que celle des Marseillais est exceptionnelle.

– Eh bien ! nous trouverons une bonne cuisinière marseillaise pour ton ami Cicéron, Rufus ; je ne te savais pas si gourmand. Je dois précisément faire halte à Marseille.

– Pourquoi donc ? demande Antoine.

– Pour ne rien laisser au hasard. Je dois m'assurer de l'alliance des Marseillais ou, du moins, de leur neutralité absolue. Par leur situation, à quelque 20 milles (30 km) de la voie Aurélia, ils sont en mesure d'intercepter la seule liaison directe qui existe, par voie de terre, entre l'Italie et l'Espagne, et ils ont une abondante flotte marchande dont les bâtiments peuvent se transformer en transports de troupes. S'ils passent du côté de Pompée, je suis fichu.

Voilà déjà six jours que César a quitté Rome et qu'il marche avec ses trois légions sur la voie Aurélia. Marc Antoine et Licinius Crassus l'ont accompagné jusqu'à Pise, d'où ils se sont dirigés l'un vers Ravenne et l'autre vers l'Illyrie, prendre leur place sur l'échiquier de la guerre civile, tel que César l'a minutieusement préparé.

Ce dernier est maintenant au pied des Alpes. Le voici qui progresse sur la corniche qui serpente, à flanc de montagne, au-dessus de la Méditerranée ; contemplant les montagnes alpines qui s'élèvent au loin, il dit à Cassius et à Rufus, qui l'encadrent :

– En dix ans, j'ai passé douze fois les Alpes, dans un sens ou dans un autre, mais toujours par des cols élevés et souvent enneigés ; c'est la première fois, depuis le début de mon proconsulat, que je les contourne par le littoral, comme à l'époque où j'étais gouverneur de l'Espagne. J'ai eu tort. Cette corniche est la huitième merveille du monde.

Vers Vintimille, quelques bandes de Ligures harcelèrent son arrière-garde, ce qui lui donna à penser que la région n'était pas aussi calme que le prétendaient ses informateurs officiels. Puis la marche reprit, sous le soleil radieux et tiède de la Riviera et, le soir, l'armée romaine bivouaqua entre Monaco et Nice. La lune était presque pleine et sa lueur se reflétait dans les eaux violettes de la Méditerranée ; les légionnaires se restauraient de gros pains ronds trempés dans l'huile d'olive du pays, les centurions jouaient leur paie aux dés et l'on entendait déjà chanter les cigales. Puis la troupe s'endormit dans l'air frais de la nuit, et l'on n'entendit plus que le pas lourd et lent des sentinelles.

À minuit, l'une d'elles vient réveiller le généralissime :

– De quoi s'agit-il ? demande César.

– Ce sont des Niçois qui veulent te parler, *imperator*, ils prétendent avoir des renseignements de la plus haute importance à te donner.

– À me donner ? Tu veux dire à me vendre : on n'a rien pour rien, par ici. Fais-les entrer, mais sous escorte... On ne sait jamais !

Entrent donc les deux Niçois. Ce sont des bergers qui descendent de la montagne avec leurs moutons et leurs chèvres, qu'ils conduisent vers les pâturages de plaine. Ils parlent un patois grec que César ne comprend pas, mais, par chance, la sentinelle qui les accompagne est le fils d'un esclave niçois qui a vécu à Rome et elle sert d'interprète.

– Nous sommes venus prévenir l'*imperator* des Romains, dit le premier : les Marseillais ont décidé de fermer les portes de leur cité aux soldats romains et ils se préparent à la guerre.

– D'où leur vient cette idée ? demande César.

– Un vaisseau est arrivé récemment d'Illyrie, de Dyrrachium, où se trouve Pompée, avec, à son bord, une députation de jeunes Marseillais qui sont à son service, porteurs d'un message du grand général : il exhorte les habitants de Marseille à rejoindre sa cause.

– Il y a plus, dit le second Niçois, on nous a dit que Domitius vogue en direction de Marseille, avec sept navires de guerre qu'il a armés à ses frais.

– Tu veux dire Domitius Ahénobarbus, celui que j'ai gracié après avoir pris Corfinium ? Comment sais-tu cela ?

– Je suis berger, César, et tout se sait, en Gaule et en Italie, chez les bergers. Domitius a beaucoup de pasteurs à son service, et un grand nombre l'ont accompagné à Brindes, puis à Dyrrachium : il en a fait des marins.

– Celui-là, j'aurais dû lui appliquer les lois de la guerre et le faire exécuter, au lieu de lui laisser la vie sauve et la liberté. Je vous remercie tous deux de m'avoir prévenu. Vous pouvez vous retirer.

– Oui, *imperator.*

– Vous pouvez vous retirer.

– Oui, *imperator.*

Et, comme ils ne se retiraient toujours pas :

– Que voulez-vous encore ?

– C'est pour le fromage, *imperator.* Nous avons donné du fromage aux sentinelles, mais nous n'avons pas été payés.

– Qu'est-ce que je te disais, dit César, en riant, à la sentinelle qui l'avait éveillé. Qu'on donne quelques sesterces à ces braves Niçois et qu'on me laisse dormir.

Les bergers sortent, mais César ne parvient pas à trouver le sommeil. Ce qu'il vient d'entendre au sujet des Marseillais l'agace et il appelle le centurion qui monte la garde devant sa tente :

– Va me chercher Cassius, qu'il vienne me voir immédiatement

Cinq minutes plus tard, le tribun est debout, les yeux bouffis de sommeil, face à son général :

– Cassius, on me dit que les Marseillais ont manifesté l'intention de me fermer leurs portes au nez. Je veux en avoir le cœur net : organise-moi une rencontre avec les chefs de leur sénat pour demain soir, à mi-chemin entre Nice et Marseille.

– Mais il y a au moins 120 milles (180 km) entre Nice et Marseille.

– Cela fait 60 milles à parcourir pour chacun, ce n'est pas la mort d'un homme, avec un bon cheval. Bonne nuit, Cassius.

Marseille – *Massilia* – était une cité-État indépendante, fondée 500 ans plus tôt (au VIe siècle av. J.-C.) par des Grecs originaires de Phocée, en Asie Mineure. Ses habitants s'étaient spécialisés dans le commerce maritime, et avaient eu, à une certaine époque, le monopole du transport et du négoce de l'ambre, qu'ils allaient chercher sur les côtes de la mer Baltique, et de l'étain d'Armorique. Elle avait créé des colonies en Méditerranée : *Nikaia* (Nice), *Antipolis* (Antibes) et *Agathé* (Agde) et vivait en bonne intelligence avec Rome, qui lui avait décerné les titres d'« amie » et d'« alliée ». Politiquement, elle était gouvernée par un Sénat comptant six cents sénateurs, qui nommaient, chaque année, un directoire de quinze membres, choisis parmi les chefs des plus riches et des plus puissantes familles de la ville.

L'entrevue entre les Marseillais et César, toujours accompagné de Cassius, eut lieu au pied du massif des Maures. Les Quinze se présentent devant lui, le front orné d'une couronne de feuilles d'olivier, symbole de leurs intentions pacifiques. Ils sont affables, diserts et César leur expose sa requête, afin de les éprouver :

– J'ai appris que Marseille me fermait ses portes. Qu'est-ce que cela veut dire ? Toutes les cités d'Italie m'ont ouvert les bras, même Rome, et le gouvernement légal de la République m'a donné pouvoir pour rétablir l'ordre perturbé par la désobéissance de Pompée partout où elle est souveraine. Votre devoir est de suivre l'exemple de toute l'Italie et non pas d'obéir à un général félon en fuite.

– Entre toi et Pompée, César, nous n'avons pas à juger, et nous n'avons aucun poids sur les événements. Mais, si le destin veut qu'un jour vous consentiez tous deux à traiter, Marseille sera pour vous deux un lieu sûr, où vous pourrez venir sans armes et sceller votre réconciliation. César, laisse donc tes aigles terribles et tes enseignes, confie-toi à nos murailles invincibles : les portes de Marseille sont fermées à la guerre, mais ouvertes à César. Puisque tu portes la guerre en Espagne, pourquoi détournes-tu ta marche ? Si tu te prépares à entrer de force dans notre ville, sache que notre peuple ne craint pas de souffrir pour la liberté et que nous sommes les maîtres de la mer.

Le discours condescendant et pompeux des Marseillais irrite César :

– Ils mentent comme ils respirent, dit-il à Cassius. Ils ont partie liée avec Pompée. D'ici quelques jours, Domitius sera dans les eaux de Marseille avec sa flotte de guerre, et les Marseillais possèdent des centaines de bateaux capables de transporter les troupes de Pompée de Dyrrachium à Marseille et de Marseille en Espagne. Leurs intentions sont claires comme de l'eau de roche : ils pensent que je suis pressé de passer en Espagne et que je me contenterai d'une promesse de neutralité de leur part, puis, dès que j'aurai le dos tourné, ils se précipiteront dans les bras de Pompée. Leur discours neutraliste est une vaste galéjade marseillaise.

– Mais quel intérêt auraient-ils à choisir le camp de Pompée ? De toute évidence, c'est toi le plus fort.

– Ce n'est pas aussi évident que cela. Marseille est une petite république conçue à la manière de la nôtre, avec cette différence que, chez eux, le pouvoir des *optimates*, de l'aristocratie sénatoriale, est intact. La plèbe marseillaise n'a eu ni son Marius, ni ses lois agraires, ni son César : ces marchands et ces armateurs se sentent plus proches de Pompée et de son fric que de la démocratie. Je vais leur dire leur fait.

César se retourne alors vers les Quinze, qui, muets et toujours souriants, attendent la fin du conciliabule entre César et son second, et s'adresse à leur interprète :

– Tes amis marseillais se fourrent le doigt dans l'œil, s'ils croient que je suis pressé de franchir les Pyrénées. Dis-leur que je suis pareil à leur mistral : c'est un vent qui a besoin d'être retenu, sur son chemin, dans des forêts épaisses et des vallées étroites pour reprendre son élan ; faute de quoi, il s'essouffle, comme un grand feu s'éteint lorsqu'il ne trouve plus rien à brûler. Je suis comme le mistral : le manque d'ennemis affaiblit mon ardeur guerrière.

L'interprète traduit ses propos, et le visage rubicond et malin des Marseillais s'allonge à vue d'œil. César, les lèvres pincées par la colère, surveille leurs mines hypocrites ; puis il éclate et leur crie, dans la langue grecque qu'il avait apprise avec les marins d'Orient, dans les ports de la Cisalpine :

– Vous me prenez pour un « jobastre » ? D'abord, vous voulez m'interdire d'entrer dans votre ville, maintenant vous voulez que j'y pénètre sans armes, pour me séquestrer, sous le fade prétexte de jouer les arbitres ? Des arbitres vendus au camp adverse, voilà ce que vous êtes ! Et tenez-vous-le pour dit : vous serez châtiés pour avoir souhaité une paix trompeuse et vous apprendrez que, tant que je serai en vie, rien n'est plus sûr qu'une guerre quand on a César pour chef.

Puis, s'adressant à Cassius :

– Transmets l'ordre aux légions de lever le camp, nous allons prendre Marseille. Et fais partir vers *Arelate* (Arles) deux ou trois centurions qui ont gagné leurs galons dans la campagne contre les Vénètes. Il y a là-bas un chantier naval réputé auquel j'ai commandé douze navires ; qu'ils en hâtent la construction, nous en aurons bientôt besoin. L'amiral Décimus Brutus a été prévenu par moi, il les rejoindra dans quelques jours.

– Prendre Marseille, avait dit César à Cassius, ce sera une partie de campagne, doublée d'une partie de pêche : dans quinze jours, au plus tard, nous serons en Espagne.

Les premiers travaux en vue du siège commencent le 25 mars, et le proconsul expose sa stratégie à son légat Trébonius.

– Marseille n'est pas seulement une ville de commerçants galéjeurs, lui dit-il, c'est une cité puissamment armée pour un siège. Les Marseillais ont stocké des quantités énormes de blé, d'orge et de millet, et ils sont puissamment armés : ils disposent de balistes, de catapultes et d'une milice qui compte plusieurs milliers de mercenaires.

– Des Gaulois ? demande Trébonius.

– Non, des Albiques. Ce sont des Ligures installés sur les collines, au nord-est de la ville.

La citadelle marseillaise, avec ses murs épais et son large chemin de ronde, était bâtie sur un triangle de terre limité, au sud, par le Vieux Port actuel, à l'ouest par la pleine mer, le long des actuels quais de la Joliette, et, au nord, par les collines sur lesquelles elle s'appuyait : elle s'étendait, à peu près, sur l'actuel quartier du Panier.

– La ville abrite environ 40 000 habitants, dont seulement un sur quatre est en mesure de combattre, explique César à son légat. Les murailles font à peine 2 milles (3 km) de circonférence : nous les entourerons de fossés et de fortifications ; la flotte de Décimus Brutus suffira à bloquer le Vieux Port, où les navires marseillais sont au mouillage.

– Oui, mais comment donner l'assaut ?

– Tu vois ce petit tertre, en face de la citadelle ?

– Oui.

– Il est à peu près à la même hauteur que le chemin de ronde qui court sur les murailles. Je vais faire combler le petit vallon qui sépare les deux collines avec des troncs d'arbres, et nous ferons passer nos troupes par cette sorte de passerelle.

– Cela va prendre du temps, tous ces travaux.

– Rome ne s'est pas bâtie en un jour.

– Où trouveras-tu des arbres ? La région n'est pas riche en forêts.

– Il y a le bois sacré (la forêt actuelle de la Sainte-Baume).

– Jamais les légionnaires n'oseront y porter la main. Ce bois sacré inspire à tous une terreur majestueuse : les bûcherons prétendent que, si l'un d'eux frappait un arbre sacré, sa cognée lui serait arrachée des mains par une force invisible et, se retournant contre le profanateur, lui trancherait les membres.

– Si les légionnaires hésitent, je donnerai l'exemple, dit César.

Et il le fit. Quand il vit ses cohortes clouées sur place par la peur et que les mains tremblaient aux plus braves, il arracha une hache de la main d'un de ses soldats, la brandit et en frappa le tronc d'un immense chêne. Le fer s'y enfonça profondément et César se tourna vers ses hommes :

– Maintenant, vous n'avez plus rien à craindre, vous pouvez vous attaquer aux arbres de cette forêt, c'est moi qui l'ai violée, moi seul qui ai commis le sacrilège et qui en supporterai les conséquences.

Sans un mot, les légionnaires empoignent leurs cognées et exécutent les ordres de leur chef. Non qu'ils eussent banni toute crainte ou toute superstition, mais ils avaient mis en balance la colère des dieux et celle de César : les ormes, les chênes et les cyprès tombent les uns après les autres.

Deux mois plus tard, la passerelle et les fortifications n'étaient pas encore terminées. Les Marseillais faisaient pleuvoir flèches et pierres sur les assaillants, leur jetaient des torches enflammées ou des boulets de pierre et les javelots, lancés par des balistes, transperçaient les armures et les flancs des légionnaires. Marseille tenait tête à Rome.

César ne pouvait plus attendre. Il se devait de rejoindre Fabius en Espagne le plus rapidement possible. Les grandes tours mobiles dont faisaient usage les Romains, quand ils assiégeaient une ville, étaient terminées, prêtes à servir : le 6 mai, César donne l'ordre à Trébonius de les pousser contre les murs de la forteresse et de donner l'assaut, puis il part pour l'Espagne, emmenant avec lui ses trois légions.

Cinq jours après son départ, les grands édifices de bois, construits par des milliers de bras romains, avec les arbres d'une forêt sacrée voisine, se dressent contre les murailles de Marseille. Les légionnaires se hissent à leur sommet et s'apprêtent à sauter sur les murailles. Mais, venant du fin fond de la Provence, un terrible mistral se lève, sous lequel les légionnaires chancellent ; il fait s'envoler les boucliers, dévie les javelots et les flèches : le terrible vent marseillais fait reculer l'armée romaine.

La nuit tombe. Les Grecs, dont les murs ont résisté, se préparent à prendre l'offensive, à la faveur de la nuit. Ils font une sortie brutale, et les Romains s'avancent pour les combattre, mais ils s'arrêtent quelques secondes, étonnés : leurs adversaires n'ont point de lances, ni d'arcs ou de javelots. Ils n'ont que leurs boucliers sous lesquels ils cachent des torches enflammées qu'ils jettent contre les tours et contre les retranchements romains. Leur arme est la flamme et leur allié le mistral, qui gronde de plus en plus fort, propageant l'incendie.

Tout se met à brûler dans la plaine : les arbres sacrés de la passerelle, les champs, les bosquets, puis les forêts. Les collines autour de Marseille ne sont qu'un immense brasier. Les flammes s'attaquent aussi aux tours, qui s'écroulent, toutes fumantes, et les efforts de plusieurs semaines se trouvent anéantis en quelques minutes. Trébonius est vaincu, la parole est désormais à Décimus Brutus.

Dans les chantiers d'Arles, les puissantes galères romaines, des trirèmes, sont terminées et bien rangées le long des rives du Rhône ; les tours dont elles sont munies sont solidement arrimées et munies de balistes, les équipes de rameurs sont en place et les légionnaires prêts à en découdre.

Le 28 mai, l'amiral romain donne à sa flotte l'ordre d'appareiller, et, portés par le courant du fleuve, les navires glissent jusqu'à la mer. Là, ils sont attendus par l'amiral des Marseillais, Parmeno, qui s'oppose mais en vain à leur passage, et ils vont s'abriter derrière les îles qui se trouvent à l'ouest de Marseille (les îles Pomègues – où se trouve le château d'If – et Ratonneau), dans l'attente d'une occasion propice : Décimus Brutus guette la flotte marseillaise, forte de 24 navires plats et rapides.

Le 30 mai au matin, la Méditerranée est calme, sans une ride ; Parmeno juge qu'il est temps de couler par le fond les navires ennemis. Sur les conseils de Domitius, il fait sortir du chenal du Vieux Port 17 vaisseaux de guerre, dont 11 pontés, et une multitude de petits bâtiments, agiles et rapides ; il embarque sur ces bâtiments un grand nombre d'archers et de frondeurs, et

Domitius emmène sur les siens ses fermiers et ses bergers.

À peine sont-ils en haute mer, que Brutus les prend en chasse et la bataille navale s'engage. Sa flotte est très inférieure en nombre à celle des Marseillais, mais il a embarqué à bord des troupes d'élite, bien armées, qui ne craignent pas le corps à corps, composées uniquement de volontaires. Il a préparé aussi des grappins et des mains de fer, pour immobiliser les navires ennemis et les prendre ensuite à l'abordage.

Parmeno compte sur la vitesse et l'agilité de ses navires et sur l'habileté de ses pilotes, Brutus sur la masse de ses galères et sur le courage et la combativité de ses légionnaires. Les esquifs de Parmeno se faufilent entre les lourdes galères romaines, mais les crampons qui leur sont jetés les immobilisent : les légionnaires vont courageusement à l'abordage et les marins marseillais ne peuvent rien contre la *furia romana.* La bataille, terrible, dure toute la journée. Une journée à la fin de laquelle Brutus avait coulé 9 navires ennemis, en avait capturé 6 et cela sans perdre un seul de ses bâtiments. La victoire était totale.

Un mois plus tard, à la fin juin, les Marseillais, infatigables, avaient reconstitué une escadre de 17 navires, qu'ils avaient confiée à un chef plus énergique, l'amiral Hermo ; de son côté, Pompée, informé de leur précédent désastre, leur envoie de Dyrrachium une flotte de 16 navires, commandée par l'amiral Nasidius. Mais Brutus, qui disposait maintenant de 18 navires, était devenu Surcouf. Le 30 juin, il fonce sur les deux flottes, qui s'étaient réunies au large de Sanary, près de Toulon, et, toujours avec la même méthode de combat, expédie 27 navires ennemis par le fond. Hermo regagna, penaud, le Vieux Port de Marseille, et Nasidius s'enfuit en Espagne, où César entassait succès sur succès.

Trébonius recevait régulièrement de César des messages le pressant d'en finir avec Marseille, assiégée depuis trois mois et maintenant dépourvue de défenses maritimes.

Il tenta d'abord ce qu'avait déjà tenté le proconsul : construire une seconde passerelle de troncs d'arbres pour accéder directement à la citadelle. Elle fut, comme la première, la proie des flammes un jour de mistral. Puis, comme il avait remarqué que l'enceinte semblait plus vulnérable vers le fond du Vieux Port, il y fit creuser des galeries de mine par des sapeurs ; mais les Marseillais creusèrent une tranchée au même niveau, de l'autre côté du mur, et l'inondèrent : les sapeurs furent tous noyés.

Trébonius eut alors recours au procédé classique du bélier, manœuvré par une vingtaine de soldats. Dans ce but, il fit construire une sorte de galerie mobile, un mantelet, pour protéger les légionnaires des projectiles que leur lançaient les assiégés du haut des murs. Les Marseillais incendièrent deux ou trois fois le mantelet, puis se contentèrent de saisir la tête du bélier à l'aide d'un énorme lasso, enroulé sur le cylindre d'un treuil et de le dévier ainsi de sa trajectoire.

César s'était trompé. La « partie de campagne » qu'il avait prédite le 25 mars à Cassius n'en finissait plus. Marseille résistait à toutes les machines, à toutes les sapes, à tous les assauts, au blocus terrestre, au blocus maritime et seules la famine et les épidémies devaient avoir raison de son héroïque opiniâtreté. Commencé avec le printemps, le siège de Marseille ne se termina qu'à l'automne de l'année 49, après que César eut achevé victorieusement sa guerre d'Espagne contre les pompéiens.

Chapitre VI

La guerre d'Espagne

(15 mai-fin septembre 49)

Lorsque le triumvirat s'était constitué, par une chaude nuit de juillet de l'année 694 de Rome (60 av. J.-C.), les trois hommes qui avaient décidé de prendre en main le destin de la République – Crassus, Pompée et César – n'imaginaient pas encore que c'était du destin du monde qu'il s'agissait. Crassus ne songeait qu'à agrandir sa fortune en Orient, Pompée avait des vues sur l'Espagne, qu'il avait jadis pacifiée et qui lui était chère, et César avait des vues sur la République des sénateurs qu'il voulait transformer en une sorte de monarchie populaire, ambition qu'il ne pourrait réaliser qu'après avoir acquis en Gaule les lauriers d'un généralissime victorieux.

Lorsque, par un beau jour de printemps, quatre ans plus tard, à Lucques, les triumvirs se partagèrent l'univers romain, ils donnèrent un commencement de forme légale à leurs projets : leurs pouvoirs respectifs de proconsuls en Orient, en Espagne et en Gaule furent prolongés jusqu'au mois de mars 50 par la fameuse loi *Pompéia-Licinia.* Au nom de cette loi, la République leur avait attribué des légions pour maintenir l'ordre dans leurs provinces et pour les défendre contre les envahisseurs éventuels. Entre-temps, l'un des trois triumvirs, Crassus, était mort en Orient et le destin de Rome était entre les mains de deux rivaux qui s'affrontaient.

Le départ de Pompée pour Dyrrachium, en février 49, avait laissé la maîtrise de l'Italie à César. Mais celui-ci était bien conscient du fait qu'il s'agissait d'un repli stratégique, et non pas d'une fuite. Pompée possédait assez de fortune et assez d'alliés en Grèce et en Orient pour y bâtir une armée qu'il jetterait sur l'Italie quand bon lui semblerait, et il prendrait alors César dans une tenaille entre cette armée orientale et les légions que commandaient ses trois légats en Espagne, Afranius, Pétréius et Varron ; lesquels n'attendaient qu'un ordre de lui pour franchir les Pyrénées par le col du Perthus, traverser la Narbonnaise par la voie *Domitia* et pénétrer en Cisalpine, puis en Italie, par la voie *Aurélia.*

C'est pourquoi César n'avait pas l'intention de s'attarder devant Marseille. Lorsque les fortifications en vue du siège furent terminées, il remit le sort de la ville entre les mains de son légat Trébonius, auquel il laissa trois légions, et de l'amiral Décimus Brutus, puis, le 15 mai, il prit la route des Pyrénées avec une escorte de 900 cavaliers.

– Tu connais l'Espagne, Rufus ? demanda-t-il à son secrétaire en chef.

– Je n'y suis jamais allé, proconsul.

– Tu vas la connaître. À part une petite bande de verdure le long des côtes, il n'y a que des montagnes. On y gèle en hiver et on y brûle en été.

– Il y a beaucoup de villes ?

– En haut du col du Perthus, Pompée a érigé une stèle sur laquelle il est inscrit qu'il a conquis 676 villes en Espagne, mais il se vantait : beaucoup de ces villes n'étaient que des villages ou des châteaux forts. Les véritables cités sont près des côtes, elles ont presque toutes été fondées par les Carthaginois : *Gadès* (Cadix), *Corduba* (Cordoue), *Cartéia* (Algésiras), *Malaca* (Malaga), *Lucentum* (Alicante), *Carthago Nova* (Carthagène), *Barcino* (Barcelone) ; les Phocéens y ont établi des comptoirs.

– Du point de vue administratif, c'est une province ?

– Oui. On y a longtemps distingué deux provinces, la Citérieure, dont les côtes regardent vers l'Italie, et l'Ultérieure, qui regarde vers l'Afrique et vers l'Océan. C'est en Ultérieure que j'ai fait mes premières armes, comme questeur : j'ai passé de bons moments à Gadès.

– Et les peuples ?

– Ils sont moins nombreux qu'en Gaule, mais plus sauvages. Séparés les uns des autres par leurs montagnes, ils se font moins souvent la guerre que les Gaulois.

À la fin du mois d'avril, Fabius était parti de Narbonne avec les trois légions qu'il ramenait de Gaule centrale, et il était entré en Citérieure par le col du Perthus sans rencontrer aucun adversaire :

– Les légats de Pompée sont des imbéciles, dit-il à Lucius Plancus, son lieutenant, tout en franchissant le col. Regarde le paysage : c'est le paradis des embuscades. Si j'étais Afranius, j'y aurais posté mes troupes et, avec le double avantage du nombre et de la position, j'anéantissais l'ennemi.

– Tu sais bien, Fabius, que le bonhomme ne brille pas par l'intelligence : Cicéron avait coutume de dire qu'il préférait discuter avec son âne qu'avec Afranius.

– Profitons-en et avançons.

– Dans quelle direction ?

– Les consignes de César sont de marcher vers le fleuve *Iberus* (l'Èbre).

– Tu connais le chemin ?

– Il me l'a indiqué. Nous devons suivre la voie romaine jusqu'à un village de pêcheurs nommé *Tarraco* (Tarragone) et, là, tourner à droite et marcher à travers les collines sur environ 66 milles (100 km). Nous atteindrons alors un fleuve, le *Sicoris* (le Sègre), qui se jette dans l'*Iberus*. Les pompéiens se trouvent quelque part entre le Sègre et l'Èbre.

– Ils sont nombreux, les pompéiens ?

– Je ne sais pas. César m'a dit qu'un de ses amis m'attendra, à Tarragone, et qu'il me renseignera sur ce sujet.

– Et si les pompéiens ont arrêté cet ami et t'envoient un des leurs, pour te tromper ?

– César me l'a décrit : ce n'est pas un Ibère, c'est un Vascon.

– Un Vascon ?

– Oui, il vit dans les montagnes des Pyrénées, près de l'Océan. Je le reconnaîtrai, paraît-il, à son air joyeux et à l'odeur des herbes séchées qu'il fait brûler dans des petits cornets, pour en respirer la fumée. On l'a d'ailleurs surnommé *Fumigator* pour cette raison.

Quelques jours plus tard, les troupes romaines parvenaient à Tarragone, sans avoir rencontré aucune cohorte ennemie. La ville basse, adossée à une colline, très animée, s'étendait tout au long d'une plage de sable, sur laquelle s'ébattaient déjà les épouses bien en chair des fonctionnaires romains. Les boutiques y étaient nombreuses, autour de son forum, que dominait un majestueux édifice officiel et que flanquait, vers la colline, un bel amphithéâtre blanc, bombardé par les rayons du soleil. La ville haute était perchée sur la colline ; c'était une citadelle impressionnante, aux murs épais, élevés sur un soubassement fait d'énormes rochers.

Fabius dénicha Fumigator sur le forum où il faisait la sieste, à l'ombre d'un bouquet de tamaris aux fleurs blanches et roses.

– Salut, Fumigator, je suis Fabius, un ami de César.

– Je t'attendais, Fabius : César m'a prévenu de ta venue. Je t'ai préparé un rapport sur les forces pompéiennes en Espagne Citérieure : j'ai pu me procurer un ordre écrit de Pompée à ses légats, que leur a transmis le commandant de son régiment de sapeurs, le préfet Vibulius.

– Comment y es-tu parvenu ?

– Oh ! ce ne fut pas très difficile. Je lui ai fait respirer du chanvre séché et brûlé dans un cornet.

– Du chanvre dont on fait les cordes ?

– Je ne sais pas si on en fait des cordes, mais je sais que ses feuilles brûlent en donnant une fumée odoriférante qui enivre ; j'en ai fait respirer à Vibulius, que j'ai rencontré ici même, à Tarragone, et il a répondu à toutes mes questions sans cesser de rire.

– Où te procures-tu cette herbe ?

– À Cadix. Ce sont des Maurétaniens qui m'en apportent d'Afrique.

– Bien. Alors, que sais-tu ?

– Les pompéiens disposent de sept légions, ils s'attendent à voir les Espagnes envahies par César et ils ont dispersé leurs forces. Ils en ont envoyé deux en réserve, l'une en Lusitanie et l'autre dans le Sud, vers Cadix : ce sont des régions calmes et loin des frontières, et c'est Varron qui les commande.

– Celui-là est bien gentil, et il n'est pas dangereux : il ignore tout de l'art militaire. Et les cinq autres légions ?

– Elles sont toutes dans le Nord, cantonnées dans la citadelle d'*Ilerda* (Lérida), sur la rive droite du *Sicoris*, sous le commandement d'Afranius et de Pétréius.

– César m'a parlé de ces deux-là. On dit du premier qu'il est meilleur danseur que général.

– Ah ! c'est bien vrai ! C'est un noceur, qui fait la fête tous les soirs.

– C'est aussi l'un des pires ennemis de César. Et le second ?

– C'est Pétréius. On dit qu'il n'est pas très fûté.

– C'est ce que César prétend aussi.

– On trouve à se ravitailler, autour de Lérida ? Il y a des villages ? des cultures ?

– Il n'y a pas grand-chose ; si vous ne voulez pas y mourir de faim, emportez du blé et de l'orge en quantité. La route est très bonne, vous pourrez y faire passer vos chariots.

– C'est bon à savoir. Nous restons en contact ?

– Je vais souvent chasser dans la région, avec deux autres Vascons, je passerai te voir et tu me donneras les messages à transmettre à César.

– Merci. Salut, Fumigator !

– Salut, Fabius !

Fabius et ses légions approchaient du Sègre. On entendait déjà, de loin, le roulement de ses eaux, qui résonnait dans les montagnes alentour. Mais le légat était soucieux ; Fumigator n'avait pas menti et les hommes qu'il avait envoyés en éclaireurs lui firent une description pessimiste du site de Lérida :

– La citadelle est bâtie sur une colline d'environ 300 pieds de hauteur, dont un versant tombe à pic sur la rive droite du Sègre, juste à la hauteur d'un pont de pierre qui relie les deux rives.

– Est-ce qu'il y a d'autres ponts ? demande Fabius, à qui César avait enseigné les deux principes fondamentaux de l'art militaire : assurer le ravitaillement constant des troupes et se garantir des voies de communication.

– Il n'y en a pas.

– Donc, si je campe sur la rive droite, je ne peux pas passer sur la rive gauche, et *vice versa*.

– C'est impossible... sauf à la nage.

– Et les pompéiens, comment sont-ils installés ?

– Ils ont abrité leurs armes et leurs provisions de vivres derrière les murs de la ville.

– Eux-mêmes sont dans la ville ?

– Non. Les sept légions campent sur une colline en face de la citadelle, sur la même rive qu'elle (la colline de Gardeny).

– Les champs ?

– Il n'y a pas de champs.

– Les villages ?

– Il n'y a pas de villages.

– Et les fourrages ?

– On en trouve, mais il faut bien chercher. Les pompéiens sont d'ailleurs logés à la même enseigne : leurs fourrageurs sortent tous les jours et trouvent leur fourrage tantôt sur la rive gauche, tantôt sur la rive droite.

– Et l'eau ?

– Il y en a à profusion, une bonne eau fraîche qui coule des montagnes.

– Au moins, nous ne mourrons pas de soif, c'est déjà un point d'acquis, dit Fabius. Voici ce que je décide, dit-il à son lieutenant, Lucius Plancus : nous allons passer immédiatement sur la rive droite du fleuve, car, si nous devons nous battre avec l'ennemi, nous devons être sur la même rive que lui. D'autre part, dès que nous aurons déballé nos chariots, nous construirons immédiatement deux ponts en amont de la ville, distants entre eux d'environ quatre milles (6 km), et nous attendrons César.

– Il va venir ? demande Plancus.

– Quand j'étais à Tarragone, après les descriptions de Fumigator, je lui ai envoyé deux messagers ; je connais César : il sera là dans quelques jours.

Fabius fit comme il avait dit. Arrivé au pied de la citadelle des pompéiens, il établit son camp au nord de celle-ci et envoie sans plus tarder ses sapeurs jeter deux ponts de bois sur le Sègre. Ce que voyant, Afranius et Pétréius lancèrent immédiatement un escadron de cavalerie à leurs trousses, mais les sapeurs travaillaient sous la protection des légionnaires et des cavaliers de l'armée romaine, et les pompéiens en furent pour leurs frais.

Peu de temps après, le 21 mai, une crue de la rivière emporte le premier pont, celui qui était le plus proche de Lérida, et une bonne partie des fourrageurs césariens que commandait Plancus se trouve isolée sur la rive gauche. Dans Lérida, Afranius et Pétréius aperçoivent, du haut de leurs murs, les poutres et les claies que le courant emporte. Ils comprennent que l'un des deux ponts, voire les deux, est rompu : ils se précipitent hors de leur citadelle par leur pont de pierre, avec quatre légions et toute leur cavalerie et foncent sur les fourrageurs romains.

Méthodiquement, Plancus commande le repli et prend position sur une éminence voisine. Il dispose ses légionnaires en ordre de bataille, et s'apprête à un combat inégal. La bataille s'engage. Au plus fort de l'action, les deux partis aperçoivent, à quelque distance, les enseignes de deux légions que Fabius a envoyées en renfort par le pont le plus éloigné, qui était encore utilisable. Leur arrivée rétablit l'équilibre des forces, et chacun retourne dans son camp. Il était temps, car, dans la soirée, le second pont céda à la violence du vent et aux fureurs des eaux.

Deux jours après cet engagement, le 23 mai, César et ses 900 cavaliers arrivent au camp romain. On met le proconsul au courant de la situation ; il se rend immédiatement sur les lieux et pique sa première colère sur le sol espagnol :

– Comment cela se fait-il, Fabius, que ces ponts ne soient pas encore réparés ?

– Il y a du vent, proconsul, et le courant est trop fort... Demain, peut-être...

– Tu te moques de moi ? Je ne vous ai pas envoyés en Espagne pour vous prélasser ! Je veux que ces ponts soient reconstruits et consolidés cette nuit même.

– Mais le courant, proconsul...

– Je me fiche du courant ! On le brise avec des chevaux : les Gaulois font ça très bien, sur le Rhône et sur la Saône, qui sont des fleuves bien plus mouvementés que cette rivière. Cavaliers, crie-t-il à ceux de son escorte, montrez donc à ces fantassins comment on dompte une rivière en crue.

Les cavaliers lancent leurs montures dans les eaux tourbillonnantes, qui leur montent jusqu'à l'encolure. Les chevaux piaffent, s'agitent, dressent leurs têtes hors de l'eau, mais leurs maîtres parviennent à les maintenir et même à les guider. Et c'est ainsi que l'on aurait pu voir, dans la nuit espagnole, au clair de lune, des milliers de légionnaires construire deux ponts de bois sur pilotis, sous la protection de quelque 900 chevaux noirs hennissant, luttant contre les remous d'une rivière déchaînée. À l'aube, les deux ponts, rebâtis, séchaient sous les premiers rayons du soleil.

Désormais, la guerre d'Espagne va prendre une tournure nouvelle : César n'a pas le tempérament d'un temporisateur.

Le 24 mai au matin, après avoir passé la nuit à surveiller la reconstruction des ponts sur le Sègre, il laisse six cohortes pour garder le camp romain, et il entraîne le reste de son armée au pied de la colline de Gardeny. Là il déploie ses légions en ligne de bataille, face à la citadelle pompéienne. Mais, contrairement à ce que peut croire Afranius – qui, d'ailleurs, ne bronche pas –, ce n'est pas pour engager le combat : c'est pour masquer les travaux de ses terrassiers qui, derrière le rideau constitué par les trois lignes de légionnaires, établissent les tranchées, les remblais et les palissades d'un camp plus proche de l'ennemi que celui qu'avait établi Fabius. À la nuit tombant, les travaux sont finis ; les légionnaires s'écartent et passent dans le nouveau camp, sous l'œil éberlué et inquiet d'Afranius : César et son armée sont à 600 mètres du pied de sa citadelle.

Les 25, 26 et 27 mai sont consacrés par César à fortifier son camp et, au petit matin du 28 mai, il explique son plan à Fabius et à Plancus, le lieutenant de celui-ci :

– Afranius et Pétréius ignorent le b.a.-ba du métier militaire. Ils ont cru bien faire en disposant leur armée en dehors de la citadelle, pour éviter le piège d'un siège éventuel, et ils ont eu raison ; mais, et c'est là une faute impardonnable, ils n'ont pas protégé les communications entre la citadelle, où sont les armes et les vivres, et leur armée. En effet, j'ai remarqué, en me promenant, hier, qu'il y avait un espace vide, une sorte de mamelon, entre Lérida et la colline de Gardeny : nous allons tout simplement l'occuper, et les pompéiens seront coupés de leur source de ravitaillement.

– Comment diable n'ai-je pas pensé à ça ! s'exclame Fabius.

– Parce que tu es Fabius et que je suis César ! Allez, en avant, marche !

Le tertre s'appelle de nos jours « Puig Bordel », il est vaste et d'accès peu difficile. En rangs serrés, bouclier au bras gauche, le glaive à la main, les légionnaires se dirigent vers le tertre ; mais les pompéiens s'aperçoivent de la manœuvre, et atteignent Puig Bordel par un raccourci. Lorsque les bataillons de choc des légions césariennes y parviennent, ils trouvent le tertre occupé, et un combat furieux s'engage.

Or les légionnaires pompéiens, depuis le temps qu'ils se battaient en Espagne, avaient adopté la manière de se battre des indigènes : au lieu d'avancer en ligne, sans jamais tourner le dos, ils bondissaient sur l'ennemi d'une manière désordonnée et, si celui-ci les pressait, ils battaient en retraite, puis revenaient à l'assaut. Les soldats de César étaient habitués à combattre en lignes impeccables, à avancer et à reculer tous ensemble aux commandements des centurions : la tactique de leurs adversaires jeta le trouble dans leurs rangs et, après un corps à corps acharné, ils durent rentrer dans leur camp, non sans avoir tué quelque 200 pompéiens et avoir perdu 70 des leurs. Le 29 mai, un violent orage éclata. Un de ces orages comme il s'en produit en montagne lorsque le temps est chaud. Les neiges des sommets environnants fondirent d'un seul coup, le niveau du fleuve monta et les deux ponts de bois furent emportés à nouveau.

Pendant plusieurs jours, des pluies diluviennes inondèrent la campagne alentour. Chaque jour la rivière grossissait, ainsi que les cours d'eau qui s'y jetaient et que l'on pouvait passer normalement à gué. L'armée césarienne était prisonnière des eaux, privée de tout ravitaillement ; la famine même s'installait, sous les yeux goguenards des pompéiens, dont les stocks de vivres, entassés derrière leurs murailles, étaient loin d'être épuisés.

Le bruit de cette défaite fut largement exploité par Afranius. Il parvint jusqu'à Rome, savamment transformé par les pompéiens :

– César a été repoussé de Marseille !

– Ses soldats l'ont trahi, il est maintenant prisonnier d'un bourbier dans les montagnes espagnoles !

– César est mort de faim au pied de Lérida !

Ces rumeurs réveillent les consciences des sénateurs timorés qui étaient restés à Rome. Ils se proclament tous pompéiens :

– Je l'avais toujours dit, explique l'un d'eux, la tentative de César était désespérée.

– Pourquoi n'es-tu pas parti rejoindre Pompée ?

– Parce que j'étais malade, et je ne pouvais pas aller à Brindes. Mais je n'en pensais pas moins.

– Moi qui vous parle, disait un autre, je suis resté non pas pour être fidèle à César, mais pour lui résister.

– Je pars demain pour l'Orient, avec tous les miens, disait un troisième.

– Et Cicéron ? Qu'est-ce qu'il fait, Cicéron ? Il est toujours à Formies ?

– Que non, il a fait ses bagages depuis longtemps : il s'est embarqué à Gaète le 7 mai, bien avant ces événements.

– Quel grand homme ! Quel courage !

Ces braves gens ignoraient que, pendant qu'ils tournaient si rapidement casaque, César avait déjà redressé la situation. Le déluge avait cessé, il avait réussi à faire construire des barques plates et légères, imitées de celles qu'utilisaient les Britanniques pour la pêche côtière, et il s'en était servi pour construire un pont flottant, à une trentaine de kilomètres en amont de Lérida, hors la vue des pompéiens (10-11 juin), et il avait aussi aménagé un gué sur le Sègre, le 17 juin.

César avait décidé de faire venir vivres et fourrages de la Narbonnaise. Dans ce but, il avait installé un officier chargé du ravitailement des troupes à Port-Vendres, réquisitionné tous les chariots disponibles dans cette ville, et ce fut, pendant tout le mois de juin, un va-et-vient incessant de véhicules qui partaient pleins de Port-Vendres, escortés par 200 cavaliers gaulois, franchissaient le col du Perthus, suivaient la rive droite du Sègre, livraient leurs chargements au camp des césariens, puis traversaient le pont flottant construit par le proconsul, et retournaient en Narbonnaise par la rive gauche du Sègre.

Les vivres affluent, maintenant, devant Lérida, et aussi les bonnes nouvelles : on apprend les victoires navales de Brutus sur les Marseillais, et le bruit s'en répand dans les villes de l'Espagne du Nord ainsi que parmi les peuples de l'Ibérie, qui, constatant que le sort des armes tourne en faveur de César, lui apportent leur concours.

Afranius perd la tête. Sa seule supériorité sur les césariens était son pont de pierre. Or, un jour que ses fourrageurs, disséminés sur la rive gauche du Sègre, ramassaient de la nourriture pour les animaux, ils voient fondre sur eux la cavalerie de César qui fait main basse sur leurs bêtes et leurs fourrages. Les pompéiens s'enfuient, sans demander leur reste, mais les césariens encerclent un de leurs escadrons, dont tous les hommes sont massacrés.

Puisque leur pont ne leur sert plus de rien, les pompéiens décident de se mettre hors de la portée de César. Afranius et Pétréius abandonnent Lérida, et prennent la décision de se replier au sud de l'Èbre, sur lequel ils ont jeté un pont, près de l'endroit où le Sègre se jette dans ce fleuve.

Mais César les guette. Lorsqu'il constate que la colline de Gardeny a été désertée par les troupes ennemies, il donne l'ordre de la poursuite :

– Nous allons leur couper la route, dit-il à Plancus ; inutile de remonter le fleuve pour le franchir par le pont flottant : passons-le à gué ou à la nage.

Et la course commence. Les pompéiens se découragent, n'obéissent plus à leurs chefs, désertent même. Tant et si bien qu'Afranius sonne la retraite sur Lérida où il parvient à se réfugier avec ses troupes. Mais les greniers de Lérida sont vides, et il n'y a plus d'eau. L'heure de la capitulation sans condition a sonné.

Le 3 juillet, Afranius envoie d'abord son fils en otage à César, pour l'assurer de ses intentions pacifiques. Puis il sort de la citadelle, nue tête et sans armes et, devant les deux armées immobiles, il s'adresse à son vainqueur :

– Oui, je suis vaincu. Si le destin avait voulu que mon vainqueur fût un homme sans noblesse, mon bras aurait été encore assez vigoureux pour que je m'ôte à moi-même la vie. Mais je te crois digne, César, de m'accorder cette vie, et c'est pour cela que je t'implore. Je commandais en Espagne au nom de Pompée, lorsque la guerre civile a éclaté, et j'ai conservé ma foi en mon chef, tant que je l'ai pu. Mais on ne force pas le destin. Pardonne à tes ennemis de t'avoir fait vainqueur et laisse-nous vivre, sans armes et dans la paix, les jours que ta clémence nous accorde encore à vivre. Cette armée que je commandais a terminé sa destinée. Je ne te demande qu'une grâce, c'est de ne pas obliger les vaincus que nous sommes à reprendre les armes contre notre propre camp et à vaincre avec toi.

César n'avait pas besoin de cette prière pour se montrer clément. Il pensait aux batailles politiques futures, et le pardon était pour lui une stratégie autant qu'une règle de conduite. Il parle à son tour et dicte ses conditions : les deux légats de Pompée qu'il avait combattus, Afranius et Pétréius, devront licencier immédiatement leurs légions et quitter l'Espagne ; aucun soldat, aucun officier ne sera contraint de passer au service de César et de combattre pour lui ; aucune peine ne sera prononcée contre quiconque.

En six semaines, César avait soustrait l'Espagne Citérieure à Pompée, ainsi que les cinq légions qu'il y entretenait et, le 4 juillet, tous les soldats pompéiens partaient rejoindre leurs foyers. Pour parfaire son œuvre, il lui restait à récupérer l'Espagne Ultérieure.

Cette province était gouvernée, au nom de Pompée, par le légat Varron, celui-là même qui avait assisté au premier « souper des triumvirs », en 60, dans la villa de Crassus, à Rome. Ce n'était ni un guerrier, ni un fin politique, plus intéressé par ses travaux scientifiques et par l'accroissement de ses richesses que par la conquête du pouvoir. Ce qui se passait le troublait, et il méditait sur les instabilités de la condition humaine, lorsqu'on lui apprit que César l'attendait à Cordoue, où il était arrivé le 5 août.

Varron y courut, apporta sa soumission à César, lui remit les fonds dont il était détenteur, et en particulier le trésor du sanctuaire d'Hercule, ainsi que la liste des citoyens de sa province qu'il avait taxés d'impôts exorbitants. Puis César le laissa à son destin, et, le 15 août, il partit pour Gadès afin de démobiliser les légions d'Afranius, ce qu'il fit le 20 août.

L'affaire espagnole était réglée. En trois mois, César s'était rendu maître de toute la péninsule espagnole, mais il avait évité le bain de sang ; 25 000 césariens avaient combattu 30 000 pompéiens, et les pertes avaient été minimes : 70 hommes chez les premiers, 200 chez les seconds.

L'*imperator* embarqua ses légions à Gadès et gagna Tarragone par la mer ; là, il les rassembla et prit avec elles la route de la Narbonnaise. En franchissant le col du Perthus, il s'arrêta devant les somptueux trophées de Pompée, qui célébraient les anciennes victoires de son rival sur « 676 villes », et se contenta d'élever, à proximité, un modeste autel de pierre pour commémorer les siennes. Puis il partit vers Marseille, par Port-Vendres et Narbonne.

Mais, avant de quitter Gadès, où il avait séjourné vingt ans plus tôt et où il ne reviendrait sans doute jamais, César avait éprouvé le besoin indéfinissable de revivre un instant de sa jeunesse qui ne s'était jamais effacé de sa mémoire. Il avait voulu contempler une dernière fois la statue d'Alexandre, au pied de laquelle il avait pleuré, un soir, en pensant qu'à son âge le Macédonien avait déjà soumis le monde, alors que lui, César, n'était encore qu'un petit questeur de province.

La veille de son départ pour Tarragone, il se rendit au temple d'Hercule, en face duquel s'élevait la statue de marbre du fameux conquérant, et il se souvint du songe troublant qui l'avait alors visité et par lequel les dieux, à en croire une devineresse carthaginoise, lui avaient prédit l'empire du monde :

– Je suis en train de le construire, mon empire, murmura-t-il à voix basse. Comment s'appelait-elle donc, cette devineresse ?

Une voix chevrotante lui chuchote un prénom :

– Marysa.

César se retourne : il aperçoit la silhouette voûtée d'une vieille femme qui s'éloigne doucement dans la nuit.

À la fin du mois de septembre, César est enfin en vue de Marseille. Depuis près de quatre mois, les Marseillais endurent les terribles souffrances inutiles d'un siège. Ils n'ont plus de vivres, presque plus d'eau et les épidémies s'abattent sur la population. Leur résistance, ils le savent maintenant, est devenue sans objet : la capitulation d'Afranius en Espagne leur a ôté tout espoir de délivrance. La vieille et vaillante cité phocéenne n'a plus qu'à capituler : les Quinze attendent l'arrivée de César pour effectuer leur reddition.

L'*imperator* se garda de détruire une si belle cité, dont les remparts étaient d'ailleurs déjà en ruine et, en considération de son nom et de son antiquité, plutôt que de sa conduite envers lui et de la vaillance de ses habitants, il défendit qu'on la pillât. Marseille dut toutefois lui livrer son trésor, ses machines et sa flotte, et abandonner à Rome une partie de son territoire : elle ne conserva que sa colonie de Nice et les îles d'Hyères. César y plaça deux légions en garnison, mais lui accorda un privilège d'exterritorialité qui n'était que l'ombre de la liberté perdue.

Puis il s'enquit des nouvelles de Rome. Deux, surtout, attirèrent son attention : l'une lui annonçait, laconiquement, que le préteur Lépide, qui faisait fonction de consul unique, venait de le proclamer dictateur, et l'autre que les légions qu'il avait retirées d'Espagne et expédiées en cantonnement à *Placentia* (Plaisance) commençaient à se mutiner :

– Décidément, le destin m'interdit la moindre journée de repos, dit-il à son légat Trébonius. Je te confie Marseille : ménage les habitants, mais surveille l'exécution correcte des clauses de la reddition.

– Que fait-on des remparts ?

– Peuvent-ils encore servir ?

– Contre qui ?

– Pour l'instant, contre Pompée, s'il lui prenait d'envoyer ses bateaux par ici. Il a des bases en Afrique du Nord.

– Ils sont aux trois quarts détruits ; on pourrait peut-être les utiliser contre des pirates, mais, contre Pompée, ce serait peine perdue.

– Bon. Alors fais-les démolir. Et dégage bien les alentours. Marseille a un bel avenir en Méditerranée comme port de pêche.

– Et surtout comme port de commerce, César : ces Grecs sont des marchands de génie.

– Ah ! j'y pense : si tu vois Milon, qui s'était réfugié chez eux, et s'il est encore en vie, dis-lui que j'efface sa condamnation à mort. Le temps n'est plus aux règlements de comptes.

– Je m'en charge. Que se passe-t-il, à Plaisance ?

– Les légionnaires se mutinent ; ils prétendent ne pas avoir reçu leurs primes.

– C'est vrai ?

– Je n'en ai pas la moindre idée. Comme je dois partir pour Rome, je ferai un crochet par Plaisance en arrivant à Gênes.

– Tu pars maintenant ?

– Ce soir seulement, j'aime à voyager de nuit. Et puis j'ai deux rendez-vous importants à Marseille.

– Salut, César, et, si je ne te revois pas, bon voyage.

L'*imperator* se dirige, guilleret, vers le bord de mer ; il n'a pas voulu d'escorte.

– Où va-t-il donc, demande Trébonius à son ordonnance qui sourit d'un air entendu, tu es au courant de quelque chose ?

– À force de parler avec les esclaves, on en apprend, des choses, comme tu dis, général. Le premier rendez-vous de César est la fille d'un ami de Cicéron, un certain Fannius, elle a des yeux de braise, cette Fannia.

– Que fait-il, Fannius ?

– Des affaires avec les négociants marseillais ; il a une villa à quelques milles de la ville.

– Et la guerre, il s'en fiche ?

– Tu sais, Trébonius, les marchands ne se font jamais la guerre, ils se contentent de se voler mutuellement.

– Et le deuxième rendez-vous ?

– C'est un Gaulois aux yeux bleus.

– Qu'est-ce qu'il veut en faire ?

– Devine, général, devine, répond l'ordonnance en éclatant de rire.

– Continue donc de rire comme ça devant César, gronde amicalement Trébonius, et tu finiras en prison.

CHAPITRE VII

Les mutinés de Plaisance

(octobre 49)

Le 15 octobre, César, auquel ses hommes avaient décerné le titre d'*imperator* dont le Sénat, défaillant, ne l'avait pas encore honoré, pénètre dans Plaisance avec une petite escorte de cavaliers.

C'était, en temps ordinaire, une cité tranquille de la Gaule cisalpine, peu accoutumée à héberger des militaires. L'arrivée dans cette bourgade des quatre légions que César avait retirées d'Espagne y avait provoqué une certaine effervescence. Des tavernes s'étaient ouvertes, dans lesquelles les légionnaires dépensaient leur solde à boire ou à jouer aux dés, les lupanars ne désemplissaient pas, et les ruelles de la ville commençaient à ressembler à celles de Subure, avec leurs odeurs de friture, leurs mauvais garçons, leurs prostituées maquillées et leurs ivrognes.

Le généralissime se rend au Quartier général des armées, installé sur les rives du Pô. Il interroge les officiers sur l'affaire de mutinerie qu'on lui avait rapportée quand il était encore en Espagne, mais il n'obtient de ceux-ci que de vagues informations :

– Les légionnaires de la IXe légion se conduisent d'une façon déplorable. Ils pénètrent dans les maisons privées, y dérobent des objets précieux, de l'argent, des sacs de grain, maltraitent les femmes et les enfants, bref ils se comportent comme en pays conquis.

– Ici, en Cisalpine ? Dans une province dont tous les habitants ont été faits par moi citoyens romains ? C'est un scandale. Que font les centurions ?

– Ils sont débordés, *imperator*, c'est une véritable mutinerie.

– Elle ne concerne que la IXe légion ?

– Oui, *imperator.*

– Est-ce que les mutinés ont quelques exigences particulières, concernant leurs soldes, ou le ravitaillement ?

– Non, *imperator.*

– Et vous n'avez rien remarqué, dans la ville ? Pas d'agitateurs pompéiens, qui s'y seraient glissés subrepticement ?

– Non, *imperator.*

– Je vais interroger moi-même les légionnaires.

– N'y allez pas seul, *imperator*, vous risquez un mauvais coup.

– Je ne risque rien.

– Mais, *imperator*...

– Je ne risque rien, vous dis-je. J'ai été m'entretenir avec Arioviste au milieu de 100 000 sauvages : personne ne m'a touché, et tu voudrais qu'un de mes légionnaires ose le faire ? Dis-moi simplement dans quelle partie du camp se trouve la IXe légion.

– C'est celle qui est la plus proche du fleuve, en te penchant un peu vers la droite, tu peux voir ses enseignes.

– Merci.

Et César se dirige au petit trot vers le Pô, répondant au salut des centurions et des soldats qu'il croise et qui sont à la fois étonnés et inquiets de sa présence parmi eux. Chemin faisant, il croise un groupe de légionnaires qui semblent plongés dans une discussion plus qu'animée. Il s'arrête, descend de son cheval et marche vers eux :

– De quoi discutez-vous donc ?

Les hommes se taisent brusquement, et dévisagent leur chef, qu'ils ont reconnu à sa calvitie et à son ton cassant.

– J'ai posé une question, je veux une réponse immédiate. Je n'ai pas de temps à perdre.

Un légionnaire borgne, d'une taille imposante, lui répond avec une certaine impertinence :

– Nous non plus, nous n'avons pas de temps à perdre, proconsul...

– *Imperator*, je ne suis plus proconsul.

– Je me moque bien de tous ces titres. Écoute-moi bien, *imperator*, je vais te dire ce que nous avons sur le cœur, et, si j'ai tort, je veux bien périr sous les verges.

– Parle.

– Nous étions en Ibérie, et nous nous sommes bien battus.

– Vous ne vous êtes pas battus, relève César, il n'y a eu qu'un seul combat, et la IXe légion n'y a pas participé.

– D'accord, nous ne nous sommes pas battus, mais nous aurions pu le faire, si ça s'était trouvé. Et nous avons surtout marché, marché et encore marché. Moi j'étais à Reims, avec le légat Minucius Rufus. Je suis allé de Reims à Brindes, puis de Brindes à Narbonne, et enfin de Narbonne à Lérida. Quand les pompéiens se sont rendus, nous sommes repartis, eux devant et nous derrière. À Narbonne, les vaincus ont été libérés, ils sont partis retrouver leurs familles, leurs champs, leurs amis. Pour eux, la guerre était finie. Et nous, les vainqueurs, on nous a dit de continuer à marcher. Vers quel but ? nous ne le savons pas. On ne nous dit rien, sinon : « En avant, marche ! » ou « Garde à vous ! » Où irons-nous demain ? en Orient ? en Afrique ? en Égypte ? Nous sommes des hommes, *imperator,* et non des bêtes. Au départ de Reims, on nous a promis à chacun une prime de cinq mines (5 livres) d'argent : nous n'avons pas touché un seul sesterce.

Cette diatribe encourage les autres légionnaires à parler, les plaintes et les revendications s'accumulent :

– Je suis mort de fatigue, épuisé, dit l'un, hors d'état de porter même ma cuirasse.

– Tu fais traîner la guerre en longueur, César, explique un autre. Pourquoi ?

– À mon âge, dit un troisième, et après les efforts que j'ai fournis depuis six ans, en Gaule et ailleurs, j'ai bien acquis le droit à un peu de repos. Et les autres sont comme moi. Notre engagement est fini, César, donne-nous congé.

– Nous n'irons pas plus loin, licencie-nous.

– Si tu ne nous licencies pas, César, nous déserterons et nous passerons à Pompée, qui paye ses soldats, lui.

– Tu ne peux rien faire sans nous, César. Si tu ne t'inclines pas, nous t'abandonnons.

– Par générosité envers les pompéiens et les Espagnols, César, tu nous as forcés à partir d'Espagne les mains vides. Nous n'avons pu piller aucune ville. Alors nous nous rattrapons à Plaisance, et, bientôt, ce sera dans les autres villes de l'Italie. Et notre révolte sera plus dangereuse que celle des gladiateurs de Spartacus, parce que nous sommes des soldats et que nous savons nous battre contre des forces armées.

À ce discours menaçant, César répond froidement :

– Je vous dirai ce que j'ai décidé dans deux jours.

L'*imperator* retourne auprès de ses officiers et donne ses ordres :

– Il y a un peu de vrai dans ce que disent les hommes, mais ce n'est pas suffisant pour provoquer une mutinerie générale. Il y a des meneurs, là-dessous, et des meneurs soudoyés par Pompée. Ils donnent le ton, entraînent les indécis, et le défaitisme gagne. Réunissez-moi toutes les légions le long du Pô, dans deux jours, je vais leur parler. Appelez-moi immédiatement les centurions de la IXe légion.

Les centurions sont convoqués, et César les interroge :

– Centurions, leur dit-il, vous connaissez la situation et vous connaissez vos hommes. Donnez-moi les noms des meneurs.

– Les mutins ont constitué des comités insurrectionnels, dit un des centurions.

– Combien de comités ?

– Une douzaine.

– Les noms des chefs ?

Les centurions, intimidés, dénoncent ceux qu'ils supposent être les chefs du soulèvement et les agitateurs, et César note méticuleusement leurs noms.

Le surlendemain, les cohortes de la IXe légion sont alignées le long du fleuve. César prend la parole, en manieur d'hommes qu'il est :

– Soldats, leur dit-il, j'ai l'intention de vous parler avec une entière franchise, sans rien dissimuler ni de mes pensées, ni de mes intentions. Vous savez combien j'aime mes légionnaires, je les chéris autant qu'un père ses enfants et je tiens à être aimé de vous comme je vous aime. Mais, sachez-le : je ne chercherai pas à gagner votre affection en partageant vos fautes, ou en fermant les yeux sur elles.

– Cause toujours, tu m'intéresses, murmure entre ses dents le légionnaire borgne.

– Vous ne manquez absolument de rien. Vous touchez votre solde très régulièrement, à jour fixe. Le ravitaillement des troupes a toujours été assuré. Les fatigues que vous endurez, les dangers que vous courez, et qui sont inhérents à votre état de soldat, ont toujours été récompensés généreusement. Les peines pour faute ou pour manquement à la discipline sont rares et toujours légères. Que faut-il donc pour vous satisfaire ? Les excès et les pillages dont vous vous rendez coupables en Cisalpine sont impardonnables : vous portez le glorieux nom de « Romains » et vous vous conduisez comme des barbares de bas étage. La guerre n'a rien à voir avec l'assassinat et le pillage. Nous avons vaincu des dizaines de peuples gaulois, mais partout j'ai donné l'exemple de la clémence, sauf lorsque le danger que certains faisaient courir à la Gaule elle-même m'a obligé à faire des exemples sanglants, et encore ! Ces exemples peuvent se compter sur les doigts d'une seule main. Et vous, en Cisalpine, chez des citoyens romains, vous vous comportez comme des Cimbres ou des Carthaginois !

Un lourd silence s'abat sur les soldats rassemblés. Même les plus rétifs des mutins se taisent : au ton de César, ils savent que les châtiments vont pleuvoir, sans indulgence. L'*imperator*, après avoir toisé son auditoire, reprend sa harangue :

– Il est honteux que des soldats pillent et ravagent un pays que même les ennemis ont laissé intact, et il est absurde et révoltant qu'une armée venue châtier les méfaits de l'ennemi montre autant d'ardeur à piller ses propres compatriotes.

Des murmures s'élèvent dans les rangs. Certains protestent de leur innocence et de leur loyauté ; le ton de César s'adoucit :

– Ces reproches, je ne les adresse pas à tous. Ils sont destinés aux agitateurs clandestins dont la cupidité déshonore la bonne conduite des autres. À ces misérables, je le dis sans ambages : je connaissais vos menées, mais je fermais les yeux, trouvant des excuses à vos infamies et dans l'espoir que vous vous corrigeriez. Mais, puisque votre audace n'a pas de bornes, puisque vous poussez à la rébellion et à la désobéissance ceux qui sont sans peur et sans reproche, je me vois obligé de sévir.

Le ton du généralissime, en route vers sa destinée de dictateur, devient plus grave :

– La nature a établi une loi fondamentale, indispensable au salut de l'humanité. Dans la société des hommes, les uns doivent commander, les autres doivent obéir. Je vous le dis, en vérité : jamais aucune contrainte ne me fera accorder quoi que ce soit à des soldats mutinés et je ne m'inclinerai jamais devant la violence. À quoi bon être le descendant d'Énée et de Iule ? À quoi bon avoir été préteur, puis consul, puis, pendant si longtemps, proconsul, si je dois m'agenouiller devant un quarteron de soldats rebelles et félons ? Aucune menace, aucune crainte ne pourrait m'y réduire. Je préférerais mourir que de voir bafoués l'autorité et le prestige dont je suis revêtu et qui sont l'autorité et le prestige de la République. Vous voulez déserter ? Eh bien ! abandonnez mes drapeaux, vous les salissez. Et courez chez Pompée, si vous le pouvez : je lui souhaite de pareils soldats, ma tâche n'en sera que plus facile ! Mais ne croyez pas pouvoir agir à votre guise et donner des ordres à ceux dont vous devez les recevoir. Je vais sauvegarder, séance tenante, les intérêts de la République en recourant à l'usage ancestral de la décimation : parmi les hommes de la IXe légion, puisque c'est elle qui a pris l'initiative de la rébellion, je vais tirer au sort un homme sur dix, et le faire exécuter sur place, par égorgement.

À ces mots, une lamentation générale monte de la légion tout entière. Ses officiers, ses centurions tombent aux pieds de César, implorant sa clémence.

Celui-ci apprécie l'effet produit par ses paroles et finit par feindre de se laisser fléchir :

– À la demande de vos chefs, dit-il aux légionnaires, je vais faire preuve d'indulgence : il ne sera pas dit que César réserve sa clémence à ses seuls ennemis. J'ai ici une liste de cent vingt rebelles : j'en tirerai douze au sort et ils seront exécutés comme je l'ai dit.

Le tirage au sort a lieu sur-le-champ. L'un des douze hommes destinés à être exécuté proteste : il a été absent de Plaisance pendant tout le temps qu'avait duré la mutinerie. César fait vérifier immédiatement ses dires, dont la vérité est établie.

– Pourquoi l'as-tu dénoncé ? demande-t-il au centurion qui lui avait communiqué son nom.

– Je me suis trompé.

– Eh bien ! moi, je ne me trompe pas. J'ai promis douze condamnés à mort, tu seras le douzième.

C'est ainsi que l'ordre fut rétabli à Plaisance.

César ne s'attarda pas à Plaisance. Deux jours après l'exécution spectaculaire des coupables, sur le front des troupes, il trottait gaillardement vers Rome, avec Rufus et une petite escorte de cavaliers.

– Tu as été parfait, César, lui dit Rufus : précis, expéditif, magnanime et juste, parfait.

– Cela fait partie des comédies qu'il faut jouer, quand on fait de la politique. Veux-tu que je te dise, Rufus ? Je connaissais les noms des meneurs avant d'arriver à Plaisance. Ils n'étaient que douze.

– Que douze ? Et la liste des cent vingt rebelles, faite d'après les centurions ?

– Les centurions ont voulu faire du zèle, mais je les ai laissés faire.

– Pourquoi ?

– Afin de jouer la comédie de l'indulgence. J'annonce cent vingt coupables et j'en fais exécuter seulement douze.

– Mais ils ont été tirés au sort !

– J'avais truqué le tirage.

– Mais le douzième homme, qui était innocent.

– Cela faisait partie de mon truc. Le vrai coupable, c'était le centurion qui m'avait communiqué la liste des cent vingt noms : il était vendu à Pompée et je voulais m'en débarrasser. J'ai fait coup double : on lui a tranché la gorge et la IXe légion, après avoir eu froid dans le dos, célèbre ma clémence. J'en ai profité pour annoncer le principe de ma doctrine politique.

– Lequel ?

– Que, dans une société, il y a ceux qui commandent et ceux qui obéissent, et qu'il n'est pas question d'intervertir les rôles.

– Comment l'appelles-tu, ta doctrine ?

– Le césarisme.

– Et quand vas-tu l'appliquer à Rome ?

– Dans une semaine, quand nous y serons arrivés.

– ?

– Tu ne comprends pas ?

– Non, je ne comprends pas. Que tu commandes, je suis d'accord, mais qui te dit que les sénateurs et les magistrats vont t'obéir ? Et comment feras-tu obéir les électeurs quand il s'agira d'élire les consuls ?

– C'est de l'histoire ancienne, ton Sénat et tes élections. Lépide m'a proclamé officiellement dictateur. Tu sais ce que cela veut dire ?

– Non. Je connais le mot, mais je ne connais pas la chose. Explique-moi.

– Notre République est un système assez complexe, dans lequel le pouvoir est partagé entre le Sénat, les magistrats – pratiquement les consuls et les tribuns de la plèbe, les autres ont des fonctions plus techniques – et les assemblées du peuple, nos inénarrables comices.

– Cela je le sais.

– Lorsque les sénateurs, les consuls et les tribuns sont d'accord, Rome est très facile à gouverner. Le Sénat vote des décrets...

– Les sénatus-consultes ?

– Oui, les sénatus-consultes, et l'affaire est jouée ; mais les consuls et les tribuns peuvent aussi proposer des lois – et non plus des décrets –, qui sont discutées par le Sénat et votées ou repoussées par l'assemblée du peuple.

– Tout cela, je le sais aussi. Il dure depuis combien de temps, ce système ?

– En gros, depuis environ trois cents ans, ou un peu plus, mais il a été modifié souvent, au gré des circonstances. Tant que tout le monde est d'accord, il fonctionne sans problème. Malheureusement ce n'a jamais été que rarement le cas, dans l'histoire de Rome.

– Pourquoi ?

– À cause des conflits d'intérêts entre les riches et les pauvres, les aristocrates et les nouveaux riches, les citoyens romains et les non-citoyens, les partisans de la tradition et les modernistes, que sais-je encore !

– Mais que se passe-t-il dans les cas graves ? En temps de guerre, par exemple, on ne peut pas perdre son temps à discuter sur la place publique de ce qu'il faut faire ou de ce qu'il ne faut pas faire. Et en cas de révolution non plus.

– Précisément, dans les cas d'urgence, le Sénat, si ses membres parviennent à se mettre d'accord, ordonne aux consuls en charge de « proclamer » exceptionnellement et pour six mois seulement un magistrat unique, nanti des pleins pouvoirs civils et militaires, pour gouverner la patrie en danger, qu'on appelle un dictateur.

– Pourquoi pour six mois seulement ?

– Parce que nos ancêtres, qui ont établi les lois de la République, avaient un souvenir trop pénible des premiers monarques de Rome, qui étaient de véritables tyrans, n'agissant qu'en fonction de leur bon plaisir et de leurs intérêts personnels, et se moquant bien du peuple romain. Ils voulaient bien que le Sénat nommât un dictateur, mais pas pour longtemps. Ils craignaient qu'il ne tirât parti des circonstances pour rétablir la monarchie à son profit. Vouloir être roi est un crime, pour un Romain, un crime qui était jadis passible de la peine de mort.

– De quand date notre premier dictateur ?

– D'après la tradition, il aurait été proclamé sept ou huit ans après l'expulsion du dernier roi de Rome, vers l'an 252 de Rome (501 av. J.-C.).

– Comment s'appelait-il ?

– On ne le sait pas. De toute façon, cela n'a guère d'importance. Le premier qui ait joué un rôle important était un plébéien ; il s'appelait Marcius Rutilus : il a été désigné en l'an 398 de Rome (356 av. J.-C.).

– Et par la suite ?

– Il n'y en a pas eu beaucoup : Fabius Maximus, au temps de la guerre d'Hannibal (217 av. J.-C.), par exemple.

– Et Sylla ?

– Sylla est un cas spécial. En 672 de Rome (82 av. J.-C.), il a été nommé « dictateur constituant », c'est-à-dire chargé de réviser la constitution de la République. Il fut notre dernier dictateur.

– Merci de ce cours de droit, César. Ainsi donc, Lépide t'a proclamé dictateur ? Comment cela s'est-il fait ?

– Je n'en sais rien. J'attends d'être à Rome pour comprendre.

– J'ai hâte d'être à Rome.

– Pas autant que moi. Nous y serons en même temps que les premiers frimas de novembre.

CHAPITRE VIII

La première dictature de César

(28 octobre-8 novembre 49)

Il s'en était passé, des choses, à Rome, depuis le séjour éclair que César y avait fait, huit mois plus tôt, avant de partir pour l'Espagne.

Rome, sans consuls et sans sénateurs, était toujours Rome. On y intriguait, non point pour obtenir une future magistrature ou le gouvernement juteux d'une province, car, depuis le commencement de la guerre civile, nul ne savait de quoi demain serait fait, mais pour obtenir qui un crédit à petit intérêt, qui une bonne affaire à bas prix, ou encore un rendez-vous galant avec une patricienne avare de ses charmes. On n'y craignait point la disette, car la récolte de 49 avait été aussi bonne et même plus abondante que celle de l'année précédente, et l'on spéculait sur l'issue, proche ou lointaine, de cette stupide guerre civile.

Le Forum avait conservé son animation d'avant-guerre. On y rencontrait toujours les mêmes silhouettes : les bourgeois romains cossus, amateurs de parties fines, les prostituées de Subure en quête de clients, les courtisanes de haut vol, les jeunes gens efféminés et leurs protecteurs, les avocats sans cause à la recherche d'un plaideur à plumer, les m'as-tu-vu et les clochards.

Il n'y manquait que les empoignades autour de la tribune aux harangues. Conformément à la Constitution romaine, en l'absence des consuls, défaillants, le pouvoir était exercé par le magistrat de grade le plus élevé, en l'occurrence par le préteur Lépide, qui les remplaçait. Il était là pour assurer la continuité de la République, plus que pour innover, ce dont il se gardait bien : politiquement, la Ville était devenue amorphe, inerte et silencieuse.

– Tout cela n'est pas bon pour les affaires, disait un banquier à l'un de ses collègues. Les gens ont peur de manquer, ils thésaurisent et ne placent plus leur argent.

– Que je regrette le temps où l'on échangeait des sacs de sesterces contre des sacs de blé, devant la basilique Æmilia, au pied de la statue du satyre Marsyas.

– À qui le dis-tu ! Je me souviens qu'il y a cinq ans, j'ai acheté ici même toute la récolte d'un chevalier de Campanie ; cette année-là, le prix du blé était très bas et je l'ai revendue le double l'année suivante. C'était le bon temps !

– Il reviendra bientôt. Tu connais la nouvelle ?

– Quelle nouvelle ?

– César a littéralement écrasé les pompéiens en Espagne, et il rentre à Rome. Il sera ici fin octobre ou début novembre.

– Peste ! Ça va barder.

– Le bruit court que Lépide va le proclamer dictateur.

– Non ? !... Quelle idée ! Elle vient de César ?

– Sûrement pas. Tu connais César : il aime faire les choses dans la légalité. Il cherchera plutôt à se faire élire consul pour l'année qui vient.

– Il est vrai qu'il n'y a pas eu d'élections en juillet... Ce n'est pas étonnant, puisqu'il n'y a pas de consuls ni de Sénat pour les organiser.

– Il y a Lépide.

– Il est là pour expédier les affaires courantes et il ne veut pas se mouiller. Entre Pompée et César, il est comme une tranche de jambon entre deux morceaux de pain.

– Alors, qui lui a soufflé de proclamer César dictateur ?

– Dans les milieux bien informés que je fréquente, on prétend que ce serait sa femme.

– Servilia ?

– Oui, Servilia, la fille de Servilia l'ancienne maîtresse de César.

– La sœur de Caton ? Celle à qui il aurait offert une perle de 6 millions de sesterces ?

– L'histoire de la perle est sans doute fausse, mais qu'elle ait été sa maîtresse est vrai. La mère a fait pression sur sa fille qui a fait pression sur son mari.

– Et César ? Il est au courant ?

– De deux choses l'une : ou bien c'est lui qui est à l'origine de tout, et il s'est servi de Servilia mère comme intermédiaire, ou bien il ignore tout de l'histoire.

– Et qu'est-ce qu'on en dit, dans les milieux bien informés que tu fréquentes ?

– Que l'affaire a été montée de toutes pièces par l'ancienne maîtresse de César et que celui-ci ne sait rien.

Quoi qu'il en soit, dans le courant du mois de septembre, Lépide réunit les comices tributes – c'est-à-dire l'assemblée du peuple, dont l'une des fonctions était de voter les lois proposées par les tribuns de la plèbe, par-dessus la tête des sénateurs et qu'on appelait pour cette raison des plébiscites – et leur demande de se prononcer sur le texte suivant :

« *En l'absence des consuls et du Sénat, et* more majorum *("selon la coutume des anciens"), je propose de proclamer César dictateur de la République pour une durée de six mois.* »

À une grande majorité, l'assemblée du peuple répondit par « oui » à la proposition de Lépide, qui n'avait plus qu'à attendre l'acceptation de l'intéressé pour se décharger des responsabilités de l'État. Après le plébiscite, un adversaire de César, le tribun Métellus Céler, s'étonna de ce résultat, et s'en ouvrit à l'un de ses collègues :

– Quand César est venu à Rome, au mois de mars dernier, il a violé les portes du temple de Saturne pour s'emparer du Trésor de la République qui s'y trouvait déposé, et il y a dérobé 15 000 lingots d'or et 30 000 lingots d'argent : le peuple de Rome a crié au sacrilège, et il s'en est fallu de peu qu'il ne l'écharpe ; aujourd'hui, sans même qu'il l'ait demandé, ce même peuple le porte à la dictature par un plébiscite : je n'y comprends rien.

– On dit que les absents ont toujours tort, Métellus, lui répondit son ami ; dans le cas de César, ce n'est pas vrai : lorsqu'il s'absente, on oublie ses défauts et ses vices, et on le regrette. César, c'est l'homme que l'on aimerait haïr, mais on ne le peut pas.

– Le peuple est une femme, dit avec mépris Métellus, il se retourne facilement.

– César sait parler aux femmes, tu le sais bien, Métellus.

Un peu moins de quinze jours après avoir quitté Plaisance, à la fin du mois d'octobre, César faisait son entrée dans Rome. Le jour même, Lépide l'investissait de ses pouvoirs de dictateur, au cours d'une brève cérémonie, qui eut lieu devant la tribune aux harangues : on était le 28 octobre.

Les Romains étaient inquiets : qu'allait faire César ? Allait-il, comme naguère Sylla, régler ses comptes avec ses adversaires, se lancer dans des représailles effrénées et remettre en vigueur l'abominable pratique des proscriptions dont lui-même avait jadis été victime ? Comment s'y prendrait-il pour juguler la grave crise économique qui paralysait la vie romaine depuis le déclenchement de la guerre civile ? Jusques à quand conserverait-il la dictature ? Dans les sombres tavernes de Subure comme dans les rares villas de l'Esquilin et du Capitole que leurs propriétaires n'avaient pas abandonnées, les discussions et les palabres allaient bon train.

À Subure, où nul n'avait rien à perdre, on était joyeux :

– Il prendra leurs biens aux riches pour nous les distribuer : César est le défenseur du peuple.

– Les riches sont malins ; ils ont caché leur or et leurs richesses : César ne les trouvera pas.

– Il interrogera leurs esclaves, qui dénonceront leurs maîtres, qui ouvriront leurs coffres.

– Il mettra tous les usuriers en prison.

– Il abolira les dettes des pauvres.

Chez les possédants, l'alarme fut vive, mais ils étaient réalistes. César aimait le peuple, soit, mais il n'était ni un sanguinaire, ni un démagogue. Ses actions récentes parlaient en sa faveur : la clémence et la mansuétude dont il avait fait preuve depuis qu'il avait franchi le Rubicon, en Italie et en Espagne, étaient sans exemple dans l'histoire ancienne et récente de Rome.

– Ce n'est pas un tueur, disait l'un : il est entré dans toutes les villes d'Italie, de Rimini jusqu'à Brindes, sans combattre et sans punir ; la reconquête de l'Espagne n'a fait en tout que deux ou trois cents morts sur les champs de bataille, aucune ville n'a été ni pillée, ni incendiée ; tous les prisonniers ont été libérés et renvoyés dans leurs foyers. Et même lorsque ses propres soldats se sont mutinés, il n'a puni qu'une douzaine de meneurs. Finalement, cela ne me gêne pas qu'il vienne mettre un peu d'ordre dans Rome : on y verra traîner un peu moins de vide-goussets, de cambrioleurs et d'assassins.

– C'est un homme intelligent, il sait que rien ne va sans de bonnes finances, expliquait un banquier à un gros négociant qui lui parlait de s'enfuir en Campanie ; il va rétablir la confiance, et l'argent sortira des coffres où il se cache... même des miens. Que diable ! Ce n'est pas Spartacus ou Catilina, c'est César !

Le comportement du dictateur apaisa rapidement les esprits. Le 29 octobre, il se rendit à la tribune aux harangues, précédé des 24 licteurs auxquels avaient droit les dictateurs. Le Forum était noir de monde : l'homme qui avait conquis toute l'Italie en moins de deux mois, sans coup férir, qui avait conquis les deux Espagnes en quatre mois, qui avait fait preuve, vis-à-vis des Marseillais, d'une extraordinaire clémence, allait exposer son programme de dictateur. Quand il parut à la tribune des Rostres, on aurait entendu une mouche voler.

César contemple son auditoire. Tous les Romains qui n'avaient pas fui Rome sont là. Toutes les Romaines aussi, et il reconnaît parmi elles les femmes qui lui ont offert plus qu'accordé leurs faveurs, et qu'il a reçues dans son lit de la *Regia*, sa luxueuse demeure sur la voie *Sacra*. Il lève ses deux bras, tendus en forme de « V » vers le ciel, comme s'il voulait invoquer les dieux, et il commence sa harangue :

– Romains, je vous salue tous. Un plébiscite organisé dans les formes les plus légales par le préteur Lépide a permis à celui-ci de me proclamer dictateur pour six mois, selon les mœurs des anciens. Je vous le dis sans ambages : la dictature est une forme de gouvernement que j'abhorre, car elle peut conduire à la tyrannie aveugle ; néanmoins je l'accepte, car le char de Rome ne peut se passer d'aurige, mais je ne l'accepte que pour très peu de temps. Je resterai dictateur onze jours, pas un de plus. Le onzième jour, je réunira les comices centuriates qui procéderont à l'élection des deux consuls qu'exige notre

Constitution, après quoi je remettrai mes pouvoirs et me retirerai. Sachez, cependant, que je serai parmi les candidats au consulat pour l'année à venir. En attendant, utilisant mes pouvoirs dictatoriaux, je rétablirai sans plus tarder les lois de la République, je tiendrai la promesse que j'avais faite il y a vingt ans aux Italiens qui vivent au-delà du Pô, les Transpadans, en Cisalpine, et je redresserai énergiquement la situation économique dans laquelle se trouve Rome : l'argent sortira des coffres, le marché noir des denrées cessera, l'usure sera supprimée et la propriété individuelle réévaluée et respectée. Pendant les dix jours qui vont suivre, je travaillerai jour et nuit avec les dix tribuns de la plèbe, en mon domicile de la *Regia,* à mettre en œuvre ces réformes. Rentrez chez vous contents, Romains, que vous soyez riches ou pauvres : je suis là, les choses vont mieux, et, avec un peu de bonne volonté de votre part, elles iront encore mieux demain. Salut, Romains.

César n'entend pas les vivats qui éclatent de toutes parts. Il descend lentement les marches de la tribune, et son regard croise celui de l'inamovible clochard du Forum :

– Salut, citoyen, lui dit-il.

– C'est la première fois que César me salue, depuis trente ans bientôt que j'assiste à toutes ses harangues, marmonne-t-il : c'est beau, d'être dictateur.

Tout fut effectivement réglé en dix jours, avec prudence, circonspection et habileté par un César plus politique que jamais, qui allait pouvoir enfin mettre en œuvre quelques-unes des réformes auxquelles il songeait depuis près de vingt ans, sans avoir à en débattre avec ces empêcheurs de tourner en rond qu'étaient les sénateurs, jaloux, pour la plupart, des privilèges de leur classe.

Il fallait d'abord remplir les vides créés par l'exode massif des sénateurs, des magistrats et des hauts fonctionnaires de la République, qu'il s'agisse de ceux qui avaient suivi Pompée à Dyrrachium, de l'autre côté de l'Adriatique, ou de ceux qui s'étaient prudemment réfugiés loin de Rome, dans leurs propriétés de campagne. Le 30 octobre, la première séance de travail du « Conseil de dictature » fut donc consacrée à des nominations de magistrats. César distribua les postes et les honneurs avec prudence et circonspection. Le premier récompensé fut Lépide :

– La fuite des pompéiens à Dyrrachium a laissé nos provinces d'Occident sans gouverneurs. Je vais donc pourvoir, dès aujourd'hui, à leur remplacement. À toi, Lépide, qui m'as témoigné dans ce conflit une fidélité à toute épreuve, et qui as gouverné Rome en lieu et place des consuls en fuite, je confie le gouvernement de l'Espagne Citérieure, avec rang de proconsul. Tu l'as bien mérité.

Un murmure d'approbation parcourt l'assistance. Lépide interroge César :

– Quand prendrai-je mes fonctions ?

– Lorsque les nouveaux consuls auront été élus, c'est-à-dire le 1er janvier prochain (25 novembre selon notre calendrier actuel). En attendant, tu conserves tes fonctions actuelles et mes légats assureront l'intérim en Espagne.

– La date des élections est-elle fixée ?

– Nous verrons plus tard ; l'ordre du jour de cette séance concerne le gouvernement des provinces. Je continue donc. Je nomme le tribun Quintus Cassius gouverneur de l'Espagne Ultérieure, où il se trouve, d'ailleurs, depuis quatre mois. Toi, Décimus Brutus, dont les prouesses navales devant Marseille ont décidé du sort de cette ville, je te nomme gouverneur de la Gaule transalpine, avec rang de proconsul ; Marcus Calidius gouvernera la Cisalpine. À toi, Postumius Albinus, je confie le gouvernement de la Sicile et à Sextus Paedicus celui de la Sardaigne.

– Et en ce qui concerne la République ? Tu ne nommes aucun magistrat ? demande Lépide.

– Ce sera le *statu quo* jusqu'aux élections : les magistrats en place conserveront leur poste et ceux qui ont fui avec Pompée seront remplacés par des intérimaires que Lépide choisira parmi les tribuns et les fonctionnaires qui n'ont pas déserté. Enfin, je me suis procuré la liste des sièges vacants dans les collèges de prêtres : en tant que Grand Pontife, je les attribuerai à des candidats de mon choix. Vous pouvez considérer la séance comme levée : rendez-vous ici demain matin, à six heures. Je vous exposerai les mesures que j'entends prendre dans le domaine économique et financier. Je vous préviens que la séance sera longue, car les problèmes sont complexes.

La réunion du 31 octobre fut la plus lourde et la plus tendue de toutes. Les manigances politiciennes des sénateurs, la guerre civile, les exactions des prévaricateurs et l'égoïsme aveugle des financiers avaient conduit Rome au bord de la faillite. L'argent était devenu rare, tant pour les dépenses publiques que pour les dépenses privées, et le crédit avait pratiquement disparu. Les créanciers ne pouvaient plus se faire rembourser et devaient mettre en vente les biens hypothéqués de leurs débiteurs ; mais ils le faisaient à regret, car, avec la guerre civile, les prix des terres et des immeubles s'étaient effondrés, de sorte que les ventes à la criée des gages étaient loin de solder les dettes des emprunteurs, et les prêteurs – d'ailleurs de plus en plus rares – n'y retrouvaient pas leur compte. Le comité restreint qu'avait réuni César était donc curieux de connaître les solutions qu'allait proposer le dictateur.

D'emblée, celui-ci balaye à la fois les espérances des uns et les craintes des autres :

– Depuis deux jours que je suis à Rome, j'entends dire un peu partout que je vais décréter l'abolition générale et totale des dettes de chacun. J'ai le regret d'annoncer aux démagogues de tout poil qu'il n'en sera rien. Je sais ce que c'est, que d'avoir des dettes et j'ai sans doute été, à certains moments, l'homme le plus endetté de Rome : mais j'ai toujours fini par les payer.

Qu'il soit bien entendu que je ne prendrai aucun décret abolitionniste.

– Mais, César, fait remarquer un questeur, très attaché au parti populaire, ce que tu viens de dire sonne comme un arrêt de mort aux oreilles des petites gens, des plébéiens endettés, et aussi des classes moyennes, dont les biens croulent sous les hypothèques.

– Mon ami, dit César, je suis dictateur et non pas consul ou sénateur ; les décisions que je vais prendre n'ont pas à être discutées. Je vous ai réunis pour vous poser des questions, mais non pour écouter vos critiques. Je suis là pour sauver la République de la faillite, et non pas pour bercer d'illusions le peuple romain : je ne suis pas un démagogue. Si les Romains souhaitent que la prospérité revienne, ils doivent comprendre qu'il faut d'abord que l'argent revienne sur le marché. Et, que vous le vouliez ou non, cet argent est dans les coffres des possédants : si j'édicte des décrets abolitionnistes, ils fermeront leurs coffres à double tour et les chargeront sur des vaisseaux à destination de la Grèce, de l'Orient ou de l'Égypte. Rome sera définitivement pauvre, et les pauvres plus pauvres encore. C'est pourquoi je l'affirme encore : ce qui est dû restera dû.

– Mais qui payera ?

– Les plus pauvres seront protégés ; ils n'ont pas à supporter les conséquences d'une situation qu'ils n'ont pas créée. Et, quand je dis les plus pauvres, j'entends les plébéiens qui n'ont pas un arpent de terre à eux, ou les prolétaires. D'ailleurs, ceux-là n'ont pas de créanciers réguliers, puisqu'ils n'ont pas de garanties hypothécaires à fournir : ils empruntent à des usuriers, dont l'activité est illicite et sur lesquels vous ne me ferez pas verser une larme. Pour ces pauvres gens, je serai abolitionniste : on ne peut rien leur prendre, puisqu'ils n'ont rien, et l'on ne tond pas un œuf. Quant aux mesures d'intimidation qu'emploient les usuriers de Subure, je les ferai cesser : ces messieurs iront méditer sur la paille humide des cachots.

– Et les autres citoyens ?

– Il faudra bien qu'ils acceptent que l'on vende leurs biens hypothéqués.

– Mais ils ne suffisent pas à payer leurs dettes, avec la baisse générale des prix.

– J'ai dans ce dossier un projet de décret qui va te faire plaisir, questeur : il concerne la création d'une commission spécialement chargée d'évaluer la valeur des propriétés immobilières à leur prix d'avant la guerre, par exemple à ce qu'elles valaient il y a dix-huit mois. Mon projet comporte aussi un article prévoyant que les intérêts versés viendront en déduction de la créance totale. Les prêteurs vont hurler, mais, au moins, ils ne perdront pas tout leur capital : si l'on veut s'en sortir, il faut que chacun y mette du sien.

– C'est la seule mesure prévue ?

César sourit. Les questions de ce jeune questeur lui plaisent :

– Je vais te confier le secret de mes succès : en politique, il faut se ménager des alliés et surveiller sa propagande, à la guerre, il faut se ménager des positions de retrait et surveiller ses communications ; moi, en politique, je combine les deux méthodes. Conclusion, au cas où mon décret sur la revalorisation des propriétés hypothéquées resterait sans suite, j'en ai prévu un autre.

– On peut le connaître ?

– Je suis ici pour vous le dire, c'est un décret qui fera sortir l'argent des coffres : je limite les avoirs monétaires privés à 15 000 deniers par tête. J'obligerai ainsi les Romains fortunés à mettre leur argent en circulation, soit en le prêtant, soit en achetant des terres ou des biens. Et, quand l'argent circule, les crises s'apaisent.

Ce décret avait un autre but, que César ne dévoila pas à son auditoire : il allait obliger les thésaurisateurs à se défaire de leurs espèces monétaires – leurs pièces d'or ou d'argent – en circulation et, ainsi, limiter la puissance corruptrice des riches particuliers. Dorénavant, nul ne devrait avoir assez de moyens financiers pour entretenir des bandes, comme le faisaient jadis

Catilina, Crassus, Milon et les autres, et fomenter des troubles pendant qu'il serait absent de Rome.

Avant de lever la séance, le dictateur s'adresse à Lépide :

– Bien entendu, je veux que ces décrets soient approuvés par l'assemblée du peuple. Je te demande donc, Lépide, de convoquer les comices tributes sans perdre de temps, d'ici deux ou trois jours, par exemple. Il ne sera pas dit que César, dictateur, aura violé les coutumes de la République.

– Il sera fait comme tu l'ordonnes, lui répond Lépide.

Un dictateur, par définition, n'avait pas besoin de l'approbation du peuple pour légiférer. Mais César avait bien conscience de ce que la guerre contre Pompée n'était pas terminée et qu'il risquait peut-être de la perdre, ou de mourir sur un champ de bataille : en faisant entériner ses décrets de dictateur par les comices, il les rendait difficiles, sinon impossibles à annuler par les hommes qui lui succéderaient.

– La séance est levée, conclut-il ; je vous ferai connaître demain d'autres dispositions, qui me tiennent particulièrement à cœur.

– À quoi fait-il allusion ? demande Lépide à Rufus, en sortant de la *Regia*.

– Je l'ignore. Et, même si je le savais, je ne te le dirais pas.

– Pourquoi donc ?

– Parce que je suis le chef de ses secrétaires, et que dans secrétaire il y a « secret ».

La troisième séance du Conseil du dictateur, le 1er novembre, fut expédiée rondement. Elle s'ouvrit par un de ces petits discours familiers dont César avait le secret, par lesquels il savait toucher le cœur de ceux à qui il s'adressait.

– Il y a une quinzaine d'années, alors que je revenais d'Espagne, où j'avais été questeur, j'avais été ému par la précocité d'un enfant de Mantoue qui, âgé d'à peine cinq ans, écrivait déjà de jolis petits vers. C'était un Latin, comme la plupart des habitants de la Transpadane (la partie de la Gaule cisalpine au nord du Pô) et je me disais en moi-même : dire que ce petit garçon, si, un jour, il devient un grand poète, ne sera pas considéré comme un poète romain ! Alors je fis à son père une promesse : si, un jour, j'ai quelque pouvoir à Rome, je lutterai de toutes mes forces pour que le droit de cité soit accordé aux Transpadans et pour que ton petit Virgile puisse être un citoyen romain. Je ne sais pas ce qu'est devenu cet enfant, qui doit avoir une vingtaine d'années maintenant, mais je me souviens avoir jadis déposé, en vain, une motion au Sénat en ce sens. Depuis, j'ai été, durant neuf ans, proconsul de la Cisalpine, et j'ai appris à connaître et à aimer nos cousins de l'Italie du Nord. C'est pourquoi je demanderai aux comices tributes qui se réunissent après-demain, si j'en crois l'emploi du temps que m'a remis le préteur Lépide en début de séance, d'approuver mon décret, conférant à tous les Transpadans – Latins ou Gaulois – la citoyenneté romaine.

Après les propositions révolutionnaires de la veille sur la fortune et le crédit, le décret du dictateur semble bien anodin, et nul ne le commente. En revanche, celui qu'il annonce ensuite en fait sursauter plus d'un :

– Je demanderai aussi à l'assemblée du peuple d'approuver un second décret, accordant l'amnistie générale à tous les citoyens romains qui ont été victimes de proscriptions ou exilés de Rome depuis le temps de Sylla jusqu'à ce jour, que cette faveur soit étendue à tous leurs descendants, et que tous soient rétablis dans leurs droits. Avec quelques exceptions, toutefois : par exemple je n'admettrais pas que Milon, l'assassin de mon ami Clodius, puisse rentrer à Rome, et de même pour un certain nombre d'autres bannis, dont il faudra examiner la situation cas par cas.

– Tu ne crois pas, César, que ces revenants tenteront de régler leur compte à leurs dénonciateurs ou à leurs adversaires ?

– Avec moi au pouvoir ? Ils n'oseront jamais ! J'ai terminé. Voyons maintenant le programme des jours à venir : Lépide, tu as la parole.

– Merci, César. J'ai convoqué régulièrement les comices tributes (l'assemblée des citoyens romains classés par circonscriptions électorales) sur le Champ de Mars pour le 4 novembre, afin de faire confirmer par plébiscite les décrets dont tu nous as dévoilé la teneur. Comme tu es le magistrat le plus élevé en grade, c'est toi qui les présideras.

– Tu n'as pas oublié l'augure, pour prendre les auspices ?

– Il sera là. J'ai aussi convoqué les comices centuriates (l'assemblée des citoyens romains classés en centuries, en fonction de leur fortune) pour le 7 novembre, afin d'élire les consuls pour l'année à venir (l'année 48). J'ai précisé, comme tu me l'as demandé, qu'il n'y avait que deux candidats : toi et Publius Servilius Vatia Isauricus.

– C'est parfait. Bien entendu, il n'y aura pas de campagne électorale, puisqu'il n'y a que deux candidats. Ah ! Pendant que j'y pense : puisque je suis Grand Pontife, j'ai accès à tous les temples de la Ville ?

– Bien entendu.

– Bon. J'ai besoin d'argent pour assurer la solde de mes armées : la guerre, c'est un gouffre ! Je vais faire le tour de Rome, ramasser les trésors et les offrandes monnayables qui sont entassés dans ces temples, et les porter au temple de Junon, sur le Capitole, à la Moneta (lieu où l'on fondait les monnaies, à Rome), pour y fondre des *aurei* (deniers d'or) et des *quinaires* (demi-deniers).

– Compris, César ; je fais convoquer les fondeurs.

– Dis-leur de préparer les moules et de mettre mon nom, *Caesar*, sur les revers et *imperator* sur les avers.

– Mais tu n'as pas encore été proclamé *imperator*.

– Mes soldats m'ont appelé *imperator*, et cela vaut toutes les proclamations du monde.

Ainsi fut fait. Alors qu'on s'affairait, sur le Champ de Mars, à préparer les deux journées électorales et que les citoyens électeurs de la Ville, *intra muros* et *extra muros*, étaient convoqués aux urnes par voie d'affiches et de sonneries de trompettes, César opéra la razzia méthodique des trésors sacrés, en commençant par le temple de Jupiter Capitolin et en terminant par celui de Junon, où tout l'or et l'argent récoltés finirent dans la *forma* (le moule) du fondeur.

Le 4 novembre, sur le Champ de Mars, après avoir pris les auspices, l'augure déclara le jour « faste », et les tribus votèrent « oui » à toutes les propositions du dictateur. Les comices centuriates eurent lieu trois jours après, le 7 novembre. On reprit les auspices, le jour fut déclaré faste, et toutes les centuries, celles des plus riches comme celles des plus pauvres, élirent César et Servilius Vatia consuls pour l'année à venir (l'année 48). Lépide, du haut de la tribune réservée au président des comices, annonça officiellement ces résultats lorsque la nuit tombait, à la lueur des torches et des lampes à huile :

– Lucius Julius Caesar et Publius Servilius Vatia Isauricus ont obtenu l'unanimité des voix des centuries. Je les proclame tous deux consuls de Rome pour l'année 48 et je donne la parole à César.

César monte à son tour à la tribune :

– Peuple romain, dit-il, je n'ai pas à proclamer la République, puisque la République continue. Je serai donc votre consul dans peu de semaines, avec mon collègue Servilius. J'ai donné à Lépide toutes les instructions pour la tenue des comices en vue de pourvoir aux postes de préteurs, d'édiles, de questeurs et de tribuns de la plèbe pour l'an prochain, et j'ai fixé la date des traditionnels Jeux latins pour l'année prochaine. L'ordre est rétabli dans l'État, je n'ai plus aucune raison d'en rester le dictateur, et je me démets donc publiquement de toute les prérogatives et fonctions liées à cette charge. Dorénavant, comme consul désigné d'abord et comme consul élu ensuite, je serai le seul, avec mon collègue Sulpicius, à représenter la République. Votre vote unanime fait de Pompée, des magistrats et des sénateurs qui l'ont suivi des rebelles, et je vais partir pour Brindes, afin de combattre légalement cette rébellion. Je vous convie demain matin 8 novembre, à la quatrième heure (environ huit heures du matin), pour assister à la cérémonie de mon départ, qui aura lieu sur le Forum, en présence de tous les élus de la République et de tous les collèges de prêtres.

Ce fut une belle cérémonie, comme on n'en avait plus vue depuis longtemps à Rome. César, revêtu de son manteau écarlate et le front ceint de la couronne d'or des généraux vainqueurs, se tenait, majestueux et assis, au centre du Forum et recevait l'hommage des dignitaires romains, sous les yeux émerveillés de la foule. Lépide, très habile en matière de propagande, avait demandé qu'on lachât un milan dans le ciel, tenant en son bec une branche de laurier ; tout avait été calculé pour que, au moment opportun, on effrayât l'oiseau, qui traçait dans les airs des cercles majestueux, afin qu'il ouvre son bec et laisse tomber sa branche sur César. Mais les augures s'embrouillèrent dans les fils qu'ils manipulaient, et le rameau de laurier tomba à côté de l'*imperator*. Qu'à cela ne tienne : tous en chœur virent dans ce « raté » un heureux présage.

César se leva alors de son siège et se dirigea, suivi des collèges de prêtres, vers le temple de la déese Fortuna, à laquelle il devait offrir un taureau blanc. La procession, César et les prêtres en tête, s'ébranle lentement. Elle parvient à proximité de l'autel des sacrifices. Le sacrificateur s'avance vers l'animal, son couteau à la main. Le taureau est un animal craintif, c'est là son moindre défaut : il prend peur, rompt ses liens et s'enfuit vers un marais, en contrebas du Forum, qu'il traverse à la nage. Les augures ne se démontent pas pour si peu : avec la compétence qui les caractérise, dans la fuite éperdue de ce monstre blanc et cornu à travers champs et marais, ils voient la confirmation de l'heureux présage précédent. Les augures, comme les fleurs, ne mentent jamais, c'est bien connu.

Et, accompagné par une foule immense et enthousiaste, qui lui criait non pas « Vive César ! », mais « Vive la paix ! », César sortit de Rome par la porte Latine, avec son escorte, et se dirigea vers le sud. Sa dictature, la plus courte de l'histoire romaine, n'avait duré que onze jours.

CHAPITRE IX

Duel dans les Balkans

(17 novembre 49-29 juin 48)

Tandis que César se parait ainsi du double prestige de ses victoires espagnoles sur les pompéiens et de sa charge officielle de consul légalement élu, à *Dyrrachium* (la moderne Durrës, en Albanie actuelle), où il était arrivé vers le 20 février de l'année 49, Pompée fourbissait sa revanche.

Les quelque deux cents sénateurs qui l'avaient accompagné dans son exode avaient été installés à Salonique, où ils s'étaient empressés de réquisitionner les plus belles demeures de la ville pour leur usage personnel. Ils avaient transformé un vieux temple désaffecté en Curie et s'y livraient à des débats stériles dans lesquels il était question de la conduite de la guerre, des châtiments qu'il faudrait infliger à César et à ses acolytes après la victoire ou de l'organisation des élections futures.

Quant à Pompée, après avoir donné l'ordre de faire acheminer, vers les greniers de Dyrrachium, des quantités énormes de blé qu'il faisait venir de la Thessalie voisine, mais aussi, par voie de mer, de Crète, d'Égypte et d'Asie, il faisait preuve d'une activité débordante.

Malgré ses cinquante-huit ans et les séquelles de la maladie qui l'avait récemment atteint, il avait pris en main la formation des jeunes recrues, levées parmi les provinces d'Asie et rassemblées dans la cité de Beroea, en Macédoine, et leur apprenait à marcher au pas, à lancer le javelot, à courir, à « faire la tortue », à se battre au corps à corps :

– J'ai retrouvé une seconde jeunesse, disait-il à ses proches.

Il n'en oubliait pas pour autant de surveiller, de loin, le cantonnement des neuf légions et des troupes auxiliaires, soit quelque 50000 hommes, qui constituaient son armée :

– Je veux des forces armées dans toutes les petites villes de la côte, comme Lissus, Apollonia, ou Oricum, avait-il ordonné à ses légats.

Pompée était redevenu le généralissime qui avait vaincu Mithridate et purgé la Méditerranée de ses pirates quinze ans auparavant. Il avait réuni autour de lui un état-major important : Bibulus, que César avait tant malmené quand il avait été consul en même temps que lui, dix ans plus tôt, commandait son immense flotte, assisté par de nombreux amiraux ; plusieurs anciens consuls, comme Lentulus ou Marcellus, et même Labiénus, l'ancien lieutenant de César, avaient pris la tête de ses légions ; son fils aîné, Cnéius Pompéius Filius, l'assistait avec compétence, et il avait fait alliance avec divers petits chefs d'État orientaux qui lui avaient envoyé les uns des archers, les autres des frondeurs, les Galates – les Gaulois de l'Asie – des cavaliers et d'autres encore, tout simplement, des fantassins.

– Le destin de cette guerre se jouera sur la mer Adriatique, disait-il ce jour-là à Bibulus. J'ai appris, par mes informateurs, que César est arrivé à Brindes après avoir été élu consul à la suite d'un simulacre de consultation électorale. Il est bien évident qu'il va chercher à s'implanter sur les côtes de l'Épire (l'Albanie actuelle), et que ma stratégie sera, en conséquence, de l'empêcher d'y parvenir. Bibulus, tu concentreras ta flotte dans l'île de Corcyre (actuellement : Corfou), et tu veilleras au grain. Moi, je protégerai Dyrrachium, qui risque d'être attaquée aussi bien par mer que par terre : César, avec sa manie de faire faire des centaines de milles à ses légionnaires au pas cadencé, peut très bien emprunter la route de Ravenne à la Macédoine, à travers l'Illyrique, et surgir par le nord.

– Et si, malgré notre maîtrise des mers, César débarque, en Macédoine ou en Épire ? demandent en chœur Bibulus et Cnéius Pompée le Fils.

– Ce n'est pas demain la veille. Nous sommes en hiver, et il est impossible de naviguer sur l'Adriatique avant le mois d'avril. Ne nous affolons pas.

– Mais s'il débarque au mois d'avril ?

– Dans ce cas, je l'aurai à l'usure, tout comme j'ai vaincu Mithridate. Dans une bataille rangée, César est imbattable, et, en matière de siège, c'est un véritable génie. J'adopterai une stratégie défensive attentiste : je le suivrai à distance, couperai toutes ses communications, et, lorsqu'il n'aura plus de blé, plus de vivres, je l'estoquerai. Point final.

– Et si tu ne parviens pas à l'estoquer, *pater* ? lui demande son fils.

– Alors je filerai vers la mer Égée, où j'ai de nombreux amis : j'y reconstituerai mes forces et je finirai bien par le vaincre l'année suivante.

Pompée se trompa du tout au tout dans ses prévisions : malgré les tempêtes, César traversa l'Adriatique en plein hiver, bloqua Pompée dans Dyrrachium, et, après que celui-ci fut parvenu à rompre le blocus, le poursuivit à travers la Thessalie, où il finit par le vaincre dans une bataille rangée classique, le 29 juin 48 (av. J.-C.), à Pharsale.

Parti de Rome le 8 novembre, César est de retour à Brindes neuf jours plus tard. Il est impatient d'embarquer ses légions le plus tôt possible, malgré l'hiver et, dès son arrivée, il harangue ses troupes :

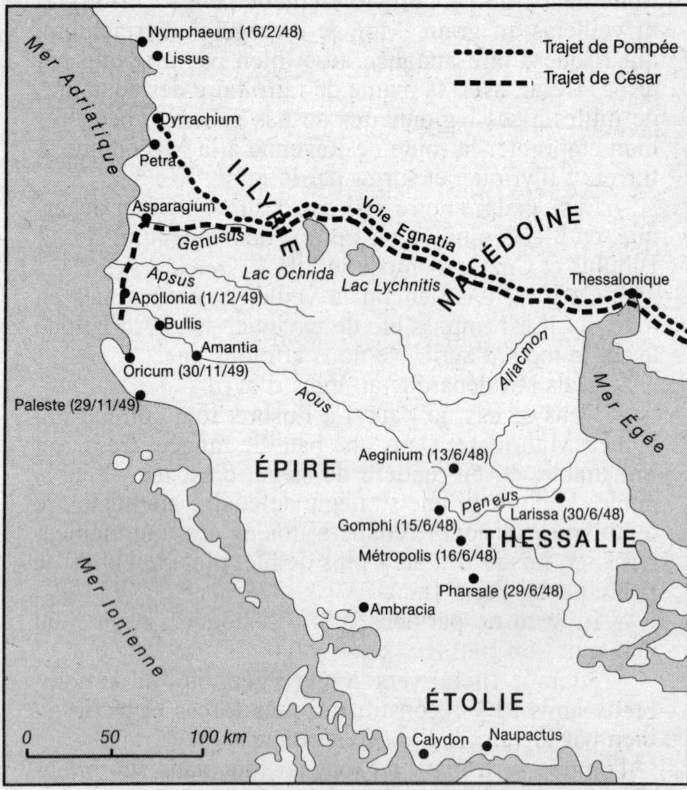

Le duel entre César et Pompée dans les Balkans.

Pompée avait deux objectifs : protéger Dyrrachium, et empêcher César de débarquer en Macédoine ou en Épire. Mais César le prit de vitesse, et le bloqua dans Dyrrachium. Pompée parvint à rompre le blocus, et à s'enfuir vers la mer Égée (trajet indiqué par des tiretés), poursuivi par César, qui lui imposa finalement la bataille à Pharsale, où il fut vaincu. Le pays, très montagneux, n'avait guère de routes, et la marche des deux armées fut très difficile (la seule voie romaine qui existait, la via *Egnatia*, conduisait de Dyrrachium à Thessalonique (Salonique) et, de là, à la mer Noire. Les noms des villes et de fleuves sont les noms anciens.

– Soldats, voici venir la fin de nos fatigues et de nos dangers. Nous allons passer en Macédoine, où la victoire définitive nous attend, et, avec elle, les récompenses et les butins : vous pouvez compter sur ma générosité. Nous prendrons la mer dans les jours qui viennent.

Les vivats qui lui répondent témoignent de l'ardeur de ses légionnaires, mais il lui faut toute une semaine pour procéder à l'embarquement de ses troupes, et César ne peut quitter Brindes avec les premiers contingents que le 28 novembre.

Le 29 au matin, après une traversée nocturne sans encombre, évitant les écueils et les ports tenus par l'ennemi, la flotte césarienne mouille en vue de la plage de Paleste, au nez et à la barbe de Bibulus qui n'y a vu que du feu. Pompée, lui, dort tranquillement, à 150 km de là, à Beroea, dans son camp d'entraînement pour jeunes soldats, avec la satisfaction épanouie du grand chef qui croit avoir tout prévu.

Le 30 novembre, après avoir renvoyé ses vaisseaux vides à Brindes, pour ramener le reste de son armée, César, qui n'a gardé avec lui que douze navires de guerre, se dirige vers Dyrrachium et se présente avec ses troupes devant la première ville du littoral qu'il rencontre, à une quarantaine de kilomètres au nord de Paleste, la ville d'Oricum, que défendent 18 vaisseaux pompéiens.

Leurs commandants sont timorés, et n'osent sortir de la rade pour engager le combat : en hiver les mers sont fermées, disent les augures qui les accompagnent, et les navires doivent rester dans les ports. Le général commandant la place, un certain Manlius Torquatus, est prêt à engager le combat sur terre, à fermer les portes de la cité ainsi qu'à affronter les affres d'un siège ; mais la population grecque de la ville lui fait savoir, par ses représentants, qu'elle refuse de combattre le consul du peuple romain qui représente, à ses yeux, le seul pouvoir légal. Et César entre dans Oricum sans avoir à donner un seul coup d'épée. Pompée n'est toujours pas au courant de ce qui se passe sur l'Adriatique, et, à Corcyre, Bibulus est malade.

Le lendemain, 1er décembre, la même comédie se joue devant les murs d'Apollonia : les Apolloniates déclarent au gouverneur pompéien de la ville qu'ils accueilleront le magistrat suprême de la République romaine avec les honneurs dus à son rang, et le brave gouverneur, courageux mais non téméraire, prend ses jambes à son cou et s'enfuit à Dyrrachium.

Pompée ne dort plus. Il a enfin appris le débarquement des césariens et la chute d'Oricum et il se dirige, à marches forcées de jour et de nuit, vers Dyrrachium, avec son immense armée, et pestant contre Bibulus :

– Voilà ce que c'est que de donner le commandement d'une flotte à un politicien perclus de rhumatismes, dit-il à Labiénus, qui chevauche à son côté. Si j'avais été à Corcyre, jamais les transports de troupes de César n'auraient pu ne serait-ce qu'approcher les rivages de l'Épire. Pourvu que j'arrive à temps pour couvrir Dyrrachium : avec ce diable d'homme, il faut faire vite.

– Rien n'est perdu, Pompée, lui répond Labiénus. Je pense que nous arriverons à temps pour empêcher César de prendre Dyrrachium : si Bibulus se rachète en montant bonne garde sur la mer, les césariens seront coupés de leurs bases italiennes, et nous les aurons à l'usure.

Bibulus se racheta, en effet. Le 3 décembre, il sortit de Corcyre avec toute sa flotte et incendia ceux des vaisseaux de César qui étaient encore au large de Paleste, en attente de repartir vers Brindes, et donna des ordres stricts pour barrer la route aux convois en provenance de Brindes ou des autres ports d'Italie. Le même jour, Pompée était en vue de Dyrrachium et il respira : César était encore à Apollonia.

Sa situation était d'ailleurs très inconfortable. Il campait sur la rive gauche de l'Apsos (aujourd'hui : le Seman), fleuve qu'il lui fallait franchir pour atteindre Dyrrachium, et les vivres lui étaient comptés, alors que

Pompée, avec une armée deux fois plus nombreuse que la sienne, avançait prudemment sur la rive droite, du côté où se trouvait cette citadelle, qui regorgeait de sacs de blé. En état d'infériorité numérique et sans source de ravitaillement, César ne pouvait pas attaquer : il attendait avec impatience l'arrivée de renforts en provenance de Brindes, c'est-à-dire cinq légions, commandées par Marc Antoine.

L'hiver approchait, il y avait de moins en moins de fourrages dans les champs, les vivres menaçaient de manquer et, compte tenu des tempêtes, des augures et de la flotte de Bibulus qui patrouillait sur les rives de l'Épire, les vaisseaux transporteurs de troupes ne quittaient pas le chenal de Brindes. César se rongeait les poings :

– Je suis là à ne rien faire, au bord de l'Apsos, disait-il à son légat Acilius Caninius, qui commandait la garnison d'Oricum, avec Pompée qui me nargue de l'autre côté du fleuve, et Antoine n'arrive pas ! Mais que fait-il donc ? Il faut que j'aille à Brindes, voir ce qui s'y passe.

– Si tu sors de la baie d'Oricum, Bibulus va se faire une joie de te cueillir.

– Je ne vais pas partir sur un bateau de guerre, répond César. Je vais me déguiser en pêcheur et emprunter le premier rafiot venu. Avec un bon pilote ; je descendrai l'Apsos jusqu'à son embouchure, et hop ! en avant vers l'Italie. Trouve-moi ça, mais ne dis pas que c'est pour moi : dis qu'un commerçant de tes amis a un besoin urgent de rallier Brindes. Mais pas un mot à personne.

Au jour convenu, après le dîner, César, prétextant la fatigue, se retire en demandant à ses invités de terminer le repas sans lui, et une fois la nuit tombée, le patron d'une modeste barque à deux rameurs, munie d'une petite voile, voit arriver un homme maigre, légèrement voûté, habillé d'une tunique de paysan mal ceinturée, accompagné de deux esclaves qui portent ses bagages. Sans prononcer la moindre parole, il s'assied au fond de l'embarcation et la conversation s'engage entre le patron et les deux esclaves :

– Notre maître est malade, il ne peut pas parler. Voici le prix convenu pour le voyage.

Et ils remettent au bonhomme un sac contenant mille sesterces. Il soufflait un vent violent, qui descendait des montagnes voisines.

– Le vent est fort, dit le patron, nous pourrons sans doute descendre le fleuve, mais je doute que nous puissions prendre la mer, et puis il y a les sentinelles de Pompée...

– Avec le temps qu'il fait, dit l'un des esclaves, il te sera facile d'échapper à leur vigilance.

Les sesterces aidant, l'homme se laisse convaincre, et la barque, quelque peu balancée sur le fleuve, le descend lentement. Mais, à l'embouchure, la mer est déchaînée et d'énormes vagues rejettent le frêle esquif vers le fleuve. Le pilote, découragé, veut retourner en arrière, mais son mystérieux passager se lève, tout à coup, et s'écrie, à la stupéfaction de tous :

– Courage, affronte la vague ! Qu'as-tu à craindre ? Tu transportes César et sa fortune !

Mais le vent et la houle redoublent et rejettent sans cesse la barque vers les côtes. Finalement, comme le jour approchait, César renonce à son entreprise et accepte de rebrousser chemin ; poussé par le vent, qui souffle toujours vers la terre, le patron marinier remonte le cours de l'Apsos, et reconduit César à son campement.

Les mois de décembre et de janvier s'écoulent dans l'attente de circonstances météorologiques plus propices. César se fait construire un poste d'observation, sur le rivage, près d'Apollonia ; il y a placé un veilleur, qui guette l'arrivée d'Antoine, et tous les jours, il vient y passer lui-même quelques minutes, ou quelques heures selon son humeur.

Il plut beaucoup, en décembre, et, en janvier, il neigea d'abondance. Pompée, lui aussi, attendait que le mauvais temps passe et, dès le 5 janvier, il était parti s'enfermer dans Dyrrachium. Au début du mois de février, il apprit la mort de Bibulus, à Corcyre : la fatigue et la maladie avaient eu raison de l'énergique consul ; la nouvelle en parvint aussi à César, qui essuya symboliquement – et hypocritement – une larme :

– Lui aussi aura vécu, mais qui se souviendra de son nom dans vingt ans ? Enfin, je suis quand même parvenu à faire payer à ce pingre le plus beau combat de gladiateurs de l'histoire de Rome, quand nous étions tous deux édiles, il y a bien longtemps déjà.

Quelques jours plus tard, le 15 février au matin, de son poste d'observation, César voit passer au large la flotte tant attendue de Marc Antoine, toutes voiles dehors. Il exulte déjà, mais son enthousiasme s'apaise lorsqu'il constate que le vent, de plus en plus fort, l'entraîne plus au nord, vers Dyrrachium : va-t-elle tomber entre les mains de Pompée ? Celui-ci l'a d'ailleurs aperçue, de la jetée de Dyrrachium, et c'est lui qui, maintenant, se frotte les mains : il ordonne à l'un de ses amiraux, Coponius, de faire sortir ses bâtiments du port. Que va-t-il se passer ?

Le vent mollissait. Les vaisseaux d'Antoine, qui, comme tous les transporteurs de troupes, ne progressaient qu'à la voile, ralentissent leur course, tandis que les bateaux de guerre de Coponius, construits pour progresser à la rame, se rapprochent dangereusement d'eux. Va-t-il y avoir accostage, abordage ? Non, car la Fortune favorise les césariens : le même vent qui avait éloigné leurs voiliers vers le nord souffle à nouveau, et la flotte de Marc Antoine reprend sa course, poursuivie sans conviction par les trirèmes de Pompée. Le vent est de plus en plus violent, les vaisseaux d'Antoine s'envolent littéralement et les rameurs de Coponius, épuisés, renoncent à les poursuivre.

Vers midi, Antoine est parvenu en face du petit port de Nymphéum, à trente milles au nord de Dyrrachium. Il y fait entrer ses navires, bien que ce port soit mal protégé des vents : il pensait que la tempête était moins à redouter que la flotte ennemie.

Toutes les pièces du drame guerrier qui allait se jouer sont maintenant en place. L'armée césarienne est enfin au complet, mais divisée en deux corps, l'un à Nymphéum avec Antoine et l'autre sur la rive gauche de l'Apsos avec César ; l'armée pompéienne est elle aussi au complet, mais en un seul immense corps d'armée, sur la rive droite du même fleuve, avec ses prodigieuses réserves d'armes et de vivres, entassées derrière les murs de Dyrrachium. Il avait fallu environ trois mois pour en arriver à cette « position » comme disent les joueurs d'échecs : à présent les « choses sérieuses » vont pouvoir commencer. On était le 16 février de l'an 706 de Rome (48 av. J.-C.).

César était dans un état d'excitation extrême. On lui avait confirmé, vers cinq heures de l'après-midi, qu'Antoine avait débarqué à Nymphéum, et, dans la soirée, il avait réuni son état-major.

– Je ne veux pas sembler trop optimiste, dit-il à ses légats et à ses collaborateurs, mais je crois que Pompée est enfin à ma portée. L'arrivée d'Antoine a rétabli l'équilibre des forces : mon armée est maintenant presque aussi importante que la sienne. Tu peux me préciser les effectifs ? demande-t-il à son légat Domitius Calvinus.

– Si l'on tient compte des troupes auxiliaires, comme les archers, les frondeurs et les cavaleries indigènes, je pense que, lorsque les légions d'Antoine auront rejoint les nôtres, vous serez à peu près à égalité, en ce qui concerne les forces terrestres ; sur le plan naval, l'avantage de Pompée est total.

– Je ne suis pas un marin, je suis un fantassin et je vaincrai Pompée sur terre. Mais, avant toute chose, il me faut faire ma jonction avec Antoine, et, entre nous, il y a Dyrrachium, Pompée et le fleuve Apsos.

– Le fleuve n'est pas un problème, dit Domitius : en le remontant un peu, on peut le passer à gué.

– Bon, j'ai compris : nous traverserons l'Apsos et nous nous dirigerons vers Nymphéum. Mais Pompée ne va pas rester les bras croisés : il va tenter de bloquer Antoine... et ça m'arrange.

– Pourquoi donc ?

– Parce qu'il va être obligé de s'éloigner de Dyrrachium : après avoir fait ma liaison avec Antoine, j'encerclerai Pompée là où il sera, et il pourra dire adieu à ses provisions !

Les choses se déroulèrent comme l'avait prédit César ; Rufus, le secrétaire de César, en nota scrupuleusement les principales étapes en vue de comptes rendus futurs.

Notes de Rufus
sur les mouvements des armées de César et de Pompée
(entre le 20 février et le 4 mars 48)

20 février

Nous remontons le fleuve avec César et le passons à gué avec toutes les légions et les troupes auxiliaires, puis nous marchons vers le nord. Un cavalier est parti prévenir Antoine, à Nymphéum, en faisant un détour par les montagnes, pour ne pas être pris par les pompéiens.

21 février

Nous apprenons que Pompée a quitté son camp, devant Dyrrachium, et marche vers le nord lui aussi et que Marc Antoine s'est provisoirement installé à Lissus.

22 février

César nous donne l'ordre de tourner à gauche et de marcher vers la côte à travers champs.

23 février

Bravo ! César et Antoine ont fait leur liaison en dessous de Dyrrachium, qui est perdue pour Pompée.

24 février

Pompée est comme une mouche dans un verre. César aligne ses légions enfin rassemblées et propose le combat, mais Pompée se replie à l'intérieur des terres, sur les rives d'une petite rivière, le Genusus. César me dit que, s'il avait accepté le combat, il aurait eu une chance sur deux de gagner ; en choisissant la défensive, il ne peut que perdre.

25 février

Pompée établit son camp à Asparagium, sur le Genusus. Il a perdu tout contact avec Dyrrachium.

28 février

Le fils de Pompée coule tous nos vaisseaux, qui étaient au mouillage à Oricum. D'après César, cela signifie que Pompée veut rétablir les communications avec Dyrrachium par voie maritime, et qu'il tient à avoir les coudées franches.

4 mars

César avait raison. Pompée est remonté vers le nord : il a quitté Asparagium pour installer son camp sur une falaise de 330 pieds (110 mètres) de haut, qui plonge à pic sur une plage, la falaise de Pétra. Il est à une heure de Dyrrachium par la mer.

C'était précisément cette falaise que contemplait de loin César, qui avait suivi les évolutions de son adversaire et qui avait établi son propre camp sur une petite colline, entre Pétra et Dyrrachium :

– Cette falaise, isolée comme elle l'est au milieu de hautes collines abruptes, me fait penser à Alésia, tu ne crois pas, Rufus ?

– Si l'on veut. Tu as l'intention d'assiéger le camp des pompéiens ?

– Pourquoi pas ?

– Ils sont en contact permanent avec Dyrrachium par la mer, tu ne pourras pas les vaincre par la famine. Il va t'arriver la même chose que devant Gergovie.

– C'est précisément ce que je veux. Réfléchis bien. À Gergovie, la population était assiégée et menacée par la famine, mais l'armée de Vercingétorix que je combattais n'était pas dans la citadelle, elle était à l'extérieur, et elle a fini par me tomber dessus. Ici, c'est l'armée, qui est assiégée, et aucune disette ne la guette, puisque Pompée a conservé intactes les communications maritimes avec Dyrrachium. Une ville assiégée se rend parce qu'elle a faim ; une armée assiégée, qui n'est pas menacée par la famine, n'a pas de raison majeure de se rendre, mais, précisément parce qu'elle est en bonne santé physique, c'est l'inaction qui va lui peser : il y a un moment où elle tentera de forcer le blocus tout simplement parce qu'elle en aura assez ; et c'est ce moment que j'attends.

– Dans quel but ?

– Tu vas comprendre. Imagine que dans une semaine, dans un mois, dans deux mois, usé par l'inaction, Pompée force le blocus : où pourra-t-il aller, avec son armée, non pas pour s'enfuir, mais pour me vaincre ? Vers Dyrrachium ? Cela n'a pas d'intérêt. Vers la côte adriatique ? Cela n'a pas plus d'intérêt que Dyrrachium et, de plus, nous contrôlons maintenant à peu près toutes les villes et tous les ports. Vers la Macédoine ? Compte tenu de la nature du pays, il serait obligé, tôt ou tard, d'accepter une bataille rangée, et il sait que, dans cette spécialité, je suis le meilleur. Il n'a qu'une seule solution possible : traverser la Thessalie et se diriger vers l'Égée. C'est un pays de plaines, dans lesquelles les vivres abondent, et il contrôle toutes les côtes de la mer Égée, soit par ses navires, soit par ceux des roitelets orientaux qui sont ses amis.

– Conclusion ?

– Conclusion, je vais faire comme à Alésia. Mes légionnaires vont creuser des tranchées, monter des parapets, installer des redoutes, tout autour de la falaise, sauf, évidemment, du côté de la mer. Et j'attendrai. Quand il se décidera à forcer le blocus, je le suivrai, non pas en le poursuivant, comme j'avais fait en Gaule avec les Helvètes, mais par un chemin parallèle. Nous nous rencontrerons quelque part, dans les plaines de Thessalie, et là, ce sera pour moi un jeu d'enfant que de le vaincre.

– César, dit Rufus, ta démonstration est éblouissante. Espérons que la pratique confirmera la théorie.

La pratique commença par des travaux de fortifications colossaux. César cerna le piton crayeux de Pétra d'une double tranchée en demi-cercle d'environ 26 kilomètres de long, consolidée par des parapets, des remblais, des pièges et doublée par une ligne de fortins et de redoutes. Pendant cinq semaines, 30000 légionnaires se dépensèrent comme des forçats pour créer un réseau de contrevallations destiné, en fin de compte, à user non pas les résistances, mais la patience des assiégés, de sorte que leur chef soit amené à rompre le blocus qui lui était imposé et à prendre la route que César lui destinait et qui devait le conduire jusqu'au lieu qu'il avait choisi pour le vaincre définitivement.

Dès lors, Pompée fut pris dans l'engrenage infernal de la stratégie césarienne. Les ouvrages furent terminés dans la seconde quinzaine d'avril ; à mesure que se succédaient les jours, sa légendaire impassibilité dans la défensive s'émoussait, et il se laissait aller à écouter ses légats, qui parlaient de sorties en force et de batailles, qu'ils pensaient gagnées d'avance, puisqu'ils étaient 50 000 contre 30 000 césariens.

Le 16 mai, Pompée tenta une première sortie, qui se solda par un échec. Dix jours plus tard, il réussit à forcer le blocus et à décamper vers le sud par la belle voie *Egnatia* que les Romains avaient construite et qui reliait Dyrrachium à Thessalonique et à la mer Égée par Ochrida, Héraclée et Édesse.

César feint de ne pas le poursuivre et se lance, dès le 27 mai, avec ses légions, sur la route d'Apollonia, où il arrive le 29. Et, tandis que son adversaire franchit le fleuve Haliacmon, passe au pied du mont Olympe et souffle quelques jours à Larissa, César quitte Apollonia le 1er juin, remonte la vallée du fleuve Aous, et, le 13 juin, il fait à Éginium sa jonction avec Domitius Calvinus, qui s'y trouvait à point nommé, avec ses deux légions. Le 15, il se présente devant la ville de Gomphi, qui est la première ville de Thessalie quand on sort de l'Épire : ses habitants refusent de lui en ouvrir les portes, il doit l'emporter d'assaut, et, pour la punir, il en organise le pillage. Le 16, il est à Métropolis, qui se rend à la première sommation, et bénéficie d'un traitement généreux en guise de récompense. Le 18, César campe dans une vaste plaine, qui entoure la petite cité de Pharsale, et il y souffle à son tour, à quarante kilomètres à peine de son rival, qui dort à Larissa.

Pompée se rend à l'évidence : au point où il en est arrivé, il ne pourra qu'accepter la confrontation armée avec César. Son beau-père Scipion, qui était gouverneur de Syrie, l'a rejoint le 21 juin, avec deux légions bien aguerries : le généralissime a maintenant l'avantage absolu du nombre, sa technique guerrière est différente de celle de César, mais elle a fait ses preuves jadis en Espagne et naguère dans tout l'Orient. L'heure de la lutte finale a sonné : le 29 juin de l'an 706 de Rome, il va lui livrer la bataille de Pharsale.

CHAPITRE X

Pharsala, Pharsala, Pharsala, morne plaine...

(29 juin-16 août 48)

Pompée avait établi son camp à deux lieues de la ville de Pharsale, sur les hauteurs qui dominent la rive gauche du fleuve Énipée et, par déférence pour la dignité proconsulaire de son beau-père Scipion, il avait fait dresser la tente de ce dernier à côté de la sienne. Avec lui, il contemplait ses forces :

– Vois, Scipion, lui disait-il : j'ai 100 cohortes d'infanterie, César n'en a que 80 ; je dispose de 7 000 cavaliers, César n'en a que 1 000 ; j'occupe les collines, César est dans la plaine. Son armée sera mise en fuite avant même l'attaque générale.

Puis, se tournant vers les généraux et les officiers qui l'entouraient :

– Je sais bien que ce que je vous promets peut vous paraître incroyable, mais écoutez plutôt mon plan. César va marcher vers nous en longeant le fleuve : son aile gauche sera protégée par ses rives escarpées, mais son aile droite sera à découvert. J'ai donc donné ordre à la cavalerie de l'attaquer sur cette aile et de la cerner ; elle désorganisera l'armée ennemie, avant même que nous n'ayons tiré une seule flèche, un seul javelot. Il sera alors sans danger, pour mes 60 000 fantassins et mes 20 000 auxiliaires, de foncer à travers ses rangs épars et d'anéantir les forces adverses, car nous aurons l'avantage du nombre.

– Je t'approuve, dit Labiénus. L'armée qui est en face de nous n'a plus rien à voir avec celle dans laquelle j'ai moi-même combattu, celle qui a soumis les Gaules et défait les Germains. Ce ne sont plus les vainqueurs d'Arioviste et des Belges avec lesquels nous allons nous mesurer, mais des légionnaires engagés de bric et de broc, en Cisalpine ou ailleurs. De plus, mes informateurs m'ont rapporté que la plupart des soldats ennemis étaient malades depuis leur départ de Brindes : ils auraient été empoisonnés par quelque nourriture plus ou moins pourrie. Quand attaquons-nous, Pompée ?

– Demain, au matin. Préparez-vous, mes amis. Quant à moi, je vais dormir.

– Quel sera le mot d'ordre, généralissime ?

– Celui qui s'impose, puisque jamais je n'ai connu la défaite : *Hercules invictus* (Hercule l'invaincu).

La nuit qui suivit offrit à Pompée ses derniers instants de bonheur sur la terre des guerriers. Il rêva qu'il pénétrait dans l'enceinte du vaste théâtre en pierre qu'il avait fait bâtir à Rome en 55, lors de son second consulat ; la foule acclamait son nom et l'écho des applaudissements qui éclataient sur les gradins emplissait toute la Ville. Il se revit, honoré par Sylla lors du premier de ses trois triomphes, alors qu'il n'avait que vingt-quatre ans, à son retour d'Afrique, et son nom, crié par un peuple enthousiaste, montant jusqu'aux astres. Il revécut, le temps d'un songe, ses victoires sur Sertorius, son combat avec Spartacus et ses gladiateurs révoltés, et la manière dont il avait poursuivi Mithridate jusqu'aux montagnes de l'Arménie. Sa pensée, inquiète de l'avenir, se réfugiait dans le chaud souvenir des jours heureux de son passé.

Ensuite ce fut l'aube, livide, qui réveilla les soldats endormis, puis l'aurore, qui ensanglanta l'horizon. Déjà les cohortes de César, déployées, avançaient en rangs serrés vers la colline occupée par les pompéiens, dont les rangs commençaient à s'ébranler avec, à droite, s'appuyant sur l'Énipée, les légions d'Espagne et d'Orient, commandées par Lentulus et, sur l'aile gauche, les légions d'Italie, emmenées par Domitius Ahénobarbus ; au centre avançait Scipion, avec ses deux légions syriennes, encadrées par deux légions italiennes. Pompée marchait derrière son armée, impressionnante par son nombre, et surveillait sa cavalerie, qui caracolait à sa gauche et qui devait attaquer, selon son plan, le flanc droit de l'armée de César et le mettre en déroute.

À voir les 7 000 cavaliers de Pompée progresser ainsi, au lieu d'être tenus en réserve pour une charge future, César perce à jour, en un instant, les intentions tactiques de son adversaire et réagit sur-le-champ : il fait passer ses légions les plus fatiguées le long du fleuve, et place ses meilleurs soldats sur son aile droite, qui lui semblait menacée par la cavalerie pompéienne. Puis il range ses unités sur trois lignes, conformément à sa tactique traditionnelle, et lance son mot d'ordre, qui rappelle aux légionnaires superstitieux qu'il est le descendant de Vénus : *Venus victrix* (Vénus la victorieuse).

Comme des pugilistes qui s'observent, au début d'un combat, les deux armées avancent l'une vers l'autre. César offre le combat au centre, Pompée le refuse : il avait donné à ses troupes l'ordre d'attendre l'attaque de César sans quitter leurs positions et de laisser les premières lignes de l'ennemi se disloquer, afin de permettre à ses cavaliers de pénétrer dans les rangs adverses et d'y semer la confusion. César double alors ses premières lignes de cohortes qui ont pour consigne de briser l'irruption éventuelle des cavaliers pompéiens, et donne le signal de l'attaque.

Les premières lignes des césariens s'élancent, le javelot en avant. Les pompéiens ne bougent pas. Les césariens, au lieu de continuer leur progression, s'immobilisent, conformément aux ordres de César, afin de reprendre leur souffle et de ne pas être épuisés au moment de l'inévitable corps à corps. Puis, deux ou trois minutes après, ils foncent au pas de charge, lancent leurs javelots sur les cohortes ennemies, et dégainent rapidement.

Les pompéiens se montrent à la hauteur de la situation. Ils ne fléchissent pas sous la salve de projectiles qui s'abat sur eux, et, se protégeant de leurs boucliers, lancent à leur tour leurs javelots et tirent leurs glaives des fourreaux, tout cela sans rompre leurs rangs. En même temps, les 7 000 cavaliers de Pompée tentent d'encercler l'aile droite adverse et ses archers se déploient. C'est alors que les cohortes de soutien, que César avait placées en arrière des premières lignes, interviennent ; elles chargent si vigoureusement les cavaliers pompéiens que ceux-ci sont obligés de tourner bride et s'enfuient.

Dès lors, le plan de Pompée s'écroule : tout le poids du combat repose maintenant sur son infanterie ; qui est loin de valoir celle de César. Il fait demi-tour lui aussi, laissant ses fantassins se débrouiller comme ils le peuvent, dans un corps à corps incertain, et se porte à cheval, d'une traite, jusqu'à son camp, en haut de la colline ; il s'y retranche et en organise la défense.

Il est maintenant midi, il fait de plus en plus chaud dans la plaine de Pharsale inondée par le soleil brûlant de l'été. L'armée pompéienne est en pleine débandade : les soldats, dont la plupart ont jeté leurs armes et leurs enseignes, ne pensent plus qu'à se mettre à l'abri ou à s'enfuir et les soldats de César, auxquels leur victoire a donné des ailes, s'élancent le long des flancs de la colline à l'assaut du camp retranché. À leur approche, Pompée jette ses insignes de commandement, bondit sur le premier cheval venu et s'enfuit, avec une trentaine de cavaliers, vers Larissa. Il ne s'arrête même pas dans cette ville, et continue sa cavalcade éperdue jusqu'à la mer, pour échouer, dans la nuit, sur une plage à l'embouchure du Pénée, à quelque 80 km du lieu de sa défaite.

Ce 29 juin de l'année 48, en quelques heures, le Grand Pompée a perdu sa grande armée, ses illusions et son honneur militaire : il est devenu un vieux fuyard, sans ressort, tout heureux de pouvoir s'embarquer, le 30 juin au matin, sur un navire marchand qui va livrer du blé en Macédoine, à Amphipolis.

Le lendemain soir, à Larissa, où il venait d'arriver, César faisait ses comptes. Il avait perdu 200 soldats et une trentaine de centurions, mais les pertes des pompéiens étaient incomparablement plus lourdes : ses légionnaires avaient ramassé quelque 15 000 cadavres sur le morne champ de bataille, d'où s'exhalait l'odeur fétide de la mort, avec, parmi eux, celui du proconsul Domitius Ahénobarbus qui termina ainsi sa carrière les armes à la main, et il avait fait 25 000 prisonniers qui s'étaient prosternés devant lui et qu'il s'empressa, d'ailleurs, de remettre immédiatement en liberté.

À Pharsale, le destin du monde avait changé. La vieille République romaine des sénateurs et des chevaliers avait sombré. César demeurait seul maître de Rome.

Cependant, la victoire de César était loin d'être totale. Pompée lui avait échappé, mais, s'il n'avait plus d'armée, il était encore en mesure d'en lever une autre en Orient, et il disposait d'une puissante flotte de 300 vaisseaux à Corcyre. D'autre part, il pouvait encore compter sur de nombreux partisans, actifs, comme les 200 sénateurs qui avaient émigré à Salonique, ou passifs et silencieux, comme tant de patriciens et de chevaliers qui avaient quitté Rome, mais étaient restés en Italie et qui faisaient tout pour se laisser ignorer.

En d'autres termes, à Pharsale, le destin de Pompée avait tourné, comme tournera, dix-huit siècles plus tard, celui de Napoléon lors de la retraite de Russie ; toutefois la partie n'était pas encore jouée, et la guerre devait continuer. César se rendait bien compte qu'il lui fallait à tout prix empêcher son adversaire de reconstituer, à partir de ses amitiés orientales, un front de résistance qui lui permettrait d'envisager une reconquête du pouvoir : il devait donc s'emparer de Pompée dans les plus brefs délais, quel que fût le lieu où il se serait retiré après sa fuite.

Le lendemain de sa victoire, après avoir libéré les 25 000 prisonniers pompéiens et recommandé à ses propres soldats qu'il ne leur fût fait aucune violence, César, ayant appris que Pompée s'est enfui dans la direction de Larissa, s'élance au galop sur ses traces, avec sa cavalerie ; une de ses légions – la VIe – reçut l'ordre de le suivre à marches forcées. Il parvient à Larissa le 30 juin au soir, mais c'est déjà trop tard : son rival s'est envolé au petit matin, et il fait maintenant voile vers Amphipolis, hors de sa portée immédiate. Fourbu, épuisé par les énormes efforts physiques qu'il a faits depuis quelques jours, César se résigne et décide d'attendre, en se reposant, l'arrivée de la VIe légion pour reprendre la poursuite.

Pompée n'est pas seul, à bord de la trirème que commande le capitaine Péticius. Il est accompagné du roi des Galates, Déiotaros, de deux anciens consuls – Lentulus Spinther et Lentulus Crus – et d'une trentaine de compagnons. Arrivé à Amphipolis le 2 juillet au soir, il fait afficher un décret, signé de son nom, annonçant la mobilisation de toute la jeunesse de la province de Macédoine, aussi bien les Grecs que les citoyens romains, et il en repart le lendemain matin. Spinther s'en étonne :

– Pourquoi donc promulguer un tel décret, alors que tu n'as pas le temps de le faire appliquer ?

– Pour égarer nos poursuivants : en voyant cet avis, placardé sur les murs de la ville, César pensera que j'ai l'intention de rester en Macédoine, et il m'y cherchera, ce qui me donnera du temps pour m'en éloigner.

– Combien de temps restons-nous à Amphipolis ?

– Une journée ; nous appareillerons demain soir pour Mytilène, dans l'île de Lesbos, où j'ai mis à l'abri ma femme, Cornélie, et mon fils Sextius, et nous longerons la côte de l'Asie jusqu'au port d'Attalia (la moderne Antalya, sur la côte méridionale de la Turquie). Là, j'aviserai.

Pompée arrive à Mytilène le 6 juillet ; il y reste bloqué deux jours par une tempête, en repart le 9 avec sa famille et file le long de la côte turque. Il ne s'attarde pas en route, ne faisant escale que pour se ravitailler en eau et en vivres, et jette finalement l'ancre à Attalia, où il reste une bonne quinzaine de jours, hésitant sur le choix d'une terre d'asile. Il finit pas se décider pour l'Égypte, et il en explique les raisons à l'un de ses compagnons d'exil, l'historien Théophane :

– C'est moi qui ai permis jadis au roi d'Égypte, Ptolémée XIII Aulète, de recouvrer son trône, et quand il est mort, en 51, je suis devenu le tuteur de son fils, Ptolémée XIV, qui avait alors dix ans, et qui en a treize aujourd'hui. D'après le testament de l'Aulète, Ptolémée devait partager le pouvoir avec sa sœur aînée, Cléopâtre, qui a maintenant vingt ans et qui semble être une drôle de garce.

– Ils règnent tous les deux ?

– C'est beaucoup plus compliqué que cela. Après la mort de son père, Cléopâtre, qui avait environ dix-sept ans, a régné sans s'occuper de son frère. Celui-ci est, depuis sa naissance, entre les mains de trois intrigants : l'eunuque Pothin, qui porte le titre pompeux de « Nourricier de l'Enfant », son précepteur, le rhéteur Théodote de Chios, et son maître d'armes, le stratège Achillas.

– J'ai entendu parler de ces trois-là, dit Théophane ; il paraît qu'on dit d'eux qu'il s'agit de trois valets de chambre déguisés en ministres.

– C'est exactement cela : ils ne sont pas très malins, mais ils ont eu assez de jugeote pour s'apercevoir que, s'il laissait la Cléopâtre jouer à la reine, c'en était fait de leur pouvoir et de leurs profits. Alors ils s'arrangèrent pour l'obliger à quitter l'Égypte, l'année dernière. De sorte que Ptolémée est seul roi, et un roi qui ne peut être qu'attaché à ma cause, puisque son père m'a nommé son tuteur.

– Et Cléopâtre, où est-elle partie ? demande Théophane.

– En Syrie, ce n'est pas très loin de l'Égypte.

– Et qu'y a-t-elle fait ?

– Elle s'en est allée chez les Arabes du désert, dans le but d'y enrôler une armée.

– Une armée ? dit Théophane, étonné.

– Oui, lui répond Pompée, des bandes d'Arabes nomades, qui adorent la guerre.

– Mais comment s'y est-elle prise ?

– Elle n'est pas seule ; elle est partie avec quelques-uns des siens.

– Sans argent ?

– Il devait bien y avoir une cassette ou deux de pièces d'or dans ses bagages. Mais crois-moi, Théophane, elle a d'autres moyens.

– Lesquels ?

– Son corps et ses talents au lit.

– Non ? Une reine putain ?

– Presque cela.

– Elle est belle ?

– Je ne l'ai jamais vue. Je ne connais que son profil, sur les pièces de monnaie qu'elle a fait frapper : elle a un gros nez, des joues flasques, des cernes sous les yeux. C'est loin d'être une beauté.

– Et son frère ?

– Ptolémée XIV ? Ses trois régents ont transporté une armée sur un promontoire qui domine l'extrémité orientale du delta du Nil, près de la forteresse de Péluse.

– Je ne connais pas.

– C'est un bastion qui ferme la route militaire que nous avons construite en bordure de la côte et qui relie l'Égypte à la Syrie. Il y a là, en ce moment même, le petit roi, ses régents et ses troupes. Ils sont en train de combattre les mercenaires arabes de Cléopâtre.

– Donc, nous partons pour l'Égypte ? demande Théophane.

– Oui, lui dit Pompée, mais nous ferons auparavant escale à Chypre : je dois y recruter quelques soldats, et en particulier des archers.

La traversée se déroula sans incident. Pompée aborda dans l'île de Chypre le 11 août et, cinq jours plus tard, son navire était en vue de Péluse. Il jette l'ancre à deux ou trois milles du rivage et envoie, dans une chaloupe, deux messagers au petit roi et à ses conseillers : en souvenir des liens d'amitié et d'hospitalité qui l'avaient lié à son père, Ptolémée Aulète, le généralissime demandait à son « filleul » de lui donner asile dans Alexandrie et de lui accorder aide et protection.

Les ambassadeurs délivrent ce message aux conseillers du roi, qui délibèrent entre eux :

– Je ne vois pas de raison majeure de refuser du secours à Pompée, dit Pothin ; non seulement en souvenir d'Aulète, mais aussi parce que nous pourrions lui faire payer notre soutien : il pourrait nous donner un coup de main contre Cléopâtre.

– Moi, j'en vois une, dit Théodote de Chios, le rhéteur.

– Laquelle ? demande Achillas.

– Je me méfie de Pompée. Une grande partie de notre armée est constituée d'anciens soldats de Pompée, venus jadis avec Gabinius, qui les a donnés ensuite à l'Aulète, le père de notre roi. Il suffira au généralissime de faire un geste, et ils se rangeront immédiatement sous ses ordres. Qui nous dit qu'alors, profitant de l'occasion, Pompée n'aura pas la tentation de s'emparer d'Alexandrie, voire de l'Égypte tout entière ? Il a tout perdu, à Rome : il se bâtira un royaume dans le Delta. Et nous pourrons dire adieu à nos petits bénéfices.

– Que proposes-tu donc, demande Pothin, de refuser ?

– Un refus serait aussi dangereux qu'un acquiescement, dit Théodote : nous nous attirerions son inimitié.

– Que faire alors ?

– Puisque nous ne pouvons ni l'accueillir, ni lui refuser notre soutien, il ne nous reste qu'une solution.

– Laquelle ?

– Le tuer, tout simplement.

– Ça me plaît assez, dit Achillas, le stratège. Ces conquérants romains convoitent tous notre pays, cela en fera un de moins.

Tous applaudissent au crime, et l'enfant roi le premier, qui voit dans ce plan un honneur que lui font ses régents. Achillas est chargé de l'exécution : il ira chercher lui-même Pompée, à bord d'une petite barque de pêche, accompagné de deux centurions romains, appartenant aux troupes d'occupation que Gabinius a laissées en Égypte, Septimius et Salvius, auxquels est confié le rôle de tueurs.

Aussitôt dit, aussitôt fait. À force de rames, la barque d'Achillas s'approche de la trirème qui porte Pompée, le Grand Pompée, *Pompéius Magnus*, le plus grand nom romain de l'époque avec celui de César, ainsi que sa femme, son fils et quelques proches. Achillas aborde le bâtiment, et s'adresse à Pompée, qui se penche sur le bord du pont pour entendre ses paroles :

– Généralissime, lui dit-il, ici, à Péluse, l'entrée du port est dangereuse : il y a des écueils, des bancs de sable, des courants qu'il faut connaître.

Un grand vaisseau comme le tien risque de toucher les fonds. Pour t'éviter un tel désagrément, le roi, mon maître, m'a ordonné de venir te chercher avec cette petite barque, que pilote un marin émérite. Veux-tu me faire l'honneur d'y descendre ?

– J'accepte.

Une échelle de marine a été dressée. Pompée enjambe le rebord du pont et Cornélie, inquiète à la pensée de laisser partir son époux seul et sans défense, fait mine de s'élancer vers la barque, elle aussi, avec son fils ; mais Pompée s'interpose :

– Reste à bord, épouse téméraire, et toi aussi, mon fils. Attendez-moi ici, et vous pourrez juger de la loyauté du monarque qui m'invite au sort qu'il me réservera.

Et il passe dans la petite embarcation, avec un de ses affranchis, Philippos. Il s'assied à l'avant de la barque pour relire tranquillement le texte – en langue grecque – du discours qu'il se propose de prononcer devant le jeune roi dont il est le tuteur. Cornélie fixe des yeux l'esquif qui s'éloigne lentement vers le rivage.

Le voici maintenant sur la rive. Pompée se lève, maladroitement, en s'appuyant sur le bras de Philippos ; au même moment Septimius le frappe par-derrière de son épée. Pompée a compris : il est tombé dans un guet-apens. Il se couvre le visage avec les plis de sa toge, et se livre, serein, aux coups de son meurtrier, en murmurant :

– Une épée romaine ! Se soumettre ainsi à la volonté d'un enfant roi ! Quelle sera, dans les siècles à venir, la renommée de Septimius ?

Puis il ferme les yeux, pour ne pas laisser couler ses larmes, et il retient son souffle, de peur que ne s'échappent de sa bouche des plaintes qui terniraient à jamais son renom. Les assassins jettent leur victime sur le rivage, Septimius arrache la toge qui couvre sa face, saisit par les cheveux la tête encore palpitante du Grand Pompée et la tranche laborieusement. Puis la sinistre bande va présenter le hideux trophée à l'enfant roi, Ptolémée XIV, abandonnant sur le sable le cadavre décapité. Philippos, avec l'aide d'un ancien soldat de la guerre de Mithridate qui se trouvait là, l'incinérera le soir même, sur un bûcher de fortune, et inhumera ses cendres dans le sable de la plage.

On était le 16 août 48 : le lendemain, *Pompéius Magnus* devait fêter son cinquante-huitième anniversaire.

Chapitre XI

Les caresses de Cléopâtre

(19 août-début septembre 48)

Deux mois plus tôt, le 30 juin, à Larissa, au lendemain de sa victoire sur le Grand Pompée, qui venait de terminer misérablement son destin fabuleux sur la plage de Péluse, César s'était endormi du sommeil du vainqueur. Le 1er juillet, il bondissait sur son fameux cheval blanc et partait sur les traces de l'homme qu'il avait vaincu, suivi par les légionnaires de la VIe légion.

Il arriva à Amphipolis le 8 juillet, pour apprendre que Pompée y était passé cinq jours plus tôt et se trouvait maintenant à Mytilène, dans l'île de Lesbos. Mytilène ! Les souvenirs nostalgiques de ses premiers lauriers militaires, de ses premiers émois dans les bras de Nicomède, de ses premières aventures héroïques avec les pirates lui revenaient, les uns après les autres, avec une précision étonnante et, tout particulièrement, les sons, les saveurs et les odeurs : la voix joyeuse du capitaine Eudoxe, lui expliquant comment il se jouait des pirates, le goût indéfinissable des gâteaux au miel qu'il avait savourés à Rhodes, le parfum à la fois sucré et capiteux des bayadères de Cilicie et celui, plus rauque, des prostituées de l'Hellespont.

À Mytilène, César apprit que Pompée avait embarqué sur un vaisseau à cinq rangs de rameurs, et que, selon toute vraisemblance, il passait d'île en île ou de port en port, le long des côtes de l'Asie Mineure, voguant dans la direction de Chypre. Comme il n'avait pas de navires, César décida de marcher avec ses légionnaires dans la même direction, mais sur la terre ferme. Le 7 août, il traversait l'Hellespont (le détroit des Dardanelles) et passait, non sans une certaine émotion, dans la province romaine d'Asie, qu'avait jadis unifiée Pompée.

– Quand je songe, Rufus, dit-il à son secrétaire en chef, lorsqu'il parvint sur la rive asiatique du détroit, que mon pied se pose peut-être sur la même pierre qui a fait trébucher Achille dans sa course, ou Hector, ou Énée, mon illustre ancêtre !

– Il est vrai que nous ne sommes pas très loin de l'ancienne Troie, lui répond Rufus : crois-tu que ses murailles sont encore debout ?

– Selon l'avis de tous les grammairiens et des rhéteurs qui ont parcouru notre Asie, elle a disparu. Sans doute est-elle ensevelie, quelque part, en Troade. Les gens de ce pays montrent aux voyageurs le lieu où s'élevait jadis la courageuse Ilion. J'ai bien envie d'aller le visiter, il n'est pas très loin de notre route.

– Tu vas perdre du temps, César, et Pompée va s'enfuir.

– Il ne peut plus m'échapper. S'il se rend à Chypre, c'est pour y lever une petite armée avec laquelle il partira pour Alexandrie : le petit roi d'Égypte, qui n'a que treize ans, lui doit sa couronne, puisque c'est Pompée qui a rétabli son père sur son trône. Nous laisserons les légionnaires se reposer à Éphèse pendant que nous chevaucherons vers Troie ; dans deux jours, nous serons de retour et nous passerons dans l'île de Rhodes.

– Pourquoi donc ?

– J'ai toujours eu de bons rapports avec les habitants de cette île, bien que je n'y sois jamais retourné depuis ma jeunesse. J'y ai donné rendez-vous à la XXVIIe légion, que Fufius Calénus, mon légat, doit m'expédier de Corinthe et que j'emmènerai aussi avec moi en Égypte, car j'aurai certainement à y combattre Pompée.

Et voilà César parti vers le site de la légendaire cité homérique. Il n'y trouve que des buissons stériles, des troncs d'arbres pourris et cherche en vain les pierres mémorables. Mais son guide phrygien lui montre le rocher où, selon le poète, Hésione, la fille du roi des Troyens, fut enchaînée sur l'ordre divin de Poséidon pour être offerte à un monstre marin, avant d'être délivrée par Hercule ; il visite la forêt dans laquelle le mortel Anchise et l'immortelle Vénus cachèrent leurs amours, dont devait naître Énée, l'ancêtre mythique de la famille Julius, et s'assied sur une pierre, devant l'entrée de la grotte où siégea Pâris quand il donna la pomme d'or de la beauté à la déesse.

Au cours de sa promenade touristico-mythologique, César pose, sans y prendre garde, le pied sur un talus recouvert de gazon ; son guide le retient par le bras.

– Recule, César, ôte tes pieds de cette butte sacrée : tu foules les mânes d'Hector, dont les restes furent ensevelis sous ce tertre par son père Priam, après la chute de Troie.

César fait deux pas en arrière et dit, en souriant, à Rufus :

– Nous sommes bien peu de chose, sur cette terre, Rufus, heureusement qu'il y a les poètes : ils donnent aux héros leur immortalité.

Plus ému qu'il ne le paraissait, il érige avec quelques pierres un autel de fortune, y entasse une poignée de brindilles qu'il enflamme, en y répandant de l'encens.

– Dieux de ces cendres, dit-il, et toi, ombre d'Énée, mon aïeul, et vous tous, ombres troyennes héroïques qui hantez ces ruines, c'est un illustre descendant de la race d'Iule, fils d'Énée, qui vous offre cet encens. Accordez-moi de continuer à vaincre, et je relèverai les murs de l'antique Troie.

– Tu y crois, au pouvoir de ces offrandes ? lui demande Rufus.

– Non. Mais... on ne sait jamais.

Le 12 août, César est à Rhodes ; on lui confirme que Pompée voguait bien vers l'Égypte, et il appareille le jour même pour Alexandrie, embarquant les soldats de la VIe et de la XXVIIe légions, soit, en tout, 3 200 hommes, plus 800 cavaliers, sur de gros vaisseaux transporteurs de troupes, escortés par 35 galères. Impatient de rattraper le temps perdu en Troade, il file, toutes voiles dehors, vers les rivages égyptiens. Une semaine plus tard, dans la nuit, il aperçoit la lueur des flambeaux qui brillent au sommet d'une tour, dans l'île du Pharos et, peu avant l'aube, il jette l'ancre devant le grand port d'Alexandrie.

Une embarcation légère, venue du rivage, s'approche du vaisseau de César. Elle a à son bord le rhéteur Théodote, le conseiller pernicieux de l'enfant roi Ptolémée ; il porte dans ses bras un paquet volumineux. Lorsque la barque est arrivée jusqu'à toucher les bords du vaisseau, les marins jettent une échelle et Théodote monte à bord, dignement. Il va jusqu'à César, et, sans un mot, retire le voile qui recouvre le paquet et lui présente la tête sans vie de Pompée.

– Vainqueur de la terre, ô toi le plus grand des Romains, le roi d'Alexandrie a terminé à ta place la guerre civile : Pompée est tombé sous notre épée. Que son sang garantisse notre alliance. Nous t'offrons Pharos et Alexandrie, nous t'offrons les flots du Nil, accorde en échange au roi Ptolémée ta protection et ton amitié.

César, effaré, contemple la tête sans vie du Grand Pompée. Et lui, qui a toujours conservé le regard sec, même dans les pires massacres, se met à pleurer :

– Le crime ordonné par ton roi, dit-il à Théodote, est encore plus grand envers César qu'envers Pompée. Ptolémée n'a d'autre excuse que son âge, pour un tel crime. Et vous, ses conseillers, sachez que ce meurtre ne vous attirera aucune récompense. Je vous ordonne de préparer une sépulture pour la tête d'un homme qui, s'il fut mon ennemi, n'en fut pas moins le plus illustre des Romains, faites brûler l'encens, et recueillez ses cendres dans une urne.

Ceux qui assistaient à ces pleurs et à ces menaces restaient muets de stupeur. César était-il sincère ? Pleurait-il vraiment un ennemi valeureux ? Décurtius, le médecin de César, devait tirer plus tard la conclusion qui s'imposait :

– Vois-tu, Rufus, les actions humaines ne sont jamais simples. Nous voulons et nous ne voulons pas en même temps. César est ravi que Théodote ait fait tuer Pompée : il lui a permis, ainsi, de ne pas avoir à le faire lui-même. Mais il est triste parce que Pompée était, avec Cicéron, le dernier témoin éclairé de ses grandes actions. Ce que César pleure, ce n'est pas Pompée, c'est le temps qui passe : de tous les grands Romains du siècle, il est le seul survivant ; le prochain mort, ce sera lui. Et c'est sur lui qu'il verse ainsi des larmes.

– Je veux bien croire à tes explications, Décurtius, lui répond Rufus, mais je connais bien mon César. Ce sont des larmes de crocodile : dans une heure ou deux, elles auront séché.

De fait, une fois Théodote reparti, penaud et furieux à la fois, César passe à l'action. Il ordonne à sa flotte de franchir la Passe du Taureau, et de pénétrer dans le grand port d'Alexandrie, la nouvelle Athènes, la capitale culturelle du monde antique, dont le fameux *Musée* avait abrité, depuis deux siècles, les plus grands savants du monde grec : le médecin Hérophile, le mathématicien Euclide, les astronomes Hipparque et Sosigène, le géographe Ératosthène et tant d'autres.

– Je descendrai à terre porteur de mes ornements consulaires, dit-il à Rufus, et précédé de mes douze licteurs réglementaires.

– Est-ce bien légal ? demande Rufus ; un consul n'a droit aux licteurs que sur une terre romaine.

– Elle le deviendra bientôt, dit César, il y a longtemps que j'y songe.

– Depuis quand ?

C'est Décurtius qui répond pour César :

– Il y a dix-sept ans, lorsque César était édile, il rêvait déjà de transformer l'Égypte en province romaine, avec lui comme gouverneur.

– Sous quel prétexte ? demande Rufus.

– Demande à César, dit Décurtius.

– C'est loin d'être un secret d'État, dit César. Le père de Ptolémée XIV était un usurpateur, qui s'était emparé de la couronne de son prédécesseur, Ptolémée XII ; celui-ci n'avait régné que dix-neuf jours, avant d'être assassiné.

– Par qui ?

– On ne sait pas ; peut-être par Sylla, qui s'occupait de l'Égypte à ce moment-là. D'après Cicéron, avant de mourir, Ptolémée XII aurait fait un testament par lequel il léguait l'Égypte à Rome. Mais il avait un bâtard – qui, d'ailleurs, régnait à sa place – qui a fait disparaître le testament et qui s'est fait couronner roi d'Égypte...

– ... et ce bâtard était Ptolémée XIII Aulète, le père de Ptolémée XIV, dit Rufus, je m'en souviens maintenant : tu me l'as déjà expliqué, César. À l'époque, tu voulais que le Sénat oblige l'Aulète à respecter le testament de son père, de sorte que l'Égypte revienne à Rome.

– Mais pourquoi le Sénat n'a-t-il pas suivi ? demande Décurtius.

– Parce que l'affaire ne pouvait se régler que par les armes, et les sénateurs étaient hostiles à toute guerre de conquête, répond César. Maintenant, il n'y a plus de Sénat, et c'est moi qui commande. Je vais annexer l'Égypte, pour le plus grand bien de Rome.

– Les Gaules ne te suffisent donc pas ?

– Je pense à Rome, et non pas à moi. Et je ne manque pas d'arguments, ne serait-ce que l'assassinat, par traîtise, de Pompée, qui venait demander asile à son pupille, Ptolémée XIV...

– Avoue que cela t'a bien arrangé, dit Décurtius.

– Je n'ai pas besoin d'un gamin de treize ans pour faire ma justice ; il s'est mêlé de ce qui ne le regardait pas.

– Ce n'est pas le gamin, ce sont ses conseillers.

– Ça les regarde encore moins. Et puis j'ai des arguments juridiques : ce gosse est le fils d'Aulète, l'usurpateur, il n'a aucun droit à la couronne d'Égypte, et, même s'il y avait droit, il devrait la partager avec sa sœur aînée, au lieu de la combattre comme il le fait en ce moment.

– Première nouvelle, dit Rufus.

– Je me tiens au courant de tout, tu le sais bien, réplique César. Pothin, l'eunuque, Théodote, l'assassin de Pompée, et Achillas, le général en chef, ont chassé cette sœur aînée, qui se nomme Cléopâtre ; mais elle ne s'est pas laissé faire : elle est partie en Syrie, a levé une armée de mercenaires chez les Arabes et elle est revenue réclamer son dû. En ce moment, elle se bat un peu plus loin à l'est du Détroit, vers Péluse, contre l'armée d'Achillas. Elle a du cran, cette fille : en voilà une qui sait ce qu'elle veut.

– C'est un véritable panier de crabes, cette Égypte, conclut Décurtius.

– Je ne te le fais pas dire, répond César. Et je t'assassine, et je te trompe, et je prends ta place dès que tu es parti, et je te poignarde dans le dos. Il y a longtemps que ça dure. Le premier Ptolémée était le fils d'un lieutenant d'Alexandre, qui s'appelait Lagos : il a pris le pouvoir en assassinant l'administrateur qui gérait l'Égypte.

– Mais le peuple ? Il ne s'est jamais révolté ?

– Les paysans de la vallée du Nil ont été habitués à obéir sans murmurer à leurs pharaons pendant des siècles. Maintenant, il n'y a plus de pharaons depuis belle lurette, cependant, avec les nouveaux maîtres, plus barbares que Grecs, c'est la même chose.

– Mais les Alexandrins n'ont rien à voir avec ces paysans du Nil, qui ont d'ailleurs disparu, dit Décurtius.

– Les Alexandrins, ce sont des commerçants, des combinards ou des pirates. Ils n'ont ni foi, ni loi, ni honneur. Qui paye gagne, voilà leur règle du jeu. Malheureusement pour eux, ils ne voient pas plus loin que le bout de leur bourse.

– Bon, admettons. Et maintenant, quel est le programme, César ?

– Celui que j'avais proposé au Sénat il y a dix-sept ans : ou bien, conformément au testament du roi Ptolémée XII, je prends possession de l'Égypte au nom de Rome, et j'en fais une province romaine, ou bien je déniche quelque part un souverain viable, je le fais roi et l'Égypte devient un protectorat romain. Rufus, tâche de te renseigner sur cette Cléopâtre : elle me plaît, cette bonne femme qui reprend ce qu'elle considère comme son royaume les armes à la main.

– Dès qu'il y a une femme, César, tu prends la mouche, dit Décurtius.

– Celle-là, je te la laisse, dit César. J'aime les femmes, je déteste celles qui se prennent pour des hommes. Allez, Rufus, appelle mes licteurs, je vais descendre à terre.

– Où vas-tu t'installer ?

– Au palais, évidemment, il est au fond du port.

– Mais... Ptolémée et ses régents ?

– Ils n'y sont pas ; ils sont à Péluse, pour barrer la route à Cléopâtre.

Quelques heures plus tard, la flotte romaine pénétrait dans le port et César, licteurs en tête, foulait de ses pieds le splendide quai de marbre du Grand Port d'Alexandrie. Au moment où il débarque, la petite garnison royale qui gardait le port s'émeut, appelle les

Alexandrins à manifester, et la foule se rue au-devant de César et de ses licteurs. Un magistrat vient expliquer doctement au consul que la présence des licteurs est une atteinte à la majesté du roi et à l'indépendance nationale de l'Égypte, mais César n'en a cure et, une heure plus tard, il occupe les appartements de Ptolémée XIV, dans le palais des rois. Comme il l'avait prévu, il était vide, ou plutôt presque vide : il était occupé par deux enfants d'une dizaine d'années, un petit Ptolémée, frère cadet du roi, et sa sœur, Arsinoé.

Pendant quelques jours, la ville est en émoi et la situation se tend peu à peu. Les Alexandrins s'émeuvent de l'occupation du palais royal par César et son état-major, et la population d'Alexandrie s'insurge contre les soldats romains, installés dans les maisons entourant le palais et qui se comportent comme en pays conquis : chaque matin on découvre quelques légionnaires assassinés, gisant dans les caniveaux de la ville où les manifestations se succèdent. Des bruits alarmants courent sur le sort des enfants royaux, consignés au palais avec leur domesticité.

Par précaution, César écrit à son légat Domitius Calvinus, qu'il a chargé, après Pharsale, d'administrer les provinces d'Asie, de lui envoyer des légions supplémentaires le plus rapidement possible. Puis il appelle Rufus auprès de lui :

– J'ai reçu ce matin une missive en langue grecque, assez bien tournée, je l'avoue, en provenance de Péluse, lui dit-il ; c'est Cléopâtre, la sœur aînée du roi, qui me l'envoie : elle prétend être victime des menées de Pothin, qui l'a chassée d'Alexandrie, et elle me demande la permission de venir plaider elle-même sa cause devant moi. J'ai donc décidé de crever l'abcès. Sais-tu écrire le grec ?

– J'ai fait mes études avec les rhéteurs grecs, César, mais je ne suis pas certain de mon orthographe.

– Peu importe, je corrigerai. Rédige une convocation en bonne et due forme et adresse-la au petit roi, à Péluse ; fais-lui savoir que je désire le voir au plus tôt au palais, afin de trancher le différend qui existe entre lui et sa sœur, car, en vertu des traités jadis passés par Gabinius au nom de Pompée, cette querelle relève de l'autorité de Rome, donc de la mienne. Envoie la même lettre à Cléopâtre, qui doit être à Péluse avec son armée d'Arabes, d'après ce qu'on m'a dit, mais discrètement. Quel jour sommes-nous ?

– Le 24 août, César.

– Précise au frère et à la sœur que je leur accorde une semaine pour se rendre à ma convocation. En attendant, je vais me promener en ville, visiter les temples et les monuments, m'incliner devant le tombeau d'Alexandre, écouter quelques conférences au Musée. Je vais aussi me préoccuper de donner à la tête de Pompée une sépulture décente.

– C'est dangereux.

– Non. Les Alexandrins me respectent. Je laisserai mes licteurs au palais et je me ferai précéder et suivre par des soldats en civil : je ne risque rien.

Huit jours plus tard, au tout début du mois de septembre, on annonce à César l'arrivée du jeune Ptolémée XIV, qui, accompagné de son premier ministre, l'eunuque Pothin, répond à sa convocation. L'entrevue a lieu au palais, dans la chambre même de l'enfant roi, qu'occupe maintenant César. Celui-ci accueille le jeune Ptolémée avec courtoisie, et, sans perdre de temps, à son habitude, expose sèchement ses décisions à Pothin, en présence de l'enfant roi, qui a reçu de son régent le conseil de ne pas ouvrir la bouche :

– En vertu des accords passés lors de la restitution de la couronne d'Égypte au roi Ptolémée XII Aulète, déclare-t-il, les affaires du royaume d'Égypte relèvent de la compétence de l'État romain, dont je suis le représentant légal. À ce titre, et pour vous montrer ma générosité, sachez d'abord que je n'exigerai pas de vous le versement de la contribution de guerre que j'ai imposée à tous les États qui ont apporté leur soutien, financier ou en hommes, à Pompée.

Pothin s'apprêtait à exprimer ses remerciements, mais César l'arrêta aussi net :

– Ce n'est pas à toi que je parle, Égyptien, c'est à ton roi.

Puis il reprend :

– En revanche, je te rappelle, roi, que ton père est mort, hélas, sans avoir acquitté la totalité de la dette qu'il avait contractée auprès de moi il y a un peu plus de dix ans, lors de mon premier consulat...

– Quelle dette ? ose demander Pothin.

– Tais-toi, Égyptien, je parle à ton souverain. Cette dette avait trait aux services que je lui ai rendus à cette époque, puisque ce fut sur mes instances que le roi Ptolémée XIII fut honoré par le Sénat du titre d'« ami et d'allié du peuple romain ». Le reliquat s'élevait à 17 500 000 sesterces (environ 9 millions de nos francs). Lors de la mort de ton père, roi, j'ai ramené cette dette à 10 millions de sesterces, pour fêter ton avènement : le moment est venu à l'État égyptien de rembourser Rome.

– Mais..., tente de dire Pothin.

– Tais-toi, Égyptien, c'est à ton roi que je parle. J'en viens à cette querelle de succession, dont je suis seul juge. Voici mes ordres : j'exige la cessation immédiate des hostilités à Péluse, entre toi, Ptolémée XIV et ta sœur Cléopâtre, ainsi que le licenciement sans tarder de ton armée et de celle de ta sœur. Lorsque celle-ci pourra se présenter devant moi, je vous confronterai tous deux, et je vous imposerai d'obéir aux dernières volontés de votre père, que je vous lirai. En attendant, Pothin, occupe-toi de me verser dès demain les 10 millions de sesterces dus. Parle, Égyptien.

– Je ne peux que conseiller à mon roi de ne pas cesser unilatéralement les hostilités, donc de ne pas non plus licencier son armée ; quant aux 10 millions de sesterces, les caisses sont vides, César : va donc terminer les affaires importantes que tu dois régler à Rome et, à ton retour, tu seras payé.

– Je n'ai que faire des conseils d'un Égyptien. Tu payes et le roi m'obéit. Un point c'est tout.

– Mais les caisses sont vides.

– Qu'importe, je saisis toute la vaisselle d'or du palais à titre d'acompte. Je te salue, roi : je te reverrai avec ta sœur quand elle viendra au palais.

Puis, se tournant vers Pothin :

– J'ai fait préparer un appartement pour ton roi et pour toi, dans une aile du palais, et j'ai donné ordre aux domestiques de vous traiter, lui, comme un roi, et toi, comme un ministre.

– Mais, César, la chambre du roi, c'est celle que tu occupes. Tu ne la lui rends pas ?

– *Ubi Caesar, ubi rex.*

– Je ne comprends pas le latin, César, je suis Grec.

– Cela signifie : « Là où se trouve César, là est le roi. » Bonne nuit.

La jeune reine avait d'autres talents que celui de bien tourner la langue grecque, plus pragmatiques aussi. C'était une comédienne accomplie, qui possédait l'art inné de séduire non pas tellement par sa beauté, qui était très ordinaire, mais par l'acuité de son esprit et par une certaine manière qu'elle avait de savoir se faire plaindre. Elle savait se servir de sa voix enjôleuse et de sa jeunesse pour subjuguer les cœurs les plus blasés ou les corps les plus refroidis par l'âge, et elle considérait sa beauté – ou ce qu'elle croyait être sa beauté – comme son arme la plus efficace.

Cléopâtre avait compris que César était devenu l'arbitre tout-puissant de la situation en Égypte, et que, si elle voulait en récupérer la couronne, il lui fallait d'abord le rencontrer et le séduire : d'où la missive qu'elle lui avait envoyée de Péluse. Quand elle reçut la convocation du consul, lui demandant de se rendre au palais avec son frère, elle s'en ouvrit à Marricia, une femme qui avait été tout à la fois sa nourrice, sa gouvernante, son institutrice et qui était devenue maintenant sa confidente :

– Je n'irai pas à Alexandrie en même temps que mon frère.

– Pourquoi donc ? demande Marricia.

– Parce que ce petit crétin sera accompagné de ce salaud de Pothin, qui en profitera pour me faire assassiner, comme il a fait avec Pompée.

– Je croyais que c'était Théodote, qui en avait forgé l'idée.

– Ils l'ont eue ensemble : ils sont aussi fourbes l'un que l'autre. De toute façon, je veux voir César en tête à tête. Cet homme me fascine et je me suis renseigné sur ses goûts, ses habitudes.

– Et qu'en as-tu conclu ?

– Qu'avec sa réputation d'homme à femmes, je le mettrai sans difficulté dans mon lit d'abord et dans mon camp après.

– César n'est pas un homme à femmes, Cléopâtre, lui répond Marricia, c'est un homme qui aime le plaisir. Il a peut-être eu plus de cent maîtresses, mais aucune ne l'a vraiment séduit, sinon Servilia, la sœur de Caton.

– Mais je suis belle.

– Ne te fais pas d'illusions sur ta beauté, Cléopâtre... Le monde est plein de jolies femmes.

– Mais je suis jeune.

– Il est vrai qu'une fille de vingt ans a toujours du prestige pour un homme de cinquante-quatre ans comme César, mais, en matière de politique, César est intraitable : il fait passer la politique avant l'amour.

– Alors, je n'ai aucune chance ?

– Ne crois pas cela. Ta chance, c'est la bêtise et l'égoïsme de Pothin et d'Achillas, les régents de ton frère. Ils ont tué Pompée en le faisant tomber dans un guet-apens : César n'a pas aimé cela. Il n'aime pas les traîtres. Ta chance... c'est de n'avoir encore rien fait... et aussi... Bah ! il est inutile que j'en parle, ce n'est qu'une supposition, une hypothèse, comme disent les mathématiciens du Musée.

– Dis quand même.

– Je me suis laissé dire que César n'avait plus beaucoup d'aventures féminines, depuis deux ou trois ans. Une maquerelle de Marseille, qui s'est installée à Alexandrie, a même prétendu qu'il était devenu impuissant avec les femmes, et qu'il le regrettait.

– On le regretterait à moins. Et alors ?

– Si tu parvenais à le faire... comment dirais-je...

– Bander ?

– Que tu es grossière, Cléopâtre... Si tu parvenais à le faire redevenir un homme, tu pourrais peut-être en espérer quelque reconnaissance, à la condition que cela ne contredise pas ses plans politiques.

– Compte sur moi, Marricia, je l'aurai, ton César. Et on en parlera encore dans deux mille ans.

Le lendemain de cette entrevue, à Péluse, la sœur aînée du roi, Cléopâtre, se fait coiffer par ses servantes. Elle est petite, et, malgré ses vingt ans, déjà bien en chair, comme le sont les femmes d'Égypte. Elle a le front bas et bombé, les joues rondes, le menton lourd, le nez busqué et plutôt large, et la lèvre inférieure épaisse. Ses yeux noirs, très mobiles, pétillent tout à la fois de malice, d'intelligence et de sensualité. Elle s'est maquillée et parfumée longuement, avec raffinement. La voici prête pour la séduction et pour l'amour.

D'une voix aiguë et chaude à la fois, elle dit à sa coiffeuse :

– Appelle-moi Apollodore. Vite.

– Qu'est-ce que tu lui veux, maîtresse ?

– J'ai besoin de faire un tour en barque.

– À cette heure ? Il est bientôt minuit. Et puis, tu attends quelqu'un.

– Qu'est-ce qui te fait dire ça ?

– Tu es habillée, parfumée et coiffée comme si tu devais recevoir un amant.

– Ce soir, je ne reçois pas, je vais rendre visite à quelqu'un.

– À qui, maîtresse ?

– Tu es trop curieuse. Appelle-moi Apollodore.

Apollodore était un pêcheur sicilien qui possédait une demi-douzaine de barques légères et quelques esclaves ; il vivait à Péluse, où il était né, et vendait d'ordinaire les produits de sa pêche sur les marchés d'Alexandrie. Il avait pris fait et cause pour la jeune reine et il pourvoyait, pour alors, au ravitaillement de sa petite armée. Il se présente devant Cléopâtre vêtu seulement d'un pagne de lin, dont la blancheur faisait ressortir le bronzage de sa peau, sous laquelle on devinait des muscles puissants.

– Apollodore, lui dit la jeune reine, j'ai besoin que tu me conduises cette nuit au palais, dans le plus grand secret, avec ta barque.

– C'est dangereux, reine, les quais d'Alexandrie sont gardés, jour et nuit, par les soldats d'Achillas et par les légionnaires romains ; dès que tu auras mis le pied sur les quais, ils vont s'emparer de toi et Pothin, qui est en ville, te fera égorger.

– Je me cacherai. Emporte quelques vieux sacs de blé vides et quelques chiffons : quand nous arriverons à l'entrée du port, tu m'enrouleras dans ces hardes, que tu attacheras avec une grosse courroie, et tu me porteras sur tes épaules, comme un paquet, jusqu'à la chambre de César.

– Mais il dort, à cette heure-ci.

– Non, il reste éveillé une grande partie de la nuit, à travailler ; c'est une de mes servantes, dont l'amant est domestique au palais, qui me l'a dit.

– Si je suis pris, je risque gros.

– Qui veux-tu qui t'arrête ? Dans le port, même en pleine nuit, il n'y a que des pêcheurs et des portefaix, personne ne te demandera ce que tu transportes, et, au palais, il n'y a que des Romains qui ne font rien sans l'ordre de César... Et, César, je m'en charge ! Partons immédiatement : je te récompenserai plus tard, ajoute-t-elle en lui lançant un sourire plein de sous-entendus.

Deux heures plus tard, dans la nuit chaude et sans lune, la barque d'Apollodore se glisse silencieusement dans le port d'Alexandrie, longe ses murailles et s'arrête au pied du palais royal, dont les murs sont battus par le remous des eaux. Apollodore amarre solidement son embarcation, charge sur sa nuque puissante le gros baluchon dans lequel est enroulée sa reine, et pénètre dans le palais. Aux gardes qui l'interpellent, il déclare qu'il apporte à César des tapis arabes que le consul lui a commandés.

Un quart d'heure plus tard, encadré par deux légionnaires armés de pied en cap, il dépose son précieux paquet au bord du lit de César et se retire, après avoir dénoué la courroie qui le maintenait plié. César s'est assis sur son lit, nu comme un ver ; il a la main posée sur un glaive effilé, avec lequel il a pris l'habitude de dormir. D'un geste, il congédie les deux légionnaires et observe, intrigué, ce tas de chiffons et de sacs vides qui ondule à ses pieds. Tout à coup, il n'en croit pas ses yeux : le rouleau se déplie et il en sort une jeune femme, parée et parfumée comme pour une noce, aux longs cheveux noirs, qui s'avance vers lui d'une démarche ondulante et provocante.

– Je suis Cléopâtre, reine d'Égypte, lui murmure-t-elle en s'approchant de son lit, et je viens te rendre hommage, César.

Elle tombe à ses pieds, qu'elle baise de sa bouche chaude. Puis elle relève la tête, fixe le consul dans les yeux, en souriant ; ses mains potelées lui caressent les mollets, remontent le long de ses cuisses nerveuses, qu'elle écarte doucement, effleurent les poils de son bas-ventre et s'emparent délicatement de son sexe au repos. César ne bouge toujours pas. Il fixe ce visage féminin qui s'avance entre ses cuisses, ce nez dont les ailes palpitent, ces lèvres qui s'entrouvrent et qui, brusquement, l'engloutissent, encore flaccide.

Il se renverse en arrière, et reste ainsi sur le dos, les jambes pendantes. De Cléopâtre, il ne voit plus que la noire chevelure qui s'agite ; il sent la chaleur de sa bouche, perçoit l'agilité de sa langue et la douceur des deux mains qui se sont emparées de lui. Il ferme les yeux. Lui, qui avait tenu entre ses bras tant de femmes, et qui ne vibrait plus, depuis longtemps déjà, qu'entre les cuisses vigoureuses de quelque barbare quand, par hasard, l'occasion s'en présentait, était en train de redevenir un homme. Était-ce la jeunesse ou l'habileté de sa partenaire ? La surprise ? L'incongruité de la situation ? Pour la première fois depuis bien longtemps, il sentait son sexe se raidir et naître en lui le désir de posséder vraiment une femme.

Celle-ci venait de parvenir à ses fins. Elle avait écarté son visage du corps dont elle avait bu le plaisir, et elle le contemplait, comme le chasseur caresse du regard le gibier qu'il vient d'abattre. Tout à coup, César se redresse, quitte son lit, relève Cléopâtre encore à ses genoux, la projette sur sa couche et se précipite sur elle, avec une vigueur curieusement retrouvée, la pénètre et la fait, à son tour, hurler de plaisir. Ce ne fut pas le nez de Cléopâtre, qui changea la face du monde. Ce fut le contact heureux de deux muqueuses qui redonna à un quinquagénaire blasé l'ardeur passagère de ses vingt ans.

Chapitre XII

La guerre d'Alexandrie

(début septembre 48-février 47)

Les deux amants s'éveillèrent, enlacés, dans la vaste couche aux draps défaits, au son des trompettes des mariniers et des braiments des ânes. César contempla un instant le corps dénudé de Cléopâtre, qui dormait, à plat ventre, dans une position impudique et innocente à la fois, comme dorment les jeunes prostituées une fois leur tâche accomplie.

César, lui, avait faim et sa bouche était sèche. Il saisit un sistre, posé sur une table, à proximité de son lit, et l'agite énergiquement, comme nous le ferions d'une clochette. Le tintement du sistre fait sursauter les sentinelles, qui veillent sur les portes de la chambre royale, et, quelques minutes plus tard, une armée de serviteurs, vêtus seulement d'un pagne de lin, pénètre dans la pièce, où Cléopâtre vient de s'éveiller à son tour, en ronchonnant. Ils apportent, sur des plateaux et sur des petites tables, le *jentaculum* (petit déjeuner) à la mode égyptienne. Alors que les Romains, y compris les plus riches, se contentaient d'une galette, d'un morceau de fromage et d'un verre d'eau salée, les Alexandrins traitaient le *jentaculum* comme un véritable repas, fait de légumes crus et de fruits frais. Radis, poivrons, petits oignons, piments verts et rouges, raisins, figues et dattes s'entassaient dans des coupes d'or et d'albâtre, et l'eau était bien fraîche dans les cruches de terre cuite.

La collation des deux amants dura une bonne heure. Puis César agita de nouveau son sistre :

– Qu'on aille me chercher le roi Ptolémée, ordonne-t-il.

Arrive le jeune roi. En apercevant sa sœur, à moitié dévêtue, étendue amoureusement au côté de César, il entre dans une colère folle, se précipite aux fenêtres du palais, crie au peuple qui l'acclame qu'il a été trahi, arrache le diadème royal de son front et le jette sur le sol avec tant de violence que les pierres précieuses qui le garnissent giclent de toutes parts.

Dehors, un rassemblement se forme. De tous les quartiers de la ville, les Alexandrins affluent et se groupent sur l'esplanade qui s'étend devant le palais :

– Allons délivrer notre roi des Romains, crient-ils.

Dans la chambre, où le jeune Ptolémée se débat comme un beau diable entre les bras des légionnaires qui cherchent à le maintenir, le trouble est à son comble tandis que, dehors, retentissent les hurlements de la foule et, lorsque les soldats romains entraînent le petit monarque, de force, à l'intérieur du palais, peu s'en faut que le tumulte ne tourne à l'émeute.

Alors César surgit. Seul, sans légionnaires pour le protéger. Il avise un petit mur, qui prolonge l'une des terrasses du palais, et s'y avance, hors d'atteinte des manifestants ; puis, en bon général qui en a vu d'autres, il les harangue. Ses premières paroles se perdent dans le vacarme ambiant, mais petit à petit le silence se fait : on écoute le consul.

– Peuple d'Alexandrie, je ne suis pas venu pour vous opprimer, je suis venu simplement rechercher la dépouille de Pompée, afin de lui élever une sépulture décente. Quant à votre roi et à sa sœur la reine, c'est vous qui déciderez de leur sort, et je me contenterai de veiller à ce que vous soyez obéi. Je vous donne rendez-vous ici même, demain, deux heures après midi ; nous tiendrons une assemblée publique et vous me dicterez vos ordres : il sera fait comme vous le commanderez.

L'agitation s'apaise et la foule se disperse. César se retire dans le palais royal et se fait conduire par un fonctionnaire jusqu'à la salle des archives de l'État, où, à sa grande surprise, il est reçu non pas par un Grec, mais par un Syrien. Celui-ci se présente à lui comme le fondé de pouvoir d'un banquier de Tyr et lui explique par le menu la complexité du problème :

– L'histoire des monarques grecs d'Égypte est une histoire troublée. Le fondateur de la dynastie était un garde du corps d'Alexandre le Grand ; à la mort du conquérant, en l'an 430 de Rome (323 av. J.-C.), il se fit nommer satrape d'Égypte, et, depuis sa mort, en 471 de Rome (283 av. J.-C.), l'histoire de la dynastie n'a été qu'une série ininterrompue de complots et d'assassinats. Depuis la venue de Sylla en Asie, il y a un peu plus de trente ans, la coutume s'est instaurée des testaments dynastiques, dûment signés et scellés, conservés sous séquestre, par prudence, chez un banquier phénicien de Tyr, dont je suis le représentant officiel à Alexandrie.

– Au fait, au fait, dit César avec impatience. J'ai besoin de deux testaments, celui de Ptolémée XII, le grand-père du roi, et celui de Ptolémée XIII, son père. Si je comprends bien, les testaments originaux sont en Syrie : mais il doit bien y en avoir une copie conforme au palais.

– Certes, dit le Syrien.

– Donne-les-moi.

– Je suis un fonctionnaire assermenté, et je n'ai pas le droit de m'en désaisir sans une autorisation écrite du dépositaire légal...

Le consul lui coupe brutalement la parole :

– Je n'ai que faire de tes discours. Tu as dix minutes pour me remettre ces copies, sinon je me ferai un plaisir de plonger ce glaive dans ton gros ventre de Syrien.

César passa toute sa journée à étudier les deux testaments qu'il avait entre les mains, en compagnie de Rufus dont il appréciait le jugement.

– Le testament fondamental est celui de Ptolémée XII, le grand-père du Ptolémée actuel. Il est bref et parfaitement explicite : « *Moi, Ptolémée XII Alexandre II, souverain d'Égypte, je lègue mon royaume et toutes les richesses qu'il contient à la République de Rome, représentée à ce jour par son dictateur Sylla.* »

– On ne peut pas être plus clair, dit Rufus.

– L'ennui, c'est que Ptolémée XII n'a régné que dix-neuf jours et que c'est Sylla qui l'a mis sur le trône. Le testament n'a jamais été appliqué. Il y a aussi des juristes internationaux qui considèrent que ce roi n'était pas tout à fait légitime, et qu'il n'avait pas le droit de faire don de son royaume à un autre État. Et puis il faut tenir compte de l'opinion publique : nous ne sommes pas en Gaule, ici, nous sommes en Orient ; si Rome s'empare de l'Égypte, attendons-nous à des difficultés ou à des guerres avec la plupart des monarques d'Asie.

– Mais Rome ne peut cependant pas renoncer à l'Égypte !

– Je n'entends pas y renoncer. Mais je ne veux pas l'annexer : qu'elle conserve ses institutions, ses banquiers, ses impôts, ses querelles de palais. Je me contenterai d'en faire un royaume sous protectorat romain.

– Avec quel souverain ?

– C'est là que je fais intervenir le second testament, celui de Ptolémée XIII Aulète.

– Mais tu m'as dit que c'était un usurpateur.

– Oublions l'usurpateur. Les Alexandrins l'ont reconnu comme souverain, et il a régné près de trente ans, cela me suffit. Dans son testament, il désigne comme co-souverains ses deux enfants, Ptolémée XIV et Cléopâtre : eh bien ! nous appliquerons le testament. Ensuite, nous verrons.

– Nous verrons quoi ?

– L'idéal serait que Ptolémée XIV meure à la guerre. On lui ferait des funérailles nationales, et il n'y aurait plus qu'un souverain en Égypte : Cléopâtre ; et celle-là, elle m'est toute dévouée.

Rufus sourit, d'un air entendu, mais il n'en pense pas moins : « César a tort de vouloir mêler la politique et les parties de jambes en l'air », se dit-il.

Le jour de l'assemblée publique promise aux Alexandrins, la vaste place pavée de marbre qui prolonge les jardins du palais royal est noire de monde, et les langues vont bon train. Lorsque César paraît, vêtu de sa toge consulaire et précédé par ses douze licteurs, le silence se fait : le peuple remuant d'Alexandrie semble dompté, et il écoute les paroles du consul.

César parlait le grec couramment, avec une grande aisance. C'est dans cette langue qu'il s'adresse à son auditoire, afin d'être compris de tous. Il fait présenter les deux testaments royaux par le directeur des Archives du palais et commence son discours :

– Amis alexandrins, sachez que je ne viens ici ni en conquérant, ni en ennemi. Je suis le consul de la République romaine, amie et alliée de l'Égypte depuis longtemps déjà, et je vous déclare, d'emblée, que votre indépendance n'est pas en cause. L'Égypte est et doit rester un État souverain. Et, pour preuve de ma bonne foi, sachez que je renonce, au nom de Rome, à bénéficier du testament de Ptolémée XII Alexandre, qui avait fait don de son royaume à la République.

Une gigantesque ovation salue ces paroles. Tous les Alexandrins connaissaient l'existence de ce testament, qu'on leur montrait pour la première fois, et dont les conséquences, si Rome en avait exigé l'exécution, auraient été catastrophiques pour la prospérité d'Alexandrie. L'Égypte, partie intégrante de l'État romain, cela aurait signifié des lois contraignantes, des impôts, le service militaire pour tous les Égyptiens, le pillage systématique du pays par les gouverneurs et les fonctionnaires romains, la participation obligatoire du pays aux guerres que Rome menait en Orient et en Afrique, et bien d'autres calamités encore. César continue :

– Donc, amis alexandrins, vous ne deviendrez jamais romains. Mais vous bénéficierez de l'amitié et de la protection de Rome, promise par traité à Ptolémée XIII Aulète, et cette amitié m'autorise à juger le différend que pose sa succession.

Devant le palais royal, sous le soleil généreux de septembre, seul le bourdonnement des innombrables mouches trouble le silence pesant qui s'est abattu sur l'assistance, tout entière suspendue aux paroles du consul :

– Ptolémée XIII Aulète a laissé quatre enfants derrière lui. Je vais vous donner lecture de son testament.

César déroule alors, d'un geste solennel, le papyrus qui porte le sceau du monarque défunt. Il en lit lentement les premiers articles, qui traitent de questions diverses, puis il reprend son souffle.

– Voici maintenant l'article concernant le gouvernement du royaume ; écoutez-le bien, Alexandrins, car je vous dis ici, avec fermeté, que je ferai tout ce qui est en mon pouvoir pour le faire respecter : « *Moi, Ptolémée XIII Aulète, je veux qu'après ma mort, conformément à l'ancienne coutume égyptienne, la couronne d'Égypte appartienne conjointement à mes deux enfants aînés, ma fille Cléopâtre, septième du nom, et mon fils Ptolémée, quatorzième du nom, et qu'ils vivent tous deux comme mari et femme.* »

Le consul interrompt sa lecture, et contemple l'effet qu'elle produit sur l'auditoire : personne ne dit mot. Alors, d'un ton solennel, il proclame ses intentions :

– En ma qualité de représentant de l'État romain, j'accomplirai strictement ma mission, qui est de veiller à l'accomplissement des dernières volontés du roi Ptolémée XIII Aulète. Dès ce jour, je proclame Cléopâtre VII et Ptolémée XIV souverains conjoints, absolus et incontestables, du royaume indépendant d'Égypte et j'invite tous leurs sujets à leur rendre hommage et à leur obéir.

Un ouragan de vivats et d'applaudissements balaye l'esplanade. L'Égypte reste libre et indépendante, le pouvoir monarchique est rétabli et Rome le protège. Cléopâtre, qui est restée à l'intérieur du palais, exulte : elle est certaine de prendre rapidement l'ascendant sur son frère et de régner seule. Pothin est vert de colère et de peur à la fois : la lecture publique du testament et la fermeté dont semble vouloir faire preuve César mettent un terme à toutes ses manœuvres, et le pouvoir lui échappe. Ptolémée, l'enfant roi, pleure de rage.

César n'a cependant pas terminé sa harangue :

– Je comprends votre joie, amis alexandrins, mais elle va être plus grande encore lorsque vous connaîtrez la décision que je viens de prendre pour vous montrer ma bienveillance : au nom de Rome, je restitue au peuple égyptien l'île de Chypre, qui était devenue province romaine il y a dix ans, et je nomme les enfants cadets de Ptolémée Aulète, c'est-à-dire la princesse Arsinoé et le prince Ptolémée XV, souverains conjoints de ce territoire, avec, bien entendu, la protection de Rome.

Sur la place du palais, ce fut du délire. César s'était montré magnanime : non seulement il laissait à l'Égypte son indépendance, mais encore il lui rendait Chypre, plaque tournante du commerce dans la Méditerranée orientale. Ce que n'avaient pas compris les Alexandrins, c'était que, par ce discours, César avait institué *ipso facto* Rome comme législatrice du royaume égyptien, et que la République pouvait, par là même, faire et défaire les dynasties. Mais ils ne se souciaient guère du lendemain : les affaires allaient reprendre, et cela leur convenait à merveille.

Il fallait fêter un tel événement. Cléopâtre, ivre de joie, organise un fabuleux festin dans ce palais dont les murs sont chargés de lambris d'or, de marbre et d'onyx, dont les portes sont incrustées d'émeraudes. Les tapis pourpres de Tyr, avec leurs brocarts d'or, ont été étendus sur les carrelages de marbre de Naxos, et les lits du festin, où étincellent les gemmes, ont été disposés autour d'une immense salle. Une multitude de serviteurs et d'esclaves s'affairent, de toutes races : des Africains, noirs comme de l'ébène, aux cheveux crépus, des géants blonds, plus blonds que les Germains qu'avait combattus César, des eunuques, des éphèbes macédoniens, des danseuses. Trois lits d'or dominent la pièce : sur eux ont pris place la reine Cléopâtre, outrageusement fardée et dont la tête ploie sous le poids des bijoux dont elle est couverte, le petit roi Ptolémée XIV, pâle et silencieux, et César, muet et sévère.

Le repas fut d'une richesse folle. Les plus beaux poissons du Nil et de la mer, les oiseaux les plus rares, tels les ibis et les faisans du désert, les vins romains les plus généreux furent servis dans une vaisselle d'or et d'agate. Il se termina tard dans la nuit, lorsque la plupart des convives, rassasiés et ivres, s'endormirent sur place. Cléopâtre, affalée sur les coussins de son lit, ronflait doucement et Ptolémée, l'enfant roi, avait regagné sa chambre. Seuls demeurèrent éveillés César et Acorée, le grand-prêtre d'Isis : ils discutèrent des sources du Nil jusqu'à l'aube.

En ce temps-là, un repas royal, en Orient, se terminait rarement sans un meurtre ou une tentative de meurtre par empoisonnement. Le festin de Cléopâtre ne faillit point à la règle : le barbier personnel de César, en furetant dans les cuisines du palais, avait entendu un marmiton parler de poison avec un esclave libyen. Les deux hommes furent arrêtés discrètement et étranglés, sans autre forme de procès ; César lui-même n'en sut rien sur le moment et il n'apprit que le lendemain que l'instigateur de cet attentat manqué était l'eunuque Pothin :

– Cela ne m'étonne pas, dit César, l'occasion était bonne et je l'aurais saisie si j'avais été à sa place ; mais, moi, je n'aurais pas manqué mon coup.

– Que vas-tu faire, César, lui demande Rufus, tu vas l'arrêter et le faire condamner à mort ?

– Pas pour l'instant. Contentons-nous de le faire surveiller, de jour comme de nuit. Et qu'on mette en permanence, devant la porte de ma chambre, deux légionnaires fidèles pour la garder.

– Et devant celle de Cléopâtre.

– La chambre de Cléopâtre, c'est ma chambre, Rufus, tu n'as pas compris ?

– Tu vis dangereusement, César.

– Non pas. Je sais ce que je fais. Il existe un parti antiromain dans Alexandrie, et même antimonarchique. Tu vois ces belles villas qui entourent le port : elles appartiennent à une vingtaine de capitalistes qui détiennent quatre-vingts pour cent des richesses de l'Égypte. Leurs milliards sont bien à l'abri, dans les caisses des banquiers phéniciens de Tyr et de Damas ; ils sont propriétaires de plus de la moitié des immeubles d'Alexandrie et des palais que les anciens rois égyptiens ont construits dans la vallée du Nil...

– Les Pyramides ?

– Non, ce sont des tombeaux. Je parle des palais de la vallée du Nil, qui ont été la propriété des Perses, avant l'arrivée d'Alexandre le Grand, et qui contiennent de l'or et des pierres précieuses en quantité. Chacun de ces vingt capitalistes vaut cinquante Crassus. Ils se sont toujours bien entendus avec les Ptolémées, qui ne leur ont jamais rien demandé ; seul Alexandre aurait pu les déposséder de leur fortune, mais il est mort trop tôt. Maintenant que je suis là, ils tremblent, et ils commanditent Pothin en sous-main.

– Mais le peuple d'Alexandrie te considère comme son bienfaiteur.

– Le peuple !... le peuple ! Ça se manipule, un peuple, quand on a de l'argent. Actuellement, Achillas est à Péluse, avec une bonne armée ; chaque jour, il achète de nouveaux soldats en Syrie et c'est de lui que je dois me méfier.

– Pourquoi ne pas mettre fin à ses menées dès maintenant ?

– Parce que les Alexandrins interpréteraient mon action comme une tentative de conquête, comme une nouvelle guerre des Gaules. Ils se soulèveraient en masse, et je n'ai pas assez de troupes pour résister à tout le monde. D'ailleurs, Pothin s'y entend, en matière de propagande antiromaine et de bobards : depuis une semaine, il fait distribuer par les boulangers un pain immangeable, en répandant le bruit que les Romains prennent tout le bon blé, et il pressure les Alexandrins d'impôts « pour payer la guerre contre les Romains », raconte-t-il à qui veut l'entendre.

– Alors ?

– Alors, si j'ouvre les hostilités maintenant, j'aurai toute la population d'Alexandrie contre moi ; j'attends une erreur de Pothin et d'Achillas pour foncer.

– Laquelle, par exemple ?

– Une sorte de crime de lèse-majesté. Les Alexandrins sont très attachés à leurs souverains.

– Mais l'armée d'Achillas combat pour Ptolémée.

– Plus maintenant. Le coup du testament de Ptolémée Aulète a réussi : Ptolémée XIV boude ; il aurait voulu être seul roi, mais il a dû se résigner à régner avec Cléopâtre, c'est-à-dire avec Rome. Comme tu le vois, rien ne va plus, dans le camp adverse, et je vais y augmenter la tension.

– Comment cela ?

– En faisant surveiller ouvertement Pothin, jusqu'à ce qu'il prenne peur. Dès lors, il enverra à Achillas l'ordre de marcher sur Alexandrie pour me chasser comme un malpropre.

– Et Achillas ?

– Il fera ce qu'on lui dit : ce n'est pas un politique, c'est un militaire. Et c'est là que j'entre en scène.

– Comment ?

– Je persuade Cléopâtre et Ptolémée d'envoyer un contre-ordre à Achillas ; pour Cléopâtre, ce sera sans problème, quant à Ptolémée, c'est une chiffe molle et, lorsque Pothin n'est pas là, Cléopâtre en fait ce qu'elle veut... Après tout, ajoute-t-il en ricanant, c'est sa sœur, mais c'est aussi son épouse, selon la bonne vieille coutume de la famille.

Pothin s'agitait à l'intérieur du palais comme une mouche dans son bocal. Il avait constaté *de visu* que les mesures de sécurité avaient été renforcées, et que lui-même ne pouvait faire un pas sans exhiber une autorisation en bonne et due forme ; lorsqu'il se promenait seul dans une des nombreuses galeries du palais, il était souvent fouillé par des policiers romains, qui faisaient mine de ne pas le reconnaître. « L'étau se resserre, se disait-il, il faut que j'avertisse Achillas. »

L'eunuque envoie donc au commandant de l'armée de Péluse, au nom de son souverain Ptolémée – qu'il avait bien chapitré –, l'ordre secret de marcher sur Alexandrie. Dès qu'il l'apprend, César obtient de l'enfant roi qui, affolé, obéit à tout le monde à la fois, un contre-ordre dûment scellé de son sceau et deux émissaires sont chargés de porter le message royal à

Péluse ; ils ont ordre de le remettre à Achillas *après* réception par celui-ci du message de Pothin.

Les émissaires de Pothin arrivent donc les premiers au camp de Péluse et Achillas se frotte les mains : enfin, pense-t-il, on va se débarrasser de ce César qui empêche les affaires de tourner en rond, et de cette putain de Cléopâtre. Une heure plus tard deux autres émissaires se présentent devant sa tente et lui apportent le contre-ordre rédigé par César, mais signé par le roi et par la reine. Que faire ? Tempête sous un crâne de général.

– Après tout, ces deux ordres contradictoires ont la même valeur, et ils portent la même date. Rien ne m'interdit de penser que le second message émane d'un traître.

Et il ordonne froidement à ses bourreaux d'exécuter immédiatement les émissaires porteurs du contre-ordre, après les avoir torturés un peu, pour ne pas perdre les bonnes habitudes. Puis il fait sonner le rassemblement de ses troupes, et les harangue en ces termes :

– Soldats, le moment est venu de mourir pour notre patrie. J'ai reçu l'ordre de notre vénéré roi Ptolémée XIV de marcher sur Alexandrie et de délivrer la ville des Romains qui l'occupent. En avant, et vive l'Égypte éternelle !

Le 19 septembre 48, la guerre d'Alexandrie venait de commencer. Elle devait durer cinq mois, jusqu'en février 47.

Ce ne fut pas une guerre « à la César », faite de mouvements de troupes, de sièges ou de batailles ; ce fut une guerre « à l'orientale », où la ruse et la trahison eurent largement leur mot à dire. Pour la première fois de sa vie de guerrier, César avait en face de lui non pas un adversaire épris de gloire ou de liberté, comme les Germains d'Arioviste ou les Gaulois de Vercingétorix qu'il avait eu à combattre, ni un chef de guerre classique, comme Pompée, mais un ennemi subtil, imaginatif et qui, de surcroît, possédait une écrasante supériorité numérique : Achillas disposait de 22 000 fantassins et de 2 000 cavaliers, contre 3 200 légionnaires et 800 cavaliers du côté de César... et il avait l'appui de 500 000 civils alexandrins.

– Heureusement que j'ai écrit le mois dernier à Domitius Calvinus, en Arménie, en lui demandant de m'envoyer la XXXVIIe légion d'Asie par bateau, dit-il à Rufus ; mais je n'en ai aucune nouvelle : tu devrais essayer de te renseigner.

– Tu crois que tu auras suffisamment de troupes, avec une légion supplémentaire ? lui demande Rufus.

– C'est absolument insuffisant, et il faut que je fasse venir d'autres renforts. Écris pour moi à Mithridate de Pergame, en Syrie ; il m'avait promis de me monter une armée.

– Il a un rapport avec le grand Mithridate, qui a fait jadis trembler Rome du temps de Sylla ?

– C'est son fils naturel ; sa mère est une Gauloise d'Asie, une Galate. Je lui ai promis, s'il m'aidait, de lui accorder une partie des territoires qui appartiennent à son demi-frère, Pharnace II, fils légitime du grand Mithridate.

– Quelle salade, que ces affaires d'Asie, dit Rufus ; en attendant, qu'est-ce qu'on fait ?

– Nous allons quitter le bord de mer pour nous installer dans les palais intérieurs (palais royaux qui se trouvaient entre la ville elle-même et le Grand Port) que nous transformerons en une forteresse imprenable, avec barricades, fossés, remblais et tout ce qu'il faut.

– C'est Alésia à l'envers.

– Pas tout à fait, car nous resterons en communication avec l'extérieur par l'intermédiaire de notre flotte, amarrée le long des quais, dans le Grand Port, dont nous contrôlons l'entrée. Si les troupes d'Achillas veulent nous attaquer, elles ne peuvent le faire qu'en traversant la ville, et, là, leur supériorité numérique ne leur servira de rien, car les rues d'Alexandrie sont étroites et propices aux embuscades. Retiens bien ce précepte, Rufus : le nombre est un avantage en rase campagne, ou en mer, mais, à l'intérieur d'une ville comme Alexandrie, où l'on ne peut déployer aucune troupe, c'est une faiblesse ; il te servira, quand tu seras général.

– Aux dieux ne plaise que je ne le sois jamais, César.

Les travaux commencent aussitôt. Les légionnaires retrouvent l'ardeur dont ils avaient fait preuve en Gaule et en Espagne. Les uns sont chargés de stocker des vivres, du blé – il y en a des milliers de sacs dans les entrepôts du port – et des armes. Les autres transforment le quartier des palais intérieurs en place forte et un souterrain est creusé, pour faire communiquer ces palais avec celui de Cléopâtre, qui donne sur les quais et que César va visiter autant de fois qu'il le peut.

Le 26 septembre, Achillas pénètre difficilement dans Alexandrie, avec son armée. Il renonce à investir les palais fortifiés, et tente de les contourner, pour atteindre le Grand Port, où est amarrée la flotte égyptienne. César comprend le danger, et, le 28 septembre, il lance, à l'improviste, des brûlots sur les vaisseaux des Alexandrins ; le vent aidant, l'incendie se propage : toute la flotte ennemie – 22 vaisseaux pontés, 38 bâtiments en cale sèche et 50 galères – s'embrase. Puis les vents étésiens se mettent à souffler : c'est alors le port tout entier qui flambe, sous les regards atterrés des Alexandrins, l'incendie gagne la ville et, bientôt, le fameux *Musée* et les 400 000 volumes de sa *Bibliothèque* brûlent à leur tour.

Ce fut la grande nuit rouge d'Alexandrie : au matin du 29 septembre, quelques barques brûlaient encore, çà et là, dans le port et les plus anciennes éditions de Platon, d'Aristote, d'Euclide et des autres étaient parties en fumée. Achillas avait tout raté, et César, dont le ravitaillement était assuré par les vaisseaux qu'il avait mis à l'abri à l'extérieur du Grand Port, n'avait plus qu'à attendre ses renforts asiatiques.

Mais, autant César était capable d'attendre pendant des semaines le moment de livrer une bataille définitive, autant il ne pouvait rester sans rien entreprendre, les bras croisés, au sein de la fournaise d'Alexandrie, où tout le monde s'activait. Tous les jours, des informateurs grassement payés – car, en Orient, on n'a rien sans rien – lui apprenaient que les Alexandrins avaient envoyé des officiers recruteurs dans toutes les régions de l'Égypte pour procéder à des levées de troupes, avaient terminé d'installer, en plein cœur de la ville, une immense fabrique d'armes, barraient toutes les ruelles et toutes les rues de triples retranchements en pierres de taille. D'autres lui rapportaient les faux bruits que faisait courir la propagande adverse : que, de tout temps, les Romains avaient voulu faire la conquête de l'Égypte et la réduire à l'état de province, que leur reine Cléopâtre avait été violée, puis séquestrée par César, que l'enfant roi était martyrisé, et autres sornettes.

L'eunuque Pothin n'était pas étranger à ces racontars. Le 3 octobre, on arrêta deux messagers qui tentaient de sortir du palais : ils étaient porteurs d'une lettre de l'eunuque à Achillas, l'exhortant à persévérer dans son combat contre César. Le lendemain Pothin fut lui-même arrêté et condamné à avoir la tête tranchée ; mais le glaive du bourreau trembla, et la tête resta suspendue au cou du traître pendant quelques instants. L'exécution avait été publique, et les mauvaises langues firent courir le bruit que c'était le consul qui avait demandé au bourreau d'être maladroit.

Puis César se lança dans de subtiles manœuvres d'intoxication politique. Il laissa s'enfuir à Péluse, dans le camp d'Achillas, la jeune Arsinoé, cette sœur cadette de Cléopâtre, qu'il avait faite reine de Chypre, ainsi que son conseiller, l'eunuque Ganymède. Les Alexandrins, qui reprochaient à Cléopâtre de s'être donnée à César, acclament la jeune princesse comme « reine d'Égypte », et... les dissentiments commencent. Ganymède cherche à imposer son autorité à Achillas, celui-ci refuse de lui céder et l'eunuque, avec le consentement d'Arsinoé, fait périr le stratège ; puis il prend lui-même la direction des opérations militaires, sous l'œil goguenard de César, qui croit avoir désorganisé l'ennemi.

Il n'en fut rien. Ganymède, le nouveau chef, ignorait tout de l'art de la guerre, mais il était versé dans celui de la ruse, et César ne gagna pas au change. L'eunuque avait sans doute entendu parler du siège d'*Uxellodunum* et comment ses habitants, privés d'eau potable, avaient fini par capituler : il décida d'utiliser la même méthode avec César en lui coupant l'eau.

Alexandrie était une ville hautement moderne : la plupart des demeures possédaient l'eau courante, amenée du Nil par une multitude de conduits. L'eau du fleuve, chargée de boue et d'immondices, s'en débarrassait en passant à travers divers filtres d'abord, puis les particules qui y subsistaient se déposaient au fond des canaux, et il en résultait une eau relativement potable que buvaient les Alexandrins. Ganymède, aidé par les ingénieurs qui entretenaient ce réseau, parvint à isoler les canaux desservant le quartier des palais intérieurs et à y faire couler sans interruption, à l'aide de pompes, de l'eau de mer : un beau matin, les césariens constatèrent, avec effarement, qu'ils n'avaient plus que de l'eau salée à boire.

César entreprit alors de remonter le moral de ses soldats, chez lesquels soufflait un vent de panique, et de les décider à forer des puits, afin de trouver de l'eau douce. Pendant ce temps, Ganymède envisageait d'utiliser les arsenaux du second port d'Alexandrie, Port Eunoste, séparé du Grand Port par une immense digue en pierre de taille, de sept stades (1,3 km) de longueur, couverte d'édifices, qu'on appelait l'*Heptastade* : elle reliait la terre ferme à l'île de Pharos, sur laquelle était dressé le fameux Phare d'Alexandrie.

Mais le temps lui manqua. Au début du mois de novembre, du haut de l'Heptastade, Romains et Alexandrins purent voir s'avancer vers les rivages égyptiens la puissante flotte transportant la XXXVIIe légion, envoyée par Domitius. Elle resta deux ou trois jours au large, dans l'attente de navires pilotes que César devait lui envoyer et que Ganymède tenta en vain d'intercepter : mal lui en prit, car César, secondé par l'amiral Euphranor qui commandait la flotte de secours, lui coula cinq galères par le fond.

– Ce sont de bien piètres marins, ces Alexandrins, dit Euphranor à César : nous leur avons donné une bonne leçon.

– Ne te fie pas aux apparences, Euphranor. Ce Ganymède a plus d'un tour dans son sac. Il a construit, en trois semaines, une vingtaine de navires avec lesquels il ne risque certes pas de faire régner la terreur sur les mers, mais qui peuvent lui servir à faire régner le désordre dans le port.

– Comment cela ?

– La digue que nous appelons l'Heptastade est percée de deux arches, une près de l'île et l'autre près du rivage ; elles mettent en communication Port Eunoste, où sont les arsenaux de Ganymède, et le Grand Port, où se trouve ma propre flotte. Lorsque les Alexandrins auront construit suffisamment de bâtiments, ils les feront passer par ces arches et viendront bloquer la circulation de mes navires.

– Comment peux-tu empêcher cela ?

– En m'emparant du môle, en rasant les immeubles qui s'y trouvent et en contrôlant ainsi les deux arches. Quand je suis venu te chercher, pour te guider jusqu'au Grand Port, j'ai pris le contrôle de l'île, où il n'y avait que trois ou quatre bicoques ; je vais y mettre des légionnaires et placer trois ou quatre vaisseaux de guerre pour surveiller l'arche. Demain matin, je ferai de même à l'autre bout de l'Heptastade.

– Je t'admire, César : tu as vingt ans de plus que moi et dix fois plus d'énergie : moi, après un combat comme celui que nous avons livré aux Alexandrins, j'ai besoin d'une semaine de répit.

– Tu verras, Euphranor. L'appétit de combattre vient en combattant. Au fait, de quelle race es-tu ?

– Je suis né dans l'île de Rhodes.

– Ah ! Je comprends, dit César en riant, tu es un îlien, et... paresseux comme tous les îliens.

– Je vais te montrer le contraire, César. On y va ?

– Demain, au petit matin. Et à pied.

Le lendemain, dans la brume de novembre, César emmène une légion sur l'Heptastade. Mal lui en prit : Ganymède veillait sur la digue, et il lance ses troupes sur les légionnaires, qui, succombant sous le nombre, s'enfuient à la nage vers les longues galères plates qu'Euphranor a disposées à proximité de l'arche. C'est une véritable débandade, que les cris de César ne parviennent pas à ralentir. Lui-même est obligé de fuir et il se précipite vers sa galère personnelle.

Mais celle-ci est littéralement prise d'assaut par ses propres légionnaires, qui s'y entassent comme ils le peuvent. Le consul craint le pire : la galère, surchargée, va chavirer. Sans hésiter, il se précipite dans une petite cabine, ménagée à l'arrière du bâtiment, s'empare d'un paquet de documents confidentiels, dont il ne se séparait jamais, le noue autour de son cou et se jette à l'eau : confiant en ses talents de nageur et en sa vigueur, il nage vigoureusement vers les vaisseaux d'Euphranor, qui se tiennent à distance.

Du haut de la digue et des vaisseaux avoisinants, les archers alexandrins le criblent de flèches ; pour éviter leurs traits, César nage sous l'eau, d'un bras, en tenant ses parchemins hors de l'eau de l'autre. Puis il comprend que son manteau de pourpre est une cible facilement repérable par les tireurs, et il s'en débarrasse comme il le peut, le laissant flotter sur les vagues. Il est finalement recueilli sur une galère rhodienne, qui croise à sa recherche et, lorsqu'il y monte, il aperçoit sa propre galère qui sombre.

Ganymède est vainqueur. Il a tué 800 légionnaires, presque autant de rameurs et humilié César : le lendemain, il fait élever, au milieu de la digue, un trophée commémoratif et ordonne qu'on suspende à son sommet le beau manteau écarlate de l'*imperator*, qui a été repêché.

Quinze jours ont passé, marqués par des combats journaliers, dans la ville, entre légionnaires et Alexandrins. Au début du mois de décembre, la nouvelle est arrivée de Rome, *via* la Syrie, que le consul qui expédiait les affaires courantes en l'absence de César, Servilius Isauricus, l'a proclamé dictateur pour un an et que le Sénat lui a attribué pour cinq ans des fonctions de consul, chargeant sa personne d'honneurs et de pouvoirs : désormais, il a seul le droit de décider de la paix ou de la guerre, du sort des pompéiens et, jusqu'à sa mort, il bénéficiera des compétences et des privilèges d'un tribun de la plèbe.

– Ils sont fous, à Rome ; je n'en demandais pas tant : c'est la faillite de la République, dit-il à Rufus et à Euphranor, avec lesquels il dînait lorqu'on vient lui apprendre les mesures décidées par les sénateurs.

– Tu devrais être ravi, dit Rufus. C'est un beau cadeau de fin d'année.

– Je n'aime pas les cadeaux, en politique. Voilà bientôt trente ans que je souhaite pour Rome une nouvelle constitution ; mais une nouvelle constitution, cela se pense, se soupèse. Il ne suffit pas de dire : « Fini, la République », il faut réfléchir sérieusement, tranquillement, à ce par quoi on veut la remplacer... Et penser aux conséquences ! Vous savez ce que je souhaite, comme cadeau de fin d'année ?

– L'arrivée des troupes promises par Mithridate, dit Rufus.

– Oui. J'en ai soupé, de ces guerres qui n'en finissent pas, parce qu'il faut des semaines, voire des mois, pour acheminer une légion sur un champ de bataille. Et, de toute façon, je n'aime pas la guerre.

– En voilà, une nouvelle ! dit Rufus : tu ne fais que cela depuis douze ans.

– En Gaule, ce n'était pas la guerre. C'était une bataille de temps en temps et la construction d'un pays, presque d'une patrie.

– Comment cela, d'un pays ?

– Oui, le pays gaulois.

– Tu te prends pour Vercingétorix ?

– Vercingétorix n'était qu'une sorte de bandit de grand chemin. Il n'a jamais eu d'idéal. Il ne pensait qu'à être un chef, à qui tout le monde gaulois obéirait. Il n'avait aucune grandeur. Comm, en revanche, était quelqu'un de bien.

– Il avait un idéal, lui ?

– Oui, et ce n'était pas l'indépendance. Comm a rêvé, comme moi, d'une sorte de république gauloise ; mais, encore aujourd'hui, ce n'est qu'un rêve. Il n'y a pas de république ou d'État sans un projet commun, une culture commune. Nous autres, Romains, nous avons été jadis comme les Gaulois : nous nous tapions les uns sur les autres, entre peuples du Latium. Il a bien fallu deux siècles pour qu'elle naisse, notre République.

– Et maintenant elle a vécu, dit Rufus.

– Elle va renaître, mais sous une autre forme.

– Je te vois venir, César : une République monarchique.

– Oui. Une République dans laquelle les efforts de ses chefs ne seront pas dirigés uniquement vers la conquête du pouvoir, mais aussi vers la puissance de l'État, arbitre souverain.

– Tu es un idéaliste, César, dit Euphranor. Tôt ou tard, ton système basculera dans la tyrannie.

– On verra bien. Mais la guerre civile, ça ne vaut pas mieux.

La conversation est interrompue par l'arrivée inattendue de députés envoyés par les Alexandrins, qui se font annoncer à César.

– Tu vas les recevoir ? demande Euphranor.

– Oui... après les avoir fait fouiller : je connais trop la duplicité de ce peuple... et puis je voudrais finir de dîner.

Le dîner se termina en même temps que la fouille et César savourait un délicieux alcool de figue lorsqu'on les introduisit devant lui.

– Dictateur, lui dit le chef de la délégation, nous te saluons.

– Comment savez-vous que j'ai été proclamé dictateur ? Je ne l'ai appris qu'il y a une heure à peine.

– Les messagers qui viennent de Syrie sont obligés de passer par Péluse, César, et nous y avons des troupes.

– Bon. Mais ne m'appelez pas dictateur, je n'ai pas encore accepté. Pour l'instant, je ne suis que consul. Que me voulez-vous ?

– Les Alexandrins n'apprécient pas d'être gouvernés par une jeune fille.

– Qui donc ? Arsinoé ? Elle est reine de Chypre, que je sache, avec son frère, le petit Ptolémée XV. La reine d'Égypte est Cléopâtre, conjointement avec Ptolémée XIV.

– Mais Cléopâtre ne règne pas, César, tu le sais bien, et tu retiens le roi Ptolémée XIV au palais.

– C'est pour son bien.

– Peut-être, César, mais, en ce moment, c'est l'eunuque Ganymède qui prend les décisions et Arsinoé qui les proclame. Or le peuple d'Alexandrie en a assez de la tyrannie de Ganymède et trouve humiliant d'être gouverné par une fillette qui n'a aucun titre à être sa reine : il souhaite que son roi lui soit rendu, afin de délibérer avec lui des conditions auxquelles la paix entre Alexandrie et Rome pourrait être conclue.

– Je vais réfléchir à votre proposition, dit César ; gardes, conduisez les députés des Alexandrins dans mon cabinet de travail, où ils attendront ma réponse.

Une fois les députés sortis, César interroge ses amis :

– Que pensez-vous de la proposition ? Vous croyez qu'ils veulent la paix ?

– Ils le disent, mais ils ne le pensent pas, répond Euphranor. Ce dont ils ont besoin c'est du roi, même s'il n'a que treize ans, pour en imposer aux soldats : pour eux, un roi, c'est un dieu, et si ce roi-dieu leur dit d'aller se faire tuer, ils iront ; mais si l'ordre vient d'un eunuque, ils préfèrent rendre leurs armes et retourner à leurs petits commerces, sur le port.

– C'est bien mon avis. Les Alexandrins pensent blanc et ils font noir, c'est dans leur nature. Donc, quand ils me demandent un roi pour faire ensuite la paix avec moi, ils ont l'intention de s'en servir pour me faire un peu mieux la guerre.

– Alors, tu vas refuser, dit Rufus.

– Non, je vais accepter leur proposition.

– Explique-nous pourquoi ni Rufus ni moi ne comprenons, dit Euphranor.

– De deux choses l'une : ou ils sont sincères, ou ils me mentent. S'ils sont sincères, j'ai tout intérêt à accepter, et à négocier avec eux un bon traité de paix. S'ils me trompent, tout dépendra de l'attitude de Ptolémée XIV : ou bien il me reste fidèle – ce qui me semble d'ailleurs très possible – et il exige d'eux qu'ils négocient un traité de paix, et je suis encore gagnant ; ou bien les Alexandrins le convainquent de me faire la guerre, et alors je la ferai, comme je la fais maintenant, un point c'est tout. Donc, je vais accepter.

On appelle les Alexandrins et César leur fait part de sa décision, ce qui les met en joie. Puis c'est le jeune Ptolémée XIV qui se présente devant le consul qui lui tient un discours édifiant :

– Ptolémée, fils de l'Aulète, je pense qu'il est temps que tu retrouves ton peuple et ton trône. Veille sur le royaume de tes pères, épargne à ta patrie glorieuse les guerres, les destructions et les incendies ; rappelle tes sujets à leurs devoirs et reste fidèle au peuple romain et à moi-même, moi qui ai suffisamment confiance en toi pour te laisser rejoindre, à Péluse, ceux qui sont encore mes ennemis.

L'enfant roi fond en larmes :

– César, implore-t-il, ne me renvoie pas, garde-moi auprès de toi, le pouvoir a pour moi moins d'attraits que ta présence.

– Sèche tes larmes, Ptolémée, dit César, en apparence ému, je serai bientôt auprès de toi.

Les Alexandrins sortent, emmenant avec eux l'enfant roi, et César se tourne vers ses convives :

– À malin, malin et demi, leur dit-il. Maintenant, le ver est dans le fruit : chez les Alexandrins, les partisans de Ganymède vont se colleter avec les partisans du roi légitime, et rien n'est plus confortable à combattre que des ennemis divisés. La victoire est proche : il ne me manque plus que de voir arriver Mithridate de Pergame et son armée.

Cela faisait en effet trois mois que César avait écrit au roi de la petite cité-royaume de Pergame, en Asie Mineure, qui était son ami, et il ne voyait toujours rien venir. Mithridate avait bien du mal à convaincre les roitelets asiatiques de lui fournir, moyennant finances, évidemment, des soldats pour aller combattre en Égypte sous le commandement de César. Il eut alors l'idée de faire appel aux bons offices d'un Juif influent, nommé Antipatros, qui avait ses grandes et ses petites entrées auprès d'Hyrcan II, grand-prêtre des Juifs et ethnarque de Judée. Celui-ci lui fournit un premier contingent de soldats juifs et détermina de nombreux chefs arabes à faire de même, ainsi que de nombreux autres dynastes.

Finalement, à la fin du mois de décembre, l'imposante armée cosmopolite de Mithridate, avec les 1 500 hoplites juifs d'Antipatros, ses cavaliers arabes, les contingents venus de tous les coins de la Syrie, prit la route romaine qui conduisait au delta du Nil en suivant la côte syrienne que longeait, dans le même temps, la flotte du roi de Pergame. Celle-ci n'avait plus rien à craindre de la flotte égyptienne, qui avait été anéantie par l'amiral romain Tibère, le père du futur empereur.

Mithridate arrive devant Péluse à la mi-janvier et s'empare de la ville, puis il contourne le Delta, en remontant le bras oriental du Nil jusqu'à Memphis, et en descendant le bras occidental jusqu'à Alexandrie.

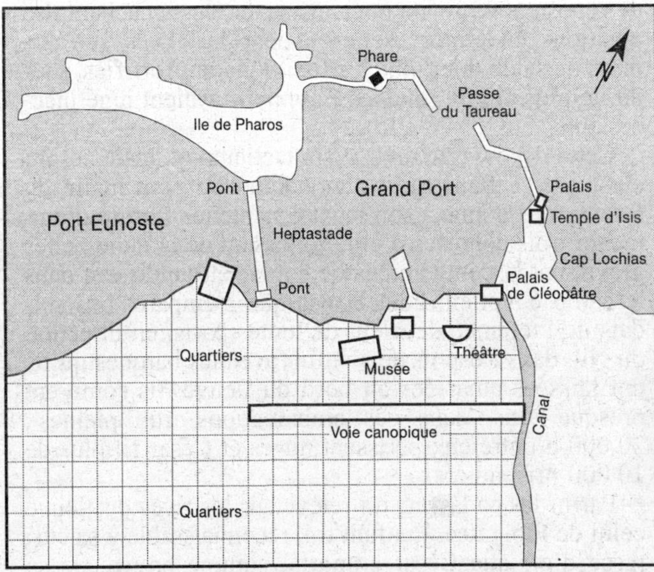

Plan simplifié de la ville d'Alexandrie.

César se porte au-devant de lui, et la jonction des deux armées a lieu le 5 février, sur les bords du Nil.

L'armée égyptienne, accompagnée par l'enfant roi que l'on avait revêtu d'une cuirasse d'or, en prévision de la bataille, y était arrivée deux ou trois jours plus tôt ; ses officiers, profitant du répit que leur laissait le retard des Romains, avaient minutieusement fortifié la position. Quant à César, il laissa à son armée une nuit de repos et en profita pour inspecter, en se cachant, les positions ennemies : elles étaient installées sur une dune de sable dont tous les flancs étaient fortifiés, sauf un, le plus abrupt, que les Égyptiens avaient jugé inaccessible.

Cette découverte ravit le fin tacticien qu'était César : c'est par ce flanc qu'il attaquerait. Au petit matin du 6 février, il donne à son légat Carfulénus l'ordre d'emmener trois cohortes d'élite à l'assaut de la dune ; elles gravissent la pente au pas de course et bondissent dans le camp égyptien, dont la panique s'empare. Les soldats de Ptolémée dévalent de toutes parts, en direction du Nil, dans l'espoir de s'enfuir avec les barques qu'ils ont laissées amarrées au bord du fleuve. Ils sombrent presque tous, dans des embarcations trop pleines ; 20 000 d'entre eux périssent noyés et César fit plus de 10 000 prisonniers.

Parmi les cadavres, on relève sur les rives du fleuve celui de Ptolémée, l'enfant roi, reconnaissable à sa cuirasse d'or, que César emporta, comme preuve de sa victoire.

Le soir même, toute la population d'Alexandrie se prosternait devant César. La guerre d'Alexandrie était terminée.

Chapitre XIII

Le repos du guerrier : place à Cléopâtre

(mars-avril 47)

Pompée mort, assassiné par Théodote. Pothin décapité. Achillas assassiné par Ganymède, sur l'ordre de la petite Arsinoé. Ptolémée XIV, l'enfant roi, tué, les armes à la main, lors de la bataille du Nil. Ganymède et Arsinoé prisonniers. César n'a plus d'ennemis en Égypte. De la famille des Lagides, seuls Ptolémée XV (douze ans) et Cléopâtre sont vivants et libres.

– On y voit plus clair, dit-il froidement à Rufus, quelques jours après la bataille du 6 février.

– Que vas-tu faire de l'Égypte, César, lui demande l'avisé secrétaire en chef : une province, comme la Gaule ?... ou une propriété privée ?

– J'espère que tu plaisantes, Rufus. D'après nos lois de la guerre, toutes les richesses du pays m'appartiennent, à titre de butin, mais non pas le territoire qui doit revenir à Rome, et non pas ses habitants, qui seront dorénavant les sujets de la République.

– Je plaisantais, mon général, répond Rufus en souriant.

– Réfléchissons sérieusement. Je suis dictateur pour cinq ans, je suis consul avec tous les pouvoirs légaux, je suis vainqueur sur le terrain, je peux donc faire ce que je veux, et l'Égypte deviendra ce que je voudrai qu'elle soit. Il y a deux solutions : ou je la rédige en province, comme tu me le suggères, ou je lui donne le même statut qu'à tous ces petits royaumes d'Orient, réorganisés par Pompée après sa victoire sur Mithridate.

– C'est-à-dire ?

– C'est-à-dire qu'elle reste le royaume qu'elle était depuis la mort d'Alexandre, mais sous protectorat romain, et avec le souverain que je lui désignerai.

– Tu as déjà fait ton choix ?

– Je n'ai pas de choix à faire. Je dois et je veux respecter les testaments que j'ai montrés au peuple l'automne dernier : le royaume d'Égypte sera gouverné conjointement par Cléopâtre et par son frère-époux.

– Mais le frère-époux, c'était Ptolémée XIV, et il est mort sur le Nil.

– Je le sais ; mais Ptolémée XV est aussi le frère de la reine, que je sache, et il est bien vivant. Je vais les marier et les proclamer souverains de l'Égypte nouvelle.

– Et Arsinoé ?

– Arsinoé a comploté avec Ganymède, et elle a fait la guerre contre Rome ; elle est de ce fait déchue de tous ses droits et ma prisonnière : elle défilera derrière mon char, tout comme l'eunuque, lors de mon triomphe, quand je reviendrai à Rome.

– Et Chypre ?

– Chypre appartenait à Rome ; je l'avais offerte à Arsinoé et à son frère pour en finir avec la succession de Ptolémée Aulète. Je pensais qu'en donnant l'Égypte aux aînés et Chypre aux cadets, tout le monde serait content. Mais Arsinoé, malgré ses douze ans, s'est montrée trop avide. Il faut qu'elle en soit punie : Chypre retournera donc à Rome.

– Puis-je poser une question indiscrète, César ?

– Laquelle ?

– Cela ne te gêne pas, d'offrir un mari à Cléopâtre ?

– Imbécile ! dit César en souriant. La politique n'a rien à voir avec l'amour.

– Tous les officiers jasent, sur ta liaison avec la reine.

– Est-ce que je jase sur leurs coucheries ? Dis-toi bien, Rufus, que je fais la guerre sur les champs de bataille, la politique dans mon cabinet de travail ou au Sénat et l'amour dans mon lit, et que jamais je n'ai confondu ces activités.

– On dit que tu es amoureux fou de Cléopâtre.

– C'est faux. Je n'ai jamais aimé que cinq femmes, dans ma vie : ma mère Aurélie, ma tante Julie, ma première femme, Cornélie, ma fille Julie et Servilia, la sœur de Caton, qui a été si longtemps ma maîtresse. Toutes les autres n'ont été que des passades.

– Et Cléopâtre ?

– Le soir où elle a fait son entrée dans ma chambre, enroulée dans des couvertures, elle a piqué ma curiosité ; ensuite, elle a su me distraire des soucis du palais. Elle a été pour moi le repos et le plaisir du guerrier. Pas davantage. Et maintenant, en sus, elle est devenue ma pièce maîtresse sur l'échiquier égyptien.

– Tu l'aimes, ou tu ne l'aimes pas ?

– Si je l'aimais, elle serait tous les soirs dans mon lit. J'avoue que la première nuit, au mois de septembre dernier, a été délicieuse. Mais cela n'a duré qu'un mois. Je fais la guerre, moi, pas l'amour : je n'ai pas couché une seule fois avec elle depuis l'exécution de Pothin, le 4 octobre. D'ailleurs, elle est enceinte.

– ... ?

– Oui. D'après les sages-femmes du palais, elle devrait mettre au monde un enfant dans le courant de l'été.

– Un enfant dont tu serais le père ?

– Ce n'est pas impossible. Mais ça m'étonnerait : j'ai connu des centaines de femmes, mais aucune ne m'a jamais donné d'enfant, si ce n'est ma première épouse. D'après un médecin alexandrin, que j'ai consulté, je serais devenu stérile... ce qui m'ennuie beaucoup.

– Pourquoi donc ?

– Il me faut un fils. Sinon, à qui transmettrai-je mes richesses et mes pouvoirs, quand je mourrai ?

– Tu as le temps d'y songer, César.

– Pour l'instant, j'ai besoin de me reposer un peu. Je vais te dicter la nouvelle constitution de l'Égypte, expédier mes rapports à Rome, faire couronner officiellement roi et reine d'Égypte Ptolémée XV et Cléopâtre, puis je partirai quelques jours en voyage, seul avec elle, en tête à tête. Depuis dix ans, je n'ai pas pris un jour de repos, toujours à courir sur les routes des

Gaules, de l'Espagne, de l'Illyrie, de la Macédoine ou à traverser la Méditerranée. J'ai vraiment envie de respirer.

– Où penses-tu aller ?

– Lors du festin qui eut lieu au palais, au mois de septembre dernier, un peu avant que n'éclate la guerre, j'ai longuement parlé avec Acorée, le grand-prêtre d'Isis.

– Qui est-ce ?

– Une déesse qu'adoraient les anciens Égyptiens, que les Grecs ont adoptée comme une sorte de déesse-mère ; à Alexandrie, c'est la protectrice des marins. Acorée m'a dit qu'on ignorait où le Nil prenait sa source : j'ai envie de remonter le fleuve, en bateau, et de percer ce mystère. Le printemps approche, c'est la saison idéale pour voyager sur le Nil, en Égypte : en été, c'est la période des crues, et, en hiver, les jours sont courts et les nuits sont fraîches.

César rédigea la nouvelle constitution de l'Égypte, lui conférant le statut de monarchie héréditaire sous protectorat romain. Il fit prononcer officiellement l'annulation du mariage d'Arsinoé avec Ptolémée XV, et expédia la première à Rome, sous bonne garde, en recommandant à l'officier accompagnateur de la traiter comme une ex-souveraine. Puis furent célébrées les noces de Ptolémée XV et de Cléopâtre VII, qui se réduisirent à quelques formalités religieuses, accomplies par le grand-prêtre Acorée : il n'y eut ni banquet, ni fête et les deux époux furent proclamés conjointement souverains de toute l'Égypte, du Delta jusqu'à la frontière de l'Éthiopie.

Ensuite, dans les premiers jours de mars, sous les yeux des Alexandrins ébahis et joyeux, accompagné de Cléopâtre, dont le ventre s'arrondissait déjà, César embarqua sur une longue barque, en forme de gondole, au milieu de laquelle on avait installé une vaste chambre nuptiale, somptueusement décorée : c'était un *thalamège*, conçu pour les promenades matrimoniales ou galantes sur le Nil. Et, les jours qui suivirent, les paysans étonnés qui, sur les bords du Nil, préparaient la moisson prochaine, purent voir passer le majestueux thalamège, remontant lentement le fleuve, suivi d'une flotte de 400 galères transportant une puissante escorte de légionnaires, avec, à son bord, le dictateur de Rome et la reine d'Égypte enlacés : devenu le maître du pays des pharaons, Jules César faisait le tour du propriétaire.

Le thalamège glissait en silence sur le bras occidental du delta, à travers les plantations de coton et les vergers fleuris. Le bleu du ciel, la couleur ocre du limon, les eaux vertes du Nil, les ombrages, les fleurs, tout semblait rassemblé par quelque divinité bienfaisante pour le plaisir des yeux. Cléopâtre « cicéronait » à plaisir et abreuvait son prestigieux amant de discours joyeux et fiers : elle lui chantait les beautés et l'antiquité merveilleuse de son pays.

– Là-bas, sur la gauche, à la lisière des marais, c'est *Bouto*, le grand sanctuaire de la déesse que les anciens Égyptiens appelaient *Ouadjet* ; d'après eux, c'est là que la déesse Isis, épouse de son frère Osiris...

– Les déesses épousaient leurs frères, chez les anciens Égyptiens ?

– Oui, César, et les pharaons faisaient de même : ils épousaient leurs sœurs ; nous autres, Grecs, nous avons repris cette tradition.

– Vous croyez aux sornettes de la mythologie ?

– Non. Mais c'est une tradition : elle évite les querelles de succession... en principe.

– Tu as raison de dire « en principe » : tu as vu, par expérience, ce qu'il en est résulté.

– Oui : tu es devenu mon amant.

– Tu n'es qu'une ravissante idiote. Continue tes explications.

– Selon les légendes, Osiris a été le premier roi du Nil. Il aurait enseigné à son peuple l'art de l'agriculture et celui de la vigne et lui aurait donné ses premières lois. Mais il avait un frère très méchant, jaloux, qui s'appelait Set, qui voulait s'emparer de son royaume et de sa femme ; alors il l'a tué.

– Décidément, dit César, il n'y a rien de nouveau sous le soleil de l'Égypte. Et ensuite ?

– Isis a enterré le cadavre d'Osiris, et elle s'est réfugiée à Bouto, dans la maison de la déesse Ouadjet, avec son fils, Horus, qui avait une tête de faucon. Puis elle est repartie chercher le corps de son frère, mais Set l'avait déterré et découpé en quatorze morceaux, qu'il éparpilla aux quatre vents.

– Elle n'est pas drôle, ton histoire.

– Attends la fin : Isis aimait tellement son frère-époux qu'elle retrouva tous les morceaux, sauf un, et, grâce à la magie, elle put le ressusciter.

– Et le morceau manquant ?

Cléopâtre rougit, et prend un air coquin :

– Celui-là, elle ne l'a pas retrouvé.

– Qu'est-ce que c'était ?

– Devine...

– Je donne ma langue au chat.

– C'est la partie de ton corps qui me plaît le plus en toi, César, celle avec laquelle tu me donnes du plaisir.

– Eh bien ! elles sont salées, vos fables, conclut César.

Le thalamège avait dépassé la pointe du Delta. En remontant le fleuve, on apercevait, à main droite, les Grandes Pyramides, et, à main gauche, un superbe obélisque, à proximité des ruines d'un temple. César interroge la reine, qui avait posé la tête sur son épaule :

– Cette colonne ? Qu'est-ce que c'est ?

– C'est l'obélisque de Sésostris Ier, un ancien pharaon ; les ruines sont celles d'un temple élevé en l'honneur du dieu Ré, le dieu du soleil. La cité s'appelait autrefois Iounou, mais les Grecs l'ont nommée Héliopolis, la « Ville du soleil ».

Le voyage dura près de deux mois. César et Cléopâtre s'aimaient avec avidité pendant la nuit, et se doraient au soleil pendant la journée ; au petit matin, quand il ne faisait pas encore trop chaud, ils entreprenaient de longues promenades, à pied ou à dos d'âne. Ils s'arrêtèrent ainsi à Héracléopolis, la ville dont l'ancien dieu était un bélier et que les Grecs avaient consacrée à Héraclès ; puis à Lycopolis, la « Ville du loup » aux jardins nombreux et fertiles, dont le patron était le dieu-loup *Oup-Ouat*, « Celui qui ouvre les routes » ; à Abydos, la cité sainte, ils descendirent à terre : Cléopâtre tenait à montrer à César un somptueux tombeau d'albâtre.

– C'est le tombeau où Isis déposa jadis la tête du dieu Osiris, qu'elle avait retrouvée dans cette ville.

Sur les bords du lac Moeris, au fond de la dépression du Fayoum, César put voir ses premiers crocodiles, couchés sur un îlot de sable, avec une foule d'oiseaux qui circulaient parmi eux. Puis ils débarquèrent dans une ville animée, rendez-vous des caravanes qui montaient et descendaient la vallée du Nil, entre l'Éthiopie et Alexandrie.

– C'est *Apollinopolis Magna* (Edfou), dit la reine au consul ; j'y suis venue une fois avec mon père, Ptolémée Aulète, quand j'avais douze ans.

– À quelle occasion ?

– Mon père venait inaugurer un temple qu'il avait fallu près de deux siècles pour construire : les fondations en avaient été creusées par son ancêtre Ptolémée III, vers l'an 516 de Rome (237 av. J.-C.).

Le temple d'Edfou, dédié à Horus, le dieu-faucon, dominait toute la contrée, et les paysans de la région l'avaient surnommé « la Citadelle ». Ce qu'on en apercevait d'abord, c'était deux immenses massifs de maçonnerie, en forme de tronc de pyramide, hauts comme des collines, qui cachaient le temple lui-même à la vue. Entre ces deux gros blocs de pierre s'ouvrait un accès à une vaste cour tout autour de laquelle des bas-reliefs rappelaient les exploits des Ptolémées bâtisseurs.

Cléopâtre avait pris César par la main, et lui contait l'histoire de ses ancêtres :

– Celui-là, c'est Ptolémée III, celui qui a décidé de construire ce temple, on l'avait surnommé *Évergète,* c'est-à-dire « le Bienfaiteur ». Tiens, regarde celui-ci : c'est son fils, Ptolémée IV, qu'on avait appelé *Philopatôr* (« Celui qui aime son père »), il fut à l'origine de la décadence de notre royaume. Et l'autre, en bas à droite, c'est Ptolémée VI *Philomêtôr* (« Celui qui aime sa mère »), c'était, dit-on, un gros mollasson, soumis à sa mère, qui était régente, et qui avait de la poigne.

– Comment s'appelait-elle, sa mère ?

– Cléopâtre, comme moi ; ce fut la première reine à porter ce nom. Les autres rois n'ont pas été très brillants : le gros, que tu vois en haut, avec son épée à la main, c'est Ptolémée VIII le Bouffi ; son fils était tout petit, et on l'avait surnommé « Pois chiche », par dérision. Et voilà ma famille !

Après avoir fait le tour de la cour, César pénétra dans une grande salle, la salle hypostyle, ainsi dénommée parce que son plafond était supporté par un grand nombre de colonnes cylindriques, aux chapiteaux décorés de motifs végétaux ; puis il parvint dans une pièce sombre au fond de laquelle se trouvait le sanctuaire proprement dit, la demeure du dieu. Partout, les murs étaient recouverts de hiéroglyphes.

– Tu sais ce que c'est, que tous ces dessins ? demande César à Cléopâtre.

– Ce sont les écritures sacrées des prêtres ; ils sont les seuls, de nos jours, à savoir les déchiffrer.

Une fois la visite terminée, le couple rejoignit le thalamège, et la croisière reprit, toujours aussi lentement. César commençait à s'ennuyer et à se demander ce qui pouvait bien se passer à Alexandrie et à Rome en son absence. Il poussa cependant jusqu'à Koum-Ombou, où il put visiter un autre temple construit par les Ptolémées, plus grand que celui d'Edfou, mais conçu strictement selon le même plan.

On approchait de la première cataracte du Nil. L'aspect du pays changeait entièrement : aux montagnes calcaires, basses, grises et lisses qui bordaient la vallée succédaient des masses sombres de granit ; sur la pente peu rapide d'un coteau couvert de palmiers-dattiers, César aperçut une agglomération de maisons en torchis, entremêlées de bosquets de verdure : c'était la petite ville de *Syène* (Assouan), séparée par un petit canal de l'île Éléphantine. Au-delà, le Nil, resserré entre deux murailles granitiques, coulait avec fracas sur un barrage naturel constitué par des écueils et des îlots :

– Ce sont les cataractes dont m'a parlé Acorée, criait César : j'ai atteint les cataractes du Nil ! Vois, ma reine, vois ces eaux jaillir. Ce spectacle ne donne-t-il pas raison à Platon qui nous enseigne que la Terre est creuse, que l'eau s'accumule dans certaines régions souterraines, comme dans d'immenses jarres, et qu'elle en jaillit par des orifices, tantôt avec vigueur, telles ces cataractes, quand ils sont étroits, tantôt, quand ils sont larges, avec douceur, comme les sources de l'Illyssos, cette rivière dans laquelle Socrate aimait à se promener les pieds nus ?

Il exultait :

– Cléopâtre, j'ai parcouru les Gaules, les Espagnes, toute l'Italie, l'Illyrie, la Macédoine, l'Asie, mais ce que je vois aujourd'hui, j'en rêve depuis des années. Tu m'as offert le plus beau voyage de ma vie.

Mais les plus beaux rêves ont une fin. Cela faisait déjà trois semaines que César avait abandonné Alexandrie et ses légions, trois semaines pendant lesquelles il n'avait pas reçu une seule nouvelle ni de ce qui se tramait à Rome, ni des conflits qui avaient éclaté en Asie. Petit à petit, le guerrier se réveillait en lui, et il songeait chaque jour au retour. De plus, au printemps, les eaux du Nil étaient encore basses, et il tenait à rentrer avant la montée des eaux, la fameuse crue du Nil, qui avait lieu en été. Enfin, la grossesse de Cléopâtre semblait avancée, et il valait mieux qu'elle en passât les dernières semaines dans son palais, plutôt que sur une gondole.

Ces cataractes qu'il avait atteintes avaient aussi pour César la valeur symbolique d'une limite à ne pas dépasser.

Depuis qu'il était en Égypte, César vivait dans le souvenir d'Alexandre, sur le tombeau duquel il s'était recueilli, à Alexandrie, et il se souvenait que l'illustre conquérant avait dû mettre fin à sa marche victorieuse vers l'Inde et s'arrêter sur les bords de l'Hyphage (un petit affluent de l'Indus), contraint par la mutinerie de ses soldats qui refusaient de s'avancer au-delà. Or les légionnaires qui escortaient le dictateur commençaient à grogner : en ce quinquagénaire qui passait la plupart de son temps mollement étendu sur une couche, auprès d'une jeune reine visiblement enceinte de ses œuvres, à réciter des vers et à visiter des palais déserts, ils ne reconnaissaient pas le chef énergique, prêt à toutes les prouesses, qu'ils avaient toujours admiré.

Leur grogne avait été rapportée au dictateur, qui se vit soudain dans la situation d'Alexandre sur l'Hyphage, et qui l'interpréta comme un signe du destin : il lui fallait se dépouiller de ses habits de sybarite et d'amant langoureux, troquer son pagne contre le manteau écarlate de généralissime qu'il avait jeté aux orties, abandonner la lyre pour le glaive, en un mot, redevenir le César qu'il était. Et, après avoir dormi une dernière nuit dans les bras de Cléopâtre, bercé par la barcarolle des cataractes du Nil, il donna l'ordre du retour.

Il lui fallut une quinzaine de jours pour redescendre le Nil, et sa gondole nuptiale toucha les quais de marbre du Grand Port d'Alexandrie au début du mois de mai. Rufus l'attendait, entouré de tous ses lieutenants : aucun d'eux ne souriait, et leur mine soucieuse fit comprendre au dictateur que c'en était fini, pour lui, du repos du guerrier.

Le compte rendu que lui fit Rufus, lors de la réunion d'état-major qui eut lieu deux heures après son arrivée, n'avait en effet rien de réjouissant.

– Commence par Rome, dit César au chef de son secrétariat. Comment sont les nouvelles ?

– Mauvaises, César, mauvaises. Les mesures financières que tu as prises lors de ta première dictature, il y a deux ans, ont échoué. Il y a de plus en plus de conflits entre débiteurs et créanciers, et le peuple gronde.

– Et Marc Antoine, que j'ai nommé *Magister equitum* (Maître de la Cavalerie), et qui fait donc fonction de vice-consul, il reste les bras croisés ?

– Antoine passe son temps à donner des banquets qui se terminent tard dans la nuit, à tous les nouveaux riches de Rome, il s'affiche avec des danseuses, avec des mimes...

– Tiens, tiens : je croyais qu'il n'aimait que les femmes, remarque César.

– L'argent lui a monté à la tête.

– Et les anciens combattants de Pharsale, qu'il a ramenés de Macédoine et d'Italie ?

– Ils font comme leur général : ils jettent leur argent par les fenêtres.

– Quel argent ?

– Leur pécule, leurs parts de butin : ils ont échangé les vases d'albâtre et quelques tapis contre des sesterces, sonnants et trébuchants.

– Ils sont tous devenus fous !

– Pardonne-moi de te le faire remarquer, César, mais tu leur as donné l'exemple, et tu es leur dieu : ils t'imitent. Et maintenant que les butins ont fondu, ils réclament à Antoine les primes et les terres de Campanie qui leur ont été promises. Au mois de décembre de l'année dernière, quand tu te battais contre Ganymède, il y a même eu des manifestations graves, à Rome ; les vétérans ont incendié la villa d'un général, et ont même voulu s'en prendre physiquement à Antoine.

– Et qu'a-t-il fait ?

– Il a immédiatement mis un terme à ses banquets et à ses aventures galantes, ou, du moins, il y a mis une sourdine et il est parti en Campanie, afin d'accélérer la distribution des terres. Aux dernières nouvelles, le calme est revenu.

– Bon. Et en Asie, où en est-on ? Quand Mithridate de Pergame est venu à mon secours, sur le Nil, contre Ganymède, en février dernier, il m'a dit être en guerre avec Pharnace, le roi du Bosphore Cimmérien (la Crimée actuelle et les territoires qui bordent le détroit reliant la mer d'Azov à la mer Noire) : qui a gagné ?

– J'avoue ne pas avoir très bien compris ce qui se passe là-bas, dit Rufus. Tout ce que j'en connais, c'est que Pharnace s'est révolté contre Domitius Calvinus, à qui tu as confié l'administration de l'Asie.

– Tu vas comprendre. Lorsque Pompée a vaincu Mithridate et a réorganisé l'Asie, il a créé toute une série de petits royaumes – dont certains existaient déjà avant les conquêtes de Mithridate – qu'il a confiés à des rois, choisis par lui, et qui doivent aide et obéissance à Rome. En particulier, il leur a été prescrit, une fois pour toutes, de s'abstenir de toute guerre, de toute tentative de conquête.

– C'est astucieux. Avec ce système, on ne risque pas de voir se lever un nouveau Mithridate, qui se bâtirait un dangereux empire.

– Tu as parfaitement bien compris. Le Bosphore Cimmérien est un de ces petits royaumes ; il a été donné par Rome au fils légitime de Mithridate, Pharnace II.

– En quel honneur ? C'était pourtant le fils de notre plus mortel ennemi !

– Pour avoir participé à l'assassinat de son père, il y a vingt ans.

– Rome encourage l'assassinat politique, maintenant ?

– C'était une idée de Pompée, qui n'a jamais vu plus loin que le bout de son nez. À sa place, j'aurais peut-être fait assassiner Mithridate – bien que je préfère une bonne victoire, nette et franche, comme celles que j'ai obtenues sur Arioviste ou sur Vercingétorix – mais je n'aurais pas utilisé son fils.

– Pourquoi ?

– Parce que bon sang ne saurait mentir, et que, tôt ou tard, le fils en question exigerait, pour prix de sa félonie, les anciens territoires de son père. C'est ce qui s'est produit : Pharnace II a profité de l'écroulement de Pompée pour revenir sur le partage de l'Asie, il a réclamé à Domitius Calvinus deux royaumes qu'avait jadis conquis son père, la Petite Arménie (région de l'actuel Kurdistan turc) et la Cappadoce, et il les a envahis.

– Maintenant, j'y vois un peu plus clair.

– Domitius a réagi immédiatement, et il a sommé Pharnace de libérer ces territoires, car Rome ne saurait tolérer ces annexions. Pharnace a rendu la Cappadoce, mais il a prétendu rester en Petite Arménie, et Domitius a envoyé ses légions, pour libérer le pays, à la demande de son roi, Déiotaros. Mal lui en a pris, car il a été battu par Pharnace en novembre dernier, à Nicopolis.

– Les dernières nouvelles que j'ai reçues, dit Rufus, ne vont pas te faire plaisir. Tout enflé de son succès à Nicopolis, Pharnace a envahi le royaume du Pont (sur la rive sud de la mer Noire), il en a pillé toutes les villes, torturé et massacré les citoyens romains qui y habitaient, et il se glorifie d'avoir recouvré le royaume de son père.

– Là, il dépasse les bornes, et ce qu'il a fait est très grave. Si je ne punis pas immédiatement ce forfait, c'en est fini de l'autorité romaine en Orient, et l'exemple de ce bandit sera suivi par d'autres. Quelles autres nouvelles de ce genre as-tu encore à m'apprendre ?

– Antoine m'a écrit que les sénateurs pompéiens ont émigré de Macédoine et de Brindes en Sicile, et de là en Afrique.

– Ah ! Ah ! le parti sénatorial relèverait-il la tête ?

– Ils se sont tous regroupés en Afrique, avec Caton et Scipion Métellus à leur tête. Caton a traité avec Juba Ier, roi des Numides.

– Aïe ! fait César.

– Quoi donc ?

– C'est mon ennemi juré.

– Pourquoi donc ? demande Rufus, intéressé.

– Tu te souviens de ce jour où j'ai quitté Rome pour me rendre en Espagne, il y a quatorze ans ?

– Comme si j'y étais. Tu venais de rendre ta charge de préteur et tu avais été nommé gouverneur de l'Espagne ; c'était l'année du grand Triomphe de Pompée.

– Exactement. Je suis parti en litière, avec un jeune prince numide, qui s'appelait Masintha.

– Oui. Nous nous sommes tous demandé, à Rome, ce que tu faisais avec lui.

– Je ne faisais pas ce que tu crois. Masintha était un chef de tribu que Hiempsal, le puissant roi des Numides, faisait chanter, en lui faisant payer chèrement sa protection. À sa mort, Hiempsal a désigné son fils Juba comme héritier, et ce chef de bande est venu à Rome pour faire condamner Masintha à lui payer ses redevances. À cette époque, j'étais encore préteur, et j'ai jugé l'affaire en faveur de Masintha. Les choses ont mal tourné, car Juba est venu jusqu'à mon domicile, à la *Regia*, pour protester. Je l'ai pris par la barbe et je l'ai mis dehors. Par la suite, le Sénat m'en a tenu rigueur, mais tu sais ce que j'en pensais du Sénat !

– Je comprends, maintenant, pourquoi les sénateurs sont allés se réfugier chez les Numides, dit Rufus. Et Juba est toujours là, prêt à en découdre avec toi, vingt ans après ! Bon, n'en parlons plus : quel est ton programme ?

– L'affaire la plus urgente, et la plus aisée à régler, est la révolte de Pharnace : je partirai en Petite Arménie dans deux ou trois jours. Ensuite, j'irai mettre un peu d'ordre à Rome, et j'en finirai une fois pour toutes avec les sénateurs, et leurs combats d'arrière-garde, en montant une expédition contre eux, en Afrique.

Puis se tournant vers les légats commandant les légions d'Alexandrie :

– Réunion d'état-major demain matin, à l'aube, au palais, leur dit-il : qu'on ne me dérange pas jusque-là.

– Il n'a pas changé, fait remarquer Rufus aux légats, après son départ : il lui a fallu une demi-heure pour tout reprendre en main.

Chapitre XIV

Veni, vidi, vici...

(mai-août 47)

Après son escapade amoureuse sur le Nil, César reprenait donc son existence de justicier errant, de chevalier de la cause romaine, toujours inassouvi. Elle lui était devenue tellement familière, depuis ce petit matin brumeux de mars 59 où il avait quitté Rome, dans le plus grand secret, pour bouter les Helvètes hors des Gaules, que tout retour à la vie échevelée qu'il avait jadis connue à Rome, avec ses soupers fins, ses adultères, ses coteries, ses scandales, ses petites conjurations politiques, les grandiloquences du Forum, lui aurait paru incongru et hors nature. Le territoire de ses rêves et de ses ambitions s'était agrandi. Depuis bien longtemps, il n'était plus limité aux sept collines qu'encerclait la muraille de Servius Tullius : il s'étendait de l'océan Atlantique à la Caspienne et au golfe Persique, du Rhin et du Danube jusqu'aux sources du Nil.

– Quand je songe, disait-il à Rufus avant d'ouvrir le conseil d'état-major auquel il avait convoqué tous ses légats et tous ses officiers, que, depuis bientôt douze ans, je passe la moitié de mon temps à la tête de mes légions, à pied ou à cheval, et l'autre moitié sous une tente : je suis en passe de battre la performance d'Arioviste, qui prétendait n'avoir jamais couché sous un toit pendant quatorze années.

– En matière de tente, depuis que tu es en Égypte, tu n'as pas à te plaindre, César : le palais, Cléopâtre, un voyage en gondole sur le Nil...

– Je ne suis arrivé à Alexandrie qu'au mois d'août de l'année dernière, il y a à peine huit mois et, demain, j'en repars.

– Tu t'en plains ?

– Je ne conçois pas pouvoir vivre autrement, Rufus. Est-ce que tous les officiers sont arrivés ?

– Ils t'attendent dans la grande salle du conseil.

– Alors, allons-y, il n'y a pas une minute à perdre.

Un conseil militaire présidé par César se résumait, la plupart du temps, à un bref discours de l'*imperator*, dont les ordres n'avaient pas à être discutés :

– Mes amis, déclare-t-il, je quitte l'Égypte. C'est un royaume souverain que nos légions auront le devoir de protéger. J'ai désigné, pour ce faire, la XXVIIe et la XXXVIIe légions, ainsi que celle qu'avait jadis constituée Gabinius, dont les légionnaires ont maintenant une grande habitude du pays. Je vous précise qu'il s'agit de troupes de protection, et non pas de troupes d'occupation : j'interdis toute immixtion dans les affaires de l'Égypte et je vous préviens que toute atteinte aux biens ou aux personnes sera punie de mort. Ces trois légions seront sous le commandement de Rufinius, qui est le fils d'un de mes affranchis et qui me tiendra régulièrement au courant, par courrier, de l'évolution de la situation. Quant à moi, je vous quitte ; je vais réduire la rébellion de Pharnace, et j'emmène avec moi la VIe légion jusqu'en Petite Arménie, puis je retournerai à Rome. Mon adjoint personnel sera Marcus Junius Brutus, le fils de Servilia.

– Serons-nous seuls à combattre Pharnace ? demande le commandant de la VIe légion.

– Non. J'ai déjà envoyé mes ordres à Domitius Calvinus, gouverneur de l'Asie. Il mettra à ma disposition les deux légions, la XXXVIe et la XXXVIIIe, qui ont été battues à Nicopolis, en novembre dernier ; Déiotaros, le roi de Petite Arménie, m'en fournira deux autres, organisées à la romaine. De plus, j'ai demandé à Ariobarzane, le roi de Cappadoce, de me fournir un contingent de cavalerie.

– Et tu es certain, César, que ces deux rois t'obéiront ?

– L'un comme l'autre ont aidé Pompée, pendant la guerre civile, et ils ont intérêt à se montrer dociles s'ils veulent conserver leur couronne... et puis ils se doivent de participer à la défense de leurs royaumes et venger leur défaite à Nicopolis.

– Quel sera ton itinéraire, César ? demande alors Rufinius, que je sache où t'envoyer des messagers en cas d'urgence.

– J'embarquerai mes légionnaires le 10 mai, et nous appareillerons le 11. J'ai l'intention de longer la côte syrienne ; je m'arrêterai successivement à Gaza, à Tyr, à Antioche, puis j'irai jusqu'à Tarse, en Cilicie, où je débarquerai mes troupes. Ensuite je traverserai la Cappadoce, et je réinstallerai au passage Ariobarzane sur son trône. Après quoi, j'envahirai le Pont et j'en chasserai Pharnace. Le conseil est terminé. Adieu, mes amis. Portez-vous bien et sachez défendre l'honneur de Rome.

La salle du conseil se vide. César reste seul avec Rufus, qui lui pose la question qui lui brûlait les lèvres :

– Quelles sont véritablement tes intentions, César ? Déiotaros et Ariobarzane ont été les alliés de Pompée, pendant la guerre civile : pourquoi tiens-tu tellement à les rétablir dans leurs droits ?

– Leurs droits résultent du statut politique que Pompée a donné à l'ensemble de nos territoires d'Asie, en vertu des pouvoirs que lui avait conférés, très légalement, avec l'approbation du Sénat et du peuple romain, la loi *Manilia*, votée le 1er janvier de l'an 687 de Rome (66 av. J.-C.). La guerre civile qui nous a opposés, Pompée et moi, ne concernait en rien ni cette loi, ni le statut de l'Orient romain, et que les deux rois aient été les alliés de Pompée ne change rien à l'affaire : la Petite Arménie et la Cappadoce sont, pour l'éternité, ou, du moins, jusqu'à la fin de Rome, deux royaumes indépendants. Pharnace a violé ce statut, il doit être puni et les anciens monarques rétablis.

– Et pourquoi ce périple par la Syrie ?

– Parce que la Syrie est le bastion de Rome sur la Méditerranée. Au-delà de ses frontières, qui ne sont marquées par aucun grand fleuve, par aucune montagne, il y a les déserts mystérieux des Arabes, et, plus au nord, l'immense Mésopotamie et le pays des anciens Perses, qui est devenu, de nos jours, l'empire des Parthes.

– Comment se nomme leur roi ?

– Actuellement, c'est Orodès, premier du nom. Crassus s'est attaqué à lui, il y a six ans, mais il s'est fait écraser : lui et toutes ses légions ont péri en Mésopotamie, tu t'en souviens.

– Tu as des visées sur ces pays ?

– Honnêtement, non. Je pense que l'empire de Rome doit s'organiser autour de la Méditerranée, et nulle part ailleurs. Les déserts de la Syrie et les montagnes du pays des Parthes marquent la frontière entre notre civilisation et celle des Asiatiques. Les soldats d'Alexandre ont eu raison de ne pas vouloir aller au-delà de l'Indus. Occupe-toi de rassembler mes archives ; je vais faire mes adieux à Cléopâtre.

La reine l'attendait dans sa chambre. Elle semblait émue, mais elle avait les yeux aussi secs que ceux de César. Celui-ci lui dit simplement qu'il devait partir pour l'Asie, et châtier Pharnace, le roi rebelle ; mais il lui cacha ses plans et son itinéraire : il se méfiait de ses bavardages intempestifs.

– J'ai appris que tu as choisi comme lieutenant le jeune Brutus, lui dit-elle d'une voix acide.

– Les nouvelles se propagent bien vite, dans ce palais, dit César.

– Pourquoi lui ?

– Parce que la tâche sera rude, et que j'ai besoin d'un adjoint jeune et résistant. Cela t'ennuie ?

– Dis plutôt que tu ne peux plus te passer de lui, dit Cléopâtre, avec hargne. Avoue-le donc, que Brutus est le fils de Servilia, ta vieille maîtrese.

– C'est absolument faux ; il ressemble à son père comme deux goutttes d'eau se ressemblent. Qu'est-ce que c'est que cette scène ? Je l'emmène avec moi comme adjoint au commandement, un point, c'est tout.

– Et moi ? Je reste seule ? Qu'est-ce que je vais devenir ? Et l'enfant que je porte ?

– La belle affaire ! Je suis libre, Cléopâtre.

– C'est bien ce que je te reproche.

– Je te ferai venir à Rome quand j'y serai, avec ton enfant, quand il naîtra. Allez, disons-nous adieu. L'amour peut attendre, mais la guerre n'attend pas. Nous avons été heureux, Cléopâtre. Mais tu dois songer à ton peuple et moi au mien. Adieu, reine d'Égypte.

– Adieu, César. Préserve-toi.

L'expédition punitive montée par César contre le roi Pharnace fut une véritable guerre éclair. Le 11 mai, il quitte Alexandrie avec sa VIe légion, une légion de vétérans, en lesquels il avait une confiance totale. Le 23 mai, il débarque à Antioche où l'attendent les légions de Calvinus ; il n'y séjourne que trois ou quatre jours, afin de réorganiser l'administration de la Syrie, et il confie cette province à un sien petit-cousin, Sextus Julius César, en lui disant :

– Quand j'avais dix ans, j'ai assisté à l'élection de ton grand-père au consulat : qui aurait dit que, quarante-quatre ans plus tard, le petit garçon que j'étais alors te nommerait aujourd'hui gouverneur de la Syrie ?

D'Antioche, avec la même flotte qui l'a conduit en Syrie, César se rend ensuite à Tarse, capitale de la Cilicie :

– Brutus, dit-il à son lieutenant, occupe-toi de faire débarquer nos troupes. Que les hommes se délassent : nous partirons après-demain matin, à marches forcées, en direction du royaume du Pont.

– Pourquoi ne pas partir demain matin ? Les légionnaires ne sont pas fatigués : depuis dix jours, ils se prélassent au soleil, sur les ponts des navires.

– J'ai fait convoquer à Tarse les délégués des cités de Cilicie ; il existe entre elles une multitude de petits conflits, que je vais régler moi-même...

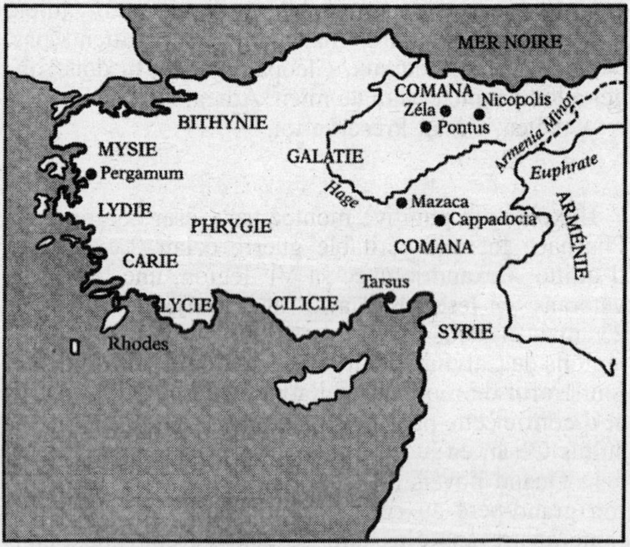

Campagne d'Orient

César est parti le 11 mai d'Alexandrie ; le 23 mai il est à Antioche, où il reste trois ou quatre jours, et il parvient à Tarse au début du mois de juin. Après une halte à Comana, il franchit le fleuve *Halys* (le Kizil Irmak de la Turquie moderne) et rattrape Pharnace à Zéla, où il parvient le 11 juin au soir. La bataille de Zéla eut lieu le 12 juin, et César résuma son expédition par la formule laconique : *Veni, vidi, vici.*

– ... Par quelques-unes de ces décisions sans appel dont tu as le secret, dit Brutus, en souriant.

– Il faut bien que ceux qui commandent ordonnent, et que ceux qui sont commandés obéissent, lui répond César.

Une fois les affaires de Cilicie réglées, César part pour la Cappadoce, avec son armée. Il fait halte à Comana, où se trouvait le temple le plus ancien et le plus vénéré de ce royaume, dédié à Bellone, la déesse romaine de la guerre.

– Je croyais que tu étais pressé d'en finir au plus tôt avec Pharnace, lui fait remarquer Brutus, pourquoi donc s'attarder en Cappadoce ?

– Le grand-prêtre de Bellone a une autorité morale considérable sur tous les Cappadociens et sur les habitants du Pont : en confiant ce sanctuaire à un ami sûr, je garantis mes arrières, et ce n'est pas perdre son temps.

– Et qui sera l'heureux élu ?

– Lycomède, un Bithynien qui appartient à une très noble famille locale. J'en profiterai pour désigner le prince qui succédera à Ariobarzane après sa mort, pour éviter les conflits successoraux... et Lycomède consacrera ainsi le dauphin légitime.

– Qui as-tu choisi comme dauphin d'Ariobarzane ?

– Son jeune frère, Ariathe. Puis je ferai un crochet par la Galatie, le pays des Gaulois d'Asie, et nous partirons à la recherche de Pharnace.

Ces formalités et ces tractations prirent un certain temps, et, lorsqu'il pénétra dans le royaume du Pont, César avait perdu la trace de Pharnace. Il lui fallut quatre jours pour le découvrir : le roi s'était réfugié dans la cité de Zéla, au milieu d'une vaste plaine, située au cœur de son royaume, et il avait disposé son armée à l'extérieur de cette ville, sur les flancs d'un coteau, dont il avait fortifié les abords.

Dès lors, tout se passe très vite. César marche sur Zéla et arrête son armée, le 11 juin au soir, à 5 milles (7,5 km) du tertre ennemi. En face de ce monticule s'élève une colline qu'un profond ravin sépare des positions adverses. Dans la nuit du 11 au 12 juin, les légionnaires, délestés de leurs bagages, occupent silencieusement cette hauteur, et commencent à s'y retrancher. Au petit matin, Pharnace découvre la présence des troupes romaines, qui semblent à portée de sa main, et, sans réfléchir plus avant, animé d'une folle audace, lance sur elles ses troupes et ses chars à faux ; ses soldats dégringolent jusqu'au fond du ravin et en escaladent la pente opposée. Leur chef jubile : il va prendre les troupes romaines au dépourvu.

César s'en aperçoit et rappelle en hâte ses légionnaires, qui travaillaient à fortifier la colline. Les vétérans de la VIe légion abandonnent leurs pelles et leurs pioches et se saisissent de leurs armes ; ils ont l'avantage de la position, puisqu'ils se tiennent en haut du ravin, et lancent leurs javelots sur les soldats de Pharnace, qui tombent les uns après les autres. Puis ils tirent leur épée, se précipitent sur leurs adversaires et les culbutent, l'épée dans les reins, jusqu'au fond du précipice.

Après quatre heures de combat, l'armée de Pharnace est réduite à un tas de cadavres gisant au fond du ravin et le roi, en fuite, sera rattrapé et tué. Le 12 juin au soir, César, dans l'allégresse de la victoire, écrit à l'un de ses amis, un certain Anitius, une missive laconique résumant sa campagne contre Pharnace en trois mots orgueilleux : « *Veni, vidi, vici* » (« Je suis venu, j'ai vu, j'ai vaincu »).

En réalité, il avait fait plus que vaincre un roitelet prétentieux : il était devenu le maître incontesté de l'Orient. Dans les semaines qui suivirent la foudroyante victoire de Zéla, il dispense les privilèges et les titres aux rois et aux cités de cette partie de l'Asie Mineure. Il traverse la Galatie et la Bithynie, tranche les différends qui existent entre ces provinces, nomme Mithridate de Pergame roi du Bosphore Cimmérien (la Crimée), puis il rend à Calvinus la haute main sur tout ce qui concerne l'Asie et les provinces avoisinantes et, le 14 juillet 47, il donne à ses troupes le signal du retour en Italie.

Athènes est sa première escale. Il y est accueilli avec un empressement suspect par les Athéniens, qui avaient pris le parti de Pompée pendant la guerre civile et il leur accorde dédaigneusement l'amnistie, avec les mêmes mots méprisants que jadis Mithridate leur avait lancés :

– Faudra-t-il donc que toujours vous deviez le pardon de vos offenses à vos glorieux ancêtres ?

Puis il fit voile sur Patras, passa par Tarente et rentra finalement à Rome vers le 15 août, au moment où le parti sénatorial tentait d'allumer à nouveau la guerre civile, mais en Afrique, cette fois.

Le rapport que lui avait fait Rufus sur la situation à Rome n'avait rien d'exagéré. Tous les jours des agressions et des émeutes, opposant créanciers et débiteurs, ensanglantaient le Forum et la Ville vivait sous la menace permanente d'une sédition militaire. Les désordres étaient tels que Marc Antoine avait interrompu sa folle *dolce vita* romaine et s'était rendu en Campanie, où les vétérans semblaient prêts à tout, pour les raisonner. En mai 47, croyant être venu à bout de la rogne et de la grogne de ses anciens soldats, il était rentré à Rome, mais la nouvelle de la victoire de Zéla, qui fut claironnée sur le Forum à la mi-juillet, la ranima : le bruit courait partout que César ne revenait en Italie que pour mobiliser à nouveau ses légions et partir vers de nouvelles campagnes. Les événements d'Afrique, où Métellus Scipion levait bien haut le pavillon de la rébellion, accréditaient d'ailleurs la rumeur. Le collègue de César au consulat, Servilius Isauricus, n'avait aucune autorité, ni sur les citoyens, ni sur les militaires : Rome était au bord de l'abîme.

César n'ignorait rien de cet état de choses. Dès son arrivée en Italie, après avoir interrogé, sur son chemin, les uns et les autres, il s'était rendu compte de l'étendue du désastre :

– De tout ce que j'ai appris, entre Tarente et Rome, dit-il à Brutus et à son secrétaire Rufus, qui chevauchaient à ses côtés, je conclus que la rébellion des légions n'a pas été spontanée ; elle a été déclenchée par un tribun militaire à la solde du parti sénatorial, dont les chefs sont maintenant en Afrique.

– Tu connais le nom de ce meneur ? demande Rufus.

– Je connais le nom et l'homme : il s'agit de Caïus Avénius. Dans le temps, lorsque je faisais la guerre en Gaule, il était sous les ordres de mon légat Labiénus, celui qui m'a trahi, au moment de la guerre civile, et qui est passé du côté de Pompée. C'est Avénius qui gère la mutinerie, avec quelques officiers subalternes. Il lance des bobards, excite les centurions, fait courir le bruit que les légionnaires ne recevront pas les récompenses promises, que je vais les mobiliser à nouveau, et il les monte ainsi contre moi.

– Pourquoi ne parles-tu pas toi-même aux légionnaires ? Ils t'admirent, dit Brutus.

– Oui, ils m'admirent. Mais il y a des têtes brûlées parmi eux, et je ne veux pas m'exposer inutilement. Je vais leur envoyer Salluste : c'est un garçon dynamique, intelligent et en lequel j'ai grande confiance.

Le 15 août au soir, César entrait dans Rome et retrouvait sa demeure de la *Regia* ; trois jours plus tard, Salluste, dûment chapitré par le dictateur, arrivait en Campanie et s'adressait aux soldats rebelles :

– Légionnaires, je suis envoyé vers vous par César, et j'ai des propositions à vous faire de sa part.

– Qu'il vienne les faire lui-même, s'il a ne serait-ce qu'un peu de courage, crie un centurion.

Salluste fait mine de ne pas avoir entendu et continue :

– Il a ordonné ce matin qu'en plus des sommes qui vous sont dues, à des titres divers, il vous soit versé à chacun une prime de mille deniers, dès que la guerre sera terminée.

– Quelle guerre ? dit l'un.

– Demain on rase gratis, dit un autre, en ricanant.

– On en a marre, des promesses, crie un troisième. Nous voulons des deniers tout de suite, bien sonnants.

– Va donc dire à César qu'on s'en fout, des paroles d'un morveux comme toi, hurle un centurion. Et t'as intérêt à te carapater, sinon je te montrerai de quel bois je me chauffe. Il est au bas de mon ventre, ce bois, et tu verras où je te le mettrai !

L'atmosphère n'était indiscutablement pas propice aux harangues et Salluste préféra s'enfuir sans demander son reste, sous les ricanements des vétérans. Après son départ, Avénius prend la parole à son tour :

– César est à Rome, dit-il, puisque ce monsieur ne daigne pas se déranger pour venir nous parler, nous allons lui parler nous-mêmes. Suivez-moi, les amis, tous au Forum.

Et la bande de mutins, armés de pied en cap, de marcher sur Rome. Chemin faisant, ils pillent les vignes, les champs de blé, les belles demeures patriciennes, et ils n'hésitent pas à massacrer leurs riches propriétaires. Deux sénateurs et même deux anciens préteurs tombent sous leurs coups. Des cavaliers qui parcouraient au galop la voie *Latina*, entre Capoue et Rome, apportaient tous les jours des nouvelles de l'avancée de ces bandes de mutins à César.

– On ne peut tolérer ces désordres, il faut faire quelque chose, César, lui disait Antoine : envoyons à leur rencontre quelques légions fidèles.

– Non, Antoine, cela ne ferait qu'augmenter les désordres. Laissons-les avancer et prenons nos précautions.

Puis, se tournant vers Brutus :

– Fais fermer toutes les portes de la Ville, lui dit César, et fais-les garder par des légionnaires de la VIe légion, qui campe à l'extérieur de Rome. Arrange-toi pour canaliser les mutins vers le Champ de Mars et préviens-moi dès qu'ils y seront arrivés.

César ne quitta pas son domicile de la *Regia* jusqu'à l'arrivée des rebelles, qu'on lui annonce l'avant-dernier jour du mois d'août. Il leur envoie alors des messagers.

– Allez leur demander ce qu'ils veulent, ordonne-t-il.

Les messagers s'exécutent et sortent de Rome, dans la direction du Champ de Mars. Avant même qu'ils n'y arrivent, ils sont bousculés, molestés et crient :

– Nous sommes des messagers de César. Il nous a chargés de vous demander quelles étaient vos intentions.

– Va dire à ton chef que nous ne le dirons qu'à lui-même : il n'hésitait pas à nous haranguer, au moment des batailles, eh bien ! qu'il vienne nous haranguer sur le Champ de Mars. Et nous le lui dirons, ce que nous exigeons.

Le message est transmis à César.

– Bon. Qu'ils déposent leurs armes d'abord, et j'aviserai.

Les messagers repartent. Rufus, inquiet, interroge le consul :

– Tu vas y aller ? C'est dangereux, César.

– Je vais y aller, et je vais ridiculiser ces trublions. Ils viendront me lécher les pieds.

– Comment t'y prendras-tu ?

– Ça, c'est mon secret.

Vers la fin de l'après-midi, César revêt sa cuirasse et saute sur son fameux cheval blanc. Il appelle quelques familiers :

– Antoine, Rufus, Brutus, accompagnez-moi. Nous allons au Champ de Mars.

– Sans escorte ?

– Sans escorte. Nous allons les surprendre.

– Tu ne prends pas ton manteau pourpre ?

– Non. Je veux passer inaperçu.

Les trois cavaliers parviennent au Champ de Mars, où règne le désordre le plus grand. César et ses compagnons s'installent sur une estrade. Parmi les rebelles, la rumeur se propage : « César est là ! », et tous accourent autour de l'estrade. Ils n'ont pas eu le temps de se concerter, et la présence de leur chef les intimide. César les interpelle :

– Alors ? Qu'est-ce que c'est que cette chienlit ? Je vous somme de formuler immédiatement vos revendications.

Quelques légionnaires osent s'avancer et ils prennent la parole :

– César, depuis des années nous combattons sous tes ordres, et nous avons encouru bien des dangers. Maintenant, nous voulons recevoir les récompenses promises et nous souhaitons rentrer chez nous : nous ne voulons plus faire la guerre.

César ne répond pas immédiatement. Immobile, il fixe en silence les légionnaires, intimidés et mal à l'aise, dans l'attente d'une harangue. Et il laisse tomber, froidement :

– Je vous donne à tous votre congé. Vous pouvez rompre les rangs : vous n'êtes plus des soldats.

La réponse, imprévue, remplit les mutins de stupeur : ils avaient demandé à être dégagés de leurs obligations militaires par stratagème, pour embarrasser leur général, qui, pensaient-ils, avait encore besoin d'eux pour guerroyer en Afrique contre Scipion. Mais leur général avait l'air de ne pas s'en préoccuper, et il ajoute même, avec une cruelle ironie :

– Vous avez raison, *citoyens*, vous êtes épuisés, couverts de blessures et vous avez besoin de vous reposer. Quant à vos primes et à vos récompenses, je vous les donnerai, selon la coutume, lorsque je célébrerai mon triomphe, avec d'autres soldats que vous. Je ne veux pas laisser dans l'histoire le souvenir d'un ingrat.

Rufus avait compris, et, se penchant vers Brutus, lui dit à l'oreille :

– Il les a tous désarmés. Ces hommes qui ne savent que faire la guerre sont désormais de simples civils : pour eux, c'est une véritable honte ; traiter ces glorieux légionnaires de « citoyens » est plus que blessant, et faire défiler d'autres soldats qu'eux derrière le char de César, le jour de son triomphe, est une terrible punition pour ces hommes qui ont guerroyé pendant des années sous les ordres de l'*imperator*.

Les mots de César firent leur effet. S'entendre traiter de « citoyens » était, pour ces guerriers, l'injure suprême, et ils réagirent comme leur chef s'y attendait : ils firent tous amende honorable, et leurs porte-parole déclarèrent, émus, qu'ils se repentaient et qu'ils suppliaient César de les garder à son service. Mais l'*imperator*, feignant l'indifférence, se détourna d'eux et descendit lentement de la tribune. Les légionnaires le pressent alors de leurs cris :

– Reste parmi nous, César, punis les coupables, que nous te désignerons, et garde-nous sous les armes.

César fit mine d'hésiter, laissa un peu traîner l'affaire, et, lorsqu'il sentit qu'il avait de nouveau ses troupes bien en main, il prit acte du repentir général et annonça qu'il pardonnait à tout le monde :

– Même aux meneurs, ajouta-t-il, aux acclamations de tous. Et maintenant, prenez quelque repos, soignez vos blessures et préparez-vous à me suivre en Afrique : nous embarquerons le 31 octobre prochain.

Cette fois-ci, l'affaire était entendue. César, accompagné de son état-major et de ses conseillers, pouvait rentrer à Rome s'occuper de la République. À Rufus, qui le félicitait de la manière rapide et efficace dont il avait retourné la situation et réprimé la mutinerie, il dit, en souriant :

– C'est comme à Zéla : je suis venu, j'ai vu, j'ai vaincu !

Chapitre XV

César l'Africain

(août 47-25 mai 46)

Après avoir rétabli l'ordre au sein de ses troupes, César repartit pour Rome, afin de s'occuper des affaires de l'État. On était au mois d'août 47, la saison estivale était bien avancée, et la guerre l'appelait en Afrique, où le parti sénatorial avait reconstitué une armée : il ne pouvait quitter la Ville sans avoir réorganisé les institutions, qui allaient à la dérive. Il s'en ouvrit à son lieutenant Brutus :

– Les guerres civiles sont mauvaises conseillères, Brutus ; elles portent le plus souvent au pouvoir des meneurs et des aventuriers qui déshonorent la cause pour laquelle ils ont combattu. Il faut que je rétablisse l'État.

– Le Sénat t'a conféré tous les pouvoirs, après ta victoire à Pharsale ; c'est le moment de les exercer.

– Je le sais bien ; en mon absence, je les ai délégués à des hommes comme Lépide, dont les vues sont étroites, ou comme Antoine, qui m'a déçu. Je l'ai nommé Maître de la Cavalerie, c'est-à-dire premier magistrat de Rome après les consuls, et qu'a-t-il fait de cette charge ? Il en a profité pour faire main basse sur les biens des pompéiens : il s'est même attribué le palais de Pompée, avec tous ses esclaves, et il y donne festin sur festin. Tu trouves cela normal ?

– Je pense comme toi, César, c'est scandaleux. Des exactions de ce genre empêchent toute réconciliation avec tes adversaires.

– C'est ce que je me tue à lui écrire. Les sénateurs qui sont restés à Rome, comme Cicéron par exemple, et dont l'État a besoin, n'ont pas envie de se confronter avec des parvenus. Et Dolabella, le gendre de Cicéron, qui était à mes côtés à Pharsale, tu sais ce qu'il est devenu ?

– Tu l'as fait élire tribun de la plèbe pour l'année qui vient.

– Oui, et ce fut une mauvaise idée. J'aurais dû faire une enquête sur lui avant de lui offrir cette charge : il est couvert de dettes.

– Il n'est pas le seul, à Rome. La Ville est devenue le paradis des usuriers.

– Je te l'accorde, et l'une de mes intentions est de faire une loi à ce sujet ; je proposerai sans doute que les dettes des plus pauvres soient annulées, et je demanderai un moratoire pour les autres. Mais Dolabella, harcelé par ses créanciers, proclame à qui veut l'entendre que l'an prochain, quand il sera tribun, il fera voter par plébiscite l'annulation de toutes les dettes, celles des pauvres comme celles des riches... et les siennes par la même occasion ! Tout cela est source de désordres, de manifestations, d'affrontements. Il faut que cette agitation cesse. J'ai vaincu la dictature de la classe sénatoriale, ce n'est pas pour imposer la dictature de la rue.

– Il faut résoudre le problème au fond, César. Et, malgré mon attachement au régime républicain, je dois bien constater que tu es le seul qui soit capable de mettre fin à cette anarchie et de gouverner Rome comme elle doit l'être. Les hommes que tu as nommés ne forment pas un véritable parti : ce sont des profiteurs et des parvenus sans doctrine de gouvernement.

– À certains égards, ils sont même pire que les sénateurs que j'ai chassés. Il y a trop d'arrivistes parmi eux.

– Quel est ton plan ?

– Mon but est de remplacer tous ces incapables et ces prévaricateurs par une administration qui me sera entièrement dévouée, dont les postes principaux seront tenus par des hommes intègres dans ton genre, Brutus, par des centurions qui ont blanchi sous le harnais et chez lesquels l'amour de la patrie passe avant l'amour de l'argent, par des plébéiens non endettés et dignes de confiance.

– Comment t'y prendras-tu ?

– Par le biais des assemblées électorales. En octobre de l'année dernière, le Sénat m'a investi de la puissance tribunitienne à vie : j'ai donc le droit de m'asseoir au banc des tribuns de la plèbe et de proposer aux comices tributes des textes législatifs sans passer par le Sénat, qui n'est plus, d'ailleurs, qu'un Sénat fantôme.

– Autrement dit, tu vas légiférer directement par plébiscites, sans faire discuter tes projets de lois par les sénateurs, ni par qui que ce soit ? C'est un nouveau mode de gouvernement que tu proposes : tu t'adresses au peuple par-dessus la tête des assemblées et des magistrats, et, comme tu t'y entends à te faire aimer par le peuple, tu pourras faire ce que tu veux.

– Qu'en penses-tu, toi qui es un légiste scrupuleux ?

– J'en pense, César, que le système est valable lorsque la République est en danger, comme maintenant, au même titre que la dictature, mais qu'il ne faut pas prolonger outre mesure ce mode de gouvernement ; je suis un fervent républicain, César, et je me méfie de ton « césarisme » s'il dure trop longtemps : il conduira, tôt ou tard, à la suppression de toutes nos libertés individuelles au profit d'un intérêt public dévorant.

– En attendant, Brutus, il me faut doter Rome d'un gouvernement légal. Or ma dictature se termine en mars prochain (mars 46), et elle a commencé, en janvier dernier, sans consuls, sans préteurs et sans questeurs ; cette situation ne peut plus durer. Je vais donc convoquer les comices centuriates afin de pourvoir à ces charges...

– ... Et tu vas leur présenter des candidats de ton choix, qu'ils n'auront plus qu'à élire sans broncher ?

– C'est à peu près mon intention. Tout d'abord je ferai introniser Fufius Calénus et Vatinius comme consuls pour l'année en cours (47 av. J.-C.)...

– Mais elle se termine dans trois mois, César.

– Je le sais comme toi. Mais, dans la mesure où toutes les lois de la République doivent faire référence aux noms des consuls en place lors de leur vote, je donnerai à leur choix une valeur rétroactive. Et je ferai la même chose pour les autres magistrats, notamment pour les préteurs, parmi lesquels je veux voir figurer Salluste : il m'a toujours été fidèle, aussi bien comme tribun, il y a cinq ans, que comme questeur l'année dernière.

– Et pour l'année à venir ?

– J'exercerai le consulat, avec Lépide comme second consul.

– Ce sera ton troisième consulat, César... ce n'est pas très régulier.

– Il y a eu des précédents ; mon oncle Marius a été consul six fois de suite, et Pompée a été consul trois fois. Bien entendu, on demandera aussi aux comices centuriates d'élire les préteurs, dont le nombre sera porté de deux à dix, et les questeurs pour l'année à venir.

– Et le Sénat, César. Une grande partie des sénateurs sont en Afrique, avec Caton et Scipion ; il ne reste plus en Italie que deux cents Pères conscrits, et ils sont pour la plupart loin de Rome, dans leurs propriétés de campagne : ils ont peur pour leur vie.

– Je ne suis pas Sylla, je suis César ; je ne suis pas un assassin, je suis un guerrier. Je ne veux de mal à aucun sénateur, et, après Pharsale, j'aurais laissé la vie sauve à Pompée, s'il ne s'était pas enfui en Égypte où j'ai d'ailleurs châtié son assassin. J'abomine le meurtre politique : j'ai même demandé jadis la grâce de Catilina, mais les sénateurs ne m'ont pas écouté.

– Il reste aussi à définir les fonctions d'Antoine et de Lépide.

– La conduite de Marc Antoine est une insulte au parti populaire dont je suis le chef ; je vais le démettre de sa charge de Maître de la Cavalerie. De plus, il s'est approprié les biens de ses adversaires : ces biens font légalement partie du butin de l'armée, et, s'il veut les conserver, il devra les payer au Trésor public. J'ai besoin d'argent pour faire la Révolution.

– Quelle révolution ?

– Celle qui instaurera une Rome nouvelle dont je rêve depuis plus de trente ans.

– Et Lépide ?

– En mon absence, il a très honnêtement tenu sa place, il ne s'est pas conduit en prédateur, comme l'a fait Antoine, et il s'est parfaitement acquitté de ses fonctions de gouverneur de l'Espagne l'année dernière. Je le nommerai Maître de la Cavalerie, cela le flattera. Lépide n'est pas un grand homme d'État, ce n'est qu'un bon exécutant, vaniteux mais fidèle. Je te charge de transmettre toutes ces décisions à Rufus, pour qu'il les mette en forme par écrit ; je les ferai adopter en bloc par les comices tributes, qu'il faudrait convoquer dans le courant du mois de septembre. Nous réunirons les comices centuriates au tout début du mois d'octobre pour désigner les magistrats comme je viens de te l'indiquer.

– Pour cette année et pour l'année prochaine ?

– Exactement. Ensuite, je partirai pour l'Afrique.

– Quand cela ?

– Lorsque j'aurai réuni assez d'argent pour faire la guerre... Vraisemblablement vers le 15 octobre.

– Je m'en vais de ce pas expliquer tout cela à Rufus.

– Ne pars pas si vite, Brutus, je n'ai pas fini et ce que je vais te dire te concerne.

– Je t'écoute, César.

– Je pense que ta situation est délicate. Tu étais du côté de Pompée pendant la guerre civile, et, après Pharsale, tu as été le premier à être gracié par moi, en raison des liens qui nous unissaient, ta mère Servilia et moi. Maintenant, je suis obligé d'aller terminer la lutte en Afrique, et d'y combattre les sénateurs pompéiens, dont l'un des chefs est Caton, le frère de ta mère, et que tu aimes comme un père.

– Comme un père et comme un maître, César : il m'a fait connaître la philosophie stoïcienne.

– Je le sais. Caton a toujours été mon adversaire politique, mais je le respecte et je ne voudrais pas que tu sois mêlé à notre conflit. J'ai donc décidé de t'en tenir éloigné et de te confier le poste de gouverneur de la Gaule cisalpine.

– Mais, César, je n'ai jamais exercé de fonction sénatoriale, ni aucune magistrature, je n'ai pas droit à cette charge.

– Le poste de gouverneur de province n'est pas un droit lié à une charge, Brutus ; il est attribué par une loi et je proposerai demain cette loi aux comices, en même temps que trois autres de même acabit.

– Lesquelles ?

– J'attribue les Gaules, que j'ai unifiées et pacifiées, à l'amiral Décimus Brutus, en récompense de ses prouesses en Armorique et devant Marseille, la Sicile à Aliénus et l'Achaïe (la Grèce méridionale et centrale) à Servilius Sulpicius, qui a bien rempli son rôle de consul l'année dernière.

– Je tâcherai de me montrer digne de la confiance que tu me témoignes, César.

– À bientôt, proconsul Brutus, lui répond César, en souriant, quel dommage que je n'aie pas eu un fils tel que toi.

Après la défaite de Pharsale, le 29 juin 48, et l'assassinat de Pompée par Achillas, le stratège égyptien, il avait fallu plusieurs mois aux pompéiens pour relever la tête.

La première question qui s'était posée à eux tenait en deux mots : où fuir ? En 49, César les avait expulsés d'Espagne et de Marseille ; avant Pharsale, ils avaient perdu l'Épire et l'Attique, et, après Pharsale et la guerre éclair de César en Cappadoce, les portes de l'Orient leur étaient fermées. Ils avaient donc ramené leur flotte, intacte, à Corcyre (Corfou) et délibéré. Là, leurs divisions avaient éclaté : les uns – comme Cicéron – étaient partisans de renoncer à la guerre, les autres – tel Caton – de la poursuivre jusqu'au bout. Les premiers rentrèrent en Italie, tout en restant prudemment loin de Rome, les autres, conduits par Caton, allèrent chercher leur salut et leur vengeance en Afrique.

La province d'Afrique, pour les Romains, c'était la riche Phénicie (la Tunisie actuelle), coincée entre les terres plus ou moins désertiques de la Cyrénaïque à l'est et les royaumes berbères de Numidie (Constantinois actuel) et de Maurétanie (Algérie occidentale et Maroc actuels) à l'ouest. Elle était entre les mains des pompéiens, qui en avaient chassé les césariens par la force, un an avant Pharsale, avec l'aide du roi numide Juba Ier, celui-là même que César avait mis à la porte de sa demeure romaine en le prenant par la barbe.

C'est donc vers Utique que Caton conduisit les vaincus de Pharsale à la fin de l'année 48 et c'est dans cette ville que siégea le « Sénat croupion » de quelque 200 membres qu'il avait reconstitué, sous la protection humiliante et ironique du Numide barbu. L'austère Caton, qui n'avait pas souri une seule fois depuis le début de la guerre civile, qui avait fait le vœu de ne se raser la barbe et de ne pas se couper les cheveux – qu'il avait blancs – tant que la patrie serait aux mains des césariens, avait déféré l'autorité suprême à Métellus Scipion, paré du double titre de *proconsul* et d'*imperator*.

Scipion transforma non seulement Utique, mais toute la province, en bastion de la République romaine. Pour en affirmer la continuité, il frappa des monnaies d'or et d'argent à son nom et à l'effigie de l'Afrique, surmontée d'une défense d'éléphant. À la fin de l'année 47, il avait reconstitué une armée forte de 60 000 ou 70 000 hommes, répartis en dix légions, augmentée de 15 000 cavaliers numides. Toutes les villes de la province s'entourèrent de murailles et furent pourvues de puissants remparts, les ports furent surveillés jour et nuit, et d'énormes provisions de blé furent entreposées dans des hangars dispersés à travers le pays. Des garnisons furent placées dans les ports et à la croisée des principales routes de Phénicie : à *Hadrumète* (aujourd'hui : Sousse), *Thapsus* (aujourd'hui : Ras

Dimass, au sud d'Hadrumète), et à *Uzitta* (aujourd'hui : Henchir Makreeba, au sud d'Hadrumète).

César n'ignorait rien de ces alliances et de ces préparatifs, tout comme les Romains bien informés, tel Cicéron, qui écrivait à son ami Atticus, dès décembre 48, qu'il réprouvait ses collègues qui s'alliaient à des Barbares pour défendre la République. Des bruits couraient que Scipion allait débarquer en Italie avec une puissante armée, que des milliers de cavaliers numides allaient forcer les murailles de Rome, violer les femmes et emmener les hommes comme esclaves. On disait que Juba avait mis la tête de César à prix et juré qu'il incendierait la *Regia* d'où il avait été chassé d'une manière infamante. Mais que ne disait-on pas, dans Rome, quand un danger se profilait à l'horizon.

– Ces racontars me rappellent les faux bruits qui circulaient dans la Ville, il y a dix ans, lorsqu'on avait appris que les Helvètes avaient quitté leurs montagnes, disait-il à Rufus.

– Il n'y a cependant pas de fumée sans feu.

– J'ai reçu des nouvelles fraîches d'Afrique, et je peux te dire qu'il y a sans doute là-bas un feu qui couve, mais ce n'est qu'un feu de paille.

– Comment sais-tu cela ?

– La police a arrêté à *Lilybée* (Marsala), en Sicile, un prétendu marchand syrien qui revenait d'Utique et me l'a expédié à Rome, sous bonne escorte. Je l'ai interrogé hier au soir.

– Il a parlé ?

– Au début, il a pris un air étonné et crié bien haut qu'il ne savait rien de ce qui se tramait en Phénicie. Mais, après deux ou trois gifles bien appliquées, il s'est mis à table, comme aurait dit le pauvre Crassus.

– Et alors ?

– Alors je suis tranquille. Scipion ne possède pas de transports de troupes ; il a, en tout, quelque 500 barques bonnes, tout au plus, à transporter des sacs de blé. Il n'a aucun moyen de faire passer des légions en Sicile ou en Italie.

– Est-ce qu'il en a beaucoup ?

– Une dizaine, tout au plus.

– Mazette ! fait Rufus.

– La quantité ne fait pas la qualité. S'il s'agissait de 60 000 ou 70 000 légionnaires romains, je me ferais du souci ; mais neuf hommes sur dix sont des métis, des indigènes ou des esclaves, incapables de comprendre les ordres d'un centurion, ou d'y obéir. C'est une bande, ce n'est pas une armée. Les seuls qui soient dangereux, ce sont les cavaliers numides, mais, sans infanterie, Scipion ne pourra pas gagner une seule bataille, et il le sait bien : ce n'est pas un enfant.

– Et les villes fortifiées ?

– Si nous débarquons en Phénicie, ce sont elles qui nous poseront de vrais problèmes ; elles sont bourrées de réserves et il y a de l'eau partout.

– Tu as pu obtenir des renseignements sur l'état d'esprit de la population ?

– Les civils romains sont mécontents. Scipion leur a imposé un service militaire obligatoire, à eux qui n'ont jamais touché une arme, et qui sont surtout des agriculteurs ou des marchands. Ils sont nombreux à tenter d'y échapper. En outre beaucoup appartiennent aux classes populaires et sont les adversaires muets du parti sénatorial.

– Quel serait leur sort, si nous débarquions ? demande Rufus.

– Juba, qui est une brute épaisse, a suggéré de les égorger tous, y compris les petits enfants : pas de pitié pour les césariens, a-t-il dit.

– Et Caton a laissé dire ?

– Que non. Caton est mon adversaire, soit, mais c'est un homme d'une très grande valeur morale. Il a crié, protesté, appelé les dieux à témoin, il s'est arraché quelques mèches de cheveux blancs qui pendent sur son front dégarni et a demandé qu'on lui confie la défense d'Utique : « Je me porte garant de la population » a-t-il déclaré à Scipion et à Juba.

– Comment Scipion a-t-il réagi ?

– Il a été obligé de s'incliner : l'influence de Caton est trop grande là-bas. Caton est resté seul dans Utique, avec les civils et le Conseil des Trois-Cents qui administre la ville, il a renforcé les fortifications et confisqué toutes les armes. Brave Caton ! Il a fait mieux encore, car il est plus intelligent que ce fanfaron de Scipion : il lui a conseillé de ne pas employer la force contre moi, car, à son avis, je suis un guerrier hors pair, et je ne ferai qu'une bouchée de ses pseudo-légions. Il a même ajouté : « Laisse faire le temps, c'est la seule arme contre César ; avec le temps, ses forces déclineront et sa tyrannie s'émoussera. »

– Et que lui a répondu Scipion ?

– Il l'a traité de lâche. Depuis, Caton se repent de lui avoir laissé le commandement des forces pompéiennes. Il a d'ailleurs raison : Scipion prend ses désirs pour des réalités. Tout ce que m'a rapporté ce Syrien m'encourage à partir le plus vite possible en Afrique, pour crever l'abcès.

– Alors, c'est encore la guerre.

– J'ai horreur de la guerre, Rufus, mais comment procéder autrement ? Ce n'est pas à mon avenir, que je pense, c'est à celui de l'État : où va-t-on si n'importe quel illuminé ou n'importe quel ambitieux peut mépriser le peuple à ce point ? Seul un État fort et permanent peut préserver le peuple des inconséquences aveugles d'une poignée de sénateurs.

– Tu regrettes le temps du triumvirat ?

– Oh ! oui, je le regrette. Mais je ne pensais pas, alors, que Pompée aurait retourné sa toge à la mort de Crassus.

– C'est pour bientôt, le départ ?

– Je vais donner rendez-vous à mes légions pour le 20 octobre, à Lilybée. C'est le port de Sicile qui est le plus proche de l'Afrique.

– Brutus t'accompagnera ?

– Non, c'est le neveu de Caton, et je ne veux pas lui infliger l'épreuve d'avoir à combattre l'homme qui l'a élevé et qu'il admire. Comme lieutenant, j'ai choisi

Salluste. Je ne sais pas ce qu'il vaut du point de vue militaire, mais j'adore sa conversation : il est intelligent et brillant.

Le 23 octobre 47, César faisait son entrée à Lilybée, suivi de dix légions, et de 4 000 cavaliers ; Aliénus, qu'il avait récemment promu proconsul de Sicile, était venu l'accueillir. César le salua, l'interrogea rapidement sur l'état administratif de l'île et demanda à parler, sans délai, au capitaine du port.

– Capitaine, lui dit-il lorsqu'il fut devant lui, j'ai 45 000 légionnaires et 4 000 cavaliers, plus 200 chariots de bagages à transporter en Afrique. Peut-on traverser le détroit de Sicile sans encombre et penses-tu qu'il y a suffisamment de navires à Lilybée pour assurer ce transport ?

– Nous avons la maîtrise de la mer entre la Sicile et l'Afrique, *imperator* ; les vaisseaux numides sont pour la plupart des bateaux de pêche, et la flotte des pompéiens ne compte qu'une cinquantaine de navires. En revanche, je n'ai pas assez de bâtiments pour transporter tes troupes en une seule fois.

– Mais j'avais envoyé des ordres de Rome, avant de partir.

– Je les ai reçus, *imperator*, mais je n'ai rien pu faire.

– Nous ferons plusieurs voyages. Je partirai pour Hadrumète le 31 octobre, avec un premier contingent, et je te renverrai tes vaisseaux vides, au fur et à mesure de leurs arrivées ; tu m'enverras un second contingent dans les mêmes conditions, et ainsi de suite, jusqu'à ce que toutes mes troupes soient sur le sol africain.

– La chose est possible, répond le capitaine, mais ce sera long : la mer est capricieuse, en cette saison, et je ne peux te garantir la régularité des va-et-vient entre Lilybée et l'Afrique. Dans quel port doit-on débarquer ?

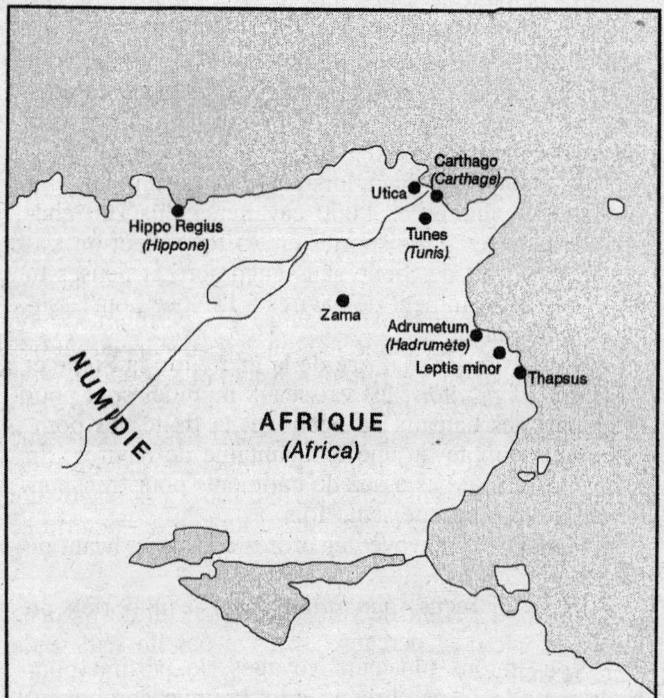

Campagne d'Afrique.

– Cela, c'est mon secret, dit César ; dis aux capitaines des navires qu'ils n'auront qu'à suivre ma galère amirale. Le premier contingent embarquera le 31 octobre, à l'aube.

– Voilà qui complique le problème. Ce n'est pas toujours facile de suivre un navire, en mer ; il suffit que le vent tourne ou que la Méditerranée se fâche pour le perdre de vue... surtout si l'on ne sait pas vers quel port se diriger : il y a sept ou huit ports, sur la côte phénicienne.

– Les capitaines n'auront qu'à tous les visiter : ils finiront bien par me retrouver.

Le départ eut lieu au jour et à l'heure prévus. La galère amirale, avec ses trois rangées de rameurs, avançait rapidement ; mais les voiliers transporteurs de troupes qui la suivaient avaient à lutter contre un vent très violent et la plupart d'entre eux perdirent de vue la trirème. De sorte que, lorsque César parvint au port d'Hadrumète, il ne put débarquer que 3 000 légionnaires et 150 cavaliers.

– J'espère que notre traversée est passée inaperçue, dit-il à Salluste. Le port est commandé par un pompéien, le légat Considius Longus, et il a à sa disposition deux légions : si nous avons l'avantage de la surprise, cela compensera leur avantage numérique en cas de résistance de sa part.

– Il n'a pas l'air de vouloir résister, lui dit Salluste, dont la vue était perçante. Il n'y a pas un seul soldat sur le quai.

La galère entre dans le port et se range contre le quai. L'ancre est jetée, la passerelle de débarquement est installée et les soldats de César quittent tranquillement le navire : nul ennemi ne les attaque. César, étonné mais ravi, s'engage à son tour sur la passerelle. Au moment de mettre pied à terre, il perd brutalement connaissance, trébuche et tombe à plat ventre sur les pavés du port. Ses soldats, sur le rivage, poussent un cri d'épouvante : cette chute leur semble un sinistre présage.

Par bonheur, l'*imperator* reprend aussitôt ses sens et prend conscience, immédiatement, du funeste effet de cet incident sur ses troupes ; alors, au lieu de se relever, il reste étalé à plat ventre sur le sol, bras et jambes écartés, et, saisissant les pavés du port dans ses mains bien à plat, il fait mine de baiser le sol sur lequel il s'est écrasé, et s'écrie, d'une voix forte :

– Salut, terre africaine ! Je prends possession de toi !

Les soldats, soudain rassurés, poussent des cris de joie. Décurtius, le médecin personnel de César, relève son auguste patient, examine ses yeux, la commissure des lèvres ; en bon disciple d'Hippocrate, il a diagnostiqué une sorte de crise larvée d'épilepsie, dont César était coutumier, qu'il met au compte de la fatigue et du voyage. Considius se tient, immobile, comme indifférent, à cinq ou six cents mètres de là, entouré de ses légionnaires ; il semble attendre un négociateur ou un messager.

Le légat de la légion qui avait été embarquée sur la galère amirale, Munatius Plancus, appelle un esclave de sa suite et lui donne une lettre, écrite sous la dictée de César, à porter au gouverneur du port. L'esclave part en courant remettre la missive à Considius, qui lui demande :

– De qui vient cette lettre ?

– De César, *imperator*, lui répond l'esclave.

– Le peuple romain, dont je suis le représentant en Sicile, ne reconnaît d'autre *imperator* que Scipion, réplique sévèrement Considius ; tu n'es qu'un impudent.

Il fait un signe discret à l'un de ses légionnaires, qui égorge l'esclave sous ses yeux et repart, sans ouvrir la lettre, qu'il fait porter à Scipion par un messager à lui. Puis il quitte le port.

César se retourne vers Salluste :

– Je m'attendais à cette réception. Inutile de nous éterniser : je n'ai pas assez de troupes pour encercler la ville, mais j'en ai assez pour battre Considius en rase campagne.

– Donc ?

– Donc je renvoie ma galère en Sicile et je marche vers le sud. Demain, nous camperons dans la presqu'île de Ruspina, au sud d'Hadrumète.

Par chance, quelques-uns des vaisseaux qui l'avaient perdu de vue croisaient au large de la presqu'île. César leur délègue un messager, qui s'y rend en barque et, le 6 novembre, les troupes qu'ils transportaient, soit 5 000 hommes, rejoignent les 3 000 légionnaires de l'*imperator*. Fort, maintenant, de 8 000 hommes, César s'empare de la petite ville côtière de *Leptis Minor*, au sud de Ruspina, et installe son campement dans la presqu'île, dont l'isthme surplombe la plaine environnante. Le 7 novembre, Salluste a retrouvé les autres vaisseaux qui suivaient celui de César et les forces romaines sont désormais importantes. Elles s'accroîtront de jour en jour, d'une part en recueillant des transfuges qui abandonnent les troupes pompéiennes et passent dans son camp, d'autre part avec l'arrivée des deuxième et troisième contingents en provenance de Sicile.

Dans le même temps, Scipion est passé à l'offensive, avec 8 légions et 3 000 cavaliers. Le 20 novembre, il prend position dans le village fortifié d'Uzitta, à 9 km de Ruspina. Dix jours plus tard, César a évacué la presqu'île de Ruspina et il s'avance vers les murailles d'Uzitta. Il a adopté une tactique dont il n'avait jamais fait usage auparavant, celle du harcèlement : il attaque les convois de ravitaillement de l'ennemi, attire certaines unités loin des bases, cherche à provoquer des désertions dans les rangs de ses adversaires. Scipion, qui a compris la manœuvre, lui offre, en vain, une bataille rangée : César ne se départit pas de sa stratégie. Il est un jour sur un piton, le jour suivant dans la plaine, il construit partout des tranchées, des fortins. Deux mois s'écoulent ainsi, sans qu'il n'engage aucun combat, aucun assaut et, au début de l'année 46, il est encore là, à tourner autour du campement des pompéiens.

Brusquement, vers le 15 janvier 46, l'*imperator* incendie son camp devant Uzitta, et se dirige un peu plus vers le sud, en direction de la bourgade d'Aggar. Maintenant, il offre le combat aux pompéiens, qui le refusent à leur tour et s'installent sur des hauteurs voisines. Le jeu continue jusqu'à la fin janvier, époque à laquelle César a la joie de voir arriver le dernier contingent de légionnaires, qu'il avait laissé en Sicile. Son armée est enfin au complet, celle des pompéiens, diminuée par les désertions, est à sa portée et il a conquis tous les villages et toutes les bourgades de la région, sauf la petite ville de Thapsus, dont la garnison est commandée par le préteur Vergilius.

À l'aube du 4 février, les travaux d'investissement de Thapsus commencent, et, le 6 février 46, la grande bataille en ligne que tout le monde souhaitait depuis le mois de novembre a enfin lieu, sous les murs de la ville. Le combat fut acharné, puisque les pompéiens y perdirent 10 000 des leurs ; les césariens n'eurent qu'une cinquantaine de morts à déplorer. Mais, le 7 février, les soldats de Scipion s'étaient à nouveau barricadés dans Thapsus ; César laissa trois légions devant la ville pour continuer le siège, et prit la route d'Utique, avec cinq autres légions.

La nouvelle du désastre de Thapsus parvint le lendemain à Utique. Caton, qui en commandait la garnison, envisagea de résister, mais les habitants de la ville lui déclarèrent tout net qu'ils ne voulaient pas se heurter à César, et qu'ils avaient l'intention de lui envoyer une ambassade de suppliants et de lui ouvrir les portes de la capitale africaine.

Caton était dans la force de l'âge, mais il était usé et démoralisé. Il venait de comprendre que la partie était définitivement perdue pour l'armée sénatoriale et que la République qu'il avait servie et aimée, malgré ses injustices et ses vices, était morte. Il répugnait à implorer le pardon de César, mais il voulait aussi fuir sa vengeance : il trancha ce dilemme en décidant de se donner la mort.

Le 12 février au soir, il conseille aux sénateurs réfugiés à Utique de se sauver sans plus attendre, avec leurs familles et fait fermer toutes les portes de la ville, excepté celle qui menait au port. Puis il répartit les citoyens dont il avait la charge entre les navires, veillant à ce que chacun puisse avoir les moyens de se sauver, exhortant les uns et les autres à ne point se combattre et à rester unis. Enfin il dit adieu à tous, et rentre dans sa maison, où il avait convié à souper ses amis et quelques officiers de la garnison. Le dîner fut animé. On y discuta philosophie et du problème de la liberté humaine : Caton soutint avec chaleur la thèse stoïcienne que, même au fond d'un cachot, le sage est toujours un homme libre. Puis il fit venir auprès de lui son fils, qu'il embrassa tendrement, et se retira dans sa chambre.

Le voici seul avec lui-même. Il a demandé qu'on lui apporte son *volumen* (rouleau de papier ou de papyrus) du *Phédon*, le dialogue dans lequel Platon traite de l'immortalité de l'âme, et il lit à haute voix, pour lui seul, le passage qu'il préfère :

« *L'homme qui, dans sa vie, a donné congé à tout ce qui est plaisir du corps, à tout ce qui en est une vaine parure, et qui a consacré ses soins aux plaisirs de l'acquisition du savoir et de la sagesse, c'est-à-dire à la parure de son âme, qu'il a ornée de tempérance, de justice, de courage, de liberté et de vérité, cet homme-là attend de pied ferme l'instant de se mettre en route pour les demeures d'Hadès, prêt à faire cette route quand son destin l'y appellera.* »

Caton repose son *volumen* :

– Je crois que, maintenant, voici que mon destin m'appelle, dit-il avec gravité.

Il appelle ses serviteurs et leur réclame son épée que, par prudence, ils avaient cachée, et il le fait avec tant de violence qu'ils finissent par la lui rendre. Un peu après minuit, il s'assure une dernière fois que les sénateurs et leurs familles ont bien quitté le port, puis, demeuré solitaire, il tire lentement l'épée de son fourreau et se l'enfonce en silence dans le ventre.

Il ne mourut pas sur le coup, mais il perdit connaissance. Quand il revint à lui, il repoussa le médecin et les amis qui tentaient de le soigner, rouvrit sa plaie de ses propres mains, et il rendit l'âme, sans jeter un cri. Ainsi périt, dans la cité d'Utique, à l'âge de quarante-huit ans, ce Républicain impénitent que la postérité devait nommer « Caton d'Utique ».

Deux jours plus tard, le 14 février, César, accompagné de son lieutenant, Salluste, et de Rufus, son secrétaire, entrait dans la ville à la tête de ses légions. On le conduisit devant le cadavre de son adversaire de toujours ; il le contempla quelques instants en silence, puis, en guise d'oraison funèbre, il prononça ces mots :

– J'envie ta mort, Caton, puisque tu m'as ôté la gloire de t'avoir sauvé la vie.

Rufus se retourna vers Salluste et lui demanda, à voix basse :

– Qu'est-ce qu'il a voulu dire par là ? Qu'il avait l'intention de faire preuve de clémence à son égard, et de lui pardonner publiquement, pour soigner son image de marque ?

– C'est possible. Mais il y a aussi du dépit, dans ce mot de César.

– Explique-toi, Salluste.

– S'il était arrivé plus tôt à Utique, César aurait fait Caton prisonnier et il lui aurait ensuite accordé spectaculairement son pardon, je te l'accorde ; mais, en se suicidant, Caton l'a privé de ce beau geste, et sa mort porte à César un coup terrible : elle a fait de Caton un martyr de la République. Et crois-moi, Rufus, c'est lourd à porter, un martyr : on en parlera encore dans deux mille ans.

César, une fois de plus, avait vaincu. Dans les deux mois qui suivirent la mort de Caton d'Utique, toutes les villes de la Province d'Afrique firent leur soumission :

Thapsus d'abord, puis Thysdra, dont le gouverneur, Considius Longus, eut la mauvaise idée de s'enfuir vers la Numidie, où il fut assassiné par ses cavaliers gétules, qui s'emparèrent de sa cassette et des sesterces qu'elle contenait, et toutes les autres suivirent. L'*imperator* poursuivit les pompéiens jusqu'en Numidie, le royaume de son vieil ennemi Juba ; il s'empara de Zama, sa capitale, où Juba mourut en tentant de la défendre, et d'Hippone (aujourd'hui : al-Annaba) où s'était enfermé Scipion.

Scipion lui-même, qui tentait de s'enfuir en bateau, se jeta à l'eau et se noya, et les autres anciens lieutenants de Pompée furent capturés : Faustus Sylla, le fils de Caton, Afranius et Pétréius, contre lesquels César s'était battu en Espagne. À ces deux derniers, le vainqueur désirait laisser la vie sauve mais ils furent égorgés par les légionnaires malgré ses ordres. Quelques autres chefs de l'armée pompéienne parvinrent à se réfugier en Espagne, où ils purent rejoindre Cnéius, le fils aîné de Pompée ; ce fut le cas de Sextus Pompée, son frère cadet, de Labiénus, l'ancien légat de César pendant la guerre des Gaules, et de l'amiral pompéien Attius Varus.

La victoire de César était complète, plus complète même qu'à Pharsale, car de l'ancien parti pompéien, défenseur de l'oligarchie sénatoriale, il ne subsistait plus personne. L'*imperator* s'adjugea tous leurs biens, et condamna à mort tous ceux du conseil des Trois-Cents (les « sénateurs » d'Utique) qu'il put rattraper, mais il pardonna aux habitants d'Utique et au jeune fils de Caton, ainsi qu'à la fille de Pompée. Par ailleurs le royaume numide de Juba (le Constantinois moderne) fut annexé et réduit en province romaine sous le nom d'*Africa nova,* « la Nouvelle-Afrique » ; le gouvernement en fut donné à Salluste, avec le titre de proconsul.

– J'en ai fini avec la République oligarchique des sénateurs, lui dit-il, un soir, à Utique, alors qu'il préparait son retour et celui de ses légions en Italie. Mon jour de gloire est arrivé : je vais pouvoir faire la révolution politique à laquelle je songe depuis près de trente ans.

– Depuis que tu es revenu de Bithynie, César ?

– Pourquoi me dis-tu cela ?

– Parce que tu avais découvert en Orient des régimes politiques qui ignoraient les combines électorales, la mainmise d'un parti sur les richesses de l'État et les malheurs d'une plèbe réduite à la portion congrue.

– Qu'en sais-tu ?

– Dans ces petits royaumes, où le bras toujours levé du prince fait la loi, le régime est tyrannique, certes, mais il n'y a qu'un seul tyran, qui se maintient par l'amour que son peuple lui porte, et qui doit nécessairement en tenir compte. Dans notre République, il y avait, jusqu'à présent, 600 tyrans, les sénateurs, qui se maintenaient grâce à un réseau d'intermédiaires et de clients. Chez les roitelets orientaux, la tyrannie est relativement stable, et les révolutions ne touchent que les palais ; chez nous, l'appât du gain entraîne l'appât du pouvoir et les révolutions dégénèrent en guerres civiles meurtrières.

– Il est de fait que, depuis un siècle, l'histoire de la République est l'histoire de ses dissensions. La République vertueuse de nos ancêtres a disparu.

– Cette décadence de Rome a deux causes, César : l'ambition et l'amour des richesses. L'aristocratie, c'est-à-dire les patriciens et les chevaliers, s'est enrichie démesurément des dépouilles du monde qu'elle a conquis, tandis que le peuple s'appauvrissait. Or l'extrême opulence et la misère ont tendance à faire disparaître les vertus civiques. Les riches sont devenus trop riches, et la plèbe est devenue trop pauvre.

– À ton avis, Salluste, à quel moment a commencé cette déchéance ?

– Il y a un siècle environ, lorsque se terminèrent les guerres contre Carthage. C'est à cette époque que la classe moyenne des propriétaire-paysans, qui était comme l'âme du peuple romain, a disparu. Les guerres tuaient un citoyen sur huit chaque année, et tenaient les autres éloignés de leurs terres, de sorte que, lorsqu'ils revenaient, il leur fallait s'endetter pour remettre leurs exploitations en route et subvenir aux besoins de leurs familles. Ces paysans ainsi ruinés et dépossédés ont émigré, année après année, à Rome, et, depuis, ils y végètent dans l'*inertia* (le chômage) et l'*inopia* (la misère). C'est ainsi que l'héroïque plèbe romaine d'antan est tombée dans la déchéance.

– C'est bien ce que pensait mon oncle Marius et ce que je pense moi-même, dit César, qui admirait la clarté des visions de Salluste : chacun a échangé sa part de souveraineté contre l'esclavage de sa personne, et le peuple est devenu une masse humaine à la solde des nobles et des chevaliers qui se disputaient les richesses du monde et qui lui ont fait perdre toute dignité.

– Et cela explique le manque d'ardeur de la plèbe à embrasser la cause de sa propre liberté, enchérit Salluste. Je viens de terminer un travail historique méticuleux sur la conjuration de Catilina, que je publierai un jour : le comportement de la plèbe dans cette affaire est significatif. Catilina était un de ces aristocrates sans dignité morale, prêt à sacrifier la vie de ses propres enfants à son ambition ; il avait constitué une armée de prolétaires et, ce qu'il promettait à ses hommes, ce n'était pas la liberté, c'était la mise à sac des propriétés des riches et leur proscription.

– En matière de mise à sac, les sénateurs s'y entendent, depuis un siècle. Il a fallu cette horrible guerre civile, qui vient à peine de se terminer par le suicide de Caton, pour mettre fin au pillage systématique des richesses de l'État par les sénateurs et par les chevaliers.

– Tu l'as gagnée, cette guerre, César : que vas-tu faire de ta victoire ?

– Je suis aujourd'hui plus puissant que nul Romain ne l'a été dans l'histoire : ma tâche est maintenant de liquider la guerre, de restaurer la paix civile et de donner à l'État romain une nouvelle constitution, durable et juste.

– Liquider la guerre ?

– Hélas oui. Le fils de Pompée est passé en Espagne ; il est jeune, bouillant, et il brûle du désir de venger son père.

– En a-t-il les moyens ?

– Non. Il a levé une armée de bric et de broc, avec des légionnaires en garnison à Cordoue, des indigènes de Lusitanie (le Portugal actuel), des colons espagnols et des esclaves ; elle ne tiendra pas une heure dans une bataille rangée contre mes légions. Sa seule force consiste dans la possession de quelques villes bien fortifiées et regorgeant de provisions : s'il y barricade ses forces, il peut y tenir un an. Mais cela, c'est un problème secondaire, dont je m'occuperai en son temps, au début de l'année prochaine. Pour l'instant, je dois rentrer à Rome et ce qui est le plus important, c'est la paix civile : j'aimerais que tu me fasses un rapport sur ce sujet.

– Volontiers, César ; à quelle date le veux-tu ?

– J'ai encore quelques affaires à traiter en Afrique et je pense retourner à Rome le mois prochain.

– Tu auras ma lettre dans les premiers jours de mai, César. Porte-toi bien, et retiens ton glaive.

– Et toi, Salluste, comporte-toi en bon gouverneur de la Nouvelle-Afrique. Nous nous reverrons à Rome. Adieu, Salluste.

– Adieu, César.

Le 14 avril 46, dans le port d'Utique, précédé de ses licteurs et enveloppé de son manteau écarlate de généralissime, César embarquait sur le vaisseau amiral qui devait le ramener à Rome. Le capitaine avait mis le cap sur la Sicile. Le consul le rejoignit et lui donna l'ordre de se driger vers le port de *Carales* (Cagliari), en Sardaigne.

– Qu'allons-nous faire en Sardaigne, César ? lui demande Rufus.

– Cette île est le grenier de Rome, lui répond César, elle regorge de blé. Mais elle regorge aussi d'anciens partisans de Pompée : il faut que j'y fasse un tour.

Le tour de Sardaigne de César dura douze jours. Il améliora le sort des uns, punit les autres, et frappa d'amendes sévères les cités qui avaient ouvertement secondé Pompée et les pompéiens. Puis il s'attarda à Cagliari, tant en raison des vents contraires qui immobilisaient sa flotte dans le port que pour se reposer avant de se lancer dans l'arène politique romaine, et il ne rentra à Rome que le 25 mai 46, accueilli par une foule innombrable, populaire, qui lui témoignait son allégresse.

– Voici enfin venir le temps de mes triomphes, dit-il à Rufus en arrivant aux abords de Rome, mais aussi celui de ma Révolution. Je vais créer une nouvelle Rome.

– Que les dieux de l'Olympe t'entendent, César.

Chapitre XVI

Le temps des triomphes

(mai-août 46)

La nouvelle du désastre de Thapsus, de la prise d'Utique, du suicide dramatique de Caton et de la triste fin des chefs pompéiens avait plongé les milieux politiques romains dans le désarroi le plus complet. Les anciens dirigeants du parti sénatorial qui s'étaient abstenus de participer à la guerre civile et qui espéraient que les choses auraient pris une autre tournure n'avaient plus aucune illusion : la République des sénateurs était morte et bien morte.

En ce mois de mai 46, Cicéron, qui avait fait la paix avec César, mais qu'on ne voyait plus dans Rome, terminait dans sa villa de Tusculum un traité sur l'éloquence, dédié à Brutus, le neveu de Caton :

« *En cette nuit où la République s'enfonce*, y écrivait-il, *l'art de la parole et la liberté d'expression sont bâillonnés.* »

Il ne restait plus à ceux qui s'étaient tenus au-dessus de la mêlée qu'à se taire et à tenter de gagner les bonnes grâces du vainqueur, en allant au-devant de ses désirs. Avant même son retour à Rome, les Pères conscrits lui avaient spontanément offert la charge de dictateur pour dix ans, ce qui ne s'était jamais produit dans l'histoire de Rome, en sus du consulat qu'il s'était fait précédemment attribuer par les comices centuriates, avec Lépide comme second consul. Bien mieux : on avait créé pour lui une fonction nouvelle, celle de Préfet des mœurs, qui remplaçait celle de censeur, qu'il avait abolie ; de sorte que c'était lui, César, qui, dorénavant, tiendrait à jour l'album du Sénat et qui aurait le droit de contrôler la vie publique et privée de tous les citoyens, pouvoir qui était exorbitant.

On n'avait pas lésiné non plus sur les honneurs qui lui étaient destinés. Les sénateurs votèrent, comme un seul homme, quarante jours de prières publiques et de sacrifices aux dieux et, bien entendu, le triomphe dû aux généraux vainqueurs, pour ses exploits en Gaule, en Égypte, dans le Pont contre Pharnace et en Numidie. Ils lui attribuèrent non seulement les 24 licteurs auxquels il avait droit en tant que dictateur, mais aussi les licteurs auxquels il avait eu droit lors de ses deux premières dictatures, celle de 49, qui avait duré onze jours, et celle de 47, soit, en tout, 72 licteurs. Avant son arrivée, on fit fondre une statue d'airain le représentant debout sur un globe terrestre, que l'on plaça sur le mont Capitole, devant le temple de Jupiter, où les prêtres attendaient sa visite ; une inscription gravée sur ce globe le qualifiait d'*hémithéos* (de demi-dieu).

On ne s'en tint pas là. Il fut décidé que, lorsqu'il viendrait prendre part aux débats du Sénat, César irait prendre place à côté des consuls, sur une chaise curule, et qu'il serait le premier appelé à parler ; c'est à lui également que serait dévolu l'honneur de présider aux jeux du cirque et de donner le signal de leur ouverture. Toutes ces mesures, et quantité d'autres qu'il déclina parce qu'il les trouvait excessives, lui avaient été annoncées avant même qu'il n'eût franchi les murailles de Rome, précédé de ses seuls licteurs, comme l'exigeaient la loi et la tradition religieuse romaines.

– Ils sont morts de peur, dit-il à Rufus, en arrivant aux abords de Rome, lorsqu'il apprit les privilèges dont les sénateurs l'accablaient : ils pourraient attraper la Lune qu'ils me l'offriraient. C'est la peur, qui les inspire, et cela n'est pas une bonne chose. Je vais rentrer chez moi prendre un peu de repos, et, demain, je les rassurerai : convoque-moi tous les sénateurs, tous les chevaliers, tous les magistrats, tous les hauts fonctionnaires, les collèges de prêtres et tous ceux qui comptent à Rome, pour demain matin, sur le Champ de Mars. Dis-leur que je m'adresserai à eux.

– Où vas-tu loger, ce soir, à la *Regia ?*

– Tu n'y songes pas ! Le Sénat m'a voté un triomphe, je dois rester en dehors de l'enceinte sacrée qui cerne la Ville jusqu'aux cérémonies. Je m'installerai dans la *villa publica* réservée aux généraux en attente de triomphe. Comme il y a quinze ans, quand je rentrais d'Espagne ; tu ne travaillais pas encore pour moi, à cette époque.

– Non, mais je connais l'histoire. C'est l'année où tu avais à choisir entre le triomphe ou l'inscription sur la liste des candidats au consulat, et tu as choisi le consulat.

– Je me souviendrai toujours de cette nuit du 19 au 20 juillet de l'an 694 de Rome (60 av. J.-C.) : elle a décidé de toute ma vie.

– Comment cela ?

– Nous étions quatre à le savoir, nous ne sommes plus que deux. Il s'agissait d'enlever le consulat au parti aristocratique et notre parti, le parti populaire, avait deux candidats de poids, Crassus et Pompée, mais il existait entre eux de grosses divergences. Alors, s'ils se présentaient tous les deux, ils avaient de très grosses chances d'être élus, Pompée grâce à sa renommée, qui était fantastique à cette époque, et Crassus grâce à son argent, à son *frictum* (fricot, fric) comme il disait. Mais, politiquement, ç'aurait été une catastrophe, leurs divergences auraient éclaté en plein Sénat et notre parti en aurait souffert.

– Alors ?

– Eh bien ! je me suis dévoué. J'ai proposé de créer un pacte à trois, qu'on a appelé plus tard le triumvirat, et de me présenter au nom du parti populaire ; une fois élu – ce qui s'est d'ailleurs produit – je devais faire voter uniquement les lois qui nous conviendraient à tous les trois. Et c'est ce qui s'est passé... mais j'ai dû entrer dans la Ville pour m'inscrire, ce qui m'a privé du droit au triomphe...

– ... Mais ce qui t'a ouvert toutes grandes les portes de la gloire : la guerre des Gaules, le Rubicon et tout le reste. Une question cependant, si tu permets, César : tu m'as dit que vous étiez quatre à le savoir ; qui était le quatrième ?

Un sourire mélancolique se dessine sur les lèvres de César :

– C'était une quatrième. J'ai passé la nuit du 19 au 20 juillet dans les bras de Servilia, la mère de Brutus, et j'ai pris ma décision après une dernière étreinte.

– Et elle l'a su ?

– Elle l'a deviné.

La *villa publica* avait été remise en état pour le retour du généralissime qui y dormit d'une seule traite jusqu'au petit matin. Il fut tiré de son sommeil par les bruits de la banlieue romaine qui s'éveillait : le chant des coqs, les braiments des ânes, les cris des porteurs d'eau, le choc irrégulier des roues des chars sur les pavés, les clochettes des diseurs de bonne aventure et la voix aiguë des matrones qui vendaient leurs fruits et leurs légumes dans les rues, assises, les jambes croisées, devant leurs baluchons ou leurs étals.

César se leva, s'habilla légèrement, car le printemps romain était très chaud cette année, revêtit son manteau pourpre de généralissime, enfourcha son cheval blanc qui agitait déjà sa longue crinière, et précédé de ses 72 licteurs, il partit pour le Champ de Mars, accompagné des trois collaborateurs discrets et efficaces qui composaient son état-major politique : Caïus Oppius, un chevalier dont il appréciait la culture et les talents littéraires ; Cornélius Balbus, un Espagnol de Gadès (Cadix), qu'il avait connu lorsqu'il était gouverneur de l'Espagne, en 61, qui l'avait suivi dans son épopée gauloise et qui avait été fait récemment citoyen romain ; Hirtius, enfin, qui avait été son lieutenant tout au long de la guerre des Gaules.

Le Champ de Mars était noir de monde. Tout ce qui comptait à Rome, dans les domaines de la politique, de la finance ou du commerce était là : quelque deux mille Romains, qui avaient subi les contrecoups de la guerre sans la faire, et qui se demandaient à quelle sauce ils allaient être accommodés par le dictateur. Les premiers mots de César les soulagèrent d'un grand poids :

– Pères conscrits, citoyens romains et vous tous qui m'écoutez, je tiens d'abord à vous dire ceci : je ne viens ni vous admonester, ni vous punir, ni vous livrer à quelque bourreau que ce soit. Ce n'est pas parce que j'entre à Rome en vainqueur que j'ai le droit de dire ce qui me plaît ou de faire en toute liberté ce que je veux. Il est vrai que, dans le passé, des hommes comme Marius, Cinna ou Sylla, et tous ceux qui ont triomphé des partis qui s'opposaient à eux, ont commencé par promettre le pardon et la paix à leurs adversaires, et ont fait ensuite exactement le contraire de ce qu'ils promettaient. Sachez que je ne suivrai pas leur exemple.

« J'ai vaincu les Helvètes, les Germains, les Gaulois, les Armoricains, les Égyptiens, les Numides, les peuples de l'Orient révoltés, et aussi – hélas – les Romains qui avaient suivi Pompée. Mais, croyez-moi, j'ai pleuré lorsqu'un traître m'a apporté la tête de mon rival, et j'ai pleuré devant le cadavre de Caton, dont je chéris le neveu comme s'il était mon fils. Et j'ai laissé en liberté tous leurs soldats, tous leurs officiers, tous leurs amis. Et, maintenant que je suis devenu tout-puissant, je vous le jure, par Jupiter, je ne toucherai pas un cheveu de vos têtes, je ne confisquerai aucun bien, aucune fortune. Je ne chercherai à me venger de personne. Cependant j'aurais pu le faire : lorsque je suis entré dans la tente vide de Pompée, après Pharsale, j'y ai trouvé tous les dossiers qui concernaient tous ses amis, politiques ou autres, sénateurs ou non-sénateurs. Je ne les ai même pas lus : j'ai ordonné qu'on les brûle sur-le-champ, devant moi. Et j'ai fait de même en pénétrant dans la tente de Scipion, en Afrique.

« Alors je fais appel à vous : unissons-nous résolument, Pères conscrits, oublions les affres de cette guerre, et recommençons à nous aimer sans arrière-pensée, comme de nouveaux citoyens d'une nouvelle Rome et dans l'intérêt de tous.

« Je sais que vous craignez les exactions possibles de mes soldats. Chassez cette crainte. Vous ne devez voir en eux que les gardiens de mon autorité et de celle du Sénat. Certains souhaiteraient que je licencie les légions. Ce serait une grave erreur. Plus d'une raison exige que l'on maintienne près de Rome une armée forte et obéissante. Quand un peuple possède une cité aussi riche que Rome et un empire aussi étendu, il n'est pas possible d'y vivre en sécurité sans la protection d'une armée.

« Car Rome est immensément riche. Toutes les richesses que j'ai recueillies par mes victoires appartiennent à Rome. Je n'en ai rien retenu pour mon compte personnel, et j'ai puni ceux de mes lieutenants qui se sont servis aux dépens de Rome. Et l'argent que j'ai ainsi gagné à la pointe de l'épée, je le distribuerai aux citoyens les plus miséreux, aux soldats qui ont combattu à mes côtés et je m'en servirai pour améliorer l'administration de Rome, de ses écoles, pour l'orner et pour l'embellir. C'est pourquoi je ne causerai nulle peine à ceux d'entre vous qui sont les plus fortunés : il n'y aura pas d'impôts nouveaux, ceux qui existent, joints aux butins que j'ai ramenés de mes campagnes, me suffiront.

« Pères conscrits et vous, Romains mes frères, je ne pense qu'au bonheur et à la permanence de Rome. Une Rome qui est maintenant trop vaste, puisqu'elle s'étend de l'Océan au Caucase, pour être le simple enjeu des rivalités politiques d'un autre âge. Une Rome qui doit être gouvernée, et non à vendre au plus offrant comme le disait le Numide Jugurtha. Je me propose d'être, avec toute la modération possible, votre chef et non pas votre maître ou votre tyran. Ensemble nous construirons un monde de paix éternelle.

César répéta ce discours devant les comices tributes et les comices centuriates, dans les jours qui suivirent. Puis, estimant avoir détendu suffisamment l'atmosphère politique, il se consacra entièrement à l'organisation de ses triomphes et des festivités qui devaient s'ensuivre, assisté pour cela de Rufus et des membres de son cabinet.

César prépara ses triomphes comme il aurait préparé une campagne militaire. Tous les matins, il réunissait son état-major dans la *villa publica*, et l'on discutait jusqu'à midi de défilé, de problèmes de transports, de coûts, et, accessoirement, de politique. Dès la première réunion, qui eut lieu avant la fin du mois de mai de l'année 46, César exposa son plan :

– J'ai décidé de ne célébrer que mes victoires sur des ennemis étrangers. Je trouverais choquant de fêter la mort de Pompée ou celle de Caton.

– Choquant et maladroit, fait remarquer Oppius, qui dirigeait les services de propagande du dictateur, mais aussi ce que nous appellerions aujourd'hui les services de communication. Il y a dans Rome de nombreux citoyens qui n'ont pas participé à la guerre civile, mais qui sont profondément attachés à l'ancien système sénatorial : ce serait nous les mettre à dos que de commémorer la victoire de Pharsale ou celle de Thapsus.

– Nous sommes tous d'accord sur ce point, résume César. Il nous reste donc quatre campagnes à célébrer, dans l'ordre chronologique : les Gaules, l'Égypte, le Pont et l'Afrique, non pas l'Afrique pompéienne, mais celle des Numides.

– Cela fait beaucoup, dit Hirtius ; est-ce qu'on ne pourrait pas les grouper en un seul triomphe ? Cela coûterait moins cher.

– Rien n'est trop cher, lorsqu'il s'agit de frapper les esprits, dit Balbus. D'autant que j'ai sous mon commandement deux cohortes d'ouvriers, qui sont habitués à fortifier une ville en deux jours, avec d'excellents menuisiers.

– Je suis de l'avis de Balbus, dit César. Nous célébrerons quatre triomphes, en quatre jours différents, en laissant s'écouler entre chacun un nombre de jours suffisant pour démonter et remonter les échafaudages.

– Il n'y a pas de triomphe sans prisonniers importants, dit Hirtius ; il faut choisir dès aujourd'hui ceux que nous ferons défiler. Pour la commémoration des victoires en Gaule, il n'y a pas d'hésitation à avoir : Vercingétorix est emprisonné, dans le cul-de-basse-fosse du Tullianum, on l'en sortira.

– Et qu'en ferez-vous, après le défilé ? demande Rufus.

– Je pense que je devrais le gracier. Depuis la fin de la guerre des Gaules, les Gaulois sont devenus les plus fidèles amis de Rome et ses meilleurs soldats : souviens-toi de la charge des cavaliers gaulois dans la plaine d'Hadrumète, Hirtius.

– Tu as raison, César, approuve Oppius. Mais attends la fin du quatrième triomphe ; il faut que tu montres ta clémence, mais tu n'as pas intérêt à l'étaler. Fais-le reconduire au Tullianum, et accorde-lui sa grâce discrètement, après les fêtes.

– Cela me convient parfaitement, dit César. Passons au triomphe sur l'Égypte : je propose d'y faire figurer Arsinoé, la sœur de Cléopâtre. Qu'en dis-tu, Oppius ?

– Je me permets de ne pas approuver ce choix, César, répond Oppius. Voir défiler une princesse, enchaînée, en tête d'une procession de captifs, cela ne s'est jamais vu à Rome, et c'est une faute de goût : le peuple n'appréciera pas.

– J'y tiens, dit César, d'un ton bref.

– À tes ordres, *imperator*, répond Oppius. Et pour le troisième triomphe, qui célébrera la victoire de Zéla, dans le royaume du Pont, sur Pharnace ? Qui suggères-tu ?

– Il n'y a pas de prisonnier de marque, et Pharnace lui-même, qui s'est enfui, n'a pu être rattrapé, répond César.

– J'ai une idée, dit Rufus. On pourrait faire peindre un grand panneau représentant Pharnace détalant à toutes jambes à l'approche de ton armée.

– C'est une bonne idée, dit César ; cela fera rire les populaires. Reste la commémoration de la guerre en Afrique : c'est ton pays, Balbus...

– Oh ! mon pays, mon pays, il faut le dire vite, César ; mes ancêtres phéniciens vivaient dans des villes de Syrie, comme Tyr ou Sidon. Plus tard, ils ont émigré, certains sont allés en Afrique, d'autres en Espagne : je descends des Phéniciens d'Espagne.

– Je voulais te taquiner, dit César. Qui me proposez-vous, pour orner mon triomphe sur l'Afrique ?

– Pour ne pas choquer l'opinion, dit Oppius, il ne faut pas présenter cette campagne comme une guerre contre les pompéiens, mais comme une guerre contre les Numides, qui ont été leurs alliés. On pourra faire défiler Juba II, le fils du roi numide Juba Ier, que tu as jadis tiré par la barbe.

– Très bien, très bonne idée, approuve César. Et, le lendemain du quatrième triomphe, j'offrirai un grand banquet à tous les chefs de famille romains, sénateurs, chevaliers ou plébéiens.

– Tu vas te ruiner, fait remarquer Hirtius.

– Ce ne sera pas la première fois, mais n'oublie pas que j'ai droit à une part du butin : donc je ne me ruinerai pas. Et, après le festin géant, il faudra distribuer les parts de butin et les primes aux légionnaires, et offrir quelques jours de réjouissances aux Romains. Oppius, où en sont les travaux que tu as entrepris il y a neuf ans, à l'est du Forum ?

– Ils se terminent. On pourra profiter des triomphes pour inaugurer le nouveau quartier, qu'on baptisera *Forum Julium* en ton honneur, et les jeux que tu veux organiser pourront se dérouler dans le *Circus Maximus*, qui est maintenant terminé.

– Et le temple de Vénus, qu'on doit dresser au centre ?

– Il est terminé lui aussi ; il ne manque plus que la grande statue de la déesse, qui a été commandée au sculpteur Arkesilaos.

– Nous le dédierons à *Vénus Génétrix* (Vénus Mère). Puisque la statue de la déesse n'est pas prête, il n'y aura qu'à la remplacer par une maquette, temporairement. Au travail, mes amis, je veux que mon premier triomphe débute le 21 juin prochain, le jour du solstice.

En quittant la *villa publica*, Oppius dit à Rufus, le fidèle secrétaire du dictateur, qui connaissait mieux que personne ses pensées cachées :

– Pourquoi tient-il donc à montrer la princesse Arsinoé chargée de chaînes ? Elle est jeune, elle est jolie, et elle n'a pas eu une grande responsabilité dans la guerre d'Alexandrie, qui a été intégralement conduite par son précepteur, l'eunuque Ganymède, qui était une crapule et entre les mains duquel elle n'était qu'un jouet. Les Romains ignorent à peu près tout des acteurs de ce conflit qui, au demeurant, n'a pas coûté très cher à la République, et ils n'en ont retenu que la chronique des amourettes d'un général quinquagénaire avec une jeunesse qui se nommait Cléopâtre et qui n'avait pour atout que ses vingt ans.

– En réponse à ta question, Oppius, dit Rufus, je dirais volontiers « Cherchez la femme ». Cléopâtre vient d'arriver à Ostie, dûment convoquée par César, et elle assistera aux triomphes.

– Il est toujours amoureux ?

– César, amoureux ? Tu veux rire, continue Rufus. C'est un homme de plaisirs et non pas de passions. À part sa première femme et Servilia, la mère de Brutus, il n'a jamais aimé aucune femme, bien qu'il en ait eu des dizaines dans son lit.

– Pourquoi l'a-t-il invitée à Rome ? demande Hirtius.

– Lorsqu'il a quitté l'Égypte, il y a un peu plus d'un an, explique Rufus, Cléopâtre était enceinte et, peu après son départ, elle a mis au monde un garçon qu'elle a nommé Césarion et dont elle proclame qu'il est le fils de César.

– C'est vrai ?

– Je n'en sais rien. Comment savoir qui est le père d'un bébé dont la mère couche avec tous les hommes qui peuvent lui être utiles ?

– Tu ne vas quand même pas nous dire que Cléopâtre était une putain, fait observer Hirtius, qui avait des mœurs.

– Non point. Mais elle savait jouer de son corps, et elle s'en servait pour faire de la politique.

– César a été amoureux d'elle ?

– Je ne crois pas, mais, au sortir de dix années de guerre en Gaule, il avait perdu l'habitude de la bagatelle et elle lui a redonné, comment dirais-je, de la vigueur.

Hirtius revient sur sa question :

– Cela n'explique pas pourquoi il l'a fait venir à Rome, dit-il ; pour voir si Césarion lui ressemble ?

– Peut-être, accorde Rufus, ou bien pour rappeler à l'Égypte combien il est puissant et qu'il reste son maître, même de loin. Peut-être aussi pour lui faire plaisir : Cléopâtre exècre sa sœur cadette.

– Pour quelle raison ?

– Pure jalousie féminine : Arsinoé est bien plus jolie, bien plus fine que Cléopâtre, qui aurait intérêt à faire un régime pour maigrir.

Dès la veille du premier triomphe, tous les temples de Rome avaient été ouverts et l'encens brûlait sur les autels. Sur le trajet du cortège, qui devait partir du Champ de Mars, passer devant le grand cirque Flaminius, puis s'engager dans la petite vallée du Vélabre, entre le Capitole et le mont Palatin, et se diriger, par le *clivus Capitolinus* (la montée du Capitole), jusqu'au temple de Jupiter, qui dominait la Ville, une foule immense s'était massée, qui se préparait à passer la nuit sur les gradins du cirque ou sur les bords des voies que devait emprunter le cortège. Tout le monde voulait être au premier rang, pour voir de près les chars, les animaux, les brancards sur lesquels seraient transportés les butins, les prisonniers enchaînés et celui que le peuple considérait déjà comme un dieu, César, son dictateur bien-aimé.

À l'aube, le cortège s'ébranle. En tête s'avancent les Pères conscrits, graves et dignes, puis les magistrats en exercice, conduits par Lépide. Viennent ensuite des musiciens, qui font résonner leurs trompettes de bronze, et enfin, portées à bras d'hommes sur des brancards ou transportées sur des chariots, les innombrables pièces de butin provenant des riches cités gauloises : de l'or, de l'argent, des armes, des statues, des objets précieux de toutes sortes. Des légionnaires choisis pour leur haute taille et pour leur grande vigueur brandissent d'immenses panneaux en bois de citronnier, sur lesquels sont inscrits, en lettres géantes, les noms des grandes cités conquises au cours de la guerre des Gaules : *Génabum* (Orléans), *Avaricum* (Bourges), *Gergo-*

via, *Lutetia* (Paris), *Alésia*, *Uxellodunum*, *Massilia* (Marseille).

Puis, ce sont encore des musiciens, et voici qu'apparaissent les peintres et les sculpteurs les plus célèbres du temps. Ils marchent, accompagnés de leurs aides, devant les œuvres qui leur ont été commandées pour la circonstance et les dizaines de milliers de Romains et de Romaines devant lesquels ils passent leur font une prodigieuse ovation. Ils applaudissent à tout rompre un immense tableau représentant les murailles de Marseille, au pied desquelles on voit les magistrats de la cité s'incliner devant les enseignes des Romains vainqueurs : on aperçoit, en fond, la mer Méditerranée, couverte des galères de Décimus Brutus.

Un immense cri d'admiration s'élève du côté du Champ de Mars et se propage tout au long du cortège, jusqu'au Capitole : il salue deux grandes statues de marbre chargées de chaînes d'or, images des deux grands fleuves, le Rhin et le Rhône, sur lesquels veillent désormais les légions romaines. Ce cri est suivi d'une clameur plus grande encore, lorsque apparaît une gigantesque statue, tout en or, enchaînée elle aussi et symbolisant l'Océan vaincu par César, lors de son expédition dans l'île britannique.

Les trompettes font maintenant place aux tambours, gravement martelés ; ils précèdent douze taureaux blancs, aux cornes dorées, le dos couvert d'une housse écarlate, qui marchent du pas lourd des bovins : ce sont les animaux destinés à être immolés en l'honneur de Jupiter Capitolin, à la fin du triomphe. Derrière eux s'avance une charrette sur laquelle on a hissé Vercingétorix ; le Gaulois, dont les cheveux blonds sont devenus blancs dans les ténèbres du cachot où il vivait depuis six ans, se tient aussi droit qu'il le peut : autour de son corps, des épaules jusqu'aux pieds, on a enroulé une grosse chaîne noire. Ses yeux semblent ceux d'un fou, et ils lancent des éclairs.

Soudain, du Champ de Mars au Capitole, des centaines de milliers de voix scandent : « Cé-sar, Cé-sar ».

Car voici que paraissent, majestueux et inquiétants, les 72 licteurs du dictateur. Les baguettes qui composent leurs faisceaux ne sont pas de bouleau, comme à l'accoutumée, mais de bois de citronnier, et elles sont maintenues assemblées avec des courroies d'or ; en or aussi est la hache qui est placée au milieu d'elles et les faisceaux sont garnis de feuilles de laurier. Les licteurs sont suivis d'une centaine d'hommes portant des vases où brûlent des parfums, suivis de joueurs de cithare et de joueurs de flûte.

Une centaine de pas derrière les musiciens, voici enfin le char de César, tiré par quatre chevaux blancs ornés de couronnes. Le dictateur est drapé dans une toge de pourpre parsemée d'étoiles d'or ; il se tient immobile, le front ceint d'une couronne de lauriers, un sceptre d'or terminé par un aigle dans la main droite et un rameau de laurier dans la main gauche. Un esclave athlétique se tient dans son dos et brandit au-dessus de son crâne chauve une couronne en or massif, trop lourde pour être portée par une tête humaine.

À la suite du dictateur, son armée, sa grande armée, ferme la marche. Les légionnaires défilent, couronnés de lauriers et avec toutes leurs décorations. Ils sont partis les derniers, du Champ de Mars, huit ou neuf heures après les Pères conscrits qui ont ouvert le cortège à l'aube, et, durant cette longue attente, sous le soleil solsticial de Rome, ils ont bu pour se rafraîchir ; mais ce n'est pas de l'eau qu'on leur a servie, c'est du bon vin romain et, à six ou sept heures du soir, ils sont gais, voire éméchés. Les plus hardis d'entre eux entourent le char de leur idole, et ils se mettent à lui chanter des refrains gentiment ironiques :

Fais le bien,
Et tu seras châtié,
Fais le mal,
Et tu seras roi.

César, en équilibre instable sur son char, n'a qu'une préoccupation : maintenir ses deux bras, celui qui soutient le sceptre d'or et celui qui brandit une branche de laurier, à la même hauteur, sans bouger d'un pouce. Il sourit sans rien dire.

Encouragés, les légionnaires se hasardent à quelques chants plus salaces, et les voici qui lancent, d'une voix éraillée :

Citoyens, surveillez vos femmes,
Nous vous amenons le séducteur chauve !
Il a fait l'amour en Gaule
avec l'or que Rome lui a prêté !

Le début du couplet amuse le dictateur, mais la fin l'agace ; il s'en console en se disant que la familiarité de ses soldats est la preuve de l'affection qu'ils lui portent. En revanche, il rit jaune et il est près de se fâcher lorsqu'il les entend faire allusion à ses frasques de jeune homme en Bithynie et à son aventure amoureuse avec Nicomède :

César a soumis les Gaules,
Nicomède a mis sous lui César,
Voici aujourd'hui que triomphe César,
Lui qui a soumis les Gaules,
Mais non point Nicomède,
Qui a mis sous lui César.

Le char du triomphateur s'engage dans le Vélabre, entre les deux collines du Capitole et du mont Palatin. Arrivé au niveau du temple de la Fortune, César sent le plancher de son char qui s'effondre sous lui. Déséquilibré, il chancelle, mais tient fermement dans ses mains le sceptre et le rameau d'olivier ; le char cahote, racle le sol et les légionnaires qui l'entourent se précipitent, pour immobiliser les chevaux. Oppius et Rufus, qui suivent le char, sont inquiets : est-ce un attentat ? Non, ce n'est qu'un accident : l'essieu du véhicule s'est rompu.

Autour de César, ses lieutenants s'affairent ; le peuple, lui, est immobile : que va-t-il se passer ?

– Ce char qui perd ses roues en passant devant la déesse *Fortuna*, c'est un présage funeste, dit une matrone : il faut arrêter le défilé.

– Tu dis des sottises, femme, comme d'habitude, gronde son mari. Il ne peut rien arriver à César : il a tout prévu.

Le dictateur ne reste pas longtemps embarrassé. Pour un Romain superstitieux, un incident de ce genre imposerait de faire cesser la fête et de demander la protection des dieux ; mais César n'est pas superstitieux et il réagit superbement :

– Rufus, fais annoncer que je vais gravir le chemin qui monte au Capitole comme nul ne l'a jamais gravi avant moi.

Puis, se tournant vers Balbus :

– Fais venir immédiatement ici les quarante éléphants que je voulais utiliser pour commémorer mes victoires en Afrique et qu'on fixe sur leur dos d'énormes flambeaux.

Et quelques minutes plus tard, sous les yeux des spectateurs ébahis, arrivent quarante énormes pachydermes, porteurs de flambeaux dont les flammes illuminent tout le Vélabre, alors que le soleil de juin venait de disparaître derrière les rochers qui surmontaient le Capitole. César a remis son sceptre à un esclave, qui le porte à sa place, mais il a conservé la branche de laurier qu'il tenait à la main gauche. Il s'avance, suivi des éléphants, sur la montée du Capitole et, lorsqu'il parvient au pied de l'escalier de pierre qui mène au temple de Jupiter, il s'agenouille et en gravit les degrés à genoux, un à un, sous les acclamations émerveillées de ses soldats et de la foule qui s'était massée au sommet de la colline illuminée.

Et, tandis que César offrait au peuple romain le spectacle grandiose d'un dictateur se traînant à genoux vers la demeure de Jupiter, avec des éléphants pour porte-flambeaux, Vercingétorix, roi des Arvernes, dépouillé de ses chaînes, était conduit dans la prison creusée au pied de la montagne sacrée pour y être étranglé. César avait renoncé à lui accorder la grâce de la vie et, comme Oppius s'en étonnait :

– C'est par pitié, que j'ai fait étrangler ce Gaulois, Oppius. J'avais l'intention de le gracier et de le renvoyer en Gaule, libre, parmi les Arvernes. Mais quand je l'ai vu, presque moribond, avec des yeux exorbités, j'ai compris : il était devenu fou, au fond de son cachot, et ce n'était plus un homme que j'avais devant moi, mais presque une bête. Le remettre en liberté, c'était le condamner à une mort horrible, mort lente et solitaire, comme celle d'un loup qui agonise. C'est par pitié que j'ai ordonné qu'on l'étrangle.

Le second triomphe, en l'honneur de ses victoires en Égypte, eut lieu quelques jours plus tard. Il fut semblable au premier quant au trajet et à l'ordonnance du cortège. Néanmoins, il en différa par quelques points de détail et par ce qu'on pourrait appeler ses « attractions ».

Ainsi, dans le premier triomphe, le bois utilisé dans la confection des brancards, des estrades, des tableaux, de leurs cadres et d'autres accessoires de ce type était du bois de citronnier ; il fut remplacé, dans le second triomphe, par du bois d'acacia : César aurait préféré que ce fût du bois de palmier, recouvert de ses écorces caractéristiques, mais cet arbre était inconnu à Rome et le temps manquait pour faire venir des troncs de palmiers d'Égypte. De même, les statues évoquant le Rhône et le Rhin furent remplacées par une gigantesque statue en or massif représentant le Nil, et les tableaux qui avaient été commandés aux plus célèbres artistes de Rome représentaient le cours du Nil, les Pyramides ; le « clou » du défilé fut une grande maquette du Phare d'Alexandrie, que les anciens classaient parmi les sept merveilles du monde, étincelant de tous ses feux.

La guerre d'Alexandrie fut aussi évoquée par deux immenses panneaux peints, chacun porté à bout de bras par une vingtaine de gladiateurs, représentant les différents épisodes de la mort ignominieuse de Pothin, le tuteur d'Arsinoé, et celle d'Achillas, le général en chef des armées alexandrines, comme pourrait les imaginer, de nos jours, l'auteur d'une bande dessinée.

Celui consacré à Pothin montrait d'abord l'eunuque, tout nu et dépourvu de ses testicules, chassant Cléopâtre du palais d'Alexandrie ; puis on le voyait, distribuant aux soldats de César des breuvages infects et de la nourriture avariée, pour les inciter à la rébellion, et, sur une troisième image, poussant Achillas, le général en chef de l'armée égyptienne, à marcher sur le palais avec son armée. Les dernières images montraient la décapitation de Pothin, ordonnée par César pour crime de haute trahison : on y voyait le bourreau levant son glaive au-dessus de la tête de l'eunuque, qu'il tenait par les cheveux, puis la décapitation ratée et la tête de la victime, mal tranchée, suspendue à son cou, sanguinolente à souhait, et enfin, sur l'ultime peinture, la même tête baignant dans le sang à côté du corps sans vie de l'eunuque, gisant sur le sol.

Le tableau évoquant Achillas était de la même veine. On pouvait y voir d'abord Achillas, assommant les messagers de César qui venaient lui offrir la paix (événement qui déclencha la guerre d'Alexandrie, à la mi-septembre 48), puis le même Achillas pénétrant dans Alexandrie avec ses troupes ; une troisième image représentait la bataille d'Alexandrie, avec l'incendie gigantesque qui embrasa la ville et dans lequel se consumèrent les 400 000 volumes de sa fameuse bibliothèque, le siège du palais dans lequel s'était retranché César, et, finalement, la mort d'Achillas, organisée par Ganymède, le nouvel eunuque au service d'Arsinoé.

Enfin parut celle que tous les Romains attendaient et qui devait jouer, dans ce triomphe, le rôle qu'avait rempli Vercingétorix dans le premier : celui de la captive. La jeune fille parut, vêtue d'une chemise dont la blancheur mettait en valeur sa longue chevelure noire qui tombait, en boucles, sur ses épaules. Elle était enchaînée et elle pleurait. Le silence se faisait sur son passage : les sujets de César ne comprenaient pas la sévérité du châtiment infligé à cette princesse, jadis traitée en reine par César lui-même, qui n'avait que douze ou treize ans lors de la guerre d'Alexandrie que commémorait ce triomphe. D'ailleurs, ce n'était pas vers la jeune Arsinoé que se tournaient les regards du peuple, c'était vers Cléopâtre, trônant dans une loge d'honneur, avec un bébé joufflu sur ses genoux, et dont le cœur était empli d'une joie sans limites à la vue de la sœur exécrée.

Toutefois, Arsinoé ne subit pas immédiatement le sort de Vercingétorix : César renvoya la fille cadette de Ptolémée XIII Aulète à Alexandrie ; elle fut reléguée en Orient par sa sœur et mise à mort trois ans plus tard (en 41 av. J.-C.) par Marc Antoine.

Le troisième triomphe fut moins spectaculaire. La guerre contre Pharnace II, fils du grand Mithridate qui avait fait trembler Rome et roi du Bosphore cimmérien, n'avait été qu'une promenade, illustrée par la déroute de Zéla. La cérémonie se limita à une présentation de quelques pièces de butin et au défilé des troupes, derrière César, dont le char était précédé par une pancarte portant le mot fameux qu'il avait formulé après cette expédition punitive : *Veni, Vidi, Vici*. Les accessoires du triomphe, brancards et panneaux, étaient en bois d'acanthe, plaqué d'écailles de tortues, et un tableau représentait, avec quelque complaisance, Pharnace s'enfuyant à toutes jambes dans les plaines du Pont (au nord de l'actuelle Cappadoce), poursuivi par les légions romaines.

Le quatrième triomphe fut plus discret et plus émouvant. Il ne s'agissait pas, pour César, de se glorifier de la victoire de Thapsus, par exemple, qu'il avait remportée sur ses compatriotes, et de rallumer les ressentiments du parti vaincu en l'humiliant ainsi. Il avait donc choisi d'évoquer ses victoires contre les alliés africains de Caton et de Scipion, à savoir les Numides, et il exhiba, en guise de prisonnier, un enfant de cinq ans, Juba II, fils du roi des Numides Juba Ier, mort à la guerre. Mais César n'était point cruel : la captivité de Juba II fut une captivité dorée et cet enfant, qui, en d'autres circonstances, serait devenu un barbare nomade de Numidie, passa son enfance et son adolescence dans un palais romain, où il apprit à lire et à écrire le latin et le grec et devint, par la suite, sous le règne de l'empereur Auguste, l'un des plus fins historiens de la Grèce antique. L'empereur le maria à Cléopâtre Séléné, la fille d'Antoine et de Cléopâtre, et lui attribua le royaume de Maurétanie (en 25 av. J.-C.), où il fit de sa capitale, *Caesarea* (aujourd'hui : Cherchell), la plus belle ville romaine d'Afrique du Nord.

Le dictateur tenait cependant à évoquer, par des statues et des tableaux, les mésaventures de ses ennemis vaincus, à l'exception du seul Pompée, dont le souvenir était encore vivace dans le cœur de bien des Romains. Le peuple de Rome put donc voir, sur les tableaux qu'on lui présentait, Scipion, le commandant en chef des armées pompéiennes d'Afrique, se frapper la poitrine et se jeter dans la mer, après s'être ouvert le ventre, et Caton se déchirer les entrailles comme une bête fauve : saisis de terreur, les spectateurs romains ne purent s'empêcher de gémir en silence en prenant soudain conscience des horreurs de la guerre civile qu'ils n'avaient connues que de loin.

Le peuple de Rome ne se lamenta pas longtemps. À peine le défilé du quatrième triomphe terminé, il fut annoncé de par la Ville que César invitait tous les Romains à un fabuleux *epulum* (banquet) en vue duquel avaient été dressés, sur le Forum et sur toutes les places publiques de Rome, 22 000 *triclinia* (ensemble de trois lits de tables, où pouvaient prendre place trois personnes par lit, soit, au total, neuf personnes).

Pour ce banquet monstre de 200 000 couverts, tous les traiteurs de la Ville avaient été mis à contribution, et le plus grand marchand de poissons de Rome, Caïus

Hirrus, dont les viviers étaient estimés à plus de 40 millions de sesterces (200 millions de nos francs, soit 20 milliards de centimes !), fournit à cette occasion 6 000 lamproies, soit plus de deux tonnes de poisson. En outre, il plaça sur chaque table, devant chaque groupe de neuf convives, une *amphora* (amphore : capacité de 26 litres environ) de vin de Falerne et un *cadus* (grande jarre : capacité d'environ 38 litres) de vin de Chio. De sorte que, ce soir-là, chaque Romain put boire tout son soûl.

Le festin se prolongea tard dans la nuit. Le ventre plein et le gosier ravi, les Romains, plus ou moins ivres, commençaient à s'endormir sur place, la tête lourde, après avoir trinqué à la fin de la guerre civile et à la paix éternelle. Puis le bruit se propagea que César, qui avait participé au festin, avec quelques invités privilégiés, dans une vaste salle aménagée à cet effet, au pied du Capitole, allait se préparer à réintégrer sa demeure de la *Regia*, sur la Voie Sacrée, qui longeait le Forum. Tous les convives se levèrent, afin de lui faire ovation. Lorsqu'il parut, non pas sur son fameux cheval blanc, mais – comme jadis – mollement étendu dans sa litière, dont les rideaux avaient été ouverts, vêtu de sa toge écarlate, les pieds chaussés de fines sandales d'or, avec, sur son front dégarni et couvert de sueur, une couronne de fleurs, les 200 000 invités du dictateur se précipitèrent, maintenus à distance par les 72 licteurs, et accompagnèrent jusqu'à la *Regia* la glorieuse litière qui s'avançait, entre deux rangées d'éléphants transportant sur leur dos d'immenses flambeaux dont les flammes illuminaient cette nuit sans lune, noire et chaude du mois de juillet.

De mémoire de Romain, jamais Rome ne s'était éveillée aussi tard au lendemain de cette nuit de ripailles. Mais jamais, non plus, on n'avait vu tant de monde sur le Forum un lendemain de fête : car, après le temps des triomphes, était venu celui des récompenses, et

César devait les annoncer du haut de la tribune aux harangues.

Il n'est pas loin de midi lorsque sa voix, claire et portant loin, s'élève au milieu du Forum :

– Citoyens de Rome, dit le dictateur, et vous, mes légionnaires, voici venu le moment de tenir les promesses que je vous ai faites au début de la guerre civile, il y a deux ans et quelque six mois, au mois de mars de l'an 705 de Rome (49 av. J.-C.).

Un murmure d'approbation monte, léger et joyeux, des 200 000 Romains agglomérés sur le Forum.

– Je commencerai par les plus pauvres d'entre vous, ceux qui ont droit, régulièrement, à une distribution gratuite de blé (cette distribution avait été instituée par Clodius, à l'époque de la guerre des Gaules ; elle concernait 320 000 personnes, qui vivaient en partie aux frais de la République). Je leur avais promis à chacun une allocation exceptionnelle de 300 sesterces (1 500 francs) : elle vous sera payée dès aujourd'hui par les fonctionnaires de l'*aerarium* (le Trésor public), qui vous attendront, à partir de cet après-midi, au temple de Saturne, où il se trouve. Souvenez-vous : quand je suis venu à Rome, après avoir franchi le Rubicon, au début de la guerre civile : je me suis fait ouvrir de force le Trésor, et je m'en suis emparé, en disant au tribun Métellus qui s'y opposait : « Le temps des armes n'est pas celui des lois ! » Eh bien ! aujourd'hui, le temps des lois est revenu, et j'ai remis le Trésor, augmenté d'une grande partie de mes butins, dans les coffres du temple de Saturne.

Les vivats fusent de toute part. César attend que les cris s'apaisent, puis il continue :

– Et voici une autre bonne nouvelle : pour compenser les difficultés que vous avez connues, du fait de la guerre civile, j'augmente cette allocation de 100 sesterces par tête : c'est donc 400 sesterces (2 000 francs) que chaque ayant droit recevra, dès aujourd'hui. Et il s'y ajoutera dix boisseaux de blé et autant de livres d'huile par personne.

À nouveau la foule l'acclame, même si les voix sont un peu éraillées du fait des libations de la nuit passée.

– Ce n'est pas tout, reprend César : je sais que nombre de citoyens romains sont couverts de dettes, et que ces dettes consistent principalement en loyers non payés. Je ne peux pas les abolir, car ce serait désavantager les propriétaires qui sont d'aussi bons citoyens que leurs locataires démunis ; c'est pourquoi c'est moi qui payerai : je prends l'engagement solennel de régler dès aujourd'hui tous les loyers impayés depuis un an, qui n'excèdent pas 2 000 sesterces (10 000 francs) par an dans Rome, et 500 sesterces (2 500 francs) en dehors de Rome, en Italie.

À travers tout le Forum, ce ne sont plus que des exclamations de joie. Le dictateur laisse s'exprimer la liesse populaire, puis il fait signe qu'il va encore parler.

– Je me tourne maintenant vers mes légionnaires. Ce sont eux à qui vous devez toutes ces richesses que j'ai rapportées, Romains, aux peines qu'ils ont endurées, à leurs blessures aussi. Chacun de mes fantassins avait reçu 2 000 sesterces au début des troubles civils : je donne en sus aujourd'hui, à titre de butin, 24 000 sesterces à chaque ancien combattant simple soldat, 40 000 sesterces à chaque centurion et 80 000 sesterces à chaque tribun militaire et au chef de la cavalerie.

À ce moment, il se produisit des mouvements divers parmi les légionnaires. Certains d'entre eux se mirent à critiquer à haute voix les libéralités de César vis-à-vis des civils, qu'ils considéraient comme du gaspillage :

– C'est à nous, qui avons exposé notre vie, que cet argent doit revenir, criaient-ils.

César coupa court à toute manifestation ; il descendit de la tribune aux harangues, se dirigea vers le groupe de mécontents, saisit l'un d'eux au collet et ordonna qu'on le mît à mort sur-le-champ pour insubordination, ce qui fut fait séance tenante ; deux autres manifestants furent livrés au tribunal des pontifes, qui les condamnèrent à être immolés par égorgement sur l'autel de

Mars, le dieu de la guerre. Leurs têtes, tranchées, furent exposées auprès de la basilique de ce dieu.

– Tu te montres bien sévère, un jour de liesse, César, lui fit remarquer Oppius ; il aurait été plus habile de te montrer clément. Le peuple aurait apprécié ton geste.

– Oppius, j'ai grande confiance en tes qualités de propagandiste professionnel, lui répond César, mais laisse-moi te dire que tu ne connais rien au peuple. Je sais ce que je fais en condamnant à mort ces deux balourds. La guerre est finie, il est temps que règne à Rome un ordre civil et que le peuple me fasse confiance. Lui aussi est capable de comparer la minable allocation de 500 sesterces que j'accorde aux pauvres avec la prime de 24 000 sesterces que je verse à chaque ancien combattant. En condamnant deux fortes têtes, je le flatte, ce petit peuple de Rome, je lui montre que j'interdis à mes soldats de le mépriser. Crois-moi, je n'ai plus besoin de légions pour faire ma Révolution ; j'ai besoin des civils, de tous les « Monsieur Tout-le-Monde » de Rome. Et maintenant, place à la fête.

Ces civils, il fallait à présent les éblouir, les fasciner, et leur rappeler, si besoin en était, que lui, César, était le protégé des dieux. Lors de la préparation des festivités qui devaient faire suite à ses triomphes, il en avait parlé avec les membres de son cabinet et leur avait dit :

– Nous placerons les jeux que je vais offrir au peuple de Rome sous l'invocation de la déesse Vénus, en lui associant la mémoire de ma fille Julie, que j'ai tant aimée et qui est morte trop jeune pour assister à la gloire de son père.

– Tu ne vas pas me dire, César, que tu crois vraiment à la légende qui fait remonter la famille Julius à Iule, le fils d'Énée, lui-même fils de Vénus, lui dit Balbus.

– J'ai beau être Grand Pontife, je ne crois ni aux dieux olympiens ni à toutes les fables des poètes ; c'est bon pour le peuple, ces historiettes... et pour les femmes. Ce n'est pas Homère, mon maître à penser, c'est Platon. Je crois que j'ai une âme, mais je ne sais pas ce qu'elle deviendra après ma mort. Un point, c'est tout.

– Alors, pourquoi cette invocation ?

– Parce que la meilleure façon de faire tenir un peuple tranquille, c'est de l'endormir, et la religion, avec toutes ses superstitions, a le même effet sur le peuple que le suc du pavot sur Fumigator : elle l'endort, ou du moins elle le calme. C'est pourquoi je dois lui chanter les louanges de mon ancêtre Vénus, dont, entre nous, je me moque comme de mes premières sandales.

Les festivités commencèrent donc le 25 juillet, avec la consécration du temple de *Vénus Génétrix* à la déesse, en présence de Cléopâtre dont l'effigie, en or, fut placée à côté de la statue de la déesse. Puis ce fut, pendant des jours et des jours, une succession ininterrompue de réjouissances publiques, offertes par César au peuple de Rome.

Dans tous les quartiers de la ville, on donna des représentations théâtrales, en salle ou en plein air. Au cours de l'une d'entre elles, un chevalier romain, Décimus Labérius, interpréta anonymement un mime de sa composition ; il reçut, pour cette prestation, 500 sesterces (2 500 francs) et un anneau d'or, puis, à la stupéfaction de l'assistance qui le prenait pour un simple comédien, on le vit quitter la scène, traverser les premiers rangs d'orchestre et aller s'asseoir sur l'un des quatorze gradins réservés aux chevaliers : tout le monde alors l'applaudit en riant.

Mais les principaux spectacles se déroulèrent dans l'immense cirque Maxime, qui, avec ses 850 mètres de long sur ses 250 mètres de large, était le plus vaste monument de Rome (d'où son nom : *maximus*, « le plus grand ») ; il s'étendait dans l'étroite vallée Murcia, qui séparait les collines du Palatin et l'Aventin et pouvait contenir jusqu'à 200 000 spectateurs. César le connaissait bien : il y avait fait combattre 640 gladiateurs lorsqu'il était édile curule, dix-neuf ans plus tôt en 65. Dans l'arène agrandie du cirque, des jeunes gens des plus nobles familles de Rome y firent évoluer des chars à deux et à quatre chevaux, et des courses de chevaux, montés par des enfants, enthousiasmèrent les spectateurs, qui pariaient sur les gagnants. On y vit aussi évoluer des fils de grandes familles d'Asie et de Bithynie, qui y dansèrent la pyrrhique, une danse guerrière dans laquelle deux groupes de danseurs armés s'affrontent en un simulacre de combat.

Dans ce même cirque, dont l'arène avait été entourée d'un large fossé plein d'eau, par mesure de sécurité, il fut reconstitué, sur l'ordre de César, une chasse aux fauves en Afrique, dans laquelle on lâcha 400 lions : la chasse dura cinq jours d'affilée, après quoi les Romains purent voir apparaître des éléphants et un animal qu'on n'avait jamais vu à Rome : une girafe.

Les fêtes du triomphe se terminèrent par la reconstitution d'une bataille entre deux troupes, dont chacune comprenait 500 fantassins, 30 cavaliers et 20 éléphants, et par une simulation de combat naval – une naumachie – dans un énorme bassin spécialement aménagé près du Champ de Mars, où luttèrent des vaisseaux à deux, trois et quatre rangs de rameurs, figurant deux flottes, l'une tyrienne et l'autre égyptienne, avec de nombreux combattants.

Les Romains furent subjugués. Mais, dans Subure, on commençait à murmurer : ces millions, voire ces milliards de sesterces ainsi dépensés n'auraient-ils pu mieux servir ? À soulager en profondeur les malheurs du peuple, par exemple. Toutefois les bouches se fermaient bien vite. Tout le monde, dans Rome, avait appris l'exécution sommaire de deux légionnaires qui s'étaient permis de critiquer l'usage fait par César des deniers du butin, et l'adoration que le peuple vouait à César se transformait, doucement, en crainte : la magnifique liberté d'expression dont avaient joui les Romains avant et après Sylla semblait maintenant bel et bien menacée.

Quant à la haute société romaine, les intrigues politiques et les combines financières leur étant désormais interdites par la dictature sans partage de César, elle avait versé dans les intrigues mondaines, dont Cléopâtre était le centre.

César l'avait installée en dehors de Rome, dans une luxueuse villa au-delà du Tibre, que la reine d'Égypte avait transformée en résidence royale, où le « tout-Rome » se pressait. La maîtresse de César avait relégué son jeune frère-époux, l'inoffensif Ptolémée XIV, dans un pavillon secondaire, et régnait sur une cour de politiciens, de financiers, d'artistes et d'écrivains, dont Cicéron – qui l'avait surnommée « la reine de Rome » – n'était pas le moins assidu. Tout ce joli monde y faisait antichambre, pour solliciter, par son intermédiaire, les faveurs du Maître de Rome, qui ne paraissait jamais dans les salons de sa favorite, ni même, disaient les méchantes langues, dans son lit.

À tous, Cléopâtre exhibait le petit Césarion comme le fils qu'elle avait eu de César et l'on rapporte que Marc Antoine aurait dit, en le voyant :

– C'est le portrait craché de son père... Il n'a pas plus de cheveux que lui.

Cléopâtre attirait à Rome les Alexandrins les plus représentatifs, qui y arrivaient par bateaux entiers : des artistes, des hommes d'affaires, des négociants, des médecins et même des architectes, qui raflaient toutes leurs commandes à leurs confrères romains. Patiemment, elle poursuivait le but qu'elle s'était fixé : devenir la femme légitime de César.

Celui-ci était secrètement poursuivi par le désir d'avoir un héritier mâle. Son épouse, Calpurnia, la fille de son vieil ami politique Calpurnius Pison, s'était révélée incapable de lui donner une descendance, et Cléopâtre espérait bien soit qu'il divorcerait pour l'épouser, soit qu'il ferait passer une loi autorisant la polygamie à Rome ou, du moins, la bigamie.

L'Égyptienne se faisait des illusions. César avait un autre projet en tête : il se nommait Octave, c'était le fils de sa nièce Atia et d'un riche homme d'affaires de Vélitres, Caïus Octavius. Ce dernier était mort l'année où César avait franchi le Rubicon, et, dans le secret de son cœur, le dictateur le considérait comme son fils adoptif.

Chapitre XVII

La Révolution : tout pour le peuple...

(septembre 46-juillet 45)

La fête était terminée. Tout en songeant à ces foules populaires que, pendant un mois, il avait comblées de réjouissances, de festins et de jeux, César pensait aux recommandations de Salluste. Celui-ci lui avait envoyé son rapport, comme il le lui avait promis sur le port d'Utique, un soir d'avril, et le dictateur en avait bien compris la leçon : pour liquider la guerre et sauvegarder la paix, lui avait-il écrit, il n'y a que deux voies : celle de la clémence et celle de la restauration de la moralité.

La première, César l'avait de tout temps pratiquée et il avait fait preuve d'une générosité inconnue dans l'histoire de Rome aussi bien durant la guerre civile que dans l'usage de sa victoire. Au contraire de Pompée, qui tenait pour des ennemis tous ceux qui se déroberaient à la défense de la République, le dictateur proclama qu'il compterait parmi ses amis non seulement ceux qui avaient ouvertement pris parti pour lui lors de la guerre civile, mais encore les indifférents, les neutres et les attentistes ; ce faisant, il avait muselé les éléments les plus louches du parti populaire qui réclamaient un retour aux proscriptions et aux atrocités que Rome avait connues du temps de la dictature de Sylla.

Les idées de Salluste en matière de moralité publique, en revanche, étaient des idées neuves. Dans la République apaisée, expliquait-il dans son rapport, la paix ne pourra durer qu'à une condition : faire disparaître les convoitises qui dressent les citoyens les uns contre les autres. Certes, il existe des besoins de base : tout citoyen, aussi peu élevé soit-il dans l'échelle sociale, doit pouvoir se loger et manger à sa faim ; mais, en tolérant les excès du commerce de l'argent, l'État entretient le ver de la discorde dans la République :

« *Entendons-nous bien,* écrivait-il à César, *il ne s'agit pas de supprimer le prêt à intérêt légal, qui est une source de profit pour la classe aisée, et qui permet aux classes populaires de faire face aux accidents de la vie ; ce qui est à blâmer, ce sont les manières de faire de ces usuriers qui incitent les gens à consommer et à dépenser au-delà de leurs moyens en leur proposant des prêts à des taux inadmissibles, et qui se payent en se saisissant des maigres biens de leurs débiteurs. Ce qui est grave,* soulignait-il, *ce n'est pas l'endettement des prolétaires : ils sont trop démunis pour être la proie des usuriers ; c'est celui des petits commerçants, des petits propriétaires, des petits-bourgeois et des prodigues, dont les biens finiront par être vendus et qui viendront grossir la classe des mécontents.* »

César avait bien pris conscience, lui aussi, que le rétablissement de la paix sociale passait par des réformes financières rigoureuses ; mais, avant de mener à bien ce qu'il appelait sa « Révolution », il lui fallait rétablir l'État de droit, c'est-à-dire reconstituer le Sénat, décimé par la guerre civile. Ce fut l'ordre du jour de la première réunion de son cabinet de gouvernement : Oppius, Balbus et Hirtius furent convoqués à la *Regia* dès les premiers jours de septembre 46 afin de régénérer la République.

– J'ai imposé la paix des armes par mes victoires, je dois maintenant rétablir la paix civile par des mesures de clémence et la paix sociale par des mesures financières, leur annonce-t-il d'emblée. Mais, auparavant, il faut régler le problème du Sénat. La guerre civile l'a décimé, puisque la majeure partie des sénateurs s'étaient rangés sous la bannière de Pompée : il serait temps de reconstituer officiellement cette assemblée. Je compte éliminer de l'*album* des sénateurs, qui est maintenant sous mon contrôle, les suspects et les prévaricateurs, et introduire dans la Curie des hommes nouveaux.

– Lesquels ? demande Oppius.

– Tout d'abord les fils des citoyens qui avaient été proscrits par Sylla ; Antoine a fait voter, il y a deux ans, une loi qui leur donnait le droit d'être magistrats. Ensuite, j'ai l'intention de faire entrer au Sénat des chevaliers qui n'y ont jamais siégé, comme certains notables de province, non pas en raison de leur richesse, mais parce qu'ils sont l'ossature de la nouvelle société romaine, multinationale. Je tiens à y voir des Espagnols, comme toi, Balbus, ou comme ton fils, des Gaulois, des centurions, des fils d'affranchis, et tant d'autres, que l'aristocratie dominante tenait à l'écart du pouvoir.

– Et les anciens sénateurs ?

– Beaucoup sont morts dans la tourmente, ou se sont retirés prudemment de toute activité politique ; d'autres, comme Cicéron, peuvent parfaitement y revenir.

– Cela va faire beaucoup de monde, dit Oppius.

– Tant mieux. Je pense porter le nombre des sénateurs de 600 à 900 : plus ils seront nombreux, plus ils seront dociles. Je sais bien que cela va faire jaser et qu'il est des citoyens qui regrettent le bon vieux temps de l'oligarchie. Moi, je veux démocratiser le Sénat.

– Et quelles fonctions exercera ce Sénat démocratique, César ? demande Oppius.

– Le moins de fonctions possible. Je lui retire deux privilèges fondamentaux : le contrôle des finances de l'État et la nomination des gouverneurs de provinces.

Ainsi, finis les pots-de-vin, la concussion, les trafics d'influence, les spéculations sur la monnaie.

– Qui donc assumera ces charges ? demande Hirtius.

– En ce qui concerne les finances, ce sera la charge de fonctionnaires spécialisés, nommés par moi, les *préfets de l'araire* : ce sont eux qui, dorénavant, contrôleront la frappe de la monnaie et l'attribution des subventions. Quant aux provinces, je désignerai moi-même les gouverneurs et les commandants militaires, comme je l'entendrai. Et je me réserverai aussi le droit exclusif de déclarer la guerre ou de signer des traités de paix.

– Et les assemblées électorales, les comices, tu les conserves ? demande Hirtius.

– Oui. Il faut que le peuple s'exprime. Mais je veux éviter la brigue et les combines : le peuple aura à choisir parmi les candidats que je lui désignerai.

– Il n'y aura pas de candidats autres que ceux-là ?

– Mon cher Hirtius, comment le peuple peut-il choisir un bon candidat ? Jusqu'à présent il votait soit pour le candidat du Sénat, soit pour celui qui le payait le mieux ; de sorte que l'intérêt de l'État ne pesait pas dans la balance. Il importe que j'éclaire les électeurs, et que je leur présente les candidats que je juge les plus propres à construire la grandeur de Rome, des candidats officiels, en quelque sorte.

– Mais c'est tout notre système républicain que tu démolis, César, fait observer Rufus. Que dira le peuple ?

– Ce peuple, comme tu dis, a été opprimé pendant des siècles par quelques centaines d'aristocrates et d'hommes fortunés, produit du « système » que tu sembles me reprocher de détruire. Il sera dorénavant gouverné en vue de son bien, et non en vue de l'enrichissement des gouvernants.

– Je suis d'accord avec toi sur ce point, César, dit Balbus. Mais ton système est une sorte de dictature éclairée, et il ne vaut que par toi, que par ta personnalité. Qu'adviendra-t-il quand tu disparaîtras ?

– J'ai réfléchi à ce problème, Balbus. Je me désignerai un successeur en temps utile. En attendant, je travaillerai d'arrache-pied, nuit et jour, à la régénération de Rome, avec votre aide, mes amis.

– Comment entends-tu gouverner ?

– Je gouvernerai en promulguant des lois, comme cela s'est toujours fait à Rome et, quand j'en serai éloigné, je vous chargerai de les rédiger, selon mes recommandations. Elles seront proposées aux comices tributes, c'est-à-dire qu'elles auront la qualité de plébiscites ; les décisions urgentes seront votées par le Sénat, sous forme de sénatus-consultes.

– Si je comprends bien, les assemblées et la Curie n'auront d'autre rôle que de dire « oui » à tout ce que tu proposeras, de s'incliner devant ton bon plaisir.

– Je ne vois pas d'autre moyen de gouverner l'empire de Rome. Mais ce n'est pas mon « bon plaisir », comme tu dis, qui me guidera : ce sera l'intérêt de l'État, et rien d'autre.

La Révolution de César était lancée. Dans le courant de l'automne 46, le dictateur procède, d'une manière spectaculaire, au pardon des injures, et voit, dès lors, la plupart de ses anciens adversaires faire, de leur côté, amende honorable. Cicéron, qui avait sagement évité de se compromettre dans la guerre civile, en se terrant dans sa propriété de Tusculum, servit de médiateur. Ainsi furent graciés et rappelés d'exil, coup sur coup, des pompéiens importants, comme Ligarius, ancien légat de Pompée en Afrique, ou l'ancien consul Marcellus, qui s'était signalé, en 51, par sa véhémence contre César.

Puis toute une série de lois « juliennes » introduisirent un peu de justice dans la société romaine. Une loi sur les loyers, d'abord, qu'il avait annoncée au peuple dès son arrivée à Rome. Puis une loi sur les dettes, obligeant les débiteurs incapables de rembourser leurs créanciers à céder leurs avoirs jusqu'à concurrence des sommes qu'ils devaient. Cette loi fut particulièrement bien accueillie par les banquiers et par les prêteurs :

elle mettait un terme au scandale des riches débiteurs de mauvaise foi, qui prétendaient garder leurs biens sans régler leurs dettes, tout en protégeant les débiteurs honnêtes contre les usuriers. Elle avait aussi un caractère social : les endettés les plus démunis n'étaient soumis ni à l'obligation de vendre leurs maigres biens, ni à la contrainte par corps, sans être pour autant dispensés de payer leurs dettes lorsqu'ils seraient revenus à meilleure fortune.

L'une des innovations sociales la plus originale fut l'institution, par César, d'une administration d'assistance publique qui, tout en venant au secours des citoyens les plus pauvres, ne fût pas un fardeau pour les finances de l'État. La loi qu'il promulgua à cet effet définissait avec rigueur à quelles conditions un citoyen pouvait prétendre à la condition d'« assisté », qui donnait droit à une distribution gratuite de vivres, et réprimait les abus qui s'étaient multipliés, à Rome, en dehors de tout contrôle : le nombre des assistés passa de 320 000 à 150 000.

Mais, à ce régime de protection sociale, qui n'était qu'un pis-aller, César préféra remédier au malheur de la plèbe en lui procurant du travail. Dans ce but, il s'évertua à faire appliquer les lois agraires qu'il avait fait voter du temps qu'il était consul, en 59. Elles prévoyaient l'attribution de terres aux citoyens nécessiteux, mais Pompée, qui avait été alors chargé d'en assurer l'application, en avait surtout fait profiter ses vétérans. Le dictateur acheva les opérations de lotissements de manière à leur faire rendre leur plein effet social : il élargit le domaine des terres publiques disponibles à toutes les régions de l'Italie (et non plus à la seule Campanie), puis aux colonies romaines lointaines, et il en distribua les parcelles loties aux citoyens dans le besoin, pères d'au moins trois enfants, décision dont bénéficièrent plus de 80 000 prolétaires et leurs familles.

Quant aux indigents qui n'avaient pas obtenu de lots, il leur fournit du travail en ouvrant d'immenses chantiers d'État dans Rome, dont le territoire fut agrandi de 1 000 pas (1,5 km) dans toutes les directions à partir de ses murailles, ainsi qu'en Italie : aménagement du port d'Ostie, construction d'une route pavée reliant la vallée du Tibre à la mer Adriatique, par exemple. Il avait rêvé, aussi, d'assécher les putrides marais pontins, mais cette œuvre se révéla gigantesque, et elle ne fut accomplie... que deux mille ans plus tard, par Mussolini.

Le temps était donc bien révolu des masses paresseuses, vivant des gratifications électorales : les chômeurs professionnels, à vendre au plus offrant, les clochards et les semi-voyous désœuvrés disparurent non seulement de Rome, mais de la plupart des cités de l'Italie. Pour la plèbe urbaine, paresseuse et ondoyante, c'était une nouveauté qui fut d'ailleurs assez bien supportée.

L'ordre sénatorial et l'ordre équestre furent eux aussi malmenés. César regroupa en une seule classe censitaire les sénateurs, les chevaliers et les anciens membres de la première classe de citoyens, sans distinction de fortunes, manifestant ainsi son mépris pour les privilèges et les ploutocrates. Pour la première fois, à Rome, la critique de l'argent facile et la dénonciation du capitalisme foncier ou immobilier devenaient un thème de propagande politique.

Le dictateur s'en prit aussi aux orgueilleux bâtisseurs de riches villas qui étaient comme une insulte à la pauvreté de la plèbe : il institua un impôt sur le nombre de colonnes dont s'ornaient les péristyles des villas. Il fit interdire la vente des produits rares et coûteux, poursuivre les citoyens dont la table était trop luxueuse, allant jusqu'à dépêcher ses licteurs dans les maisons particulières pour saisir sur les tables mêmes des dîneurs les mets défendus. Des lois somptuaires furent votées, réprimant les excès de la toilette chez les femmes et interdisant l'usage sans nécessité des litières. En cela, il suivait les conseils de Salluste qui, dans son rapport, lui avait recommandé non pas de retourner aux anciens usages, frustes, de la Rome antique, mais de limiter les dépenses de chacun à proportion de son propre patrimoine.

Dès cette époque, Rome cesse d'être simplement une ville de marchands, de politiciens, de plaideurs et de désœuvrés. Des artistes viennent s'y établir, tel le peintre Timomaque, les sculpteurs Arcésilaos, Pasitélès, Ménélaos, Apollonios et tant d'autres, des orfèvres, et Rome tend à devenir une nouvelle Athènes, avec le génie et l'originalité en moins. César, qui avait étudié à Rhodes dans sa jeunesse, qui avait visité Athènes, qui avait admiré les collections du *Musée*, à Alexandrie, rêvait de faire de la Ville la capitale littéraire, scientifique et philosophique du monde antique. Il cherchait à y attirer les intellectuels venant de tous les horizons du monde méditerranéen, conférant le droit de cité aux médecins, aux savants, aux écrivains, aux rhéteurs qui venaient s'installer dans la Ville.

Cependant, tandis que César, devenu la « loi vivante » de Rome, effectuait sa Révolution et plaçait, aux quatre coins de l'univers romain, des gouverneurs, des généraux et des administrateurs qui n'avaient de compte à rendre qu'à lui, la situation se gâtait en Espagne, où Cnéius Pompée, le fils du Grand Pompée, était passé à la fin de l'année 47, avec quelques partisans. César avait d'abord fait confiance à son légat en Espagne, Trébonius, mais les légions s'étaient soulevées et, aux dernières nouvelles, Cnéius Pompée semblait contrôler toute l'Espagne Citérieure : Tarragone, Valence, Alicante, Carthagène, Malaga, Gadès (Cadix), Séville et Cordoue étaient tombées entre ses mains.

Préoccupé par ses triomphes et par son œuvre de réformateur, César avait quelque peu laissé traîner l'affaire espagnole. Au mois de novembre, les nouvelles qu'il reçut de la péninsule Ibérique lui parurent suffisamment graves pour y partir sans plus tarder.

– Rufus, dit-il à son secrétaire particulier, organise une réunion de mon cabinet pour demain soir.

– Que se passe-t-il, César ? Tu as l'air soucieux.

– La guerre s'allume à nouveau en Espagne. C'est ma faute : j'ai laissé la situation s'envenimer.

– Comment cela ?

– Quand j'ai quitté l'Espagne, après avoir vaincu Varron, en 49, j'ai confié le commandement de la province à mon légat, Quintus Cassius. Or celui-ci, au lieu de gouverner, de légiférer, de développer les relations avec les indigènes, a pressuré les Espagnols, les accablant d'impôts, et il n'est parvenu qu'à les exaspérer et à décevoir les légions dont il avait la responsabilité.

– Je m'en souviens. Tu l'as même révoqué et remplacé par Trébonius au printemps 48.

– C'est exact. À la fin de 47, quand j'étais encore en Afrique, Cnéius Pompée est passé en Espagne avec quelques troupes, pour y établir une sorte de bastion du désespoir, sur les conseils de Caton et de Scipion. À l'époque, il brûlait de venger son père, qui avait laissé un grand souvenir en Espagne. Son arrivée a coïncidé avec la révolte des légions, qui ont lâché Trébonius et se sont rangées sous les ordres du fils Pompée. C'est là que j'ai commis une erreur.

– Laquelle ?

– Je n'ai pas apprécié l'événement à sa juste valeur : j'ai cru qu'il s'agissait d'une réaction sans importance et le bougre a soumis rapidement toute l'Espagne Citérieure, les cités comme les campagnes, au début de 46.

– Mais tu as réagi, à cette époque.

– Oui, mais insuffisamment. Je revenais d'Utique, et je suis resté bloqué en Sardaigne par des vents contraires pendant un mois, rappelle-toi, tu étais avec moi. De Cagliari, j'ai envoyé Pédius et Fabius Maximus en Espagne, mais ils n'ont rien pu faire : ils n'avaient pas assez de troupes pour combattre les onze légions de Cnéius Pompée ; ils se sont arrêtés à Obulco, près de Gadès, et m'ont demandé des renforts, que je leur ai expédiés dès que je suis rentré à Rome, au mois de mai dernier.

– Et maintenant ?

– Maintenant il faut que j'y aille moi-même. Mais, auparavant, je dois procéder à l'élection des magistrats pour l'année 45... Pourquoi souris-tu ?

– Parce que tu as dit « élection ».

– Et alors ?

– Tu aurais mieux fait de dire « nomination ».

– Ah ! Ne m'agace pas avec ta nostalgie de la démocratie, Rufus. Tu sais bien que c'était une caricature de démocratie, que nous vivions, à Rome.

– Bon, admettons que je n'ai pas souri. Je vais convoquer tes ministres.

Le lendemain soir, la réunion du cabinet fut vite expédiée.

– Dépêchons-nous, avait dit César à ses trois compères ; je pars dans deux jours en Espagne et il faut procéder à quelques nominations, que vous ferez valider par les comices. Je reste dictateur, et je conserve le consulat pour l'année qui vient, mais je serai consul sans collègue, comme Pompée en 52 : l'intérêt de l'État l'exige. Mes légats, Fabius Maximus et Trébonius, seront consuls subrogés en mon absence : surveillez-les bien, et faites en sorte qu'ils ne prennent aucune initiative.

– Quand partiras-tu, César ? lui demande Oppius.

– Le lendemain des élections consulaires.

César prit la route de l'Espagne avec une petite escorte et il galopa pendant vingt-sept jours, sous un froid glacial, à une telle vitesse que ni les siens, ni ses ennemis n'eurent le temps d'en être informés. Passant par Obulco (à 80 km au sud de Cordoue), il prit avec lui les renforts qu'il y avait envoyés et parvint à *Ulia* (Montemayor), une petite ville à 60 km au sud de Cordoue, dans laquelle étaient enfermées les trois légions qui lui étaient restées fidèles, assiégées par Cnéius

Pompée. Au lieu de se porter à leur secours, César imagina de se diriger vers Cordoue, défendue par le frère cadet de Cnéius Pompée, dans le but d'y attirer ce dernier et de dégager ainsi Ulia.

La manœuvre réussit, Cnéius abandonne le siège d'Ulia pour prêter main-forte à son frère, et il ne restait plus à César qu'à livrer à l'armée pompéienne une bataille comme il savait le faire, sous les murs de Cordoue. Sur ces entrefaites, il tombe brusquement malade et la bataille n'a pas lieu : sa traversée des Alpes et sa galopade d'un mois en plein hiver avaient eu raison de sa résistance légendaire.

Chacun campe donc sur ses positions, les soldats romains, sous des tentes de fortune, et manquant de vivres ; les hommes de Cnéius Pompée bien à l'abri derrière les murs de la citadelle voisine d'Ategua dont César, une fois guéri, entreprit le siège. Le 19 février, la ville tombait et la grande bataille entre le dictateur et les pompéiens devait avoir lieu le 17 mars, à Munda (à 70 km au sud de Cordoue).

Ce fut le plus grand combat que César livra jamais en Espagne. Ses 40 000 légionnaires se trouvèrent en présence de l'armée formidable de Cnéius Pompée, forte de 80 000 fantassins et de 10 000 cavaliers. À la vue de cette multitude, et devant la supériorité numérique évidente de l'ennemi, la terreur s'empara des troupes de César dont les officiers parlaient déjà de se rendre ou de fuir. Pour la première fois de sa vie, il sentit le désespoir l'envahir. Alors, s'emparant du bouclier d'un de ses soldats, il dit aux officiers qui l'entouraient, avec amertume et mépris :

– Voici pour moi venu le dernier jour de ma vie, et, pour vous, le dernier jour de votre service.

Puis, se tournant vers ses troupes paralysées par la peur :

– N'avez-vous pas honte ? Quant à moi, j'aime mieux me faire tuer sur place plutôt que tomber, à cinquante-cinq ans, au pouvoir de ce blanc-bec de Cnéius Pompée.

Il dit, et s'avance, seul, à la rencontre des troupes ennemies. Quand il n'en est plus qu'à dix pas, une pluie de javelots et de lances s'abat sur lui. Il évite les unes, pare les autres avec son bouclier, et avance toujours, impassible, vers une mort certaine. Voyant cela, un à un, ses officiers le rejoignent, l'entourent, puis sa bravoure désespérée émeut ses légionnaires, son armée au complet déferle, la rage au cœur, et le combat s'engage, farouche et sanglant.

Il dura toute la journée. Malgré la disproportion des forces, l'armée romaine eut le dessus. Le jeune Pompée perdit 33 000 hommes ; le reste de son armée s'enfuit et s'enferma, partie dans Munda, partie dans Cordoue ; ses deux lieutenants, Labiénus, ancien légat de César au temps de la guerre des Gaules, et Attius Varus, un des principaux chefs pompéiens, tombèrent sur le champ de bataille ; presque tous ses officiers supérieurs furent faits prisonniers et lui-même parvint à s'enfuir dans la direction de Gibraltar, où l'attendait sa flotte. César rentra, vainqueur, sous sa tente et dit à ses proches :

– J'ai souvent combattu pour la victoire, mais aujourd'hui, pour la première fois, j'ai combattu pour ma vie.

Là-dessus, il marche sur Cordoue, dont la population l'informe, par des ambassadeurs, qu'elle se rend à sa merci. Apprenant cette démarche, les légions pompéiennes qui s'y étaient réfugiées pour continuer le combat mettent le feu à la ville, dans laquelle César entre en vainqueur. Pour punir les incendiaires, il les fait massacrer jusqu'au dernier : 22 000 soldats pompéiens tombent sous le glaive des légionnaires romains.

Maître de Cordoue en ruine, César repartit vers le sud, soumettre *Hispalis* (Séville), *Gadès* (Cadix) et les autres cités encore aux mains des garnisons pompéiennes. Lorsqu'il pénétra dans Séville, la première chose qui s'offrit à ses regards fut la tête de Cnéius Pompée, mis à mort par les légionnaires qui l'avaient découvert dans une grotte où il se cachait.

Cette fois-ci, la guerre civile était terminée, et bien terminée. Pour punir les villes espagnoles, coupables de s'être données aux pompéiens, le dictateur les condamna à lui payer de très lourdes amendes et à lui livrer leurs trésors les plus précieux. Puis il rédigea un nouveau statut de l'Espagne, assujettie à Rome comme province et, dans la seconde quinzaine de juillet, il repartit pour l'Italie, non pas à cheval, comme lorsqu'il était venu, mais confortablement installé dans un char à quatre places. À son côté, on pouvait voir un jeune homme chétif et timide, qu'il avait emmené en Espagne comme *contubernalis* (assistant d'état-major).

– Rufus, dit-il à son secrétaire qui s'affairait auprès du char, je te présente Octave, mon petit-neveu, le fils de ma nièce Atia. Il aura dix-huit ans le 22 septembre prochain. C'est le seul descendant mâle de la famille Julius : je le considère comme mon héritier.

Chapitre XVIII

Adieu la République !

(juillet-décembre 45)

César était las. Il avait passé l'âge des performances équestres et des batailles, le glaive dans la main droite et le bouclier au bras gauche, et même celui des performances amoureuses. Son corps commençait à se ressentir des efforts qu'il lui imposait, depuis tant d'années : les guerres gauloises, l'interminable guerre civile, la guerre d'Alexandrie, la guerre du Pont, la guerre d'Afrique et, maintenant, une sanglante guerre d'Espagne, toutes ces années à parcourir les routes, à franchir des montagnes, à coucher sous la tente par tous les temps l'avaient usé.

Il avait hâte de rentrer à Rome et de ne plus en bouger. Aussi, passant par Narbonne, ne s'y attarda-t-il pas, bien que les personnages les plus marquants de l'État se fussent déplacés pour l'accueillir. Parmi eux se trouvait Brutus, son cher Brutus, qu'il avait fait gouverneur de la Cisalpine et qu'il avait expressément convoqué à Narbonne pour le féliciter de la qualité de son administration, mais aussi pour lui demander des explications au sujet de son récent mariage avec sa cousine, la fille de Caton.

Le dictateur arriva aux portes de Rome plus tôt qu'on ne l'avait prévu, et il se fit conduire dans sa propriété de Labicum, près de la voie *Latina*, entre Tusculum et Préneste, pour s'y reposer, loin des courtisans, des quémandeurs et des importuns. Là, dans la nuit du 12 au 13 septembre 45, César accomplit un acte auquel il songeait depuis quelques mois déjà : seul et sans aucun témoin, il rédigea son testament, dans lequel il faisait de son petit-neveu Octave son fils adoptif et l'unique héritier de tous ses biens. Le lendemain, il rentrait à Rome, frais et dispos, et déposait solennellement son testament dans une niche secrète du temple de Vesta, où nul homme ne pouvait pénétrer, sinon le Grand Pontife, qui n'était autre que lui-même. Le document fut confié à la garde de la Grande Vestale.

Puis César regagna sa demeure de la *Regia* où l'attendaient les membres de son cabinet restreint, Oppius, Balbus et Hirtius. Ils l'accueillirent avec la joie qu'on imagine et, les embrassades et les congratulations terminées, on se mit au travail. Oppius, spécialiste en matière de propagande, parla le premier :

– Je pense, César, qu'il faut organiser le plus rapidement possible un cinquième triomphe pour célébrer tes victoires sur les Espagnols.

– Ce ne sont pas les Espagnols, que j'ai vaincus à Cordoue et à Munda, ce sont les Romains d'Espagne qui les avaient armés contre Rome. Rappelle-toi ce que tu m'avais dit l'an dernier à propos de mon triomphe d'Afrique : qu'il serait choquant de commémorer une victoire des Romains sur des Romains.

– Je m'en souviens parfaitement, mais la situation n'est plus la même. Pompée le Fils a soulevé l'Espagne contre Rome, et ce sont les Espagnols révoltés que tu as vaincus.

– Les Espagnols alliés à des Romains et commandés par des Romains, Oppius, ne l'oublie pas. Quoi qu'il en soit, j'accepte le principe d'un cinquième triomphe, mais à la condition qu'il soit modeste : après les lois que j'ai faites contre les dépenses et le luxe, je me dois de donner l'exemple.

– On pourrait se limiter à un défilé, suivi d'un banquet public.

– C'est bien suffisant, d'autant qu'il faudra près de quinze jours pour préparer les cérémonies, et que nous risquons de défiler sous les pluies d'octobre. Mais un banquet ne saurait suffire ; il y faut des jeux et des spectacles.

Le triomphe fut célébré au début du mois d'octobre, mais il fut bien moins réussi et bien moins joyeux que ceux de l'année précédente. Les Romains avaient peu à peu découvert les inconvénients de la dictature et il y eut des incidents. Ainsi, quand le char du triomphateur passa devant la loge réservée aux tribuns de la plèbe, alors que ceux-ci se levaient pour le saluer, l'un d'eux, Pontius Aquila, resta ostensiblement assis. Scandalisé par une telle audace, César fit arrêter son char devant le tribun, que protégeait cependant le caractère sacré de sa charge, et lui lança :

– Eh bien, tribun Aquila, tu as des observations à formuler ? Réclame-moi donc la République, pendant que tu y es !

Il y eut aussi un incident pendant les jeux. On avait organisé un concours de mimes, au cours duquel avaient rivalisé le célèbre Labérius, qui n'était plus de la première jeunesse, et un jeune mime, Publilius Syrus. Labérius, qui trouvait humiliant pour son âge (il avait plus de soixante ans) et pour son état (il appartenait à la classe des chevaliers) de paraître dans les jeux de César, avait truffé sa prestation d'allusions politiques qui avaient agacé César, telles que :

Il faut qu'il craigne un grand nombre d'hommes,
Celui qu'un si grand nombre d'hommes craignent !

ou :

Désormais, Romains, adieu la liberté !

César haussa les épaules et se vengea en attribuant la palme du concours à Syrus ; mais il eut un beau geste : il accorda à Labérius une gratification de 500 000 sesterces (2 500 000 francs) et l'anneau d'or des chevaliers.

Aussitôt après son triomphe, César se démit de son consulat, comme pour témoigner de son dédain pour cette magistrature, et en confia la charge, pour les trois derniers mois de l'année 45, aux consuls subrogés, Trébonius et Fabius Maximus (ce dernier mourra le 31 décembre au matin, et César le remplacera par Caninius Rébilius, qui ne fut donc consul qu'un seul jour, puisque les magistratures changeaient de mains le 1er janvier).

Cependant les sénateurs – qui, pour la plupart, avaient été choisis par lui – accumulaient sur sa tête des honneurs démesurés, les uns par flatterie, les autres par raillerie. Il eut droit à un siège d'or au Sénat et sur son tribunal, à des offrandes dans les temples et dans les lieux publics. Partout dans Rome furent placées des statues et des images le représentant en différentes tenues : en toge, en armure, couronné de feuilles de chêne. On le proclama *Parens patriae*, « Père de la patrie », et de nombreux temples lui furent dédiés comme à un dieu. Le cinquième mois de l'année, *Quintilis*, qui était le mois de sa naissance, fut débaptisé et appelé de son nom : *Julius* (« juillet » ; l'année romaine commençait alors le 1er mars). Sa personne fut déclarée sacrée et inviolable, comme celle d'un tribun. Les sénateurs, les magistrats, les officiers durent faire le serment de veiller sur ses jours, sous peine d'être voués aux dieux infernaux.

Finalement, on le divinisa de son vivant, en le gratifiant de tous les attributs dont on avait coutume, à Rome, d'honorer les divinités : un lit de parade, un char spécial pour transporter ses images à travers la ville, des brancards pour exposer les offrandes qui lui étaient destinées. Et, dans les grandes occasions, les sénateurs s'adressaient à lui en l'appelant *Divus Julius*, « divin Julius ».

Lors de ses triomphes de 46, il avait été honoré d'une statue de bronze, placée dans le temple de Jupiter, sur le mont Capitole, qui le représentait debout, sur le globe du monde, avec, comme dédicace : « À César, *hémithéos* (le demi-dieu) ». Certes, par la suite, il demanda que fût effacée cette inscription excessive, mais, *in petto*, il acceptait de bonne grâce ces honneurs, dont il se moquait, mais qui constituaient un puissant moyen de propagande. Et puis, peut-être sentait-il naître en lui le désir d'une gloire nouvelle, comme s'il avait épuisé les joies des gloires terrestres.

– Te souviens-tu, Hirtius, de nos discussions autour d'un feu de bois, au temps de la guerre des Gaules ? demandait-il un jour à son ancien lieutenant, à l'occasion d'une réunion de son cabinet de gouvernement. Je te disais mon rêve de voir, avant de mourir, l'univers romain unifié par une même loi, une même monnaie, une même langue : ce rêve n'est pas loin de devenir réalité. Une fois domptés les Parthes, que ce pauvre Crassus n'a pas su dominer, jadis, l'empire de Rome s'imposera partout, de l'Océan à la Caspienne. Il sera plus vaste que celui d'Alexandre.

– Il nous reste cependant à parachever l'œuvre d'unification, dit Balbus.

– J'ai préparé, dans ce but, un projet de découpage des provinces romaines, dit César ; Rufus vous en donnera une copie. J'ai conservé telles quelles les dix provinces définies par Sylla : Sicile, Corse-Sardaigne, les deux Espagnes, Gaule Cisalpine, Narbonnaise, Afrique, Macédoine, Cilicie, Asie ; j'y ai ajouté les quatre provinces qui ont été créées après lui, par Pompée : Cyrénaïque, Bithynie, Crète et Syrie, et celles que j'ai conquises ou remaniées : la Gaule chevelue, l'Achaïe (la Grèce), l'Illyrique et la Nouvelle-Afrique.

– Qui les gouvernera ? Des proconsuls, des propréteurs ?

– Il n'en est pas question. Le système sénatorial, qui consistait à confier une province à un magistrat sortant de charge, était une catastrophe : il la livrait à l'arbitraire d'un homme qui n'avait de comptes à rendre à personne. Dorénavant, les gouverneurs ne pourront plus agir à leur guise : ils appliqueront les instructions de Rome et toute exaction sera sévèrement punie. Et nous tracerons les frontières des provinces en fonction des peuples qui y vivent, et non des hasards des conquêtes.

– Ce n'est pas toujours simple, César, dit Oppius. La Syrie, par exemple, est une province composite.

– Oui, je le sais. Il y a des Phéniciens, des Arabes et des Juifs. Ces derniers m'intéressent, car ils ont essaimé un peu partout, et nous en avons même à Rome. Leurs prêtres sont des chefs respectés et ne se disputent pas entre eux, puisqu'ils n'ont qu'un seul dieu à adorer. J'ai donc donné à ces gens le droit de pratiquer leur religion, je me suis engagé à les protéger partout où ils se trouvent sur le territoire romain. Rufus, prends en note mes décisions sur ce peuple : tu les enverras au gouverneur de la Syrie avec les formules officielles habituelles.

– Je t'écoute, César, dit Rufus.

– Article premier : je nomme Hyrcan Grand Sacrificateur et ethnarque des Juifs, charge qui se transmettra de père en fils dans sa descendance. Article deuxième : les habitants de Jérusalem seront exemptés d'impôts une fois tous les sept ans, l'année dite du Sabbat, parce que, cette année-là, ils ne sèment point la terre et ne recueillent aucun fruit ni grains. Article troisième : nul gouverneur, nul général ne pourra procéder à aucune levée de troupes dans les terres des Juifs. Article quatrième : la nation juive de Syrie et les communautés juives de l'empire de Rome, excepté les juiveries de Gaule et d'Espagne, conserveront leurs lois, et Rome les aidera éventuellement à les faire respecter.

– Tu es bien généreux, envers ce peuple, César, remarque Balbus : qu'est-ce que cela cache ?

– C'est un peuple extraordinairement religieux, intransigeant même. En lui accordant tous ces privilèges, je me l'attache ; et comme il y a des juiveries dans toutes les grandes villes de la Méditerranée orientale, j'aurai, et Rome aura après moi, des alliés précieux dans tout l'Orient.

– Un statut spécial pour les Juifs, c'est bien, César, dit Hirtius, mais il y a des choses plus urgentes, comme la colonisation de nos provinces...

– ... ou les problèmes monétaires, ajoute Oppius.

– J'ai réfléchi à tout cela, quand j'étais en Espagne. Il faut que, dans toutes nos provinces, se crée une population véritablement romaine, qui se fondra, année par année, avec les populations indigènes. Nous chargerons donc les questeurs provinciaux de recenser toutes les terres non occupées, en Gaule, en Espagne, en Grèce, en Afrique et en Orient, et nous y installerons, en priorité, des anciens combattants et des affranchis de l'*Urbs*.

Les trois ministres de César approuvent en silence, et Balbus pose une question qui lui brûlait les lèvres :

– Et les villes provinciales, quel sera leur sort ? demande-t-il.

– Cela dépend des cités. Celles qui ont pris ouvertement parti pour nous, au risque d'encourir des mesures de représailles de la part des pompéiens, méritent d'être assimilées à des villes romaines : tous leurs habitants seront citoyens romains. Ce sera le cas, par exemple, de Gadès en Espagne, d'*Olisipo* (Lisbonne) en Lusitanie, et de la plupart des villes de la Narbonnaise, comme Toulouse, Avignon, Antibes, Cavaillon et plusieurs autres : puisque la question t'intéresse, Balbus, je te charge de me présenter un dossier sur toutes ces villes d'ici quinze jours.

– Et les autres, celles que nous avons dû combattre ? On en expulsera les habitants ?

– Comme tu y vas, Balbus. J'ai pardonné à tout le monde, car je veux que règnent partout la paix et la prospérité et je n'expulserai personne ; mais je ne leur octroierai pas la citoyenneté romaine immédiatement : ils devront faire leurs preuves.

– Si j'ai bien compris, dit Oppius, ton but est de faire de tous les habitants de notre empire des citoyens romains à part entière.

– Oui. C'est un de mes rêves. Je vais commencer à le réaliser ; mes successeurs l'achèveront et, un jour, du Bosphore à l'océan Atlantique, tout le monde pourra se dire fièrement citoyen romain. Alors, finies les guerres, les révolutions et les conquêtes. Vous vous rendez compte, mes amis : des dizaines de millions d'hommes libres vivant en paix, sous la même loi !

– Ce n'est pas pour demain, murmure Hirtius, sceptique.

– Je le sais que ce n'est pas pour demain, reprend César ; mais j'ai réalisé les conditions pour que cela puisse se faire après-demain. D'ailleurs j'ai deux moyens d'accélérer l'évolution vers l'unité.

– Tu m'intrigues, César, dit Hirtius ; j'espère que ce ne sont pas des moyens guerriers.

– Pas du tout. Je vais simplement imposer à tous les habitants de notre empire une monnaie unique et le même calendrier.

– Comment cela ?

– Pour la monnaie, c'est très simple. Les victoires que j'ai remportées, en Gaule, en Espagne, en Macédoine, en Égypte, en Asie et en Afrique ont vidé les Trésors de toutes les cités, de tous les royaumes de ces contrées... et ont rempli celui de Rome, qui regorge d'or et d'argent. Je vais généraliser la loi monétaire que j'ai promulguée l'année dernière : l'État romain aura, seul, le droit de frapper des pièces de monnaie, en or ou en argent, telles qu'une pièce d'or d'un poids déterminé soit équivalente à 12 pièces d'argent de même poids.

– Je ne comprends pas, dit Hirtius.

– C'est pourtant simple, dit César, en exhibant deux pièces de monnaie qu'il avait fait frapper à son effigie, deux jours auparavant. Voici un *nummus* d'or : il pèse exactement 1/40 de livre (1 livre romaine = 328,4 g ; 1 *nummus* d'or = 8,21 g d'or) ; voici un *nummus* d'argent : il pèse le même poids, mais il vaut 12 fois moins : 12 *nummus* d'argent sont équivalents à 1 *nummus* d'or. Voici un denier d'or : il pèse le même poids qu'un denier d'argent, mais il vaut 12 deniers d'argent.

– Cela, je le comprends. Et alors ?

– Alors, Hirtius, si un marchand achète une marchandise qui vaut 1 *nummus* d'or, mais s'il n'a que des pièces d'argent, il la paiera 12 *nummus* d'argent. Et, comme les pièces seront estampillées par l'État, il n'aura pas besoin de les peser pour voir si elles sont vraies ou fausses.

– Et il n'y aura que des *nummus* d'or ou d'argent en circulation ? demande Hirtius.

– Non pas. Il y aura d'autres pièces, dont les poids et les rapports au *nummus* seront garantis par l'État romain, avec les équivalences que j'ai écrites sur cette feuille de parchemin pour que Rufus puisse me rédiger une bonne loi.

Et César de montrer à ses collaborateurs une feuille sur laquelle étaient écrites les mentions suivantes :

> 1 *nummus* d'or = 25 deniers d'argent ;
> 25 deniers d'argent = 100 sesterces d'argent.

– Partout, dans notre empire, on paiera en *nummus* d'or, en deniers ou en sesterces d'argent, exclusivement frappés à Rome. Et les Grecs, quand ils achèteront du blé aux Gaulois, paieront avec la même monnaie que s'ils l'achetaient aux Sardes ou aux Campaniens. Tous les échanges seront simplifiés, et nous serons débarrassés des spéculateurs.

– Alors vive la monnaie unique, César, conclut Oppius. Et pour le calendrier ?

– C'est un peu plus compliqué. Je vous en parlerai demain, documents à l'appui. C'est une idée qui m'est venue quand j'étais en Égypte ; elle m'a été soufflée par un Grec d'Alexandrie, Sosigène, le plus célèbre astronome du *Musée*. Je demanderai à Varron de se joindre à nous.

– Varron, celui que Pompée avait fait gouverneur de la Lusitanie ?

– Lui-même. J'ai toujours porté à Varron une grande admiration, malgré ses engagements politiques ; je le considère comme le plus grand savant romain.

– Au pays des aveugles, les borgnes sont rois, fait remarquer Balbus. Il n'y a aucun savant digne de ce nom, à Rome.

– Je ne le sais que trop, lui répond César. Mais qu'y puis-je ? Tous les génies de notre temps et du temps passé sont Grecs ou Alexandrins. Rome n'a produit que des orateurs, des militaires et des politiciens ; nous commençons à peine à avoir des poètes ! De toute façon, borgne ou aveugle, Varron ne peut nous être que de bon conseil. Il a tout lu, il écrit sans arrêt et je l'ai d'ailleurs chargé de réunir des livres pour les bibliothèques publiques que j'ai créées, à Rome et dans quelques grandes villes d'Italie.

– Marc Antoine ne l'aime pas.

– Cela ne m'étonne pas. Antoine est un bon soldat, il sait très bien faire la guerre, mais il n'a aucune culture et il méprise les intellectuels. J'ai besoin de l'avis de Varron, parce que son traité sur l'agriculture est remarquable, et que les problèmes de calendrier intéressent au moins autant les agriculteurs que les prêtres.

Le lendemain, devant son cabinet ainsi élargi, César entreprit d'abord de justifier la fameuse réforme qu'il se proposait d'exposer :

– La manière dont nous mesurons le temps est totalement aberrante, dit-il. Nous appelons « année » le temps qui s'écoule entre deux équinoxes de printemps successifs, et nous avons divisé cette année, depuis les temps les plus anciens, en 12 lunaisons (temps qui sépare deux Nouvelles Lunes successives) de 28 ou 29 jours. Lors de l'équinoxe de printemps, le Soleil occupe à son lever une position déterminée dans le ciel, que savent repérer les astronomes et ces charlatans qu'on appelle des astrologues et il fut décidé, au temps des rois, que ce jour serait le premier jour de l'année.

– Tu es certain de cela, César ? demande Balbus.

– Non. Ce n'est qu'une tradition parmi d'autres. Ce qui a compliqué les choses, c'est que les 12 lunaisons, qui définissent les 12 mois de l'année, correspondent en fait à 355 jours, alors qu'il y a 365 jours 1/4 entre deux équinoxes de printemps : c'est le nombre que m'a communiqué Sosigène, le plus fameux astronome d'Alexandrie, que j'ai fait venir à Rome récemment pour m'aider à mettre de l'ordre dans notre calendrier.

– Je comprends, dit Hirtius qui griffonnait quelques calculs sur sa tablette de cire : si l'équinoxe de printemps, défini par une position déterminée du Soleil dans le ciel, tombe le 21 mars cette année, l'année prochaine il n'atteindra cette position que 11 jours plus tard, et, dans dix ans, que trois mois plus tard environ.

– Tu as compris, Hirtius, dit César. Et, dans dix ans, le jour de l'équinoxe, notre calendrier indiquera « 21 juin ». Or le 21 juin est le jour des fêtes de la moisson, en Italie ; mais, dans dix ans, le 21 juin correspondra en fait à la position du Soleil au 21 mars de l'année actuelle, c'est-à-dire au temps des semailles.

– Comment fait-on, alors ?

– Le roi Numa Pompilius – dit-on – s'était aperçu de cette discordance : il a fait introduire, tous les deux ans, un mois supplémentaire de 20 à 22 jours, environ, dans le calendrier officiel pour le mettre à l'heure du Soleil.

– Dans la République, qui décide de l'introduction des mois supplémentaires ?

– Le Grand Pontife. C'est à ce titre que je me suis intéressé à la question. En étudiant ce qu'ont fait mes prédécesseurs, j'ai constaté que certains avaient omis d'introduire les mois supplémentaires, que d'autres en avaient introduit trop, bref que, depuis deux ou trois siècles, notre calendrier est – pardonnez-moi l'expression – tripatouillé.

Varron demande alors la parole :

– J'ai bien étudié ce problème, dit-il. Dans les anciens temps, les Romains n'avaient point de règle fixe, en effet, pour accorder la suite des mois lunaires avec l'année solaire, et il en résultait une telle confusion des temps que les sacrifices et les fêtes annuelles venaient à tomber en des saisons totalement différentes de celles pourquoi elles avaient été instituées. L'addition, irrégulière, d'un mois intercalaire ne fut qu'un maigre remède à ces inconvénients. Par ailleurs, je connais les savants travaux de Sosigène, qui se penche sur ce problème depuis au moins vingt ans, à Alexandrie. Il a à sa disposition les tables d'observations des astrologues chaldéens, dont les plus anciennes remontent à plusieurs siècles dans le passé : ils étaient sans doute des charlatans, comme tu le dis, César, mais de très bons observateurs du ciel. Quelle solution t'a-t-il proposée ? On peut avoir confiance en lui.

– Nous avons établi, tous les deux, un nouveau calendrier qui pourra servir pendant des siècles et des siècles, à nous et au monde entier : il consiste tout simplement à ajouter un jour tous les quatre ans à l'année en cours.

– Peux-tu nous donner des détails ?

– J'allais le faire. Dans ce nouveau calendrier, il y a deux sortes d'années : les années ordinaires, qui comptent 365 jours, et, une fois tous les quatre ans, des années de 366 jours ; les premières seront appelées *creuses* et les secondes *pleines.*

– Et les mois ?

– Ils restent les mêmes, il y en a toujours douze, avec les mêmes noms ; mais ils ne correspondent plus aux lunaisons : certains ont 30 jours, d'autres 31, et le mois de février aura 28 jours les années creuses, et 29 les années pleines. J'ajoute que, à partir de l'an prochain, l'année commencera le 1er janvier, et non au mois de mars comme c'est le cas maintenant.

– Pourquoi donc ?

– Parce que l'année politique commence le 1er janvier, date traditionnelle de l'instauration des consuls depuis la fondation de la République, et il est plus normal que l'année des astronomes et l'année consulaire débutent en même temps.

– Et les jours ?

– Ils conservent eux aussi leurs noms et nous les comptons comme maintenant.

– Où sera placé le jour supplémentaire du mois de février, les années pleines ?

– Les années pleines, le sixième *(sextus)* jour avant les calendes de mars sera doublé et nous appellerons ce jour *bis sextus* (« sixième jour bis ») ; les années pleines seront donc dites « bissextiles ».

César laisse son auditoire réfléchir un instant sur sa réforme, et ajoute :

– Je voudrais encore vous dire une chose, et je compte sur vous, en particulier sur toi, Oppius, et sur toi, Balbus, pour propager mes idées en la matière. Mon calendrier ne change en rien les habitudes du peuple romain. Ses divisions en années, mois et jours ne changent pas ; le nombre de mois leurs noms et ceux des jours restent les mêmes. Je n'ai introduit que deux véritables nouveautés : tous les quatre ans, l'année aura un jour de plus, un 366e jour, et les mois seront inégaux. Dorénavant, toutes les années se succéderont avec leurs 12 mois, toujours les mêmes. Finis, les mois intercalaires. Grâce à Sosigène, j'offre au monde entier une division du temps qui ne changera plus, qui reliera éternellement le passé au présent et le présent au futur et qui perpétuera le nom de Rome.

– Et qui perpétuera ton nom, César, car nous te proposons d'appeler cette échelle du temps le *Calendarium Julium* (le calendrier julien). Quand entrera-t-il en vigueur ?

– Dès l'an prochain : nous fêterons ensemble le 1er janvier, premier jour de la première année julienne.

– Et nous dirons sans doute adieu à la République, murmure pour lui-même Varron.

Il ne croyait pas si bien dire : quelques jours plus tard, le Sénat devait voter un sénatus-consulte proclamant la transmission de la dignitié de *Pontifex Maximus* de César à son « fils adoptif » – dont tous les sénateurs ignoraient et l'existence et, encore moins, l'identité. L'image dynastique se profilait à l'horizon de la Curie.

Chapitre XIX

« Je suis César, et non pas Roi »

(décembre 45-28 janvier 44)

Le mois de décembre était déjà bien entamé. Dans les campagnes, les premier frimas de l'hiver avaient fait leur apparition, et les paysans connaissaient alors un peu de répit. Les grains stockés dans les granges, après les moissons, allaient pouvoir être consommés. Dans la Ville, le temps approchait où les Romains célébreraient Cybèle, la déesse des moissons engrangées, Saturne, le dieu qui avait enseigné l'art de l'agriculture aux hommes, et Consus, le dieu protecteur des silos, à qui l'on devait offrir des statues d'or, d'argent ou de terre cuite : partout, dans Rome, hommes, femmes et enfants préparaient la plus populaire et la plus joyeuse des fêtes religieuses romaines, la fête des Saturnales, afin d'être fin prêts pour envahir les rues et le Forum lorsque, le 16 décembre au soir, après le dîner, un pontife se placerait sous le portique du temple de Saturne et crierait : « *Io Saturnalès ! Io Saturnalès !* ».

Alors ce ne sera plus, dans Rome, que des cris de joie, des chansons et des danses. Rien ne sera défendu : ni l'ivresse, ni les jeux de hasard, ni même les orgies en public. Les citoyens les plus vénérables abandonneront leur toge pour revêtir l'ample tunique des festins, les esclaves commanderont à leurs maîtres et les maîtres serviront leurs esclaves, qui se montreront capricieux, tyranniques. Les gens se feront des cadeaux, et pâtissiers et boulangers feront en une semaine autant d'affaires qu'en un mois. Malheur au passant solitaire : il sera bien vite cerné par une bande de braillards à moitié nus, qui lui commanderont de se déshabiller, de chanter avec eux, de les embrasser.

César avait fui le tumulte des Saturnales et s'était rendu en Campanie, à Pouzzoles. Il était parti se reposer quelques jours chez le beau-père et tuteur de son petit-neveu Octave, dont la mère, qui était veuve, avait épousé en secondes noces Lucius Marcius Philippus. Une escorte de 2 000 hommes, appartenant à sa garde personnelle, l'accompagnait. Il y arrive le soir du 18 décembre.

Et voici César en vacances, pour la première fois depuis son escapade sur le Nil, avec Cléopâtre, au printemps 47. Cicéron, dont la propriété est voisine de celle de Philippus, vient lui rendre visite, le lendemain de son arrivée.

– Explique à ce cher Cicéron que je fais des comptes avec mon ami Balbus, dit-il à l'esclave qui lui annonce la présence du grand orateur, et que je passerai l'après-midi à la plage. J'irai dîner chez lui ce soir.

Puis César va se baigner, dans l'eau fraîche de la Méditerranée. Il fait beau, et, après son bain, il se repose sur le sable, en rêvassant. Arrive Cicéron, un message à la main :

– César, lui dit-il, excuse-moi de troubler ton repos : on a apporté un message pour toi de Rome.

Il lui tend une lettre. César se redresse et la lit, sans dire un seul mot : elle lui apprend la mort, à Rome, de Mamurra, qui avait été l'ingénieur en chef de ses armées lors de sa première campagne des Gaules. Après l'avoir lue, il la plie soigneusement, sans broncher. Puis il se lève, passe dans une cabine où il se fait masser longuement, et se rend, deux heures plus tard, frais et parfumé, chez Cicéron qui était en train de raconter l'incident du message à Philippus :

– César m'a souvent parlé de ce Mamurra : il était son amant et il l'adorait. Il a accueilli la nouvelle de sa mort sans sourciller.

– Il n'y a que deux raisons à cela, lui répond Philippus : ou bien il est profondément malheureux, mais trop orgueilleux pour le montrer, ou bien il a rompu depuis longtemps avec Mamurra, dont la vie libertine et désordonnée est pleine de scandales.

– Je crois que César a surtout été blessé par les méchants vers de Catulle sur sa liaison avec ce voyou, tu sais, l'épigramme dans laquelle il désigne César par le surnom de « Romulus le débauché » et qui commence par ces vers :

Qui peut voir, qui peut supporter,
S'il n'est pas un débauché, un goinfre ou un joueur
Que Mamurra possède toutes les richesses
De la Gaule chevelue et de la Grande-Bretagne ?
Romulus le débauché ! Peux-tu tolérer cela ?
Maintenant que ce présomptueux, comblé de biens,
Couche, tel un Adonis ou la blanche colombe,
Dans les lits de tous les hommes,
Romulus le débauché ! Peux-tu tolérer cela ?

– Eh bien ! mon vieux Cicéron, vous ne vous embêtiez pas, à Rome. Taisons-nous, voilà César qui arrive.

Le repas fut des plus réussis : César, qui avait pris une purge avant de dîner, but et mangea avec appétit ; on parla de littérature, des poètes grecs, du style de Platon et il ne fut pas prononcé un seul mot de politique.

Le lendemain, 20 décembre, il repart pour Rome, où les Saturnales se terminent. Depuis la campagne d'Espagne, contre le fils de Pompée, il voyage en litière, car il ne supporte plus les longues chevauchées, surtout en hiver. Sa santé décline, et il s'en inquiète, consultant tous les nouveaux médecins qui viennent s'installer à Rome ; ses crises nerveuses, que Décurtius considère comme des crises d'épilepsie, sont plus fréquentes. Ces quelques jours de repos en Campanie, au bord de la mer, lui ont fait du bien et il devise tranquillement avec Balbus, qu'il a fait monter dans sa litière :

– Est-ce que tu connais bien Cassius Longinus ? lui demande-t-il.

– Lequel ? Ils sont trois frères.

– L'aîné, celui dont le prénom est Caïus et qui a été questeur auprès de mon vieil ami Crassus quand il faisait campagne contre les Parthes, il y a neuf ans. Qu'est-ce que tu en penses ? Il était du côté de Pompée jusqu'à Pharsale, puis il est passé à mon service, comme Brutus, d'ailleurs, dont il a épousé une sœur.

– Je crois qu'il est particulièrement monté contre toi ; il est vexé parce que tu as choisi Brutus comme préteur urbain pour cette année et lui comme préteur pérégrin, alors que ce titre lui revenait de droit, car il était plus âgé que Brutus. Pourquoi me poses-tu des questions sur lui ?

– Pendant que j'étais à Pouzzoles, un informateur est venu me dire qu'il s'agitait contre moi au Sénat ; nous verrons cela en arrivant à Rome.

– Tu deviens soupçonneux, César.

– Quand on est arrivé au point où je suis arrivé, on ne peut être que soupçonneux. Je ne suis pas sur un champ de bataille, où c'est le meilleur général qui gagne, je suis dans le marécage de la politique, où l'on est à la merci du premier tueur venu.

Le 31 décembre, il fait encore nuit, sur le Champ de Mars, où les comices tributes ont été convoqués afin de désigner les questeurs pour l'année 44. César, assis sur une chaise d'or, ne préside pas : il ne fait qu'assister au déroulement des opérations de vote. L'augure annonce que les présages sont favorables et se tourne vers la tribune où siègent d'ordinaire les consuls ou leurs représentants, en l'occurrence Fabius Maximus et Trébonius, que César a nommés consuls subrogés, en octobre : il constate que la place de Fabius Maximus est vide.

On décide d'attendre. À huit heures du matin, le magistrat n'est pas encore là. Une heure après, la nouvelle arrive que Fabius, qui était souffrant, vient de mourir. Trébonius est embarrassé et tourne son regard vers César. Celui-ci règle le problème :

– Enlevez le siège du consul décédé. En vertu des pouvoirs qui m'ont été conférés, j'ordonne que les citoyens convoqués votent par centuries, et non par tribus (par circonscriptions). Le candidat proposé est mon ancien légat en Gaule, Caninius Rébilius. Je désignerai moi-même les questeurs par la suite.

Il est fait comme il l'exige et, au début de l'après-midi, l'assemblée des tribus, transformée en comices centuriates par la volonté du dictateur, élit le candidat de César à l'unanimité des votants. Le résultat du scrutin est communiqué au Sénat, où Cicéron ironise sur le fait que Rébilius ne sera consul que jusqu'au lendemain matin :

– Nous avons un nouveau consul, allons vite le féliciter, dit-il à quelques amis, et dépêchons-nous, de peur qu'il ne sorte de charge avant notre arrivée.

Le lendemain matin, 1er janvier 44, on intronise les nouveaux consuls, à savoir César (pour la cinquième fois) qui, dans le même temps, revêt sa quatrième dictature, avec Antoine comme second consul : Caninius n'a été consul qu'un jour. Cicéron ironise à nouveau.

– Caninius a été un consul si vigilant qu'il n'a pas fermé l'œil de toute la durée de son consulat.

Pendant que César se reposait à Pouzzoles, le Sénat avait profité de son absence pour voter en bloc différents décrets lui accordant de nouveaux honneurs, dont certains étaient jusqu'alors réservés aux seuls dieux. Les sénateurs votèrent ces décrets à l'unanimité des voix, moins celles de Cassius et de quelques autres, ce qui fit beaucoup de bruit dans Rome : il se trouvait donc un homme capable de refuser des honneurs à César, et d'entraîner cinq ou six de ses collègues dans cette voie ? Quoi qu'il en fût, les décrets divinisant la personne de César, une fois adoptés, furent gravés en lettres d'or sur des plaques d'argent, et il fut décidé que le Sénat tout entier irait les présenter à César, en grande pompe, avant de les placer au pied de la statue de Jupiter Capitolin, pour souligner davantage, s'il en était besoin, la portée exceptionnelle de cet hommage.

Dans la première semaine de janvier, César travaille aux embellissements de la Ville, assis dans le vestibule du temple de Vénus. Des croquis et des projets sont étalés sur une grande table, et il en discute avec les architectes qui sont venus les lui soumettre, lorsqu'il aperçoit Rufus qui court vers le temple en faisant de grands gestes avec les bras. Il interrompt la séance de travail, essayant de comprendre ce que veut lui annoncer son secrétaire ; celui-ci se présente enfin devant lui, essoufflé, mais radieux.

– César, lui dit-il, les 900 sénateurs, les magistrats, les préteurs, les questeurs, les édiles et tous les autres viennent en procession pour te rendre hommage.

– Qu'est-ce qu'ils me veulent ? J'ai du travail ! répond César, qui reprend la discussion avec les architectes au point où il l'avait laissée, faisant mine de n'attacher aucune importance à ce que Rufus venait de lui dire.

Et il se met à examiner attentivement quelques croquis. Mais voici les sénateurs, doyen en tête, précédés par son ami Antoine, le second consul, que suivent les seize préteurs, qui s'avancent vers lui. César ne se lève même pas et continue de griffonner. Balbus, gêné, ne sait que faire, ni que dire. César lui murmure :

– Quand je suis passé devant le tribun Aquila, le jour de mon triomphe, il ne s'est pas levé devant moi ; j'en fais autant aujourd'hui.

Puis il se tourne légèrement vers les sénateurs, qui ne savent que penser et leur fait vaguement signe qu'il les écoute. Il a le regard vague, comme s'il rêvait tout éveillé. Rufus est inquiet :

– Il est toujours ainsi, quand il est sur le point d'avoir une crise, chuchote-t-il à Balbus.

Le porte-parole des sénateurs commence son discours. César est immobile, l'œil fixe, la tête tournée ostensiblement et fixement vers la gauche.

– Glisse-toi discrètement à sa gauche, Balbus, dit doucement Rufus. Quand il a une crise, il tombe toujours de ce côté.

Le sénateur continue de parler. Balbus est maintenant tout proche de César, qui lui dit :

– Ne bouge pas, laisse parler cet imbécile. C'est moi qui les ai tous nommés sénateurs, et j'en ai par-dessus la tête de leurs honneurs et de leurs flagorneries.

Balbus est soudain tranquillisé : César est en possession de tous ses moyens ; son attitude n'est qu'un jeu. Lorsque le doyen du Sénat a terminé son discours, le dictateur lui répond, froid et insolent :

– Trop, c'est trop. La liste des honneurs que vous m'avez prodigués était déjà bien longue, elle aurait plutôt besoin d'être raccourcie qu'allongée.

Les Pères conscrits se retirent, indignés, et la foule qui était prête à acclamer le nouveau dieu, le divin Julius, reste muette de stupeur.

– C'est bien triste, le crépuscule d'un dieu, dit le vieux clochard du Forum, maintenant voûté et aveugle, qui suivait les performances de César depuis près de quarante ans.

César est rentré précipitamment chez lui, dans un état d'agitation extrême. À peine arrivé dans l'*atrium* de la *Regia*, il arrache son manteau de ses épaules et le jette violemment sur le sol, où il s'étale, écarlate comme une grande tache de sang, sur le marbre blanc. Il profère des paroles sans suite, et hurle si fort que ses domestiques se précipitent, affolés. À ses amis qui accourent, alarmés par ses transes, il dit, en bégayant, que, puisqu'on veut sa mort, il la leur offre, et qu'il est prêt à tendre la gorge à qui la lui voudrait couper. Puis il s'écroule, en tremblant, sur des coussins et tombe dans un profond sommeil.

Quand il s'éveille, il fait nuit. Calpurnia, son épouse, lui a apposé une compresse d'eau fraîche sur le front et le contemple comme le ferait une mère. Décurtius, son médecin, l'observe sans parler, en hochant la tête. Rufus, Balbus, Oppius et Hirtius se concertent, à voix basse ; Cicéron est passé prendre de ses nouvelles, puis il est parti dans la nuit froide de janvier. Octave, pensif, allongé sur un lit, réfléchit les yeux fermés.

César reprend lentement ses esprits. Il appelle Balbus, qu'il considère comme le plus subtil de ses conseillers, et le questionne :

– Qu'ai-je fait, entre le moment où j'ai insulté les sénateurs et maintenant ?

– Tu es parti à grandes enjambées vers ta demeure.

– Est-ce que j'ai parlé, ou crié, en marchant ?

– Non. Tu étais absolument silencieux.

– Et ici.

– Ici, tu as crié, tu as gesticulé, tu as perdu le contrôle de toi-même.

– Personne ne m'a vu, ne m'a entendu ?

– Personne, sinon tes proches.

– Décurtius était là ?

– Oui. Il nous a dit que ce n'était pas une crise d'épilepsie.

– Cela, je le sais.

– Comment le sais-tu ?

– Quand j'ai une crise, je ne me souviens absolument pas de ce qui s'est passé avant. Ce n'est pas le cas aujourd'hui : je revois tout, le temple de Vénus, la procession des sénateurs, la manière dont je leur tournais presque le dos, toi, Balbus, qui es venu sur ma gauche, et ma crise de colère dans l'*atrium*.

– Comment expliques-tu ce qui s'est produit ?

– Je ne peux plus supporter Rome, ses coteries, les sourires hypocrites des sénateurs qui entassent devant moi couronne sur couronne ; j'en ai par-dessus la tête qu'on m'appelle le divin César : je ne crois en aucun dieu, pas plus en moi qu'en les autres. Tu sais ce qui me manque, Balbus ?

– Tu vas me le dire.

– C'est ma Gaule.

– Ta Gaule ?

– Oui. Ses prairies, ses collines, ses champs, ses forêts, ses peuples si divers, la vie au grand air, ma grande tente papillon, ses druides malins comme des singes et ses robustes Gaulois. Il y avait moins d'embuscades possibles entre Lutèce et Gergovie que d'ici au Forum. Ce qui me manque, Balbus, c'est une bonne guerre, franche et joyeuse. Et je sais laquelle.

– César, tu en as trop dit ou pas assez : quelle guerre veux-tu encore faire ?

– Nous en parlerons demain, au conseil ; charge-toi de convoquer tes amis et dis-leur que nous parlerons de guerre.

– Mais ta Révolution, notre Révolution, César ? Elle n'est pas terminée. Le peuple l'attend.

– C'est à lui, le peuple, qu'il revient de la mener à son terme ; non pas en brûlant tout et en précipitant les sénateurs dans le vide, mais en s'élevant, en s'instruisant et en faisant taire en lui les démons de la convoitise... Sinon...

– Sinon ?

– Sinon, le peuple deviendra aussi cupide que les sénateurs du temps de Sylla, ou aussi bête que ceux d'aujourd'hui. Je vais me coucher, j'en ai bien besoin. Mets au point une fable, avec Oppius, pour expliquer cet incident. Fais courir le bruit que j'ai eu brusquement des vertiges, dans le temple de Vénus, ou la colique, et que je suis parti sans répondre aux sénateurs pour ne pas les inquiéter et pour me soigner. Demain je ferai le tour de Rome à cheval, puisque j'ai l'honneur insigne de pouvoir le faire, et tout rentrera dans l'ordre.

Le conseil convoqué par Balbus, au nom de César, fut rapidement expédié.

– Je vous ai réunis, dit César à ses ministres, parce qu'il y a encore deux lacunes dans notre système de défense.

– Toutes nos frontières sont sûres, César, dit Hirtius. Les Gaules sont protégées par le Rhin, et tu as suffisamment tué de Germains pour ne pas leur donner l'envie d'y revenir.

– C'est juste, mais il faudra que mes successeurs consolident notre frontière sur le Rhin par des fortifications adéquates.

– Nos provinces africaines sont protégées par les déserts qui les bordent, de la Numidie à l'Égypte.

– C'est exact. Mais il nous reste deux ennemis, que nous ne pourrons pas contenir s'ils décident de nous attaquer.

– Lesquels, César ? demande Oppius.

– Hirtius peut te répondre, il les connaît comme moi : nous n'avons aucune barrière défensive contre les Barbares au nord du Danube, ni contre les Parthes. N'est-ce pas, Hirtius ?

– C'est évident, dit Hirtius. Le Danube n'est pas défendu comme le Rhin, et il y a tout à craindre des Daces qui nomadisent au nord de ce fleuve ; quant aux Parthes, ils peuvent, à tout instant, envahir la Syrie à partir de la Mésopotamie, ainsi que nos territoires proches de la mer Noire.

– Que proposes-tu ? demande Balbus.

– Il y a longtemps que mon plan est prêt, répond César. Ce n'est pas pour rien que j'ai fait construire une route reliant la vallée du Tibre à l'Adriatique ; elle sera bientôt terminée et nous pourrons nous en servir pour transporter nos troupes. Mon plan est d'attaquer les Daces, qui se sont répandus en Thrace et vers la mer Noire, puis de porter la guerre chez les Parthes en passant par la Petite Arménie. L'expédition contre les Daces ne sera ni plus difficile, ni plus longue que celle contre Pharnace et je pourrai dire, une fois de plus, *Veni, Vidi, Vici*.

– Comment s'appelle le chef des Daces ? demande Oppius.

– Burebistas, lui répond César. C'est un mystique, qui entraîne son peuple dans des aventures guerrières depuis une vingtaine d'années. Les Daces ne sont pas nombreux, mais ils sont courageux et fanatiques. Je vais même vous dire une chose : je préfère avoir eu à combattre Arioviste et ses 300 000 Suèves que Burebistas et ses 30 000 Daces.

– Veux-tu que je m'occupe des préparatifs, César ? demande Hirtius.

– Oui, c'est une bonne idée. L'année dernière, j'ai mobilisé 16 légions et 10 000 cavaliers. Nous établirons notre base de départ en Illyrique, à Apollonie, par exemple, ou à Dyrrachium, comme l'avait fait Pompée ; Oppius, je te charge d'envoyer des ambassadeurs à tous les roitelets des environs de la mer Noire et de la Crimée, pour assurer nos arrières.

– Et quand partirons-nous pour la guerre ?

– Quand j'aurai terminé ma Révolution politique.

– En quoi consiste-t-elle ?

– Je veux être certain que, s'il m'arrive malheur au cours de cette campagne, mon œuvre sera continuée, à Rome, par un successeur qui aura les mêmes pouvoirs que moi.

– Autrement dit, tu veux instaurer une sorte de dynastie.

– Oui. Il ne faut pas qu'à ma mort resurgissent les combines des sénateurs et de l'aristocratie. Il faut que l'État romain que j'ai presque terminé de créer subsiste et progresse.

– Mais c'est la royauté, que tu veux établir, César, dit Rufus. C'est terriblement grave.

– Je sais que les mots « royauté » ou « monarchie » font peur à tout le monde, parce qu'ils évoquent les tyrannies de l'ancien temps. Mais qu'est-ce qu'un dictateur ? C'est un monarque tout-puissant, qui n'a de comptes à rendre à personne. Je suis un monarque.

– Mais si ce monarque-dictateur fait le malheur de son peuple ?

– Tout dépend de la manière dont il est choisi. Je pense, pour ma part, que la monarchie doit être héréditaire. Si j'avais un fils, je l'élèverais de telle sorte qu'il devienne un aussi bon dictateur que moi, et je lui enseignerais à bien s'entourer. Le métier de monarque est un métier qui s'apprend.

– C'est dangereux, ce système.

– Je le sais. Mais il y a plus de chances pour que l'héritier d'un monarque, que ce soit son fils naturel ou un fils adoptif, ou encore un successeur désigné, soit plus apte à gouverner son empire et à le conserver qu'une bande de sénateurs qui ne pensent qu'à se remplir les poches. Relisez la *République* de Platon, et vous comprendrez. Le pouvoir doit aller aux meilleurs, parce qu'ils sont les plus aptes à faire le bonheur de tous. Dans mille ans, dans deux mille ans, il en sera peut-être autrement, mais, pour l'instant, je ne vois rien de mieux qu'un roi bien conseillé pour Rome, mon cher Rufus.

– Admettons, intervient Balbus. Je veux bien préparer une campagne pour établir la monarchie héréditaire à Rome, mais il faudra y aller subtilement. Tu sais bien que le simple fait de le dire est un crime, passible de la peine de mort.

– Le plus habile, dit Oppius, ce serait de faire proposer la royauté à César par le peuple.

– Essayons, et nous verrons bien, dit Balbus. Il sera toujours temps de faire marche arrière si les choses se compliquent. Il faut tâter le terrain. J'ai une idée : la nuit prochaine, lorsque tout Rome dormira, je couronnerai la statue d'or qui vient d'être élevée sur la tribune aux harangues en ton honneur d'un diadème portant une bandelette blanche, insigne de la royauté. On verra bien comment réagira le peuple.

– Essaye, dit César ; je t'en donne l'autorisation.

Balbus fit comme il l'avait dit, et, le surlendemain, les premiers passants qui vinrent sur le Forum purent contempler une statue de César dont le front s'ornait du diadème royal. Mais le bandeau blanc des rois ne resta pas longtemps sur le front de ce César de pierre. Deux tribuns de la plèbe, Marullus et Flavus, en furent informés et ordonnèrent immédiatement à des policiers d'arracher le diadème et de le jeter dans le grand égout de Rome. Puis ils haranguèrent le peuple, du haut des Rostres en ces termes :

– Peuple de Rome, nous avons agi de la sorte afin de défendre la réputation de bon citoyen du divin Julius. Des individus malveillants ont conçu le dessein de le perdre en lui attribuant la responsabilité de ce geste coupable.

César monte à son tour à la tribune et ne peut que confirmer les paroles du tribun. Quand il en descend, il dit à ses amis :

– Ce n'est que partie remise. Vous avez constaté cependant que le peuple n'a pas protesté, quand il a vu ma statue couronnée comme celle d'un roi. Continuons ainsi : laissons le peuple se faire à cette idée.

À quelques jours de là, le 26 janvier, en sa triple qualité de Grand Pontife, de dictateur et de consul, César préside aux Fêtes Latines, qui avaient lieu, tous les ans, dans la région des monts Albains. Pour la circonstance, il a revêtu non pas son manteau écarlate d'*imperator*, mais la toge royale de pourpre des anciens rois, et chaussé les hautes chaussures rouges assorties. Il entre dans Rome sur son cheval blanc, privilège qui lui était exclusivement réservé, et il avance au milieu de la foule. Des vivats s'élèvent de toutes parts, et l'on entend soudain, lancés par quelques voix, les cris de « Vive le roi ». La foule proteste et crie : « Vive la République ». Alors César arrête son cheval, et clame à haute voix : « Je suis César, et non pas *Rex* (Roi) ». La foule applaudit à tout rompre.

Les tribuns, Marullus et Flavus, font une enquête et ils arrêtent l'instigateur de la manifestation, qui constitue une atteinte flagrante au régime de la République, punie par la loi. Pendant ce temps, César a regagné la *Regia*, où l'attendent ses conseillers habituels, qui ont assisté à l'incident.

– Je suis persuadé que c'est un coup monté, leur dit-il. Qu'en pensez-vous ?

– C'est certainement une provocation, dit Balbus, dont le but est de te mettre dans une situation délicate. L'homme qui a crié « Vive le roi » nous est totalement inconnu, mais, si tu le laisses condamner sans intervenir, ton image sera ternie et les populaires diront que tu abandonnes ceux qui te soutiennent ; si, au contraire, tu le défends, c'est un demi-aveu, et la bande à Cassius aura beau jeu de t'accuser de menées royalistes subversives.

– Pourquoi dis-tu « la bande à Cassius » ?

– Parce que c'est lui qui dirige l'opposition contre toi. Il a convaincu une trentaine de sénateurs et, d'après les informations que j'ai recueillies, il ne serait pas moins question que de te faire assassiner, pour « sauver la République », dit-il. Comme il ne peut agir ouvertement, il a acheté Marullus et Flavus, les deux tribuns, pour agir à sa place.

– Qu'est-ce qui lui prend, à ce Cassius ? Il me doit tout, et je l'ai même désigné comme préteur pour cette année.

– Oui, mais préteur pérégrin ; il visait la charge de préteur urbain, que tu as donnée à Brutus, dont il a épousé la sœur.

– Cassius est un ambitieux. Il se sent bafoué et il trouve indigne de lui d'aller rendre la justice en province, d'autant que Brutus est nettement plus jeune que lui.

– Que me conseilles-tu de faire ? De dénoncer les menées de Cassius au Sénat ?

– Ce serait maladroit.

– Tu as raison. Il faut que je m'attaque aux deux tribuns ; comme ils sont sacrés et inviolables, je ne peux pas les traîner en justice, même en tant que dictateur, mais je peux convaincre un autre tribun de le faire, Helvius Cinna, par exemple, qui m'est tout acquis.

Le soir même, le tribun, dûment chapitré par César, mettait au point le texte de son intervention au Sénat, et, le lendemain, César se rendait à la Curie en grand appareil. Dès le début de la séance, il prend la parole et se plaint d'être injustement persécuté par deux tribuns de la plèbe :

– Je ne vous dirai pas leurs noms, Pères conscrits, ajoute-t-il, car ce serait de ma part impudent que d'accuser des magistrats sacrés et inviolables.

Alors, comme convenu, Helvius Cinna demande la parole :

– Moi, tribun de la plèbe, je connais ces noms et j'accuse formellement mes collègues Épidius Marullus et Caesitius Flavus des crimes de forfaiture et d'atteinte à la personnalité de notre dictateur et consul bien-aimé, le divin Julius. Je demande qu'ils soient immédiatement jugés par vous, Pères conscrits.

Après quelques hésitations, le Sénat met l'affaire à l'ordre du jour et procède, séance tenante, au jugement des deux tribuns, qui sont déchus de leur magistrature et condamnés à mort. Une fois le jugement prononcé, César prend la parole à son tour :

– Pères conscrits, la conduite criminelle des accusés mérite la mort, et j'approuve votre sévérité, car vous êtes les garants de la loi romaine, et il n'y a pas de liberté sans loi. Mais vous savez combien est grande mon indulgence : il ne sera pas dit que César, qui a laissé la vie sauve à ses pires ennemis sur les champs de bataille, n'étendra pas sa clémence à des citoyens romains égarés, et je demande l'indulgence pour Marullus et Flavus, comme je l'avais jadis demandée pour Catilina. Qu'ils soient simplement destitués de leur charge, cela suffira.

Marullus et Flavus furent donc destitués comme il le désirait, et César sortit de la Curie en se frottant les mains : il avait éliminé deux ennemis, écarté toutes les accusations de « royalisme » qu'ils portaient contre lui et s'était montré magnanime.

– Notre divin Julius a gagné sur tous les tableaux, dit Balbus à Oppius, en guise de conclusion. Allons déjeuner. Nous avons eu un dur mois de janvier.

Chapitre XX

Tu dors, Brutus !

(29 janvier-14 mars 44)

Le lendemain de cette victoire sur la « bande à Cassius », on remet à César le premier *nummus* d'or sorti de la fonderie officielle. Il contemple cette pièce avec orgueil. Son avers porte son effigie accompagnée de la devise : *Caesar imperator.* Il la compare avec une ancienne pièce à son effigie, un denier d'argent fondu en novembre 49, lors de sa première dictature, celle qui n'avait duré que onze jours ; son profil n'a pas changé, mais la devise est différente : *Caesar imperator iterum* (« César *imperator* pour la deuxième fois »). Il sourit et tend les deux pièces à Rufus :

– Alors, qu'est-ce que tu en penses ? Tu ne remarques rien ?

– La devise a changé.

– Mais encore ?

– Je ne vois pas.

– Je vais t'expliquer ce qu'il faut voir, Rufus. Sur le denier il est inscrit que je suis *imperator* pour la deuxième fois, ce qui est vrai : j'ai été nommé une première fois *imperator* par mes légionnaires, après mes victoires en Gaule, et une deuxième fois par eux après mes victoires en Espagne et à Marseille. Sur le *nummus*, on ne précise pas « troisième fois », ou « quatrième fois » : il est simplement marqué *imperator*. Cela signifie que je suis *imperator* une fois pour toutes, jusqu'à ma mort, *imperator* perpétuel.

– Et tu en conclus ?

– Qu'il va se produire la même chose pour ma dictature. J'ai été désigné quatre fois dictateur : la première fois pour onze jours, par Lépide, avant mon départ pour Brindes ; la deuxième fois pour un an, en 47, par le consul Servilius Isauricus ; la troisième fois l'année dernière, par le Sénat ; la quatrième fois au début de cette année. Et, maintenant que les sénateurs m'ont divinisé, ils vont me nommer dictateur perpétuel.

– Ça ne plaira pas à Caïus et à sa bande.

– Peu importe. Une fois dictateur perpétuel, j'aurai tous les pouvoirs : nommer les magistrats, destituer les tribuns de la plèbe qui ne me plairont pas, et mon siège d'or commencera à ressembler plus à un trône qu'à une chaise curule.

César avait vu juste. Le 14 février, alors que les Romains préparaient avec ardeur la fête des Lupercales, qui devait avoir lieu le lendemain, une délégation de sénateurs se rendit au temple de Vénus, en grande pompe, et remit solennellement à César la copie du sénatus-consulte qui le dépouillait de sa charge de dictateur pour l'année 44 et la remplaçait par celle de dictateur perpétuel. Cette fois-ci, il n'y eut pas d'incident : César, assis sur son siège d'or, salua de la tête les sénateurs qui se tenaient respectueusement debout devant lui et les congédia dignement.

Après qu'ils se furent éloignés, Rufus lui dit :

– Te voici perpétué dans ta dictature, César ; tu as obtenu ce que tu voulais.

– Pas encore.

– Comment, « pas encore » ? Le Sénat vient de t'accorder l'*imperium* (le commandement) de tout le monde romain jusqu'à ta mort.

– Et après ma mort ? À qui reviendra cet *imperium* ? Ce sera la curée.

– Que veux-tu de plus ?

– Que la continuité du pouvoir soit assurée, de génération en génération. D'ailleurs, je vais m'en préoccuper. Puisque je dois partir combattre les Daces, je vais confier à Lépide le gouvernement civil et militaire de Rome en le nommant sur-le-champ Maître de la Cavalerie, avec tous les pouvoirs, même sur le Sénat ; moi-même je partirai pour Apollonie avec 16 légions et je prendrai un second Maître de la Cavalerie que j'emmènerai en Orient.

– Qui donc ?

– Mon petit-neveu Octave. J'en ai fait mon légataire universel et mon fils adoptif dans un testament secret que j'ai rédigé en septembre dernier, à mon retour d'Espagne. Il sera vice-dictateur. S'il m'arrive malheur dans la guerre des Daces, il héritera automatiquement la dictature entière, de même qu'il recueillera mon titre de Grand Pontife.

– C'est la monarchie héréditaire, que tu instaures ainsi, César, comme en Égypte ou en Orient.

– J'instaure la continuité de la puissance romaine par le biais de la continuité du pouvoir. Envoie dès aujourd'hui un message à Octave : qu'il parte le plus tôt possible pour Apollonie, afin de surveiller les préparatifs de la guerre contre Burebistas. Je le rejoindrai plus tard.

Le lendemain, 15 février, ont lieu les Lupercales, la fameuse course-procession des Luperques, les prêtres qui célèbrent le culte du dieu Faunus, protecteur des bergers et des troupeaux.

Il y avait à Rome, depuis les temps les plus anciens, deux confréries de Luperques, composées de jeunes gens appartenant à deux anciennes familles romaines, celle des Fabius et celle des Quinctilius. Une légende prétendait que leurs fondateurs étaient les bergers qui faisaient paître, sur le mont Palatin, les troupeaux de Rémus (les Fabiens) et de Romulus (les Quinctiliens). Pour honorer César, et sans doute à son instigation, une troisième confrérie venait d'être créée, celle des Luperques Juliens, dont le grand-prêtre était Marc Antoine. La fête des Lupercales de cette année 44 est donc aussi une fête en l'honneur de l'homme qui est, depuis la veille, le dictateur perpétuel de la « République » romaine.

Avant la course les Luperques s'assemblaient dans la grotte du *Lupercal*, sur les flancs du mont Palatin où, selon la tradition, les jumeaux Romulus et Rémus, recueillis par le berger Faustulus, auraient été allaités par une louve. Là, ils se dépouillaient de leurs vêtements, immolaient quelques chèvres et quelques boucs au dieu Faunus ; puis ils se dépouillaient de leurs vêtements, se barbouillaient le torse du sang des victimes, ceignaient leurs reins d'une peau de chèvre, et entamaient une course sans fin autour du Palatin : à chaque tour, ils passaient sur le Forum, au pied de la tribune aux harangues. Au cours de cette procession échevelée, ils fouettaient tous les passants qu'ils rencontraient, et notamment les femmes, avec des lanières taillées dans la peau d'un bouc sacrifié : ce rite avait la réputation d'accroître la fécondité des femmes et de faciliter le travail de leur futur accouchement.

La tribune des Rostres, d'où tant de harangues ont retenti, surplombe de deux ou trois mètres le Forum. Elle est pleine à craquer. Sénateurs, préteurs, édiles, questeurs entourent respectueusement et à distance la chaise d'or du divin Julius, tout de pourpre vêtu, l'homme chauve dont la calvitie s'orne de la couronne dorée des généraux qui ont été honorés d'un triomphe et qui ont droit au titre d'*imperator*, celle dont les feuilles imitent des feuilles de laurier. À côté de lui se tient Lépide, le Maître de la Cavalerie devenu, la veille au soir, vice-dictateur.

Le Forum, en contrebas, est noir de monde. Tous les Romains s'y pressent : ils viennent acclamer César, leur nouveau dieu. Pour une fois, l'ordre traditionnel des théâtres a été inversé : les populaires s'entassent dans les premiers rangs, face à la tribune ; patriciens, chevaliers, anciens sénateurs, bourgeois cossus, orateurs à la mode occupent le fond de la place. On parle, on chante, les enfants sautent à cloche-pied dans l'espace séparant la tribune de la foule et que des Luperques à demi nus, échevelés, suant et soufflant, traversent en courant, fouettant les mains tendues des femmes qui se trouvent au premier rang.

La course s'achève. Les trois collèges de Luperques, les Fabiens, les Quinctiliens, les Juliens sont alignés, immobiles devant les Rostres ; il ne manque qu'Antoine, qui court bien moins vite que ces jeunes gens. L'un des prêtres – un Julien du nom de Licinius – sort des rangs, escalade la tribune et dépose aux pieds de César une couronne de laurier entrelacée autour de la bandelette blanche *(diadema)*, emblème du pouvoir royal des monarques d'Asie, après l'avoir présentée à la foule.

Des rangs populaires, une clameur jaillit, des applaudissements éclatent. Licinius s'enhardit et pose le diadème sur la tête de César ; quelques spectateurs des premiers rangs crient : « Vive César, vive le roi ! », mais leurs vivats restent sans écho ; César proteste, embarrassé, et se tourne vers Lépide :

– Aide-moi, fais quelque chose, lui dit-il rapidement, sinon, dans une minute, c'est l'émeute.

Lépide fait semblant de ne pas entendre. Alors Cassius, qui se tient debout au premier rang des sénateurs, derrière le dictateur, ôte le diadème de son front et le pose sur ses genoux. César se retourne, repousse Cassius d'un air furieux : une partie de l'assistance applaudit. Dans le fond du Forum, on murmure.

Arrive enfin Antoine. Il est nu et en sueur, comme il se doit pour un Luperque essoufflé et qui n'a plus vingt ans. Il bondit sur la tribune, s'empare du diadème et le replace sur le front du dictateur chauve. Les spectateurs de la scène restent silencieux. César s'énerve ; il arrache lui-même le diadème et le lance parmi eux.

– Vive César ! Vive la République ! crie la foule, du fond du Forum.

– César, tu n'as pas le droit de refuser ce que t'offre le peuple romain, lui crie-t-on des premiers rangs.

Antoine reprend le diadème et le remet sur la tête du dictateur.

– Vive César ! Vive le roi ! crient les populaires du premier rang, parmi lesquels Antoine a placé quelques agitateurs professionnels.

César retire à nouveau de son front le diadème maléfique et ordonne, d'une voix forte :

– Il n'y a qu'un roi, à Rome, c'est Jupiter Capitolin. Qu'on lui porte cette couronne, c'est à lui qu'elle convient.

– Vive César ! hurle la foule, unanime cette fois.

Le dictateur se lève, prend le consul Antoine dans ses bras et l'embrasse. Puis il se tourne vers Rufus :

– Assure-toi, lui dit-il, que l'on mentionne bien, dans les *Actes officiels*, qu'au jour de la fête des Lupercales, le peuple m'a offert la royauté, par les mains du consul Antoine, et que je l'ai refusée.

– Ne crains rien, César, ce sera fait.

Rufus quitte la tribune aux harangues et se dirige vers le Secrétariat du Sénat, pour transmettre l'ordre de son maître au rédacteur des *Actes officiels*, en compagnie de Balbus :

– Tu y crois, toi, au refus de César ? demande-t-il à son ami.

– Pas un seul instant. Toute l'affaire a été montée par lui, c'est évident, avec l'aide d'Antoine. Il ne nous en a pas parlé, sinon, nous l'en aurions dissuadé.

– Mais alors, pourquoi a-t-il rejeté la couronne diadèmée ?

– Tout bêtement parce qu'elle n'était pas, politiquement parlant, à sa portée, et qu'il s'en est aperçu au dernier moment. Tu connais la fable d'Ésope, sur le renard et les raisins ?

– Non.

– Alors, lis-la : tu comprendras.

– Et tous ces bruits qui courent dans Rome, quels fondements ont-ils ?

– Quels bruits ?

– Que les oracles sibyllins, conservés à Cumes, laisseraient entendre que seul un roi pourrait vaincre le roi des Parthes, contre lequel César doit partir en expédition, qu'il pense épouser Cléopâtre et transporter à Alexandrie la capitale de l'État romain...

– Sornettes. Les livres sibyllins de Cumes ont brûlé du temps de Sylla ; on les a remplacés par des faux, auxquels on fait dire n'importe quoi. Quant à Cléopâtre et à Alexandrie, ce ne sont que des ragots de matrones : il n'y a que Cicéron, qui roucoule devant cette putain, pour le croire.

César fut plus entêté que le renard de la fable, et c'est vraisemblablement ce qui le perdit. Le jour des Lupercales, il avait été sur le point de voir se réaliser le grand dessein qu'il avait évoqué, avec le général Minucius Thermus, trente-deux ans plus tôt, dans une auberge de Subure : il fallait qu'il y parvienne par un autre moyen. Abattre cette République de profiteurs était devenu chez lui une véritable obsession, et il n'avait pas de mots assez durs pour la vilipender : « La République, disait-il, n'est qu'un vain mot, sans consistance ni réalité, et Sylla s'est conduit comme un gamin quand il abdiqua la dictature. »

Ses conseillers habituels lui recommandaient de faire la guerre d'abord, puis de réclamer la royauté lorsqu'il en reviendrait victorieux, mais il ne voulait pas les entendre. Il s'épanchait dans les bras de Cléopâtre, qu'il visitait plus souvent ; ce qui lui plaisait, en elle, ce n'était pas sa beauté : elle n'en avait guère, c'était la docilité avec laquelle elle approuvait toutes ses paroles.

– Puisque le procédé du diadème offert par le peuple a échoué, lui confia-t-il le lendemain des Lupercales, je vais faire parler les Oracles.

– Quels Oracles ?

– Ceux de la sibylle de Cumes. Personne n'y croit, mais on les consulte toujours avant de faire la guerre.

– Tu vas faire encore la guerre, mon chéri ? À qui ?

– Au roi des Parthes. J'ai trouvé une formule obscure dans les Oracles de Cumes que j'ai traduite par « *Le roi des Parthes ne pourra être vaincu que par un roi.* » Mon petit-neveu Octave est à Apollonie, un port sur la mer Adriatique où sont concentrées nos troupes, et je dois partir le rejoindre trois jours après les Ides de mars (le 18 mars). Alors j'ai convoqué le Sénat pour les Ides (le 15 mars), je lui lirai la prophétie de l'oracle et je ferai voter un sénatus-consulte me désignant comme roi des Romains, pour assurer ma victoire.

– Je suis superstitieuse, mais je ne suis pas idiote, dit Cléopâtre : si j'étais sénateur, je consulterais un autre oracle qui me dirait le contraire et je t'enverrais promener, avec ta sibylle. Mon pauvre chéri, tu es tellement habitué, depuis des années, à ce que les gens autour de toi disent *amen* à toutes tes paroles que tu finis par prendre tes désirs pour des réalités.

– Qu'est-ce que cela signifie, *amen* ? C'est de l'alexandrin ?

– C'est de l'hébreu. Nous avons beaucoup de Juifs, à Alexandrie ; ça veut dire « oui, assurément ». Tu ne veux pas qu'on aille se coucher, César ?

– Amen !

Après une nuit « cléopâtrienne », César se rend chez le frère de sa mère, Lucius Aurélius Cotta, ancien consul, retiré de la vie politique et qui faisait partie des honorables *Quindecemviri*, les quinze dépositaires des *Oracles sibyllins*, chargés par le Sénat de les consulter avant certaines décisions importantes, notamment avant d'engager Rome dans une guerre. Le dictateur explique à son oncle ce qu'il attend de lui :

– Je souhaite que tu communiques au Sénat cette prophétie où la sibylle dit que seul un roi pourra vaincre un jour le roi des Parthes.

– Je connais ce passage. Il est en contradiction avec une dizaine d'autres oracles.

– C'est celui-là qui m'intéresse.

– Je m'en doute, César ; je suis vieux, mais je ne suis pas gâteux. Tu l'auras, ton oracle, garnement... D'autant que ça ne me déplairait pas, d'avoir un roi pour neveu.

Le dictateur sortit de chez son oncle en se frottant les mains. Il monta dans sa litière – la seule qui eût l'autorisation de circuler dans Rome – et rentra chez lui, apaisé. Sa femme, Calpurnia, l'embrassa tendrement, fit semblant de ne pas remarquer l'odeur des parfums capiteux dont il était imprégné et lui demanda d'où il venait.

– De chez mon oncle Aurélius. Grâce à lui, ma chère Calpurnia, je serai roi... et tu seras reine.

Le premier des sénateurs à être mis au courant de la visite faite par César à son oncle fut Cassius, qui le faisait suivre, jour et nuit, par des espions à lui. Il en comprit immédiatement la signification : Aurélius Cotta confirmerait la thèse du dictateur sur les *Oracles sibyllins* et, comme la guerre contre les Daces et les Parthes avait été votée par le Sénat, celui-ci ne pourrait se dérober à la prophétie de Cumes, même si aucun Père conscrit n'y croyait. Il fallait agir au plus vite et, agir, à Rome, où le crime politique était une tradition qui datait des débuts de la République, cela signifiait assassiner César. En outre, pour que ce crime n'engendre pas une nouvelle guerre civile, et qu'il profite à la République, il fallait que ce fût une sorte de meurtre rituel collectif, accompli par les Pères conscrits, et non par de quelconques tueurs à gages comme du temps de Catilina, de Clodius ou de Milon.

Cassius n'était pas un de ces sénateurs d'opérette choisis par César pour meubler son Sénat. C'était un républicain avant tout, qui ne cachait pas son aversion, voire sa haine pour les dictateurs et pour les tyrans. Tout enfant, alors qu'il allait dans la même école que

Faustus, le fils du terrible Sylla, comme son condisciple se glorifiait de la puissance de son père, Cassius, se levant de son banc, lui assena une vigoureuse paire de gifles ; les deux enfants passèrent devant ce que nous appellerions un conseil de discipline, en l'occurrence devant Pompée, et Cassius, nullement intimidé, bouscula encore le fils du tyran, en lui disant :

– Répète, en la présence de ce monsieur, ce que tu m'as dit l'autre jour de ton père, et je te casse la tête à coups de poings.

Adulte, il était resté ce qu'il était enfant et, pendant la guerre civile, il avait pris le parti de Pompée. Gracié par César après Pharsale, il avait été inscrit par celui-ci sur la liste des sénateurs et nommé préteur pour l'année 44. Mais cette nomination l'avait déçu, pour les raisons qu'on a déjà dites, et la blessure de son amour-propre, jointe à sa haine viscérale de la tyrannie, en avait fait le bouillant ennemi de César.

Il y avait une autre raison, qui poussait Cassius au complot meurtrier. L'homme était un Romain convaincu et fier de l'être, un patriote nationaliste, comme nous dirions aujourd'hui : l'empire multinational que promettait César, dans lequel, un jour, le barbare gaulois, le Numide, le Phénicien, l'Alexandrin ou le Juif aurait les mêmes droits que le Romain l'épouvantait. Et que Rome puisse avoir, un jour peut-être, comme souveraine « cette métèque de Cléopâtre », disait-il avec mépris, emplissait de fureur ce patriote aux idées étroites.

Lorsqu'il prit conscience que le salut de la République qu'il chérissait passait par l'élimination physique de César, il se chercha un allié de poids en la personne de Brutus – Marcus Junius Brutus – qui était, pour plusieurs raisons, la plus haute autorité morale du Sénat constitué par César.

Tout d'abord, parce qu'il descendait en ligne directe, assurait-on, de Lucius Junius Brutus, l'homme qui avait, jadis, chassé Tarquin le Superbe, le dernier roi de Rome, et fondé la République (en 509 av. J.-C.).

Ensuite parce qu'il était le neveu et le fils spirituel de Caton, le dernier grand héros républicain. Enfin pour sa rigueur morale et pour ses qualités intellectuelles. Il était le fils, on l'a dit, de Servilia, la maîtresse adorée de César, et, après Pharsale, celui-ci lui avait accordé sa grâce, comme à Cassius, l'avait nommé sénateur, gouverneur de la Gaule cisalpine, puis, tout récemment, préteur urbain pour l'année 44.

Depuis l'incident des Lupercales, les appels de Cassius à son honneur républicain se multipliaient. Chaque jour, Brutus trouvait, sur son siège, au tribunal, ou sur son bureau, des tablettes sur lesquelles était écrit : « *Brutus, tu dors !* », ou : « *Brutus, tu n'es pas Brutus !* » Sur la statue de son glorieux ancêtre, Lucius Junius Brutus, fondateur de la République, Cassius faisait poser des écriteaux qui jouaient sur le fait qu'il portait le même nom que le préteur, dans le genre : « *Plût au ciel que ce soit toi qui vives maintenant, Brutus !* » ou « *Ah ! Brutus, si tu étais parmi nous.* »

Un jour, enfin, Cassius et Brutus se rencontrèrent. Cassius fit amende honorable et lui proposa de se réconcilier avec lui ; les deux hommes s'embrassèrent et la conversation s'engagea entre les deux sénateurs :

– Viendras-tu au Sénat, le 15 mars ? lui demande Cassius. Il paraît que son oncle Cotta va demander qu'il soit déclaré roi, au nom des *Oracles sibyllins*.

– Je n'y viendrai point, je m'abstiendrai.

– Mais si nous sommes contraints d'assister à la séance, en tant que préteurs ?

– Alors mon devoir sera non pas de m'abstenir, mais de m'opposer au sénatus-consulte que César voudra nous imposer, quels qu'en soient les risques : je préfère la mort à la perte de la liberté.

Alors Cassius, ému, prend Brutus dans ses bras et lui dit, les larmes aux yeux :

– Quel Romain digne de ce nom ne se rallierait-il pas à une si noble cause ? Ces billets, ces écriteaux que tu trouves tous les jours sur ton siège, au tribunal, crois-tu que ce sont des tisserands, des cabaretiers, des manœuvres et autres partisans de César qui les écrivent, ou les gens de notre classe ? Aux magistrats, le bas peuple demande du pain et des Jeux ; nous, les nobles, nous réclamons l'abolition de la tyrannie. Donne l'exemple, Brutus, et tous te suivront.

L'exaltation républicaine de Cassius eut raison des hésitations de Brutus, et son adhésion en entraîna bien d'autres. Ainsi ce Ligarius, familier de Brutus, qui était venu lui rendre visite au chevet de son lit de malade :

– Ligarius, depuis quand es-tu malade ? lui demande-t-il.

Ligarius se redresse, s'appuie sur son coude et lui répond :

– Brutus, si tu as l'intention d'entreprendre quelque chose digne de toi, je suis guéri.

Cassius et Brutus passèrent ainsi leurs journées à rallier les indécis. Ils ne dirent mot de leur complot à Cicéron, dont ils craignaient les indiscrétions et surtout les objections, qui auraient refroidi l'ardeur de leurs partisans. Ils se heurtèrent aux positions bien arrêtées des deux philosophes romains à la mode, le stoïcien Favonius, disciple de Caton, et l'épicurien Statilius : le premier leur dit qu'un assassinat était le début d'une guerre civile et qu'une guerre civile était pire que l'établissement d'une monarchie, comme on s'en était aperçu à propos de la rivalité entre Pompée et César ; le second leur exposa que le sage n'a pas à mettre sa vie en danger pour venir en aide à des fous ou à des ignorants. Ils en conclurent, un peu rapidement peut-être, que les philosophes n'avaient pas la fibre républicaine.

Le seul nom de Brutus suffit à recueillir des adhésions utiles, dont celle de Décimus Brutus, l'ancien amiral de César, qui avait combattu avec lui contre les Vénètes et contre les Marseillais, et de quelques sénateurs de même prestance.

Porcia, l'épouse de Brutus et la fille de Caton, à voir son mari s'agiter plus que de coutume, rentrer tard, recevoir des visites de personnages inconnus, se douta bien qu'il se tramait quelque chose d'important. Elle voulut savoir de quoi il s'agissait, mais elle se doutait bien que son mari refuserait de la renseigner, prétextant qu'elle n'était qu'une femme et qu'elle ne se tairait pas sous la torture si elle était arrêtée. Elle fit comme si de rien n'était, et, en bonne fille de Caton qu'elle était, elle décida de s'éprouver elle-même : elle se fit volontairement une blessure à la cuisse, à l'aide d'un outil en fer, perdit beaucoup de sang et, la plaie s'étant infectée, la fièvre la saisit. Au bout de quelques jours, voyant que Brutus s'inquiétait de son état, elle lui dit :

– Brutus, je suis la fille de Caton, et si l'on m'a donnée à toi, ce n'est pas seulement pour te faire la cuisine et pour coucher dans ton lit, c'est aussi pour être la compagne de toutes tes bonnes et mauvaises fortunes. Je sais que tu as un secret et que tu ne veux pas me le confier parce que je suis une femme : mais regarde ma cuisse, je me la suis blessée moi-même, et j'ai souffert le martyre sans pousser un cri. Brutus, tu peux tout me dire : je t'ai montré que je sais souffrir en silence, et je ne crains pas la torture.

Ce fut un complot, mais non pas une conjuration. Les quelque soixante sénateurs qui y participèrent ne firent aucun serment, ne firent aucun sacrifice aux dieux. Ils se contentèrent de décider en commun de commettre leur crime le 15 mars, et dans la Curie, le bâtiment où se réunissait le Sénat :

– Ainsi, avait dit Cassius, les autres Pères conscrits, même non prévenus, prendront notre parti avec enthousiasme quand ils nous verront agir. En outre, l'acte que nous commettrons ne ressemblera pas à un vulgaire assassinat : l'opinion publique comprendra qu'il s'agit d'un acte politique, républicain, accompli dans l'intérêt de la patrie, et non d'un coup d'État devant profiter à quelques-uns, ce qui écartera toute menace du côté de l'armée.

Ligarius fit une proposition complémentaire :

– Nous pourrions aussi éliminer Antoine, par la même occasion. Il est le collègue de César au consulat, le plus puissant de ses amis et le plus populaire auprès des légions.

– Ce serait une erreur, dit Brutus. En abattant César, nous nous comportons en tyrannicides puisque nous abattons un roi, et la loi romaine nous le pardonnera ; mais, en tuant Antoine, nous nous comportons en pompéiens, et c'est la porte ouverte à la guerre civile.

Il restait à distribuer les rôles. Chacun devait se munir d'une arme qu'il cacherait dans les plis de sa toge. L'amiral Décimus Brutus, en qui César avait toute confiance et qui avait ses entrées à la *Regia*, assurerait la liaison entre les conjurés et le domicile du dictateur ; il avait été entendu qu'il dépêcherait un jeune esclave, rapide à la course, afin de prévenir les sénateurs du moment où César quitterait sa demeure. Trébonius, qui était très lié avec Antoine, son compagnon de débauches, saisirait un prétexte quelconque pour l'éloigner du dictateur, qui ne serait pas, ainsi, sous sa protection. Un certain Tillius Cimber, dont le frère, pompéien non repenti, avait été proscrit par César, aborderait ce dernier comme pour lui demander sa grâce, en le tirant par sa toge, découvrant ainsi son épaule : ce serait le signal de la curée.

Le tribun de la plèbe Servilius Casca, un homme entièrement dévoué à Cassius, porterait le premier coup, puis chacun des conjurés plongerait son arme – épée ou poignard – au moins une fois dans le corps du tyran. L'affaire devait être rondement menée, sans donner aux autres sénateurs le temps d'intervenir ou de s'interposer.

Chapitre XXI

Les ides de mars

(15 mars 44)

Le 14 mars au soir, César a invité à souper Lépide, son Maître de Cavalerie, avec Décimus Brutus, qu'il avait chargé de faire le service des vins, car il avait la réputation d'être un fin connaisseur en la matière. La conversation porte d'abord sur les présages.

– On m'a raconté une histoire très étrange, dit Décimus Brutus, mais je ne sais pas si je dois la raconter. Tu n'es pas superstitieux, César ?

– Je ne crois en rien.

– Bon. Il y a quelques mois, j'avais accompagné des colons à Capoue, qui devaient prendre possession de leurs terres, en vertu des lois que tu as promulguées. Ils démolissaient avec entrain un ancien cimetière, pour construire des maisons et des fermes. En piochant, ils découvraient des ossements, des vases funéraires, et des tas d'autres objets, et l'un d'eux met au jour un squelette presque intact, au fond d'une fosse : c'était le tombeau de Capys, le fondateur de Capoue. Il contenait une tablette de bronze portant une inscription en langue grecque, qui disait : « *Lorsqu'on aura mis au jour les ossements de Capys, un descendant d'Iule tombera sous les coups de ses proches et l'Italie expiera sa mort par de terribles désastres.* »

– Mais je suis un descendant d'Iule, dit César. Si ta tablette dit vraie, je vais périr bientôt... de tes mains peut-être, ou de celles de mon cher Brutus ! Je vais t'en raconter une autre, d'histoire étrange. L'autre jour, j'ai sacrifié un coq à Jupiter ; quand je lui ai ouvert la poitrine, je ne lui ai pas trouvé de cœur : n'est-ce pas curieux ? L'haruspice Spurinna, qui procédait à un sacrifice en même temps que moi, m'a dit qu'un grave danger me guettait et qu'il surviendrait d'ici les ides de mars. Il m'a même dit : « César, méfie-toi des ides de mars ! »

– C'est demain, les ides, remarque Lépide.

– Oui, c'est demain : ça ne me coupe pas l'appétit pour autant.

– Moi, dit Lépide, je me promenais hier sur le Forum, près de la Curie, lorsque j'ai vu un petit oiseau, un roitelet, je crois, y entrer, tenant dans son bec un rameau de laurier : aussitôt les moineaux, les merles, les mésanges et un tas d'oiseaux différents se sont précipités sur le roitelet et l'ont mis en pièces.

– Et les rêves ? Vous y croyez, aux rêves ? dit César ; la nuit dernière j'ai rêvé que je volais au-delà des nuages et que je serrais la main à Jupiter. Elle est bien bonne... Il faudra que je demande à Décurtius de me l'expliquer.

– Vous êtes ennuyeux, avec vos présages, dit Lépide. Si nous parlions de la mort ? C'est un sujet à la mode dans les écoles de philosophie qui naissent un peu partout dans Rome. Quel est, à votre avis, le genre de mort le plus agréable ?

Chacun donne son opinion ; César est le seul à faire l'éloge de la mort subite, qui survient quand on ne l'attend pas. Et les trois hommes de trinquer plusieurs fois à la mort subite, aux oiseaux, à Jupiter. Puis chacun va se coucher.

César monte dans sa chambre, se déshabille et se couche auprès de sa femme, Calpurnia, qui dort profondément et il s'assoupit. Peu de temps après, il se réveille en sursaut : un coup de vent a fait s'ouvrir les fenêtres et les portes de la *Regia*. Réveillé par la lumière de la lune, qui inonde sa chambre, et par le bruit des portes qui claquent, il se penche sur sa femme : elle dort toujours, mais, en dormant, elle profère des gémissements inarticulés, incompréhensibles. Au petit matin, elle se réveille, en sueur :

– César, César, ne sors pas, ne va pas au Sénat.

– Je dors, Calpurnia, que se passe-t-il ?

– Ne sors pas, je viens de te voir en rêve, tout dégoulinant de sang.

– Dors. Ce n'est qu'un cauchemar.

Quelques minutes plus tard, le dictateur se lève. Il a envie de vomir et une colique lui étreint le ventre. Il sort de son lit, se dirige vers un cabinet de toilette, et revient, grelottant de froid. Ces va-et-vient réveillent Calpurnia :

– Qu'est-ce que tu as, César ?

– Je suis malade et j'ai froid. J'ai bu trop de vins, hier au soir, avec Décimus et Lépide.

– Tu as fait des mélanges ?

– Oui, du vin blanc et du vin rouge ; et je me demande si les poissons que nous avons mangés étaient bien frais. Allez ! Il faut que je me lève, je dois aller au Sénat.

– N'y va pas, César. J'ai fait un rêve affreux. Je te tenais dans mes bras et tu étais mort, assassiné. Décommande la séance.

– Allons, allons, Calpurnia, ressaisis-toi. Apporte-moi un petit déjeuner, pendant que je me prépare.

Son épouse est en transes. Elle ne l'écoute pas et lui dit :

– Si tu ne crois pas à mes songes, appelle un augure et ordonne des sacrifices.

César, sa femme, ses serviteurs se dirigent vers l'autel de marbre qui sert au culte des ancêtres dans la *Regia*. Un augure sacrifie un, deux, trois poulets, et examine leurs entrailles ; il hoche la tête :

– Les signes et les présages sont mauvais

– Tu vois, César, je te l'ai dit : ne sors pas de la maison.

Le dictateur s'énerve, s'agite, puis, soudain, il s'immobilise, pâlit et se sent pris de vertige. Son médecin, Décurtius, vient d'arriver : il est inquiet, il craint une crise d'épilepsie et il donne son avis.

– César est malade, il ne peut pas sortir ; il faut annuler la séance au Sénat.

Balbus, Oppius, Hirtius, Rufus arrivent sur ces entrefaites. Ils attendaient César à la Curie et, comme il tardait, ils sont venus aux nouvelles. Pendant ce temps, devant le Sénat, Cassius et les conjurés s'impatientent :

– Mais que fait César ? Voilà une heure que nous l'attendons, tous les sénateurs sont à leur place.

– Cette attente est insupportable, dit Casca, l'homme qui doit porter le premier coup de poignard.

À ce moment, un de ses amis l'interpelle :

– Casca, pourquoi me l'as-tu caché, Brutus m'a tout dit ?

Le sénateur devient blanc comme un linge : Brutus a parlé, le complot a été découvert, pense-t-il, et César est resté chez lui ; dans quelques minutes ce sera la rafle, le procès et la condamnation à mort. Son ami le tire par la toge et continue :

– Tu es un véritable cachottier ; où trouveras-tu l'argent ?

Casca s'entend murmurer, machinalement :

– Quel argent ?

– L'argent pour tenir ton rang d'édile. Tu vas être obligé de payer les Jeux du cirque.

Casca respire et il a presque envie de rire.

Décimus, l'officier de liaison du complot, prend l'initiative d'aller voir ce qui se passe à la *Regia.* Il y entre au moment même où Antoine en sort :

– César est mal, très mal, dit Antoine ; il vient d'avoir un étourdissement : je cours au Sénat pour annuler l'assemblée.

– C'est de la folie. Tous les Pères conscrits sont là, depuis l'aube. Ils vont avoir l'impression que César les insulte.

Décimus se rend dans la chambre du dictateur. Il lui prend la main et tente de le convaincre :

– Les sénateurs t'attendent, César, ils sont disposés à te conférer la royauté pour toutes les provinces de l'empire situées en dehors de l'Italie, à te permettre de porter en permanence le diadème royal autour de la tête ; si quelqu'un, fût-ce Antoine, venait maintenant leur dire que tu annules la séance et qu'ils n'ont plus qu'à rentrer chez eux, ils vont crier à la tyrannie. Si tu ne peux vraiment pas soutenir une séance, va au moins les saluer, demander que l'on t'excuse et leur dire toi-même que tu es souffrant et que tu remets l'assemblée à un autre jour.

César se laisse convaincre. Décimus le prend par la main, l'aide à se lever du lit sur lequel il s'est étendu et l'entraîne vers la sortie. Les deux hommes montent dans la litière qui les attend devant la porte de la *Regia* et s'y installent. La foule qui s'est amassée autour de la demeure du dictateur s'écarte, les porteurs s'emparent des brancards, et voilà César et Décimus partis vers la Curie. À ce moment, un homme surgit et fend la foule : c'est Artémiodore, un Grec de l'île de Cnide, qui a été, dans le passé, le professeur de langue grecque de Brutus. Il fait partie du service de renseignements de César ; il court après la litière qui s'éloigne vers le Forum, la rattrape et tend au dictateur un petit rouleau de parchemin :

– Lis cette note, César, je l'ai écrite moi-même, dit-il ; tu y trouveras des informations de la plus grande importance qui te concernent.

Le dictateur prend le rouleau :

– Merci, Artémiodore, je le lirai en arrivant au Sénat.

Un quart d'heure plus tard, la litière s'arrête devant la Curie. César en descend et se dirige vers le portique aux colonnes de marbre qui précède la vaste porte d'entrée de l'édifice, que Pompée avait entièrement remis à neuf, quand il était revenu d'Orient. Décimus s'attarde auprès de la litière et s'entretient avec Antoine, qu'il avait mission d'éloigner de César ; une douzaine de conjurés s'approchent de la litière, nonchalamment : leur rôle sera de couper la route au dictateur, s'il tente de s'enfuir.

Celui-ci n'est pas encore entré dans la salle, où l'attendent les sénateurs. Il s'entretient avec Spurinna, l'haruspice, qui doit prendre les auspices avant son entrée dans la salle et qui lui avait dit, quelques jours auparavant, de prendre garde aux ides de mars :

– Eh bien ! Spurinna, elles sont arrivées, les ides de mars.

– Oui, répond le devin, tout en immolant un poulet sacré, mais elles ne sont pas achevées.

L'haruspice a tué le poulet d'un coup sec et l'a posé sur l'*anclabris*, la petite table qui sert aux sacrifices. Il lui ouvre le ventre et examine ses entrailles ; il a beau fouiller, avec le couteau sacré, il ne lui trouve pas de cœur :

– C'est présage de mort, dit-il gravement.

César éclate de rire :

– En Espagne, avant la bataille de Munda, un de tes collègues a ouvert dix poulets devant moi sans trouver leur cœur, et il m'a dit la même chose... Mais j'ai gagné la bataille et je suis encore vivant !

– Laisse-moi ouvrir une autre victime, que je vérifie.

– Non, nous n'avons pas le temps, je ne veux pas faire attendre davantage les Pères conscrits, il est déjà onze heures : ils s'impatientent. Tiens, regarde, ils viennent me chercher. Adieu, Spurinna.

César franchit le seuil de la Curie. Tout le Sénat se lève, pour lui rendre honneur. Un groupe de sénateurs s'avance vers lui, avec, en tête, Tillius Cimber, celui qui devait donner le signal du crime, et, à côté de lui, Servilius Casca, qui semble nerveux. Cimber se rapproche, il le touche presque :

– César, lui dit-il, je suis venu te demander d'autoriser mon frère à revenir de l'exil auquel tu l'as assigné.

Le dictateur lui fait « non » de la tête, sans dire un mot. Cimber le saisit par sa toge de pourpre, comme pour le supplier, et, ce faisant, il lui dégage le cou en criant à ceux qui le suivent :

– Qu'attendez-vous, mes amis ?

Casca se précipite, l'épée à la main, et frappe le dictateur par-derrière ; mais, comme il est plus grand que lui, l'épée glisse le long du cou et le blesse à la poitrine. César arrache sa toge des mains de Cimber, se retourne brusquement et bouscule Casca, lui criant :

– Méchant traître, Casca, que fais-tu ?

César cherche Antoine des yeux, mais il ne le voit pas : Trébonius le retient à l'extérieur. Il sent une douleur au flanc : c'est un autre conjuré qui vient de le frapper d'un coup de poignard, d'ailleurs mal assuré. Puis Cassius le blesse au visage, et le sang coule de ses joues. Un autre Père, un certain Bucolianus, lui entame l'épaule d'un coup de couteau et voici Brutus, qui le frappe à l'aine avec son poignard. Sa main n'a pas tremblé :

– Toi aussi, mon fils ! lui dit César, d'un ton désespéré.

Il s'enveloppe alors de sa toge écarlate, s'en couvre la tête, et renonce à résister à l'assaut des sénateurs, qui le traînent jusqu'à la statue de Pompée, au centre de la Curie, et le laissent tomber à ses pieds. Il ne bouge plus et tous viennent lui donner, à leur manière, le coup de grâce.

Un peu avant midi, César, le corps percé de vingt-trois blessures, dit adieu à la vie.

Chapitre XXII

Dieu est mort

(15-20 mars 44)

Quand les meurtriers eurent achevé leur œuvre, ce fut immédiatement la fuite au Sénat et, bientôt, l'effervescence et le tumulte dans la Ville. La nouvelle, partie de la blanche et marmoréenne Curie, telle que Pompée l'avait jadis rénovée, dévala d'abord dans le Forum, d'où elle se propagea, tel un torrent, dans tous les quartiers de Rome. Elle s'écoula dans Vélabre et dans

Murcia, elle s'envola sur les pentes du Capitole, de l'Aventin, du Palatin, se perdit dans les ruelles de Subure, escalada le Quirinal, le Viminal et l'Esquilin et s'enfuit bientôt de Rome par la voie Aurélia, la voie Ostiensis, la voie Appia, la voie Latina, la voie Asinaria, la voie Labiana, la voie Salaria vers toute l'Italie où partout, en peu de jours, on apprit que ce dieu était devenu un homme mort.

Antoine et Lépide, les deux hommes les plus proches de César, troquant leurs toges bordées de pourpre contre des tuniques d'esclaves, pour passer inaperçus, coururent se mettre à l'abri des glaives et des poignards. Antoine fortifia sa demeure et Lépide, qui se trouvait sur le Forum lorsqu'il apprit la nouvelle, se précipita sur une île au milieu du Tibre, et fit passer une légion qui lui était fidèle sur le Champ de Mars, pour la mettre à la disposition d'Antoine qui, en tant que consul, prenait la situation en main.

Les conjurés, aussi bien ceux qui avaient frappé le dictateur que ceux qui les y avaient aidés, s'étaient égaillés à travers les rues de Rome en criant qu'ils avaient tué un tyran ; mais, constatant l'indifférence de la plèbe à leurs cris, ils ameutèrent les gladiateurs, cantonnés dans le théâtre où Décimus Brutus les tenait en réserve, et partirent avec eux occuper le Capitole. Sur le Forum, Cassius, entouré de partisans à sa solde, parlait de contrôler la Ville par la force. Pendant ce temps, à Subure, on pillait les boutiques et les césariens tremblaient, barricadés dans leurs maisons.

Dans la soirée, Lépide et Antoine se concertent. Le premier est d'avis de prendre d'assaut le Capitole, avec la légion qu'il tient en réserve sur les bords du Tibre, et d'exterminer les conjurés. Antoine est plus circonspect :

– Agissons d'abord comme aurait agi César, en respectant la loi, et nous aviserons par la suite. Je vais publier une ordonnance dès cette nuit, convoquant le Sénat au temple de Tellus, avant même le lever du jour.

– Pourquoi pas à la Curie ? lui demande Lépide.

– La Curie est trop proche du Capitole, et nous n'y serions pas en sécurité ; le temple de Tellus est à deux pas de chez moi.

Le 16 mars, à cinq heures du matin, les Pères conscrits sont réunis dans le temple de Tellus. Certains n'ont pas dormi de la nuit ; Cicéron est présent, bien en forme, prêt à prononcer un discours si nécessaire. Les sénateurs se succèdent à la tribune et Antoine les écoute attentivement : il cherche à découvrir laquelle des propositions qu'il a l'intention de faire aurait la faveur du Sénat.

Tous les orateurs se révoltent contre un acte pour eux sacrilège, puisque perpétré sur un homme aussi sacré qu'un tribun de la plèbe et dans une enceinte inviolable. D'une manière générale, ils acceptent qu'on laisse la vie sauve aux meurtriers, eu égard à la noblesse de leurs familles et à leurs intentions « tyrannicides », mais ils demandent qu'on garantisse leur sécurité. Cicéron monte à la tribune :

– De deux choses l'une, dit-il vigoureusement, ou bien il faut proclamer César tyran, et annuler tous ses actes, ou bien il faut condamner ses assassins tout en leur laissant la vie sauve, par pitié. Mais, dans tous les cas, il faut voter.

Antoine prend alors la parole. Il a compris la situation et il sait ruser aussi bien que César.

– Ceux qui réclament un vote à propos du divin Julius doivent savoir que, s'ils le considèrent comme un magistrat régulièrement élu, tous ses actes et tous ses décrets demeurent valides et les meurtriers doivent être jugés et éventuellement graciés ; mais, s'ils considèrent que César s'est conduit comme un tyran, alors son cadavre doit être laissé sans sépulture et tous ses actes doivent être annulés. Je dis bien *tous ses actes*, qui concernent, je vous le signale, chacun d'entre nous et la terre entière. Nous devrons tous nous démettre des charges qu'il nous a confiées, des honneurs qu'il nous a accordés, des présents qu'il nous a faits ; nous devrons annuler toutes les lois qui portent son nom, et elles sont nombreuses, nous devrons reprendre les terres distribuées aux anciens combattants et aux pères de familles, annuler tous les traités qu'il a signés ; rendre les Gaules aux Gaulois, l'Afrique aux Africains, que sais-je encore ? Voilà. J'ai terminé. À vous de décider, Pères conscrits.

Après avoir allumé un tel brandon, Antoine attendit, sereinement, la réaction des Pères. Elle ne se fit pas attendre : ils se levèrent comme un seul homme, déclarèrent qu'ils ne voulaient pas remettre en question les actes du dictateur, qu'ils ne désiraient pas de nouvelles élections et qu'ils voulaient conserver leurs titres, leurs distinctions et leurs prérogatives. En vain certains républicains endurcis prétendirent-ils qu'il fallait retourner devant les électeurs, et que d'être réélus par eux ne leur donnerait que plus de gloire : rien n'y fit. À l'un d'eux, qui tentait de le convaincre, Dolabella – qui avait été nommé subrogé consul pour le dernier trimestre de l'année par César et qui n'avait que vingt-cinq ans – répondit :

– Un tien vaut mieux que deux tu l'auras. Si nous votons, je vote pour la ratification des actes de César.

Dehors, la foule attendait, impatiente mais calme. Dans l'ensemble, l'opinion publique penchait pour une solution médiane, qui permettrait de maintenir la paix publique. Une députation de citoyens pénètre dans le temple de Tellus et demande à Antoine ou à Lépide de venir informer le peuple. Les deux hommes laissent les sénateurs à leurs diatribes et à leurs invectives, et sortent du temple. Dès qu'ils apparaissent au haut des marches, quelqu'un leur crie :

– Prenez garde que vous n'ayez à subir le même sort que César !

Antoine, sans dire un mot, écarte froidement sa toge, laissant apparaître la cuirasse qu'il porte par en dessous, qu'il tapote en souriant.

Pendant ce temps, Cicéron fait enfin son discours. Il propose au Sénat d'adopter la coutume grecque de l'*amnistie*, c'est-à-dire l'oubli et le pardon des actions tant de César que de ses meurtriers. Finalement, ce fut cette solution, présentée par Antoine, qui fut adoptée, avec un formalisme juridique très « romain » : il n'y aurait pas de poursuite contre les meurtriers de César et les actes constitutionnels, juridiques ou autres de celui-ci seraient ratifiés « parce qu'il y allait de l'intérêt de Rome ».

La séance pouvait être levée.

Cependant, elle ne le fut pas immédiatement. Dans un coin du temple de Tellus, Calpurnius Pison, qui avait succédé à son gendre César au consulat, en 67, venait d'être pris à partie par un groupe de sénateurs farouchement anticésariens.

– Que se passe-t-il ? demande la voix autoritaire d'Antoine.

De sa place, Pison lui répond :

– Je suis le détenteur du testament de César et j'ai exprimé l'intention de le rendre public. Ces gens-là qui m'interpellent et me bousculent m'interdisent d'organiser des funérailles pour celui qui fut le Grand Pontife de Rome et de dévoiler ses dernières volontés, sous le prétexte fallacieux qu'il était un tyran, un tyran auquel ils doivent leurs fonctions actuelles, comme tu l'as expliqué toi-même, Antoine.

Puis, se tournant vers ceux qui l'attaquaient, il dit, d'une voix forte :

– Vous prétendez avoir supprimé un tyran, mais maintenant nous avons en vous plusieurs tyrans au lieu d'un seul. En ce qui concerne les funérailles du Grand Pontife, le Sénat est maître de décider ; mais, pour ce qui est de son testament, c'est moi et moi seul qui décide : jamais je ne me démettrai de ce qu'on m'a confié avant que, moi aussi, on m'assassine.

Le Sénat se divise à nouveau. Il y a ceux qui espèrent avoir été couchés sur le testament du divin Julius, et qui tiennent à ce qu'on l'ouvre, et ceux qui, certains de n'y pas figurer, souhaitent qu'on le détruise. Finalement, il est décidé de donner une lecture publique du fameux testament et d'organiser des funérailles officielles pour César, puis le Sénat se sépara.

Dans la soirée du 16 mars, le cadavre de César fut transporté, dans sa litière, jusqu'à la *Regia* où Calpurnia s'était calfeutrée pour pleurer tout son soûl un époux qu'elle n'avait vu, en tout et pour tout, que quelques mois pendant les quinze années qu'il avait passées sur les champs de bataille, en Gaule, en Espagne, en Afrique, en Égypte et en Orient. À la vue de son corps ensanglanté et meurtri, elle donne libre cours à sa douleur, et l'on entendit ses cris, dit-on, jusque dans le Forum.

Pendant que Calpurnia sanglote, Décurtius examine le cadavre, en compagnie du médecin Antistius. Les deux praticiens y dénombrent vingt-trois blessures, dont une seule, à la poitrine, fut fatale, puisqu'elle perça le cœur du dictateur. Elle était peut-être due à l'épée de Cassius.

L'examen est à peine terminé que paraît un émissaire d'Antoine. Il demande à la veuve du héros de lui livrer les documents de César concernant les affaires de l'État ainsi que tous les fonds qui se trouvent à la *Regia.* De toute évidence, l'altercation qui a eu lieu au Sénat, en fin de séance, a attiré l'attention du consul, et il tient à mettre les archives de César à l'abri des manipulations. Pison, le père de Calpurnia, s'occupe de la livraison et accompagne l'envoyé d'Antoine chez celui-ci : dans les coffres de César, soigneusement cachés dans des caves, il y avait 4 000 talents d'argent (84 tonnes d'argent).

L'affaire du testament fut portée devant les sénateurs le lendemain, 17 mars. Antoine, qui préside l'assemblée, précise l'ordre du jour :

– Je vous ai convoqués, Pères conscrits, afin de procéder à la ratification des actes de César, comme nous en sommes convenus lors de la séance d'hier. Nous aurons ensuite ceux qu'il avait préparés avant de mourir, et qui étaient dans son coffre, à la *Regia* : ils concernent l'attribution des provinces pour l'année à venir. Cassius et Brutus, auxquels il a été décidé de pardonner leur meurtre, seront bientôt parmi nous et, pour garantir leur vie, nous leur avons envoyé, Lépide et moi-même, nos enfants en otages.

Un fonctionnaire s'approche d'Antoine et lui dit quelques mots à l'oreille ; le consul reprend son discours :

– Je vous annonce l'arrivée de Cassius et de Brutus, Pères conscrits.

Une salve d'applaudissements salue l'entrée des deux meurtriers. Antoine fait signe à l'assemblée de se calmer, car il a encore des informations à lui communiquer. Un sénateur se lève, et lui crie :

– Avant de parler, Marc Antoine et toi, Lépide, serrez d'abord la main de Brutus et de Cassius, et réconciliez-vous tous les quatre.

Les consuls ne peuvent faire autrement que de s'exécuter, mais Antoine murmure à l'oreille de Lépide :

– Il faudra avoir l'œil sur ces deux-là, à l'avenir.

Une fois ces formalités accomplies, Antoine donne lecture des actes de César, qui sont tous entérinés, y compris ceux qui venaient de la *Regia,* et qu'il avait adaptés aux circonstances dans le courant de la nuit. Puis il prend une nouvelle fois la parole :

– Hier, nous avons décidé de faire à César des funérailles officielles. En accord avec son épouse et sa petite-nièce Atia, et comme demain 19 mars est un jour férié consacré à la purification des armées, ces funérailles auront lieu après-demain, 20 mars, sur le Forum. Elles seront précédées de la lecture publique du testament de notre vénéré César, que fera l'honorable sénateur Calpurnius Pison, ancien consul, son beau-père, devant les comices tributes. La séance est levée.

Le 20 mars, sur le Champ de Mars, les comices se réunirent de bonne heure, car le programme de la journée était chargé. Les consuls leur firent connaître les décisions prises par le Sénat, le 17 et le 18 mars, après délibération : le pardon aux meurtriers et la ratification de tous les actes de César. Cicéron fit, à nouveau, un discours très bien construit sur l'amnistie qui faillit endormir l'assistance, puis on annonça la lecture du testament, par Calpurnius Pison.

Le divin Julius désignait comme son fils adoptif son petit-neveu, Octave, petit-fils de sa sœur aînée Julie, fils de sa nièce Atia et de Caïus Octavius ; au cas où celui-ci ne pourrait toucher l'héritage, il désignait, comme héritier de second rang, l'amiral Décimus Brutus. À la République, il léguait les magnifiques jardins qu'il possédait au-delà du Tibre, afin qu'elle les mît à la disposition de la plèbe ; enfin il laissait à chacun des 150 000 citoyens bénéficiaires de l'assistance publique la somme de 300 sesterces (1 500 francs).

La lecture du testament achevé, les consuls, le Maître de la Cavalerie, les autres magistrats et les sénateurs retournent en ville et se dirigent vers le Forum où, face à la tribune aux harangues, les autorités ont fait ériger une copie, en réduction, du temple de Vénus que César, après la victoire de Pharsale, avait offert à la déesse, dont il se disait le descendant. Au centre du temple, une estrade recouverte de pourpre et d'or va recevoir le lit funèbre d'ivoire sur lequel repose le corps du dieu mort.

Antoine, Lépide, des personnages consulaires et les sénateurs les plus éminents portent la couche funèbre, suivis par d'anciens légionnaires, en cuirasse et avec leurs armes, arborant leurs décorations. Une fois le lit d'ivoire déposé avec précaution sur l'estrade de pourpre, Antoine monte à la tribune des Rostres et prononce, avec émotion, l'éloge funèbre du défunt.

– Il serait inconvenant, citoyens, que l'éloge d'un si grand homme vînt de moi seul, et non de sa patrie tout entière. Mais votre voix est présente aujourd'hui : elle est représentée par tous les décrets que vous avez votés de son vivant, par tous les suffrages que vous lui avez accordés et qui exprimaient l'admiration que vous portiez tous à sa valeur. C'est cette voix unanime que nous allons entendre, et non pas celle du consul Antoine que je suis.

Et Antoine se met à lire, d'une voix sévère, les lois et les décrets qui avaient transformé la République et y avaient introduit un peu plus de justice et tant de gloire. Puis, désignant du regard et de la main le corps sans vie de César, il devient plus grave :

– Vous aviez voté, vous, citoyens romains, et vous, Pères conscrits, le décret désignant sa personne comme sacrée et inviolable, et voilà comment il a été violé. Vous l'aviez nommé père de la patrie, et voilà comment il a été remercié de sa clémence. Il avait déclaré qu'il ne serait jamais fait de mal à quiconque aurait trouvé refuge auprès de lui, et voilà le cadavre de ce refuge.

Tout à coup, il élève la voix :

– Ô Jupiter, gardien de la patrie, ô dieux tutélaires, j'avais jadis fait le serment de venger César s'il lui arrivait malheur un jour. Mais, puisque mes pairs, les sénateurs, ont décidé qu'il fallait pardonner à ses meurtriers, et que c'était là garantir la paix publique, je renonce à la vengeance et je formule le vœu que règne cette paix publique.

Les sénateurs ont frémi en entendant le début de la phrase, mais ils se sont sentis rassurés par sa conclusion. L'oraison funèbre touche à sa fin :

– Citoyens, ce qui s'est passé nous dépasse. Tirons-en la morale. Car nous courons le risque, pour l'avenir et même pour le présent, de voir renaître nos vieux conflits, nos vieilles lunes, comme tu disais, divin Julius, quand tu nous plaisantais, et de voir disparaître dans le sang ce qui reste des grands noms romains dans la Ville. Citoyens, escortons cet homme sacré dans son voyage vers les Champs Élyséens et entonnons pour lui l'hymne traditionnel et le chant funèbre.

Un immense silence fait suite à ces propos. Puis Antoine déchire sa toge, se penche sur le cercueil, qu'il étreint, se redresse, lève ses deux mains vers le ciel, et énumère les hauts faits du défunt, sans en oublier un seul : ses guerres, ses batailles, les villes qu'il a prises, les provinces qu'il a conquises, les butins dont il a comblé sa patrie, les actes de clémence dont il a fait preuve. Il termine par un geste pathétique : il dénoue la ceinture qui maintenait la toge maculée de sang de César, s'empare de la pique d'un des deux légionnaires qui se tiennent, immobiles, à côté du cadavre, parvient à y accrocher la toge déchirée et souillée, puis il la brandit au bout de la pique et la fait tournoyer dans le ciel, comme une oriflamme.

Le peuple entonne les chants funèbres, mais à ses lamentations se mêlent des cris de colère.

Les chants funèbres deviennent de plus en plus graves. La foule est tendue, frémissante, prête à toutes les folies. Soudain un cri emplit le Forum : César se dresse sur son lit de mort et, debout, tourne sur lui-même, exposant aux yeux de la foule effrayée ses vingt-trois blessures. C'en est trop. Le peuple entier de Rome pleure, hurle et tous, hommes et femmes, se précipitent vers la Curie, cette Curie toute blanche dans laquelle a coulé le sang du dieu assassiné. Ils tiennent à la main des flambeaux et, patiemment, incendient le bâtiment.

Puis ils cherchent à atteindre les meurtriers : Cassius, Brutus, Casca, Cimber, Décimus Brutus et tous les autres. Mais il y a longtemps qu'ils se sont enfuis et qu'ils se sont réfugiés on ne sait où. Ils parviennent cependant à en attraper un. Il s'agit de Cinna, c'est un tribun de la plèbe ; il porte le même nom qu'un préteur qui avait parlé publiquement contre César et, malgré ses protestations, ils le tuent et mettent sauvagement son cadavre en pièces. La situation tourne à l'émeute, et jusqu'au milieu de la nuit cinquante mille Romains parcourent la Ville, sans pouvoir mettre la main sur les meurtriers qu'on ne reverra pas de sitôt dans Rome.

La foule se recueille auprès du cercueil de César. On décide de le transporter sur le Capitole, dans le temple de Jupiter Capitolin, mais les prêtres s'y opposent : un homme, fût-il César, ne peut reposer au côté d'un dieu. On le ramène sur le Forum, à l'emplacement où se trouvait, avant la République, le palais des rois de Rome. On y rassemble tous les objets de bois que l'on peut trouver et les premières flammes du bûcher montent vers le ciel, dans la nuit.

Le bûcher brûla jusqu'à l'aube. Toute la nuit le peuple de Rome veilla pieusement autour de lui. Lorsque les dernières fumées s'éteignirent, la foule se dispersa, lentement. Quelques hommes et quelques femmes, errant parmi les débris calcinés, fouillèrent jusqu'au soir les monceaux de cendre. Ils en retirèrent quelques débris d'ossements qui avaient résisté au feu et les emportèrent avec respect.

En ce matin de l'équinoxe de printemps de l'année 710 de Rome (44 av. J.-C.) le dieu Caïus Julius Caesar, troisième du nom, était devenu poussière.

Table

Composition réalisée par NORD COMPO

Imprimé en France sur Presse Offset par

BRODARD & TAUPIN

GROUPE CPI

La Flèche (Sarthe).
N° d'imprimeur : 13183– Dépôt légal Édit. 22189-06/2002
LIBRAIRIE GÉNÉRALE FRANÇAISE - 43, quai de Grenelle - 75015 Paris.

ISBN : 2 - 253 - 15327 - 3 31/5327/7